周中明文集（四）

桐城派研究
姚鼐研究

周中明 著

北京联合出版公司
Beijing United Publishing Co.,Ltd.

目　录

上篇　桐城派研究

第一章　绪　论

一、缘起

在我国文学发展史上，清代的桐城派是持续时间最长、作家人数最多[①]、影响最大的散文流派。

桐城派的得名，是由于它的先驱者戴名世，创始者方苞，拓大者刘大櫆，集大成者姚鼐，传播者方东树、刘开、姚莹、吴汝纶、马其昶、姚永朴、姚永概等，皆是安徽桐城人。因此，时有"天下高文归一县""声名冠天下"之誉。直到清末光绪五年（1879），李鸿章还说："今天下古文者必宗桐城。"[②]

桐城派并非囿于桐城一隅，其主要代表人物方苞、姚鼐皆长期生活在北京、南京，戴名世、刘大櫆在北京时间虽不很长，但其影响也遍及全国。更重要的是，桐城派的散文创作和文论主张，不是偏于"性灵""格调""肌理"等某一方面，也不是只学"秦汉"或"唐宋"，而是全面继承，众美兼收，集我国全部古代散文和文论之大成。因此，它在整个清代文学中，占据了非常突出的正宗地位。

---

① 据刘声木撰《桐城文学渊源撰述考》，收录的作家达 1223 人。其中有的是属于桐城派师承的前辈作家，如明代的归有光等，有的则是撰者硬拉进来的，不过绝大多数当属于桐城派无疑。

② 李鸿章：《惜抱轩遗书三种序》。

不过，从戴名世、方苞到刘大櫆，他们皆从未以"桐城派"自居。直到他们的第三代传人姚鼐，于乾隆四十二年（1777）写的《刘海峰先生八十寿序》中，才正式标榜"天下文章，其出于桐城"。他写道：

> 曩者鼐在京师，歇程吏部、歷城周编修语曰："为文章者，有所法而后能，有所变而后大。维盛清治迈逾前古千百，独士能为古文者未广。昔有方侍郎，今有刘先生，天下文章，其出于桐城乎？"鼐曰："夫黄、舒之间，天下奇山水也。郁千余年，一方无数十人名于史传者。独浮屠之儁雄，自梁、陈以来，不出二三百里，肩背交而声相应和也。其徒遍天下，奉之为宗。岂山川奇杰之气有蕴而属之邪？夫释氏衰歇，则儒士兴，今殆其时矣！"既应二君，其后尝为乡人道焉。
>
> ——姚鼐：《惜抱轩诗文集》，第 114 页

尽管如此，姚鼐仍未明确言"派"。正式打出"桐城派"旗号的，是道光、咸丰年间的曾国藩。他说：

> 乾隆之末，桐城姚姬传先生鼐善为古文辞，慕效其乡先辈方望溪侍郎之所为，而受法于刘君大櫆及其世父编修君范。三子既通儒硕望，姚先生治其术益精。历城周永年书昌为之语曰："天下之文章，其在桐城乎？"由是学者多归向桐城，号桐城派，犹前世所称江西诗派者也。
>
> ——曾国藩：《曾文正公全集》卷 8《欧阳生文集序》

此后，仍有不少桐城派作家反对以"派"相称。姚永朴即指出：

惜抱先生《古文辞类纂序》云："夫文无所谓古今也，惟其当而已。"苟知其是与当，尚何派别之可言？……宗派之说，起于乡曲竞名者之私，播于流俗之口，而浅学者据以自便，有所作弗协于轨，乃谓吾文派别焉耳。近人论文，或以"桐城"、"阳湖"离为二派，疑误后来，吾为此惧。

——姚永朴：《文学研究法》，第 63、64 页

"五四"时期竭力捍卫桐城古文，被称为"桐城的嫡派"①林纾也说：

仆生平未尝言派，而服膺惜抱者，正以取径端而立言正。若弗务正而日以挦撦钉饾，震眩流俗之耳目，吾可计日而见其败。

——林纾：《畏庐续集·与姚叔节书》

其实，这种"取径端而立言正"，只能说明桐城派之所以占据清代散文正宗的地位，绝不是偶然的，而是有其自身的内在合理性和客观的历史必然性的，但也正因为这种"端"和"正"，注定了它必然失败的命运。由于封建社会和封建文学皆已走到了它们的尽头，所以"五四"运动要以新民主主义代替封建主义，以白话文代替文言文。这反映了社会和文学发展历史的必然要求。

跟任何事物一样，桐城派的兴起、旺盛和衰败，都是有其客观必然性的。问题在于我们如何坚持历史唯物主义和辩证唯物主义的观点和方法，寻求其历史发展的轨迹，总结其经验教训，为我们发展有中国特色的社会主义文学提供有益的借鉴和启迪。

---

① 《胡适古典文学研究论集》，第 109 页。

二、桐城：为什么会成为桐城派的发祥地

（一）风景秀丽宜人的自然生态环境

姚鼐曾把"天下文章，其出于桐城"，归功于桐城具有"天下奇山水也"，"山川奇杰之气有蕴而属之"①。桐城优美的自然生态环境，又怎么能引发作为社会人文现象的桐城作家群的兴起呢？这未免令人颇感困惑，甚至有点不可思议。然而经过笔者实地考察和仔细研究，却发现桐城风景秀丽宜人的自然生态环境，对桐城派作家确有积极的影响，其主要表现：

1. 山水奇秀，促使师法自然、清正雅洁文风的形成。桐城派之所以能成为清代散文的正宗，跟它克服"以华靡相尚"，"连篇累牍，皆属浮词"的陋习，而把古文引向自然纯朴、清正雅洁的正途，是分不开的。而这跟桐城自然风光的积极影响，又大有关系。例如，戴名世说："余性好山水，而吾桐山水奇秀，甲于他县。"②他主张为文"率其自然而行其所无事"③。这里所说的"自然"，虽然不是指自然景物，但它又显然是受自然景物影响的结果。对此，他曾明白无误地说过：

> 窃以谓天下之景物，可喜可愕者不可胜穷也，惟古之琴师能写其声，而画史能貌其像，至于用之于文则自余始。当夫含毫渺然意象之间，辄拟为一境，以追其所见。其或为海波汹涌，风雨骤至，瀑泻岩壑而湍激石也；其或为山重水复，幽境相通，明月青松，清冷欲绝也；其或为远山数点，云气空蒙，春风淡荡，夷然倏然，远出于尘外也；其或为江天万里，目尽飞鸿，不可涯涘也；其或为神龙猛虎，撄

---

① 姚鼐：《惜抱轩诗文集》，上海古籍出版社 1992 年 11 月版，第 114 页。
② 《戴名世集》，中华书局 1986 年 2 月版，第 283 页。
③ 《戴名世集》，中华书局 1986 年 2 月版，第 105 页。

拿飞腾，而不可捕捉也；其或为鸣珂正笏，被服雍容；又或为含睇宜笑，绝世而独立也。凡此者，要使行墨之间仿佛得之。故余之文章，意度各殊，波澜不一，不可以一定之阡陌畦径求也。

——《戴名世集》，第 123、124 页

桐城派的创作实践和理论主张，不尽属封建之道，同时，它也以自然界为创作的源泉、理论的坐标和形象的参照，如同飞机的发明，既是发明者的创造，更是对飞禽的仿生的结果。

2. 既开放又封闭的区位，有助于桐城作家的成长。恰如刘开所说："余观枞阳（原属桐城）之地，外江内湖，群山为之左右，峰势喷薄，与波涛互相盘护，山川雄奇之气郁而未泄。士生其际，必有不为功利嗜欲所蔽，而以气概风节显于天下。"[①]所谓"山川雄奇之气郁而未泄"，说得未免有点玄乎。而他所说的"内江外湖，群山为之左右"，既有其开放性，又有其封闭性的区位环境，倒确实是对桐城派作家的成长，有其积极影响的。

正因为"外江内湖"，对依靠水上交通为主的古代，有其开放性的优势，所以才使戴名世、方苞、刘大櫆、姚鼐等，皆得以经常往来于南京、北京等大都会，开阔视野，增长才干，发挥作用，提高声誉，扩大影响。

又因为"群山为之左右"，有其内陆交通不便的封闭性特征，所以对于吸收外来的新鲜事物来说，是个劣势，而对于抵御世俗腥风秽雨的侵蚀来说，那一座座大山，则犹如一道道屏障，又是其优势所在。因此，戴名世说："桐城居深山之中，地方百余里，一面滨江，而群山环之，山连亘千余里。……四封之内，田土沃，民殷富，家崇礼让，人习诗书，风俗醇厚，号为礼义之邦。"[②]

---

① 刘开：《刘孟涂集》卷9。
② 《戴名世集》，中华书局 1986 年 2 月版，第 310 页。

由于地理环境的封闭性所造成的此种淳朴的社会风气，对于养成桐城派作家所独有的性格——为专心致志于古人的道德、文章而不懈探求的精神，显然是大有助益的。

3. 优美的自然风光，足以吸引外地人才的荟萃。早在北宋元符三年（1100），被称为我国十大名画家之一的李公麟，即辞官隐居于桐城龙眠山，自号龙眠居士，晚年作《龙眠山庄图》，尽收山中二十景。苏轼曾迁居桐城官庄，并为之作跋，苏辙为之作《龙眠山二十咏为李伯时赋》。黄庭坚亦就读于桐城灵泉寺，并作咏龙眠山诗。桐城派的主要代表人物，如戴名世、方苞、姚鼐、方东树等人的远祖，皆属于从婺源、余姚等外地迁来桐城的移民。他们为什么要移居桐城呢？姚鼐作了明确的回答："悦桐城山水，卜居于东乡之麻溪，遂家焉。"①刘大櫆于歙县教书，其后以老归里，他的学生吴定也从歙县移居桐城，"间造其庐而请益焉，因得纵观龙眠之山水，叹其雄伟奇丽，遏江淮而东趋，障豫州、荆汉而西却，宜其文章之盛冠绝乎当时"②。吴定还说："海峰先生以振古之才厄塞终老，然先生常自放于山川泉石，日与吾徒广稽今古，吟啸自豪，非特先生乐之，虽予与滨麓亦莫不相顾而乐也。"③作为"姚门四杰"之一的刘开，虽然也终生未仕，穷困潦倒，但是桐城的佳山秀水，却给了他以精神支柱。他曾对姚元之说："吾乡多佳山水，使吾得有菽水资迎吾母，居龙眠杯渡间，手一编，日夕讽咏，且不去吾母左右，其乐当何如。"④《刘孟涂后集·诸家评语》则称："桐城为江山形胜处，宜我孟涂之天姿卓荦也。"

俗话说：一方水土养一方人。桐城风景秀丽宜人的自然生态环境，对于养育本地人才和吸引外来人才所起的积极作用，岂不令人信然？

---

① 转引自姚莹：《东溟文集》卷5。

② 吴定：《紫石泉山房文集》卷6。

③ 吴定：《紫石泉山房文集》卷6。

④ 姚元之：《刘孟涂传》，见刘开《刘孟涂集》。

（二）人文荟萃的社会历史环境

"文章甲天下，冠盖满京华。"这对桐城来说，绝非过誉。

据道光七年《桐城续修县志》记载，明清两代桐城有进士265人，举人589人。其进士和举人之多，皆比同属安庆府的怀宁、潜山、太湖、宿松、望江等五县进士和举人的总和还要超出一倍以上。宋代名画家李公麟，明代进步政治家左光斗，明末清初唯物主义哲学家方以智，著名诗人钱澄之，父子两代相继任清代宰相的张英、张廷玉，皆出自桐城。正是这种人文荟萃的桐城社会历史环境，为桐城派作家戴名世、方苞、刘大櫆、姚鼐等人才的辈出，创造了良好的条件。恰如方东树在为刘大櫆族裔作的《刘悌堂诗集序》中所指出的：桐城"人文最盛，故常列为列郡冠。是故自明及我朝之兴，至今日五百年间，成学治古文者综千百计，而未有止极。为之者众，则讲之益精，造之愈深，则传之愈远，于尤之中又等其尤者，于是则有望溪方氏，海峰刘氏，惜抱姚氏三先生出，日久论定，海内翕然宗之"①。

具体地说，桐城人文荟萃的社会历史环境，对于桐城派作家的茁壮成长和人才辈出，至少起到了三个方面的促进作用：

1. 养成了尊师重教的社会风气。"穷不丢书，富不丢猪。"这就是桐城世代相传，被桐城人奉为金科玉律的民间谚语。

尊师重教的民谣，在桐城更是家喻户晓，盛传不衰。《没有先生名不成》《劝学》等民歌，皆反映了桐城民间对教育的普遍重视。

正因为在桐城有这种尊师重教的社会风气，所以才会于一县之内造就"成学治古文者综千百计"。潘江于康熙年间，即将明代至清初桐城古文家的杰作，辑成《龙眠古文》24卷，并编有《桐城乡贤实录》1卷。由于"为之者众"，才会"讲之益精，造之愈深"，才会有方苞、刘大櫆、姚鼐等出类拔萃的大作

---

① 方东树：《仪卫轩文集》卷5。

家涌现。

2．形成了同辈切磋的群体效应。俗话说："一人不敌二人智。"由于在桐城"成学治古文者综千百计"，这就有利于形成同辈之间互相切磋、共同提高的群体效应。如戴名世说："余年十七八时，即好交游，集里中秀出之士凡二十人，置酒高会，相与砥砺以名行，商榷文章之事。"①而方苞之所以能成为桐城派的创始者，又跟他在古文写作上经常与戴名世切磋，得到过他的帮助，大有关系。戴名世在为方苞作的《方灵皋稿序》中即指出："盖灵皋自与余往复讨论，面相质正者且十年。每一篇成，辄举以示余，余为之点定评论，其稍有不惬于余心，灵皋即自毁其稿。而灵皋尤爱慕余文，时时循环讽诵，尝举余之所谓妙远不测者，仿佛想像其意境，而灵皋之孤行侧出者，固自成其为灵皋一家之文也。"②他们就是这样在"互相师资"（戴名世语）中，既互相取长补短，共同得到提高，又在互相比较之中创造个人的风格特色，自成其为"一家之文"。桐城派大作家的人才辈出，如果没有这种相互切磋的群体效应，那就如同没有大量的工蜂和雄蜂，而要造就独领风骚的蜂王一样，是难以想象的。

3．形成名师出高徒、代代相传的连锁效应。例如，刘大櫆既未考取科举功名，更未做过大官，一辈子是个穷困潦倒的书生，即使有再大的文学才能，在那个讲究科举功名和官本位的时代，也很可能被埋没掉，但是他却取得了在古文创作上的显赫名声和在桐城派中的崇高地位。其至关重要的原因，即在于他得到了康熙末已经"名重于京师"的方苞的栽培、赏识和提携。当刘大櫆于29岁入京应试，拜同乡方苞为师后，方苞逢人便说："如苞何足言邪！吾同里刘大櫆乃今世韩、欧才也！"姚鼐说："自是天下皆闻刘海峰。"③

而姚鼐的成才和出名，则又得力于刘大櫆的教导和提携。刘与姚的伯父是

---

① 《戴名世集》，中华书局1986年2月版，第73页。

② 《戴名世集》，中华书局1986年2月版，第54页。

③ 见《惜抱轩诗文集》，上海古籍出版社1992年11月版，第308页。

世交，过从甚密，以至刘的举止、声音、笑貌，都给少年姚鼐以极深的影响。用姚鼐自己的话来说，他幼年即"尝侍先生（指刘大櫆），奇其状貌言笑，退辄仿效以为戏。及长，受经学于伯父编修君，学文于先生。游宦三十年而归，伯父前卒，不得复见。往日父执往来者皆尽，而独得数见先生于枞阳。先生亦喜其来，足疾未平，扶曳出与论文，每穷半夜"[①]。刘大櫆对姚鼐的赞赏、鼓励和器重，可谓不遗余力。如刘说："我昔在故乡，初与君相识。君时甫冠带，已具垂天翼。""后来居上待子耳！"[②]又说："读其所为诗、赋、古文，殆欲压余辈而上之，姬传之显名当世，固可前知。"[③]诸如此类谆谆教诲、殷切期望和诚挚赞誉，对于姚鼐的成才和成名，其助益无疑是不可忽视的。

上述事实说明，桐城人文荟萃的社会历史环境所形成的尊师重教的社会风气，同辈切磋的群体效应，名师出高徒的连锁效应，是造就桐城派人才辈出的三个重要原因，也是三条可贵的历史经验。

（三）育才先育人的家庭教育环境

俗话说："十年树木，百年树人。"人才的培养非一朝一夕，需要经过几代人的努力，需要有个良好的家庭教育环境。从桐城派大作家成才的经历来看，他们的家庭环境有三个共同的特点：

1. 书香之家，严于教育。他们全系出身于书香之家，父母皆有较高的文化水平，对孩子的教育极为严厉。例如，方苞说，其父"课余及弟诵读甚严"[④]。"吾兄弟三人，少忍饥寒，勤学问，皆喀血。"[⑤]"五岁吾父课章句，稍长治经书、古文，吾父口授指画焉。"[⑥]"未成童，《易》、《诗》、《书》、《礼记》、

---

① 见《惜抱轩诗文集》，上海古籍出版社 1992 年 11 月版，第 115 页。
② 《刘大櫆集》，上海古籍出版社 1990 年 12 月版，第 144 页。
③ 《刘大櫆集》，上海古籍出版社 1990 年 12 月版，第 137 页。
④ 《方苞集》，上海古籍出版社 1983 年 5 月版，第 416 页。
⑤ 《方苞集》，上海古籍出版社 1983 年 5 月版，第 93 页。
⑥ 《方苞集》，上海古籍出版社 1983 年 5 月版，第 491 页。

《左传》皆已背诵。"①

刘大櫆的祖、父及长兄均以教书为业。他幼年即从父兄读诗书。他的祖父死后,祖母章大家的眼睛失明,"目虽无见,而操作不辍。櫆七岁,与伯兄、仲兄从塾师在外庭读书。每隆冬,阴风积雪,或夜分始归。僮奴皆睡去,独大家煨炉火以待。闻叩门,即应声策杖扶壁行启门,且执手问曰:'若书熟否?先生曾扑责否?'即应以'书熟,未曾扑责'。乃喜"②。

姚鼐的伯父姚范,是当时的著名学者,任翰林院编修,"承累世贤哲之遗风,敦行勤学"③。姚鼐兄弟三人,从小即受其伯父的言传身教。"尝以一凳环坐三人而读书,其时家贫甚,中夜余叹以为聚读之乐不可得而长也。"④到22岁,他已能胜任教师之职,"授徒四方以为养"⑤。因此,刘大櫆说:"姚君姬传甫弱冠,而学已无所不窥,余甚畏之。"⑥

姚莹是姚鼐的侄孙,他在得到姚鼐教诲的同时,还得到其母的严格家教。用他本人的话来说:"莹兄弟方幼,太宜人竭蹙延师教之,每当讲授,太宜人屏后窃听,有所开悟则喜,苟不慧或惰,则俟师去而笞之。夜必篝灯,自课莹兄弟,《诗》、《礼》二经,皆太宜人口授。且夕动作,必称说古今贤哲事。"⑦

2. 艰苦奋斗,世代相传。他们皆注重艰苦奋斗的家庭传统教育。由于戴、方、姚的远祖皆系桐城外来移民,而移民必须历经艰苦奋斗,才能在当地站稳脚跟。例如,戴名世说,"得闻先世遗训",听长辈"相与述先世轶事及祖宗创业之艰难。余虽幼,备志之于心"⑧。姚莹也指出,那些"贵为王侯彪炳之势,

---

① 程鉴:《仪礼析疑序》对方苞的描述。
② 《刘大櫆集》,上海古籍出版社1990年12月版,第161页。
③ 姚鼐:《惜抱轩诗文集》,上海古籍出版社1992年11月版,第328页。
④ 姚鼐:《惜抱轩诗文集》,上海古籍出版社1992年11月版,第182页。
⑤ 姚鼐:《惜抱轩诗文集》,上海古籍出版社1992年11月版,第182页。
⑥ 《刘大櫆集》,上海古籍出版社1990年12月版,第137页。
⑦ 姚莹:《东溟文集》卷6。
⑧ 《戴名世集》,中华书局1986年2月版,第146、147页。

赫赫一时，如吾家者不啻十倍，然或及身而败，或一传再传而败，不及百年，荣谢顿殊，至且绝嗣矣。推寻其故，岂不由造物忌盈，德薄而享丰之所致。……谚曰：创业者多劳，守成者多逸。夫劳者乃成之资，而逸者实败之券也。不思盛业所由来，徒以祖宗功德为可恃，不惟无培养之勤，且日加以脧剥，虽有盛德之父，大功之祖，何以克昌哉"①！他们的后代就是这样吸取"劳者乃成之资，而逸者实败之券"的历史教训，发扬祖辈艰苦创业的精神，才使自己在事业上卓有建树的。

这种以优良传统进行家庭教育，并不局限于自家祖辈艰苦创业的事迹，同时还旁及以桐城当地如左光斗等志节之士的事迹为教材。如方苞说，其父"闲居，每好言诸前辈志节之盛，以示苞兄弟"②。方苞的著名散文《左忠毅公逸事》，其所写左光斗爱国事迹，即得之于乃父的"尝言"③。

3. 精神遗产，弥足珍贵。他们重视留给子孙的遗产不是物质财富，而是"忠厚为本""读书好古""清贫自守"等精神财富。戴、方、刘、姚等虽然出身于官宦、书香门第，但他们的家庭并不富裕。例如，方苞说："自余毁齿及成童，先君子尤穷空。冬无绵，日不再食者，旬月中必再三遭。"④姚莹说，他的"家法所传，惟以忠厚为本。自我参政府君通籍至今，又十四世，人且数千百计，孝弟未衰，皆清贫自守。其登仕者百数，朝有贤良之褒，外无贪酷之吏，而捐身殉节，立志守贞者相望也"⑤。又说他的先世"皆有隐德，孝友力田，读书好义，施予无吝"，他要"仿而行之，冀万一之有似"⑥。他所得的遗产，"独先世遗书而已。莹之先人数世皆忠厚，读书好古，不为浮薄。以故，虽或

---

① 姚莹：《东溟文集》卷 5。
② 《方苞集》，上海古籍出版社 1983 年 5 月版，第 337 页。
③ 《方苞集》，上海古籍出版社 1983 年 5 月版，第 237 页
④ 《方苞集》，上海古籍出版社 1983 年 5 月版，第 416 页。
⑤ 姚莹：《东溟文集》卷 5。
⑥ 姚莹：《东溟文外集》卷 2。

仕于朝，官于四方，独无余禄，以给子孙，及莹之身益困，常惧坎坷，不能自立，以坠先人之业也"。因此，这就促使他"日夜兢兢，冀有所就"①。经过"诵古人之言，求古人之义，束发于兹，十有余年"②的刻苦努力，后来他果然以奋勇抗英的民族英雄和"姚门高第弟子"而闻名于世。

三、清朝文化政策的特征和桐城派对它的适应性

桐城派作家的人才辈出，桐城派的崛起乃至长达二百多年，在全国文坛取得显赫的正宗地位，这固然是桐城的自然生态环境、人文荟萃的社会历史环境及家庭教育环境，皆起了相当突出的促进作用，但是比起清代整个历史时代的大气候和社会政治大环境来说，桐城的这一切又毕竟是小气候、小环境，它不可能不受到全国大气候、大环境的影响。因此，认清清王朝文化政策的特征和桐城派对它的适应性，是尤为重要的。

清王朝虽然大兴"文字狱"，实行严酷的思想统治，但是从总体上看，他们对汉族文化则采取了全面继承和发扬、充分尊重和利用的政策。满洲贵族统治全国268年的结果，固然给各族人民带来了极其深重的灾难，但是谁也无法否认，它为我们祖国创造了空前大一统的政治局面，使清代成为封建文化大融合、大总结、大繁荣、大成熟的时期，造就了堪称辉煌的业绩。因此，我们对清朝的文化政策，在指出其实行封建专制的残暴性的同时，还应看到它具有包容性、实用性和融合性，应全面地认识它的"四性"特征和桐城派对它的适应性。

（一）残暴性

清朝的文化政策首先是为维护王朝的政治统治服务的，对于一切危及清政权稳定的，他们都要予以血腥镇压。因此，残暴性是其首要特征。最突出的表

---

① 姚莹：《东溟文外集》卷2。
② 姚莹：《东溟文外集》卷2。

现是他们大兴"文字狱"。据统计,清代的"文字狱",仅康、雍、乾三朝即达160起左右。[①]被称为桐城派先驱的戴名世,仅仅因其文集《南山集偶钞》中提到,修《明史》应写上弘光、隆武、永历三个晚明王朝首尾十七八年的历史,即被以"大逆"罪处死。对于一切不利于清朝政权稳固的书籍,他们皆要进行收缴、禁止、销毁或删削。仅乾隆三十九(1774)至四十七年(1782),即焚书24次,被焚的书达13862部。[②]他们为了在文化上、思想上维护其政权的稳固,是绝不手软的,甚至达到了专横跋扈、残暴至极的地步。

在清王朝残暴的高压政策下,桐城派的先驱戴名世已经为他的散文集《南山集偶钞》牺牲了宝贵的生命;连为其书作序的方苞也被捕入狱,差点儿送命。[③]吸取这血淋淋的教训,桐城派作家便不能不谨慎从事,以致不敢畅所欲言,于是便刻意追求含蓄有味,有时则不免流于空疏。在屠刀之下虽然不得不屈从,但他们又毕竟是狷洁自好并有一定正义感的文人。方苞后来虽然受到朝廷重用,但到晚年仍旧遭到罢官的下场,乾隆斥"其不安静之痼习,到老不改"[④]。刘大櫆终生是牢骚满腹、历尽坎坷的一介书生。姚鼐因愤懑于"露才往往伤其躯"[⑤]的社会现实,而不惜于43岁即主动辞官,宁愿在清贫的教书生涯中,以写"君子之文",来实现其"君子之志"[⑥]。可见他们对当时统治者的屈从,是出于迫不得已,何况当时清王朝的统治已日益巩固,明末遗老的反抗早已平息。桐城派作家为了求得生存和发展,只有迎合和适应清代统治的社会现实的需要。

(二)包容性

从巩固清王朝的统治出发,清朝统治者对汉族知识分子,在大兴"文字狱"、

---

① 据郭成康等《清朝文字狱》,群众出版社1990年版,第34页。
② 据梁启超《中国近三百年学术史》,《饮冰室专集》之75,第20页。
③ 见《方苞集》,上海古籍出版社1983年5月版,第875页。
④ 《清实录·乾隆》,台湾华文书局版,第1452页。
⑤ 姚鼐:《惜抱轩诗文集》,上海古籍出版社1992年11月版,第477页。
⑥ 姚鼐:《惜抱轩诗文集》,上海古籍出版社1992年11月版,第89页。

进行暴力镇压的同时，又竭尽拉拢、利诱之能事，千方百计网罗人才，为其服务。因而具有相当广泛、宽松的包容性，是清朝文化政策的又一特征。例如，康熙说："驭下宜宽不宜刻，宽则得众。"①雍正说："敷政之道，用人为先。""治天下惟以用人为本，其余皆枝叶耳。"②为此，他们除实行科举取士外，还特设博学鸿词科，不拘一格招贤纳士。为了笼络人心，对于积极参加抗清斗争、坚持民族气节而拒不应聘的顾炎武、黄宗羲等著名学者，也不加迫害，允许其继续治学。对于反对"以理杀人"的进步思想家戴震等，照样委以四库全书馆纂修官职。戴名世"《南山集》案"发后，株连一大批古文家，康熙即问李相国："自汪霖死，无能古文者？"李答："惟戴名世案内方苞能。"③方苞不但被赦免死刑，而且还即被委以皇帝文学侍从重任。这说明，清王朝镇压的只是政治上的反对派，而并不是做学问搞文学的专业人才；对于后者，还是颇为赞赏和器重的。

清王朝不仅对汉族知识分子尽量网罗利用，而且康熙时还任用西洋人南怀仁为钦天监官员，不断聘请学有专长的传教士入宫任职，为皇帝、皇子讲授天文、地理、数学、音乐、人体解剖、拉丁文等方面的知识。

清朝统治者既然如此重视人才，对不同民族、不同政治观点和学术观点、不同宗教信仰和不同专业的各方面人才的使用，具有颇为宽松的包容性，这就对清代整个的政治稳定、经济发展和文化繁荣起到了积极的推动作用。桐城派的兴盛和发展，正是由于他们适应、迎合和利用了清代统治地位巩固之后也需要发展文化的大气候、大环境，致力于总结和探讨古文的写作规律，热衷于繁荣古代散文创作的结果。

---

① 蒋良骐：《东华录》卷 91，中华书局 1980 年版，第 349 页。
② 《雍正朱批谕旨》第 25 册，第 20 页。
③ 《方苞集》，《安溪李相国逸事》，第 687 页。

（三）实用性

清朝统治者是凭自己的实干发展壮大起来的，因此具有求实精神，而追求实用性，便成为清朝文化政策的又一特征。康熙虽然提倡程朱理学，但他却不赞成空谈义理，而是非常讲究实用，注重言行一致。他说："日用常行，无非此理，自有理学名目，而彼此辩论，朕见言行不相符者甚多。往日讲理学，而所行之事，全与其言背谬，岂可谓之理学？若口虽不讲，而行事皆与道理吻合，此即真理学也。"① 在康熙二十三年，他又谕大学士等曰："凡所贵道学者，必在身体力行，见诸实事，非徒托之空言。"②

对于程朱理学，他们也不是盲目地一概要求"身体力行"，而是要看它是有用抑或有害，是正常抑或"反常"。例如，旌表"夫死而殉"的烈妇，本属程朱理学"以理杀人"的题中应有之义。可是康熙、雍正却认为这是无用、"反常之事"，而一再加以禁止。康熙说："夫死而殉，日者数禁之矣。今观京师及诸省，殉死者尚众，人命至关重大，而死丧者，恻然之事也，夫修短寿夭，当听其自然，何为自殒其身耶？不宁惟是，轻生从死，反常之事也。若更从而旌异之，则死亡者益众，其何益焉。"③ 雍正也重申："凡烈妇轻生从死，昔年圣祖仁皇帝曾降旨禁止，朕于雍正六年又降旨晓谕，至明至悉。"④

对于"文章风气"，康熙明确地提出，要"措诸行事，有裨实用"。他说："朕观古今文章风气，与时递迁。六经而外，秦汉最为古茂，唐宋诸大家已不能及。凡明体达用之资，莫切于经史，朕每披览载籍，非徒寻章摘句，采取枝叶而已。正以探索源流，考镜得失，期于措诸行事，有裨实用，其为治道之助，良非小补也。"⑤ 乾隆也说："文以载道，与政治相通。……朕思学者修辞立诚，

---

① 蒋良骐：《东华录》卷32。
② 《大清圣祖仁（康熙）皇帝实录》（二），台湾华文书局1970年版，第1545页。
③ 《大清圣祖仁（康熙）皇帝实录》（二），台湾华文书局1970年版，第1820页。
④ 《大清世宗（雍正）皇帝实录》，台湾华文书局1970年版，第224页。
⑤ 《大清圣祖仁（康熙）皇帝实录》（二），台湾华文书局1970年版，第1599页。

言期有物，必理为布帛菽粟之理，文为布帛菽粟之文，而后可以行世垂久。……勿尚浮靡，勿取姿媚，斯于人心风俗，有所裨益。"①

与此相适应，桐城派也要求"学皆济于实用"②。认为"徒为文而无当乎理与事者，是为不足观之文尔"③。他们以"钻故纸著书作文，冀传后世而不足膺当世之用"为"耻"④，主张"文无古今，随事以适当时之用而已"⑤。这种实用性，固然有维护封建统治的负面作用，但它对于推动清代文学、史学，及诸如考据学、文字学、音韵学、训诂学、天文学、地理学等清代整个学术文化的空前发展和繁荣，其积极影响亦不容忽视。

（四）融合性

十分重视全面总结和继承以汉族为主的整个中华民族的文化传统，因而具有广泛吸收、博取众长的极大的融合性，是清朝文化政策的又一特征。康熙、雍正、乾隆对以汉族为主的整个中华民族的传统文化，都是倾心钟爱，用功学习，并获得高深修养的。用康熙的话来说："朕自冲龄，笃好读书，诸书无不览诵。"⑥又说："朕自冲龄，性耽学问，罔自遐逸。""有闲则书册翰墨之外，无他嗜好。"⑦他们倡导编纂《古今图书集成》《四库全书》《全唐诗》《佩文韵府》等大型类书，虽然有诱使知识分子钻故纸堆、不问政治的险恶用心，但是其对于整理、总结、保存和弘扬中华民族传统文化的历史功绩，也是有目共睹、毋庸置疑的。清朝统治初期，虽然特别推崇程朱理学，康熙曾御纂《性理精义》，刊定《性理大全朱子全书》，特命以朱熹配祀"十哲之次"，

---

① 《大清高宗（乾隆）皇帝实录》，台湾华文书局 1970 年版，第 243 页。
② 《方苞集》，上海古籍出版社 1983 年 5 月版，第 690 页。
③ 姚鼐：《惜抱轩诗文集》，上海古籍出版 1992 年 11 月版，第 273 页。
④ 方东树：《仪卫轩文集·辨道论》。
⑤ 方东树：《仪卫轩文集·书惜抱先生墓志后》。
⑥ 蒋良骐：《东华录》卷 89。
⑦ 清圣祖《御制文集》一集，卷 20，《清乾宫读书记》。

但是，当以戴震为首的汉学家在我国东南兴起之后，清代统治者对汉学也采取了接纳和融合的政策，官办的四库全书馆，甚至成了汉学家的大本营。

与此相适应，桐城派的古文创作则主张义理、考证与文章三者兼长相济，融宋学、汉学和文章于一体，使义理既不至于成为空洞的说教，又不是如语录而不文；使博学考证不是芜杂累赘，而是以丰富的材料足能助文之境。这对于我国古文的发展，无疑是个积极的推动。

清代文化政策的融合性，其结果不可避免地使汉族文化融合乃至取代了满族文化。其不利于满族文化自身的继承和发展，也许是他们所始料不及的。

上述事实说明，清朝的文化政策，既有其残暴性的一面，更有其包容性、实用性和融合性的一面。在这种两面性之中，前者固属有摧残人才、践踏文化的消极、反动的作用，但它毕竟是暂时的、局部的，其危害是有限的；而后者对于推动中华民族主流文化发展的积极、进步的作用，则是主要的、长久的、全局性的。因此，那种把清朝的文化政策及桐城派对它的适应性说得一无是处，是有悖历史事实的，采取全盘否定的态度更是不可取的；给予实事求是的阐述和客观、公正的评价，不仅有助于我们正确认识清朝的历史，而且对于我们吸取清朝文化政策的历史经验，继续推动中华民族文化的健康发展，也必将受益匪浅。

四、清朝文化政策与桐城派的矛盾性

我们对清朝的文化政策及其对桐城派的影响，都不能只看到其消极面，更应看到其占主要地位的积极面。同时，我们也不应只看到桐城派深受清朝文化政策影响的一面，更要认清桐城派毕竟有其自身的相对独立性，它与清朝的文化政策还存在着相矛盾的一面。

（一）"裨益政治"与"获文章之名"

清王朝的文化政策首要的是强调文章要为其政治服务，而桐城派则要坚持文学家和文学本身的主体性。如康熙强调"文章以发挥义理、关系世道为贵"①，"务使阐发义理，裨益政治"②。这就是要强使文学沦为义理的传声筒、政治的奴婢和工具。桐城派的创作实践和理论主张，虽然也强调文章要"阐道翼教"，有不少道学气，但是作为文学家，他们的创作并不完全是从"发挥义理""阐发义理"出发的，他们更重视的是耳闻目睹的写实，是文章本身的认识、教育作用和审美功能。例如，方苞的《狱中杂记》，是写作者因戴名世的《南山集》案而被牵连入狱的亲身经历，它以极其真切而深透的笔墨，揭露了当时狱中的种种腐败现象，从中我们感受到的，是那个社会的黑暗和作者的愤慨之情，其认识和教育作用，其文笔之美，都堪称难得的珍品。姚鼐的《登泰山记》，被称为是"义理、考证、文章"三结合的典范之作，可是它实则并无一字涉及封建义理和政治，若究其思想内容，那不过是对登泰山所观自然美的热爱和向往，对作者辞官后摆脱羁绊的愉悦和舒畅之情的抒发罢了。在桐城派看来，文学作品并非源于政治，而是源于自然和社会生活；文学家有其自身的主体性和相对独立的特殊价值。因此，姚鼐满腔热情地赞赏性灵派文学家袁枚："年甫四十，遂绝意仕宦，尽其才以为文辞歌诗，足迹造东南山水佳处皆遍，其瑰奇幽邈，一发于文章，以自喜其意。"说："君仕虽不显，而世谓百余年来，极山林之乐，获文章之名，盖未有及君也。"③由此可见，他认为只要把大自然的"瑰奇幽邈，一发于文章"，"获文章之名"，即比从政得仕宦之"显"更有意义。所有这一切，与清廷抹杀文学自身的独立性，要求"务使阐发义理，裨益政治"，岂不有抵牾牾么？

（二）轻视"技艺"与重视"能事"

清朝的文化政策只重视文章的思想内容，对文学创作的"技艺"，采取轻

---

① 《清实录》康熙十二年八月辛酉上谕。
② 《清实录》康熙十六年十二月庚戌上谕。
③ 姚鼐：《惜抱轩诗文集》，上海古籍出版社1992年11月版，第202页。

视和贬低的态度，而桐城派则主张文章的内容和形式、思想和艺术的统一，强调文学创作"另有个能事在"，有其自身的客观规律。如康熙十二年癸丑八月辛酉上谕："骚人词客，不过技艺之末，非朕所贵也。"①桐城派始祖方苞则提出"义法"说，明言它是来源于对《春秋》《史记》等史传文学写作经验的总结："《春秋》之制义法，自太史公发之，而后之深于文者亦具焉。""义即《易》之所谓'言有物'也；法即《易》之所谓'言有序'也。义以为经而法纬之，然后为成体之文。"②可见在方苞等桐城派看来，"言有物"与"言有序"的统一，"义"与"法"的结合，是一切"成体之文"写作的普遍规律，两者缺一不可。姚鼐强调的也是两者的"合"，他说："夫文者，艺也。道与艺合一，天与人一，则为文之至。"③刘大櫆还一再指出，作文"必有待于文人之能事"④，"另有个能事在"⑤。他强调"文"有十二"贵"，却唯独未提康熙所说的"文章以发挥义理、关系世道为贵"。这一切显然反映了从文学创作规律出发的文学家，和无视文学创作规律，只是一味强使文学充当统治阶级的政治工具的政治家之间，两种文学主张的对立。

（三）应用性的"简当"与文学性的"简洁"

清王朝要求的"简当"，跟桐城派所主张的"简洁"，两者的出发点和内涵也迥然有别。有的学者引用康熙说过"文章贵于简当"，即把它说成是桐城派要求文风"简洁"的依据。其实，康熙的原话为："文章贵于简当，可施诸日用，如章奏之类，亦须详明简要。明朝典故，朕所悉知，知其奏疏多用排偶芜词，甚或一二千言，每日积满几案，人主讵能尽览？"⑥可见这是完全从"日

---

① 《清实录·仁祖实录》，台湾华文书局1970年版，第1530页。
② 《方苞集》，上海古籍出版社1983年5月版，第58页。
③ 姚鼐：《惜抱轩诗文集》，上海古籍出版社1992年11月版，第49页。
④ 刘大櫆：《论文偶记》之4，之5。
⑤ 刘大櫆：《论文偶记》之4，之5。
⑥ 《大清圣祖仁（康熙）皇帝实录》，台湾华文书局1970年版，第1530页。

常"需要出发的，其内涵只是与文字的冗长芜杂相对而言。桐城派主张的"简洁"，则是从文学艺术的特性出发的，它绝不仅限于文字的"简当"，还包括要合乎文体的要求，精练准确，文字少而容量大，有足以传神的艺术表现力，等等。例如，方苞说："柳子厚称太史公书曰'洁'，非谓辞无芜累也，盖明于体要，而所载之事不杂，其气体为最洁耳。"①这"洁"就是指"明于体要"而言。他盛赞"《易》、《诗》、《书》、《春秋》及四书，一字不可增减，文之极则也。降而《左传》、《史记》、韩文，虽长篇，句字可薙芟者甚少"②。"《周官》一书，……指事命物，未尝有一辞之溢焉，常以一字二字，尽事物之理，而达其所难显，非学士文人所能措注也。"③这"简洁"即指文字的既精练准确，又有极大的容量。方苞还说："凡诸经之义，可依文以求，而《春秋》之义，则隐寓于文之所不载，或笔或削，或详或略，或同或异，参互相抵，而义出于其间。"④所谓"隐寓于文之所不载"，这不就是要达到"不着一字，尽得风流"，或"意在言外"的境界么？刘大櫆说的"文贵简"，也是指"凡文笔老则简，意真则简，辞切则简，味淡则简，气蕴则简，品贵则简，神远而含藏不尽则简，故简为文章尽境"⑤。这一切都说明，桐城派所主张的"洁""简"，第一，它是以《易》《诗》《书》《春秋》《周官》《左传》《史记》等典籍的写作实践为根据的，是对文学、历史经验的总结，而并非以清廷的文化政策为根据、为准绳的；第二，它是从文学创作的特性和要求出发的，是对"文之极则"或"文章尽境"的必然规律的揭示，跟康熙的单纯从"可施诸日用"，便于"人主""能尽览"，是截然不同的两码事，岂能鱼目混珠？

---

① 《方苞集》，上海古籍出版社 1983 年 5 月版，第 56 页。
② 《方苞集》，上海古籍出版社 1983 年 5 月版，第 615 页。
③ 《方苞集》，上海古籍出版社 1983 年 5 月版，第 82 页。
④ 《方苞集》，上海古籍出版社 1983 年 5 月版，第 84 页。
⑤ 刘大櫆：《论文偶记》之 20。

（四）"清真雅正"与"清澄无滓"

乾隆诏谕的"清真雅正"[1]，与桐城派主张的"清澄无滓""清真雅洁"，也是形似而实异。有的学者以方苞《古文约选序例》所说"古文气体，所贵清澄无滓。清澄之极，自然发其光精"[2]而断言："'清澄无滓'，也就是'清真雅正'。方苞对古文提出的艺术要求，最终还是以清帝对时文的要求为准。"[3]其实，方苞的《古文约选序例》写成于雍正十一年（1733）[4]，而乾隆的这个诏谕是出自乾隆三十四年（1769）四月，两者相距36年，方苞岂能早在36年前即以"清帝对时文的要求为准"呢？两者不仅在时间上相距甚远，而且在内容实质上也天悬地隔。乾隆提出的"清真雅正"，绝不仅是个"艺术要求"，更重要的是要八股时文，严格地以朱注《四书》为准绳，阐发程朱之道，其要害是要符合封建统治所要求的一个"正"字。而方苞所说的"清澄无滓"，并非指以阐发朱注《四书》的程朱之道为"正"，他讲的是"古文气体，所贵清澄无滓"，在"澄清之极，自然而发其光精"后面，还有被删却未引的极其重要的一句："则《左传》《史记》之瑰丽浓郁是也。"可见他所要学习的典范，是《左传》《史记》，而不是朱注《四书》；他以"《左传》《史记》之瑰丽浓郁"，作为"澄清之极，自然而发其光精"的例证，可见其所说的"清澄无滓"，就是要达到"自然而发其光精"的艺术境界。如果说方苞和乾隆都同样要以古文改造时文，那么，这也只能说明乾隆是受了方苞的影响，而不可能是方苞以乾隆"对时文的要求为准"，如同太阳的光辉不可能是以月光为准一样。

---

① 《清实录》乾隆三十四年四月癸酉上谕。
② 《方苞集》，上海古籍出版社1983年5月版，第614页。
③ 见《中国文学理论史》四，北京出版社1987年版，第268页。
④ 据《方苞集》附录二《文目编年》。

五、清代学术思想的变迁和桐城派对它的吸纳

桐城派在清代的兴起和旺盛,还得益于它对清代学术思想变迁成果的吸纳。其主要表现在:

(一)由空谈而变为求实

这是清代学术思想的一大变迁,也是桐城派古文得以产生的重要前提。

经过明末清初的社会大动乱,顾炎武、黄宗羲等进步文人,由于痛感国家沦亡,日月无光,山河变色,而把一切归咎于明代的学风和文风之坏。例如,顾炎武即尖锐地指出:"刘石乱华,本于清谈之流祸,人人知之,孰知今日之清谈,有甚于前代者。昔之清谈老、庄,今之清谈孔、孟。"① 以致"仅仅以文为事,于是模拟剿窃,以貌似为学,于是呓语狂吠,以批尾为学,于是黄茅白苇,以雷同为学,于是高自标致,分门别户,以标榜为学,以骂詈为学。愈重在词章之学,愈不能成为天下之至文"②。所以他们都以徒事空文为可耻。为此,他们担当起了转变明代学风与文风的历史重任,提出"凡文之不关于六经之指,当世之务者,一切不为"③。"救民以事,此达而在上者之责也;救民以言,此亦穷而在下位者之责也。"④ 在他们的倡导之下,厌恶空疏,反对清谈,崇尚求实,言必有物,无征不信,实事求是,便成为清代学术最显著的特色。例如,阮元强调:"凡事求是必以实。"⑤ 颜元说:"救蔽之道,在实学,不在空言。"⑥ 梁启超的《中国近三百年学术史》指出:"这个时代的学术主潮是:厌倦主观的冥想而倾向于客观的考察。无论何方面之学术,都有这样趋势。"⑦

---

① 顾炎武:《日知录》卷 7,《夫子之言性与天道》。
② 郭绍虞:《中国文学批评史》,上海古籍出版社 1979 年版,第 463 页。
③ 顾炎武:《亭林文集》卷 4,《与人书》。
④ 顾炎武:《日知录》卷 19,《直言》。
⑤ 阮元:《揅经室四集》卷 2,《宋砚铭》。
⑥ 颜元:《存学编》卷 3。
⑦ 梁启超:《饮冰室专集》之 75。

崇尚求实，就势必要对传统的观念提出挑战，开创学术繁荣昌盛的新局面。在这方面贡献最大的，是清中叶出生于安徽徽州休宁县的戴震。他从求实的精神出发，主张"由文字以通乎语言，由语言以通乎古圣贤之心志"①。这就不仅推动了考据学、训诂学、文字学等多种学科的蓬勃发展，而且在他的《孟子字义疏证》中进一步提出了情欲说，公然斥责程朱理学为"以理杀人"，起到了推动人们思想解放的作用。

由顾炎武、黄宗羲所开创，由戴震所大大发展了的求实的学风，使清代的封建文化界涌现了一批光辉灿烂之星，如王锡阐、梅文鼎、王夫之、唐甄、颜元、阎若璩、万斯同、李塨、方苞、惠栋、全祖望、纪昀、段玉裁、章学诚、姚鼐、王念孙、王引之等等。其领域不仅包括语言、文字、音韵、经学、史学、文学等人文社会科学，而且还有数学、天文、地理等自然科学。清代学术之繁荣，可谓达到了我国封建社会的鼎盛时期。这是清代在明代王学极盛而敝，转变习于"束书不观，游谈无根"②的学风之后创造的辉煌成就。

桐城派作家虽然在政治思想上以尊崇程朱理学为主，而与戴震那样以情欲反理的进步思想格格不入，但他们的古文创作也接受了当时求实的学术思潮的积极影响。例如，方苞的义法说，强调"言有物"③，显然是针对"空疏不学""游谈无根"的恶劣学风和文风而发的。朱可亭也说方苞"学皆济于实用"④。重视写实，是方苞散文创作的一大特色。他确信，只有写得真实，才足以使文章具有"信今而传后"⑤的生命力。他的《左忠毅公逸事》文末，特地注明文中所写左公"狱中语"，乃其父"亲得之于史公云"⑥。他的《狱中杂记》，则

① 戴震：《古经解钩沈序》。
② 梁启超：《中国近三百年学术史》。
③ 《方苞集》卷2，《又书货殖传后》。
④ 转引自《方苞集集外文》卷6，《纪事·叙交》。
⑤ 《方苞集》卷7，《张母吴孺人七十寿序》。
⑥ 《方苞集》卷9，《左忠毅公逸事》。

明言是"康熙五十一年三月，余在刑部狱"①目睹耳闻的事实。即使应邀为人写《墓志铭》，他也坚持"非亲懿故旧"不写，所写的内容"则虽君父不敢有私焉"，否则，他宁愿累累因"不为铭而生怨嫌"，绝不"设实皆背于所称"，来勉强地"与之铭"。②

姚鼐对于如何解释《老子》一书，他说"余更求其实"；对"末世为礼者""假其名而悖其实"，表示"不胜悁忿而恶之"。③对于古书，他不是盲目尊崇，而是要"审理论世，核实去伪，而不为古人所愚"④。"慕古人行迹，思效于实用"⑤。对于"天下地志谬误"，他斥之为"率与实舛，令人愤叹"。他反对"妄引古记"，而要求"各考纪其地土之实迹，以参相校订"⑥他的散文创作，则公然揭露"朝廷虽有良法善政，皆为虚文而已"⑦。指出："魏晋之间，空虚之谈兴，……迄亡天下。"⑧斥责那些科举时文，"文具无实"，科举之士"有士之名而实为士之蠹"⑨。"今世相矜名，虽闺门之内，亦务为夸饰而寡情实。"⑩

可见，无论在理论上或实践上，桐城派所坚持的，基本上还是现实主义的创作道路；其成为一代文学正宗，绝非偶然，而是他们跟清代求实的学术思潮互为呼应的必然结果。

（二）由独尊一家而变为对各学派的兼长相济

这是清代学术思想又一大变迁，也是桐城派的文学主张和文学创作的基本特色。

---

① 《方苞集集外文》卷6，《狱中杂记》。
② 《方苞集》卷11，《葛君墓志铭》。
③ 《惜抱轩文集》卷3，《老子章义序》。
④ 《惜抱轩文集》卷9，《乾隆戊子科山东乡试策问五首》。
⑤ 《惜抱轩文集》卷11，《河南孟县知县新城鲁君墓表》。
⑥ 《惜抱轩文集后集》卷1，《〈泰山道里记〉序》。
⑦ 《惜抱轩文集》卷9，《乾隆戊子科山东乡试策问五首》。
⑧ 《惜抱轩文集》卷7，《赠钱献之序》。
⑨ 《惜抱轩文集》卷9，《乾隆戊子科山东乡试策问五首》。
⑩ 《惜抱轩文集》卷8，《伍母陈孺人六十寿序》。

人们往往责怪桐城派尊崇程朱理学，其实，尊崇程朱，并非桐城派所独有，而是在清初至清中叶有其普遍性。即使以进步思想家著称的顾炎武（亭林），亦在"尊朱"之列。这种情况，直到乾隆中叶汉学极盛，才为之一变。包括桐城派在内的许多有识之士，皆逐渐认识到，宋学与汉学等各个学派之间并非绝然对立，而是互有短长。由"定于一尊"变为兼长相济，遂成为清代学术思想发展的主潮，如《四库全书总目提要·经部总叙》所叙述的：

国初诸家，其学征实不诬，及其弊也琐，要其归宿，则不过汉学、宋学两家，互为胜负。夫汉学俱有根柢，讲学者以浅陋轻之，不足服汉儒也；宋学俱有精微，读书者以空疏薄之，亦不足服宋儒也。消融门户之见，而各取所长，则私心祛而公理出，公理出而经义明矣。盖经者非他，即天下之公理而已。今参稽众说，务取持平。

四库全书馆被称为"汉学家的大本营"，《提要》乃出自四库全书馆总纂修官、汉学家纪昀之手，这说明，"消融门户之见，而各取所长"，"参稽众说，务取持平"，已为汉学家所接受。不仅如此，它也已成为各个学派的共识。以尊崇程朱理学著称的李文贞、方苞，也并不专尊程朱，而是如《清儒学案·惜抱学案》所说："昔李文贞、方侍郎苞，以宋元诸儒议论，糅合汉儒，疏通经旨，惟取义合，不名专师。"[1]甚至连清王朝的"御纂群经"，也"皆兼采汉宋先儒之说，参考异同，务求至当"[2]。乾隆、道光年间的著名学者阮元，更为明确地主张兼顾经学与理学、汉学与宋学、道与艺等各个方面，而无所偏执。他说："两汉名教，得儒经之功；宋明讲学，得师道之益，皆于周孔之道，得其分合，未可偏讥而互诮也。""我朝……可谓兼古昔所不能兼者矣。"[3]

尽管我们不能忽视桐城派都特别尊崇程朱，但与此同时也应看到，他们对

---

① 见于徐世昌：《清儒学案》卷89。
② 江藩：《国朝汉学师承记自序》。
③ 阮元：《揅经室一集》卷4，《拟国史儒林传序》。

兼长相济的学术思想也是身体力行的。例如，方苞曾与反对宋学的颜李学派的李塨易子而教^①，李塨对方苞曾寄予厚望，说："以门下之德望，若得同心倡明正学，则登高而呼，所听者远，南中后进殊尤必有闻风而兴起者，较之穷崖空谷之鸣号，虽厉莫闻，何啻霄壤！"^②姚鼐还特地写信给汉学家戴震，要拜他为师，戴震回信虽未接受，但亦表示"仆与足下无妨交相师而参互以求十分之见"^③。梅曾亮称其师姚鼐说过："吾不敢背宋儒，亦未尝薄汉儒。"^④姚鼐的信徒刘开、姚莹、曾国藩等皆主张对汉学、宋学"欲兼取二者之长"^⑤，要"博究精深，兼综众妙"^⑥，"取汉儒之博而去其支离，取宋贤之通而去其疏略"^⑦。

这一切皆足以说明，桐城派虽特别尊崇宋学，但他们跟汉学家的关系并不是完全对立的，他们也是主张对各个学派要兼长相济、兼综众妙的。

被称为桐城派的集大成者姚鼐所提出的义理、考证、文章三结合的文学创作主张，即明显地总结了宋学、汉学的长处和短处，典型地反映了当时要求兼长相济的学术思潮。恰如郭绍虞的《中国文学批评史》所指出的："这是清代一般文人学者共同的主张，而其意实发自顾（炎武）、黄（宗羲）。由顾氏之说推之，以著述为文，则重在考据；以明道为文，则重在义理；而同时复以语录为不文（见《日知录》卷19《修辞》条），则又重在辞章。顾氏所言早已透露此意，不过不曾明白地指出而已。"^⑧

姚鼐从文学创作的特性出发，既反对"世有言义理之过者，其辞芜杂俚近，如语录而不文"，同时又认为："以考证累其文则是弊耳！以考证助文之境，

---

① 见李塨：《恕谷后集》卷8，《长子习仁行状》及附《方子灵皋所作李伯子哀辞》。
② 李塨：《恕谷后集》卷9，《与方灵皋书》。
③ 《戴东原集》卷9，《与姚孝廉姬传书》。
④ 梅曾亮：《柏枧山房文集》卷5，《九经说书后》。
⑤ 曾国藩：《致刘孟容》，转引自《清儒学案》卷177。
⑥ 姚莹：《康輶纪行》卷8，《桐城先辈》。
⑦ 刘开：《刘孟涂文集》卷2，《学论中》。
⑧ 郭绍虞：《中国文学批评史》，上海古籍1979年版，第467页。

正有佳处，夫何病哉！"①他所主张的"以兼长为贵"，不仅符合当时整个的学术主潮，而且有助于达到"文之至美"的境界。尽管他所要表达的"义理"不免带有封建性，但是我们既然不能对封建的学术文化持简单否定的态度，又怎么能对桐城派古文予以完全否定呢？何况如方苞的《狱中杂记》、姚鼐的《登泰山记》等可谓"至美"之文，其作为传世佳作，是谁也否定不了的。

值得一提的是，唐宋古文本是与骈文相对立的，而桐城派古文则主要是与当时封建统治者所推行的八股时文相对立，他们要以古文来改造时文。在兼长相济的学术思潮的影响之下，他们对骈文也采取了兼收并蓄的态度。例如，王先谦的《骈文类纂序例》称："文章之理本无殊，致奇偶之生出于自然。"②在他看来，"经学之分义理、考据，犹文之有骈散体也。文以明道，何异乎骈散，然自两体既分，各有其独胜之处"③。桐城派有的作家就兼长骈、散两种文体，如姚鼐的高第弟子梅曾亮"少喜骈体之文"④，在30岁以后皈依桐城派，改作古文。但是，他仍然认为："文贵者辞达耳，苟叙事明，述意畅，则单行与排偶一也。"⑤在他后来写的古文中，依然深受骈文的影响，采用了不少骈俪的句式。

（三）由隐于学术而变为经世致用

这是清代学术思想又一大变迁，也是桐城派作家所越来越自觉追求的写作宗旨。

清代乾嘉学派的兴起，一方面，由于清朝在政治上建立了大一统的局面，经济上得到了恢复和发展，特别是皖派和吴派，出现于徽商和南方经济比较发达的地区，有从事学术活动的适当的土壤和必需的财力；另一方面，则由于清朝统治者的"文字狱"，也迫使知识分子为避免斧钺之诛，而纷趋于考据之途，

---

① 《惜抱尺牍》卷6，《与陈硕士》。
② 王先谦：《虚受堂文集》卷15。
③ 王先谦：《虚受堂文集》卷14，《复阎季蓉书》。
④ 梅曾亮：《柏枧山房文集》卷5，《马韦伯骈体文序》。
⑤ 梅曾亮：《柏枧山房文集》卷2，《复陈伯游书》。

以"终老牖下，皓首穷经"，或"一字之证，累至万言"，自诩为"古者隐于山林，今者隐于学术"，名为表示消极抵抗，实则脱离政治，为学术而学术。

这种"隐于学术"的倾向，不仅与顾炎武等进步思想家所倡导的，"学者，将以明体适用也"，"其术足以匡时，其言足以救世"[①]，"文须有益于天下"[②]等主张相抵牾，而且也为当时的一些有识之士所不满。例如，章学诚即一针见血地批评考据家是"舍今而求古"，义理家是"空言义理以为功"[③]。指出："君子学以持世，不宜以风气为重轻。"[④]要"学问经世，文章垂训"[⑤]。"君子苟有志于学，则必求当代典章以切于人伦日用，必求官司掌故而通于经术精微，则学为实事，而文非空言，所谓有体必有用也。"[⑥]他以强调"持世""经世""有用"，来反对当时埋头于钻故纸堆的学术风气。龚自珍更明确地提出了"一代之治，即一代之学"[⑦]的口号，要求学术研究要面向社会现实，为当前的政治服务。

这种要求经世致用的学术思潮，到了鸦片战争前后，帝国主义入侵的炮声，使清政府的腐败无能得到了彻底的暴露，国家民族面临生死存亡的危急关头，这一社会现实，更使知识分子的心灵受到了雷霆般的震撼。魏源便愤而斥责那些烦琐的考据，是"锢天下聪明智慧使尽出于无用之途"[⑧]。方东树的《汉学商兑》，虽然有许多卫道的谬论，但它强调"读书守道之人，贵乎躬行实践"，批评"汉学诸人，言言有据，字字有考，只向纸上与古人争训诂形声，传法驳杂，援据群籍，征佐数百千条，反之身己之行，推之民人家国，了无益处，徒使人狂惑失守，不得所用"，甚至"无一念及于用"。这种批评，还是切中肯綮的。方

---

① 潘耒：《日知录序》。
② 顾炎武：《日知录》卷19，《文须有益于天下》。
③ 章学诚：《文史通义》内篇二，《浙东学术》。
④ 《章氏遗书》卷9，《家书》5。
⑤ 章学诚：《文史通义·说林》。
⑥ 《章氏遗书》卷5，《史释》。
⑦ 《龚自珍全集·乙丙之际箸议第六》。
⑧ 《魏源集·武进李申耆先生传》。

东树一再大声疾呼："不关世教，虽工无益"①；"著书空疏，固是陋，捃拾眩博，尤陋"；"书贵有用于世"②。这都显然地反映了那个时代的呼声和要求。

在这两种学术思想的斗争之中，桐城派作家虽然不免有宣扬义理的空疏之弊，但他们基本上还是站在主张经世致用一边的，是越来越自觉地以经世致用为自己的写作宗旨的。尤其是梅曾亮不满于"海内魁儒畸士，崇尚鸿博，繁称旁证，考核一字，累数千言不能休"③，"学者日靡刃于离析破碎之域，而忘其为兴亡治乱之要最"④，而明确地提出："文章之事，莫大乎因时"⑤；"文章至极之境"，在"言有用"⑥。姚莹更清醒地揭露当时的社会现实："及乎承平日久，生齿繁而地利不足养，文物盛而干盾不足威，地土广而民心不能靖，奸伪滋而法令不能胜，财用竭而府库不能供，势重于下，权轻于上，官畏其民，人失其业，当此之时，天下病矣，元气大亏，杂证并出，度非一方一药所能愈也。"⑦这仿佛在昭告世人：他们所生活的那个社会，已经病入膏肓，非要有一个大的变法改良不可！

（四）由保守"不变"而转为竭力图变

这是清代学术思想的又一大变迁，也是桐城派古文经久不衰的可贵经验。

强调"变"，既是清代学术一个突出的现象，又是桐城派古文创作历久不衰的重要原因。例如，方苞一再说明古文写作"变化无方，各有义法，此史之所以能洁也"⑧；"先后详略，各有义法，所以能尽而不芜也"⑨；"诸体之文，

---

① 方东树：《仪卫轩文集自序》。
② 方东树：《书林扬觯》卷上。
③ 梅曾亮：《柏枧山房文集·春秋溯志序》。
④ 梅曾亮：《柏枧山房文集·复姚春木书》。
⑤ 梅曾亮：《柏枧山房文集·答朱丹木书》。
⑥ 梅曾亮：《柏枧山房文集·与姚柏山书》。
⑦ 姚莹：《东溟文后集》卷6，《复管异之书》。
⑧ 《方苞集集外文补遗》卷2，《史记评语·廉颇蔺相如列传》。
⑨ 《方苞集集外文补遗》卷2，《史记评语·项羽本纪》。

各有义法"①。他之所以再三强调"各有义法"也就是说，古文写作是因文体、题材、写法等变化的，并且这种"变"是"变化无方"，不受任何模式所囿。不只在艺术上如此，即使在思想内容上，他们也主张因"天地之气化，万变不穷，则天下之理亦不可以一端尽"②。正因为强调"变"，所以桐城派从来不是个封闭的系统，而是个开放的系统，它们能不断地适应客观形势的变化而变化。

由于桐城派强调为文章者"有所变而后大"③，所以桐城派作家即使对于他们的祖师爷，也不是盲目崇拜，一味效法，而是敢于批评，勇于超越，使其理论和创作皆处在不断的变化和发展之中。例如，姚鼐即敢于批评桐城派的始祖方苞，说："震川论文深处，望溪尚未见，此论甚是。望溪所得，在本朝诸贤为最深，而较之古人则浅。其阅太史公书，似精神不能包括其大处、远处、疏淡处及华丽非常处，止以义法论文，则得其一端而已。然文家义法亦不可不讲，如梅崖便不能细受绳墨，不及望溪矣。"④至于他们的古文创作，则更是各具特色。例如，陈用光所说："望溪理胜于辞，海峰辞胜于理，若先生（指姚鼐）理与辞兼胜。"⑤方东树也说："先生（指姚鼐）后出，尤以识胜，知有以取其长，济其偏，止其蔽，此所以配为三家，如鼎足之不可废。"⑥方宗诚说："惜抱先生之文以神韵为宗，虽受文法于海峰、南青（姚鼐的伯父姚范，字南青），而独有心得。"⑦后期桐城派代表人物曾国藩，"尝自谓粗解古文由姚氏启之，列姚氏于圣哲画像三十二人中，可谓备极推崇矣。然曾氏为文，实不专守姚氏法，颇熔铸选学于古文，故为文词藻浓郁，实拔戟自成一军。"⑧直到"五四"前夕，

---

① 《方苞集》卷6，《答乔介夫书》。
② 《刘大櫆集》卷1，《息争》。
③ 《惜抱轩文集》卷8，《刘海峰先生八十寿序》。
④ 《惜抱尺牍》卷5，《与陈硕士》。
⑤ 陈用光：《太乙舟文集·姚姬传先生七十寿序》。
⑥ 方东树：《仪卫轩文集·书惜抱先生墓志后》。
⑦ 方宗诚：《桐城文录·义例》。
⑧ 陈柱：《中国散文史》，上海书店1937年版，第291、292页。

以固守桐城派家法著称的严复、林纾，他们以古文翻译《天演论》等传播西方资产阶级思想的大量作品，则不仅在思想观念上迎合了资本主义发展的要求，而且其所表现出来的古文修养，至今仍被人们赞为："力能扛鼎，运斤成风"，"使得异族的文字透过曲雅有力似可通灵的中国古文，脱胎成为另一种文字精神，化而能生，变而有情，光芒点点，墨彩郁郁"；其译文之美，"旷世而不一遇"。^①可见，从方苞、刘大櫆、姚鼐到曾国藩、严复、林纾，他们虽同属桐城派，但他们的古文绝非陈陈相因，而是个个机杼别出，始终是随着时代、题材、体裁和作家个性的不同，而在不断地变化和发展着。也就是说，主张"变"的思想，使桐城派具有极大的开放性、包容性和适应性，这是桐城派之所以能有那么持久旺盛的生命力，成为我国文学史上影响最大的文学流派的一个重要原因和一条宝贵经验。

只不过他们的"变"，只限于"量变"，只在桐城派体系内变。当"五四"运动要以白话文代替文言文，进行"质变"时，桐城派就势必负隅顽抗成为打倒的对象了。

清代学术思想的上述四大变迁及桐城派对它的成果的吸纳，显然有力地促进了清代学术文化的繁荣昌盛和桐城派的持续发展，使清代包括桐城文学在内的各个学术文化领域，皆创造了集中华民族灿烂文化之大成的辉煌成就和伟大贡献。

六、结语

综上所述，桐城派是清代学术文化的重要组成部分，它的出现，既不是偶然的，也不只是某个单方面的原因。如果说桐城地方的自然和人文环境，是桐城作家群产生的土壤和种子，清朝的文化政策及政治上的大一统、经济上的大

---

① 伍立扬：《译文的尴尬》，1994年10月6日上海《文汇报》。

繁荣为其营造了大气候、大环境的话，那么，清代学术思想的四大变迁，则为桐城派的兴盛注入了充足的阳光和雨露；就桐城派自身来说，它又是清代社会现实的客观要求和必然反映，是整个中华民族的民族精神和民族文化的延续和发展。尽管它的根本性质无疑是属于封建主义的，具有严重的封建保守性，但是，桐城派作家与当权的清朝统治者不只有相屈从、相依附的一面，更有相区别、相矛盾的一面。他们中的绝大多数是以教书、卖文为生的文人，而不是统治阶级中的当权派。桐城派的古文也极少有歌功颂德、为统治者粉饰太平之作，而或多或少、或显或隐地反映了清代政治腐败、道德沦丧、人民困苦不堪的社会现实。它与粉饰社会现实、专为统治者效劳的台阁体文学，毕竟迥然有别。无论是恣意美化，或一笔抹杀，或过分贬低桐城派的成就，这皆属无视历史事实，是不利于我们总结和吸取其历史经验的。

在建设有中国特色的社会主义文化的新时代，我们有必要抛开一切主观成见，把桐城派放在中华民族尤其是清代社会历史和学术文化的整体之中，以新视野、新资料、新观点、新方法，多层面、多角度、全方位地对桐城派作重新审视，力求还桐城派以本来的历史真面目，作出全面、客观、公正、科学的评价，总结并吸取其丰富的经验教训，以为发展有中国特色的社会主义文学风格流派而竭尽绵薄之力。

第二章 桐城派的先驱者——戴名世

南山桥，了了桥，古桥肃穆诵文豪：是文不比南山美，是人不比南山豪，是冤不比南山深，是桥不比南山牢！①

这是在戴名世的家乡——桐城民间流传的一首歌谣。它虽未免带有艺术夸张，却真卖地反映了家乡人民对戴名世的爱戴和赞美之情。

一、"忧愁勤苦"，"潦倒一生"

——生平及著作

戴名世（1653—1713），字田有，一字褐夫，号药身，别号忧庵。安徽桐城人。50岁时置宅于桐城南山砚庄，著有《南山集》，故又被称为"南山先生"。一生以教书、卖文为业，只是在57岁中进士后，当过二年的翰林院编修，59岁即因"《南山集》案"遭文字狱，61岁（康熙五十二年）被清廷处死。身后为讳其姓名，以宋为戴族所自出，称之为"宋潜虚先生"。

他出身于没落的官僚、书香门第，自称为"贫家之士"②。始祖因明末家破，自婺源迁桐城。祖古山，官江西。父硕，以教书为生。为人忠厚，是其家庭传统。例如，他在《先君序略》中所说："家世孝弟力田，以赀雄乡里，里中皆称戴

---

① 叶瀨主编：《桐城歌谣》，《中国歌谣集成安徽卷桐城分卷》，1992年2月版，第22页。
② 《戴名世集》卷10，《碾庄记》（中华书局1986年2月版，下略，不另注），第282页。

氏忠厚长者，县大夫辄尝馈问，以风示县人。"①称其父"为人醇谨，忠厚退让，从不言人过失，与人交无畛域"②。尽管到他父辈，家境已经衰落，以致其父"第其艰难险阻，备尝人间苦，不能以告人也。岁甲午，年二十一，补博士弟子。家贫，以授经为业。岁辛丑、壬寅间，始担囊授徒庐江，岁一再归，博奉金以活家口。顷岁授徒里中，然性不喜家居，辄复客于外"③。终于在48岁那年病逝于邻县舒城陈家洲馆次。那时戴名世已28岁，父亲的不幸早逝，使他受到极大的震撼。他悲愤地记述陈家洲人为其父的死，"皆呱呱而泣曰：'天无眼矣！'"他自己则哀叹："呜呼！人莫不有死，而先君客死，早死，穷死，忧患死，此不肖名世所以为终天之恨，没世而不能已者也。"④

他从小聪明好学。在《自订时文全集序》中说："余自六岁从塾师受学，凡五年而四书、五经读已毕。""里中有潘木崖先生，博雅君子也，家多藏书，余往往从借观，因师事之。"尽管他"少而多病"，但仍不忘刻苦攻读，"病有间，因穷六经之旨，稍见端倪，而旁及于周、秦、汉以来诸家之史，俯仰凭吊，好论其成败得失，间尝作为古文，以发抒其意"⑤。

青年时代，他除从事古文写作外，主要是教书、写时文和考科举。他说："先君子束脩之入不足以给饔飧，余亦谋授徒以养亲，而生徒来学惟时文之是师，余乃学为时文。"⑥他的文章，得到督学使者刘木斋、李振玉的赏识，以国士相目，他28岁时（康熙十九年）被补为县学生员（俗称秀才），33岁时以廪生得选拔为贡生。34岁那年冬天，他以文行兼优的贡生资格赴京入国子监肄业。在这一年他写的《与刘言洁书》中说："偶料检箧中文字，自丙辰至丙寅〔即

① 《戴名世集》卷6，《先君序略》，第173页。
② 《戴名世集》卷6，《先君序略》，第174页。
③ 《戴名世集》卷6，《先君序略》，第174页。
④ 《戴名世集》卷6，《先君序略》，第175页。
⑤ 《戴名世集》卷4，《自订时文全集序》，第117页。
⑥ 《戴名世集》卷4，《自订时文全集序》，第117页。

康熙十五（1676）—二十五年（1686）]，所著有《芦中集》、《天问集》、《困学集》、《岩居川观集》，为删其十之二三，汇为一集。"①可见他在24岁至34岁这十年间，已著作颇丰。

壮年时代，从35岁至50岁，他赴京应试落第，便遍历南北各地，以卖文为生，同时为他写作明史搜集资料。在《北行日纪序》中，他对这十五年与以前的不同，作了这样的描述："往余居乡，以教授糊口，不出一百二百里之内，岁得一镪两镪，与村学究为曹伍。计四时中省亲一再归，归数日即去，虽无安居之乐，亦无行役之苦。后以死丧债负相迫，适督学使者贡余于太学，遂不得已而为远役，则始于岁丙寅之冬，距今十五年。往返奔走，遍历江淮、徐泗、燕赵、齐鲁、闽越之境，凡数万里，每行辄有日纪。"②他把这十五六年游历卖文所得，"存于友人赵良冶所者凡千金"，在故乡桐城"买南山冈田五十亩，并宅一区"，题堂额曰"砚庄"③。在他50岁那年的冬天，他自江宁归居南山，打算终生隐居。此前一年，由门人尤云鹗为他刻印的百十余篇古文集，即名《南山集》，以著其归隐之志。但是事实上他在南山住的日子并不长，每年二三月即出游于外了。其原因还是为生活所迫，如他在《砚庄记》中所说："家众凡十余人，皆游手惰窳，不谙种植。岁所收稻，仅足供税粮及家人所食，而余遂不能常居砚庄。"④

自51岁到61岁被害，是他的晚年时期。这期间，除往返于砚庄、金陵、姑苏寓所，从事八股文的编选以谋生外，在53岁时，他还应顺天乡试，考中第59名举人，54岁赴京会试被黜，56岁编订的《四书朱子大全》，由友人程凤来镌板行世，57岁考取进士第二名，授翰林院编修。可是好景不长，59岁

---

① 《戴名世集》卷1，《与刘言洁书》，第6页。
② 《戴名世集》卷11，《北行日纪序》，第291页。
③ 《戴名世集》卷10，《砚庄记》，第283页。
④ 《戴名世集》卷10，《砚庄记》，第283页。

即遭御史赵申乔参疏，被捕，坐刑部狱。在狱中，他还在修订《四书朱子大全》。于60岁那年的二月初十被处死。

综观戴名世的一生，他是文学家，而不是政治家、思想家。如同有的学者所指出的："戴氏之学术思想，在哲学方面实平平无足道。清初统治者大力提倡程朱理学，戴氏不过人云亦云，无所建树。"[1]他的主要成就是在古代散文创作上。自称："田有自少学古文。"[2]"不佞自初有知识，即治古文。"[3]"当今文章一事贱如粪壤，而仆无他嗜好，独好此不厌。"[4]他说他"奉子长、退之为宗师，暇从事于制义之文，于诸家独好归太仆、唐中丞，于今十余年矣"[5]。可见他写时文（即"制义之文"），只是"暇从事"而已。至于他"少以时文发名于远近，凡所作，贾人随购而刊之"[6]，"既已流传于世，人人皆知诵法矣"[7]，那只是客观影响，而事实上恰如称戴名世为"吾友"的方苞所说："此非褐夫之文也。"[8]他本人也郑重声明："余非时文之徒也。"[9]

他既然反对时文，为什么却又写时文、教时文呢？一是因为"家贫无以养亲，不得已开门授徒，而诸生非科举之文不学，于是始从事于制义"[10]；二是他认为："文章风气之衰也，由于区古文、时文而二之也。"[11]为此他要以古文来改造时文，说："世俗之言既举古文、时文区画而分别之，则其法必自有所为时文之法，然而其所为时文之法者陋矣，谬悠而不通于理，腐烂而不适于用，此竖儒老先

---

① 王树民编校：《戴名世集·前言》第4页。
② 《戴名世集》卷1，第20页。
③ 《戴名世集》卷1，第21页。
④ 《戴名世集》卷1，第11页。
⑤ 《戴名世集》卷1，第21页。
⑥ 方苞：《南山集偶钞序》，《戴名世集·附录》，第451页。
⑦ 尤云鹗：《南山集偶钞跋》，《戴名世集·附录》，第453页。
⑧ 方苞：《南山集偶钞序》，《戴名世集·附录》，第451页。
⑨ 《戴名世集》卷4，《自订时文全集序》，第119页。
⑩ 《戴名世集》卷4，《意园制义自序》，第123页。
⑪ 《戴名世集》卷4，《小学论选序》，第90页。

生之所创，而三尺之童子皆优为之。……然则何以救之？亦救之以古文之法而已矣。"①可见他写时文，是为了以古文来改造时文。

戴名世的古文创作在当时即影响很大。"其所为古文较之制义更工且富，于是四方学者购求先生之古文踵相接也。"②这是他的学生尤云鹗在《南山集跋》中说的。他本人也说："余名为能古文，而人之以文来请者不绝。"③

戴名世的著作，生前自编文集《芦中集》《困学集》《天问集》《柳下集》《岩居川观集》《周易文稿》，《自订时文全集》《意园制义》及诗集《齐讴集》，皆已失传。唯其门人尤云鹗于康熙四十年刊行的《南山集偶钞》，收文百余篇，单独刊行的《孑遗录》、抄本《忧庵集》及文百余篇，尚流传于世。即使在他遭杀身之祸，《南山集》被禁毁之后，他的作品仍以《忧患集偶钞》《戴田有全集》《潜虚先生文集》等名目，继续流行。王树民编校，1986年中华书局出版的《戴名世集》，是汇集各主要版本，经过精心校勘并补遗，较为完备的文集。

"以笔代耕，以砚代田"④，"忧愁勤苦"，"潦倒一生"⑤。戴名世在其《砚庄记》中的这几句自述，实足以概括其生平经历，只是他未料到，他竟然会以倒在清王朝的屠刀之下而终其一生。

二、"思自奋起，以期无负于盛世"

——时代背景和政治态度

人的思想和生活道路，不能不受到他所处时代和社会的大气候、大环境的直接影响。

---

① 《戴名世集》卷 4，《甲戌房书序》，第 88、89 页。
② 尤云鹗：《〈南山集偶钞〉跋》，《戴名世集·附录》，第 453 页。
③ 《戴名世集》卷 3，《章泰占稿序》，第 80 页。
④ 《戴名世集》卷 10，《砚庄记》，第 282 页。
⑤ 《戴名世集》卷 10，《砚庄记》，第 283 页。

戴名世生于康熙即位前九年,他一生主要生活在康熙年间。这时,清王朝在全国的统治已经日益稳固,不但弘光、隆武、永历等明王朝的残余势力被肃清,吴三桂等人的三藩之乱被镇压,而且连边疆少数民族地区和台湾,也皆置于清王朝的有效控制之下,出现了全国空前大一统的政治局面。康熙采取了尊孔崇儒、笼络人才、整饬吏治、减轻人民负担、发展社会经济等一系列旨在除弊兴利、缓和矛盾的政策,使我国进入了一个领土完整、国家统一、人民较为安定、经济相对繁荣的历史时期,史称"康熙盛世"。这时社会的主要矛盾,已不再是民族矛盾,满汉矛盾已被置于次要地位。在这种大气候、大环境下,戴名世对康熙皇帝的政绩,还是颇为赞赏的,表示要"思自奋起,以期无负于盛世"①。

对于康熙皇帝"平定四海",完成统一中国的大业,他更是兴高采烈。他的这种思想,在《禹贡锥指序》和《办苗纪略序》中都有所阐述。这两篇文章分别写于康熙四十四(1705)、四十五年(1706),写作年龄为53岁、54岁。据此,有人认为这只能代表戴名世晚年的思想;说戴名世的思想经历过由"反清"到"颂清"的"根本的转变"。②

其实,据王树民的《戴文系年》,被称为塑造了"反清英雄形象"的《画网巾先生传》,作于康熙四十年(1701),作者已49岁。该文主要是赞扬画网巾先生的不"忘祖制"、不"负吾君"的"守节"行为,旨在吊"自古守节之士"。说它表现了誓不降清的民族气节则可,说它塑造了"反清英雄形象"则未免过誉。

更为重要的是,据王树民《戴文系年》,早在康熙二十三年(1684)作者32岁时写的《沈寿民传》中即指出:

---

① 《戴名世集》卷10,《砚庄记》,第283页。
② 见《戴名世论稿》第24页,黄山书社1985年9月版。

> 当明之既亡，东南遗民义不忍亡故国，多有愚昧以触罪戾，至
> 于复其宗祀。海上之役，金坛、丹徒、宣城三县士大夫受祸尤烈。
> 先生独超然远览，自全于耕凿之间，可不谓智勇绝人者乎！
>
> ——《戴名世集》卷6，第156页。

这表明，早在戴名世青壮年时代，他即已把明遗民不忘故国，力图恢复明王朝的行动，视为"愚昧"思想和"罪戾"之举，而对沈寿民的"超然"于外，保身"自全"，则大加赞赏。

再从他28岁考中秀才，32岁应乡试，33岁选为贡生，35岁赴京入太学，并应京兆试，这些经历皆足以证明他在青年时代即积极争取进入仕途，只是未达目的罢了。他要进入仕途，难道不是为清王朝效力，而是打入官场充当"反清"的奸细么？

事实上，戴名世所处的时代已经"四海平定"，人们对清王朝的政治态度，已经不再是激烈反抗，而是如戴名世所说："莫不弹冠振衿"[1]，"莫不稽颡叩阙"[2]，戴名世本人显然也属这"莫不"之列。他既不是"颂清"的奴才，也不是"反清"的英雄，他是一个对于当时的社会现实有比较清醒的认识，既对坚持抗清的志士寄予同情，更对康熙盛世满怀希望，愿意为之"奋起"，而又终究惨遭横祸的文学家。

三、"树敌甚多，成为招忌之的"
——"《南山集》案"和戴名世之死

既然戴名世不是持"反清"的政治态度，那么，他为什么又被清王朝认定："查戴名世书（指《南山集偶钞》）内，欲将本朝年号削除，写入永历大逆等

---

[1] 《戴名世集》卷3，第68页。
[2] 《戴名世集》卷3，第84页。

语"①而欲将其"即行凌迟"处死呢?

所谓"写入永历大逆等语",是指他的《南山集偶钞》中收有他给舒城籍学生余石民的一封信,在信中他写道:"昔者宋之亡也,区区海岛一隅如弹丸黑子,不逾时而又已灭亡,而史犹得以备书其事。今以弘光之帝南京,隆武之帝闽越,永历之帝两粤,帝滇黔,地方数千里,首尾十七八年,揆以《春秋》之义,岂遽不如昭烈之在蜀,帝昺之在崖州,而其事渐以灭没。"②显然,他是以"揆以《春秋》之义"的历史家的眼光,认为抹杀弘光、隆武、永历等南明王朝的历史事实有失公平,而并没有"欲将本朝年号削除"之意。事实上后来乾隆皇帝诏修《明史》,不是也特谕"甲申以后存福王年号、丙戌以后存唐王年号、戊子以后存桂王年号"③么?戴名世不过超前于康熙二十二年(1683)提出这个问题,何罪之有?

《南山集偶钞》刊行于康熙四十年(1701),而"《南山集》案"则发生于康熙五十年,前后相隔十年。在这期间,戴名世已于康熙四十四年考中举人,于康熙四十八年考取进士,当了翰林院的编修。在戴名世正积极争取为清王朝效劳的情况下,清王朝为什么还要制造个"《南山集》案"来将他处死呢?

看一看"《南山集》案"的始末,即可略见端倪。此案的起因,原本就并非反对清王朝的"大逆"罪。在左都御史赵申乔为弹劾戴名世而给康熙皇帝的奏本④中,戴名世真正的"罪名"是"恃才放荡","私刻文集,肆口游谈,倒置是非,语多狂悖,逞一时之私见,为不经之乱道",属不容"滥侧清华"的"狂诞之徒"。也就是说,他在思想品格上不是循规蹈矩,而是"狂悖""乱道"。赵申乔只字未提他有政治上反清的"大逆"之罪。他上奏的目的,一是

---

① 《戴名世集·附录》,《记桐城方戴两家书案》,第480页。
② 《戴名世集》卷1,《与余生书》,第2页。
③ 《戴名世集·附录》,《记桐城方戴两家书案》,第483页。
④ 《戴名世集·附录》,《记桐城方戴两家书案》,第483页。

认为戴名世的思想品格不适合当翰林院编修，要把他从"清华"（即清贵的官品）之侧清除出去；二是要借此"以为狂妄不谨之戒"，使"人心咸知悚惕"（恐惧、警惕），起到威慑的作用。

"《南山集》案"戴名世的罪名后来之所以由"狂诞"发展为"大逆"，完全是清王朝出于维护其思想统治的需要，以牵强附会、无限上纲的手段所作的政治陷害。抓住戴名世在《南山集·与余生书》中说过的话："吾乡方学士有《滇黔纪闻》一编，余六七年前尝见之，及是而余购得此书，取犁支所言考之，以证其同异。"①这本来是说他为写《明史》在搜集资料的事，而刑部却把它视为政治上的"悖乱之语"，在给皇帝的奏折中称：

方孝标丧心狂逆，倡作《滇黔纪闻》，以至戴名世撺饰其间，刊书流布，多属悖乱之语。②

康熙见折，遂下令说：

案内方姓人俱系恶乱之辈，方光琛投顺吴三桂，曾为伪相，方孝标亦曾为吴三桂大吏，伊等族人不可留本处也。③

这样就把"《南山集》案"中的戴名世与方光琛、方孝标、吴三桂牵扯上了，使案件的性质也由思想品格问题一变而为严重的政治问题，由单纯叙述南明的年号史实，上纲为旨在谋反的叛逆之举。

其实，方光琛与方孝标虽同为"方氏"，但并非"族人"。方光琛是歙县人，方孝标是桐城人，两地相距七八百里，两人同姓不同宗。方光琛确实"投顺吴三桂曾为伪相"，而方孝标仅与吴三桂有过往来，却从未"为吴三桂大吏"。至于戴名世与方光琛、方孝标之间，则从无直接的交往。此时距平定吴三桂为首的三藩叛乱已有30年，康熙为什么还硬要把戴名世的"《南山集》案"与

---

① 《戴名世集》卷1，《与余生书》，第2页。
② 《戴名世集·附录》，《记桐城方戴两家书案》，第479页。
③ 《大清圣祖仁（康熙）皇帝实录》卷249，台湾华文书局版，第3322页。

吴三桂叛乱案牵扯在一起，而将戴名世处死呢？拆穿了说，其目的是杀一儆百，以维护其严酷的思想统治。早在康熙四十一年（1702），康熙即"亲制训言"，要全国儒生"恪遵明训"，"痛加改省"一切"不端"之举，并警告说："若仍……玩愒不儆，毁方跃冶，暴弃自甘，则是尔等冥顽无知，终不能率教也。……朕亦不能为尔等宽矣。"①戴名世的被杀，实即康熙这种对"玩愒不儆"者"不能为尔等宽"的文化政策的体现。究其实，是因为他："于现实社会不满之言，则暗中树敌甚多，成为招忌之的。赵申乔奏参戴氏，原谓其'狂妄'或'狂悖'，意在稍杀其锋，在鞫讯过程中，进而为'悖逆'，最后说成为'大逆'，其实皆强加锻炼之辞，藉反清思想为口实，以置之死地而已，非戴氏本人所有之思想也。"②

四、"天性高傲嫉俗"，"好骂世而仍不忘于世"
——性格特征及其思想属性

既然戴名世的被杀，主要不是由于他在政治上"反清"，那么，是否由于他"与民主启蒙家思想有着完全的一致"③呢？他的性格特征及其思想属性究竟是什么呢？这也是关系到对戴名世能否作出正确评价的一个关键问题。

"人的性格是环境所造成的。"④由于社会和家庭环境的影响，戴名世的思想性格特征主要表现为：

（一）"少而狂简，多幽忧之思"⑤

他在《意园制义自序》中这样说。为什么会这样呢？由于其父"为文嘱草，步阶前数回，即落笔就之，不改窜一字"，才华如此出众，却屡试不第，以致

---

① 《大清圣祖仁（康熙）皇帝实录》卷 208，台湾华文书局版，第 2796 页。
② 王树民：《戴名世集·前言》，第 4 页。
③ 见《戴名世论稿》，黄山书社 1985 年 9 月版，第 43 页。
④ 《马克思恩格斯全集》卷 2，《神圣家族》，第 166 页。
⑤ 《戴名世集》卷 4，《意园制义自序》，第 123 页。

穷困潦倒，于48岁即病逝在沦落他乡教书的岗位上。这使戴名世深感悲愤，认为"天无眼矣"，从而产生了"没世而不能已"的"终天之恨"。①其父也因"名世好读书，不通时务"而预言他"是将复为我也"。②因此，他青年时代即"厌弃科举，欲为逸民以终老"。然而家庭生活的贫困，却又不允许他这样做。他因"家贫无以养亲"，而在"年逾二十"时，即"不得已开门授徒"。所谓"狂简"，即纵情任性，放荡不羁，追求个性的自由，而不为封建世俗所囿。然而为了谋生和养亲，却不得不从事自己所不愿从事的时文传授工作。这就使他陷于内心矛盾的极度痛苦之中。

他把自己的居室命名为"忧庵"，并著有《忧庵记》。③他忧的不是个人的名利得失，而是"五行""阴阳""元气"等关系全社会的问题。他的"多幽忧之思"，正是他的狂放个性与他所处的整个社会环境剧烈撞击所必然产生的人生悲剧的火花。

（二）执着追求，顽强抗争

"丈夫雄心，穷而弥固，岂因一跌仆而忧伤憔悴，遂不复振耶！"这是他在《与弟书》中对他弟弟的劝勉，也是他自己思想性格的写照。他说："吾家式微，而先人以盛德壮年奄弃我兄弟，斩焉在衰绖之中，困穷转甚。内外之人见其如此，益用诟侮。"而他身处困境，不是消极颓废，却愈是困境愈加锻炼了他倔傲的性格。他仍勉励他的弟弟："宇宙间物，人尽取之，独读书一事留遗我辈。此固人之所不能夺，而忌且怒焉固无伤者也，可自弃耶？远地惓惓，惟此而已。勉旃，勉旃！无怠，无怠！"④这是多么执着、多么深情地发自内心的呼唤啊！它说明，戴名世是个非同凡响的人，他绝不随波

---

① 《戴名世集》卷6，《先君序略》，第175页。
② 《戴名世集》卷6，《先君序略》，第174页。
③ 《戴名世集》卷14，《忧庵记》，第388页。
④ 《戴名世集》卷1，《与弟书》，第14页。

逐流；不管处境多么艰难，他总要坚定顽强地为探寻和实现自己的人生理想而奋斗不息。在他身上，不只是有幽忧软弱的一面，更重要的还有执着追求和顽强抗争的精神。

（三）高傲嫉俗，为世所不容

"天性高傲嫉俗"，"欲以扬清激浊为己任，好骂世而仍不忘于世"。[①]这是朱太忙在《戴南山集序》中对他的性格的描述。他本人也说："仆古文多愤时嫉俗之作，不敢示世人，恐以言语获罪。"[②]他明知小人要加罪于他，却仍不改其天性。在《北行日纪序》中，他说："余性疏慵颓放，即已亦自厌之而不能改。宰辅大官相见，一揖之外无他语。酒酣论世事，咄嗟吁嘻，旁若无人，人颇怪之。"[③]当他"于当世之故，不无感慨忿悲"，世即"以仆为骂人"。尽管他申辩"仆岂真好骂人哉"，结果还是招来"世遂争骂仆以为快"[④]。他在《送萧端木序》中说："余居乡，以文章得罪朋友，有妒余者，号于市曰：'逐戴生者视余！'群儿从之纷如也。久之，衡文者贡余于京师，乡人之在京师者，多相戒毋道戴生名。"[⑤]《清史稿·戴名世传》也说他："时时著文以自抒湮郁，气逸发不可控御。诸公贵人畏其口，尤忌嫉之。"[⑥]当时人们对他的畏惧和忌恨到这等地步，最后给他加上"大逆"的罪名，必欲置之于死地而后快，也就不足为奇了。他的被杀，可以说是那个封建专制社会容不得他那愤世嫉俗的思想性格所必然造成的悲剧。

---

① 《戴名世集·附录》，朱太忙《戴南山集序》，第 466 页。
② 《戴名世集》卷 1，《与刘大山书》，第 11 页。
③ 《戴名世集》卷 11，《北行日纪序》，第 293 页。
④ 《戴名世集》卷 1，《与何屺瞻书》，第 18、19 页。
⑤ 《戴名世集》卷 5，《送萧端木序》，第 135 页。
⑥ 《戴名世集·附录》，《清史稿·戴名世传》，第 468 页。

（四）性好山水，向往自然

在《数峰亭记》中，他说："余性好山水，而吾桐山水奇秀，甲于他县。"①
是家乡桐城的奇山秀水培育了他这种性格。在他50岁时写的《游大龙湫记》中，
他又说："余性好山水，而既游雁荡，观大龙湫，则已乘云御风，恍惚仙去。"②
可见"性好山水"，表现了他对丑恶的社会现实的厌恶，对人生美好理想的憧
憬。这在他以"田"为字，又以"褐夫"为字，及所作《田字说》《褐夫字说》
中，皆可看得更加清楚。他以"田"为字，是要"著其素志"。他一字"褐夫"，
取"褐，贱服也"。他不在乎"鄙不鄙"的名，而勇于以鄙自居，公然以在封
建社会为人所鄙视的"田""褐夫"为字，这在那个讲究贵贱尊卑的封建等级
社会，该是多么难能可贵啊！

从以上四点性格特征来看，戴名世的思想有着为封建世俗所不容的追求个
性自由和民主、平等的鲜明时代色彩。这跟当时整个封建社会的衰朽没落和资
本主义的萌芽，是相适应的。但是，我们不能言过其实，把戴名世的思想拔高
了。事实上，戴名世毕竟不是思想家，而是文学家。他作为文学家，对封建社
会的不满和揭露是深刻的，对个性自由、平等的追求和向往是热烈的；但作为
思想家，他对封建社会的认识，却又是十分迂腐的。对许多带根本性的封建传
统观念，他不但不否定，而且还始终在竭力固守。

因此，我认为戴名世的思想属性，既不同于当时一般的封建文人，也不是
"民主启蒙家"，而是带有追求个性自由和民主、平等的思想倾向，具有相当
进步性的文学家。究其思想体系来看，则尚未跳出封建主义的范畴。他的被杀，
突出地表现了封建末世专制统治的凶残性，容不得有一点个性解放的思想和愤
世嫉俗的牢骚。

---

① 《戴名世集》卷10，《数峰亭记》，第283页。
② 《戴名世集》卷10，《游大龙湫记》，第278页。

五、"仆古文多愤时嫉俗之作"

——古文的思想内容

戴名世一生的主要成就在古文创作方面。他所流传下来的 282 篇古文，其中大部分至今读来仍觉得正气凛然，给人以一定的鼓舞、教益和美感，不失为我国古代散文中一宗珍贵的遗产。就其思想内容来看，主要为以下四个方面：

（一）讴歌抗清志士，鞭挞民族败类

例如，《杨维岳传》写杨维岳因史可法在扬州抵抗清兵，"城破死之"，他即"泣曰：'国家养士三百年，以身殉国，奈何独一史公！'于是设史公主，为文祭之而哭于庭"。为此他悲痛得酒不饮、饭不吃，说："今值国事如此，饮食能下咽乎！"当"北兵至，下令薙发"，人们劝他躲避时，"维岳曰：'避将何之，吾死耳，吾死耳！'其子对之泣，维岳曰：'小子！吾平生读书何事，一旦苟全幸生，吾义不为。吾今得死所矣，小子何泣焉。'"于是，他"乃作《不髡永诀之辞》以见志，凡不食七日"，遂卒。"闻者莫不为之流涕，私谥为文烈公。"据此，作者感叹："三代以来，变故多矣。为人臣者，往往身为大官不能为国死，而布衣诸生又以死非吾事，则是无一人死也，君臣之义几何而不绝也哉！"[1]可见作者之所以写杨维岳为抗拒清王朝的薙发令而不惜一死，不仅旨在讴歌他的民族气节，更重要的还在于借以反衬、揭露和鞭挞那君臣之义几绝的整个封建统治的衰落。

他的《画网巾先生传》，写一画网巾先生，面对清廷"令薙发、更衣冠，不从者死"，他"携仆二人，皆仍明时衣冠，匿迹于邵武、光泽山寺中"。后他被捕获，网巾被没收，他对二仆说："衣冠者，历代各有定制，至网巾则我太祖高皇帝创为之也。今吾遭国破即死，讵可忘祖制乎！汝曹取笔墨来，为我画网巾额上。""于是二仆为先生画网巾，画已，乃加冠。二仆亦互相画也，

---

[1] 《戴名世集》卷 6，《杨维岳传》，第 161 页。

日以为常。军中皆哗笑之，而先生无姓名，人皆呼之曰'画网巾'云。"敌人对他说："若及今降我，犹可以免死。"而他则执意要面见已降清的明朝福建总兵王之纲，痛斥王之纲"变节有理"的丑恶言行。

《画网巾先生传》突出的是画网巾先生的民族气节与王之纲之流民族败类的思想品格的对立。在戴名世之前，著名散文家张岱也为画网巾先生作过传，可是张文却把王之纲那套宣扬变节投降有理的谬论略去，代之以"之纲反复开谕，谓肯薙发，即免死"①。这就使其作品失去了揭露投降派丑恶灵魂的意义。通过颂扬抗清志士的民族气节，来表达人们对变节投降的民族败类的愤恨之情，这正是戴名世散文的一个特色。

（二）揭露黑暗，催人醒悟

如他自己所说："仆古文多愤时嫉俗之作。"②其时，封建统治阶级标榜那是"康熙盛世"，而戴名世却揭露那是"败坏之世"。他的《钱神问对》，不仅像魏晋时期鲁褒的《钱神论》那样，揭露金钱对世俗的危害，"惑乱民志，万端俱起"，更重要的，它还借数钱神之罪，揭露了统治集团的贪婪暴虐："至于官之得失，政以贿成，敲骨吸髓，转相吞噬，而天下之死于汝者不可胜数也。挺土刻木以为人，而强自冠带，羊狠狼贪之徒而恣侵暴，夸穷孤，而汝之助虐者不可胜数也。"③作者在《艰贞叟传》中不只是揭露个别官吏的贪婪腐朽，还从"官"与"民"对立的高度，来揭露整个社会已处于"吏道衰"却"相习不以为非久矣"④，其麻木昏聩，该是到了何等地步！这种种揭露，显然颇具思想的深刻性和历史的真实性。

更为可贵的是，戴名世的《醉乡记》，揭露那个社会是"辄颓然靡然，昏

---

① 张岱：《石匮书·后集》卷57，中华书局1959年4月版。
② 《戴名世集》卷1，《与刘大山书》，第11页。
③ 《戴名世集》卷14，《钱神问对》，第398页。
④ 《戴名世集》卷7，《艰贞叟传》，第193页。

昏冥冥，天地为之易位，日月为之失明，目为之眩，心为之荒惑，体为之败乱"的"醉乡"，并且指出这种"醉乡"不是局限于一时一地，而是"自刘、阮以来，醉乡遍天下"。针对有人身在醉乡而不自觉，该文指出："其不入而迷者岂无人也欤？而荒惑败坏者率指以为笑，则真醉乡之徒也已。"① 这就是说，你入了醉乡还不醒悟，反而对别人的醉态加以讥笑，那你就更是个真正的醉乡之徒！其急切催人觉醒之情，溢于言表；作者那世人皆醉唯我独醒的身影，如跃眼前。

作者还有一篇《盲者说》，借一盲者的话，指出有人只"知盲者之为盲，而不知不盲者之尽为盲也"。他列举："今夫世之人喜为非礼之貌，好为无用之观，事至而不能见，见而不能远，贤愚之品不能辨，邪正在前不能释，利害之来不能审，治乱之故不能识，诗书之陈于前，事物之接于后，终日瞆之而不得其义，倒行逆施，伥伥焉踬且蹶而不之悟，卒蹈于网罗入于陷阱者，往往而是。"然后反问道："天下其谁非盲也？"作者于文末道其作此文的目的，是要"庶使览之者知所愧焉"。② 其发人深省、催人觉悟的启蒙意图，显而易见。

（三）批判科举，反对时文

他指出，由于科举与功名富贵联系在一起，这就使"天下之士莫不奔走而艳羡之，中于膏肓，入于肺腑，群然求出于是"，却不问是否"有适于天下之用"的真才实学；因为科举本身缺乏科学的标准，这就必然造成："其失者，未必其皆不才；其得者，未必其皆才也。"③ 再加上整个封建统治的腐朽，势必造成考官非贪黩即昏庸，不能真正识才、重才、取才。因此，作者把"今夫有司之衡文于场屋之中"比喻成"亦犹工之采金于山也"，揭露他们名为采金，实则混淆金锡铜铁之用，颠倒精粗美恶之质，"往往去其良金，而惟锡与铜与

① 《戴名世集》卷 14，《醉乡记》，第 387 页。
② 《戴名世集》卷 15，《盲者说》，第 425、426 页。
③ 《戴名世集》卷 10，《河墅记》，第 280 页。

铁之是收，且俨然名之曰：'是良金也。'而锡与铜与铁一旦获良金之名，久亦自以为果良金也，于是以布之于市，而市亦用之。当斯时也，为良金者委弃于泥涂之中，而过者莫之顾，岂不异哉"[①]！作者还指出，这种科举制度足以造成亡国的巨大危害。他以明亡的教训告诫清代统治者："二百余年以来，上之所以宠进士，与进士之光荣而自得者，可不谓至乎，然而卒亡明者进士也。"因为这些进士多数是不学无术、结党营私的蠹虫，他们只知道"以蠹国家而取富贵"[②]。

对于应付科举考试的时文，他更是恨之入骨。他说："余尝以谓《四书》《五经》之蟊贼莫甚于时文，而其于《五经》也尤甚。"因为"主司之所重不在于经义，而士之应试者盖相率苟且以应。……择其可以命题者，为雷同腐烂之文，彼此抄袭，以为不如是不足以入格"。"士风之苟且至于如此，而《五经》之不芜没也几希。"[③]明清两代科举取士以八股时文作为衡量人的学问和取得功名的标准，而他却针锋相对地指出："时文之外有学，而时文非学也。制科之外有功名，而制科非功名也。世俗之人第从事于时文，以期得当于制科。久之，果得当焉，则众相与贤之，以为是人也读书于是乎为有成矣。殊不知其人虽登高科，跻膴仕，而不可谓读书之有成也。"[④]因为他们只是"以从事于场屋之文为读书，以科第富贵为功名"[⑤]，而不是追求真正能治国平天下的学问和为国家人民建功立业的功名。这就揭示了时文使学问与功名皆真假错位、是非颠倒的真相。

（四）触情于景，以"真"为美

在戴名世现存作品中，有游记31篇，约占其作品总数的十分之一。他的

---

① 《戴名世集》卷3，《马宛来稿序》，第62页。
② 《戴名世集》卷3，《三山存业序》，第58页。
③ 《戴名世集》卷2，《四家诗义合刻序》，第35页。
④ 《戴名世集》卷3，《蔡瞻岷文集序》，第79页。
⑤ 《戴名世集》卷4，《狄向涛稿序》，第87页。

游记，不仅把祖国大好河山的景色写得很美，而且能融情于景，寓理于物，巧妙地把作者的人格与个性、理想与情操，寄托于他的游记描写之中。他的《游吼山记》说："绍兴山水秀绝寰区，向诵陆务观诗云：'山重水复疑无路，柳暗花明又一村。'余居此凡一月，登府山，游兰亭，谒禹陵，服古人言语摹仿真切不诬也。"以"真"为美，这正是他的游记的特色和美学追求。人皆称吼山石穴之胜，而他则因其系石工取石，"皆刀斧凿削而成者"，便转而赞美吼山石壁，"有雨点数十浮空而下，坠于衣裾，且落石罅中流去。仰视之，则山巅有松数株，水点点从松根飘落"。他认为："吼山之水，濛洞深窈不可测，不及此濛濛涓滴出于天成也。"人"或题其壁曰'淙玉岩'"，他则"更其名曰'晴雨岩'"[1]。把雨点般的泉水形容为"淙玉"，终不免有刻意粉饰的富贵气，径直称其为"晴雨"，则显得既别致又真切。

他对大自然的向往和赞美，更增添了他对人世污浊的憎恶之情。在他30岁作的《河墅记》，49岁作的《雁荡记》，53岁作的《蓼庄图记》，先后三次写到他"怀遁世之思久矣"[2]。他的"遁世"，不是如同前人那样隐居山林，回避现实，而是借以追求新的人生理想，反衬社会现实的丑恶。例如，他写的《蓼庄图记》，与陶渊明的《桃花源诗并记》相比，不只是要求"秋熟靡王税"，还要"家家足衣食，无贵无贱，无贫无富"，过幸福、平等的生活；不是要复古守旧，"俎豆犹古法，衣裳无新制"，而是要不断推动生产发展和社会进步，"初居人不知种稻，先生谓地多水宜种稻，教以种植之法，由是稻绝美，胜他县。其地昔无网罟，河鱼肥美，人不知食，先生结网得鱼，嗣后多有食鱼者矣"[3]。这种追求幸福、平等，不断推动生产发展和社会进步的思想，该是多么充满生机和活力，具有蓬勃向上、奋发进取的新的时代精神啊！

---

① 《戴名世集》卷10，《游吼山记》，第270页。
② 《戴名世集》卷10，《河墅记》，第280页；《雁荡记》，第276页；《蓼庄图记》，第287页。
③ 《戴名世集》卷10，《蓼庄图记》，第287页。

他的游记还以物寓人，给人以很强的现实感和启迪性。例如，《芝石记》写一樵夫献给他一枝野生灵芝，他便从"夫芝之为瑞久矣"，写到"然吾观自古之骄主佞臣，他务未遑，而独于芝也穷搜远采，献者踵至，以文天下之平。然是时天下果有道，四方皆清明乎？未见其然也。则芝亦安在其为吉祥善事而生耶！然芝秉山川清淑之气以生，终不可谓非天下之瑞，特当此之时，荐之朝廷，固不若其蒙翳于榛莽荒草之中也。今此芝也，幸无征召之求，而为樵夫野人所得，又以归余"。作者以"芝之类余，而又辱与余处，以不自失其天也"，而感到"方幸"①这些描写，显然都寄寓了他对现实社会的强烈不满和不务虚名、追求纯真美的可贵品格。

六、"吾素闻当今文不雷同者，惟此人"
——古文的艺术特色

戴名世的古文在当时即以其鲜明独特的艺术个性为人们所倾倒。他的《忧庵集》中，曾记载有一则故事。那是康熙四十四年，戴名世应乙酉顺天乡试之际，时宾朋满座，有位杨君从袖中拿出一篇文章，问："君等观此文何如？""一僧取视之，既终篇，谓杨曰：'此必戴田有作也。'杨愕然曰：'君何以知之？'僧曰：'吾素闻当今文不雷同者，惟此人。今见此文无一雷同语，以是知之。'"②他的文章为什么能做到"不雷同"而有独到的艺术个性呢？究竟又有哪些艺术特色和成就呢？

（一）我之为我，贵于独知

当时盛行的时文，要求代圣人立言，必然毫无作者独立的个性可言。而戴名世所追求的，则是"文章者莫贵于独知"③，要具有"我之为我"的特色。

---

① 《戴名世集》卷10，《芝石记》，第264页。
② 戴名世：《忧庵集》，黄山书社1990年11月版，第24页。
③ 《戴名世集》卷1，《与刘言洁书》，第5页。

这就使他的古文不仅与平庸的时文悬若天壤，而且即使跟许多著名的古文家相比，也自出机变。例如，魏晋时期鲁褒的《钱神论》，假托司空公子与綦母先生的对话，指出钱之所以"为世神宝"，乃因"钱能转祸为福，因败为成，危者得安，死者得生。性命长短，相禄贵贱，皆在乎钱"[①]。它对把金钱奉为"神物"的封建腐朽社会，作了深刻的揭露和犀利的讽刺。但是其全文除第一段为对话外，其余五段皆为司空公子一个人历数钱的种种神通，在艺术上不免呆板、单调。而戴名世的《钱神问对》，则写得活泼有趣，生动感人。此文的特色在于，不仅把钱神拟人化，使之成为与"戴子"相对立的新鲜、活泼的艺术形象，更重要的是作者认识到真正的症结所在，因而他把揭露、批判的矛头，由直接指向钱神转而主要指向那些"皆孳孳慕余"的"诸公贵人"，以及"无不愿为我死"的"庶民卑贱之流"，是他们为金钱不惜舍身忘死，才使金钱得以"充塞仁义，障蔽日月"，起了主宰一切的作用。同时，这也使那被世人斥为"迂妄"，而实则愤世嫉俗的"戴子"形象，给人留下了一腔孤愤、不同凡响的印象。

由此可见，戴名世的"我之为我""贵于独知"，不只表现为对作品的思想内容和艺术形式有独到的认识和处理，还体现在富有个性特色的审美视角和艺术构思上。他不是一般地揭露丑、赞颂美，而是能触及问题的本质，贯注着愤世嫉俗的感情；不是径直叙事说理，而是寓事理于生动的艺术形象之中。

（二）淡泊平实，尽得其神

戴名世对当时文坛上，"彼众人者，耳剽目窃，徒以雕饰为工"，在形式上追求"菁华烂熳之章"，在内容上喜爱烦琐的"考据排纂"，极为不满。他主张"君子之文，淡焉，泊焉，略其町畦，去其铅华，无所有乃其所以无所不有者也"[②]。所谓"淡焉，泊焉"，也就是采用白描写生的技法。所谓"无所

---

① 鲁褒：《钱神论》，《全晋文》卷113。
② 《戴名世集》卷1，《与刘言洁书》，第5页。

有乃其所以无所不有者也",即要求以虚写实,达到传神的效果。因此他又说:"写生之技莫妙于传神,然亦莫难于传神。"[1]后人也盛赞戴文"直入司马子长之室而得其神"[2]。因此,写实传神,是戴文的一大特色。如他的《一壶先生传》,写一位"好饮酒,每行,以酒一壶自随"的"一壶先生"[3]。作者不刻意形容他如何悲愤郁结,也不直接写他为什么特别"好饮酒",只是直书其人其事。全文仅四百字左右,无一浮词丽句,如古柏青松,既质朴无华,又苍劲有力;似水墨国画,既简洁明快,又内涵丰腴。虽始终未写明他胸中究竟有什么"不平之思而外自放于酒",但通过如实刻画他那佯狂自放的形象,即凸现出他那悲愤欲绝的神韵,给读者以咀嚼不尽、回味无穷的艺术感受。因此,戴文的淡泊并非乏味,平实并非无奇,而是寓浓烈的感情、奇特的神韵于淡泊平实的文字描写之中,具有经久耐读、仔细玩味的张力。它发展和丰富了我国古代散文的艺术传统,特别适合于我们深沉、内向的民族性格和艺术欣赏的习惯。

（三）不拘一格,锐意创新

时文的特点,是以固定的八股,使文章格式化、刻板化,所谓"论有首,有项,有腹,有腰,有股"。而戴名世则认为:"此等之言,皆似是而实非也。夫文章之事,千变万化,眉山苏氏之所谓如行云流水,初无定质,其驰骋排荡,离合变灭,有不自知其所以然者。既成,视之,则章法井然,血脉贯通,回环一气,不得指某处为首,某处为项,某处为腹,某处为腰,某处为股也。而方其作之之时,亦未尝预立一格,曰此为首,此为项,此为腹,此为腰,此为股也。天之生人也,妙合而凝,形生神发,而必预立一格以为人,曰:如是以为首,如是以为项,如是以为腰腹,如是以为股肱手足也,而人之生者少矣。故

---

① 《戴名世集》卷4,《有明历朝小题文选序》,第98页。
② 《戴名世集·附录》《戴钧衡编潜虚先生文集目录叙》,第459页。
③ 《戴名世集》卷6,《一壶先生传》第165页。

曰：文章不可以格言也，以格言文而文章于是乎始衰。"①因此，他的文章写法千变万化，不拘一格，篇篇锐意创新，别开生面，如《田字说》《褐夫字说》《药身说》《忧庵记》，这四篇文章虽然同样是以他取的字、号为题材，在写法上却意度各殊。

《田字说》是以"余"为中心，全篇皆按时间顺序，正面叙述，很自然地表现了作者对农夫由衷的尊重和热烈的向往之情。

《褐夫字说》采用的则是正——反——正的写法，从正面说明古今取名字经过从"不必其善且美"，到"但取夫美善之称，而不必有其实"的变化，写到他要反其道而行之，以人皆鄙视的"褐夫"为字，理由是"余固鄙人也，舍是无以为吾字矣"。最后再正面点明他的意图："吾恶夫世之窃其名而无其实者，又恶夫有其实而辞其名者。"②这就把作者那勇于求实的精神和对世俗的不满之情，写得跃然纸上，给人以不随流俗、特然卓立的深刻印象。

《药身说》用的则是欲彰又隐的写法。前面是以"或谒余而问所以为药身之说"，用"余曰"正面说明："天下之苦口莫如药，非疾痛害事莫之尝焉。……余所尝备极天下之苦，一身之内，节节皆病，盖宛转愁痛者久矣。又余多幽忧感慨，且病废无用于世，徒采药山间，命之以其业，则莫如此为宜。"后面通过"或曰"，既肯定"甚矣子之志也"，又进一步设问："方今学者之疾，沉痼已久而不可治，苟有秦越人者出，视其症结，诊其膏肓，为之按方选药，一伸脊容身之间而已霍然矣。意者子之志其又有托于此乎？"这分明是更深一层地点出了作者以"药身"为号的用意，而文末却写"戴子曰：'否，否。'因备录其说"③。明为否定，而实足以收欲盖弥彰之效。

《忧庵记》通篇用"客"与"戴子"对话，层层递进的写法，依次叙述"忧

---

① 《戴名世集》卷 4，《小学论选序》，第 91 页。，
② 《戴名世集》卷 14，《褐夫字说》，第 390、391 页。
③ 《戴名世集》卷 14，《药身说》，第 391 页。

庵何在""敢请其忧""子之忧何如""吾请为子治之……如是而子之疾其瘳矣乎",最后"戴子怳然而悟",说:"今客嘉惠鄙人,而得国医以愈吾疾,吾忧庵之号请从此去矣。"①这就使全文通过写取忧庵之号,既表达了作者浓烈的忧国忧民之情,又反映了作者急切想摆脱困境,实现救国救世之志的理想和愿望。

上述四篇题材相同的作品的不同写法,足以证明,时时锐意创新,篇篇别开生面,是戴文的又一特色。

(四)效法自然,形象优美

跟当时风行的死板、僵化、干瘪、枯燥的文风相反,戴名世的古文则善用比喻,富于想象,着力创造各种活泼优美的艺术形象,给人以清新自然、超卓隽永的艺术感受。因而他的作品不仅使世俗之作望尘莫及,甚至比前代有的名作也略胜一筹,如他的《游大龙湫记》与元代李孝光的《大龙湫记》,同为写浙江雁荡山西谷大龙湫瀑布景色,李作为历代所推崇,被选入朱东润主编的高校文科教材,戴作则鲜为人知,而实际上,戴作却别具特色,甚至比李作写得更为真切自然,优美动人。

首先,戴文更追求严谨写实。例如,李文写大龙湫的环境,用"如大楹""作两股""如树大屏风""犹蟹两螯""如树圭"等比喻,虽然也很形象,但毕竟留下了作者刻意形容的痕迹。戴文不仅以"望之若剪刀然""忽变为石帆""又变为石柱",使景色本身形象化、生动化,移步换景,从不同视角所看到的"忽变""又变"的动景,而且以此来说明其山峰得名的由来,读来既给人以景色迷人、奇妙无穷的美感,又使人感到它写得毫无夸饰之嫌,可谓言之有据,确凿无疑,别具桐城派清正雅洁的文风和清代注重求实考据的学风。

其次,戴文更追求自然本身的美。例如,李文对瀑布的描绘,其壮美之景

---

① 《戴名世集》卷14,《忧庵记》,第388、389页。

和那特定环境中固有的物态、人情和气氛，固然写得形象生动，给人以仿佛身临其境之感；但"仰见大水，从天上堕地"等语，终觉作者主观幻觉的夸饰，胜过客观自然景色本身的描绘。戴文则具体写明此瀑布水并非从天而降，而是来"自雁湖"，从石凹中泻下；接着又连用了六个"或"字、七个"如"字，把那瀑布本身"随风作态，远近斜正，变幻不一"的自然美，刻画得可谓变幻多姿，美妙无穷，仿佛不是作者的刻意形容，而是自然景色本身的立体、动态美，纷至沓来，给人以目不暇接、美不胜收之感。至于作者的主观感受，则皆寄寓在对景色的客观描绘之中。

戴名世还有些寓言式的散文，也写得极为自然生动，形象优美感人。例如，有篇《鸟说》，通过对鸟的"羽毛洁而音鸣好"的优美形象及其悲惨遭遇的描绘，赋予文章以形象化的艺术感染力量，使读者不只对"人奴"的愤慨之情难以抑制，而且引出对整个"世路"宽窄的深沉思考。

综上可见，戴名世散文的艺术成就是相当高的。它在继承我国古代散文优秀传统的基础上有一些新的发展。这主要表现为戴名世能自觉掌握以形象性作为文学的本质特征，注重吸取音乐、绘画等各门艺术刻画形象的经验，运用于他的散文创作。在这方面，他曾不无自豪地道破他的首创之功："窃以谓天下之景物，可喜可愕者不可胜穷也。惟古之琴师能写其声，而画师能貌其像，至于用之于文则自余始。"他在散文创作上的这种首创精神，来源于他认识到散文与音乐、绘画一样也要拜自然为师，以"天下之景物"为创作的源泉，从而使他的创作不是从阐释封建教条出发，而是要从自然出发，运用形象思想，用他的话来说，即："当夫含毫渺然意象之间，辄拟为一境，以追其所见。其或为海波汹涌，风雨骤至，瀑泻岩壑而湍激石也；其或为山重水复，幽境相通，明月青松，清冷欲绝也；其或为远山数点，云气空濛，春风淡荡，夷然傭然，远出于尘外也；其或为江天万里，目尽飞鸿，不可涯涘也；其或为神龙猛虎，攫挐飞腾，而不可捕捉也；其或为鸣珂正笏，被服雍容；又或为含睇宜笑，绝世而独立也。凡此者，要使行墨之间仿佛得之。"① 这种以自然为师，运用形象思维的创作方法，再加上他的写作态度极其慎重，尽管"四方学者购求先生之古文踵相接也，而先生坚匿不肯出"，必"细加择别更定，而后敢出以问世"。② 皆可见他绝不是把古文混同于日常的应用文，而是自觉地把握文学的形象性特征，进行神圣的艺术创造。这是戴名世散文之所以在艺术上取得杰出成就的根本原因，也是他在我国古代散文发展史上所作出的重大贡献，其历史地位，不应抹杀！

七、"率其自然而行其所无事，文如是，止矣"

——古文理论

戴名世不只是从事古文写作，还以"振兴古文"为己任。他揭露当时的文坛是处于"文风坏乱""文妖迭出""自科举取士而有所谓时文之说，于是乎古文乃亡"的危急关头，为此，他宣称："吾今以古文救之"，并坚信："世有好古笃学之君子，其必以余言为然，相与振兴古文，一洗时文之法之陋。"③

为了完成"振兴古文"的历史使命，他对于古文创作提出了一系列颇为新颖、可取的理论主张。

（一）要求"率其自然而行其所无事"

在他35岁作的《送萧端木序》中说："盖余平居为文，不好雕饰，第以为率其自然而行其所无事，文如是，止矣！"④

这里他把"率其自然"看作是文章的止境。以"自然"与"雕饰"相对立，把唐代李白的诗句"清水出芙蓉，天然去雕饰"，借用到文论中来了。在

---

① 《戴名世集》卷4，《意园制义自序》，第123、124页。

① 《戴名世集》卷4，《意园制义自序》，第123、124页。
② 《戴名世集·附录》，尤云鹗《南山集偶钞跋》，第453、454页。
③ 《戴名世集》卷4，《甲戌房书序》，第88、89页。
④ 《戴名世集》卷5，第135页。

他 38 岁写的《与刘言洁书》中，又作了进一步的阐述：

> 仆平居读书，考文章之旨，稍稍识其大端。窃以为文之为道，虽变化不同，而其旨非有他也，第在率其自然而行其所无事，即至篇终语止，而混茫相接，不得其端。此自左、庄、马、班以来，诸家之旨未之有异也。①

这里他把"率其自然而行其所无事"，明确地视为不只是在语言文字上要去"雕饰"，而且要求文章的篇章结构要"混茫相接"，不露痕迹，即在文章的整体上要求自然，并且指出这是自左丘明、庄子、司马迁、班固以来古文写作的一条共同规律。

在他 39 岁作的《李潮进稿序》中，他又写道：

> 世之人废古文辞不观，而别有所以为制举之文，曰："时文之法度则然。"此制举之文之所以衰也。今夫文之为道，虽其辞章格制各有不同，而其旨非有二也，第在率其自然而行其所无事。此自左、庄、马、班以来，诸家之旨未之有异也，何独于制举之文而弃之。②

可见，他之所以提出"率其自然而行其所无事"，是针对"世之人废古文辞不观，而别有所以为制举之文"而来的。他认为，背弃我国古文创作的优良传统，另搞一套"时文之法度"，这是"制举之文所以衰"的根本原因；尽管各种文体的"辞章格制各有不同"，但在"率其自然而行其所无事"这一自古

---

① 《戴名世集》卷 1，第 5 页。
② 《戴名世集》卷 4，第 105 页。

以来古文写作的共同规律上却绝不能例外。

主张"文贵自然，浑然天成"，在我国古代虽然不乏其人，但是如此把"率其自然而行其所无事"，作为散文创作最为根本而不可背弃的要求提出来，却只有戴名世一人，尤其是"行其所无事"这后半句，更是从无人道及。它仿佛要求作家彻底抛弃功利的目的和人为的框框，完全听从自然规律本身的要求来写作。这是一种在当时超凡脱俗，颇为贴近近代现实主义要求的创作论。戴名世本人对"文之自然者"的界说，足以为证。

他所说的"文之自然者"，不只是文章本身的艺术风格要淡泊无华，更重要的是作家本人要摆脱荆榛土石所翳所封，不为世俗之见所缚，站得高，看得远，进入一种超凡脱俗，仿佛"不复有人间"的自然状态，把读者带到"无所有乃其所以无所不有"①极其高超的思想和艺术境界。

他所说的"行其所无事""无所有乃其所以无所不有"，绝非主张言之无物，相反，他认为："今夫立言之道莫著于《易》，《家人》之《象》曰：'君子以言有物而行有恒。'"②虽然早在晋代陆机《文赋》即已提出，要"挫万物于笔端""赋体物而浏亮"③，但在创作实践上，毕竟"抒心而妙者，十常八九；体物而工者，十不二三"；"以写情境者易妙，体物理者难工也"。④而戴名世则仿佛抓住了这难易之分的关键所在，对何谓"物"，以及客观的"物"与作家主观的"诚"之间的关系，作了令人耳目一新、茅塞顿开的阐述：

夫有所为而为之之谓物；不得已而为之之谓物；近类而切事，发挥而旁通，其间天道具焉，人事备焉，物理昭焉，夫是之谓物也。夫子之释《乾》之九三也，曰："修辞立其诚，所以居业也。"惟立诚故有物，苟其不然，则虽菁华

---

① 《戴名世集》卷1，《与刘言洁书》，第5、6页。
② 《戴名世集》卷1，《答赵少宰书》，第6页。
③ 陆机：《文赋》，《文选》卷17。
④ 屠隆：《观灯百咏序》，《白榆集》卷1。

烂熳之章，工丽可喜之作，《中庸》之所谓"不诚无物"也，君子之所不取也。①

这里他对"物"的界说，不限于"物"本身，它不但包括了"有所为而为之""不得已而为之"的符合客观必然性的一切，以及由"物""发挥而旁通"的天道、人事、物理等极为广袤而深邃的内涵，而且还要求作家"修辞立其诚"，这个"诚"，不但要忠诚于所描写的客体，还要忠诚于作家本人的情感、风格和个性。他对赵少宰擅自以戴名世的名义使人代作的序，之所以坚持"削而去之"，即由于——

> 夫代人而为之言者，彼之意吾不之知也，彼之声音笑貌吾不之见也，吾之意非彼之意也，吾之辞非彼之辞也，为剽，为伪，为欺谩而已矣。②

可见他所谓的"率其自然而行其所无事"，不只要反映事物的客观必然性，还要求在命意遣辞等方面，皆能体现作家的真情实感及其所特有的风格和个性。

对为文要"率其自然而行其所无事"，作出如此多方面多层次的阐述，这在我国文学理论史上，尚属首创。

这种文学主张的出现，绝不是偶然的，而是跟明末李卓吾等人的进步思潮相呼应的。李卓吾曾说："盖声色之来，发于情性，由乎自然，是可以牵合矫强而致乎？故自然发于情性，则自然上止乎礼义，非情性之外复有礼义乃止也。惟矫强乃失之，故以自然之为美耳，又非于情性之外复有所谓自然而然也。"③可见戴名世的强调"率其自然"，并把"文之自然"说成取决于作家的情性，这在当时不仅有反对八股时文，追求文体解放的文学进步意义，而且对于作家

---

① 《戴名世集》卷1，《答赵少宰书》，第6、7页。
② 《戴名世集》卷1，《答赵少宰书》，第7页。
③ 李卓吾：《焚书》卷3。

和读者来说，还有挣脱世俗之见的桎梏，追求自然境界和思想解放的历史进步意义。

追求自然，必然要摆脱封建等级观念，具有一定程度的民主思想。例如，戴名世在《吴他山诗序》中说："余游四方，往往闻农夫细民倡情冶思之所歌谣，虽其辞为方言鄙语，而亦时有义意之存，其体不出于比、兴、赋三者，乃知诗者出于心之自然者也。世之士多自号为能诗，而何其有义意者之少也。盖自诗之道分为门户，互有訾謷，意中各据有一二古人之诗以为宗主，而诋他人之不能知，是其诗皆出于有意，而所为自然者已汩没于分门户争坛坫之中，反不若农夫细民倡情冶思之出于自然，而犹有可观者矣。"①把"世之士"与"农夫细民"作对比，指责前者的诗"汩没"自然，赞美后者的歌谣"出于自然"，如果不摆脱封建的等级观念，没有一点民主思想，能作出这种评价？

戴名世不但盛赞"陈君时时与樵夫渔父野老相狎，一觞一咏，悠然自得，其所为诗歌，皆以自写其性情，莫不可传而可诵也"②，而且他本人还表示"将欲从老农老圃而师焉"③。他特地撰文介绍山野一卖药翁的话："为文之道，吾赠君两言，曰'割爱'而已。"他说他："私自念翁所言良是。归视所为文，见其辞采工丽可爱也，议论激越可爱也，才气驰骤可爱也，皆可爱也，则皆可割也。如是而吾之文其可存不及十二三矣。"他断言"翁之论较陆士衡则精矣"。把一个山野卖药翁的话，抬高到号称"文章冠世"的晋代大文豪陆机（士衡是其字）的文论之上，说："余自闻此说，而文章之真谛祕鑰始能识之"，以卖药翁"赠我一二言，学之垂三十年而不能成者"，为"余之负愧于翁者"④。如果没有一点民主思想而纯属自命博学清高的封建文人，能够对一山野卖药老

---

① 《戴名世集》卷2，《吴他山诗序》，第39页。
② 《戴名世集》卷2，《陈某诗序》，第36页。
③ 《戴名世集》卷14，《田字说》，第389页。
④ 《戴名世集》卷3，《张贡五文集序》，第65页。

翁如此尊崇么？他所谓的"辞采工丽""议论激越""才气驰骤"等可割爱之处，正恰恰是有失于自然之处。追求自然，作家就势必要拜樵夫、渔父、山野卖药翁等劳动者为师，这正是戴名世的古文理论富有民主性精华的光采夺目之处。

（二）主张道、法、辞三者兼备

他说："道也，法也，辞也，三者有一之不备焉，而不可谓之文也。"① 在他看来，第一，道、法、辞这三者是文章不可缺一的必备条件；第二，他所谓的"道"即指"四书"，尤其是宋代程、朱所阐明的"四书"，而宋以后那些旨在以科举取仕的"诸生学究，怀利禄之心"，则难以"使之阐明义理之精微"；第三，他所谓的"法"，包括御题和行文两个方面，认为御题之法"有定"，行文之法"无定"，"文成而法立"，这跟他反对"以格言文"，一脉相通；第四，他认为用词的美恶，取决于作家的修养，如《左》、《国》、庄、屈、马、班及唐宋大家的"古之辞"则美，而"诸生学究怀利禄之心胸"的"今之辞"则恶。

这种道、法、辞三者必备的文学观，跟我国古代传统的文学观，所谓"文者，贯道之器也"②，仅仅视文章为载道的工具，虽然有所进步，但它毕竟还是把古文和时文的内容皆看成"道一而已"，依然使文学局限于充当封建道学的工具。

其实，在戴名世之前的清初古文家汪琬（1624—1691），已经对"文以载道"的传统观念提出过挑战。他以无可辩驳的种种事实，强调了文学有脱离道而独立的主体性，"不合于道"的好文章，照样有使读者"动心骇魄"的艺术震撼力和感染力，读者"爱其文"而不必"信其道"，甚至也不管"其不合于道"。③ 我们对旧时代的许多文学名著至今仍赞不绝口，不恰恰是如此么？

---

① 《戴名世集》卷4，《己卯行书小题序》，第109页。
② 李汉：《昌黎先生集序》，四部备要本《昌黎先生集》卷首。
③ 汪琬：《答陈霭公论文书一》，《尧峰文钞》卷32。

与汪琬相比，戴名世对文与道的关系的认识，显然有所倒退。这跟清代康熙年间加强封建道学的统治，是分不开的。好在戴名世所侧重强调的，不是要文学仅仅消极地充当"载道之器"，而是要求对"道"本身有自己的"独知"，"其于程、朱继志述事，能补其所未及，是亦程、朱之功臣也。若乃骋其私见小慧，支离曼衍，显无忌惮，而务求胜于古人，是乃所谓叛臣者也。其或读古人之书而阿谀曲从，不敢有毫发之别异，是乃所谓佞臣者也。佞之为古人之害也与叛等"①。他不是直接宣扬封建道学本身，而是以儒家传统的道学作为揭露批判社会现实、反对科举时文的思想武器。例如，他在《送许亦士序》中说："自周之衰至于今，儒学既摈焉，圣人之道扫地无余。"②在《赠刘言洁序》中说："自先王之道不明，而世有讲章时文之学，盖讲章时文之毒天下也久矣。"③在《吴弘表稿序》中，他以"孟子曰：'口之于味也，有同嗜焉。'是固然，然亦有不尽然者"，来揭露那些"饕餮之徒"，"思得山海之珍、远方之奇异以为快"，或者对"馁败之胾，臭腐之物，甘之而不厌。此两者虽其高下之不同，而其为不知天下之正味（按：指黍、稷、稻、粱）则一也"。由此他又揭露："今夫考官之衡文也，其惟诡怪之嗜者，则前一说也；其雷同相从，惟平庸陋劣之是嗜者，则后之一说也。而天下之正味其不入考官之口也多矣。"④

　　因此，我们不能仅看到其强调"道"，就一概简单地斥之为宣扬封建道学，而应从他所阐述的实际内容出发，来看它的矛头所向，这样即不难判断：尽管他所用的思想武器仍然是陈腐的封建道学，但是他用来揭露批判社会现实的思想倾向，又不能不承认其确有进步性的一面。

　　"道、法、辞"必备说，这不是戴名世的首创，而是引用明末艾南英之说。

---

① 《戴名世集》卷3，《读易质疑序》，第63页。
② 《戴名世集》卷5，《送许亦士序》，第132页。
③ 《戴名世集》卷5，《赠刘言洁序》，第137页。
④ 《戴名世集》卷4，《吴弘表稿序》，第124页。

戴名世在《宋嵩南制义序》中则改成"理、法、辞",说:"理取其精深,不可变也;法取其谨严,不可变也;辞章格制取其雅驯而正大,不可变也。故曰:屡变之时,辄有不变者存。"①把"道"改成"理",是为了与他主张的"言有物"相合拍。因为在他看来,"今夫天地万物莫不有理,文也者为发明天地万物之理而作者也"②。作家既要"明圣人之道,穷造化之微,而极人情之变态"③,又要有真情实感,"惟立诚故有物"④。这就使"理"必然与客观实际和主观感情相联系,而不只是局限于"四书"中的"道";同时强调"法取其谨严","辞章格制取其雅驯而正大",也比"法之无定"、辞以古为美,更为接近后来桐城文派追求"清真雅洁"的特色。

(三)追求精、气、神三者浑于一

他认为"精、气、神""三者炼之,凝之,而浑于一",为"古之作者未有不得是术者也"。⑤戴名世不仅是个笃信儒学的儒生,他还"读道家之书"。所谓"精、气、神",就是他从道家养生"从事神仙之术"得到启示,而用来说明古文写作之术的;从他所描绘的"从事神仙之术"的过程和最后所达到的"遗事而远举"的仙境来看,所谓"精、气、神",不仅是个词语表达问题,更重要的是作家的主观修养、艺术构思和作品在总体上所达到的艺术境界。

何谓"精"?他说:"太史公纂《五帝本纪》,'择其言尤雅者',此精之说也。蔡邕曰:'练余心兮浸太清。'夫惟雅且清则精,精则糟粕、煨烬、尘垢、渣滓,与凡邪伪剿贼,皆刊削而靡存,夫如是之谓精也。"⑥可见所谓"精",

① 《戴名世集》卷4,《宋嵩南制义序》,第113页。
② 《戴名世集》卷3,《杨千木稿序》,第67页。
③ 《戴名世集》卷1,《与刘大山书》,第11页。
④ 《戴名世集》卷1,《答赵少宰书》,第7页。
⑤ 《戴名世集》卷1,《答伍张两生书》,第4页。
⑥ 《戴名世集》卷1,《答伍张两生书》,第4页。

不只是"指对语言的锤炼"①。它首先是指作家自身的修养，即"练余心"；其次指作品所写的是精华还是"糟粕"，是真实还是"邪伪"；然后才是指语言风格是清正雅洁，还是"非鄙则倍"。

要做到"精"，他认为"惟雅且清"。又怎样才能做到"雅且清"呢？他指出的具体的途径是："质者，天下之至文者也。平者，天下之至奇者也。莫质于素，而本然之洁，纤尘不染，而采色无不受焉。莫平于水，而一川泓然，渊涵渟蓄，及夫风起水涌，鱼龙出没，观者眩骇。是故于文求文者非文也，于奇求奇者非奇也。会稽章君泰占之文，无愧于质且平之二言。夫为文而至于质且平，则其品甚高，而知者亦甚少，非世俗之所能为，亦非世俗之所能识也。今夫浮华浓艳，刊落之无遗，而后真实者以存。潦水既尽，寒潭以清。此其所以造于质且平也。假使世俗而为之，则其所为质且平者，枯槁顽钝而无一有，安在其文，亦安在其奇耶？"②这说明：（1）以质求文，以平求奇，是由"本然之洁"而达到"真实者以存""寒潭以清"的最佳途径；（2）"为文而至于质且平"，这是一个"其品甚高"的境界，"非世俗之所能为，亦非世俗之所能识也"；（3）作家的思想修养如果停留于"世俗"的水平，那么，他"所为质且平者"，必然"枯槁顽钝而无一有"。

何谓"气"？他说："而有物焉，阴驱而潜率之，出入于浩渺之区，跌宕于杳霭之际，动如风雨，静如山岳，无穷如天地，不竭如江河，是物也，杰然有以充塞乎两间，而盖冒乎万有。呜呼，此为气之大过人者，岂非然哉！"③这就是说，文章之"气"，并不是神秘的、先天的、纯属作家主观上的，而是对于所写之"物""阴驱而潜率之"的结果。他除了着眼于对客观事物的驾驭和超越之外，还重视对作品要"明其体"，对作家要"平其心"，说："窃以

---

① 徐文博等：《戴名世论稿》，黄山书社 1985 年 9 月版，第 59 页。
② 《戴名世集》卷 3，《章泰占稿序》，第 69 页。
③ 《戴名世集》卷 1，《答伍张两生书》，第 4 页。

为文章非苟然作也，要在于明其体，平其心，养其气，捐其近名之心，去其欲速之见，夫如是而去其古也不远矣。"①

何谓"神"？他说："今夫语言文字，文也，而非所以文也。行墨蹊径，文也，而非所以文也。文之为文，必有出乎语言文字之外而居乎行墨蹊径之先。盖昔有千里马牝而黄，伯乐使九方皋视之，九方皋曰：'牡而骊。'伯乐曰：'此真知马者矣。'夫非有声色臭味足以娱悦人之耳目口鼻，而其致悠然以深，油然以感，寻之无端而出之无迹者，吾不得而言之也。夫惟不可得而言，此其所以为神也。"② 这就是说，"神"是指对文章内容和形式的总体把握，要达到由表入里的"真知"的地步。如同九方皋相马，能够透过马的性别和颜色"牝而黄"的表象，而指出其"牡而骊"的实质。它看似"寻之无端而出之无迹者"，实则主要对所写的对象达到"真知"的地步，写出足以表现对象个性特征的神韵，即不难达到。

对此，他在《丁丑房书序》中说得更为明晰："史家之法，其为一人列传，则其人须眉謦欬如生，及其又为一人列传，其须眉謦欬又别矣。苏子瞻论传神之法曰：'凡人意思各有所在，颊上添三毫者，其人意思盖在颧颊间也。'吾以为一题亦各有一题之意思，今之论文者不论其意思之所在，一概取耳目口鼻具而已，而反笑传神者之为多事，不已陋乎。"③ 可见"神"就是要求写出所写人物独有的个性特征、独有的精神气质、独有的个性化的表达方式。

因此，"神"既是无形的，又是必须通过行墨字句这个有形的方式来表达的。如同他所说的，"形"和"神"的关系，就仿佛"魄"和"魂"的关系："凡有形者谓之魄，无形者谓之魂。有魄而无魂者，则天下之物皆僵且腐，而无复有所为物矣。今夫文之为道，行墨字句其魄也，而所谓魂也者，出之而不

---

① 《戴名世集》卷1，《再与王静斋先生书》，第20、21页。
② 《戴名世集》卷1，《答伍张两生书》，第4页。
③ 《戴名世集》卷4，《丁丑房书序》，第93页。

觉，视之而无迹者也。人亦有言曰：'魂亦出歌，气亦欲舞。'此二言者，以之形容文章之妙，斯已极矣。呜呼！文章生死之几在于有魂无魂之间，而执魂之一言以观世俗之文，则虽洋洋大篇，足以哗世而取宠，皆僵且腐者而已，而岂可以谓之文乎？"①

如果说戴名世对"精、气、神"的重要性的阐述，还或多或少地借鉴和继承了前人的观点的话，那么，他强调要使这三者"炼之，凝之，而浑于一"，则纯属他个人的创见，其特点是更加突出了作家的主体性和创造性，作品的形象性和整体性。

（四）纵横百家而能成一家之文

他说："文章之道，未有不纵横百家而能成一家之文者也。"②既不同于主张学秦汉的前后七子，又有别于主张学唐宋的唐宋派，更反对摒弃古文的时文，而是主张在"纵横百家"、博取众长的基础上，进行自己的创造。这是戴名世和桐城派处于清代为我国封建社会历史上大总结时期文学主张的独特和卓越之处。

他既反对前后七子那种把对古典文学的继承变为简单的句摹字拟，也反对背弃古典文学的优良传统，单纯追求形式上的华美。在他看来，这两者的表现形态有别，而使古之学废、古之文衰则同。

他虽然主张学习古代"诸大家之文"，但并不赞成全盘继承，而是认为他们的作品"亦往往有瑕与颣之错出于其间"，即使像杜甫那样"圣于诗者"，也不例外。他指责"世之论杜诗者，慑于久定之名，昧于瑕瑜不相掩之义，概而称之而不敢有分别，直且指其瑕与颣而以为美在是也，使读之者或竟惟其瑕与颣之是学，其贻误来者不更甚乎哉"！他讽刺这如同过分喜悦毛嫱、西施的

---

① 《戴名世集》卷3，《程偕柳稿序》，第71页。
② 《戴名世集》卷1，《与何屺瞻书》，第19页。

美，竟"谓其溺为香泽也而珍而视之"，未免"为狂惑者矣"。对于古代优秀的作家作品，他主张"抉摘其瑕颣以明告后学"，并认为这是"非敢苟于论古人也，正所以爱古人也，爱古人亦所以爱来者也"。①

他主张向古人学习的目的，不是为了"似"古人，而是为了要有自己的独特创造。他说那种"拘牵规矩，依傍前人，曰：'吾学某，吾能似某。'寸寸而比之，铢铢而称之，然而未尝似我，即一一似之，而我之为我者尽亡矣"。他立志"欲上下古今，贯穿驰骋，以成一家之言"②。对于当时那"卑弱不振"的文风，他不是顺风倒，而是逆风上，将"平日所窥探于经史及诸子者，条贯融释，自辟一径而行"③。他这种"成一家之言""辟一径而行"，追求"我之为我"的独创精神，该是多么令人肃然起敬啊！

综上所述，戴名世的古文理论虽然系统性不足，却颇富有开创性，为桐城派的滥觞开了先河。如同一颗独放异彩的新星，已经冉冉升起，其客观存在的历史地位，就不应被抹杀，谁也终究抹杀不了。

八、"桐城派古文，实推他为开山之祖"

——戴名世与桐城派

戴名世由于在康熙五十二年因"《南山集》案"，被以"狂悖""大逆"的罪名处死，其文集遭禁毁，其姓名亦为人们所忌讳。戴名世为桐城派先驱者的历史地位，长期被湮没。

直到清末，封建统治朝政日非，文网日弛，失去了像康乾时代那样以文字狱去威慑、钳制人心的力量，戴名世在桐城派中的历史地位，才得以被人们所正视。例如，光绪十五年黎庶昌为"补姚氏姬传《古文辞类纂》所未备"而编

① 《戴名世集》卷1，《与洪孝仪书》，第22、23页。
② 《戴名世集》卷3，《初集原序》，第59页。
③ 《戴名世集》卷4，《自订时文全集序》，第117页。

辑的《续古文辞类纂》，即选入了戴名世的6篇古文。稍后的宣统二年，上海国学扶轮社又出版了《方戴合钞》，公然把戴名世放在与桐城派创始人方苞并驾齐驱的地位。梁启超在《中国近三百年学术史》中，则更加明确地指出："他（指戴名世）本是一位古文家，桐城派古文，实推他为开山之祖。"①柳亚子在《南明史料书目提要》中也认为："戴氏与方苞齐名，为清代桐城派古文家开山鼻祖，论者谓其才学实出方苞之右。"

尔后，不乏有识之士，或指出戴名世给桐城派以"直接影响"②；或认为"说戴名世就是桐城派作家，甚至以他为桐城派一祖，都是可以的"③；或断言"以戴氏为桐城派之先驱，决非过分之言"④。

不过，也有人认为："南山文学下中，生平以古文自负，其实眼光识力不出时文当家，以视方、姚两家，未能并驾。"⑤或强调"戴名世虽是桐城人，又与方苞同以古文著名，但他与后来的桐城文派的理论和风格是不同的"⑥。如果仅是个别人的评价不同，那还不足挂齿。问题在于《中国文学史》《中国文学批评史》这类权威性著作，迄今对戴名世仍只字不提，或一笔带过。这就使我们不能不感到对戴名世在桐城派中的作用和地位，有必要作进一步的论证。

（一）历史事实，无可争辩

戴名世的古文在当时即受到高度评价，占有杰出的地位，这是无可争辩的历史事实。例如，王静斋盛赞戴文"横绝四海"⑦；傅舟称戴"文之美""必传于后世无疑"⑧。方苞也说："余自有知识，所见闻当世之士，学成而并于

① 梁启超：《中国近三百年学术史》，《饮冰室专集》之75，第175页。
② 王泽浦：《桐城派发生发展及其衰亡的社会原因》，《天津日报》1962年4月20日。
③ 王凯符等：《戴名世论》，《北京师院学报》1980年第3期。
④ 王树民：《戴名世集·前言》，第5页。
⑤ 北京图书馆藏《南山先生全集》周贞亮手校本题记。
⑥ 贺珏：《戴名世及其思想的初步考察》，《安徽史学通讯》1959年4、5期合刊。
⑦ 《戴名世集》卷1，《再与王静斋先生书》，第21页。
⑧ 《戴名世集》卷4，《赵傅舟制义序》，第119页。

古人者，无有也。其才之可扳以进于古者，仅得数人，而莫先于褐夫。"①王源则说："田有古文，同人中予所推服。"②朱书更称赞"其文之足以不朽，则余固知其与霍山（即天柱山——笔者注）同永无疑也"③。由此亦可见，戴名世在当时是多么名重于世。

戴名世不把古文创作看作个人的私事，而是为了"以古之文""明古之道"④，自觉地要担当起振兴古文的历史重任。他曾明言："余尝以谓文章者，非一家之私事。"⑤他之所以要振兴古文，一是出于爱国心，有感于诸儒"皆不幸而穷于世，上无明天子，不克信用而摈斥以老，卒不得出其万一，使当世获儒者之效。世亦由是大乱，积为从古未有之祸"⑥。二是由于明末以来"文风坏乱""文妖叠出"，"往者文章风气之趋于雷同，而先辈之文世所不好"⑦。以致"文体之坏也，是非工拙，世无能辨别，里巷穷贱无聊之士，皆学为应酬之文，以游诸公贵人之门。然必济之以狡谲谀佞，其文乃得售。不然，虽司马子长、韩退之复生，世皆熟视之若无睹"⑧。更为可悲可憎的是："今之世所习者时文耳。时文之徒，未闻有廓然远见，卓然独立者也。即其所习之文，不过记诵熟烂之辞，互相钞袭，恬不为耻，然亦止用是以为禽犊而所以邀虚名，而希苟得者又不区区尽恃乎此，而特其心则不无好同而恶异，苟有异己者之出于其间，辄相与谤笑诟厉，不壅蔽遏抑之不已。"⑨因此他深感"文章之事与有责焉"，要"与世之学者左提右挈，共维挽风气于日盛也"⑩。三是他把写文章作为他愤世嫉

① 《戴名世集·附录》，方苞《南山集偶钞序》，第451页。
② 王源：《朱字绿诗序》，《居业堂文集》卷14。
③ 《戴名世集·附录》，朱书《南山集偶钞序》。
④ 《戴名世集》卷3，《困学集自序》，第77页。
⑤ 《戴名世集》卷3，《杜溪稿序》，第56页。
⑥ 《戴名世集》卷3，《困学集自序》，第78页。
⑦ 《戴名世集》卷4，《庆历文读本序》，第107页。
⑧ 《戴名世集》卷11，《北行日纪序》，第293页。
⑨ 《戴名世集》卷1，《与白蓝生书》，第17页。
⑩ 《戴名世集》卷4，《庆历文读本序》，第107页。

俗、抒发郁闷、自快其志的一种生存方式。他说："仆本多忧，而人心世道之感复交迫于胸臆"，"独其胸中之思，掩遏抑郁，无所发洩，则尝见之文辞，虽不求工，颇能自快其志"。[①]因此，为了从事古文写作，他宁愿过穷困的生活，甚至有不惜为此而献身的自我牺牲的精神。

戴名世为振兴古文，还在他的周围团结和形成了一个作家群，他成了人们所拥戴的带头人。用他的话来说："余年十七八时，即好交游，集里秀出之士凡二十人，置酒高会，相与砥砺以名行，商榷文章之事。"[②]在他35岁入京师后，他又说："余自入太学，居京师及游四方，与诸君子讨论文事，多能辅余所不逮。宗伯韩公折行辈与余交，而深惜余之不遇。同县方百川、灵皋、刘北固，长洲汪武曹，无锡刘言洁，江浦刘大山，德州孙子未，同郡朱字绿，此数人者，好余文特甚。"为什么对他的文章皆喜好"特甚"呢？就是因为他善于吸取众人之长。诚如他接着所说的："灵皋年少于余，而经术湛深，每有所得，必以告余，余往往多推类而得之。言洁好言波澜意度，而武曹精于法律，余之文多折衷于此三人者而后存，今集中所载者是也。"[③]他的古文创作在当时的文坛处于领先地位，乃世所公认。宿松朱字绿正是在接受戴名世的劝告后，"字绿之志益高，读书益勤，而文章日益工"[④]。方苞也是在戴名世的直接指点下成长的。戴名世比方苞年长15岁。他二人在古文上志同道合，方苞的古文成就，跟他得到戴名世长达十年的栽培是分不开的。当人们肯定方苞为桐城派之祖时，又怎么能公然不顾这些历史事实，而一笔抹杀戴名世作为桐城派先驱者的地位呢？

（二）道统文统，一脉相传

"学行继程、朱之后，文章介韩、欧之间。"[⑤]方苞所倡导、桐城派作家

---

① 《戴名世集》卷1，《答朱生书》，第12页。
② 《戴名世集》卷3，《齐天霞稿序》，第73页。
③ 《戴名世集》卷4，《自订时文全集序》，第118页。
④ 《戴名世集》卷3，《杜溪稿序》，第57页。
⑤ 王兆符：《原集三序》，《方苞集·附录三·各家序跋》，第906、907页。

所共同遵循的这个道统和文统，即受到戴名世的直接影响。戴名世对朱熹的《四书集注》推崇备至，他说："《四书》历汉及唐，至宋诸儒出而其义乃大明。盖自二程子始发孔孟之秘于千载废坠之余，至朱子出而其学尤为纯粹以精，其阐明《四书》之义者，尤为详密而完备。虽其精义微言时时见于他书，而《集注》则朱子以为称量而出，增损一字不得者。"①他甚至把朱熹等同于孔子，说："余以谓古人罢黜百家，独尊孔氏，今之尊朱氏即所以尊孔氏也。""学者但明于朱子一家之言，而诸儒之说是非邪正，自了然于胸中而不为其所乱。"②他之"好古文"，就是"以古之文所以明古之道也"。③这个"道"，即指孔、孟、程、朱之道。值得注意的是，他主要不是正面宣扬程朱道学如何好，而是借"明道"来反对使"天下弃学"④的科举时文，来揭露封建统治者导致国家"乱以亡"⑤的衰朽局面。

桐城派所推崇的以司马迁、韩愈、欧阳修、归有光等为代表的古文文统，也是戴名世所竭力倡导并身体力行的。例如，他在《答张氏二生书》中说："不佞自初有知识即治古文，奉子长、退之为宗师。"⑥他"尤嗜八家之文"，特地编了《唐宋八家文选》，精选足以代表"八家之美"的文章二百余篇，逐篇加以评点，"执笔为著明其指归，与夫起伏呼应、联络宾主、抑扬离合伸缩之法，务使览者一望而得之"。他要"以是书为为文之舟车"⑦，而使人们能从中学到作文的方法。对于"归震川之书"，他说："有惬于心，余好之"，并对"震川之所以为震川"，"知之独深"。面对"今之知震川者少，而今之为

---

① 《戴名世集》卷3，《四书朱子大全序》，第75页。
② 《戴名世集》卷3，《四书朱子大全序》，第75、76页。
③ 《戴名世集》卷3，《困学集自序》，第78页。
④ 《戴名世集》卷3，《困学集自序》，第78、77页。
⑤ 《戴名世集》卷3，《困学集自序》，第77页。
⑥ 《戴名世集》卷1，《答张氏二生书》，第21页。
⑦ 见《戴名世集》卷3，《唐宋八大家文选序》，第64页。

震川者，其孤危又百倍震川"的恶劣形势，他坚定地宣称：那种"句句而摹之，字字而拟之"的学风，是"伪者之势不长"，而只有归有光学《史记》"得子长之神"的学风，才是"真者之精气照耀人间而不可泯没也"。① 他写的古文，也果真被人诩为"有司马迁、韩愈之风"②，"颇得司马子长、欧阳永叔之生气逸韵"③。

桐城派古文，是以明代唐宋派作家归有光为入门的向导，而上承秦汉和唐宋八大家之文的，如方苞所说："震川之文，……其气韵盖得之子长，故能取法于欧、曾。"④ 姚鼐也说，归有光"能于不要紧之题，说不要紧之语，却自风韵疏淡，此乃于太史公深有会处"⑤。桐城派古文之所以以"雅洁"著称，就在于它既有"风韵疏淡"，通于古的"雅"，又有"惟陈言之务去"，吸取现实生活中"不要紧之语"的"洁"。而以归有光的这种创造精神，来开创有清一代的新文风，戴名世无疑地是起了先导作用的，其功不可没。

（三）文学主张，前呼后应

例如，被称为"能集古今文论之大成"⑥ 的方苞的义法说，据方苞的解释："义即《易》之所谓'言有物'也，法即《易》之所谓'言有序'也。义以为经而法纬之，然后为成体之文。"⑦ 戴名世在《答赵少宰书》中即明确指出："今夫立言之道莫著于《易》，《家人》之《象》曰：'君子以言有物而行有恒。'"⑧ 方苞的义法说跟戴名世同样讲"言有物"，所根据的也同样是《易》，这岂不说明他与戴名世文学主张的一脉相承么？所不同的是，戴名世还强调"惟立诚

---

① 《戴名世集》卷 15，《书归震川文集后》，第 419 页。
② 《戴名世集》卷 2，《潘木崖先生诗序》，第 33 页。
③ 方宗诚：《桐城文录序》，《柏堂集》次编卷 1。
④ 《方苞集》卷 5，《书归震川文集后》，第 117 页。
⑤ 姚鼐：《惜抱尺牍》卷 6，《与陈硕士》。
⑥ 郭绍虞：《中国文学批评史》，上海古籍出版社 1979 年 12 月出版，第 634 页。
⑦ 《方苞集》卷 2，《又书货殖传后》，第 58 页。
⑧ 《戴名世集》卷 1，《答赵少宰书》，第 6 页。

故有物，苟其不然，则虽菁华烂熳之章，工丽可喜之作，《中庸》之所谓'不诚无物'也，君子之所不取也"①。他把"立诚"与"有物"相联系，既突出了对"物"的客观写实性，又强调了作家的主体性，要求必须是真情实感的抒发。这种创作论，跟方苞及其他桐城派作家的主张相比，自有其深刻和独到之处。而方苞的义法说则兼及文章的内容和形式两个方面，在强调"言有物"的同时，还要求"言有序"，这显然比戴名世的主张更为全面和周到了。但我们不能抹杀戴名世以"言有物"为"立言之道"，是方苞义法说的先导。事实上，戴名世也绝非不重视"法"，他曾引用明末艾南英的话说："立言之要，贵合乎道与法。"②还说："道也，法也，辞也，三者有一之不备焉而不可谓之文也。"③这对方苞之所以能提出颇为全面的义法说，当不无影响。

"桐城文素以雅洁著称，惟雅故能通于古，惟洁故能适于今。这是桐城文所以能为清代古文中坚的理由。"④沈廷芳《书方望溪先生传后》称引方苞的话说："南宋元明以来，古文义法不讲久矣。吴越间遗老尤放恣，或杂小说，或沿翰林旧体，无雅洁者。"⑤可见文之雅洁即在于讲义法，而义法的标准也即在雅洁。桐城派这种要求"雅洁"的文学主张，实际上也是由戴名世所滥觞的，如他曾提出："法取其谨严"，"辞章格制取其雅驯而正大"⑥。主张"文章之真谛秘钥"在"割爱"⑦二字，要求，"择其言尤雅者""惟雅且清则精"，"择言不可以不精"。⑧桐城派的清正雅洁，跟戴名世所早已阐明的这些文学主张，难道不是前呼后应、完全合拍的么？戴名世指出，文章之技"莫妙于传神，然

---

① 《戴名世集》卷1，《答赵少宰书》，第7页。
② 《戴名世集》卷4，《己卯行书小题序》，第109页。
③ 《戴名世集》卷4，《己卯行书小题序》，第109页。
④ 郭绍虞：《中国文学批评史》，第628页。
⑤ 《清文录》卷68。
⑥ 《戴名世集》卷4，《宋嵩南制义序》，第113页。
⑦ 《戴名世集》卷3，《张贡五文集序》，第65页。
⑧ 《戴名世集》卷4，《己卯科乡试墨卷序》，第95页。

亦莫难于传神"，"有一题必有一题之神"。[1]同时他也强调"气"，要求有"气之大过人者"[2]。至于神气与字句的关系，戴名世则譬之为魂与魄的关系。[3]刘大櫆的神气说，姚鼐的神理气味格律声色说，虽然说得更加严密、明确而具体化了，但其由戴名世的神气、魂魄说发展而来，岂不如同青蛙由蝌蚪变成一样确凿无疑么？

事实说明，桐城派的文学主张是以戴名世为先导的。所不同的只是戴名世最重视的"率其自然"的创作论，方苞等却有所忽视，而更多地继承和发展了戴名世关于文章的内容和形式的一些具体论点，反映了桐城派文论有个逐步趋向保守和规范化的发展过程。因此，我们要了解桐城派文论形成和发展的全貌，就绝不能抹杀戴名世为桐城派先驱者的历史地位。

---

① 《戴名世集》卷4，《有明历朝小题文选序》，第98、99页。
② 《戴名世集》卷1，《答伍张两生书》，第4页。
③ 《戴名世集》卷3，《程偕柳稿序》，第71页。

第三章 桐城派的创始者——方苞

"望溪先生之古文，为我朝百余年文章之冠，天下论文者无异说也。"①不仅桐城派中人如是说，即连性灵派的袁枚，亦称方苞为"一代文宗"②。可见方苞为桐城派古文的创始者，早在清代乾隆时已被人所公认。

一、"余先世家皖桐，世宦达。自迁江宁，业尽落"

——家庭

方苞（1668—1749），字凤九，一字灵皋，晚年自号望溪。安徽桐城县人。他出生于一个封建士大夫家庭。祖帜，字汉树，号马溪。岁贡生，有文名，官芜湖县学训导，迁兴化县学教谕。父仲舒，字南董，号逸巢，国子监生，是跟同里钱澄之等唱和的诗人。前母姚氏。母吴氏，绍兴府同知吴勉之女。吴勉寓居江苏六合留稼村，逸巢公为其赘婿，故方苞的出生地为六合之留稼村。兄舟，字百川，37岁即辞世。弟林，字椒涂，21岁早夭。方苞的家庭，虽然"上祖有官御史者，巡按江西，道桐，归祭于宗祠，自监司以下皆来宾"③，颇为显赫，但到他的祖、父辈，文化尚富有，而经济已衰落。因此，他说："痛少时以家

---

① 《方苞集·附录二·诸家评论》。
② 袁枚：《随园诗话》卷2。
③ 《方苞集》卷17，《己亥四月示道希兄弟》。

贫，迫生计，未得时依大父。及冠后，从钱饮光、杜于皇、苍略诸先辈游，始知大父文学为同时江介诸公所重。"①"自苞省人事，未尝见吾父母有一日之安也。"②"余家贫多事，吾父时拂郁，且昼嗟吁。吾母疲疴间作。""余先世家皖桐，世宦达。自迁江宁，业尽落。宾祭而外，累月逾时，家人无肉食者，蔬食或不充。"③"家无仆婢，吾母踰五十，犹日夜从灶上扫除，执苦身之役。"④

方苞的童年，是在家境贫困到温饱无着的情况下度过的。他在为胞弟椒涂写的墓志铭中说："自迁金陵，弟与兄并女兄弟数人皆疮痏，数岁不瘳，而贫无衣。有坏木委西阶下，每冬月，候曦光过檐下，辄大喜，相呼列坐木上，渐移就暄，至东墙下。日西夕，牵连入室，意常惨然。兄赴芜湖之后，家益困，旬月中屡不再食。"⑤

尽管他的家境较为困难，但仍属剥削阶级家庭。如他在《与刘言洁书》中说："仆先世有遗田二百亩，在桐山之阳，岁入与佃者共之，故不足给衣食。"⑥在他中年以后，生活日渐富裕，曾在高淳买田二百亩，他说："乃我二十年佣笔墨，执友张彝叹为购置者。惟用为祭田，于义为安。"⑦又说："吾家亲属及仆婢，近四十人，常役上农夫百家，终岁勤动，以相奉给。果何德以堪之？"⑧

二、"余终世未尝一日离文墨"

——生平

方苞44岁以前，主要是读书、教书、考科举，以写作古文、时文闻名于世。

---

① 《方苞集》卷17，《台拱冈墓碣》。
② 《方苞集》卷17，《台拱冈墓碣》。
③ 《方苞集》卷17，《亡妻蔡氏哀辞》。
④ 《方苞集》卷17，《谢季方传》。
⑤ 《方苞集》卷17，《弟椒涂墓志铭》。
⑥ 《方苞集集外文》卷5，《与刘言洁书》。
⑦ 《方苞集》卷17，《甲辰示道希兄弟》。
⑧ 《方苞集》卷17，《甲辰示道希兄弟》。

他从小受到良好的文化薰陶。早在 4 岁时，父尝鸡鸣起，值大雾，以"鸡声隔雾"命对，方苞即应曰："龙气成云。"[1]5 岁，父口授经文章句。7 岁，即潜观家藏旧板《史记》。10 岁，从兄百川读经书、古文。据程崟《仪礼析疑序》称，方苞未成童，《易》《诗》《书》《礼记》《左传》皆已能背诵。

青年方苞在古文写作上即已取得了令人瞩目、备受推崇的成就。例如，他 24 岁从学使高素侯至京师，馆于高公所，游太学，结交王昆绳、刘言洁、徐诒孙等学者，文渊阁大学士李光地称其古文为"韩欧复出，北宋后无此作也"[2]。以文名闻于海内、卒谥文懿的韩菼见方苞文，竟欲自毁其稿，盛赞方苞文为："庐陵无此深厚，南丰无此雄直，岂非昌黎后一人乎！"[3]以工诗古文著称的姜宸英见方苞文，也认定："此人，吾辈当让之出一头地者也。"[4]

青年方苞尽管已颇有文名，但在科举考试中却四次受挫。自 22 岁获岁试第一，补桐城县学弟子员之后，23 岁秋应乡试，即遭落榜。24—29 岁在北京、涿州教书。29 岁秋应顺天试，又落第。为此，他曾想不复应举，于这年冬天，即由京南归。30—31 岁在江苏宝应教书。32 岁，举江南乡试第一。33 岁至京师，试礼部，不第。34 岁，冬十月廿一日兄百川卒。百川疾逾年，他殚心照料。35 岁春三月，葬兄百川、弟椒涂，并分别作墓志铭。36 岁春，至京师，再试礼部，又不第。37 岁秋七月，移居南京由正街故宅将园。39 岁，至京师，应礼部试，中进士第四名。从 22 岁应试到 39 岁成进士，在这 17 年间，他经过四次落第的打击。在中进士之后，即将要殿试授官之际，他却因闻母病遽归。40 岁归桐城省墓，冬十月初九父卒。以母老病，酌《礼经》筑室宅之西，精心服侍。41—42 岁，又两次归桐城省墓。可见他在追求科举的同时，更重孝道，

① 苏惇元辑：《方苞年谱》，《方苞集·附录》。
② 苏惇元辑：《方苞年谱》，《方苞集·附录》。
③ 苏惇元辑：《方苞年谱》，《方苞集·附录》。
④ 苏惇元辑：《方苞年谱》，《方苞集·附录》。

而对做官却很淡漠。

康熙五十年（1711），方苞44岁，是他一生的转折点。这年冬十一月，左都御史赵申乔弹劾戴名世所著《南山集》"语多狂悖"[1]。方苞因为该书作序，牵连被逮入狱。在狱中，他仍在潜心研究陈氏的《礼记集说》，著《礼记析疑》。同狱者夺其书掷于地，说："命在须臾矣！"而他却说："朝闻道，夕死可也。"[2] 他的名作《狱中杂记》，即根据他在狱中耳闻目睹的亲身经历所撰。

方苞从46岁起，曾经相继受到康熙、雍正、乾隆三代皇帝的恩宠，充当他们的文学侍从。46岁春二月，《南山集》案狱决，方苞被判死刑，只因"圣祖一日曰：汪霦死，无能古文者"。李光地说："惟戴名世案内方苞能。"[3] 因而他即蒙皇恩宽宥免治，出狱隶籍汉军。三月廿三日，康熙朱批："戴名世案内方苞学问，天下莫不闻。下武英殿总管和素。"[4] 翌日，召入南书房，命撰《湖南洞苗归化碑文》；越日，命著《黄锺为万事根本论》；越日，命作《时和年丰庆祝赋》。每奏进，康熙辄嘉赏再三，说："此即翰林中老辈兼旬就之，不能过也。"[5] 命以白衣（即无功名而为官府当差的人）入直南书房（即皇帝的秘书机构）。秋八月，移直蒙养斋，编校乐、律、历、算诸书，同时担任诚亲王等王子的教师，从事《周官辨》《容城孙征君年谱》《春秋通论》《周官析疑》等著述，直至康熙末年，方苞55岁，充任武英殿修书总裁。但待罪之身并未改变，其近支族人仍被隶籍满族汉军，实则继续充当人质。

方苞56岁，雍正即位，才使其政治处境有进一步的改善。雍正为了收买人心，使方苞合族皆赦归原籍。[6]57岁春二月，方苞获准请假一年，抵上元台

---

① 赵申乔的奏文，见《戴名世集》附录，中华书局1986年版，第483页。

② 顾用方：《周官辨序》。

③ 《方苞集集外文》卷6，《安溪李相国逸事》。

④ 《方苞集》卷18，《两朝圣恩恭纪》。

⑤ 《方包集》卷18，《两朝圣恩恭纪》。

⑥ 《方包集》卷18，《两朝圣恩恭纪》。

拱冈安葬父母，并至桐城省祖墓。58 岁春三月还京，仍充武英殿总裁。欲用为司业，方苞以老病力辞。64 岁，授詹事府左春坊左中允。65 岁夏五月，迁翰林院侍讲。秋七月，迁翰林院侍讲学士。66 岁春三月，奉果亲王教，约选两汉及唐宋八家古文，刊授国子监诸生。（其后于乾隆初，又诏颁各学官，成为钦定教材。）夏四月，擢内阁学士兼礼部侍郎，方苞以足疾辞。命仍专司书局，不必办理内阁事务，有大议，即家上之。秋八月，充一统志馆总裁，奉命校订《春秋日讲》。68 岁，春正月，充皇清文颖馆副总裁。

方苞 68 岁，秋九月，乾隆嗣位，欲追践大礼，议行三年之丧，特下诏命群臣详稽典礼，方苞乃作《丧礼议》。冬十月连续给乾隆三次上书：《请定征收地丁银两之期疏》《请定常平仓谷粜籴之法疏》及《请复河南漕运旧制疏》，俱获准下部议行。69 岁，春，命再入南书房。三月，上《请备荒政兼修地治疏》。夏六月，乾隆怜方苞老病，特命太医时往诊视。又因方苞工时文，命选有明及本朝诸大家四书制义数百篇，颁布全国，以为科举准的。70 岁，夏六月，擢礼部右侍郎，方苞仍以足疾辞，诏免随班趋走，许数日一赴部，平决大事。

方苞尽管受到康、雍、乾三代皇帝的恩宠，但他所担任的只是经史馆总裁之类的书籍编审工作，而一旦委以行政官职，他总是以足疾力辞；力辞不成，当他真的想在政治上对国家有所作为，给乾隆连上《请矫除积习兴起人材疏》《请定庶吉士馆课及散馆则例疏》等，即遭到朝廷同僚的反对，不仅被辞去侍郎职，而且又因庶吉士散馆，方苞补请后到者考试，被忌者诬谓有私，连教习庶吉士亦被弹劾落职，命仍在三礼馆修书。为此，他对沈廷芳说："老生以迁蠁获戾，宜也。吾儿道章数以此谏，然吾受恩重，敢自安容悦哉？"[1]乾隆也深知"方苞惟天性执拗，自是而非人，其设心固无他也"[2]。意欲推举方苞任

---

① 苏惇元辑：《方苞年谱》，《方苞集·附录》。
② 苏惇元辑：《方苞年谱》，《方苞集·附录》。

祭酒，终因旁无应者而作罢。75岁，方苞以年老多病，乞解书局之职，回乡养老；乾隆许之，赐翰林院侍讲衔。四月，离京归里，杜门著书，不接宾客；江南总督尹继善三次登门求见，皆以疾辞。直到82岁，乾隆十四年八月十八日卒于上元里第；其间除76岁秋八月因寻医浙东，作天姥、雁荡之游，撰有游记外，主要是从事《汤文正公年谱》《仪礼析疑》等著述。

综观方苞一生，除66—70岁担任过内阁学士兼礼部侍郎、礼部右侍郎等要职外，主要是从事古文写作、书籍编审和教育工作。因此，他的一生可说是个文化人。用他自己的话来说："余终世未尝一日离文墨。"[①]早年除读书、考科举外，还为生活所迫，外出教书授徒。中年遭"《南山集》案"文字狱，险些丧命。后半生虽为康、雍、乾三朝皇帝的文学侍从，但以"罪臣"之身，时刻胆战心惊，如履薄冰，从不敢自安容悦，竭力效忠报恩，72岁还遭劾罢职。"计苞此生无日不在辛苦忧患中"[②]，这可谓是他对坎坷一生颇为恰当的自我写照。

三、"平生以道自重，不苟随流俗"

——为人

据熊宝泰《谒先生祠堂记》载，方苞貌怯瘦，身长，面微有痘斑，目光视人如电，胆小者相见，往往心悸不能语。这是方苞其人的相貌。究其内在的为人，又有哪些特点呢？

（一）笃于伦理，信奉礼法

他父亲逸巢公说："吾体未痛，二子已觉之。吾心未动，二子已知之。"[③]其事父至孝如此。事母至孝，更为感人。当他39岁应礼部试成进士，即届殿试，

① 《方苞集》卷4，《李穆堂文集序》。
② 《方苞集集外文》卷5，《与慕庐先生书》。
③ 《戴名世集·方舟传》，中华书局1986年版，第203页。

朝论翕然，推为第一人，而他却置个人功名和李文贞公的挽留于不顾，闻母病即遽归。康熙五十年，方苞以《南山集》案，逮赴诏狱，为避免母亲忧虑，他特偕江宁县令入见母，佯称："安溪李公荐入内廷校勘，不得刻留。"①拜辞出，即下狱。直至康熙五十二年，方苞蒙皇恩免死，并被召直南书房，迎母至京，母尚不知其事。他与兄百川、弟椒涂极为相亲相爱，手足情深。在《亡妻蔡氏哀辞》中，他说："先兄之疾也，鸡初鸣，余起治药物。……数月如一日也。"②其兄百川在弟卒时曾哭泣说："吾兄弟三人，当共一丘，不得以妻祔。"③方苞在《己亥四月示道希兄弟》《己酉四月又示道希》两文中，一再说明此事，告诫他们毋违父命，"今而违焉，岂惟戕父之心，抑亦毁母之义矣"④。方苞死后，果与其兄百川、弟椒涂同丘，共葬于江宁沙场村。"笃于伦理，制行方严，造次必遵礼法。"《清儒学案·望溪学案》对方苞的这句评语，看来是确有充分的事实根据的。

（二）不贪富贵，不慕虚名

例如，方苞39岁妻蔡氏病故，荐绅慕方苞名，竞欲联姻。相国熊文端公，欲妻以女，遭方苞谢绝。郑总兵家巨富，欲以万金助妆奁，妻以女，也被方苞坚辞。尚书熊一潇，其子熊本与方苞为同年进士，他私下对方苞说："鄙人有妹，家君愿使箕帚。"得到的回答是："盛意感甚！惟苞家法，亡妻偕娣似日夙兴，精五饭酒浆，奉厄二亲左右。令妹能乎？"⑤使熊本咋舌无以应。他还在为子孙制定的《家训》中规定："居官以阴狠致富，虽幸免国法，不许入祠，宗族共屏弃之。非其罪而罹凶害者，虽罢斥，祭仍以其爵。"⑥尽管他早已以

---

① 《方苞集集外文》卷6，《结感录》。
② 《方苞集》卷17，《亡妻蔡氏哀辞》。
③ 《方苞集》卷17，《己亥四月示道希兄弟》。
④ 《方苞集》卷17，《己酉四月又示道希》。
⑤ 见《恕谷后集》。
⑥ 《方苞集集外文》卷8，《教忠祠禁》。

古文闻名于世，用当时人的话来说："南丰曾氏所谓蓄道德而有文章者，今之世莫如子。"然而他却说："宜余惧且惭而不敢任也。"① 他并非故作谦虚，而是真诚地表示："某于世士所好声华，弃犹泥滓。"② 他认为只要"吾性之信智义仁"不亏，"于世俗所谓功名，洵可以视之如敝屣矣"③。长洲何屺瞻好诋人短，言古文唯推钱牧斋，说："牧斋后更无可者矣，并世诸公俱所深诋。"方苞则说："余独喜闻其言，可用以检吾身。"④ 他时置所著文于朱字绿所，使背面发其瑕疵，并赞叹道："如斯人，正未可多得也。"⑤ 直到他晚年写《李穆堂文集序》仍称：自己"智浅力分，其于诸经，虽粗见其樊，未有若古人之言而无弃者，而文章之境，亦心知而力弗能践焉。观穆堂所编，未尝不踌躇满志而又以自疚也"⑥。有文名而又有自知之明，喜人"发其瑕疵"，弃"声华""犹泥滓"。他的这种品格，自然能获得人们的尊敬。

（三）勤奋嗜学，抱无穷之志

戴名世在《方舟传》中曾说："舟与其弟苞皆好学，日闭户谢绝人事，相与穷天人性命之故，古今治乱之源，义利邪正之辨，用以律身行己，而以其绪余著之于文，互相质正，有一字之未安，不敢以示世，意度各有其造极，人以之比眉山苏氏兄弟云。"⑦ 方苞在文学上之所以能"为一代正宗"，主要在于他有身处困境而不懈奋斗的精神，如他在 26 岁时给他的好友王昆绳的信中说："终岁仆仆，向人索衣食；或山行水宿，颠顿怵迫；或胥易技系，束缚于尘事，不能一日宽闲其身心。"在这种情况下，他却坚信："君子固穷，不畏其身辛

---

① 《方苞集集外文》卷 7，《全椒县教谕宁君墓志铭》。
② 《方苞集》卷 6，《与万季野先生书》。
③ 《方苞集》卷 6，《答尹元孚书》。
④ 方苞：《方望溪遗集》，黄山书社 1990 年版，第 5 页。
⑤ 《方苞集》卷 4，《李穆堂文集序》。
⑥ 方苞：《方望溪遗集》，黄山书社 1990 年版，第 5 页。
⑦ 《戴名世集》，中华书局 1986 年版，第 203 页。

苦憔悴；诚恐神智滑昏，学殖荒落，抱无穷之志而卒事不成也。"为此，他"欲穷治诸经，破旧说之藩篱，而求其所以云之意；虽冒雪风，入逆旅，不敢一刻自废"①。他不是为穷经而穷经，为古文而古文，而是"叹时俗之波靡，伤文章之萎苶，颇思有所维挽救正于其间"②。他对于古文写作，更是精益求精。曾跟戴名世"往复讨论，面相质正者且十年"。"每一篇成"，他都要戴"为之点定评论"。戴说："其稍有不惬于余心，灵皋即自毁其稿。"③他在古文写作上的卓越成就，正是他勤奋嗜学的结果。

（四）刚直憨厚，学与时违

对权势显赫者，他不是投其所好，而是直揭其短。如李光地以直抚入相，方苞问他："自入国朝，以科目跻兹位者凡几？"李屈指得五十余人。方说："甫六十年而已得五十余人，则其不足重也明矣。望公更求其可重者！"时景州魏君璧在侧，退而说："斯人吾未前见，无怪乎见者皆不乐闻其言也。"④方苞自己也说："仆学与时违，加以性僻口拙，与世人交，不能承意观色，往往以忠信生疵衅。在京师数年，见其文，好之而不非笑者寡矣；知其文，不苦其人之钝直而远且憎之者，又寡矣"⑤；甚至"开口而言，则人以为笑，举足而步，则人以为迂"⑥。其实，他是很安分守己的，只是不愿苟随流俗，即为人所不容。恰如他自己所说："仆以确守经书中语，于君不敢欺，于事不敢诡随，于言不敢附会，为三数要人所恶，常欲挤之死地，赖圣主矜悯，尚存不肖躯。"⑦

① 《方苞集集外文》卷5，《与王昆绳书》。
② 《戴名世集·方灵皋稿序》，中华书局1986年版，第54页。
③ 《戴名世集·方灵皋稿序》，中华书局1986年版，第54页。
④ 《方苞集集外文》卷10，《与陈占咸》。
⑤ 《方苞集集外文》卷5，《与谢云墅书》。
⑥ 《方望溪遗集》，黄山书社1990年版，第81页。
⑦ 《方望溪遗集》，黄山书社1990年版，第59页。

以上说明，方苞的为人"品高而行卓"①，大有理想的古代君子之风。我们中华民族的传统，历来强调"文如其人"，讲究道德与文章并重。清初时辈言古文多推崇变节降清的钱牧斋，方苞即指出："其文秽恶藏于骨髓，一如其人；有或效之，终不可涤濯。"②方苞之所以成为一代文学正宗，不仅在于他的文章写得好，同时，还在于他注重道德修养，有作为"一代文宗"为人所钦敬的人格感召力量。

（五）金无足赤，苞非完人

尤其在信奉程朱理学、反对颜李心学方面，方苞可谓达到了愚昧、迷信乃至不择手段的地步。例如，颜李学派的李刚主之子夭折，方苞竟然认为这是李刚主"承习颜氏之学，著书多訾朱子"的报应，说什么"是谓戕天地之心，其为天之所不祐决矣。故自阳明以来，凡极诋朱子者，多绝世不祀"③。值得注意的是，他这并非出于恶意的咒骂，而是本着"交友之道"的直言相告。李刚主死后，方苞以好友的身份为他写墓志铭，说由于听了方苞的劝告，"刚主立起自责，取不满程朱语载《经说》中已镂版者，削之过半。""以刚主之笃信师学，以余一言而翻然改。其志之不欺，与勇于从善，皆可以为学者法。"戴望的《恕谷传》及李刚主的学生刘用可，皆认为这是方苞"纯构虚辞，诬及死友"④。梁启超更据此指责方苞为"假道学先生"⑤。其实，造假只是表面现象，竭力夸大程朱理学的威力，才是其实质。

---

① 《方苞集·附录二·诸家评论》。
② 《方苞集》卷12，《汪武曹墓表》。
③ 《方苞集》卷6，《与李刚主书》。
④ 见《颜氏学记》卷4。
⑤ 梁启超：《中国近三百年学术史》，《饮冰室专集》之75。

四、"学皆济于实用"

——学术思想

长期以来，程朱理学被批判为反动思潮，颜李心学被认为有进步意义。所以批判桐城派者，则以方苞笃信程朱理学为由，认为它"是要维护程朱理学的反动思潮的统治地位"[①]；而肯定桐城派者，则说"望溪之学，同于颜李"[②]。

方苞的学术思想，究竟是站在程朱理学方面，还是"同于颜李"？对于程朱理学与颜李心学的评价，是坚持实事求是、一分为二，还是一概把它们跟反动或进步画上等号？这必须以大量的客观事实为根据，而不能以主观好恶来判断。

先看方苞本人对程、朱理学的态度：

他把程、朱神化为"天地之心"，说："《记》曰：'人者，天地之心。'孔、孟以后，心与天地相似，而足称斯言者，舍程、朱而谁与？若毁其道，是谓戕天地之心，其为天之所不祐决矣。"[③]

他把程朱之学视为德易道深，说："昔先王以道明民，范其耳目百体，以养所受之中，故精之可至于命，而粗亦不失为寡过；又使人渐而致之，积久而通焉，故入德也易而造道深。程、朱之学所祖述者，盖此也。"[④]

他劝人非程、朱不可以为师，说："孔子之告颜渊，惟以非礼自克。盖一事或违于礼，一时之心或不在于礼，则吾性之信智义仁皆亏，而无以自别于禽兽。……今长君欲学孔、颜之学，非兼道德而有之如程、朱者，不可以为师。"[⑤]

不仅他本人对程朱的尊崇是如此鲜明而执着，当时及后代的学者也纷纷认为：

---

① 中国科学院文学所编：《中国文学史》，第 1072 页。
② 吴孟复：《方望溪先生遗集序》。
③ 《方苞集》卷 6，《与李刚主书》。
④ 《方苞集》卷 4，《学案序》。
⑤ 《方苞集》卷 6，《答尹元孚书》。

他"笃信程朱之学，恨不能化子"①。

他"论学一以宋儒为宗，说经之书，大抵推衍宋儒之学而多心得，名物训诂皆所略"②。

他的文章，"体正而法严，其于道也，一以程朱为归，皆卓然有补于道教，可传世而不朽"③。或说"窃观先生为学，固彻上下古今，一出于正；而其学行大纲，则符乎程、朱之旨；至发为文章，则又合四子而一之；其行足以副其学，其文足以载道而行远。……宋以后文家，能合程、朱、韩、欧为一而纯正动人者，以先生之文为最"④。

他对程朱理学的态度是如此，那么，他对颜李之学的态度又如何呢？

他攻击颜李之学的领袖颜习斋是坏学、害世、害民，说："夫学之废久矣，而自明之衰，则尤甚焉。某不足言也，浙以东，则黄君藜洲坏之；燕、赵间，则颜习斋坏之。盖缘治俗学者，懵然不见古人之樊，稍能诵经书承学治古文，则皆有翘然自喜之心，而二君以高名著旧为之倡，立程、朱为鹄的，同心于破之，浮夸之士皆醉心焉。……如二君者，幸而其身枯槁以死，使其学果用，则为害于斯世斯民，岂浅小哉！"⑤

他认为像颜习斋那样"口非程、朱，难免鬼责"⑥，甚至还说："自阳明以来，凡极诋朱子者，多绝世不祀。"⑦

既然如此，那么，我们是否因此即可把方苞的学术思想完全归结为笃信反动的程朱理学，而对颜李之学等进步学说就一概反对呢？这类绝对化、简单化

---

① 《方苞集》卷10，《李刚主墓志铭》中引用王昆绳语。
② 见《江宁府志》。
③ 见《方苞集·附录二·诸家评论》。
④ 《方苞集·附录三·各家序跋》。
⑤ 《方苞集》卷6，《再与刘拙修书》。
⑥ 《方苞集》卷10，《李刚主墓志铭》。
⑦ 《方苞集》卷6，《与李刚主书》。

的论断，可谓屡见不鲜。本着实事求是的科学精神，综观方苞的全部作品，我们对方苞的学术思想，可获得以下几点新的认识：

（一）对程朱颜李，皆有依违

首先，我们应看到，方苞的学术思想并不是与生俱有、一以贯之、顽固不变的，而是从青少年、中年到晚年，经历了一个变化、发展的过程。

在青少年时代，他"视宋儒为腐烂"。用他自己的话来说："仆少所交，多楚、越遗民，重文藻，喜事功，视宋儒为腐烂，用此年二十，目未尝涉宋儒书。及至京师，交言洁与吾兄，劝以讲索，始寓目焉。其浅者，皆吾心所欲言，而深者则吾智力所不能逮也，乃深嗜而力探焉。"① 据苏惇元辑《方苞年谱》，他第一次到京师，是在 24 岁（康熙三十年）。由于在京师受到万季野、刘言洁、刘拙修、王昆绳、徐念祖等人的影响，他才始读宋儒书，一意为经学的。

他醉心于程朱理学，以致达到十分倾倒的地步，主要是在 30—60 岁期间。他竭力赞扬程朱理学的《再与刘拙修书》《与李刚主书》，皆写于 50 岁前后；《学案序》《李刚主墓志铭》则写于 50—60 岁之间。即使在这期间，他一方面笃信程朱理学，另一方面对颜李之学也有所肯定，如他说："习斋之自异于朱子者，不过诸经义疏与设教之条目耳，性命伦常之大原，岂有二哉？比如张、夏论交，曾、言议礼，各持所见，而不害其并为孔子之徒也，安用相诋訾哉？"② 在他看来，这两个学派之间并不是对立的，而是同为"孔子之学"，"并为孔子之徒"，只不过他把程朱重视"性命之理"，看得更为重要罢了。③

到了 60—82 岁晚年，随着社会阅历的加深和对信奉程朱理学之徒的深切了解，他的学术思想也有了明显的转变。例如，他早在 51 岁写的《游潭柘记》中，

---

① 《方苞集》卷 6，《再与刘拙修书》。
② 《方苞集》卷 6，《与李刚主书》。
③ 《方苞集》卷 10，《李刚主墓志铭》。

即对他"自牵于俗，以桎梏其身心"，而感到"悔岂可追邪"！①在他晚年写的《重建阳明祠堂记》中，更进一步把那些"口诵程朱，而私取所求"者，斥责为"乃孟子所谓失其本心，与穿窬为类者"，连"阳明氏之徒，且羞与为伍"。他盛赞"自余有闻见百数十年间，北方真儒死而不朽者三人，曰：定兴鹿太常，容城孙微君，唯州汤文正，其学皆以阳明王氏为宗"。而把"勌程、朱之绪言，漫诋阳明以钓声名而逐势利"者，斥之为"鄙儒肤学"。②他认为鹿忠节"即由阳明氏以入，不害为圣贤之徒。若夫用程朱之绪言，以取名致科，而行则背之，其大败程朱之学，视相诋訾者而有甚也"③。他称赞习颜学的李塨为"贤人"④，颂扬习颜学的王昆绳："子之心胸，函山振海。子之议论，风惊雷骇。"而王昆绳也赞方苞："我行我游，子先我路。我耕我耘，子偕我作。我文我史，子订我误。"⑤他们之间是这般互敬互助的挚友，而绝非进步与反动的仇敌。在他自称"告归五年"，即年近80之时写的《与黄培山书》中，还说他在家祠"左厢有小屋三间，将以'敦崇'名堂"，把刘捷、张自起、王昆绳、李塨列为他的"敦崇堂四友"。⑥刘、张是方苞的生死之交，而王、李则纯属他的学术之友。这说明他晚年对颜李之学也是持"敦崇"态度的。但若以此断言"望溪之与颜、李始终无间"⑦，则跟他在中年写的《与李刚主书》《李刚主墓志铭》等文中诋毁颜李的言论，显然相抵牾。

笔者认为，还是李塨对方苞学术思想的介绍，比较切合实际。李塨在《复恽皋闻书》中说："即如方子灵皋，文行踔越，非志温饱者，且于塨敬爱特甚，

① 《方苞集》卷14，《游潭柘记》。
② 《方苞集》卷14，《重建阳明祠堂记》。
③ 《方苞集》卷14，《鹿忠节公祠堂记》。
④ 《方苞集》卷7，《李母马孺人八十寿序》。
⑤ 《方苞集》卷16，《祭王昆绳文》。
⑥ 《方望溪遗集》，黄山书社1990年版，第65页。
⑦ 吴孟复：《方望溪先生遗集序》。

知颜先生之学亦不为不深，然且依违曰：但伸己说，不必辨程朱。揆其意，似谚所谓受恩深处即为家者，则下此可知矣。"①也就是说，方苞主要是以"文行踔越"的文学家著称，至于他的学术思想，则对程朱和颜李，皆有"依违"，不过他主张"但伸己说，不必辨程朱"罢了。

（二）视异流同源，兼收并蓄

其次，我们还应看到，清朝康、雍、乾三代趋于兼收并蓄的学术思潮，对方苞学术思想的复杂性及其演变，也有明显的影响。

明代陆九渊、王阳明的心学大盛，并在阶级矛盾激化的影响下，分化出了朝相反方向发展的王学左派。明末清初，黄宗羲等人继承其余绪，对封建君主专制思想展开了严厉批判。康熙即位后，为抵消王学左派的进步影响，乃大力尊崇主张维护封建秩序、讲究三纲五常的程朱理学，宣称"惟宋儒朱子，注释群经，阐发道理，凡所著作及编纂之书，皆明白精确，归于大中至正。今经五百余年，学者无敢疵议。朕以为孔孟之后，有裨斯文者，朱子之功最为弘钜"②。他还亲自为《朱子全书》作序，把朱熹思想捧上了天，说："非此不能知天人相与之奥，非此不能治万邦于衽席，非此不能仁心仁政施于天下，非此不能外内为一家。"③最高统治者如此推崇，必然影响到整个时代的学术风气，以致"世儒习气，敢于诬孔孟，必不敢非程朱"④。方苞之所以强调"但伸己说，不必辨程朱"，除了在他思想上确有尊崇程朱的一面以外，显然跟这种时代风气有关，很可能还有需要自我保护的因素。

但是随着封建统治阶级的腐朽没落，程朱理学已变成了徒有其名的伪道学，连康熙也不得不承认："自有理学名目，彼此辩论，朕见言行不相符者甚多，

---

① 李塨：《恕谷后集》卷5，《复恽皋闻书》。
② 《清圣祖圣训》卷12。
③ 《御纂朱子全书序》。
④ 《清史稿·陈确传》。

终日讲理学，而所行之事，全与其言背谬，岂可谓之理学？"①同时，正如鲁迅所揭示的："清朝虽然尊崇朱子，但止于'尊崇'，却不许'学样'。因为一学样，就要讲学，于是而有学说，于是而有门徒，于是而有门户之争，这就足为'太平盛世'之累。"②因此，康熙曾以"招呼朋类，结社要盟"者，必为"名教不容，乡党弗齿"，训饬士子。③在这种社会背景下，康熙后期出现了汉学日趋兴盛的局面，颜李之学也有取代程朱理学之势，如方苞所说："天下聪明秀杰之士，无虑皆弃程朱之说而从之。"④康熙还酷爱自然科学，曾聘请传教士如徐日升、白晋、张诚、安多等人入宫讲授科学知识，对数学家梅定九、天文学家王锡阐等皆恩宠有加。方苞为梅定九作有《梅徵君墓表》，说他"与吾友昆绳、北固游，时偕来就余，而余亦数相过，乃知君博览群书，于天文、地理莫不究切，得其所以云之意"⑤。可见当时自然科学的发展，对方苞的学术思想也有积极的影响。特别是随着清王朝的巩固，对广大知识分子实行的镇压与怀柔并用的政策，其重点也由镇压转为怀柔。所以戴名世被杀，同案的方苞却以能古文而获赦重用；汉学家戴震尽管攻击程朱理学是"以理杀人"⑥，在乾隆年间却仍被聘为"四库全书馆"的纂修官。因此，我们不仅要看到康熙早期学术思想控制较严的一面，还应看到随着清王朝的巩固，在康熙后期学术思想较为宽容的一面。这种较为宽松的学术环境，无疑地为方苞晚年学术思想的转变，提供了有利条件。

因此，方苞认为他所信奉的程朱理学跟颜李之学，只是"从入之径途"有别，而在"大原"上却是一致的。他认为鹿继善"其于阳明氏之志节事功，信无可

---

① 《清圣祖圣训》卷5。
② 鲁迅：《且介亭杂文·买〈小学大全〉记》。
③ 《东华录》康熙四十一年六月。
④ 《方苞集》卷4，《学案序》。
⑤ 《方苞集》卷12，《梅徵君墓表》。
⑥ 戴震：《孟子字义疏证》。

愧矣。终则致命遂志，成孝与忠，虽程朱处此，亦无以易公之义也。用此知学者果以学之讲，为自事其身心，即由阳明氏以入，不害为圣贤之徒。若夫用程朱之绪言，以取名致科，而行则背之，其大败程朱之学，视相诋訾者而有甚也"①。他所重视的是身体力行，自身的道德修养，而反对沽名钓誉，言行相背，这就是方苞学术思想的特点之一。

（三）求行身不苟，济于实用

他注重从客观实际出发，追求实用，因而有别于程朱理学的极端唯心主义，具有唯物主义的成分。他强调"见之而后知，行之而后难"，"目击而心通"，"见微而审所处"②，显然是符合唯物论的反映论的。他对于"天之道"的阐释，也不是从主观的"心"出发，而是基本上契合客观法则的。他说："盖尽人之力，则财用不匮；顺天之道，故安享乐利而无祸殃。战国、秦、汉以来，并兼游食之民多，耕夫经岁勤动，谷始登场，廪无余粟。织妇宵旦苦辛，身无完衣。浮淫之人，则安坐而享之。实与不祥之气相感召，故每至大乱，遭杀戮蒙垢污者，皆通邑大都雄镇之贵家富人；荒村小聚，甕牖绳枢之细民，免于难者，十常八九，天之道。"③方苞的这种天道观，揭示了不劳而安享其成的"贵家富人"，必遭杀戮，而受压迫受剥削的劳苦"细民"，则大多能"免于难"。这不是对社会发展客观规律的一种颇为清醒的认识么？它跟程朱宣扬的"天者,理也""只心便是天"④等极端唯心主义的观点，岂不有天壤之别？

与程朱理学一味强调修身养性不同，方苞在中年以后，特别"求行身不苟，而有济于实用者"。他说："余客游四方，与当世士大夫往还日久，始知欧阳公所云：'勤一世以尽心于文字者，于世毫无损益而不足为有无'，洵足悲也。

---

①　《方苞集》卷14，《鹿忠节公祠堂记》。
②　《方苞集》卷14，《题天姥寺壁》。
③　《方苞集集外文》卷8，《教忠祠祭田条目》。
④　程颢：《遗书·语录》。

故中岁以后，常阴求行身不苟，而有济于实用者。"①更可贵的是，他的所谓"行身不苟""有济于实用"，不只是着眼于个人，而是旨在"与民同患"，如他在《与闽抚赵仁圃书》中说："圣人作经，亦望学者实体诸身，循而达之，以与民同患耳。"②跟方苞"志同而道合"的朱可亭，也称赞"望溪灼见大原，学皆济于实用"③。这跟程朱理学空谈性理，"凡治财赋则以为聚敛，开阃捍边则目为粗才，读书作文字则以为玩物丧志，留心吏事则斥为刀笔舞文"④，岂不大异其趣？

（四）认定"理难尽""变无穷"

他强调一切皆处于不断变化和发展之中，具有某些辩证法的思想，而不是把程朱的学说视为至高无上、神圣不可冒犯的教条，如他说："万物之理难尽也，人事之变无穷也。"⑤又说："余读《仪礼》，尝以谓虽周公，生秦汉以后，用此必有变通；及观《孟子》，乃益信为诚然。"⑥他极为赞同庄子关于"变"的思想，说："庄周云：'物之生也，若骤若驰，无动而不变，无时而不移。'以一日之游，而天时人事不可期必如此，况人之生，遭遇万变，能各得其意之祈响邪？"⑦即使对于他所尊崇的程朱学说，他也认为应不断地予以发展。他对朱子的《诗说》，就曾"补其所未及，正其所未安"。有人责难他是"敢背驰而求以自异"，他则辩解说："程子之说，朱子所更定多矣。然所承用，谓非程子之意义可乎？"⑧对于《尚书·君奭·序》称"召公不悦"等记述，他说：

---

① 《方苞集》卷4，《熊偕吕遗文序》。
② 《方望溪遗集》，黄山书社1990年版，第38页。
③ 《方苞集集外文》卷6，《叙交》。
④ 见《宋稗类钞》。
⑤ 《方苞集》卷5，《书李习之平赋书后》。
⑥ 《方苞集》卷1，《读孟子》。
⑦ 《方苞集》卷14，《封氏园观古松记》。
⑧ 《方苞集》卷6，《再与刘拙修书》。

"自唐以后，众以为疑，朱子出，其论始定；然折之以理，而未得其情也。"①

公然敢于对朱子的论断有所批评。这些都体现了"变"的思想。

五、"惟期分国之忧，除民之患"

——政治思想

方苞的政治思想，不但在他的早年、中年和晚年有所变化和发展，即使在同一个时期，也不免存在着种种矛盾。我们既应从发展的观点来看待它，又要把握其主流、本质和矛盾的主要方面。

（一）早年：痛惜明代灭亡，立志当古文家

方苞早年的思想，曾受到钱澄之、杜茶村、杜苍略等明末遗老的影响。他在为钱澄之写的《田间先生墓表》中说："先君子闲居，好言诸前辈志节之盛以示苞兄弟，然所及见，惟先生及黄冈二杜公耳。杜公流寓金陵，朝夕至吾家；自为儿童捧盘盂以侍漱涤，即教以屏俗学，专治经书、古文，与先生所勖不约而同。"②他写钱澄之："形貌伟然，以经济自负，常思冒危难以立功名。"还描述了钱在明末敢于跟"逆阉余党"某御史作面对面斗争的故事，说那御史——

巡按至皖，盛威仪谒孔子庙，观者如堵。诸生方出迎，先生（指钱澄之）忽前扳车而揽其帷，众莫知所为，御史大骇，命停车，而溲溺已溅其衣矣。先生徐正衣冠，植立昌言以诋之。骑从数十百人皆相视莫敢动，而御史方自幸脱于逆案，惧其声之著也，漫以为病颠而舍之。先生由是名闻四方。

方苞不只是怀着极其崇敬的心情，记述了这则发生在他家

---

① 《方苞集》卷1，《读尚书记》。
② 《方苞集》卷12，《田间先生墓表》。

乡的故事，而且是把它跟当时爱国进步团体几社、复社等进步知识分子的活动联系在一起的。紧接在前段引文之后，他写道：

> 当是时，几社、复社始兴，比郡中主坛站与相望者，宣城则沈眉生，池阳则吴次尾，吾邑则先生与吾宗涂山及密之、职之，而先生与陈卧子、夏彝仲交最善，遂为云龙社以联吴淞，冀接武于东林。

——《方苞集》卷12，第337页

钱澄之对方苞兄弟曾抱有殷切的期望。钱游吴、越时，必招方苞兄弟晤面。

杜茶村、杜苍略跟方苞的关系也非同寻常，方苞经常向他们问学问，甚至忘了"身世之有系牵也"①。

这些明末遗老对方苞早年的思想影响，主要有三点：一是痛惜明代灭亡，竭力探究其亡国教训的爱国思想；二是与清初的社会现实格格不入，"为时所忌"的不满情绪；三是向往"庄周、陶潜之徒，逍遥纵脱"的隐逸生活，想跟现实政治保持距离，而专心致志于"穷经而著书"。这三点形成了方苞早年思想的主流。

对于明代亡国的教训，方苞在《书孙文正传后》《书卢象晋传后》《跋石斋黄公手札》等文中皆有所揭示。可贵的是，他不只把亡国的责任归咎于奸臣，还进一步把矛头指向皇帝，如在《书孙文正传后》指出："当明之将亡，其事最偾者，莫若杀袁崇焕与置公闲地。""庄烈愍帝嗣位之二年，公自家起，受命危难中，复已失之畿甸，定将倾之宗社；其才不世出，而忧国忘身，帝所亲见也。"在这种情况下，庄烈愍帝竟然"不明徵罪之有无，乃以无识者追咎筑城，而听公引退，废弃八年，不咨一语，卒使巷战力屈，阖门就死。此天下所叹息

---

① 《方苞集》卷10，《杜苍略先生墓志铭》。

痛恨，不能为帝解者"①。其对明代亡国之君的抱怨之情，溢于言表，发人深省。

在《书卢象晋传后》，他又从思想根源上揭示出，那些刁难和迫害忠臣良将的人，是只顾自己的私利，不顾国家的安危，说："明之亡，始于孙高阳之退休，成于卢忠烈之死败。沮高阳者，惟知高阳不退，己不能为之下；而不思高阳既退，边关社稷之事已不能支。挤忠烈者，惟知置之死地援绝身亡，然后私议可行；而不思忠烈既亡，中原土崩之势已莫能驭。"同时，则把亡国的主要罪责归咎于皇帝的一错再错，执迷不悟。他深情地慨叹道："呜呼！方庄烈愍帝嗣位之初，首诛逆奄，非不欲广求忠良破奸慝之结习，而所委心者，则周延儒、温体仁，每摧抑忠良以曲庇之。逮延儒诛，体仁罢，国势已不可为矣，而继起者复祖其故智，嫉贤庇党，以覆邦家。鄙夫之辙迹，自古皆然，无足深怪。所可惜者，以聪明刚毅之君，独蔽惑于媚嫉之臣，身死国亡而不悟，……有国者可不慎乎！"②这就不仅限于指明代亡国的教训，而且还有以此警诫清代"有国者"的现实意义。

对于清初社会现实的不满，方苞在《送宋潜虚南归序》中有颇为明显的表露。他说，当时京师"又可怪者，佻巧谀佞浮嚣之徒至此则大得所欲，贤人君子鲜不召谤取怒、抑塞颠顿而无以容，故论者常谓非仕宦商贾不宜淹久于此"。他自称是"贱贫羁旅坎坷而不合于时者"③。方苞、戴名世与徐诒孙等人曾被太学诸生目为"狂士"。后"诒孙发狂投水死"，戴名世悲愤地指出，诒孙之死是为世所杀。④方苞对诒孙之死的悲痛，更甚于戴名世，比他的亲子之死还更悲痛。这绝不仅仅是挚友之间的私人感情，更重要的是由于他们共同的愤世思想。正如他在《徐诒孙哀辞》结尾所写的："孰使至此兮，彼苍者天。"⑤

---

① 《方苞集》卷5，《书孙文正传后》。
② 《方苞集》卷5，《书卢象晋传后》。
③ 《方望溪遗集》，黄山分社1990年版，第80页。
④ 《戴名世集》，中华书局1986年版，第55页。
⑤ 《方苞集》卷16，《徐诒孙哀辞》。

这跟戴名世所说的"举世皆欲杀之以为快",可谓所见略同。

方苞与戴名世、徐诒孙等"狂士"的所谓"持论断断",实际上即是学明代复社、几社、东林的进步文人,清议当时的朝政得失。方苞的《书杨维斗先生传后》,曾经写到他们当时如何继承明代东林、复社诸君子清议的情况,说:"时吴门汪武曹、何屺瞻亦好持清议,为之气噎;而吾友北平王昆绳恶邹南皋主议杀熊廷弼,亦谓'迂儒岂知天下大计',宣城梅定九、西江梁质人、兹谿姜西溟,各有论辨,以质于余。余正告之曰:'凡所谓清议者,皆忠于君利于民之言也;而忠于君利于民,未有不害于小人之私计者。故小人不约而同仇,即用其言以挤之,以为是乃心非巷议夸主以为名者也。由是忠良危死于非罪,而无道可以自明。故君子之有清议,不独在位之小人嫉之,即未进之小人亦嫉之;盖自度异日所为,必不能当夫人之意也。不惟当时之小人恶之,即后世之小人亦恶之,以为吾君一旦而有鉴于前言,则吾侪之术不可以复骋也。'三君子颇诵吾言,由是倡为是说者多病之。"①

方苞所谴责的嫉恶清议的"在位之小人"和"后世之小人",实际上包括清代的最高统治者,如乾隆即认为:"古来以讲学为名,致开朋党之渐,如明季东林诸人讲学,以致国事日非,可为鉴戒。"②方苞的看法则恰恰相反,他说:"乱政凉德,奸人败类,无世无之;惟祸延于清议,诛及于清流,则其亡也忽焉。"③这对于动辄以"文字狱"诛灭敢于直言的文人的清代统治者,当不无告诫之意。由此也可见,方苞的对现实不满,既是他那"贱贫羁旅坎坷"的处境所决定的,更是由于他的爱国心所驱使的。

方苞早年思想的另一特点,是立志要当古文家。在他26岁写的《与王昆绳书》中,向往的"庄周、陶潜之徒,逍遥纵脱"的生活,不是要当隐士,而

---

① 《方苞集》卷5,《书杨维斗先生传后》。
② 乾隆在《尹嘉铨免其凌迟之罪谕》中语。
③ 《方苞集》卷5,《书杨维斗先生传后》。

是要追求自然，吸取"天地日月之精，浸灌胸臆"，使"文章皆肖以出"；他的志向，也不是要以文章来做从政当官的敲门砖，而是要当个"其所成就未必遂后于古人"的文学家。王昆绳考中举人，"士友间鲜不相庆，而苞窃有惧焉"。他引韩愈所说"众人之进，未始不为退"，来劝告王昆绳"愿时自觉也"①。当时清朝统治者以科举来禁锢士子，为巩固其统治服务。对王昆绳的中举，众皆相庆而苞独惧，这无疑地表现了他对当时封建统治者的心存芥蒂，确有某种离心的倾向。

（二）中年：颂扬武功文德，勉力为国效劳

方苞29岁，时值康熙三十五年。这既是清王朝获得完全巩固的一年，也是方苞的政治思想发生明显变化的开始。在这之前，康熙在南方已平定了三藩之乱，收复了台湾；在北方，阻止了沙皇的侵犯，于康熙二十八年（1689）七月，签订了中俄《尼布楚条约》，并在康熙三十五年（1696）又亲自率兵平定了蒙古族败类准噶尔部首领噶尔丹在沙俄支持下所发动的叛乱。从此实现了我国各族人民要求国家统一、社会安定的愿望。这对方苞政治思想的转变，带来了极大的影响。就在平定噶尔丹叛乱这一年，方苞写了第一篇直接为康熙皇帝歌功颂德之作——《圣主亲征漠北颂》。该文在叙述了平叛经过之后，称颂康熙"遂使普天之下，穷荒不毛之域，尺地寸土皆归版舆。上及飞鸟，下及渊鱼，惴耎肖翘之物，莫不若其性。自汉、唐以来，未有跻登兹盛者也"。为此，他感到"懂忭蹈舞"②。这一方面表明他对清王朝已经采取热烈歌颂的政治态度；另一方面也可见，他的政治态度的转变，是以他看到中国"版舆"获得空前统一这个爱国思想为基础的。尽管从他个人来说，当时他尚未考得科举功名，只是在涿州、京师以教书为业，仍然过着颇为清贫的生活。

---

① 《方苞集集外文》卷5，《与王昆绳书》。
② 《方苞集》卷15，《圣主亲征漠北颂》。

康熙五十年十一月，方苞44岁时，以为戴名世的《南山集》作序而牵连入狱，本拟处死，他却因祸得福，由死刑犯而变成康熙的文学侍从，其原因何在呢？他本人及世人皆认为乃由于康熙看中了他"能古文"，有"学问"。实际上，康熙最看重的还是政治，方苞之所以能在《南山集》案中获得赦免，首先是由于他早在康熙三十五年即对清王朝采取了热烈歌颂的政治态度。即便如此，康熙对他在政治上还不放心，在赦免死刑的同时，还要他全家连同过不惯北方生活的老母迁京，隶八旗汉军，以用作人质。经过近十年的考查，直到雍正即位，其母才得回原籍。

在这近十年的考查中，方苞除了时刻以"仆本罪臣，不死已为非望"①的心情，处处谨慎从事之外，还于康熙六十年写了《万年宝历颂》，赞扬康熙有"前世所未有"的历史功绩："自古人君开创者多武功，守成者多文德。惟我皇上以守成而兼开创，武功则威震于八荒，文德则光被于四表，盖前世所未有也。"②他赞扬的不只是康熙个人，更重要的是鉴于"用此疆宇之广博，民物之阜安，政教之洽浃，河海之清晏，无若今日者"③。这又显然反映了他的爱国心。

由此可见，那种把方苞政治思想态度的转变，完全归结为他屈服于"文字狱"的威吓，或对《南山集》案被赦的感恩戴德，未必恰当，至少是片面的。方苞并不是个把个人的生死看得很重的人，就在因《南山集》案坐刑部狱时，他还在孜孜不倦地著《礼记析疑》，置生死于度外。他对清王朝的政治态度，之所以有由疏远到拥护的转变，不只是从他个人的遭遇考虑的；炽热的爱国之心，可以说是驱使他一生活动的主轴。

他那样对封建皇帝竭力歌颂，还能肯定他是爱国的表现么？这一方面要看他歌颂的具体内容是否对国家民族有利；另一方面还要考虑到那个时代人所难

---

① 《方望溪遗集》，黄山书社1990年版，第161页。
② 《方苞集》卷15，《万年宝历颂》。
③ 《方苞集》卷15，《万年宝历颂》。

免的历史局限性，别说是方苞，即使是被公认为进步作家的吴敬梓，在他晚年作的《金陵景物图诗》中，不是也盛赞康熙题的匾额为"辉煌天语"，颂扬"香力仗佛力，庄严托圣朝"①么？何况康熙统一中国的历史功绩，即在我们今天看来也是永垂青史，功不可没的。

（三）晚年："惟期分国之忧，除民之患"

方苞晚年政治思想的主要特点，用他自己的话来说，是"惟期分国之忧，除民之患"②。继康熙之后，他又得到雍正、乾隆的信任。除担任过武英殿总裁、皇清文颖馆副总裁、翰林院侍讲学士等职外，雍正十一年四月还任命他为内阁学士兼礼部侍郎，乾隆二年又任命他为礼部右侍郎，这就使他一方面在主观上要为清王朝更加尽忠效力，另一方面在客观上这时候也才有条件利用他的政治地位和影响，为国家人民兴利除弊。他的《请定征收地丁银两之期札子》《请备荒政兼修地治札子》《请矫除积习兴起人材札子》《请禁烧酒种烟札子》《论山西灾荒札子》《塞外屯田议》《浑河改归故道议》《台湾建城议》《贵州苗疆议》等一系列关系国计民生的建议，都出自他晚年的手笔。这些公文，至今读来仍使我们感到不是枯燥乏味，而是在字里行间皆跳动着作者那颗爱国忧民之心。例如，在《请定征收地丁银两之期札子》中，他建议将征收地丁银两的期限，由四月完半，十月全完，改为六月完半，十一月全完。他提出这个建议，是为"家无数日之粮"的"下户"着想的。虽然"凡此无益国事而徒为民困之实，有心者皆知之，有口者皆言之，非臣一人之私见"③，但能够如此慎重其事地向皇上提出来的，却独有方苞；别人知而不提，显然由于皆缺少方苞那种为"下户"着想的精神。

又如，他写的《论山西灾荒札子》，本来御史杨嗣璟已经向皇帝奏报山西

---

① 见《儒林外史研究资料》，上海古籍出版社1984年版，第45页。
② 《方苞集》卷6，《与顾用方论治浑河事宜书》。
③ 《方苞集集外文》卷1，《请定征收地丁银两之期札子》。

岁歉，皇帝也已经批示："着巡抚石麟速行明白回奏。"而方苞却担心"被灾之民朝不保夕，恐难交待"，他特地要求"我皇上即召山西在京大小臣工请问，俾各陈所知，如与御史所奏相符，则要求遣忠实大臣前往，会同巡抚核查被灾浅深之地，即照直隶、山东之例，一体动帑赈济，庶被困饥民，不致流离失所"[1]。可见他为救济灾民，心情是多么焦虑，设想是多么周到，竟然不顾有冒犯皇帝、得罪御史和巡抚、惹祸上身的风险。

方苞之所以能如此，是由于他有强烈的爱国忧民的思想。为了治理浑河，他特地写信给当时负责治河的顾用方，把"康熙三十七年，直隶巡抚于成龙，以浑河冲半壁店，近其祖墓，奏改河道迤东入淀"，造成"淀中之淤塞，其患正方兴而未艾也"，斥之为"于成龙乃以私心一举而败之，至今已成锢疾"。为此他提出了重新治理浑河的具体建议。他说他之所以这样做，是由于他"惟期分国之忧，除民之患耳。况兹事体大，实亿万人生死所关，而非一世之利害哉"。他要"吾友"顾用方，建此"为保障亿兆之奇功；而仆四十年胸中之痞块一旦消释，亦可以死不恨矣"[2]。他这种视国忧民患为自己胸中的痞块，一旦消释即可死而无恨的思想，在那个时代该是多么难能可贵啊！

正因为他能为国为民仗义执言，所以他就必然遭到同僚乃至皇上的忌恨和排诋，"凡公有疏下部，九列皆合口梗之"[3]，终于使他的礼部右侍郎任职仅六个月，即被乾隆斥责为"假公济私，党同伐异，其不安静之痼习，到老不改。……着将侍郎职衔及一切行走之处，悉行革去，专在三礼馆修书，效力赎罪"[4]。

直到方苞老病退休在家，仍念念不忘国忧民患。他晚年写的《答陈可斋书》，即充分表达了这种感情。他不只是看到"目前四海清宁"的表面现象，更重要

---

① 《方苞集集外文》卷1，《论山西灾荒札子》。
② 《方苞集》卷6，《与顾用方论治浑河事宜书》。
③ 全祖望：《前侍郎桐城方公（苞）神道碑铭》，见《方望溪遗集》附录二。
④ 《清实录》，第1452页。

的他还洞悉"细民无旬月之食"①的苦难，封建统治集团缺少"经文纬武、缓急可恃"的人才，"康乾盛世"实则潜伏着深刻的经济和政治危机。

由此可见，"惟期分国之忧，除民之患耳"，不只是方苞晚年的主导思想，也是贯穿他一生政治思想的主线。

六、"集古今文论之大成"

——"义法"说

"义法"说，是方苞文学理论的核心。他说：

> 《春秋》之制义法，自太史公发之，而后之深于文者亦具焉。义即《易》之所谓"言有物"也，法即《易》之所谓"言有序"也。义以为经而法纬之，然后为成体之文。
>
> ——《方苞集》卷2，《又书货殖传后》

他把"义法"说视为"凡文之愈久而传"②的根本法则。

（一）"义法"说的理论贡献

1. 对文章的内容与形式及两者的关系，作了全面阐述

它不是把文学看成政治的奴婢，只强调"文"与"道"的关系，而是从文学自身的主体性出发，在内容上要求"言有物"，形式上要求"言有序"；两者的关系是形式取决于内容，内容又不可能脱离形式。用方苞的话来说："夫法之变，盖其义有不得不然者。"③义与法的关系，如同经纬交织，密不可分，然后方能"为成体之文"。如此全面的论述，显然可避免空洞说教，言之无物，

---

① 《方望溪遗集》《答陈可斋书》，黄山书社1990年版，第56、57页。
② 《方苞集》卷5，《书归震川文集后》
③ 《方苞集》卷2，《书五代史安重诲传后》。

或只重内容，忽视形式，言而无文，或单纯追求形式等种种偏向。

2. 以反映客观现实为"言有物"，具有现实主义的创作倾向

它强调文章"义法"不是人为的，而是客观必然性的反映，如方苞指出："夫秦、周以前，学者未尝言文，而文之义法无一之不备焉。唐、宋以后，步趋绳尺，犹不能无过差。"①其原因何在呢？他说："文者，生于心而称其质之大小厚薄以出者也。戈戈焉以文为事，则质衰而文必敝矣。古之圣贤，德修于身，功被于万物，故史臣记其事，学者传其言，而奉以为经，与天地同流。其下如左丘明、司马迁、班固，志欲通古今之变，存一王之法，故纪事之文传。荀卿、董傅，守孤学以待来者，故道古之文传。管夷吾、贾谊，达于世务，故论事之文传。凡此皆言有物者也。其大小厚薄，则存乎其质耳矣。"②可见他的所谓"言有物"，是建立在作家对客观事物的"质"本身"大小厚薄"的准确把握和深刻反映的基础之上的。因此，他一再强调，人物描写，"所载之事，必与其人之规模相称"③，"名不可以虚作，况守官治民，其尊显者，大节必有征于朝野，其卑散者，遗爱必有被于闾阎，宜乎公论彰明而不可以为伪矣"④。这跟近代现实主义作家巴尔扎克、高尔基所说的"要严格摹写现实"⑤，"客观地描写现实"⑥，不是一致或相通的么？

3. 以"相称"、简洁、传神为选材的原则，符合个性化、典型化的要求和民族审美心理

方苞在《与孙以宁书》中说："古之晰于文律者，所载之事，必与其人之规模相称。太史公传陆贾，其分奴婢装资，琐琐者皆载焉。若《萧曹世家》而

---

① 《方苞集》卷5，《书韩退之平淮西碑后》。
② 《方苞集集外文》卷4，《杨千木文稿序》。
③ 《方苞集》卷6，《与孙以宁书》。
④ 《方苞集》卷4，《畿辅名宦志序》。
⑤ 巴尔扎克：《〈人间喜剧〉前言》。
⑥ 高尔基：《俄国文学史》，第207页。

条举其治绩，则文字虽增十倍，不可得而备矣。故尝见义于《留侯世家》曰："留侯所从容与上言天下事甚众，非天下所以存亡，故不著。'此明示后世缀文之士以虚实详略之权度也。"① 可见"虚实详略"是要根据"所载之事，必与其人之规模相称"来"权度"的；所谓"必与其人之规模相称"，也就是要切合"这个"人物个性化、典型化的要求。

方苞所强调的为文要简洁，也是以人物描写为中心，从对题材须经过加工、提炼的角度讲的。他说："盖所记之事，必与其人之规模相称，乃得体要。子厚以洁称太史，非独辞无芜累也，明于义法，而所载之事不杂，故其气体为最洁也。"② 这个"气体为最洁"，其含意也就是要求所描写的内容"必与其人之规模相称"，能够收到简洁传神的效果。他之所以反对"繁"，也是着眼于此。他说："夫文未有繁而能工者，如煎金锡，粗矿去，然后黑浊之气竭而光润生。《史记》《汉书》长篇，乃事之体本大，非按节而分寸之不遗也。"③这里他所说的"繁"，显然不是指篇幅的长，只要"事体之本大"，即使篇幅长如《史记》《汉书》，他也是肯定的。《项羽本纪》显然是《史记》中较长的一篇，方苞盛赞该篇"先后详略，各有义法，所以能尽而不芜也"④。他所反对的，只是那种"分寸之不遗"，不加选择、提炼的烦琐、繁杂。钱大昕以"文有繁有简。繁者不可减之使少，犹之简者不可增之使多。左氏之繁胜于《公》《谷》之简，《史记》《汉书》互有繁简，谓文未有繁而能工者，非通论也"⑤的理由来非难方苞，实则是无的放矢。他把方苞所说的"如煎金锡，粗矿去"那种加工、提炼的去"繁"，曲解为一概反对文章篇幅的"长"。这种非难，如果不是出于蓄意偷换概念的话，那至少则反映了钱大昕作为经学家的偏见。

---

① 《方苞集》卷6，《与孙以宁书》。
② 《方苞集·补遗》卷2。
③ 《方苞集》卷6，《与程若韩书》。
④ 《方苞集·补遗》卷2。
⑤ 钱大昕：《潜研堂文集》卷33。

因为从经学家的眼光来看，"道之显者谓之文"①。而方苞从文学家的角度来看，则要求文学作品以描写人物为中心，对素材和语言进行去伪存真、去粗取精的加工、提炼，才能塑造出鲜明生动的艺术形象。因此，它不同于论说文，只要求辞能表达"道"就行了，而是要"所写之事，必与其人之规模相称"，并且"能运精神于事迹之中"，收到既个性化、典型化，又生动传神的艺术效果。这种分歧，不过反映了经学家和文学家对"文"的不同要求罢了。若以钱大昕的话为根据，来责备方苞的"义法"说所主张的简洁，那就未免失察了。

经学家重道轻文，不懂得不同的文体应有不同的要求，而作为文学家的方苞，则深知"诸体之文，各有义法"。他在《答乔介夫书》中说："盖诸体之文，各有义法，表志尺幅甚狭，而详载本议，则臃肿而不中绳墨；若约略剪截，俾情事不详，则后之人无所取鉴，而当日忘身家以排廷议之义，亦不可得而见矣。《国语》载齐姜语晋公子重耳凡数百言，而《春秋传》以两言代之；盖一国之语可详也，传《春秋》总重耳出亡之迹，而独详于此，则义无取；今试以姜语备入传中，其前后尚能自运掉乎？世传《国语》亦丘明所述，观此可得其营度为文之意也。……以是裁之，《车逻河议》必附载开海口语中，以俟史氏之采择，于义法乃安。"②这里也可见，他所说的"详略"，不是指文章的长短，而是要根据文体的要求，该详则详，该略则略。他的这个见解，是经过对前人写作经验进行深入研究而得出的，恰如他在上文结尾所指出的："凡此类，唐、宋杂家多不讲，有明诸公亦习而不察。足下审思而详论之，则知非仆之臆说也。"③这说明他特别注重各种文体的特殊规律，比之经学家、理学家以道代文、文道不分，显然是个巨大的进步。

4."变化随宜，不主一道"的主张，切合要求多样性、独创性的文学特性

---

① 钱大昕：《潜研堂文集》卷 26。
② 《方苞集》卷 6，《答乔介夫书》。
③ 《方苞集》卷 6，《答乔介夫书》。

方苞的"义法"说，主要是对文学创作根本规律的揭示，至于具体的写作方法，他则强调"变化随宜，不主一道"，如他说："记事之文，惟《左传》《史记》各有义法，一篇之中，脉相灌输，而不可增损。然其前后相应，或隐或显，或偏或全，变化随宜，不主一道。"①在对《史记·廉颇蔺相如列传》的评语中，他又说："变化无方，各有义法，此《史》之所以能洁也。"②这些主张，是完全切合文学作品要求多样性和独创性的创作规律的。

方苞的"义法"说，是对我国古文创作经验的全面总结，跟它以前的各种文派的理论主张相比，具有"兼收众美"的集大成之功。

（二）集大成的具体表现

1. 不是专学某朝某家，而是"兼收众美"

它不同于明代前后七子那样主张"文必秦汉"，局限于学某个朝代的古文，而是主张"溯流穷源，尽诸家之精蕴"③，"兼收众美，各名一家"④。指出："盖古文所从来远矣，六经、《语》、《孟》，其根源也。得其枝流而义法最精者，莫如《左传》《史记》，然各自成书，具有首尾，不可以分剟。其次《公羊》《谷梁传》《国语》《国策》，虽有篇法可求，而皆通纪数百年之言与事，学者必览其全，而后可取精焉。惟两汉书、疏及唐宋八家之文，篇各一事，可择其尤，而所取必至约，然后义法之精可见。"⑤"既得门径，必纵横百家，而后能成一家之言。"⑥

2. 不是摹拟或单纯学"法"，而是包括作家和作品的诸多因素

它反对一味复古，句摹字拟，认为："始学而求古求典，必流为明七子伪

---

① 《方苞集》卷2，《书五代史安重海传后》。
② 《方苞集集外文补遗》卷2。
③ 《方苞集集外文》卷4，《古文约选序例》（代）。
④ 《方苞集集外文》卷2，《进四书文选表》。
⑤ 《方苞集集外文》卷4，《古文约选序例》（代）。
⑥ 《方苞集集外文》卷4，《古文约选序例》（代）。

体，……妄摹其字句，则徒费精神于蹇浅耳。"①也反对像唐宋派那样单纯学唐宋古文的"法"，说："东乡艾氏乃谓文之法，至宋而始备，所谓'强不知以为知'者邪？"②方苞主张学古文的义法，不仅指文章的内容和形式两个方面，而且还包括作家对客观事物的深刻认识和正确把握，作家的思想和艺术修养等诸多因素。例如，他对于"言有物"的要求："至于质实而言有物，则必智识之高明，见闻之广博，胸期之阔大，实有见于义理，而后能庶几焉。……必贯穿经史，包罗古今，周察事情，明体达用，然后能质实而言有物；非然，则勦说雷同，肤庸鄙俗，而不可近矣。"③

3. 不是照搬照套，而是强调"变"——"阴用"和"曲得"

在对文学遗产的评价和态度上，他虽然推崇"《易》《诗》《书》《春秋》及'四书'，一字不可增减，文之极则也"④，但更强调"序事之文，义法备于《左》《史》"⑤。至于对待《左》《史》"义法"的态度，他又不是盲目崇拜，照搬照套，而要是作家通过各自的途径，发挥各自的创作个性。因此，他盛赞："退之变《左》《史》之格调，而阴用其义法；永叔摹《史记》之格调，而曲得其风神；介甫变退之之壁垒，而阴用其步伐。"⑥这里他突出的是要"变"，要通过"阴用"来"曲得"，从而为作家发挥各自的创造性拓宽了空间。

（三）"义法"说，是清初古文发展的需要

清初文坛的特点：一是重道轻文。连进步思想家顾炎武都指责诗文是"所谓雕虫篆刻亦何益哉"⑦！二是无病呻吟，空洞无物，摹拟剽袭之风盛行。例如，

---

① 《方苞集集外文》卷4，《古文约选序例》（代）。
② 《方苞集》卷5，《书韩退之平淮西碑后》。
③ 《方苞集集外文》卷8，《礼闱示贡士》（代）。
④ 《方苞集集外文》卷4，《古文约选序例》（代）。
⑤ 《方苞集集外文》卷4，《古文约选序例》（代）。
⑥ 《方苞集集外文》卷4，《古文约选序例》（代）。
⑦ 顾炎武：《亭林文集·与人书》25。

钱牧斋所说："今之人耳佣目僦，降而剽贼，如弇州四部之书充栋宇而汗牛马，即而际之，枵然无所有，则谓之无物而已矣。"[①]为此黄梨洲哀叹："世无文章也久矣！"[②]古之文"奈何降为今之臭腐乎"[③]？沈廷芳传达其师方苞的话说："南宋元明以来，古文义法不讲久矣，吴越间遗老尤放恣，或杂小说，或沿翰林旧体，无一雅洁者。"[④]方苞所提出的以"言有物""言有序"为主要内容的"义法"说，不只是对我国古文创作的历史经验的总结，更是对"降为今之臭腐"的清初文坛的反驳。

方苞的"义法"说，也并非完全是他个人的独创，而是吸取了他同时代的一些有识之士的意见。在方苞写的《万季野墓表》中，即记载了万季野生前曾指着他四十年所搜集的明史资料，对方苞谆谆嘱咐过："子诚欲以古文为事，则愿一意于斯，就吾所述，约以义法，而经纬其文，他日书成，记其后曰：'此四明万氏所草创也。'吾死不恨矣。"[⑤]至于义法包括有物、有序两个方面，信奉颜、李学派的程绵庄也早已说过："古先圣贤之论文，大要以立诚为本。有物即诚也。言之中节则曰有序，如是则容体必安定，气象必清明，远乎鄙倍而文之至矣。古之立言者期至于是而止，故曰辞达而已矣。故为文之道本之以诚，施之以序，终之以达。"[⑥]万季野、程绵庄的上述观点，对于方苞创立"义法"说，显然有着直接的影响。

（四）"义法"说的缺陷

对于方苞的"义法"说，桐城派的传人即已提出过种种非议，如姚鼐说："望溪所得，在本朝诸贤为最深，然较之古人则浅。其阅太史公书，似精神不

---

① 钱牧斋：《初学集》卷31。
② 黄梨洲：《文定》后一，《山翁禅师文集序》。
③ 黄梨洲：《文定》后一，《山翁禅师文集序》。
④ 《方苞集·附录一》。
⑤ 《方苞集》卷12，《万季野墓表》。
⑥ 程绵庄：《青溪文集》卷10，《与家鱼门论古文书》。

能包括其大处、远处、疏淡处及华丽非常处。只以义法论文，得其一端而已。"①
刘开说："吾乡望溪先生深知古人作文义法，其气味高淡醇厚，非独王遵岩、
唐荆川有所不逮，即较之子由亦似胜之。然望溪丰于理而啬于辞，谨严精实则
有余，雄奇变化则不足，亦能醇不能肆之故也。"②姚莹也认为方苞的"义法"
说，"非文章之极诣"③。

在笔者看来，方苞的"义法"说主要缺陷有三：一是过分偏重于对古文传
统的继承，而对以现实生活为源泉进行生动活泼的创造，则有所忽略。因此，
存在着浓烈的复古保守倾向，缺乏勃勃的生机。这在他72岁时写的《进四书
文选表》中，表现得尤为突出。他说："欲理之明，必溯源六经，而切究乎宋、
元诸儒之说；欲辞之当，必贴合题义，而取材于三代、两汉之书；欲气之昌，
必以义理洒濯其心，而沈潜反复于周、秦、盛汉、唐、宋大家之古文。兼是三
者，然后能真古雅而言皆有物。"④这里他虽然提出了理、辞、气三者，而三
者却同样皆着眼于学习古人。这虽然是针对"代圣贤立言"的八股文而言，但
亦可见其对"言皆有物"的阐释，未免大杀风景。二是"义法"说本身过于笼
统。方苞本人即以"义法"时而指内容与形式，时而指选材，时而指详略虚实
的写法，时而指清真雅洁的语言风格，缺乏科学的界定。三是"义法"说片面
强调"清真雅洁"，不但对姚鼐说的文章的"大处、远处、疏谈处及华丽非常
处"确有忽视，而且势必削弱文章具体生动的形象性，如他批评归有光的文章
"袭常缀琐"，"仍有近俚而伤于繁者"⑤。而归文的生动感人之处，恰恰在
于他能捕捉家庭生活中的日常琐事，"能于不要紧之处，说不要紧语，却自风
韵疏淡，此乃于太史公深有会处"。因此姚鼐说："震川论文深处，望溪尚未

---

① 《惜抱尺牍》卷5，《与陈硕士》。
② 《刘孟涂集》文集卷4，《与阮芸台宫保论文书》。
③ 姚莹：《东溟文后集》卷8，《复陆次山论文书》。
④ 《方苞集集外文》卷2，《进四书文选表》。
⑤ 《方苞集》卷5，《书归震川文集后》。

见。"① 这个批评，颇为中肯。

尽管方苞的"义法"说还存在种种缺陷，但这并不妨碍它有"能集古今文论之大成"②的巨大历史功绩。

七、"所发挥推阐，皆从检身之切，观物之深而得之"
——古文的思想内容

翻检《方苞集》，除了对康熙、雍正、乾隆皇帝各有二篇颂文以外，其他文章几乎全非歌功颂德之作。它们或指责时弊，揭露"道之不明久矣"；或关怀人民疾苦，对官吏进行劝告和谴责；或剖析科举时文的危害，阐述他对选拔人才的主张；或通过游记，表达他的人生感悟。这四者构成了方苞古文的主要思想内容。现分别叙述如下：

（一）指责时弊，揭露"道之不明久矣"

方苞的朋友冯文子赴礼县任县令，他特地写了《送冯文子序》，以他"所目击于州县"官吏的种种事实，来揭露那些官吏如何在无形中杀人："水土之政不修，而民罢死于旱潦矣；两造悬而不听，情伪失端，而民罢死于狱讼矣；弊政之不更，豪猾之不锄，而民罢死于奸蠹矣。岂独残民以逞者，有杀人之形见哉？先己而后民，枉下以逢上，其始皆曰：'吾不获已。'其既皆曰：'吾心恻焉而无可如何。'此民之疾所以沈痼而无告也。""枉下以逢上"，无形中杀了人，还以"吾不获已""吾心恻焉而无可如何"，来自我辩解，这对州县官丑恶嘴脸的刻画，该是多么入骨三分啊！问题还不只是在州县官，更重要的还在于"大吏之为民疾者，复多端而难御"。因此他告诫"吾友冯君文子"："令之职，环上下而处其中。下以致民之情，而上为之蔽。虑于下者不详，则为民生疾而不自觉。持于上者不力，将坐视民之罢死而无如何。其术不可不素

① 《惜抱尺牍》卷5，《与陈硕士》。
② 郭绍虞：《中国文学批评史》，上海古籍1979年版，第634页。

定也。"① 良吏本应像医生一样是止民之疾的，而在方苞笔下，从州县官到大吏却在无形地杀人，"为民生疾而不自觉"，这岂不揭示了当时的封建统治是多么腐朽和反动么？直到将近一个半世纪之后，吴敏树夜读方苞此文，还不禁惊呼："至哉言乎，其于时弊切矣！"② 可见其所揭示的思想内容是多么深刻、敏锐，其生命力和感染力之强盛又是多么令人叹服！

史称"康乾盛世"，而方苞却揭示其"政之蠹，民之疵"，已"滋深而不可救药也"③！可见他对当时社会政治的黑暗，官吏的腐败，有颇为透彻的了解和清醒的认识，因而使他的文章在一定程度上起到了时代感官的作用。

尽管由于"《南山集》案"，使方苞处于"罪臣"④ 的地位，不可能毫无顾忌、剑拔弩张地对当权的统治者大张挞伐，但是他对清朝吏治腐败的不满和失望情绪，对整个封建统治不可避免地衰落的历史趋势，却还是揭示得相当深刻的。在《送刘函三序》《赠淳安方文辀序》《刘笃甫墓志铭》《余石民哀辞》⑤ 等文中，他曾多次哀叹："道之不明久矣""道之丧久矣"。描绘他所处的时代是："履道坦兮危机伏，人祸延兮鬼伯促。""人纪所恃以结连者惟功利，而性命所赖以安定者惟嗜欲。一家之中未有无乱人、无逆气者，一人之身未有无悖行、无隐慝者。"⑥ 他所说的"道"，并非纯属程朱那种假道学或封建纲常之道。他所看重的主要是古代那种"道不分于精粗""人不分于贵贱"的"先王之道"⑦ 显然带有古代朴素的民主，平等思想，要求按客观自然规律办事之意。这跟清初进步思想家顾炎武所强调的"君子之为学以明道也，以救世也"⑧，

---

① 《方苞集集外文》卷8，《送冯文子序》。
② 吴敏树：《桦湖文集》卷7，《上严少韩邑宰书》。
③ 《方苞集集外文补遗》卷1，《送张辂文省亲序》。
④ 据全祖望：《前侍郎桐城方公（苞）神道碑铭》。
⑤ 分别见于《方苞集》卷7、11及《方苞集集外文》卷9。
⑥ 《方苞集集外文》卷9，《余石民哀辞》。
⑦ 《方苞集》卷5，《书韩退之学生代斋郎议后》。
⑧ 顾炎武：《亭林文集》卷4，《与人书》25。

"文之不可绝于天地间者，曰明道也，纪政事也，察民隐也，乐道人之善也"①，应该说是一脉相承的。

（二）关怀人民疾苦，劝告和谴责官吏

方苞在《逆旅小子》②中，写他于康熙五十七年九月，在客店里见到一男孩，"形若羸，敝布单衣，不袜不履，而主人挞击之甚猛，泣甚悲"。他即四处打听，获悉此男孩是个失去父母的孤儿，因兄长怕他长大分田产，"故不恤其寒饥而苦役之，夜则闭之户外，严风起，弗活矣"。方苞回到京师，当即写信给地方官京兆尹，要他"檄县捕诘，俾乡邻保任而后释之"。"逾岁四月，复过此，里人曰：'孺子果以是冬死……'叩以吏曾呵诘乎？则未也。"作者以此来谴责官吏的漠视民瘼，不能像"昔先王以道明民"。好在作者不是把它仅当作个别现象，而是要借"此可以观世变矣"，揭示封建道统的衰朽和蜕变。

他对于人民疾苦的关心，甚过对于自己的亲人，如在《与安溪李相国书》③中，他说："老母数日痰气袭逆，倍甚于前，昼夜无宁晷。某于此时尚何心及外事，而有不得不为阁下言者：昨闻某官亏空一疏，远近争骇；果用其议，则旬月中，故吏诛戮者数千人，械系而流者数千家。"难得的是他不只是为数千故吏着想，更重要的是他看到这些官吏势必要把朝廷追还亏空之银，转嫁到老百姓头上，"必巧法别取，以求自脱"，使"愚民得安其生者鲜矣"，使"数千家老弱无罪而死者，不知其几矣"。为此，他不顾母病"倍甚于前"，特地给李相国上书，要他利用"日与天子议政于庙堂"之便，不"使国立谤政，民滋其毒"。并用李相国自己过去所说的话："今使吾人杀一无罪而得为王侯，必不为也"，要他"宜用此言于今日矣"！

---

① 顾炎武：《日知录》卷19，《文须有益于天下》条。
② 见《方苞集》卷9。
③ 见《方苞集》卷6。

在《与徐司空蝶园书》^①中，他还揭露"各省报荒，不约而同辞，不请赈，不请蠲，但乞减价粜常平仓粟，事后仍率属蠲补"。从哪儿"补"呢？难道"有司皆自其家箧金辇粟而至乎？抑粟与金天降而地出乎？"不。"是被灾之地，转应苛敛库金数十万；秋成之后，加征仓粟数十万。"即利用天灾，加重对人民的剥削，以致"继自今，灾民惟恐有司之报荒，而主计者且利荒报之踵至矣"。为此，他要徐司空利用他"位正卿，年七十"的地位和资历，"宜日夜求民之疾，询国之疵，而上言之"。即使"若因此失官，则亦可以暴平生之志，谢众口之责矣"。这种宁可个人"失官"，也要尽力止"民之疾"、除"国之疵"的思想，显然是精神可嘉，令人感佩的。

在《与顾用方书》^②的字里行间，更是跳动着方苞那一颗殷殷忧民之心，如他写道："自河决石林，仆重以为忧。"经过向久谙河工的钟照叩问，获悉"假而石林口今冬不合，则来年粮船溯流而上，并无纤路，误运必矣。即或能塞，而微山湖无蓄水，河道又为黄沙所淤，处处浅阻，必致稽迟，不独商旅束手，百货不通，为小民之剧患也"。为此，他要肩负治河任务的顾用方赶紧向皇帝上疏，"声明害已显见"，并叮嘱他："此疏宜即日缮写，飞骑奏闻。"说他一闻钟君语，即"夜不能寐，晨起草此，遣蠢仆赍送，望勿更参以无识人意见，迁延观望，以贻他日之悔"。并要他"切告"直督高公"急奏用先年靳文襄《开车逻河议》"，"苦口告以舍此更无急救民命之策"。

他之所以如此关怀人民疾苦，跟他具有某些古代朴素的民本思想，对人民的力量有所认识，是分不开的。例如，他在《畿辅名宦志序》^③中指出："愚而不可欺者，民也。宦必有迹，每见一州一邑三数百年中，吏之仁暴、污洁、智愚，士大夫皆能口道焉。又其近者，山农野老能指名焉。中人之冒滥，或久

---

① 见《方苞集》卷 6。
② 方苞：《方望溪遗集》，黄山书社 1990 年 12 月版，第 36 页。
③ 见《方苞集》卷 4。

而莫辨，若显悖于所闻，众必哗然而摘其实，此《传》所称'有所有名而不如其无者也'。"以民为"愚"，这固属封建阶级的偏见，但他断言民"不可欺"，包括"山农野老"在内，对官吏的"仁暴、污洁、智愚"，皆能了如指掌，谁若"滥冒"，"众必哗然而摘其实"，这把人民群众的力量看得该是多么伟大啊！

只要"为民所戴"，即使对被罢官的人，他也要为他们树碑立传。一方面是为了赞美他们"所措注皆顺民心"，另一方面则是要借此"使当路而操威柄者，知凡于己有拒违及左右亲信所非毁者，贤人君子多出于其间，则即是为听言观人之准则矣"①。以对当权者敢于"拒违"及被其亲信所"非毁"，来作为发现"贤人君子""听言观人的准则"，这话该是多么发人深思猛省呵！

（三）批判科举时文，主张选拔贤才

方苞一再指出："时文之于文，尤术之浅者也。"②"夫时文者，科举之士所用以牟荣利也。"③"余尝谓害教化败人材者，无过于科举，而制艺则又甚焉。盖自科举兴，而出入于其间者，非汲汲于利则汲汲于名者也。"④

科举时文不但使许多文人只知热衷于追求名利，而且还荒废学业，对个人身心和国家皆为害不浅。方苞说："古人之教且学也，内以事其身心，而外以备天下国家之用，二者皆人道之实也。""自科举之学兴"，"盖自束发受书，固曰微科举，吾无事于学也。故天地之大，万物之多，而惟科举之知。及其既得，则以为学之事终，而自是可以慰吾学之勤，享吾学之报矣。呜呼！学至于此，而世安得不以儒为诟病乎"⑤？他认为："三数百年以来，古文之学，弛废陵夷而不振者，皆由科举之士力分功浅，末由穷其途径也。"⑥

---

① 《方苞集集外文》卷7，《都察院副都御史巡抚贵州刘公墓表》。
② 《方苞集集外文》卷4，《杨千木文稿序》。
③ 《方苞集》卷4，《储礼执文稿序》。
④ 《方苞集集外文》卷4，《何景桓遗文序》。
⑤ 《方苞集》卷7，《送官庶常觐省序》。
⑥ 《方苞集集外文》卷5，《与韩慕庐学士书》。

既然方苞对科举时文是持批判、否定的态度，那么，他本人为什么又写时文、讲时文呢？这是由于被生活所迫。他在《与韩慕庐学士书》中说："苞自童稚，未尝从党塾之师，父兄命诵经书，承学治古文。及年十四五，家累渐迫，衣食不足以相通，欲收召生徒，赖其资用，以给朝夕，然后学为时文。非其所习，强而为之，其意义体制，与科举之士守为法程者，形貌至不相似。用是召谤于同进，屡憎于有司，颠顿侘傺，直至于今。"①在《李雨苍时文序》中，他又开宗明义地宣告："余自始应举即不喜为时文，以授生徒强而为之，实自惜心力之失所注措也。"②

既然如此，那么他为什么又为李雨苍等人的时文作"序"呢？那是因为他赞同以古文来改造时文。他说："吾友雨苍善言古文，……一日，以时文数篇诣余，余责以敝精神于寒浅。"经过寓目，使他大为惊诧："噫！孰谓时文而有是乎？即以是为雨苍之古文，可矣。"③方苞跟唐顺之、归有光等先辈一样，虽"不欲以时文自名"，但他们并不反对以古文为时文。

清朝统治者提倡科举时文，名为选拔人才，实则是用以钳制知识分子思想的一种策略手段，旨在使"读书者有出仕之望，而从逆之念自息"④。方苞在剖析科举时文的种种危害的同时，则提出了选拔贤才的正确主张。他在《与来学圃书》中指出："大臣为国求贤，尤贵得之山林草野、疏远卑冗中，以其登进之道甚难，而真贤往往伏匿于此也。"⑤对于任人唯亲的现象，他深恶痛绝，提出要以"为民所赖"为择贤、用人的标准。他说："位者天位，职者天职。其贤者能者，虽有憎怨，必释吾憾而任举之。其不为民所赖者，虽吾近亲尊属，必斥而去之。壹以官为准，壹以人为衡，吾之爱憎喜怒，无几微可杂于其间，

---

① 《方苞集集外文》卷5，《与韩慕庐学士书》。
② 方苞：《方望溪遗集》，黄山书社1990年12月版，第8页。
③ 方苞：《方望溪遗集》，黄山书社1990年12月版，第8页。
④ 《清世祖实录》卷19，载浙江总督张存仁于顺治二年七月给朝廷的建议。
⑤ 《方苞集》卷6，《与来学圃书》。

而况亲故之请属、长官同僚之意乡乎？"①对于如何"辨属吏之清浊"，方苞提出"尤当观其所由"，即考察其动机和思想品格，区分三种人："以为义之所宜，心之所不安而然者，必能明政恤民，久而不变；其怵于功令，谨身寡过者次之；别有文深躁竞之吏，假此以速进取，则其终，不至于寇虐诡随而忍为大恶不止。凡善伺上官指意，而操下如束湿薪者，皆此类也"。②这些都是针对当时官场弊端的切中肯綮之言。

在方苞年届七十时，他还特地给乾隆皇帝写了近四千言的《请矫除积习兴起人才札子》，直言当时官场吏治的腐败已到了令人震惊的地步："大病于民者，已列荐章矣；民所爱戴者，多因事罢黜矣。叩其故，则曰：此富人也。非然，则督抚之亲戚故旧也。非然，则善于趋承诡法逢迎者也。其罢黜者，则以某事忤某上官耳。间有贪残而被劾，循良而得举者，则督抚两司中必有贤者焉，而亦寥寥可数矣。"他以"臣五十年来所耳闻目见"的种种吏治积习，不惜"昧死上陈"，要皇上对其下属"一一考验，忠诚者笃信之，明达者褒嘉之，怀私者废斥之，庸昧者退罢之"，使"忠良有恃以不恐，奸邪有术而难施，中外大臣日夜孜孜，以进贤退不肖为己任，庶司百吏皆知奉公守法、洁己爱民之为安"。③方苞如此仗义执言，势必遭到朝廷众官的嫉恨，他们争相告曰："是皆方侍郎所为，若不共排之，将吾辈无地可置身矣。"④于是方苞"自知孤立"，"以病为请"⑤，在70岁这年的六月始擢礼部右侍郎，至同年十二月即被解职。这就是在封建社会一个"请矫除积习兴起人才"者的可悲下场。

（四）赞美自然本性，抒发人生感悟

在《方苞集》中，共有游记22篇。其共同特点是：借景物本身的描写为由头，

---

① 《方苞集》卷6，《与陈密旃书》。
② 《方苞集》卷6，《与陈密旃书》。
③ 《方苞集集外文》卷2，《请矫除积习兴起人才札子》。
④ 全祖望：《前侍郎桐城方公（苞）神道碑铭》，黄山书社《方望溪遗集》，第162页。
⑤ 《方苞集·附录一·方苞年谱》。

侧重抒发作者所感受到的哲理意蕴和人生况味。例如，他的《修复双峰书院记》，写孙征君明代曾避难于易州之西山，学者就其故宅，建双峰书院。作者明言对"其山川之形势，堂舍之规，兴作之程，则概略而不道"，却专"论先生之遗事，而并及于有明一代之风教，使学者升先生之堂，思其人，论其世，而慨然于士之所当自厉者"①。在《游潭柘记》中，他仅写了去潭柘途中的艰险，"计所历于山，得三之二，去潭侧二里，竟不能至也"。而接着他所发表的议论，即占了全文的近半，说："昔庄周自述所学，谓与天地精神往来。余困于尘劳，忽睹兹山之与吾神者善也，殆恍然于周所云者。"接着，他又对"自牵于俗"的人生道路表示懊悔，说："余生山水之乡，昔之日，谁为羁绁者？乃自牵于俗，以桎梏其身心，而负此时物，悔岂可追邪？夫古之达人，岩居川观，陆沉而不悔者，彼诚有见于功在天壤，名施罔极，终不以易吾性命之情也。况敝精神于蹇浅，而蹙蹙以终世乎？"②

无论是哲理意蕴或人生况味，其主要内容都是表现对自然本性的赞美和向往。例如，在《游雁荡记》中，他特别欣赏"兹山独完其太古之容色以至于今。盖壁立千仞，不可攀援；又所处僻远，富贵有力者无因而至，即至亦不能久留、搆架鸠工以自标揭，所以终不辱于愚僧俗士之剥凿也"。他面对"兹山岩深壁削，仰而观俯而视者，严恭静正之心不觉其自动。盖至此则万感绝，百虑冥，而吾之本心乃与天地之精神一相接焉"③。可见他赞赏自然美，反对的是人为"标揭"、人工"剥凿"，追求的是人的本心与天地之精神相接的那种自然、和谐的境界。

综观方苞古文的思想内容，虽然缺乏那种锋芒毕露的尖锐性和剑拔弩张的战斗性，甚至还有不少颂扬烈女、迷信风水等封建糟粕之作，但从总体上看，

---

①　《方苞集》卷 14，《修复双峰书院记》。

②　《方苞集》卷 14，《游潭柘记》。

③　《方苞集》卷 14，《游雁荡记》。

却不是一味进行封建说教的,而是确实如他的学生程崟所说:"先生之文,循韩、欧之轨迹,而运以《左》《史》义法,所发挥推阐,皆从检身之切、观物之深而得之。"① 具有较为强烈的现实性和忧国忧民的进步性。他所宣扬的"道",既有程朱的封建道学,更有跟当时的世俗存在尖锐矛盾的先王之道。恰如他的学生沈廷芳所说: "其为文,非先王之法弗道,非昔圣贤之旨弗宣,……特平生以道自重,不苟随流俗,故或病其迂,或患其简,且多谤之者。"② 颜李学派的李塨以反对程朱著称,也盛赞方苞是"树赤帜以张圣道", "讲求经世济民之猷", "且不假此媕婀侯门为名誉"③。所以那种一听说方苞"平生无不关于道教之文"④, "非阐道翼教有关人伦风化不苟作"⑤,不从他的文章内容实际出发,即把它们一概斥之为程朱道学的封建说教,这未免太主观武断,有失公平了。作为历史唯物主义者,我们应该重新认识和恢复方苞古文的真面目,给予恰当的历史评价。

八、"为我朝百余年文章之冠"

——古文的艺术特色

方苞的古文,据上海古籍出版社出版的《方苞集》和安徽黄山书社出版的《方望溪遗集》,共有 680 篇。其中大部分为人物传记、逸事、墓志、碑铭、哀辞,其次为序跋、书信、游记、杂记、奏劄、颂铭等。从其艺术成就来看,主要是叙事简洁传神,说理精辟独到,以清真雅洁为特色,方苞不愧为桐城文派的正宗和楷模。其具体表现:

---

① 《方苞集·附录二·诸家评论》。
② 《方苞集·附录二·诸家评论》。
③ 《方苞集·附录二·诸家评论》。
④ 《方苞集·附录二·诸家评论》。
⑤ 《方苞集·附录二·诸家评论》。

（一）坚持写实，敢于直言

方苞之所以一再强调："吾平生非久故相亲者，未尝假以文，惧吾言之不实也。"[①]"余谢以平生非相知久故，不为表志，非敢要重，惧所传之不实也。"[②]即说明他懂得艺术的生命在于真实。他的文章虽然难免受封建道学的影响，但它不是对封建道学的主观诠释，而是力求从客观实际出发的写实。这就需要作者有坚持讲真话、敢于直言的精神。例如，他的《请定常平仓谷粜籴之法札子》称："此臣积年博访周谘，灼见情弊，而后敢入告者。"[③]《请矫除积习兴起人才札子》说："凡所陈奏，皆臣五十年来所耳闻目见，确知其状，不得不入告圣明者。"他是不惜"昧死上陈"[④]。又如，他为他的恩师作的《高素侯先生四十寿序》，说高公"卒成进士，入翰林"，"国人皆曰：'其名成矣。所谓显扬莫大于是矣。'"而他却认为，这只是"人心蔽陷于此"。因此，他不是在寿序中对自己的恩师加以颂扬，而是敢于直言："余居门下数年，窃惧公循致高位，而碌碌无所成也。"[⑤]当高公把方苞写给他的这篇寿序张挂于壁，以致引起观者皆骇，多相戏曰："碌碌无成，至为门生姗笑。"方苞请求撤下，高公则说："吾正欲使诸公一闻天下之正议耳。"[⑥]方苞古文之可贵，我看从根本上来说，就在于他能坚持写实、求真，贯注着这种敢于伸张"天下之正议"的精神。

其所以能如此，还由于他特别注重作家的思想修养。他说："文之平奇、浅深、厚薄、强弱，多与其人性行规模相类。或以浮华炫耀一时，而行则污邪者，亦就其文可辨，而久之亦必销委焉。""文之于人，譬诸草木，枝叶必类

①　《方苞集》卷7，《送官庶常觐省序》。
②　方苞：《方望溪遗集》，黄山书社1990年12月版，第103页。
③　《方苞集集外文》卷1，《请定常平仓谷粜籴之法札子》。
④　《方苞集集外文》卷2，《请矫除积习兴起人才札子》。
⑤　《方苞集》卷7，《高素侯先生四十寿序》。
⑥　《方苞集集外文》卷4，《书高素侯先生手札后二则》。

本也。"①

（二）严格选材，着力传神

方苞说的"所记之事，必与其人之规模相称"，"所载之事不杂"②要使"千百世后，其事之表里可按，而如见其人"③，所描写的人物要足以使其"性资风采可想见矣"④，这就是既要严格选材，又要使人物描写达到传神的效果。例如，左光斗（1575—1625），为明代御史，办理屯田，在北方兴水利，提倡种稻，亲劾魏忠贤三十二斩罪，终被诬陷，死于狱中。其一生的事迹，可谓写不胜写。而方苞的《左忠毅公逸事》，却只写他与史可法交往中的三件事：一是从左与史的初次相识中，突出表现左光斗的识才、爱才；二是写左光斗在狱中惨遭酷刑，史可法装扮成清洁工，以打扫卫生为名，行入监探视之实，遭到左光斗的训斥，从中既表现了左光斗刚毅不屈的爱国精神，又使史可法深受教育；三是写史可法后来如何以实际行动不忘左光斗的教育。仅写这三件事，不只表现了作者选材的严格，使全文毫不芜杂，显得精练简洁至极，更重要的是，它还足以收到精妙传神、感人至深的艺术效果，如写史可法化装成清洁工冒险探监时，见左公——

则席地倚墙而坐，面额焦烂不可辨，左膝以下，筋骨尽脱矣。史前跪抱公膝而呜咽。公辨其声而目不可开，乃奋臂以指拨眥，目光如炬，怒曰："庸奴！此何地也？而汝来前。国家之事，糜烂至此。老夫已矣！汝复轻身而昧大义，天下事谁可支拄者？不速去，无俟奸人构陷，吾今即扑杀汝！"因摸地上刑械，作投击势。史噤不敢发声，

①　《方苞集》卷4，《杨黄在时文序》。
②　《方苞集集外文补遗》卷2，《史记评语》。
③　《方苞集》卷2，《书汉书霍光传后》。
④　《方苞集》卷2，《书汉书霍光传后》。

趋而出。后常流涕述其事以语人曰："吾师肺肝，皆铁石所铸造也。"

——《方苞集》卷9，《左忠毅公逸事》

这"奋臂以指拨眥"的奇特动作，"目光如炬"的光辉形象，"国家之事，糜烂至此"的沉痛感慨，"天下事谁可支拄"的殷切期望，"吾师肺肝，皆铁石所铸造"的崇高赞语，把左光斗那胸怀满腔爱国激情的英雄形象，刻画得真是如同活现纸上，读来不禁令人肃然起敬，为之激动不已。如果不是经过作家的严格选材，着力传神，突出刻画人物的"性资风采"，是不可能收到这般简洁奇妙的艺术效果的。

（三）平中见奇，以情感人

早在南北朝刘勰的《文心雕龙》中，即提出了"为情而造文"的观点，指出："繁采寡情，味之必厌。"[1]唐代大诗人白居易也明言："感人心者，莫先于情。"[2]罗丹更直截了当地说："艺术就是感情。"[3]普列汉诺夫的观点，则显得更为全面和科学，他说："艺术既表现人们的感情，也表现人们的思想，但是并非抽象地表现，而是用生动的形象来表现。这就是艺术的最主要之点。"[4]不管怎么说，他们都一致认为，感情是艺术的重要特性。然而我国的古文传统，却强调"文者，贯道之器也"[5]，要求"文以载道""文以明道"。在程朱理学家看来，则进一步认为"作文害道"[6]，或认为"道者，文之根本；文者，道之枝叶。惟是根本于道，所以发之于文者皆道也。三代圣贤文章皆从此心写出，文便是道"[7]。在清初盛行的思潮也认为："凡文之不关于六经之指，当

---

① 刘勰：《文心雕龙·情采》。
② 白居易：《与元九书》。
③ 《罗丹艺术论》，人民美术出版社1978年版，第3页。
④ 普列汉诺夫：《论艺术——没有地址的信》，三联书店版，第4页。
⑤ 唐·李汉：《昌黎先生集序》，四部备要本《昌黎先生集》卷首。
⑥ 程颐：《河南程氏遗书》卷18。
⑦ 朱熹：《朱子语类》卷139。

世之务者，一切不为。"①"文之美恶，视道合离，文以载道，犹为二之。"②方苞则懂得艺术的感情特性，他强调："在文言文，虽功德之崇，不若情辞之动人心目也。"③因此，我们读方苞的古文，深感贯注在其平淡的辞句后面，往往流动着一股浓浓的或爱国之情，或忧民之情，或父母、朋友、兄弟、夫妇之情，足以动人心魄，感人肺腑。

表现爱国之情的，如他写明代天启二年以大学士经略蓟、辽的孙文正，在宴席上独吃粗饭，被人误认为是沽名钓誉，孙公则说："非敢以为名也。好衣甘食，吾为秀才时，固不厌。自成进士，释褐而归，念此身已不为己有，而朝廷多故，边关日骇，恐一旦肩事任，非忍饥劳，不能以身率众。自是不敢适口体，强自勔厉，以至于今，十有九年矣。"④这段话说得可谓平淡之至，而克己省身，十九年如一日，其所表达的爱国之情则浓烈之极。

反映忧民之情的，如他的《寄言》写道："盖非利害切身，积久考验，不能灼知水土之情；非实有与民同患之心，不能以身任利害。仆见恶于九卿要人，自廷议北河始。仆谓：非于淀外别开一河，导浊流直达海口，则忧无可弭。要人曰：'子书屋中人也。顾总河、李宫保之明达，久谙河事，吾辈乃绌所奏，而用书屋中议，如无成功，孰任其咎？'仆曰：'其然，诸公连章治某之罪可也。'"他说他"除蒸黎之沈忧，建百年之长利，虽以身任怨恶可也"⑤。这字字句句无不充溢着作者那真挚、浓烈、急切的忧民之情，无不体现出作者那为除民之忧患而不惜任劳任怨、不怕自我牺牲的精神。

记母子之情的，如《先母行略》，写其母"卧疾逾年，转侧痛苦，见者心恻，而母恬然，时微呻，未尝呼天及父母。既弥留，苞及小妹在侧，无戚容悲言，

① 顾炎武：《亭林文集》卷4，《与人书》3。
② 黄梨洲：《文约》一，《李杲堂墓志铭》。
③ 《方苞集》卷6，《与程若韩书》。
④ 《方苞集》卷9，《高阳孙文正公逸事》。
⑤ 《方苞集集外文》卷5，《寄言》。

恐伤不肖子之心也"①。作者抓住这一细节，看似轻描淡写，无一字刻意形容，即把一个慈母宁愿自己默默地忍受痛苦，而不愿伤子之心的深挚感情，写得令人过目难忘，不禁悄然动容。

叙兄弟之情的，如《兄百川墓志铭》称："兄长余二岁。儿时，家无仆婢，五六岁即依兄卧起。兄赴芜湖之岁，将行，伏余背而流涕。"②在《弟椒涂墓志铭》中，他说："兄赴芜湖之后，家益困，旬月中屡不再食。或得果饵，弟托言不嗜，必使余啖之。"③其感情之深厚，竟使他公然对"天"之"酷"发出了这样的责怪："天之于吾弟吾兄酷矣！使弟与兄死而余独生。于余更酷矣！死而无知则已；其有知，弟与兄痛余之无依，毋视余之自痛而更酷邪！"④这些皆以作者质朴的真情如实写来，仿佛是作者与被写的亲人之间的两颗心在撞击出耀眼的火花，把兄弟之间的深情厚谊写得令人铭心刻骨，激动不已。

抒夫妻之情的，如《亡妻蔡氏哀辞》写："妻性木强，然稍知大义。先兄之疾也，鸡初鸣，余起治药物。妻欲代，余不可，必相佐。又止之，则辗转达曙，数月如一日也。壬午夏，吾母肝疾骤剧，正昼烦瞆不可过，命妻诵稗官小说以遣之。时妻方娠，往往气促不能任其词。余戒以少休。妻曰：'苟可移大人之意，吾敢惜力邪！'"⑤把夫妻间的互爱互助，以及整个家庭成员之间的亲情，皆写得如历历在目，感同亲受。

颂朋友之情的，如《王瑶峰哀辞》，写"王君通医，匿而不试"，应邀从内城到海淀给方苞的母亲看病，"每过余，或骤雨及之，淋漓偏体。其隆冬晨至，冰霜结须眉，面色异常。余对之惨动，心忡忡，君言笑晏然，恐余不自克

① 《方苞集》卷17，《先母行略》。
② 《方苞集》卷17，《兄百川墓志铭》。
③ 《方苞集》卷17，《弟椒涂墓志铭》。
④ 《方苞集》卷17，《弟椒涂墓志铭》。
⑤ 《方苞集》卷17，《亡妻蔡氏哀辞》。

也。每岁孟夏，余役塞上，迫冬始归，倚君如兄弟。吾母疾作，闻君至，即自宽。及将终，众医皆曰：'可疗。'君独曰：'疾不可为也。'"①寥寥数语，不仅刻画出了王君那不惜冒骤雨、不畏严寒，风尘仆仆，为病人效劳的生动形象，而且还揭示出了他那"言笑晏然，恐余不自克"的内心世界，仿佛情如泉涌，使人读了不能不为之心动。作者没有说他医术如何高明，只从病人心理的角度写："闻君至，即自宽"，就可见对其医术的信赖。当病人病危时，在众医皆曰"可疗"的情况下，他又独能开诚布公地说出："疾不可为也。"面对如此深情而又诚笃的医生，自然使作者产生"倚君如兄弟"之感。

更令人可喜的是，在《方苞集》中还有两篇专写主仆之情的，如《仆王兴哀辞》，写："康熙丙申六月十八日，余在热河，梦仆王兴至自京师，视其貌，听其声，皆不类。诘之，则自谓'我某人也'，再三云，觉而心动。又数日，家书至，兴以是日死。"这种以梦中相会，把主仆情深写得活灵活现。接着又回忆王兴的为人："从余馆某家，天久雨，以私钱市制屦，甚自惜，俄而失之。数月，主人家僮某著以出。余识之，命索取。复曰：'彼不告而持去，若索之，彼何所施面目，宁已也。'"作者"念兴在余家三十年，衣食未尝适口体，患难相依，其得免余詈者，仅四月余耳。因为哀辞，以志吾悔"②。作者能从仆人身上发现其优良的品格，对往日"余时忿詈"，表示懊悔。这般主仆情深，似已超越一般封建的主奴关系。

上述一系列的例证可见，不是一般的叙事或说理，而是从平淡的日常生活中，写出作者和人物的真情实感，使之足以收到以情感人的效果。这是方苞继归有光之后，在古文创作上最为显著的艺术特色。

方苞的古文在艺术上当然不是完美无疵的。只不过在那个重道轻文的时代，

---

① 《方苞集》卷16，《王瑶峰哀辞》。
② 《方苞集》卷16，《仆王兴哀辞》。

他至少是努力做到道与文并重，把古文写得简洁、流畅、可读、耐看，乃至颇具感染力的。

（四）生动不足，重滞有余

方苞的古文在艺术上也确有缺陷与不足：

首先，描写过于简略，缺乏生动、丰满的形象性，如他的《游雁荡记》[①]，对于雁荡景色，只写其"山容壁色，则前此目见者所未有也"。究竟它的"山容壁色"有何独特之处？跟他同行的鲍觭孔巡问他："盍记之？"他答："兹山不可记也。"其实，非"兹山不可记也"，而是他的目的只侧重于要写他的思想感受，所谓"余之独得于兹山者则有二焉"：一是以其"壁立千仞，不可攀援"，来赞美它能保持自然本色；二是以"兹山岩深壁削"，来抒发他胸中所向往的境界。这样作者的主观感受虽写得颇为突出了，但是对于雁荡山的景色如何"壁立千仞""岩深壁削"，却未作具体描绘，这就使读者难免有空疏之感。

其次，过于重滞平直，缺乏雄奇变化的新鲜感。诚如桐城派传人方东树在《书望溪先生集后》所说："树读先生文，叹其说理之精，持论之笃，沉然默然，纸上如有不可夺之状，而特怪其文重滞不起，观之无飞动嫖姚跌宕之势，诵之无铿锵鼓舞抗坠之声，即而求之无元黄采邑创造奇辞奥句，又好承用旧语。"[②]其突出的例证，是在他的《将园记》中对女佣不称"婢女"，而按《仪礼》的古称为"内御者"。语言是随着社会生活的变化而不断发展的。人民大众的口语是最为新鲜活泼的。他反对在古文中运用口语，这就必然使他的古文语言失去了创造的源泉。

---

① 见《方苞集》卷14。
② 方东树：《仪卫轩文集》卷6，《书望溪先生集后》。

第四章 桐城派的拓大者——刘大櫆

一、"卓荦曾教老宿惊，坎坷今被群愚笑"

——生平经历

上引两句诗，系出自刘大櫆的《冶游行》诗。前句是说他的文章之妙，后句是写他的坎坷遭遇。两句适足以概括他生平的主要特色。

（一）出身书香门第

刘大櫆（1697[①]—1779），字才甫，又字耕南，号海峰，因通晓医术，又号医林丈人。安徽桐城（今分为枞阳）人。世居江滨陈家洲，后居枞阳镇寺巷。他出生于书香门第。曾祖日燿，明末贡生，歙县训导。祖姓，父柱，均为秀才，以教书为业。长兄大宾，也曾教书，中雍正乙卯科举人，任山西徐沟、贵州玉屏等县的知县。

（二）终生以教书为主要职业

刘大櫆幼年从父兄读书，一生以教书为主要职业。21岁前后即在乡授徒。

---

① 刘大櫆卒于乾隆四十四年（1779）十月初八日，吴定作《墓志铭》，言其年八十二，《祭文》亦称："天锡公寿，八十二秋。"依此逆推，当生于康熙三十七年（1698）。《辞源》等书，即从此说。但姚鼐所作《传》，言海峰"卒年八十三"，故当生于康熙三十六年（1697）。刘、姚同里，语当可信，今从姚说。——此系吴孟复标点《刘大櫆集》附录（二）《刘海峰简谱》首倡，特加注明，不敢掠美。

29 岁入京，受到方苞的赏识，被赞誉为"乃今世韩、欧才也"[①]！在此之前一二年，工部侍郎吴士玉曾称赞刘为"今之昌黎"[②]，请他赴京在吴家教书达九年。尽管他的文章"卓荦曾教老宿惊"，但在科举上却屡次为有司所黜。33岁、36 岁两次应顺天乡试，皆只中副榜。39 岁再应顺天乡试，被黜。从此，他即不再主动应试。是年乾隆皇帝即位，下诏开博学鸿词特科，经方苞举荐，刘于 40 岁应征入都参加御试，结果又落榜。44 岁在家闭门授徒。54 岁诏举"经学"，刘入京应试，又名落孙山。63 岁始任黟县教谕，至 71 岁去官。后应聘至歙县主讲问政书院。75 岁离歙归枞阳，仍在家讲学，直至 83 岁卒。

（三）被方苞赞赏为"国士"

刘大櫆与方苞、姚鼐是承上启下的师生关系。康熙五十二年，戴名世因《南山集》案"被处死，刘大櫆才是个正在读书的 17 岁少年，他跟戴名世似无直接的交往。他是在雍正三年 29 岁入京时，与方苞相见。那时方苞已名重京师，一见其文，大为惊奇，说："如苞何足算耶！邑子刘生，方国士尔！""闻者始骇之，久乃益信。"[③] 由于得到方苞的赏识和推崇，便"自是天下皆闻刘海峰"[④]。方苞又"令其拜于门"[⑤]，举荐他应乾隆元年的博学鸿词科试，介绍他入江苏学政尹会一的学幕。乾隆十四年方苞逝世，他曾寓住江宁方苞家，在他作的《祭望溪先生文》中说："不材如櫆，举世邪揄。公独左顾，栽植其枯。雕之灌之，使之荣芬。提之挈之，免于饥驱。诱而掖之，振聩开愚。卒令顽钝，稍识夷途。"[⑥] 可见他的成长跟方苞的提携，密不可分；其对恩师的由衷感激之情，跃然纸上。

---

① 姚鼐：《惜抱轩文集后集》卷 5，《刘海峰先生传》。
② 转引自吴孟复标点《刘大櫆集》附录（二），《刘海峰简谱》。
③ 《国史文苑传·刘大櫆传》。
④ 姚鼐：《惜抱轩文集后集》卷 5，《刘海峰先生传》。
⑤ 吴定：《海峰先生古文序》。
⑥ 见《刘大櫆集》卷 10。

（四）期望姚鼐"后来居上"

他跟姚鼐的伯父姚范是挚友，故早年即与姚鼐相识，恰如他对姚鼐所说："吾与汝再世交矣！"①他跟姚鼐谈学论文，是他44岁在家设馆授徒之后。乾隆十六年，他55岁时，姚鼐入京应会试，在京师再见大櫆，"闻所论诗、古文法，甚喜"②。次年，大櫆作《送姚姬传南归序》，称赞"其所为诗、赋、古文，殆欲压余辈而上之"③。在题为《寄姚姬传》诗中，刘又称："君方及壮多宏才"，"后来居上待子耳"④。后来姚鼐果然把桐城文派推上鼎盛时期，刘大櫆的栽培和鼓励之功，当不可没。

（五）生活"百忧相煎"

由于刘大櫆家中仅有"薄田十亩余"⑤，又一生未考中举人，只做过几年县教谕学官，以教书、游幕（在学政幕助阅文）为生，故生活相当困难。

综观刘大櫆的一生，可谓穷困潦倒，"坎坷失志"，"负超卓之才，而不见用于世"⑥。以致使他不禁哀叹："余乖于世，踸踔穷年，死丧患难，百忧相煎！"⑦"凡人世之所有者，我皆不得而有之。上之不得有驰驱万里之功，下之不得有声色自奉之美。年已五十余，而未有子息，所有者唯此身耳。呜呼！其亦幸而所有之唯此身也。使其于此身之外，而更有所有，则吾之苦其将何极矣！其亦不幸而犹有此身也，使其并此身而无之，则吾之乐其又将何极矣！"⑧

（六）著作甚丰

刘大櫆的著作有：《海峰文集》8卷，《海峰诗集》8卷，1990年12月

① 姚鼐：《惜抱轩文集后集》卷5，《刘海峰先生传》。
② 见《刘海峰简谱》。
③ 见《刘大櫆集》卷4，《送姚姬传南归序》。
④ 见《刘大櫆集》卷13。
⑤ 《刘大櫆集》卷12，《田居杂诗二首》。
⑥ 《刘大櫆集》卷2，《郑山子诗序》。
⑦ 《刘大櫆集》卷10，《祭方定思文》。
⑧ 《刘大櫆集》卷10，《无斋记》。

上海古籍出版社出版有《刘大櫆集》，制艺《刘海峰稿》1卷，《论文偶记》不分卷，《历代诗约选》52卷，《古文约选》48卷，《唐宋八家古文评》圈点不分卷，《海峰选明清人七律》不分卷，又有《歙县志》20卷（附《黄山志》2卷）。

二、"务欲一心进取，而与世俗不相投合"①

——性格特点

学而优则仕，这是封建文人共同的人生道路。刘大櫆也不例外。不同的是，他经历了一个由竭力想做官，而终于认识到客观环境和自己的个性皆不允许他做官的思想转变过程。

（一）幻想做官，恳词求荐

青年刘大櫆既把做官视为谋生的手段，又对当权的统治者抱有很大的幻想。例如，在雍正元年，他27岁时，在京城做内阁侍郎的同乡吴士玉曾经赞赏他的文章为"今之昌黎也"②。于是他即给吴阁学写信，说他"欲往京师应举求官，念无扳联之亲、投契之旧，朝夕薪刍食物之资，无所取给，诚恐一日失所，饥寒并迫，惶惶焉无可告诉"。于是他希望"荷明公以为知己，既有推引之力，又有哀怜之意"，"以吹埃咳唾之力，拔擢间阎孤处之儒生，出之泥涂之汙，而措之几席之上"。并表示对于他的"全活之恩、长养之德，不知将何以报之"③！可是他这封信发出四个月有余，却杳无回音。于是他又给吴阁学写信，把自己比喻成是"失足九仞之井者"，"呼号不止"，说他"幸生之期愈近，望救之心愈迫也"④。他之所以如此求官心切，不仅是为了解决"饥寒并迫"的生活

---

① 《刘大櫆集》卷3，《答周君书》。
② 见《刘海峰简谱》。
③ 《刘大櫆集》卷3，《与吴阁学书》。
④ 《刘大櫆集》卷3，《再与吴阁学书》。

问题，还反映了他对当时新即位的雍正王朝寄予厚望。因此，他在《再与吴阁学书》中说："自古布衣以大臣之荐闻蒙显擢者，史传中不乏其人。况今天子新即位，勤于政理，求贤如有所不及。明公方荷眷注之隆，立便殿，朝夕与天子相吁俞。四方之士，争得明公之一言以为重。明公不言也，明公而有言，九仞之坠，宜无不起者。"①

直到乾隆元年，他40岁时，乾隆下诏开博学鸿词特科，他还先后给李侍郎、高盐政写信，希望能得到他们的荐拔。他以为凭他的文才，就能得到官做，结果却是又一次大失所望。在《与盐政高公书》中，他就是否接受博学鸿词之选的问题，恳词求荐。结果虽然荐举了他，却没有取他，依然还是"求升斗之禄而不可得"②。

（二）淡泊为乐，无复悔恨

在事实的教育下，他终于对他所处的社会环境和他个人的性格有了比较清醒的认识。在《感春》诗中，他把自己比作"独醒人"，说："杜宇何须怨春去？春光愁杀独醒人！"③

在《答吴殿麟书》中，他认识到他的性格只能"淡泊之为乐"，而不适宜于做官。他说："仆之不可为公卿大夫，犹犬之不可负重，牛之不可急驱，马之不可执鼠，龛之不可守阃，犹喑者不可使言，伛者不可使仰，短者不可使援，生而有疾在其体，安得与强梁者并走而争先邪？人世之好尚，匪我之心思所能测度也。"④

晚年他向往的生活是："无意尘世，长为农夫，荷锄拾穗"⑤；或"闭户

---

① 《刘大櫆集》卷3，《再与吴阁学书》。
② 《刘大櫆集》卷3，《与盐政高公书》。
③ 《刘大櫆集》卷15。
④ 见《刘大櫆集》卷3。
⑤ 《刘大櫆集》卷10，《祭吏部侍郎尹公文》。

为空文，思以垂之于后"①；或"山人野衲足伴侣，他日结庐归此中"②。一句话，他要走自己的路，而绝不改变他的个性，向他所处的恶劣环境低头。

环境对于弱者来说，是不能自拔的陷阱，而对于刘大櫆来说，则是如烂泥，更加衬托出他那金刚石般的顽强。用他的话来说，他"心甚方，虽凿之不圆；舌甚钝，虽磨之不利。……自分委泥涂，填沟壑，蓬累终身，无复悔恨"③。

（三）"泽及斯民"，"有益于人"

刘大櫆的性格为什么这般刚强不屈呢？这是由于他的竭力想做官，不只是为了个人向上爬，更重要的是为了实现他那"泽及斯民"④的政治抱负和人生理想。他在晚年反思他之所以不得志，就在于："余性颛愚，知志乎古，而不知宜于时，常思以泽及斯民为任。凡世所谓巧取而捷得者，余皆不知其径术，以故与缙绅之士相背而趋。"⑤他的这种思想性格，必然得不到封建统治者的赏识和重用。

在他63—71岁担任黟县教谕期间，他说这是他平生最快乐的时候，原因就在于这时他能跟当地英贤一起，"抗论今时之务，注意生人之欣戚"。他说："今已晚暮，始为博士于黟。博士之官，卑贫无势，最为人所贱简。而黟、歙邻近，歙尤多英贤，敦行谊，重交游，一时之名隽多依余以相为劘切，或抗论今时之务，注意生人之欣戚，慨然太息，相对而歌，盖余平生之乐无以加于此矣。"⑥

在那个世俗皆以富贵为荣的旧时代，他则把富贵贫贱看成皆不足以改变某为人的身外之物。他说："凡以为天下之民，非为己也。是故不必富贵，不必

---

① 《刘大櫆集》卷4，《送胡先生序》。
② 《刘大櫆集》卷11，《浮山》。
③ 《刘大櫆集》卷3，《答周君书》。
④ 《刘大櫆集》卷2，《程易田诗序》。
⑤ 《刘大櫆集》卷2，《程易田诗序》。
⑥ 《刘大櫆集》卷2，《程易田诗序》。

不富贵。贵则施泽及一世，贱则抱德在一身；富则有以自厚其生，贫则有以自处其约。时其天明则与物皆昌，时其阴闭则与物皆塞。爵廪之来也吾不拒，其去也吾不留。其来也吾不以一毫而增，其去也吾不以一毫而减。故可富可贫，可贵可贱，而吾之修身励行，要不以一朝而变易也。"①他还说："古之君子欲生之有益于人也，在朝则泽及万国之生民，在家则利及于乡邻里党。"②这比"达则兼济天下，穷则独善其身"的古训，显然更前进了一步。

　　刘大櫆就是这样一个要"生之有益于人"的"古之君子"。乾隆二十一年前后，他家乡桐城发生灾荒，以致"民皆饥乏，草根木皮，掘剥几尽……僵尸草泽，骸骨相枕藉。见之者怵目，闻之者悽心"。他不只是感到"怵目""凄心"，也不因自己只是一介乡民，就袖手旁观，或束手无策，而是积极站出来，写了《乞公建义仓引》，指出若等待政府救济，"民之死者过半矣"，"故曰藏之于官，不若藏之于民也"。因此，他提出在乡里建义仓的主张。③此外，他还写了《乞捐输以待周急引》，要求乡里名流及富户捐资，利用这笔款项的利息救助贫病交加，求告无门的人。④由此可见，他那一颗"泽及斯民""利及于乡邻里党"的拳拳之心，是多么深厚、诚挚！

　　（四）性喜辞章，惟耽文史

　　刘大櫆说他毕生"性喜为辞章"⑤，"惟文史是耽"⑥。然而他又志与世殊，文与时乖，使他的文章只能"皆与世龃龉，只可自娱"⑦。他自称"櫆，舒州之鄙人，而憔悴屯邅之士也。率其颛愚之性，牢键一室，不治他事，惟文史是

---

　　① 《刘大櫆集》卷3，《答吴殿麟书》。
　　② 《刘大櫆集》卷10，《重修凤山台记》。
　　③ 《刘大櫆集》卷4，《乞公建义仓引》。
　　④ 《刘大櫆集》卷4，《乞捐输以待周急引》。
　　⑤ 《刘大櫆集》卷2，《徐昆山文序》。
　　⑥ 《刘大櫆集》卷3，《与某翰林书》。
　　⑦ 《刘大櫆集》卷3，《与王君书》。

耽。意有所触，作为怪奇磊落瑰伟之辞，以自为娱乐。未尝一往至康庄之衢、悬薄之第，曳长裾、跐珠履也。四方之荐绅先生不闻其名氏，乡里之愚，笑讥讪侮，必欲挤之陷穽而后已"①。

他之所以不顾"笑讥讪侮"，而"性喜为辞章"，并非仅仅出于"以自为娱乐"，更重要的是为了"思以垂之于后"②。他认为真正的传世之作，都是作者非凡人品的反映。他说："自古文章之传于后世，不在圣明之作述，则必在英雄豪杰高隐旷达之士所为，而龌龊凡猥奔趋荣利之辈，卒归泯灭无一存者。"③

因此，他的"性喜为辞章"，跟当时那些"追逐时趋""以文章鸣世者"，又大异其趣。他主张为文既要有创新，"镌脾琢肾，辞出于己，淘汰净尽，丘壑变迁，颉颃古人千载，毫毛不欲有所让"，又要有继承，"冥其心思，追古人而从之"。更重要的是其文章内容，"凡厥所有，皆与世龃龉，祇可自娱，不堪共质。间尝出以示人，惊见骇闻，非怒则笑"。使他不得不"卷而藏之，寂寞以俟来世之子云，不复与世人相为酬答"④。

（五）"益友""包容"，团结同道

讲究交友之道，善于团结志同道合的文人，这是刘大櫆的又一性格特点，也是他被公认为桐城文派领袖之一的一个重要条件。

他认为交友是达道、明理、为善的重要途径。他说："天下之达道五，而其一曰朋友之交。朋友者，所以析疑、劝善，相切磋以进于道，故为仁者必取友。一理之未明，读书十年之久而不能贯，谂之于友，一朝而豁如；无友则虽终至于悟，而日月亦已淹矣。凡人之为善，独为之则怠，共为之则精力以相感而生；将为不善，然惧吾友之知，亦或逡巡而中止。"⑤他主张"友之道"，就是"有

---

① 《刘大櫆集》卷3，《与某翰林书》。
② 《刘大櫆集》卷4，《送胡先生序》。
③ 《刘大櫆集》卷2，《徐昆山文序》。
④ 《刘大櫆集》卷3，《与王君书》。
⑤ 《刘大櫆集》卷2，《张宏勋诗序》。

善则相旌，有不善则相訾”。他痛斥他所处的那个社会，“友道之衰也久矣”！指出那些“逐逐焉惟势是趋，惟利是骛，势既去，利既尽则疏，又或相见则相谀，背则从而毁之，此不可以为友也”。认为“今之为友者，无故而聚于一室，酒食嬉戏，相与为放辟淫侈之谈，孔子之所谓群居而言不及义，岂不难矣！抑或弛废其心，其与友相接，漫漫昏昏，无可相切磋之具，是则余之忧乎”①！

他之所以如饥似渴地要交友，还在于为了相互沟通和共同发泄“牴牾于世”的不满及郁闷之情。他说：“余牴牾于世，而好与当世之英贤相结，孜孜焉，汲汲焉，如饥之欲食，如嗜欲之求而未得，毫毛丝粟之材，吾未尝不与之交。”②关于这点，在《马湘灵诗序》③中，颇有生动的记述。

以讨论、修改文章，为“可相切磋之具”，自然更是他交友的重要内容。例如，他称倪司城“与余同学为古文。余间出文相质，司城虽心以为善，而未尝有面谀之言，其刻求于一字一句之间，如酷吏之治狱，必不稍留余地。余少盛气不自抑，或与之辨争，至于喧哄。然司城不以余之争而稍为宽假；余亦不以其刻求而自讳其疵颣也，苟有作必出使视之。其后每相见则每至于争；而一日不见，则又未尝不相思。盖古之所谓益友者如此，而余特幸与之为友也”④。

更为可贵的是，他还能突破封建宗族观念，不仅“余与四方贤俊交游，其于异姓犹亲若弟昆”，而且对于自己的晚辈，也能如兄弟平等相待，如他说他的同宗侄儿“潢虽伯父呼余，而余终弟视潢”⑤。

他明确地提出了对各种学术观点皆应采取“包容”⑥的态度。他指责那种“未尝深究其言之是非，见有稍异于己者，则众起而排之”，是“此不足以论人也。

---

① 《刘大櫆集》卷2，《张宏勋诗序》。
② 《刘大櫆集》卷2，《王天孚诗序》。
③ 《刘大櫆集》卷3。
④ 《刘大櫆集》卷3，《倪司城诗序》。
⑤ 《刘大櫆集》卷4，《送潢序》。
⑥ 《刘大櫆集》卷1，《息争》。

人貌之不齐，稍有巨细长短之异，遂斥之以为非人，岂不过哉"！他赞赏的是"其心恢然有余"，"视天下之歧趋异说，皆未尝出于吾道之外"，"于物无所不包，此孔子之所以大而无外也"①。对于不同学派的人，他不是予以攻击和排斥，而是给予肯定和赞赏，如在《祭吏部侍郎尹公文》中，他称赞尹公"醇儒不作，异学披猖，杂糅老、佛，入阴出阳"②。他还能以其他学派之长，来反省"吾儒"之短，如他在《如意寺记》中说："今释氏之徒，乃能兴复其七百余年已隳之业，加宏壮焉，求之吾儒未有也。岂尧、舜、三代圣人之道，比之释氏犹易失而难守邪！"③

三、"世异则事变，时去则道殊"④

——古文的思想内容

从刘大櫆文集来看，他的文章内容并不完全像人们所认定的那样，是"亟力提倡封建正统观念"⑤的，而是虽未摆脱封建正统观念，却具有某些早期新的启蒙思想的。文学作品是时代风云变幻的一面镜子，如他本人所说的："世异则事变，时去则道殊。"我们应以变化、发展的眼光，来重新审视其作品的实际描写。据此我们不难发现，他的古文的思想内容主要有以下几个方面，颇值得引人瞩目：

（一）揭穿天道无知，斥责衰乱之世

他认为"天地也，日星也，山川也，人物也，相与回薄于宇宙之间"，它们都是有其自身的客观规律的，并不受天的支配。"日之食也，天不能使其不食也；星之陨也，天不能使其不陨也。其偶而崩也，而天与之为崩；其

---

① 《刘大櫆集》卷1，《息争》。
② 见《刘大櫆集》卷10。
③ 见《刘大櫆集》卷10。
④ 《刘大櫆集》卷3，《答周君书》。
⑤ 中国科学院文学所编：《中国文学史》，第1072页。

偶而竭也，而天与之为竭。夫天方自救其过之不遑，而又奚暇以为人之穷通寿夭邪？吾故曰：天道盖浑然无知者也。"① 这是针对占统治地位的传统的儒家思想而发的，如孔子即认为天是至高无上、主宰一切的，他说："天何言哉！四时行焉，百物生焉。天何言哉！"② "获罪于天，无所祷也。"③ 主张罢黜百家、独尊儒术的董仲舒，更把春夏秋冬的气候变化，也说成是由于天的爱、乐、严、哀所致，他说："阴始于秋，阳始于春"，"是故春气暖者，天之所以爱而生之；秋气清者，天之所以严而成之；夏气温者，天之所以乐而养之；冬气寒者，天之所以哀而藏之"④。程朱理学的倡导者程颢，还进一步说：人间"富贵由来自有天"⑤。

"天"究竟是无知者还是有知者？天与日星、山川、人物、富贵，是处于无能为力还是至高无上、主宰一切的地位？这不仅在哲学思想上说明了唯物论与主观唯心论的对立，而且其目的和实质是反映了对封建君主专制是否定或维护新旧两种思想的斗争，如董仲舒之所以强调天是有知者，就是为了说明："天子受命于天，诸侯受命于天子，子受命于父，臣妾受命于君，妻受命于夫，诸所受命者，其尊于天也。"⑥ 而刘大櫆之所以强调天为"浑然无知者"，则是为了揭露"天"的不公和统治者的残暴："大禄之下，人多斃矣，而天不怜也。"⑦ "今夫傑猾之民，乖时窃位，怙宠立威，黩货无厌，其有稍异于己，则黜之，甚则夷灭其宗族，惨覈亦至矣；而康宁寿考令终者，不可胜数。彼其心见以为当然，与鸟兽之聚麀者无以异也。彼以鸟兽自为，则天亦以鸟兽畜之

---

① 《刘大櫆集》卷1，《天道上》。
② 孔丘：《论语·阳货》。
③ 孔丘：《论语·八佾》。
④ 见《春秋繁露·阳尊阴卑》。
⑤ 程颢：《明道文集》
⑥ 见《春秋繁露·顺命》。
⑦ 《刘大櫆集》卷1，《天道上》。

而已。"①这种有"夷灭其宗族"大权的人,不是以"天子"自命的皇帝,还能是谁呢?刘大櫆愤怒地斥责这种人只能是天所畜的鸟兽,而根本没有资格充当"受命于天"的"天子"。

为了说明事物的发展有其不以人的主观意志为转移的客观必然性,刘大櫆还对"积善之家,必有余庆;积不善之家,必有余殃"②、"作善,降之百祥;作不善,降之百殃"③等宣扬主观唯心论的封建传统观念,提出了挑战。他认为用这种话来"劝善而规过",虽可"以警愚昧,然不以为凭也"④。因为客观事物的发展有其必然性,也有其偶然性。"其祸福偶中之于人,而于其人之善不善,未必果以类应也。"正确的态度应像"古之圣人"那样,"以为吾生而为人,善,所当为也。当为者为之而已,不计其庆之至也。不善,所不当为也。不当为者不为而已,不计其殃之至也"。他指责那种必庆、必殃的说法,是愚昧而虚妄的。他说:"为善固宜其庆也,庆不至而为善之心则甚慊也;而谓其必有庆者,愚也。为不善固宜其殃也,殃不至而为不善之事则难掩也;而谓其必有殃者,妄也。"⑤

他之所以揭穿"殃""庆"之说的愚妄,也不仅是因为其本身属主观唯心论,更重要的是为了揭露他所面临的是"天下无道"的"衰乱之世"。他说:"天下有道,则道德仁义与富贵显荣常合;天下无道,则富贵显荣与道德仁义常分。是故衰乱之世,其达而在上,则必出于放辟邪侈;其修身植行,则必至于贫贱忧戚。"也就是说,他一针见血地指出,"殃""庆"颠倒,不是什么"天命",而是由于统治者的"无道",酿成"衰乱之世"的必然结果。他认为"及至周衰,孔子、孟子之生","天下之势"已变为"衰乱之世",其具

① 《刘大櫆集》卷1,《天道中》。
② 《易·文言》。
③ 《尚书》。
④ 《刘大櫆集》卷1,《天道上》。
⑤ 《刘大櫆集》卷1,《天道下》。

体表现为："贤能者窜伏于下，而不肖者恣睢于上。智诈自骋，颉滑不仁，怙势袭威，无所顾藉。物产靡敝，而苑囿崇侈；民力竭塞，而畋游无度。啗肤咂血，其锋锐于蟊螽，而深居高拱，憪然自以为尧舜焉。当是时，天下之人趋利如鹜，走势如归，安知有仁义？以居其位之为贵，安知有廉耻？以食其糈之为美，茫茫乎大造，夫孰知祸福之门、胜负成败之所分？故夫三代以下，其上之于民，名为治之，而其实乱之；其天之于人，名为生之，而其实杀之也。"①

他还预言这种"地之道日以崇，则天之道日以卑，积而不返，数十百世之后，其必有人与物相易而为其贵贱者乎"！也就是说，当权的贵者总有一天必为被压迫的卑贱者所推翻，而使他们的位置发生"相易"的历史性巨变。这既是他对当权的封建统治者的严正警告，也是他以辩证的观点对历史发展规律的深刻揭示。

刘大櫆能从哲学和政治上作出如此深刻、如此清醒、如此敏锐的揭露和判断，这在那个被封建历史学家誉为"康乾盛世"的时代，该是多么难能可贵、富有振聋发聩的进步作用啊！

（二）追求"利及生民"，反对"臣死其君"

由汉儒董仲舒提出，后经封建统治阶级加以系统化的一套封建伦理道德观念认为："君为臣纲，父为子纲，夫为妻纲"②，要求臣要绝对服从君，子要绝对服从父，妻要绝对服从夫。提倡三纲五常的封建伦理道德，正是后来程朱理学的重要特征。而刘大櫆却指责说："吾独怪后之儒者混君臣于夫妇，且为之说曰：'忠臣不事二君，烈女不适二夫。'不学之徒习闻其说而信之。"③他所"独怪"的"后之儒者"及"不学之徒"，显然是指程朱理学的奉行者。

封建统治者为维护其统治地位，向来把"臣死其君""妇死其夫"，树为

---

① 《刘大櫆集》卷1，《天道下》。
② 汉·董仲舒：《春秋繁露·基义》，引《白虎通》"三纲六纪"。
③ 《刘大櫆集》卷6，《汪烈女传》。

楷模，传为美谈。而刘大櫆却说："余以为臣之死君，与妇之死夫，似同而实异。"他认为，君臣之间是"共事之义"的关系，而不是"受君之恩"主从依附的关系。用他的话来说："夫与共天位，与治天职，与食天禄，有共事之义焉，而以臣之食禄为受君之恩，吾之所不知也。"因此，他断言"君臣以义合"，可以"合则留，不合则去"。他并且列举"伊尹之就汤而去桀""孔子之去鲁而之卫、之齐""殷纣既亡，微、箕且不从死"等历史事实，说明"古之君子见几而作，固不待国之危亡，早已洁身而去矣，是可以无死也。如其势不能去，或婴守土之责而城陷，是可以死者也。可死、可不死之间，此之不可不审也"①。

君臣之间"共事之义"的原则或内涵是什么呢？"维护封建统治的儒家思想"和程朱理学皆要求臣对君的绝对效忠和唯命是从，朱熹称之谓："君臣父子，定位不易，事之常也。"②刘大櫆的回答则是要"利及生民"。他说："夫君之所求乎臣，臣之所为尽忠以事其上者，在匡君之违，言君之阙失，使利及生民而已。"③这里他强调的是臣对君匡正补阙的作用，而不是唯君之命是从，奉迎趋承。因此，他接着指出："若夫君之所可，而因以为是；君之所否，而因以为非；其所爱，因而趋承之；其所恶，因而避去之，此厮役徒隶之所为，曾谓人臣而亦出于此？"④这就是说，臣不是君的奴才，不应以君的可与否、爱与恶，为自己的可与否、爱与恶。他还以汉代的"黯数忤帝意，常使帝默然；又面触弘、汤，弘、汤咸深心疾黯，而黯卒无恙，得以寿考终其身"为例证，说明"戆直亦可以立朝，而君子之为善者，当益以自信，岂必依阿以逢世哉"？他斥责"后之为人臣者，不为怙宠之立威，则或以万石君自况，是自居于阉媚之小人也"⑤。

———————

① 《刘大櫆集》卷6，《汪烈女传》。
② 朱熹：《甲寅行宫便殿奏札一》。
③ 《刘大櫆集》卷2，《读万石君传》。
④ 《刘大櫆集》卷2，《读万石君传》。
⑤ 《刘大櫆集》卷2，《读万石君传》。

为什么要强调"君臣以义合","合则留，不合则去"，臣对君的"尽忠"，只"在匡君之违，言君之阙失，使利及生民"呢？这既是刘大櫆对我国古代民本思想的继承，又是他对历史经验的总结和汲取。他是站在肯定历史发展与进步的立场上说话的。因此，他批驳那种说周推翻商纣，是商让周的谬论。他说："纣恶已极矣，天命已移，人心已去矣，商之天下，无所庸其让也。当是时，天命之眷顾者，周也，人心之向往者，周也；周之代商，如春之代冬，其秩叙当然。"① 他对"司马迁作《史记》，乃谓武王以臣弑君，伯夷叩马而谏"，"耻食周粟"，力辩其非，斥为"非圣谤道之言""委巷小人之谈"。并且指出："太史迁之作纪传，唐、虞、三代皆直书其事，其于伯夷独增'其传曰'之三言，然则迁亦姑存其言而未必深信其事者与？"② 他指责有些人，"听其言而一皆信之，不复致疑其际，岂不亦好古而失之愚也哉"③！他一再强调"人心之向往"，对于历史的发展具有决定性作用。在总结明代亡国的教训时，他说："吾观有明之治，常贵士而贱民"，使那些士一旦做官，即"安富而尊荣矣"，不管老百姓的困苦，以致"百姓独辛苦流亡，无所控诉"。因此他得出的结论是："卒亡明之天下者，百姓也。后之为人君者，可以鉴矣！"④ 可见他之所以强调君臣关系要"以义合"，要"利及生民"，是跟他在一定程度上看到人民群众的伟大力量，具有某些历史唯物主义和民主主义的新思想，分不开的。它跟传统的儒家思想和程朱理学的主观性和专制性，显然是判若云泥，不应混为一谈的。

（三）赞美商贾妇女，反对以业定人

由于封建统治阶级本身的腐朽，城市工商业的发达，新兴市民阶层的兴起，使传统的阶级关系不能不发生变化。面对这种新的形势，维护封建统治的儒家

---

① 《刘大櫆集》卷1，《续泰伯高于文王》。
② 《刘大櫆集》卷2，《读伯夷传》。
③ 《刘大櫆集》卷2，《读伯夷传》。
④ 《刘大櫆集》卷10，《窦祠记》。

思想和程朱理学，以"天不变，道亦不变"①，"差等有别，莫敢逾僭"②，妄图竭力固守既定的封建等级和统治秩序。而刘大櫆则强调："天地之气化，万变不穷"③，"世异则事变，时去则道殊"④。从这种不断变化、发展的观念出发，他就能够比较敏感地发现，"重耕农而抑商贩"等封建传统观念不切实际，应予纠正，如他说："自管子相齐，而士、农、工、商之职分。汉兴，贾谊、晁错上书言政治，谓宜重耕农而抑商贩。然余观当时士大夫名在仕籍，而所为皆贾竖之事也。至若贾名而儒行，孝弟娴睦无愧于独行君子之德，是乃有道仁贤所重为宾礼也。"为此，他发出责难："彼职业恶足以定人哉？"⑤

这个责难是向封建的等级制度挑战，抬高商人的社会地位，为推动社会发展服务，因而具有划时代的意义。刘大櫆宣称："善读经者，其视圣人与农夫、商贾无以异焉。"⑥他的不少传记文，皆对商贾寄予热烈的赞美之情，如他的《赠大夫方君传》，称赞"创兴贾业"的"君之父"，及"从其父业贾于汉江之上"的方君，"虽溷迹贾人，而性孝友，执父之丧，哀动行路；事其母曲尽色养；爱诸从弟，必皆使得所然后已"。人们不是说商人唯利是图么？而他却以这位"世居歙西之岩镇"，世代业贾的方君为例，说："自君之上世，历数传皆以利人济物为心。至于君尤为慈厚，乐施与，其于族戚之中有丧不能举、婚不得遂者，咸为经纪而周给之；而于无告之茕独，尤加意怜恤。至于友朋故旧，有无相通，患难相救，终其身未尝有吝色。"⑦在《封大夫方君传》中，他又写另一"自君之曾祖、祖、父皆业贾于楚中"的方君，盛赞"君家自上世以来多

---

① 《汉书·董仲舒传》。
② 程颢：《论十事札子》。
③ 《刘大櫆集》卷1，《息争》。
④ 《刘大櫆集》卷3，《答周君书》。
⑤ 《刘大櫆集》卷5，《乡饮大宾金君传》。
⑥ 《刘大櫆集》卷10，《侑经精舍记》。
⑦ 《刘大櫆集》卷5，《赠大夫方君传》。

厚德长者，其生殖丰裕，能以惠利及人，至于君则处己虽俭，而周人之急常恐其不及"，并且特别推崇"君于人无问智愚贤否，一皆推诚相结"。还把他跟"世之儒者"加以对比，指出："世之儒者以诵说诗书自藩饰，而伦类之间，孝友睦姻任恤之行，多内省而惭。至于方君者，既弃儒术而事机利矣；迹其平生所为，求之缙绅先生，何可易得哉？"[1] 由此可见，刘大櫆笔下所写的"事机利"的商贾，是个"惠利及人""无问智愚贤否，一皆推诚相结"，大有前途的新兴阶层，而代表封建正统的"世之儒者""缙绅先生"之流，则正在衰朽没落，令人大失所望。这种思想观念在当时该是多么新鲜别致，给人以崭新的启迪啊！

刘大櫆不只是通过赞美商贾，而且还通过赞扬女子、乞人，来贬低缙绅大夫，如他在《方节母传》中说："若其眷眷以善继先人之志为心，缙绅大夫或不能，而女子能之。"[2] 在《书汪节妇事》中说："然女子犹有能明大义者，而男子则泯然惟知富贵利达之求。一邑之中，女子之节烈可采，常至不可胜载；至于国家将亡，其能见危授命者，百不一二觏焉。岂天地之义气渐灭之未尽，而犹或钟于女妇欤？"[3] 在《乞人张氏传》中，又说："夫天地之气不能无所钟也。明之亡也，金陵之乞人闻之而赴水以死。丈夫不能，而女子能之；富贵者不能，而乞人能之，亦可慨也夫！"[4] 这种种贬低丈夫，抬高女子，贬低富贵者，抬高乞人的观点，既是对封建统治衰朽、封建道德沦丧的真实反映，又是跟男尊女卑、上智下愚的封建传统观念公然相悖的。

（四）肯定人必有欲，要求人得其所

恩格斯说："自从阶级对立产生以来，正是人的恶劣的情欲——贪欲和权势欲成了历史发展的杠杆。"[5] 因此，对待人欲的态度，往往成为人类历史上

---

① 《刘大櫆集》卷5，《封大夫方君传》。
② 《刘大櫆集》卷6，《方节母传》。
③ 《刘大櫆集》卷6，《书汪节妇事》。
④ 《刘大櫆集》卷6，《乞人张氏传》。
⑤ 见《马克思恩格斯选集》第四卷，第233页。

进步与反动势力斗争的一个焦点，如我国明代进步思想家李贽强调指出："人必有私"，"虽圣人不能无势利之心"①。而程朱理学则坚持要"存天理，灭人欲"，要人们"克去己欲，复乎天理"②。也就是要人们一切安于"天命"，听任封建统治者的压迫和剥削。如同稍后于刘大櫆的戴震所斥责的，这是宋儒"以空理祸斯民"，以致造成"人死于法，犹有怜之者；死于理，其谁怜之"③？

刘大櫆则肯定人欲存在的必然性，如他在《答吴殿麟书》中断言："目无不欲色""耳无不欲声""口无不欲味""鼻无不欲臭"④。他的《辨异》一文更从哲理上指出：包括"欲"在内的"七发之情"，是人的自然本性，如同天地必然生万物一样；⑤正因为"人之不能无欲而相与聚处以为生"，为防止"争且乱"，所以才有国家和阶级的存在，才有"农、工、商、贾"的分工；⑥人们只能按照人与自然的客观法则办事，使"天下之民有以各安其生，而复其所得于天之固有"，即使是天子和圣人也不能"勉强于其间"⑦。

他还指出人之嗜欲，是无论用"智"或用"威"都无法禁绝的。他说："今夫嗜欲之所在，智之所不能谋，威之所不能胁也。夺其所甘，而易之以其所苦，势不能以终日。"⑧他又以烟酒为例证，说明"天下之民无贵贱贤愚，鲜不甘而嗜之。国家亦尝申禁戒之令矣，而卒于不行，又况嗜欲之大者与"！针对孔子鼓吹的君子"谋道不谋食""忧道不忧贫"的观点，他作了批驳，除引用元代许衡的话："儒者以治生为急"，"贫甚可忧也，食不可不谋也"。他又断言："吾观世俗之情，能治生则生，不能治生则死；能治生则富贵，不能治生则

---

① 见《明灯道古录》。
② 见《朱子语类》。
③ 《戴震集·孟子字义疏证》。
④ 《刘大櫆集》卷3，《答吴殿麟书》。
⑤ 《刘大櫆集》卷1，《慎始》。
⑥ 《刘大櫆集》卷1，《辨异》。
⑦ 《刘大櫆集》卷1，《慎始》。
⑧ 《刘大櫆集》卷1，《慎始》。

贫贱；能治生则尊荣，不能治生则卑辱。"从而肯定许衡"固儒之识时变者也，其言亦后世迂儒之药石哉"①！如果说刘大櫆也属儒家之列的话，那么，他显然是"儒之识时变者"，而跟固守儒家正统观念的"迂儒"迥然有别。

他还指出人的欲望具有不可穷尽性，"有食矣，而又欲其精；有衣矣，而又欲其华；有宫室矣，而又欲其壮丽。明童艳女之侍于前，吹竽击筑之陈于后，而既已有之，则又不足以厌其心志也。有家矣，而又欲有国；有国矣，而又欲有天下；有天下矣，而又欲九夷八蛮之无不宾贡；九夷八蛮无不宾贡矣，则又欲长生久视，历万祀而不老。以此推之，人之歆羡于富贵佚游而欲其有之也，岂有终穷乎"②？因此，他反对统治者的穷奢极欲，主张做官非为一己之私欲，而要使"天下之民""无不得其所"。他说："古之君子其所以汲汲于仕进，而不甘闭户以终老者，固非为一己之宫室、妻妾、肥甘、轻暖计也。视天下之民，皆吾之同胞，不忍见其阽危沦陷，而思有以康济之，使无不得其所也。"③

刘大櫆对于人欲的这些见解，是相当全面而富有哲理性的，其反对"去人欲"的态度，显然是跟程朱理学相悖，而与李贽、戴震的思想相通的。

（五）谴责科举害人，揭露世俗败坏

那时科举考试，要求必须以阐述钦定的《四书》《五经》为内容。而刘大櫆则一针见血地指出，这只能使人"相与为臭腐之辞，以求其速售"，而不可能"有天下之豪俊出于其间"④。

科举考试为什么不能选拔出"天下之豪俊"呢？其中一个重要的原因，如小说家蒲松龄所揭露的，是那些主持科举的考官属于"乐正师旷、司库和峤"⑤之流，他们不是眼睛瞎了，看不出好坏，取舍全凭其主观臆断，就是贪财爱钱，

---

① 《刘大櫆集》卷1，《续难言》。
② 《刘大櫆集》卷10，《无斋记》。
③ 《刘大櫆集》卷2，《书唐学士德侠传后》。
④ 《刘大櫆集》卷3，《答周君书》。
⑤ 蒲松龄：《聊斋志异·于去恶》。

以考生行贿的钱财多寡为取舍的标准。刘大櫆不仅同样把考官说成是聋子、瞎子，而且斥责他们蓄意"毁白以为黑，誉浊以为清"[①]，其揭露之深刻，描写之生动，实与蒲松龄的小说有异曲同工之妙。

刘大櫆还把他批判的矛头进一步指向那扼杀人才的整个社会。他说："天之生才，常生于世不用才之时，或弃掷于穷山之阿、丛薄之野，使其光气抑遏而无以自达；幸存可达之机矣，而在位者又从而掩蔽之，其陁穷以终、沦落以老者，何可胜数！"[②]他深为悲愤地感叹道："呜呼！世俗日益偷，竞为软美，以相媚悦为能，下以是贡，而上益以自矜，若人之于我固当然者。取人不必才，惟其善谀；弃人不必其不肖，惟其不识形势，不能伺贵人意指。从荐绅以迄里巷，父兄所以教戒其子弟，一皆摹揣成习。与人终日言，无一言稍可恃赖。"[③]整个社会就是这么腐朽黑暗，叫人怎么能不愤恨欲绝？！

（六）结语：新旧思想混杂，评价需要恰当

上述事实说明，刘大櫆对天道、君臣关系、女尊男卑、人欲、科举制度等问题的看法，跟他同时代的进步思想家李贽、黄宗羲、戴震和进步文学家蒲松龄、吴敬梓、曹雪芹的思想相比，确有某些相似、相通之处；把桐城派作家一概斥之为宣扬程朱理学的反动思潮，"和统治者一鼻孔出气"，这是带有极大的片面性的，据此来贬低甚至全盘否定包括刘大櫆在内的所有桐城派作家，更是站不住脚的。

那么，我们是否因此就赞同给予刘大櫆以和黄宗羲、唐甄、吴敬梓、曹雪芹同等的评价，甚至赞"其议论之新颖、辞气之激烈，较之黄宗羲、唐甄、吴敬梓、曹雪芹，有过之而无不及"[④]呢？笔者认为，这种看法也未免言过其实，

---

①　《刘大櫆集》卷3，《答周君书》。
②　《刘大櫆集》卷3，《见吾轩诗序》。
③　《刘大櫆集》卷8，《中书舍人程君墓志铭》。
④　吴孟复：《桐城文派述论》，安徽教育出版社1992年版，第89页。

同样是经不起历史事实的检验的。

刘大櫆共著有 231 篇古文，其中论述文 23 篇，游记 12 篇，其他为书信、序跋、墓志铭、祭文、杂记，真正宣扬进步思想、揭露社会黑暗的作品并不多，而直接歌颂烈女、节妇和孝子的作品却有 16 篇。总的来看，他的基本思想倾向还是属于封建主义范畴的。

他虽然有一些唯物论的观点，但是唯心论的思想也很严重，如他说：

> 天者，何也？吾之心而已矣。
>
> ——《刘大櫆集》卷 1，《天道中》

他不是把人的遭遇归咎于社会，而是归结为天命。说：

> 嗟乎！吉凶祸福，人世之遭逢，皆上天之所命也。福非求之可获，祸亦非避之可免。
>
> ——《刘大櫆集》卷 2，《读万石君传》
>
> 得乎失乎有定分，天也命也非人工。
>
> ——《刘大櫆集》卷 11，《送姚道冲归里》

他甚至赤裸裸地宣扬"女人是祸水"的唯心史观，把"家道乖"的责任，不是归咎于统治阶级本身的衰朽，而是归结为"娶妇不良"；把"家之不昌炽"，不是归罪于必然矛盾重重的一夫多妻制，而是归咎于"娣姒妾媵之间"的"各私一己"。[1] 由此可见，其封建的阶级偏见是多么荒谬和陈腐！

刘大櫆虽然怀才不遇，对于当时的社会现实颇为不满，但是他的基本的政

---

① 《刘大櫆集》卷 10，《胡氏贤母赞》。

治态度，还是对统治者抱有幻想，竭力追求向上爬的。雍正登基，乾隆即位之时，他都写信求人举荐。结果虽然皆大失所望，但他在晚年仍然有兴致做了六年黟县教谕这个微不足道的学官。

刘大櫆对封建统治者这种积极依附的政治态度，跟黄宗羲公然斥责封建君主"为天下之大害者"，"敲剥天下之骨髓，离散天下之子女，以奉我一人之淫乐"的"寇仇""独夫"①，并且终其一生跟阉党奸臣作不懈的斗争，坚持以实际行动抗清，坚决拒绝清廷的多次征聘，誓死不肯到清政府做官，岂非有鸡与鹰之别？刘大櫆为烈女大唱赞歌，这跟戴震痛斥"以理杀人"，岂能相提并论？吴敬梓29岁赴滁州参加科考，遭到斥逐后，他就提出了"如何师父训，专储制举才"②的怀疑，36岁托病拒绝参加"博学鸿词"廷试，并从此完全打消了科举取士的幻想，在他精心创作的小说《儒林外史》中，不仅控诉了科举制度对知识分子的毒害，而且揭露了官场的腐败和整个社会的黑暗，"那些做官的都不得有甚好收场"，把希望寄托在靠自食其力的市井细民身上。这跟刘大櫆始终热衷于科举和做官，岂可同日而语？至于像曹雪芹那样，在遭到雍正皇帝抄家，家庭衰落后，即对封建社会现存一切的合理性作了清醒的思考，而在他的《红楼梦》中对整个封建社会作了那样全面而深刻的批判，对贾宝玉、林黛玉及晴雯等许多下层人物追求民主、自由的人生理想，作了那样无比热烈的讴歌。这一切，更是刘大櫆所望尘莫及的。

因此，完全否认刘大櫆具有某些新思想，与当时先进的思想家和文学家确有某些相似、相通之处，而把他跟封建统治者相提并论，跟程朱理学混为一谈，固然失之片面；但是，若因此而把他抬高到跟黄宗羲、戴震、吴敬梓、曹雪芹并列的地位，甚至说比他们还"有过之而无不及"，这就更失之偏颇了。

---

① 黄宗羲：《明夷待访录·原君》。
② 见王又曾：《书吴征君敏轩先生〈文木山房集〉后》。

这种偏颇，不仅表现在过于美化了刘大櫆的"全人"，而且也歪曲了论者所引以为据的刘大櫆的"全文"。例如，吴孟复引用刘大櫆的《乞人张氏传》语："丈夫不能，而女子能之；富贵者不能，而乞人能之，亦可慨也夫！"及《书汪节妇事》语："女子犹有能明大义者，而男子则泯然惟知富贵利达之求"，来说明它"竟似出于李贽、吴敬梓、曹雪芹之口"①。其实，在前者的引文前面，刘大櫆还写道："惜乎其为女子且穷而行乞也。设使斯人为丈夫而登于朝宁，则其于君父人伦之间，出其至性，必有建树非常者。夫天地之气不能无所钟也。明之亡也，金陵之乞人闻之而赴水以死。"②在后者的引文后面，刘大櫆又写道："一邑之中，女子之节烈可采，常至不可胜载；至于国家将亡，其能见危授命者，百不一二觏焉。"③联系两者的上下文，可见其主要是从封建伦理道德方面，感叹以男子为代表的封建统治者的道德败坏，赞赏女子犹能按封建道德立身行事。这跟李贽、吴敬梓、曹雪芹主张男女平等的思想，显然有质的区别，岂能谈得上是"似出于"一人之口呢？

又如，吴定的《海峰先生墓志铭》，分明只是说刘大櫆"其才之雄，兼集《庄》、《骚》、《左》、《史》、韩、柳、欧、曾、苏、王之能，瑰奇恣睢，铿锵绚烂，足使震川、灵皋惊退改色"④。而论者竟然把这段引文篡改、剪接成为指其在思想观点方面，"其议论之新颖，辞气之激烈，较之黄宗羲、唐甄、吴敬梓、曹雪芹，有过之而无不及；而理欲之观，则下启戴震。吴定谓其足使归、方'惊退失色'"⑤。

一个自称"七十老翁，断不敢以无实之言，误人子弟"⑥的老学者，为了

---

① 吴孟复：《桐城文派述论》，第80页。
② 《刘大櫆集》卷6，《乞人张氏传》。
③ 《刘大櫆集》卷6，《书汪节妇事》。
④ 见吴定：《紫石泉山房文集》卷10。
⑤ 吴孟复：《桐城文派述论》，第80页。
⑥ 吴孟复：《桐城文派述论·前言》。

证明自己的观点，竟然如此剪接和篡改古人的原话，还宣称"凡此论述""必有史实为依据"[①]。由此可见，我们要完全抛弃主观偏见，真正坚持实事求是的学风，该有多么困难！而为了录得客观的科学认识和评价，就必须勇于彻底摒弃一切主观偏见。

四、"其气肆，其才雄，其波澜壮阔"[②]

——古文的艺术特色

刘大櫆是个颇富独创性的文学家。他宣称："夫人之业，精于其所独创，而敝于其所共趋。"[③]方苞也称赞他："天资超越，所为古文，颇能去离世俗蹊径。"[④]《清史·文苑传》则说他："虽游方苞之门，所为文造诣各殊。苞盖择取义理于经，所得于文者义法。大櫆并古人神气音节得之。"[⑤]

那么，刘大櫆的散文又主要有哪些艺术特色呢？

（一）在意境上，以神为主，才雄气肆

我国古代为文，只强调"意为主"[⑥]、"理为主"[⑦]、"气为主"[⑧]，只有个别人主张"以神气为主"或"以佳句为主"[⑨]。独有刘大櫆把"神"提到"为主"的地位。说："神者，文家之宝。文章最要气盛；然无神以主之，则气无所附，荡乎不知其所归也。神者气之主，气者神之用。"[⑩]方苞强调"义法"，

① 吴孟复：《桐城文派述论·前言》。
② 见《国史文苑传·刘大櫆传》。
③ 《刘大櫆集》卷3，《徐笠山时文序》。
④ 方苞：《与魏中丞定国手书》。
⑤ 见《国史文苑传·刘大櫆传》。
⑥ 宋·范晔：《狱中与诸甥侄书》。
⑦ 宋·陆九渊：《语录》。
⑧ 魏·曹丕：《典论·论文》。
⑨ 明·谢榛：《四溟诗话》卷2。
⑩ 刘大櫆：《论文偶记》之7。

刘大櫆则认为：“不得其神而徒守其法，则死法而已。”①由于他能从“神为主”的角度来写作，这就不致尺尺寸寸地拘守陈法，而是能从整体上把握古人文章的精髓，追求杰出作家所应有的精神风貌和内在气质。所谓“神为主”，实则即以表现作家的精神气质为主。而才雄气肆，这正是刘大櫆的创作个性，也是他的散文的显著特色之一。例如，他的《答周君书》，强调人的才能要得到发挥，必须凭借一定的客观条件，但它不是直言其理，而是既形象生动，又雄辩有力地写道：

> 且夫应龙之变化，不因回风而载浮云，则不能飘举而上天；灵蛇之自腾，无瑞雾则不能无足而遨游上下于方泽。方今之世，龙自蟠虬于岩穴，而云不为兴；蛇自蟠屈于渊渚，而雾不为起。云雾亦时有，徒自为昏蒙否塞，虽有龙蛇之才能，无由自表见也，与蟠蚁何以异乎？
>
> ——《刘大櫆集》卷3

这种写法的奇妙之处在于：首先，它通过对龙、蛇、蚁的描绘，使人感到作者的才华横溢，才雄气肆，咄咄逼人，读后仿佛只有啧啧惊叹、衷心折服之情，而毫无批驳之词和抗拒之力。如果作者没有胸怀大志、积极追求的精神，没有对那个社会环境压抑人才的极其不满和义愤填膺之情，是不可能写出这种文字来的。因此，它从字里行间皆透露出作者所特有的这种令人愤懑、催人奋进的精神气质。其次，它在句法上，通过“应龙之变化，……”与“灵蛇之自腾，……”的对称，“龙自蟠虬于岩穴，……”与“蛇自蟠屈于渊渚，……”的排比，从“云不为兴”“雾不为起”，到“云雾亦时有”的转折，最后以“与蟠蚁何以异乎”作反诘，这些便使文章显得气很盛，足以为“神”所用。再次，

---

① 刘大櫆：《论文偶记》之7。

它在字句音节上，既有工整对称之处，又错落有致，不刻意追求划一，再加上"浮云"与"自腾"、"方泽"与"否塞"相押韵，更显得铿锵有力，如一气呵成。因此，刘大櫆的文章从整体上要求以神为主，绝不流于空泛，而是能具体落实到文章的篇章结构、句法与音节上。

这种以神为主，才雄气肆的创作特色，贯穿于刘大櫆的许多优秀之作中，如他的说理散文《骡说》写道：

> 乘骑者皆贱骡而贵马。夫煦之以恩，任其然而不然，迫之以威，使之然而不得不然者，世之所谓贱者也。煦之以恩，任其然而然，迫之以威，使之然而愈不然，行止出于其心，而坚不可拔者，世之所谓贵者也。然则马贱而骡贵矣。

——《刘大櫆集》卷 1

这种由"贱骡而贵马"到"马贱而骡贵"的巨大转折，该是令人多么惊诧而又信服啊！一个不要"煦之以恩"，而要"迫之以威"，显得是多么卑贱、可鄙！一个则是"行止出于其心，而坚不可拔者"，表现得又是多么高贵、可敬！这就活画出了作者的"神"——鄙弃世俗"乘骑者"的非凡的人格精神，而所用的语句、音节，既排比对仗工整，又转折、递进有力，用词干净利索，简洁明快，音调回旋跌宕，气势酣畅淋漓，恰如行云流水一般，巧夺天工。

（二）在结构上，跌宕起伏，波澜壮阔

刘大櫆说："文章最要节奏；譬之管弦繁奏中，必有希声窈渺处。"[①]因此，他写文章一般不平铺直叙，而十分注重文章结构上的跌宕回旋，给人以层层推进、别开生面、波澜壮阔、引人入胜的强烈美感。例如，他的《游万柳堂

---

① 刘大櫆：《论文偶记》之 12。

记》，开头不直接写游万柳堂，而是放眼叙述：“昔之人贵极富溢，则往往为别馆以自娱，穷极土木之工而无所爱惜。”虽然只字未提“万柳堂”，但是万柳堂又确属“贵极富溢”之人所建的“别馆”之一。使人的眼光不是局限于一个万柳堂，而是看到普天下“昔之人贵极富溢”，是如何“穷极土木之工而无所爱惜”。接着专写万柳堂为“临朐相国冯公”所建，“在京城之东南隅，其广三十亩，无杂树，随地势之高下，尽植以柳，而榜其堂曰万柳之堂。短墙之外，骑行者可望而见其中。径曲而深，因其窪以为池，而累其土以成山。池旁皆蒹葭，云水萧疏可爱”。这里既确考时地，及名称之由来，又素描景色，表现出史实确凿、文笔雅洁的桐城派特色。在节奏上显得舒缓恬静，甜美动人。可是正当读者为其“云水萧疏可爱”，而感到十分向往之时，作者却在末尾一段，以极为简略的笔调与快速的节奏，写其三次游万柳堂的巨变：“一至，犹稍有亭榭；再至，则向之飞梁架于水上者，今敧卧于水中矣；三至，则凡其所植柳，斩焉无一株之存。”作者不是为写景而写景，而是旨在进一步说明：“人世富贵之光荣，其与时升降，盖略与此园等。”“又何必朘民之膏以为苑圃也哉？”[①]作为全文的结语，可谓惊世骇俗之极。综观全文，其所开拓的意境，该是具有多么纵深的历史感和发人深省的内涵啊！其所采用的由宏观到微观，再上升到哲理，曲折有致的结构，舒缓与急促交替的节奏，又该是令人感到多么衷心折服和余味无穷啊！

方苞说他“才高而笔峻”[②]。姚莹说他“以才胜”[③]。吴定赞“其才之雄”，“瑰奇恣睢，铿锵绚烂”[④]。我看其主要表现，即在于他对题材内容的深刻认识和篇章结构曲折有致、别出机杼的雄奇创造上。

---

① 《刘大櫆集》卷9。

② 见沈廷芳：《书方望溪先生传后》。

③ 姚莹：《惜抱先生行状》

④ 吴定：《紫石泉山房文集》卷10，《海峰先生墓志铭》。

（三）在语言上，"情韵并美，文采照耀"①

讲究音节、字句，追求"词必己出"和"品藻"，这就是刘大櫆的散文之所以做到"情韵并美，文采照耀"的基本诀窍。我们不妨比较一下明代的《徐霞客游记·游黄山日记》和刘大櫆的《游黄山记》，他俩所描写的黄山云雾奇观相同，而由于各人用的音节、字句、品藻有别，所创造的美学境界即显然各具特色。

徐霞客对黄山云雾是这样描写的：

> 历险数次，遂达峰顶。惟一石顶，独莲花与抗耳。时浓雾半作半止，每一阵至，则对面不见。眺莲花诸峰，多在雾中。独上天都，予至其前，则雾徒于后；予越其右，则雾出于左。其松犹有……山高风巨，雾气去来无定，下盼诸峰，时出为碧峤，时没为银海。再眺山下，则日光晶晶，别一区宇也。
>
> ——《徐霞客游记》卷 1

这种描写虽然也很生动，如它用"半作半止"四字，写出了云雾飘荡聚散的动态；"每一阵至，则对面不见"，近写雾气之浓，使人如身陷五里雾中；"眺莲花诸峰，多在雾中"，则远写雾气之盛，显得气势磅礴至极；"独上天都"以下数句，写云雾的飘忽出没，更是变幻莫测，令人神往。这一切都无不给人以不断流动变化，充满生命活力的神奇美感。但就音节、字句来看，它仿佛纯属信笔直书的朴实自然之美，很难说有多少韵律、文采之工。

刘大櫆的《游黄山记》对云雾的描写，则与此别有风味。他写道：

---

① 刘大櫆：《论文偶记》之 22。

顷之，山半出云，如冒絮，如白龙，瀚渟晃荡，奔逐四合，弥漫荒野，平布匼匝，一白无涯，渺极天际。日光射之，如积雪之环周。而诸峰错出其间，仅见其顶如螺髻，乍隐乍见。其依冈而横者如岸，其冒树而拔者如樯，其因风而时高时下如浪，人在峰巅，如乘槎而浮于海上。巳而轻风骤捲，云气迸驳，石出山高，岛屿耸峙。向之所见，如幻如泡，一馨欬之间，不知其消归何有，此所谓铺海之云也。夫黄山者，仙灵之宅，云雾之都，举足而峦壑移焉，瞬目而阴晴异焉。欲观云海，于光明之顶为宜。其在文殊院者不知有后海；其在始信峰者，不知有前海；登光明之顶，则放乎四海而莫不来王也。常于积雨初晴、日出时见之；然或终岁不一见。余之登山，凡六日而三见云海，盖若天所佑焉。

——《刘大櫆集》卷 9

　　这里"顷之，山半出云"以下八句，不仅写出了其"如冒絮，如白龙"的形象，"瀚渟晃荡，奔逐四方"的动态，"弥漫荒野，平布匼匝"的气势，"一白无涯"的色彩，"渺极天际"的壮观，而且其大多四字一句，显得音节急促，简短有力，如一气呵成，既有利于表现云雾的飞速变化和蓬勃发展之势，又烘托出了作者主观上极为惊讶、赞叹和喜悦之情。接着写的"日光射之，如积雪之环周。而诸峰错出其间，仅见其顶如螺髻，乍隐乍见"，则更给人以亦真亦幻、变化多端、妙不可言之感；其字句、音节，又错落有致，抑扬顿挫，琅琅上口。"其依冈而横者如岸，其冒树而拔者如樯，其因风而时高时下如浪"，字句工整犹如对仗，而"人在峰巅，如乘槎而浮于海上"，则不仅有如飘飘然成仙的情致，而且"海上"与"如浪"，情景既前后呼应，音律又自然押韵。"已而轻风骤捲，云气迸驳，石出山高，岛屿耸峙。向之所见，如幻如泡，一馨欬之间，不知其消归何有。"字句工整与参差并用，音节舒缓与急促交错，把景色描绘得愈变化愈神奇，令人不禁叹为观止。"举足而峦壑移焉，瞬目而阴晴异焉"，以此对仗工整、视野辽阔的两句，来形容黄山为"仙灵之宅，云雾之都"，可谓无限优美，令人神往至极。最后以"欲观云海，于光明之顶为宜"，至"盖若天所佑焉"结尾，既写出了作者亲身考察的结果，又是对黄山云雾全景的总体描绘，言之凿凿，令人无可置疑，无比庆幸。

两相比较，可见徐霞客的描写，具有自然科学家质朴写实的特点，而刘大櫆的描写，则更有文学家善于驾驭语言艺术，使之独具"情韵并美，文采照耀"的特色；他所抒发的，不只是对自然景色的客观描绘，还有作者如入"仙灵之宅""如乘槎而浮于海上"，向往摆脱尘世的污浊而成仙的美好憧憬，其音节、字句又无不共同突出了作者所独有的神气——人格精神。

刘大櫆的散文之所以能做到"情韵并美，文采照耀"，跟他不仅是个散文作家，还是个诗人，颇有关系。他跟方苞一生绝意于诗，以为作诗有碍于专攻古文恰恰相反。他认为："诗也者，言之至精者也。"① 姚鼐说他"文与诗并极其力"②。袁枚、程鱼门则说他"诗胜于文"③。因此，刘大櫆的散文语言也富有诗情韵味。

（四）在人物描写上，注重细节，突出传神

刘大櫆认为："文章者，人之精气所融结。"④ 因此，他的文章，皆非常注重体现人的精神，包括作者和被描写的人物的精神。这是符合文学是人学的创作原理的。

那么，他究竟是怎样体现和突出人的精神的呢？

选择既有具体生动的形象，而又富有感情色彩的生活细节，是其写人物传

---

① 《刘大櫆集》卷3，《张秋浯诗序》。
② 姚鼐：《惜抱轩文集后集》卷5，《刘海峰先生传》。
③ 袁枚：《随园诗话》。
④ 《刘大櫆集》卷3，《潘在涧时文序》。

记的主要特色。例如，他的《章大家行略》，写其祖父之妾章大家：

　　大家自大父卒，遂丧明。目虽无见，而操作不辍。槐七岁，与伯兄、仲兄从塾师在外庭读书。每隆冬，阴风积雪，或夜分始归。僮奴皆睡去，独大家煨炉火以待。闻叩门，即应声策杖扶壁行启门。且执手问曰：“若书熟否？先生曾扑责否？”即应以书熟，未曾扑责，乃喜。

——《刘大櫆集》卷 5

　　为什么章大家“自大父卒，遂丧明”呢？显然是因为极度悲伤，以致把眼睛都哭瞎了。可见这两句看似平淡的叙述，却浓缩着极为浓烈的感情。“目虽无见，而操作不辍。”一个双目失明的老妇，还在不停地操劳家务，这该是需要比常人超过多少倍的毅力和艰辛啊！其精神是多么难能可贵啊！阴风积雪的隆冬之夜，孙儿们在外从塾师读书未归，她独自在家深夜不睡，“煨炉火以待”，好让孙儿们一回家就能烤火驱寒。“闻叩门，即应声策杖扶壁行启门，且执手问曰：‘若书熟否？先生曾扑责否？’”把一个失明老人克服行路开门的艰难，及其对孙儿一片深挚的爱心，刻画得使读者如见其人，如闻其声，如感其情。“即应以书熟，未曾扑责，乃喜。”在这“乃喜”二字之中，既表现了她对孙儿用功读书、不辜负祖辈殷切期望的无比欣喜之情，又寄寓了作者对章大家的无限崇敬和感激之心。闻一多曾盛赞：“《先妣事略》《寒花葬志》和《项脊轩志》的作者归有光，采取了小说的以寻常人物的日常生活为描写对象的态度和刻画景物的技巧，总算是粘上了点时代的边儿，所以是散文家中欧公以来唯一顶天立地的人物。”[①] 其实并非“唯一”，刘大櫆的《章大家行略》就是对归有光的《先妣事略》等的直接继承，两者可谓酷肖之极。

---

　　① 闻一多：《文学的历史动向》。

在对自然景物的客观描绘之中，寄寓作者热爱大自然之情和身世之感，是甚所写游记的显著特色。

我国的游记作品，如柳宗元的《永州八记》、范仲淹的《岳阳楼记》、苏轼的《石钟山记》，往往借景物描绘，而着重叙述作者的思想观念。方苞的《再至浮山记》于此更甚，简直是借题发挥，以宗六和尚说的"夫山而名，尚为游者所败坏若此"，来说明："辛卯冬，《南山集》祸作，余牵连被逮，窃自恨曰：'是宗六所谓也。'"文末干脆说："余之再至浮山，非游也，无可记者，而斯言（指宗六之言——引者注）之义则不可没，故总前后情事而并识之。"① 刘大櫆的游记则与此不同，它继承并发展了明末地理学家徐弘祖的《徐霞客游记》注重客观写实的现实主义精神，不直接写或尽量少写作者的观念。例如，他的《游黄山记》《游浮山记》，即属客观写景，说它"可以用来导游"②，绝非虚语。作者的人格精神完全洋溢在对自然景物的客观描绘之中，如他写游黄山，"将至松谷，山渐上益锐，群石参错，若有伟丈夫衣冠而立者"。"人在峰巅，如乘槎而浮于海上。""登始信，诸峰皆从足下起，人在峰上；披篷则诸峰环我而逼，峰在人上。"③ 既属客观写景，又明显地寄寓了作者不断攀登、要超越现实的理想追求。

刘大櫆也有不少游记是借题发挥，旨在抒发身世之感的。例如，他在《游晋祠记》末尾称："山川常在，而昔之人皆已泯灭其无存。浮生之飘转无定，而余之幸游于此，无异鸟迹之在太空。然则士之生于斯世，虽能立振俗之殊勋，赫然惊人，与今日之游一视焉可也，其孰能判忧喜于其间哉？于是为之记。"④ 不过它不是直接说理，更非宣扬封建之道，而是由客观景物的变迁很自然地引

---

① 《方苞集》卷14，《再至浮山记》。
② 吴孟复：《桐城文派述论·前言》。
③ 《刘大櫆集》卷9。
④ 《刘大櫆集》卷9。

发出对"浮生之飘转无定"的释然，以忧喜皆可等量齐观，来抒发其失意而不消沉的人生况味，表现出作者那令人钦佩的人格精神。

不是就作品论作品，而是着重论述其作者的人格精神，这是刘大櫆的序跋文的共同特色。例如，他的《王载扬诗序》不是评介其诗作本身，而是专写王载扬那疏放的性格，不屑为科举、不趋于仕进的人生道路，以书籍、文物"自为娱乐"的癖好，"一意肆力于诗歌"的创作追求，不管生活多么贫穷，也不管人们如何笑他疯颠、迂腐，他仍旧矢志不渝，勇往直前地走他自己的路。它既活现了诗人不同凡俗的性格，对事业执着追求的精神，又总结了其诗"每进而益上"的根本经验，即在于诗人的穷而后工。这种以写人为主的序跋，可谓既绘形传神，又包孕深广，令人越读越感到津津有味，咀嚼不尽。

总之，通过抓住生动的细节，着重写人，写人的独特个性和人格精神，这是刘大櫆散文共同的艺术特色。

刘大櫆的散文在艺术上也有不少平庸、粗鄙之作，这主要表现在他写的一些贞节传、祠堂记、宗谱序、时文序和墓志铭中。首先，由于作者受封建道学思想的影响，使他所写的有些内容显得极为迂腐，如《江贞女传》，写江贞女才周岁即由父母做主与顾氏子订婚，此后因其父"入京补官，两家音问阔绝"。后听说"顾氏子病没，贞女时九龄，闻之悲涕，遂不食，且绝去一切嬉戏事"。一个九岁的小女孩，对于她从不认识的顾氏子"病没"，怎么可能产生这样悲伤的感情呢？作者在文末"赞曰"："妇以从夫为义。"顾氏子与江贞女虽未成为夫妇，但在作者看来，"则亦有'从一以终'之道矣"[①]。正是这种迂腐的道学观念，使作者不惜背离写实的原则，杜撰出如此残酷扼杀人性的作品。其次，这类作品的文字也很干瘪、枯涩，如《书田氏刲股事》，写"同里张君嗣宗有贤妻田氏，值姑之病，再刲股以进，而姑病寻愈。其后长女适陈氏，亦

---

① 《刘大櫆集》卷6。

刲股以救其姑；次女甫十岁，又刲股以救其母。此固一门之流风渐渍以然，而亦天之报施，理有不爽者"。作者说："讥之为愚，吾以为虽愚而不可及也。"①这纯属平铺直叙，自相矛盾，令人不堪卒读。

五、"自古文字相传，另有个能事在"②

——文学理论主张

刘大櫆不仅是个古文作家、诗人，而且还是个文艺理论家。他的理论主张，除散见于他的文集之中以外，有专著《论文偶记》，被称为"自道其一生得力处"，"精邃透彻，直可与宋李耆卿《文章精义》、元陈伯敷《文说》等著并驱传世"。③"其议论精博，高高下下，直言无隐，洵学古者驰骤之大涂也。"④

强调文章写作"另有个能事在"，这是刘大櫆理论主张的基本特色。诚如郭绍虞所说："义理，是方、姚文论的中心，而在海峰论文则并不如此。海峰谓义理是材料，而不是能事。能事应在神气音节中求。"⑤

（一）文章之学，贡献卓著

1. 从"另有个能事在"着眼，把"文章之学"作为一门独立的学问

他说："当日唐、虞纪载，必待史臣。孔门贤杰甚众，而文学独称子游、子夏。可见自古文字相传，另有个能事在。"⑥这个"能事"，既不是取决于"文以载道"，也不是取决于阐发的义理。在他看来，行文自有"行文之道"，"义理、书卷、经济者"，不过是"行文之实；若行文自另是一事：譬如大匠操斤，无土木材料，纵有成风尽垩手段，何处设施？然即有土木材料，而不善设施者

---

① 《刘大櫆集》卷6。
② 刘大櫆：《论文偶记》之5。
③ 李瑶：《〈论文偶记〉序》。
④ 黄秩模：《〈论文偶记〉小引》。
⑤ 郭绍虞：《中国文学批评史》，第641页。
⑥ 刘大櫆：《论文偶记》之5。

甚多，终不可为大匠。故文人者，大匠也；义理、书卷、经济者，匠人之材料也"[1]。因此，他认为"文章之学"，是一门不可轻视的独立的学问。他不是把文学与政治对立起来，像宋儒所说的"作文害道"[2]，也不是把文学仅仅看作政治的工具或附庸，如我国古代传统的文论所强调的"文以载道"[3]，文为"贯道之器"[4]，或者要求文以"意为主"[5]、"理为主"[6]、"气为主"[7]，认为"道能兼气"[8]，"道者，气之君"[9]，"道明则气昌"[10]，"理辨则气直"[11]，"理不实则气馁"[12]，如此等等，实则皆是以封建的"道""理"，取代了文学创作自身的价值和规律性。刘大櫆则不讲这一套，他所侧重阐述的是"行文之道"本身的特殊规律。他说：

> 行文之道，神为主，气辅之。曹子桓、苏子由论文，以气为主，是矣。然气随神转，神浑则气灏，神远则气逸，神伟则气高，神变则气奇，神深则气静，故神为气之主。至专以理为主者，则犹未尽其妙也。
>
> ——刘大櫆：《论文偶记》之 3

他所说的"神为主，气辅之"，跟封建的道学、理学没有直接的关系。他懂得文学是语言的艺术，指出：

---

① 刘大櫆：《论文偶记》之 3。
② 宋·程颐："问作文害道否？曰害也。"见《二程遗书》卷 18。
③ 宋·周敦颐：《通书·文辞》："文所以载道也。"
④ 唐·李汉：《昌黎先生集序》："文者，贯道之器也。"
⑤ 宋·范晔：《狱中与诸甥侄书》。
⑥ 宋·陆九渊：《象山先生全集》卷 35，《语录》。
⑦ 魏·曹丕：《典论·论文》。
⑧ 唐·梁肃：《补阙李君前集序》，见《全唐文》卷 518。
⑨ 明·方孝孺：《逊志斋集》卷 11，《与舒君》。
⑩ 明·方孝孺：《逊志斋集》卷 11，《与舒君》。
⑪ 清·钱谦益：《牧斋有学集》卷 19，《周孝逸文稿序》。
⑫ 清·魏禧：《魏叔子文集》卷 8，《论世堂文集序》。

神气者，文之最精处也；音节者，文之稍粗处也；字句者，文之最粗处也；然论文而至于字句，则文之能事尽矣。盖音节者，神气之迹也；字句者，音节之矩也。神气不可见，于音节见之；音节无可准，以字句准之。

——刘大櫆：《论文偶记》之 13

如此特别重视"文之能事"，如此专从"文之能事"来探讨文学创作的规律，如此着意以语言艺术来体现文章的"神气"，这都是刘大櫆的独创。

2. 把"文人之能事"具体化为十二"贵"，指明了文学创作的要领

"文贵奇"。在此之前，以追求"奇"著称的，有唐宋传奇小说，明清传奇戏曲；至于传统的散文，则往往以"奇"为弊。例如，刘勰说："旧练之才，则执正以驭奇；新学之锐，则逐奇而失正；势流不返，则文体遂弊。"[①] 王十朋说："韩、欧之文，粹然一出于正，柳与苏好奇而失之驳。"[②] 杨慎说："文章好奇，自是一病，好奇之过，反不奇矣。"[③] 方孝孺则认为："文不可以不工，而恶乎好奇。"[④] 唯独刘大櫆不但公然肯定"文贵奇"，而且对"奇"的内涵和要求作了全面阐述，指出："有奇在字句者，有奇在意思者，有奇在笔者，有奇在邱壑者，有奇在气者，有奇在神者。"他最赞赏的是："气奇则真奇矣；神奇则古来亦不多见。"

"文贵高"。前人只说过："语意俱高为上"[⑤]，"题高则诗高"[⑥]，但仅限于诗词，未涉及文。唯独刘大櫆以"穷理则识高，立志则骨高，好古则调高"

① 梁·刘勰：《文心雕龙·定势》。
② 宋·王十朋：《读苏文》，《梅溪王先生文集》前集 19。
③ 明·杨慎：《元次山好奇》，《升庵全集》卷 56。
④ 明·方孝孺：《赠郑显则序》，《逊志斋集》卷 14。
⑤ 元·周德清：《中原音韵·正语作词起例·作词十法》。
⑥ 清·郑燮：《范县署中寄舍弟墨第五书》，《郑板桥集》。

为"文贵高"的内涵，并指出达到"高"的途径："要当于极真、极朴、极淡处求之"，"文到高处，只是朴淡意多；譬如不事粉华，翛然世味之外，谓之高人"。

"文贵大"。这也是发前人所未发的命题。其内涵是指："道理博大，气脉洪大，邱壑远大；邱壑中，必峰峦高大，波澜阔大，乃可谓之远大。"其所举的典范作品是《史记》，可见其所说的"道理博大"，不是指议论文，更不是空讲大道理，而是要有司马迁作《史记》那样的"大手笔"。

"文贵远"。在他看来，"远必含蓄。或句上有句，或句下有句，或句中有句，或句外有句，说出者少，不说出者多，乃可谓之远。……远则味永。文至味永，则无以加。"我国传统的文论、诗话，一贯强调要含蓄有味。例如，刘勰要求"深文隐蔚，余味曲包"①。司马光说："古人为诗，贵于意在言外，使人思而得之。"②姜夔说："语贵含蓄。东坡云：'言有尽而意为无穷者，天下之至言也。'"③袁中道也说："天下之文，莫妙于言有尽而意无穷。"④可是从未有人像刘大櫆这样指明"含蓄有味"的途径，在于"文贵远，远必含蓄""远则味永"。这可谓一语道破，使人茅塞顿开。

"文贵简"。这是古老的命题，早在《尚书·毕命》中，即已提出："辞尚体要。"《文心雕龙·征圣》也要求："简言以达旨。"《文心雕龙·议对》又说："文以辨洁为能，不以繁缛为巧。"刘知幾则盛赞："文约而事丰，此述作之尤美者也。"⑤也有人反对以繁简论文的，如明代杨慎说："论文或尚繁，或尚简。予曰：繁，非也；简，非也；不繁不简，亦非也。……繁有美恶，简

① 梁·刘勰：《文心雕龙·隐秀》。
② 宋·司马光：《温公续诗话》，《历代诗话》上册。
③ 宋·姜夔：《白石道人诗说》，《历代诗话》下册。
④ 明·袁中道：《淡成集序》，《袁小修文集》卷2。
⑤ 唐·刘知幾：《史通·叙事》。

有美恶，……惟求其美而已。"①胡应麟则说："简之胜繁，以简之得者论也；繁之逊简，以繁之失者论也。要各有攸当焉。繁之得者，遇简之得者，则简胜；简之失者，遇繁之得者，则繁胜。执是以论繁简，庶几乎。"②顾炎武也反对以繁简论文，他说："繁简之论兴，而文亡矣。《史记》之繁处必胜于《汉书》之简处。《新唐书》之简也，不简于事而简于文，其所以病也。"③总之，前人无论主张"简"，或主张"繁"，或反对以繁简论文者，皆往往着眼于所写的事件或文辞长短。唯独刘大櫆指出："凡文笔老则简，意真则简，辞切则简，理当则简，味淡则简，气蕴则简，品贵则简，神远而含藏不尽则简，故简为文章尽境。"这就不仅把"简"的内涵，由局限于事件或文辞而扩大到"笔老""意真""理当"等诸多方面，而且指明"简"的标准不在于篇幅或文字长短，而在于"意真""辞切""理当""味淡""气蕴""品贵""神远而含藏不尽"。这实在切中肯綮，而完全避免了那种把"简"与"繁"对立起来的偏颇。

"文贵疏"。前人对此罕有论述，只有明末艾南英说过："文之古者，高也，朴也，疏也，拙也，典也，重也。"④金圣叹在《水浒传》第四十九回"黑旋风笑道：'虽然没了功劳，也吃我杀得快活'"后批曰："三打祝家庄，通篇以密见奇。中间又夹叙李逵，正复以疏为妙。一文之中，疏密并行，真是奇事。"刘熙载则盛赞"太史公文，疏与密皆诣其极。密者，义法也"⑤。上述除艾南英是将疏与高、朴、拙、典、重并提外，金圣叹、刘熙载皆是赞赏"疏密并行""疏与密皆诣其极"。唯有刘大櫆始专门提出"文贵疏"。他不是未注意到"密"，而是分明看到"孟坚文密，子长文疏"，只不过他确认："凡文力大则疏；气纵则疏，密则拘；神疏则逸，密则劳；疏则生，密则死。"也

---

① 明·杨慎：《论文》，《升庵全集》卷 52。
② 明·胡应麟：《少室山房笔丛·史书占毕一》。
③ 顾炎武：《日知录·文章繁简》，《日知录集释》卷 19。
④ 明·艾南英：《与周介生论文书》，《天佣子集》卷 5。
⑤ 清·刘熙载：《艺概·文概》。

164

就是说，疏有力大、气纵、神逸、生动活泼之妙，而密则有拘束、烦劳、死气沉沉之弊。这不失为刘大櫆的一个新发现。

"文贵变"。这是我国传统的观念。早在《周易·系辞下》即指出："穷则变，变则通，通则久。"刘勰也说："文津运周，日新其业。变则其久，通则不乏。"①陈善认为："唐文章三变，宋朝文章亦三变矣。"②袁中道说："天下无百年不变之文章，有作始自有末流，有末流还有作始。其变也，皆若有气行乎其间。"③可见前人皆只强调因穷而变、因时而变。唯有刘大櫆从文学自身的特性出发，既揭示出"文贵变"的必然性："《易》曰：虎变文炳，豹变文蔚。又曰：'物相杂，故曰文。'故文者，变之谓也。"又阐明其"变"的范围不限于某一个或几个方面，而是要求："一集之中篇篇变，一篇之中段段变，一段之中句句变，神变，气变，境变，音节变，字句变。"这一系列的"变"，显然不限于因穷或因时而变，而是文学本身的特性要求；它为作家充分发挥自己的独创性，开辟了极为高大和宽广的空间。

"文贵瘦"。主要是指"笔能屈曲尽意"。因此，他说："须从瘦出，而不宜以瘦名。盖文至瘦，则笔能屈曲尽意，而言无不达；然以瘦名，则文必狭隘。"这个观点，更是发前人所未发。

"文贵华"。前人往往把"华"与"朴"对立起来，如萧统主张"踵其事而增华"④，陈无己则要求"宁朴毋华"⑤。唯独刘大櫆则指出："华与朴相表里，以其华美，故可贵重。所恶于华者，恐其近俗耳；所取于朴者，谓其不著脂粉耳。昔人谓：'不著脂粉而清真刻峭者，梅圣俞之诗也；不著脂粉而精彩浓丽，自《左传》《庄子》《史记》而外，其妙不传。'此知文之言。"可见

---

① 梁·刘勰：《文心雕龙·通变》。
② 宋·陈善：《扪虱新语》卷5。
③ 明·袁中道：《花云赋引》，《袁小修文集》卷1。
④ 梁·萧统：《文选序》，《文选》卷首。
⑤ 宋·何谿汶：《竹庄诗话》卷1引陈无己语。

他所贵的"华",不是那种"著脂粉"人为地加以装饰的华美,而是不失其质朴自然的"精彩浓丽"。

"文贵参差"。我国传统的骈、散两种文体,骈则讲究字句的对偶工整,散则要求字句的参差不齐,往往把对偶与参差对立或分割开来。而刘大櫆的"文贵参差",则与对偶相兼容而不是相排斥。他说:"天之生物,无一无偶,而无一齐者。故虽排比之文,亦以随势曲注为佳。"

"文贵去陈言"。这是韩愈最早提出来的。他说:"当其取于心而注于手也,惟陈言之务去,戛戛乎其难哉。"[1]对此,刘大櫆则从理论上进一步加以说明:"大约文字是日新之物;若陈陈相因,安得不目为臭腐?原本古人意义,到行文时却须重加铸造,一样言语,不可便直用古人,此谓去陈言。"尤其值得注意的是,此外刘大櫆又把奉为儒家经典的"六经",也列为不可袭蹈的"陈言",他说:"人谓'经对经,子对子'者,诗赋偶俪八比之时文耳。若散体古文,则《六经》皆陈言也。"这就显然超出了"词必己出"的范围,而有点离经叛道的倾向。

"文贵品藻"。在刘大櫆看来,"无品藻便不成文字。"所谓"品藻",即指由文章词藻表现出来的文章的品位、风格。所以,他举例说:"如曰浑,曰浩,曰雄,曰奇,曰顿挫,曰跌宕之类,不可胜数。"不过他所推重的是:"品藻之最贵者,曰雄,曰逸。欧阳子逸而未雄;昌黎雄处多,逸处少;太史公雄过昌黎,而逸处更多于雄处,所以为至。"后来姚鼐把文章的风格归结为"阳刚"与"阴柔",当是对刘大櫆"品藻之最贵者,曰雄,曰逸"的继承与发展。

刘大櫆一再断言,文章"无一定之律,而有一定之妙"[2]。上述他论文的十二"贵"[3],可谓是他对"一定之妙"的具体阐释。以"一定之妙"来取代"一定之律",这既为作家解除了种种清规戒律的束缚,又给作家的创作指明了必

① 唐·韩愈:《答李翊书》,《昌黎先生集》卷16。
② 刘大櫆:《论文偶记》之29、之31。
③ 以上十二"贵"分别见于刘大櫆《论文偶记》16—27。

须掌握的要领和努力的方向；其对我国古代文论的独创性、总结性的贡献，是颇值得人们予以高度重视的。

3. 不只重视写作技巧和艺术手法，更注重作家的思想品格和精神境界

他在《郭昆甫时文序》中指出："文之不同，如其人也。一任其人之清浊美恶，而文皆肖像之。以卑庸龌龊之胸，而求其文之久长于世，不可得也。"[①]

在《杨黄在文序》中，他又说：

> 夫自古文章之传，视乎其人。其人而圣贤也者，则文以圣贤而存；其人而忠孝洁廉也者，则文以忠孝洁廉而存。匪是，则文必不工，工亦不传。
>
> ——《刘大櫆集》卷2

尤其值得注意的是，他不是一般地强调"文如其人"，而是要反对"追逐时趋"，主张作家保持自己的独立性，做到志与世殊，写出足以"颉颃古人"[②]的文章。这在那个封建时代，是具有进步意义的。

（二）以神为主，继承发展

早在曹丕的《典论·论文》中即指出："文以气为主。"刘大櫆也认为："以气为主，是矣。"[③]其发展则在于他进一步指出："气随神转"，"神为气之主"[④]。

他所强调的"神为主"，又是对我国绘画、诗歌等艺术经验的吸取。我国绘画艺术一贯要求传神，如苏轼指出："论画以形似，见与儿童邻。"赞赏"边鸾雀写生，赵昌花传神"。[⑤]诗歌也以入神为最佳境界，如宋代严羽的《沧浪

---

① 《刘大櫆集》卷3，《郭昆甫时文序》，《与王君书》。
② 《刘大櫆集》卷3，《郭昆甫时文序》，《与王君书》。
③ 刘大櫆：《论文偶记》之3。
④ 刘大櫆：《论文偶记》之3。
⑤ 《苏东坡集》前集卷16，《书鄢陵王主簿所画折枝二首》。

诗话·诗辨》称："诗之极致有一，曰入神。诗而入神，至矣，尽矣，蔑以加矣！唯李杜得之，他人得之盖寡也。"[①]明代谢榛则已把神与气相提并论，说："诗无神气，犹绘日月而无光彩。"[②]但是，明确地提出"行文之道，神为主，气辅之"[③]，这是刘大櫆在全面地继承我国文论、画论、诗论基础上所作的新发展。

在刘大櫆之前，桐城派的先驱者戴名世也曾尝试过以"精、气、神"来指导文章写作。但他毕竟未能阐明这三者的有机联系，并且还使之笼罩在一层神秘的迷雾之中，令人难以具体把握。刘大櫆的发展，则在于使它系统化、理论化，不仅阐明了神与气的主辅关系，而且还指明了实现神气说的具体切实的途径。他除了指明"神者，文家之宝""神为气之主""气随神转""不得其神而徒守其法，则死法而已"，还特别强调要通过音节、字句来为表达神气服务。

至于他在为文十二"贵"方面的继承与发展，前已详述，兹不赘。

（三）学术思想，颇为优越

1. 不是定于一尊，而是兼容并包

定于一尊，这是封建专制思想在学术领域内的反映。自汉代董仲舒独尊儒术，罢黜百家以来，儒家思想在我国一直占据统治地位。清初统治者在儒家之中又独尊程朱理学，其后汉学兴起，又发生了汉学与宋学之争，不同学派之间似有水火不能相容之势。桐城派的创始者方苞甚至说，谁反对程、朱，就是"戕天地之心，其为天之所不祐决矣"，诅咒"凡极诋朱子者，多绝世不祀"。[④]而方苞的继承者刘大櫆则要开明得多。他说："吾以为天地之气化，万变不穷，则天下之理亦不可以一端尽。"主张孔子"其道固有以包容之也"[⑤]。

正是这种主张"包容"的学术思想，才使他的文章学具有集古代文论、诗论、

---

① 宋·严羽：《沧浪诗话校释》。
② 明·谢榛：《四溟诗话》卷2。
③ 刘大櫆：《论文偶记》之3。
④ 方苞：《与李刚主书》，《方苞集》卷6。
⑤ 《刘大櫆集》卷1，《息争》。

画论之大成的卓越成就，才使他的文章学不仅具有总结性，而且颇富开创性。

2. 不是一点论，而是两点论

一点论，就是执其一端，不及其余，绝对化，片面化，形而上学。例如，或强调文法的奇，或主张文法的平，而刘大櫆则主张平与奇的"兼备"，说："文法有平有奇，须是兼备，乃尽文人之能事。"①

一点论，往往只看到表面现象，而看不到问题的实质，把事物的表象与实质对立起来。而刘大櫆则往往能由表及里，如他指出："文法至钝拙处，乃为极高妙之能事；非真钝拙也，乃古之至耳。古人能此者，史迁尤为独步。"②又说："好文字与俗下文字相反，如行道者，一东一西，愈远则愈善。一欲巧，一欲拙；一欲利，一欲钝；一欲柔，一欲硬；一欲肥，一欲瘦；一欲浓，一欲淡；一欲艳，一欲朴；一欲松，一欲坚；一欲轻，一欲重；一欲秀令，一欲苍莽；一欲偶俪，一欲参差。夫拙者，巧之至，非真拙也；钝者，利之至，非真钝也。"③他对拙与巧、钝与利等两者辩证统一的这些观点，显然是颇具科学性，有利于促进散文美的创造的。

（四）文章学观点，亦有局限

1. 偏重应用文，而忽视文艺散文

刘大櫆的文章学主要是侧重于应用文。因此他强调"作文本以明义理、适世用"④，以"义理、书卷、经济"为"行文之实""匠人之材料"⑤，而对文学作品反映社会生活的广泛性和丰富性，文学作品可以不为"明义理，适世用"所囿，而别具愉悦、审美价值，则未予以应有的重视。至于纯文学创作中诸如艺术方法、艺术形象、艺术风格、艺术境界等许多理论问题，它皆很少涉及。

---

① 刘大櫆：《论文偶记》之22。
② 刘大櫆：《论文偶记》之10。
③ 刘大櫆：《论文偶记》之24、之4、之3。
④ 刘大櫆：《论文偶记》之24、之4、之3。
⑤ 刘大櫆：《论文偶记》之24、之4、之3。

2. 强调"以此身代古人说话",忽视文学创作的现实性和独创性

刘大櫆把行文之道归结为神气、音节、字句,分别称之为文之最精处、稍粗处、最粗处,这虽有其一定的合理性,但在如何获得神气、音节、字句的途径方面,他又局限于"设以此身代古人说话","皆由彼而不由我",如他说:

> 学者求神气而得之于音节,求音节而得之于字句,则思过半矣。其要只在读古人文字时,便设以此身代古人说话,一吞一吐,皆由彼而不由我。烂熟后,我之神气即古人之神气,古人之音节都在我喉吻间,合我喉吻者便是与古人神气音节相似处,久之自然铿锵发金石声。
>
> ——刘大櫆:《论文偶记》之 29

如此要求"我之神气即古人之神气,古人之音节都在我喉吻间",那只能是摹拟,而谈不上是创作;只能是复古,而不可能反映新的时代精神。重视继承古代作品的"流",而忽视以现实生活为创作的唯一源泉,这不只是刘大櫆文章学的局限,也可说是许多古文家共有的通病。

六、"天地之光华一日不掩,则先生之文章一日不磨"[①]
——对刘大櫆古文的评价

（一）百代而下,声价必贵

对于刘大櫆古文的评价问题,历来存在着重大的分歧。

赞美者如刘大櫆的学生吴定称它"卓然为国朝古文之冠",足以超过方苞等人的作品。[②]

---

① 吴定:《紫石泉山房文集》,《海峰先生墓志铭》,《海峰夫子古文序》。
② 吴定:《紫石泉山房文集》,《海峰先生墓志铭》,《海峰夫子古文序》。

同样是刘大櫆学生的姚鼐，则说："天下言文章者，必首方侍郎。"①

更多的人从封建传统观念出发，对刘大櫆的古文则加以指责和贬抑。例如，恽敬称刘文："于理多有未足。"②曾国藩说："刘才甫字句都洁，而意不免芜近。"③姚鼐编《古文辞类纂》，八家后，于明录归熙甫，于清录望溪、海峰，以为古文传统的代表作。曾国藩因此便指责："惜抱于刘才甫不免阿私。"④吴汝纶也说刘大櫆，"其学不如望溪之粹"⑤。邵懿辰，更以"海峰之文有余而道不足"，主张"宗望溪而不喜海峰"⑥。

所有这些指责，都是针对其思想内容——"理""意""学""道"而发的，这恰恰从另一个方面证明了"海峰稍有思想"⑦，不受程朱理学和封建道学的桎梏，显得颇为难能可贵。

方植之对刘文的评价，比较全面、公允。他说：

> 望溪之学，海峰之才，惜抱之识，性情体态，迥乎不侔，而皆克杰然自存于天壤者，以同得古人之心也。位西（即邵懿辰——引者注）后出，宗望溪而不喜海峰，……夫谓海峰文有余而道不足，是也。然自左、马、韩、苏不免矣，可以此责之文家耶？
>
> ——方植之：《记张皋文〈茗柯文〉后》

他以"同得古人之心"来肯定方、刘、姚作为桐城派"三祖"的共同特色，以左、马、韩、苏等历史上的大文豪为证，批驳了以"道不足"来"责之文家"的荒谬。

---

① 姚鼐：《惜抱轩文集后集·刘海峰先生传》。
② 恽敬：《大云山房言事·答曹侍郎》。
③ 曾国藩：《复欧阳筱岑书》。
④ 曾国藩：《致吴南屏书》。
⑤ 吴汝纶：《与杨伯衡论方刘二集书》。
⑥ 转引自方宗诚：《记张皋文〈茗柯文〉后》。
⑦ 刘师培：《论文杂记》注语。

方植之所看重的正是刘大櫆的文学成就。他曾对他的学生方宗诚盛赞刘文：

> 日丽春敷，风云变态，言尽矣，而观者犹若浩浩乎不可穷，拟诸形容，象太空之无际焉。

——据方宗诚：《〈桐城文录〉序》

不是着力使"文"充当"载道"的工具，而是竭力使其文具有令"观者犹若浩浩乎不可穷"的内涵和魅力，这正是刘文的主要特色和价值之所在。他的学生、自称"僻处穷山，踪迹素远于权势之路"的吴定，曾经预言："先生之文，希世之珍也。百代而下，其光必扬，其声价必贵。"[①]随着封建理学和道学统治历史的结束，人们对于刘大櫆那些在思想内容上"理未足""道未足"，而在艺术上却有"浩浩乎不可穷"的魅力的作品，给予较高的公正的评价，看来是合乎历史发展的必然性的。

（二）藻彩过人，自成一体

尽管评价有分歧，但对于刘大櫆文章的特色及其作为桐城派祖师爷之一的地位，还是一致公认的。我们既应充分肯定方苞对于桐城派的开创之功，又不应低估刘大櫆、姚鼐对于桐城派的巨大发展。文学大师的师承，绝不是亦步亦趋，而是必须有所超越和独创。恰如梅曾亮所说："方望溪侍郎，刘海峰学博，其文亦皆较然不同，盖性情异，文亦异焉。其异也，乃其所以为真欤！"[②]可见这种"较然不同"，不但不矛盾，反而更显其真实的个性特色。用方宗诚的话来说："海峰先生之文，以品藻音节为宗，虽尝受法于望溪，而能变化以自成一体，义理不如望溪之深，而藻彩过之。"[③]

---

① 吴定：《紫石泉山房文集》卷6，《海峰夫子古文序》。
② 梅曾亮：《〈太乙舟山房文集〉序》。
③ 方宗诚：《〈桐城文录〉序》。

也就是说，刘大櫆之文不是以封建的政治性浓取胜，而是以文学性强见长；它更多地反映了处于封建社会中下层、怀才不遇、郁郁不得志的文人的心声和情趣，因而它对于我们更具有认识和审美价值。

（三）振兴古文，功不可没

刘大櫆的创作成就和理论主张，对于桐城派的形成和发展，起了十分重大的推动作用，如吴定在《海峰先生墓志铭》中说：

> 自古文亡于南宋，前明归太仆震川暨我朝方侍郎灵皋继作，重起其衰，至先生大振。……元、明以来，辞章之盛，未有盛于先生者也。

为什么刘大櫆能使古文创作达到"大振"乃致盛况空前的地步呢？这不能不归功于他"自成一家"的独创性和具有令人折服的理论主张，如李富孙的《鹤徵录》所说："海峰学于望溪，能自成一家。诸城窦东皋与海峰论文，极为折服。"

尤其值得称道的是，与方苞可以凭借自己显赫的政治地位扩大其文学影响迥然不同，刘大櫆毫无政治地位可言，他的影响完全是靠其文学成就自身的力量。恰如方东树所说：

> 刘氏名弗耀于远，而其说盛行一时，及门暨近日乡里后进私淑者数十辈，往往守其微言绪论以道学，肖其波澜意度以为文及诗者，不可胜纪。
>
> ——方东树：《刘悌堂诗集序》

"文笔人间刘海峰，牢笼百代一时穷。"[1]他无愧于姚鼐的这一赞誉。

---

[1] 《惜抱轩诗集》卷7，《送朱子颖孝纯知泰安府》。

第五章　桐城派的集大成者——姚鼐

一、"推究阃奥，开设户牖，天下翕然，号为正宗"①
——姚鼐在桐城派中的地位和影响

姚鼐（1732②—1815），字姬传，号梦谷，以书斋名惜抱轩，世称惜抱先生。安徽桐城人。他是桐城文派的集大成者和正式形成者，如《清史稿·姚鼐传》说：

> 鼐工为古文，康熙间侍郎方苞，名重一时，同邑刘大櫆继之。鼐世父范与大櫆善，鼐本所闻于家庭师友间者，益以自得。所为文高洁深古，尤近欧阳修、曾巩。其论文根极于道德，而探原于经训，至其浅深之际，有古人所未尝言，鼐独抉其微，发其蕴。论者以为辞迈于方，理深于刘。三人皆籍桐城，世传以为桐城派。
>
> ——《清史稿》卷485

姚莹的《惜抱先生行状》也说：

---

① 王先谦：《〈续古文辞类纂〉序》。
② 姚鼐生于雍正九年十二月二十日，按公历推算，雍正九年为1731年，而阴历十二月二十日则应属1732年。后文岁数，则仍按国人惯用的阴历虚岁。

自康熙朝，方望溪侍郎以文章称海内，上接震川，为文章正轨，刘海峰继之益振，天下无异词矣。先生亲问法于海峰，海峰赠序许之。然先生自以所得为文，又不尽用海峰法。故世谓望溪文质，恒以理胜；海峰以才胜，学或不及；先生乃理文兼至。方、刘皆桐城人也，故世言文章者称桐城云。

——姚莹：《东溟文集》卷 6

姚鼐不仅能兼方、刘之长，在集其大成的基础上，作了新的重大发展，如吴德旋所说，其"好学不倦，远出海峰之上；故当代罕有伦比。拣择之功，虽上继望溪；而迂回荡漾，余味曲包，又望溪之所无也"[1]。更重要的是，他把桐城文派推上了鼎盛时期，经过他的"推究闻奥，开设户牖"，使它产生了"天下翕然，号为正宗"[2]的巨大影响。他继同乡先辈方苞、刘大櫆等人之后，既把古文创作提高到了清真雅洁、余味曲包的新水平，又进一步完善了桐城派的散文理论，并以他主讲的书院为基地，长期传授古文法，培养了梅曾亮、管同、方东树、姚莹、刘开、吴德旋、陈用光、朱琦、龙启瑞等一大批煊赫于文坛的人才。因此，在当时和后辈许多人的心目中，姚鼐是"以其身为人才学术之仰慕者，如汉之有伏胜，宋之有欧阳"[3]。曾国藩不但推崇他"固当为百年正宗"[4]，而且在桐城派中唯一把他列为有史以来三十二位"圣哲"[5]之一。

二、"累世仰承先祖之盛德，率获为善之报"

——家庭环境对他的影响

姚鼐诞生于桐城南门的一个书香人家。家庭环境对于他的影响颇深。

---

[1] 吴德旋：《初月楼古文绪论》。

[2] 王先谦：《〈续古文辞类纂〉序》。

[3] 刘开：《刘孟涂文集》卷 10，《祭姬传夫子文》。

[4] 曾国藩：《致吴敏树书》。

[5] 曾国藩：《圣哲画像记》。

（一）重视"仰承先祖之盛德"

他盛赞其祖先姚旭"为明云南布政司右参政"，"有政绩而贫。参政卒，子孙复修农田，三世皆有隐德"。姚之兰"为汀州府知府，加按察副使衔。所历海澄县，杭州、汀州二府，民皆为祠以祀。参政、副使仕绩，《明史》皆载入《循吏传》"。高祖姚文然"仕国朝康熙时，以刑部尚书终，谥曰端恪。至世宗时，追论先朝名臣，思其贤，诏特祠，春秋祀焉"。曾祖姚士基"以举人为罗田县知县，罗田民以奉入名宦祠"①。为此，他曾自豪地说："吾族居桐城四百年，累世仰承先祖之盛德，率获为善之报，登仕籍致名称者亦多矣。"②只是到他出生时，他的家庭已经衰落。祖父26岁早卒，父姚淑终生为一介布衣。他要为光耀门庭而奋斗，唯其前提是要"度其志可行于时，其道可济于众"，绝不愿为"慕利""贪荣"③而苟且为仕，否则就宁可辞官。他的这种人生志向，显然跟他"仰承先祖之盛德"血脉相连。

（二）从小受到良好的文化教养

特别是由于他的伯父姚范，进士及第后为翰林院编修，著有《援鹑堂文集·诗集》，学贯经史，跟桐城派祖师之一的刘大櫆情深谊笃，使姚鼐自幼即得以跟其伯父受经学，跟刘大櫆学文。

对于青年姚鼐，刘大櫆给予了特别热情的扶持和鼓励。当姚鼐进京应试落第而归时，他特地写了《送姚姬传南归序》，鼓励姚鼐，要立志当尧舜那样的"圣贤"。刘大櫆的这种赞誉和勉励，对于遭受落第打击的姚鼐来说，无疑地犹如雪中送炭，备受鼓舞。后来姚鼐之所以主动辞去"显官"，专心从文，跟刘大櫆对他的谆谆教诲和殷切期望，当不无影响。

---

① 《惜抱文集后集》卷6，《姚氏长岭阡表》。
② 《惜抱轩文集》卷8，《汇香七叔父八十寿序》。
③ 《惜抱轩文集》卷6，《复张君书》。

（三）从小就体验到生活的艰辛

由于他祖父早卒，父亲终生未仕，他的家庭生活日渐贫困，他不得不从小就体验到生活的艰辛，给他的成长带来深刻的影响。例如，他在《亡弟君俞权厝铭（并序）》中说，他弟兄从小"尝以一镫环坐三人而读书，其时家贫甚，中夜余叹以为聚读之乐不可得而长也，君俞闻而悲独甚"。"家贫甚"的处境，使他22岁即"授徒四方以为养"①，这显然有助于他扩大社会阅历，体验人生况味，丰富古文创作的内涵。

三、"人生幸得可快之事何其少，而不幸可痛之事何其多也"②
——时代背景与生平经历

姚鼐生活的年代，主要在清王朝相对稳定和繁荣的乾隆时期。这种稳定和繁荣，虽然潜伏着重重矛盾和深刻危机，但是封建的中央集权统治，经过顺治、康熙、雍正三朝，毕竟已经得到强化，社会经济、文化已得到相当大的恢复和发展。姚鼐周围的人物，也不再是明末遗老、民族志士，而多是些一般的文人，或埋头于考据的学者，他们所关心的热点，已不再是尖锐的民族矛盾，而主要是如何全面总结和吸取中华民族丰富多采的文化传统和历史经验，进一步改善和巩固封建统治的问题；即使对社会现实有所不满，在那清朝统治者大肆实行"文字狱"的严酷年代，他们往往也只能以隐晦曲折的方式，或委婉地表达，或消极地反抗，鲜有正面的无情揭露。姚鼐的生平经历和古文创作，恰恰反映了这个时代的特色。

姚鼐跟当时的其他读书人一样，走的是科举取士的道路。乾隆十五年（1750），他20岁考中举人。经过五次应试礼部，皆名落孙山。到乾隆二十八年（1763），他33岁第六次应试，才终于进士及第，授庶吉士。次年

---

① 《惜抱轩文集》卷12。
② 《惜抱轩文集后集》卷8，《顺天府南路同知张君墓志铭（并序）》。

春天，他随伯父姚范南归，与继配张氏成婚，到冬天即回到北京。乾隆三十一年（1766）散馆后，任兵部主事。乾隆三十三年（1768），姚鼐补礼部仪制司主事。后连续两年，他分别充当山东、湖南乡试副考官。乾隆三十六年（1771），他充恩科会试同考官，不久，擢刑部广东司郎中。这几年姚鼐可谓官运亨通，连连提升，然而仕宦生涯所带给他的却不是春风得意，喜气洋洋，而是面对严刑峻法、大狱频兴的残酷现实，使他深感："刑官岂易为！乃及末小子。顾念同形生，安可欲之死？苟足禁暴虐，用威非得已。所虑稍刻深，轻重有失理。文条岂无说，人情或不尔。"① 他陷入了置人生与死、性与理、法与情的尖锐矛盾和重重忧虑之中。在刑部任职近两年，乾隆三十八年（1773），他被选入四库全书馆充纂修官。在馆不到两年，于乾隆三十九年冬（1774），正当他44岁壮年之际，即辞官归里。尽管当朝相国刘统勋、梁阶平先后要荐举他出任御史等要职，而他皆"婉谢之"②。至于他中年决意辞官的原因，这是个颇为复杂的问题，我们将在下面介绍他的政治和学术思想时加以剖析。

乾隆四十二年（1777），姚鼐从47岁起，到嘉庆二十年（1815）他85岁逝世，这40年间，他是在书院的讲学生涯中度过的。他47岁至扬州，主讲梅花书院；50岁至安庆，主讲敬敷书院；58岁至徽州，主讲紫阳书院；60—71岁在江宁，主讲钟山书院；71岁后又回安庆，主讲敬敷书院；75岁再赴江宁，主讲钟山书院，直至85岁卒于院中。这段时期，姚鼐专心致志于古文的教学与研究。他编的《古文辞类纂》，就是要示人以为文之法，在长达40年间，他"凡语弟子，未尝不以此书；非有疾病，未尝不订此书"③。通过讲解和修订，使他的古文理论得到了广泛的传播和进一步充实。其间，他还创作了许多散文和诗篇，主编了《江宁府志》《六安州志》及《庐州府志》中"沿革"一门。

---

① 《惜抱轩诗集》卷2，《述怀》。
② 姚莹：《东溟文集》卷6，《惜抱先生行状》。
③ 见姚鼐：《古文辞类纂》康刻本"序"。

姚鼐一生的著作很多。有《惜抱轩诗文集》《惜抱尺牍》《九经说》《春秋三传补注》《国语补注》《老子章义》《庄子章义》《惜抱轩书录》《法帖题跋》，选编《古文辞类纂》《五七言今体诗钞》《唐人绝句诗钞》，评点《易经》《左传》《大戴礼》《九经》《扬子法言》《汉书》《文选》《山谷全集》及王渔洋的《古诗选》等。

综观姚鼐的一生，只有八年的仕宦生涯，而读书、教书、著书，则是他毕生的主要活动。他基本上是个以教书和写作为职业的自食其力的文人。他跟当权的封建统治者，不只有依附的一面，更有矛盾的一面。因此，他对那个封建统治的社会现实，才会深为不满地感慨：“人生幸得可快之事何其少，而不幸可痛之事何其多也！”①

四、“仕非苟焉而已，将度其志可行于时，其道可济于众”②
——从中年辞官看其政治思想

（一）学人之路，狷洁自好

“他们的思想基本上是和统治者一鼻孔出气。”③当今流行的对姚鼐等桐城派政治思想的这种权威的评价，是经不起客观实际检验的。

姚鼐的政治思想，虽然不能说完全没有“和统治者一鼻孔出气”的一面，但他毕竟是个狷洁自好的文人，究其基本的一面来看，他不是“和统治者一鼻孔出气”，而是存在着种种不满，认为自己壮志难酬，既不愿跟统治者沆瀣一气、同流合污，靠自身的力量又无能为力，无可奈何，因此他不得不主动辞官，告别仕途。中年决意主动辞官，这是姚鼐人生道路的重大抉择，也是他跟当权的封建统治者存在尖锐矛盾的有力证明。怎样解决这个矛盾？他不可能选择与

---

① 《惜抱轩文集后集》卷8，《顺天府南路同知张君墓志铭（并序）》。
② 《惜抱轩文集》卷6，《复张君书》。
③ 中国科学院文学研究所：《中国文学史》，第1072页。

之坚决对抗的道路，而只能选择辞官归里，与之拉开距离，洁身自好，走书院学人的道路。通过书院讲学，培养人才，继承和发扬中华民族的优秀传统文化，这才是姚鼐政治思想和人生道路的主要特色。

当许多封建文人为博得一官半职，而不惜皓首穷经，甚至蝇营狗苟，出卖灵魂，无所不用其极之时，而姚鼐却在壮盛之年、青云有路之际，决意主动辞官。这一鲜明的反差，理应发人深思，细加推究，然而为什么长期被人们所忽视呢？这主要是由于在那个文网统治严酷的年代，对其中年主动辞官的原因，姚鼐本人及他人皆不得不采用种种掩人耳目的说法。

（二）中年辞官，原因何在

姚鼐本人一再声称是"以疾归"①；翁方纲说他是"以养亲去"②；姚莹说是因推荐他当御史的刘统勋突然逝世，他"乃决意去，遂乞养归里"③。

《桐城续修县志》卷15《人物志·儒林》说姚鼐辞官的原因是由于在学术上与四库馆的同僚有分歧，"充四库全书馆纂修官，以辨汉宋之学，与时不合，遂乞病归"。

这种种说法，当然也就掩盖了姚鼐辞官的实质：是在政治思想上与当权的封建统治者存在着难以调和的矛盾。

1. 主张实行仁政，不满于封建暴虐统治。在他看来，"得国容有之，天下必以仁"④；像秦朝那样的暴虐统治，必然自取灭亡："秦法本商鞅，日以虏使民。竟能威四海，《诗》《书》屑为薪。发难以划除，藉始项与陈。"接着他即借古喻今地大声疾呼："焉知百世后，不有甚于秦？天道且日变，民生弥苦辛！"⑤这岂不隐喻着对清朝暴虐统治"有甚于秦"的谴责么？他担任刑

---

① 《惜抱轩文集》卷6，《复张君书》；卷14，《随园雅集图后记》。
② 翁方纲：《复初斋文集》卷12，《送姚姬传郎中归桐城序》。
③ 姚莹：《东溟文集》卷6，《惜抱先生行状》。
④ 《惜抱轩诗集》卷1，《漫咏》。
⑤ 《惜抱轩诗集》卷1，《漫咏》。

部郎中的官职，对清朝所实行的严刑峻法，感受颇深，公然指责那是"顾念同形生，安可欲之死"？"轻重有失理"，"人情或不尔"。使他深为忐忑不安，只能"不肖常浅识，仓卒署纸尾。恐非平生心，终坐再三起。长揖向上官，秋风向田里"①。他的仁政理想与封建暴虐统治的现实，存在着难以调和的矛盾，他既然不满而又无法改变这个社会现实，那就只有辞官乞归。

2. 看到做官不能"济于众"，以辞官"庶免耻辱之大咎"。他认为做官的目的，是为了实现"可济于众"的人生志向；既然那个社会现实不可能做到这点，那就只有"从容进退，庶免耻辱之大咎"。例如，他在《复张君书》中，解释他在辞官之后所以谢绝梁阶平相国"殊擢"的原因称："古之君子，仕非苟焉而已，将度其志可行于时，其道可济于众。诚可矣，虽遑遑以求得之，而不为慕利；虽因人骤进，而不为贪荣；何则？所济者大也。至其次，则守官掳论，微补于国，而道不章。又其次，则从容进退，庶免耻辱之大咎已尔。"②经过官场的实际感受，他看到那不是个"其志可行于时，其道可济于众"的时代，曾经愤慨地责问过："今有人焉：其于官也，受其亲与尊，而辞其责之重，将不蒙世讥乎？官之失职也，不亦久乎？以宜蒙世讥者，而上下皆谓其当然，是以晏然而无可为，安居而食其禄。"既然那是个"上下皆谓""官之失职"为"当然"的时代，那么，他就只有以"古之君子"为楷模，"从容进退"。用他的话来说："夫朝为之而暮悔，不如其弗为；远欲之而近忧，不如其弗欲。"③

3. 看到那是个扼杀人才、政治黑暗的时代。例如，在《张逸园家传》中，他写张逸园君因为"敢为民直"（即敢于为民伸张正义），而被"革职""降黜"，晚年他"自述生平为吏事""气勃然"，使姚鼐认为"诚充其志，所就

---

① 《惜抱轩诗集》卷2，《述怀》。
② 《惜抱轩文集》卷6。
③ 《惜抱轩文集》卷6，《复张君书》。

可量哉"？"惜哉！命为之耶？抑古之道终不合于今乎？"①从中该是寄托了作者对统治者压抑人才、扭曲其命运、背离"古之道"，多么强烈的不满和愤慨啊！在《袁随园君墓志铭（并序）》中，作者也写道："君本以文章入翰林有声，而忽摈外；及为知县，著才矣，而仕卒不进。"这里看似平淡的叙述，而实则以强烈的反差句法，揭露了统治者糟蹋人才、不能人尽其才的黑暗政治。作者接着写袁枚（随园）在这种情况下，只能"年甫四十，遂绝意仕宦，尽其才以为文辞歌诗"②。姚鼐本人之所以中年辞官，尽其才以为古文的教学与创作，其原因与袁枚可谓如出一辙，都同样是出于为政治黑暗、扼杀人才的封建统治者所迫。

4. 宁愿洁身自好，不与污浊的官僚同流。例如，他在《方染露传》中，以极其赞赏的口吻，写方染露"为人清介严冷，不可近以不义"。当方君被委以四川清溪知县后，"既至官，视其僚辈溲涩（意即污浊肮脏）之状，曰：'是岂士人所为耶？吾奈何与若辈共处！且吾母老，不宜远宦。'即以病谒告，其莅官甫四十日而去归里。归则授徒以供养，日依母侧。执政有知之招使出者，终不往"。接着姚鼐写道："余居里中寡交游，惟君尝乐与相对。""君行可纪，而亦以识吾悲。"③这说明他俩的思想性格颇为相投，"识吾悲"三字更进一步表明姚鼐跟方君的同命相怜和对黑暗现实的悲愤之情。方君既然看清官场已属不可与之"共处"的污浊肮脏的溲涩之辈，就毅然辞官，而且其"以病谒告""执政有知之招使君者，终不往"，跟姚鼐辞官的情形，何其相似乃尔！姚鼐在《张逸园家传》中，还揭露官场的污浊不堪，已到了令人发指的地步："时甘肃官相习伪为灾荒请赈，而实侵入其财，自上吏皆以为当然。"④这种

---

① 《惜抱轩文集》卷 10。
② 《惜抱轩文集》卷 13。
③ 《惜抱轩文集》卷 10。
④ 《惜抱轩文集》卷 10。

以贪污救灾款"相习"，连"上吏皆以为当然"的官场，如同油不能溶于水一样，姚鼐、方染露这类清介好义之士，岂能跟他们同流合污？而托病乞归，自然就是顺理成章之举了。

5. 吸取"露才伤躯"的教训，以辞官来免遭政治迫害。他跟当权的统治者既然政见不合，对现实不满，又慑于清王朝的法网森严，大狱频兴，那就不得不以辞官来避免惨遭政治迫害。例如，他在《赠程鱼门序》中，盛赞程君因为能"超然万物之表，有若声华寂灭，遗人而独立者也"，而"终免世网罗缯缴之患也已"①。在《惜抱尺牍·与鲁山木》中，他指出："近观世路风波尤恶，虽巧宦者或不免颠踬，而况吾曹耶！"②在《惜抱尺牍·与陈约堂》中，他又说："闻吾兄弹冠复出之志尚在进退之间，窃计近日宦途愈觉艰难，裹足杜门未可谓非善策，但里居亦大不易，苟非痛自节省，痛改潭府积习，吾兄亦必筹计及此，然毋乃有牵系俗情不能自克者乎？"③慑于"世路风波尤恶""宦途愈觉艰难"，以辞官"裹足杜门"为"善策"，而不惜"痛自节省，痛改潭府积习"，不为"俗情"所"牵系"，这不恰恰是姚鼐本人之所以辞官归里的真实心理写照么？

清朝统治者大肆实行文字狱，戴名世即因此而被杀，方苞也因此而曾经成为死刑囚犯，这些桐城派先辈的前车之鉴，不能不如幽灵一样令姚鼐心有余悸。他在《王叔明山水卷》诗中便写道："丞相之宅才一至，明祖杀士夫何忮？呜呼翰墨只作他人娱，露才往往伤其躯。易不避世深山居？竟友麋鹿从樵渔。"④鉴于现实和历史的教训，为避免"露才伤躯"，姚鼐也不得不辞官，选择"避世深山居"的生活道路。

6. 自认个性不适应于官场，而适合于从事"君子之文"的写作。他的辞官，

---

① 《惜抱轩文集》卷7。
② 《惜抱尺牍》卷2。
③ 《惜抱尺牍》卷5。
④ 《惜抱轩诗集》卷3，《王叔明山水卷》。

除了外部的原因，还由于他认为他的个性才能不适应于官场，而更适合于以写作"君子之文"，来行其"君子之志"。作为一个"儒者"，他不愿"违其材而用之"。在他写的《夏县知县新城鲁君墓志铭（并序）》中，他曾劝告鲁九皋："谓今时县令难为，而君儒者，违其材而用之，殆不可。"①他认为自己"既乏经世略，披褐宜田庐"②。"但冀藏弱羽，奚必栖高枝？"③"人生各有适，岂论荣与枯？"④他的个性才能适合于什么呢？他的回答是："鼐性鲁知暗，不识人情向背之变，时务进退之宜，与物乖忤，坐守穷约，独仰慕古人之谊，而窃好其文辞。"⑤姚鼐的弃官从文，虽仍然有对封建政治相依附并为之效劳的一面，但更有其相独立和不满的一面。用他的话来说："自我游人间，尝恐失情性。"⑥"大丈夫宁犯天下之所不韪，而不为吾心之所不安。"⑦他所说的"吾心"是什么？答曰："鼐江南庶民之一，实与亿兆同心。"⑧因此，姚鼐的以"君子之志"写"君子之文"，既有其理想的封建性的一面，又有要"与亿兆同心""济于众"，追求个性独立、自由的民主性的一面；把他完全斥之为"与统治者一鼻孔出气"，不仅有失公道，而且也有悖于我们对封建时代的文学要剔除其封建性糟粕、吸收其民主性精华的原则。

7. 学术分歧是辞去四库馆职的直接原因，但不是他辞官的主要原因。据姚莹的《惜抱先生行状》透露，当时四库馆内，"纂修者竞尚新奇，厌薄宋、元以来儒者，以为空疏，掊击讪笑之不遗余力，先生往复辨难，诸公虽无以难，

---

① 《惜抱轩文集》卷13。
② 《惜抱轩诗集》卷2，《城南修禊诗》。
③ 《惜抱轩诗集》卷3，《杂诗》。
④ 《惜抱轩诗集》卷3，《湖上作》。
⑤ 《惜抱轩文集》卷6，《复汪进士辉祖书》。
⑥ 《惜抱轩诗集》卷3，《田居》。
⑦ 《惜抱轩文集》卷4，《礼笺序》。
⑧ 《惜抱轩文集》卷8，《书制军六十寿序》。

而莫能助也。将归,大兴翁覃溪学士为叙送之,亦知先生不再出矣"①。叶昌炽《缘督庐日记》卷4也称:"乾隆中开四库馆,姚惜抱鼐与校书之列,其拟进书题,以今《提要》勒之,十但采用二三,惜抱学术与文达(纪昀)不同,宜其枘凿也。"纪昀是汉学家,以他为总纂修官的四库馆,成了汉学家的大本营。坚持宋学的姚鼐在其中任纂修官,因受到"掊击讪笑"而辞职,自在情理之中。但是,若据此即断言"学术上的与同僚不合是他引退的主要原因"②,则未免以偏概全。如果"主要原因"只在学术观点分歧,他只要辞去四库馆职足矣,又何必对刘统勋、梁阶平的举荐也一概"婉拒之"呢?这跟"学术上的与同僚不合",显然是风马牛不相及的。可见这只是他辞去四库馆职的直接原因;若论其辞官引退的"主要原因",则不能不归结为前述六条,简言之,即由于他的人生理想与社会现实政治之间存在着难以调和的矛盾所致。

五、"总古今之说,择善用之"③
——对宋学、汉学的态度及其学术思想

姚鼐作为"桐城派的集大成者",我们剖析和认清他的学术思想,不仅对于正确评价姚鼐和整个桐城派,而且对于认识清代学术思想的新特点,及其对于文学创作的积极影响,皆不无裨益。

（一）既尊崇程朱理学,又反对"守一家之偏"④

毫无疑问,首先必须指出,姚鼐对程朱理学是十分尊崇的。他说:"儒者生程、朱之后,得程、朱而明孔、孟之旨,程、朱犹吾父师也。"⑤谁要是诋毁、

---

① 姚莹:《东溟文集》卷6。
② 王镇远:《桐城派》,第64页。
③ 《惜抱轩文集》卷3,《左传补注序》。
④ 《惜抱轩文集》卷6,《再复简斋书》。
⑤ 《惜抱轩文集》卷6,《再复简斋书》。

讪笑程、朱，他就说："是诋讪父师也。"①

他为什么要这般尊崇程、朱呢？

其一，他认为这并非迫于"朝廷之功令"，而是由于程、朱学说最能继承孔孟之统。他说：

> 论继孔、孟之统，后世君子必归于程、朱者，非谓朝，廷之功令不敢违也，以程、朱生平行己立身，固无愧于圣门，而其论说所阐发，上当于圣人之旨，下合乎天下之公心者，为大且多。使后贤果能笃信，遵而守之，为无病也。
>
> ——《惜抱轩文集后集》卷1，《程绵庄文集序》

在他看来，这并非徇私，而是因为圣人之经本身即具有取信于人的力量。用他的话来说：

> 夫圣人之经，如日月星之悬在人上，苟有蔽焉则已，苟无蔽而见而言之，其当否必有以信于人。见之者众，不可以私意狥也。故窃以谓说经当一无所狥。程、朱之所以可贵者，谓其言之精且大而得于圣人之意多也，非吾狥之也。
>
> ——《惜抱轩文集》卷6，《复曹云路书》

以孔孟之道为宗，以孔孟的学说为"圣人之经"，这不只是程朱理学所标榜的，也是包括清朝的汉学在内任何一个儒家学派的共性之所在。

其二，他认为程、朱本人的言行一致，具有令人向慕的道德感召力量。因

————————

① 《惜抱轩文集》卷6，《再复简斋书》。

此，他一再盛赞："程朱生平行己立身无愧于圣门。"[①]"其生平修己立德，又实足以践行其所言，而为后世之所向慕，故元明以来，皆以其学取士。"[②]

我们还应看到，他之所以特别推崇程朱的"修己立德"，是有其现实针对性的。在《复曹云路书》中，他曾揭露："数十年来，士不说学，衣冠之徒，诵习圣人之文辞，衷乃泛然不求其义，相聚俯首帖耳，哆口傅沓，乃逸乃谚，闻耆耇长者考论经义，欲掩耳而走者皆是也。风俗日颓，欣耻益非其所，而放僻靡不为。"[③]可见在他对程朱的"向慕"之中，实际上寄寓着他对那个社会腐朽堕落的"衣冠之徒"的强烈不满。尽管在我们今天来看，程朱的"修己立德"有其浓烈的封建性，加以批判地认识是必要的，但若脱离其在当时的现实针对性，以今人的标准来苛求古人，则也未免失当。

其三，他认为朱子学说经过其他学说与之争鸣，特别是与王阳明心学流于空谈相比较，是属于"为善也"。他说：

> 昔当朱子时，有象山、永嘉之学，杂出而争鸣。至明而阳明之说，本乎象山。其人皆有卓出超绝之姿，而不免贤智者之过。及其徒沿而甚之，乃有猖狂妄行，为世道之大患者。夫乃知朱子之教之为善也。
>
> ——《惜抱轩文集后集》卷10，《安庆府重修儒学记（代）》

尽管朱子学说是属于封建主义的思想体系，但在那个封建的时代，"由元而明，由明而清，朱学可说风靡天下，盛极一时，全国士子的思想几乎完全受其支配与控制"[④]。连黄宗羲、顾炎武、王夫之等进步思想家，也被列为"朱

---

① 《惜抱轩文集后集》卷1，《程绵庄文集序》。
② 《惜抱轩文集》卷6，《复蒋松如书》，《复曹云路书》。
③ 《惜抱轩文集》卷6，《复蒋松如书》，《复曹云路书》。
④ 范寿康：《朱子及其哲学》，中华书局1983年版，第205页。

子学派"①。岂能因为姚鼐等桐城派有尊崇程朱的言论，就把他们说成"是要维护程朱理学的反动思潮的统治地位"，而予以否定？

正因为他对程朱学说的崇信，是以其能"继孔孟之统"为前提的，是主要针对道德沦丧的"衣冠之徒"的，是视其对世道为患还是为善出发的，所以他对程朱学说的态度，绝不是无条件地盲目尊崇，不敢越雷池一步，而是在尊崇程朱的同时，又反对"守一家之偏"②。其可取之处，至少有以下三点：

第一，他认为程朱学说，只是"得圣人之意多也"③，只要发现其有不合圣贤之意处，即可予以舍弃。他说："苟欲达圣贤之意于后世，虽或舍程朱可也。"④"程朱言或有失，吾岂必曲从之哉？程朱亦岂不欲后人为论而正之哉？正之可也。"⑤他还肯定"朱子说诚亦有误者"⑥。在《晏子不受邶殿论》中，他即具体指出墨子对晏子的谬责，"子长不能辨而载之《世家》，虽大儒如朱子，亦误信焉"⑦。

第二，他反对以程朱学说作为科举取士的利禄之途，对其采取盲从和迷信的态度。例如，他指出："元、明以来，皆以其学取士。利禄之途一开，为其学者以为进趋富贵而已，其言有失，犹奉而不敢稍违之，其得亦不知其所以为得也，斯固数百年以来学者之陋习也。"⑧又说："明以来说《四书》者，乃猥为科举之学，此不足为书。故鼐自少不喜观世俗讲章，且禁学徒取阅，窃陋之也。"⑨在这方面，他不仅跟推行科举取士政策的当权的统治者，是唱反调的，

　① 范寿康：《朱子及其哲学》，中华书局1983年版，第207页。
　② 《惜抱轩文集》卷6，《复曹云路书》。
　③ 《惜抱轩文集》卷6，《复曹云路书》。
　④ 《惜抱轩文集》卷6，《复曹云路书》。
　⑤ 《惜抱轩文集》卷6，《再复简斋书》。
　⑥ 《惜抱轩文集》卷6，《复蒋松如书》。
　⑦ 《惜抱轩文集》卷1。
　⑧ 《惜抱轩文集》卷6，《复蒋松如书》。
　⑨ 《惜抱轩文集》卷6，《复蒋松如书》。

而且跟那些不问是非、一味追求功名利禄的封建文人，也迥然有别。

第三，他明确指出："守一家之偏，蔽而不通。"① "当明时，经生惟闻宋儒之说，举汉、唐笺注屏弃不观，其病诚隘。"② 尤其值得称道的是，他作为文学家，认识到对"古文家数"不能以朱子为是。他说："如直求可当古文家数者，则南宋虽朱子不为是，况元及明初诸贤乎？如宋金华直是外道，而朱竹君以为妙绝，遂终身为所误。此等非所见亲切，安得无妄说也！"③ 他强调要"兼收古人之具美，融合于胸中，无所凝滞，则下笔时自无得此遗彼之病也"④。可见在文学创作上，他并不受朱子学说的羁绊，而是有所突破和超越。

（二）打着程朱的旗号，其作品却有别于程朱

姚鼐不是哲学家，而是文学家。我们对姚鼐的评价，固然应考虑到他的哲学主张，但更重要的应以他的作品为根据。从姚鼐的《惜抱轩诗文集》来看，它所宣扬的具体内涵究竟是什么呢？果真是属于"维护程朱理学的反动思潮"么？

程朱理学强调维护封建的等级制度和统治秩序，如程颢说："天者，理也。" "夫天之生物也，有长有短，有大有小，君子得其大矣，安可使小者亦大乎？天理如此，岂可逆哉？"⑤ "差等有别，莫敢逾僭。"⑥ 朱熹也说："君臣有君臣之理，父子有父子之理。" "事君便于忠，事亲便于孝，……无往而不见这个道理。"⑦ 姚鼐的文章中虽然称赞清王朝为"圣朝"⑧，但他反对对君主采取愚忠的态度，指出："天子虽圣明，不谓无失；人臣虽非大贤，不谓当职。"

---

① 《惜抱轩文集》卷6，《复孔撝约论禘祭文》。
② 《惜抱轩文集》卷6，《复孔撝约论禘祭文》。
③ 《惜抱尺牍》卷7，《与陈硕士》。
④ 《惜抱尺牍》卷7，《与陈硕士》。
⑤ 程颢：《遗书·语录》。
⑥ 程颢：《论十事札子》。
⑦ 见《朱子语类》。
⑧ 《惜抱轩文集》卷9，《乾隆戊子科山东乡试策问五首》。

强调人臣"见君之失，而智不及辨与，则不明；智及辨之而讳言与，则不忠"①。他又以汉"景帝之天资固薄矣"为例，指出："贤者视其君之资而矫正之，不肖者则顺其欲。顺其欲，则言虽正而实与邪妄者等尔。"②这种不是把君主视为"天理"的化身，不是以对君主的无条件服从为"忠"、为"贤"，而是强调要以纠"君之失"、矫"君子资"为"忠"、为"贤"，岂不有"使小者亦大"之嫌么？他还主张"贵贱盛衰不足论，惟贤者为尊，其于男女一也"③。又说："余以为吾族女实多贤，岂待其富贵而后重耶？"④这就更是公然违背"差等有别""男尊女卑"的封建传统观念，而在鼓吹"逾僭"了。

姚鼐作为封建时代的文学家，他的思想体系虽属封建主义的范畴，但是他与当权的封建统治者又毕竟是有区别的。例如，当时的乾隆皇帝即不准有贤臣奸臣之分，认为"乾纲在上，不致朝廷有名臣、奸臣，亦社稷之福耳"。因为一有名臣、奸臣，不仅他自己就算不上"英主""明君"，而且"恩怨即从此起，门户亦且渐开，所关朝常世教，均非浅鲜"⑤。但是奸臣的出现，毕竟是不以人的主观愿望为转移的历史事实。姚鼐在《南园诗存序》指出："当乾隆之末，和珅秉政，自张威福"，就是奸臣当道的突出例证。当时"能讼言其失于奏章者，钱侍御一人而已"。尽管"高宗知君贤，不可谮"，钱侍御还是遭到和珅的迫害，先是"遭艰归"，继又"凡军机劳苦事，多以委君"，而促使其"积劳感疾以殒"，等到"今上既收政柄，除慝扫奸，屡进畴昔不为利诱之士"时，钱侍御已"不幸前丧"，只能落得个"不与褒录"的下场。为此姚鼐在文中连声呼喊："岂不哀哉！""悲夫！悲夫！"⑥其对当权的统治者愤懑不满之情，

_____

① 《惜抱轩文集》卷1，《翰林论》。
② 《惜抱轩文集》卷1，《贾生明申商论》。
③ 《惜抱轩文集》卷8，《旌表贞节大姊六十寿序》。
④ 《惜抱轩文集》卷8，《旌表贞节大姊六十寿序》。
⑤ 乾隆：《明辟尹嘉铨标榜之罪谕》。
⑥ 《惜抱轩文集后集》卷1。

溢于言表，哪里谈得上是"一鼻孔出气"？

程朱理学的所谓"理"，是属于唯心主义的，如朱熹说："心包万理，万理具于一心。不能存得心，就不能穷得理；不能穷得理，就不能存得心。"①姚鼐作为文学家，他的作品并非空洞的哲学说教，而是侧重于对客观实际的描写。因此，他所宣扬的"理"，便更多地带有唯物论的反映论的成分，而与程朱理学的主观唯心论有所区别。

他把"文章之原""文章之美"，皆看成是客观规律的反映。他说：

> 吾尝以谓文章之原，本乎天地；天地之道，阴阳刚柔而已。苟有得乎阴阳刚柔之精，皆可以为文章之美。阴阳刚柔，并行而不容偏废。有其一端而绝亡其一，刚者至于偾强而拂戾，柔者至于颓废而阉幽，则必无与于文者矣。然古君子称为文章之至，虽兼具二者之用，亦不能无所偏优于其间，其故何哉？天地之道，协合以为体，而时发奇出以为用者，理固然也。
>
> ——《惜抱轩文集》卷4，《海愚诗钞序》

他这里所说的"理"，显然是符合文学创作的现实主义精神的。

他还能突破男尊女卑的封建传统观念，以能否"为天下善"作为"理"的标准，如他指出：

> 儒者或言文章吟咏，非女子所宜，余以为不然。……言而为天下善，于男子宜也，于女子亦宜也。太姒之所志，庄姜之所伤，共姜之所自誓，许穆夫人之所闵，卫女、宋襄公母之所思，于父母、于兄

---

① 《朱子语类》卷9。

弟、于子，采于《风诗》，见录于孔氏，儒者莫敢议；独后世有为之者，则曰不宜，岂理也哉？

——《惜抱轩文集》卷8，《郑太孺人六十寿序》

他列举孔子采录的《诗经》中的风诗为例证，说明只要"言而为天下善"，就不论男女皆无不宜之理。

如果不是从程朱理学属维护封建统治的反动思潮这一主观成见出发，而是以姚鼐文章中对于"理"的内涵的上述种种阐述为实际的客观根据，谁又能一笔抹杀其合理性和进步性，而给它戴上维护"反动思潮"的帽子呢？

姚鼐主张为文要"当于义""明于理"，做到义理、考据、辞章三者的统一。这"义理"二字历来成为人们否定桐城派的要害问题。其"理"的内涵已如上述，那么，他所说的"义"又指什么呢？

其一，以"义"来制止大地主的仗势欺人。例如，他的《张逸园家传》，写张逸园在担任良乡知县、顺天府南路同知期间，"有旗民张达祖，居首辅傅忠勇公门下，始有地数百顷，卖之民矣，久而地值数倍，达祖以故值取赎构讼。经数官，不敢为民直。君至，傅忠勇颇使人示意君也；君告之以义，必不可，卒以田归民"①。尽管这种"民"，也许不是贫下中农，而很可能是中小地主，但作者所赞扬的张逸园，这种以"义"来抗拒首辅傅忠勇的压力，做出经数官皆不敢做的为民伸张正义的决断，使大地主张达祖倚官仗势、损民利己的图谋无法得逞，毕竟是值得肯定的。

其二，表彰设义仓、义田，以济民困。例如，在《高淳邢君墓志铭》中，他赞扬邢复诚"为人朴诚慈和，与人无争，而好施予"。其父"尝欲为邢氏设义仓未就，君与弟复吾卒就之，寘义田五百亩。君祖于宗祠既寘祀田矣，至君

---

① 《惜抱轩文集》卷10。

益之又数十亩"。"乾隆三十四五年间，高淳大水，坏民庐舍，既而大疫；君多所赈施，以济民困。又为设医药葬埋。至五十年大旱，民困尤亟；君尽出藏穀千余石以食众，又假贷数百金以佐施。"①他这种种义举，岂不是发扬了我们中华民族乐善好施、见义勇为的优良传统么？

其三，以义与不义作为划分清廉与腐败的界限。例如，在《方染露传》中，他赞扬方染露宁可辞官，而不屑与"其僚辈溴涩（意谓污浊肮脏）之状""共处"的行动，是其"为人清介严冷，不可近以不义"②。作者在《重修石湖范文穆公祠记》中也说："君子之行不必同，大趣归于义而已。"③在《西园记》中，又引用"《鲁语》云：'瘠土之民，莫不好义'"④。这一切皆可见，作者所赞扬的"义"，实质上代表了中华民族纯洁、高尚的传统美德。

其四，作者通过把义与贫窭、非义与富贵说成有必然的因果关系，隐晦曲折地揭露那个社会现实的不义。例如，他在为任大椿写的墓志铭中，说任君"性和易谦逊，人无贵贱弗爱君。然君固有特操，非义弗敢为，故自少至老，终于贫窭"。这无异于说，在那个社会，只有敢为"非义"，才能摆脱贫窭，获得富贵。"非义弗敢为"，这本属值得赞美的操守，在那个社会却反而成为"自少至老，终于贫窭"的缘"故"了，这岂不是个是非颠倒、跟正常的逻辑完全背道而驰的黑暗社会么？接着作者所写的任君的种种具体遭遇："君为举人，中己丑科二甲一名进士。故事，二甲首当改庶吉士，人皆期君必馆选矣，然竟分礼部为仪制司主事。"后来他被举为四库全书馆纂修官，"君既博于闻见，其考订论说多精当，于纂修之事，尤为有功"。结果，"君旋遭艰居里"⑤。为什么"当改庶吉士"而结果却出人意料，"有功"却反而"旋遭艰"呢？其

① 《惜抱轩文集》卷13。
② 《惜抱轩文集》卷10。
③ 《惜抱轩文集》卷14。
④ 《惜抱轩文集》卷14。
⑤ 《惜抱轩文集》卷13，《陕西道监察御史兴化任君墓志铭（并序）》。

间的原因，处在那个大兴文字狱的时代，作者不可能具体明写。但从作者赞其只因有"非义弗敢为"的"特操"，就必然"终于贫窭"，就使读者不能不猛省到：那个社会现实该是多么丧失其存在的合理性啊！尽管作者所采用的"义"这个思想武器，它本身属于封建道德的范畴，有其封建性、保守性的一面，但作者用它来揭露、批判那个封建社会的不义、不合理，岂不又有其民主性、进步性的一面么？

其五，姚鼐确实十分推崇忠义、孝义、节义等道德操守，认为这是人之所以为人的最可贵之处。用他的话来说："天地无终穷也，人生其间，视之犹须臾耳。虽国家存亡，终始数百年，其逾于须臾无几也，而道德仁义忠孝名节，凡人所以为人者，则贯天地而无终敝，故不得以彼暂夺此之常。"① 我们也不能一看到其歌颂"道德仁义忠孝名节"，就斥之为"反动思潮"，而应从其所描写的实际内容出发，作具体分析，区别对待。例如，方正学反对明成祖自下逆上，篡夺皇位，显然是从维护封建正统观念出发的。但是作品的主旨是要说明："成祖天子之富贵随乎飘风，正学一家之忠孝光乎日月"②，以两者的鲜明对比，使读者足见其褒方正学而贬明成祖的思想倾向。

在《宋双忠祠碑文（并序）》中，他赞扬宋末为抗击元蒙入侵而壮烈牺牲的李庭芝、姜才，是"当国破主降之后，效节于空位，致命不迁，卒成其义概"。他们显然不是为了效忠于君主个人，而是出于为国捐躯的爱国主义精神。这种"义概"，"可以壮烈士之志而激懦夫之衷"③，不是我们中华民族永远应该继承发扬的宝贵精神财富么？

对于为救活母命，不惜割股和药以治母疾的孝行，姚鼐看重的也不只是孝行本身，而是强调个"情"字，指出："夫割股，非孝之正也。然至情所至，

---

① 《惜抱轩文集》卷 14，《方正学祠重修建记》。
② 《惜抱轩文集》卷 14，《方正学祠重修建记》。
③ 《惜抱轩文集》卷 11，《宋双忠祠碑文（并序）》。

无择而为之，君子所许也。"①

对于节妇，姚鼐也不是一味渲染她们如何守节，而是描述她们在丈夫死后，"遗孤十一岁，而上有七十之姑，门无族戚之助。或谋杀其孤以夺其赀，忌两孺人，日欺陵困辱。两孺人不为动，卒奉姑保育孤子，教之成立，登第为闻人"。作者借此指出："此两孺人所以贤。贤者固不求名而名至，然世竟无称者亦有之。且女子尚能坚其持操，卓然自立，而顾谓天下之士，无独立不惧、守死服义其人者乎？其泯无闻焉则已矣。夫士貌荣名，卒何加于其身毫末哉？"②这对"天下之士"的丑行，岂不是一种揭露么？

事实说明，姚鼐的许多文章虽然是从维护封建道德的传统观念出发的，但是其矛头所向，主要还是用来揭露、批判那个社会统治者的道德沦丧，而并非美化和颂扬封建社会。尽管他以封建道德为思想武器，显得十分陈腐，有其毒副作用，但是也不应抹杀他的揭露、批判在那个历史条件下有其一定的积极、进步意义。

（三）既不满汉学，又欲拜戴震为师

有人之所以把姚鼐和桐城派跟程朱理学相提并论，还在于姚鼐对戴震等汉学家有不满甚至攻击的言论。笔者认为，对此也应实事求是地作具体分析，首先看他有所不满和攻击的实际内容究竟是什么。

其一，他认为汉学是"守一家之偏，蔽而不通"③，说："孔子没而大道微，汉儒承秦灭学之后，始立专门，各抱一经，师弟传受，侪偶怨怒嫉妒，不相通晓，其于圣人之道，犹筑墙垣而塞门巷也。"④

其二，他指责"宗汉之士，枝之猎而去其根，细之搜而遗其巨"⑤。"相率而竟于

---

① 《惜抱轩文集》卷10，《钟孝女传》。
② 《惜抱轩文集》卷14，《记萧山汪氏两节妇事》。
③ 《惜抱轩文集》卷6，《复孔㧑约论禘祭文》。
④ 《惜抱轩文集》卷7，《赠钱献之序》。
⑤ 《惜抱轩文集》卷7，《赠钱献之序》。

考证训诂之途，自名汉学，穿凿琐屑，驳难猥杂。"① 甚至"搜求残阙"，"譬如舍五谷之味，而刮木掘土以为食者也"。② 在他写给陈硕士的信中，更斥之为"玩物丧志"，说："今之为汉学者以探残举碎人所少见者为功，其为玩物不弥甚邪！"③

其三，他攻击汉学家是"专己好名之人"④，他们之所以诋毁、讪笑程朱理学，"其意乃欲与程、朱争名"。因此，"安得不为天之所恶？故毛大可、李刚主、程绵庄、戴东原，率皆身灭嗣绝，此殆未可以为偶然也"⑤。

上述除第三点纯属恶毒的人身攻击、极端唯心的谬论之外，他对汉学和汉学家的批评，并非毫无可取之处。

肯定无疑，戴震谴责"酷吏以法杀人，后儒以理杀人"⑥，汉学家追求无征不信、实事求是的考据学风，是具有进步意义的。但是，以考据为文，则又确有其弊。当时，不仅姚鼐等桐城派作家对此提出批评，而且以性灵派作家著名的袁枚也指出：

微书数典，琐碎零星，误以注疏为古文，一弊也。

——袁枚：《小仓山房尺牍》卷 3，《复家实堂》

近代著名学者刘师培也说：

乃近世以来，学派有二，一曰宋学，一曰汉学。治宋学者，从语录入门，治汉学者，从注疏入门。由是以语录为文，以注疏为文。

---

① 《惜抱轩文集后集》卷 10，《安庆府重修儒学记（代）》。
② 《惜抱轩文集后集》卷 1，《胡玉斋双湖两先生易解序》。
③ 《惜抱尺牍》卷 6。
④ 《惜抱轩文集》卷 6，《复蒋松如书》。
⑤ 《惜抱轩文集》卷 6，《再复简斋书》。
⑥ 《戴东原集》卷 9，《与某书》。

及其编辑文集也，则义理考订之作，均列入集部之中，目之为文学者，互相因袭，以为文能如是，是亦已足，不复措意于文词，由是学日进而文日退。

——《刘申叔先生遗书·左盦外集》卷13，《论近世文学之变迁》

袁枚与姚鼐立论的角度虽有不同，但他指责汉学家"琐碎零星""序事噂沓"①，则与姚鼐斥其为"探残举碎"，不谋而合。尤其值得称道的是，姚鼐不赞成袁枚把古文家与考据家视为水火不相容的关系，也与后来的刘师培把"学"与"文"相对立的观点不同。在他看来，"且夫文章、学问一道也，而人才不能无所偏擅，矜考据者每窒于文词，美才藻者或疏于稽古，士之病是久矣"②。他既反对"世有言义理之过者，其辞芜杂俚近，如语录而不文"③，跟宋学家相区别，又反对"为考证之过者，至繁碎缴绕，而语不可了当"④，与汉学家迥然不同。同时，他又很重视义理、考证对于文章的积极作用，认为"理得而情当，千万言不可厌"⑤。

"夫以考证断者，利以应敌，使护之者不能出一辞。然使学者意会神得，觉犁然当乎人心者，反更在义理、文章之事也。"⑥显然，姚鼐批评宋学家、汉学家的缺陷，并不是要把文章与义理、考据对立起来，而只是反对各有"偏擅"，而主张兼有其长。

姚鼐对于宋学虽然过于偏爱，但是他对于汉学的批评，对于要求兼长的主张，却是符合清代学术思想的进步潮流，与桐城派以外的进步学者具有共识的。

---

① 袁枚：《小仓山房文集》卷30，《与程蕺园书》。
② 《惜抱轩文集》卷4，《谢蕴山诗集序》。
③ 《惜抱轩文集》卷4，《述庵文钞序》。
④ 《惜抱轩文集》卷4，《述庵文钞序》。
⑤ 《惜抱轩文集》卷6，《答鲁宾之书》。
⑥ 《惜抱轩文集后集》卷1，《尚书辨伪序》。

平心而论，无论汉学或宋学，都是属于维护孔孟之道的儒家学派，它们既各有所长，又各有所短，也都同样得到当时清朝统治者的支持，因此，程廷祚、阮元等有识之士，皆对汉宋之争采取调和的态度。[①] 姚鼐反对"偏擅"，主张兼长，岂不比这种调和的态度既相一致，又更具有合理性么？事实上，姚鼐虽有从维护程朱出发的偏见，但他对宋堂亦非全然采取尊崇的态度，而是也认为"朱子说诚亦有误者"[②]；对汉学也并非一概加以排斥，而是宣称："汉人之为言，非无有善于宋而当从者。"[③] 他跟汉学家戴震的关系，并未表现为反动与进步的对立，只是既有分歧的一面，又有敬重的一面。姚鼐对戴震的指责，只是认为"其为论之僻，则过有更甚于流俗者"[④]，显然只属于学术分歧。同时，他肯定戴震"其才本超乎流俗"[⑤]，称赞其所作的《考工记图》"推考古制信多当"[⑥]，在指出其"释车"之失后，又说："然其大体善者多矣"[⑦]，并表明他俩的私交甚笃："余往时与东原同居四五月，东原时始属稿此书，余不及与尽论也。今疑义蓄余中，不及见东原而正之矣，是可惜也。"[⑧] 他俩同在京师时，姚鼐曾以"世之方志""所举多不实"的问题，向戴震请教，"欲以汉县与今地相较为表，而贯他沿革于其中，纵不能无失，犹差翔实，愈于俗之所为地理书也"。获得"东原曰：'善'"[⑨]！后姚鼐欲"取乡里所近汉二郡一国为《沿革考》一卷"，为"多病废学，不能求博，东原既丧，无以闻之"[⑩]，而深感遗憾。戴震在世时，姚鼐即郑重提出欲拜其为师。戴震回信说：

---

① 见程廷祚：《汉宋儒者异同论》，阮元《拟国史儒林传序》。
② 《惜抱轩文集》卷6，《复蒋松如书》。
③ 《惜抱轩文集》卷6，《复蒋松如书》。
④ 《惜抱轩文集后集》卷1，《程绵庄文集序》。
⑤ 《惜抱轩文集后集》卷1，《程绵庄文集序》。
⑥ 《惜抱轩文集》卷5，《书考工记图后》。
⑦ 《惜抱轩文集》卷5，《书考工记图后》。
⑧ 《惜抱轩文集》卷5，《书考工记图后》。
⑨ 《惜抱轩文集》卷2，《汉庐江九江二郡沿革考》。
⑩ 《惜抱轩文集》卷2，《汉庐江九江二郡沿革考》。

欲以仆为师，则别有说，非徒自顾不足为师，亦非谓所学如足下，断然以不敏谢也。古之所谓友，固分师之半，仆与足下无妨交相师，而参互以求十分之见。

——《戴东原集》卷9，《与姚孝廉姬传书》

"交相师"，这不只是戴震与姚鼐之间的私人友情，更重要的是，反映了他们皆认识到汉、宋两个学派之间需要"参互以求十分之见"。也就是说，他们之所以需要"参互"，不是为了任何个人的目的，而是为了追求真理——"以求十分之见"。这话说得何等好啊！戴震要求"参互"，姚鼐主张"兼长""兼收"，这就是他们对各自所尊崇的汉学、宋学的超越，也是他们的学术思想不同凡俗，共同具有集大成特色的表现。

（四）主张"兼长为贵""兼收为善"

姚鼐虽然尊崇程朱理学，但是他的学术思想的精髓和核心，还是主张对各个学派皆要"兼长""兼收"，集其大成。因此，他说：

鼐尝论学问之事，有三端焉：曰义理也，考证也，文章也。是三者苟善用之，则皆足以相济；苟不善用之，则或至于相害。……夫天之生才虽美，不能无偏，故以能兼长者为贵。

——《惜抱轩文集》卷4，《述庵文钞序》

他又说：三者"必兼收之乃是为善"①。

姚鼐这种以"兼长为贵""兼收为善"的学术思想，不仅跟戴震说的"交相师而参互以求十分之见"，完全合拍，而且连他所说的义理、考证和文章三

---

① 《惜抱轩文集》卷6，《复秦小岘书》。

者相兼这个主张本身，也跟戴震不谋而合。戴震也说过：

> 学问之道，大致有三，或事于义理，或事于制数，或事于文章。事于文章，等而末者也。圣人之道，自在六经，汉儒得其制数，宋儒得其义理，……三者不相谋，而欲收天下之巨观，其可得乎？
>
> ——戴震：《与方希原书》

这里所谓"制数"，即等同于"考证"。只不过戴震讲的重在治学，姚鼐讲的重在作文，两者的出发点虽各有侧重，但在学术思想上，由戴震强调三者"相谋"到姚鼐要求三者"兼长""兼收"，其如出一辙，是显而易见。

姚鼐主张"兼长""兼收"的范围，绝不限于义理、考证、文章三个方面，也不限于儒家的各个学派，老庄道家学说和佛家思想，也统统在他的择善"兼收"之列。因为在他看来——

> 天下道一而已，贤者识大，不贤者识小；贤者之性，又有高明沈潜之分，行而各善其所乐；于是先王之道有异统，遂至相非而不容并立于天下，夫恶知其始之一也。
>
> ——《惜抱轩文集》卷3，《老子章义序》

他这里所说的"道"，显然不限于孔孟之道，而是指"天下"的客观法则。他认为："《老子》书所云'绝圣弃智'，盖谓圣智仁义之伪名，若臧武仲之为圣耳，非毁圣人也。而庄子乃曰'圣人不死，大盗不止'，老子云'贵以身为天下'者，言不以天下之奉加于吾身为快，'虽有荣观，燕处超然'，以是为自贵爱也。"①他根据自己对《老子》《庄子》的理解，特地写了《老子章义》《庄子章义》。

对于佛家思想，他认为也有"绝善"之处。②他还赞扬彭绍升："以开敏坚卓之资，融合儒、释为义。"③

他主张"兼长""兼收"，绝不是良莠不分，兼收并蓄，而是要"总古今之说，择善用之"④，"于群儒异说，择善从之，而无所徇于一家"。⑤

姚鼐的这一主张，受到清代学人的广泛称赞。例如，王先谦即指出："本朝纠正汉学者，姚姬传氏最为平允。其时掊击宋儒之风过盛，故姚氏非之以救时也，非为名也。至其论学，以义理、考据并重，无偏而不举之病。道咸以降，两家议论渐平，界域渐泯，为学者各随其材质好尚定趋向，以蕲于成而已。"⑥苏舆在为其师王先谦的《虚受堂文集》作的《序》中还进一步指出："国朝桐城姚惜抱氏为义理、考据、词章合一之说，藉以融洽汉宋门户，定文章之趣向。吾以谓考据以博古，义理以明道，此非姚氏之私言，即昌黎所自期与教人为文之恉端在于是。然姚氏之文沈潜古籍，于义理、考据为能兼综其全，故虽取法唐宋而能拔出一代。"⑦清代作为我国历史上空前大一统的时代，其特色就在于它能"囿古今而罗万象"⑧。空前大一统的时代，使姚鼐认识到"天下之大"，需要有集"群材大成""尽收具美"的"豪杰兴焉"。他说："若如鼐之才，虽一家之长，犹未有足称，亦何以言其兼者？天下之大，要必有豪杰兴焉，尽

---

① 《惜抱轩文集》卷3，《老子章义序》。
② 《惜抱轩文集》卷4，《食旧堂集序》。
③ 《惜抱轩文集后集》卷8，《举人议叙知县长洲彭君墓志铭（并序）》。
④ 《惜抱轩文集》卷3，《左传补注序》。
⑤ 《惜抱轩文集》卷6，《复孔撝约论禘祭文》。
⑥ 王先谦：《虚受堂文集》卷14，《复阎季蓉书》。
⑦ 见王先谦《虚受堂文集》卷首。
⑧ 《惜抱轩文集》卷9，《乾隆庚寅科湖南乡试策问五首》。

收具美，能祛末士一偏之蔽，为群材大成之宗者。甉夙以是望世之君子。"①可见姚鼐之所以主张"兼"，就是要集大成，以适应大一统的时代需要。

这不仅是姚鼐个人的主张，也是清代许多进步思想家的共识。例如，黄宗羲也主张"上下古今，穿穴群言，自天官地志、九流百家之教，无不精研"②。"亭林（即顾炎武）之学实事求是，不分汉宋门户，经世致用，规模闳峻，为有清一代学术渊源所自出，后之承学者因其端以引申之，各成专家，而兢兢以世道人心为本，论学论治莫能外焉。此其学之所以大也。"③这说明，姚鼐虽以文学家著称，在思想倾向上颇为保守，与进步思想家黄宗羲、顾炎武、戴震等人难以比拟，但是就其主张"兼长""兼收"的学术思想来看，则不能不承认，姚鼐和黄宗羲、顾炎武、戴震等都共同反映了清代学术的特色，用阮元（1764—1849）的话来说："我朝……可谓兼古昔所不能兼者矣！"④以姚鼐为代表的桐城派之所以能成为我国文学史上持续时间最长的文派，得益于清代"兼古昔所不能兼"的学术思潮，当是其重要的内在原因和历史经验之一。

（五）强调"久则必变"，"有所变而后大"

强调"变"，这是姚鼐学术思想的又一特点。他说："天地之运，久则必变。"⑤"日月迁流，境象屡变。"⑥"人事之变，倏忽万端。"⑦"寒暑阴霁，山林云物，其状万变。"⑧即使对于"《六经》之书"的释义，他也认定"后之人犹有能补其阙而纠其失焉，非其好与前贤异，经之说有不得悉穷，古人不

---

① 《惜抱轩文集》卷6，《复秦小岘书》。
② 见徐世昌：《清儒学案》卷2，《黄先生宗羲》。
③ 徐世昌：《清儒学案》卷6，《亭林学案上》。
④ 阮元：《揅经室一集》卷2，《拟国史儒林传序》。
⑤ 《惜抱轩文集》卷7，《赠钱献之序》。
⑥ 《惜抱轩文集后集》卷4，《沈母王太恭人七十寿序》。
⑦ 《惜抱轩文集后集》卷4，《马母左孺人八十寿序》。
⑧ 《惜抱轩文集》卷14，《岘亭记》。

能无待于今，今人亦不能无待于后世，此万世公理也。吾何私于一人哉"①？

这说明，姚鼐能够认识到，从社会、自然现象到学术观点，皆处于不断的变化之中。他的这个认识，反映了清代急剧变化、面临衰朽的时代要求。早在清初，进步思想家顾炎武即已更为直截了当地指出：

> 法不变，不可以救今。已居不得不变之势，而犹讳其变之实，而姑守其不变之名，必至于大弊。
>
> ——顾炎武：《亭林文集》卷6，《军制论》

姚鼐的观点虽然远不及顾炎武这般明确而尖锐，但他能够继承这种求"变"的思想，强调"变"的客观必然性，就说明他并非是顽固的守旧派，而是跟当时的进步思潮有其相通甚至相一致之处的。

姚鼐是个文学家，他对"变"的学术思想的创新和建树，也主要表现在文学理论和创作方面，他提出了：

> 为文章者，有所法而后能，有所变而后大。
>
> ——《惜抱轩文集》卷8，《刘海峰先生八十寿序》
>
> 子颖为吾乡刘海峰先生弟子，其为诗能取师法而变化用之。
>
> ——《惜抱轩文集》卷4，《海愚诗钞序》
>
> 意与气相御而为辞，然后有声音节奏高下抗坠之度，反复进退之态，采色之华。故声色之美，因乎意与气而时变者也，是安得有定法哉！
>
> ——《惜抱轩文集》卷6，《答翁学士书》

---

① 《惜抱轩文集》卷4，《礼笺序》。

且古诗人，有兼《雅》《颂》，备正变，一人之作，屡出而愈美者，必儒者之盛也。……而袭然成集，连牍殊体，累见诡出，闳丽谲变，则非巨才而深于其法者不能。

——《惜抱轩文集》卷 4，《敦拙堂诗集序》

正是由于姚鼐强调文学创作以变为大，以变为美，以"闳丽谲变"为"深于其法"，这就决定了他所倡导的桐城派，不是个封闭的、静止的、凝固的、僵化的系统，而是个开放的、发展的、变化的、有生机的系统。

（六）竭力求"实"，"思效于实用"

对于古人经典著作的解说，他不同于前人"莫敢易"，而要"求其实"。他说：

《老子》书，六朝以前解者甚众，今并不见，独有所谓河上公《章句》者，盖本流俗人所为，托于神仙之说。其分章尤不当理，而唐、宋以来莫敢易，独刘知幾识其非耳。余更求其实，……

——《惜抱轩文集》卷 3，《老子章义序》

周自子朝之乱，典籍散亡，后之君子，掇拾残阙，亦颇附会非实，喜言神怪。

——《惜抱轩文集》卷 5，《辨郑语》

因此，他主张对待古代典籍，要"审理论世，核实去伪，而不为古人所愚"[①]。对于天下地志"率与实舛"，他更是感到"令人愤叹"，主张"每邑有笃

---

① 《惜抱轩文集》卷 9，《乾隆戊子科山东乡试策问五首》。

学好古能游览者，各考纪其地土之实迹，以参相校订"①。

他认为："史之为道，莫贵乎信。"②"所取之事，必存乎信实。"③

对于诗文创作，他也要求"无馨帨组绣之华，而有经理性情之实"④。

可见，求"实"，是他无论治学，还是修史或从事文学创作的一个重要原则。

求实的思想，成了他批判社会现实的思想武器。例如，他揭露"末世为礼者，循其迹而谬其意，苟其说而益其烦，假其名而悖其实"，令人"不胜悁忿而恶之"⑤。痛斥那些"居庠序而侵吏事"的无耻文人，是"舍朴厚而乐轻侠，有士之名而实为士之蠹"⑥，谴责"今世相矜以名，虽闺门之内，亦务为夸饰而寡情实"⑦。这一切与曹雪芹在《红楼梦》中谴责封建礼教为"假礼"，斥责热衷于功名利禄的士子为"禄蠹"，揭露居于闺房之中的女子"也学的沽名钓誉，入了国贼禄蠹之流"，两者的思想高度虽有悬殊，但在对社会现实的不满和谴责上，岂不有其十分相似、相通之处么？

求"实"，就是要从客观实际出发，不只是看事实的外表形骸，还要豁然洞照于事物的内里，这也是他之所以能做到对不同学派"兼长""兼收"并主张"变"的思想基础。例如，他尊崇孔子的儒学，却能肯定佛学的长处，说："若夫佛氏之学，诚与孔子异。然而吾谓其超然独觉于万物之表，豁然洞照于万事之中，要不失为己之意，此其所以足重，而远出于俗学之上。儒者以形骸之见拒之，吾窃以谓不必。"⑧他这种反对"形骸之见"，不盲从、不苟且的求实精神，显然是可取的。

---

① 《惜抱轩文集后集》卷1，《泰山道里记序》。

② 《惜抱轩文集后集》卷1，《新修宿迁县志序》。

③ 《惜抱轩文集后集》卷1，《新修宿迁县志序》。

④ 《惜抱轩文集后集》卷1，《稼门集序》

⑤ 《惜抱轩文集》卷3，《老子章义序》。

⑥ 《惜抱轩文集》卷9，《乾隆庚寅科湖南乡试策问五首》。

⑦ 《惜抱轩文集》卷8，《伍母陈孺人六十寿序》。

⑧ 《惜抱轩文集》卷8，《王禹卿七十寿序》。

求"实"，必然要反对空谈，讲究实用。他曾尖锐地指出空谈的极端危害性：

> 盖魏晋之间，空虚之谈兴，以清言为高，以章句为尘垢，放诞颓坏，迄亡天下；然世犹爱其说辞，不忍废也。
>
> ——《惜抱轩文集》卷7，《赠钱献之序》

姚鼐的这个看法，跟清初进步学者顾炎武的观点是一脉相承的。

以"实学"来代替"空言"，这绝不仅仅只是出于清朝统治者用钻故纸堆来牢笼士子的需要，更重要的是反映了时代呼唤"救蔽"的要求。清朝进步思想家颜元（1635—1704）即大声疾呼过：

> 救蔽之道，在实学，不在空言。……实学不明，言虽精，书虽备，于世何功，于道何补！
>
> ——颜元：《存学编》卷3

为了寻找"救蔽之道"，就必然要从实际出发，考察实际的客观规律，"凡事求是必以实"[1]，"务期实用"[2]。因此，"厌倦主观的冥想，而倾向于客观的考察"[3]，就必然成为"这个时代的学术主潮"[4]。

姚鼐的学术思想跟"这个时代的学术主潮"基本上是一致的。他并不像程、朱那样完全讲抽象的理学，一味追求"明心见性之空言"，而是强调要"思效

---

[1]　阮元：《揅经室四集》卷2，《宋砚铭》。
[2]　颜元：《存学编》卷3。
[3]　梁启超：《中国近三百年学术史》。
[4]　梁启超：《中国近三百年学术史》。

于实用"①。在他看来，"士亦视有益于世否耳！即试成进士，何足贵"②？

如果说姚鼐的求实思想，在社会政治方面，远未从根本上摆脱儒家的孔孟之道，因而还有其保守性的话，那么，它在文学创作方面，则对传统的观念有较大的突破。他曾断言文章只要"有真实境地"，即使"呵佛骂祖"亦"无不可者"③，这种思想，不是既具有明显的叛逆性，又符合现实主义的创作原则么？

以上可见，姚鼐虽然不是独树一帜的思想家，但是他的学术思想所具有的"兼""变""实"这三个特点，却反映了时代要求，确实起到了"取其长，济其偏，止其蔽"④的作用。他的以"兼"为长、为善的学术思想，包容并吸取了包括汉学在内的儒、释、道各家的长处，在文学创作上，更有助于全面继承文学遗产，兼收不同朝代、不同特色、不同风格流派的作家作品的长处，充分体现了清代集我国封建社会学术文化之大成的时代特色。他的主张"变"的学术思想，虽不属于根本性的社会政治变革，但对社会和文学事业的不断变化发展，对于后来资产阶级改良主义的出现，也还有其一定的推动作用。他的求"实"的学术思想，跟当时戴震、颜元、阮元等人的进步思潮，更是相互呼应的，具有正视社会现实，积极推动社会向前发展的历史进步意义。因此，我们必须看到姚鼐学术思想的时代性、复杂性和主导的方面，而不能只看到他思想上有其保守性的一面。

---

① 《惜抱轩文集》卷11，《河南孟县知县新城鲁君墓表》。
② 《惜抱轩文集》卷13，《严冬友墓志铭（并序）》。
③ 《惜抱尺牍》卷5，《与陈硕士》。
④ 方东树：《仪卫轩文集》卷6，《书惜抱先生墓志后》。

六、"其论文比方氏更精密，所以桐城文派至姚氏而始定"①
——文学理论

（一）以"道与艺合，天与人一"，为"文之至"

他说：

　　夫文者，艺也。道与艺合，天与人一，则为文之至。

　　　　　　　　　　　——《惜抱轩文集》卷4，《敦拙堂诗集序》

　　夫诗之至善者，文与质备，道与艺合，心手之运，贯彻万物，

而尽得乎人心之所欲出。若是者，千载中数人而已。

　　　　　　　　　　　　——《惜抱轩文集》卷4，《荷塘诗集序》

他的这些论断，其内涵和贡献在于：

其一，他不是把"道"与"文"对立起来，如程颐所说的"作文害道"②，朱熹所说的："若以文贯道，却是把本为末。"③也不是以"道"代"文"，把道与文混为一谈，如经学家钱大昕（1728—1804）所主张的："夫道之显者谓之文，六经子史，皆至文也。"④而是把"文"归结为"艺也"，即肯定其具有艺术的独立品格和自身价值。他不仅以文学家的眼光，与理学家、经学家针锋相对地捍卫了文学的独立地位，而且他跟方苞"以杂文学的见解论文，故专指散体古文"⑤，也迥然有别，恰如郭绍虞所说："姚氏则以纯文学的见解论文，故其义可兼通于诗。"⑥

---

① 郭绍虞：《中国文学批评史》，上海古籍出版社1979年版，第649页。
② 程颐：《河南程氏遗书》卷18。
③ 《朱子语类》卷139。
④ 钱大昕：《潜研堂文集》，《味经窝类稿序》。
⑤ 郭绍虞：《中国文学批评史》，第649页。
⑥ 郭绍虞：《中国文学批评史》，第649页。

其二，他所说的"道"，并不限于孔孟之道或程朱理学，更重要的是指天下万物本身的客观规律。有的学者说："所谓'道与艺合'，就是指文人首先应重视道德的涵养，然后发之为诗文，自然诗文就能合乎道而达到高尚的境界。"①这种把"道与艺合"说成"就是"指作家主观上的"道德的涵养"，是跟姚鼐的原意相左的。姚鼐说："吾尝以谓文章之原，本乎天地；天地之道，阴阳刚柔而已。苟有得乎阴阳刚柔之精，皆可以为文章之美。"②"言而成节，合乎天地自然之节，则言贵矣。"③可见他认识到，"文章之原""文章之美"，皆要取决于它对客观自然规律的真实反映。这就接近于近代现实主义的创作原则，而能在一定程度上突破统治思想的牢笼，写出一些具有客观真实美感的好作品。例如，姚鼐的《登泰山记》《袁随园君墓志铭（并序）》等，正是他这种正确文学主张所获得的成果。

其三，对于"道"与"艺"的关系，他的论述也颇为辩证，如他说："夫文技耳，非道也，然古人藉以达道。"④"诗文皆技也，技之精者，必近道，故诗文美者命意必善。"⑤这就既肯定了"道"对"艺"的主导作用，又突出了"艺"对"道"的相对独立性和积极作用。

其四，他既强调"文章之原"的客观性，又十分重视作家的主体性。认为作家的"言贵"固在"合乎天地自然之节"，而"其贵也，有全乎天者焉，有因人而造乎天者焉"⑥。这就是说，除了语言本身要反映"天地自然之节"外，在作家主观上既要有先天的天赋，又要有后天的努力。所谓后天的努力，也不只限于对文法技巧的学习，更重要的还在于对客观事物和社会生活的深入体察

---

① 王镇远：《姚鼐文选·前言》，黄山书社 1986 年版。
② 《惜抱轩文集》卷 4，《海愚诗钞序》。
③ 《惜抱轩文集》卷 4，《敦拙堂诗集序》。
④ 《惜抱轩文集后集》卷 3，《复钦君善书》。
⑤ 《惜抱轩文集》卷 6，《答翁学士书》。
⑥ 《惜抱轩文集》卷 4，《敦拙堂诗集序》。

与正确把握。因此，他认为，要使得"文与质备，道与艺合"，作家须"心手之运，贯彻万物，而尽得乎人心之所欲出"①。可见他所说的"道与艺合，天与人一"，他所要发挥的作家的主体性，都是离不开以客观的社会生活为文学创作的源泉的。这就有利于它能在一定程度上摆脱理论的神秘性和创作的封建性，而具有相当的现实性和进步性。

（二）以义理、考证、文章"兼长"，"得其美之大者"

他在《述庵文钞序》中，说他之所以"叹服其美"，并"为天下明告之""其所以美"，即在于：

> 鼐尝论学问之事，有三端焉，曰：义理也，考证也，文章也。是三者苟善用之，则皆足以相济；苟不善用之，则或至于相害。今夫博学强识而善言德行者，固文之贵也；寡闻而浅识者，固文之陋也。然而世有言义理之过者，其辞芜杂俚近，如语录而不文；为考证之过者，至繁碎缴绕，而语不可了当。以为文之至美而反以为病者，何哉？其故由于自喜之太过，而智昧于所当择也。夫天之生才虽美，不能无偏，故以能兼长者为贵。
>
> ——《惜抱轩文集》卷4

在《惜抱轩文集》卷6《复秦小岘书》中，他还指出，义理、文章、考证三者"必兼收之乃足为善"。

姚鼐为什么要如此强调义理、考证、文章三者"兼长""相济"呢？我们对他这一主张究竟应作怎样的理解和评价呢？

20世纪60年代出版的权威的《中国文学史》认为："欲合'义理'、'考

---

① 《惜抱轩文集》卷4，《荷塘诗集序》。

据'、'文章'为一，……是与清中叶的统治思想适应的，……是要使传统古文更有效地为封建统治服务。"①直至80年代的评论，仍然认为它"分明是适应清王朝的政治需要，为封建统治阶级的政治服务的东西"，是"反现实主义""非现实主义"②的。这些论断，难道切合姚鼐所说的实际，是有的放矢么？

只要我们仔细读一读上述所引姚鼐关于义理、考证、文章三者"相济"，"兼长为贵"，"兼收为善"的论述，即不难发现，他之所以提出这一主张的理由在于：

第一，是鉴于作者的"寡闻浅识"，势必造成"文之陋"；

第二，是鉴于程朱等理学家过分地"言义理"，以致造成"其辞芜杂俚近如语录而不文"；

第三，是鉴于汉学家过分强调考证，而造成"繁碎缴绕"等文之病；

第四，是鉴于人的天性才能容易"自喜之太过"，而"不能无偏"。

为了克服上述四种弊端，使文学创作达到"文之至美"的境界，这就是他之所以提出使义理、考证、文章三者"相济""兼长"的主要理由和根据。这一切都是从文章写作如何做到"文之至美"的需要出发的，凭什么把它跟封建政治混为一谈呢？

尽管文学不可能完全脱离政治，文学家也不可能不依附于他所生活的时代和统治阶级，但是无论文学或文学家又毕竟皆有其相对的独立性，把封建时代的文学和文学家，与封建政治、封建统治阶级等同起来，而看不到它们是属于"那些更高高凌驾于空中的思想部门"，"作为一个特殊的分工部门，都具有由它那些先驱者传授给它，而它便由以出发的一定思想资料作为前提"③，那就未免主观武断，太简单化了。

---

① 游国恩等主编：《中国文学史》，第4册，第300页。
② 见《评姚鼐〈述庵文钞序〉》，《江淮论坛》1986年第1期。
③ 恩格斯：《致康·施米特》，见《马克思恩格斯文选》第二卷，第495—496页。

我们认为，姚鼐的这一主张与其说是"适应清王朝的政治需要"，不如说是反映了清朝整个时代思潮的需要。清朝既是我国封建社会面临衰落的最后一个王朝，又是我国灿烂的古代文化发展到集其大成的巅峰时期。全面地总结、吸取历史与现实的经验教训，对各个学派和文学上的各种不同流派能够兼长相济，兼容并包，集其大成，正是这个时期时代思潮的基本特色。姚鼐之所以提出这一主张并不是偶然的，而是反映了清代许多学者和文学家共同的思潮，如清初的进步思想家黄宗羲（1610—1695）早就指出：

> 承学统者未有不善于文，彼文之行远者，未有不本于学明矣！降而失传，言理学者惧辞工而胜理，则必直致近譬；言文章者则以修辞为务，则宁失诸理，而曰理学兴而文艺绝，呜呼，亦冤矣。
>
> ——黄宗羲：《南雷文定·后集》卷1

这里黄宗羲对"惧辞工而胜理"的理学家和"以修辞为务，则宁失诸理"的文学家各执一端的偏向，皆提出了批评，而主张既要"善于文"，又要"本于学明"。这跟姚鼐的主张在原则上是一致的。

清初著名古文家汪琬（1624—1691）也反对"谈义理者，或涉于迂疏；谈经济者，或流于雄放。于是咸薄诗古文词为小技而不屑为，自汉以来，遂区儒林与艺苑为二。至宋史又别立道学之目，卒区之为三矣"。而主张"合道学、儒林为一"。①

比姚鼐年长11岁的进步思想家戴震（1724—1777），虽然"以艺为末，以道为本"，但其强调的重心则是"本""与其末同一株"，只是"根枝殊耳"；主张理义、制数、文章三者是"合"而不是"分"。

---

① 汪琬：《尧峰文钞》卷30，《拾瑶录序》。

比姚鼐小 6 岁的著名史学家章学诚（1738—1801），则在《原道下》中明确地指出了考证、义理、文章三者分割的谬误，说明了"三者合一"的必要。

事实说明，姚鼐提出义理、考证、文章三者"兼长""相济"的主张，不是孤立的、偶然的，而是跟思想家黄宗羲、戴震，文学家汪琬，史学家章学诚，对历史和现实的经验教训，共同的反思和总结，是清代具有广泛代表性的学术思潮，它反映了集大成的清代时代特色。黄宗羲和戴震都是举世公认的进步思想家，他们和姚鼐在政治思想上虽然确有进步与保守之别，但是他们在主张义理、考证、文章三者应该结合而不应分割这一点上却是共同的。区别只在于，黄宗羲、戴震是以哲学家的眼光重道轻文，姚鼐则是针对当时文学创作上存在的偏向和弊端而提出的文学理论主张。例如，他曾经指出："矜考据者每窒于文词，美才藻者或疏于稽古，士之病是久矣。"① "世之士能文章者，略于考证；讲经疏者，拙于为文。"② 这不仅是姚鼐个人的看法，同时代的性灵派文学家袁枚（1716—1797）也指出："考据之学形而下，专引载藉，非博不详，非杂不备，辞达而已，无所为文，更无所为古也。"③ 与袁枚从性灵出发完全排斥考据不同，姚鼐则认为："以考证助文之境，正有佳处。"④ 可见姚鼐的这个主张是从"文"出发的，是着眼于文章怎么写得达到最佳的境界，而对当时文学创作中的经验教训的总结。

就政治思想倾向来说，姚鼐固然远远不及黄宗羲、戴震来得进步，然而他作为文学家，就重视文、阐述文学创作的规律来看，姚鼐的主张则又显得更具科学性。政治思想和文学主张，这两者既有联系，又有区别。姚鼐在《方晞原传》中即称："其学宗婺源江慎修，其文宗桐城刘海峰也。"⑤ 而江慎修与戴

---

① 《惜抱轩文集》卷 4，《谢蕴山诗集序》。
② 《惜抱轩文集》卷 11，《疏生墓碣》。
③ 袁枚：《小仓山房文集》卷 30，《与程蕺园书》。
④ 《惜抱尺牍》卷 6，《与陈硕士》。
⑤ 《惜抱轩文集》卷 10。

震属同一学派，时称"江戴"，但这并不妨碍其门人方晞原同时又拜桐城派的刘海峰为师。黄宗羲、戴震的政治思想有进步性，不等于其文学主张就具有科学性。反之，姚鼐的政治思想具有保守性，也不等于连他的文学主张都成了"适应清王朝的政治需要，为封建统治阶级的政治服务的东西"，如同韩愈政治上很保守，仍不失其为卓越的文学家，而王安石当时在政治上是具有进步意义的改革家，在文章写作上却显得很平庸。可见那种把政治与文学混为一谈，以政治思想上的评价来代替文学上的评价，是经不起历史事实检验的简单化的主观武断。何况即使从政治思想上来评价，姚鼐也只是具有保守性，而未必谈得上"反动"。

　　姚鼐的"三合一说显然是立足于书本的，应该说它是'反现实主义'才对"[1]么？其实姚鼐不但一再指出："文章之原，本乎天地。"[2]"夫天地之间，莫非文也。故文之至者，通于造化之自然。"[3]还在他提出义理、考证、文章三合一的《述庵文钞序》中，明言其作者王兰泉之所以成为"三者皆具之才"，是得力于他的实际生活经历："先生历官多从戎旅，驰驱梁、益，周览万里，助我国家定绝域之奇功。因取异境骇闻之事与境，以发其瑰伟之辞为古文，人所未有。"[4]

　　作为一个文学家，姚鼐所说的"义理"，并不是从程朱理学的概念出发的（尽管他主观上对程朱理学十分尊崇）。用他的话来说："彼以为使人诵其书，莫可指摘者，必以为圣贤之言如是其当于理也，而不知言之不切者，皆不当于理也。"[5]可见他是以言之是否切合客观实际，作为衡量"其当于理"与否的准绳的，否则即使"圣贤之言如是"，亦"皆不当于理也"。"作为观念形态的文艺作

---

① 贾文昭：《评姚鼐〈述庵文钞序〉》、《江淮论坛》1986年第1期。
② 《惜抱轩文集》卷4，《海愚诗钞序》。
③ 《惜抱轩文集》卷6，《答鲁宾之书》。
④ 《惜抱轩文集》卷4。
⑤ 《惜抱轩文集》卷1，《贾生明申商论》。

品，都是一定的社会生活在人类头脑中的反映的产物"①，完全"立足于书本"，是绝不可能成为真正的文学家的。这也是姚鼐作为文学家与理学家的主要区别之所在。

姚鼐所说的"考证"，也绝非仅根据书本。他反对"妄引古记"，要求考其"实迹"。②在《登泰山记》中，他通过实地考察，确切写出："泰山之阳，汶水西流；其阴，济水东流。阳谷皆入汶，阴谷皆入济。当其南北分者，古长城也。最高日观峰，在长城南十五里。"这种求实精神，难道不符合现实主义创作原则么？

至于"文章"本身，他更反对为文而文的形式主义或唯美主义。他把文学语言的源泉，归结为"皆人之言，书之纸上者尔"；把"言之美"的标准，归结为"在乎当理切事"，即要合乎客观规律，切合事物的实际；特别指出文章之"贵""不在乎华辞"。这一切跟近代现实主义的创作原则，可谓不谋而合，基本相通。

因此，姚鼐所说的义理、考证、文章三者"兼长""相济"，有着不容忽视的积极作用和重大意义。

首先，它拨正了我国古文发展的航向。既扭转了理学家以语录为文、是道非文的偏向，又纠正了汉学家以注疏为文、热衷于烦琐考据的弊端，从而以兼取义理、考证、文章三者之长，把古文创作引导到了"有唐宋大家之高韵，而议论考核，甚辨而不烦，极博而不芜，精到而意不至于竭尽"③，那种既简练雅洁又韵味无穷的"至美"境界。其对引导我国古文健康发展的巨大功绩和历史意义，即连当时反对桐城派的人，亦不能不予以首肯。

其次，他强调"天下学问之事，……异趋而同为不可废"，"必兼收之乃

---

① 毛泽东：《在延安文艺座谈会上的讲话》，见《毛泽东论文学和艺术》第1版，第64页。
② 《惜抱轩文集后集》卷1，《泰山道里记序》。
③ 《惜抱轩文集》卷4，《述庵文钞序》。

足为善"①，这对于提高作家的修养颇有积极意义。历史上成就卓著的文学家，无一不是既有高超的写作才能，更有通晓事理——自然和社会的客观规律，有广博的知识和深厚的学问，作为文学创作的基础的。当代著名作家王蒙倡导要做"学者型"的作家，即跟姚鼐所总结的三者要"兼长""相济"是相一致的。

再次，纠正以政治批判代替学术评价对姚鼐"三合一"主张的扭曲，恢复姚鼐这一文学主张的本来面目，其意义当不限于对姚鼐及对整个桐城派的正确评价，同时还关系到我们对整个古典文学的研究，乃至对整个民族文化遗产的批判继承，必须坚持博取众长、实事求是的根本原则。

（三）指明"所以为文者八，曰：神、理、气、味、格、律、声、色"

姚鼐在《古文辞类纂序目》中说：

> 凡文之体类十三，而所以为文者八：曰神、理、气、味、格、律、声、色。神、理、气、味者，文之精也；格、律、声、色者，文之粗也。然苟舍其粗，则精者亦胡以寓焉？学者之于古人，必始而遇其粗，中而遇其精，终则御其精者而遗其粗者。

姚鼐的这个"八字诀"，其具体内涵是什么呢？它对于我国古代文学理论究竟有哪些发展和贡献呢？

首先，它是从古文创作诸要素的客观要求出发的，具有较强烈的客观性和现实主义的创作精神，可在很大程度上避免作家主观思想上的局限性。因为他所讲的——

"神"，不只指作家的主观精神，更是指文章对客观事物本身的描写，要达到传神入化的境界。例如，他称赞欧阳修的《岘山亭记》，把岘山亭描写得

---

① 《惜抱轩文集》卷6，《复秦小岘书》。

216

"神韵缥缈，如所谓吸风饮露蝉蜕尘埃者，绝世之文也"①。肯定归有光把《畏垒亭记》写得"不衫不履，神韵绝高"②。

"理"，是指文理、脉理，即行文的客观真实性和内在逻辑性，如他说："当乎理、切乎事者，言之美也。"③他是把"当乎理"与"切乎事"相提并论的，可见他所要的不是脱离实际的空头大道理，而是要与实际事物相切合的"理"。

"气"，指文章的气势。他认为："文字者，犹人之言语也，有气以充之，则观其文也，虽百世而后，如立其人而与言于此；无气，则积字焉而已。"④他赞扬刘大櫆的《章大家行略》："真气淋漓，《史记》之文。"⑤可见他所说的"气"，是指文章所描写的活人之气，亦即"真气"。

"味"，是指文章的风味、韵味、含蓄有味，如他赞赏归有光的散文："能于不要紧之题，说不要紧之语，却自风韵疏淡，此乃是于太史公深有会处。"⑥指出刘大櫆《樵髯传》："写出村野之态如在目前，而文之高清远韵自见于笔墨蹊径之外。"⑦

"格"，是指各种不同文体的体裁、格局，如他的《古文辞类纂》，把古文体裁分为论辩、序跋、奏议、书说、赠序、诏令、传状、碑志、杂记、箴铭、颂赞、辞赋、哀祭等共13类，以向读者示范每类文体值得师法的"高格"。他说："余今编辞赋，一以汉《略》为法。古文不取六朝人，恶其靡也。独辞赋则晋宋人犹有古人韵格存焉。惟齐梁以下，则辞益俳而气益卑，故不录耳。"⑧

"律"，指行文结构的具体规律、法则，如他所说的："布置取舍、繁简

---

① 《古文辞类纂》卷54评语。
② 《古文辞类纂》卷58评语。
③ 《惜抱轩文集后集》卷1，《稼门集序》。
④ 《惜抱轩文集》卷6，《答翁学士书》。
⑤ 姚鼐：《古文辞类纂》卷38评语。
⑥ 《惜抱尺牍》卷6，《与陈硕士》。
⑦ 姚鼐：《古文辞类纂》卷38评语。
⑧ 姚鼐：《古文辞类纂序目》。

廉肉不失法。"①他认为这种"法"并非僵死的,而是"文有一定之法,有无定之法。有定者所以为严整也,无定者所以为纵横变化也。二者相济而不相妨。故善用法者,非以窘吾才,乃所以达吾才也"②。

"声",指文章音调的高低起伏、抑扬顿挫。音节的重要在于它是"神气之迹","神气不可见,于音节见之"③。"积字成句,积句成章,积章成篇,合而读之,音节见矣,歌而咏之,神气出矣。"④姚鼐的伯父姚范也说:"朱子云韩昌黎、苏明允作文敝一生之精力,皆从古人声响处学,此真知古文之深者。"⑤姚鼐承其家法,也曾明言:"大抵学古文者,必要放声疾读又缓读,只久之自悟。若但能默看,即终身作外行也。""急读以求其体执,缓读以求其神味,得彼之长,悟吾之短,自有进也。"⑥"诗、古文各要从声音征入,不知声音总为门外汉耳。"⑦即要求写作时要根据语言信号系统,形成一种最恰当的"语感",写出节奏和谐,音调优美,足以悦耳动听的文章。

"色",指文章的辞藻、文采。他认为:"文章之精妙,不出字句声色之间。"⑧他所追求的文章色彩是平淡、自然,认为:"文章之境,莫佳于平淡,措语遣意,有若自然生成者。"⑨

上述皆可见姚鼐的"八字诀",都是从古文创作的客观规律出发的,是贯穿着现实主义的创作精神的。

---

① 《惜抱轩文集》卷6,《复鲁絜非书》。
② 《惜抱尺牍》卷3,《与张阮林》。
③ 刘大櫆:《论文偶记》之13。
④ 刘大櫆:《论文偶记》之14。
⑤ 姚范:《援鹑堂笔记》集部甲之四《杂论》。
⑥ 《惜抱尺牍》卷6,《与陈硕士》。
⑦ 《惜抱尺版》卷7,《与陈硕士》。
⑧ 《惜抱尺牍》卷8,《与石甫侄孙莹》。
⑨ 《惜抱轩文集后集》卷3,《与王铁夫书》。

（四）从美学的角度，阐明了阳刚、阴柔的风格论

他认为"文章之美"，在于"得乎阴阳刚柔之精"。他说：

吾尝以谓文章之原，本乎天地；天地之道，阴阳刚柔而已。苟有得乎阴阳刚柔之精，皆可以为文章之美。

——《惜抱轩文集》卷 4，《海愚诗钞序》

对于什么叫阳刚之美和阴柔之美，他也有具体的阐述：

鼐闻天地之道，阴阳刚柔而已。文者，天地之精英，而阴阳刚柔之发也。惟圣人之言，统二气之会而弗偏，然而《易》《诗》《书》《论语》所载，亦间有可以刚柔分矣，值其时其人，告语之体，各有宜也。自诸子而降，其为文无弗有偏者。其得于阳与刚之美者，则其文如霆，如电，如长风之出谷，如崇山峻崖，如决大川，如奔骐骥。其光也如杲日，如火，如金镠铁。其于人也，如凭高视远，如君而朝万众，如鼓万勇士而战之。其得于阴与柔之美者，则其文如升初日，如清风，如云，如霞，如烟，如幽林曲涧，如沦，如漾，如珠玉之辉，如鸿鹄之鸣而入廖廓。其于人也，漻乎其如叹，邈乎其如有思，暖乎其如喜，愀乎其如悲。观其文，讽其音，则为文者之性情形状举以殊焉。且乎阴阳刚柔，其本二端，造物者糅而气有多寡进绌，则品次亿万，以至于不可穷，万物生焉。故曰："一阴一阳之为道。"夫文之多变，亦若是已，糅而偏胜可也，偏胜之极，一有一绝无，与夫刚不足为刚，柔不足为柔者，皆不可以言文。

——《惜抱轩文集》卷 6，《复鲁絜非书》

关于阴阳刚柔的论述，在我国渊源久远。早在周宣王初年（公元前 820 年左右），虢文公已把阴阳作为宇宙的两种对立的基本功能提出来（见《国语·周语》）。《老子》更以阴阳二气的交互推移，作为事物发展的基本规律，以刚强柔弱作为事物的两种基本属性。《周易》除指出："一阴一阳之谓道"（《系辞上》），"刚柔者，立本者也"（《系辞下》）。以阴阳刚柔为事物发展规律和基本属性外，还把阴阳与柔刚联系起来，说："阴阳合德而刚柔有体，以体天地之撰，以通神明之德。"（《系辞下》）"刚中而柔外，说以利贞。"（《兑卦》）这已指出它们之间的关系，既是对立的，又是辩证统一的。

南朝齐梁时代，则已把阴阳刚柔运用于说明作家的文学创作。例如，沈约在《宋书·谢灵运传论》中说："刚柔迭用，喜愠分情。"刘勰的《文心雕龙》说："才有庸俊，气有刚柔。"（《体性》）"文之任势，势有刚柔。""刚柔虽殊，必随时而适用。"（《定势》）"刚柔以立本，变通以趋时。"（《熔裁》）宋代朱熹《王梅溪文集序》也指出："天地之间有自然之理，凡阳必刚，刚必明，明则易知；凡阴必柔，柔必暗，暗则难测。"并认为《周易》的阴阳刚柔之说，可观事业文章。

清初魏禧的《文瀫叙》，更进一步指出了刚柔两种文学风格产生的原因和美感特色："阴阳互乘，有交错之义，故其遭也而文生焉，故曰风水相遭而成文，然其势有强弱，故其遭有轻重，而文有大小。洪波巨浪，山立而汹涌者，遭之重者也；沦涟漪瀫，皴蹙而密理者，遭之轻者也。重者，人惊而快之，发豪士之气，有鞭笞四海之心。轻者，人乐而玩之，有遗世自得之慕。要为阴阳自然之动，天地之至文，不可偏废也。"[1]

姚鼐显然是既继承了前人的这一系列论述，又把阴阳刚柔的文学风格论阐述得更为明确而全面，具体而透彻。他在这方面的重大发展和突出贡献是：

---

① 见《魏叔子文集》卷 8。

第一，他最早自觉并明确地从美学风格的角度，提出"文章之美"在"有得乎阴阳刚柔之精"，指出："自诸子而降，其为文无弗有偏者"，或"得于阳与刚之美"，或"得于阴与柔之美"。从阳刚与阴柔这两个方面，来概括文学作品不同的美学风格，这跟西方从古罗马的郎加纳斯，经过博克、康德、席勒、黑格尔，到车尔尼雪夫斯基的不断发展，把美区分为崇高和优美两大范畴，既有其相似、相通之处，又具有我们民族的审美特性和更为丰富的内涵，如它包括阴阳变化，刚柔相济，刚中有柔，柔中有刚，等等。

第二，他把阳刚之美与阴柔之美的不同特色，作了极为具体形象的描绘。指出"其得于阳与刚之美者"，有如雷霆万钧，风驰电掣，气吞山河般的雄壮和伟大；有如杲日、烈火、纯金般的炽热和崇高；有如高瞻远瞩，君临一切，万马奔腾，决胜千里般的果敢和刚强。"其得于阴与柔之美者"有如旭日初升，清风微拂，云霞烂熳，烟雾袅袅，微波荡漾般的温馨和徐婉，有如珠玉辉映、鸿鹄齐鸣般的可贵和高雅，有清浮、邈远的思绪和或喜或悲的缠绵之情。他的描述，不仅把阳刚与阴柔两种美的属性区分得泾渭分明，而且使它俩各自的风格特色显得具体化和形象化了。

第三，他对阳刚与阴柔的关系，作了颇为辩证的阐述。即一方面肯定"阴阳刚柔，并行而不容偏废"[①]；另一方面，又指出："二者之用，亦不能无所偏优于其间。"[②]这就既把美学风格区分为阳刚与阴柔两大范畴，又为风格的多样化开辟了无比广阔的空间，使"文之多变"，足以达到"品次亿万，以至于不可穷"[③]的境界。

第四，他对风格和作者、题材、体裁之间的关系，也作了颇为全面的论述。他认为文章的风格特色，是作者个性和才能的体现："观其文，讽其音，则为

---

① 《惜抱轩文集》卷 4，《海愚诗钞序》。
② 《惜抱轩文集》卷 4，《海愚诗钞序》。
③ 《惜抱轩文集》卷 6，《复鲁絜非书》。

文者之性情形状举以殊焉。"① 他说："惟圣人之言，统二气之会而弗偏"②，能够刚柔兼备；然而《易》《诗》《书》《论语》的风格，"亦间有可以刚柔分类"③，即因为"值其时其人，告语之体，各有宜也"④。可见风格是由于不同时代、不同作者、不同题材和体裁而各具特色的。他十分称颂雄才，认为："卓然足称为雄才者，千余年中数人焉耳，甚矣其得之难也。"⑤ 有时甚至过分强调作家的天赋，把"至文"的创作神秘化，说："文之至者通乎神明，人力不及施也。"⑥ 他也很重视作家后天的主观努力，认为"能取异己之长而时济之"⑦，或"能避所短而不犯"⑧，也可成为欧阳修、曾巩那样卓越的文学家。

第五，他认为文章的风格之美，归根结底是"本乎天地"，得之于阴阳刚柔的"天地之道"⑨。他所说的这个"道"，显然是指客观世界的自然规律；阴和阳是构成这种规律的两个基本的方面，阴阳相济，互动互补，对立统一，使客观世界生生不息，千变万化，永无穷尽。因此，他认为文学创作的最高境界是："道与艺合，天与人一。"⑩ 也就是要求人的主观世界能正确地反映客观世界，作家的天赋才能与主观的努力相统一。这种看法，跟近代现实主义的文学创作原则，应该说基本上是不谋而合的。

总之，姚鼐的文学理论具有集大成的特色。它有相当完整的体系性和周密的理论性，不只是对戴名世、方苞、刘大櫆等桐城派文论的继承与发展，也是对整个中国古代文论和文学创作经验的总结。

---

① 《惜抱轩文集》卷6，《复鲁絜非书》。
② 《惜抱轩文集》卷4，《海愚诗钞序》。
③ 《惜抱轩文集》卷4，《海愚诗钞序》。
④ 《惜抱轩文集》卷6，《复鲁絜非书》。
⑤ 《惜抱轩文集》卷4，《海愚诗钞序》。
⑥ 《惜抱轩文集》卷6，《复鲁絜非书》。
⑦ 《惜抱轩文集》卷6，《复鲁絜非书》。
⑧ 《惜抱轩文集》卷6，《复鲁絜非书》。
⑨ 《惜抱轩文集》卷4，《海愚诗钞序》。
⑩ 《惜抱轩文集》卷4，《敦拙堂诗集序》。

七、"非关天下利害，兹不著"①

——古文的思想内容

姚鼐自称他的作品要有"关天下利害"，这是贯穿其作品的一条主线。其具体表现有下列四个方面：

（一）歌颂勤思国事，悯念民瘼

他在《方母吴太夫人墓表》中，为我们塑造了一个爱国之情重于母子之情的母亲形象。吴太夫人的儿子担任尚书官职，"尚书或被使命出，恋侍膝前，虽行万里碛外，太夫人必正色责其速行急国事，不得少伫；逮既出门而为涕泣焉"②。可见这位母亲不是不疼爱即将远行的儿子，而是强忍着浓烈的母子情，"必正色责其速行急国事"。作品以其前后的鲜明对比，在读者面前活现出了一位爱国母亲的高大形象；它又使我们不禁感受到作者那种"速行急国事"的身影。也许有人会说，这种"急国事"，是急于为封建统治的国家效劳。须知，那时候的国家就是封建统治的国家，不管是"国事""国计民生"还是"民间疾苦"，都是无法撇开封建国家的。我国封建时代那许多可歌可泣的爱国主义者，人们绝不会因为他们所爱的是封建的国家，而抹杀或贬低他们的爱国精神。

姚鼐也有不少直接写民间疾苦的篇章，如他写陈三辰在乾隆四十九年任亳州知州时，"其年安徽大饥，上官令亳州设两粥厂以赈。公计一州两厂，何足赡饥者？自增三厂，分设境内。又收民弃男女者集于佛寺，令一老妪抚孩幼十，如此数十处，身时周巡其间。计其费，上官发银，曾不及半，移用以济之。人谓如此，终必以亏库银获罪矣。公曰：'活民而得罪，吾所甘也'"③。作者在这里所颂扬的，显然是为关心民间疾苦而不怕得罪上司、甘愿自己"获罪"的自我牺牲精神。作品为我们描绘的是当年"安徽大饥"的惨状：一州设两粥

---

① 《惜抱轩文集后集》卷6，《博山知县武君墓表》。
② 《惜抱轩文集后集》卷6，《方母吴太夫人墓表》。
③ 《惜抱轩文集后集》卷9，《中议大夫两广盐运使司盐运使萧山陈公墓志铭（并序）》。

厂，"何足赡饥者"，饥民被迫抛弃男女孩幼，一处集十人，多达"数十处"。读后令人不仅十分赞赏陈公为"活民而得罪"的精神，而且也不能不钦佩作者对民间疾苦的惨重敢于如实描写的写作态度。

在《章母黄太恭人墓志铭有序》中，作者又写道："乾隆五十年，江、淮大旱，民死亡相继。太恭人适在里，睹大哀之，尽分藏廪于族戚故旧，以书速子于浙江购山芋、玉米数千石，杂钱米济赈，所费万金。"她的儿子章攀桂在苏松任监司，要接她到官舍去，她认为"不可"，"曰：'吾去，若饥者何？'于是攀桂亦遂请养归。"① 章母黄太恭人为救济灾民，而不惜"尽分藏廪"；为购救济粮、发救济款，而不惜"所费万金"；为了灾民，而不愿跟儿子到官府去享福。她的儿子为成全母亲救济灾民的心愿，也不惜辞官归家侍母。作者所颂扬的这种为灾民而不惜奉献的精神，事实上已经超越了他们母子个人的范畴，而足以代表我们整个中华民族所崇尚的"民惟邦本"②、"民为贵，社稷次之，君为轻"③、"仁者爱人"④ 的民族精神。

在《周梅圃君家传》中，他写周君在宁夏担任知县期间如何大兴水利，"引河水入渠，以灌民田"，使民"旱涝皆赖"。因其"治水绩最巨，民以所建曰周公闸、周公桥云"。⑤

在《广西巡抚谢公墓志铭（并序）》中，他写谢公在担任广西巡抚期间，"内治吏民，外抚夷獠，筑湘、灘之堤，以为民利，民呼曰：谢公堤"⑥。

诸如此类描写，都不只是对封建官吏中某些好人的歌颂，更重要的是从中寄寓了作者对国计民生和民间疾苦的热诚关心。

---

① 《惜抱轩文集》卷13。
② 《尚书·五子之歌》。
③ 《孟子·尽心下》。
④ 《论语·颜渊》："樊迟问仁，子曰：'爱人。'"
⑤ 《惜抱轩文集后集》卷5。
⑥ 《惜抱轩文集后集》卷7。

至于在《惜抱尺牍》中，姚鼐对国计民生和民间疾苦的关切之情，那就表现得更为直截了当、感人至深了，如他在《与陈硕士》的信中写道："今年江苏、安徽被灾甚重，而办殊无策，盖藩库既不充，不能官振，必求之于富家，而世之甘毁家纾难者，能有几人？其间官吏及民各有情弊千端万绪。又其甚者，乃有绝不报灾，不请放免征税，则其为害于生民，有不知所底者已，此其最可悲叹者也。""南中旱荒，当此财匮之时，尤难展布而吏之才能，而实心忧民者，亦希见其人，群黎之瘁，弥可伤耳。""江南饥馑之后，民生殊不佳，不知今年天心转移何如也。"①

在《与胡果泉》的信中，他又说："江南今岁旱既太甚大……闻本邑县令出令各大户急出财，以救饥馑，此诚是也。而侧闻其又出示征收下忙钱粮，二事并行，一何矛盾！此恐其所延幕宾不善之所为也。诛求不得，必济以鞭刑，极敝之民，恐鞭刑亦不能充赋，则将奈何？今邑中人心既已忧惶，鼐远闻之亦不能不为桑梓之虑。谨撰私议一首，上呈几下，愚贱于公事，素不敢干此，则所关于一邑利害甚巨，伏望垂览，酌所以处之，如使闾阎得安，则鼐妄为出位之言，而抑或小助涓埃于仁心仁闻之万一也。"②

由这些作品可见，姚鼐为"使闾阎得安"，是多么忧心如焚，不遗余力！还把"勤思国事，愍念民瘼"，作为衡量作家"德业之所以隆"和作品之"所以美"的基本标准，如他在为诗人陈东浦写的七十寿序中，称颂其"勤思国事，愍念民瘼，未尝少自暇逸，欢愉之说，靡得进焉。鼐谓此先生德业之所以隆，亦先生诗所以美也"③。

有的论者之所以把如此重视"国事""民瘼"的姚鼐，说成是"文章虽多，

---

① 皆见《惜抱尺牍》卷7。
② 《惜抱轩遗书三种》，光绪己卯春三月桐城徐氏集刊本。
③ 《惜抱轩文集》卷8，《陈东浦方伯七十寿序》。

无一语涉及民间疾苦者"①，这莫非由于其早年即全盘否定桐城派的主观偏见太深所致？②

（二）揭露风俗日颓，朝政益败

在《复曹云路书》中，他说："鼐少时见乡前辈儒生，相见犹论学问，退习未尝不勤，非如今之相师为媮也。所谓'饱食终日，无所用心'者与！"他斥责那些"衣冠之徒"，"数十年来，……风俗日颓，欣耻益非其所，而放僻靡不为"③。在《石屏罗君墓表》中，他又针对士大夫言行不一的恶俗，颇为动情地说："呜乎！士溺于俗久矣，读古人之书，闻古人之行事，意未尝不是之，而及其躬行，顾惮不能效也。"④世俗的败坏，士人的堕落，都绝不是偶然的，而是封建统治腐败的征兆。

真正的贤才并非没有，只是由于封建统治的腐朽，而得不到应有的重用，如姚鼐在《河南孟县知县新城鲁君墓表》中所揭露的，鲁君"慕古人行迹，思效于实用"。担任知县时，他是个"禁无赖号为水官扰民者。其时上官亦多知君贤，然十年居河南，终不见拔"。使他不得不"厌吏事"，"离任遽返"。⑤对于这样一个禁止"扰民"的县官，"上官亦多知君贤"，为什么却"终不见拔"呢？是什么在促使他"厌吏事"而"离任遽返"呢？这该是多么令人深思猛醒啊！

姚鼐有的文章甚至含沙射影地把揭露的矛头指向当时的乾隆皇帝，如他写孔子七十世孙孔信夫，"于诗文为之皆工善"，"名著海内久矣"。"君之少也，值上释奠阙里，尝充讲书官。"可是"及为举人"，却"累会试不第"。"又

---

① 见由刘季高标校并撰《前言》，1992年11月上海古籍出版社出版的《惜抱轩诗文集》。
② 可喜的是刘先生于1981、1986年标点《方苞集》《惜抱轩诗文集》所写的《前言》对桐城派评价，比1961年发表的《评〈桐城派在社会主义社会有无作用〉》一文，已较为客观。
③ 《惜抱轩文集》卷6。
④ 《惜抱轩文集后集》卷6。
⑤ 《惜抱轩文集》卷11。

值上东巡，于中水行宫召使作书，及进，上称善。然竟不获仕，终于曲阜。"①
孔信夫既然为诗文"皆工善"，为什么却"累会试不第"呢？乾隆既然对他"称
善"，为什么他又"竟不获仕"呢？这难道就是乾隆"圣明"的表现么？

在《南园诗存序》中，他又写乾隆让"和珅秉政，自张威福"。御史钱沣
跟和珅作斗争，却遭到和珅的打击报复，以致被迫害致死，等到"上既收政柄"
之后，钱沣因"不幸前丧""不与褒录"。对此姚甚感不平，在文中连呼"悲
夫！悲夫"②！令人读后不禁要问：为什么乾隆要让大奸臣"和珅秉政"呢？
当钱沣早已"奏和珅及军机大臣常不在直之咎"时，为什么乾隆依然听任其"自
张威福"，而直到钱沣死后才"收政柄"呢？如果姚鼐果真是个"不关心国计
民生"的文学家，他能甘冒"文网峻密"的极大风险，怀着这般浓烈的悲愤之
情，隐隐约约地把揭露的矛头直指皇上么？

（三）不满科举，要以古文改造时文

对时文、科举表示不满，这是由顾炎武到蒲松龄、吴敬梓所代表的进步思
潮的一个重要方面，也是姚鼐等桐城派古文的又一重要内容，如姚鼐的《复曹
云路书》指出："明以来说《四书》者，乃猥为科举之学，此不足为书。故鼐
自少不喜观世俗讲章，且禁学徒取阅，窃陋之也。"③他说他的启蒙老师方侍庐，
也"恶世俗所奉讲章及乡会闱墨，禁其徒不得寓目"。盛赞"先生为文，高言
洁韵，远出尘埃之外"，斥责"场屋主文俗士不能鉴也"④。

姚鼐对科举制度埋没人才，深表不满。他写他的启蒙老师方侍庐"少有异
才高识"，却只能"退为诸生，久屈场屋"。尽管安徽督学观保"最知先生贤，
乃举优贡入都，时先生年五十矣"，但结果还是落个"再入北闱不售"。只能

① 《惜抱轩文集》卷13，《孔信夫墓志铭（并序）》。
② 《惜抱轩文集后集》卷1。
③ 《惜抱轩文集》卷6。
④ 《惜抱轩文集》卷13，《方侍庐先生墓志铭（有序）》。

"历游湖南、河南、山西学政幕内，偏观山水之胜，作为诗歌以自娱"①。他在《鲍君墓志铭（并序）》中，称"君为人敦行义，重然诺，作诗歌古文辞皆有法，能见其才。当时儒者文士，皆乐与之交，学使者举为优贡生。然困于乡试，不见知。年四十余，遂绝不就试"②。在《歙胡孝廉墓志铭（并序）》中，他说胡君"工文章，中乾隆己卯科乡试，名著于远迩矣，而屡蹶会闱，迄母丧终，君遂绝志求进。吏部符取为知县，亦不就，惟日与诸生讲诵文艺以为乐"③。鲍、胡二君跟吴敬梓及其《儒林外史》中的杜少卿形象尽管有种种差距，但他们在由热衷于科举而变为"绝意求进"方面，显然是十分相似的。

不同的是，吴敬梓通过他笔下的正面人物王冕之口宣称："这个法却定的不好！"④对以八股文科举取士的办法否定之意甚明；而姚鼐则在同情某些不幸者"困于场屋"的同时，仍然对科举取士寄予希望。因此，他在《陈仰韩时文序》中，称"其为文体和而正，色华而不靡，足以自立，足以应时者也。然生从余游十二年矣，而犹困于场屋。谓生文不善乎？不然也。谓其枯槁孤寂而大远于时乎？亦不然也"。既然如此，那么他又究竟为什么"犹困于场屋"呢？姚鼐的回答是："夫草木之荣华，同本而迟速异时。夫守己不变以俟时者，此亦士信道笃自知明之一端也。"⑤这种回答和劝慰，不免有为科举制度开脱罪责之嫌。他反对时文八股，只是反对"流俗号为选录文字者"⑥，"而无复为古文之志"⑦，并不反对"八股之体"。因此，他说："今世学古之士，谓其体卑而不足为。吾则以谓此其才卑而见之谬也。"⑧他对科举制不满，但并非反对科举制度，

---

① 《惜抱轩文集》卷13，《方侍庐先生墓志铭（有序）》。
② 《惜抱轩文集》卷13。
③ 《惜抱轩文集》卷13。
④ 见吴敬梓《儒林外史》第一回。
⑤ 《惜抱轩文集》卷4。
⑥ 《惜抱轩文集》卷4，《乡党文择雅序》。
⑦ 《惜抱轩文集后集》卷1，《陶山四书义序》。
⑧ 《惜抱轩文集后集》卷1，《陶山四书义序》。

相反他认为："用科举之体制，达经学之本原，士必有因是而兴者，余窃乐而望焉。"① 他的用意主要在提倡古文，以古文来改造时文。所以他赞赏鲁絜非："其为科举之文，不徇俗好，自以古文法推而用之。"② 他是作为个古文家，来对时文八股和科举制度表示不满的。

（四）好乐山水，以作游记自娱

姚鼐自称："生平亦好乐山水。"③ 他早年即立志要游历全国的名山大川，曾对他的亲戚左仲郛④ 说："他日从容无事，当裹粮出游，北渡河；东上泰山，观乎沧海之外；循塞上而西，历恒山、太行、大岳、嵩、华，而临终南，以吊汉、唐之故墟；然后登岷、峨，揽西极，浮江而下，出三峡，济乎洞庭，窥乎庐、霍，循东海而归，吾志毕矣。"⑤ 并宣称："余一旦而获揽宇宙之大"，便"快平生之志"⑥。在他44岁辞官归里前，即迫不及待地踏雪登上泰山游览，并接连写了《登泰山记》《游灵岩记》《游双溪记》《观披雪瀑记》等游记文章。他的游记散文最大特色，不是像他的前辈方苞、刘大櫆那样借游记来抒发旅者的人生感慨，而是仅作自然和人文景观的客观描绘，对于地理形势、游历路径、古人题字、眼前景象，皆写得既确凿有据，又活泼生动。例如，他的《游双溪记》对"双溪"的地势及名称的由来，写得确凿，对"其状万变"的景色，写得生动，给人以身历其境、韵味无穷的深切感受。

从姚鼐的游记文中可以清楚地看出，他所追求的是严格写实的现实主义精神，因此他的游记只着力于写客观自然本身的美和作者对自然美的感受和神往，几乎毫无封建说教的味道。

---

① 《惜抱轩文集》卷4，《乡党文择雅序》。
② 《惜抱轩文集》卷13，《夏县知县新城鲁君墓志铭（并序）》。
③ 《惜抱轩文集》卷14，《吴塘别墅记》。
④ 左仲郛，名世青，字仲郛，其祖母为姚鼐的曾祖姑。
⑤ 《惜抱轩文集》卷4，《左仲郛浮渡诗序》。
⑥ 《惜抱轩文集》卷4，《左仲郛浮渡诗序》。

八、"惟姬传之丰韵，……则又近今之绝作也"①

——古文的艺术特色

姚鼐散文以"丰韵"见长，曾被近代竭力反对桐城派的著名学者刘师培誉为"近今之绝作也"②。但是，它的"丰韵"，并非浅识者所能一眼看穿的。由于姚鼐生当"康乾盛世"——社会矛盾处于相对缓和的时期；面对文网峻密的统治，客观环境也不允许他对当时的社会现实采取剑拔弩张的态度，在作品中用锋芒毕露的方式加以反映，而只能采用适合于他的时代和他个人的特殊的艺术手法。不是故步自封，而是能因时因人而变，充分发挥作家个人的创造才能，这也是桐城派的一个重要特色，如清代方宗诚的《桐城文录序》所说："我朝论文家者，多推望溪、海峰、惜抱三先生，而三先生实各极其能，不相沿袭。"③因此，掌握姚鼐散文的特殊艺术手法和艺术特色，无论对于我们认清其思想内涵和"丰韵"的特殊价值，乃至了解整个桐城派的特性，都是至关重要的。

（一）旁敲侧击，指桑骂槐，寓浓郁于平淡

他的《翰林论》，名为论述"翰林有制造文章之事而兼谏争"的职责，而实则在揭示"天子虽明圣，不谓无失"，"与其有失播诸天下而改之，不若传诸朝廷而改之之善也；传诸朝廷而改之，不若初见闻诸左右而改之之善也"。"明之翰林，皆知其职也，谏争之人接踵，谏争之辞运筴而时书。今之人不以为其职也，或取其忠而议其言为出位。夫以尽职为出位，世孰肯为尽职者？"④这里所谓的"今之人"，难道仅仅是指一般的人而非指最高统治者天子么？对于身为天子侍从的翰林，除了天子本人，谁还有权"取其忠而议其言为出位"呢？"夫以尽职为出位，世孰肯为尽职者？"这无异于说，不是翰林不肯尽谏

---

① 刘师培：《刘申叔先生遗书·左盦外集》卷13，《论近世文学之变迁》。
② 刘师培：《刘申叔先生遗书·左盦外集》卷13，《论近世文学之变迁》。
③ 方宗诚：《柏堂集》次编卷1。
④ 《惜抱轩文集》卷1。

争的职责,而是天子"以尽职为出位",迫使其不得不然。"尽职",这本是人皆尽知的值得肯定的表现,而当时的最高统治者却"以尽职为出位"来责备其下属,这该是多么荒唐无知、蛮不讲理啊!如此借论述翰林的职责为名,来行指责天子之实,岂不是采用了旁敲侧击、指桑骂槐的艺术手法,从而使作品具有寓浓郁于平淡、耐人寻味的丰韵特色么?

这种旁敲侧击、指桑骂槐的艺术手法,都是在冷静说理和平淡论述之中,表达了作者抨击封建统治、关切国计民生的浓郁之情,因而具有寓浓郁于平淡的艺术特色。

(二)正反对比,意在言外,寓工巧于自然

他在《袁随园君墓志铭(并序)》中称:"君本以文章入翰林有声,而忽摈外;及为知县,著才矣,而仕卒不进。"这是多么鲜明的对比!多么强烈的反差!既然"以文章入翰林有声",为什么却被"忽摈外"呢?既然"为知县,著才矣",却为什么又"仕卒不进"呢?作者又写其在江宁任县令期间,由于其政绩卓著,被群众编为歌曲,刻行四方,加以颂扬,而"君以为不足道,后绝不欲人述其吏治云"。"自陕归,年甫四十,遂绝意仕宦,尽其才以为文辞歌诗。"① 为什么他"后绝不欲人述其吏治"呢?为什么正当40岁壮年即"绝意仕进"呢?这一切,该是有多少言外之意蕴含于其间啊!作者皆未明说,读者也不需明说,仅通过他"入翰林有声""为知县"后的遭遇对比,就不言而喻地使人强烈感受到,那个社会当权的封建统治者是多么不识贤,不重贤,不用贤!而袁枚对于当权的统治者又是多么鄙视和愤慨!在那种腐朽的封建统治下,政绩、吏治再好,又有何用?所以袁枚"后绝不欲人述其吏治",在这句话里面,该是寄寓着袁枚和作者多么浓烈的不满和愤慨之情啊!这种正反对比、意在言外的艺术手法,寓工巧于自然的艺术特色,不仅同样达到了揭露时弊、抨击现实的目的,

---

① 《惜抱轩文集》卷13。

而且既可"免世网罗缯缴之患"①，逃避"文字狱"，又使文章显得更加简洁别致，波澜起伏，发人深思。如果掌握了作者这种特殊的艺术手法和艺术特色，那就会对其所揭露的时弊，留下刻骨铭心的印象；反之，则很容易如"囫囵吞枣——食而不知其味"，还振振有词地指责"姚鼐散文的最大特点就是空"②。

（三）以实写虚，意味深长，寓丰富于简洁

作者在辞官归里之前，特地登泰山游览，写下了脍炙人口的《登泰山记》。这篇游记从表面上看，纯属实写登泰山经过及所见景色，向来以令人"服其状物之妙"③著称。然而，若联系该文的写作背景，即不难发现，其在对景物的实写之中，还意味深长地寄寓着作者在辞官之后的万千感慨，其中既有对摆脱官场羁绊，回归大自然之后的愉悦之情，又有以对大自然如诗如画一般美景的热烈赞赏，来反衬其对官场丑恶的无比愤绝。这并不是笔者的主观臆测，而是有事实根据的。作者在与此同时写的《岁除日与子颖登日观观日出作歌》④中，即明白无误地抒发了面对"海隅云光一线动，山如舞袖招长风"的壮丽景象，他既有"使君长髯真虬龙，我亦鹤骨撑青穹"的欢悦感，又有"山海微茫一卷石，云烟变灭千朝昏"的忧愤心。刘大櫆在《朱子颖诗序》⑤中也说："乙未之春，姬传以壮年自刑部告归田里，道过泰安，与子颖同上泰山，登日观，慨然想见隐君子之高风，其幽怀远韵与子颖略相近云。"这都证明，《登泰山记》是寓有姚鼐的"隐君子之高风"和"幽怀远韵"的。

如果说《登泰山记》的深长意味，未免过于隐约幽晦的话，那么，与此相关的《朱二亭诗集序》，则写得较为显露。该文在称赞朱子颖、朱二亭二人"皆数十年诗人之英，一亡而不可再遇者也"的同时，又写道：

---

① 《惜抱轩文集》卷7，《赠程鱼门序》。
② 漆绪邦、王凯符：《桐城派文选·前言》。
③ 黎庶昌《续古文辞类纂》卷25对此篇的评语。
④ 《惜抱轩诗集》卷3。
⑤ 《刘大櫆集》卷2。

嗟呼！余年二十，始见子颖。子颖承先世用武之余烈，尝思舍章句之业，奋迹戎马，建立功名，使后世知其豪俊，而其诗亦时及此旨。及暮年，乃仕为转运使，俯仰冠盖商贾之间，忽忽时有所不乐；而二亭以布衣放情山水，见俗人辄避去，高吟自适，以至老死。子颖虽富贵，而志终不伸；二亭虽贫贱，而可谓自行其志，卒无余恨者也。

——《惜抱轩文集后集》卷 1

朱子颖为什么"虽富贵，而志终不伸"？朱二亭为什么"虽贫贱，而可谓自行其志，卒无余恨"？作者皆未明说，只是通过如实描写，即寓虚于实，使读者不难看出，这是由于他俩的人生道路不同。前者热衷的是混迹于官场，"建立功名"；后者追求的是"放情山水"，做"高吟自适"的诗人。通过对两者的如实描写，即将作者的褒贬、爱憎，及其对官场生活的极端厌恶，对个性自由、"放情山水"的热烈向往，种种深切的人生感喟，皆无不寄寓其间。值得注意的是，作者对朱子颖个人毫无贬低之意，"子颖承先世用武之余烈，尝思舍章句之业，奋迹戎马，建立功名，使后世知其豪俊"，这是无可厚非的，问题只在于客观环境不允许他实现"豪俊"的人生理想，而只能"俯仰冠盖商贾之间，忽忽时有所不乐"。由此可见，作者对他的可悲处境是极表同情的；在这种同情之中，显然又寄寓着他对官场黑暗的愤慨。这其间该是有着多么丰厚深长的意味，耐人咀嚼不尽啊！

这说明，读惜抱之文，不能停留于字面，而往往要仔细体会其以实写虚的深长意味。停留于字面，则不免斥之为"空疏"；一旦体会其言外之意，则必为其寓丰厚于简洁的艺术特色之高超，而不禁赞叹不已，甚至拍案叫绝！

（四）重在气质，超凡脱俗，寓阳刚于阴柔

姚鼐笔下对人物的描写，往往不是采用金刚怒目式的阳刚形态，而是不管

233

处境多么艰难，遭遇多么不公，内心多么愤慨，他总是依然心平气和地款款道来，通过平和的语言，道出人物非凡的精神气质，以寓阳刚于阴柔之中。例如，他在《郑大纯墓表》中，写郑大纯的处境可谓艰难至极："君初为诸生，家甚贫，借得人地才丈许，编茅以居，日奔走营米以奉父母，而妻子食薯蓣。"面对此情，作者没有正面描写和赞美他如何不畏艰难，只是接着以"君意顾充然"一句，即把他那豁达非凡的气度，刻画得令人过目难忘。尤为感人的是，作者接着写他在自身极其困难的情况下，却非常乐于助人："邻有吴生者，亦介士，死至不能殓。君重其节，独往手殡之。将去，顾见吴生母老岂衣破，即解衣与母。母知君无余衣，弗忍受也。君置衣室中，趋出。"他的这一切行为，不仅柔情似水，充满慈悲心肠，而且表现出他那内在的侠义胸怀和刚烈气质。接着作者又写他路遇不平之事，即挺身而出，为救助一个素不相识的书生，而不惜耽误了自己赴京赶考的时间，把人物的柔中见刚，刻画得更加鲜明突出。[①] 以"温深而徐婉"之笔，写出"雄伟而劲直"之文，这正是姚鼐散文的风格特色。

在写景方面，则是以写出景色的秀丽动人，来表现出作者的雄才和阳刚之气。例如，他的《游媚笔泉记》，写"大石出潭中"的形态是："若马浴起，振鬣宛首而顾其侣"；写人"援石而登"的惊险是："俯视溶云，鸟飞若坠"；写周围的环境是："日暮半阴，山风卒起，肃振岩壁榛莽，群泉矾石交鸣"[②]。若非出于雄才之手，岂能写出如此秀丽动人的景色？

有的论者说姚鼐的"古文风格"，"偏于他自己所谓的阴柔那种类型"[③]。笔者认为，这种论断是只看到其"徐婉"的表象，而抹杀了其"雄伟"的实质；它既不切合姚鼐的作品实际，也与姚鼐推崇阳刚的风格理论主张相脱节。

事实证明，姚鼐的确把我国古代散文发挥到了颇为完美的佳境。用曾国藩

---

① 《惜抱轩文集》卷11、14。
② 《惜抱轩文集》卷11、14。
③ 刘季高：《惜抱轩诗文集·前言》，上海古籍出版社1992年版，第8页。

的话来说："举天下之美，无以异乎桐城姚氏者也。"①他的侄孙和学生姚莹所说，其"文品峻洁似柳子厚，笔势奇纵似太史公。若其神骨幽秀、气韵高绝处，如入千岩万壑中，泉石松风，令人泠然忘返，则又先生所自得也"②。只是由于他采用的写作手法和艺术风格别具特色，不是锋芒毕露，慷慨陈词，滔滔不绝，而是"平平说来，断制处只一笔两笔，是非得失之理自了，而感慨咏叹，旨味无穷。此盖文章深老之境，非精于议论者不能，东坡所谓绚烂之极也。先生文不轻发议论，意思自然深远，实有此意，读者言外求之"③。

———————————

① 曾国藩：《〈欧阳生文集〉序》，见《曾文正公文集》卷1。
② 姚莹：《识小录》、《惜抱轩诗文》条，第132页。
③ 姚莹：《识小录》、《惜抱轩诗文》条，第133页。

第六章 桐城派的传播者——姚门弟子

姚鼐是桐城派中承上启下的关键性人物。他在戴名世、方苞、刘大櫆等同乡前辈的基础上，不但进一步完善了桐城派的散文理论，而且还通过担任长达四十年的书院主讲，为桐城派的广泛传播培养了一大批姚门弟子。

姚鼐弟子众多，最早提出"姚门四杰"之说的，是姚鼐的侄孙和弟子姚莹，他说："余谓若吾桐方植之东树、刘孟涂开、上元梅伯言曾亮、及异之，皆惜翁高足，可称'四杰'。"①

后来曾国藩则以姚莹代替刘开，称姚莹、管同、梅曾亮、方东树为姚门"高第弟子"②。

方宗诚的《桐城文录序》指出："桐城之文，自植之先生后，学者多务为穷理之学；自石甫先生后，学者多务为经济之学。"③也就是说，方东树和姚莹分别代表了姚鼐弟子及其后桐城派发展的两种不同趋向。

因此，本章重点分别叙述方东树、姚莹、梅曾亮、管同、刘开。

---

① 姚莹：《中复堂全集·后湘二集》卷 4。
② 见《〈欧阳生文集〉序》。
③ 方宗诚：《柏堂集》次编卷 1。

一、"多务为穷理之学"①的方东树

（一）教书卖文，潦倒一生

方东树（1772—1851），字植之，别号副墨子，晚年慕卫武公耄而好学之意，以"仪卫"名轩，自号"仪卫老人"。他出身于书香门第，安徽桐城人。曾祖泽，拔贡生，为姚鼐师；祖训，父绩，皆县学生员。他幼年即聪颖好学，11岁时效范云作《慎火树》诗，为乡前辈称赏。22岁入县学，为弟子员，补增广生。旋赴江宁，受业于姚鼐执教的钟山书院。先后应乡试达十次，次次名落孙山，50岁后遂决意不应试。自27岁起，为生计而客游四方，先后在江宁、阜阳、六安、池阳、粤东、亳州、宿松、祁门等地书院或幕府，从事教书和著述，并为江宁、广东粤海关修志。80岁还欣然应邀赴祁门主持东山书院，到任仅两月即去世。方东树可谓毕生不得志，穷愁潦倒，是个以读书、教书、著书为业的文人。主要著作有《仪卫轩诗文集》《汉学商兑》《昭昧詹言》、《书林扬觯》《一得拳膺录》《大意尊闻》《待定录》《进修谱》《未能录》《思适居钤语》《山天衣闻》等十余种。

（二）不忧一身，悲愤时事

方东树"多务为穷理之学"，即十分尊崇程朱理学。他颂扬其"语之无疵，行之无弊"，使"周公、孔子之真体大用，如拨云雾而睹日月"②。甚至狂热地宣称："孔孟程朱之道，彻上彻下，不隔古今，天不变道亦不变，所谓庸常不易。"③他论文也强调"道"，说："道思不深不能工文，经义不明不能工文，质性不仁不能工文。"④对此，应作何评价？有人斥责他"完全是一副十

---

① 方宗诚：《桐城文录序》，《柏堂集》次编卷1。
② 方东树：《汉学商兑重序》。
③ 方东树：《仪卫轩文集·辨志一首赠甘生》。
④ 方东树：《姚石甫文集序》。

足卫道者理学家的面孔"①，旨在"使人心都归服于孔孟程朱之道及清王朝的统治"②，连权威的《中国思想通史》都给他"定性"为"提倡庸烂理学的反动思想的人物"中"最典型的代表"③。

这种评价，虽然并非毫无根据，因为程朱理学本身确有其反动性，方东树对程朱理学这般崇拜和宣扬，给予适当的批判是必要的。

但是从方东树一生来看，他并不是个"反动思想的人物"，而是个历尽坎坷，终生陷于不得志的困境，对社会现实颇为不满，有着进步思想倾向的封建文人。他出身于寒儒之家，一辈子没有考取科举功名，没有做过官，对于封建统治的衰朽，则悲愤不已。因此，他的同窗好友姚莹在写给他的信中说："翁年七十有二，生平未尝处一顺境。""翁不忧一身，而悲愤时事。"④在那个以读书中举做官为封建文人唯一出路的时代，他却于50岁即决意不再应试（《聊斋志异》作者蒲松龄71岁还在应试），这绝不是偶然的，而是他对清朝统治者不满和失望的表现。他曾极为愤慨地揭露当时科举制度的弊病和官场的黑暗，说："世人但期子弟为官，不知子弟才入仕途，即万罪万恶之根株萌芽与之并长，多以之覆宗，可惧之甚。"⑤

他以古代圣人为楷模，狷洁自好，"性高介，恒闭门撰述，不随人俯仰"⑥，"于人事多所不通，惟笃信好古人，以为道可以学而至，圣可勉而希"⑦。

为此，他不惜"纵其心志，与俗背驰，犯笑侮蒙"⑧。

为此，他不得不"栖身贱素"，过着"二十年来饥寒困迫，颠沛失荡，无

---

① 见《桐城文派》，中华书局1992年1月版，第68页。
② 见《桐城文派》，中华书局1992年1月版，第74页。
③ 侯外庐：《中国思想通史》第5卷，人民出版社1956年版，第685页。
④ 姚莹：《又与方植之书》、《东溟文后集》卷8。
⑤ 方东树：《大意尊闻》卷2。
⑥ 马其昶：《桐城耆旧传·方植之先生传》。
⑦ 方东树：《仪卫轩文集·答姚石甫书》。
⑧ 方东树：《仪卫轩文集·答姚石甫书》。

以自存，其遇可谓穷矣"①的生活。

为此，他落得个"孤穷于世，匪独无见收之人，乃至无一人可共语，胸中蓄言千万，默默不得吐"②，可谓孤独、郁闷至极。

方东树甚至把其揭露、批判的矛头，直指清王朝的最高统治者。例如，针对清王朝为维护其统治，竭力反对结党清议，动辄株连无辜，他指出："彼奸人者念只诛一人，不足以锄其类，故被之以党人之名，而后可以尽剿之也。苟人主明于用贤，宰相公恕无私，则朋党无自而成，又乌用布告天下，使同忿疾耶！且所恶于清议之党者，在天下之鄙俗耳。若乃大臣自为党，甚至人主亦有自党其权奸者，则又何说！"③这无异于说清王朝自身乃是结党营私之徒，"人主"不但不"明于用贤"，甚至"自党其权奸"；"宰相"不但不"公恕无私"，甚至"自为党"。他对清王朝统治者的这种揭露和认识，说他要使人心都"归服于……清王朝"，又岂能令人信服？

（三）崇尚实用，救时济世

人们不能仅看到方东树打的旗号是"提倡庸烂理学"，更重要的是，还要看到他所强调的以"安民实用"为权衡一切的标准，如他的学生方宗诚所说的："（他）锐然有用世志，凡礼乐兵刑、河漕水利、钱谷关市、大经大法皆尝究心，曰：'此安民之实用也，道德、义理所以用此权衡也'"④。虽然终生无官无职，使他没有为国家人民建功立业的机会，科举仕途上的不得志，使他过着穷困潦倒的生活，但这一切皆终究未能窒息他那一颗用世之心。翻开他的文集，我们即可读到他的《治河书》《读禹贡》和要求"禁烟制夷"等用世之作。崇实尚用，救时济世，这可以说是方东树最基本的思想政治主张。他反对那些不"足

---

① 方东树：《仪卫轩文集·答姚石甫书》。
② 方东树：《仪卫轩文集·复姚君书》。
③ 方东树：《仪卫轩文集·复罗月川太守书》。
④ 方宗诚：《仪卫先生行状》，见于《大意尊闻》卷首。

以救乎时"的空谈，反对脱离社会现实去"钻故纸"，反对为个人成名而"著书作文"，立足于"救时""济世"，追求言要"足膺世之用""足为天下后世法"①，这显然是顺乎当时的历史要求和时代进步潮流的。

（四）呼吁禁烟，反对姑息

1840 年的中英鸦片战争，是中国历史发展的转折点。生当这个关系到中华民族兴衰荣辱、生死存亡的历史转折的关头，是妥协投降、苟且偷安、卖国求荣，还是救时济世、发奋图强、坚持爱国，成了划分反动与进步两种力量、两股潮流的主要分界线和斗争的焦点。面对这个大是大非的历史抉择，方东树的实际表现又如何呢？

早在道光十八年（1838），方东树应邀在广州修《粤海关志》时，他即为鸦片之毒蔓延我国而忧心如焚，并极其清醒地及时指出："彼外夷之以此愚毒中国也，非独岁糜中国金钱数十百万而已也，其势将使中国人类日就渐灭也。此天地之大变也，自生民以来，其祸之柔且烈未有若此者也。"②为此，他特地作《劝戒食鸦片文》，"痛切陈谕，庶彼忠告"③，唤起全民认清鸦片毒害之巨，力劝食烟者戒烟。

针对统治者带头吸鸦片这个问题之要害，他又撰《化民正俗对》，强调禁烟必须"先治士大夫在上之人"④，他还力劝制军邓廷桢擒杀"桀傲不受约"的英帝国主义分子义律，"以绝祸本"⑤。

由于清统治集团采取妥协投降的政策，根本不理睬他的意见。最终清政府在鸦片战争中惨遭失败，对此他痛心切齿，泣涕如雨，不顾年迈老病之躯，毅然作《病榻罪言》，批驳投降派的谬论，并从战略大计到具体措施，为抗英制

---

① 见方东树：《仪卫轩文集·辨道论》。
② 方东树：《仪卫轩文集·劝戒食鸦片文》。
③ 方东树：《仪卫轩文集·劝戒食鸦片文》。
④ 方东树：《仪卫轩文集·化民正俗对》。
⑤ 方东树：《仪卫轩文集·化民正俗对》。

夷献计献策。全文长达万言，字挟风雷，声成金石，字里行间无不洋溢着爱国主义的激情，可谓哀伤痛极，血透纸背，至今读来仍令人心潮起伏，久久无法平静。

（五）《汉学商兑》，颇有新意

指责方东树为"反动思想的人物"中"最典型的代表"者，主要根据是他写了《汉学商兑》。其实，这本书除了确有"提倡腐烂的理学"，应予批判之外，仔细审读全书，不难发现，它在鼓吹程朱理学的同时，也有着颇具时代特色和跟进步潮流相合拍的新鲜内容：

第一，他主张的"义理""天道"，与程朱的唯心论有所不同。他说："要之，条理、义理、文理，皆本天道之自然，故曰天理。""道之得名，正以人生日用当然之理，犹四海九州百千万人当行之路耳，非若老佛之谓道者空虚寂灭而无与人也。""为士而自言学道，犹为农而自言其服田，为贾而自言其通货。"①他的《天道论》更直接地否定了天的存在，说："宇内一切亦人之所为耳，彼天其何权之有。""造化之机人执之，谓天主之者，不经之谈也。"②这些论述，不是闪耀着唯物主义的思想光辉么？

第二，"乾隆嘉庆之际，考据之学极盛时期，一世聪明才智之士，既多专治古学，不问时事；于是政治经济，无正直指导之人，贪庸当道，乱阶由是酝酿，迨道光、咸丰，遂一败而不可收拾。"③在此历史背景下，方东树著《汉学商兑》，批评汉学家"众口一舌，不出于训诂小学、名物制度，弃本贵末，违戾诋诬，于圣人躬行求仁、修齐治平之教，一切抹煞，名为治经，实足乱经，名为卫道，实则畔道"④。指责他们追求"言言有据，字字有考，只向纸上与古人争训诂形声，

---

① 方东树：《汉学商兑》卷上。
② 方东树：《仪卫轩文集·天道论》。
③ 萧一山：《清代通史》中卷，中华书局 1986 年版，第 593、594 页。
④ 方东树：《汉学商兑·序例》。

传注驳杂，援据群籍，证佐数百条，反之身己心行，推之民人家国，了无益处，徒使人狂惑失守，不得所用"①。他在这里所强调的是，治学要为修身、齐家、治国平天下服务，要与"民人家国"有"益"有"用"，这岂不显然也是合乎当时的历史呼唤和时代要求的么？

第三，他只是批评当时的"汉学诸人"，并不一味抬高宋学，抹杀汉学。他说："由今而论，汉儒宋儒之功，并为先圣所攸赖，有精粗而无轩轾，盖时代使然也。"②对于顾炎武、戴震等进步思想家，他有曲解和攻击之处，也有所肯定。说明作者虽未完全摆脱尊崇宋学的偏见，但在当时已被称作"折衷允当"③。这跟作为大一统的清代要求全面总结、继承和发扬中国民族文化传统的学术主潮，是基本吻合的。

第四，他强调求实的精神，要求"言理则是实理，言事则是实事，德则实德，行则实行"。他说："千虚不博一实，吾生平学问无他，只是一实。""做得功夫实，则所说即实事，不说闲话，所指人病即是实病。""吾自幼时听人议论似好，而其实不如此者，心不肯安，必其求实而后已。"④他这种求实的精神，更显然是符合清代学术进步主潮的。

因此，尽管方东树的《汉学商兑》以程朱之学为批判的思想武器是谬误的，但是，他所批判的并非毫无道理，他所主张的也并非无可取之处，"并非全说昏话，并不能简单地同宋儒等同起来"⑤，"宋儒鼓吹的一套义理气节，都被他涂上了时代的色彩而加以改造过了"⑥。

---

① 方东树：《汉学商兑》卷中之上。
② 方东树：《汉学商兑重序》。
③ 此系元和沈钦翰在《汉学商兑》一书前题词中的话。阳湖陆继辂的题词，也赞其"折衷平允"。
④ 方东树：《汉学商兑》卷中之上。
⑤ 黄霖：《近代文学批评史》，上海古籍出版社 1993 年 2 月版，第 160 页。
⑥ 黄霖：《近代文学批评史》，上海古籍出版社 1993 年 2 月版，第 158 页。

（六）文辞为宗，大言自壮

平心而论，方东树不是政治家，也不是哲学家、思想家，而是以"姚门四杰"之一著称的桐城派文学家。他写《汉学商兑》，主要是由于"近世为汉学者，其蔽益甚，其识益陋，其所挟惟取汉儒破碎，穿凿谬说，扬其波而汩其流"[①]。至于"训诂名物制度"，他也认为"实为学者所不可阙之学"，问题只是在于"此等明之固佳，即未能明，亦无关于身心性命，国计民生"[②]。可见他所最为关注的，是"身心性命、国计民生"的需要。这反映了他作为一个文学家的思维方式和思想实质。他反对汉学之"蔽"，并不反对汉学本身；他尊崇程朱之学，也跟顽固维护封建统治的理学家有别。对此，有识之士早就看出来了，如章炳麟的《检论》即指出："桐城诸家（指方苞、刘大櫆、姚鼐等——引者注），本未得程朱要领，徒援引肤末，大言自壮。……东树本以文辞为宗，横欲自附宋儒。"[③]

方东树所宣扬的程朱义理，既然只是"大言自壮"，那么，无论以他为"提倡腐烂理学的反动思想的人物"中"最典型的代表"，还是赞其为"一种革命事业"[④]，都如同视猫为虎一样，显得未免失实了。

近人张舜徽侧重于从文学方面对《汉学商兑》的评价，则是称其为："言议骏快，文笔犀利。箴盲起废，足矫乾嘉诸儒之枉。虽持论稍偏，不可谓非雄辩之士。"[⑤]

（七）爱国忧民，此呼彼应

在历史上，龚自珍、魏源向来是作为进步思想家、文学家相提并论的。跟龚、魏同时代的方东树等桐城派作家，虽然在思想的进步性方面不及龚、魏，但是在批判汉学末流的脱离现实、积极追求爱国忧民这方面，他们又确实是与龚、

---

① 方东树：《汉学商兑重序》。
② 方东树：《汉学商兑》卷下。
③ 章炳麟：《检论》卷4，《清儒》。
④ 梁启超：《饮冰室合集》第8册。
⑤ 张舜徽：《清人文集别录》卷13。

魏此呼彼应，颇为一致的。据近代刘声木的《桐城文学渊源撰述考》，龚自珍本属桐城文派中人，"其文不尽守师法，亦有简劲合于桐城义法者"①。魏源的《海国图志》，是公认为当时进步思潮的代表作，对后来资产阶级改良主义运动有积极的影响。当方东树晚年读到这部著作后，他当即写信给作者魏源说："……兹八月，日于叶君处得示大著《海国图志》两函耳。此书名已久，迟而未见，急拭昏眸，悉心展读，甫尽卷首四条，不禁五体投地，拍案倾倒，以为此真良才济时切用要著，坐而言可起而行，非迂儒影响耳食空谈也。"②方东树与魏源的爱国进步思想是如此相投，怎么能仅因为他在主观上有真诚尊崇程朱之学的一面，甚至只因为他说了几句以程朱义理"大言自壮"的"门面语"，就把他打入与龚、魏对立的反动阵营呢？

至于说"他所要救的'时'，所要济的'世'"，"只是清王朝日之将夕的统治政权而已"③，这能站得住脚么？且不说当时的历史条件，尚不可能出现另一个足以代替清王朝的如旭日东升的统治政权，连后来的资产阶级改良主义运动，也不因其要挽救"清王朝日之将夕的统治政权"而丧失其历史进步意义，即使从方东树提出"救时""济世"的主张来看，也是以人民性和进步性为其主要内涵的，而并非只是为了清正朝，如他说："盖民安而后国安，国安则君自安，一定之理，若夫徒知利国而不利民，不顾民之水火疾痛，而曰吾固以利国奉君也，譬掘根焦土而求种获，必不得矣，卒之民亡而国遂受其大败。孟子曰：民为贵，社稷次之，君为轻。此利害次第之实理也。"④这种强调"民安而后国安""民为贵"的"实理"，显然是属于朴素的民本思想，而跟只顾肆意压迫、剥削人民，腐朽没落的清王朝统治政权相矛盾的。

---

① 刘声木：《桐城文学渊源撰述考》卷 4，黄山书社 1989 年版，第 177 页。

② 方东树：《仪卫轩文集·与魏默深书》。

③ 见《桐城文派》，中华书局 1992 年 1 月版，第 67 页。

④ 方东树：《大意尊闻》卷 2。

方东树是个"自奉极菲,而遇人则厚"的人,每遇"凶岁",他竟不惜自己"更减食饮,以周困穷,盖至性醇笃如此"①。他的这种"至性",显然具有某些民主、平等的思想因素。

(八)文与道俱,经世致用

方东树的文学主张和文学创作,虽然也有封建性的糟粕,但就其主要倾向来看,还是要以爱国忧民的思想,实现其"救时""济世"之旨,是合乎当时的时代潮流,有其进步意义的。

首先,他强调文章要适应时代的需要,要"救时""言蔽","经世致用",如他说:"夫唐以前无专为古文之学者,宋以前无专揭古文为号者,盖文无古今,随事以适当时之用而已。"②他要求文章所写的内容要"适当时之用",要"救乎时",要揭示"其时之敝",否则"言虽是而不足传"③。清朝统治者提倡考据,妄图把知识分子引导到不问政治,脱离现实,埋头于故纸堆中,而他则公然反对"钻故纸著书作文",要求"才当世用,卓乎实能济世"④。在他看来,"要之文不能经世者,皆无用之言,大雅君子所弗为也"⑤。

他虽然也强调文章要遵循孔孟程朱之道,要"有本",认为"文之所以不朽天壤万世者,非言之难,而有本之难","其至者乃并载道与德以出之"⑥。但他所说的孔孟程朱之道、"有本"及"道与德",皆要服从于"救时""济世""安民实用"的需要,如在他的文集中论及最多的是姚莹。他称赞姚"任台澎道四年,召募义勇三万余人,挫败英夷。英夷惮之,不敢近。故连年浙粤

---

① 方宗诚:《仪卫先生行状》,见于《大意尊闻》卷首。
② 方东树:《仪卫轩文集·书惜抱先生墓志后》。
③ 方东树:《仪卫轩文集·辨道论》。
④ 方东树:《仪卫轩文集·复罗月川太守书》。
⑤ 方东树:《仪卫轩文集·复罗月川太守书》。
⑥ 方东树:《仪卫轩文集·书惜抱先生墓志后》。

江南皆丧地失守，而台湾独完"①。称赞姚的为人和文章最讲究"实"②，"平居以贾谊、王文成自比其学，体用兼备，不为空谈，故其文皆自抒心得，不假依傍"。他说："余观其义理之创获，如浮云过而观星辰也"；"其铺陈治术，晓畅民俗，洞极人情得失，如衡之陈，鉴之设，幽室昏夜而悬烛照也"。③这就是说，姚莹在政治上是个坚持抗英，并立下赫赫战功的爱国主义者，而在文学创作上则是个坚持写实，并"洞极人性得失"的现实主义作家。所谓的"义理"，并不是指孔孟程朱书本上的教条，而是经过实际生活的"衡"与"鉴"，经过作家的"观察"与"烛照"之后的"心得"和"创获"。

其次，方东树作为桐城派文学家，他不赞成当时一些人的文学观，是有其正确性的。例如，戴震虽然不愧为进步思想家，但他对文学必须以生活为源泉、文学的相对独立性和文学形式的重要性，在认识上却有偏颇。他说："文章有至有未至，至者得于圣人之道则荣，未至者不得于圣人之道则瘁。""事于文章者，等而末者也。"④方东树则认为文学有其自身的规律，他强调"文章之道，别有能事"，既要"有物"有用，又要"有序"有文，要"文与道俱，言为民则"，"其道足以济天下之用，其词足以媲《坟》、《典》之宏"。这样才能"传于后世"，"光景常新，久而不敝，而为人所循诵法传"⑤。他不是一味地强调文章的"至"与"未至"，完全取决于是否"得圣人之道"，而是既要求学习、借鉴和继承古文的写作技法，说："夫有物则有用，有序则有法；有用尚矣，而法不可偕。"⑥同时又强调"必师古人而不可袭乎古人"，要"善因善创"⑦。

---

① 方东树：《仪卫轩诗集·寄石甫》诗小序。
② 方东树：《仪卫轩文集·姚石甫六十寿序》。
③ 方东树：《姚石甫文集序》。
④ 戴震：《戴东原集·与方希原书》。
⑤ 方东树：《仪卫轩文集·切问斋文钞书后》。
⑥ 方东树：《仪卫轩文集·切问斋文钞书后》。
⑦ 方东树：《仪卫轩文集·答叶溥求论古文书》。

他认为，文学是随着时代的发展而不断发展的，犹如"昔之水已前逝，今之水方续流也"。"由欧、苏、曾、王逆推之以至于孟、韩，道术不同，出处不同，论议本末不同，所纪职官名物时事情状不同，乃至取用辞字句格文质不同，而卒其以为文之方，无弗同焉。"①也可见他所说的"道术""出处""议论本末"乃至"辞字句格"，皆不是来自孔孟程朱等前人的书本，而是要来自当代的社会生活。

他还明确地提出，在学习古文时，要反对"徒剽袭乎陈言，渔猎乎他人"。要求"惧其似也而力避之"，做到"无一字不自己出"②。

方东树的文学观，显然是既有助于促进文学反映时代的需要，又有利于推动文学自身的不断发展和进步的。

在创作实践上，方东树的古文，"少学于惜抱，而不为其说所囿，能自开大，以成一格"③。他不是一味追求桐城派传统的"雅洁"，而是洋洋洒洒，"务尽其言之理而足乎人之心"④。方宗诚赞其为"无不尽之意，无不达之词"⑤，虽未免过誉，但他确实不愧为以博大精深、才雄气盛见长。

总之，方东树的一生是个十足的悲剧。他既对汉学末流脱离现实、不关心国家大事深恶痛绝，又找不到反对他们的新的思想武器，而只能重新打出程朱理学的破烂旗帜。他既对封建统治阶级的腐朽衰败颇为不满，又找不到新的出路。他呼唤"救时""济世""经世致用"，而那个社会却不给他提供施展抱负的机遇，他本人又摆脱不了儒家传统思想的桎梏，在文学上又缺乏足以创作出堪称传世之作的才能。更可悲的是，他那满腔爱国忧民之情，不但在当时得不到应有的理解，而且在后代还或被斥为"反动思想的人物"中"最典型的代

---

① 方东树：《仪卫轩文集·答叶溥求论古文书》。
② 方东树：《仪卫轩文集·答叶溥求论古文书》。
③ 方宗诚：《桐城文录序》，《柏堂集》次编卷1。
④ 方宗诚：《桐城文录序》，《柏堂集》次编卷1。
⑤ 方宗诚：《桐城文录序》，《柏堂集》次编卷1。

表"，或被捧成是从事了"一种革命事业"，从而成了中国学术思想史上的一大公案。

二、"多务为经世之学"① 的姚莹

"忧国何关在位卑！"② 这是生当鸦片战争时期的姚莹所发出的时代最强音，也是他一生的思想、性格和精神境界的写照。

（一）民族英雄，被诬"冒功"

姚莹（1785—1853），字石甫，号明叔，晚号展和。安徽桐城人。姚鼐的侄孙和弟子。自嘉庆十三年（1808）中进士后，曾先后在福建、江苏任县令、同知等职。在担任台湾道期间，他领导台湾军民，五次打退英军的侵略，毁英船，俘英军，战功赫赫。浙江定海、福建厦门皆失陷，而台湾却屹然。为此，他遭到福建及两江总督等主和派的忌恨，英军头目颠林等更是恼羞成怒，谎称他们在台湾系触礁船毁，并非战败，内外呼应，姚莹遂以"冒功"罪被解系刑部狱。后又将他派往四川、西藏任同知等职。1850 年咸丰帝即位，他的"冒功"之冤得以昭雪，与林则徐等同被起用，先后授为广西、湖南按察使，参与镇压太平天国革命，连连受挫，他忧愤成疾，在拍案大骂"事皆败于庸臣"③ 的当晚，即病逝。享年六十八。

姚莹一生的著作甚丰，有《东溟文集》6 卷、外集 4 卷，《东溟文后集》14 卷、外集 2 卷，《后湘诗集》9 卷，《后湘二集》5 卷，《后湘续集》7 卷，《东溟奏稿》4 卷，《识小录》8 卷，《东槎纪略》5 卷，《寸阴丛录》4 卷，《康輶纪行》16 卷，《姚氏先德传》6 卷，《中复堂遗稿》5 卷，《中复堂遗稿续编》

---

① 方宗诚：《桐城文录序》，《柏堂集》次编卷 1。
② 姚莹：《后湘续集》卷 6，《酌客》。
③ 马其昶：《桐城耆旧传·姚莹传》，黄山书社 1990 年版，第 393 页。

3 卷，台湾文海出版社合为《中复堂全集》影印出版。

（二）为人为文，于世有益

追求"为人"和"为文"的"于斯世有益"，是姚莹的首要文学主张和创作特色。他认为欲求"所以为文"，先求"所以为人"。因此，他十分重视作家自身的思想道德修养，以"身历困穷险阻惊奇之境"为创作的源泉，指出："文章者去其浮率平直之病，而有沉郁顿挫之妙，然后可以不朽。《楚辞》、《史记》、李杜诗、韩文是也。嗟乎，此数公者，非有其仁孝忠义之怀，浩然充塞两间之气，上下古今穷情尽态之识，博览考究山川人物典章之学，而又身历困穷险阻惊奇之境，其文章亦乌能若是也哉！今不知数公之所以为人，而惟求数公之所以为文，此所以数公之后罕有及数公者也。"①

为此，他非常重视自己的乡风祖德，立志要"一言一事于斯道有益"②。桐城的醇朴乡风，使姚莹深受影响。他说："吾桐自明以来，士大夫多朴厚，号为守礼，逮夫通学鸿才，先后间出，莫不尚气节，敦廉耻，故海内之望翕然。"③姚家的"祖宗之德"，更使他引为自豪，身体力行要加以继承发扬。他认为"自古未有无德而兴，不继而长者也"④。盛赞他的先世"皆有隐德，孝友力田，读书好义，施予无吝"。他要"仿而行之，冀万一之有似"⑤。为此，他从小即"有志慕古，以为人生天地间，当图尺寸之益于斯人斯世，乃为此生不虚"⑥。他宣称："吾辈立志本不在温饱，亦不畏权势，苟能一言一事于斯道有益，所获多矣。"⑦这与他从小即受到严格的家庭教育，也是分不开的。嘉庆十三年

---

① 姚莹：《康輶纪行》卷 13，《文贵沉郁顿挫》，黄山书社 1990 年版，第 411 页。
② 姚莹：《东溟文集》卷 4，《复马元伯书》。
③ 姚莹：《东溟文集》卷 2，《吴春麓先生集序》。
④ 姚莹：《东溟文集》卷 2，《姚氏先德传叙》。
⑤ 姚莹：《东溟文集》卷 2，《姚氏先德传叙》。
⑥ 姚莹：《东溟文集》卷 3，《复李按察书》。
⑦ 姚莹：《东溟文集》卷 4，《复马元伯书》。

（1808）当他考中进士时，其父即"手谕勉承先德，而以侥幸功名为戒"①。

为官清廉，不谋私利，是他为人的原则和为文的重要内容。他盛赞其祖先"皆清贫自守，其登仕者百数，朝有贤良之褒，外无贪酷之吏"②。又说："莹之先人数世皆忠厚，读书好古，不为浮薄。以故，虽或仕于朝，宦于四方，独无余禄以给子孙。及莹之身益困，常惧坎坷不能自立，以坠先人之业也。"③正是这种穷困的处境，从小就迫使他要谋求自立，激励他发愤读书。出仕后，他地位变化了，却仍然格守祖德遗风，为官不妄取民间一钱。他在给他的同窗好友管异之的信中，说他："生平无声色服食珍玩起居之好，尝负官囊巨万，然在官未尝妄取民间一钱。及罢职去，士民辄争为代偿，卒亦无锱铢之负国家。人之于我，何其厚也！"④

（三）人之立身，以行践言

讲实用，求实效，是姚莹为人和为文的又一重要特色。他主张："人之立身，必期以行践言。国家赏功，尤当循名责实。"⑤他说他："生平不为无实之言，称心而出，义尽则止。何者周秦，何者建安，何者唐宋，仿效俱黜，盖不敢以是为文也。"⑥他之所以推崇方苞、刘大櫆、姚鼐、朱梅崖、鲁山木等桐城派的古文，认为其所以"重于世而传于后"，乃因其"所陈得失利害，皎如也。匪惟言之，其居乡及服官，固一一行之有效，非空为斐然者"⑦。

姚莹的父亲即"好有用之学，史事尤熟"，曾经将"自经史逮百家，言有关世用者，手抄数十帙，以援莹，曰：'虚心求之，实力行之，沽名欺世，吾

---

① 姚莹：《东溟文集》卷6，《先府君行略》。
② 姚莹：《东溟文集》卷5，《桐城麻溪姚氏登科记》。
③ 姚莹：《东溟文外集》卷2，《与吴春麓员外书》。
④ 姚莹：《东溟文后集》卷6，《复管异之书》。
⑤ 姚莹：《中复堂遗稿》卷1，《上陆制军辞南盐议叙书》。
⑥ 姚莹：《东溟文外集》卷2，《复方彦闻书》。
⑦ 姚莹：《东溟文后集》卷9，《重刻山木居士集序》。

所深恶也'"①。他没有辜负其父的教诲。面对尚浮薄、慕荣利的世风横行，他不但不为所动，而且还撰文给予迎头痛击。他宣称："敦古谊，崇实学，是莹所景仰而心敬者也。"②他认为"诸子百家之言，皆习而通之"，是为了"以底于用"，"求通才，收实效"。他揭露和谴责当权的"世之操选举者，不能以此意求士"，而是"以新奇浮薄为尚"，以致使"士人读书，惟知进取为事，不通大义，不法古人。风气一坏，如江河之决，不可复挽"。为此他呼吁和告诫"有志于学者，纵不能塞其流，亦不当更逐其波也"③。

他做官亦与"习见近世宦者"不同，不是处处趋利避害，而是为了国家和人民的利益，勇于挺身而出，仗义执言，甚至忍辱负重，不惜为之作出牺牲。他曾撰文揭露说，"近世宦者善为趋避"，"大抵见利则趋利，犹未形而先求其径以逢之，则趋利之术愈工；见害则避害，犹未见而先计其势以远之，则避害之术愈巧"。对于那种"阿谀容与，以求悦于上，矫饰诈伪，以取誉于下"等习见的官场丑态，他则鄙为"生平所不屑为"。④

对于害民的宗教迷信活动，他也不怕"降祸吾身"，敢于坚决制止。为此，他特地写了《焚五妖神像判》，对五妖神像大加挞伐："今遣役械絷尔像，公庭鞫尔。尔之妖妄已著，是宜杖碎投火，绝尔妖邪之具，开吾赤子之愚。倘尔有灵，三日内降祸吾身，使吾得闻诸上帝。"⑤如果不是具有唯物主义思想和勇于对人民负责的精神，一般的封建官吏谁能作出如此犀利尖刻、诙谐有趣的《焚五妖神像判》呢？

---

① 姚莹：《东溟文集》卷6，《先府君行略》。
② 姚莹：《东溟文外集》卷2，《与吴春麓员外书》。
③ 姚莹：《东溟文外集》卷2，《与吴岳卿书》。
④ 姚莹：《东溟文外集》卷1，《与陈梁叔书》。
⑤ 姚莹：《东溟文外集》卷4，《焚五妖神像判》。

（四）志在经世，同民之好

他以"志在经世"①著称，十分重视文章要为经世济民服务。他提出作文的"要端有四，曰：义理也，经济也，文章也，多闻也"②。姚鼐标榜的是"义理、考证、文章"，他除了把三者中的"考证"，易成更为广义、更适合于文学创作的"多闻"之外，特地加了个"经济"，即要切合经世济民的需要。他认为："文章与世高下，的的不谬。非文章关世运，乃世运自兆文章耳。"③因此，以他从政的亲身实践经验，总结和阐述为政治国之道，便成了姚莹为人和为文的重要内容。

他强调为政要从实际出发，做到"因地得人"。他说："为政之道非一，所贵在乎因地得人，或张或弛，惟用之当而已。"④又说："为政之道，贵在相时因地，揆势度情。"⑤他指出那种"应对便捷，虚言无实者，皆足以害政，未可用矣"⑥。

怎样做到从实际出发呢？他还从具体操作上指出了四个要点，即"首在识时，其次因地，又次观人，终于审事"⑦。他说："未有任心执一而不乖误者也。即以地方言之，钱谷兵刑，虽有成法，而用法之宽严缓急，则又当察而行，时有异势，地有异宜，人有异等，事有异情，明乎四者，然后可以无弊。"⑧

为此，他又提倡"广询博问"⑨，在工作作风上，要切实做到："遇事谨密，尽心措舍，察人情，因土俗，安辑闾阎，慎重赋税，不敢偏听宾客，不敢

---

① 《清儒学案》卷88，《惜抱学案》条对姚莹的评语。
② 姚莹：《东溟文外集》卷2，《与吴岳卿书》。
③ 姚莹：《识小录》卷6，黄山书社1991年版，第183页。
④ 姚莹：《东溟文后集》卷6，《复贺耦庚方伯书》。
⑤ 姚莹：《东溟文后集》卷6，《复贺耦庚方伯书》。
⑥ 姚莹：《东溟文外集》卷2，《饬嘉义县收养游民札》。
⑦ 姚莹：《东溟文后集》卷6，《复程中丞书》。
⑧ 姚莹：《东溟文后集》卷6，《复程中丞书》。
⑨ 姚莹：《东溟文后集》卷6，《复程中丞书》。

过信胥吏，不矫激以沽名，不因循而废事。"①所采取的措施，"皆按切情状，审察事势，可以行之而收实效，非苟为空言者"②。

为此，他勤勤恳恳，极端负责，"治事自朝入夜，常不解衣而卧，心神沉痽，气血为之虚耗，年甫三十，而发已白"③。可见，他那为政求实的精神，是以为之献身为代价的。

他所阐述的这些为政之道，特别是他这种求实与献身兼备的精神，在某种意义上，可谓已经超越了一般封建官吏的属性，而成为至今对于我们仍有其现实意义，值得加以发扬的可贵的民族精钟。

从姚莹对待人民的态度上，可以更清楚地看出，在他身上确有某些闪光的思想，如他有句名言："为吏而曰民恶者，其人必非良吏；为将而曰兵恶者，其人必非良将。"④他把一切罪责，不是归咎于民，而是归咎于官。他说："官有一善，则群相播颂而悦服；官一不善，则群相诉谇而为奸欺。"⑤在他看来，即使是盗贼寇匪，官吏"果能处置有方，此皆良民耳"⑥。他有一种民本思想，认为"为政在乎得民，而得民者，必与民同其好恶"。怎样"与民同其好恶"呢？他说："民恶盗贼，而我严缉捕；民恶匪徒，而我诛强横；民恶狱讼，而我听断以勤；民恶枉累，而我株连不事。其同民之恶如此。民好贸易，而我市廛不惊；民好乐业，而我闾阎不扰；民好矜尚，而我待之以礼；民好货财，而我守之以廉。其同民之好也如此。"⑦这里他所说的贸易、乐业、矜尚、货财四个方面的"同民之好"，显然在客观上反映了那个时代的历史要求：有助

---

① 姚莹：《东溟文集》卷3，《复方漳州求言札子》。
② 姚莹：《东溟文集》卷3，《复方漳州求言札子》。
③ 姚莹：《东溟文集》卷4，《谢周漳州书》。
④ 姚莹：《东槎纪略》卷4，《复笛楼师言台湾兵事第二书》，黄山书社1990年版。
⑤ 姚莹：《东溟文集》卷4，《答李信斋论台湾治事书》。
⑥ 姚莹：《东溟文外集》卷2，《饬嘉义县收养游民札》。
⑦ 姚莹：《东溟文集》卷4，《答李信斋论台湾治事书》。

于资本主义萌芽的茁壮成长。

他还从民为邦本的儒家政治理想出发，总结历史和现实的经验教训，指出："自古善谋国者，必固其本，故保民而后有赋，保商而后有税。""朘剥脂膏，搜剔骨髓，泛泛然有所不顾，是以商力竭而运库空虚。"① 并且极有针对性地责问当权的统治者："世安有民穷商困而赋税能长盈者乎？有嘉庆中年之极盛，斯有道光初年之极敝，相去不三十年，前人之所以得，正前人之所以失也。明明覆辙，而议者犹以为美，竟欲复彼旧规，此岂谋国之胜算哉？"② 这里他公然提出了符合历史进步潮流的"保民""保商"的要求，而对那些只顾"朘剥脂膏，搜剔骨髓"，不顾"民穷商困"的昏庸腐朽的封建统治者，给予了迎头棒喝！

他为官注重"伸民气""定民志"。他说："民气不伸，怨必积矣。"③ 为此，"余与镇军郡守，亦各思其咎，益修政事，以伸民气而定民志，庶可寡过而安"④。

他的这种种以民为本的思想，在那个封建统治衰落腐朽的时代，必然要处处碰壁。但他能清醒地认识到："如仆之坎坷，固其宜也。"⑤ 他坚信："造物者能厄人之遇，不能厄人之心。"⑥ 他有"古之君子虽极颠连困苦，而秉志坚定，百折不回"⑦ 的精神，有一颗不顾个人穷达的心，用他的话来说："穷困愈甚，乃见理愈明，觉确然若有所据，故倔强自好之气亦愈不为人屈，盖此心不为穷达所系久矣。"⑧ 他的这种不顾个人遭遇坎坷，不计个人处境的穷达，一心只为坚持民为邦本的从政之道，而百折不回、不屈不挠地奋斗的精神，

---

① 姚莹：《东溟文后集》卷6，《复陶制军言盐务书》。
② 姚莹：《东溟文后集》卷6，《复陶制军言盐务书》。
③ 姚莹：《东溟文后集》卷1，《台湾地震说》。
④ 姚莹：《东溟文后集》卷1，《台湾地震说》。
⑤ 姚莹：《东溟文集》卷4，《与刘明东书》。
⑥ 姚莹：《东溟文集》卷4，《与刘明东书》。
⑦ 姚莹：《东溟文集》卷4，《与刘明东书》。
⑧ 姚莹：《东溟文集》卷4，《与刘明东书》。

难道不是至今依然熠熠闪光，值得我们借鉴，并为之发扬光大的可贵的民族精神么？

（五）揭露时弊，呼唤变法

揭露和谴责封建统治的衰朽没落，呼唤变法改良时代的到来，是姚莹为人和为文更为显著的特色，他强调文章要"关世道"，作家要"深明于天人事物之理"，要揭示"政治是非得失之故"。他说："文之至者，皆深明于天人事物之理，与夫古今学术人才政治是非得失之故，宏通精实，蓄之既深且久，然后提要钩元，无所不当。此古大家之文，所以异于世俗浮浅之作也。"①因此，与当时世俗之文的浅薄无聊截然不同，他的文章具有深刻的现实性、强烈的政治性和敏感的超前性。

他对封建统治急剧腐朽、衰落的社会现实，有比较清醒的认识和颇为深刻的揭露，如他指责上层统治者"但见上之需，不见下之困"，致使地方官吏"在官则以征解不及为忧，罢官则以交代亏空是惧，官吏疾首痛心，闾阎呻吟憔悴"②。他不只是一般地揭露封建统治者在经济上的贪婪和枯竭，而是由此进一步揭示出了此乃封建统治衰朽的必然征兆，提出了要以"变法"进行"大泻大补"的历史要求。他以自己的切身体会写道："昔者莹尝再护运司库贮银常三百六十余万，岁解京外，诸饷未尝告缺。今司库存银才十余万，京外诸饷积欠又数百万，官与商皆烂额焦头，相顾束手矣。"由此他又进一步指出："此诚危急存亡之秋，更甚于道光八九年间矣，尚能无变法乎？变法奈何？曰法半敝者犹可补救图全，今敝十之八九，如病者仅存一息耳，非大泻大补之不可。"③他认为造成这种状况的根源，是由于封建统治不能适应社会的发展，商民的需要，以致"法令皆自相束缚，以困商民，及其敝也，国家亦暗受其害，而不知

---

① 姚莹：《东溟文后集》卷8，《再与梅伯言书》。
② 姚莹：《东溟文后集》卷9，《赠汪孟慈序》。
③ 姚莹：《中复堂遗稿》卷1，《变盐法议》。

夫为法而病商病民，以至病国，犹斤斤守之而不敢议，此非愚也，私耳"①。他的所谓"变法"，就是要使法令不"困商民"，不"病商病民，以至病国"，这在客观上显然迎合了社会发展和资本主义萌芽茁壮成长的新的时代要求。

他身处官场，对于封建统治的全面衰朽有其切身的体会。因而在他的笔下，不是揭露个别官吏的贪暴，而是对整个封建社会的没落，有着极其敏锐的预感和十分清醒的剖析，如他在《复管异之书》中指出："及乎承平日久，生齿繁而地利不足养，文物盛而千盾不足威，地土广而民心不能靖，奸伪滋而法令不能胜，财用竭而府库不能供，势重于下，权轻于上，官畏其民，人失其业，当此之时，天下病矣，元气大亏，杂症并出，度非一方一药所能愈也。"②

他看到了封建统治衰朽的全面性和严重性，却未认识到封建统治衰朽的根源在于封建制度本身。他片面地把它归咎于汉学家的"皆以考博为事""毁讪宋儒诸公"（即程朱理学），致使社会道德沦丧。他把"风俗人心日坏"，甚至"无耻之徒，争以悦媚夷人为事"，统统归咎于"毁讪宋儒诸公之过"③，这显然表现出他那尊崇宋儒理学的偏见，但由此亦可见，他的尊崇宋儒理学和反对"以考博为事"的汉学，并非纯属维护所谓"程朱理学的反动思潮"，而是有其出于爱国之心，揭露"当朝大老""不知礼义廉耻为何事"和"争以悦媚夷人为事"的进步意义的一面的。

在他作的《黄右爰近思录集说序》中，还写道："乾隆三十年后，武功极盛，亘古之所未闻。海内承平，四夷宾服，天下人心乃大生其奢侈。四库馆启，始以教人读书，文其疏陋，继乃大破藩篱，裂冠毁冕。一二元老倡之于上，天下之士靡然厌其所习之常，日事亲异，射利争名，以为捷径。更有所谓汉学者，拾贾孔之余波，研郑许之遗说，钻磨雕琢，自以为游夏之徒，其于孔孟之道，

---

① 姚莹：《中复堂遗稿》卷1，《变盐法议》。
② 姚莹：《东溟文后集》卷6，《复管异之书》。
③ 姚莹：《东溟文外集》卷1，《复黄又园书》。

复背道而驰，人心陷溺极矣。于是上自公卿，下至州邑，依然不出功利刑名之见，刚愎者或贪婪无忌，阴柔者惟逢迎以保禄，孝弟忠信、礼义廉耻之防，荡然无复存者。至于海外数万里之远夷，以其隙侵侮中国，天下虽有外攘之志，而中外大臣颓焉不振，莫不惊心咋舌，罔知所为，相顾聚谋，惟以和夷为事，辱国丧师，不知愤耻。其有奋义讨敌者，反抑之以悦敌人，甚且奏请重兴异教，若恐人心陷溺犹有未尽也。"为此，他感慨系之地惊叹："呜呼！此非衰敝极变之候乎？"① 这里他仿佛看到了中国势必变成半殖民地的内因，这不光是汉学家的问题，更重要的是"中外大臣"，整个封建统治的"上自公卿，下至州邑"，是"惟以和夷为事"，打击"奋义讨敌者""以悦敌人"的卖国投降派。这种揭露，表现出其有爱国进步意义的一面，更显而易见；不过从其指责汉学"于孔孟之道，复背道而驰"，亦暴露出其思想立场又确实具有要维护孔孟之道统治地位的封建保守性的一面。

他在把"风俗人心日坏"，道德沦丧，归咎于汉学的同时，还把矛头指向科举制度，指出："今不使之悦于道德、功业、气节、文章，而使之悦乎科名荣利，与夫一切苟简之事以为志。"② "国家以文取士久矣，士欲行其道者，舍文奚以进？而世之主司，顾为浮薄诡谲之文是取，则士之务为浮薄诡谲也固宜。然则倡天下之人以趋浮薄诡谲者，有司之过也。"③ 他还借颂扬乾隆癸卯武举人雷继贤具有"用枪一可敌百"的本领，斥责世之由科举而"跻显贵者"，是无用的"粪土"④。

姚莹仿佛还感受到，造成这种局面的，不仅是主管科举的"有司之过"，更重要的是整个封建统治已腐朽、衰败的大环境所决定的。他在《复座师赵分

① 姚莹：《中复堂遗稿》卷1，《黄右爰近思录集说序》。
② 姚莹：《东溟文集》卷1，《师说上》。
③ 姚莹：《东溟文集》卷2，《赠王栻序》。
④ 见姚莹：《东溟文后集》卷9，《雷继贤铜戈记》。

巡书》中，即对当时的整个大环境，作了如下悲愤欲绝的描绘：

> 痛天下贪婪之敝，因循宽纵，殷鉴在元，财尽兵骄，何以守国？溃痈之患已形，厝薪之事弥急，而二三执政方且涂饰为文，讳言国事。大体既昧，小节徒拘。忠志不存，空言掣肘。其当官有言责者，微文琐屑，几等弹蝇。更生之封事不闻，贾谊之痛哭安在？肉食者鄙，未能远谋。窃钩者诛，可为太息。嗟乎！杞忧不妄，阮哭非狂。当今即有一二慷慨忠义之士稍识事体者，类皆混迹侩人之中，困塞风尘之际耳。平时操觚染翰、妃黄媲白之流，徒能饰辞藻，修边幅，以妩媚取容而已。
>
> ——姚莹：《东溟文外集》卷 2

至于如何改变这种腐朽、衰败的大环境，在当时的历史条件下，他尚不可能提出彻底推翻封建统治的问题，而只能在痛心疾首的同时，提出"天下之务，莫急于人才"[1]。这跟被称为改良主义启蒙思想家龚自珍在《己亥杂诗》中说的"我劝天公重抖擞，不拘一格降人才"是互为呼应的。

可贵的是姚莹对于清廷重用人才，已完全不抱希望。所以，接着他即直言不讳地说："诚于好士则得人。今之所称诚于好士者，大臣中吾未之见也。人才何由进？时事何由济乎？嗟乎！正直敢言之气，于今衰也久矣，自古未有委靡若此之甚者也。古道亡而后人心坏，人心之坏则自谀谄面谀始。谄谀成风，则以正言为可怪，始而惊，继而惮，继而厌，最后则非笑之，以为不祥。夫以正言为不祥，其时其事尚可问哉？人心风俗所以为国家之本，盛衰之端，未有

---

① 姚莹：《东溟文外集》卷 2，《复座师赵分巡书》。

不由此也。"①

由此可见，他对整个封建统治是充满着多么悲愤和绝望之情！尽管在其主观上还不免为"古道亡"而悲哀，但作为清醒的现实主义者，他的文章却在中国资产阶级改良主义运动尚未正式兴起之前，即已为之作了变法改良的时代亟须到来的呼唤，同时又为改良主义也必然失败敲响了丧钟。其历史功绩，不能因为他是桐城派就一笔抹杀，恰恰相反，我们应根据桐城派作家的实际表现，来纠正我们对他们的偏见，予其实事求是的历史评价。

（六）反帝爱国，心殚力竭

姚莹身处鸦片战争的时代，反帝爱国是他那个时代的主旋律和最强音。他不仅以他的笔揭露、批判投降派的种种谬论，讴歌为捍卫祖国神圣领土而献身的民族英雄，而且以他本人的血肉之躯，身先士卒，领导台湾军民，连续五次打败英军的入侵，为我国近代史上的反帝爱国斗争写下了光照千古的辉煌篇章。

为发扬中华民族爱国主义的光荣传统，他特地"搜辑上自屈大夫，下及国初范忠贞杀身成仁有关社稷者，总刻之为《乾坤正气集》"②。

为讴歌反侵略的英烈，他特地作《陈忠愍小传》，记载陈抗英连连获胜的事迹。在吴淞，"夷舟数进，公数却之。夷徬徨海上，将退。总督闻公却夷师，喜自出督战，与公分守海口，甫登山，夷舟突进，飞炮及山，总督失色退走，诸军皆溃，夷乘势大进。公亲军不及百人，手自燃炮击贼，犹破一舟，贼连飞大炮，公中伤而殁"。姚称赞他"老犹勇迈，虽跋扈之夷，亦惮焉。乃卒败于懦帅，致以身殉，惜哉"③！此文不只歌颂了陈忠愍的"老犹勇迈"和为国捐躯，同时还无情地揭露了身为统帅的总督，既好贪部下之功，又极端懦弱无能，是造成抗英战争失败和陈忠愍殉难的罪魁。这种揭露对作者来说，该是需要多么

---

① 姚莹：《东溟文外集》卷 2，《复座师赵分巡书》。
② 姚莹：《东溟文后集》卷 10，《左忠毅公家书真迹书后》。
③ 姚莹：《东溟文后集》卷 11，《陈忠愍小传》。

大的政治勇气和多么强的爱国主义精神啊！

针对封建统治阶级为妥协投降而制造的"夷强"论，姚莹撰文指出："窃意夷虽强，本亦乌合各岛黑夷。而来与我争利者，红白夷也。其人少，每船仅数十人，余皆黑夷，愚蠢无知，惟仰食于红白夷，工资口粮，所需甚巨。今闭市久，夷之钱粮无出，其所丧失，亦复不少。夷以货财为命，两年以来，货皆贱价私售，折耗资本，不可胜纪，情势亦必中绌，则求通市之心，自必益亟。特狡诈性成，乃更扬为大言，云复以大兵前来，水陆并进……若我更坚持三月，夷将内溃。惟诸将屡经挫衄之后，怵于夷之威诈。"①他还批驳了那种惧夷报复的谬论，说："沈守又以舟山、厦门失守，为夷人报复之证。试思夷初至舟山，非有所仇也，近至上海，又岂有仇乎？逆夷垂涎台湾已久，即不杀夷囚，彼亦可以破舟丧资，索偿于我，前所斩溺之夷，无不可为报复之词也。不杀，徒自示弱；杀之，犹可壮我士卒之气。……两军对垒，势必交锋，非我杀贼，即贼杀我，乃先存畏彼报复之见，何以鼓励士卒乎！"②他斩钉截铁地指出："彼苟有所欲，则竟至耳。至则不善，惟有交锋，岂能惧其报复！"③这里，他对帝国主义侵略势力的外强中干，"以货财为命""狡诈成性""至则不善"等罪恶本质，对投降派的懦弱和愚昧，揭露得该是多么深刻有力啊！其反帝爱国的立场又该是多么坚定、鲜明啊！

姚莹还及时总结现实的经验教训，指出：依靠人民，乃是反侵略战争取得胜利的关键，如在《陆制军津门保甲图说序》中，他说："天津、台湾官与民一，而守固；广东官与民二，初以不振，卒之官与民一，而复有功。义民何可忽乎哉！乃纪其事，为言海防者有所考焉。"④他曾一再强调"民"的重要，

---

① 姚莹：《东溟文后集》卷7，《复怡制军言夷事》。
② 姚莹：《东溟文后集》卷7，《复怡制军言夷事》。
③ 姚莹：《东溟文后集》卷7，《复福州史太守书》。
④ 姚莹：《东溟文后集》卷9，《陆制军津门保甲图说序》。

力求使他的文章切合抗夷之实用。

姚莹的反帝爱国，绝不只是停留在口头和笔头上，他在任职台湾道期间，曾殚精竭虑，为抗击英夷入侵，而建立了举国为之振奋的奇勋。因"台湾孤悬海外"，他早就一再给上司写《防夷急务状》，说："欲计安全，非徒手所能为力，倘不先期预备，一旦遇警，则重洋间阻，内地纵有熊罴之师，百万之饷，不能飞渡。此职道等日夕思维，不无深虑者也。"[①]他并非一味等待上司的支持，而是积极主动，想方设法，"召募义勇三万人，挫败英夷，英夷惮之，不敢近。故连年浙粤江南皆丧地失守，而台湾独完"[②]。为此，他曾受到皇帝的嘉奖，进阶二品，有"名满天下"[③]之誉。然而他为抗夷所立下的赫赫战功，却被投降派诬为有"冒功"之罪，遭到撤职系刑部狱的沉冤。不难想象，这对姚莹在精神上的打击该有多么沉重！然而，姚莹在《又与方植之书》中却说：

> 莹现所处，人皆以为患难。莹曰：非也。患者利害得失之谓，难者困穷阨塞之事，此皆外物，无与干己。譬如风雨晦明，其时则然，而非我事。今以夷之狡谲，胁诸懦帅，上欺朝廷，……莹之得失，岂在一官耶！然此心有不能超然无恨者，则天下之忧。此即翁不忧一身，而悲愤时事之意云尔。
>
> ——姚莹：《东溟文后集》卷8

可见，他所恨的只是狡夷懦帅，所忧的只是天下安危，所悲愤的则是时事为极端腐朽反动的投降派所左右；至于个人的得失、荣辱，他完全置之度外。这种爱国主义的博大胸怀，岂不是在某种意义上已经超越于一般封建官僚的属

---

① 姚莹：《东溟文后集》卷5，《防夷急务第二状》。
② 方东树：《仪卫轩文集·寄石甫》。
③ 《清儒学案》卷88，《惜抱学案》条对姚莹的评语。

性，而足以成为我们整个中华民族光照千古的民族精神的代表么？

外国帝国主义和国内民族败类的打击陷害，只能改变他的职位和处境，而不可能扑灭他心中爱国的火焰。就在被贬官发落于四川、西藏极其艰苦的条件下，姚莹仍然不屈不挠地在顽强坚持着爱国的正义斗争，以惊人的毅力广集资料，撰写了长达50万字的《康輶纪行》和《东槎纪略》。他说他，"自嘉庆年间购求异域之书，究其情事。近岁始得其全，于海外诸洋有名大国，与夫天主教、回教、佛教……考其事实，作为图说，著之于书，正告天下。欲吾童叟皆习见习闻，知彼虚实，然后徐筹制夷之策。是诚喋血饮恨而为此书，冀雪中国之耻，重边海之防，免胥沦于鬼域，岂得已哉"①！在"举世讳言之，魏默深独能著书（指魏源的《海国图志》——引者注），详求其说，已犯诸公之忌"的情况下，他仍毅然决然地著书步魏源的后尘。他说："莹以获咎之人，顾不知忌讳耶？特不忍自负其心，冀中国有人一雪此耻耳。"② 由此亦可见，他的这种置个人安危于不顾的拳拳爱国之心，跟以近代进步思想家著称的魏源是息息相通的。

他为什么能够这样不顾个人安危而一心爱国呢？在他看来，爱国之"义"高于个人的生命，为了爱国，不惜献身。他曾对"道光二十年，英夷围广州，诸帅议抚，尚书隆公为参赞，恚愤不食，死，……以身许国"，而深表赞赏，指出："世徒知惜死而保身，岂知君子以义为存亡，不以身为存亡乎？义可死则死，义可生则亦未尝不爱其身，身在即义在焉。能明乎此，是即人禽之分，不特君子小人之辨也。"③ "义"本属封建道德范畴，而姚莹却赋予它以时代的进步内涵，把为抗击外国侵略而不惜"以身许国"之"义"，视为做人的根本和起码的条件。这种"义"，显然已超越于封建阶级的局限，而成为整个国

---

① 姚莹：《东溟文后集》卷8，《复光律原书》。
② 姚莹：《东溟文后集》卷8，《与余小坡言西事书》。
③ 姚莹：《东溟文后集》卷9，《韩城强忠烈公墨迹记》。

家民族的大义，成为我们中华民族整个民族精神的体现。

（七）文笔质朴，感情沉郁

雅洁、质朴，在平实的叙事之中充溢着作者奇特、沉郁的感情，是姚莹为文的主要艺术特色。例如，他在《与光律原书》中，对他在台湾抗英立功却又遭诬陷的经过、原委及他的态度和心情，作了既详尽又简洁、既明晰又幽邃、既委婉又决绝的叙述：

> 夷五夷台湾，不得一利，两击走，一潜遁，两破其舟，捡其众而斩之翼，以上振国威，下雪众耻，庶几不负所志。而江浙闽粤四省，事势已坏。夷不得志于台湾，乃诡辞肤愬，恫喝四省大帅，胁令上闻，抵镇道罪，复有甘心为夷作证者。闽帅以台湾功不已出，久有嗛言，又恨前索夷囚不予，及奉查办之令，遂迫胁无知，取具结状，以实夷言。弟与镇军，惟有引咎而已。台中士民数千，赴大帅为镇道申理。惧犯众怒，阳许入奏，竟匿之。今已就逮，北上对簿。虽曰时事乖迕，然不惜微躯，以全大局。纾国家之难，亦其志也，夫何憾焉！独念以天朝全盛之力，绌于数万里外之丑夷，失人心，伤国体，竟至不可收拾，是不能无恨耳。
>
> ——姚莹：《东溟文后集》卷8。

这里姚莹既无情地揭露了当权的统治者与外国帝国主义狼狈为奸的丑恶嘴脸，表达了他那赤诚的爱国之心，然而他又毕竟采取的是忍辱负重，"不惜微躯，以全大局"的态度。既不得不委曲求全，又深感"不能无恨"。这就是姚莹乃至整个桐城派的为人和为文的风格特色——他们既对腐朽的封建统治有不同程度的不满，甚至有所揭露、批判和愤慨，然而其目的，绝不是要推翻它、打碎它，而是要维护它、效忠它，为它的不争气而痛心疾首。好在其基本的艺术风格和手法，犹如绵里藏针，外表是委婉如实的叙述，内里却揭露得颇为深刻无情。作者的感情，如波澜起伏，沉郁顿挫，给人以经久耐读、其味隽永的艺术感受。

姚莹的文章以经世济民的政治性强见长，但也有写景的，如《游揽山记》《粤东学使后园记》；也有写亲情的，都写得朴实无华而又感情浓烈。例如，他的《祭兄伯符文》把其兄为人诚笃、早熟、厚道、慈爱、可敬可亲的形象，刻画得感人肺腑。而作者以"惟兄是活""惟兄是依""惟兄是恤"三个排比句，把他那对兄的眷恋、感激之心，以及祭兄时的痛惜之情，皆写得十分真诚、恳切、浓烈、沉郁！其高超的艺术美，令人啧啧赞赏。

（八）公正评价，须看两面

对姚莹的文学成就和历史地位的评价，我们既反对过分贬低，也不赞成予以拔高。

姚莹的一生，除《丛录》《纪略》《纪行》《奏稿》等杂著外，其诗文作品即有《东溟文集》26卷，《中复堂遗稿》8卷，《后湘诗集》21卷。其数量之多，比方苞、刘大櫆、姚鼐，皆有过之而无不及。至于一身而二任，既做官，又从事古文写作，这本是我国古代作家，从韩愈、苏轼到方苞、姚鼐，一贯的传统。人们并不因为他们做官而就说他们"基本上属政界人物"，为什么唯独对姚莹另眼相待呢？

姚莹本人也不认为他是个"政界人物"，而是以文学家苏轼自喻。他说："仆虽不能奇，若其穷困，有甚于子瞻者。……仆虽蒙知一二巨公，而名不挂于朝端，一第放归，久之乃得外授，又见恶于上官，既罢斥废弃，复阴摧沮之，几不能容，谁知之而谁白之者？无家可归，老父殁于海外，媚母旅寓福州，浮寄一身，渡海依人存活。其穷如是，视子瞻当日如何哉？"[①]在他看来，为文"不

---

① 姚莹：《东溟文后集》卷8，《复光律原书》。

穷不奇，不奇不可以大而久"①。

因此，那种以姚莹一生"基本上属政界人物"为由，来论定他"文学事业的成就不多，于桐城文派中的地位不显"②，是站不住脚的。相反，恰恰因为他一生从政和亲身参加过反侵略战争，才使他的文学创作更具有丰富的社会现实内容和揭露封建末世的时代特色，更具有"大而久"的思想认识价值和文学价值。

对于姚莹的文学成就，当时和后人都有很高的评价。作为"姚门四杰"之一的方东树，即在《东溟文集序》中盛赞："其学体用兼备，不为空谈；其文一自抒所得，不苟其形貌之似。其齿少于余，而其才识与学之胜余，相去之远，中间恒若可容数十百人者。"他还说姚莹的从政，对他的创作不但没有妨碍，相反，更使其作品"益实不可涯际，观其义理之创获，如云霏过而耀星辰也，其议论之豪宕，若快马逸而脱衔羁也，其辨证之浩博，如眺溟海而睹涛澜也，至其铺陈治术，晓畅民俗，洞极人情白黑，如衡之陈，鉴之设，幽室昏夜而悬烛照也。而其明秀英伟之气，又实能使其心胸、面目、声音、笑貌、精神、意气、家世、交游，与夫仁孝恺悌之效于施行者，毕见于简端，使人读其文，如立石甫于前，而与之俯仰抵掌也。"③在他看来，姚莹的文章是如此富有深刻的思想内涵和透辟的认识功能，如此富有艺术的魅力和个人的风格特色。他断言"石甫之治既见于文矣，石甫之治与文既见于当世，而又将揭以示后世矣"④。

被姚莹称为"知我最先"的汪廷珍《东溟文集·题辞》，也称姚莹的作品足以"区大道之畛涂，洞学士之瘕结，理究天人之奥，书成一家之言"。他特别称赞其所写救时济世的爱国情感，"激昂慷慨"犹如"贾太傅流涕之书"；

---

① 姚莹：《东溟文外集》卷2，《答张亨甫书》。
② 见《桐城文派》，中华书局1992年版，第69页。
③ 见姚莹《东溟文集》卷首。
④ 见姚莹《东溟文集》卷首。

其"博辨宏通"的描写艺术，仿佛出自"苏学士淋漓之手"；其风格特色，是"心平论笃，兼汉宋之长而通其邮，气盛言宜，得马韩之神而无其迹"。使人读了，"信乎众鸟啁啾中独见孤凤皇矣"①。

至于姚莹在桐城派中的地位，也是不容抹杀和不可替代的。方宗诚即指出："植之先生同时友，才最大者，惟姚石甫先生。虽亲炙惜抱，而亦能自出机杼，洞达世务，长于经济。"②"桐城之文，……自石甫先生后，学者多务为经济之学"③，亦即走经世济民的创作道路，这无疑地是更为符合时代要求的，是把桐城派引向更加健康道路的可贵可喜的新发展。

至于说"曾国藩曾以姚门的另一弟子刘开来取代姚莹作为'姚门四杰'之一的位置"④，这更是把历史事实弄颠倒了。事实上，恰恰是曾国藩，以姚莹来取代刘开的"姚门四杰"之一位置的，有他的《欧阳生文集序》为证。

曾国藩的说法，还得到不少人的赞同，如柯劭态说："昔桐城姚惜抱先生以辞章之学诱掖后进，天下翕然从之，而及门之士称高第弟子者凡四人，姚石甫先其一也。"⑤刘声木更明确地指出："'姚门四杰'本梅曾亮、管同、方东树、刘开四人，又有去开更入莹者，文学为当时所重可知。"⑥

与对姚莹的文学成就和地位持贬低论者相反，有的学者则声称："假如说，鸦片战争时期的文学批评界，龚自珍是以'尊情说'为中心来阐发自己文学思想的话，那么，姚莹则以强调经世致用、忧时悯俗为主要特点载入史册。他们从不同角度反映了同一时代特色，推动了当时文学的进步。"⑦这岂不意味着

---

① 见姚莹《东溟文集》卷首。
② 方宗诚：《柏堂集》次编卷1，《桐城文录序》。
③ 方宗诚：《柏堂集》次编卷1，《桐城文录序》。
④ 见《桐城文派》，中华书局1992年版，第70页。
⑤ 柯劭态：《慎宜轩诗集序》。
⑥ 刘声木：《桐城文学渊源撰述考》"姚莹"条。
⑦ 黄霖：《近代文学批评史》，上海古籍出版社1993年版，第55页。

把姚莹拔高到与龚自珍并列的地位？

其实，姚莹作为桐城派的杰出代表作家之一，无论在政治思想或文学主张上，与龚自珍、魏源等又毕竟有着质的区别。

首先，姚莹的思想出发点带有相当大的封建保守性。他的愤世嫉俗，救时济世，其特点主要是向后看，而不是向前看，是复古而不是求新，是哀叹和悲愤封建统治的今不如昔，向往和企图以恢复孔孟之道，甚至程朱理学的统治，来挽救封建统治的衰落。例如，他攻击当时的汉学家"于孔孟之道，复背道而驰"①，把"风俗人心日坏，不知礼义廉耻为何事"归咎于背弃程朱理学，说那是"称诵宋明以来儒者，则相与诽笑"②的恶果。他主张"崇尚得其正轨，以家惜翁考订不废义理之说为宗"③。这跟龚自珍强调"尊情""尊心"，具有个性解放的新思想，主张"一代之治，即一代之学"，"蚤夜号以求治，求治而不得，悖悍者则蚤夜号以求乱"④，以大乱达到大治的革新精神，显然在思想本质上是相抵牾的。因此，人们"初读《定盦文集》若受电然"，给人一种"新学家者"⑤思想为之解放的感受，而读姚莹的作品却不会有这种感受。人们只会既为他英勇无畏、视死如归地投身于反侵略的战争，满腔忧郁悲愤，不满于封建统治的腐朽，而感到可敬可佩，又为他终于成为镇压太平天国革命，充当了挽救封建统治没落的殉葬品，而倍感痛心和惋惜。龚自珍所走的是对封建统治由不满而失望，愤然辞官，锐意求新的道路。姚莹走的则是历尽坎坷，虽被罢官而忠君之心至死不改，顽固守旧的道路。他甚至还不如他的祖师节姚鼐有高风亮节，他自己就说过："惜抱先生仕不十年即告归，虬堂先生为赵城令，一岁亦引退，两先生恬于仕进略同，吾桐先辈高风，海内所共仰也。今道光戊

---

① 姚莹：《中复堂遗稿》卷1，《黄右爰近思录集说序》。
② 姚莹：《东溟文外集》卷1，《复黄又园书》。
③ 姚莹：《东溟文外集》卷1，《复黄又园书》。
④ 见《龚自珍全集》，上海人民出版社1975年版。
⑤ 梁启超：《清代学术概论》。

申，距作此诗九十年，莹亦引疾。然莹年已六十四，数遭颠踬，去两先生抑何远哉！"①可惜他在说此话不到三年，当咸丰皇帝即位，对他的"冒功"之罪彻底平反昭雪之后，他又应召出仕，参与对太平天国的镇压，直至68岁病逝。这就不仅相距更远，而且简直为人所不齿了。可见他跟龚自珍之间，尽管在对腐朽的封建统治不满，要求救时济世方面，有其相通和共同之处，然而又毕竟不应抹杀其有着新旧两种思想和人生道路之别。总之，我们既不应抹杀或低估姚莹对腐朽的封建统治不满，与进步力量声息相通的一面，也不应讳言或无视他对封建统治始终依附和效忠，而与龚自珍等启蒙思想家在思想和人生道路上又有着质的差别的一面。无论是看不到前一面或后一面，都是不完全切合实际，有其片面性的。

其次，在文学主张上，姚莹虽然强调文章要为救时、济世、实用服务，有其符合时代要求的进步的一面，但也有恪守桐城派那一套保守的一面。例如，他认为方苞的"以义为主，虽非文章之极诣，然途轨莫正于此"②。又说："本朝作者如方望溪、朱梅崖，能为古人之文，海内无异辞也。望溪之后，有刘海峰及吾家惜翁，梅崖之后则称鲁山木，山木先生又以所自得者就惜翁商榷之，其文章渊淡处，真可以追古人矣。"③这跟龚自珍强调抒胸臆、达真情、斥伪体、工感慨，富有个性解放和文体解放的大无畏的创造和革新的精神，显然也是有着古与今、旧与新的重大区别的，而绝不仅仅在创作方法上，姚莹"比较倾向现实主义"，龚自珍"则比较倾向浪漫主义，两者是略有差异的"④。

因此，我们既不应把姚莹与以龚自珍为代表的进步思想家、文学家完全对立起来，又不应把他们相提并论，混为一谈。而应看到姚莹作为桐城派作家，

---

① 姚莹：《东溟文后集》卷10，《惜抱轩自书诗跋尾》。
② 姚莹：《东溟文后集》卷8，《复陆次山论文书》。
③ 姚莹：《东溟文后集》卷9，《重刻山木居士集序》。
④ 黄霖：《近代文学批评史》，上海古籍出版社1993年版，第55页。

既有其主张经世济民、救时实用等符合时代要求的进步的一面，又毕竟有其复古、守旧和保守的一面。尽管在上述无论政治思想或文学主张的两面性之中，姚莹身上的进步性表现得更为突出，是其占主导地位的一面。

三、梅曾亮、管同、刘开

（一）使"先生之说益大明"①的梅曾亮

梅曾亮（1786—1856），原名曾荫，字伯言，又字葛君，江苏上元（今南京）人。其祖辈为著名数学家梅文鼎，父梅冲为嘉庆五年（1800）举人，母侯芝曾改订弹词《再生缘》。因此，他自幼即受到文学熏染。年轻时即长于诗和骈文，与管同、方东树等同以姚鼐为师。道光二年（1822）进士，官户部郎中。自称："曾亮居京师二十年，静观人事，于消息之理，稍有所悟，久无复进取之志，虽强名官，直一逆旅客耳。"②在他的诗集中，也有"我寄闲官十九年"③，"故人怜我久京华，宦味谁知薄似纱"④的诗句。终于在道光二十九年（1849），辞官归里。后在扬州主讲梅花书院。晚年因太平天国攻占南京，遂避乱寄居他乡。咸丰六年去世。著有《柏枧山房文集·诗集》。"柏枧者，宣城山名，盖先生祖居，意不忘其先，故以名集。"⑤

继姚鼐之后，梅曾亮对传播和扩大桐城派的影响，曾经起了举足轻重的关键性作用。他的同窗好友姚莹即指出：

当时异之与梅伯言、方植之、刘孟涂称"姚门四杰"。然孟涂、

---

① 姚莹：《东溟文后集》卷10，《惜抱先生与管异之书跋》，"先生"指姚鼐。
② 转引自王镇远：《桐城派》，上海古籍出版社1990年版，第97页。
③ 梅曾亮：《姚石甫客江宁至家喜晤》，《柏枧山房诗集》卷8。
④ 梅曾亮：《代书答方植之》，《柏枧山房诗集》卷7。
⑤ 朱庆元：《柏枧山房文集跋》，见于该文集卷末。

异之皆早卒，植之著述虽富，而穷老不遇，言不出乡里，独伯言为户部郎官二十余年，植品甚高，诗、古文功力无与抗衡者，以其所得，为好古文者倡导，和者益众，于是先生（指姚鼐）之说益大明。

——《东溟文后集》卷10，《惜抱先生与管异之书跋》。

在他的友人与弟子朱琦为他60岁作的诗中，也说：

桐城倡东南，文字出淡静。

方、姚惜已往，斯道堕尘境。

先生年六十，灵光余孤炯。

绝学绍韩、欧，薄俗厌鹈鴂。

古称中隐士，卑官乐幽屏。

文事今再盛，四海勤造请。

……

——朱琦：《怡志堂诗初编》卷5，《伯言先生六十初度，同人集龙树寺设饮、赋诗，邵蕙西舍人诗先成，因次其韵》

梅曾亮的外甥朱庆元于光绪二十七年为《柏枧山房文集》作的《跋》，对梅的门徒之众、影响之大，亦有具体描述：

姚既卒，世之鸿儒硕彦争请业焉。吾苏则同邑许氏宗衡，山阴鲁氏一同，无锡邹壮节鸣鹤，山西则代州冯氏志沂，浙江则仁和邵氏懿辰，江西则南丰吴氏嘉宾，新城陈氏学受，湖南北则湘乡曾文正国藩，善化孙氏鼎臣，汉阳刘氏传莹，广西则马平王氏锡振，临桂龙氏启瑞，朱氏琦，一以先生为归。……承其泽而斯文不坠又将百年，而为国家肩翊风化气运之人，胥出其际。则虽谓我朝之文，得方（苞）而正，得姚（鼐）而精，得先生（梅曾亮）而大，其可也。[①]

后期著名桐城派古文家吴汝纶说：

郎中（姚鼐）君既没，弟子晚出者为上元梅伯言。当道光之季，最名能古文。居京师，京师士大夫日造门，问为文法。

——《孔叙仲文集序》

王先谦也说：

道光末造，士多高语周、秦、汉、魏，薄清淡简朴之文为不足为。梅郎中、曾文正之伦，相与修道立教，惜抱遗绪，赖以不坠。

——《续古文辞类纂序》

近人李详《论桐城派》也说：

至道光中叶以后，姬传弟子，仅梅伯言郎中一人。同时号为古文者，群尊郎中为师，姚氏之薪火，于是烈焉。复有朱伯韩、龙翰臣、王定甫、曾文正、冯鲁川、邵位西、余小坡之徒，相与附丽，俪然各有一桐城派在其胸中。伯言亦遂抗颜居之不疑。[②]

以上资料说明：（1）姚鼐逝世后，桐城派曾一度衰落，出现"士多高语周、秦、

---

① 见于梅曾亮《柏枧山房文集》卷末。
② 见于《国粹学报》第49期。

汉、魏，薄清淡简朴之文为不足为"，"方、姚惜已往，斯道堕尘境"的境况；（2）由于梅曾亮居于京师，又是"道光之季，最名能文"者，因此，他成为"四海勤造请"，天下之士"一以先生为归"的一代宗师；（3）梅曾亮的门徒遍布于江苏、江西、浙江、湖南、湖北、广西等广大地区，他不但使"惜抱遗绪，赖以不坠"，而且起到了使桐城派进一步发扬光大的作用，以致"和者日众""文事今再盛""姚氏之薪火，于是烈焉"。

梅曾亮之所以能有如此广泛、巨大的影响，除了由于姚鼐其他高足如刘开、管同、陈用光皆已早卒，方东树、姚莹僻居一隅，唯独他居于京师这个政治文化中心的有利条件之外，主要还是取决于他自身具有学问、人品和诗文上的优越性。例如，方东树即盛赞他："读书深，胸襟高，故识解超而观理微，论事核，至其笔力高简醇古，独得古人行文笔势妙处。此数者，北宋而后，元明以来，诸家所不见。为之不已，虽未敢许其必能祧宋，然能必与宋大家并立不朽。"[①]

梅曾亮之所以能使桐城派发扬光大，仅仅"独得古人行文笔势妙处"是不够的，更重要的还在于他能适应清代由盛转衰的时代变化，而及时提出了具有吸引力的新的文学主张。

第一，他顺应历史要求，提出了"文章之事，莫大乎因时"的正确主张。他说：

> 惟窃以为文章之事，莫大乎因时。立吾言于此，虽其事之至微，物之甚小，而一时朝野之风俗好尚，皆可因吾言而见之。使为文于唐贞元、元和时，读者不知为贞元、元和人，不可也；为文于宋嘉祐、元祐时，读者不知为嘉祐、元祐时人，不可也。韩子曰："惟陈言之

---

① 方东树：《柏枧山房文集后序》。

务去。"岂独其词之不可袭哉？夫古今之理势，固有大同者矣；其为运会所移，人事所推演，而变异日新者，不可穷极也。执古今之同，而概其异，虽于词无所假者，其言亦已陈矣。阁下前任剧邑，治悍民不尚黄、老，今官督粮道，乃尚黄、老，此持权合变者也。文之随时而变者，亦如是耳。

——《柏枧山房文集》卷2，《答朱丹木书》

这段话有三点尤其值得注意：一是要求文学作品要由小见大地反映出"一时朝野之风俗好尚"，具有特定的时代特色；二是把韩愈的名言"惟陈言之务去"，解释成不"独其词之不可袭"，更重要的是文章的内容，要反映出"运会所移，人事所推演"，"不可穷极"的"变异日新者"；三是由于时代和文章内容的变化，要求文章本身也要"随时而变"。这三点跟桐城派所一贯强调的固守韩欧文统相比，无疑地是个巨大的进步。它要求作家不是向后看，而是向前看，不是"执古今之同"，而是要穷极日新月异的变化。这就为作家的古文创作提供了取之不尽的现实生活源泉，指明了发挥创造性的无限活力和勃勃生机之所在。

第二，他反对"无益之文"，以"言有用"为"文章至极之境"。他指出：

世之为无益之文者多也。夫无益之文足以滋无益之事。

——《柏枧山房文集》卷3，《送张渔篁序》

文章至极之境，非可骤喻，以言有用，则论事者为要耳。

——《柏枧山房文集》卷2，《与姚柏山书》

因此，他不重视程朱理学，更反对烦琐考证。他说他"向于性理微妙未尝窥涉，稍知者独文字耳"①。也就是说，他要做个自觉的文学家，所关心的不是脱离实际的性理之学，而是现实社会的兴亡治乱。为此，他公然斥责："治经者自周以来更历二三千岁，其考证性命之学，类不能别出汉唐宋儒者之外，率皆予夺前人，迭为奴主，缴绕其异，引伸其同，屈世就人，越今即古，多言于易辨，抵巇于小疵，其疏引鸿博，动摇人心，使学者日靡刃于离析破碎之域，而忘其为兴亡治乱之要最，尊主庇民之成法也，岂不悖哉！"②他并不是反对读书、做学问，而是"窃以为读古人书，求其为吾益者而已。……人心世道久存而不毁者，自有在焉，虽朱、陆之是非，良知、格物之同异，犹未足为其轻重也"③。可见他对程朱与陆王之争，认为都无足轻重，关键是求其对现实有用，对我的创作有益。为此他宣称要"通时合变，不随俗为陈言"④。这显然是适应那急剧变化的时代要求，合乎文学家要充当时代感官的神圣职责的。

第三，他强调"真"。在《柏枧山房文集》卷5《太乙舟山房文集序》中，他所说的"真"，一是要符合文章所描写的客观事物本身的真，做到"各符其名，肖其物"；二是既要见其长，又要见其短的完全的真，反对"兼众味与众物之长"，"饰其短"的片面的真；三是要反映出作家的性情之真，使文章具有个人所独有的风格特色。具备这三者的"真"，显然是符合现实主义的创作原则和风格特色个性化、多样化的艺术规律的。它不只是对文学创作历史经验的总结，更重要的是针对粉饰现实、歌功颂德、千篇一律、封建说教等文坛恶习的反拨。

第四，他重视文学创作要具有"生乎情""乐乎心"的特性。他之所以放弃骈体文而改作古文，即因为骈体文的形式不利于表现人情。他自称："某少

---

① 梅曾亮：《柏枧山房文集》卷2《答吴子叙书》。
② 梅曾亮：《柏枧山房文集》卷2，《复姚春木书》。
③ 梅曾亮：《柏枧山房文集》卷2，《答吴子叙书》。
④ 梅曾亮：《柏枧山房文集》卷2，《复上汪尚书书》。

喜骈体之文，近始觉班、马、韩、柳之文为可贵。盖骈体之文如俳优登场，非丝竹金鼓佐之，则手足无措，其周旋揖让，非无可观，然以之酬接，则非人情也。"[1]他为什么如此看重"人情"呢？这是因为在他看来——

　　古人之作肖乎我，今人之作肖乎人；古人之作生乎情，今人之作生乎学。

　　　　　　　　　　　　——《柏枧山房文集》卷2，《杂说》

　　所谓"肖乎人""生乎学"，就是一味模仿、学习他人，而缺乏作家个人的真情实感和独特创造，这样的作品必然"败人意"；要"肖乎我""生乎情"，即具有鲜明的个人风格特色、强烈的创作激情和丰富的感情内涵，才能收到使读者"乐乎心"的艺术效果。因此，他又提出：

　　夫文章之事，不好之则已，好之则必近古而求其工；不如是，则古文词与括帖异者特其名耳。又果足乐乎心否也。今虽居文学之职，其用心习技必以古为师，是习钟鼎文以书试卷，必不售矣。居是职而不称其职不可也。称其职矣，则所为者又能合乎古而有乐乎心耶？不足以乐乎心，则所为之妨于吾所乐者，文章之败人意与簿书一也。

　　　　　　　　　　　　——《柏枧山房文集》卷2，《复邹松友书》

　　这里，他提出了"文学之职"，亦即文学作品与括帖、簿书的区别，就在于它是使读者"乐乎心"抑或是"败人意"，亦即看它是否具有文学作品审美愉悦的功能和特质。至于要求"合乎古"，那只是达到"乐乎心"的手段，也

----

　　① 梅曾亮：《柏枧山房文集》卷2，《复陈伯游书》。

就是要求其"用心习技必以古为师"的意思。这与他所说要像古代作家那样做到使文章"肖乎我""生乎情",是一致的。因此梅曾亮的所谓"古",其实质就是"真"。这有他的《朱尚斋诗集序》中所言为证:

> 夫诗亦何必不奇不博不新不异者而必贵夫古人,何也?曰:吾非贵古也,贵古之能得其真。……今先生之诗,其登临游宦之所得,风俗利病之所经,触于情,感于物者,人人之所同也,而独以其不为奇博新异者,适肖其情与物之真而若忽然而得之。夫忽然而得之者,其词常为千百思之所不能易,此非求之古人中不可得也,故曰真也。
>
> ——《柏枧山房文集》卷5

可见梅曾亮的所谓"合乎古",不同于一般的复古、拟古,而是要像古代作家那样进入"适肖其情与物之真而若忽然而得之"的文学创作境界,使作品具有"肖乎我""生乎情""乐乎心"的艺术魅力。他能如此明确地提出认识"文学之职",如此自觉地要求把握"肖乎我""生乎情""乐乎心"的文学创作特质,这对古代散文创作质量的提高,无疑地是有其巨大促进和推动作用的。

上述事实说明,梅曾亮能根据清代封建社会由盛转衰的时代特点,及时提出了适合时代需要的文学主张,从而如同给花木施了适当的肥料必然苗壮成长一样,给桐城派注入了足以推动其持续发展的新的活力。

梅曾亮的散文创作,跟他的上述文学主张是一致的。

在思想内容上,他的作品突出地表现了作家不满封建政治的日益腐败,迫切要求变革的时代精神。例如,《士说》《民论》《刑论》《臣事论》等议论文,皆揭露和抨击了当时政治上的某些弊端,指出:"天下之患,非事势之盘根错节之为患也,非法令不素具之为患也,非财不足之为患也;居官者有不事事之心，而以其位为寄，汲汲然去之，是之为大患。"①直接把天下之"大患"，归咎于"居官者"的腐朽失职。

更为值得称道的是，梅曾亮的作品还突出地表现了鸦片战争前后我国人民强烈地反帝爱国的民族精神。例如，作于1836年的《送韩珠船序》，他即斥责了英帝国主义者在我国沿海的骚扰，提出要及时加以重视，严加防范。鸦片战争爆发后，林则徐受诬被贬，他即以《上某公书》，对林则徐进行安慰和劝勉。《与陆立夫书》则总结了与英军作战屡遭失败的教训，提出了克敌制胜的战术。为沉痛悼念抗击英军而捐躯的王锡朋、葛云飞等爱国将领，他特地作了《王刚节公家传》《正气阁记》。在《徐柳臣五十寿序》中，他写道：

> 英夷去巢穴数万里，入我心腹，使扬帆而归，耗中国财数千万，吾尤大恨者此也。因出其上巡抚某公书曰："以兵勤夷，不若以民勤夷。请奏行颁赏格于天下，无论军民及汉奸，能得白夷黑夷及身手有记验汉奸一首级者，赏银五百、三百、一百两不等，能破其一桅船、火轮船及二桅船、三桅船者，赏银五万、十万、二十万两不等，船所有者，军器、火药外，民尽有之。盖兵有定数，有常处，今以重赏诱民，则随处皆胜兵也。人将曰：赏格颁则所费钜。然以中国之财，散中国之百姓，与议和议抚散外夷而不归者，孰为利？且今之调客兵、募乡勇等费也，然费之于赏功，与费之于养惰者，孰为优？"曾亮曰："英夷扰海疆，患延四省。中国非兵不多，粮不赢，患气不振。今君所言，其言足以呼百川，走长鲸，使将吏咸若此，事立办矣。"
>
> ——《柏枧山房文集》卷3

① 梅曾亮：《柏枧山房文集》卷1，《臣事论》。

这种要求依靠人民大众来抗击英帝国主义的入侵,指出:"中国非兵不多,粮不赢,患气不振。"至今读来,不是仍然令人深感其见识不凡、切中要害么?

梅曾亮散文的主要艺术特色:

首先,敢于讲真话,坚持求实、写实的风格。例如,梅的《王刚节公家传》,在歌颂王刚节英勇抗击英军入侵,"所亲率及身自荡杀数十百人,贼至益多,挥短兵陷阵死"的同时,竟然敢于如实揭露:"是役也,贼可三万,我兵计五千。公檄请益兵,大府不应。战且五六日,势足以待救,亦坐不救",使公"以无救遂败,人咸惜之"!如此直接揭露清朝总督、巡抚昏庸不堪、坐视不救的背叛行径,这在当时是需要相当的政治勇气的!

其次,善于捕捉富有真情和个性特征的形象,作出生动感人的描绘。他在《艾方来家传》中指出:"归熙甫撰《先妣事略》,皆琐屑无惊人事,失母者读之,痛不可止。夸者饰浮语过情,人人同,安知为谁氏子乎?"不要"夸者饰浮语过情",即要有真情;不要"人人同",即要求个性化。他在《周石生授经图记》中,就是这样来写自己的母亲的:"曾亮年十三四,家大人方试礼部,留京师,每从塾归,则吾母课诵,必问所习者师讲解否?能记忆否?背师作游弄否?自塾归适他所否?"这一连串的问语,即将其母爱子的真情刻画得既别具特色,毫不雷同,又跃然纸上,感人至深。

这种善于捕捉富有真情和个性特征的形象,也表现于写景之作。例如,他的《钵山余霞阁记》不是一般地写景,而是从建于山岭之上的余霞阁的独特位置出发,作鸟瞰式的全景描绘;不是孤立地静止地写景,而是抓住景色瞬息万变所特有的动态来写;不是纯客观地写景,而是着力写出观景之人的独特感受,如把"江自西而东",写成"青黄分明,界画天地",把"炊烟"写成"如人立,各有所企",皆使景色被写得十分奇妙而富有灵气,给人以形象鲜明、萦怀不已之感。正是梅曾亮追求自然写实,善于捕捉事物特征,所谓"善为文者,无失其机"的创作论的光辉实践。其艺术手法和创作经验,至今仍值得我们吸取和借鉴。

再次，气直体屈，骈散结合，曲折有致。

梅曾亮"少好为骈体文"，后虽"学为古文词"①，但依然认为"文贵者辞达耳，苟叙事明，述意畅，则单行与排偶一也"②。他不是把"单行与排偶"、"直"与"屈"对立起来，而是看作同样都可为"辞达"服务。因此，他跟桐城派注重白描和崇尚简淡的传统相比，则更加追求语言的丰富多采，曲折有味。梅曾亮之所以能使桐城派发扬光大，绝不是偶然的，而是由于他能因时立言，在一定程度上反映了鸦片战争前后的时代精神和民族精神，并在文学主张和文学创作上坚持现实主义，发挥自己的艺术创造和特色，给桐城派的持续发展注入了新的活力的必然结果。

（二）"得古人雄直气"③的管同

管同（1780—1831），字异之，号育斋，江苏上元（今南京市）人。嘉庆初，姚鼐主讲钟山书院，他与同乡梅曾亮以姚鼐为师，深受器重。道光五年（1825），乡试中举。后任安徽巡抚邓廷桢的家庭教师，在陪同廷桢之子赴京时死于途中。著有《因寄轩文集·诗集》，另有《皖水词存》《七经纪闻》等杂著五种。

管同虽于鸦片战争之前已早卒，但从其诗文集中不难看出，他是个有着强烈忧患意识的爱国者。在《禁用洋货议》一文的开头，他即指出："天下之财统此数，今上不在国，下不在民，此县贫而彼州不闻其富。若是者何与？曰：生齿日繁，淫侈愈甚，积于官吏而兼并于大商，此国与民所以并困也。"尽管他的思想是封建的、保守的，但他毕竟已看到封建统治的腐朽和衰败，并呼唤要"善矫之"，如在《拟言风俗书》中，他指出："朝廷近年大臣无权而率以畏软，台谏不争而习为谏默，门户之祸不作于时而天下遂不言学问，清议之持

---

① 梅曾亮：《柏枧山房文集》卷 5，《管异之文集书后》。
② 梅曾亮：《柏枧山房文集》卷 5，《马韦伯骈体文叙》。
③ 邓廷桢：《因寄轩文初集序》引姚鼐对管同文的评语。

无闻于下而务科第、营货财，节义经纶之事漠然无与其身。"为此，他提出要"承其敝而善矫之，此三代两汉俗之所以日美也，承其敝而不善矫之，此秦人魏晋梁陈俗之所以日颓也。而俗美则世治且安，俗颓则世危且乱"。这些在当时皆可谓发人深省的有识之见。

管同散文的主要特色是"雄深浩达，简严精邃"①，"得古人雄直气"。他的《余霞阁记》以写余霞阁为中心，写它系建于钵山之上，"钵山者，江山环翼之区也"。仅此一句，即显示出其地势独得雄奇豪放的"江山之美"；又写它建于四松庵之侧，"其后有栋宇，极幽；其前有古木丛篁，极茂翳"，两个"极"字，又画出了其幽深雄达的景色之美；余霞阁的建成，使"钵山与四松各擅一美，不可兼并"，这令人不禁豪情倍增！接着又由"陶君筑室不于家而置诸僧舍"，引申出"儒者立志，视天下若吾家也"，显示出其胸襟的开阔，思想内涵的博大精深！读后既令人对其所写自然景色的雄达之美，而赞赏不绝，无限神往，又为作者所赋予的深邃的人生哲理，而倍感其警世意深，愤俗情长。由此"一斑"即约略可见管同为人和为文的"全豹"。

（三）"不能尽守师法"②的刘开

刘开（1784—1824），字明东，一字方来，号孟涂，安徽桐城人。自幼丧父，"母吴忍死自守，奉衰舅，抚弱子，饥寒之中，勤而相活"③。童年"牧牛，闻塾师诵书，窃听之，尽记其句。塾师留之学，而许妻以女"④。"年十四，上书乡先辈姚公鼐，公奇赏之，常谓人曰：'此子他日当以古文名家，望溪、海峰之坠绪赖以复振，吾乡之幸也。'孟涂既游姚公之门，名益著，绝迹千里，笼罩靡前，方闻宿儒，避席惟谨。皖藩某公欲妻以女，孟涂谢之。其时孟涂贫

---

① 刘声木：《桐城文学渊源撰述考》卷4，"管同"条。
② 刘声木：《桐城文学渊源撰述考》，"刘开"条，黄山书社1989年版，第159页。
③ 陈方海：《刘孟涂传》，见于《刘孟涂诗集》卷首。
④ 马其昶：《桐城耆旧传·刘开传》，黄山书社1990年版，第368页。

愈甚，既无兄弟，独身养母，佣书四方，寒暑匪惮，啬衣食，绝嗜欲，文采之外，无他营焉。"①"其为人落脱不羁，喜交游，与人谈论，辄罄肺腑，言不少隐。家贫不能养，奔走四方，间无干谒之态，以故人争重之，四方贤士无不知有刘孟涂者。"②然而他"习举子业，试辄不利"③，终生仅是个县学生员。"道光元年，亳州聘修《州志》，寓佛寺，一夕疾作"④而逝世。年仅四十。著有《刘孟涂文集·诗集》44卷，《骈文》2卷，《广列女传》20卷。

刘开怀有经世之志。他说："古时士习六经，凡兵、农、刑、政之事，无不推寻致详，故内以资身心，而出可备天下国家之用。至记诵辞章之学兴，士溺文艺，不知经世之略。"他宣称："余固好言兵、农、刑、政之事，而不甘于记诵辞章者也。"⑤

如何"经世"？刘开主张以民为本。他说："民者，地气风化之所系，国是人心之所存者也。""开闻政莫若得民，而士者民之耳目也。民无定见，随士之气习为转移，故化民必以士为先。"⑥

可见，刘开是个关心人民疾苦，对封建统治的残暴腐朽深为不满的人。他的《食蕨叹》《力役谣》《关下曲》，皆反映了当时下层人民受压迫剥削的深重苦难。他斥责那个社会"机智相轧，下以利趋其上，上以势束其下，门左皆士而实无一士，终身取才而不得一才，故英雄豪杰之资皆掩于庸众之中而无以自见"⑦。而他则依然坚持"疏落寡合，不屈志以徇俗"⑧。这就决定了他不可能得到当时腐朽的封建统治者的赏识和重用。

---

① 陈方海：《刘孟涂传》，见于《刘孟涂诗集》卷首。
② 姚元之：《刘孟涂传》，见于《刘孟涂诗集》卷首。
③ 姚元之：《刘孟涂传》，见于《刘孟涂诗集》卷首。
④ 姚元之：《刘孟涂传》，见于《刘孟涂诗集》卷首。
⑤ 刘开：《刘孟涂文集》卷6，《沈晓堂七十寿序》。
⑥ 刘开：《刘孟涂文集》卷3，《上莱阳中丞书》。
⑦ 刘开：《刘孟涂文集》卷4，《与张古余太守书》。
⑧ 刘开：《刘孟涂文集》卷4，《与张古余太守书》。

由于刘开一生穷困潦倒，这就使他对封建社会的衰朽有较为清醒的认识，看出那是"梁木久已摧"，到了非人力所可挽回的地步，如他的《杂感》诗写道："穷居观物变，霜露零庭槐。抗言思在昔，长叹余悲哀。悲哀亦何补？梁木久已摧。空谷无赏音，凋此庙廊才。贤圣不再兴，灵气郁钧台。青牛函谷出，白马汉京来。运会自天启，人力奚为哉！"①

刘开散文的显著特色，是"藉文以舒其悲愤之思"。恰如他所说的："余抱简默之志也久矣，身遭困厄，内束于身心之累，外感于习俗之变，不得已而藉文以舒其悲愤之思。"②上述他对社会政治、世俗和学术风气等问题的谴责，就是他"藉文以舒其悲愤之思"的例证。

刘开论文强调本道贵学。他说："夫文之本出于道，道不明则言之无物；文之成视乎辞，辞不修则行之不远。识足以见之，学足以至之，气足以举之，才与力足以斡旋之，如是而已。所贵乎学者，为其能以一而致四者之美也。"③

怎样"贵乎学"呢？他主张既要"尽百家之美"，又要有"决堤破藩之识""摧锋陷阵之力"，做到"独成一家之文"。他说："夫天下有无不可达之区，即有必不能造之境；有不可一世之人，即有独成一家之文。此一家者，非出于一人之心思才力为之，乃合千古之心思才力变而出之者也。非尽百家之美，不能成一人之奇；非取法至高之境，不能开独造之域。此惟韩退之能知之，宋以下皆不讲也。五都之市，九达之衢，人所共由者也；昆仑之高，渤海之深，人必不能为者也，而天地之大有之。锦绣之饰，文采之辉，人所能致者也；云霞之章，日星之色，人必不能为者也，而天地之大有之。夫文亦若是而已矣。无决隄破藩之识者，未足穷高邃之旨；无摧锋陷阵之力者，未足收久远之功。"④

---

① 见于《刘孟涂诗前集》卷1。
② 《刘孟涂文集》卷7，《初学集序》。
③ 《刘孟涂文集》卷3，《复陈编修书》。
④ 《刘孟涂文集》卷4，《与阮芸台宫保论文书》。

可见他对为文的要求很高，要"取法至高之境""开独造之域"。

至于文章的具体作法，他认为："兵无常形，文无定法"①，贵在"能夺其才力，倾其蕴蓄，出其陆离光怪，泄其悲愤幽郁，以自成一家之言。前后不必同辙，彼此不妨异趣，于以明圣人之道，穷造化之微，极人情物态之变"②。

从上述"藉文以舒其悲愤之思"的思想内容和要求雄奇变化、醇而能肆的文学风格来看，刘开在继承桐城派的同时，又对桐城派有一定的突破。因此，刘声木的《桐城文学渊源撰述考》批评刘开："名虽居'姚门四杰'之一，实不能尽守师法。其为文，天才宏肆，光气煜爓，能畅达其心之所欲言，然气过嚣张，类多浮词，与姚鼐简质之境悬绝。"③这也许是曾国藩无视刘开的"姚门四杰"之一的地位，而以姚莹取代刘开，与管同、梅曾亮、方东树同称为姚门四个"高第弟子"的又一原因吧。

---

① 《刘孟涂文集》卷3，《复陈编修书》。
② 《刘孟涂文集》卷3，《复陈编修书》。
③ 刘声木：《桐城文学渊源撰述考》，黄山书社1989年版，第159页。

第七章　桐城派的旁支——阳湖派

在桐城派尤其是刘大櫆的学生钱伯坰、王悔生的直接影响下，于乾隆末和嘉庆年间，我国文坛上出现了一个新的文学流派——阳湖派。该派以恽敬、张惠言为首，主要成员有李兆洛、陆继辂、董士锡等。以其代表人物出身于江苏常州府属的阳湖县而得名。

一、阳湖派作家群掠影

恽敬（1757—1817），字子居，号简堂。江苏阳湖人。乾隆四十八年举人。曾任浙江富阳、江西新喻、瑞金知县，南昌同知。为官"勤廉明决，无所瞻徇，所至辄忤上官，卒以此坐事，罢，谢其母曰：'为吏不谨，贻母忧。'母曰：'以汝性行祸当不止此。今以微罪行，幸矣。'敬初为骈俪文，后乃研经史，以古文名"[1]。著有《大云山房文稿》初集、二集、补编共9卷。

张惠言（1761—1802），字皋文，一字皋闻，号茗柯，江苏武进人。嘉庆四年进士。官庶吉士、翰林院编修。以研究《周易》《仪礼》等经学，擅长词、赋、古文著称，为常州词派的创始人。著有《茗柯文编》，编有《词选》《七十

---

[1]　《光绪武进阳湖县志》卷23，《人物·文学》。

家赋钞》《刘海峰文钞》。

李兆洛（1769—1841），字绅绮，又字申耆，晚号养一老人。江苏阳湖人。嘉庆十年进士。官翰林院庶吉士、风台知县，后主讲江阴书院。著有《养一斋集》，选有《骈体文钞》。

陆继辂（1772—1834），字季木，一字修平，号祁孙。江苏阳湖人。官贵溪县知县。"与张惠言、恽敬、吴德旋、吴育、董士锡等同学为文，互相切摩，其古文条达，雅近桐城。"[①] 著有《崇百药斋初集》《续集》《三集》共 36 卷，《合肥学舍札记》12 卷。

董士锡（1782—1831），字晋卿，一字损甫，江苏武进人。"师事舅氏张惠言、张琦，受古文法及《易》虞氏义，兼通阴阳五行家言，为文才力桀骜，……恪守桐城义法。"[②] 以家贫游幕四方，曾历主紫琅、广陵、泰州等书院讲席。著有《齐物论斋文集》6 卷。

以上可见，政治地位不高，仕途多艰；经、史、词、赋、骈文乃至阴阳五行兼通；与桐城派渊源颇深，是阳湖派作家群的群体特征。

因此，阳湖派究竟是属于桐城派的旁支，还是与桐城派相对抗的文派，这就成了历来关于阳湖派的性质、特色及对其历史地位评价的关键问题。

二、对抗桐城，纯属无稽

《清史稿·文苑传·陆继辂传》说：

> 常州自张惠言、恽敬以古文名，继辂与董士锡同时并起，世遂推为阳湖派，与桐城派相抗。然继辂选七家古文，以为惠言、敬受文

---

① 刘声木：《桐城文学渊源撰述考》卷 5，黄山书社 1989 年版，第 206 页。
② 刘声木：《桐城文学渊源撰述考》卷 5，黄山书社 1989 年版，第 204 页。

法于钱伯坰，伯坰亲业刘大櫆之门，盖其渊源同出唐、宋大家，以上窥《史》《汉》，桐城、阳湖皆未尝自标异也。

有的学者据此证明："关于阳湖派，历来有桐城派之对抗或旁支的不同评价。"[①]实际上《清史稿》成书于1927年，已掺入了后人的观点。所谓"继辂与董士锡同时并起，世遂推为阳湖派"，显然用语不当，给人的印象是阳湖派的得名始于"继辂与董士锡同时并起"，而事实是阳湖派的名称是在陆继辂死后41年、董士锡死后44年才首次出现[②]。何况这段引文本身即以"继辂选七家古文"等事实，否定了"对抗"说。

陆继辂身为阳湖派的主要成员，他把恽敬、张惠言的古文，与方苞、刘大櫆、姚鼐及朱仕诱、彭绩的古文合编在一起，取名《七家文钞》，并在"序"中说：

> 乾隆间，钱伯坰鲁斯亲受业于海峰之门，时时诵其师说于其友恽子居、张皋文。二子者始尽弃其考据、骈俪之学，专志以治古文。盖皋文研精经传，其学从源而及流。子居泛滥百家之言，其学由博而返约。二子之致力不同，而其文之澄然而清，秩然而有序，则由望溪而上求之震川、荆州、遵岩，又上而求之庐陵、眉山、南丰、新安，如一辙也。

这篇序文清楚地说明，他把恽、张的阳湖之文，与方、刘、姚的桐城之文合编在一起，绝不是要表示他们之间存在着什么"对抗"，而是恰恰要确证：阳湖之文乃始于得自桐城派的"师说"，其渊源是"由望溪而上求"于唐宋八

---

① 邬国平等：《清代文学批评史》，上海古籍出版社1995年版，第613页。
② 阳湖派其名起始于光绪元年（1835），缪荃荪遵张之洞之嘱编的《书目问答》。

大家的，它们的发展轨迹"如一辙也"。这岂不证明阳湖派与桐城派"对抗"说是无稽之谈么？

三、师承桐城，直言不讳

对于阳湖派系师承桐城，张惠言、恽敬皆直言不讳：

> 乾隆戊申，自歙州归，过鲁斯(伯垌)而示之。鲁斯大喜，顾而谓余："余尝受古文法于桐城刘海峰先生，顾未暇以为，子倘为之乎？"余愧谢未能。已而余游京师，思鲁斯言，乃尽屏置曩时所习诗赋若书不为，而为古文，三年乃稍稍得之。
>
> ——张惠言：《茗柯文编·送钱鲁斯序》
>
> 余友王悔生（灼）见余《黄山赋》而善之，劝余为古文，语余以所受其师刘海峰者。为之一二年，稍稍得规矩。
>
> ——张惠言：《茗柯文编·文稿自序》

可见，张惠言的古文创作是直接得自于钱伯垌、王悔生所转述其师刘大櫆的"古文法"；其跟桐城派的师承关系，言之凿凿，毋庸置疑。

恽敬《上曹俪笙侍郎书》则说：

> 敬生于下里，以禄养趋走下吏，不获与世之大人君子相处，而得其源流之所以然。同州诸前达，多习校录，严考证，成专家，为赋咏者，或率意自恣。……后与同州张皋文、吴仲伦、桐城王悔生游，始知姚姬传之学出于刘海峰，海峰之学出于方望溪；及求三人之文观之，未足以餍其心之所欲云者。
>
> ——《大云山房文稿初集》卷3

这说明恽敬的古文创作也是始于桐城派的影响。

在桐城派与阳湖派之间，刘大櫆的弟子钱伯坰、王悔生显然是起了桥梁的作用。刘声木的《桐城文学渊源撰述考》亦盛赞钱伯坰"师事刘大櫆，受古文法，转以授之张惠言、恽敬，遂以能文名天下。论者谓伯坰得人而授，使桐城文学大明于世，贤于自为"[1]。马其昶的《桐城耆旧传》则说王悔生"少居枞阳，海峰奇赏之。从游八年，学锐进。继馆于歙，与金蕊中、程易畴、吴殿麟及归安丁小疋、武进张皋文交友。皋文颛志经学，属辞喜俪体。先生见其《黄山赋》曰：'子之才可追古作者。'因举所从受文法于海峰者告之。后皋文学成，其论文必及悔生，阳湖派由此起"[2]。

这些都是阳湖派师承于桐城派的确凿证据。

四、勇于开拓，异军突起

我们肯定阳湖派乃师承于桐城派，但并不赞成姚永朴说的"两派合而不分"[3]，王先谦说的"近人论文，或以桐城、阳湖离为二派，疑误后来，吾为此惧"[4]。

阳湖派的可取、可贵，就在于它不是满足于师承桐城派，而是有"当事事为第一流"[5]，以"第一流"自期期人的志向[6]。在他们看来，"男儿必有自立之处，不随人作计，如蚊之同声，蝇之同嗜"[7]。正是这种崇高的志向和"自立"的精神，再加上他们有非凡的才学，便使他们对桐城派乃至过去的一切文学传

---

[1] 刘声木：《桐城文学渊源撰述考》卷 5，黄山书社 1989 年版，第 203 页。
[2] 马其昶：《桐城耆旧传》卷 9，黄山书社 1990 年版，第 325 页。
[3] 姚永朴：《文学研究法》，黄山书社 1989 年版，第 64 页。
[4] 王先谦：《续古文辞类纂序·例略》。
[5] 张惠言：《茗柯文编·送恽子居序》中引恽敬语。
[6] 恽敬：《张皋文墓志铭》中对张惠言的评语。
[7] 恽敬：《答方九江书》。

统，皆采取了批判的态度。

他们对桐城派的批评，主要有三点：

一是从学术思想上，批评桐城派"溺宋学而诋汉儒"[①]。

二是从文学理论上，非议桐城派论文的纲领"义法"说，如李兆洛说："义充则法自具，不当歧而二之。"并讥讽"藉法为文"，是"几于以文为戏"[②]。恽敬则认为："古今之文，越天成越有法度。"[③]

三是从古文创作上，指责方苞之文"旨近端而有时而歧，辞近醇而有时而窳"[④]，"叙事非所长"[⑤]。批评刘大櫆"识卑，且边幅未化"[⑥]，"论事论人未得其平，论理未得其正"，"字句极洁，而意不免芜近，非真洁也"[⑦]。指出姚鼐"才短不敢放言高论"[⑧]。批评桐城派门徒如鲁九皋、宋华国"皆识力未至，束缚未弛，用笔进退，略有震川、尧峰矩矱而已"[⑨]。

这些批评，无疑地表明他们不愿跟桐城派亦步亦趋，而要作出足以"自立"的独创和发展；也无疑地表明，阳湖派在师承桐城派的基础上，要离而为二，另辟蹊径。

但是，如果以此断言阳湖派与桐城派存在着"对抗"，则又未免言过其实。应该看到，阳湖派对桐城派不仅有批评的一面，还有肯定和尊崇的一面。例如，恽敬称："本朝作者如林，其得正者，方灵皋为最。"[⑩]张惠言在听到其友所

---

① 陆继辂：《删定望溪先生文序》。
② 李兆洛：《答高雨农书》。
③ 恽敬：《与舒白香》。
④ 恽敬：《上曹俪笙侍郎书》。
⑤ 恽敬：《上举主笠帆先生书》。
⑥ 恽敬：《上举主笠帆先生书》。
⑦ 恽敬：《与章瀓南》。
⑧ 恽敬：《与章瀓南》。
⑨ 恽敬：《与李汀洲》。
⑩ 恽敬：《大云山房文稿二集》卷2，《上举主笠帆先生书》。

转述的刘大櫆的"古文法"时,说:"余愧谢未能。"①陆继辂说:"我朝自望溪方氏,别裁诸伪体,一传为刘海峰,再传为姚惜抱。桐城一大县耳,而有三君子接踵辉映其间,可谓盛矣!"②

笔者认为,阳湖派与桐城派的关系,既非"合而不分",亦非互相"对抗",而是在阳湖派来说,对桐城派既师承又批评,在桐城派来说,则对批评意见采取了加以吸纳,以促进自身发展的积极态度。

桐城派本身就不是个封闭的系统,而是个容许批评,提倡有个人风格,鼓励独创性和多样性,从而得以持续不断发展的开放的系统,如方苞主张朋友之间,"必彼此互异,抵隙攻瑕,相薄相持,而后真是出焉"③。"誉乎己则惧焉,惧无其实而掠美也。毁乎己则幸焉,幸吾得知而改之也。同乎己则疑焉,疑有所蔽而因是以自坚也。异乎己则思焉,去其所私以观异术,然后与道大适也。"④

方苞这种欢迎"毁乎己""异乎己"的态度,对后来桐城派的持续发展影响很大,如刘大櫆虽为方苞弟子,"两人之文各殊所造"⑤。姚鼐师从刘大櫆,其文又与方苞、刘大櫆"各极其能,不相沿袭"⑥,姚鼐的学生方植之,也是"少学于惜抱而不为其说所囿,能自开大,以成一格"⑦。

可见,师其说而不为其说所囿,敢于批评和超越自己的祖师,充分发挥自己的独创性,这不仅使阳湖派得以另辟蹊径,而且也是桐城派一贯的优良传统,是桐城派得以长期持续发展的活力之所在。

阳湖派不只是批评桐城派,而且对南宋以后的所有散文家都提出了尖锐的

---

① 张惠言:《茗柯文编·送鲁斯序》。
② 陆继辂:《七家文钞序》。
③ 《方苞集·王巽功诗说序》,上海古籍出版社1983年版,第104、105页。
④ 《方苞集》第518页。
⑤ 吴定:《紫石泉山房文集·海峰先生墓志铭》。
⑥ 方宗诚:《柏堂集》次编卷1,《桐城文录序》。
⑦ 方宗诚:《柏堂集》次编卷1,《桐城文录序》。

批评。

诚如郭绍虞所指出的，正是这种继承传统而又不囿于传统的批判精神，使"他要摆脱此数家，所以成为不袍袖、不枪棓的文风；而同时却又不妨仍落此数家，于是成为亦袍袖、亦枪棓的文风。'不染习气者入习气亦不染'，阳湖文之异于桐城者在此"①。

对于阳湖派的这类相异之处，桐城派也并不是采取排斥的态度，而是兼取其长，积极地加以吸纳。因此，恰如郭绍虞所说，这"与姚姬传所谓义理、考据、词章合一，阳刚阴柔合一之说，似乎都有些相近。硬性的枪棓气，有类于阳刚；而软性的袍袖气，有类于阴柔。要调剂之，使成为不枪棓不袍袖，而同时却亦枪棓亦袍袖，那么只有在词章之外，求之于考据或义理，于是阳刚阴柔之说与义理考据词章之说也得到连系了"②。

可见，富有批判精神，勇于开拓，这是阳湖派异军突起的一条重要的历史经验；而善于取人之长补己之短，则又是桐城派得以持续不断发展的一个原动力。两者既相异又相容，而不相抗。

五、理论主张，基本相同

阳湖派与桐城派之所以既相异又相容，而不相抗，主要是由于他们的理论主张基本相同。例如：恽敬要求古文"其体至正，不可余，余则支；不可尽，尽则敝；不可为容，为容则体下"③。这显然跟方苞所说的"辨古文气体，必至严乃不杂也"④，是一脉相承的。桐城派所标举的古文义法，也首先在严于辨体。

恽敬强调文章要"天成"，要"洁"，他说："敬观古今之文，趁天成越

---

① 郭绍虞：《中国文学批评史》，上海古籍出版社 1979 年版，第 680 页。
② 郭绍虞：《中国文学批评史》，上海古籍出版社 1979 年版，第 682 页。
③ 恽敬：《大云山房文稿初集》卷 3，《上曹俪笙侍郎书》。
④ 《方苞集》，上海古籍出版社 1983 年版，第 614 页。

有法度，如《史记》，千古以为疏阔，而柳子厚独以洁许之。今读伯夷、屈原等列传，重叠拉杂，及删其一字一句，则其意不全，可见古人所得矣。至所谓疏古，乃通身枝叶扶疏，气象浑雅，非不检之谓也。敬于此事，如禅宗看话头、参知识，盖三十年。惜钝根所得，不过如此。"①这跟戴名世"率其自然"②，方苞"澄清之极，自然而生其光精"③，姚鼐所说"措语遣意，有若自然生成者"④，岂不是如出一辙么？

恽敬说："作文之法，不过理实气充。"⑤这跟刘大櫆说的"古人行文至不可阻处，便是他气盛"⑥，姚鼐说的"文字者，犹人之言语也，有气以充之，则观其文也，虽百世而后，如立其人而与言于此；无气，则积字焉而已。意与气相御而为辞，然后有声音节奏高下抗坠之度，反复进退之态，采色之华，因乎意与气而时变者也，是安得有定法哉"⑦，岂不是此呼彼应、难分轩轾的么？

一系列的事实足以证明，游国恩等编著的《中国文学史》断言"恽敬的古文理论与桐城派基本相同"⑧，洵非虚语。

问题在于，仅指出它们"基本相同"的一面，虽有助于我们认清两派之间不属于"对抗"的关系，却无助于我们认识阳湖派在古文理论上的独特建树，以及它对桐城派持续发展所起到的促进与推动作用。

　① 恽敬：《大云山房文稿：言事》卷1，《与舒白香》。
　② 《戴名世集》，中华书局1986年版，第135页。
　③ 《方苞集》，上海古籍出版社1983年版，第614页。
　④ 姚鼐：《惜抱轩诗文集》，上海古籍出版社1992年版，第289页。
　⑤ 恽敬：《大云山房文稿：言事》卷2，《答来卿》。
　⑥ 刘大櫆：《论文偶记》之八。
　⑦ 姚鼐：《惜抱轩诗文集》，上海古籍出版社1992年版，第84、85页。
　⑧ 游国恩等主编：《中国文学史》第4册，第301页。

六、青胜于蓝，促进发展

阳湖派的古文理论除与桐城派有"基本相同"的一面之外，它还有哪些独特的建树呢？这些独特的建树对桐城派究竟是起了"对抗"作用还是促进作用呢？进一步弄清这些问题，对于我们正确认识和评价阳湖派或桐城派，都是至关重要的。

首先，阳湖派主张对我国古代文化传统进行最全面的博取广吸，而有别于桐城派偏重于继承我国古文传统，如恽敬在《大云山房文稿二集自序》中指出：

> 昔者班孟坚因刘子政父子《七略》为《艺文志》，序六艺为九种，圣人之经，永世尊尚焉。其诸子则别为十家，论可观者九家，以为虽有蔽短，合其要归，亦六经之支与流裔。至者此言，论古之圭臬也。

> 敬尝通会其说，儒家体备于《礼》及《论语》《孝经》，墨家变而离其宗，道家、阴阳家支骈于《易》，法家、名家疏源于《春秋》，纵横家、杂家、小说家适用于《诗》《书》，孟坚所谓《诗》以正言，《书》以广听也。惟《诗》之流复别为诗赋家，而乐寓焉，农家、兵家、术数家、方技家，圣人未尝专语之，然其体亦六艺之所孕也。是故六艺要其中，百家明其际会；六艺举其大，百家尽其条流。其失者，孟坚已次第言之；而其得者，穷高极深，析事剖理，各有所属。故曰修六艺之文，观九家之言，可以通万方之略。后世百家微而文集行，文集敞而经义起，经义散而文集益漓。学者少壮至老，贫贱至贵，渐渍于圣贤之精微，阐明于儒先之疏证，而文集反日替者何哉？盖附会六艺，屏绝百家，耳目之用不发，事物之颐不统，故性情之德不能用也。

可见，无论儒家、墨家、道家、阴阳家、名家、法家、纵横家、杂家、小说家、诗赋家，还是农家、兵家、术数家、方技家，无不在恽敬等阳湖派的学习、研究和继承的范围之内；他们主张"百家明其际会""百家尽其条流"，"观九家之言"，"通万方之略"，反对"屏绝百家，耳目之用不发，事物之颐不统"。这对扩大作家的视野，提高作家的学识水平是有益的，也完全合乎清代作为"集大成"时代的要求。

桐城派虽然也强调："必纵横百家，而后能自成一家之言"①，要"兼集《庄》《骚》《左》《史》、韩、柳、欧、曾、苏、王之能"②，但他们皆偏重于文学方面而言。例如，对方苞，即有"世称公之文章，万口无异辞，而于经术已不过皮相之"③讥。对刘大櫆之文，恽敬说："细加检点，于理实有未足。"④姚莹说："海峰以才胜，学或不及。"⑤方宗诚也说："海峰文有余而道不足。"⑥在这方面，阳湖派对桐城派的突破和超越，如青胜于蓝一样，清晰可见。

但是，这种突破和超越，并不是与桐城派对抗，而是如同长江后浪推前浪，是对桐城派继续发展的促进和推动。从方苞的《古文约选》，到姚鼐的《古文辞类纂》，再到曾国藩的《经史百家杂钞》，就是桐城派继承我国文化传统的堂庑不断扩大的标志；它跟阳湖派重视辞赋、重视经史、重视诸子百家的积极影响是分不开的。

其次，阳湖派论文的标准主要为切合实用的"道"，而跟桐城派偏爱程朱的道统、韩欧的文统迥别，如张惠言指出：

古之以文传者，传其道也。夫道，以之修身，以之齐家、治国、

---

① 《方苞集》，上海古籍出版社1983年版，第614页。
② 吴定：《紫石泉山房文集·海峰先生墓志铭》。
③ 全祖望：《前侍郎桐城方公（苞）神道碑铭》，见《方望溪遗集·附录二》，黄山书社1990年版。
④ 恽敬：《答曹侍郎书》。
⑤ 姚莹：《惜抱先生行状》。
⑥ 方宗诚：《记张皋文茗柯文后》。

平天下。故自汉之贾、董，以逮唐、宋文人韩、李、欧、苏、曾、王之俦，虽有淳驳，而就其所学，皆各有以施之天下，非是者其文不至，则不足以传今。

——《茗柯文编·送徐尚之序》

可见他所说的以文传道，是要求切合于修身、齐家、治国、平天下的实用，而并非局限于宣扬孔孟之道。对此，恽敬说得更为明晰：

敬观之前世，贾生自名家、纵横家入，故其言浩汗而断制；晁错自法家、兵家入，故其言峭实；董仲舒、刘子政自儒家、道家、阴阳家入，故其言和而多端；韩退之自儒家、法家、名家入，故其言峻而能达；曾子固、苏子由自儒家、杂家入，故其言温而定；柳子厚、欧阳永叔自儒家、杂家、词赋家入，故其言详雅有度；杜牧之、苏明允自兵家、纵横家入，故其言纵厉；苏子瞻自纵横家、道家、小说家入，故其言逍遥而震动。至若黄初、甘露之间，子桓、子建，气体高朗；叔夜、嗣宗，情识精微，始以轻隽为适意，时俗为自然，风格相仍，渐成轨范，于是文集与百家判为二途。熙宁、宝庆之会，时师破坏经说，其失也凿；陋儒襞积经文，其失也肤；后进之士，窃圣人遗说，规而画之，睎而断之，于是经义与文集并为一物。太白、乐天、梦得诸人，自曹魏发情；静修、幼清、正学诸人，自赵宋得理。递趋递下，卑冗日积。是故百家之敝，当折之以六艺；文集之衰，当起之以百家。其高下远近华质，是又在乎人之所性焉，不可强也已。

——《大云山房文稿二集自序》

这段话的重要意义有两点：一是强调以百家而非某一家为"文统"；二是反对以程朱理学为"道统"，认为那是"破坏经说，其失也凿"。这跟方苞的行身祈向："学行继程、朱之后，文章介韩、欧之间"①，显然有别。

但是，有的学者据此断言，阳湖派使"桐城派所开列的道统、文统至此已荡然无存"②，从而把两派对立起来。这未免言过其实。

恽敬的这段话，对桐城派的道统、文统虽有所突破和超越，但是其矛头所向，并非专指桐城派，且有些观点显属偏颇。例如，把文学与经学等其他学科混为一谈，抹杀了文学创作进入自觉时代的独特规律和伟大价值；把文学发展的历史说成"递趋递下"，宣扬的是历史倒退论；不仅贬低曹丕、曹植、嵇康、阮籍对文学创作进入自觉时代所起的积极作用，而且还将"自曹魏发情"的李白、白居易、刘禹锡的创作，与刘因、吴澄、方孝孺等理学家恪守宋代理学的性理之言，相提并论，同样视为"文集之衰"的代表。这些皆可见他对文学史的认识、对文学家的评价，是不够科学和公正的。何况阳湖派的全部理论和创作，并无使桐城派的道统和文统"荡然无存"之意，如"师事张惠言、姚鼐，受古文法"③的吴德旋即指出：

张皋文惜不永年，故摹古之痕尚不尽化，然淳雅无有能及之者；早年虽讲汉学，而仍不薄程、朱，所以入理深也。

恽子居文多纵横气，又多径直说下处；不善学之，便易矜心作意，而气不和。其续集气息较好，笔力又不逮前集矣。惟作铭词古质不可及。文章说理不尽醇，故易见锋锷。子居自命似欲独开生面，然老泉已有此种，不可谓遂能出八家范围也；但不可谓其学老泉耳。老泉变

① 《方苞集》，上海古籍出版社1983年版，第907页。
② 见《中国散文学通论》，安徽教育出版社1995年版，第153页。
③ 刘声木：《桐城文学渊源撰述考》卷6，黄山书社1989年版，第221页。

化离合处，非子居所能。

——《初月楼古文绪论》之 53、54

恽敬本人也说："敬自能执笔之后，求之于马、郑而去其执，求之于程、朱而去其偏，求之于屈、宋而去其浮，求之于马、班而去其肆……"①

可见，阳湖派对桐城派的道统和文统，并不是完全背弃和对抗，而只是"求之"而不为其囿，有自己的创造和特色。

阳湖派这种不囿于桐城派道统和文统，而强调切合于实用的文以传道的论文主张，对促进桐城派的发展也起到了积极的作用。姚鼐对桐城派尊崇程朱的道统和韩欧的文统，已有所修正。他说："苟欲达圣贤之意于后世，虽或舍程、朱可也。"②"吾亦非谓宋贤言之尽是，但择善而从，当自有道耳。"③"夫文无所谓古今也，惟其当而已。得其当，则六经至于今日，其为道一也。"④姚鼐的侄孙姚莹则主张："诸子百家之言皆习而通之，以底于用"，"求通才，收实效"⑤。道统不限于程朱，可以"择善而从"，文统不只是韩欧，而是包括"诸子百家"，自"六经至于今日，其为道一也"。这显然跟方苞坚持的道统、文统有别，而是跟阳湖派互为呼应的。

再次，阳湖派偏爱辞赋，主张骈散合一，而与桐城派偏重散体古文有别。例如，张惠言辑录屈原《离骚》至南北朝庾信辞赋 206 篇为《七十家赋钞》，可充分说明他重视和学习辞赋的态度。李兆洛历时十四载选定《骈体文钞》，并在其序言中明确地提出了骈文与古文"相杂选用"的观点：

① 恽敬：《大云山房文稿二集》卷 2，《上举主笠帆先生书》。
② 姚鼐：《惜抱轩诗文集》，上海古籍出版社 1992 年版，第 88 页。
③ 姚鼐：《惜抱尺牍》卷 3，《与胡雏君》。
④ 姚鼐：《古文辞类纂·序目》。
⑤ 姚莹：《东溟外集》卷 2，《与吴岳卿书》。

天地之道，阴阳而已；奇偶也，方圆也，皆是也。阴阳相并俱生，故奇偶不能相离，方圆必相为用。道奇而物偶，气奇而形偶，神奇而识偶。孔子曰：道有变动故曰爻，爻有等故曰物，物相杂故曰文。又曰：分阴分阳，迭用柔刚。故《易》六位而成章，相杂而迭用。文章之用，其尽于此乎。

六经之文，班班具存。自秦迄隋，其体递变，而文无异名。自唐以来，始有古文之目，而目六朝之文为骈俪。而为其学者，亦自以为与古文殊路。既歧奇偶为二，而于偶之中，又歧六朝与唐与宋为三。……吾甚惜夫歧奇偶而二之者之毗于阴阳也！毗阳则躁剽，毗阴则沉腿，理所必至也，于相杂迭用之旨均无当也。

有的学者据此断言："桐城派是骈体与古文对立论者"[1]，李兆洛的《骈体文钞》"此书的编选宗旨与姚鼐《古文辞类纂》是相对峙的"[2]。

其实，桐城派绵延长达二百余年，其所以有如此长的生命力，重要的内因之一，就在于它没有凝固僵化，而是不断注入活力，使之处在发展变化的动态之中，如方苞确实是将"魏、晋、六朝藻丽俳语"排除在古文之外[3]，姚鼐的《古文辞类纂》则已选入"魏晋、六朝藻丽俳语"在内的辞赋。后期桐城派著名作家王先谦说他："少读唐柳子厚《永州新堂记》，至于'迤延野绿，远混天碧'，诧曰：此俪语也，而杂厕散文，深疑不虑。"后见到"姚氏《古文辞类纂》兼收辞赋，梅氏《古文词略》旁收诗歌，以为用意则深"。因此，他得出结论："文章之理本无殊，致奇偶之生，出于自然。"[4]姚鼐的大弟子梅曾亮也自称："某

① 邬国平等：《清代文学批评史》，上海古籍出版社1995年版，第622页。
② 邬国平等：《清代文学批评史》，上海古籍出版社1995年版，第625页。
③ 见沈廷芳《书方先生传后》引。
④ 王先谦：《虚受堂文集》卷15，《骈文类纂序例》。

少喜骈体之文。"在他皈依桐城，改作古文的同时，他也跟李兆洛同样主张骈散合一。他在《马韦伯骈体文叙》中说："文贵者辞达耳，苟叙事明，述意畅，则单行与排偶一也。"他盛赞"今韦伯之文既所谓述事明、叙意畅矣"，而对自己则深感"骈体文遂不复有所成就，读韦伯文，可愧也"①。刘开、曾国藩等都主张兼采骈文之长，并在自己的古文创作中吸骈入散的。这虽然跟清代骈文中兴的文学背景有联系，但与阳湖派对桐城派的影响和促进，也是分不开的。

值得注意的是，李兆洛本人虽是阳湖人，但他又是"师事姚鼐，受古文法，又与毛岳生、吴德旋、董士锡、吴育、姚莹等友善，以文学相切摩"②的桐城派中人。他之所以编《骈体文钞》，是"因当世治古文者知宗唐、宋，而不知宗两汉，六经以降，两汉犹得其遗绪，而欲宗两汉，非自骈体人不可，因编《骈体文钞》三十一卷"③。可见他根本就没有与桐城派对抗之意。何况在他的《骈体文钞》中，还选入了贾谊的《过秦论》、司马迁的《报任安书》、诸葛亮的《出师表》等绝非骈文的古文。编选者的目的在序言中讲得很清楚，他是要促进古文与骈文的"相杂迭用"，而绝不赞成骈文与古文对立。那种"对立"论、"对峙"论，可谓纯属误解。

七、雄爽清健，别具特色

阳湖派与桐城派虽然不是对立的，但它在散文创作上却有自己的特色。

首先，阳湖派散文思想见解较为清新，与桐城派散文相比，封建的道学气较少，如传统的观念皆颂"贤吏"而斥"盗贼"，以"宽徭役""谨赋税""去

---

① 梅曾亮：《柏枧山房文集》卷5，《马韦伯骈体文叙》。
② 刘声木：《桐城文学渊源撰述考》卷9，黄山书社1989年版，第275页。
③ 刘声木：《桐城文学渊源撰述考》卷9，黄山书社1989年版，第275页。

盗贼""理狱讼"为"贤吏"的职责。而张惠言的《吏难二》则指出,"贤吏"应恤饥寒,"饥寒之不恤,则所谓盗贼者皆此人矣",要求"均利源""正民业",使"民之无饥寒"。其思想见解,可谓既清新又精辟。

与此相对照,桐城派散文则秉承方苞"生平无不关于道教之文"[①]的传统,即使在对封建社会有所揭露、对人民疾苦热诚关心的作品中,其爱憎褒贬也往往是以维护封建道德和封建统治为标准。

其次,阳湖派散文擅长于议论、说理,而有别于桐城派散文的夹叙夹议,如恽敬的《谢南冈小传》:

谢南冈,名枝仑,瑞金县学生。贫甚,不能治生。又喜与人忤,人亦避去,常非笑之。性独善诗,所居老屋数间,土坦皆颓倚,时闭门,过者闻苦吟不已。会督学使者按部,斥其诗置四等,非笑者益大哗。南冈遂盲。盲三十年而卒,年八十三。

论曰:敬于嘉庆十一年自南昌回县。十二月甲戌朔,大风寒。越一日乙亥,早起,自扫除蠹书,一册堕于架,取视之,则南冈诗也。有郎官为之序,序言秽腐,已掷去,既念诗,未知如何,复取视之,高邈古涩,包孕深远。询其居,则近在城南,而南冈已于朔日死矣。南冈遇之穷,不待言;顾以余之好事,为卑官于南冈所籍已二年,南冈不能自通以死,必死后而始知之,何以责居庙堂拥麾节者不知天下士耶? 古之人,居下则自修而不求有闻,居上则切切然恐士之失所,有已也夫!

——《大云山房文稿》

① 《方苞集》,上海古籍出版社 1983 年版,第 908 页。

这篇传记文，共三百余字，而作者的"论曰"却占了三分之二的篇幅。其侧重于议论的特色，在历来的传记文中实属罕见。好在他不是空发议论，而是表现了作者身为瑞金知县，对"为卑官于南冈所籍已二年，南冈不能自通以死，必死后而始知之，何以责居庙堂拥麾节者不知天下士耶？"的自责和悲愤。作者赋予了浓烈的感情色彩，使之颇具形象的感染力。

与此相对照，桐城派的传记文则以侧重写实见长，夹叙夹议，寓议论于客观的叙述之中，如刘大櫆的《茧斋先生传》：

> 茧斋先生姓左氏，明忠毅少保公之曾孙也。少为诸生，喜吟咏，而不屑为科举时文之业。旧居县城东门内，与贵显子弟相聚饮酒无虚日。一日，忽弃去城中宅，远至东乡百里之外，就其祖所遗产所谓荷庄者居焉。日率孙曾僮仆，相与艺圃灌园，植花竹以乐其志，而家亦丰。先生为山人野服，数年不一至城市，而读书慕义，日孳孳焉。里中缙绅长者，皆乐与交游，往来荷庄者，率文学知名之士也……
>
> ——《刘大櫆集》卷5

此文热烈地歌颂了明代左忠毅公曾孙左文韩的民族气节、高贵品格和对作者的情谊，但这一切皆不是通过作者的议论，而是寓议论于叙述，寓作者的主观感情于作品的客观描写之中。择取其"不屑为科举时文之业"，隐居荷庄，"为山人野服""植花竹以乐其志"等细节，既把其人刻画得栩栩如生，又寄寓了作者对他的热烈赞美、歌颂、钦佩、仰慕与感念之情。从重视"文人之能事"①——作品的艺术性来看，它无疑地要比阳湖派散文更胜一筹。但是阳湖派散文的别具一格，亦不应抹煞。

---

① 刘大櫆：《论文偶记》之四。

再次，阳湖派散文风格雄爽精健，而与桐城派的清婉柔澹有别。如同吴德旋所说的："子居为文，气必雄厉，力必鼓努，思必精刻，而仆所深好者，柔澹之思，萧疏之气，清婉之韵，高山流水之音，此数者皆子居所少。"① 恰如有的学者所指出的："他自述所'深好'的古文实即桐城派正宗的文章风格，所以他所揭示的也正是恽敬与桐城派对散文追求的不同，一为雄爽精健，一为清婉柔澹。"②

但是，由此断言："阳湖派与桐城派相抗衡"③，则不确。因为不同的风格，事实上是可以同时并存，无须"抗衡"的。吴德旋本人即自称："予之学为古文，得子居、皋文两人为助。"④"余年二十余，至京师，与武进张皋文同学为文，……年几四十，始谒惜抱先生。"⑤ 包世臣则认为，桐城姚氏门下士如陈用光、梅曾亮、管同、吴德旋，"皆亲承指授而有得，然唯吴君为能真传姚氏之法也"⑥。姚鼐本人的文风虽属"清婉柔澹"，但他在理论上却主张："阴阳刚柔，并行而不容偏废"，"尚阳而下阴，伸刚而绌柔"，"其尤难得者，必在乎天下之雄才也"。⑦ 可见，吴德旋本属阳湖派，后来才皈依桐城派的，而"清婉柔澹"的姚鼐，更加向往和赞赏的却是"雄爽清健"；两派的风格不仅不"抗衡"，而且还互相兼容。"抗衡"论，既不符合历史事实，又有悖于文学创作要求独创性、文艺欣赏要求多样性的客观规律。阳湖派之所以有自身特色和独立价值，恰恰在于它遵循了这种文学规律。

---

① 吴德旋：《初月楼文钞·与王守静论大云山房文稿书》。
② 邬国平等：《清代文学批评史》，上海古籍出版社1995年版，第618页。
③ 邬国平等：《清代文学批评史》，上海古籍出版社1995年版，第619页。
④ 吴德旋：《初月楼文钞·送恽子居序》。
⑤ 吴德旋：《七家文钞后序》。
⑥ 包世臣：《艺舟双楫·论文》，《雪都宋月台维驹古文钞序》。
⑦ 姚鼐：《惜抱轩诗文集》，上海古籍出版社1992年版，第48页。

八、拓展堂庑，功不可没

阳湖派与桐城派既不是"两派合而不分"，也不是两派"对立""相抗"，而是阳湖派既师承于桐城派，又有自己的创造和特色；桐城派既哺育了阳湖派，又积极地吸收了阳湖派之长。从继承和发扬传统古文的根本性质来说，阳湖派是属于桐城派的旁支，是"出于方、姚，而不囿于方、姚者也"[①]。

与我国文学史上最大的流派——桐城派相比，阳湖派的成就和影响确实要小得多。但是，阳湖派的独到建树和贡献，它对桐城派所起到的拓展堂庑、推动其继续发展的积极作用，却是不容忽视的。

有的学者把阳湖派轻描淡写地说成："他们的思想都很陈腐"，"这一派的活动也仅限于阳湖一隅，故影响微弱而短暂"。[②]其实"他们的思想"并非"都很陈腐"。恽敬、张惠言曾活动于北京、江西、安徽、浙江等地，他们的学生周凯、杨绍文、陈善分别是浙江富阳、山阴、仁和人，邓炽昌是江西南昌人，江承之、金式玉是安徽歙县人，吴育是江苏吴江人，再传弟子蔡廷兰、林维源是台湾人。可见"这一派的活动"，也绝非"仅限于阳湖一隅"。至于其"影响"是否"微弱而短暂"，且不说已列举的它对桐城派所起巨大促进和推动作用，即使在张惠言、恽敬逝世数十年后，近代著名文学家张维屏（1780—1859）仍给予阳湖派以很高的评价。他说：

> 国朝古文，论者多推望溪方氏。前乎方氏者，有侯方域、魏禧、汪琬、姜宸英、朱彝尊、邵长蘅诸家；后乎方氏者，有刘大櫆、袁枚、朱仕琇、鲁九皋、彭绍升、姚鼐诸家。而数十年以来，则袁、姚两家为尤著。子才之文爽健近乎肆矣，然未足以语古人之肆也，且好为可

---

① 徐世昌：《清儒学案》卷113，《子居学案》。
② 章培恒等著：《中国文学史》下册，复旦大学出版社1996年版，第156页。

喜可愕以动人目，其流弊将入于小说家。姬传之文谨严近乎醇矣，然未足以言古人之醇也，且拘于绳尺，不敢驰骤，其流弊将如病弱之夫，恹恹不振。故就诸家而论，愚以为文气之奇推魏叔子，文体之正推方望溪，而介乎奇正之间则恽子居也。

——《国朝耆献类徵初编》卷 242

这就是说，恽敬之文既吸收了魏禧的"文气之奇"，又符合以方苞为代表的桐城古文正宗，因而它既是桐城派的旁支，又具有"介乎奇正之间"的显著特色和鼎足而立的历史地位。人们对张维屏的这个评价不论赞同与否，由此却不能不承认阳湖派的影响并非"微弱而短暂"。

第八章　曾国藩及"桐城—湘乡派"的"中兴"

　　1840 年鸦片战争后，随着外国帝国主义的不断入侵，太平天国、捻军等大规模农民起义的连绵不绝，清王朝的统治已陷入摇摇欲坠、朝不保夕的困境；随着姚鼐及其弟子相继去世，桐城派古文的弊端也日益突出，面临岌岌可危、后继乏人的局面。因此，清廷的统治亟需有人来挽救危局；桐城派要继续存在，也必须有新的领袖人物。曾国藩以其刚毅果敢、文武兼备而显赫于一时，正是他适应了这个封建没落时代的需要。

　　不过如同胡适所说，曾国藩"虽然延长了五六十年的满清国运，究竟救不了满清帝国的腐败，究竟救不了满清帝室的灭亡。他的文学上的中兴事业，也是如此。古文到了道光、咸丰的时代，空疏的方、姚派，怪僻的龚自珍派，都出来了。曾国藩一班人居然能使桐城派的古文，忽然得了一支生力军，忽然做到中兴的地位。但'桐城＝湘乡派'的中兴，也是暂时的，也不能持久的。曾国藩的魄力与经验确然可算是桐城派古文的中兴大将。但曾国藩一死，古文的运命又渐渐衰微下去了。曾派的文人，郭嵩焘、薛福成、黎庶昌、俞樾、吴汝纶……都不能继续这个中兴事业。再下一代，更成了'强弩之末'了。这一度的古文中兴，只可算是病病将死的人的'回光返照'，仍旧救不了古文的衰亡"①。这是历史发展的必然趋势，是任何个人的力量所改变不了的。

一、"桐城派古文的中兴大将"曾国藩

（一）维护封建，功勋显赫

曾国藩（1811—1872），字伯涵，号涤生，湖南湘乡县人。出生于塾师家庭。24岁入岳麓书院，并考中举人。25岁会试不售，留京师研读经史，尤好韩愈古文，慨然思躐而从之。28岁（道光十八年，公元1838年）中进士，任翰林院庶吉士。此后十年，他在京师主要是与一些文人交往，求经世之学，兼治古文、诗词。37岁（道光二十七年）升任内阁学士兼礼部侍郎。39岁（道光二十九年）升任礼部右侍郎。此后四年中，又兼兵、工、刑、吏共五部侍郎。咸丰二年（1852），其母病逝，他还乡奔丧期间，太平军已攻占汉阳，次年又相继占领武汉、九江、安庆、江宁、镇江、扬州。此时曾国藩43岁，便奉旨留在湖南督办团练，后扩编为湘军，充当镇压太平军的急先锋。咸丰十年（1860），授两江总督、钦差大臣，旋奉命统辖苏、皖、赣、浙四省军务。同治三年（1864），破天京。寻加太子太保，封一等侯爵。不久又督师平捻，无功而退。同治九年（1870），在直隶总督任内，查办天津教案，为清议所非。同年仍调任两江总督，于62岁（1872）病逝于南京。追赠太傅，谥文正，著有《曾文正公全集》。其一生维护封建，可谓功勋显赫。

（二）卫道有术，洋务有功

曾国藩既是两千多年来中国封建政治、文化的卫道者和集大成者，又是鸦片战争之后中国近代社会吸取西方文明的先驱者和开创者。他在各个方面都以

---

① 胡适：《五十年来中国之文学》，《胡适古典文学研究论集》，上海古籍出版社1988年版，第88、89页。

超越一般封建官僚的识见、才能和魄力，成为近代中国封建阶级最杰出的代表人物。

曾国藩对于封建统治的捍卫是竭尽全力、穷凶极恶的。他说："尧、舜、禹、汤、文、武、周公之学，……国藩不肖，亦谬欲从事于此。"[①]他以"末世扶危救难之英雄"[②]自命，明知"天下大局，万难挽回"[③]，但仍然抱定"吾辈不可不竭力支持。做一分算一分，在一日撑一日，庶冀其挽回于万一。"[④]他所要捍卫的不只是满清政权，更重要的是整个封建主义统治的秩序。用他的话来说："三纲之道，君为臣纲，父为子纲，夫为妻纲，是地维所赖以立，天柱所赖以尊。是故《传》曰：'君，天也；父，天也；夫，天也。'"[⑤]"历世圣人，扶持名教，敦叙人伦。君臣父子，上下尊卑，秩然如冠履之不可倒置。"[⑥]"故凡仆之所志，其大者盖欲存仁义于天下，使凡物各得其分。"[⑦]为此，他对农民起义恨之入骨，不遗余力地血腥镇压。他告诫在镇压太平军前线作战的沅弟说："既已带兵，自以杀贼为志，何必以多杀人为悔？贼……断无不力谋诛灭之理。既谋诛灭，断无以多杀为悔之理。"[⑧]其刽子手的面目暴露无遗。

问题在于，曾国藩不只有其极端反动的一面，他是个十分复杂的历史人物。过去和现在都有不少人给他以相当高的评价，直至近年来还出现了"曾国藩热"，这就很值得我们进一步加以深思和研究。

首先，他利用太平天国奉行天主教、盲目毁弃中国传统文化的偏颇，树起了维护几千年中国传统文化的大旗，从而赢得了不少人的支持和拥戴。洪秀全

---

① 《曾文正公书札》卷1，《答刘孟容》。
② 曾国藩：《求阙斋日记类钞·治道》，庚申九月。
③ 《曾文正公书札》卷22，《复胡宫保》。
④ 《曾文正公书札》卷6，《致沈幼丹》。
⑤ 《曾文正公家书》《喻纪泽》，同治二年正月二十四日。
⑥ 《曾文正公文集》卷3，《讨粤匪檄》。
⑦ 《曾文正公书札》卷1，《答刘孟容》。
⑧ 《曾文正公家书》卷7，咸丰十一年一月十二日《致沅弟》。

之子洪福瑱的自述称："老天王叫我读天主教的书，不准看古书，把那古书都叫妖书。"① 曾国藩在《讨粤匪檄》中，便攻击太平天国"窃外夷之绪，崇天主之教"，"举中国数千年礼义、人伦、诗书、典则，一旦扫地荡尽"。② 从而激起了传统势力的同情和支持，鼓动和组织起一支对抗太平军的队伍。

其次，他懂得"国以民为本"③，采取了一些收买人心的举措。例如，在扫荡太平军的过程中，他极其注重严格军纪，特制定《禁扰民之规》，强调"用兵之道，以保民为第一义"④。又"特撰《爱民歌》，令兵勇读之"⑤。他认为："国贫不足患，惟民心涣散，则为患甚大。自古莫富于隋文之季，而忽致乱亡，民心去也；莫贫于汉昭之初，而渐致久安，能抚民也。"⑥ 为此他敢于向皇帝直陈民间疾苦。他主张自食其力，反对贫富悬殊，否则，他认为"鬼神所不许也"⑦。可见他之所以能使封建统治苟延残喘绝非偶然，而是他能洞察事理，力求务实，在某种程度上赢得民心的结果。

再次，他对传统文化能博取众长，集其大成，从而使我国传统文化的生命力和影响力得以充分发挥。他自称："一宗宋儒，不废汉学。"⑧ 他强调宋学与汉学是"约"与"博"、"心"与"物"、"本"与"末"的关系，这就促使宋学与汉学结成同盟，增强了传统学术文化的阵营。他又说："吾学以禹、墨为体，老、庄为用。"⑨ "立身之道，以禹、墨之勤俭，兼老、庄之虚静。"⑩

---

① 罗尔纲：《太平天国诗文选》。
② 《曾文正公文集》卷3。
③ 《曾文正公奏稿》卷1，《备陈民间疾苦疏》。
④ 《曾文正公杂著》卷2。
⑤ 《曾文正公杂著》卷2。
⑥ 《曾文正公奏稿》卷1，《备陈民间疾苦疏》。
⑦ 《曾文正公杂著》卷4，《日课四条》。
⑧ 《曾文正公书札》卷11，《复颖州府夏教授书》。
⑨ 转引自《水窗春呓·一生三变》。
⑩ 曾国藩：《求阙斋日记类钞·问学》，辛酉十月。

他的弟子薛福成则称赞他"无学不窥，默观精要"①。他集中国传统文化之大成，但并不钻故纸堆，不尚空谈。他的《圣哲画像记》，把诸葛亮、陆贽、范仲淹、司马光这些富有实干精神的历史人物列入三十二"圣哲"之中，对他们赞扬备至。他主张"士贵知古，尤贵知今"②。勇于面对"今日百废莫举，千疮并溃，无可收拾"③的封建统治现实，竭力网罗人才，充分发挥中国传统文化的长处和潜力。

尤其不可抹杀的是，曾国藩的一生，除了血腥镇压农民革命、竭力延长中国封建统治的反动性的一面以外，还有最早引进西洋科学技术、加速中国走向近代化的步伐，在客观上具有进步性的一面。他是近代中国洋务运动的先驱者，早在1860年12月19日，他即指出："无论目前资夷力以助剿济运，得纾一时之忧；将来师夷智以造炮船，尤可期永远之利。"④他在安庆创办的军械所，制造洋枪洋炮，是中国最早出现的军事工厂。他创办江南制造局和上海机器厂，是船炮、机器等中国近代工业的开创者。他还是派遣留学生到西方留学的首倡者。同治十年七月，他在《拟选子弟出洋学艺折》中，提出："拟选取聪颖幼童，送赴泰西各国书院，学习军政、船政、步算、制造诸书，约计十年业成而归。使西人擅长之技，中国皆能谙悉，然后可以渐图自强。"⑤詹天佑等即属第一批留学生。他还网罗、集中了一批自然科学人才，组织翻译、介绍西方科学文化书籍。所有这些，都促进了中国近代科技、教育乃至整个社会的变革。其历史性的贡献，是不应忽视的。

---

① 薛福成：《庸庵文编》卷1，《代李伯相拟陈督臣忠勋事实疏》。
② 杨公达：《曾国藩轶事》。
③ 《曾文正公书札》卷3，《复江岷樵、左季高书》。
④ 《曾文正公奏稿》卷13，《复陈洋人助剿及采米运津折》。
⑤ 《曾文正公奏稿》卷30。

（三）补弊纠偏，中兴大将

曾国藩在历史上的显赫地位，还由于他是"桐城古文的中兴大将"[1]，使"一时为文者，几无不出曾氏之门"[2]。这固然跟曾国藩的政治地位有关，所谓"国藩功业既焜耀一世，'桐城'亦缘以增重"[3]，但主要还是由于他在文学方面的才能和成绩所致。早在他任两江总督、直隶总督、武英殿大学士等高位之前，在京师即已形成"文章之士归趋之，相与讲论姚氏之术"[4]的局面。曾国藩也说他原是以古文为志为业的，他在日记中写道："余于古文一道，十分已得六七，而不能竭智毕力于此，匪特世务相扰，时有未闲，亦实志有未专也。此后精力虽衰，官事虽烦，仍当笃志斯文，以卒吾业。"[5]同治二年三月，在给他儿子纪泽的信中，希望他的儿子能够成就他未竟之志。曾国藩不但有志于古文创作，而且在古文理论和创作实践上皆有突出的建树。因此，前人在这方面给予曾国藩以很高的评价。

> 曾文正公以雄直之气，宏通之识，发为文章，冠绝今古；其于惜抱遗书，笃好深思，虽馨欬不亲，而途迹并合。
>
> ——王先谦：《续古文辞类纂·例略》
>
> 至湘乡曾文正出，扩姚氏而大之，并功、德、言于一途，挈揽众长，轹归（有光）掩方（苞），跨越百世，将遂席两汉而还之三代，使司马迁、班固、韩愈、欧阳修之文，绝而复续，岂非所谓豪杰之士，大雅不群者哉？盖自欧阳氏以来，一人而已。
>
> ——黎庶昌：《续古文辞类纂序》

---

[1] 胡适：《五十年来中国之文学》。
[2] 姜书阁：《桐城文派评述》，上海商务印书馆 1933 年版。
[3] 梁启超：《清代学术概论》十九。
[4] 吴汝纶：《挚甫文集·孔叙仲文集序》。
[5] 曾国藩：《求阙斋日记类钞·文艺》，辛酉正月。

如果说这些人本属"桐城—湘乡派"中人，他们对曾国藩古文的评价未免过誉的话，那么，跟曾国藩毫无瓜葛，甚至持批判态度的学者，又是如何评价的呢？

梁启超认为只就文章而言，曾国藩亦"可以入文苑传"①。

章太炎则赞赏曾国藩的文章"善叙行事，能为碑版传状，韵语深厚，上攀班固、韩愈之轮"②。

刘师培是主张骈体文，反对古文的，但他也认为："惟姬传之丰韵，子居之峻拔，涤生之博大雄奇，则又近今之绝作也。"③

钱基博的《现代中国文学史》也认为："湘乡曾国藩以雄直之气，宏通之识，发为文章，而又据高位，自称私淑于桐城，而欲少矫其懦缓之失，故其持论以光气为主，以音响为辅，探源扬、马，专宗退之，奇偶错综，而偶多于奇，复字单词，杂厕相间，厚集其气，使光彩炳焕，而戛然有声。此又异军突起，而自为一派，可名为湘乡派。一时派风所被，桐城而后，罕有抗颜行者。"

以上诸家的评论，说明：（1）曾国藩的古文以"雄直之气，宏通之识"见长，对桐城派的"窳弱之病""懦缓之失"，有纠偏补弊的作用，如果说赞其为"冠绝今古"有溢美之嫌的话，那么称其为"近今之绝作"，则毋庸置疑；（2）曾国藩既"私淑于桐城"，又"扩姚氏而大之"，其创作虽跟桐城派"途迹并合"，但他不仅不排斥辞赋，而且能"以汉赋之气运之"，独创桐城派所缺少的"雄奇瑰玮之境"；（3）曾国藩不仅个人在古文创作上取得了突出的成就，而且他有许多门弟子，形成了"异军突起，而自为一派，可名为湘乡派"的局面。

"湘乡派"之名，最早见于 1922 年胡适发表的《五十年来中国之文学》。

---

① 见《国闻周报》第 11 卷第 17 期。
② 《太炎文录·校文士》。
③ 刘师培：《论近世文学之变迁》，《国粹学报》第 26 期。

他是把"桐城＝湘乡派"合二为一，相提并论的。此后，李详于《国粹学报》第49期发表《论桐城派》一文，才正式提出："文正之文，虽从姬传入手，后益探源扬、马，专宗退之，奇偶错综，而偶多于奇，复字单义，杂厕相间，厚集其气，使声彩炳焕，而戛焉有声，此又文正自为一派，可名为湘乡派，而桐城久在挑列。"上引钱基博《现代中国文学史》对湘乡派的评述，显然是以李详这段话为根据的。

那么，湘乡派与桐城派又究竟是什么关系呢？

（四）湘乡桐城，一脉相承

曾国藩及其湘乡派是跟桐城派一脉相承的，这首先有曾国藩本人的言论为证：

其（指方苞）古文为一代正宗，国藩少年好之。

——《曾文正公家书》卷7，咸丰十一年六月二十九日致沅弟

桐城方侍郎，学行志节，德业文章，卓然为一代伟人。

——《曾文正公批牍》卷2，《统领安庆全军曾道国荃禀桐城方侍郎硕德忠诚孝友纯笃请奏恩从祀文庙由》

国藩之粗解文字，由姚先生启之也。

——《曾文正公文集》卷3，《圣哲画像记》

桐城姚姬传郎中鼐所选《古文辞类纂》，嘉、道以来，知言君子群相推服。谓学古文者，求诸是而足矣。国藩服膺有年……

——《曾文正公杂著》卷2，《古文辞类纂正误》

当时，姚鼐早已去世，梅曾亮以姚鼐嫡传弟子的身份名重京师。曾国藩对梅曾亮亦推崇备至。在他的诗集中，有《赠梅伯言二首》，其二称：

单绪真传自皖桐，不孤当代一文雄。

读书养性原家教，绩学参微况祖风。

众妙观如蜂庤蜜，独高格似鹤骞空。

上池我亦源头识，可奈频过风日中。

——《曾文正公诗集》卷 2

　　曾国藩不仅称赞桐城派的嫡传弟子梅曾亮为"当代一文雄""嘉道之间又一奇"，而且还经常登门求教。例如，朱琦的《柏枧山房书后》即说"悉以所业来质，或从容谈宴竟日"[①]。曾国藩的弟子王先谦也说："昔日梅、曾诸老，声气冥合，箫管翕鸣。"[②] 吴汝纶则说："梅、曾二家宾客相通流。"[③]

　　曾国藩的文学主张，也是师承桐城派的。例如，方苞主张义法说，曾国藩则以自己作文"无一合于古人义法，愧赦何极"！"全不合古人义法，深以为愧。"[④] 可见他是把"合于古人义法"与否，视作为文的最高标准的。

　　姚鼐主张义理、考据、辞章三者兼长相济，曾国藩则说："有义理之学，有辞章之学，有经济之学，有考据之学。义理之学，即《宋史》所谓道学也，在孔门为德行之科；辞章之学，在孔门为言语之科；经济之学，在孔门为政事之科；考据之学，即今世所谓汉学也，在孔门为文学之科。此四者缺一不可。予于四者，略涉津涯，天质鲁钝，万不能造其奥窔矣，惟取其尤要者而日日从事，庶以渐磨之久，而渐有所开。"[⑤] 他虽然增加了"经济"，但他强调"义理之学最大，义理明则躬行有要，而经济有本。辞章之学，亦所以发挥义理者

---

①　见于梅伯言《柏枧山房文集》卷末。
②　王先谦：《续古文辞类纂序》。
③　吴汝纶：《桐城吴先生全书·孔叙仲文集序》。
④　曾国藩：《求阙斋日记类钞》卷 2 下《文艺》，己巳八月，庚午正月。
⑤　曾国藩：《求阙斋日记类钞》卷 2 上《问学》。

也"①。"苟通义理之学，而经济该乎其中矣。"②"义理与经济初无两术之可分，特其施功之序详于体而略于用耳。"③可见他与姚鼐的主张并无原则区别。

姚鼐把文章的风格分为阳刚之美与阴柔之美，曾国藩则说："吾尝取姚姬传先生之说，文章之道分阳刚之美、阴柔之美。大抵阳刚者气势浩瀚，阴柔者韵味深美；浩瀚者喷薄而出之，深美者吞吐而出之。"④他只是进而将这两种风格细分为八类："阳刚之美曰'雄''直''怪''丽'，阴柔之美曰'茹''远''洁''适'。"

上述事实证明，曾国藩实为使"惜抱遗绪，赖以不坠"⑤的桐城派衣钵的承传者。

既然如此，称他为"异军突起"的湘乡派，是否即毫无根据呢？

（五）超越桐城，卓有建树

曾国藩对桐城前辈并非盲目崇拜，一味效法，而是在继承其衣钵的同时，又对其有所批评和超越。

首先，在思想内容上，曾国藩批评"惜抱名为辟汉学而未得宋儒之精密，故有序之言虽多，而有物之言则少"⑥。这跟刘师培指出桐城派"以空议相演，又叙事贵简，或本末不具，舍事实而就空文"⑦是一致的。

为此，在刘大櫆、姚莹已把"经济"列为"行文之实"的基础上，曾国藩特别强调："有义理之学，有词章之学，有经济之学，有考据之学"，"此四者缺一不可"。⑧并进一步将此四者与孔门的德行、文学、言语、政事四科联

---

① 《曾文正公家书》卷1，道光二十三年正月十七日致诸位老弟。
② 《曾文正公杂著》卷4，《劝学篇示直隶士子》。
③ 《曾文正公杂著》卷4，《劝学篇示直隶士子》。
④ 曾国藩：《求阙斋日记类钞》卷2下《文艺》，庚申三月，癸亥九月。
⑤ 王先谦：《续古文辞类纂序》。
⑥ 曾国藩：《日记》。
⑦ 刘师培：《论近世文学之变迁》，《国粹学报》第26期。
⑧ 曾国藩：《求阙斋日记类钞》。

系起来，以突出其权威性。指出"经济"乃指"前代典礼政书及当世掌故"①，"文章之可传者，惟道政事较有实际。……近人会稽章氏尝谓，古无私门著述，六经皆官守之书"②。说明他提倡"经济"，实质上即强调文学要更直接、更紧密地为封建政治服务，注重经世致用，研究有用之学和社会实际问题。

为此，他不同于姚鼐的《古文辞类纂》不选经、子及六朝文，而特地编选《经史百家杂钞》，增选进一些经、史、诸子之文及辞赋，其另列的"典章"一类，即主要着眼于政事。

值得注意的是，他强调"经济""政事"，但并不把文学当作政治的传声筒，而是很注重文学的特性。他说："古文之道，无施不可，但不可说理。"③宣称："于诸儒崇道贬文之说，尤不敢雷同而苟随。"④指出："望溪所以不得入古人之阃奥者，正为两下兼顾（指道与文——引者注），以至无可怡悦。"⑤可见他很看重文学的"怡悦"特性。

曾国藩既不是空谈"经济""义理"，也不是闭门从事"考据""辞章"，他是个追求身体力行的人，"不说大话，不务虚名，不行驾空之事，不谈过高之理"⑥，就是他的座右铭。他把文章看作救时之物，说："文章不是救时物，扬雄、司马乌足骄。"⑦

因此，曾国藩注重"经济"的主张，确实起到了弥补桐城派"有序之言虽多，而有物之言则少"的"空疏"的作用。

其次，在语言风格上，曾国藩批评"望溪修辞雅洁，无一俚语俚字，然其行文，

---

① 《曾文正公杂著》卷4，《劝学篇示直隶士子》。
② 《曾文正公书札》卷28，《复汪梅村孝廉》。
③ 《曾文正公书札》卷5，《复吴南屏书》。
④ 《曾文正公书札》卷1，《致刘孟容》。
⑤ 《曾文正公书札》，《与刘霞仙书》。
⑥ 曾国藩：《求阙斋日记类钞·问学》，庚申9月。
⑦ 《曾文正公诗集》卷3，《酬李生三首》。

不敢用一华丽非常字。此其文体之正而才不及古人也"①。"姚民则深造自得，词旨渊雅，……惟少雄直之气，驱迈之势。姚氏固偏于阴柔之说，又尝自谢为才弱矣。"②

为此，曾国藩提出："文章之道，以气象光明俊伟为最难而可贵。如久雨初晴，登高山而望旷野。如楼俯大江，独坐明窗净几之下而可以远眺。如英雄侠士，裼裘而来，绝无龌龊猥鄙之态。此三者，皆光明俊伟之象。"③"为文全在气盛。"④"奇辞大句，须得瑰伟飞腾之气驱之以行。"⑤他所赞赏和追求的是具有雄奇之气的阳刚美。他说："余好古人雄奇之文，以昌黎为第一，扬子云次之。二公之行气，本之天授。至于人事之精能，昌黎则造句之工夫居多，子云则选句之工夫居多。"⑥

他在把作家的"行气"归之于"天授"的同时，也十分重视作家的"器识"。在《黄仙峤前辈诗序》中，他说："古之君子所以自拔于人人者，岂有他哉？亦其器识有不可量度而已矣。"⑦他所强调的"光明俊伟"之"气象"，或"雄直之气"，正是建立在作家有非凡器识的基础之上的。

在强调作家"行气""器识"的前提下，曾国藩也重视作家造句、选字的功夫。他说："雄奇以行气为上，造句次之，选字次之。然未有字不古雅，而句能古雅，句不古雅，而气能古雅者；亦未有字不雄奇，而句能雄奇，句不雄奇，而气能雄奇者。是文章之雄奇，其精处在行气，其粗处全在造句选字也。"⑧

---

① 曾国藩：《己未日记》。
② 《曾文正公书札》，《复吴南屏书之二》。
③ 曾国藩：《求阙斋读书录》卷10，《阳明文集》。
④ 曾国藩：《求阙斋日记类钞》卷2下，《文艺》，辛亥七月。
⑤ 曾国藩：《求阙斋日记类钞》卷2下，《文艺》，辛亥七月。
⑥ 《曾文正公家训》卷上，咸丰十一年正月初四日谕纪泽。
⑦ 《曾文正公文集》卷2，《黄仙峤前辈诗序》。
⑧ 《曾文正公家训》卷上，咸丰十一年正月初四日谕纪泽。

他突破了方苞以古文不可入"魏晋六朝人藻丽俳语，汉赋中板重字法"①，及姚鼐"屏弃六朝骈丽之习"②的戒律，而主张吸收汉赋、六朝骈丽文之长。恰如曾门弟子吴汝纶所说："曾文正公出而矫之，以汉赋之气运之，而文体一变，故卓然为一代大家。"③其对补救方、姚文"独雄奇瑰玮之境尚少"，及"后儒但能平易，不能奇崛"之弊，显然是个不应抹杀的历史贡献。

再次，在艺术境界上，曾国藩批评说："震川自然神妙，而未能精与谨细者也。望溪精与谨细，而未能自然神妙者也。"所谓"精与谨细"，即严守古文之"法"。而曾国藩主张："古文之道与骈体相通。"④因此，他所要学习和继承的，就不局限于古文，而包括经史、骈文等整个古代文化。何况过分强调古文之"法"的"精与谨细"，就难免又助长摹拟之风，以致使桐城派"百余年来，流风相师，传嬗赓续，沿流而莫之止，遂有文弊道丧之患"⑤。

针对当时文坛的弊端，曾国藩尖锐地指出："盖文章之变多矣！才高者好异不已，往往造为瑰玮奇丽之辞，仿效汉人赋颂，繁声僻字，号为复古。曾无才力气势驱使之，有若附赘悬疣施胶漆于深衣之上，但觉其不类耳。叙述朋旧，状其事迹，动称卓绝，若合古来名德至行备于一身，譬之画师写真，众美皆具，伟则伟矣，而于其所图之人固不肖也。吾尝执此以衡近世之文，能免于二者之讥实鲜，蹈之者多矣！"接着，他叹服张惠言（皋闻）之文："空明澄沏，不复以博奥自高；平生师友多超特不世之才，而下笔称述，适如其量，若帝天神鬼之监临，褒讥不敢少谥，何其慎欤！"⑥可见他在反对"不类""不肖"的"仿效"之作的同时，所追求的是"适如其量"、毕肖其人的真实。

---

① 沈廷芳：《书方望溪先生传后》。
② 黎庶昌：《续古文辞类纂序》。
③ 吴汝纶：《桐城吴先生全书·与姚仲实》。
④ 曾国藩：《求阙斋日记类钞》卷2下，《文艺》。
⑤ 黎庶昌：《续古文辞类纂序》。
⑥ 曾国藩：《重刻〈茗柯文编〉序》，《曾文正公文集》卷4。

不仅所描写的对象要真实，而且所表达的"理"与"情"，即作者的思想感情也必须真实，从而能成为"自然之文"。为此，他把真实、自然放在"法"之上，要求"无一字相袭"，做到"各自成体"。他说："窃闻古之文，初无所谓法也。《易》《书》《诗》《仪礼》《春秋》诸经，其体势声色，曾无一字相袭。即周秦诸子，亦各自成体。持此衡彼，画然若金石与卉木之不同类，是乌有所谓法者。后人本不能文，强取古人所选而摹拟之，于是有合有离，有法不法名焉。若其不俟摹拟，人心各具自然之文，约有二端，曰理曰情，二者人人之所固有。就吾所知之理而笔诸书，而传诸世；称吾爱恶悲愉之情而缀辞以达之，若剖肺肝而陈简策，斯皆自然之文。性情敦厚者类能为之，而浅深工拙，则相去十百千万，而未始有极。自群经而外，百家著述，率有偏胜。以理胜者，多阐幽造极之语，而其弊或激宕失中；以情胜者，多悱恻感人之言，而其弊常丰缛而寡实。"①可见"自然之文"的基础，就在于无"失中""寡实"之弊，极其准确、严格的真实。

真实，自然，这就是曾国藩所竭力倡导和追求的艺术境界。它对于克服早期桐城派"未能自然神妙"，后期桐城派"文敝道丧"，"使司马迁、班固、韩愈、欧阳修之文，绝而复续"②，无疑地是起到了积极的作用；其历史经验，也是值得今人借鉴的。

上述事实说明，曾国藩之所以能使桐城古文获得"中兴"，使它在文坛继续占据统治地位直到"五四"新文化革命，这绝不仅是依靠曾国藩个人的政治权势所能奏效的，更重要的，还在于他能集中国传统文化之大成，总结和提出了一系列既符合文学发展的客观规律，又对于桐城派的弊端有所补救和超越的文学主张。桐城派古文之所以成为我国延续时间最长、最为人多势众的文学流

---

① 《曾文正公文集》卷4，《〈湖南文徵〉序》。
② 黎庶昌：《续古文辞类纂序》。

派，其中很重要的一个原因，就在于它从一开始即坚持"文贵变"，"文者，变之谓也"①，"有所变而后大"②。这个"变"，既是指文学本身要求独创性，又是如同曾国藩所说的"文章与世变相因"③。文学是社会现实的反映，要随着社会和作家个人风格的变化而变化。这是对历史经验的总结和文学发展客观规律的揭示，具有不容忽视的现实意义。

（六）应时实用，雄奇瑰玮

曾国藩的古文创作，也具有鲜明的特色，取得了杰出的成就。这主要是在思想内容上追求应时实用，在一定程度上恢复了文学表现社会人生的功能，而对桐城派古文日益脱离社会现实，追求清闲的倾向有所扭转；在艺术风格上，追求雄奇瑰玮，务宏丽，少禁忌，奇偶并用，舒展有势，而与以清淡简朴著称的桐城文风有所不同。其独到的成就和特色，具体表现在：

1. 器识非凡，穿透力强。例如，他的《〈谢子湘文集〉序》写道：

呜呼！士生今世，欲有所撰述，以庶几古作者之义，岂不难哉？自束发受书，则有事举子帖括之业，有司者割截圣人之经语，以试其能。偏全、虚实、断续、钩联之际，铢有律，黍有程，而又杂试以诗赋、经义、策论。其为品目，固已不胜其繁矣……

自有明以来，制义家之治古文，往往取左氏、司马迁、班固、韩愈之书，绳以举业之法，为之点，为之圆圈，以赏异之；为之乙，为之围鐷，以识别之；为之评注，以显之。读者囿于其中，不复知点圈评乙之外，别有所谓属文之法也者。虽勤剧一世，犹不能以自拔。

故仆尝谓末世学古之士，一厄于试艺之繁多，再厄于俗本评点

① 刘大櫆：《论文偶记》之22。
② 姚鼐：《惜抱轩文集》卷8，《刘大櫆先生八十寿序》。
③ 曾国藩：《曾文正公文集》卷3，《〈欧阳生文集〉序》。

之书。此天下之公患也，将不然哉？将不然哉？

南丰谢君子湘，与予同岁举于乡，又同登于礼部，其群艺见采于有司者，固已卓绝，与人人异。自君之生，予尝见闻而内敬之矣；既殁，而其弟出君所为古文示予，又知其志之可敬也。盖以流俗之堕于所谓一再厄者，而以君之所得较之，其为逾越，可胜量哉！于是为序而归之，因道其通患，以慨夫末世承学之难焉。

——《曾文正公文集》卷 2

此文直接评价谢子湘文章的篇幅很少，主要是借此揭穿科举制度和评点之风，乃"天下之公患"。作者以广阔的视野、非凡的器识，使作品对当时社会现实的反映具有很强的穿透力，足以振聋发聩，引导读者看透问题的实质在于"末世"，只有逾越流俗，自行其志，才能摆脱厄运。

2. 感情真挚，有感染力。曾国藩说："凡作文、诗，有情极真挚，不得不一倾吐之时。然必须平日积理既富，不假思索，左右逢源。其所言之理，足以达其胸中至真至正之情，作文时无镌刻字句之苦，文成后无郁塞不吐之情，皆平时读书积理之功也。若平日酝酿不深，则虽有真情欲吐，而理不足以达之，不得不临时寻思义理，义理非一时所可取办，则不得不求之于字句，至于雕饰字句，则巧言取悦，作伪日拙，所谓修辞之诚者，荡然失其本旨矣。以后真情激发之时，则必视胸中义理何如，如取如携，倾而出之可也。不然，而须临时取办，则不如不作，作则必巧伪媚人矣。"①可见他非常注重"平时积理既富"，又"情极真挚，不得不一倾吐之时"，才进行创作，否则必然陷于"雕饰字句""巧言取悦""巧伪日拙""巧伪媚人"。这是他从事创作的经验之谈。他的文章，既不是空洞的说教，也不是一般的叙事，而往往是他的真挚感情的抒发，他总

---

① 曾国藩：《求阙斋日记类钞》卷 2 上。

是寓说理、叙事于真挚感情的抒发之中。例如，一般的祝寿赠序之文很容易流于客套应酬，枯燥乏味，令人生厌，而曾国藩的《曹西垣同年之父母寿序》却不同凡响。此文处处把"予与西垣"紧密相联，不但两人"皆贫士也"，而且西垣父母"与吾父母之行，若合符契"，两人又同为驰逐于名位而远离父母，为此而两人又同怀"内疚"。这样，就使其"概论事亲之道"，显得不是空洞的说教，而是在字里行间皆贯注着真挚感情的激流，读来既深感其说理透辟，叙事真切，又仿佛如见其人，如感其情，令人不禁为之感佩。

3. 骈散结合，文采斐然。曾国藩认为："天地之数，以奇而生，以偶而成，一则生两，两则还归于一，一奇一偶，互为其用，是以无息焉。物无独必有对。……故曰一奇一偶者，天地之用也。文字之道，何独不然？"①因此，他断定："古文之道，与骈体相通。"②他的创作即以辞赋之长，济桐城之短，非常注重文采，要求"下笔造句总以珠圆玉润为主"③，如他的《求阙斋记》写道：

> 物生而有耆欲，好盈而忘阙。是故体安车驾，则金舆鏓衡，不足于乘；目辨五色，则黼黻文章，不足于服。由是，八音繁会，不足于耳；庶羞珍膳，不足于味。穷巷瓮牖之夫，骤膺金紫，物以移其体，习以荡其志，向所扼腕而不得者，渐乃厌鄙而不屑御。旁观者以为固然，不足訾议。故曰："位不期骄，禄不期侈。"彼为象箸，必为玉杯，积渐之势然也。而好奇之士，巧取曲营，不逐众之所争，独汲汲于所谓名者，道不同不相为谋。或贵富以饱其欲，或声誉以厌其情，其于志盈，一也。

——《曾文正公文集》卷1

---

① 《曾文正公文集》卷1，《送周荇农南归序》。
② 曾国藩：《求阙斋日记类钞·文艺》，庚申四月。
③ 《曾文正公家训·喻纪泽》，咸丰十年十月十六日。

这段文字，大多数以四个字为一句，而以五字句、六字句、七字句、八字句穿插其间，显得既对仗工整，排比有力，又错落有致，毫不呆板。无须堆积华丽辞藻，却自然声调铿锵，文采斐然。

4. 博大雄奇，阳刚之美。俗话说："文如其人。""风格即人。"曾国藩为人非常刚毅好强，他说："士人读书，第一要有志，第二要有识，第三要有恒。有志则断不甘为下流。有识则知学问无尽，不敢以一得自足。如河伯之观海，井蛙之窥天，皆无见识也。有恒则断无不成之事。此三者缺一不可。"①又说："君子之立志也，有民胞物与之量，有内圣外王之业，而后不忝于父母之所生，不愧为天地之完人。故其为忧也，以不如舜、不如周公为忧也，以德不修、学不讲为忧也。……所谓悲天命而悯民穷，此君子之所忧也。若夫一身之屈伸，一家之饥饱，世俗之荣辱、得失、贵贱、毁誉，君子固不暇忧及此也。"②他不仅这么说，而且身体力行，以"'勤'字为人生第一要义，无论居家、居官、行军，皆以'勤'字为本"③。认定"勤可以补救愚拙，不知者将渐知，不能者将渐能"④。他的文章之所以以别具"博大雄奇"的阳刚之美，被刘师培誉为"近今之绝作"，正是他这种人生志向和性格的写照。反映他这种人生志向和性格的"博大雄奇"之文，我们不仅应批判他在《讨粤匪檄》等文中所表现出来的，誓死挽救封建统治没落的顽固守旧、反动的一面，而且还应看到他在《拟选聪颖子弟出洋习艺疏》《轮船工竣并陈机器局情形疏》等文中，首倡引进西方先进科学技术，勇于开拓、进取的一面。

曾国藩作品的主要缺陷，在于他强使文学服务于和服从于他那顽固坚持维护封建统治的立场。黎庶昌盛赞曾国藩"扩姚氏而大之，并功、德、言为一途"⑤。

---

① 转引自《曾文正公全书析粹》，台湾国立编译馆主编，1992 年 2 月出版。
② 转引自《曾文正公全书析粹》，台湾国立编译馆主编，1992 年 2 月出版。
③ 《曾文正公书札》卷 10，《与彭杏南》。
④ 《曾文正公书札》卷 31，《复欧阳星泉大令》。
⑤ 黎庶昌：《续古文辞类纂序》。

其实，恰恰因曾国藩在中年以后把自己的精力和才华都耗尽在镇压太平天国、挽救封建统治的"功、德"之中，而断送了他的文学事业。

曾国藩在继承和发展桐城派的同时，曾确有要别树一帜，另立湘乡派的雄心。所以，当吴敏树指出"果以姚氏为宗，桐城为派，则侍郎之心，殊未必然"[①]时，他便复信承认："斯实搔着痒处。往在京师，雅不欲溷入梅郎中之后尘。"[②]可是事实上由于他中年以后全力投入政界、军界，他并未能实现在文学上另立新派的宏愿。这有他在晚年与其门生赵烈文的谈话为证。赵烈文的《能静居日记摘抄》记载，同治元年（1862）"八月二十一日下午，涤师复来久谈，自言：'初服官京师，与诸名士游接，时梅伯言以古文，何子贞以学问、书法，皆负重名。吾时时察其造诣，心独不肯下之，顾自视无所蓄积，思多读书，以为异日若辈不足相伯仲。无何，学未成而官已达，从此与簿书为缘，素植不讲。比咸丰以后，奉命讨贼，驰驱戎马，益不暇。今日复番视梅伯言之文，反觉有过人处，往者之见，客气多耳。然使我有暇读书，以视数子或不多让'"[③]。曾国藩晚年还对其子嘱咐道："余所作古文，黎莼斋钞录颇多，顷渠已照钞一份寄余处存稿，此外黎所未钞之文寥寥无几，尤不可发刻送人。不特篇帙太少，且少壮不克努力，志亢而才不足以副之，刻出适以彰其陋耳。如有知旧劝刻余集者，婉言谢之可也。切嘱，切嘱。"[④]这些不应仅看作他的自谦之辞，它证明了曾国藩绝不会承认他已在桐城派之外另创立了湘乡派，所以胡适称之为"桐城＝湘乡派"，是颇为贴切的；也反映了所谓"桐城派中兴"，其在创作上的实绩是很有限的，它并未能从根本上扭转桐城派走向衰落的趋势。

---

①　吴敏树：《与筱岑论文派书》，见于《续古文辞类纂》卷11。

②　《曾文正公书札》卷9，《复吴南屏》。

③　转引自江世荣编：《曾国藩未刊信稿·附录二》，中华书局1959年9月版，第384页。

④　《曾文正公家训》卷下，同治九年二月示二子。

二、曾门弟子：张裕钊、吴汝纶、黎庶昌、薛福成

曾国藩之所以能造成桐城派"中兴"的局面，除了由于他个人能根据晚清时代的需要和针对桐城派的弊病提出了有吸引力的文学主张，并以自己创作的雄奇文风独树一帜以外，还有个重要的原因，即在于他重视网罗人才，利用其显赫的政治地位，在幕府中集中了一大批文人作家。

据薛福成《叙曾文正公幕府宾僚》称，在曾氏幕府中的文人达百余人之多，其中以能文著名的有"曾门四大弟子"：张裕钊、吴汝纶、薛福成、黎庶昌。此外还有郭嵩焘、吴嘉宾、邵懿辰等。他们身处封建统治日益衰朽、外国帝国主义不断入侵、国家民族危机严重的时代，都共同怀着强烈的忧国忧民之心。但由于他们皆属封建文人，一方面表现为从维护封建统治出发，竭力挽救封建王朝的灭亡；另一方面，又力图通过学习西方的科学技术，寻求走改良图强的道路，以拯救国家民族的危亡。而在文学上，则既坚持维护传统文化，又力求使传统古文为挽救封建没落、改良图强的时代服务，只不过在事实上却成效甚微，只能于穷途末路之上竭力挣扎。这是曾门弟子——这一时期桐城派文人的共同特点。

（一）"才识超卓""终无所就"的张裕钊

张裕钊（1823—1894），字廉卿，号濂亭，湖北武昌人。道光丙午举人，官内阁中书。后辞官，历主江宁、湖北、直隶、陕西等地书院。他之所以辞官，是因他自认为："裕钊废于时久矣，自度其才不足拯当今之难，退自伏于山泽之间。然区区之隐，则未能一日以忘斯世。"[①] 他是个文人，"少时治文事，则笃嗜桐城方氏、姚氏之说，常诵习其文"[②]。"生平于人世都无嗜好，独自幼酷喜文事，……捐弃一世华丽荣乐之娱，穷毕生之力，苦形瘁神，以傲幸于

---

① 张裕钊：《赠吴清卿庶常序》。
② 张裕钊：《吴育泉先生暨马太宜人六十寿序》。

或成或不成，或传或不传之数。"①曾国藩说："吾门人可期有成者，惟张（裕钊）、吴（汝纶）两生。"②可见曾对张在文学上十分器重。他著有《濂亭文集》8卷，《遗文》5卷，《遗诗》2卷。

裕钊论文，主张"文以意为主"，做到"意""辞""气""法"的统一，"惟其妙之一出于自然而已"。他说："古之论文者曰：文以意为主，而辞欲能副其意，气欲能举其辞。譬之车然，意为之御，辞为之载，而气则所以行也。欲学古人之文，其始在因声以求气。得其气，则意与辞往往因之而并显，而法不外是矣。是故契其一而其余可以绪引也。盖曰意、曰辞、曰气、曰法之数者，非判然自为一事，常乘乎其机而绲同以凝于一。惟其妙之一出于自然而已。自然者，无意于是而莫不备至，动皆中乎其节，而莫或知其然。日星之布列，山川之流峙是也。宁惟日星山川，凡天地之间之物之生而成文者，皆未尝有见其营度，而位置之者也，而莫不蔚然以炳，而秩然以从。夫文之至者，亦若是焉而已。"③

揭露腐败，愤世忧国是其古文的主要内容，如他的《送吴筱轩军门序》指出："天下之患，莫大乎任事者好为虚伪，而士大夫喜以智能名位相矜。自夷务兴，内自京师，外至沿海之地，纷纷藉藉，译语言文字，制火器，修轮舟，筑炮垒，历十有余年，糜帑金数千万，一旦有事，责其效，而茫如捕风。不实之祸，至于如此。"他看得很清楚，封建官僚政治的腐败才是"国之所以无强，外侮之所以日至"的根本原因。

清新自然，雅洁平实，虽描写生动，但缺乏强劲之气，是其古文的艺术特色，如他的《游虞山记》中写道：

---

① 张裕钊：《与黎莼斋书》。
② 据《清史稿·张裕钊传》。
③ 张裕钊：《答吴挚甫书》。

> 虞山尻尾，东入常熟城。出城迤西，绵二十里，四面皆广野，山亘其中。其最胜为拂水岩，巨石高数十尺，层层骈叠，若累芝菌，若重巨盘为台，色苍碧丹赭，斑驳晃耀溢目。有二石中分曰剑门，骘孽屹立，诡异殆不可状。踞岩俯视，平畴广衍数万顷，澄湖奔溪，纵横荡潏其间，绣画天地。南望毗陵震泽，连山青翠相属，厥高镜云，雨气日光，参错出诸峰上。水阴上薄，荡摩阖开，变灭无瞬息定。其外苍烟渺霭围绕，光色纯天，决眦穷睇，神与极驰。

> 岩之麓为拂水山庄旧址，钱牧斋之所尝居也。嗟乎！以兹邱之胜，钱氏惘不能藏于此终焉。

它生动地表现了作者对自然美景的热烈赞美和无比神往之情。所谓"踞岩俯视，平畴广衍数万顷，澄湖奔溪，纵横荡潏其间，绣画天地"，其视野之开阔，山河之壮观，描画之奇妙，用辞之雅洁，在读者面前该是展现了一幅多么美妙的画卷！同时，作者在对自然景色的赞美之中，还寄寓了对现实社会的极其失望和无奈的心理，所谓"以兹邱之胜，钱氏惘不能藏于此终焉"，实在耐人寻味，发人深思。

前人对张文评价甚高，说他"于国朝诸名家外，能自辟蹊径，为百年来一大家。虽张、吴（汝纶）并称，实则张之才识尤为超卓，意量尤为博大，汝纶亦推崇无异言"①。其实，由于封建时代的没落和桐城古文已发展到穷途末路，不论张、吴之才识多么"超卓"，亦难有多大成就。对此，张在答吴汝纶的信中坦陈："阁下谓苦中气弱，讽诵久则气不足载其辞。裕钊尔岁亦病此。往在江宁闻方存之云：长老所传刘海峰绝丰伟，日取古人之文纵声读之。姚惜抱则患气羸，然亦不废哦诵，但抑其声使之下耳。是或亦一道乎？裕钊比所遇多乖舛，

---

① 刘声木：《桐城文学渊源撰述考》卷10，安徽黄山书社1989年12月版，第285页。

又迫忧患，于此事恐终无所就。"① 要害不仅在于他所处的时代"所遇多乖舛，又迫忧患"，而且还在于他自身的文学思想太陈腐，仍然坚持传统的古文，并使之为封建的义理服务，这就使他不能不落入"终无所就"的下场。

（二）以"讲习西文"为"救时要策"的吴汝纶

吴汝纶（1840—1903），字挚甫，安徽桐城人。同治四年（1864）进士，官内阁中书。"曾国藩奇其文，留佐幕府，……旋调直隶，参李鸿章幕，出补深州。丁外内艰，服除，补冀州。……主莲池讲席。其为教一主乎文。以为文者天地之至精至粹，……为学由训诂以通文辞，无古今，无中外，惟是之求。自群经子史周秦故籍以下，逮近世方、姚诸文集，无不博求慎取，穷其源而竟其委。"② "自曾国藩故后，汝纶与张裕钊以文章负重名，世称'张吴'，教授弟子亦极盛。"③ 除主持保定莲池书院讲席十余年，晚年又任京师大学堂总教务，赴日本考察教育，在桐城创办小学堂，后改为桐城中学。"游学日本至七八十人，为教员，他郡邑所在多有。桐城学风大启，自先生也。"④ 他是早期改良派之一，支持洋务运动，尤其致力于文化教育的改良，是我国近代教育的开创者之一。晚期桐城派人物马其昶、姚永概等为其弟子，严复、林纾等也都受到他的影响。著有《桐城吴先生全书》。

吴汝纶的思想比较开放，主张向西方学习。他热烈赞赏严复的《天演论》《原富》等译著，特地为之作序，指出："抑严子之译是书，不惟传其文而已。盖谓赫胥氏以人持天，以人治之日新，卫其种族之说，其义当，其辞危，使读者怵焉知变，于国论殆有助乎！"⑤ 认定"今议者谓西人之学多吾所未闻，欲

---

① 张裕钊：《答吴挚甫书》。
② 见《清史稿·吴汝纶传》。
③ 刘声木：《桐城文学渊源撰述考》卷10，安徽黄山书社1989年12月版，第186页。
④ 马其昶：《桐城耆旧传·吴挚父传》，安徽黄山书社1990年2月版，第445页。
⑤ 吴汝纶：《〈天演论〉序》。

瀹民智，莫善于译书"①。把严译《天演论》说成是"与晚周诸子相上下之书"②，有力地促进了《天演论》在晚清中国思想界的广泛传播和巨大影响。在他主持的学堂里，还特聘英文、日文教员，开设西学课程。他说："后日西学盛行，六经不必尽读。"③"此后必应改习西学，中学浩如烟海之书，行当废去。"④他如此热情倡导研习西学，对于推动中国思想界和教育界的近代化，无疑地是有其积极作用和进步意义的。有的学者指责他为"一概排斥传统的民族虚无主义"⑤。其实，他并非要"全盘西化"，而是主张"新旧二学"并存。他说："窃谓救时要策，自以讲习西文为务，然中国文理，必不可不讲。往时出洋学生归而悉弃不用，徒以不解中学。"⑥对此，他在《答严几道》中，明确指出："新旧二学当并存具列"，"最为卓识"，"独姚选古文，即西学堂中亦不能弃去不习，不习则中学绝矣"。

可见他强调的讲习西学为"救时要策"，却绝不"一概排斥传统"。他的要害，显然不是"民族虚无主义"，而是反对世人"编造俚文"（实即白话文），死抱住桐城古文不放。

好在吴汝纶是竭力追求变法改良的少数有识之士之一，他较早地认识到，不求新变，不学西方，或稍知外事，即鄙弃传统，这两者都是必须克服的"通弊"⑦。他学习西方，是为了"参彼己、审强弱"，寻求强国之路，而绝不是满足于"清议"一番；他对传统文化，反对瞑目不视、塞耳不闻，而主张从"吾土载籍旧闻、先圣之大经大法，下逮九流之书、百家之异说"到"四夷之学"，皆要"博

① 吴汝纶：《〈天演论〉序》。
② 吴汝纶：《〈天演论〉序》。
③ 吴汝纶：《答姚慕庭书》。
④ 吴汝纶：《答严几道书》。
⑤ 敏泽：《中国文学理论批评史》下册，吉林教育出版社 1993 年 3 月版，第 1351 页。
⑥ 吴汝纶：《与李赞臣》。
⑦ 吴汝纶：《答严幼陵》。

涉兼能，文章学问，奄有东西数万里之长"。他的这些看法，至今仍令人感到不失为真知灼见，有其可取之处。

更令人惊异的是，他竟然背离桐城派一贯特别尊崇程朱义理的传统，而宣称："仆生平于宋儒之书独少浏览。"[①]在他看来，义理与文章是"两事"，而非"一途"。他说："通白与执事皆讲宋儒之学，此皆吾县前辈家法，我岂敢不心折气夺？但必欲以义理之法施之文章，则其事至难。不善为文，但堕理障。程朱之文尚不能尽餍众心，况余人乎？方侍郎学行程朱，文章韩欧，此两事也，欲并入文章之一途，志虽高而力不易赴。此不佞所亲闻之达人者，今以贡之左右，俾定为文之归趣，冀不入歧途也。"[②]

姚鼐主张"义理""考证""文章""三者不可偏废"，而吴汝纶则认为："说道说经，不易成佳文。道贵正，而文者必以奇胜，经则义疏之流畅，训诂之繁琐，考证之该博，皆于文体有妨。故善为文者，尤慎于此。"[③]

吴汝纶所强调的是："学有三要：学为立身，学为世用，学为文词。三者不能兼养，则非通才。"[④]

他的这种思想变化，不只是由于晚清时代的变化所致，也说明他在当时是属于先知先觉者之一。用他的话来说："世运之迁流，非深识之君子，其孰能早知于未然而谨持其变也哉！"[⑤]

不过，他对古文艺术风格的主张却颇为保守。他强调"醇厚""雅洁"，妄图完全恢复桐城派的传统风格。他以方苞、刘大櫆为例，说："意望溪初必能为海峰之闳肆，其后学愈精，才愈老，而气愈厚，遂成为望溪之文。海峰亦欲为望溪之醇厚，然其学不如望溪之粹，其才其气不如望溪之能敛，故遂成为

---

① 吴汝纶：《答吴实甫》。
② 吴汝纶：《答姚叔节》。
③ 吴汝纶：《与姚仲实》。
④ 吴汝纶：《答王子翔》。
⑤ 吴汝纶：《王中丞遗集序》。

329

海峰之文。"① 可见他是以"醇厚"为作文的最高境界的。

他不满于当时新文体的兴起，而强调反俚求雅，宣称："如梁启超等欲改经史为白话，是谓化雅为俗，中文何由通哉！"② 他已预感到，随着文体的变革，文学语言的通俗化，必然会使桐城古文失去其存在的形式。所以作为"幸生桐城，自少读姚氏书"③，以"真知姚氏法者"④ 自居的吴汝纶，在与严复论翻译时，便重申桐城派所倡导的"雅洁"："来示谓行文欲求尔雅，有不可阑入之字，改窜则失真，因仍则伤洁，此诚难事。鄙意与其伤洁，毋宁失真。凡琐屑不足道之事，不记何伤？若名之为文，而俚俗鄙浅，荐绅所不道。此则昔之知言者无不悬为戒律，曾氏所谓'辞气远鄙'也。"⑤

吴汝纶的散文感情真挚质朴，文笔清新自然，说理平实老练，他的《送张廉卿序》颇有这些特色。

（三）追求"雄奇万变"的黎庶昌

黎庶昌（1837—1896），字莼斋，贵州遵义人。"少从郑珍、莫友芝游，得识读书门径。年二十余，至京师，同治初，以廪贡生应诏上书，论时事至万余言，由是知名。寻以知县发往安庆大营差遣。居曾国藩幕，与张裕钊、吴汝纶、薛福成友善，相与讲求为文之法，同奉国藩为师。其后浮沉州县，充出使英、法、德、日四国参赞及出使日本大臣。官至川东兵备道以终。"⑥ 著有《拙尊园丛稿》6 卷，《西洋杂志》8 卷。编有《续古文辞类纂》28 卷。

他论文远师姚鼐，近法曾国藩。用他的话来说："循姚氏之说，屏弃六朝骈丽之习，以求所谓神理、气味、格律、声色者，法愈严而体愈尊；循曾氏之

---

① 吴汝纶：《与杨伯衡论方刘二集书》。

② 吴汝纶：《与薛南溟》。

③ 吴汝纶：《孔叙仲文集序》。

④ 吴汝纶：《孔叙仲文集序》。

⑤ 吴汝纶：《答严几道》。

⑥ 张舜徽：《清人文集别录》卷 20，中华书局 1963 年 11 月版，第 566 页。

说，将尽取儒者之多识、格物、博辨、训诂，一内诸雄奇万变之中，以矫桐城末流虚车之饰，其道相资，无可偏废。"[①]

他的散文以法度谨严，气健词雄见长，如他的《卜来敦记》，写英国游览胜地卜来敦（今译"布莱顿"）的风光人情：

卜来敦者，英国之海滨，欧洲胜境也。距伦敦南一百六十余里，轮车可两点钟而至，为国人游息之所。后带岗岭，前则石岸斩然。好事者凿岸为巨厦，养鱼其间，注以源泉，涵以玻璃，四洲之物，奇奇怪怪，无不毕致。又架木为长桥，斗入海中数百丈，使游者得以攀援冯眺。桥尽处有作乐亭。余则浅草平沙，绿窗华屋，与水光掩映，迤逦一碧而已……

每岁会堂散后，游人率休憩于此。方其风日晴和，天水相际，邦人士女，联袂嬉游，衣裙杂袭，都丽如云。时或一二小艇，棹漾于空碧之中。而豪华巨家，则又鲜车怒马，并辔争驰，以相遨放。迨夫暮色苍然，灯火灿列，音乐作于水上，与风潮相吞吐，夷犹要眇，飘飘乎有遗世之意矣。

——黎庶昌：《拙尊园丛稿》

上述前段记卜来敦依山临海的自然环境和经过人工的精心装点，显得更加风光旖旎，景色迷人。后一段写假日游人嬉戏，"风日晴和"，驾艇"棹漾于空碧之中"，"暮色苍然"，则"灯火灿列"，音乐"与风潮相吞吐"。可见其笔法之谨严有序，用词之瑰丽雅洁，风格之清新雄健，足以醒人眼目，令人神往。

---

① 黎庶昌：《续古文辞类纂序》。

（四）"好为经世有用之学"的薛福成

薛福成（1838—1894），字叔耘，号庸庵，江苏无锡人。先后入曾国藩、李鸿章幕府 18 年。中法战争期间，任浙江宁绍台道，与提督欧阳利见在镇海击退法国舰队的进攻。后任出使英、法、比、意四国大臣。归国后升任左副都御史。著有《庸盦全集》。

他在为黎庶昌作的《〈拙尊园丛稿〉序》中称，当时曾国藩"幕府豪彦云集，并包兼罗，其治古文辞者，如武昌张裕钊廉卿之思力精深，桐城吴汝纶挚甫之天资高俊，余与莼斋咸自愧弗逮远甚"①。而黎庶昌在《庸盦文编》后"叙"中，则盛赞"叔耘辞笔醇雅有法度，不规规于桐城论文，而气息与子固颍滨为近"②。并于薛福成的《书合肥伯相李公用沪平吴》文末批曰："若论经世之文，当于作者首屈一指。"③可见其经世之文，在当时占有突出的地位。

在曾门四大弟子中，薛福成的眼界最为开阔，思想最为敏锐。他主张变法及通过学习西方先进的科学技术，来强国富民，成为当时洋务派的中坚人物。黄遵宪在出使日本参赞期间作的《日本国志》，特地将书稿寄至巴黎，请薛福成作序，且曰："方今研使力而又谙外国情势者，无逾先生，愿得一言以自壮。"薛则称赞此书"验日本之兴衰"，"此奇作也"④。

他指出中国落后是由于"少年精力多糜于时文试帖小楷之中，非若西洋亿兆人之奋其智慧，专攻有用之学"⑤。揭露八股取士"今行之已五百余年，陈文委积，勦说相仍，而真意渐汩，取士者束以程式，工拙不甚相远，而黜陟益以难凭，遂使世之慕速化者，置经、史、实事于不问，竞取近科闱墨，摹拟剽窃，以弋科第。前岁中式举人徐景春，至不知《公羊传》为何书，贻笑海内，乃其

---

① 薛福成：《海外文编》卷 4。
② 见于薛福成：《庸盦文编》卷 4 末。
③ 见于薛福成《庸盦文续编》卷下。
④ 薛福成：《庸盦海外文编》卷 4。
⑤ 薛福成：《庸盦海外文编》卷 3，《西法为公共之理说》。

明鉴。然则科举之法，久而渐敝，殆不可无以救之矣"[1]。他批评"今之议者，或惊骇他人之强盛而推之过当，或以堂堂中国，何至效法西人，意在摈绝，而贬之过严，殆皆所见之不广也"[2]。他断言西洋的汽学、光学、电学、化学，"乃天地间公共之理，非西人所得而私也"。"中国又何尝不可因之？若怵他人我先，而不欲自形其短，是讳疾忌医也。若谓追随不易，而虑始终不能胜人，是因噎废食也。夫青出于蓝而胜于蓝，冰凝于水而寒于水，……盖相师者未必无相胜之机，吾又安知千百年后，华人不因西人之学，而辟造化之灵机，俾西人色然以惊，罙然而企也。"[3]其欲我中华后来居上的精神，至今读来仍令人感佩不已。

他关心民生疾苦，为此敢于向皇帝直言："以臣所见，闾阎十室九空，而百物昂贵，小民奔走拮据，艰于生计。力田之农，终岁勤动，尚难自给，偶遇水旱，即不免流移道路，其颠沛饥羸之况，不可殚述也。一省如此，他省可知。"[4]为此，他要求"圣慈""与民休息"[5]。

为强国富民，捍卫国家的独立和领土完整，他积极主张变法，特撰《变法》一文，指出："今天下之变亟矣！窃谓不变之道，宜变今以复古；迭变之法，宜变古以就今。呜乎！不审于古今之势，斟酌之宜，何以救其敝？且我国家集百王之成法，其行之无敝者，虽万世不变可也。至如官俸之俭也，部例之繁也，绿营之窳也，取士之未尽实学也，此皆积数百年末流之弊，而久失立法之初意，稍变则弊去而法存，不变则弊存而法亡。是数者，虽无敌国之环伺，犹宜汲汲焉早为之所。苟不知变，则粉饰多而实政少，拘挛甚而百务弛矣。若夫西洋诸国，恃智力以相竞，我中国与之并峙，商政矿务宜筹也，不变则彼富而我贫；考工制器宜精也，不变则彼巧而我拙；火轮、舟车、电报宜兴也，不变则彼捷而我迟；

① 薛福成：《庸盦文编》卷1，《应诏陈言疏》。
② 薛福成：《庸盦海外文编》卷3，《西法为公共之理说》。
③ 薛福成：《庸盦海外文编》卷3，《西法为公共之理说》。
④ 薛福成：《庸盦文编》卷1，《应诏陈言疏》。
⑤ 薛福成：《庸盦文编》卷1，《应诏陈言疏》。

约章之利病，使才之优拙，兵制阵法之变宜讲也，不变则彼协而我孤，彼坚而我脆。昔者蚩尤造兵器，侵暴诸侯，黄帝始作弓矢及指南车以胜之。太公封齐，劝其女红极技巧、通鱼盐，海岱之间，敛袂往朝。夫黄帝、太公，皆圣人也，其治天下国家，岂仅事富强者？而既厕于邻敌之间，则富强之术有所不能废。"①这段话，从古今中外的大局着眼，纵横捭阖，针对时弊，指出变与不变关系到国家的存亡与民族的兴衰；尽管其根本立场仍是要保存封建之"法"，但其主张变法图强、捍卫国家独立的爱国主义思想和自强不息的精神，显然是符合社会发展的潮流，在当时具有历史进步意义的。

抗御外国帝国主义的入侵，是近代中国面临的主要任务之一。为此，他于光绪元年（1875）四月由山东巡抚丁稚璜代上他特撰的《海防密议十条》：一择交宜审，二储才宜豫，三制器宜精，四造船宜讲，五商情宜恤，六革政宜理，七开矿宜筹，八水师宜练，九铁甲船宜购，十条约诸书宜颁发州县。②他说："愚以为欲御外侮，先图自强；欲图自强，先求自治。"③除了他本人在任浙江宁绍台道期间，打败了法国舰队的入侵以外，他还对抗击外国入侵的爱国将领给予热烈歌颂，如在《援越南议下》中赞扬抗法将领刘永福："辅极弱之邦，纠散旅，撼坚城，抗方张之敌而不慄，伟哉刘永福，盖豪杰之士也。"④

为了图强自治，他尖锐批驳重道轻器的传统观念，强调要顺从客观事物发展的"自然之势"。反对"动引古圣，啜糟粕而去精华，务空谈而忘实践"。

他不是空发议论，而是提出了一系列引进外国先进技术、发奋图强的具体建议，如他首倡《创开中国铁路议》《用机器殖财养民说》《振百工说》《英吉利用商务辟荒地说》《西法为公共之理说》《与法兰西立约通商保护越南议》

---

① 转引自郑振铎：《晚清文选》，上海书店 1987 年 6 月影印本，第 218、219 页。
② 薛福成：《庸盦文编》卷 1。
③ 薛福成：《庸盦文编》卷 1。
④ 薛福成：《庸盦文编》卷 2。

等等。

破除鄙视工商的传统观念，发展商品经济，是薛福成提出自强建议的重要方面。他说："中国果欲发愤自强，则振百工以预民用，其要端矣。欲振百工，必先破去千年以来科举之学之畦畛，朝野上下皆渐化其贱工贵士之心。"[①] 他提出宁可"利归富商"，而不可"利归西人"。说："余观西洋用机器之各厂，皆能养贫民数千人或数万人，盖用机器以造物，则利归富商；不用机器以造物，则利归西人。利归富商，则利犹在中国，尚可分其余润以养我贫民；利归西人，则如水渐涸而禾自委，如膏渐销而火自灭，后患有不可言者矣。"[②]

他的不少作品，在当时确实堪称："为从前九州之内所未知，六经之内所未讲"，给人以振聋发聩、耳目一新之感。恰如光绪二十一年（1895）十月陈先淞于《庸盦海外文编》后的"跋"中所说："其生平好为经世有用之学，于古今成败兴坏之局，中外蠹塞山川形势险要之纪，以及天文阴阳奇门卜筮之书，靡不钩稽讲贯，洞然于心，故能遇事立应，略无窒碍，发为文章，渊懿精美，不徒为高论，皆切于当世之用，而料事罔弗效。公书已刻行者，久为海内所崇仰。盖惟研之也精，故审之也当，养之也裕，故出之也醇。是编之文，以交涉洋务、筹议时政者为多，观其谋虑深远，隐然以天下为己任，可以知公之志矣。"薛福成的作品，可以说在一定程度上代表了我们的民族智慧和民族精神，至今读来，仍使人觉浴颇有借鉴意义和启迪作用。

薛福成作品的艺术特色，是议论雄健，说理透辟，洋洋洒洒，尽情发挥，有的长逾万言，有的一论再论，如《筹洋刍议》多达14篇，对桐城派的"雅洁"标准有所突破。他的记叙文，则玲珑秀丽，婀娜多姿，如光绪十九年八月十三日写的《白雷登海口避暑记》对白雷登的自然和人工美景，对近代文明所创造

---

① 薛福成：《庸盦海外文编》卷 3，《振百工说》。
② 薛福成：《庸盦海外文编》卷 3，《用机器殖财养民说》。

的雄厚财力，使其"岁异月新"的变化，对那优美舒适的环境所带给人们的"神气洒然"，既描绘得生动妩媚，清丽可颂，又表现了作者有吸纳"宇宙之奇宽"的胸襟和炽热的爱国之情，急切地企盼西方现代化的科学技术也"将行之我中国"。如此文章意境，在我国古代散文发展史上可谓别开生面，独树一帜，它不只是一篇令人大开眼界，不禁为之无限神往的游记，而且对于打破国人闭关自守、固步自封的观念，推动中国的近代化，也是有其积极的作用的。

综上所述，曾国藩及其弟子们所以能使桐城派获得"中兴"，这绝不是偶然的，而是跟他们在一定程度上能顺应时代的要求，迎合中国近代化的历史潮流分不开的。尽管他们的根本立场仍是在维护封建统治，但他们在当时力求变法图强，开创洋务救国，其促进中国近代化的历史功绩，不应一笔抹杀，其爱国主义的精神，更值得我们发扬光大。

第九章　桐城派的式微
——严复、林纾等清末民初的桐城派作家

清末民初，是桐城派彻底衰微的时期。这主要是由于"五四"新文化运动，以排山倒海、不可阻挡的历史潮流，给封建的旧文化以致命的冲击。白话文取代文言文，便是"五四"新文化运动的突出成果之一。坚持以古文为正宗的桐城派，自然被视为"谬种"，成了被打倒的对象。当时被打倒的旧文学，不只是桐城派，按照陈独秀的《文学革命论》，"凡属贵族文学，古典文学，山林文学，均在排斥之列"。如同"资产阶级不仅锻造了置自身于死地的武器；它还产生了将要运用这种武器的人——现代的工人，即无产者"[①]。桐城派的式微，首先也是由于它自身锻造了严复、林纾这样以古文翻译介绍西方资产阶级革命理论和文学的翻译家，为中国资产阶级革命输送了思想武器。而他们自己却又坚持君主立宪的资产阶级改良派立场，坚持以古文为正宗的文学传统，抱残守缺，不愿随着时代的突飞猛进而继续前进，甚至连梁启超等改良派所倡导的新文体，也遭到他们的反对和攻击，至于对以白话文代替文言文，那就更加恨之入骨。这就使他们不可避免地走到时代进步潮流的对立面，而终于为新的时代所抛弃。

---

① 马克思、恩格斯：《共产党宣言》，人民出版社 1971 年 4 月版，第 30 页。

一、"向西方寻找真理的"严复

严复(1854—1921),原名传初,改名宗光,字又陵。后又改名复,字几道。别号尊疑。福建侯官(今福州)人。自幼家境贫困,考入福州船厂附设的船政学堂,成为首届毕业生,受到洋务派沈葆桢的赏识,先被派上军舰实习,后留学英国格林尼茨海军大学。桐城一湘乡派重要人物郭嵩焘时为驻英大使,见而异之,引为忘年交,常与研讨中西学术政治之异同。回国后,李鸿章于光绪六年(1880)在天津创办北洋水师学堂,严复任总教习,后升任总办(校长),持续供职达20年之久,至光绪二十六年(1900)义和团事起,他才南走上海。这期间,经过1894年中日甲午战争中国遭到惨败,他深感民族危亡迫在眉睫,在天津《直报》上连续发表了《论世变之亟》《原强》《救亡决论》《辟韩》等主张变法维新的文章。光绪二十四年(1898),与王修植、夏曾佑等在天津创办《国闻报》《国闻汇编》,积极宣传维新思想。光绪二十八年(1902),在北京任编译局总办。光绪三十一年(1905),在上海协助马相伯创办复旦公学。同时,他以古文辞翻译出版了赫胥黎的《天演论》,亚丹·斯密的《原富》,斯宾塞尔的《群学肄言》,约翰·穆勒的《群己权界论》和《穆勒名学》,甄克思的《社会通铨》,孟德斯鸠的《法意》,耶芳斯的《名学浅说》等西方哲学社会科学名著,对中国资产阶级革命起到了巨大的启蒙作用,成为被毛泽东称之为"代表了中国共产党出世前向西方寻找真理的""先进的中国人"[①]之一。辛亥革命后,严复于1915年参与筹安会,拥护袁世凯称帝。晚年提倡尊孔复古,对"五四"新文化运动持反对态度。其自著有《严几道诗文钞》等(以1986年中华书局版《严复集》最完备);译著汇为《侯官严氏丛刻》《严译名著丛刊》。

---

① 毛泽东:《论人民民主专政》,《毛泽东选集》合订本,第1358页。

严复的文章，以政论为最出色。

大声疾呼变法图强的必要性和严峻性，表达关切国家民族危亡的强烈爱国主义精神，是其文的首要特征。例如，他指出："观今日之世变，盖自秦以来，未有若斯之亟也。"[①] "近岁以来，薄海嗷嗷，扼腕扣胸，知与不知，莫不争言变法。且谓中国若长此终古，不复改图，将土地有分裂之忧，臣民有奴虏之患。" "往者以外人不知虚实故耳。甲午以来，情见势屈矣。然而未即动者，以各国之互相牵制故耳。故中国今日之大患，在使外人决知我之不能有为，而阴相约纵，以不战而分吾国。……且使中国一朝而分，则此四百兆黄炎之种族，无论满、汉、蒙人，皆将永为贱民，而为欧人之所轻蔑蹴踏。"[②] 他看出外国帝国主义势必瓜分中国，大声疾呼：我中国"是处存亡危急之秋"[③]，非变法图强不可！"善夫吾友新会梁启超之言曰：万国蒸蒸，大势相逼，变亦变也，不变亦变也。变而变者，变之权操诸己；不变而变者，变之权让于人。传曰：无滋他族，实逼处此。愿天下有心人，三复斯言，而早为之所焉可耳。"[④] 其拯救国家民族危亡之急切心情，溢于言表。

宣扬君主立宪的改良派主张，是其文的中心思想。他以西学为救亡之道，主张学习日本的明治维新，说："以西学为要图，此理不明，丧心而已。救亡之道在此，自强之谋亦在此。早一日变计，早一日转机。若尚因循，行将无及。彼日本非不深恶西洋也，而于西学则痛心疾首，卧薪尝胆求之，知非此不独无以制人，且将无以存国也。"[⑤]

废除科举，易立选举之法则，进行政治制度的改革，是其实行变法改良的基本主张。跟曾国藩及其四大弟子以引进外国先进技术、兴办洋务为强国之道

---

① 严复：《论世变之亟》。
② 严复：《上皇帝万言书》。
③ 严复：《救亡决论》。
④ 严复：《原强》。
⑤ 严复：《救亡决论》。

不同，严复主张："欲开民智，非讲西学不可；欲讲实学，非易立选举之法则，开用人之途，而废八股试帖策论诸制科不可。至于新民德之事，尤为三者之最难。"[1]

他主张君主立宪，严厉谴责封建君主专制，指出它是导致中国失败的根由。他说："西洋之言治者，曰：国斯民之公产也，王侯将相者，通国之公仆隶也。而中国之尊王者曰：天子富有四海，臣妾亿兆。臣妾者，其文之故训，犹奴虏也。夫如是则西洋之民，其尊且贵也，过于王侯将相，而我中国之民，其卑且贱，皆奴产子也。设有战斗之事，彼其民为公产公利自为斗也，而中国则奴为主斗耳。夫驱奴虏以斗贵人，固何所往而不败！"[2]这些话虽然表明作者对西方资本主义制度的本质缺乏认识，未免过于美化，但其对中国封建专制的病根则可谓击中要害。

此外，他还对妇女解放，提出了十分明确而可取的主张："泰西妇女皆能远涉重洋，自去自来，故能与男子平权。我国则苦于政教之不明，虽有天资，无能为役。盖妇人之不见天日者久矣。……故使中国之妇女自强，为国政至深之根本。而妇女之所以能自强者，必负与以为强之权，与不得不强之势。禁缠足、立学堂固矣，然媒妁之道不变，买妾之例不除，则妇人仍无自立之日也。……又如泰西之俗，男女自行择配，亦为事之最善者。……是故妇女之出门晋接，与自行择配二事，实为天理之所宜，而又为将来必至之俗。"[3]这在当时是为一般人所不敢想象的，而他却说得如此坚信不疑；他的预言，终于成了今天的现实。

严复的译著也是旨在宣扬变法图强的爱国思想，如他译《天演论》，乃认

---

① 严复：《原强》。

② 严复：《辟韩》。

③ 严复：《论沪上创兴女学堂事》。

为此书"于自强保种之事，反复三致意焉"①。从而要使国人认识到："祖父虽圣，何救子孙之童昏也哉？""夫一国一种之盛衰强弱，民为之也。……当其存亡危急之秋，环视其群，赧然见智仁勇三者之皆不及，思自奋勉，以为保种救国之功。"②他在致张元济的信中说，他之所以"勤苦译书，羌无所为，不过闵同国之人于新理过于蒙昧，发愿立誓，勉而为之。极知力微道远，生事夺其时日；然使前数书（指斯密、穆勒、斯宾塞所著各书——引者注）得转汉文，仆死不朽矣"。可见他是十分自觉地为他的译著而不惜献出自己的生命，因为这是以"新理"启蒙的"不朽"事业。为此，他对翻译工作一丝不苟，极端负责，不惜为"一名之立，旬月踟蹰"③。如同"字字由戥子称出"④。故"其用心与郑重，甚可为吾人之模范"⑤。其译文之精美，被誉为"骎骎与晚周诸子相上下"⑥。"在古文学史上亦有很高之地位。"⑦

诚如毛泽东所说的："在'五四'以前，中国文化战线上的斗争，是资产阶级的新文化和封建阶级的旧文化的斗争。在'五四'以前，学校与科举之争，新学与旧学之争，西学与中学之争，都带着这种性质。那时的所谓学校、新学、西学，基本上都是资产阶级代表们所需要的自然科学和资产阶级的社会政治学说（说基本上，是说那中间还夹杂了许多中国的封建余毒在内）。在当时，这种所谓新学的思想有同中国封建思想作斗争的革命作用，是替旧时期的中国资产阶级民主革命服务的。"⑧可见我们不能因为严复在政治上是改良派，在文

① 严复：《译〈天演论〉自序》。
② 严复：《蒙养镜序》。
③ 严复：《译〈天演论〉例言》。
④ 严复：《法意》按语。
⑤ 胡适：《五十年来中国之文学》。
⑥ 吴汝纶：《〈天演论〉序》。
⑦ 胡适：《五十年来中国之文学》。
⑧ 毛泽东：《新民主主义论》。

学上是"桐城嫡派"①，而抹杀或贬低他在当时所起的"革命作用"。

严复的文章长于说理，逶迤条畅，洋洋洒洒，屡屡万言。严复的翻译出之以纯雅的古文，故能使新思想便于为旧时士大夫接受。吴汝纶称赞他："文章学问，奄有东西数万里之长。"②说他翻译的《天演论》是"以严子之雄于文，以为赫胥氏之指趣，得严子乃益明。自吾之译西书，未有能及严子者也"③。严复自称是以桐城名家吴汝纶为师的。在光绪二十五年（1899）致吴汝纶的信中，他说："复于文章一道，心知好之，虽甘食耆色之殷，殆无以过。不幸晚学无师，致过壮无成。虽蒙先生奖诱拂拭，而如精力既衰何！假令早遭十年，岂止如此？"④可见严复早年心好古文，因"无师"而深感"不幸"，至壮年得到吴汝纶的"奖诱拂拭"，乃有相见恨晚之感。当吴汝纶逝世时，他以"平生风气兼师友，天下英雄唯使君"⑤为挽联。他笃信"贤者文词，当其下笔，自有义法"⑥。可见他确实服膺吴汝纶为师，颇守桐城家法，胡适说他"是桐城嫡派"⑦，并非无据。

然而，由于严复深受西学的影响，他对桐城派的传统毕竟有明显的超越和突破。首先，他所运用的思想武器，不再是程朱义理或孔孟之道，而是西方的近代科学。例如，他的《原强》一文根据达尔文的进化论而发挥的"利民""自利""自由""自治""民力""民智""民德"等主张，显然是与封建专制思想相对立的资产阶级民主思想。

其次，他对中国古代传统的"中土之学"，如义理、考据、辞章等，不是

---

① 胡适：《五十年来中国之文学》。
② 吴汝纶：《桐城吴先生全书·丙申答严几道》。
③ 吴汝纶：《桐城吴先生全书·〈天演论〉序》。
④ 严复：《与吴汝纶书》。
⑤ 严复：《挽吴汝纶联》。
⑥ 严复：《与吴汝纶书》。
⑦ 胡适：《五十年来中国之文学》。

竭力尊崇，奉为圭臬，而是加以批判，代之以西学、实学、真学。例如，他指出：“赫胥黎曰：读书得智，是第二手事，唯能以宇宙为简编，名物为我文字者，斯真学耳。此西洋教民要术也，而回观中国则如何？夫朱子以即物穷理释格物致知是也。至以读书穷理言之，风斯杜下矣。且中土之学，必求古训。古人之非，既不能明，即古人之是，亦不知其所以是。记诵词章既已误，训诂注疏又甚拘，江河日下以至于今日之经义八股，则适足以破坏人才，复何民智之开之与有耶？且也六七龄童子入学，脑气未坚，即教以穷元极眇之文字，事资强记，何裨灵襟？其中所恃以开瀹神明者，不外区区对偶已耳。所以审核物理，辨析是非者，胥无有焉。以是为学，又何怪制科人十九鹘突于人情物理，转不若农工商贾之有时而当也。今之蒿目时事者，每致叹于中国读书人少。自我观之，如是教人，无宁学者少耳。今者物穷则变，言时务者，人人皆言变通学校，设学堂，讲西学矣。”[1]其欲以西学取代“中土之学”，跟桐城派的沉湎于复古，可谓大异其趣。

再次，他的文章风格纵横恣肆，浑厚有力，境界开阔，如沧海横流，克服了桐城派由于过于强调简洁而流于空疏之弊。因此，与桐城派异趣的章炳麟说他：“申夭之志，四复之辞，载飞载鸣，情状可见，盖俯仰于桐城之道左而未趋其庭庑者也。”[2]不失为独具识见。

严复提出的翻译以“信、达、雅”为标准，备受后人推崇。只是由于严复深受桐城派“雅洁”论的影响，认为“求其尔雅，此不仅期以行远已耳。实则精理微言，用汉以前字法、句法，则为达易；用近世利俗文字，则求达难”[3]。他的这种反对“近世利俗文字”的主张，实则是要把“雅”置于“信、达”之上。因此，他得到了当时桐城盟主吴汝纶的赞赏，却遭到了新派人物的激烈反对。

---

① 严复：《原强》。
② 章炳麟：《社会通铨商兑》。
③ 严复：《译〈天演论〉例言》。

梁启超在《新民丛报》发表评介严译《原富》的文章中即指出："吾辈所犹有憾者，其文章太务渊雅，刻意摹仿先秦文体，非多读古书之人，一翻殆难索解。夫文界之宜革命久矣，欧、美、日本诸国文体之变化，常与其文明程度成正比例，……况此等学理邃赜之书，非以流畅锐达之笔行之，安能使学童受其益乎？著译之业，将以播文明思想于国民也，非为藏山不朽之名誉也。文人结习，吾不能为贤者讳矣。"①面对如此善意的批评，严复却撰文予以反驳，公然宣称："吾译正以待多读中国古书之人"，而把"众人""世俗""庸夫"②排斥在外。这反映了资产阶级改良派与传统的桐城古文家在轻视"近世利俗文字"、轻视人民大众方面一拍即合，一脉相承；这也决定了他们必然对"五四"新文化运动提倡以白话文取代文言文持反对的态度。

当陈独秀、胡适等倡导的"五四"新文化运动蓬勃兴起之际，严复却把文言文比作国宝——"周鼎"，而把白话文则斥之为破裂的空瓦壶——"康瓠"。他说：

> 设用白话，则高者不过《水浒》《红楼》，下者将同戏曲中之皮簧脚本。就令以此教育，易于普及，而遗弃周鼎，宝此康瓠，正无如退化何耳。须知此事全属天演，革命时代，学说万千，然而施之人间，优者自存，劣者自败，虽千陈独秀，万胡适、钱玄同，岂能劫其柄，则亦如春鸟秋虫，听其自鸣自止可耳，林琴南辈与之较论，亦可笑也。

——严复：《与熊纯如书札》（八十三）

这里，他看似尊重"优者自存，劣者自败"的客观规律，而实则颠倒是非，把由白话取代文言的进化，硬说成是"退化"，其迂腐、保守，岂不显得与其好友林琴南辈同样"可笑"么？胡适之所以把严复、林纾皆归入"桐城嫡派"，

---

① 梁启超：《绍介新著〈原富〉》，原载《新民丛报》。
② 严复：《与〈新民丛报〉论所译〈原富〉书》。

严、林皆坚持"雅"，而反对以白话文代替古文，当是个重要原因。

二、促"欧风东渐"，又"力延古文之一派"的林纾

林纾（1852—1924），原名群玉、徽、秉辉，字琴南，号畏庐、冷红生、践卓翁、蠡叟，福建闽县（今福州市）人。31岁中举，后屡试不第，即不图仕进，毕生致力于教书、作文和翻译。他本人不懂外文，他的翻译都是依赖别人的口述，以其勤于译著和文笔的优美典雅，而成为我国近现代文学史上首屈一指的著名外国文学翻译家。他从光绪二十五年翻译第一部外国小说——法国小仲马的《巴黎茶花女遗事》问世起，在近25年中先后译出外国小说达179部。其中以法国小仲马的《巴黎茶花女遗事》，美国斯托夫人的《黑奴吁天录》、华盛顿·欧文的《拊掌录》，英国斯格特的《撒克逊劫后英雄略》《十字军英雄记》，哈葛德的《迦茵小传》，狄更斯的《块肉余生述》《贼史》《孝女耐儿传》等影响最大。

林纾最得意的不是自己的译著，而是他的古文。康有为赠诗称赞他的译著，而未提及古文，他认为这是"舍本逐末"①。他自幼即嗜古文，光绪二十七年（1901）入京为五城中学国文教员，遇桐城派末代宗师吴汝纶，畅谈《史记》文法，深得吴氏称许，文名益起。后遂受聘于京师大学堂任教，与也在该学堂任教的桐城马其昶、姚永概等同气相应，名闻遐迩。他尤其充当了捍卫桐城派的先锋，公然指责不满于桐城派而提倡魏晋文风的章炳麟为"庸妄巨子"②。"五四"以后，他由维护桐城古文的正宗地位，进而发展到竭力维护孔孟之道，提倡旧道德、旧文化，反对白话文，成为保守派代表人物之一，至死犹坚信：

---

① 见《林畏庐先生手札》。

② 林纾：《畏庐三集·慎宜轩文集序》。

"学非孔孟皆邪说，语近韩欧始国文。"①临终还以手指书其子手掌曰："古文万无灭亡之理。"其著作，文有《畏庐文集》《畏庐续集》《畏庐三集》，诗有《闽中新乐府》《畏庐诗存》，文论有《春觉斋论文》《文微》《韩柳文研究法》，笔记有《技击余闻》《畏庐琐记》，此外尚有小说、传奇多种。

林纾的思想属于资产阶级改良派。要求以实业救国，极富爱国激情，是其作文与译著的主旨和特色所在。他自称："吾但留一日之命，即一日泣血以告天下之学生：请治实业以自振。"②他反对"空言强国"，指出："今日学堂几遍十八省，试问商业学堂有几也？农业学堂有几也？工业学堂有几也？医学堂有几也？朝廷之取士，非学法政者不能第上上，则已视实业为贱品。中国结习，人非得官不贵，不能不随风气而趋。……呜呼！彼人一剪一线一针之微，尚悉力图之，以求售于吾国。吾将谓此小道也，不足较！将听其涓涓不息为江河耶？此畏庐所泣血椎心不可解者也。"③他翻译西方文学的目的很明确，用他的话来说："亦冀以诚告海内至宝至贵、亲如骨肉、尊如圣贤之青年学生读之，以振动爱国之志气。人谓此即畏庐实业也。"④他在晚年《示儿书》中谆谆告诫其子："汝能心心爱国，心心爱民，即属行孝于我。"可见其爱国爱民之心是多么强烈！

重视小说的思想和艺术价值，是林纾对桐城派传统的一大突破。他之所以翻译狄更斯的小说《块肉余生述》，即因"若迭更斯此书，种种描摹下等社会，虽可哕可鄙之事，一运以佳妙之笔，皆足供人喷饭。英伦半开化时民间弊俗，亦皎然揭诸眉睫之下，使吾中国人观之，但实力加以教育，则社会亦足改良，不必心醉西风，谓欧人尽胜于亚，似皆生知良能之彦，则鄙人译是书，为不负

---

① 林纾：《留别听讲诸子》。

② 林纾：《爱国二童子传达旨》。

③ 林纾：《爱国二童子传达旨》。

④ 林纾：《爱国二童子传达旨》。

矣"①。他译狄更斯的《贼史》，也是为了说明"英伦在此百年之前，庶政之窳，直无异于中国，特水师强耳。迭更斯极力抉摘下等社会之积弊作为小说，俾政府知而改之，……顾英之能强，能改革而从善也。吾华从而改之，亦正易易"②。

他不仅重视小说的社会作用，翻译了大量的外国小说，而且对于中国古典小说的成就也给予高度评价。他称赞《石头记》为"中国说部登峰造极者"，"叙人间富贵，感人情盛衰，用笔缜密，著色繁丽，制局精严，观止矣"③。肯定"施耐庵著《水浒》，从史进入手，点染数十人，咸历落有致"④。他对外国小说和中国古典小说如此重视，既打破了桐城古文的禁忌，开了介绍西方文学的风气，又冲击了封建文人轻视小说戏曲的正统文学观，在客观上推动了以小说、戏曲为文学正宗的文学革命的形成，使历史悠久的传统古文在这场革命中遭受了灭顶之灾，这是林纾所始料未及的。

林纾的古文主张与桐城派基本一致。他说："文字有义法，有意境，推其所至，始得神韵与味；神也，韵也，味也，古文之止境也。不知者多咎惜抱妄辟桐城一派。以愚所见，万非惜抱之意。古文无所谓派，犹之方言不能定何者为正音，亦唯其近与是而已。近者，得圣人立言之旨；是者，言可为训，不轶于伦常以外。惜抱正深得此意耳。"⑤他推重姚鼐（惜抱），但又不局限于学姚鼐，要求"溯源而上"，从归有光到欧阳修、曾巩，直至韩愈，以为："盖姚文最严净，吾人喜其严净，一沉溺其中，便成薄弱。法当溯源而上，求诸欧、曾，然归文正习此两家者，离合变化，较姚为优。总而言之，欧、曾二氏不得韩亦无能超凡入圣也。"⑥可见他以韩文为极诣。他曾作《韩柳文研究法》，

---

① 林纾：《译〈块肉余生述〉序》。
② 林纾：《〈贼史〉序》。
③ 林纾：《译〈孝女耐儿传〉序》。
④ 林纾：《译〈块肉余生述前编〉序》。
⑤ 林纾：《桐城派古文论》，刊于《民权素》第13集。
⑥ 林纾：《桐城派古文论》，刊于《民权素》第13集。

专揭韩、柳文的章法结构。他的《文微》和《春觉斋论文》两书，前者分"通则""明体""籀诵""造作""衡鉴""周秦文评""汉魏文评""唐宋元明清文评""杂评""论诗词"十类，后者分"述旨""流别论""应知八则""论文十六忌""用笔八则""用字四法"六章。有的学者誉之"可谓中国最为系统、全面的古文艺术论的著作"①。它对于古文作法的种种规定，使初学者有阶梯可寻，确有一定的积极意义，不过其禁忌越讲越多，法则越立越繁，使初学文者动辄得罪，无所适从，即连林纾本人也担心其"咬字嚼句，令人走入魔道"②，尽管他声明："此等罪孽，仆所不任。"③而其结果，却难免如此。李详的《论桐城派》即指出："自四君（指曾门四大弟子——引者注）殁后，世之为古文者，茫无所主，仅知姬传为昔之大师，又皆人人所指名，遂依以自固，句摹字剿，于其承接转换，'也''耶''与''矣''哉''焉'诸助词，若填匡格，不敢稍溢一语，谓之谨守桐城家法。"④这种"若填匡格"式的创作倾向，难道不是林纾注重"咬字嚼句"等"末节"的必然发展么？其结果是必然使古文创作陷于僵化，或流于形式主义，使所谓"桐城家法"堕入绝境。

　　林纾本人的散文创作，"工为叙事抒情，杂以恢诡，婉媚动人；实前古所未有"⑤。例如，他的《记九溪十八涧》起笔即写"过龙井山数里，溪色澄然迎面"，仿佛将一幅美妙的山水风景画立刻推近读者的眼帘，既以"澄然"二字写出溪水的清澈碧透，又以"迎面"二字活画出作者陡然发现清溪时的惊讶和欣喜，文笔可谓简洁、生动之极！接着总写山势和溪流的特点，以"东瞥西匿，前若有阻而旋得路"二句，既写出了溪涧交错、峰回路转的自然景色之迷人，又从"若"与"旋"二字活现出游客惊疑诧异，雀跃欢欣的神态。接着以两段分写

---

①　黄霖：《近代文学批评史》，上海古籍出版社 1993 年 2 月版，第 226 页。
②　林纾：《春觉斋论文》，人民文学出版社 1961 年 10 月版，第 132 页。
③　林纾：《春觉斋论文》，人民文学出版社 1961 年 10 月版，第 132 页。
④　李详：《论桐城派》，《国粹学报》第 49 期。
⑤　钱基博：《中国现代文学史》，第 169 页。

溪涧和山。溪涧是"永石冲激,蒲藻交舞",一派生机蓬勃的动态美;山不只是"多茶树,多枫叶,多松",色彩斑斓,而且作者借助比喻、拟人等修辞手法,把那攒动于岩顶的竹笋,想象成如同老人干疏的头发,把那山腹中层层折叠的怪石,说成像书橱,像茶几,像一匣一匣的书,显得形象生动,情趣盎然,给读者留下了充满诗情画意、无限神往的想象空间。全文体现了作者善于创造醇美意境的特色。恰如作者在《春觉斋论文·意境》中所说的:"意境者,文之母也,一切奇正之格,皆出于是间。不讲意境,是自塞其途,终身无进道之日矣。"把诗词创作中的"意境"说,移植到桐城派古文论中来,并运用于古文的创作实践,这也是林纾令人瞩目的一个创造和贡献。

他反对以白话文取代文言文,这是违背文学语言发展的客观规律;遭到"五四"新文化运动先驱者的批判,是理所当然的。但是,他的意见也并非全无可取之处。从其《论古文白话之相消长》①一文可见,他反对的主要是:(1)把白话与古文完全对立起来,不要古文为"白话之根柢";(2)近人学用白话"所作之文字,乃又瘽愒欲死",缺乏生动性;(3)担心把浙江、安徽等地方土话也当作白话,认为那"固不如直隶(指北京)之佳也"。这些意见既有对"五四"全盘否定古典文学的片面性的反拨,又有针对在提倡白话文的初期,不可避免地存在的幼稚性和模糊性,而林纾本人又对新生事物缺乏正确理解的必然反映。在他看来,"欧风既东渐,然尚为吾文之累,弊在俗士以古文为朽败,后生争袭其说,遂轻蔑左、马、韩、欧之作,谓之陈秽,文始转转日趣于敝。遂使中华数千年文字光气,一旦黯然而熸,斯则事之至可悲痛者也"②。为此,他要求"诸君子力延古文之一派,不至于颓坠者,未始非吾华之幸也"③。然而他不了解,恰恰是他本人首开以桐城文笔大译西洋小说之风,动摇了桐城

① 见于郑振铎编选:《中国新文学大系·文学论争集》,第81页。
② 林纾:《送文科毕业诸学士序》。
③ 林纾:《送文科毕业诸学士序》。

古文的正宗地位;"俗士以古文为朽败",恰恰是受了欧风东渐的影响;古文的"日趋于敝",并非几个"俗士"人为所致,而是其自身的必然发展;白话文的兴起,"使中华数千年文字光气",不是"黯然而熸",而是更加发扬光大。既要力促欧风东渐,又不能顺应历史发展的潮流,而死抱着顽固守旧的态度,要"力延古文之一派",这正是林纾一生的悲剧之所在。

三、"桐城嫡传"的末代传人马其昶、姚永朴、姚永概

王树枬为马其昶《抱润轩文集》作"序"称:"吴汝纶蹶起同光之际,与武昌张廉卿皆笃守姚氏学说,为清末钜子。吾友马通伯,其尊甫慎庵先生始事存庄,继事植之;而君又尝问业张、吴二先生之门。同时,姚永朴仲实、永概叔节兄弟与君并起,以道义相切劘。盖二姚为慕庭(慕庭为姚莹之子——引者注)子,君其姊夫也。"由此可见,马其昶与二姚皆著籍桐城,皆是桐城名家姚莹的亲属,皆师事曾门弟子张裕钊、吴汝纶,是继张、吴等"清末巨子"之后,以"桐城嫡传"著称的末代传人。

(一)"感喟低回"的马其昶

马其昶(1855—1930),字通伯,以抱润为轩名,晚年遂自号抱润翁。"少劬学,习为古文辞。既从同邑方存之、吴挚父、武昌张廉卿诸先生游,文益工。及游京师,交郑君东甫、柯君凤荪,益进而治经。"选主庐江潜川书院、桐城中学堂。总督周馥举应经济特科,巡抚冯煦以人才荐,复有以硕学通儒荐者,皆未应。宣统庚戌(1910),始应学部聘任编纂,后遂授学部主事,任京师大学堂教席,与林纾、姚永概共倡桐城古文。辛亥后,主安徽高等学堂,又赴京"主法政校务兼备员参政",袁世凯称帝,立筹安会,嬲使为助,遭其坚拒,旋即

归里。袁死后，复入京，应聘为清史馆总纂①。辑有《桐城古文集略》，著有《抱润轩文集·诗集》《桐城耆旧传》等。

马其昶前半生以治古文名世，后半生以治经著称，旁及子史，晚年潜心佛学。其文章内容，倾向于改良和维新思想，表达其关心国事与忧虑天下的心情，有些文章指摘时弊，关心民间疾苦，要求改革，颇有见地。例如，他的《宣统二年上皇帝疏》，指责清廷的所谓"新政"，"日日为民所以生，而实迫之以死。何则？苛敛重而民不堪命也"。"凡事务其虚名，而百姓受其实祸。"恰如赵煕所说："雄文沉郁，洞极其弊。"②王树枬称之为"痛哭流涕之言，以明白晓畅出之，斯为奏疏之正体"③。

在艺术上，马其昶有别于曾国藩及其弟子的雄奇恣肆，而表现为纤徐哀婉，雅洁平淡而富有情韵。刘声木称"其为文思深辞婉，言虽简而意有余，幽怀微旨，感喟低徊，深造自得"④。纤徐哀婉、感喟低回的风格，恰是他生于彻底衰败的封建末世，满怀末世文人幻灭之感的反映；雅洁平淡而有韵味的特色，则是他著籍桐城，更加注重继承方、姚真传的结果。诚如刘声木所说："其文得方、姚真传，高洁纯懿，酝酿而出，其深造孤诣不逾乡先辈所传义法，然互名其家亦莫能掩。"⑤

不过时代终究不同了，"方、姚真传"也无法挽救桐城古文的衰亡。

（二）以桐城为"白话文学之先驱"的姚永朴

姚永朴（1861—1939），字仲实，晚号蜕私老人。安徽桐城人，姚莹之孙，马其昶之内弟。光绪甲午（1894）举人。其人"不乐仕进，一意殚精学术，初与其弟叔节解元永概治诗古文辞于挂车山中，其后从同里方存之、吴挚父、萧

---

① 以上据陈三立撰《学部主事桐城马君墓志铭》。
② 转引自吴孟复：《桐城文派述论》，安徽教育出版社 1992 年 5 月版，第 173 页。
③ 转引自吴孟复：《桐城文派述论》，安徽教育出版社 1992 年 5 月版，第 173 页。
④ 刘声木：《桐城文学渊源撰述考》卷 10，黄山书社 1989 年 12 月版，第 291 页。
⑤ 刘声木：《桐城文学渊源撰述考》卷 10，黄山书社 1989 年 12 月版，第 292 页。

敬孚及迁安郑东甫诸先生游，专治经，于注疏及宋元明清诸家经说无不洽熟淹贯，更旁及子、史、小学、音韵，博稽而约取，成一家之言。……历主广东起凤书院、山东大学、安徽高等学堂、北京大学、法政专门学校讲席。尝一赴召为教部咨议，仍居国学如故。民国初，以硕学通儒征，不起。清史馆复有纂修之聘，许之，成书40余卷。九年，南归，复历主江苏东南大学、秋浦周氏宏毅学舍、安徽大学讲席，先后成才而去者数千人。二十四年，谢病归里"①。直至日寇入侵，避地桂林，"以（民国）二十八年七月十六日卒，年七十有八"②。著有《蜕私轩集》《续集》《旧闻随笔》《文学研究法》《史学研究法》等。

永朴为文雅洁质朴，自然平淡，又"余味曲包，此真姚鼐血脉"③。

1935年2月在桐城里第，他曾问其弟子吴常焘对桐城文的看法："子亦青年，以为奇文耶？谬种耶？"焘谨对曰："'为文章者，有所法而后能，有所变而后大。'自其当变者而观之，则未变者皆谬种也；自其足法者而言之，则可法者皆奇文也。先生《文学研究法》言之详矣。"先生莞尔曰："有是哉！'奋臂拨眥'，几何不为引车卖浆者语耶！昔在京中，林琴南与陈独秀争，吾固不直琴南也。若吾子言，桐城固白话文学之先驱矣。"④从永朴文的通俗自然和接近口语，可见其有所变革，正向白话文学过渡的轨迹。

永朴的《文学研究法》是对方苞、刘大櫆、姚鼐等桐城前辈文论的系统综述。全书共25篇，内容多搜集前人相关的语录，以证明桐城文论为古文正宗。有人曾给此书以很高评价，赞其"博综群书，钩提玄要，有宗旨以自名家学，有条贯以启示途辙"。"明文章之利钝，搜录古今作家论文之言，采摭极博，

---

① 王蘧常：《桐城姚仲实教授传》，见姚永朴《文学研究法》卷首，黄山书社1989年12月版。
② 王蘧常：《桐城姚仲实教授传》，见姚永朴《文学研究法》卷首，黄山书社1989年12月版。
③ 钱基博：《现代中国文学史》。
④ 吴常焘：《书姚仲实先生〈文学研究法〉后》，见《文学研究法》卷末，安徽黄山书社1989年12月版。

而出以组织，有剖析，有综合，洞明得失，极有经纬。"①甚至认为它"考镜源流，平章得失，自成体系，上与《文心雕龙》比美"②。

其实，此书主要是按25篇分别搜录前人相关的语录，除了证明义法、神理、格律、气味、声色、刚柔、奇正、雅俗、繁简等桐城先辈的文学主张外，极少有作者自己的论述，更无创见可言。有的语录显然相互矛盾，如在《繁简》篇中，既引"顾亭林《日知录》云：'辞主乎达，不论其繁与简也。繁简之论兴而文亡矣'"。又引方苞《与程若韩书》云："夫文未有繁而能工者，如煎金锡，粗矿去，然后黑浊之气竭而光润生。"前者是根本反对有"繁简之论"，后者则尚"简"而斥"繁"。两家的观点截然不同，而作者只是引录，却丝毫未加辨析，仅说"以上诸家所论，虽专主叙事言之，然观其所以营度之者，即议论之文，亦可隅反矣"。如此回避矛盾，又岂能谈得上是"有分析，有综合，洞明得失"或"平章得失"呢？更值得注意的是，作者在此书中所"启示"的"途辙"，是越古越好的文学历史倒退论，所谓"今综而观之，虽历代英才，应运而出，然元、明、清文学逊于宋，宋逊于唐，唐逊于周、秦、两汉"③。他所说的"文学"，仅限于正统的诗文，小说不仅被排斥在文学之外，而且公然被攻击为："情钟儿女，入于邪淫；事托鬼狐，邻于诞妄，又其甚者，以恩怨爱憎之故，而以忠为奸，以佞为圣，谀之则颂功德，诋之则发阴私，伤风败俗，为害甚大，且其辞纵新颖可喜，而终不免纤佻。"④因此，此书虽有分门别类搜录前人文论语录之功，也不乏可取的真知灼见，但总的来看，它既没有什么新的理论开拓，又难免给人以复古、守旧、陈腐的感觉。这是封建时代已经没落和桐城古文日薄西山，如此踯躅徘徊于古人樊篱的文论，再也不可能有新的活力的必然表现。

---

① 钱基博：《现代中国文学史》。
② 吴孟复：《桐城文派述论》，安徽教育出版社1992年5月版，第180页。
③ 姚永朴：《文学研究法》，黄山书社1989年12月版，第55页。
④ 姚永朴：《文学研究法》，黄山书社1989年12月版，第20页。

（三）为桐城文颓废而"太息不止"的姚永概

姚永概（1866—1923），字叔节，号幸孙，安徽桐城人，与胞兄永朴齐名，世称"二姚"。曾师事吴汝纶、张裕钊，受古文法。光绪戊子（1888）举人，屡试礼部不第，遂绝意仕进。曾被选授太平县教谕，举博学鸿儒，皆不就。入民国，总理段祺瑞以高等顾问官聘，总统徐世昌招入晚晴簃选诗，他皆拒绝，笑曰："吾如处女，少不字，老乃字耶！"毕生殚心于教育，曾任安徽高等学堂教务长，旋改师范学堂监督，后受聘为北京大学文科学长，正志学校教务长。《清史》馆成立，受聘为纂修。主持撰写《名臣传》。1923年，护送其兄永朴老病归里，而他自己却不幸遽卒于桐城。馆长赵尚书闻而啼曰："今海内学人，求如二姚者，岂易得乎？"[①]可见其名重当世。著有《慎宜轩诗集·文集》各8卷。

永概的思想是爱国的。他在《送刘葆良观察树屏之上海兼问夏穗卿曾佑》诗中说："人才新旧将谁恃，国病膏肓敢望痊。"[②]可见他办教育、兴人才，是出于爱国、救国。他对外国帝国主义的入侵，弱肉强食，危及国家民族的存亡，甚感忧虑和愤恨。对于严复翻译介绍西方自然科学和社会科学，他也给予热情赞颂：

> 先生老矣心犹壮，落笔能传异域书。
>
> 欲发天声通国教，肯巢遗籍向空虚。
>
> 相逢已过此生半，深语宁嫌识面初。
>
> 淮泗古来豪侠窟，风云今日定何如。
>
> ——《慎宜轩诗集》卷4，《赠严幼陵复即送其赴伦敦》

---

① 以上据姚永朴《叔弟行略》、马其昶《姚君叔节墓志铭》，刊于《慎宜轩诗集》卷首。

② 姚永概：《慎宜轩诗集》卷4。

说明他是赞同引进西学，改造中学，对挽救国家民族危亡充满希望的。

永概论文强调"性情之真"①。

他跟林纾特别气味相投，主要由于他们都同样嗜好桐城古文，以"性情真古人也"自居。所以，永概说："畏庐长余十四年，弟视余，余亦以兄视之。每有所作，辄出相示，速复而不厌，故余知畏庐深，其性情真古人也。畏庐名重当世，文集已印行者售至六千部之多，虽取法韩柳而其真仍不可掩阙。一日手巨帙示余，乃所编续集也。曰：'吾两人志业颇同，序吾文者必子。'余发读竟夕，太息不止。私念畏庐与余生际今日，五六十年来所闻见多古人所未尝有，区区抱孤旨于京师尘壒之中，引迹自远，虽颓废而不悔，然则畏庐文集之序不属我而谁属也。"②而林纾则说："古文一道，既得通伯，复得叔节，吾道庶几不孤乎！因乐为之序而归之。"③由此可见，桐城派已衰落到何等孤寂的地步，仅剩下二三同好"虽颓废而不悔"，但也不能不"太息不止"了。不同的是，永概不赞成林纾为捍卫桐城派的正宗地位而任气好辩。因此，他没有像林纾那样充当反对白话文的急先锋，而只是跟林纾相濡以沫；不顾时代的变化——所谓"五六十年来所闻见多古人所未尝有"，而仍坚持"区区抱孤旨于京师尘壒之中"，这正是桐城派末代传人的共同悲剧。

---

① 林纾：《畏庐三集》，《〈慎宜轩文集〉序》。
② 姚永概：《〈畏庐续集〉序》。
③ 林纾：《〈慎宜轩文集〉序》。

第十章　桐城派的历史地位及近百年来对它的评论

桐城派是我国文学史上作家最多、历时最长、影响最大的文派。尽管历来人们对它褒贬不一，但都不否认这个历史事实。因此，严格从历史事实出发，坚持实事求是的原则，摒弃任何主观成见，重在客观事实的表述、辨析和澄清，这是我们得出科学结论、达成共识的唯一正确的选择，也是笔者写作的宗旨。

一、应运而生，历史必然

桐城派的产生和兴盛，不可能只是取决于少数人的主观意志，起决定性作用的，还是由于当时特定的历史背景和客观需求，有其产生和兴盛的历史必然性。如同万物生长，必有其适宜的种子、土壤和气候一样。

桐城派的产生，是对明代"空疏不学"的文风的反拨。明代文学固然成绩斐然，但"空疏不学"毕竟是"明代文人的通病"[①]。例如，主张"文必秦汉"的前后七子，使模拟之风大为盛行，使古文创作"摹拟剽贼，日就窠臼"，"故作聱牙，以艰深文其浅易"[②]。为此，明末清初的顾炎武指出："近代文章之病，全在摹仿，即使逼肖古人，已非极诣，况遗其神理而得其皮毛者乎？"[③]清初

---

① 郭绍虞：《中国文学批评史》，第 5 页。
② 《四库全书总目提要·空同集提要》。
③ 顾炎武：《日知录》。

古文家魏禧也说："今天下治古文者众矣，好古者株守古人之法，而中一无所有，其弊为优孟衣冠。"①桐城派的兴起，正是出于反拨这种"优孟衣冠"式的"摹仿"之风的需要，如戴名世强调"迄于天启、崇祯之间，文风坏乱，虽有一二巨公竭力撑拄，而文妖叠出，波荡后生，卒不能禁止"②。他们"拘牵规矩，依傍前人，曰：'吾学某，吾能似某。'寸寸而比之，铢铢而守之，然而未尝似也，即一一似之，而我之为我者尽亡矣"③。方苞亦指出："始学而求古学典，必流为明七子之伪体。……而妄摹其字句，则徒精神于蹇浅耳。"④为扭转"文风坏乱""文妖叠出"的颓势，"方苞姚鼐之徒，尸程朱之传，仿欧曾之法，治古文辞，号曰宋学，明于呼应顿挫，谙于转折波澜，自谓因文见道，别树一帜，海内人士，翕然宗之，至谓天下文章，莫大于桐城"⑤。就成了顺应文学发展的需要。

桐城派的兴起，又是反对时文、振兴古文的需要。明清两代统治者都推行以时文八股科举取士的制度，这对古文的发展带来了极大的冲击。恰如明末黄宗羲所指出的："三百年人士之精神，专注于场屋之业，割其余以为古文，其不能尽如前代之盛者，无足怪也。"⑥戴名世则更进一步地以古文与时文相对立，他说："自科举取士而有所谓时文之说，于是乎古文乃亡。"⑦他斥责："时文之法者陋矣，谬然而不通于理，腐烂而不适于用。"⑧他大声疾呼："吾今以古文救之！"⑨他要与"好古笃学之君子"一起，"相与振兴古文，一洗

---

① 魏禧：《宗子发文集序》。
② 《戴名世集》，中华书局1986年版，第106页。
③ 《戴名世集》，中华书局1986年版，第58页。
④ 《方苞集》，上海古籍出版社1983年版，第614页。
⑤ 胡蕴玉：《中国文学史序》，《南社》第8集。
⑥ 黄宗羲：《明文案序》。
⑦ 《戴名世集》，第88页。
⑧ 《戴名世集》，第89页。
⑨ 《戴名世集》，第89页。

时文之法之陋"①。这不只是他个人的好恶，而是反映了那个时代的呼声。因为它不仅是出于"振兴古文"的需要，而且关系到整个国家的兴亡和社会的进步。鉴于历史的经验教训，戴名世对时文科举的危害看得很透辟，他曾尖锐地指出："二百余年以来，上之所以宠进士，与进士之光荣而自得者，可不谓至乎，然而卒亡明者进士也。自其为诸生，于天人性命、礼乐制度、经史百家，茫焉不知为何事。及其成进士为达官，座主、门生、同年、故旧，纠合蟠结，相倚为声势，以蠹国家而取富贵。当此之时，岂无有志之士，振奇之人，可以出而有为于世？乃科目既废，而偃蹇抑塞，见屈于场屋之中，徒幽忧隐痛，行吟于荒山虚市而无可如何。"为此，他不禁"抱千秋之恨"，"掩卷而三叹也"②。正是基于这种强烈的爱国情感，他才发出了"振兴古文"的呼唤。其具有历史的进步性，当无可置疑。

桐城派的兴盛，又是对宋学家以语录为文、汉学家以考据为文扬长避短、有所发展的必然结果。诚如刘师培《论近世文学之变迁》所指出的："至宋儒立义理之名，然后以语录为文，而语多鄙倍。至近儒立考据之名，然后以注疏为文，而文无性灵。夫以语录为文，可宣于口，而不可笔之于书，以其多方言俚语也。以注疏为文，可笔于书，而不可宣之于口，以其无抗堕抑扬也。综此二派，咸不可目之文。"③这两派都是重道轻文，甚至把文与道完全对立起来，宣称"作文害道"④。这对文学的发展无疑地带来了有害的影响。而桐城派作家则十分重视"文"的相对独立性和特殊要求，如方苞指出："南宋元明以来，古文义法不讲久矣。吴越间遗老尤放恣，或杂小说，或沿翰林旧体，无雅洁者。"⑤刘大櫆也强调："孔门贤杰甚众，而文学独称子游、子夏。可见自古文字相传，

---

① 《戴名世集》，第89页。
② 《戴名世集》，第58页。
③ 刘师培：《刘申叔先生遗书·左盦外集》卷13。
④ 程颐：《二程遗书》卷18。
⑤ 见沈廷芳《望溪先生传书后》引。

另有个能事在。"①姚鼐则针对"矜考据者每窒于文词，美才藻者或疏于稽古，士之病是久矣"②，而强调"以能兼长者为贵"，既不排斥考证，更不轻视义理、文章。在他看来，"夫以考证断者，利以应敌，使护之者不能出一词。然使学者意会神得，觉犁然当乎人心者，反更在义理、文章之事也"③。如果说方苞的"义法"说，是解决了文章的内容与形式统一的问题，那么，姚鼐的三者兼长相济说，则进一步提出了学问与文章相结合的要求，为文学的发展既奠定了坚实的基础，又开辟了更为广阔的道路。桐城派的壮大和兴盛，以及桐城派旗号的正式打出，并被人们公认为"正宗"，皆出于姚鼐生活的乾嘉时期，这绝不是偶然的，而是因为它标志着清代独具集大成特色的散文业已发展到成熟的阶段。

因此，无论跟"空疏不学""全在摹仿"的明文相比，还是跟统治者所提倡的科举时文相此，或者跟宋学家的"以语录为文"、汉学家的"以注疏为文"相比，桐城派古文都是个历史性的进步。尽管桐城派古文的总体成就远逊于先秦诸子和唐宋八大家，但是它毕竟是继承了他们的优秀传统又有新的发展，作出了使清代散文"亦足于汉唐宋明之外，别树一宗"④的历史贡献。

二、别树一宗，经验可贵

桐城派古文为什么会使清代散文"别树一宗"，取得历史性的进步呢？有人把它归结为清代的文化政策，或传统势力的影响。其实，清代文化政策支持力度最大的并不是桐城派，而是八股时文；传统势力最大的也不是桐城派，而是主张复古的秦汉派、唐宋派。它们却没有取得像桐城派那样显赫的地位。可

---

① 刘大櫆：《论文偶记》之 5。
② 姚鼐：《惜抱轩诗文集》，上海古籍出版社 1992 年版，第 55 页。
③ 姚鼐：《惜抱轩诗文集》，上海古籍出版社 1992 年版，第 251 页。
④ 《清史稿·文苑传》。

见文化政策和传统势力即使有所影响，也只是"外因"，起决定性作用的，还在于桐城派的创作和理论本身具有一定的合理性和科学性。

首先，它对中国文学发展的历史经验，既全面继承，集其大成，又根据时代的需要和作家的个性，有所创造。文学的发展，既有其历史的继承性，又必须有各个时代和作家个人的独创性。单纯地摹拟前人，或完全抛弃传统，都是没有出路的。桐城派即总结和汲取了这个历史的经验教训，它既不是专学秦汉，也不是只学唐宋，更不是只求神韵，或只要独抒性灵，而是主张全面继承。例如，戴名世指出："文章之道，未有不纵横百家而能成一家之文者也。"①方苞也要求"兼收众美"②，"皆以发明义理，清真古雅，言必有物为宗"③。他的文章被称为是"继韩、欧之轨迹，而运以《左》《史》义法，所发挥推阐，皆从检身之切，观物之深而得之"④。也就是说，他不只继承韩、欧、《左》、《史》，还从自己的时代出发，"检身""观物"，进行独创。

桐城派即使对本派的宗师也不是一味效法，而是要求因人而异，充分发挥个人风格的独创性和多样性，如《清史稿·刘大櫆传》说："大櫆虽游方苞之门，所为文迥各殊。苞盖择取义理于经，所得于文者义法。大櫆并古人神气音节得之。兼集《庄》《骚》《左》《史》、韩、柳、欧、苏之长，其气肆，其才雄，其波澜壮阔。"⑤姚鼐更是十分强调一个"兼"字，他说："一途之中，歧分而为众家，遂至于百十家，同一家矣，而人之才性偏胜，所取之径域，又有能有不能焉。凡执其所能为，而呲其所不为者，皆陋也，必兼收之乃足为善。"⑥

既兼收众长，集其大成，又有自己的创造，这是桐城派文学创作和理论主

---

① 《戴名世集》，第 19 页。
② 《方苞集》，第 580 页。
③ 《方苞集》，第 587 页。
④ 程韷：《方苞文集序》。
⑤ 《刘大櫆集》，上海古籍出版社 1990 年版，第 626 页。
⑥ 《惜抱轩诗文集》，第 105 页。

张之所以有生命力的一条重要经验，也是整个清代散文取得"别树一宗"成就的根本原因。例如，清末著名学者黄人所说："矧今朝文治，轶迈前古，撰著之盛，尤奄有众长。……集周、秦、汉、魏、唐、宋、元、明之大成，合性理、训诂、考据、词章而同化。故康、雍之文醇而肆，乾、嘉之文博而精，与古为新，无美不具，盖如日星之中，得华夏之气者焉。"①其间，居于清代文学正宗地位的桐城派，所起的举足轻重的作用至为明显。

其次，由清初顾炎武等所倡导，由乾嘉考据学派所身体力行的言必有据、实事求是的学风，成为清代的学术主潮。恰如梁启超在《中国近三百年学术史》中所说的："这个时代的学术主潮是：厌倦主观的冥想而倾向于客观的考察，无论何方面之学术，都有这样趋势。"②桐城派虽然有严重的封建正统思想和复古倾向，但是他们的文学创作和理论主张，也都深受清代这个学术主潮的影响，具有关心国家、人民命运，追求"自然生成"，坚持写实的特点。有人以桐城派的创作旨在"阐道翼教"，而一概斥之为"封建说教"。其实，他们所说的"道"，不只确有封建之道的主观说教，还有追求天地自然之道的客观写实成分。例如，他们把"天地之道"视为"文章之原""文章之美"③的根本，这跟说客观现实生活是文学创作的源泉，岂不是相通的么？

坚持写实，追求"自然生成"的艺术风格，这正是桐城派的文学创作生命力的源泉所在。例如，方苞提出，写人物传记，"所载之事，必与其人之规模相称"④。姚鼐也声称他为人写墓志是"书其实"⑤，谴责八股时文"文具无实"。他赞赏的是"文章之境，莫佳于平淡，措语遣意，有若自然生成者"⑥。他们

① 黄人：《国朝文汇序》，《南社》第11集。
② 梁启超：《饮冰室专集》之75。
③ 《惜抱轩诗文集》，第48页。
④ 《方苞集》，第136页。
⑤ 《惜抱轩诗文集》，第327页。
⑥ 《惜抱轩诗文集》，第289页。

既富有求实的精神，又追求平淡自然的意境，为提高散文创作的水平而殚精竭虑，孜孜以求，"朝为而夕复，捐嗜舍欲，虽蒙流俗讪笑而不耻"①，贡献了毕生的心血，也确实写了一些好作品，如方苞的《左忠毅公逸事》《狱中杂记》，姚鼐的《袁随园君墓志铭（并序）》《登泰山记》，等等，至今仍被列入大中学校教材，堪称脍炙人口、流传不朽的佳作。

再次，桐城派强调个"变"字，说："为文章者""有所变而后大"②。他们虽然主张学习古人，但并不一味崇拜古人，而是力求要适应自己时代的需要。用姚鼐的话来说："古人不能无待于今，今人亦不能无待于后世，此万世公理也。"③他还指出：文章语言的"声色之美，因乎意与气而时变者也，是安得有定法哉"④！可见桐城派从来不是个封闭的系统，而是个开放的系统，它之所以能成为我国文学史上经历时间最长的文派，跟它能适应时代的变化而变化是分不开的。当鸦片战争前后，我国的封建社会向半封建半殖民地社会急剧变化，姚鼐的著名弟子梅曾亮即强调："文章之事，莫大乎因时。"⑤"岂独其词之不可袭哉，夫古今之理势固有大同者矣，其为运会所移，人事所推演，而变易日新者，不可穷极也。执古今之同而概其异，虽于词无所假者，其言亦已陈矣。"⑥他要求"文之随时而变"，"通时合变，不随俗为陈言"⑦。为此，他们不仅写了主张禁烟、揭露投降派、歌颂抗击侵略的民族英雄的文章，而且他们中有的人（如姚莹）还身先士卒，成了屡次击败侵略者的民族英雄。以曾国藩为首的晚期桐城派，也强调"文章与世变相因"⑧，突出经世济民，虽然

---

① 《惜抱轩诗文集》，第 89 页。
② 《惜抱轩诗文集》，第 114 页。
③ 《惜抱轩诗文集》，第 60 页。
④ 《惜抱轩诗文集》，第 85 页。
⑤ 梅曾亮：《柏枧山房文集·答朱丹木书》。
⑥ 梅曾亮：《柏枧山房文集·答朱丹木书》。
⑦ 梅曾亮：《柏枧山房文集·覆上汪尚书书》。
⑧ 曾国藩：《欧阳生文集序》。

是为了挽救封建社会的没落，但他们中有的人如郭嵩焘、吴汝纶、严复、林纾，以古文介绍西方资产阶级的先进思想和文学作品，对于推动中国资产阶级改良主义思潮的发展，对于桐城派的持续存在，其积极作用亦不可全部抹杀。

当然我们也必须指出，桐城派的所谓"变"，只限于量变。在他们看来，"桐城诸老所讲之义法，虽百世不能易也"[①]。所以当"五四"运动要求社会发生质变，并要以白话文代替文言文之时，他们就成了阻挡时代前进的顽固的反对派了。

尽管桐城派早已成为历史的陈迹，但是，桐城派对我国整个文化遗产的继承，能够在集大成的同时有所创造，积极接受清代学术思潮的影响，而坚持写实，追求平淡自然的艺术风格，强调为文章者"有所变而后大"，这些作为文学流派乃至整个文学发展的历史经验，还是颇可宝贵的，对于我们今天文学的发展，仍有其借鉴作用。

三、终于衰亡，教训可鉴

我们肯定桐城派的历史地位，总结桐城派持续兴盛的历史经验，是为了尊重历史事实，批判地继承和借鉴其中所蕴含的我们民族优秀的文化传统，而绝不是要回护桐城派的局限性，更不是要挽救它被打倒的历史命运。

历史经验证明，任何文学流派总是有兴盛即必有衰亡。如同自然界，有"繁花似锦"之时，便终有"落红成阵"之日。我们既不能因为它们最终遭到衰亡的历史命运，即一笔抹杀它们曾经有过的辉煌历史，也不应因为它们有值得肯定的历史地位和历史经验，即对它们存在的局限性和必然衰亡的历史教训，也一概予以美化、掩饰或等闲视之。正确的态度，是要给予实事求是的全面的科学的分析，还其历史真面目，并从中得出于我们今天有益的认识。

---

① 薛福成：《寄龛文存序》，《庸庵文外编》卷2。

首先，我们对古代优秀的文化遗产是需要继承的，但继承的目的不是为了复古，而是为了创新。桐城派中的有识之士，虽然也提出过要防止"好古而失之愚"①，但是他们的基本思想倾向却是属于封建正统的、复古的、保守的。他们笃信程朱理学，不但看不到其阻碍社会进步的一面，而且还往往站在捍卫程朱理学的立场上，对时代进步潮流予以诋毁和攻击。例如，方苞指责说："不出于圣人之经，皆非学也。"②姚鼐说："程朱犹吾父师也。"谁要"诋毁之，讪笑之，是诋讪父师也"③。由于他们站在维护以程朱理学为代表的封建主义思想一边，所以便得到了封建统治者的支持。尽管桐城派作为文学流派，它主要地不是直接地、正面地宣扬程朱理学，而是揭示当时的社会现实如何世风日下，道德沦丧，因此他们被称为"平生以道自重，不苟随流俗，故或病其迂，或患其简，且多谤之者"④，把他们说成是跟封建统治者一鼻孔出气，是言过其实，不符合他们的作品实际的；但是他们的封建正统性和保守性，又确实与时代进步思潮相悖。当封建社会面临急剧衰落乃至最后灭亡的时刻，建立在封建正统思想和封建社会基础之上的桐城派，必然也要急剧衰落，并随着封建社会的覆灭而消亡，这是符合一代又一代之文学的客观规律的。

其次，我们在指出桐城派总结我国历代古文的创作经验，集其大成，提出义法说，神气说，义理、考证、文章三者兼长相济说，阳刚阴柔的风格说，对于提高古代散文的艺术质量，推动我国古代散文的发展，具有积极作用，其理论贡献和历史价值应予肯定的同时，还必须看到，从刘大櫆注重字句音节、姚鼐强调格律声色，桐城派主要作家已有向形式主义、神秘主义逆转的倾向，到林纾的《春觉斋论文》提出"应知八则""论文十六忌""用笔八则""用字

① 《刘大櫆集》，第38页。
② 《方苞集》，第175页。
③ 《惜抱轩诗文集》，第102页。
④ 《方苞集》，第903页。

四法"，这一套规定，便使桐城派古文愈来愈僵化，愈来愈陷入形式主义的泥潭而丧失其新鲜活泼的艺术生命力。连林纾本人也哀叹："呜呼！古文之弊久矣！大老之信而不蹙者，立格树表，俾学者望表赴格，而求其合度。"①可见不待"五四"运动把它打倒，桐城派自身亦早已在走向衰亡，这是任何文学流派一旦滑进形式主义泥潭的必然下场。

最后，反对以口语入文，使文言与口语严重脱节，这是桐城派最终必然衰亡的又一致命的病根。鲁迅说，作家应"将活人的唇舌作为源泉"②，"从活人的嘴上采取有生命的词汇"③。桐城派的主张则与此恰恰相反，如方苞《答程夔州书》说："岂惟佛说，即宋五子讲学口语，亦不宜入散体文。"④沈廷芳的《望溪先生传书后》引方苞语称："古文中不可入语录中语，魏晋六朝人藻丽俳语，汉赋中板重字眼，诗歌中隽语，南北史佻巧语。"由于反对以口语入文，这就使桐城派的文章终究显得缺乏新鲜活泼的勃勃生机，连林纾也认为："望溪质而不灵，故木然有死气。"⑤不仅如此，更重要的是由于古文与人民大众的口语相距太远，这就势必使文学远离人民，成为无源之水、无本之木。所以，"五四"这个中国历史上空前伟大的文学革命，要以白话文取代文言文，不只是桐城派，而且一切文言文皆要为白话文所取代。这既是社会发展的需要，也是文学自身发展的必然。

但是，我们是否应因此而把白话文与古文完全对立起来呢？"古文者白话之根柢，无古文安有白话！"⑥林纾的这个见解，并非纯属荒谬。出身于桐城书香门第，从小做过15年古文的朱光潜，对此深有体会。当"五四"运动兴

---

① 林纾：《送文科毕业诸学士序》，《民权素》第13期。
② 鲁迅：《写在〈坟〉的后面》。
③ 鲁迅：《且介亭杂文二集·人生识字糊涂始》。
④ 《方苞集》，第166页。
⑤ 林纾：《论古文白话之消长》，《文艺丛刊》。
⑥ 林纾：《论古文白话之消长》，《文艺丛刊》。

起时，他说他"好比一个商人，库里藏着多年辛苦积蓄起来的一大堆钞票，方自以为富足，一夜睡过来，满市人都喧传那些钞票不能兑现，一文不值。你想我心里服不服？尤其是文言文要改成白话文一点于我更有切肤之痛"①。后来他也成了写白话文的高手，他说："开始做白话文，最初好比放小脚，裹布虽然扯开，走起路来终有些不自在；后来小脚逐渐变成天足，用小脚曾走过路，改用天足特别显得轻快，发现以前小脚走路的训练工夫，也并不算白费。"②他认为"现代语文是由过去语文蜕化出来，所以了解文言文对于运用白话还是有极大的帮助"③。"想做好白话文，读若干上品的文言文或且十分必要。现在白话文的作者当推胡适之、吴稚晖、周作人、鲁迅诸先生，而这几位先生的白话文都有得力于古文的处所。"④因此，我们既要高度评价"五四"运动以白话文代替文言文的伟大功绩，又不能完全抹杀桐城派古文过去乃至现在对我国文学发展所已经和将可能起到的积极作用，它有其不朽的文学价值。这两者并非截然对立，而是对立的统一，辩证的发展。

四、百年评论，亟待明辨

本世纪的桐城派评论，大致可分为四个时期：（1）资产阶级改良主义和辛亥革命时期；（2）"五四"运动及三四十年代；（3）中华人民共和国成立后五六十年代；（4）"文革"后八十年代以来。

资产阶级改良主义和辛亥革命时期，对桐城派的评论虽基本上持肯定的态度，但桐城派的"正宗"地位已有所动摇。

---

① 《朱光潜全集》第三卷，安徽教育出版社 1987 年版，第 444 页。
② 《朱光潜全集》第三卷，第 445 页。
③ 《朱光潜全集》第三卷，第 246 页。
④ 《朱光潜全集》第八卷，第 192 页。

虽然胡适批评改良派"谭嗣同、康有为、梁启超都是桐城的变种"[①]，但改良派批评"桐城"的声音毕竟动摇了桐城派的"正宗"地位；他们创造的所谓"新文体"，已成为向白话文过渡的桥梁，如梁启超批评桐城派："以文而论，因袭矫揉，无所取材；以学而论，则奖空疏，阙创获，无益于社会。"[②]事物的发展，总是由量变到质变的，如果没有从桐城派古文到改良派的"新文体"量变，也就很难有"五四"由白话文完全取代文言文的"质"变。

辛亥革命派在对待桐城派问题上并不比改良派进步，如章炳麟，"他并不反对桐城派的古文，他的《菿汉微言》有一段说：'问桐城义法何其隘邪？答曰：此在今日，亦为有用。何在？明末猥杂佻侻之文雾塞一世，方氏起而廓清之。自是以后，异端已息，可以不言流派矣。乃至今日而明末之风复作，报章小说，人奉为宗。幸其流派未亡，相存纲纪，学者守此，不至堕入下流，故可取也。若谛言之，文足达意，远于鄙倍，可也。有物有则，雅驯近古，是亦足矣。派别安足论？'但他自己论文，却主张回到魏、晋"[③]。

由邓实主编，以章炳麟等为主要撰稿人的《国粹学报》，是"以鼓吹革命为己任的"[④]，他们对"文自唐、诗自宋皆所不满"，对末期桐城派的"句摹字剽"，"若填匡格，不敢稍溢一语，谓之谨守桐城家法"，更为痛惜，但他们终究跳不出古文的传统格局，只宣称"专为救弊而发，且正告之曰：古文无义法，多读古书，则文自寓法；古文无派，于古有承者，皆谓之派。期无负于古人斯已矣，于桐城何尊焉，于桐城又何病焉"[⑤]？这种恪守古文传统，对桐城派既不"尊"也不"病"的态度，大概就是中国资产阶级革命的妥协性和软弱性的表现吧。

"五四"运动及三四十年代，对桐城派基本上是全盘否定的，但也有人作

---

① 《胡适古典文学研究论集》，上海古籍出版社 1988 年版，第 109 页。
② 梁启超：《清代学术概论》。
③ 胡适：《五十年来中国之文学》，《胡适文存》二集卷 2。
④ 陈柱：《中国散文史》，商务印书馆 1937 年版。
⑤ 李详：《论桐城派》，《国粹学报》第 49 期。

了比较客观、公正的评价。

陈独秀的《文学革命论》，不仅对桐城派，而且对整个古典文学，都采取了全盘否定的态度。他把"明之前后七子及八家文派之归、方、刘、姚"，同斥为"十八妖魔辈"，把"归、方、刘、姚之文"，说成"其伎俩惟在仿古欺人，真无一字有存在之价值"。又说："所谓'桐城派'者，八家与八股之混合体也。""直与八股之所谓代圣贤立言同一鼻孔出气。"宣称："凡属贵族文学、古典文学、山林文学，均在排斥之列。"①在答胡适的信中，他宣告："改良中国文学当以白话为文学正宗之说，其是非甚明，必不容反对者有讨论之余地。"②

钱玄同也赞成陈独秀的观点，他把桐城派斥为"谬种""文妖"，说："自仆观之，此辈所撰，皆'高等八股'耳（此尚是客气话，据实言之，直当云'变形之八股'）。""语录以白话说理，词曲以白话为美文，此为文章之进化，实今后言文一致之起点。此等白话文章，其价值远在所谓'桐城派之文'、'江西派之诗'之上。此蒙所深信而不疑者也。"③

陈独秀、钱玄同等人对桐城派的批判，打破了以古文为"宇宙古今之至美"的迷梦，以白话文代替了古文正统，为建立"活的文学""人的文学"扫清了障碍。这是"五四"运动光辉灿烂、永垂青史、划时代的伟大功绩之一。但是，诚如毛泽东所指出的："'五四'运动本身也是有缺点的。那时的许多领导人物，还没有马克思主义的批判精神，他们使用的方法，一般地还是资产阶级的方法，即形式主义的方法。……没有历史唯物主义的批判精神，所谓坏就是绝对的坏，一切皆坏；所谓好就是绝对的好，一切皆好。"④陈独秀、钱玄同对

---

① 陈独秀：《文学革命论》，《新青年》二卷6号（1917年2月）。
② 陈独秀：《答胡适》。
③ 钱玄同：《寄陈独秀》。
④ 毛泽东：《反对党八股》，《毛泽东选集》第三卷，第831—832页。

桐城派乃至整个古典文学的全盘否定，就是这个缺点的典型例证之一。他们不懂得"中国现时的新文化也是从古代的旧文化发展而来的，因此，我们必须尊重自己的历史，决不能割断历史"①。

"五四"前后竭力维护桐城派的，主要代表人物为林纾。他在 1915 年 12 月《民权素》上发表的《桐城派古文说》，仍把桐城派视为"古文之止境也"。他在《春觉斋论文》中，还斥责"后生小子，胡敢妄辟桐城！然论文不能不取法乎上。须知桐城之文不弱也，以柔筋脆骨者效之，则弱矣"②。在为姚叔节作的《慎宜轩文集序》中，他更把反对桐城派者斥为"妄庸巨子"③。但从他的上述言论中亦可见，他所维护的"古文之止境"，名为强调义法、意境、神、韵、味，而实则是要"得圣人立言之旨""不轶于伦常以外"，其维护封建主义的顽固立场，可谓昭然若揭。

"五四"时期对桐城派也并非全然否定，胡适于 1922 年 3 月就发表过比较公允的看法。他说："平心而论，古文学之中，自然要算'古文'（自韩愈至曾国藩以下的古文）是最正当最有用的文体。骈文的弊病不消说了。那些瞧不起唐宋八大家以下的古文的人，妄想回到周、秦、汉、魏，越做越不通，越古越没有用，只替文学界添了一些似通非通的假古董。唐宋八家的古文和桐城派古文的长处，只是他们甘心做通顺清淡的文章，不妄想做假古董。学桐城古文的人，大多数还可以做到一个'通'字；再进一步的，还可以做到应用的文字。故桐城派的中兴，虽然没有什么大贡献，却也没有什么大害处。他们有时自命为'卫道'的圣贤，如方东树的攻击汉学，如林纾的攻击新思潮，那就是中了'文以载道'的话的毒，未免不知分量。但桐城派的影响，使古文做通顺

---

① 毛泽东：《新民主主义论》，《毛泽东选集》第二卷，第 708 页。
② 林纾：《春觉斋论文》，第 46 页。
③ 林纾：《畏庐三集·慎宜轩文集序》。

了，为后来二三十年勉强应用的预备，这一点功劳是不可埋没的。"[1]

胡适的这段话，有三点值得注意：（1）他肯定古文是古文学中"最正当最有用的文体"；（2）他认为桐城派作为"唐宋八家以下的古文"，比那些"妄想回到周、秦、汉、魏，越做越不通，越古越没有用"的"假古董"要好得多；（3）他肯定"桐城派古文的长处"，"是他们甘心做通顺清淡的文章，不妄想做假古董"，有"使古文做通顺了""这一点""不可埋没"的"功劳"。这个评价虽未免粗疏，但可见其求实的精神。胡适虽未直接点谁的名，但是他的上述观点实际上是对"桐城谬种"说以纠正。

写于 1928 年 10 月、出版于 1933 年 12 月的姜书阁《桐城文派评述》，是评述桐城派的缘起、传衍、发展、递变和衰落情形的第一部专著。该书的基本观点，虽然宣称桐城派"对于我们学术上的影响——自然是坏的方面多——非常之大"，作者表白自己"并非'桐城余孽'左袒古文"，但侧重强调的还是"桐城派几于满清相终始。既然如此其久，势力又遍于全国，所以它的历史，与有清一代全部文学史都有关系。研究中国的文学史——尤其是近代的——是不能把它忽略的"。他认为："桐城之文，虽亦复唐宋八家之古，较之明前后七子复周秦两汉之古，则差强，较之骈四俪六之文，则更胜矣。以历史眼光言之，确为些许之改进，或亦由周秦古文及骈俪转为语体必须之阶梯欤！……就桐城派之功罪言，则余谓胡适所评，大体得体。桐城派在同光间一振，经曾国藩之提倡改革，可以勉强应用。于西洋学术，稍稍输入，此种文体，尚足以供其役使。然以之为发挥之工具，犹嫌其不足。殆后康、梁出，更就桐城通顺之基而改造之，遂形成当时风行之报章文字，于新思想之介绍，及革命之成功，不无相当助力。平心思之，不当以其短处而尽抹杀之也。即民国以来，新文学之鼓吹，恐亦非先有此派通顺文章为之过渡，不易直由明末之先秦两汉而一变

---

① 《胡适古典文学研究论集》，第 94、95 页。

成功也；惟过渡太长，为不值耳。"①这种评价是建立在历史事实的基础之上的，显得颇为公允，足以令人信服。

"五四"时期及三四十年代，还有一些关于桐城派的评论文章，其观点，或认同章炳麟、李详的，或呼应钱玄同的，或附和胡适的，皆缺乏自己的创见。

中华人民共和国成立后五六十年代，关于桐城派的评价问题，分歧很大，肯定者有之，而基本否定者则占上风。

首先是王气中在《安徽历史学报》1957年创刊号上，发表《桐城派在中国文学史上的地位和作用》一文，接着李鸿翱又在《光明日报》1961年5月7日、14日，发表《桐城派在社会主义社会有无作用》的长文，皆对桐城派作了较为充分的肯定，认为桐城派"继承了中国以前的文论传统，加以总结、发展，给散文树立了比较系统的理论，这是应该在中国文学史上引起注意的大事"②。"桐城派在内容方面，主张上通于古，下适于今，易言之，就是要求达到古为今用的目的。在形式方面，他们主张所谓有所法而后能，有所变而后大。既有因，又必须有所创。绝不是陷在复古主义的覆辙里，更不是袭用八股文一套方法。"因此，肯定它"在文学主张和写作技巧方面"，在"对钻研古典作品入门方面"，"是有继承价值的"③。郭绍虞在"重行出版"的《中国文学批评史》中则对桐城派作了更为全面、系统、积极的评价。

对桐城派持否定态度的，如刘季高的《评〈桐城派在社会主义社会有无作用〉》一文，断言桐城派古文"在思想内容方面"是"彻头彻尾为清朝封建统治服务的反人民的奴才思想"，"在形式方面"是"力求模仿古人的极端的复古主义者和形式主义者"。"桐城派所起的作用，是妨害了中国古典散文的健康发展，和清王朝妨害了中国封建社会的正常发展一样。除此以外，桐城派是

---

① 姜书阁：《桐城文派评述》，商务印书馆1933年版。
② 王气中：《桐城派在中国文学史上的地位和作用》，《安徽历史学报》1957年创刊号。
③ 李鸿翱：《桐城派在社会主义社会有无作用》，《光明日报》1961年5月7、14日。

再也没有其他重要的作用了。"① 值得注意的是，持这种全盘否定的观点，并非个别人，在六十年代初相继出版的两部权威的《中国文学史》，也皆持基本否定的态度，说："桐城派的古文理论是与清中叶的统治思想相适应的。""特别强调文章的一套形式技巧，是要使传统古文更有效地为封建统治服务。"②"在文章内容上亟力提倡封建正统观念。""他们主张'义理''考据''辞章'合而为一，这虽不能说一无是处，但究其根本是要维护程朱理学的反动思潮的统治地位。""他们的思想基本上是和统治者一鼻孔出气。"③ 这些观点似是受当时思想文化界形而上学之风的影响，因其应合一时环境风气，故影响甚大，致使桐城派研究，长期沉寂，鲜有人敢于问津。

可喜的是，钱仲联于 1962 年第 2 期《文学评论》发表《桐城派古文与时文的关系问题——梦苕盦读书札记》，对历来把桐城古文与时文（八股）混为一谈，斥之为"高等八股"的谬误，作了辨析。他列举大量史料，指出："明清两代著名文人，谁不曾在时文中翻过斛斗以通过科举这道关，何止古文家是如此。方苞固然是时文名家，刘大櫆、姚鼐却不曾以时文能手著称。事实上，桐城古文家的创作实践，与时文是有鸿沟之殊的。"时文与古文虽互有影响，但"影响不能改变不同文体的特性。古文自是古文，时文自是时文，尽管写作上有时会相互沾上一些气息，但写法毕竟殊异。何况这种影响，也不是清代桐城派盛极一时以后才发生"。他还列举方苞《赠淳安方文辀序》指出明代文人，"自少而壮，英华果锐之气，皆敝于时文"，《与熊艺成书》《与章泰占书》感叹时文是"章句无补之学"，力劝其友"绝意于时文"，桐城派古文家吴仲伦《初月楼古文绪论》，把"忌时文"列为"古文文体"的要求之一。据此他断言：桐城派对"时文与古文，界线划得很清楚"。如果说"二者的循环影响，

① 刘季高：《评〈桐城派在社会主义社会有无作用〉》，《安徽大学学报》1961 年第 1 期。
② 游国恩等主编：《中国文学史》第 4 册，人民文学出版社 1964 年版，第 300 页。
③ 中国科学院文学所编：《中国文学史》第 3 册，人民文学出版社 1962 年版，第 1072 页。

主要却在于古文影响时文的一面。古文影响时文，所以提高时文的水准；而时文影响古文，则是降低古文的品格"。也就是说，桐城派主要是以古文来改造时文，而不是把古文降为时文。这实则是对把桐城派古文说成"高等八股"的反驳。

"文革"后八九十年代，随着思想解放、实事求是精神的发扬，对于桐城派的评价，也日趋于合乎实际，原先一些偏颇的观点已经或正在得到纠正，但分歧依然很大。

"文革"后关于桐城派问题的讨论，是首先由周扬提出来的。《江淮论坛》《文学遗产》等刊物，皆相继发表了一些文章。1985 年 11 月上旬，又在安徽桐城县举行了桐城派学术讨论会。会上，王气中指出："'五四'对桐城派的批判是为了冲破古文的藩篱，发展白话文的需要，但对桐城派的评价大部分是不正确的。"[1]钱仲联也说："'五四'对桐城派是否定，我们现在也可以大胆地来个否定之否定。"[2]王镇远的《桐城派》、漆绪邦主编的《中国散文通史》，都不再侧重从政治上，而主要是从文学上给予桐城派以较为公允、客观的评价。而黄保真等人的《中国文学理论史》，在对桐城派的理论主张给予较高评价的同时，却认为桐城派古文是"为清王朝鼓吹休明的文学"，其文论是"以清廷的统治思想为依据，以清廷的文化政策为准绳"[3]的。王献永也坚持认为"尊程朱理学，倡古文义法的桐城文派"，"是以清统治者的政治需要和文化政策为直接依据的"。"桐城文派一开始，便深深地植根于清王朝政治和经济制度的渊源中，它与当时作为政治核心的清政权有着极为密切的关系，十分自觉地服务于封建政治。桐城文派在以后的发展、演变中，不仅自始至终保持着这一特点，而且愈到后来愈发显得突出。他们公然坚持以程朱理学为核心

① 见于 1986 年第 1 期《文学评论》，《桐城派学术讨论会在桐城举行》。
② 见于 1986 年第 1 期《文学评论》，《桐城派学术讨论会在桐城举行》。
③ 黄保真等：《中国文学理论史》第 4 册，北京出版社 1987 年版，第 253、254 页。

的儒家道统为指导思想，以桐城文统为工具，忠心地服务于中国封建社会末代的统治。……其思想、政治倾向，显然是封闭、保守、落后甚至是反动的。但是，我们并不能因此就全然否定他们文学主张方面的科学性。"①他们的基本观点，可谓在思想政治倾向上完全否定，在文学主张方面则有所肯定。

问题在于："尊程朱理学、倡古文义法的桐城文派"，是不是仅"以清统治者的政治需要和文化政策为直接依据的"？笔者认为，钱钟书在《管锥编增订》中的一段话，对此作了很好的回答：

南宋及金人均已标举桐城派之职志。叶适弟子陈耆卿《筼窗集》有吴子良跋云："为文大要有三：主之以理，张之以气，束之以法。筼窗先生挥周、程之旨趣，贯欧、曾之脉络；"刘祁《归潜志》载王郁自撰《王子小传》云："故尝欲为文，取韩、柳之词，程、朱之理，合而为一，方尽天下之妙。"《秋涧先生大全集》卷1《追挽归潜刘先生》亦云："道从伊、洛传心学，文擅韩、欧振古风。"盖欲东家食而西家宿，浑忘苟充周、程之道，则韩、欧辈且无处讨生活。《古文家别集类案》乙案叙录上谓桐城派"尊程、朱如帝天"，而"论文则不敢援朱子"，因引方苞语："学行继程、朱之后，文章在韩、欧之间。"说之曰：分别言之，判若泾渭，固其慎也。夫分别言之，已是二本，大信程、朱之学行矣。

由此可见：（1）桐城派并非只"是以清统治者的政治需要和文化政策为直接依据的"，它主要是对中国古代文学传统的必然继承和发展，否则又怎么会在"南宋及金人均已标举桐城派之职志"呢？（2）桐城派的主张是"学行"与"文章"二元论，虽"尊程朱如帝天"，而"论文则不敢援朱子"。也就是

---

① 王献永：《桐城文派》，中华书局1992年版，第10、128页。

说，他们毕竟是文学家，而跟程、朱等理学家有所不同。

著名文学批评史家郭绍虞也指出："桐城文人之于义理，也不是徒衍宋儒语录为能事；必须适于时，合于用，才尽文之功能。……他们之讲义理，显然又与宋明儒者不同。义理，由桐城之学来讲，也只是一种门面语。"①

上述诸家所论，皆说明桐城派是个文学流派，它所遵循的是文学必须"言有物""言有序"的创作规律，至于程朱理学之类的大道理，不过是他们用来装门面的"一种门面语"罢了。我们既要指出其主观上确有尊崇程朱理学，必须予以批判的一面，又不应把这种"门面语"看得过重，把他们那些多少反映了社会现实内容的文章也一概斥之为"程朱理学的反动思潮"。用方苞的话来说："在文言文，虽功德之崇，不若情辞之动人心目也。"②文学创作要用"情辞"，要具有"动人心目"的艺术魅力。为此，作家就不能不突破其主观思想上的一些理念的束缚，而服从于文学创作的需要。因此，那种只强调文艺从属于政治，甚至把桐城文派与清王朝的政治混为一谈，这既不合乎桐城派的实际，又完全抹杀了文学创作和文学理论自身的特殊规律。

综观近百年来对桐城派的评论，分歧的焦点是：（1）桐城派古文是纯属"妖魔""谬种"，还是属古文中"最正当最有用的文体"；（2）桐城派古文是"高等八股"，还是既以古文改造时文（八股），又"与时文是有鸿沟之殊的"；（3）桐城派古文和文论，"是以清统治者的政治需要和文化政策为直接依据的"，还是对中国文化传统的必然继承与发展；（4）桐城派的实质，是充当程朱理学反动思潮的维护者和传声筒，还是只是以尊崇程朱理学为其"门面语，而或多或少反映了当时的社会现实"？笔者认为，前者的观点失误，后者的观点正确。这些问题，当然还可继续讨论。

---

① 郭绍虞：《中国文学批评史》，上海古籍出版社 1979 年版，第 662 页。
② 《方苞集》，第 181 页。

五、学术思想，务必端正

从对桐城派的评论中所反映出来的，人们在学术思想和研究方法上，有哪些值得注意的问题和应予吸取的经验教训呢？

第一，要从文学自身的主体性出发，坚持实事求是的原则，不能把封建文人与封建统治者、古代文学与封建政治混为一谈，一概斥之为"御用文人""御用文学"。拿桐城派作家来说，他们与当权的封建统治者除了有依附性的一面以外，还有矛盾性的一面。他们所写的作品，在为维护封建统治服务的同时，还有揭露社会矛盾、反映人民疾苦、描写自然风景，对于人们起着认识、教育和美感的作用。虽然他们的基本思想没有超越封建主义的范畴，但他们的作品主要的并不是为封建统治歌功颂德，而是揭示封建社会的现实如何背离封建政治的理想，世俗人心如何违反封建道德的要求。我们既要指出其封建性、保守性的一面，又不能抹杀其对现实不满，力图"济于众""与亿兆同心"，追求个性独立自由的民主性、进步性的一面。何况古代作家主观上的政治理念与道德说教，跟他们的作品实际思想倾向之间，往往是相矛盾的。如同"托尔斯泰是属于俄国上层地主贵族的"[①]，"是一个发狂地笃信基督的地主"[②]，在政治上是个"狂信地鼓吹'不用暴力抵抗邪恶'"的"托尔斯泰主义者"[③]，但这一切并不妨碍他的作品是"俄国革命的镜子"，他"是一位真正伟大的艺术家"[④]。我们绝不是要把桐城派作家抬高到与列夫·托尔斯泰并列的地位，他们有着小丘与大山般的巨大差距。笔者只是认为，我们既然承认"托尔斯泰的作品、观点、学说、学派中的矛盾"，并不妨碍对他的作品作出高度的评价，那么，为

---

① 列宁：《论文学与艺术》第 1 册，人民文学出版社 1960 年版，第 299 页。
② 列宁：《论文学与艺术》第 1 册，人民文学出版社 1960 年版，第 282 页。
③ 列宁：《论文学与艺术》第 1 册，人民文学出版社 1960 年版，第 283 页。
④ 列宁：《论文学与艺术》第 1 册，人民文学出版社 1960 年版，第 281 页。

什么就不能承认桐城派作家作品中的矛盾，而给予适当的评价呢？

第二，要有历史发展的观点，坚持历史唯物主义的原则，既不能以其末流衰落的必然性，来否定其早期兴盛的合理性，更不应以今非古，一笔抹杀其应有的历史地位。桐城派持续达二百余年，它跟任何事物一样，有个从兴盛到衰落的演变过程，岂能一概而论？梁启超即说过："平心论之，桐城开派诸人，本狷洁自好，当汉学全盛时，而奋然与抗，亦可谓有勇，不能以其末流之堕落，归罪于作始。"[①] 胡适也肯定桐城派古文，比之那些"妄想回到周、秦、汉、魏"的"假古董"，"是最正当最有用的文体"。这都是符合历史发展的观点的，可是有人却要以此"说明胡适彻底投降了封建主义"[②]。还有不少人把桐城派的兴盛归结为清代统治者的政治需要和文化政策，这看似坚持了唯物论的反映论，而实则是把封建统治者的主观意志和政策夸大成具有决定性作用的历史唯心论。其实，真正起决定作用的还在于文学自身发展的"内因"，如郭绍虞所指出的："桐城文何以能这样卓然有所成就呢？即因他们所标举的虽是古文，而惩于明代文人强学秦汉之失，不欲袭其面貌，剽其句字，所以宗主唐宋文的目的与作用，又在欲作比较接近口语文字。桐城文之所以能通于古而又适于今者在此。桐城文素以雅洁著称，惟雅故能通于古，惟洁故能适于今。这是桐城文所以能为清代古文中坚的理由。"[③] 可见对古典文学的研究，真正坚持历史唯物主义的观点，是需要对文学本身发展的历史实际作深入的考察，而绝不是庸俗社会学——空洞的政治批判，给古代作家或当代研究者戴政治大帽子所能济于事的。

第三，要有一分为二的辩证观点，坚持从"全人"看"全文"。古代作家作品往往是精华与糟粕交织，进步与局限共存。因此，我们必须从其全部作品

---

① 梁启超：《清代学术概论》。
② 王泽浦：《桐城派发生发展及其衰亡的社会原因》，《天津日报》1962年4月25日。
③ 郭绍虞：《中国文学批评史》，第627、628页。

看其全人，从其全文看其所要表达的主要思想倾向，用一分为二的辩证观点，坚持对具体问题作具体分析，有好说好，有坏说坏。如果只抓住其中的某一点，就得出对其全人或全文的结论，那就难免以偏概全，或差之毫厘，失之千里。例如，姚门四杰之一的方东树（1772—1851），是个终生未仕，靠教书卖文糊口的穷书生。面对帝国主义的侵略，他忧心如焚，提出："君子之言为足以救乎时而已。""必也才当世用，卓乎实能济世。"[①]"盖文无古今，随事以适当时之用而已。"[②]他在提出"救时""济世""适当时之用"等文学主张的同时，还写了《劝戒食鸦片文》《化民正俗对》《病榻罪言》等爱国反帝的文章，其进步意义是显而易见的。有的研究者怎么竟不顾及其全人和全部作品，仅根据他在《汉学商兑》中对汉学的过激言词，即把他定为"反动思想的人物"中"最典型的代表"呢？这显然是以偏概全，有失公允的。

又如，有的研究者把刘大櫆的"理欲观"，说成"与戴震完全一致，而与程朱理学针锋相对"[③]。事实上，在《刘大櫆集》中，有不少歌颂烈女、节妇的文章。连归有光都认为"女嫁而后夫妇之道成，未嫁而欲死其夫，或终不改适，非先王之礼也"[④]。而刘大櫆却认为："近世以来，俗与古异，男女方在襁抱，而父母已为许婚。相许既定，则亦有'从一以终'之道矣。"[⑤]即他不但要已嫁之妇为夫守节，还要未嫁之女也要为未婚夫守节。他写的《江贞女传》《吴贞女传》，皆属歌颂这种为未婚夫而守节至死的，这不就是戴震所斥责的"以理杀人"的典型么？怎么能把刘大櫆的"理欲观"说成"与戴震完全一致"呢？

上述事实说明，我们必须继承和发扬郭绍虞、钱仲联、钱钟书等老一辈大学者扎扎实实做学问的精神，切实克服主观、浮躁等一切错误的学术思想和学

① 皆见于方东树：《仪卫轩文集》。
② 皆见于方东树：《仪卫轩文集》。
③ 吴孟复：《桐城文派述论》，第 74 页。
④ 《刘大櫆集》，第 207 页。
⑤ 《刘大櫆集》，第 206 页。

风。这不只是在对桐城派的认识上，减少无谓的争论，达成更多共识的前提，而且也是我们迎接 21 世纪，提高古典文学研究水平，使之真正达到科学化的必由之路。

（辽宁大学出版社列入"中国古代文学流派研究丛书"，于1999年7月出版）

相关链接

应恢复戴名世桐城派鼻祖的地位

关于桐城派的创始者或代表作家，无论是《清史稿》或者各家编的《中国文学史》《中国文学批评史》，皆不提戴名世，而只说方苞"为古文正宗，号'桐城派'"[①]。"姚鼐继起，其学说盛行于时，尤推服大櫆。世遂称曰：'方、刘、姚。'"[②]"三人皆籍桐城，世传以为'桐城派'。"[③]笔者认为，这种说法并不符合历史事实的全貌，戴名世为桐城派鼻祖的历史地位应该得到恢复和确认。其根据和理由何在呢?

一、戴名世首先竖起了"振兴古文"的大旗

面对明末清初"文风坏乱""文妖迭起"[④]，"自科举取士而有所谓时文之说，于是乎古文乃亡"[⑤]的危急关头，戴名世站出来宣称："吾今以古文救之！"[⑥]他坚信"世有好古笃学之君子，其必以余言为然，相与振兴古文，一洗时文之

---

① 《清史稿·方苞传》。
② 《清史稿·刘大櫆传》。
③ 《清史稿·姚鼐传》。
④ 见《戴名世集》，中华书局 1986 年版，第 106 页。
⑤ 见《戴名世集》，中华书局 1986 年版，第 88 页。
⑥ 见《戴名世集》，中华书局 1986 年版，第 89 页。

法之陋"①。尽管当时"诸生非科举之文不学",而他却坚持要以古文来改造时文,"集学徒,告以文章之源流,而极论俗下文字之非是"②。他揭露当时"文体之坏也,是非工拙,世无能辨别,里巷穷贱无聊之士,皆学为应酬之文,以游诸公贵人之门。然必济之以狡谲谀佞,其文乃得售。不然,虽司马子长、韩愈之复生,世皆熟视之若无睹"③。他斥责那些时文作者"出言吐辞,非鄙则倍,且其所为鄙倍者,又非尽出所自造,而雷同钞袭,大抵老生腐儒之唾余,雄唱雌和,自相夸耀。……当其气满志得之日,而固已臭败而不可近矣"④。因此,他之提出"振兴古文",绝非一时兴致所至,而是出于对当时文坛衰颓形势的清醒认识和作家的历史责任感,使他感到"文章之事与有责焉",欲"与世之学者左提右挈,共维挽风气于日盛也"⑤。

他之提出"振兴古文",不仅是出于文学家的历史责任感,更重要的,还出于政治上的爱国心。他说:"余尝以谓文章者非一家之私事。"⑥他是要"以古之文""明古之道",痛感"余生二十余年,当天下弃学,世所谓学,不过咕咕讽诵,习为科举之业,曰'是乃学'而已,此学之所以废也"。"学之废久矣。呜呼!学以明道也,道以持世也,自学废而道不明,而世如之何其不乱以亡也。"⑦他把"学废而道不明"的责任,直接归咎于封建最高统治者,说:"自孟轲氏而后,学者不绝如线,迨宋兴而诸儒继起,可不谓盛者欤。然皆不幸而穷于世,上无明天子,不克信用而摈斥以老,卒不得出其万一,使当世获儒者之效,世亦由是大坏,积为从古未有之祸。"⑧他决心"使道自吾而大明,

---

① 见《戴名世集》,中华书局1986年版,第89页。
② 见《戴名世集》,中华书局1986年版,第123页。
③ 见《戴名世集》,中华书局1986年版,第293页。
④ 见《戴名世集》,中华书局1986年版,第95页。
⑤ 见《戴名世集》,中华书局1986年版,第107页。
⑥ 见《戴名世集》,中华书局1986年版,第56页。
⑦ 见《戴名世集》,中华书局1986年版,第77、78页。
⑧ 见《戴名世集》,中华书局1986年版,第78页。

即不用亦所以持世于不倾也"①。

正是出于这颗拳拳爱国之心，他不管"当今文章一事贱如粪壤"，"独好此不厌"②，甚至有为此而不惜献身的精神。他曾将自己的文章比喻成"余臾之琵琶"，说："秦淮有余臾者，好琵琶，闻人有工为此技者，不远千里迎致之，学其术。客为琵琶来者，终日坐为满，久之果大工，号南中第一手。然以是倾其产千金，至不能给衣食，乃操琵琶弹于市，乞钱自活，卒无知者，不能救冻馁，遂抱琵琶而饿死于秦淮之涯。今仆之文章乃余臾之琵琶也。"③对于"琵琶成而适以速之死，文章成而适以甚其穷"，他一概置之度外，只要能将"交迫于胸臆"的"人心世道之感，发洩於文辞"，他就深感"颇能自快其志"，如同偿还了负债一样舒畅。④结果，由于他的"古文多愤时嫉俗之作"，⑤"时时著文以自抒湮郁，气逸发不可控御"，使"诸公贵人畏其口，尤忌嫉之"，以致被借口"《南山集》案"⑥，遭杀身之祸。

他一生中除 57 岁考中进士后当了两年的翰林院编修，皆以著文、卖文、教书为生。对于这样一位把毕生精力最后连自己的生命也献给振兴古文事业的桐城派鼻祖，其历史地位，人们怎么能加以抹杀呢？

二、戴名世的古文创作成就在当时是世所公认的

戴名世自称："田有自少学古文。"⑦"不佞自初有知识，即治古文，奉

---

① 见《戴名世集》，中华书局 1986 年版，第 11 页。
② 见《戴名世集》，中华书局 1986 年版，第 11、12 页。
③ 见《戴名世集》，中华书局 1986 年版，第 11 页。
④ 见《戴名世集》，中华书局 1986 年版，第 20 页。
⑤ 见《戴名世集》，中华书局 1986 年版，第 21 页。
⑥ 康熙五十二年（1713 年），戴名世因其所著《南山集》中《与余生书》提到晚明弘光、隆武、永历年号，被清廷以"大逆"罪处死。实际上这是个冤案，梁启超《中国近三百年学术史》已作辨析。
⑦ 见《戴名世集》，中华书局 1986 年版，第 451 页。

子长、退之为宗师。"①他虽然也写过时文，并且"少以时文发名于远近，凡所作，贾人随购而刻之"②。但这恰如与戴名世以"吾友"相称的方苞所断言："此非褐夫之文也。"③他本人也郑重声明："余非时文之徒也。"④他之所以写时文，一是由于生活所迫，"家贫无以养亲，不得已开门授徒，而诸生非科举之文不学，于是始从事于制义"⑤。二是企图以古文来改造时文。他认为"文章风气之衰也，由于区古文时文而二之也"⑥。"然则何以救之？亦救之以古文之法而已矣。"⑦他真正下功夫并取得杰出成就的，还是古文创作。因此，为他编印《南山集》的尤云鹗说："其所为古文较之制义更工且富，于是四方学者购求先生之古文，踵相接也。"⑧他本人也说："余名为能古文，而人之以文来请者不绝。"⑨"傅舟自钱塘以书抵余，盛称余文之美，……必传于后世无疑。"⑩王静斋盛赞戴文"横绝四海"⑪。王源则说："田有古文，同人中予所推服。"⑫朱书更称赞戴名世"余未壮时，语辄工"，"其文之足以不朽，则余固知其与霍山（即天柱山——笔者注）同永无疑也"⑬。这些绝非溢美之词，事实上在他的《南山集》屡遭禁毁之后，仍以《忧患集偶钞》《戴田有全集》《潜虚先生文集》等名目在流传。其生命力，岂不恰"与霍山同永"么？

此外，当时戴名世的周围团结和形成了一个作家群，为桐城文派的创立奠

① 见《戴名世集》，中华书局 1986 年版，第 451 页。
② 见《戴名世集》，中华书局 1986 年版，第 119 页。
③ 见《戴名世集》，中华书局 1986 年版，第 123 页。
④ 见《戴名世集》，中华书局 1986 年版，第 90 页。
⑤ 见《戴名世集》，中华书局 1986 年版，第 89 页。
⑥ 见《戴名世集》，中华书局 1986 年版，第 453 页。
⑦ 见《戴名世集》，中华书局 1986 年版，第 80 页。
⑧ 见《戴名世集》，中华书局 1986 年版，第 119 页。
⑨ 见《戴名世集》，中华书局 1986 年版，第 21 页。
⑩ 见《戴名世集》，中华书局 1986 年版，第 453 页。
⑪ 见《戴名世集》，中华书局 1986 年版，第 73 页。
⑫ 王源：《朱字绿诗序》，见《居业堂文集》卷 14。
⑬ 见《戴名世集》，中华书局 1986 年版，第 118 页。

定了雏型，如他说："余年十七八时，即好交游，集里中秀出之士凡二十人，置酒高会，相与砥砺以名行，商榷文章之事。"① 在他 35 岁到北京后，他又说："余自入太学，居京师及游四方，与诸君子讨论文事，多能辅余所不逮。宗伯韩公折行辈与余交，而深惜余之不遇。同县方百川、灵皋、刘北固，长洲汪武曹，无锡刘言洁，江浦刘大山，德州孙子未，同郡朱字绿，此数人者，好余文特甚。"② 这时他的文章同好，不仅已由铜城扩展到全国一些地区，而且成了众人所"特甚"拥戴的带头羊。这主要因为他既比方苞年长 15 岁，又善集众人之长。诚如他接着所说的："灵皋年少余，而经术湛深，每有所得，必以告余，余往往多推类而得之。言洁好言波澜意度，而武曹精于法律，余之文多折衷于此三人者而后存，今集中所载者是也。"③ 能够博取众长，这正是戴名世之所以成为文坛领袖的重要条件。

桐城派古文为戴名世所创始，这是被后人称为桐城派始祖的方苞也早就确认的。方苞说："余自有知识，所见闻当世之士，学成而并于古人者，无有也。其才之可扳以进于古者，仅得数人，而莫先于褐夫。"④ 褐夫，是戴名世的字。既然方苞都说桐城派古文"莫先于褐夫"，那么，人们又怎么能把桐城派始祖的地位独归方苞，而抹杀"先于"方苞的戴名世的功绩呢？这未免太不公平了！

三、方苞的古文成就与戴名世的栽培分不开

方苞与其兄方百川在金陵城北居住时，跟戴名世家相距很近。戴名世在《方百川稿序》中曾说："顷余家青溪之涯，距二方子四五里而近，时时相过从。"⑤

---

① 见《戴名世集》，中华书局 1986 年版，第 118 页。
② 见《戴名世集》，中华书局 1986 年版，第 451 页。
③ 见《戴名世集》，中华书局 1986 年版，第 51 页。
④ 见《戴名世集》，中华书局 1986 年版，第 51 页。
⑤ 见《戴名世集》，中华书局 1986 年版，第 51 页。

方苞还特地写信给他，说："知吾兄之深者莫如戴子，是宜为文以序之。"①不仅戴名世对方百川、方苞兄弟知之甚深，而且二方子对戴名世的文章也情有独钟。戴名世曾为此而深有感慨地写道："呜呼！余自从事于文章，举世不以为工，独二方子环堵一室，相与咨嗟吟诵，人皆笑之，令又以序方子之文也，适增其笑而已矣。"②方苞也说："潜虚与余生同乡，志同趋。"他在京师，"实与潜虚相待以增气"。当戴名世离京南归奔丧，他即感到："知余志者益希，余岂能郁郁于风沙粪壤中，与时俗之人务为俗薄哉！开口而言，则人以为笑，举足而步，则人以为迂，余亦何乐乎此哉！潜虚之归也，余为道因缘会合之不可常，相与太息，曰：'子即书之以赠吾行。'"为此，他特地为戴名世写了《送宋潜虚南归序》③。戴名世也说，在京师"灵皋与余同县，最亲爱者也"。他们经常在一起，"持论断断，务以古人相砥砺"，曾被太学诸生共目为"狂士"。④可见他俩是多么志同道合、情深意笃！人们又怎么能把他俩拆开呢？

方苞与戴名世不只是同为桐城派的创始者，相濡以沫的古文同好，而且方苞的古文成就在很大程度上是得益于戴名世的帮助，如戴名世在《方灵皋稿序》中即指出："灵皋自与余往复讨论，面相质正者且十年。每一篇成，辄举以示余，余为之点定评论，其稍有不惬于余心，灵皋即自毁其稿。而灵皋尤爱慕余文，时时循环讽诵，尝举余之所谓妙远不测者，仿佛想象其意境。"⑤尽管"固自成其为灵皋一家之文"⑥，但又怎么能抹杀戴名世对他长达十年的悉心栽培，而把桐城派始祖的功绩仅归于方苞一人呢？

当时在古文创作上受到戴名世栽培的，不只是方苞一个人，而是一代人。

---

① 见《戴名世集》，中华书局1986年版，第55页。
② 见《戴名世集》，中华书局1986年版，第54页。
③ 方苞：《送宋潜虚南归序》，见《方望溪遗集》，黄山书社1990年版第80、81页。
④ 见《戴名世集》，中华书局1986年版，第54页。
⑤ 见《戴名世集》，中华书局1986年版，第64页。
⑥ 见《戴名世集》，中华书局1986年版，第64页。

例如，他编的《唐宋八大家文选》，即针对以往的选本卷帙浩繁，"句句而圈其旁，语语而颂其美，其意思之所存与其法度之所在，选者茫然不知也，读者亦茫然不知也。以眯导眯"①的缺点，精选"仅二百余篇，而八家之美已尽"，他还"执笔为著明其指归，与夫起伏呼应、联络宾主、抑扬离合、伸缩之法，务使览者一望而得之"②。以致当时的人们皆盛赞"是书为为文之舟车也"③。戴名世在为朱字绿的文集作的《杜溪稿序》中也说："余与字绿年相若，余之学古文也先于字绿，而字绿之为古文，余实劝之。"正是在戴名世的帮助下，"字绿之志益高，读书益勤，而文章日益工"④。被方苞誉为"文章雄健""声誉一日赫然公卿间"的朱字绿，也"时语古文推宋潜虚"。⑤可见无论方苞还是朱字绿等一代古文家的成长，都是跟戴名世的栽培分不开的；当时若推选桐城文派的鼻祖，在他们的心目中则非戴名世莫属。

四、戴名世奠定了桐城文派的道统和文统

"学行继程、朱之后，文章介韩、欧之间。"⑥由方苞概括的桐城派作家所遵循的这个道统和文统，也是戴名世奠定的。

戴名世对程、朱的《四书集注》推崇到"增损一字不得者"的地步，他说："《四书》历汉及唐，至宋诸儒出而其义乃大明。盖自二程子始发孔孟之秘于千载废坠之余，至朱子出而其学尤为纯粹以精，其阐明《四书》之义者，尤为详密而完备。虽其精义微言时时见于他书，而《集注》则朱子以为称量而出，

---

① 见《戴名世集》，中华书局 1986 年版，第 64 页。
② 见《戴名世集》，中华书局 1986 年版，第 57 页。
③ 见《戴名世集》，中华书局 1986 年版，第 75 页。
④ 见《戴名世集》，中华书局 1986 年版，第 76 页。
⑤ 见《方苞集》，上海古籍出版社 1983 年版，第 345 页。
⑥ 王兆符：《望溪文集序》中引述方苞语，见《方苞集》第 906、907 页。

增损一字不得者。"①他甚至把朱熹等同于孔子,说:"余以谓古人罢黜百家,独尊孔氏,今之尊朱氏即所以尊孔子也。""学者但明于朱子一家之言,而诸儒之说是非邪正,自了然于胸中而不为其所乱。"②他之"好古文",就是"以古之文所以明古之道也"③。这个"道",即指孔孟程朱之道。方苞不仅同样"学宗程朱",而且他的思想显然受到戴名世的直接影响,如戴名世在《方灵皋稿序》中写道:"余移家金陵,与灵皋互相师资,荒江墟市,寂寞相对。而余多幽忧之疾,颓然自放,论古人成败得失,往往悲涕不能自已。盖用是无意于科举,而唾弃制义更甚。乃灵皋叹时俗之波靡,伤文章之萎,颇思有所维挽救正于其间。"④

桐城派所推崇的以司马迁、韩愈、欧阳修、归有光等为代表的古文文统,也是戴名世所竭力倡导并身体力行的,如他说:"不妄自初有知识即治古文,奉子长、退之为宗师。"⑤他"尤嗜八家之文",特地编了《唐宋八大家文选》,供人们作为"为文之舟车"⑥。对于"归震川之书",他说:"有惬于心,余好之",并对"震川之所以为震川""知之独深"。面对"今之知震川者少,而今之为震川者,其孤危又百倍震川"的险恶形势,他坚定地宣称,那种"句句而摹之,字字而拟之"的学风,是"伪者之势不长",而只有归有光那种学《史记》"得子长之神"的学风,才是"真正之精气照耀人间而不可泯没也"⑦。他写的古文,也果真被人诩为"有司马迁、韩愈之风","颇得司马子长、欧阳永叔之生气逸韵"⑧。方苞所说的:"震川之文,……其气韵盖得之子长,故能取法于欧、

---

① 见《戴名世集》,中华书局1986年版,第78页。
② 见《戴名世集》,中华书局1986年版,第54页。
③ 见《戴名世集》,中华书局1986年版,第21页。
④ 见《戴名世集》,中华书局1986年版,第64页。
⑤ 见《戴名世集》,中华书局1986年版,第419页。
⑥ 见《戴名世集》,中华书局1986年版,第33页。
⑦ 见《戴名世集》,中华书局1986年版,第6页。
⑧ 方宗诚:《桐城文录序》。

曾。"①岂不跟戴名世的说法如出一辙么？

五、桐城派文论与戴名世的文学主张一脉相承

被称为"集古今文论之大成"②的方苞的义法说，据方苞的解释："义即《易》之所谓'言有物'也，法即《易》之所谓'言有序'也。义以为经而法纬之，然后为成体之文。"③这跟戴名世所说的："今夫立言之道莫著于《易》，《家人》之《象》曰：'君子以言有物而行有恒。'"④同样讲"言有物"，所根据的同样是《易》，难道还不说明它与戴名世文学主张的一脉相承么？所不同的是，戴名世还强调"惟立诚故有物，苟其不然，则虽菁华烂熳之章，工丽可喜之作，《中庸》之所谓'不诚无物'也，君子之所不取也"⑤。他把"立诚"与"有物"相结合——主观与客观相统一，突出了作家的主体性，要求必须是真情实感的抒发。这种创作论跟方苞的义法说相比，自有其深刻和独到之处。方苞的义法说，在强调"言有物"的同时，还要求"言有序"，兼及文章的内容和形式两个方面，比戴名世的说法显然更为全面和周到了。不过戴名世并非不重视"法"，他曾引用明末艾南英的话说："立言之要，贵合乎道与法。"还说："道也，法也，辞也，三者有一之不备焉，而不可谓之文也。"⑥这对方苞之所以能提出颇为全面的义法说，当不无影响。

"桐城文素以雅洁著称，惟雅故能通于古，惟洁故能适于今。这是桐城文所以能为清代古文中坚的理由。"⑦沈莲芳《书方望溪先生传后》引方苞的话说：

---

① 见《方苞集》，上海古籍出版社1983年版，第117页。
② 郭绍虞：《中国文学批评史》，第634页。
③ 见《方苞集》，上海古籍出版社1983年版，第58页。
④ 见《戴名世集》，中华书局1986年版，第7页。
⑤ 见《戴名世集》，中华书局1986年版，第109页。
⑥ 见《戴名世集》，中华书局1986年版，第113页。
⑦ 郭绍虞：《中国文学批评史》，第628页。

"南宋元明以来，古文义法不讲久矣。吴越间遗老尤放恣，或杂小说，或沿翰林旧体，无雅洁者。"①可见文之雅洁即在于讲义法，而义法的标准也即在雅洁。这种"雅洁"的文风，实际上也是由戴名世所滥觞。他曾提出："法取其谨严"，"辞章格制取其雅驯而正大"。②主张"文章之真谛秘钥"在"割爱"二字，要求"择其言尤雅者"，"惟雅且清则精，精则糟粕、煨烬、尘垢、渣滓，与凡邪伪剽贼，皆刊削而靡存，夫如是之谓精也"。③"择言不可以不精。"④"务为淡泊闲远之言，缥缈之音。"⑤"今夫浮华浓艳，刊落之无遗，而后真实者以存。潦水既尽，寒潭以清。"⑥桐城派之所以形成清正雅洁的文风，跟戴名世所早已阐明的这些文学主张，难道不是彼呼此应，完全合拍的么？

被奉为桐城派三祖之一的刘大櫆，其论文的核心是主张"于神气音节中求行文能事"⑦，使方苞的义法说更为具体化了。他说："神者，文家之宝。文章最要气盛；然无神以立之，则气无所附，荡乎不知其所归也。神者气之主，气者神之用。""神气者，文之最精处也；音节者，文之稍粗处也；字句者，文之最粗处也；然论文而至于字句，则文之能事尽矣。"⑧姚鼐则说："所以为文者八，曰神、理、气、味、格、律、声、色。神理气味者，文之精也；格律声色者，文之粗也，然苟舍其粗，则精者亦胡以寓焉。"⑨这些论点都是渊于戴名世的文学主张。戴名世早已指出，文章"其道譬之于画家之写生者也。写生之技莫妙于传神，然亦莫难于传神"。"有一题必有一题之神。"⑩强调

①　见《清文录》卷6十八。
②　见《戴名世集》，中华书局1986年版，第65页。
③　见《戴名世集》，中华书局1986年版，第4页。
④　见《戴名世集》，中华书局1986年版，第95页。
⑤　见《戴名世集》，中华书局1986年版，第118页。
⑥　见《戴名世集》，中华书局1986年版，第69页。
⑦　郭绍虞：《中国文学批评史》，第641页。
⑧　刘大櫆：《论文偶记》，人民文学出版社1961年版，第4、6页。
⑨　姚鼐：《古文辞类纂序》。
⑩　见《戴名世集》，中华书局1986年版，第98页。

要有"无穷如天地，不竭如江河"的"气之大过人者"①。至于神气与字句的关系，戴名世则譬之为魂与魄的关系，他说："凡有形者谓之魄，无形者谓之魂。有魄而无魂者，则天下之物皆僵且腐，而无复有所为物矣。今夫文之为道，行墨字句其魄也，而所谓魂也者，出之而不觉，视之而无迹者也。人亦有言曰：'魂亦出歌，气亦欲舞。'此二言者，以之形容文章之妙，斯已极矣。呜呼！文章生死之几在于有魂无魂之间，而执魂之一言以观世俗之文，则洋洋大篇，足以哗世而宠，皆僵且腐者而已，而岂可以谓之文乎。"②刘大櫆的神气说，姚鼐的神理气味、格律声色说，虽然说得更加严密而明确了，但其由戴名世的神气、魂魄说发展而来，岂不如同青蛙由蝌蚪演变而成一样确凿无疑么？

一系列的事实证明，戴名世的文学主张是桐城派文论的基础和雏型。所不同的，只是方苞等抛弃了戴名世最为重视的"文之为道""在率其自然而行其所无事"③。的文学观，而仅侧重于继承和发展了戴名世关于文章的内容和形式的一些具体论点，反映了桐城派文论有个逐步趋向保守和规范化的发展过程。因此，我们要了解桐城派形成和发展的全貌，就绝不能抹杀戴名世为桐城派鼻祖的历史地位。

六、戴名世的桐城派鼻祖地位长期被抹杀的原因

既然大量历史事实证明，戴名世是桐城派的鼻祖，那么，为什么他在桐城派中的鼻祖地位却又长期被抹杀呢？

笔者认为，主要有以下三个原因：

第一，是由于戴名世在政治上因"《南山集》案"而遭杀身之祸，使当时

---

① 见《戴名世集》，中华书局 1986 年版，第 4 页。
② 见《戴名世集》，中华书局 1986 年版，第 71 页。
③ 见《戴名世集》，中华书局 1986 年版，第 5 页。

和后来的桐城派作家皆不敢跟戴名世的名字沾边。例如，方苞分明为戴名世的《南山集》作序，案发后却否认；金天翮《皖志列传稿·戴名世传》则明言："自名世以文字获罪，当时学者行文讳其名，称之曰宋潜虚。"这是为当时严酷的文字狱所迫，不得不然，如乾隆间蔡显以《闲渔闲闲录》被杀，其罪名之一便是集内有"戴名世以《南山集》弃市"字句；李绂也因文集中有"戴名世"字样而坐罪。① 戴名世在桐城文派中的鼻祖地位之所以被抹杀，其首要的原因即在于此。

其实，清王朝认定"查戴名世书（即《南山集偶钞》——引者注）内，欲将本朝年号削除，写入永历大逆等语"②，将其处以死刑，则纯属冤案。所谓"写入永历大逆等语"，是指他的《南山集偶钞》中收有他给余石民的一封信，信中他写道："昔者宋之亡也，区区海岛一隅如弹丸黑子，不逾时而又已灭亡，而史犹得以备书其事。今以弘光之帝南京，隆武之帝闽越，永历之帝两粤，帝滇黔，地方数千里，首尾十七八年，揆以《春秋》之义，岂遽不如昭烈之在蜀，帝昺之在崖州，而其事渐以灭没。"③ 显然，他是以历史学家的眼光，"揆以《春秋》之义"，对抹杀弘光、隆武、永历等南明王朝的历史，认为有失公平，岂有"欲将本朝（清）年号削除"之意？事实上后来乾隆皇帝诏修《明史》，即特谕甲申以后存福王年号，丙戌以后存唐王年号，戊子以后存桂王年号。戴名世不过超前于康熙二十二年提出这个问题，又何罪之有？"《南山集》案"的实质，不在于戴名世有反清的"大逆"罪，而在于左都御史赵申乔为弹劾戴名世而给康熙皇帝的奏本中所说的："妄窃文名，恃才放荡，前为诸生时，私刻文集，肆口游谈，倒置是非，语多狂悖，逞一时之私见，为不经之乱道。"④

---

① 见 1931 年故宫博物院编印的《清代文字狱档》。
② 见《戴名世集》，中华书局 1986 年版，第 480 页。
③ 见《戴名世集》，中华书局 1986 年版，第 2 页。
④ 见《戴名世集》，中华书局 1986 年版，第 483 页。

说穿了，即是由于他对那个社会现实极为不满，揭露那是个"富者为贤，不富者为愚；富者为贵，不富者为贱"①的"败坏之世"②，"自大吏以至小官，转而相食，不以为非，而民之憔悴凋敝，且不知其所止"③。斥责"今夫讲章时文其为祸更烈于秦火"，"数十百年以来，天下受讲章时文之荼毒，而后之踵之者愈甚，而世益坏"④。他的这些愤世嫉俗的文章，必然使"诸公贵人畏其口，尤忌嫉之"⑤，由"遂争骂仆以为快"⑥，进而在政治上加以诬陷，置之于死地而后已。这是清王朝为加强其思想统治而残酷迫害知识分子的一大罪行。

第二，扼杀戴名世，捧出方苞，这是清王朝所实行的"威恩兼施"的两手文化政策的反映。桐城文派的鼻祖地位分明是戴名世，起码戴名世应与方苞并列，为什么戴名世被扼杀，独有方苞被捧成桐城文派的始祖呢？方苞因为《南山集》作序而牵连被逮下狱，按刑部等衙门的一致奏议，"汪灏、方苞为戴名世逆书作序，俱应立斩"⑦，只因康熙皇帝说："自汪霦死，无能古文者。"宰相李光地说："惟戴名世案内方苞能。"⑧不久，康熙皇帝便硃谕："戴名世案内，方苞学问，天下莫不闻。"⑨不但赦免了他，而且提拔他作皇帝的文学侍从，后又委以武英殿修书总裁、翰林院侍讲、内阁学士兼礼部侍郎等要职，使他经历康、雍、乾三朝，持续了 30 年的仕宦生涯，直到 75 岁才告老还乡。戴、方这两位桐城文派领袖为什么有如此截然不同的遭遇呢？这绝不是偶然的，而是跟戴、方两人的思想政治倾向密切相关。他俩虽然都信奉以程、朱为代表的

① 见《戴名世集》，中华书局 1986 年版，第 396 页。
② 见《戴名世集》，中华书局 1986 年版，第 14 页。
③ 见《戴名世集》，中华书局 1986 年版，第 140 页。
④ 见《戴名世集》，中华书局 1986 年版，第 138 页。
⑤ 《清史稿·戴名世传》。
⑥ 见《戴名世集》，中华书局 1986 年版，第 19 页。
⑦ 见《戴名世集》，中华书局 1986 年版，第 481 页。
⑧ 见《方苞集》，上海古籍出版社 1983 年版，第 687 页。
⑨ 见《方苞集》，上海古籍出版社 1983 年版，第 515 页。

儒家道统，但戴名世是以之为思想武器来揭露、批判社会现实，而方苞则着力于维护和改进现实的封建统治，所以被称为"生平无不关于道教之文"，"先生之文，非阐道翼教有关人伦风化不苟作"，"其为文，非先王之法弗道，非昔圣之旨弗宣"。①从戴名世到方苞，反映了在清王朝威恩兼施的两手文化政策下，桐城文派由激进向保守的转化。因此，封建统治者扼杀戴名世、捧出方苞为桐城派的始祖，完全反映了清王朝文化政策的需要，毫不足怪。

令人奇怪的是，到了近代封建统治已分崩离析，有识之士已明确提出要恢复历史的本来面目，给戴名世以应有的评价，如梁启超指出："他（指戴名世——引者注）本是一位古文家，桐城派古文，实应推他为开山之祖。"②柳亚子也说："戴氏（指戴名世——引者注）与方苞齐名，为清代桐城派古文家开山鼻祖，论者谓其才学实出方苞之右。"③为什么直到中华人民共和国成立之后，戴名世为桐城派鼻祖的历史地位仍然未得到权威的《中国文学史》《中国文学批评史》的确认呢？这就不能不谈到第三个原因了。

第三，我国"五四"时期对桐城派等古文缺乏科学的分析，一概斥之为"桐城谬种"，采取全盘否定的态度。例如，陈独秀说："所谓'桐城派'者，八家与八股之混合体也。""归、方、刘、姚之文，或希荣慕誉，或无病而呻，满纸之乎者也矣焉哉，每有长篇大作，摇头摆尾，说来说去，不知说些甚么。此等文学，作者既非创造才，胸中又无物。其伎俩惟在仿古欺人，直无一字有存之价值。"④这种全盘否定的态度，在新中国建国四十年来仍无根本变化。如作为大学教材、游国恩等主编的《中国文学史》称："'桐城派'的古文理论是与清中叶的统治思想相适应的"。"是要使传统古文更有效地为封建统治

---

① 见《方苞集》，上海古籍出版社 1983 年版，第 902 页。
② 梁启超：《中国近三百年学术史》。
③ 柳亚子：《南明史料书目提要》。
④ 陈独秀：《文学革命论》，见 1917 年 2 月 1 日《新青年》2 卷 6 期。

服务"。^①这般总体评价，不仅跟方苞、刘大櫆、姚鼐等著名桐城派作家的实际表现不尽契合，而且更与戴名世的思想存在着尖锐的矛盾。如戴名世"欲扬清激浊为己任，好骂世而仍不忘于世"^②，以"欲尽庇天下之人，使无失其所养"^③的抱负，要实现"家家足衣食，无贵无贱，无贫无富"^④的社会理想，这"与清中叶的统治思想"不但不"相适应"，而且判若云泥。因此，如若不打破"五四"以来对"桐城派"传统的总体评价，又怎么可能接纳戴名世为桐城派鼻祖的历史事实呢？

可是，科学的观点应该建立在历史唯物主义的基础之上；戴名世是桐城派的鼻祖，既属历史事实，人们就不可能抹杀他，历史的真面目或早或迟总要得到澄清和恢复。这不仅关系到对戴名世个人的正确评价，而且涉及如何一分为二地看待清王朝的文化政策，看待从戴名世、早期的方苞到后期的方苞及刘大櫆、姚鼐等人的发展和变化，如何全面地实事求是地评价整个桐城派的成败得失，吸取其于我们今天有益的经验教训，而不致把这个在我国文学史上影响最长、最大的文派排斥在外，等等一系列带有全局性、根本性的问题，望万勿等闲视之。

（原载《安徽大学学报》1994年第3期，中国人民大学复印资料全文复印）

---

① 游国恩等主编：《中国文学史》第4期第300页。
② 见《戴名世集》，中华书局1986年版，第466页。
③ 见《戴名世集》，中华书局1986年版，第392页。
④ 见《戴名世集》，中华书局1986年版，第287页。

关于刘大櫆哲学思想的思考

　　方苞、刘大櫆、姚鼐被称为桐城派"三祖"。他们的哲学思想是什么？权威的《中国文学史》答曰："是从维护封建统治的儒家思想出发的"[①]，"究其根本是要维护程朱理学的反动思潮的统治地位"[②]。

　　事实果真如此么？我们且以"三祖"中承上启下的刘大櫆为例，看他的哲学思想是否可跟"维护封建统治的儒家思想""程朱理学的反动思潮"混为一谈。

　　首先，他强调客观规律的独立性，打破对于"天"的迷信崇拜。他说："天地也，日星也，山川也，人物也，相与回薄于宇宙之间"，它们都是有其自身的客观规律的，并不受天的支配。"日之食也，天不能使其不食也；星之陨也，天不能使其不陨也。其偶而崩也，而天与之为崩；其偶而竭也，而天与之为竭。夫天方自救其过之不遑，而又奚暇以为人之穷通寿夭耶？吾故曰：天道盖浑然无知者也。"（《天道上》[③]）这恰恰是针对"维护封建统治的儒家思想"而发的，如孔子即认为天是至高无上、主宰一切的，他说："天何言哉！四时行

---

　　①　游国恩等著：《中国文学史》。
　　②　中国社会科学院文学研究所著：《中国文学史》。
　　③　本文所引刘大櫆的作品皆见于上海古籍出版社出版、吴孟复标点的《刘大櫆集》。

焉，万物生焉，天何言哉！"①"获罪于天，无所祷也。"②主张罢黜百家、独尊儒术的董仲舒，更把春夏秋冬的气候变化，也说成是由于天的爱、乐、严、哀所致。他说："阴始于秋，阳始于春"，"是故春气暖者，天之所以爱而生之；秋气清者，天之所以严而成之；夏气温者，天之所以乐而养之；冬气寒者，天之所以哀而藏之"③。程朱理学的倡导者程颢，还进一步把人间的"穷通寿夭"说成也取决于天，说："富贵由来自有天。"④

　　天究竟是无知者还是有知者，天与日星、山川、人物是处于无能为力还是至高无上、主宰一切的地位，这不仅在哲学思想上说明了唯物论与主观唯心论的对立，而且其目的和实质是反映了否定与维护封建君主专制新旧两种思想的斗争。例如，董仲舒之所以强调天是有知者，就是为了说明"天子受命于天，诸侯受命于天子，子受命于父，臣妾受命于君，妻受命于夫，诸所受命者，其尊于天也"⑤。妄图用顺从天命来把封建统治秩序神圣化。而刘大櫆之所以强调天为"浑然无知者"，则是为了揭露"天"的不公和统治者的暴虐："大祲之下，人多毙矣，而天不怜也。"（《天道上》）"今夫桀黠之民，乘时窃位，怙宠立威，黩货无厌，其有稍异于己则黜之，甚则夷灭其宗族，惨酷亦至矣；而康宁寿考令终者，不可胜数。彼其心见以为当然，与鸟兽之聚麀者无以异也。彼以鸟兽自为，则天亦以鸟兽畜之而已。"（《天道中》）这种有"夷灭其宗族"大权的人，不是以"天子"自命的皇帝还能是谁呢？刘大櫆愤怒地斥责这种人只能是天所畜的鸟兽，哪有资格充当"受命于天"的"天子"！

　　为了说明事物的发展有其不以人的主观意志为转移的客观必然性，刘大櫆

---

① 《论语·阳货》。
② 《论语·八佾》。
③ 《春秋繁露·阳尊阴卑》。
④ 《明道文集》。
⑤ 《春秋繁露·顺命》。

还对"积善之家，必有余庆；积不善之家，必有余殃"①、"作善降之为祥，作不善降之为殃"②等宣扬主观唯心论的封建传统观念提出了挑战。他认为用这种话来"劝善而规过"，虽可"以警愚昧，然不以为凭也"（《天道上》）。因为客观事物的发展有其必然性，也有其偶然性。"其祸福偶中之于人，而于其人之善不善，未必果以类应也。"正确的态度应象"古之圣人"那样，"以为吾生而为人，善，所当为也，当为者为之而已，不计其庆之至也；不善，所不当为也，不当为者不为而已，不计其殃之至也"。他指责那种必庆、必殃的说法是愚昧而虚妄的，"为善固宜其庆也，庆不至而为善之心则甚慊也；而谓其必有庆者，愚也。为不善固宜其殃也，殃不至而为不善之事则难掩也；而谓其必有殃者，妄也。"（《天道下》）

他之所以揭穿"殃""庆"之说的愚妄，也不仅是因为其本身属主观唯心论，更重要的是为了揭露他所面临的是"天下无道"的"衰乱之世"。他说："天下有道，则道德仁义与富贵显荣常合；天下无道，则富贵显荣与道德仁义常分。是故衰乱之世，其达而在上，则必出于放辟邪侈；其修身植行，则必至于贫贱忧戚。"他认为"及至周衰，孔子、孟子生"，"天下之势"已变为"衰乱之世"。其具体表现是："贤能者窥伏于下，而不肖者恣睢于上，智作自骋，颉滑不仁，怙势袭威，无所顾藉。物产靡敝，而苑囿崇侈；民力竭塞，而畋游无度。唅肤咂血，其锋锐于蟊蠚，而深居高拱，闲然自以为老、舜焉。当是时，天下之人趋利如鹜，走势如归，安知有仁义？以居其位之为贵，安知有廉耻？以食其糈之为美，茫茫乎大造，夫孰知祸福之门、胜负成败之所分？故夫三代以下，其上之于民，名为治之，而其实乱之；其天之于人，名为生之，而其实杀之也。"（《天道下》）这种对封建统治者残暴本质的揭露，该是令人多么

① 《易·文言》。
② 《尚书》。

怵目惊心、深思猛醒啊！

他预言这种"地之道日以崇，则天之道日以卑，积而不返，数十百世之后，其必有人与物相易而为其贵贱者乎"（《天道下》）！也就是说，当权的贵者总有一天必为被压迫的卑贱者所推翻，而使他们的位置发生"相易"的历史性巨变。这既是他对当权的封建统治者的严正警告，也是他以辩证的观点对历史发展规律的科学揭示。

在那个被封建史学家誉为"康乾盛世"的时代，刘大櫆却能从哲学和政治上，作出如此深刻、如此清醒、如此敏锐的判断，这该是多么难能可贵，多么富有振聋发聩的巨大进步作用！

由上可见，刘大櫆否定"天"的主宰作用，对"天下无道"的"衰乱之世"的揭露，不但谈不上"反动"，而且是跟当时的进步思潮相呼应的。

其次，他强调要"利及生民"，破除"忠臣不事二君"的封建传统观念。由汉儒董仲舒提出，后经封建统治阶级加以系统化的一套封建伦理道德观念认为："君为臣纲，父为子纲，夫为妻纲。"[①]要求臣要绝对服从君，子要绝对服从父，妻要绝对服从夫。提倡三纲五常的封建伦理道德，正是后来程朱理学的重要特征。因此，刘大櫆说："吾独怪后之儒者混君臣于夫妇，且为之说曰：'忠臣不事二君，列女不适二夫。'不学之徒习闻其说而信之。"他所"独怪"的"后之儒者"，显然是指程朱理学的倡导者和传播者。把包括刘大櫆在内的桐城派的哲学思想一概说成是"维护程朱理学的反动思潮"，岂不等于说他"独怪"他自己一样荒谬么？封建统治者为维护其统治地位，向来把"臣死其君""妇死其夫"树为楷模，传为美谈。而刘大櫆却说："余以为臣之死君，与妇之死夫，似同而实异。"他认为，君臣之间，是"共事之义"的关系，而不是"受

---

① 见董仲舒：《春秋繁露·基义》引《白虎通·三纲六纪》。

君之恩"、主从依附的关系。用他的话来说："夫与共天位，与治天职，与食天禄，有共事之义焉，而以臣之食禄为受君之恩，吾之所不知也。"因此，他断言"君臣以义合"，可以"合则留，不合则去"。并且列举"伊尹之就汤而就桀""孔子之去鲁而之卫、之齐""殷纣既亡，微、箕且不从死"等历史事实，说明："古之君子见几而作，固不待国之危亡，早已洁身而去矣，是可以无死也。如其势不能去，或婴守土之责而城陷，是可死者也。可死可不死之间，此之不可不审也。"（《汪烈女传》）

君臣之间"共事之义"的原则或内涵是什么呢？"维护封建统治的儒家思想"和程朱理学的要求，是臣对君的绝对效忠和唯命是从，朱熹称之谓："君臣父子，定位不易，事之常也。"[①]刘大櫆的回答则是要"利及生民"。他说："夫君之所求乎臣，臣之所为尽忠以事其上者，在匡君之违，言君之阙失，使利及生民而已。"这里他强调的是臣对君匡正补阙的作用，而不是唯君之命是从，奉迎趋承。因此，他接着写道："若夫君之所可，而因以为是；君之所否，而因以为非；其所爱，因而趋承之；其所恶，因而避去之，此厮役徒隶之所为，曾谓人臣而亦出于此？"这就是说，臣不是君的奴才，不应以君的可与否、爱与恶，为自己的可与否、爱与恶。他还以汉代的"黯数忤帝意，常使帝默然；又面触弘、汤，弘、汤咸深心疾黯，而黯卒无恙，得以寿考终其身"为例，说明："戆直亦可以立朝，而君子之为善者，当益以自信，岂必依阿以逢世哉？"他斥责"后之为人臣者，不为怙宠之立威，则或以万石君自况，是自居于阉媚之小人也"（《读万石君传》）。

为什么要强调"君臣以义合""合则留，不合则去"，臣对君的"尽忠"，只"在匡君之违，言君之阙失，使利及生民"呢？这既是刘大櫆对我国古代民本思想的继承，又是他对历史经验的总结和吸取。他是站在肯定历史的发展与

---

① 《甲寅行宫便殿奏札一》。

进步的立场上说话的。因此，他批驳那种说周推翻商纣，是商让周的谬论。他说："纣恶已极矣，天命已移，人心已去矣，商之天下，无所庸其让也。当是时，天命之眷顾者周也，人心之向往者周也，周之代商，如春之代冬，其秩叙当然。"（《续泰伯高于文王》）他对"司马迁作《史记》，乃谓武王以臣弑君，伯夷叩马而谏"，"耻食周粟"，力辩其非，斥为"非圣谤道之言""委巷小人之谈"，指出"太史迁之作纪传，唐、虞、三代皆直书共事，其于伯夷独增'其传曰'之三言，然则迁亦姑存其言而未必深信其事者与"（《读伯夷传》）？他一再强调"人心之所向"对于历史发展的决定性作用。在总结明代亡国的教训时，他说："吾观有明之治，常贵士而贱民"，使那些士一旦做官，即"安富而尊荣矣"，不管老百姓的困苦，以致"百姓独辛苦流亡，无所控诉"，因此他得出的结论是："卒亡明之天下者，百姓也。"（《窦祠记》）可见他之所以强调君臣关系要"以义合"，要"利及生民"，是跟他在一定程度上看到人民群众是历史的创造者，是历史发展的真正动力，具有某些历史唯物主义和民主主义的新思想，分不开的；其与传统的儒家思想和程朱理学的主观性和专制性，岂不大相径庭？

再次，他抬高工、商、妇女及穷饿行乞之人的地位，反对以职业定人。刘大櫆强调："天地之气化，万变不穷。"（《息争》）"世异则事变，时去则道殊。"（《答周君书》）从这种不断发展、变化的观念出发，他比较敏锐地发现"重耕农而抑商贩"等封建传统思想不切实际，应予纠正，如他说："自管子相齐，而士、农、工、商之职分。汉兴，贾谊、晁错上书言政治，谓宜重耕农而抑商贩。然余观当时士大夫名在仕籍，而所为皆贾竖之事也。至若贾名而儒行，孝弟娴睦无愧于独行君子之德，是乃有道仁贤所重为宾礼也。"因此，他发出了具有划时代意义的责难："彼职业恶足以定人哉！"（《乡饮大宾金君传》）

这个责难之所以具有划时代的意义，就在于它是为抬高商人的社会地位服务的。他的不少传记文，皆对商贾的行列赞美之情溢于言表，如他对"创兴贾业"的"君之父"，及"从其父业贾于汉江之上"的方君，赞其"虽溷迹贾人，而性孝友，执父之表，哀动行路；事其母曲尽色养；爱诸从弟，必皆使得所然后己"。人们不是说商贾唯利是图么？而他却以这位"世居歙西之岩镇"、世代业贾的方君为例，说："自君之上世，历数传皆以利人济物为心。至于君尤为慈厚，乐施与，其于族戚之中有丧不能举，婚不得遂者，咸为经纪而周给之；而于无告之茕独，尤加意怜恤。至于友朋故旧，有无相通，患难相救，终其身未尝有吝色。"（《赠大夫方君传》）由此可见，刘大櫆的笔下所写的"事机利"的商贾，是个"惠利及人"、大有前途的新兴阶层，而代表封建正统的"世之儒者""缙绅先生"之流，则正在衰朽没落，令人大失所望。这种思想观念在当时该是多么新鲜别致，给人以崭新的启迪啊！

又次，他强调人欲产生的必然性，主张"本人情以通天下之和"（《男子三十而娶女子二十而嫁》），使"天下之民""无不得其所"（《书唐学士德侠传后》）。

恩格斯说："自从阶级对立产生以来，正是人的恶劣的情欲——贪欲和权势欲成了历史发展的杠杆。"[1]因此，对待人欲的态度，往往成为人类历史上进步与反动势力斗争的一个焦点。

刘大櫆指出，人欲是人的自然本性，是人与自然的客观法则，如他在《答吴殿麟书》中断言："目无不欲色""耳无不欲声""口无不欲味""鼻无不欲臭"。他的《辨异》更从哲理上作了阐述，主要从下列三点说明了人欲存在的必然性：（1）包括"欲"在内的"七发之情"，是人的自然本性，如同"有天地然后万物生"一样；（2）正因为"人之不能无欲而相与聚处以为生"，为防止"争且乱"，所以才有国家和阶级的存在，才有"农工商贾"的分工；（3）

---

① 《路德维希·费尔巴哈和德国古典哲学的终结》。

人们应按照人与自然的客观法则办事，使"天下之民有以各安其生，而复其所得于天之固有"，即使是天子和圣人也不能"勉强于其间"。

他还指出人之嗜欲的必然性，是无论用"智"或用"威"都无法禁绝的。他说："今夫嗜欲之所在，智之所不能谋，威之所不能胁也。夺其所甘，而易之以其所苦，势不能以终日。"他还以烟酒为例，说明"天下之民无贵贱贤愚，鲜不甘而嗜之。国家亦尝申禁戒之令矣，而卒于不行，又况嗜欲之大者与"（《慎始》）！针对孔子鼓吹的君子"谋道不谋食""忧道不忧贫"，他引用元代许衡的话："儒者以治生为急""贫甚可忧也，食不可不谋也"，断言"吾观世俗之情，能治生则生，不能治生则死；能治生则富贵，不能治生则贫贱；能治生则尊荣，不能治生则卑辱"。从而肯定许衡"固儒之识时变者也，其言亦后世迂儒之药石哉"（《续难言》）！如果说刘大櫆也属儒家之列的话，那么，他显然是"儒之识时变者"，而跟因守儒家正统的"迂儒"迥然有别。

他还指出人的欲望具有不可穷尽性："有食矣，而又欲其精；有衣矣，而又欲其华；有宫室矣，而又欲其壮丽。明童艳女之侍于前，吹竽击竹之陈于后，而既已有之，则又不足以厌其心志也。有家矣，而又欲有国；有国矣，而又欲有天下；有天下矣，而又欲九夷八蛮之无不宾贡；九夷八蛮无不宾贡矣，则又欲长生久视，历万祀而不老。以此推之，人之歆羡于富贵佚游而欲其有之也，岂有终穷乎？"（《无斋记》）他反对统治者的穷奢极欲，主张做官的非为一己之私欲，而要使"天下之民""无不得其所"。他说："古之君子其所以汲汲于仕进，而不甘闭户以终老者，固非为一己之宫室、妻妾、肥甘、轻暖计也。视天下之民，皆吾之同胞，不忍见其阽危沦陷，而思有以康济之，使无不得其所也。"（《书唐学士德侠传后》）

刘大櫆对于人欲的这些见解，相当全面而富有哲理性和人民性，其反对"去人欲"的态度，跟李贽、戴震难分轩轾，其进步意义岂容抹杀？

最后，他为科举制度埋没人才，败坏社会风气，而痛心疾首，愤世嫉俗。那时的科举考试要求，必须以阐述钦定的"四书""五经"为内容，而刘大櫆却一针见血地指出，这只能使人"相与为臭腐之辞，以求其速售"，而不可能"有天下之豪俊出于其间"（《答周君书》）。

科学考试为什么不能选拔出"天下之豪俊"呢？其中一个重要的原因，如小说家蒲松龄所揭露的，那些主持科举的考官属"乐正师旷、司库和峤"①之流，即不是眼睛瞎了，看不出好坏，取拾全凭主观臆断，就是贪钱爱财，以考生行贿的钱财多寡，为决定取拾的标准。刘大櫆不仅同样把考官说成是聋子、瞎子，而且斥责他们蓄意"毁白以为黑，誉浊以为清"，其揭露之深刻，描写之生动，实与蒲松龄的小说有异曲同工之妙。

吴敬梓把"治经"说成是"人生立命处"②。他的《儒林外史》就是以儒家经典所要求的"文行出处"为"小说纲领"的③。他在"敷陈大义""隐括全文"的第一回，通过正面人物王冕的口宣称："这个法（指八股科举取士——引者注）却定的不好，将来读书人既有此一条荣身之路，把那文行出处都看得轻了。"而刘大櫆也特别推崇经，他说："昔者，圣人作经于千载之上，而千载之下，万物之象，兆民之情，无不备具其中。经之为用大矣！"（《侑经精舍记》）他是以推崇经为武器，来反对当时盛行的科举时文，指出："今之时文，号称'经义'。以余观之，如栖群蝇于圭璧之上，有玷污而无洗濯，虽古圣之言，光如日月，极人世之能，不足使之晦蚀；而时文自为其不道之言，究何补于经哉？"（《张俊生的文序》）不但于经无补，而且它使"今世之士，惟知决科

---

① 《于去恶》。
② 见程晋芳：《文木先生传》。
③ 见人民文学出版社 1984 年版《儒林外史·前言》。

之为务，其有以经术倡道于人，则人皆笑之。科举之制，比之秦火，抑又甚焉"（《侑经精舍记》）。他斥责那些热衷于科举功名的人，不只"把那文行出处都看得轻了"，而且已堕落成犹犬、鸱鸦、蛆蝇之流，只"知有荣利而已，为宫室、膳啖、妖丽之奉，辱身以求之，老死而不止，是其所知，犹犬之于骨，鸱鸦之于鼠，蛆蝇之于粪秽也。破岂知天下之正味哉"（《汪在湘文序》）？其对科举制度毒害下封建文人的卑劣行为，那种鄙视、愤慨和憎恨之情，可谓跃然纸上。

刘大櫆还把他那批判的矛头，由对准科举制度和在科举毒害下的封建文人，进而指向那扼杀人才的整个社会。他说："天之生才，常生于世不用才之时，或弃掷于穷山之阿、丛薄之野，使其光气抑遏而无以自达；幸有可达之机矣，而在位者又从而掩蔽之，其阨穷以终、沦落以老者，何可胜数！"（《见吾轩诗序》）他深为悲愤地感叹道："呜呼！世俗日益偷，竟为软美，以相媚悦为能，下以是贡，而上益以自矜，若人之于我固当然者。取人不必才，惟其善谀；弃人不必其不肖，惟其不识形势，不能伺贵人意指。从荐绅以迄里巷，父兄所以教戒其子弟，一皆摹揣成习。与人终日言，无一言稍可恃赖。"（《中书舍人程君墓志铭》）这是一个多么腐朽黑暗、令人愤恨欲绝的社会啊！

上述事实说明，刘大櫆跟他同时代的进步思想家李贽、黄宗羲、戴震和进步文学家蒲松龄、吴敬梓、曹雪芹的思想，确有其相似、相通之处；把桐城派作家一概斥之为鼓吹和宣扬程朱理学，这种看法是十分片面的，据此来竭力贬低甚至全盘否定桐城派，更是站不住脚的。

早在清末，刘师培即已肯定"海峰稍有思想"[①]。今人吴孟复先生则进一步说他"又何止'稍有'而已"，认为从刘的"全文"看"全人"，他的思想

---

① 《论文杂记》注语。

是"与黄宗羲、唐甄、吴敬梓、曹霑、戴震颇为近似"的"早期启蒙思想"(《刘大櫆集·前言》)。从而给予桐城派以颇高的评价。笔者认为,正确评价一个作家,不只应由其"全文"看"全人",还应由其"全人"看"全文"。从"全人"来看,刘大櫆的思想既有某些近似黄宗羲、曹雪芹等先进思想家和文学家之处,也毋庸讳言其有远远落后于他们之处。

刘大櫆共著有231篇古文,其中除论述文23篇、游记12篇外,其他为书信、序跋、墓志铭、祭文、杂记之类,真正宣扬进步思想、揭露社会黑暗的作品很少,而直接歌颂烈女、节妇、孝子的作品却有16篇之多。他虽然有一些唯物论的观点,但是唯心论的思想也很严重,如他说:"天者,何也? 吾之心而已矣。"(《天道中》)他不是把人的遭遇归咎于社会,而是归结为天命,说:"唔乎! 吉凶祸福,人世之遭逢,皆上天之所命也,福非求之可获,祸亦非避之可免。"(《读万石君传》)"得乎失乎有定分,天也命也非人工。"(《送姚道冲归里》)他甚至赤裸裸地宣扬"女人是祸水"的唯心史观,说:"夫国以一人兴,以一人亡;家以一人成,以一人败。故曰:'哲夫成城,哲妇倾城。''乱匪降自天,生自妇人。'夏、殷之亡,由妹喜、妲己;周有太姜、太任、太姒,而太王、王季、文王遂以基七百年之受命。……下逮里巷,娶妇不良,而家道乖,以至父不父、子不子、兄不兄、弟不弟者多矣。娣姒妾媵之间,米盐琐杂,各私一己,靡不竞争,欲家之昌炽,其可得乎?"(《胡氏贤母赞》)"家道乖",分明是统治阶级本身的衰朽,而他却归咎于"娶妇不良";一夫多妻制必然造成家庭矛盾重重,而他却归咎于"娣姒妾媵"的"各私一己"。由此可见其阶级偏见是多么荒谬和陈腐!

更有甚者,刘大櫆对于当时的社会现实虽然有所不满,但是他总的政治态度,还是始终对封建统治者充满幻想,竭力追求向上爬的。例如,他在《与李侍郎书》中说："今幸明公以天子之明诏，峨然远来；入内庭，为宰相，与天子相吁俞，计日可得也。是以不胜拊髀雀跃之至，而先献其平生所为文数十篇于此"，以企求李侍郎"高居云霄之上，不惜措手之劳，提携拔擢之恐后"。在《再与吴阁学书》中，他又说："自古布衣以大臣之荐闻蒙显擢者，史传中不乏其人。况今天子新即位，勤于政理，求贤如有所不及。明公方荷眷注之隆，立便殿，朝夕与天子相吁俞。四方之士，争得明公之一言以为重。明公不言也，明公而有言，九仞之坠，宜无不起者。"可见他对新即位的雍正皇帝和当权的统治者是抱有极大幻想的。这可代表他青年时代的政治态度。当他40岁时，乾隆皇帝即位，下诏开博学鸿词特科。有人举荐他入选，他生怕人家担心他不接受，即主动写信说："夫樲素非山林逸遗之士不求闻达以为高者。客游京师八九年矣，皇皇焉求升斗之禄而不可得，智穷力屈，乃一为省觐而归，归未数月，又将负箧担囊，驾言远涉，持货贿日游于市，岂其辞沽直者。譬如山木，榱栋是资，其惮为工师取乎？夫何不任受之有！"（《与盐政高公书》）结果落选。在他54岁时，乾隆诏举经学，他又应诏至京，试复报罢。屡遭挫折，并未使他对统治者丧失信心。直到他63岁，还竟然有兴致去就任黟县教谕这样微不足道的官职。

黄宗羲公然斥责封建君主"为天下之大害者"，"敲剥天下之骨髓，离散天下之子女，以奉我一人之淫乐"的"独夫""寇仇"[①]，并且终其一生跟阉党奸臣作斗争，坚持以实际行动抗清，坚决拒绝清廷的多次征聘。戴震斥责封建的伦理道德是"以理杀人"，而刘大櫆则为烈女树碑立传，大唱赞歌，他们岂能相提并论？吴敬梓29岁赴滁州参加科考，遭到斥逐后，即提出了"如何师父训，专储制举才"[②]的疑问；36岁托病拒绝乾隆"博学鸿词"廷试；在他

---

① 《明夷待访录·原君》。
② 王又曾：《书吴征君敏轩先生〈文木山房集〉后》引。

精心创作的《儒林外史》中，不仅控诉了科举制度对知识分子的毒害，而且揭露了整个官场和社会的黑暗、腐败。他说："做官的都不得有甚好收场"，而把希望寄托在靠自食其力的市井细民身上。这跟刘大櫆的始终热衷于科举和做官，岂可同日而语？至于像曹雪芹那样在遭到雍正皇帝抄家、家庭衰落后，即对封建社会现存一切的合理性作了清醒的思考，而在他的《红楼梦》中，对整个封建社会作了那样全面而深刻的批判，对贾宝玉、林黛玉及晴雯等许多下层人物追求民主、自由的人生理想，作了那样无比热烈的讴歌，这更是刘大櫆所望尘莫及的。

因此，我们肯定刘大櫆所具有的某些新思想，与当时先进的思想家和文学家有其相似、相通之处，目的只在于说明刘大櫆的思想有其新颖和进步之处，不应跟反动的程朱理学混为一谈，一笔抹杀。但是，若因此而把他抬高到跟黄宗羲、戴震、吴敬梓、曹雪芹并列甚至更高的地位，那就实在太矫枉过正，失之偏颇了。

更为令人惊诧的是，身为以严谨治学著称的老学者，为了把刘大櫆抬到黄宗羲、曹雪芹等伟大的思想家和文学家之上，竟然不惜歪曲史料，鱼目混珠！例如，引刘大櫆在《书汪节妇事》中说："女子犹有能明大义者，而男子则泯然惟知富贵利达之求。"来证明其"竟似出于李贽、吴敬梓、曹雪芹三口"，仿佛刘大櫆跟李、吴、曹同样具有反对男尊女卑的反封建思想。其实这是引者故意删掉了紧接在这段话之后，刘大櫆还说的："一邑之中，女子三节烈可采，常至不可胜载；至于国家将亡，其能见危授市者，百不一二觏焉。"可见他所说的女子"能明大义"，是指恪守封建的伦理道德，充当烈女节妇，这跟李、吴、曹的反封建思想，岂不恰恰背道而驰？又如，刘大櫆分明只是指责听信伯夷有耻食用周粟之事为"好古而失之愚"，引者竟将其剪接成"他看到事物的变化不息（见《天通下》），反对'好古而失之愚'"。吴定分明是说"其才之雄，兼集《庄》、《骚》、《左》、《史》，韩、柳、欧、曾、苏、王之能，瑰奇恣睢，铿锵绚烂，足使震川、灵皋惊退失色"，引者竟篡改成指其思想方面"言辞之激烈，确'足使熙甫（归有光）、灵皋（方苞）惊退改色'"。为证明自己的观点，竟然如此任意剪接和篡改古人的资料，未免太有悖于求实的传统学风了。

（原载《学术界》1995 年第 6 期，中国人民大学复印资料全文复印）

方东树论

一、教书卖文，潦倒一生

方东树（1772—1851），字植之，别名副墨子，晚年慕卫武公耄而好学之意，以"仪卫"名轩，自号"仪卫老人"。他出身于书香门第，曾祖泽，拔贡生，为姚鼐师；祖训，父绩，皆县学生。他幼年即聪颖好学，十一岁时效范云作《慎火树》诗，为乡前辈称赏。二十二岁入县学，为弟子员，补增广生。旋赴江宁，受业于姚鼐执教的钟山书院。先后应乡试达十次，次次名落孙山，五十岁后遂决意不应试。自二十七岁起，为生计而客游四方，先后在江宁、阜阳、六安、池阳、粤东、亳州、宿松、祁门等地书院或幕府，从事教书和著述，并为江宁、广东粤海关修志。80岁还欣然应邀赴祁门主持东山书院，到任仅两月即去世。方东树可谓毕生不得志，穷愁潦倒，是个以读书、教书、著书为业的文人。主要著作有《仪卫轩诗文集》《汉学商兑》《昭昧詹言》《书林扬觯》《一得拳膺录》《大意尊闻》《待定录》《进修谱》《未能录》《思适居钤语》《山天衣闻》等十余种。

二、不忧一身，悲愤时事

方东树"多务为穷理之学"[1]，亦即以极为尊崇程朱理学著称。他颂扬其"语之无疵，行之无敝"，使"周公、孔子之真体大用，如拨云雾而睹日月"[2]。甚至狂热地宣称："孔孟程朱之道，彻上彻下，不隔古今，天不变道亦不变，所谓庸常不易。"[3]他论文也强调"道"，说："道思不深不能工文，经义不明不能工文，质性不仁不能工文。"[4]对此，应作何评价？有人斥责他"完全是一副十足卫道者理学家的面孔，"旨在"使人心都归服于孔孟程朱之道及清王朝的统治"。[5]连权威的《中国思想通史》都给他"定性"为"提倡庸烂理学的反动思想的人物"中"最典型的代表"。[6]

这种评价，虽然并非毫无根据，因为程朱理学本身确有其反动性，方东树对程朱理学这般崇拜和宣扬，给予适当的批判，是必要的。但是，其人是否属于"反动思想的人物"？其所起的历史作用是否即"使人心都归服于孔孟程朱之道及清朝的统治"？这却不是仅根据其某一部著作甚至其中的片言只语所能断定的，而是必须以其全人和全部著作为根据，才能作出实事求是的分析，给予其恰如其分的历史评价。

从方东树一生的全人来看，他并不是个"反动思想的人物"，而是个历尽坎坷，终生陷于不得志的困境，对社会现实颇为不满，有着进步思想倾向的封建文人。他出身于寒儒之家，一辈子没有考上科举功名，没有做过官，对于封建统治的衰朽，则悲愤不已。因此，他的同窗好友姚莹在写给他的信中说："翁

---

① 方宗诚：《桐城文录序》，《柏堂集》次编卷1。
② 方东树：《汉学商兑重序》。
③ 方东树：《仪卫轩文集·辨志一首赠甘生》。
④ 方东树：《姚石甫文集序》。
⑤ 王献永：《桐城文派》，中华书局1992年版，第68、74页。
⑥ 侯外庐：《中国思想通史》第5卷，人民出版社1956年版，第685页。

年七十有二，生平未尝处一顺境"。"翁不忧一身，而悲愤时事。"①在那个以读书中举做官为封建文人唯一出路的时代，他却于五十岁即决意不再应试（《聊斋志异》作者蒲松龄七十一岁还在应试），这绝不是偶然的，而是他对清朝统治者不满和失望的表现。他曾极为愤慨地揭露当时科举制度的弊病和官场的黑暗，说："世人但期子弟为官，不知子弟才入仕途，即万罪万恶之根株萌芽与之并长，多以之覆宗，可惧之甚。……今人只学一篇应试之文，以博科第，其于显名大德、经世理物之道，茫乎莫之问津，且相戒以为不急之务而不讲，以为他日自能办之而无待于学也。及其居官经事，则惟自逞其偏私习性。予知自是好人所恶、恶人所好，而生民始病，王事靡不鉴矣。"②他之所以绝意应试，显然是由于他已认识到科举制度下的官场，已经堕落为"好人所恶，恶人所好"，是建立在他不肯同流合污、不愿使"生民始病"的思想基础之上的，是由于他对现实不满，"弃俗自尚"的人生态度决定的。用他自己的话来说："观近时人文章，辄见其踳驳谬鏊，为不当意。既嗜好不侔，弃俗自尚，故久困不能自伸。"③

他以古代圣人为楷模，狷洁自好，"性高介，恒闭门撰述，不随人俯仰"④，"于人事多所不通，惟笃信好古人，以为道可以学而至，圣可勉而希。"⑤为此，他不惜"纵其心志，与俗背驰，犯笑侮蒙"⑥。

为此，他不得不"栖身贱素"，过着"二十年来饥寒困迫，颠沛失荡，无以自存，其遇可谓穷矣"⑦的生活。

---

① 姚莹：《又与方植之书》，《东溟文后集》卷8。
② 方东树：《大意尊闻》卷2。
③ 方东树：《仪卫轩卫集·答姚石甫书》。
④ 马其昶：《桐城耆旧传·方植之先生语》。
⑤ 方东树：《仪卫轩卫集·答姚石甫书》。
⑥ 方东树：《仪卫轩卫集·答姚石甫书》。
⑦ 方东树：《仪卫轩文集·复姚君书》。

为此，他落得个"孤穷于世，匪独无见收之人，乃至无一人可共语，胸中蓄言千万，默默不得吐"①。可谓孤独、郁闷至极。

面对他这样的人生态度和遭遇，说他是个"反动思想的人物"中"最典型的代表"，岂不令人难以置信、不可思议？

方东树甚至把其揭露、批判的矛头，直指清王朝的最高统治者。例如，针对清王朝为维护其统治，竭力反对结党清议，动辄株连无辜，他指出："彼奸人者念只诛一人，不足以锄其类，故被之以党人之名，而后可以尽薙之也。苟人主明于用贤，宰相公恕无私，则朋党无自而成，又乌用布告天下，使同忿疾耶！且所恶于清议之党者，在天下之鄙俗耳。若乃大臣自为党，甚至人主亦有自党其权奸者，则又何说！"②这无异于说清王朝自身乃是结党营私之徒，"人主"不但不"明于用贤"，甚至"自党其权奸"，"宰相"不但不"公恕无私"，甚至"自为党"。他对清王朝统治者的这种揭露和认识，说他要使人心都"归服于……清王朝"，又岂能令人信服？

三、崇尚实用，救时济世

人们不能仅看到方东树打的旗号是"提倡庸烂理学"，更重要的是，还要看到他所强调的以"安民实用"为权衡一切的标准。例如，他的学生方宗诚所说的：他"锐然有用世志，凡礼乐兵刑、河漕水利、钱谷关市、大经大法皆尝究心，曰：'此安民之实用也，道德、义理所以用此权衡也。'"③。虽然终生无官无职，使他没有为国家人民建功立业的机会，科举仕途上的不得志，使他过着穷困潦倒的生活，但这一切皆终究未能窒息他那一颗用世之心。翻开他

---

① 方东树：《仪卫轩卫集·答姚石甫书》。
② 方东树：《仪卫轩文集·复罗月川太守书》。
③ 方宗诚：《仪卫先生行状》，见于《大意尊闻》卷首。

的文集，我们即可读到他的《治河书》《读禹道》和要求"禁烟制夷"等用世之作。崇实尚用，救时济世，这可说是方东树最基本的思想政治主张。如他的《辨道论》所强调指出的："君子之言为足以救乎时而已！苟其时之敝不在是，则君子不言。""人第供当时驱役，不能为法后世，耻也；钻故纸著书作文，冀传后世而不足膺世之用，亦耻也。必有才当用世，卓乎实能济世；不幸不用，而修身立言足为天下后世法，古之君子未有不如此厉志力学者也。"①反对那些不"足以救乎时"的空谈，反对脱离社会现实去"钻故纸"，反对为个人成名而"著书作文"，立足于"救时""济世"，追求言要"足膺世之用""足为天下后世法"，这显然是顺乎当时的历史要求和时代进步潮流的。

四、呼吁禁烟，反对姑息

1840 年的中英鸦片战争，是中国历史发展的转折点。生当这个关系到中华民族兴衰荣辱、生死存亡的历史转折关头，是妥协投降、苟且偷安、卖国求荣，还是救时济世、发奋图强、坚持爱国，成了划分反动与进步两种力量、两股潮流的主要分界线和斗争的焦点。面对这个大是大非的历史抉择，方东树的实际表现又如何呢？他不愧为是个坚定不移、热血沸腾的爱国主义者。

早在道光 18 年（1838），方东树应邀在广州修《粤海关志》时，他即为鸦片之毒蔓延我国而忧心如焚，并极其清醒地及时指出："彼外夷之以此愚毒中国也，非独岁糜中国金钱数十百万而已也，其势将使中国人类日就澌灭也。此天地之大变也，自生民以来，其祸之柔且烈未有若此者也。"②为此，他特地作《劝戒食鸦片文》，"痛切陈谕，庶彼忠告"③，唤起全民认清鸦片毒害

---

① 方东树：《仪卫轩文集·辨道论》。
② 方东树：《仪卫轩文集·劝戒食鸦片文》。
③ 方东树：《仪卫轩文集·劝戒食鸦片文》。

之巨，力劝食烟者戒烟。

针对统治者带头吸鸦片这个问题之要害，他又撰《化民正俗对》，强调禁烟必须"先治士大夫在上之人"，说："欲令鸦片之害求绝，则莫治严治食者；严治食者，则莫治先治士大夫在上之人。"[1]同时，他还力劝制军邓廷桢擒杀"桀傲不受约"的英帝国主义分子义律，"以绝祸本"。[2]

由于清统治集团采取妥协投降的政策，根本不理睬他的意见，使英帝国主义的侵略气焰越来越嚣张，终于很快即爆发了鸦片战争，使我们伟大的祖国丧师失地，从此受尽屈辱和蹂躏。面对此情此境，他痛心切齿，泣涕如雨，不顾年迈老病之躯，毅然作《病榻罪言》，批驳投降派的谬论，指出："今内外议者皆以英夷之祸起于黄鸿胪之奏禁鸦片，邓、林二制府之收缴趸船，吾以为皆非也。以予详观英夷之祸，不在近年之禁烟缴烟也，盖由于不肖洋商之污辱自蛊，各前督之姑息养奸，内地奸民之贪利卖国，其蓄谋长乱久矣！"[3]接着又从战略大计到具体措施，为抗英制夷献计献策。全文长达万言，字挟风雷，声成金石，字里行间无不洋溢着爱国主义的激情，可谓哀伤痛极，血透纸背，至今读来仍令人心潮起伏，久久无法平静。

五、《汉学商兑》颇有新意

指责方东树为"反动思想的人物"中"最典型的代表"者，主要根据是他写了《汉学商兑》。其实，这本书除了确有"提倡腐烂的理学"，就予批判之外，仔细审读全书，不难发现，它在鼓吹程朱理学的同时，也有着颇具时代特色和跟进步潮流相合拍的新鲜内容：

---

① 方东树：《仪卫轩文集·化民正俗对》。
② 方东树：《仪卫轩文集·化民正俗对》。
③ 方东树：《仪卫轩文集·病榻罪言》。

第一，他所主张的"义理""天道"，不同于程朱的唯心论，而带有唯物主义的成分。用他的话来说："要之，条理、义理、文理，皆本天道之自然，故曰天理。""道之得名，正以人生日用当然之理，犹四海九州百千万人当行之路耳，非若老佛之谓道者空虚寂灭而无与人也。""为士而自言学道，犹为农而自言其服田，为贾而自言其通货。"①他的《天道论》更直接地否定了天的存在，说："宇内一切亦人之所为耳，彼天其何权之有。""造化之机人执之，谓天主之者，不经之谈也。"②这些论述，不是闪耀着唯物主义的思想光辉么？

第二，"乾隆嘉庆之际，考据之学极盛时期，一世聪明才智之士，既多专治古学，不问时事；于是政治经济，无正直指导之人，贪庸当道，乱阶由是酝酿，迨道光、咸丰，遂一败而不可收拾。"③在此历史背景下，方东树著《汉学商兑》，批评汉学家"众口一舌，不出于训诂小学、名物制度，弃本贵末，违戾诋诬，于圣人躬行求仁、修齐治平之教，一切抹煞，名为治经，实足乱经，名为卫道，实则畔道"④。指责他们追求"言言有据，字字有考，只向纸上与古人争训诂形声，传注驳杂，援据群籍，证佐数百条，反之身己心行，推之民人家国，了无益处，徒使人狂惑失守，不得所用"⑤。他在这里所强调的是，治学要为修身、齐家、治国、平天下服务，要与"明人家国"有"益"有"用"，这岂不显然也是合乎当时的历史呼唤和时代要求的么？

第三，他只是批评当时的"汉学诸人"，并不一味抬高宋学，抹杀汉学，他说："由今而论，汉儒宋儒之功，并为先圣所攸赖，有精粗而无轩轾，盖时代使然也。"⑥对于顾炎武、戴震等进步思想家，他有曲解和攻击之处，也有

---

① 方东树：《汉学商兑》卷上。
② 方东树：《仪卫轩文集·天道论》。
③ 萧一山：《清代通史》中卷，中华书局1986年版，第593—594页。
④ 方东树：《汉学商兑·序例》
⑤ 方东树：《汉学商兑》卷中之上。
⑥ 方东树：《汉学商兑重序》。

所肯定。说明作者虽未完全摆脱尊崇宋学的偏见，但在当时已被称作"折衷允当"①。这跟作为大一统的清代要求全面总结、继承和发扬中国民族文化传统的学术主潮，是基本吻合的。

第四，他强调求实的精神，要求"言理则是实理，言事则是实事，德则实德，行则实行"。说："千虚不博一实，吾生平学问无他，只是一实。""做得功夫实，则所说即实事，不说闲话，所指人病即是实病。""吾自幼时听人议论似好，而其实不如此者，心不肯安，必其求实而后已。"②他这种求实的精神，更显然是符合清代学术进步主潮的。

因此，尽管方东树的《汉学商兑》以程朱之学为批判的思想武器是谬误的，但是，他所批判的，显非毫无道理，他所主张的，并非无可取之处，"并非全说昏话，并不能简单地同宋儒等同起来"③，"宋儒鼓吹的一套义理气节，都被他涂上了时代的色彩而加以改造过了。"④

六、既非反动，亦非革命

上述事实说明，无论从方东树的全人或他的《汉学商兑》来看，都不应说他是个"反动思想的人物"，更谈不上所谓"最典型的代表"了。

那么，我们是否赞同梁启超把《汉学商兑》誉为"革命事业"呢？

梁启超的《清代学术概论》说："方东树之《汉学商兑》，却为清代一极有价值之书。其书成于嘉庆间（据郑福照《方仪卫先生年谱》，其书成于道光四年，在嘉庆之后——引者注），正值正统派炙手可热之时，奋然与抗，亦一种革命事业也。其书为宋学辩护处，固多迂旧，其针砭汉学家处，却多切中其

---

① 此系元和沈钦翰在《汉学商兑》一书前题词中的话。阳湖陆继辂的题词，也赞其"折中平允"。
② 方东树：《汉学商兑》卷中之上。
③ 黄霖：《近代文学批评史》，上海古籍出版社 1993 年版，第 160 页。
④ 黄霖：《近代文学批评史》，上海古籍出版社 1993 年版，第 158 页。

弊。……后此治汉学者颇欲调和汉宋。"①

笔者认为，这种评价虽然有一定的根据，有其合理的一面，但誉之为"一种革命事业"，则是不恰当的。因为无论宋学或汉学，都是得到清王朝提倡和支持的，都是属于儒家内部不同学派之争，是从儒家经典这同一个根上生长出来的。用方东树的话来说："吾尝譬之经者良苗也，汉儒者农夫之勤蓄畜者也，耕而耘之，以殖其禾稼；宋儒者获而舂之，蒸而食之，以资其性命，养其躯体，益其精神也。非汉儒耕之，则宋儒不得食，宋儒不舂而食，则禾稼蔽亩，弃于无用，而群生无以资其性命。"②可见连方东树也认为，宋儒与汉儒是继承与发展的关系，根本谈不上是什么"革命"。

方东树反对当时的汉学末流脱离社会现实，不关心国家大事，尽管他表现了在"正统派炙手可热之时，奋然与抗"的可贵勇气，确有其历史进步意义，但是他所采用的思想武器——程朱之学，又毕竟是陈腐的，是以强化封建的伦理道德，来挽救封建统治的没落的，有其反动性的一面，因而它谈不上具备"一种革命事业"的性质。

何况无论是鼓吹宋学或尊崇汉学，皆属于学术思想之争。学术思想问题，与政治上的"反动"或"革命"，既有联系，更有质的区别。把学术思想问题，无限上纲为政治上的"反动"或"革命"，尤其是给作者轻易地"定性"为"反动人物"，这种简单化的极"左"的思维模式，在我国的流毒可谓源远流长，根深蒂固，历史上无数的"文字狱"，即是其必然的恶果。作为正直的社会科学学者，应引以为戒，而绝不能再受此思维模式的桎梏或影响。在这方面，历史和现实的血淋淋的教训，实在太多太深了，至今还令人触目惊心，余悸难消。

① 梁启超：《饮冰室合集》第8册。
② 方东树：《汉学商兑重序》。

七、文辞为宗，大言自壮

平心而论，方东树不是政治家，也不是哲学家、思想家，而是以"姚门四杰"之一著称的桐城派文学家。他写《汉学商兑》，主要是由于"近世为汉学者，其蔽益甚，其识益陋，其所挟惟取汉儒破碎，穿凿谬说，扬其波汨其流"①。至于"训诂名物制度"，他也认为"实为学者所不可阙之学"，问题只是在于"此等明之固佳，即未能明，亦无关于身心性命，国计民生"②。可见他所最为关注的，是"身心性命、国计民生"的需要。这反映了他作为一个文学家的思维方式和思想实质。他反对汉学之"蔽"，并不反对汉学本身；他尊崇程朱之学，也跟顽固维护封建统治的理学家有别。对此，有识之士早就看出来了，如章炳麟的《检论》即指出："桐城诸家（指方苞、刘大櫆、姚鼐等——引者注），本未得程朱要领，徒援引肤末，大言自壮。……东树本以文辞为宗，横欲自附宋儒。"③

还有的学者说：方作《汉学商兑》："名为扬宋抑汉，实则归心禅学，与其所著《书林扬觯》，皆阳儒阴释。"④看出他"醉翁之意不在酒，内里另有用意"，这可谓是一些有识之士不约而同的共识，不同的只是内里的具体内涵究竟是什么？是否就是"阴释"——"归心禅学"呢？他的知己好友姚莹说得好："吾观植之自言学佛，夫植之岂真学佛者哉，毋亦有所激愤而为之乎？"⑤他的"阴释""学佛"，实则是出于"本以文辞为宗"的文学家的良心——爱国忧民，为社会现实的腐败而"有所激愤"。

方东树所宣扬的程朱义理，既然只是"大言自壮"，那么，无论以他为"提倡腐烂理学的反动思想的人物"中"最典型的代表"，或赞其为"一种革命事

---

① 方东树：《汉学商兑重序》。
② 方东树：《汉学商兑》卷下。
③ 章炳麟：《检论》卷4，《清儒》。
④ 皮锡瑞：《经学历史》。
⑤ 姚莹：《方植之皇经解义十种书后》，《东溟文后集》卷10。

业", 就都如同视猫为虎、指鹿为马一样, 显得未免失实了。

近人张舜徽侧重于从文学方面对《汉学商兑》的评价, 则是称其为: "言议骏快, 文笔犀利。箴育起废, 足矫乾嘉诸儒之枉。虽持论稍偏, 不可谓非雄辩之士。"[①]

八、爱国忧民, 此呼彼应

有的学者正因为未看到桐城派以程朱义理为"大言自壮"的实质, 以致歪曲和抹杀了方东树等作为爱国忧民的进步文学家的真面目, 而误把"提倡腐烂理学的反动思想", 当成桐城派的"思想实质及其出发点", 当成"桐城派的思想规范", 因而得出结论说: "方东树的《汉学商兑》是历史的负号, 而龚自珍的汉学批判是历史的正号。""他们与同时代的龚自珍、魏源等先进人物的思想是截然两样的。"甚至把方东树提出的"救时""济世"等进步主张, 也指责为"他所要救的'时', 所要济的'世', 说穿了, 也只是清王朝日之将夕的统治政权而已"[②]。

事实果真如此么?

在历史上, 龚自珍、魏源向来是作为进步思想家、文学家相提并论的。跟龚、魏同时代的方东树等桐城派作家, 虽然在思想的进步性方面不及龚、魏, 但是在批判汉学末流的脱离现实、积极追求爱国忧民这方面, 他们又确定是与龚、魏此呼彼应, 颇为一致的。据近代刘声木的《桐城文学渊源撰述考》, 龚自珍本属桐城文派中人, "其文不尽守师法, 亦有简劲合于桐城义法者"[③]。魏源的《海国图志》, 是公认的当时进步思潮的代表作, 对后来资产阶级改良主义运动有

① 张舜徽:《清人文集别录》卷 13。
② 王献永:《桐城文派》, 中华书局 1992 年版, 第 67 页。
③ 刘声木:《桐城文学渊源撰述考》卷 4, 黄山书社 1989 年版, 第 177 页。

积极的影响。当方东树晚年读到这部著作时，他当即写信给魏源说：

"……兹八月　日于叶君处得示大著《海国图志》两函耳。此书名已久，迟而未见，急拭昏眸，悉心展读，甫尽卷首四条，不禁五体投地，拍案倾倒，以为此真良才济时切用要著，坐而言可起而行，非迂儒影响耳食空谈也。"①方东树与魏源的爱国进步思想是如此相投，怎么能仅因为他在主观上有真诚尊崇程朱之学的一面，甚至只因为他说了几句以程朱义理"大言自壮"的"门面语"，就把他打入与龚、魏对立的反动阵营呢？

至于说"他所要救的'时'，所要济的'世'"，"只是清王朝日之将夕的统治政权而已"，这更属无稽之谈。且不说当时的历史条件，尚不可能出现另一个足以代替清王朝的如旭日东升的统治政权，连后来的资产阶级改良主义运动，也不因其要挽救"清王朝日之将夕的统治政权"而丧失其历史进步意义，即使从方东树提出"救时""济世"的主张来看，也是以人民性和进步性为其主要内涵的，而并非只是为了清王朝。例如，他说："盖民安而后国安，国安则君自安，一定之理，若夫徒知利国而不利民，不顾民之水火疾痛，而曰吾固以利国奉君也，譬掘根焦土而求种获，必不得矣，卒之民亡而国遂受其大败。孟子曰：民为贵，社稷次之，君为轻。此利害次第之实理也。"这种强调"民安而后国安，""民为贵"的"实理"，显然是属于朴素的民本思想，而跟只顾肆意压迫、剥削人民，腐朽没落的清王朝统治政权相矛盾的。

方东树具有某些朴素的民主、平等思想，还表现在他是个"自奉极菲，而遇人则厚"的人，每遇"凶岁"，他竟不惜自己"更减食饮，以用困穷，盖至性醇笃如此"②。他能打破封建的夫权观念，以平等的态度，视妻子为"良友"，公开著文说："余性不深固，好直言人失，常以取怨。妻每谏余，迄未能改，

---

① 方东树：《仪卫轩文集·与魏默深书》。
② 方宗诚：《仪卫先生行状》，见于《大意尊闻》卷首。

以此愧之。余出在外，幸与贤士大夫交游，妻闻之乐，闲与商榷，人士才性贤否，及时事之是非，皆能解意表。故余不归，归则如对一良友焉。"① 他这种追求民主、平等的"至性"，跟那种"反动思想的人物"中"最典型的代表"，实在太不相称了。

九、文与道俱，经世致用

方东树的文学主张和文学创作，虽然也有封建性的糟粕，但就其主要倾向来看，还是以爱国忧民的思想，实现其"救时""济世"之旨，是合乎当时的时代潮流，有其进步意义的。

首先，他强调文章要适应时代的需要，要"救时""言蔽""经世致用"。例如，他说："夫唐以前无专为古文之学者，宋以前无专揭古文为号者，盖文无古今，随事以适当时之用而已。"② 他要求文章所写的内容要"适当时之用"，要"救乎时"，要揭示"其时之蔽"，否则"言虽是而不足传"。③ 清朝统治者提倡考据，妄图把知识分子引导到不问政治，脱离现实，埋头于故纸堆中，而他则公然反对"钻故纸著书作文"，要求"才当世用，卓乎实能济世"④。在他看来，"要之文不能经世者，皆无用之言，大雅君子所弗为也。"⑤

他虽然也强调文章要遵循孔孟程朱之道，要"有本"，认为"文之所以不朽天埌万世者，非言之难，而有本之难"，"其至者乃并载道与德以出之"。⑥ 但他所说的孔孟程朱之道、"有本"及"道与德"，皆要服从於"救时"、"济世""安民实用"的需要，如在他的文集中论及最多的姚莹。他称赞姚"任台

---

① 方东树：《仪卫轩文集·妻孙氏生志》。
② 方东树：《仪卫轩文集·书惜抱先生墓志后》。
③ 方东树：《仪卫轩文集·辨道论》。
④ 方东树：《仪卫轩文集·复罗月川太守书》。
⑤ 方东树：《仪卫轩文集·复罗月川太守书》。
⑥ 方东树：《仪卫轩文集·书惜抱先生墓志后》。

澎道四年，召募义勇三万余人，挫败英夷。英夷惮之，不敢近。故连年浙粤江南皆丧地失守，而台湾独完"①。称赞姚的为人和文章最讲究"实"，②"平居以贾谊、王文成自比其学，体用兼备，不为空谈，故其文皆自抒心得，不假依傍。"说："余观其义理之创获，如浮云过而观星辰也。""其铺陈治术，晓畅民俗，洞极人情白黑，如衡之陈鉴之设，幽室昏夜而悬烛照也。"③这就是说，姚莹在政治上是个坚持抗英，并立下赫赫战功的爱国主义者，而在文学创作上是个坚持写实，并"洞极人情白黑"的现实主义作家。所谓的"义理"，并不是指孔孟程朱书本上的教条，而是经过实际生活的"衡"与"鉴"，经过作家的"观察"与"烛照"之后的"心得"和"创获。"

姚莹既跟方东树同为姚鼐的嫡传弟子，又与龚自珍、魏源、林则徐交好。那种仅因为方东树、姚莹是桐城派作家，或者仅因为他们说了些鼓吹程朱义理的"门面语"，乃至在思想上有真诚地尊崇程朱的一面，就一笔抹煞他们的爱国主义和现实主义精神，把他们说成是与龚、魏所代表的进步历史方向相悖的"反动思想的人物"，这未免太主观武断了，不能不说是由于论者对桐城派作家成见太深，或只看到某些表面现象，而未从其全人和全部作品作全面的实质性考察所致。

方东树是以文学家著称的。人们对他的评价的主要根据，应是他的文学作品，而不是他的哲学说教。革命导师对一些作家作品的科学分析，已经为我们树立了足资效法的典范。例如，恩格斯一方面指出："巴尔扎克在政治上是一个保皇党"，"他的同情是在注定要灭亡的那个阶级方面"；另一方面，则仍然高度评价巴尔扎克是"比过去、现在和将来的一切左拉都要伟大得多的一个

---

① 方东树：《仪卫轩文集·寄石甫》诗小序。
② 方东树：《仪卫轩文集·姚石甫六十寿序》。
③ 方东树：《姚石甫文集序》。

现实主义艺术家"。①列宁一方面指出托尔斯泰是个"傻头傻脑的地主"，"鼓吹世界上最讨厌的一种东西，即宗教，企图用信奉道德的神父来代替官方的神父，这就是说，培养一种最巧妙的，因而也是特别恶劣的神父主义"；另一方面，则仍然肯定他"是一个天才的艺术家"，盛赞他的作品"是最清醒的现实主义，撕毁一切假面具"，"是俄国革命的镜子"。②方东树的文学成就，当然远远比不上巴尔扎克和托尔斯泰，笔者也绝无意于把他们相提并论，只是认为恩格斯、列宁评价作家作品的辩证唯物主义的观点和方法，也完全适用于我们评价包括方东树等桐城派在内的一切作家和作品。

其次，方东树作为桐城派文学家，他不赞成当时一些人的文学观，是有其正确性的。如戴震虽然不愧为进步思想家，但这绝不意味着他的一切看法都是正确的，他对文学必须以生活为源泉、文学的相对独立性和文学形式的重要性，在认识上即有偏颇。他说："文章有至有未至，至者得于圣人之道则荣，未至者不得于圣人之道则瘁。""事于文章者，等而末者也。"③方东树则认为文学有其自身的规律，他强调"文章之道，别有能事"，既要"有物"有用，又要"有序"有文，要"文与道俱，言为民则"，"其道足以济天下之用，其词足以媲《坟》《典》之宏。"这样才能"传于后世"，"光景常新，久而不敝，而为人所循诵法传。"④他不是一味地强调文章的"至"与"未至"，完全取决于是否"得圣人之道"，而是既要求学习、借鉴和继承古文的写作技法，说："夫有物则有用，有序则有法；有用尚矣，而法不可借。"（59）同时又强调"必师古人而不可袭乎古人"，要"善因善创"。⑤他认为，文学是随着时代的发展而不断发展的，犹如"昔之水已前逝，今之水方续流也。""由欧、苏、曾、

① 恩格斯：《给哈克纳斯的信》，见《马克思恩格斯列宁斯大林论文艺》，第21—22页。
② 列宁：《托尔斯泰是俄国革命的镜子》，《马克思恩格斯列宁斯大林论文艺》，第88—89页。
③ 戴震：《戴东原集·与方希原书》。
④ 方东树：《仪卫轩文集·切问斋文钞书后》。
⑤ 方东树：《仪卫轩文集·答叶溥求论古文书》。

王逆推之以至於孟、韩，道术不同，出处不同，论议本末不同，所纪职官名物时事情状不同，乃至取用辞字句格文质不同，而卒其以为文之方，无弗同焉。"①这跟毛泽东所说的："过去的文艺作品不是源而是流"，只有"人民生活"才是文艺创作"唯一的源泉"，②是相吻合的。由此，也可看出他所说的"道术"、"出处""议论本末"乃至"辞字句格"，皆不是来自孔孟程朱等前人的书本，而是要来自当代的社会生活。

他还明确地提出，在学习古文时，要反对"徒剽袭乎陈言，渔猎乎他人"。指出："似他人之衣冠笑貌以为之"，丧失自己的真面目和创作个性，势必变成"将见子不复识其父，弟不可辨其兄，群相怪惑，无能求审此人面目之真，而已安在哉！"他要求"惧其似也而力避之"，做到"无一字不自己出"。③方东树的文学观，显然是既有助于促进文学反映时代的需要，又有利于推动文学自身的不断发展和进步的。

在创作实践上，方东树的古文"少学于惜抱，而不为其说所囿，能自开大，以成一格"④。他不是一味地追求桐城派传统的"雅洁"，而是洋洋洒洒，"务尽其言之理而足乎人之心"⑤。方宗诚赞其为"无不尽之意，无不达之词"⑥，虽未免过誉，但他确实不愧为以博大精深、才雄气盛见长。

总之，方东树的一生是个十足的悲剧，令人不免深感惋惜和遗憾。他既对汉学末流脱离现实，不关心国家大事，深恶痛绝，又找不到反对他们的新的思想武器，而只能重新打出程朱理学的破烂旗帜。他既对封建统治阶级的腐朽衰败，颇为不满，又找不到新的出路。他呼唤"救时""济世""经世致用"，

---

① 方东树：《仪卫轩文集·答叶溥求论古文书》。
② 毛泽东：《在延安文艺座谈会上的讲话》。
③ 方东树：《仪卫轩文集·答叶溥求论古文书》。
④ 方宗诚：《桐城文录序》，《柏堂集》次编卷1。
⑤ 方宗诚：《桐城文录序》，《柏堂集》次编卷1。
⑥ 方宗诚：《桐城文录序》，《柏堂集》次编卷1。

而那个社会却不给他提供施展抱负的机遇，他本人又摆脱不了儒学传统思想的桎梏，在文学上又缺乏足以创作出堪称传世之作的才能。更可悲的是，他那满腔爱国忧民之情，不但在当时得不到应有的理解，而且在后代还或被斥为"反动思想的人物"中"最典型的代表"，或被捧成是从事了"一种革命事业"，从而成了中国学术思想史上的一大公案。

这不仅是他个人的悲剧，更是时代和社会的悲剧。因为那是个封建统治已经腐朽衰落，而足以代表新的生产力的新的阶级尚未成熟；长期被神圣化了的传统思想，极端化简单化的思维定式，象梦魇一样压抑和箝制着许多人。所以，是那个时代和社会环境决定了方东树不可能成为光彩炫目的启明星，而只能是历史苍穹之中的一颗流星；尽管它不过一闪而过，但它毕竟燃烧出了划破黑暗夜空的明亮，留下了发人深思的悲剧的余韵……

（原载《古籍研究》1998 年第 2 期）

忧时济世，力倡改革

——薛福成评传

薛福成，字叔耘，号庸庵。清道光十八年（1838）生于江苏无锡，光绪二十年（1894）逝于上海，享年 57 岁。一生主要担任曾国藩、李鸿章幕僚，浙江宁绍台道，出使英、法、意、比四国大臣，以"经世之文""首屈一指"和改良主义政论家著称，著有《庸庵全集》。

一、生当"时变方殷"，祈求"有用之学"

福成生在外患内忧日益严重的年代。在他 3 岁时，即爆发中英鸦片战争。此后，英、法、美、日、俄等国相继侵犯我国土。咸丰十年（1860）福成 23 岁时，英法联军甚至侵入北京，纵火烧了圆明园。同年，洪秀全领导的太平军已占领南方大片国土，包括福成的家乡无锡，遂迫使其举家迁徙宝应之东乡。

他出生于书香门第。其父薛晓帆，是进士，以文辞受知于曾国藩，在湖南任县令。不幸于咸丰八年（1858）即病逝，时福成 21 岁。母顾氏，国子监生顾钧之女。其父生前"恒囊笔游四方"，由其母"主持家政"，她对于福成兄弟"未尝加以疾言遽色，然教诫不少倦。每归自塾中，必亲理其余课。寒暑风雨之夕，一灯荧然，读声至夜分乃罢。暇辄为言：某能读书，身享令名，荣及父母；某不能诵书，污贱危辱，濒于死亡。福成等耸听汗下，罔敢自逸，故督责非甚严，而所学或倍常程"。①

举家避难于宝应之东乡，"所居卑洼多湿"。尽管生活条件差多了，但福成"兄弟数人，益以读书求志相砥属，聚居斗室中，昼则纵观经史，质问疑义，夜则一灯围坐，互论圣贤立教微旨，古今理乱得失之要最，有不合则断断辩难，欢声与童仆鼾声相应"。每每争论到"鸟鸣日出""颓然欲卧"之时。"如是者五六年，是时余兄弟怡怡愉愉，乐道娱亲，几不知饥寒之将迫，寇警之环逼也。"②福成还在"读书奉亲之外，妄画灭贼方略，思欲亲诣（曾国藩）行辕陈献，辄以母老家贫，不能远行而罢"③。

由祈求"有用之学"，进而认识到"无文不行"，"乃稍稍致力古文辞"，这是福成青少年时期的主要追求。他在《季弟遗集序》中说："余少时，与季怀以学问相切劘，季怀好攻古文辞，潭思不辍，余诘以'时变方殷，士无论遇不遇，当蕲以有用之学，表见于时。胡为矻矻于文艺之末'？季怀曰：'不然，夫文之至者通乎道。古文于文体最尊。自古夷艰泽世之伟人，无文不行。如贾谊之疏，董仲舒之策，诸葛武侯之《出师表》，……'余乃稍稍致力古文辞，季怀亦渐讲经世学，凡余所观之书无不观。"

福成的求学之路，并非笔直、平坦的，而是在追求经世实学的基础上经历了"三变"："始考之二千年成败兴坏之局，用兵战阵变化曲折之机，旁及天文、阴阳、奇门、卜筮之崖略，九州阨塞山川险要之流纪，靡不切究"；继又"觉要领所在初不止此，因推本姚江王氏之学，以收敛身心为主，然后浩然若有得也"；最后则"又知为学之功，居敬、穷理不可偏废，而溯其源不出六经

---

① 见《先妣事略》。
② 薛福成：《母弟季怀事状》。
③ 《上曾侯相书》。

四子之说"。^①所谓"居敬、穷理",意谓"言自处以敬"（朱熹对《论语·雍也》"居敬"的注释），"穷极万物深妙之理"（孔颖达对《易·说卦》"穷理"的疏解）。这是宋代理学家朱熹提倡的道德修养和认识方法。

好在福成绝不满足于闭门"居敬穷理"的"学者工夫"，而是清醒地认识到，他所处的是"时变方殷"的时代，读书治学要"施于用"，"当实用"。^②仅"独学于穷乡之中，固陋不足以应世，窃自私念必得今世巨公如节下者（指曾国藩——引者注），以为依归，而磨砺以事，始能略有成就"^③。因此，同治四年（1865），福成 28 岁进入曾国藩幕府，成为他跨入人生道路的新阶段。

二、入曾国藩幕府八年，"扩见闻，充器识"

同治三年（1864），曾国藩领导的湘军收复天京，洪秀全自杀，太平天国已惨遭镇压，只是北方的捻军依然兴盛。因此，同治四年（1865），清政府命曾国藩赴山东督师剿捻。曾即张榜招贤，福成便从宝应《上曾侯相书》，提出并阐述他的"养人才、广垦田、兴屯政、治捻寇、澄吏治、厚民生、筹海防、挽时变"等八项主张，指出捻寇之难治，在于"山东、河南数省吏治疲刓已久，民贫俗悍，习于为非；善抚之则皆民也，不善抚之则皆捻也，故绝捻之源，首在吏治"。曾国藩一见，大加赞赏，随即邀他入其幕府办事，并在《求阙斋乙丑五月日记》中记曰："故友薛晓帆之子福成递条陈约万余言，阅毕嘉赏无已。"又十分兴奋地对幕宾李申甫说："吾此行得一学人，他日当有造就。"还对福成说："子文长于论事，年少加功，可冀成一家言。"在十七年之后，福成于此文末的"自识"中说："厥后余从公八年，前后出入幕府共事者三十余人，

---

① 薛福成：《上曾侯相书》。
② 薛福成：《李氏藏书目录序》。
③ 薛福成：《上曾侯相书》。

多一时贤俊，余颇得晨夕晤谈，以扩见闻，充器识，皆文正提奖之力也。"福成对曾国藩不只满怀感激之情，而且十分赞赏他"有驾乎天下之才之识之量，然后能用天下才，任天下事"①。

同治四年（1865）至同治十一年（1872），薛福成在曾国藩幕府主要从事草拟文稿；与张裕钊、吴汝纶、黎庶昌同列为曾国藩的四大弟子之一。桐城派"流衍益广"所产生的"窳弱之病"，道光末年"颓放极矣"的风气，经过曾国藩的"出而振之"，经过他们这些"极一时英俊"的"朝夕论思"，"推阐智虑，各自发摅"，终于收到"风气至为一变"的效果。黎庶昌《庸庵文编叙》在四大弟子中，以福成跟曾国藩"相从独久"，"尤拳拳于曾文正公之德之业，反复称述，乐道不厌"②。福成本人则在《季弟遗集序》和《拙尊园丛稿序》中，一再推崇曾国藩在幕府经常讲的："文者，道德之钥，而经济之舆也。"使他"颇得广所未闻，讲明途径，而为之益勚"。

要求"破累朝积习"，"变更一切成法"，"不拘一格"选拔人才，是福成本时期为文的特色之一。现在我们能见到的福成最早的文章，就是他在入曾国藩幕府前一年写的《选举论》上中两篇。在上篇中，他指出："制艺之盛已五百年，至今日而穷矣。穷则变，变则通，通则久。为今之计，其必取之以征辟，而试之以策论乎，黜浮靡，崇实学，奖荐贤，去一切防闲，破累朝积习，则庶乎可以得人矣。"次年，在《上曾侯相书》中，他又把"养人才"列为他的首要主张，要求对人才要"博访而慎择之"，"有一长一艺堪施实用者，不拘一格"，"量才录用"，使"贤才无遗逸之患"。同治十二年（1873），他又作《选举论》下篇，更进一步指出，当此"强邻环伺"之际，以"小楷试帖"取士，是"隳人志气，锢人聪明，所谓自侮自伐也"。"为今之计，宜变更一

---

① 薛福成：《叙曾文正公幕府宾僚》。
② 黎庶昌：《庸庵文编叙》。

切成法"。跟近代启蒙思想家龚自珍的"我劝天公重抖擞，不拘一格降人才"相比，福成的这个思想，显然既是一脉相承，又有重大发展。不过，从其在同治七年（1868）作的《中兴叙略》上下篇，以盛赞曾国藩对太平天国的镇压，说明"古今盛衰之运，以才为升降"来看，他所说的"才"，还是以谋求封建社会的中兴为根本出发点的；它反映了一切改良派所不可避免的局限性。

指出洋人以鸦片"鸩毒于中国"，"其害过于洪水猛兽远甚"，是福成本时期为文的又一特色。自从1840年中英鸦片战争，力主禁烟的林则徐遭革职之后，鸦片烟的流毒即在我国大肆泛滥，以致在同治六年（1867），竟有人"谓洋烟至今日势所难禁，且既成风俗，亦自不必禁"。福成当即作《答友人论禁洋烟书》，指出："五十年来，洋人布此鸩毒于中国，杀人之身，复杀人之心，其害过于洪水猛兽远甚。"他旗帜鲜明地站在林则徐一边，说："曩者一二巨公怒然忧世道之变，欲厉其禁而大为之防，未获伸其志而颠沛以去，遂使世俗之论谓洋烟终不可禁。"他公然把洋烟的泛滥，归咎于"由于上不之禁，上不之禁则民不以为诟病，而转视为适俗怡情之具"。在他看来，"洋烟之熄，亦在上之行其法耳。今计天下之财，耗于洋烟者，每岁不下数千万。以数千万之银，易无限之灰烬，比如漏卮之不可不塞也。"由此可见作者目光之敏锐，爱国情感之浓烈，文笔之犀利。

既竭力学习甚至模仿桐城文，又不以桐城轨范自拘，是福成本时期为文的又一显著特色。例如，他在同治五年（1866）作的《登泰山记》，其对姚鼐《登泰山记》的模拟痕迹十分明显；姚鼐写泰山日出的景象是"极天云一线异色，须臾成五采，日上正赤如丹，下有红光动摇承之"。福成则写成："极东红光一缕，……旧轮晃漾，若自地面涌出，体不甚圆，色正赤，可逼视其上，明霞五色，如数百匹锦"，两者"一线"与"一缕"，"五采"与"五色"，"正赤如丹"与"色正赤"，岂不如出一辙？！不同的是姚鼐的《登泰山记》通篇无一句作者的议论或说教，而福成的《登泰山记》则有"然后知不登泰山之巅，不知众山之非高也。人之自立，何独不然"，"君等识之，天下事未阅历者不可臆测，稍艰难者不可以中阻也"等议论穿插其中。同治四年（1865），福成在为病故的幕府同事作的《向伯常哀辞》中，曾盛赞"其为文不屑屑以桐城轨范自拘，每至得意，疾书如洪波汪洋，虽浮沙淤泥未暇澄清，而不能阻其百折必东之势"。其实，这恰恰道出了他本人为文的特色。例如，他的《上曾侯相书》等，洋洋万言，其风格和气势，岂不同样"如洪波汪洋"？

三、入李鸿章幕府十年，御外侮，图自强

同治十一年（1872），曾国藩病逝。不久，福成即入李鸿章幕府，直至光绪十年（1884），前后逾十年。在这期间，福成主要为李鸿章草拟文稿，为抵御外侮，而力图"自治之方""自强之道"。因为随着同治七年（1868）捻军继太平天国之后被镇压，内乱已基本平息，而外侮则日益严重，日、俄、英、法皆不断侵犯我国。

光绪元年（1875），同治帝崩，德宗继位，慈禧再度垂帘执政，"谕令内外大小臣工，竭诚纾困，共济时艰。"于是福成作《应诏陈言疏》，一针见血地指出："欲御外侮，先图自强；欲图自强，先求自治。"为此，他以"所拟治平六策"，曰："养贤才""肃吏治""恤民隐""筹漕运""练军实""裕财用"，作为"于中国自治之方"；又"谨筹海防密议十条"："择交宜审"，"储才宜预"，"制器宜精"，"造船宜讲"，"商情宜恤"，"茶政宜理"，"开矿宜筹"，"水师宜练"，"铁甲船宜购"，"条约诸书宜颁州县"，以"冀于自强之道，稍裨万一"。在这"六策""十条"之中，尤其值得注意的有四点：

一是他对民间疾苦的深切洞察和同情，如他揭露"州县暴敛于平民"，"上下交征，而州县之取诸民者，往往三四倍于正赋"。"以臣所见，间阎十室九

空，而百物昂贵，小民奔走拮据，艰于生计，力田之农，终岁勤动，尚难自给，偶遇水旱，即不免流移道路，其颠沛饥羸之况，不可殚述也。一省如此，他省可知。"他要求朝廷"与民休息"。

二是他要求转变不屑道、不熟悉洋务的社会风气。他指出："自中外交涉以来，中国士大夫拘于成见，往往高谈气节，鄙弃洋务而不屑道，一临事变，如瞽者之无所适从。"他要朝廷"另设一科"，对"洞达洋务者""别为录用"，做到"转移风气，不务空谈"。

三是他要求改变中国"凡百工技艺，视为鄙事，聪明之士不肯留意于其间"的恶习，派员赴外国考察和学习"日新月异"的"西人器数之学"，"以制器为要务"，"庶巧工百出，足与西国争长"。

四是他公然要求维护民族资本的利益，要朝廷"体恤商情，曲加调护，务使有利可获，官吏毋许需索，关津不得稽留，令明法简"，使之"隐分洋商之利"。对于矿产，除"伤洋人，买机器"，进行"官采"之外，要准予"商采"。

他的上述主张和要求，不仅适应了时代发展的需要，而且明显地代表了近代资产阶级求生存、谋发展的利益和愿望。

《创开中国铁路议》《代李伯相议请试办铁路疏》，是福成于光绪四年（1878）、光绪六年（1880）先后作的两篇力作。前篇适当中国第一条铁路——由英商怡和洋行创办的里程极短的淞沪铁路，通车不到一年，1877年即遭国人予以拆毁。"议者皆曰：铁路若开，恐引敌入室也，恐夺小民生计也，恐当路之冲，冢墓必遭迁徙，禾稼必遭熏灼也。"而薛福成却胆敢力排众议，列举种种例证，驳斥上述"议者""皆揣摩影响而不审于事实者也"。他强调指出，创办中国铁路，既是不可抗拒的"天地之大势"，又是使中国富强的必由之路。"轮车之制不行，则中国终不能富且强也。""弃舟车而不用，是犹谋食而屏米粗，御寒而毁衣裳也，必冻且馁矣。"代李鸿章作的《议请试办铁路疏》，除强调"铁路为富强要图，亟宜试办"，要求朝廷"固当力排众议，破除积习而为之"，还揭露"士大夫见外强日迫，颇有发愤自强之议。然欲自强，必先理财，而议者辄指为言利；欲自强必图振作，而议者辄斥为喜事；至稍涉洋务，则更有鄙夷不屑之见横亘胸中。不知外患如此其多，时艰如此其棘，断非空谈所能有济"。在他看来，"我朝处此数千年未有之奇局，自应建数千年未有之奇业。若事必拘守成法，恐日即于危弱，而终无以自强。"当时对此《疏》"都中议论汹汹，若大敌之将至者"，连"主持清议"的张之洞，"虽心知其有益，亦未敢昌言于众"。直到十年之后，张之洞任两广总督，"复有请由汉口开铁路至芦沟桥之奏"，先期任出使英国大臣的郭嵩焘还上书李鸿章，说张之洞"此议为乱天下之本"①。相比之下，更可见薛福成的思想观念，是多么具有超前性和先进性！多么难能可贵！

面对强敌环伺，如何应之得道？福成于光绪五年（1879）作的《筹洋刍议》十四篇，分别以《约章》《边防》《邻交》《利器》《敌情》《藩邦》《商政》《船政》《矿政》《利权》一至四、《变法》为篇目，对此作了全面系统的阐述。它既总结了惨痛的历史教训，又体现了我们民族的高度智慧。例如，在《约章》篇中，他指出："中国立约之初，有视若寻常而贻患于无穷者，大要有二：一则曰一国获利，各国均沾"，"是不啻驱西洋诸国使之协以谋我也，失计莫甚于此"；"一则曰洋人居中国，不归中国官管理也"，以致"洋人犯法从无抵偿之事"，这既有悖"地球各国通行之法"，又使"诸事为之掣肘"。在《边防》篇中，他指出："筹边不过自强之一端"，只要"上下戮力一心，精求自强之术而勉行之，则不言防边而边自固矣"。在《邻交》篇中，他断言日本"南犯台湾，北攻朝鲜，浸寻达于内地，殆必至之势矣"。而后的历史事实，证明福成此言确属英明的预见。

尤其是末篇《变法》，堪称为对全文的总结。他不仅强调，变法是客观形

① 见《养知书屋文集》卷13。

势、客观法则的必然要求，"今天下之变极矣！""华夷隔绝之天下，一变为中外联属之天下。""彼其所以变者，非好变之，时势为之也。"而且结合我国的实际，指出："如官俸之俭也，部例之繁也，绿营之窳也，取士之未尽得实学也，此皆积数百年末流之弊而久失立法之初意，稍变则弊去而法存，不变则弊存而法亡。是数者虽无敌国之环伺，犹宜汲汲焉早为之所，苟不知变，则粉饰多而实政少，拘挛甚而百务弛矣。"福成主张变法的目的，在于学习和赶超西洋诸国，使我国能自立于世界各国之林，不致老落后挨打。为此，他极为清醒地指出："若夫西洋诸国恃智力以相竞，我中国与之并峙，商政、矿务宜筹也，不变则彼富而我贫；考工、制器宜精也，不变则彼巧而我拙；火轮、舟车、电报宜兴也，不变则彼捷而我迟；约章之利病、使才之优拙、兵制阵法之变化宜讲也，不变则彼协而我孤，彼坚而我脆。"针对当时封建顽固派阻挠变法的说法："以堂堂中国而效法西人，不且用夷变夏乎？"福成予以反驳道："是不然！夫衣冠、语言、风俗，中外所异也，假造化之灵，利生民之用，中外所同也。彼西人偶得风气之先耳，安得以天地将泄之秘而谓西人独擅之乎？又安知百数十年后，中国不更驾其上乎？"他嘲讽那些顽固派："生今之世，泥古之法，是犹居神农氏之世而茹毛饮血，居黄帝之世，御蚩尤之暴而徒手搏之，辄曰：我守上古圣人法也。其不惫且蹶者，几何也！"

福成的上述变法主张，比康有为书请变法的 1888 年，要超前九年，其进步性显而易见。缺陷在于它只是着眼于用人和经济制度的改革，不但未触及根本政治制度的变革，而且对清王朝的统治仍不乏溢美之辞，如在《利权一》中说："我朝承明代加赋之后，悉除一切无名赋额，厚泽深仁，旷古未有。"说明作者虽然力主变法图强，但仍对清王朝怀抱希望和幻想。

光绪八年（1882），日本借口朝鲜发生内乱，派兵赴朝。时值张树声代李鸿章督畿辅，闻讯拟奏请发兵援朝，福成即撰《上张尚书论援护朝鲜机宜书》，认为这样"辗转筹商"，要坐失时机，遂"请发'超勇''扬威''威远'三兵轮即日东驶，仍函商总理衙门续发陆军前往，制府颇以为然"。因"朝鲜侦知我大军将到"，而对于"倭使"的"颇肆咆哮"，"拒之益坚"；待我"大军疾驰至王京驻营，倭使不虞我军之突入也，又自觉兵少而势孤"，"遂与朝鲜成约寻盟而退"。《清史稿·薛福成传》称，"福成虑缓则蹈流球覆辙，请速发军舰东渡援之。乱定，以功迁道员。"而福成却在上述《机宜书》的文末"又识"中言明："此事枢纽全在赴机迅捷，时则余友黎君莼斋为出使大臣驻日本，侦得确音，急递密电，制府得与僚吏熟筹预为之备，罔误机宜。余于是役，颇盛称莼斋为首功，惜乎制府奏事匆促，未及特笔为之表章，然其功自不可掩也。"福成如此居功而不贪功，其高贵品格和君子风范，至今仍令人不禁肃然起敬！

四、任宁绍台道五载，为浙东海防建功立业

光绪十年（1884）至十四年（1888），福成47岁至51岁，担任浙江宁（波）绍（兴）台道五年。到任之时，适逢中法战争，法军在由越南进窥广西的同时，又以海军侵犯我海疆。福成所担任的"巡道职虽主察吏，然备兵防海，实其专责"。在他的领导和协调下，宁波、镇海、招宝山军民英勇抗击法国海军的侵犯，不仅击伤法舰，且使法帅孤拔被击伤致死，使侵犯浙东海疆四月有余的法舰，终于败退。至于福成在这场斗争中的表现，他在光绪十三年（1887）作的《浙东筹防录序》中有这样的描写：

> 窃尝自念所居之地，尤以联上下、化异同为职。吾职稍有不举，辄凛凛然惧之。故凡进言于中丞者，惧将吏之隐情有不上达也，惧中丞之德之威有未下究也。凡调和于将帅之间者，惧有町畦而意计相歧也，惧吾积诚之未至也，惧吾谋虽忠，议虽密，或稍矜意气，致听者

不能虚受也。凡鼓舞群才而为吾辅者，未事则惧不尽所长，既事则惧不彰其绩，而当夫策力并进，未有折衷，又惧不能砥砺损益，归于至当也。慎此数者，识之不忘，幸而文武一心，上下辑睦，奋其智能，各事其事，绸缪寒署，不怵不惕。

以上连用九个"惧"字，把作者那殚精竭虑、兢兢业业、恪尽职守的心态和神情，刻画得可谓栩栩如生，感人肺腑！其字字句句皆朴实平淡之极，然而其所蕴含的爱国深情却浓烈之至。

光绪十一年（1885），福成为孙彦清的文集作《寄龛文存序》，既盛赞方苞、刘大櫆、姚鼐使"言古文者，必宗桐城"。更推崇曾国藩的"出而振之"，"师义法于桐城，得其峻洁之诣"，"论文必导源六经、两汉"，"故其文气清体闳，不名一家，足与方、姚并峙，其尤峣然者，几欲跨越前辈"。他宣称："桐城诸老所讲之义法，虽百世不能易也。"后人只能"继乃扩充以极其才"。这在福成来说，是他身为桐城派的坚定性的表现；而在我们来看，则恰恰反映了桐城派保守性的一面。

光绪十四年（1888），福成被调任湖南按察使之后，仍念念不忘浙东海防。特作《妥筹保护浙东新筑炮台疏》《密陈标营积习难改将才宜保护片》，要求皇上纠正标营将士将"素有功绩，为浙东不可多得之将弁"吴杰，排挤出镇海炮台，认为这"利害亦关大局，若因身已去浙，缄默不言，臣心实有所难安"。由此可见福成的拳拳爱国之心，竟毫不顾及个人的安危得失！

五、出使四载，"蕲使古今中西之学，会而为一"

福成于光绪十五年（1889）四月受命出使英、法、意、比四国，次年正月十一日由上海启程赴法，至光绪十九年（1893）秋，奉命回国任都察院左副都御史，光绪二十年（1894）四月由巴黎东渡，途中遇飓风得病，抵上海仅二十天，即于六月份病逝。

从光绪十六年（1890）至十九年（1893）这四年，为福成任出使四国大臣期间。他撰有《出使英法意比四国日记》。在出国之初的轮船上，即光绪十六年正月十六日的日记中，他就明确地说出了他此行出国的理想和追求："蕲使古今中西之学，会而为一，是则余之所默企也夫。"

如果说在出国之前，薛福成的变法改良思想，还局限于人才、外交和经济领域的话，那么，他在出国经过对西方国家的实地考察之后，便萌发了从政治制度和学术思想等方面，全面地进行变法改良的要求。这主要表现在：

称赞西方国家的议会"为最良"，尤以英、德的君主立宪"颇称最善"。例如，在光绪十六年七月二十二日日记中，他写道："西洋各邦立国规模，以议院为最良。然如美国则民权过重，法国则叫嚣之气过重，其斟酌适中者，惟英、德两国之制，颇称尽善。德国议院章程，尚待详考。英则……上议院中皆有政府之人，宰相得举百官之有才能者入上议院，而下议院之人皆由民举，举之之数，视地之大小、民之众寡。……上议院世爵多世及，无贤愚皆得入，故其人多守旧，无故不建议。下议院所议，上诸上议院，允者七八，否者二三，其事简。下议院为政令之所出，其事繁。"并说："各国公使入听议者，皆坐楼上。余于前月尝往听一次焉。"可见这篇日记是在他亲赴英国议院聆听，经过个把月的深思熟虑后才写成的。

他看到以西法立国，是"宇宙之大势"。在光绪十六年九月十八日的日记中，他以"东洋诸国力摹西法者，日本也。南洋诸国力摹西法者，暹罗也"。与不摹西法的"南洋各邦若缅甸，若越南，若南掌，或亡或弱矣"，加以对比，从而得出结论："今之立国不能不讲西法者，亦宇宙之大势使然也。"

他认为西方议会民主与中国管子的学说是一致的。在光绪十六年十月二十六日的日记中，他引用管子说的"量民力则无不成。不强民以其所恶，则奸伪不生；不欺其民，则下亲其上"。跟西方的议会民主作比较，说："西国之设上下议政院，颇得此意。"他认为管子"其时去三代未远，其言之粹者，非尽失先王遗意也"。其意显然是以管子所代表的"先王遗意"，来强调我国学习西方议会民主的必要和正确。

公然要以"恃商为创国、造家、开物、成务之命脉"。例如，在光绪十六年正月二十五日的日记中，他说："夫商为中国四民之殿，而西人则恃商为创国、造家、开物、成务之命脉，迭著神奇之效者，何也？盖有商则士可行其所学，而学益精；农可通其所植，而植益盛；工可售其所作，而作益勤；是握四民之纲者商也。此其理，为从前四海之内所未知，六经之内所未讲，而外洋则创此规模，实有可操之券，不能执中国崇本抑末之旧说以难之。""六经"，向来被尊为我国治国的根本指导思想；以士、农为本，工、商为末，崇本抑末，则是我国传统的基本国策。然而福成却要打破这些已过时的陈规"旧说"，学习西方"恃商为创国、造家、开物、成务之命脉"。这岂不意味着要使我国也要像西方国家一样，以商品经济来取代封建的自然经济么？

认为西方近代科学，"乃天地间公共之道。"主张在西学的基础上"再辟造化之灵机"，达到相师相胜。例如，在光绪十六年四月初一日的日记中，他指出西方国家的勃兴不过是近百年来"恃火轮舟车及电学"创行的结果，"今之议者或惊骇他人之强盛而推之过当，或以堂堂中国何至效法西人，意在摈绝而贬之过严。余以为皆所见之不广也。"所谓"推之过当"，实即崇洋媚外，势必仰人鼻息，甘受奴役；"摈绝而贬之过严"，则必然闭关自守，夜郎自大，固步自封，永远落后挨打。福成所指出的这两种倾向，在我国真可谓流毒深远，贻害无穷！福成所说的"见之不广"，就是没有像他那样认识到："西人之商政、兵法、造船、制器及农、渔、牧、矿诸务"之所以"实无不精"，"皆导其源于汽学、光学、电学、化学，以得御水御火御电之法"，而这些科学技术，"乃天地间公共之道，非西人所得而私也"。"上古之世，制作萃于中华，自神圣迭兴，造耒耜，造舟车，造弧矢，造网罟，造衣裳，造书契。当鸿荒草昧而忽有此文明，岂不较今日西人之所制作尤为神奇？特人皆习惯而不察耳。"在他看来，"今日西人因中国圣人之制作而踵事增华，中国又何尝不可因之？若怵他人我先而不欲自形其短，是讳疾忌医也；若谓学步不易而虑终不能胜人，是因噎废食也。"这就是说，我们必须学习西方，绝不能"讳疾忌医""因噎废食"。怎么学呢？不是要照搬照套，而是要"踵事增华"，"盖相师者未必无相胜之机也。吾又安知数千年后华人不因西人之学再辟造化之灵机，俾西人色然以惊，翟然而企也。"福成的这种见解，至今仍足以鼓舞人心而具有现实意义。

办外交，是福成身为出使大臣的职责。光绪十九年（1893），他在《出使四国公牍序》中说："余生性戆拙，凡遇交涉大事，辄喜龂龂争辩，……有时用力过锐，彼或怒而停议，然未尝不徐自转圜，未尝不稍就我范围。盖我虽执彼所不愿闻之言，而其理正，其事核，其气平，出以忠信之怀，将以诚恳之意，知彼不能难我也，然后继然用之以难彼而勿疑。……久之，彼且积感而释疑，转嫌而为敬，欺者不敢复欺，争者可渐息争矣。"由此可见，福成捍卫国家权益和尊严的铮铮铁骨及其卓越的外交成效。

然而他的外交努力，有时却遭到国内当权者的阻挠。例如，在光绪十八年（1892）作的《论中国在公法外之害》，他说："中国与西人立约之初，不知万国公法为何书"，致使"西人辄谓中国为公法外之国，公法内应享之权利阙然无与。如各国商埠独不许中国设领事官"。而外国领事在中国却享有治外法权，使"洋人杀害华民，无一按律治罪者"。当福成"殚竭心力，与英廷议定设立香港领事官"时，却遭到"当事诸公有一二人挟私怀忌，出死力以阻之"。这使他不禁愤慨地写道："余独不解其是何肺肝！中国办事之难一至于此，可胜叹哉！可胜叹哉！"

如果说在出国之前，福成对清廷统治者还时有赞颂和溢美之词的话，那么，随着他变法改良的要求处处碰壁，无法实现，在他的晚年，对清廷统治者的失望、不满和抱怨之情，就越来越溢于言表了。例如，在光绪十九年（1893）作的《论公司不举之病》，他指出其病根是"由于风气之不开，风气不开，由于朝廷上之精神不注"。不是如西洋那样"视此为立国命脉，有鼓舞之权，有推行之本，有整顿之方"，而是"无力者既辈然试之，当轴者辄惝然置之，风气岂有自开之理"？同年，他又作《论不勤远略之误》，揭露"当事者"的昏聩失职："呜呼！时局之艰危甚矣，强邻之窥伺深矣，当事者漫不加察，苟图自便，玩愒岁时，犹偃然曰：不勤远略也。此之谓无略，此之谓舍远而不知谋近，此之谓任天下事而不事事！"其揭露之深刻，可谓剔肤见骨；其愤激不满之情，可谓跃然纸上！

他的友人怕他遭"谗忌"，特地写信劝他宜"软美巧滑"。他在光绪十九年（1893）作的《答友人书》中说："足下若责仆以訏谟未用，争论不力，安边御侮之效未符初志，则仆知惧矣，若劝仆以软美巧滑，玩敌误国，则非不才之所敢闻。方今时势，正如贾子所云，厝火积薪之下而寝其上，尚恬然自以为安。仆驰驱海外，熟睹情势，辄思殚绵力以补救一二。平日明义理而又深知我如足下，乃亦不能相谅若此，岂惑于嗛我之言邪，抑汩于时俗之见也？"当权者竟昏聩到如此地步：睡在烈火燃烧的柴堆上即将化为灰烬，还自以为平安无事。"熟睹情势"的福成，竭尽全力要"补救一二"，不但不能奏效，反而遭到种种诬蔑和攻击，甚至连相知很深的好友都不能"相谅"。这不仅是福成个人无法排解的极大悲哀，而且也恰恰说明了中国改良派之所以必然失败的悲剧命运。

总之，在向来被视为封建守旧的桐城派之中，竟出现了薛福成这样一位积极要求变法改良的先知先觉者；在被人称为为封建统治者鼓吹休明的桐城文学中，薛福成之文，又恰如黎庶昌所论断的："皆所谓经世要务"①，"并世不乏才人学人，若论经世之文，当于作者首屈一指。"②并且他不是用"六经"等封建的陈规旧说来经世，而是适应时势的发展，鼓吹学习西法，实行变法改良，使中西之学会而为一。薛福成如此独特的杰出贡献，不仅令人对他刮目相看，而且由此足以引起我们对于桐城派的整个历史评价作重新思考，以求得更为全面和恰当的科学认识。

（原载《桐城派名家评传》，安徽人民出版社2001年版，第252—268页。）

---

① 见于黎庶昌为《庸庵文编》所写的"叙"。
② 见于黎庶昌在《庸庵文续编》卷下《书合肥伯相李公用沪平吴》文末批语。

薛福成的变法改良思想值得重视

薛福成何许人也？史书上只偶尔提及他是早期改良派和曾国藩的四大弟子之一，皆语焉不详。其实，他 1838 年生于江苏无锡，1894 年卒于上海，字叔耘，号庸庵，著有《庸庵全集》。曾任过曾国藩、李鸿章的幕宾，浙江宁绍台道，出使英、法、意、比四国大臣等职。最近我阅读他的全集，[①] 发现他不只在当时被誉为最"谙外国情势者"[②]，以变法改良为主要内容的"经世之文""首屈一指"[③]，堪称鼓吹变法改良的先锋，而且迄今对于我们推进改革开放仍具借鉴意义，颇值得引起人们的重视。

一、"厝火积薪之下而寝其上"，岂能"尚恬然自以为安"？

对客观形势有着清醒的认识，这是薛福成变法改良思想的基础和前提。

自鸦片战争以来，外国帝国主义的不断入侵，"西洋富而中国贫"的差距越拉越大，内忧外患的日益严重，封建统治的更加腐朽衰败，这一切使有着灿

[①] 《庸庵全集》，光绪辛丑年（1901）上海书局印。内含《庸庵文编》4 卷，《续编》2 卷，《外编》4 卷，《海外文编》4 卷，《筹洋刍议》1 卷，《出使英法意比四国日记》6 卷。本文所引薛福成著作皆据于此，不另注。

[②] 光绪二十年（1894），我驻日使馆参赞王遵宪，邮寄其五十万余言的《日本国志》书稿至巴黎，请薛福成为之作"序"，说："方今研使力而又谙外国情势者，无逾先生，愿得一言以自壮。"见于《庸庵海外文编》卷 4《日本国志序》。

[③] 见于黎庶昌在《庸庵文续编》卷下《书合肥伯相李公用沪平吴》文末的批语。

烂古代文明的中国，到了近代已陷于再也难以为继的地步。恰如薛福成在指出清政府军队的腐败时所说的："譬之广厦，楹栋桡腐而垣颓陀，非撤而新之，不可复支也。"①

然而，当权的统治者却浑浑噩噩，他们强使"今日中国之政事，非成例不能行也，人才非资格不能进也，士大夫方敝敝焉为无益之学，以耗其日，力所习非所用，所用非所习，一闻非常之议，则群骇以为狂②。"他们酣睡在烈火燃烧的干柴堆上，即将化为灰烬，竟还怡然自得其乐，自以为平安无事。如薛福成所揭露的："厝火积薪之下而寝其上，尚恬然自以为安"？③对此，他不禁愤慨地写道："呜呼！时局之艰危甚矣，强邻之窥伺深矣，当事者漫不加察，苟图自便，玩愒岁时，犹偃然曰：'不勤远略也。'此之谓'无略'，此之谓'舍远而不知谋近'，此之谓'任天下事而不事事！'"④这该是昏聩麻木到了何等令人触目惊心的地步！

薛福成清醒地认识到："中国自强之图，诚难一日稍缓矣！"⑤在统治者中虽然也有人要发愤图强，然而他们的思想却十分顽固守旧。恰如薛福成所指出的："士大夫见外侮日迫，颇有发愤自强之议，然欲自强，必先理财，而议者辄指为言利；欲自强必图振作，而议者辄斥为喜事；至稍涉洋务，则更有鄙夷不屑之见横亘胸中。不知外患如此其多，时艰如此其棘，断非空谈所能有济。我朝处此数千年未有之奇局，自应建数千年未有之奇业。若事必拘守成法，恐日即于危弱，而终无以自强。"⑥

可见，面对"处此数千年未有之奇局"，是"拘守成法"，昏昏然"自以

---

① 《庸庵文编》卷2《练兵》。
② 《庸庵外编》卷3《答友人书》。
③ 《庸庵外编》卷3《答友人书》。
④ 《海外文编》卷3《论不勤远略之误》。
⑤ 《庸庵文编》卷1《代李伯相复陈叠奉寄谕分别筹议疏》。
⑥ 《庸庵文编》卷2《创开中国铁路议》。

为安"，或流于空谈，还是力主变法，锐意改革，创"建数千年未有之奇业"？在这个关系到我们国家民族生死存亡前途命运的问题上，薛福成与封建统治者的态度恰恰针锋相对。

早在光绪五年（1879）作的《筹洋刍议》中，薛福成即明确地提出了"变法"的主张，指出："如官俸之俭也，部例之繁也，绿营之窳也，取士之未尽得实学也，此皆积数百年末流之弊而久失立法之初意，稍变则弊去而法存，不变则弊存而法亡。是数者虽无敌国之环伺，犹宜汲汲焉早为之所，苟不知变，则粉饰多而实政少，拘挛甚而百务弛矣。"[1]这比康有为书请变法要超前九年。

薛福成的锐意变法，并非只是为了应付"时局艰危"，更重要的是他早已看到全球化的发展趋势，认识到这是客观形势的必然要求。他说："今天下之变亟矣！""华夷隔绝之天下，一变为中外联属之天下。""世变小，则治世法因之小变；世变大，则治世法因之大变。""彼其所以变者，非好变之，时势为之也。"[2]他早已看到我们所处的是科学技术突飞猛进、日新月异，生存竞争极为剧烈的时代，更有加速变革之必要。用他的话来说："若夫西洋诸国恃智力以相竞，我们中国与之并峙，商政、矿政宜筹也，不变则彼富而我贫；考工、制器宜精也，不变则彼巧而我拙；火轮、舟车、电报宜兴也，不变则彼捷而我迟；约章之利病，使才之优绌，兵制阵法之变化宜讲也，不变则彼协而我孤，彼坚而我脆。"[3]我们当前的改革开放所面临的形势，不也与此十分相似甚至更为紧迫么？

针对当时封建顽固派阻挠变法的说法："以堂堂中国而效法西人，不且用夷变夏乎？"福成予以反驳道："是不然！夫衣冠、语言、风俗，中外所异也；假造化之灵，利生民之用，中外所同也。彼西人偶得风气之先耳，安得以天地

①　《筹洋刍议》第14篇《变法》，《庸庵文编》卷2《中兴叙略》。
②　《筹洋刍议》第14篇《变法》，《庸庵文编》卷2《中兴叙略》。
③　《筹洋刍议》第14篇《变法》，《庸庵文编》卷2《中兴叙略》。

将泄之秘而谓西人独擅之乎？又安知百数十年后，中国不更驾其上乎？"在他看来，"世变无穷，则圣人御变之道亦与之无穷。"他讽刺那些封建顽固派，是"生今之世，泥古之法，是犹居神农氏之世而茹毛饮血；居黄帝之世，御蚩尤之暴而徒手搏之，辄曰：我守上古圣人法也。其不戕且蹶者，几何也！"①尽管薛福成的"变法"，还局限于不根本触犯封建统治的改良，但他如此放眼全球化的"世变"，认清变法的极端必要性和紧迫性，如此勇于打破"成法"，敢于"用夷变夏"，其头脑之清醒，思想之解放，锐意变革并要力争"更驾其上"的开拓进取精神，岂不至今仍令我们感到佩服和鼓舞么？

二、"盛衰之运"，系于人才

必须"破累朝积习"，"变更一切成法"，做到"不拘一格"，"能举天下之才会于一"。这是薛福成变法改良思想的首要内容。

他总结历史和现实的经验教训，一再强调人才的极端重要性。说："世运之所以为隆替者何在乎？在贤才之消长而已。""古今盛衰之运，以才为升降久矣。""事须才而立。才大者必任群才以集事，则其所成又有大者焉。累而上之，能举天下之才会于一，乃可以平天下。"（14）薛福成所总结的这条历史经验，至今仍具有现实意义。试看今日美国之所以能成为世界首富的唯一超级大国，其中最重要的一个原因，不就在于它网罗了世界各国的人才，"能举天下之才会于一"么？

然而，在当时的中国所实行的科举制度，却肆意扼杀人才。我们现在所能见到的薛福成最早的文章，就是同治三年（1864）作的《选举论》上中两篇，其内容即揭露八股取士，是使"天下数十万操觚之士，敝精悫神于制艺之中"，

---

① 《筹洋刍议》第14篇《变法》，《庸庵文编》卷2《中兴叙略》。

而那些"每岁掇巍科登显第者"，并无真才实学，靠的只是"以近科程墨转相剽袭"。因此他说："制艺之盛已五百年，至今日而穷矣。穷则变，变则通，通则久。"他主张"黜浮靡，崇实学，奖荐贤，去一切防闲，破累朝积习，则庶乎可以得人矣"①。次年，在他的《上曾侯相书》中，又把"养人才"列为他的首要主张，要求对人才要"博访而慎择之"，凡"有一长一艺，堪施实用者，不拘一格"，"量才录用"，使"贤才无遗逸之患"。②

在同治十二年（1873），他又续作《选举论》下篇，指出当此"强邻环伺"之际，以"小楷试贴"取士，是"隳人志气，锢人聪明，所谓自侮自伐也"。要求"九重之上精神默运，询事考言，采宿望，核舆论"，选拔"真才"。③

在光绪元年（1875），他作的《应诏陈言疏》中，又把"养贤才"列为他"治平六策"的第一策，并断言："科举之法，久而渐敝，殆不可无以救之矣。"怎么救呢？他主张"重京秩，则贤才奋于内矣；设幕职，则贤才练于外矣；开特科，则举世贤才无遗逸之虞矣"④。

在光绪十九年（1893），他作的《强邻环伺谨陈愚计疏》中，又把"励人才"作为他提出的四条计策中的第一条。他强调要使人才能"致用于今日，则必求洞达时势之英才，研精器数之通才，练习水陆之将才，联络中外之译才"；以"多设学堂，随地教人，多选学生，出洋肄业"，为"储才之要端"。⑤这对封建的科举制度和教育制度，无疑地是个致命的冲击和深刻的变革。

他还明确地提出，学校教育是国家兴废盛衰之本。在光绪十七年（1891）正月初三日记中，他写道："夫观大局之兴废盛衰，必究其所以致此之本原。

① 《庸庵外编》卷1《选举论》。
② 《庸庵外编》卷3《上曾侯相书》。
③ 《庸庵外编》卷1《选举论》。
④ 《庸庵文编》卷1《应诏陈言疏》。
⑤ 《海外文编》卷2《强邻环伺谨陈愚计疏》。

学校之盛有如今日，此西洋诸国所以勃兴之本原欤！"①这跟我们今天所强调的"科教兴国""百年大计，教育为本"，岂不是十分相似相通的么？

当然，薛福成的人才思想并未脱离封建的阶级性。他热烈赞赏曾国藩"有驾乎天下之才之识之量，然后能用天下才，任天下事"②，便足资证明。这是其作为改良派所必然具有的局限性。但是，谁又能因此而否定他那"养贤才"、"励人才"、求"真才"，"破累朝积习"，使"贤才无遗逸之患"，学以致用，"黜浮靡，崇实学"，"多设学堂"，"多选学生，出洋肄业"，等等主张，所具有的历史进步意义及现实借鉴意义呢？

三、"轮车之制不行，则中国终不能富且强也"

"要致富，先筑路"。这是我国 20 世纪 80 年代推行改革开放政策后流行的口号。然而早在一个多世纪前的光绪四年（1878），薛福成已率先发表《创开中国铁路议》，明确宣告："窃谓轮车之制不行，则中国终不能富且强也！"③须知这在当时不仅需要有超凡脱俗的眼光，而且还要有"力排浮议"的莫大勇气。因为来自旧势力的阻力是很大的。由英商怡和洋行于 1876 年在中国建筑的第一条极短的淞沪铁路，通车不到一年即遭拆毁了。"议者皆曰：铁路若开，恐引敌入室也，恐夺小民生计也，恐当路之冲，冢墓必遭迁徙，禾稼必遭熏灼也。"而薛福成则列举种种例证，批驳"此皆揣摹影响而不审于事实者也。"强调指出，创开中国铁路，不仅是使中国富强的必由之路，而且是不可抗拒的"天地之大势"。他写道："迄于今日，泰西诸国研精器数，创为火轮舟车，环地球九万里，无阻不通。盖人心由拙而巧，器用由朴而精，风气由分而合，

① 《出使英法意比四国日记》卷 6。
② 《庸庵文编》卷 4《叙曾文正公幕府宾僚》。
③ 《庸庵文编》卷 2《创开中国铁路议》。

天地之大势固如此也。"他认为："弃舟车而不用，是犹谋食而屏来耜，御寒而毁衣裳也，必冻且馁矣。今泰西诸国竞富争强，其兴勃焉，所恃者火轮舟车耳。"他历数开铁路有便于商务、便于转运、便于调兵等等好处，甚至说："铁路既成，譬如人之一身血脉贯通，则百病尽去。"①

光绪六年（1880），他又代李鸿章作《议请试办铁路疏》，再次强调"铁路为富强要图，亟宜试办"。既以"法美俄德诸大国"，"四五十年间，各国所以日臻富强而莫与敌者，以其有轮船以通海道，复有铁路以便陆行也"，说明"盖处今日各国皆有铁路之时，而中国独无，譬犹居中古以后而屏弃舟车，其动辄后于人也必矣"。又历述"铁路之兴，大利约有九端"，批驳"张家骧奏称：开造铁路，约有三弊，未可轻议"，皆属"事必拘守成法"的旧观念作怪，毫无事实根据的"空谈"，要求朝廷"固当力排浮议，破除积习而为之"。②

在十年后的"己丑（1889）秋自识"中，他说此《疏》发出后，"都中议论汹汹，若大敌之将至者。斯时主持清议者，如南皮张庶子之洞，丰润张侍讲佩纶，虽心知其有益，亦未敢昌言于众，遂作罢论。迄今距庚辰（1880）十年矣，南皮张公亦总督两广五六年矣，复有请由汉口开铁路至芦沟桥之奏。既蒙俞允，即中外议者亦以为是者七八，以为非者不过二三。可知事到不能不办之时，风气年开一年，虽从前主持清议之张公，亦竟明目张胆而言之矣。再一二十年后，乌知讥铁路、畏铁路者之不转而为誉为盼也。"③由此可见，薛福成确有先见之明，那些"讥铁路、畏铁路者"，固然与之不可比拟，即使跟"心知其有益"的洋务派大老张之洞相比，他也要远远居于超前的历史地位，更何况在十年之后张之洞"复有请由汉口开铁路至芦沟桥之奏"时，早于薛福成任出使英国大臣的

① 《庸庵文编》卷2《创开中国铁路议》。
② 《庸庵文续编》卷上《代李伯议请试办铁路疏》。
③ 《庸庵文续编》卷上《代李伯议请试办铁路疏》。

郭嵩焘，还上书李鸿章，说张之洞此议"为乱天下之本"①。相比之下，更可见薛福成率先提出《创开中国铁路议》，这在当时，该是需要多么非凡的胆识，又该是多么难能可贵啊！

四、公然鼓吹以商为"四民之纲"，"恃商为创国、造家、开物、成务之命脉"。

《诗》《书》《礼》《易》《乐》《春秋》等"六经"，向来被尊为中国封建统治者治国的根本指导思想。以士、农为本，以工、商为末，崇本抑末，则是中国封建统治者治国的基本国策。然而，薛福成则公然与此唱反调。他在光绪十六年（1890）正月二十五日的《出使英法意比四国日记》中写道："夫商为中国四民之殿，而西人则恃商为创国、造家、开物、成务之命脉，迭著神奇之效者，何也？盖有商则士可行其学，而学益精；农可通其植，而植益盛；工可售其所作，而作益勤。是握四民之纲者，商也。此其理，为从前四海之内所未知，六经之内所未讲，而外洋创此规模，实有可操之券，不能执中国崇本抑末之旧说以难之。……盖在太古民物未繁，原可闭关独治，老死不相往来。若居今日，地球万国相通之世，虽圣人复生，岂能不讲求商务为汲汲哉？"②他竟然要打破向来被视为神圣不可逾越的"六经"之陈规，抛弃"崇本抑末之旧说"，学习西人以"商"为"四民之纲"，"恃商为创国、造家、开物、成务之命脉"，这岂不意味着要使我国也像西方一样，以商品经济来取代封建的自然经济么？它跟我们今天强调要把科研机构和工商企业推向市场，以市场为导向，大力发展商品经济，大办第三产业，岂不也是相通的么？

要以"商"为"四民之纲"，这是薛福成洞察世界发展的新形势所得出的

---

① 郭嵩焘：《养知书屋文集》卷13《致李傅相》，光绪十八年刻本。
② 《出使英法意比四国日记》卷1。

科学论断。早在他任出使四国大臣之前十年，即于光绪五年（1879）作的《筹洋刍议·商政》中，他已指出："夫商务未兴之时，各国闭关而治，享其地利而有余。及天下既以此为务，设或此衰彼旺，则此国之利源源而往，彼国之利不能源源而来，无久而不贫之理。所以地球各国居今日而竞事通商，亦有不得已也。"他仿佛早已敏锐地觉察到，各国经济的全球化、一体化，是客观世界不可抗拒的必然趋势；你若不"竞事通商"，就必然只有更加受剥削，遭衰落，听任自己国家的利益源源不断地流向富国，处于越来越贫困落后的绝境。

鄙视工商，不只是因为中国长期停滞于封建社会，推行崇本抑末的国策，而且还由于重义轻利的封建传统观念根深蒂固。福成则直接向这种传统观念挑战，宣称："惟人人欲济其私，则无损公家之帑项而终为公家之大利。"他预言："经商之术日益精，始则步西人后尘，终必与西人抗衡矣。"[1]

为此，他要政府实行扶持民族资本的优惠政策："窃谓经始之际，有能招商股自成公司者，宜察其才而假以事权，课其效而加之优奖，创办三年之内酌减税额，以示招徕商民，知有利可获则相率而竞趋之。迨其事渐熟，利渐兴，再为厘定税章，则于国课必有所裨。"他提出要做到"三要"："彼此可共获之利，则从而分之；中国所自有之利，则从而扩之；外洋所独擅之利，则从而夺之。三要既得，而中国之富可期，中国富而后诸务可次第修举。如是而犹受制于邻敌者未之有也。"[2]他的这些主张，对于我们今天的改革开放，发展民族经济，也不无教益。

薛福成还要政府"体恤商情，曲加调护，务使有利可获。官吏毋许需索，关津不得稽留，令明法简。将来缴价造船之商，自必源源而来。贸易既盛，渐可驶往西洋诸埠，隐分洋商之利。然后榷其常税，专养兵船，务使巡缉各洋，

---

① 《筹洋刍议·商政篇》。
② 《筹洋刍议·商政篇》。

以为保卫商船之用"①。对于矿产，他主张在进行"官采"的同时，准予"商采，仿淮盐招商之法，查有殷实华商，准其集资报名，领帖设厂，置备机器，自行采取。官为稽其厂务，视所得之多寡，酌定收税章程，严禁隐漏"②。这一切，显然都是代表了新兴的民族资产阶级的利益和要求。

如何对待洋商？他指出："今各国徇商人无厌之请，欲有妨于中国。"我"俾商民乐业可也，外人而挠我之主权，不可也"。"予洋人以垄断之病，不可也。"他认为西洋诸国征税之重，十倍于中国，而在中国的"洋商于已得之利则习而忘之，未得之利则变幻百出以图之，充其无穷之欲壑，虽尽去商税犹未以为足。众商日聒之领事，领事日唆之公使，公使非不知事之难行，姑肆其恫喝，以尝试中国。幸而得请，可以要誉市恩，万一中国必不能允，彼亦有词以谢众商矣"。他要求中国当权者洞悉洋商贪得无厌的本质和外国公使这种肆其恫吓的心态，做到"在洞烛其情，始终勿为所摇而已"。他反对对洋商优惠，采用与华商不同的征税办法，认为这"是使守分之华商不能获利也，是驱守分之华商不得不为奸商也"。而主张"今定税例，华商洋商一律"，这样可"不必立防弊章程而弊自绝矣"。③他的这些论断，既维护了国家主权和民族资本的利益，又符合自由贸易、公平竞争的原则，至今仍具有现实意义。

五、盛赞西方国家的议会"为最良"，英德的君主立宪"颇称尽善"

如果说薛福成早期的变法改良思想，还局限于路政、船政、商政、矿政等经济领域的话，那么，在他晚年任出使英、法、意、比四国大臣，经过对西方

---

①　《庸庵文编》卷1《应诏陈言疏》。
②　《庸庵文编》卷1《应诏陈言疏》。
③　《筹洋刍议·利权篇》。

资本主义国家的实地考察之后，便萌发了从政治制度等方面，全面地进行变法改良的要求。例如，他在光绪十六年（1890）七月二十二日的《出使日记》中写道："西洋各邦立国规模，以议院为最良。然如美国则民权过重，法国则叫嚣之气过重，其斟酌适中者，惟英、德两国之制，颇称尽善。法国议院章程，尚待详考。英则……上议院中毕有政府之人，宰相得举为官之有才能者入上议院，而下议院之人皆由民举，举之之数，视地之大小、民之众寡。……上议院世爵多世及，无贤愚皆得入，故其人多守旧，无故不建议。下议院所议，上诸上议院，允者七八，否者二三，其事简。下议院为政令之所出，其事繁。……各国公使入听议者皆坐楼上，余于前月尝往听一次焉。"①他为什么不在旁听英国议会之后随即写入日记，而要在过了约一个月之后才写此日记？由此可见他对英国议会制度的肯定和赞扬，绝非即兴而为，而是在作了实地考察，又经过深思熟虑之后才得出的结论。

薛福成对政治制度的变法改良，并非仅作为图强的权宜之计，而是看到这是"宇宙之大势"——客观世界的发展规律所决定的。在光绪十六年（1890）九月十八日的《出使日记》中，他以"东洋诸国，力摹西法者，日本也。南洋诸国，力摹西法者，暹罗也"与"南洋各邦，若缅甸，若越南，若南掌，或亡或弱矣"，加以对比，说明日本已强盛，"暹罗竟能自立，不失为地球三等之国，殆西法有以辅之。"从而得出结论："今之立国不能不讲西法者，亦宇宙之大势使然也。"②

他所谓的以西法立国，并非要全盘西化，而是要"薪使古今中西之学，会而为一"③。因此，他强调西方的治国方略，乃是继承和发扬中学传统的结果。例如，在光绪十六年（1890）十月二十六日的《出使日记》中，他说："《管

---

① 《出使英法意比四国日记》卷 3。
② 《出使英法意比四国日记》卷 4。
③ 《出使英法意比四国日记》卷 1，光绪十六年正月十六日记。

子》一书，以富国强兵为宗主，然其时去三代未远，其言之粹者，非尽失先王之遗意也。余观泰西各邦治国之法，或暗合《管子》之旨，则其擅强盛之势亦较多。"他以管子说的"量民力则无不成，不强民以其所恶，则奸伪不生；不欺其民，则下亲其上"。跟西方的议会民主作比较，说："西国之设上下议政院，颇得此意。"[①]这实际上是借用我国古代朴素的民本思想，来鼓吹近代西方的资产阶级民主政治。他还以管子说的"事者生于虑，成于务；不虑则不生，不务则不成，"跟西方的科学技术发达、工商业繁荣相提并论，说："西方各学之重专家，各业之有公司，颇得此意。"[②]

六、主张在西学的基础上，"再辟造化之灵机"，达到相师相胜

面对先进和强盛的西方发达国家，贫穷落后的中国该怎么办？是崇洋媚外，仰人鼻息，甘受奴役，还是夜郎自大，固步自封，闭关自守？这是困扰我们一个多世纪的大问题。早在光绪十六年（1890）四月初一的《出使日记》中，薛福成即指出："今之议者或惊骇他人之强盛而推之过当，或以堂堂中国何至效法西人，意在摈绝而贬之过严，余以为皆所见之不广也。"[③]所谓"推之过当"，实即崇洋媚外，势必丧失民族自信心；"摈绝而贬之过严"，则必然闭关自守，永远落后挨打。这两种倾向，不仅在清末存在，在民国乃至新中国建立后，依然存在，它真可谓流毒深远，贻害无穷。如果国人像薛福成那样早就认识到这两种倾向的谬误，我们国家该免受多少危害啊！

福成所说的"见之不广"，就是没有像他那样认识到："西人之商政、兵

---

①　《出使英法意比回国日记》卷5。
②　《出使英法意比回国日记》卷5。
③　《出使英法意比四国日记》卷2，光绪十六年四月庚子朔记。

法、造船、制器及农、渔、牧、矿诸务"之所以"实无不精","皆导其源于汽学、光学、电学、化学，以得御水、御火、御电之法"。①这无异于在昭告国人：西方国家之所以发达，实乃借助于科学技术这个第一生产力。尽管他没有邓小平说得这么明确，但他已看到科学技术居有"导其源"的优先地位，则是确凿无疑的。

他还明确地指出，西方的科学技术，"乃天地间公共之道，非西人所得而私也"。"上古之世，制作萃于中华。自神圣迭兴，造耒耜，造舟车，造弧矢，造网罟，造衣裳，造书契，当鸿荒草昧而忽有此文明，岂不较今日西人之所制作尤为神奇？特人皆习惯而不察耳。"②近代中国之所以落后，他认为是由于科举制度使"少年精力多縻于时文、试帖、小楷之中，非若西洋亿兆人之奋其智慧，各以攻其专家之学"③。他满怀信心地说："今昔西人因中国圣人之制作而踵事增华，中国又何尝不可因之？若怵他人我先而不欲，自形其短，是讳疾忌医也；若谓学步不易，而虑终不能胜人，是因噎废食也。夫青出于蓝而胜于蓝，冰凝于水而寒于水，巫臣教吴而弱楚，武灵变服以灭胡，盖相师者未必无相胜之机也。吾又安知数千年后华人不因西人之学再辟造化之灵机，俾西人色然以惊、罢然而企也！"④这就是说，我们必须学习西方的科学技术，绝不能"讳疾忌医""因噎废食"，但是这种学习又不是跟在西方的后面亦步亦趋，照搬照套，而是要以高度的民族自信心，充分发挥我们自己的创造力，在西学的基础上，"再辟造化之灵机"，做到既"相师"又"相胜"，创造出令西人也不能不为之惊叹和企求的新的辉煌业绩。福成的这种见解，不是至今仍足以鼓舞人心而颇具现实意义么？

---

① 《出使英法意比四国日记》卷2，光绪十六年四月庚子朔记。
② 《出使英法意比四国日记》卷2，光绪十六年四月庚子朔记。
③ 《出使英法意比四国日记》卷2，光绪十六年四月庚子朔记。
④ 《出使英法意比四国日记》卷2，光绪十六年四月庚子朔记。

当然，薛福成的变法改良思想，跟我们今天的改革开放，不可同日而语，两者有着质的区别。但是，我们却不能不承认，他在我国近代史上处于杰出的领先地位，他的思想至今看来仍有诸多可取之处，只是由于腐朽的社会制度和顽固保守的封建统治者把持领导权问题未获解决，才导致薛福成的变法改良思想终究未能像邓小平的改革开放政策那样给中国人民带来巨大的实惠。这个历史的经验教训，是尤其值得发人深省和令人倍加珍惜的。

　　在近代桐城派人物中，诸如姚莹、梅曾亮、方东树、曾国藩、吴汝纶、黎庶昌、郭嵩焘、严复、林纾等等，皆不同程度地具有反帝爱国、变法改良的思想，薛福成只是其中突出的一个。由此可见，桐城派这宗文化遗产，不只有其学术价值，即在政治思想方面，也是有其值得借鉴的进步意义的；那种对桐城派过分贬斥，甚至把它打入"反动"行列，显属诬蔑不实之词，应予推倒。

（原载《桐城派研究》2000 年第 1 期）

下篇　姚鼐研究

试论姚鼐对统治者的离心倾向
和对自我的热烈追求

　　如果确实如某些学者所说："姚鼐的文学、学术活动完全符合清廷思想文化政策"①，那么，姚鼐岂不就是个对清廷唯命是从的应声虫，"和统治者一鼻孔出气"②的传声筒，为维护封建统治效劳的奴才么？然而，据笔者对姚鼐作品认真解读，却发现尽管姚鼐的思想体系仍属于封建主义的范畴，但他毕竟是个对清廷越来越具有离心倾向的疏离者，是个对自我的主体性和个性自由的热烈追求者，是个敢于正视和反映现实的文学家。

一、赞赏对科举"意不自得""绝不就试"者

　　"学而优则仕。""读书—中举—做官。"这是封建统治者给封建文人安排的唯一的人生道路。清廷除因袭这一传统外，还特别提倡程朱理学。康熙曾御纂《性理精义》，刊定《性理大全朱子全书》，并于康熙五十一年特命以朱子配祀十哲之列。③虽然自元明以来，即以朱熹注释的《四书》为科举考试的准则，

---

　　① 黄保真等著：《中国文学理论史》（四），北京出版社 1989 年版，第 278 页。
　　② 中国社科院文学所编写组著：《中国文学史》（三），人民文学出版社 1962 年版，第 1072 页。
　　③ 萧一山著：《清代通史》（上卷），中华书局 1985 年版，第 777 页。

但清廷对此更加强调，所以曹雪芹在《红楼梦》中写贾政对跟随贾宝玉上学的小厮李贵说："你去请学里太爷的安，就说我说了：什么《诗经》、古文，一概不用虚应故事，只是先把《四书》一气讲明背熟，是最要紧的。"①姚鼐则显然不是贾政式的人物，尽管他也尊崇程朱理学，却公然反对把程朱理学"猥为科举之学"②，认为"以其学取士，利禄之途一开，为其学者，以为进趋富贵而已，其言有失，犹奉而不敢稍违之，其得亦不知其所以为得也，斯固数百年以来学者之陋习也"。他醉心于古文，而反对科举考试的八股时文，赞赏其师方侍庐"恶世俗所奉讲章（即指导科举考试的教材）及乡会围墨（清代每届乡试，会试的试卷，由礼部选定录取的文章，编刻成书），禁其徒不得寓目。"他于21岁教书授徒，也宣称："鼐自少不喜观世俗讲章，且禁学徒取阅，窃陋之也。"在他所写的一系列作品中，更以完全肯定和热烈赞赏的笔调，描写了众多"意不自得"，遂"绝不就试"者，他们唾弃科举取士的封建人生道路，而追求或"惟日与诸生讲诵文艺以为乐"，或"种竹树自娱"等张扬自我的主体性和追求个性自由的新的人生道路。例如，在《鲍君墓志铭（并序）》中，姚鼐写安徽歙县的鲍倚云：

> 巖镇有吴先生瞻泰者，试之《红豆歌》，使次韵，君诗即成且工。先生喜，以孙女妻之。吴先生赠嫁，有书数千卷而无他财。君为人敦行义，重然诺，作诗歌、古文辞皆有法，能见其才。当时儒者文士，皆乐与之交，学使者举为优贡生。然困于乡试，不见知。年四十余，遂绝不就试，以文业授徒。其徒乃多发科成名，其尤著者，金修撰榜也。

---

① 中国艺术研究院红楼梦研究所校注：《红楼梦》（上册）第九回，人民文学出版社1982年版。
② 姚鼐著：《惜抱轩诗文集》，上海古籍出版社1992年版。以下引文凡有"P"页码者，皆出自该书，不再注明出处。

这段文字，看似平淡叙述，实则强烈地揭露了科举制度的不公：鲍君既如此才华横溢，不但得到吴先生的激赏，且其人品文才皆属"当时儒者文士"，众望所归，"然困于乡试"，这岂不使人大惑不解？痛感这种乡试不是选拔人才，而是扼杀人才。老师被"困于乡试"，而其徒却"多发科成名"，这种师徒颠倒，则更加凸现了科举制度的不公。好在鲍君不是像《聊斋志异》作者蒲松龄那样，直到年逾古稀，还在为博得科举一第而奋斗，他"年四十余"，即从"困于乡试"的亲身经历中，觉悟到科举制度毫无公平可言，因此他"遂绝不就试，以文业授徒"。这是他对人生道路所作出的重大抉择：拒绝科举功名的诱惑，拒绝科举考试的愚弄，拒绝科举取士的封建道路，而选择"以文业授徒"的自由职业，自食其力，自力更生，这在当时难道不是封建文人开始觉醒的一种表现么？姚鼐肯定和赞赏这种觉醒，这与"清廷的思想文化政策"显然不是"完全符合"，而是背道而驰。

在《歙胡孝廉墓志铭（并序）》中，姚鼐为我们描绘的胡受谷的形象，不但唾弃科举，"绝志求进"，而且连朝廷给他知县的官职"亦不就"。作者写道：君少孤，受学于淳安方先生楘如，工文章，中乾隆己卯科乡试，名著于远迩矣，而屡踬会闱，迄母丧终，君遂绝志求进。吏部符取为知县，亦不就，惟日与诸生讲诵文艺以为乐。胡君既"受学"于名师，"工文章"，又已经乡试考中举人，"名著于远迩矣"，为什么却又"屡踬会闱"（屡遭会试落第）呢？无须作者明说，仅写出这个反差极大的事实本身，就使科举制度的荒唐不公暴露无遗。"君遂绝志求进"，它既反映了胡君对科举仕进由热衷到决绝的巨大转变，又说明不只科举制度的荒唐、不公已到了令有识之士深感绝望的地步，而且连"吏部符取为知县，亦不就"，也表现出对封建仕途亦深感厌恶和愤绝。因此，他选择以文业授徒的人生道路，就显然不只是出于被客观形势所迫，更重要的是由于"惟日于诸生讲诵文艺以为乐"——种自觉的对自由快乐的新的人生道路的追求。

在胡君"绝志求进"，摆脱了清廷科举取士的人生道路之后，作者还转而用抒情的笔调，描绘了胡君在歙城南山古寺中教书授徒的生活：

> 歙城南，越溪陟山有古寺。寺虽多颓毁，而空静幽邃，多古松柏。君携徒稍葺治，读书寺中，其意萧然。余昔主紫阳书院，去寺不十里，尝与往来；或至夜月出，共步溪厓，林径寒窈，至今绝可念也。

此景此境，多么富有诗情画意！它令人不只无限神往，且不禁陶醉其中。这不是一般的写景抒情，而是作者从四十四岁辞官，继在扬州梅花书院、安庆敬敷书院教书之后，于五十八、五十九岁在歙县紫阳书院教书期间，与胡君经常往来，月夜"共步溪厓"（共同漫步在山谷溪水之滨）的情景。可见其字里行间无不透露出姚鼐与胡君之间是多么志趣相投，使人读后深感唾弃科举，拒绝仕途，回归自我，亲近自然，乃是人生的真正幸福之路。

如果说姚鼐对鲍倚云"困于乡试"，胡受谷"屡蹶会闱"的原因的揭露，尚未免过于隐晦、含蓄的话，那么，他在《郑大纯墓表》中，对郑大纯之所以一再"绌于有司"，则揭露得颇为锋芒毕露。指出其所以一再遭"绌"，只因其"为人介节而敦谊（节操卓异而勉力友谊），勤学而远志"，"君文章高厉越俗"被人评为"见生文，知生必奇士也"。"生文品太峻，终不可与庸愚争福"。这无异于说那些被科举取士者，只不过是"愚庸"之辈而已。他不愿降低自己的人品、文品，来迎合统治者，投其所好，"与愚庸争福"，而是以"意不自得，遂不试，往主漳州云阳书院"。作者认为"大纯学行皆卓然，虽生不遇，表其墓宜可以劝后人"。他要"劝后人"什么呢？显然就是要像郑大纯那样，把那些热衷于在科举场上角逐的人，鄙视为"与愚庸争福"的愚庸之徒，而坚持做"奇士"，写"高厉越俗"的奇文，亦即走彰显自我的新人生之路。

在《抱犊山人李君墓志铭（并序）》中，姚鼐写诗人李仙枝，则完全由于

"孤介自喜"的性格（为人耿直，操守谨严，不随流俗），而在"为县诸生（秀才）"时，即"早弃去科举学，在家为园池，植竹树自娱，稍稍积钱，即出游览山水"。作者称赞"其性情真诗人矣"。这种所谓"真诗人"的"性情"，实则就是要摆脱封建势力的羁绊，走回归自然的人生道路。在文末，作者铭曰："林高谷空，寥寥泠风（微微小风），如或吟啸于其中。"把"林高谷空"中的"寥寥泠风"，想象和比喻成诗人的吟诗声——"如或吟啸于其中"。这个意境简直优美迷人之极！它不只表现了作者的高度想象力，更重要的是借此说明诗人的躯体虽已进入"幽宫"（喻坟墓），而诗人"孤介自喜"、回归自然的精神及其作品却依然活着，像自然界的"寥寥泠风"一样，足以千古流传，动人心弦。

姚鼐的作品以文笔简洁、含蓄有味著称，从上述以"绝不就试""绝志求进"，对待清廷的科举取士，以"意"欲"自得"、"孤介自喜"、自"以为乐"、"自娱"，来描写其笔下主人公所追求的新人生之路；前者突出一个"绝"字，后者突出一个"自"字，不仅可见其憎与爱之感情强烈，贬与褒之倾向鲜明，而且由此凸显出追求自我的主体性，追求个性的自由、快乐，已成为当时不少文人中一股难以抑制的思潮。

姚鼐对此加以热烈赞赏，为这些人树碑立传，鼓吹呼号，这跟"清廷的思想文化政策"又何止不"完全符合"，且有大相径庭之势。

二、颂扬官场上"绝意仕宦""自行其志"者

姚鼐还描写了不少经科举仕进，做了官而又终于厌恶官场，主动辞官，转而追求自我的主体性和个性自由的文人。由此进一步揭示出封建吏治的腐败，文人自我意识的初步觉醒已与封建统治的丑恶现实之间产生难以调和的矛盾；更加鲜明地凸显出姚鼐对清廷和封建统治者不是恣意美化和歌颂，而是颇有厌

恶和离心的倾向。

姚鼐笔下许多已经考中举人、进士并且做了官的文人，为什么却又厌恶官场而主动辞官呢？

第一，是由于封建官场不能人尽其才。例如，作者在《袁随园君墓志铭（并序）》中，写袁枚"君本以文章入翰林有声，而忽摈外（指未留翰林院而放为外官）；及为知县，著才矣，而仕卒不进。自陕归，年甫四十，遂绝意仕宦，尽其才以为文辞歌诗"。他在知县任上已显示出卓越的才能。作品写道："君始出，试为溧水令。其考（父亲）自远来县治，疑子年少无吏能，试匿名访诸野。皆曰：'吾邑有少年袁知县，乃大好官也。'考乃喜，入官舍。在江宁，尝朝治事，夜召士饮酒赋诗，而尤多名迹（声名功迹，指其当江宁知县的政绩卓著）。江宁市中以所判事（判案的事例）作歌曲（编成歌谣），刻行四方。君以为不足道，后绝不欲人述其吏治云。"尽管他先后在溧水、江宁当知县，如此才能杰出，政绩卓著，备受当地百姓的热烈赞扬和广泛传颂，然而他不但没有获得上级的表彰和重用，反而不明不白地遭到"去职家居，再起发陕西"的对待。如此毫无公平、正义可言，恣意虐杀人才的封建吏治，终于使他"年甫四十，遂绝意仕宦"。并在他主动辞官"后绝不欲人述其吏治"。这两个"绝"字，实则充分表现了他对封建官场黑暗的厌恶之极，对他在封建官场所受到的待遇不公气愤之至，对当权的清廷和统治者失望透顶。对于袁枚对待封建官场的这种态度，作者毫无贬意，更不是站在维护清廷的立场上予以谴责，而是给予深切的同情，并热烈赞赏其辞官从文的抉择十分英明，宣称："君仕虽不显，而世谓百余年来，极山林之乐，获文章之名，盖未有及君也。"由此可见，在作者看来，辞官从文，不只使袁枚得到了充分施展自己才能的机会，在文学史上获得"百余年来"独领风骚的崇高地位，而且在个人性情上足以享有"极山林之乐"的自由和愉悦。这跟做官相比，"仕虽不显"又算得了什么？难怪他"后绝不欲人述其吏治"了。

第二，是由于封建吏治的腐败，使人"厌吏事，遂不复就官"。例如，在《中宪大夫云南临安府知府丹徒王君墓志铭（并序）》中，作者写王文治"自少以文章、书法称于天下，中乾隆二十五年一甲三名进士，授编修，为壬午科顺天乡试同考官、癸未科会试同考官。其年御试翰林第一，擢侍读，署日讲官"。他在科举和仕途上，皆可谓春风得意，直上青云。然而不知为什么，他由皇帝的"日讲官"，突然"旋命为云南临安府知府，数年以属吏事镌级（降级）去任。其后当复职矣，而君厌吏事，遂不复就官。高宗南巡，至钱塘僧寺，见君书碑，大赏爱之。内廷臣有告君、招君出者，君亦不应"。连皇帝对他的"赏爱"，他都毫不动心，采取不理不应的态度，可见其对清廷和官场之"厌"已经到了何等地步！

辞官之后，他追求什么呢？除了继续作诗、文、书法之外，他热衷于佛家的"返求本性"和以歌伶声乐"自喜"自娱。他曾与姚鼐"共语穷日夜，教以屏欲澄心，返求本性"，使作者深感"其言绝善，鼐生平不常闻诸人也"。他以追求自我的性情愉悦为人生的一大乐事。作者写道："君之归也，买僮教之度曲，行无远近，必以歌伶一部自随。其辨论音乐，穷极幽渺。客至君家，张乐共听，穷朝暮不倦。海内求君书者，岁有馈遗，率费于声伎。人或谏之不听，其自喜顾弥甚也。"作者在"铭曰"中赞美他："翛乎寥乎（无拘无束、自由自在呀），凭日月之光而游天地之鸿蒙乎（凭借太阳和月亮的光辉而遨游在混沌的宇宙之间呀）！"这仿佛恰似王文治和姚鼐等一代失意的文人所寻寻觅觅的理想天国。尽管它极其朦胧，但欲以张扬自我的主体性，来挣脱封建羁绊之意，却是颇为清晰，无可置疑的。

第三，是由于官场同僚的腐朽肮脏，令人不堪共处。例如，在《方染露传》中，姚鼐写方染露"为人清介严冷，不可近以不义。少以能文称，为诸生。乾隆三十年，中江南乡试。屡不第（指其在乡试中举后，屡次应会试皆未考中）以誊录方略馆年满，议叙得四川清溪知县。既至官，视其僚辈湎涊（污浊腐朽）

之状，曰：'是岂士人所为耶？吾奈何与若辈共处！且吾母老，不宜远宦。'即以病谒告。其莅官甫四十日而去归里。归则授徒以供养，日依母侧。执政有知之招使君者，终不往"。这个方染露，竟然一见到官场同僚个个贪污受贿，肮脏不堪，就誓不与他们"共处"，愤而辞官。由此不仅可见当时官场之腐败已到了何等骇人听闻、令有正义感的人士忍无可忍的地步，而且凸显出方染露其人把坚持自己"清介严冷"的人格和个性看得比做官重要得多，而姚鼐之所以要为他写传，也因为他俩志趣相投，心心相印，如作者在文中所说："余居里中寡交游，惟君尝乐与相对。""余谓君行可纪，而亦以识吾悲。"

第四，是完全出于张扬自我的主体性，"自行其志"的需要。例如，在《〈朱二亭诗集〉序》中，姚鼐将做官的朱子颖与布衣诗人朱二亭作对比，写出两者虽同为诗人，但由于所走的人生道路不同，而各自所达到的个人志向和性情感受迥然有别：

> 子颖承先世用武之余烈，尝思舍章句之业，奋迹戎马，建立功名，使后世知其豪俊，而其诗亦时及此旨。及暮年，乃仕为转运使，俯仰冠盖商贾之间，忽忽时有所不乐；而二亭以布衣放情山水，见俗人辄避去，高吟自适，以至老死。子颖虽富贵，而志终不伸；二亭虽贫贱，而可谓自行其志，卒无余恨者也。

通过两者的鲜明对比，读者不能不深思：胸怀"豪俊"之志的朱子颖，身处高官的"富贵"地位，为什么却"忽忽时有所不乐""志终不伸"，而满怀压抑感、忧郁感、失落感呢？远离官场、身处"贫贱"地位的布衣诗人朱二亭，为什么却能享尽"放情山水"之乐，获得"高吟自适""自行其志，卒无余恨"的成就感、快乐感和满足感呢？由此使人不禁醒悟到：作者是把封建官场视为施展人的个性才能的枷锁，而把回归自然，发挥人的自我的主体性，"自行其志"，写成才是真正自由、快乐的人生之路。

上述袁枚、王文治、方染露、朱二亭等人虽然辞官的原因有别，但厌恶官场、拒绝做官，追求自我的主体性，为获得个性自由而颇感精神愉悦，则不谋而合。对于他们所选择的与"清廷的思想文化政策"相背离的人生道路、价值取向和性情追求，姚鼐不但毫无责备之意，而且给予充分理解、深切同情和热烈赞颂，把他们的形象描绘得十分可喜可爱，可亲可敬。它所透露出来的作者对清廷的厌恶和离心倾向，对自我的主体性和个性自由的觉醒和追求，已像火山的岩浆，终将成为不可阻挡的喷发之势，谁又能闭目塞听，抹杀得了呢？

三、鼓吹作家创作要"自发其思""自适己意"

在我国封建社会，文人除了读书—中举—做官这一条路之外，就是当隐士。所谓"天下有道则见，无道则隐"（《论语·泰伯》）。可是随着封建社会的衰朽，所谓隐士，也只是沽名钓誉，"以欺世之目，实则株守茅庵，以静候安车而已"[1]。即为了使皇帝误信隐士无利欲之心，却有济世之才，而派车去迎接他出仕。姚鼐的主动辞官，及其笔下所颂扬的那些"绝不就试""绝意仕宦"者，却既不是要当这种欺世盗名的假隐士，也不是要当真隐士。在《赠陈伯思序》中，姚鼐曾对辞官的陈伯思劝勉道："以魏、晋之贤自处而安乎故者，陋也。"在《复张君书》中，他又自称："仆少无岩穴之操（指隐居不仕的节操），长而役于尘埃之内（指受尘土污染的世俗之人）。"那么，他们在拒绝科举、仕途之后，又究竟要走什么路呢？从事足以发挥个性自由的——"自喜其意""自发其思""自适己意"的文学创作，靠卖文和教书自食其力，从写作或讲解文学作品中获得"自娱"和快乐，这就是他们所选择的新的人生之路。

---

[1] 蒋星煜：《中国隐士与中国文化》，上海三联书店 1988 年版，第 27 页。

何谓"自喜其意"？这是姚鼐对袁枚文学创作的赞语。所指的是袁枚于辞官后，即"尽其才以为文辞歌诗。足迹造东南山水，佳处皆遍。其瑰奇幽邃，一发于文章，以自喜其意。四方士至江南，必造随园投诗文，几无虚日"。由此可见，所谓"自喜其意"，首先，其创作并非只写他个人的主观之"意"，而是"瑰奇幽邃"的客观自然的反映；其次，它也不只是仅为了作者个人的"自喜"，而是同时它还获得了"四方士"的喜爱。前人说"自喜其意"四字"略含微词"，"隐约可见姚鼐褒贬之意"①。或称"不满之意，隐约可见"②。尽管姚鼐对袁枚所倡导的性灵诗派确有不满，曾在《与鲍双五》信中斥之为"诗家之恶派"③，但这丝毫没有影响他对袁枚弃官从文的热烈赞扬，更不足以证明这里用的"自喜其意"四字含有贬意。更有力的反证是，姚鼐在为其宗师写的《刘海峰先生传》中，也以"自发其意"来写刘大櫆在科举失意后，"因历天下佳山水"所进行的诗歌创作。既是"自发其意"，当然也就"自喜其意"，连自己都不"自喜"，那又何必"自发"呢？可见这两者绝无原则区别。既然用"自发其意"来评价刘大櫆的诗歌创作是绝无贬意，那么用"自喜其意"来评价袁枚的文章写作，又岂能说是"略有微词"呢？实则他们皆表明姚鼐对袁枚摆脱官场、刘大櫆摆脱科举的羁绊之后，在文学创作上足以充分抒发自我自由性情的充分肯定；称其为"微词"，不但是对姚鼐原意的曲解，更是掩盖和阉割了其肯定和赞扬摆脱封建羁绊，充分发挥作者自我的主体性和追求个性自由的真谛。

需要附带说明的是，姚鼐确实也反对"自喜之太过"。在他看来，"天之生才，虽美不能无偏，故以能兼长者为贵"。他主张作家应兼具义理、考证、文章三者之长，努力"自尽其才"，成为"三者皆具之才"，不可"由于自喜

---

① 徐中玉主编：《古文鉴赏大辞典》，浙江教育出版社1989年版，第1452页。
② 王文濡：《清文评注读本》。
③ 姚鼐：《惜抱尺牍》（卷4），清宣统初年小万柳堂据海源阁本重刊本。

之太过，而智昧于所当择也"。这是为了纠正理学家"言义理之过者，其辞芜杂俚近，如语录而不文"，考据家"为考证之过者，至繁碎缴绕，而语不可了当"的弊病，而从文学家所应具备的修养与才能来说的。它跟姚鼐以"自喜其意"来称赞袁枚的创作道路，是风马牛不相及的两回事。何况作者只是反对"太过"，而绝非反对"自喜"本身。如同真理向前多跨一步，就会变成谬误；人们反对谬误，绝非反对真理本身。

文学创作不只必须由作家"自喜其意"，还必须经作家"自发其思"。姚鼐写道："君（指袁枚）古文、四六体，皆能自发其思，通乎古法；于为诗尤纵才力所至，世人心所欲出不能达者，悉为达之。士多效其体，故随园诗文集，上自朝廷公卿，下至市井负贩，皆知贵重之。海外琉球，有来求其书者。"由此可见，姚鼐所强调的"自发其思"，主要是指充分发挥作家自己的主观独创性，并非不要学习和继承传统，只不过这种学习和继承不是因袭和模仿，而是求其神似，使之与"古法"相"通"；它也绝非只局限于表现作家个人的思考，而是要做人民大众的代言人，把心思用在"尤纵才力所至"，充分表达出"世人心所欲出不能达者"。这样的"自发其思"，就必然使其作品独创一"体"，受到海内外广大读者的欢迎，或纷纷仿效，或"皆知贵重之"。

"自喜其意""自发其思"，这不仅是对袁枚创作的赞扬和评价，也寄寓了姚鼐本人的文学追求和创作经验。姚莹说："惜抱轩诗文，皆得古人精意。……若其神骨幽秀、气韵高绝处，如入千岩万壑中，泉石松风，令人泠然忘反，则又先生所自得也。"①吴德旋也赞扬姚鼐："其文高洁深古"，"断然自成一家之文也"。②方宗诚则说："惜抱先生文，以神韵为宗，虽受文法于海峰、南青，而独有心得。"③所谓"自得""自成一家""独有心得"，这跟"自

---

① 姚莹：《识小录·惜抱轩诗文》，黄山书社1989年版，第89页。
② 吴德旋：《姚惜抱先生墓表》，《初月楼文续钞》（卷8），花雨楼校本。
③ 方宗诚：《桐城文录序》，《柏堂集次编》卷1。

喜其意""自发其思"岂不如出一辙么?

怎样才能做到"自喜其意""自发其思"?除了要摆脱科举、仕途的桎梏以外,姚鼐还提出要摆脱世俗的影响,做到"远出尘埃(喻世俗)之外",使"世之尘埃,不可得而侵也"。即使"场屋主文俗士不能鉴",也要坚持"士自从所好"。为此,他在《复汪进士辉祖书》中写道:

> 鼐性鲁知暗,不识人情向背之变、时务进退之宜,与物乖忤,
>
> 坐守穷约,独仰慕古人之谊,而窃好其文辞。

上述"鼐性鲁知暗……"数语,看似自谦自责,实则颇为自重自负。它不只表达了对当时社会"人情""时务"的不满之意,且足以表明他绝不肯与世俗同流合污,坚持要"独仰慕古人之谊,而窃好其文辞"。

姚鼐还宣称他的诗歌创作,是用"以自娱而已"。他的《登泰山记》之所以成为最有名的作品,则是由于他"生平亦好乐山水"。早在他出仕之前,即有"他日从容无事,当裹粮出游",以"获揽宇宙之大,快平生之志"的念头。他的第一篇游记,是21岁时作的《游媚笔泉记》,经过近五十年,到了70岁时作的《左笔泉先生时文序》中,他还津津乐道:"步生邀编修府君及鼐游于泉上,鼐归为作记,先生大乐,而时诵之。"前述胡孝廉辞官后,作者也是盛赞他"惟日与诸生讲诵文艺以为乐"。这种种事实皆可见,姚鼐不是个封建道义的空洞说教家,而是个潜心于古文创作的文学家,他非常重视文学创作具有自娱娱人的特性和作用;作家只有非常突出自我的真实感受,自己感到快乐,他才能通过其作品使读者也感受到"大乐"。这似乎是个具有普遍意义的成功经验。最近哈佛大学医学教授,被西方传媒誉为"现代达芬奇"的艺坛怪杰林文达也说:"在科学和艺术上,成功是首先让自己快乐,其次是为别人带来快

乐。"①

总之，上述姚鼐诸如"自喜其意""自发其思""士自从所好""自娱""为乐"等论述，实质上皆是强调文学创作必然要突出作家自我的主体性和个人的独创性。这不但对宣扬封建道学的陈腐观念和空洞说教有极大冲击和淡化的作用，而且正确深刻地揭示了文学创作自身的特殊规律，有其不可忽视的继承价值和积极意义。尽管姚鼐不可能完全摆脱对封建统治的依附性和保守性，但若以其"完全符合清廷的思想文化政策"，而妄加罪名，予以唾弃，则未免过于粗暴武断，不利于我们对其批判地继承。本文也许有助于澄清我国文学史上的这桩冤案，端正对姚鼐其人其作的认识。

（原载《古籍研究》2003 年第 3 期，《东南大学学报》2005 年第 2 期，中国人民大学复印资料《中国古代、近代文学研究》2005 年第 7 期全文复印。）

① 《现代达·芬奇》，原载 2002 年 8 月 18 日出版的《亚洲周刊》，转引自 2002 年 8 月 27 日《参考消息》第 15 版。

姚鼐追求自我的思想嬗变过程及其时代特色

姚鼐生活在史称"乾嘉盛世"，实则却是"封建末世"的时代。他的人生道路，既经历了一个由热烈追求科举取士到主动辞官从文的巨大转折，他的思想也经历了一个由奴才意识到主人意识的嬗变过程。促使这个转折的是封建统治日趋腐朽的社会现实，支撑这个嬗变的，则是古之"君子"和"大丈夫"的人格精神，是以自我为主体的独立意识。因而，这就使他的人生道路和文学创作，皆具有在某种程度上挣脱封建桎梏，追求个性自由、文体解放的时代特色和历史意义。

一、姚鼐由奴才意识到主人意识的嬗变过程

姚鼐及其笔下的人物，他们之所以或拒绝科举，或坚决辞官，热烈地追求自我的主体性和个性自由，这绝不是偶然的，而是当时的社会环境逼出来的，是他们从亲身经历中所获得的感悟和觉醒。如同黑格尔所说："自我意识是从感性的和知觉的世界的存在反思而来的，并且，本质上是从他物的回归。""它的满足必须建筑在对象的扬弃上。"[①]因为它的本质是以自我为主人的独立意识，而非屈从或依赖于他人的奴才意识。姚鼐本人即经历了这种由依附于封建统治者的奴才意识到自我为主人的独立意识的嬗变。

---

① 黑格尔：《精神现象学》上卷，商务印书馆 1983 年版，第 116、121 页。

（一）由热衷于科举，到认识科举埋没人才，毁灭自我。当初，姚鼐是那样热衷于走统治者的科举取士的道路：在20岁于江南乡试考中举人后，为考中进士，他不惜历尽艰辛，从21岁起，直到33岁，以长达十余年人生最美好的青春岁月，先后六次赴京参加礼部会试，连续五次皆名落孙山，直到第六次才如愿以偿，所谓"鼐走南北，五踬一升"①。后来他本人还奉命担任过山东、湖南的乡试考官。可贵的是，他并没有为自己的"一升"——考中进士，又当考官，而对科举制度感激涕零，而是从"五踬"等亲身经历中，使他终于认识到科举的实质，往往不是选拔人才，而是埋没人才，糟蹋生命。例如，姚鼐在《〈香岩诗稿〉序》中，写他的弟子姚谓川，才华出众，"词气秀发，又通敏人事"，被视为姚氏"举族"的"振兴之望"。可是他在考中举人后，屡应礼部会试，却屡次遭黜。在姚鼐为其"应礼部试"饯行的宴席上，他声泪俱下地说："先生四十四岁弃官归矣！某今逾先生弃官之岁，如此盛寒，方走三千里，俯就场屋，为门户计，诚非得已！世事茫茫，安知所税驾（归宿）乎？"可见其对科举功名的追求，实迫于无奈，表现出一代知识分子的困惑和悲哀。结果他不但又受黜，且以50岁的壮年，"遂没京师僧舍"，其遭遇之惨，令人不禁凄然。姚鼐深为痛惜地写道："其才于古文、经义、骈俪之文，无所不解，为之皆有法度，而尤长者在诗。然亦恨人事扰之，苟极其才力，所至当不止此也。然于近之诗人，足以豪矣！有才若此而郁郁早终，当为天下惜，岂独姚氏哉！"所谓"恨人事扰之"，实即恨科举制度白白地耗尽了他的生命。所谓"当为天下惜"，更可见这不只是他个人的悲剧，而是天下人应共感痛惜的社会悲剧。读之不禁深感科举制度的毁灭人才，足以震撼人心，催人醒悟。

在《严冬友墓志铭开序》中，姚鼐又借刘文正之口，宣称："士亦视有益

---

① 姚鼐：《惜抱轩诗文集》，上海古籍出版社1992年版。以下凡引文后面有"P"页码者皆出自该书，不另加注。

于世否耳，即试成进士，何足贵？"在《与师古儿》的信中，姚鼐谆谆嘱咐其子："盖人元不必断要中举人、进士。""如应考等事，不去何害！若强所必不能，徒自苦又何益哉！"只要读书明理，做个"知道之人，其可尊可贵，不远出于举人、进士之上乎"①？

上述事实足以证明，姚鼐之所以为那些"绝不就试""自行其志"者树碑立传，就是要以自我为主体的独立意识，来揭露、批判和否定那种依附于清廷和统治者科举取士的奴才意识，指责它不但埋没人才，而且足以带来"自苦"，危害自己喜爱的事业，为它白白地耗尽自己的生命。

（二）由热衷于做官，到认识官场丑恶，扼杀自我。当初姚鼐对清廷也是竭诚拥护的。他32岁作《圣驾南巡赋（并序）》，歌颂清廷使"海内承平百年矣，天子仁沛而义凝"。（P238）他的高祖姚文然，在康熙年间曾任刑部尚书。伯父姚范曾任翰林院编修。为此他说："仆家先世，常有交裾接迹仕于朝者；今者常参官中乃无一人。仆虽愚，能不为门户计耶？"（P86）他要继承祖先"仕于朝"的传统，在考中进士之后，即赴京先后任兵部主事，礼部员外郎，刑部郎中。官职虽然不很大，却是在步步高升。为什么正当44岁中年，在青云有路、官运亨通之际，他却主动辞官呢？这主要是由于官场的现实和他的自我发生了剧烈的冲撞，身处封建官场所获得的切身感受使他大失所望。

在那个盛行"官本位"的封建时代，他在人生道路上作出如此重大的抉择，是需经过极其痛苦的思想斗争的。姚鼐既不怕辞官被众人讥笑为"狂生"，又不怕辞官后的生活艰难，须"痛自节省，痛改谭府积习"②。只是由于辞官后足以坚持自我的主体性，他就满怀着自豪感，舒畅地吟诗道："遗身浊世外，六合皆萧条。""英雄尽泯灭，仙跡空岩峣。""我爱嵇中散，读书想介狷。

---

①　姚鼐：《惜抱尺牍补编》卷2，桐城徐氏集刊"惜抱轩遗书三种"之一。

②　姚鼐：《惜抱尺牍》卷5，《与陈约堂》，小万柳堂重刊海源阁本。

浊酒弹素琴，了毕平生愿。"

对于清廷统治下的社会现实，他由当初颂为"盛世"，变而斥为"浊世"。他所爱的不再是封建仕途，而"越名教而任自然"，被鲁迅称为"思想新颖，往往与古时旧说反对"①的嵇康。嵇康那强烈反封建的叛逆性，或许为姚鼐所不及，但他爱嵇康，以学习嵇康为自己的"平生愿"，不是要做封建统治的奴才，而是要像嵇康那样张扬自我，这是他毅然告别仕途的重要内因，则确凿无疑。

坚持自我的主体性，就必然要不满和厌恶封建统治的社会现实。在姚鼐的许多文章中，即不同程度地表现出这种不满和厌恶的思想倾向。例如，在《翰林论》中，作者不是要求对皇帝无条件地尽忠，而是强调："天子虽明圣，不谓无失；人臣虽非大贤，不谓当职而不陈君之失。"他公然斥责："今有人焉，其于官也，受其亲与尊，而辞其责之重，将不蒙世讥乎？官之失职也，不亦久乎？以宜蒙世讥者，而上下皆谓其当然，是以晏然而无可为，安居而食其禄。"这种批判，看似心平气和，实则内藏机锋，犀利尖锐，无地自容。更可贵的是，作者并非一味指责"人臣"的"失职"，应"蒙世讥"，而是以"明之翰林，皆知其职也，谏争之人接踵，谏争之辞连策而时书"，来衬托"今之人不以为其职也，或取其忠而议其言为出位"。接着责问："夫以尽职为出位，世孰肯为尽职者？"（P4、5）"以尽职为出位"，这该是多么荒唐的逻辑！谁有权如此荒唐武断呢？这个"今之人"不是皇帝，谁还能有这么大的权力呢？其借论述翰林职责之名，行揭露"官之失职"的祸根在于天子之实，难道还有疑义么？

在《与陈约堂》的信中，姚鼐写道："闻吾兄弹冠复出之志尚在进退之间，窃计近日宦途愈觉艰难，裹足杜门未可谓非善策。"②可见作者对"宦途"是多么失望，他竟将不跟当权的统治者合作的"退"，誉为"善策"。在《顺天

---

① 鲁迅：《魏晋风度及文章与药及酒之关系》，《鲁迅全集》第三卷，人民文学出版社1956年版，第390页。

② 姚鼐：《惜抱尺牍》卷5，《与陈伯堂》，小万柳堂重刊海源阁本。

府南路同知张君墓志铭（并序）》中，姚鼐为张曾份"才优年绌，不获大展于生前，而没后又多可悲者"，不只发出沉痛的感喟："悲夫！人生幸得可快之事何其少？而不幸可痛之事何其多也！"且在铭辞中责难："天道何主？孰（谁）昌孰膴（美好）？孰抑孰阻？"把造成人世间不公的责任，直接指向主持"天道"的最高统治者，这该是何等惊世骇俗！

（三）由受封建世俗污染，到厌恶世俗，坚持自我。在热衷于科举和做官期间，姚鼐也曾经受到封建世俗的污染。他自称"自从通籍十年后，意兴直与庸人侔"（P463），即证明他经历了一个与世俗庸人相等的阶段。只是由于"自我游人间，尝恐失情性"（P472），他的自我本性终究未被泯灭，日益颓败的封建世俗更越来越使他深感厌恶。他在《复曹云路书》中即愤慨地写道："数十年来，士不说学，衣冠之徒，诵习圣人之文辞，衷乃泛然不求其义，相聚俯首贴耳，哆口傅沓，乃逸乃谚，闻耆耇长者考论经义，欲掩耳而走者皆是也。风俗日颓，欣耻益非其所，而放僻靡不为。"（P87）

更可怕的是，这些不学无术的庸愚小人，竟然纷纷荣登仕途，以致"小人之仕也，无论所学识非也，即有学识甚当，见其君国行事悖谬无义，疾首蹙蹙于私家之居，而矜夸导誉于朝廷之上。知其不义而劝为之者，谓天下将谅我之无可奈何于吾君，而不吾罪也；知其将丧国家而为之者，谓当吾身容可以免也。且夫小人虽明知世之将乱，而终不以易目前之富贵，而以富贵之谋，贻天下之乱，固有终身安享荣乐，祸遗后人，而彼宴然无与者矣"。他认为这样的"人臣"，"善探其君之隐，一以委曲变化从世好者，其为人尤可畏哉！尤可畏哉！"（P6、7）为了跟世俗小人划清界限，他不无嘲谑地宣称："以仆驽蹇，不明于古，不通于时事，又非素习熟于今之贤公卿与上共进退天下人材者。"（P85）可见姚鼐为坚持自我，不惜辞官，远离"小人之仕"的官场，不惜跟日益腐朽衰败的封建世俗，作毫不妥协的对抗。

（四）由重道轻艺，到追求"道与艺合"，直至怀疑古之道不合于今。在早期作的《翰林论》中，姚鼐即表现出重道轻艺的倾向。他说："君子求乎道，细人求乎技；君子之职以道，细人之职以技。使世之君子，赋若相如、邹、枚，善叙史事若太史公、班固，诗若李、杜，文若韩、柳、欧、曾、苏氏，虽至工犹技也。技之中固有道焉，不若极忠谏争为道之大也。"后来经过创作实践，他就进一步认识到："夫文者，艺也。道与艺合，天与人一，则为文之至。世之文士，固不敢与文王、周公比，然所求以几乎文之至者，则有道矣。"从重道轻技，到承认"文之至"能做到"道与艺合"，这显然是姚鼐在思想认识上的一大进步。

在创作实践上，姚鼐更进一步看出："其后文至而渐与道远，虽然韩退之、欧阳永叔，不免病此，况以下者乎！"（P291）他称赞钦善："足下畸士也，其文亦畸文也。"何谓"畸文"？就是指："足下之文，不通于俗，而亦不尽合于古；不求工于技，而亦不尽当于道；自适己意，以得其性情所安，故曰畸文也。"

由此可见，在思想内容上，他强调的是"自适己意"，即使"不尽当于道"也无妨。因为他已认识到"文至而渐与道远"，是自韩愈以来古文发展所不可抗拒的历史趋势。在写法上，他称赞钦君的"不欲以人首加己身"，而要捍卫并表现自我独有的个性。这不只是对钦君"畸士""畸文"的首肯，也是姚鼐本人创作经验的总结。他在《复钦君善书》中，即自称："仆不能偶俗，略有类足下耳。"

上述四大嬗变说明，姚鼐对自我的主体性和个性自由热烈追求的过程，实则是他以新我否定旧我的过程，是他从科举、仕途、世俗和"古之道"中自我解脱，自我觉醒，摆脱依附于封建统治的奴才意识，而确立以自我为主体的主人意识的过程。那种仅着眼于他的奴才意识，而不从历史的辩证发展的观点，来充分认识和肯定其主人意识，就势必只能给姚鼐以极其片面的错误的评价和定位。

二、姚鼐以古之"君子""大丈夫"为楷模的人格精神

姚鼐之所以热烈赞扬和执着追求自我的主体性和个性自由，除了由于封建腐朽统治的现实教育等外部原因以外，其内在的原因，则主要是由于他一贯受到儒家理想人格的教育和熏陶，力求要把自我塑造成不同于愚庸之辈的君子和大丈夫。

那么，古之君子、大丈夫等儒家理想人格的具体内涵有哪些呢？姚鼐对它又是怎样继承和发扬的呢？

第一，是"人皆可以为尧、舜"（《孟子·告子下》）的民主、平等精神。我国儒家最高的理想人格，是要做尧、舜那样的圣人。用韩愈的话来说："古之时，人之害多矣。有圣人者立，然后教之以相生养之道。……如无古之圣人，人之类灭久矣。"[①]当姚鼐参加礼部会试落第而归时，刘大櫆特地撰《送姚姬传南归序》，鼓励他为人"宜以第一流自待"。"何为第一流？"不是"射策甲科为显官"，而是"第一流当为圣贤"[②]。后来的曾国藩，果真把姚鼐列为我国有史以来三十二位圣哲之一。尽管后人有把孔、孟等尊称为圣人的，而孔子本人则自称："圣则吾不能。"（《孟子·公孙丑》）"若圣与仁，则吾岂敢！"（《论语·述而》）因此，自孔子以来，谁也不敢以圣人自诩，而只是以君子和大丈夫作为人生的楷模和理想的人格，如孔子所感叹的："圣人，吾不得而见之矣；得见君子者，斯可矣。"（《论语·述而》）无论圣贤或君子，其理论基础，一是人性上的平等论。孟子主张人性皆善。荀子虽然主张人性恶，但他也认为："凡人之性，尧、禹之与桀、跖，其性一也；君子之与小人，其性一也。"（《荀子·性恶》）二是逻辑上的同类论。即认为："圣人之于民，亦类也。"（《孟子·公孙丑》）"圣人与我同类者。"（《孟子·告子上》）

---

① 吴小林选注：《韩愈选集·厚道》，人民文学出版社 2001 年版，第 213 页。
② 《刘大櫆集》，上海古籍出版社 1990 年版，第 137 页。

这种思想形成传统观念，以致唐代文学家柳宗元说："圣亦人。"（《与杨晦之第二书》）明代进步思想家王艮说：'怪人之道，无异于百姓日用。'"百姓日用条理处，便是圣人之条理处。"（《语录》）这显然是一种朴素的民主、平等思想。

这种圣人与常人平等的思想虽与近代的平等思想相距甚远，但它足以给人们以极大的激励，使人们即使不敢以圣贤自居，也可以做个抵制和批判丑恶社会现实的君子和大丈夫。例如，姚鼐即赞赏愤而辞官的陈伯思有"君子之介"，"其行不羁，绝去矫饰，远荣利，安贫素"。实即摆脱功名利禄的诱惑和桎梏，恢复和保持自我的本来面目。姚鼐在《复鲁絜非书》中还说："接其人，知为君子矣；读其文，非君子不能也。""盖虚怀乐取者，君子之心；而诵所得以正于君子，亦鄙陋之志也。""鄙陋"，为作者自称的谦词。这里明言，以君子为皆模，就是姚鼐之志。同时，它还有助于被人们用来反对封建专制统治和封建等级观念。姚鼐的作品中就一再称赞"无贵贱"的平等精神，把贵为天子的品格，写成远不如仁人志士，如《方正学祠重修建记》称："成祖天子之富贵，随乎飘风；正学一家之忠孝，光乎日月。"《宋双忠祠碑文（并序）》把南宋恭宗与主持国政的太皇太后——谢太后，写成投降元蒙的民族败类，显得渺小可耻之极，而把固守扬州的李庭芝、姜才，则写成焚其劝降诏书，"死为社稷，生岂随君"的民族英雄，成为"可以壮烈士之志而激懦夫之衷者"。不只可见作者的爱国主义的民族精神，且不难体会寄寓其中的民主、平等思想。

第二，注重仁义至上的道德操守。例如，孔子说："君子喻于义，小人喻于利。"（《论语·里仁》）"志士仁人，无求生以害仁，有杀身以成仁。"（《论语·卫灵公》）孟子说："君子所性，仁、义、礼、智根于心。"（《孟子·尽心上》）荀子也说："唯仁之为守，唯义之为行。"（《荀子·不苟》）"重义轻利。"（《荀子·成相》）"先义后利者荣，先利后义者辱。"（《荀子·荣辱》）这有助于揭露批判统治阶级的不仁不义，腐朽堕落，保持君子人格的独立意识，如明末清初的进步思想家黄宗羲，批判"后之为君者"，"以天下之利尽归於己，以天下之害尽归于人。""屠毒天下之肝脑，离散天下之子女，以博我一人之产业。""敲剥天下之骨髓，离散天下之子女，以奉我一人之淫乐。"成为"独夫""民贼"①。姚鼐的《书〈货殖传〉后》，也批判汉代"其时天子不能以宁静淡薄先海内，无校于物之盈绌，而以制度防礼俗之末流，乃令其民仿效淫侈，去廉耻而逐利资……用刻剥聚敛，无益习俗之靡，使人徒自患其财，怀促促不终日之虑，户亡积贮，物力凋敝，大乱之故，由此始也"。接着不无借古讽今地责问道："且夫人主之求利者，固曷极哉？""士且羞之，矧（何况）天子之贵乎？"如此以仁义作为批判封建君主专制的思想武器，而表现出批判者具有君子人格的独立意识，实在是我们中华文化宝贵的民族精神的重要体现。

第三，有大志、有作为、有气节的大丈夫精神，更是我国世代相传的民族传统。用孟子的话来说："居天下之广居，立天下之正位，行天下之大道；得志，与民由之；不得志，独行其道。富贵不能淫，贫贱不能移，威武不能屈，此之谓大丈夫。"（《孟子·滕文公下》）"人生自古谁无死，留取丹心照汗青。"文天祥等我国历史上的许多志士仁人，无不是这种大丈夫精神的体现者。唐代大诗人白居易说："大丈夫所守者道，所待者时。时之来也，为云龙，为风鹏，勃然突然，陈力以出；时之不来也，为雾豹，为冥鸿，寂兮寥兮，奉身而退。进退出处，何往而不自得哉？"②如此能伸能屈、进退自如的大丈夫精神，则为我国仁人志士坚持自我的主体性，提供了选择的自由度。姚鼐之所以在官运亨通之际，毅然决定辞官，即因为"古之君子，仕非苟焉而已，将度其志可行于时，其道可济于众"。他看到那不是个"可济于众"的时代，即决心"从

---

① 黄宗羲：《明夷待访录·原君》，9 部备要本。
② 白居易：《与元九书》，《白氏长庆集》卷 45，文学古籍刊行社影宋本。

容进退，庶免耻辱之大咎已尔"。他还公然以"大丈夫"自诩，当有人指责他尊崇程朱是"徇私"时，他即理直气壮地驳斥道："经之说有不得悉穷，古人不能无待于今，今人亦不能无待于后世，此万世公理也。吾何私于一人哉？大丈夫宁犯天下之所不韪，而不为吾心之所不安。其治经也，亦若是而已矣。"这里暂且不论其尊崇程朱本身的是非曲直，只是由此可见，"大丈夫"精神就是他坚持"吾心"——张扬自我的精神支柱。

第四，"君子以自强不息"的精神，更是激励我们民族不断开拓进取、奋发向上的强大精神力量。《论语·述而》篇中"发愤忘食，乐以忘忧，不知老之将至""为之不厌，诲人不倦"，与此精神相通。孔子说的"吾十有五而志于学，三十而立，四十而不惑，五十而知天命，六十而耳顺，七十而从心所欲不逾矩"（《论语·为政》），就是他毕生积极向上、奋发图强的"夫子自道"。姚鼐完全继承了这种精神。他于44岁弃官从文，竟然获得了集大成的桐城派宗师地位！这绝非轻而易举，而是他经过数十年"自强不息"的艰苦奋斗的结果。用他的话来说："鼐之求此数十年矣，瞻于目，诵于口，而书于手，较其离合而量剂其轻重多寡（指研究、比较文章的开合，衡量和调剂它的轻重繁简），朝为而夕复，捐嗜舍欲，虽蒙流俗讪笑而不耻者，以为古人之志远矣，苟吾得之，若坐阶席而接其音貌，安得不乐而愿日与为徒也！"

上述种种事实说明，充当儒家理想人格的君子和大丈夫，继承和发扬中华传统文化的民族精神，就是支撑姚鼐张扬自我的主体性，追求个性自由的内在精神动力。尽管儒家的理想人格并非十分完美，其中也有要求克己复礼、维护封建道德等糟粕，姚鼐也不可避免地有受其消极影响的一面。

三、姚鼐追求自我的时代特色和历史意义

姚鼐对自我的主体性和个性自由的追求，不只是对儒家理想人格的继承和发扬，还有他自己所处的时代特色和历史意义。

首先，姚鼐追求自我的主体性和个性自由的思想渊源，不限于儒家理想，还受到道家、佛家及明清资本主义萌芽的思想影响，因而具有思想解放的意义。儒家思想在我国封建社会长期占据统治地位，清代的所谓宋学、汉学，实则不过是儒家的不同学派。姚鼐虽以尊崇宋学著称，但他明确宣称："我爱嵇中散。"他所爱的这个嵇中散，就是个笃信老庄，以"每非汤、武而薄周、孔"著名的人物。姚鼐在尊崇孔、孟、程、朱等儒家思想的同时，对老庄等道家思想也有所吸纳。他著有《老子章义》《庄子章义》，认为道家与儒家思想原本是一致的。他说："天下道一而已，贤者识大，不贤者识小；贤者之性，又有高明、沈潜之分，行而各善其所乐；于是先王之道有异统，道至相非而不容并立于天下，夫恶知其始之一也。"盛赞"庄子之书，言明于本数及知礼意者，因即所谓达礼乐之原，而配神明、醇天地与造化为人，亦志气塞乎天地之旨。"对于佛家，他明知"佛氏之学，诚与孔子异"，却说："然而吾谓其超然独觉于万物之表，豁然洞照于万事之中，要不失为己之意，此其所以足重，而远出乎俗学之上。儒者以形骸之见拒之，吾窃以为不必，而况身尚未免溺于为人之中者乎？"姚鼐对儒、道、佛三家思想兼收并蓄，这反映了清代学术思想上集大成的时代特色。他所强调的"超然独觉"和"为己之意"，实则就是突出自我的主体性。

在我国长期的封建社会中，虽然未出现过西方那种"文艺复兴"的成就，但是每当封建统治出现危机时，弘扬人的主体性的呼声，却还是时隐时现、或强或弱地一再出现过。例如，在诞生嵇康式人物的魏晋时期，就曾出现"个人的自我觉醒"[①]。"在怀疑和否定旧有传统标准和信仰价值的条件下，人对自己生命、意义、命运的重新发现、思索、把握和追求"，"是人和人格本身而

---

① 李泽厚：《美的历程》，文物出版社1989年版，第147页。

不是外在事物，日益成为这一历史时期哲学和文艺的中心"。①姚鼐对自我主体性和君子人格的热烈追求，难道不也带有这些特点么？

　　跟魏晋文人不同的是，姚鼐还受到明清资本主义萌芽的思想影响。例如，他不苟同于孔子说的"唯女子与小人为难养也"，把女子与小人等量齐观，而是认为女子也同样可成为"女君子"。在《陈孺人权厝志》中，他不是抱着"女子无才便是德"的封建传统观点，而是热情地为这位德才兼备的女诗人树碑立传，写她不仅诗写得好，可"叹谓今女子作诗者之冠"，还"解医术"，为贫者治病济药，在早年丧夫、家庭贫困的情况下，以做针线活独自担当起抚养和教育三子二女的重任。在铭辞中，作者为她讴歌道："居庳里（住低矮的房屋），志高矢（志向高尚正直），藏无有而学富。其身可亡名不毁，吾为命之女君子。"这里不只以"庳里"与"高矢"、"无有"与"学富"、"身可亡"与"名不毁"，一系列鲜明对立统一的辩证词语，使"女君子"的形象卓然矗立，而且以超越男尊女卑封建传统的自由、平等新思想，令人振聋发聩，赞叹不已！如果没有受到一点资本主义萌芽的新的时代特色的影响，姚鼐岂能对一个女子作出如此超凡脱俗的赞颂？

　　其次，在人生道路上，姚鼐选择以教书和卖文，走自食其力的道路，反映了封建文人日益觉醒的时代特色，具有个性解放的意义。姚鼐辞官的目的，既不是如儒家所要求的那样，"穷则独善其身"，也不是如他所爱的嵇康那样，充当"竹林七贤"式的隐士，而是要以写"君子之文"，来继续实现其"君子之志"。因为在他看来，"古人之文，岂第（只）文焉而已。明道义、维风俗以诏世者，君子之志；而辞足以尽其志者，君子之文也"。"道义""风俗"，看上去未免带有封建性，然而在前面加一个"明"字、一个"维"字，即说明那个时代道义已不明，风俗已颓坏，需要他拿起笔来作武器，通过揭露、批判

---

　　① 李泽厚：《美的历程》，文物出版社1989年版，第91页。

道义不明、风俗颓坏的社会现实，来达到其"明道义、维风俗"的目的。这虽然带有封建性和陈腐性，但其对道义不明、风俗颓坏的社会现实的揭露批判本身，却有助于使人们认清封建统治已经日益衰朽，何况其从道义不明、风俗颓坏的社会现实出发，又不可避免地在张扬自我、追求自我的主体性和个性自由。

尤为值得重视的是，由于姚鼐又是生活在我国封建社会面临最后崩溃，资本主义已经萌芽的时代，所以他对"士自从所好""自适己意""自发其思""自行其志"的热烈追求，又比魏晋时期嵇康等人显得更为切实而沉稳，自觉而执着。在某种意义上或许可以说，他是打着古人的旗号，穿着古人的服装，实际却是在从事着鼓吹自我的新的文化思潮。它虽然远远未达到"文艺复兴"的水平，但我们应该看到，它确实或多或少地有着呼唤自我觉醒的启蒙精神。尤其在那个程朱理学盛行"革尽人欲，复尽天理"，"圣人则全是无我"（《朱子语类》），清廷又滥施文字狱的时代，姚鼐那样热烈地鼓吹"自我"，其启蒙的进步意义更毋庸置疑。

再次，在文学创作上，也日益表现出重视今天的时代要求，重视发挥个人的独创性，重视创造个人独有的风格等突出自我的倾向，具有封建正统文学日益衰落的时代特色和要求文体解放的意义。

以姚鼐为代表的桐城派古文，既不同于它以前的秦汉派或唐宋派，热衷于学习、模拟秦汉或唐宋的古文，也不同于性灵、神韵、肌理等派，仅侧重学习古代诗文的某一特长。姚鼐强调地指出："夫文无所谓古今也，惟其当而已。得其当，则六经至于今日，其为道一也。知其所以当，则于古虽远，而于今取法，如衣食之不可释。"①"古今所贵乎有文章者，在乎当理切事，而不在乎华辞。"他的所谓"文无所谓古今也"，就是要打通古和今的界限，使所谓"古文"切合"今"的现实需要；所谓"在乎当理切事"，就是要切切实实地反映客观实

---

① 姚鼐：《〈古文辞类纂〉序目》，见《古文辞类纂》卷首。

际，而不要追求辞藻的华丽。因此，他主张"文士之效法古人"，要"尽变古人之形貌，虽有摹拟，不可得而寻其迹也"①。就是要从今天的实际需要出发，为反映今天的现实服务，并做到充分发挥作家个人的独创性。他非常重视文学创作的个性化，要使个人风格的多样性，就如同客观自然界那样"品次亿万，以至于不可穷"。这些主张，无不在一定程度上起到了促进文体解放的作用。

所以，跟魏晋时期"在艺术中要着重表现自己的思想，自己的人格，而不是追求文学的雕琢"，"是一种'自然可爱'的美。这是美学思想上的一个大的解放"②，两相比较，姚鼐不只是美学思想上的一大解放，而且还是文体上的一大解放。恰如胡适所指出的："古文经过桐城派的廓清，变成通顺明白的文体。""他们不高谈秦、汉，甚至于不远慕唐、宋，竟老老实实的承认桐城古文为天下之至美！这不是无意的降格，这是有意的承认古文的仿作越到后来越有进步……姚鼐、曾国藩的古文差不多统一了十九世纪晚期的中国散文。散文体做到了明白通顺的一条路，它的应用的能力当然比那骈俪文和那模仿殷盘周诰的假古文大多了。这也是一个转变时代的新需要。这是桐城古文得势的历史意义。"③可见桐城古文的得势，绝不是迎合"清廷思想文化政策"所致，而是应归功于姚鼐等人突出自我的创造，适应了那个时代的需要。

马克思、恩格斯说："在旧社会内部已经形成了新社会的因素。"④姚鼐所显示的思想解放、个性解放、文体解放，虽然远未完全突破封建的牢笼，但其可贵恰恰在于它从旧文学内部提供了前所未有的新的因素。尽管这些新因素尚处于萌芽的、量变的状态，但是如果没有这种萌芽，又哪来参天大树呢？没有这种量变，又哪来"五四"新文学的质变呢？近现代文学所高举的现实主义

① 姚鼐：《〈古文辞类纂〉序目》，见《古文辞类纂》卷首。
② 宗白华：《美学散步》，上海人民出版社1998年版，第29页。
③ 《胡适古典文学研究论集》，上海古籍出版社1988年版，第233、235页。
④ 《马克思恩格斯全集》第四卷，人民出版社1958年版，第488页。

的旗帜，难道不是对姚鼐的以"天地之道"为"文章之原"的继承和发展么？"五四"所倡导的白话文，难道不是对姚鼐所主张的"天下所谓文章者，皆人之言书之纸上者尔"的继承和发展么？古与今，旧与新，如同父与子，不论是量的发展或质的飞跃，其血脉相联的传承关系是谁也割不断的。

我们之所以充分肯定姚鼐对自我主体性和个性自由的追求，绝不是要否认其中确实存在的封建糟粕，而是要坚持实事求是、批判地继承文化遗产的原则，察其本末，究其内蕴，还其真相，使其重现"天下文章之至美"的光彩，使后人得以继续从中受益。

（原载《安庆师范学院学报》2003 年第 5 期）

姚鼐对君子人格理想的坚守和追求

我反复阅读姚鼐的文集，发现"君子"是其中出现频率最多的一个词，除了指"君之子"的不算，尚有 107 次之多。于是我就进一步研究和思考：姚鼐为什么要特别看重君子？姚鼐笔下的君子究竟是什么样的人？他用君子的人格理想对他所处的那个社会作了哪些揭露、批判？从姚鼐对君子人格的描写和阐述来看它有哪些积极意义？对于我们又有什么借鉴作用和现实启示？现将我研究和思考的结果，报告如下。

一、姚鼐为什么要特别看重君子

人生在世究竟应该做什么样的人，怎样做人？要誓做君子，绝不做小人！这是我们的祖先早就思考并作了明确回答的问题。一个人的能力可以有强弱之分，贡献可以有大小之别，因为这不完全取决于个人的主观努力，还需要有种种先天的客观的条件和机遇。但做人最起码的要讲究人格，要做一个与禽兽有别，品德高尚，脱离了低级趣味，具有君子人格的人。这是人人应该做到，也都完全可以做到的。只要你主观努力，"人皆可以为尧、舜"（《孟子·告子下》）嘛。虽然我们的祖先孟老夫子早就作过这样的论断，但是实际上怎样做人？是做君子还是做小人？这个问题依然成为历来人生最大的困惑。

人生在世要做什么样的人，就必然要选择不同的目标作为人生的最大追求。

姚鼐自己的人生之路，就首先遇到这个问题。读书做官是那个时代给封建文人安排的最好的出路，因此，姚鼐在考中秀才、举人之后，又先后五次赴京考进士，不料五次皆名落孙山，直到第六次才考中，用他自己的话来说："鼐走南北，五踬一升"①，连续五次落榜，这对姚鼐心理上的打击，该是多么沉重啊，一般人怎么能承受得了！然而姚鼐却承受住了，为什么呢？因为他考科举、读书做官的目的不是为了追求个人的功名利禄，他的人生的最大追求是要做以尧、舜那样的圣贤为楷模的正人君子。例如，刘大櫆在《送姚姬传南归序》中所说："昔王文成公童子时，其父携至京师。诸贵人见之，谓宜以第一流自待。文成问：'何为第一流？'诸贵人皆曰：'射策甲科为显官。'文成莞尔而笑：'恐第一流当为圣贤。'诸贵人乃皆大惭，今天既赋姬传以不世之才，而姬传又深有志于古人之不朽，其射策甲科为显官不足为姬传道；即其区区以文章名于后世，亦非余之所望于姬传。孟子曰：'人皆可以为尧、舜。'以尧、舜为不足为，谓之悖天；有能为尧、舜之资，而自谓不能，谓之慢天。若夫拥旄仗钺，立功青海万里之外，此英雄豪杰之所为，而余以为抑其次也。姬传试于礼部，不售而归，遂书之以为姬传赠。"②这就是说，无论是"射策甲科为显官"，或者是以"文章名于后世"，或者是在战场上立大功成了"英雄豪杰"，这一切对于人生来说都是次要的，只有追求在人格、人品上成为"第一流"的"圣贤"，才是最主要最可宝贵的。

也许有人认为这只是刘大櫆对姚鼐落榜之后的鼓励，它不足以说明姚鼐本人的志趣。其实姚鼐本人不仅是这么想的，而且就是这么做的。例如，当他的好友陈伯思辞官归里时，他当即撰《赠陈伯思序》，指出："昌平陈君伯思，其行不羁绝去矫饰，远荣利，安贫素，有君子之介。余谓如古真德而可进乎圣

---

① 姚鼐：《惜抱轩诗集》，上海古籍出版社1992年版，第244页。以下引文后有"P"页码者皆出自该书，不再另注。

② 《刘大櫆集》，上海古籍出版社1990年版，第137页。

人之教者，伯思也。"这里姚鼐明言陈伯思之所以有"君子之介"，就在于他是"如古真德而可进乎圣人之教者"。在为孔子后裔孔扐约作的《仪郑堂记》中，又说："观郑君之辞，以推其志，岂非君子之徒笃于慕圣，有孔氏之遗风者与？"姚鼐既如此评论别人，他自己当然也是以做个"笃于慕圣""进乎圣人之教"的君子，作为他人生最大追求的。他之所以在中年主动辞官，即充分证明了这一点。在他辞官归里后，曾有个张君写信给他，要他速入都复任官职，他当即作《复张君书》，指出："仆家先世，常有交裾接迹仕于朝者；今者常参官中，乃无一人。仆虽愚，能不为门户计耶？孟子曰'孔子有见行可之仕'，放季桓子是也。古之君子，仕非苟焉而已，将度其志可行於时，其道可济於众。诚可矣，虽遑遑以求得之，而不为慕利；虽因人骤进，而不为贪荣。何则？所济者大也。"否则，"则从容进退，庶免耻辱之大咎已尔"。可见姚鼐做官的目的，不是为了自家门户可光宗耀祖，也不是为了个人贪荣慕利，而是为了"可济于众"的君子之仕，否则，他宁愿辞官，而"庶免耻辱之大咎"。如此不惜以舍弃荣利的巨大代价，把合乎圣人之教的君子人格、人品作为人生的最高坐标，放在人生最为重要的地位，这该是多么难能可贵，令人感佩不已啊！

把君子人格放在人生最重要的地位，这与努力掌握专业技术，力争事业有成，是否矛盾呢？在姚鼐看来，两者不但不矛盾，而且只有君子之人，才能使所掌握的专业技术达到最高的境。如他在《医方捷诀序》中指出，医药虽属"小道"但"推原其故，必自君子躬能循天理之节，应六气之和，固筋骨之束，调气血之平，于是安乐寿考，永享天禄。然后推其意以为医药，以及庶民，此其意至精且厚。是以后世医者虽多，然苟非慈明笃厚之君子，终不能究其义"。

上述事实充分证明，姚鼐特别看重君子，以能否做个君子作为人生从事一切事情的前提和首选，其所以如此，就在於他认为这不但符合我国古代以尧、舜、孔子为代表的"圣人之教"，而且是社会和自然发展的客观规律的必然要求。

不是说"人皆可以为尧、舜"么，为什么不以尧、舜那样的圣人，而以君子为理想人格呢？这是由于孔子说过"圣则吾不能"。（《孟子·公孙丑》"圣人吾不得而见之矣，得见君子者，斯可矣。"（《论语·述而》）既然孔子都认为圣人高不可攀，人们当然也就只好以君子为理想人格了，何况连孔子尚且谦称："躬行君子，则吾未之有得。"（〈论语·述而〉）对于一般人来说，君子自然就成为最高的理想人格了。

二、姚鼐笔下所描写的君子形象

由于姚鼐不但视君子为最高的理想人格，而且认为"自汉以来，天下贤人君子，不可胜数"（P136），在现实生活中比比皆是。因此，在他的文集中往往以君子作为对他所写人物的最高褒奖。他为我们描绘和歌颂了众多不同的君子形象：

"为君子所贵"，勇于为国捐躯的爱国者和民族英雄形象。例如，他在《明赠太常卿山东左布政使张公祠碑文（并序）》中，写道："明崇祯十一年冬，大清兵自青山口入畿甸，所过夷刜，莫能防阻。放兵南下，山东巡抚以济南兵守德洲。济南遗卒不及二千，而大兵卒至，左布政使张公，率吏卒募士城守，相拒十昼夜，力尽援绝。十二年正月庚申城破，公战死城上。……张公桐城人也，既没，济南及桐城皆为祠祀公。鼐昔尝以使事至济南，瞻公像，拜于祠下，怳焉赋诗而后去。后十五年家居，值里中修饰公祠，众请为文以记。吾乡当明万暦中，公及左忠毅公以丁未、庚戌两科相继成进士，而皆死于忠荩，故世言吾乡人物风节之美也。君子所贵，为善而已。二公所以死不同，而同为忠。士有遭值行义不必同二公，而庶几于二公者，其道亦必有在焉矣。"这里姚鼐强调"君子所贵，为善而已"，所谓"善"，在这儿就是指张、左二公"皆死于忠荩"，为忠于国家、民族而不惜献出自己的生命，被作者誉为"危以躯殉，道则无亏"。（P160）可见这个君子之道，实际上是勇于捐躯的民族英雄之道，爱国主义之道，足以成为永远激励我们的一种民族精神。

以诚为君子之道，抚安众庶的官吏形象。例如，在《稼门集序》《实心藏铭（并序）》中，他写担任过福建、江苏巡抚，湖广、浙闽总督、工部尚书的汪稼门："其生平不欲以言行分为二事。上承天子之命，有抚安众庶之绩；下立身行己，有清慎之修。其所孜孜而为者，君子之事也；津津而言者，君子之言也。"不只"公自言平生惟矢心去妄而存实焉"，作者也断言："惟一以实心之道成之，则事虽未见，理则可明。大人君子之道，一于诚而已，以是作公藏豫铭可也。"（P393、394）据郑福照的《姚鼐年谱》："嘉庆十九年，桐城大旱。邑令阳湖吕某，忽然示征收钱粮，民情惶骇。先生致书皖抚胡果泉侍郎，极言灾情重，不可征，并致书吕令言之，事乃得寝。"[①]他写的这封《与胡果泉》的信，即明确告诫他要"君子念切民饥"[②]。这是姚鼐对君子之仕的基本要求。

以身训士，教之必为君子的学官形象。例如，在《诰赠中宪大夫刑部员外郎加三级泸溪县教谕杨府君墓志铭（并序）》中，他写杨仲篯："在泸溪，以身训士，尤以敦伦纪、惜廉耻、勤职业为亟，非公事未尝谒令，亦不轻受人谒。士有见枉，则告於令直之，其人来谢，卒不见。文庙敝，君劝修于泸溪；泸溪人素重君，闻君言皆应。值积雨，灶无薪，治庙材者或束木柿以遗君，君拒不许。至今泸溪人言官于彼者曰：'如杨学官，乃君子已。'"又如，在《光禄大夫东阁大学士王文端公神道碑文（并序）》中，他盛赞"公为乾隆庚戌科会试总裁官，又尝为湖南、江西、浙江考官；一督福建学政，三督浙江学政，所进多佳士。其于门下士相爱甚笃，然未尝少涉私引，教之必为君子而已"。学官肩负选拔和培育人才之责，教育学生"必为君子"，自己必首先以身作则做个君子。这样的学官理所当然地不只受到当时群众的欢迎，而且完全值得后人

---

① 郑福照：《姚惜抱先生年谱》，同治七年（1868）刊本。
② 姚鼐：《惜抱先生尺牍补编》卷1，《惜抱先生遗书三种》之一，光绪己卯（1879）二月桐城徐宗亮刊本。

世世代代传颂。

守有介，行中绳，笃行君子的教师形象。例如，在《郭君墓志铭（并序）》中，他写郭元灝："君少工为文，为吴江学生，而陆中丞燿之弟子也，中丞最称贤之。君居家授徒，仅以供养父母而已，其室时至匮乏，而不以为憾。中丞贵，亦绝不往干，第与书往来论学。"文末的铭词赞其"笃为学，文可称。守有介，行中绳，进而与之君子朋"。在《许春池学博五十寿序》中，他写"春池学博，笃行君子，而沉思好学。为文华美英辨，而切于理。既成进士，授职长丹徒学。丹徒诸生，无不乐其人而亲其教也"。做个教师，虽然生活清贫，但因具有君子的品格，便获得精神上的富足，这样的人生当然也就"不以为憾"了。

乐善好施，世德相承的善人形象。例如，在《中宪大夫陈州府知府陈君墓志铭（并序）》中，他写陈守诒："君祖以沂，以富而好施称于江西，自是累世皆然。""君考讳道，乾隆戊辰科进士，不仕而笃学植行于家，世称凝斋先生。君为凝斋第二子，其人勇于为善，尝首出财，建立义仓于所近村落，春借秋收，至今民赖其赐……至于朋友急难之谊尤厚，尝分宅以居铅山蒋编修士铨。君少拥先世遗财，屡费，至暮年遂竭尽矣；遇事有所欲施而力不供，辄咨嗟不乐，盖急于济人者，固承其家风使然，而亦君天性也。"姚鼐说："凝斋凡五子，余识其二：其一君兄金衢严道，其一君也。金衢朗亮疏达，而君恂谨，皆君子人也。"只可惜当今社会这种"君子人"太少了，至于世德相承的"家风"，则更有荡然失传之虞，这该是多么令人可悲可叹啊！

出于至情，为君子所许的孝子、孝女形象。例如，在《萧孝子祠堂碑文（并序）》中，他写道："萧孝子讳日曦，江都人。其母朱氏病且殆，孝子刲胁割肝，使妇虞氏和药进母，母愈而孝子死。世之学者言'不敢以亲遗体行危殆为孝'，是固然也。抑纣之时，微子去之，比干死而箕子奴，而皆为仁。武王伐暴救民，伯夷耻食用粟，而皆为圣，君子行岂必同乎？今夫小人之为不善，非不闻有礼谊廉隅之介也，出于情所不自胜，则溃藩篱荡防检而不顾。夫君子之为善，亦若小人之为不善也，发于至善而不可抑遏，岂寻常义理辞说之所能易哉？故曰：'求仁而得仁，又何怨。'"作者不但在此文中强调只要"出于情所不自胜"，即可"溃藩篱荡防检而不顾"，而且在《钟孝女传》中还说："孝女钱塘钟晓斋女，三岁母徐氏没，父继娶陆氏，又三年丧父。及女年十四，陆氏得危疾，人谓必死，女祷天求活其母，刲股和药饮之未愈，乃再刲，陆氏竟起。女后适邵志锟，志锟疾病，女亦割臂以愈之，年二十四卒。夫割股，非孝之正也，然至情所至，无择而为之，君子所许也。"以刲胁割肝或割股，给父母治病，这显属毫无科学根据的荒谬、愚昧行为，是应予坚决反对并完全摒弃的，好在作者也认为这是"非孝之正"，"君子所许"的只是"至情所至"。不过仍需要指出，以"至情"孝顺父母虽值得称许，但是"至情"也必须理智，而绝不应做出丧失理智的蠢事。

　　"有君子之德"的女君子形象。例如，在《旌表贞节大姊六十寿序》中，他写道："女而有君子之德，天下所得之以为荣者也。及尹氏为太师，见刺家父，而《节南山》作焉，则併其亲党讥之曰：'琐琐姻亚。'夫一尹氏也，而得其女者，或以为荣，或以致讥，岂非以所值贤不贤异哉？故贵贱盛衰不足论，惟贤者为尊，其于男女一也。吾族夙有形家之说，曰'宜出贵女'，而张氏与吾族世姻，其仕宦贵显者，固多姚氏婿也。然余以为吾族女实多贤，岂待其富贵而后重邪？""富贵"是由统治者的政治经济地位决定的，贫穷无权的被统治者是没有份的。而"贤"却是人品高尚的标志，是任何人都可以做到的。以"惟贤者为尊"，来宣扬"贵贱盛衰不足论"，这该是是多么不同凡俗的尊卑观念啊！在《陈孺人权厝志》中，他写其夫："胡君居贫甚，孺人时以文字慰其意。既而胡君病没，遗三子二女，皆未婚嫁；孺人执女红为衣食，暇则教子女，与之论古今为学。又性解医术，里中妇女有疾，往往请为之方。孺人于富者鲜所求，于贫者或济之药，虽自处乏困不恤也，其子女卒皆成立婚嫁。幼子镐从姚鼐学，鼐见孺人诗曰《合箫楼稿》，叹谓今女子作诗者之冠，虽流俗浅人论诗者未必知也，而后世必有知之者已。"作者在文末的铭词中赞其："居庳里，志高矢。藏无有而学富。其身可亡名不毁，吾为命之女君子。"作者如此颂扬"女君子"，跟孔子说"唯女子与小人为难养也"（《论语·阳货》），显然大相径庭。

为实现君子之志而厚德载物、自强不息的大丈夫形象。早在《易经·象传·乾卦》中即提出："君子以厚德载物"，"君子以自强不息"。这集中体现在姚鼐的言行之中。他身处那个盛行汉学的时代，不怕孤立，仍然坚持尊崇程朱为代表的宋学。但他对程朱又绝不盲从，他说："程朱言或有失，吾岂必曲从之哉？程、朱岂不欲后人为论而正之哉？正之可也。"他不是把义理、考证、文章相割裂，而是以厚德载物的宽容精神，主张三者兼长相济。对于古代的"群儒异说"，他主张"择善从之，而无所徇于一家，求野之义，学者之善术也"。对于"为百世所宗仰"的古代"贤士巨儒"关于经书的解说，他不是迷信盲从，而是公然断言："经之说有不得悉穷，古人不能无待于今，今人亦不能无待于后世，此万世公理也。吾何私于一人哉？大丈夫宁犯天下之所不韪，而不为吾心之所不安。其治经也，亦若是而已矣。"他不是专长治经的经学家，而是要以"君子之志"写"君子之文"的文学家。为此，他宣称："鼐性鲁知闇，不识人情向背之变、时务进退之宜，与物乖忤，坐守穷约，独仰慕古人之谊，而窃好其文词。夫古人之文，岂第文焉而已，明道义、维风俗以诏世者，君子之志；而辞足以尽其志者，君子之文也。达其词则道以明，昧于文则志以晦。鼐之求此数十年矣，瞻于目，诵于口，而书于手，较其离合而量剂其轻重多寡，朝为而夕复，捐嗜舍欲，虽蒙流俗讪笑而不耻者，以为古人之志远矣，苟吾得之，若坐阶席而接其音貌，安得不乐而愿日与为徒也。"他这种"求此数十年"，"朝为而夕复"的自强不息的精神，不惜"捐嗜舍欲"，不顾"流俗讪笑"的大丈夫气概，该是多么令人肃然起敬啊！

上述八类君子形象，都是姚鼐根据耳闻目睹或亲身经历而写的真人真事，本文只是大致择要举例，难免以偏概全。要看姚鼐褒扬的所有君子形象，还必须阅读他的全部作品。

三、姚鼐以君子的人格标准对那个社会所作的揭露和批判

在姚鼐的文集中，不只描写和歌颂了众多正面的君子形象，更重要的还从君子的人格标准出发，对那个社会作了犀利的揭露和批判：

以君子之仕，揭露、批判封建官场使君子无容身之地。例如，他在《南园诗存序》中，写担任御史官职的钱沣："当乾隆之末，和珅秉政，自张威福。朝士有耻趋其门下以希进用者，已可贵矣；若夫立论侃然，能讼言其失于奏章者，钱侍御一人而已。""君始以御史奏山东巡抚国泰秽乱，高宗命和珅偕君往治之。君在道衣敝，和珅持衣请君易，君卒辞。和珅知不可私干，故治狱无敢倾陂，得伸国法。其后君擢至通政副使，督学湖南；时和珅已大贵，媒蘖其短不得，乃以湖北盐政有失，镌君级。君旋遭艰归，服终，补部曹。高宗知君直，更擢为御史，使直军机处。君奏和珅及军机大臣常不在直之咎，有诏饬责，谓君言当。和珅益嗛君，而高宗知君贤，不可潜，则凡军机劳苦事，多以委君。君家贫，衣裘薄，尝夜入暮出，积劳感疾以殒。"为此作者感叹他："不获迁延数寒暑，留其身以待公论大明之日，俾国得尽其才用，士得尽瞻君子之有为也。悲夫！悲夫！"为此姚鼐还作诗《哭钱侍御三十二韵》："能国惟君子，丕时让俊民。[①]……苍生卒何望，青史岂终沦！"由此可见，那个封建官场是多么黑暗、险恶！

以"君子之仕"，揭露、批判"小人之仕"祸国殃民。例如，他在《李斯论》中指出，曾任秦国丞相的李斯，不是如苏子瞻所说的"以荀卿之学乱天下"，

---

① 此二句，上海古籍出版社《惜抱轩诗文集》作"能国泠君子，平时让俊民"，此据宋效永校点姚永朴训纂《惜抱轩诗集训纂》及《钱南园先生遗集·輓诗》校改。

而是"斯逆探始皇、二世之心,非是不足以中侈君而张吾之宠。是以尽舍其师荀卿之学,而为商鞅之学,扫去三代先王仁政,而一切取自恣肆以为治;焚《诗》《书》,禁学士,灭三代法而尚督责。斯非行其学也,趋时而已"。接着他进一步分析道:"君子之仕也,进不隐贤。小人之仕也,无论所学识非也,即有学识甚当,见其君国行事,悖谬无义,疾首嚬蹙于私家之居,而矜夸导誉于朝廷之上。知其不义而劝为之者,谓天下将谅我之无可奈何于吾君,而不吾罪也。知其将丧国家而为之者,谓当吾身容可以免也。且夫小人虽明知世之将乱,而终不以易目前之富贵,而以富贵之谋,贻天下之乱,固有终身安享荣乐,祸遗后人,而彼宴然无与者矣。嗟夫!秦未亡而斯先被五刑、夷三族也,其天之诛恶人,亦有时而信也邪!"其实,李斯身为秦始皇的丞相,对于秦的统一六国和文字,是起了积极作用的;他的死,也绝非由于"天之诛恶人",而是因在秦始皇死后,他追随赵高,合谋伪造遗诏,迫令秦始皇长子扶苏自杀,立少子胡亥为二世皇帝,即秦二世。后为赵高所忌,被五刑处死并夷三族。尽管此文与历史事实稍有出入,但是姚鼐在此所揭示的,那种以投君主之好而邀宠,只谋个人"目前之富贵",而不顾"贻天下之乱"的"小人之仕",无论在历史上或现实社会中,岂不皆是屡见不鲜的么?

以君子之义,揭露、批判统治者"去廉耻而逐利资"穷奢极欲。孔子说:"君子喻于义,小人喻于利。"(《论语·里仁》)姚鼐也说:"君子之行不必同,大趣归于义而已。"稍有不同的是,姚鼐揭露、批判的矛头不是指向普通的"小人",而是直接指向号称"天子"的国君。例如,他在《书货殖传后》指出,司马子长之所以写《货殖传》,是因"见其时天子不能以宁静淡薄先海内。无校于物之盈绌,而以制度防礼俗之末流;乃令其民仿效淫侈,去廉耻而逐利资"。以致"使人徒自患其财,怀促促不终日之虑。户亡积贮,物力凋敝,大乱之故,由此始也"。不只汉朝的天子如此,姚鼐又接着指出历代的"人主"皆属"求利"无止境。他说:"且夫人主之求利者,固曷极哉?方秦始皇统一区夏，鞭箠夷蛮，雄略震乎当世；及其伺睨牧长寡妇之赀，奉匹夫匹妇而如恐失其意，促訾（意谓以言求媚）啜汁（吃残汤剩饭，喻邀功得利）之行，士且羞之，矧（意谓何况）天子之贵乎？呜呼！蔽于物者（意谓被财物迷住了心窍的人）必逆于行（意谓走向反面），其可慨矣夫！"这里姚鼐并不一概反对"利"，孔子也说过："富与贵，人之所欲也"（《论语·里仁》）。只不过要求"君子义以为上。"（《论语·阳货》）反对像秦、汉天子那样不顾廉耻、不受极限地唯利是图，以致造成因天下大乱而亡国的历史教训。

以君子之为学，揭露、批判当时"学之敝"。何谓"君子之为学"？姚鼐在《礼部员外郎怀宁汪君墓志铭（并序）》中说："君少禀承宋儒之言，行己有耻。其于经也，辞义训诂之小者，未尝一一拘守程、朱，而大义必宗向，而信且好焉。因推明其旨，将以扶正道率后贤，是可谓君子之为学矣。"他揭露当时的社会现实是："数十年来，士不说学，衣冠之徒，诵习圣人之文辞，衷乃泛然不求其义，相聚矗首帖耳，哆口傅沓，乃逸乃谚，闻耆耇长者考论经义，欲掩耳而走者皆是也。风俗日颓，欣耻益非其所，而放僻靡不为。""士溺于俗久矣，读古人之书，闻古人之行事，意未尝不是之，而及其躬行，顾惮不能效也。"他更为悲愤地感叹道："呜呼！学之敝甚矣！世俗说经者，不务讲明，服习圣道，行天下之公是，而求一己之私名。搜取隐僻为异，而不必其中；辨晰琐碎为博，而不必其当；好恶党雠，乖隔错迕；是失圣人所以作经之本意，而以博闻强识滋其非者也。"姚鼐把宋学列为"君子之为学"的前提，显然是出于他特别尊崇宋学的偏见。但我们在给汉学以充分的历史地位的同时，也不能不承认他所揭露、批判的"学之敝"确属事实。而"学之敝"，则是整个封建统治日渐衰朽的标志之一。

以君子之心，揭露科举不公，坦然对待个人功名。例如，他在《高常德诗集序》中说："事有旁观见为功名之美，而君子中心歉然，以为不足居。"科举取士，打破了门阀世袭等级制度，这在历史上当然是富有进步意义的。但是自从宋代程朱理学盛行以后，明清两代规定以朱熹注释的"四书"为科举考试的主要内容，以八股文为科举考试的主要方式，这就使广大考生的思想和才能受到严重束缚，导致对人才选拔的极其不公，许多真正有思想和才华的人考不中，而善於揣摩的鹦鹉学舌之徒，却累累获得功名利禄。因此，明末清初如顾炎武等许多进步思想家皆反对八股科举取士，姚鼐也说："明以来说《四书》者乃猥为科举之学，此不足为书。故鼐自少不喜观世俗讲章，且禁学徒取阅，窃陋之也。"并指出这种"利禄之途一开，为其学（按指程朱理学）者以为进趋富贵而已，其言有失，犹奉而不敢稍违之，其得亦不知其所以为得也，斯固数百年以来学者之陋习也"。因此，在姚鼐的文集中，就描写了不少真正有才学而放弃科举的君子，如《方晞原传》，写晞原："为歙诸生，工为文。其文用意高远，非今世之所谓时文者也，而昔人所以取《四子书》为义之初旨，则晞原得之为深。其学宗婺源江慎修（他也是著名进步思想家戴震的老师——引者按），其文宗桐城刘海峰也。""晞原亲贤好学，四方贤者至歙，无不乐交晞原，晞原亦延致其家，唯恐其去，名闻甚广。乾隆丙午科，大兴朱石君侍郎主江南试，自决必能以第一人取晞原，而晞原是时已不应试。""其于交游，死生如一，能任其急难。意气和易，寡怨怒，虽终身诸生，世为之不平，而晞原未尝以为感叹也。"姚鼐说他在歙主紫阳书院时，"得见晞原，果君子"。由此他论定："人存殁数十年间耳，遇不遇曷足论，士有所以自处其身者足矣。"这里虽以"士有所以自处其身者足矣"自慰慰人，却以"世为之不平"，揭露了科举的极端不公，可谓典型地体现了作者绵里藏针的笔法和怨而不怒的风格。

以女君子之贤德，衬托和揭露"士大夫之德日衰於古"。例如，在《何孺人节孝诗跋后》，他写女子守节行孝，"足以存教化，美风俗，君子乐得咏歌而称道之"，"可以张之以风乎天下之士君子，而况其子孙也哉"！封建社会是男士主宰的天下，从皇帝到各级官吏，直至每个家庭的家长，无不由男士充任，而女子则受压迫最深。随着以男子为中心的封建统治者的日益腐朽，就必然出现男不如女、阴盛阳衰的现象。姚鼐虽然由于受历史和阶级的局限而不可能给予科学的说明，但他以写实的态度揭示了这个新的社会现象："至于今日，女子皆知节行之为美，若《柏舟》之贤者多矣。是何士大夫之德日衰于古，而独女子之节有盛于周之末世也？"在《记萧山汪氏两节妇事》一文中，他以两节妇守节育孤，教子成才，从而责问："女子尚能坚其持操、卓然自立，而顾谓天下之士，无独立不惧、守死服义其人者乎？其泯无闻焉则已矣。夫士貌荣名，卒何加于其身毫末哉？"其对女子守节的赞美，无疑地打上了封建的烙印，赞美封建的所谓"贤德"，是我们所不能苟同的，但是其由此而衬托和揭露以男子为主体的封建统治阶级日益道德沦丧、腐朽堕落，岂不有其一定的积极意义么？

上述六个方面，便是作者以君子的人格标准，对当时社会的政治、经济、文化、道德等诸多领域的弊病所作的揭露和批判。由此可充分证明，姚鼐对当时的社会现实是不满的，在人们纷纷赞扬那是"乾隆盛世"的情况下，他却不是美化和歌颂那个盛世，而是揭露和批判它所存在的种种危机和日益衰朽、颓败的历史趋势。仅就这个客观事实来看，他已仿佛如鹤立鸡群，显得出类拔萃，堪称是个当之无愧的有独到的犀利眼光、有其历史进步意义的文学家，岂能以"御用文人"一笔抹杀？！

四、从姚鼐对君子人格的描写和阐述来看它有哪些积极意义

做人要做君子，要追求和坚守君子的人格理想，这并不是姚鼐的独创和首倡，而是我国以儒家为主的传统文化的一贯要求。"君子"一词，在《论语》中出现107次，在《孟子》中有82次，在《易传》中有84次。只不过在西周、春秋时代，"君子"只是对贵族和统治者的通称。例如，《书·无逸》："君子所其无逸。"孔颖达疏引郑玄曰："君子，止谓在官长者。"《国语·鲁语

上》："君子务治·小人务力。"《孟子·滕文公上》引孟子的话说："无君子莫治野人，无野人莫养君子。"到了春秋末年以后，君子才逐渐成为"有德者"的称谓，如《礼记·曲礼上》："博闻强识而让，敦善行而不怠，谓之君子。"如上所述，姚鼐所描写和追求的君子人格理想，显然是对我国以儒家为主的传统文化的继承，不过更值得我们重视的是，他在继承中有新的突破和发展，反映了他那个时代的新特点和新要求，不只在当时堪称具有一定进步意义的新思想，甚至在今天来看，也依然属闪闪发光的亮点：

其一，不同凡俗的人生目标和人生价值观。世俗之人，无不追求功名、富贵、官职、权力、金钱及各自所从事的事业有成，作为自己人生目标和人生的最大价值，而姚鼐却认为这一切都是次要的、第二位的，只有君子的理想人格，才是人生最大、最高的目标，才是人生最重要、最高尚、最具有决定性意义的价值。人们即使不想当大官或发大财，至少也想掌握好一门专业技术。但姚鼐认为，要掌握好医药等专业技术，虽属"小道"，但"推原其故，必自君子……"，也就是说，只有首先自身是个君子，才有可能达到"道"的境界，即把握客观自然规律。"小道"尚且如此，"大道"就更不用说了。在姚鼐看来，"君子之职以道，细人之职以技"。你的技术再高明，事业上的成就再卓越，"赋若相如、邹、枚，善叙史事若太史公、班固，诗若李、杜，文若韩、柳、欧、曾、苏氏，虽至工犹技也。技之中固有道焉，不若极忠谏争为道之大也"。要达到"极忠谏争"的"大道"，更必须有为国家人民利益而勇于献身的精神，有君子的远大理想和高尚人格。把做人的最高目标定在"君子之职以道"上，即不但要在专业技术上达到"至工"，而且要掌握技中之"道"（即客观规律和职业的道德规范），不但要达到掌握专业技术的"小道"，而且还要掌握为整个国家人民利益而献身、合乎整个社会发展客观规律和道德规范的"大道"。这该是多么伟大的人生目标，多么崇高的人生价值啊！这样不同凡俗的人生目标和人生价值，岂不使我们感到仿佛眼睛为之一亮，心胸为之大大开阔？当人们真正认识到要做君子就应有这样的人生目标和人生价值观，岂有不愿为实现这样的人生目标和价值观而努力奋斗，使自己的人生境界大大提高的？除非你终生甘心做个"小人""细人"。

其二，所描写和歌颂的君子，不是写他如何有学问、有才能，如何官运亨通，如何发财富裕，如何事业有成。而是着力描写歌颂他的君子人格、气质和品行，诸如不惜为国捐躯的献身精神，抚安众庶，竭诚爱民、济民的民本思想，乐善好施、救苦救难的慈悲胸怀，一言一行皆严于律己，无不契合君子的人格规范，在事业上有厚德载物的博大深厚的功底和自强不息的拼搏精神。所有这一切，显然都不是封建糟粕，而是带有民主性的精华，它突出地体现了历经五六千年中华文明熏陶而形成的我们伟大的民族精神、优秀的民族性格和优良的文化传统。因此，它不只是在当时具有积极意义，即使在今天来看，仍然值得我们借鉴、继承和发扬光大。

其三，对男尊女卑的封建传统观念和以富贵为尊的封建等级观念有所突破。在封建社会，女子的地位是最卑贱的。孔子说："唯女子与小人为难养也。"（《论语·阳货》）传统的儒家思想是把"女子"与"小人"相提并论的。而姚鼐却在《陈孺人权厝志》等文章中，把他所描写的女子赞颂为"女君子"，因为她们有"君子之贤德"。这种"女君子"跟男君子当然也就居于平等的地位，至少在人格上是平等的，而绝不属于"小人"之列。这对主张男尊女卑，把女子一概斥之为"小人"的封建传统观念，岂不是一种突破么？更有甚者，姚鼐还由女子之贤，进而主张"惟贤者为尊，贵贱盛衰不足论"。"贤"，是属于思想品格问题，是君子人格的集中体现，它既不受男女性别的限制，更不受金钱、权势的支配，而封建社会历来皆是以富贵、贫贱为划分人的等级高下的标准的。姚鼐竟然以"惟贤者为尊"，来颠覆以财产、权势划分人的"贵贱"的传统标准，这不是对以富贵为贵的封建等级观念的一个突破么？其所具的进步意义，难道不是至今犹在闪闪发光、令人为之欢欣鼓舞么？

其四，毋庸讳言，在姚鼐对君子人格的描写和歌颂之中，确有忠、孝、节、义等封建道德观念。这是封建时代的历史局限和封建文人的阶级烙印，是我们必须予以批判和唾弃的。问题是糟粕和精华往往杂糅在一起，我们必须从实际情况出发，作细致的具体分析。例如，宣扬对封建君主要无条件地盲目效忠，这是属于封建愚忠，对国家人民有百害而无一利；而姚鼐所描写和歌颂的君子的忠，却不是忠于君主个人，而是忠于国家民族，用姚鼐的话来说："死为社稷，生岂随君！"（P158）忠于国家、人民，这是我们今天仍然需要发扬的爱国主义精神，它跟封建的"忠"形同而实异，不容混为一谈。又如，宣扬割股为父母治病那样的"孝"，这种"孝"的行为毫无科学根据，是属于愚昧、荒谬之举，不但达不到为父母治病的效果，而且势必造成毫无意义的伤害。好在姚鼐也指出这属"非孝之正"，他赞扬的是子女对父母的"至情"。以"至情"来孝顺父母，这种文化传统显然也是值得永远发扬的。至于妇女要永不改嫁为死去的丈夫守"节"，这当然是有悖人性的封建道德，必须扬弃。好在姚鼐从不赞成妇女为死去的丈夫殉节而死，充当"烈女"。跟姚鼐同时代的戴震，是反对程朱以"理"杀人著名的进步思想家，他却写有"烈女传"[①]，而姚鼐从未写过"烈女传"。他所赞扬的"节"，只是在丈夫死后，妻子守节不嫁，不管能否得到朝廷的族表，只求肩负起孝顺、服侍公婆，扶养、教育子女成才的责任。如此不求个人名利而独自挑起家庭的重担，对公婆、子女负责到底，以"知节行之为美"的女子而受到赞扬，难道不是理所应当的么？以无原则的兄弟义气，行结党营私、为非作歹的罪恶勾当，这是封建的"义"所不免造成的恶果。而姚鼐所颂扬的君子之"义"，却是或建"义仓"以济民，或"明道义"以行善，或"为人清介严冷，不可近以不义"，拒绝与污浊的同僚共处，而宁愿主动辞

---

① 戴震：《戴节妇家传》，《查氏七烈女墓志铭》，见《东原文集》卷 12，《戴震全书》六，合肥黄山书社 1995 年版。

官回家以教书谋生。如此大义凛然，令人实在敬佩！可见从姚鼐所宣扬的忠孝节义实情来看，绝不应以封建道德而一概予以否定，其中也不乏可取之处；只要对封建道德稍加改造，把"忠"限定为忠于祖国人民、忠于正义的事业，把"孝"限定为赡养和善待父母，把"节"限定为坚持正确的气节和操守，把"义"限定为实行正义之举，即可完全成为我们今天所需要的，值得大力继承和发扬的传统美德。

其五，从总的思想倾向来看，姚鼐对君子人格理想的坚守和追求，他不是要美化和歌颂封建统治，而是旨在揭露和批判封建统治的衰朽。其所正面肯定和颂扬的君子形象，绝大部分是属于在官场上失意，从而洁身自好，以教书授徒谋生的文人。而他所揭露、批判的与君子相对立的小人，则是或受到皇帝的宠爱，或迷漫于整个世俗，或如科举制度本身就有不公的弊病。因此，这种揭露批判的矛头，绝不只是指向某个小人，更重要的是指向整个封建统治阶级和封建专制制度。在那个被称颂为"乾隆盛世"的时代，姚鼐的揭露、批判，显然在一定程度上可以起到令人擦亮眼睛，促人头脑清醒，正视日趋衰朽的社会现实的积极作用。

五、姚鼐对君子人格的坚守和追求所给予我们的启示

首先，人生最重要的、第一位的是什么？是做人。无论你做官、经商还是当教师、医生，或当工人、农民。总之，无论从事何种职业，你都必须首先讲究做人的人格，把如何做人放在最重要的第一的位置。因为你既然是人，就不能离开社会而存在，就不能不受到人类社会文明的熏陶。因此，人不仅有物质的需求，还有精神的需求。一个人如果没有一点精神，没有一点理想的追求，那他就完全失去人生的意义和价值，他就不是一个文明的人，而很可能是极其愚昧无知、疯狂野蛮的另类。作为稍有教养的文明人，你就必须遵循人类文明

所形成的道德规范和优秀传统；你是个中国人，你就必须遵循中华文明所形成的忠、孝、仁、爱、礼、义、廉、耻等道德规范，要讲诚信，讲操守，讲气节，要力争做圣贤，做君子，做大丈夫，成为"一个高尚的人，一个纯粹的人，一个有道德的人，一个脱离了低级趣味的人，一个益于人民的人"①。

君子人格富有高尚的品位、气节、格调和风度，富有智慧和文化含量。君子的最高坐标是"仁"。例如，孔子说："君子去仁，恶乎成名？君子无终食之间违仁，造次必于是，颠沛必于是。"（《论语·里仁》）"志士仁人，无求生以害仁，有杀身以成仁。"（《论语·卫灵公》）孟子也说："君子亦仁而已矣。"（《孟子·告子下》）君子的最低防线是"耻"，无羞耻感，就丧失了人的本质，失去做人的资格。因此，君子洁身自好，绝不与耻为伍。背离君子人格的最低防线，你的官越大，钱越多，你给社会很可能带来更大的危害，成为社会的蛀虫、人民的罪人、历史上的败类。姚鼐在《李斯论》中所写的李斯式的小人之仕，《书货殖传后》中的写的"去廉耻而逐利资"的秦汉天子，造成家破国亡的"大乱"局面，都是不胜枚举的历史教训，难道还不令人触目凉心，发人深思猛省么？

其次，做什么样的人？要誓做君子，不做小人。王夫之说："君子小人之大辨，人禽之异，义利而已矣。"②也就是说，义和利是人与禽兽的分水岭，做人就要讲正义，做君子，而绝不能不择手段，唯利是图，做衣冠禽兽那样的小人。做君子，并不是完全不爱财不讲利，而是要"君子爱财，取之有道"，如孔子所说的："富与贵，是人之所欲也，不以其道得之，不处也。"（《论语·里仁》）"君子义以为质，礼以行之，孙以出之，信以成之。君子哉！"（《论语·卫灵公》）对此朱熹注曰："义者制事之本，故以为质干。而行之必有节文，

---

① 毛泽东：《纪念白求恩》，《毛泽东选集》合订本，人民出版社 1969 年版，第 621 页。
② 王夫之：《读通鉴论》卷 16，同治四年（1865）曾国荃金陵刻《船山遗书》本。

出之必以退逊，成之必在诚实，乃君子之道也。"①姚鼐本人就是这样的君子，如《清史稿·姚鼐传》所说："鼐清约寡欲，接人极和蔼，无贵贱皆乐与尽欢，而义所不可，则确乎不易其所守。世言学品兼备，推鼐无异词。"②姚鼐所坚守和追求的君子人格，就像是一面历史的镜子。它极其鲜明而强烈地折射出，在我们这个权力和金钱双重专制的现实世界里，为追逐权力和金钱，相当多的人竟然不惜制造虚假的政绩，不惜贪污受贿，掠夺、剽窃他人的劳动成果，不惜制造环境污染或有毒食品，危害广大人民的生命，不择手段地损人利己，不以为耻，反而得意扬扬。如此甘当衣冠禽兽，竟然成了我们这个社会相当普遍的流行病。这既是由于"十年浩劫"使我们中华文明五六千年所形成的道德规范和优良传统被践踏殆尽的恶果，又加上当今受国内外市场经济的冲击，以致唯利是图使人的兽性更加泛滥成灾。我们的时代和社会，无疑地都比姚鼐及其所处的社会要进步得多，姚鼐作为一个封建时代的文人，他尚且能那样执着地追求和坚守君子的人格理想，我们身处科学更加文明昌盛的新时代，人类最进步的社会主义新社会，理应比姚鼐做得更好，更加自觉、更加积极地坚守和追求更加高尚的人格理想，怎么能争相蜕化成毫不讲人格的衣冠禽兽呢？这不成了与人类文明发展相悖的奇耻大辱么？

历史与现实的鲜明对照，使我们不能不受到强烈的震撼，进而深思猛醒，下定决心，自觉地在努力推进物质文明建设的同时，努力加强精神文明的建设，特别是要加强人格理想的教育，使每个人首先懂得要做个什么样的人，怎样做人，恢复和发扬中华民族几千年来崇尚君子人格的传统美德，中华民族才能真正立足于世界民族之林，才能在全世界具有强大的感召力和优良的影响力，才能为人类作出更大的贡献。

---

① 朱熹：《论语集注》，《朱子全书》（六），上海古籍出版社、安徽教育出版社联合出版，2002年版，第206页。

② 《清史稿》卷485，中华书局标点本第13396页。

最后，我们要建设中国特色的社会主义社会，何谓"中国特色"？其中关键是"人"，是承载五六千年中华文明传统的人。姚鼐追求和坚守的君子理想人格，不只是中国文化和民族精神的集中体现，而且为解决当今中国社会大发展中遇到的各种矛盾和问题所必需。当今中国社会正处于现代化快速大发展的转型期，各种社会矛盾纠集，问题丛生，突出表现为：只求发展而肆意浪费资源，污染环境，造成人与自然环境的紧张；社会财富分配严重失衡，贫富差距过大，导致人际关系紧张；人的思想欲望与社会现实严重脱节，产生剧烈的心理焦虑与紧张。要缓解这三大紧张，构建"和谐社会"，就必须充分重视利用我国传统的思想文化资源优势，大力呼唤君子人格的复苏，强化君子人格的教育和重建。只要人人都讲人格，都力求以君子超凡脱俗的思想，深谋远虑的抱负，高屋建瓴的胸襟，兼容并包的气度，无比高尚的情操，使仁、义、礼、智、信，温、良、恭、俭、让，忠、孝、节、廉、耻成为人们一言一行的准则，日常生活的规范。这就不难遏止物质主义、利己主义的泛滥，使各种社会矛盾得以大大地缓解，甚至完全化解，为构建和谐社会而奠定深厚的思想基础和社会基础。

总之，我们探讨姚鼐对君子人格理想的坚守和追求，既力求其具学术性，又不是为学术而学术。旨在既要正确认识和评价历史上的桐城派集大成者姚鼐，又力求要利用传统的价值观念、思维方式和人生智慧来启发我们的思考，在使这些思想资源以适应现代化社会和人类文明发展前途的新诠释的基础上，为建设和谐的人类社会而作出它可能作出的新贡献。

（原载《东南大学学报》2010 年第 5 期）

姚鼐对人生道路的重大抉择

——姚鼐中年主动辞官的原因辨析

读书做官，是许多封建文人孜孜以求的人生道路，姚鼐的前半生也不例外。他在考中举人、进士后，于36岁正式踏上仕途，先后由兵部、礼部主事，升任刑部郎中；由山东、湖南乡试副考官，升任礼部会试同考官；四库馆开，又被荐举任纂修官，成为非翰林而任纂修官的八人中的一个。可是，正当许多封建文人皓首穷经，甚至蝇营狗苟，为求一官半职而不可得之时，姚鼐好不容易刚跻身官场不足八年，正当官运亨通、青云有路之际，为什么却主动辞官呢？

据文献记载，他辞官的原因，有"乞病归""以养亲去""会文正公薨""于文襄当国""学术分歧"等五种不同的说法。为什么如此众说纷纭呢？它们究竟各有多大的可靠性呢？姚鼐辞官的真正原因又究竟何在呢？

这个历史悬案有加以辨析的必要。如果仅是因病或养亲等纯属个人的偶然的原因，那么他的中年辞官就谈不上有什么意义。如果这一切仅是他辞官的借口，或仅属次要的非根本性的因素，而另有更为重要的思想政治上的原因，那么他的辞官从文就不是偶然的，而是由于他在洞察世情后，对人生道路所作出的一个重大抉择。从他的《惜抱轩文集》来看，除极少几篇外，几乎都是在他辞官后四十余年间写的。可以说他如果不是中年辞官从文，他也不可能以"桐城文派的集大成者"而著称于世。因此，我们弄清姚鼐辞官的原因，无论对于正确认识和评价姚鼐，或正确认识和评价他所代表的桐城文派，都是至关重要的。

一、对"乞病归"说的辨析

"乞病归",这是关于姚鼐辞官原因的主流意见。吴德旋的《姚惜抱先生墓表》①,陈用光的《姚先生行状》②,毛岳生的《姚先生墓志铭》③,李兆洛的《桐城姚氏姜坞、惜抱两先生传》④,《清史列传·姚鼐传》⑤及《清代七百名人传·姚鼐传》⑥,直至1992年上海古籍出版社出版的《惜抱轩诗文集·前言》⑦不仅皆持此观点,而且连文字表述都十分近似。

"乞病归"之所以成为主流意见,主要是因有姚鼐自己的说法为根据。姚鼐在《惜抱轩文集》及《文后集》中,先后12次自称"鼐被疾还江南""余病归""鼐以疾归""鼐以疾还""鼐以病归"⑧。

既然如此,那么姚鼐是否确实就是因病而辞官呢?

应该承认,姚鼐确实一直体弱多病。他在《医方捷诀序》中,即自称"余少有羸(瘦弱)疾,窃好医药养身之术,泛览方书"⑨。他辞官时写的《赠程鱼门序》中也说:"余幼于鱼门十四岁,始相识,余年二十八,今逾四十,多羸疾,思屏于江滨田间以自息。"但是,"多羸疾"只是身体瘦弱而已,并未病到非告别仕途不可的地步。而我发现有下列诸多证据,足以证明他的"乞病

① 吴德旋:《初月楼文续纱》卷8,花雨楼校本。
② 陈用光:《太乙舟文集》卷3。清颂堂丛书,承启堂刊本。
③ 毛岳生:《休复居文集》卷5,嘉定黄氏道光刊本。
④ 李兆洛:《养一斋文集》卷13,咸丰二年原刊,光绪戊寅重刊本。
⑤ 《清史列传》卷72。
⑥ 蔡可园纂:《清代七百名人传》,1936年版。
⑦ 刘季高标校:《惜抱轩诗文集》,上海古籍出版社1992年版。
⑧ 刘季高标校:《借抱轩诗文集》,上海古籍出版社1992年版,第43、81、86、152、161、184、192、223、225、245、344、353页。
⑨ 刘季高标校:《惜抱轩诗文集》,上海古籍出版社1992年版,以下凡引文后注明"P"页码者,皆出自该书,不另加注。

归"，实则不过是以"病"作为辞官的一个借口。

　　证据之一，是他在辞官前一年的二月二十三日写给刘大櫆的信中所说："自家伯见背之后，霪无复意兴，此间尤无可恋。今年略清身上负累，明年必归。杖履无恙，从此长相从矣。"①所谓"家伯见背"，是指他的伯父姚范逝世。姚范也是中年辞官归里，死于乾隆三十六年（1771）正月初八，是在姚霪辞官前三年。也就是说，早在他辞官前三年即已想步家伯后尘辞官归里，在辞官前一年写的这封信中更是已下定"明年必归"的决心。信中明言他辞官的原因，是由于对"此间"即官场感到"无可恋""无复意兴"，而只字未提是由于有病。

　　证据之二，是他在辞官归里后游极阳之青山，撰《暮行青山下宿田家作》诗，公然宣称"我久无恙"。该诗写道："人从草径逢，屋与云岩并。感兹洵有情，欣我久无恙。场圃共披襟，风露频开酿。耽乐未渠央，疏墉任遗谤。"这里他不只明言"我久无恙"，且不怕人家诽谤他"疏墉"，而甘愿辞官当"野夫"。例如，白居易《长庆集》（二）《闲夜咏怀因招周协律刘薛二秀才》诗中所说的："世名检束为朝士，志性疏墉是野夫。"如果他确是因病归，人家怎么还会以"疏慵"来嘲笑他呢？

　　证据之三，是在辞官归里后，他在写给友人的信中坦言："霪里居以来，别无他状，但有衰疲，加以中年哀乐之感最深，了无复旧时兴趣矣。"②所谓"别无他状，但有衰疲"，即没有什么别的病症，只是感到有点衰弱疲倦罢了。所谓"了无复旧时兴趣"，显然是指他对以往的仕宦生涯已经不再有兴趣了。因此，他哪是什么"乞病归"？用他自己文章中的话来说，是"弃官归矣"！

　　证据之四，是姚霪于辞官后、归里前写的《登泰山记》。据该文记载，他

---

① 姚霪：《惜抱尺牍》卷1，小万柳堂重印海源阁本。
② 姚霪：《惜抱尺牍》卷1，小万柳堂重印海源阁本。

于辞官后的当年冬天，曾不辞辛劳，长途跋涉，"自京师乘风雪，历齐河、长清，穿泰山西北谷，越长城之限，至于泰安"。在阴历除夕前一天，与其好友泰安知府朱子颖一起登泰山。他俩"由南麓登，四十五里，道皆砌石为磴，其级七千有余"。尽管"道中迷雾冰滑，磴几不可登"，而他俩竟毅然登上了山顶，并在除夕那天的清晨，天尚未亮，又不顾山上积"雪与人膝齐"，"大风扬积雪击面"，登上泰山的最高峰"日观亭，待日出"，终于观赏到了泰山日出之美。他的身体不仅足以经受冰天雪地登泰山的考验，而且还诗兴大发，当即吟诗一首，题为《岁除日与子颍登日观观日出作歌》。诗中他豪情洋溢地宣称："使君长髯真虬龙，我亦鹤骨撑青穹！"这一切岂不皆明白无误地向世人宣告，所谓的"乞病归"只不过纯属辞官的借口么？他那如"鹤骨"般的身体，虽然消瘦一点，却骨格清奇，还足有撑起青天那样强大的力量哩。

既然姚鼐的身体足以"鹤骨撑青穹"，战胜冰天雪地的艰难险阻而登上泰山之巅，那么，他辞官又为什么要以病为托词呢？这是当时官场上的风气所使然，如姚鼐笔下所写的张仲絜、苏园仲、方染露、严冬友、张若瀛、侍潞川等人的辞官，无不如此。在《张仲絜时文序》中，他写道："仲絜今岁初改官御史，旋称病去，谓余曰：'吾才薄，不足有为于朝，尚可有为于家。'"他辞官的真实原因是自认为"吾才薄"，而公开的理由却是"称病去"。姚鼐的同年好友苏园公，分明因其"以古人道持身，衡于世知不引，年四十四去官"，而辞官的理由却是"君请疾遂不复仕"。姚鼐的同乡方染露被任命为四川清溪知县，"既至官，视其僚辈渜涩（腐朽肮脏）之状，曰：'是岂士人所为耶！吾奈何与若辈共处？且吾母老，不宜远宦。'即以病谒告，其莅官甫四十日而去归里"。他分明是因看不惯官场同僚的腐朽肮脏，不愿跟他们同流合污而辞官的，可是他辞官的理由也是"以病谒告"。姚鼐在《严冬友墓志铭（并序）》中称："君在军机处凡七年，通古今，多智，又工于奏牍，诸城刘文正公最奇其才。""君治事众中独勤办，然以是颇见疾（妒忌）。其后连遭父母丧，服终遂请疾，不复入。"可见严冬友辞官的真正原因，是由于他办事特别勤劳认真而遭人妒忌，而他辞官的理由却也是"请疾"，即以疾请辞。张若瀛在甘肃任知县，"时甘肃官相习伪为灾荒请赈，而实侵入其财，自上吏皆以为当然，君独不肯为"。于是"君引疾去（离开）甘肃，里居数年"。同样任四库全书馆纂修的何季甄，在全书完成后"与赐宴文渊阁下"，而他却"旋以疾请告，屏居训子元烺、道生"。侍潞川于"乾隆二十五年成进士，当就吏部选知县。君曰：'吏事非吾所堪也。'后国子监缺丞，诏大臣于进士中选得君。君任职，以不阿上为节。有共事不合君者，君不能堪，即日引疾去"。这许多例证皆说明，尽管他们各有自己辞官的真实原因，却统统以病作为辞官的借口。可见这在当时的官场上是个普遍风行的现象，姚鼐的"乞病归"亦不例外。封建统治的专制性和腐朽性，迫使欲辞官的正直之士不得不如此，谁也不会傻到说出辞官的真实原因而惹祸上身。那种把姚鼐辞官说成是由于真的身体有病，实在是个莫大的误会。

二、对"养亲"说的辨析

"以养亲去"，跟姚鼐同在四库馆任纂修的翁方纲，在他的《送姚姬传郎中归桐城序》中如是说。《清史稿·姚鼐传》，《皖志列传》卷3《姚鼐传》，李元度《国朝先正事略》卷4三《姚姬传先生事略》，马其昶《桐城耆旧传》卷10《姚惜抱先生传》，也都说他是"乞养归"。所谓"养亲"，主要是指奉养父母。而他的父亲早已去世，只有老母。姚鼐辞官后，在拒绝荐举他再做官的《复张君书》中，也说"老母七十，诸稚在抱，欲去而无与托"。

既然如此，"养亲"是否成为姚鼐的真正原因呢？否。请看事实：如果真为"养亲"，那么他在辞官后理应立即回到母亲的身边，而事实上他却迟迟不归里。乾隆三十九年秋天，他已经辞官，而直到当年的十二月，他还专程到泰安，与朱子颖同登泰山，作《登泰山记》。连农历新年都不回家与母亲团聚，而于泰安过年，正月初四又去游泰山北灵岩，并在"张峡夜宿"，作《游灵岩记》。游完泰山，仍不回桐城，而是又回到北京。大约到辞官后第二年的春夏之交，他才由京归里。若果真"以养亲去"，他在辞官后为什么如此迟迟不去呢？

在一再延迟归里之后，姚鼐的精力也不是放在"养亲"上，而是用于旅游、做学问、跟刘大櫆研讨古文写作。例如，他自称"乾隆四十年七月丁巳，余邀左世瑯一青、张若兆应宿同入北山，观乎双溪"。一青"先返"，他则"与应宿宿张太傅文端公墓舍，大雨溪涨，留之累日"。"双溪归后十日，偕一青、仲孚、应宿，观披雪之瀑"，并精心撰写了《游双溪记》《双披雪瀑记》。乾隆四十一年正月晦日，他又与应宿同游浮山，他还独自"遍历诸峰"，"宿会胜岩。次日至华严寺，作诗归示应宿兼寄朱竹君学士"。除游兴大发外，他"闭门却扫，作说经文字，可数十首"，其篇幅之长，可"分为六七卷"①。又不辞辛劳，多次到离家数十里之外的刘大櫆家拜访，请教古文写作。为此，他在《刘海峰先生八十寿序》中写道："鼐之幼也，尝侍先生，奇其状貌言笑，退辄仿效以为戏。及长，受经学于伯父编修君，学文于先生。游宦三十年而归，伯父前卒，不得复见。往日父执往来者皆尽，而犹得数见先生于枞阳。先生亦喜其来，足疾未平，扶曳出与论文，每穷半夜。"他归里后，如此热衷于旅游、写游记、做学问，跟刘大櫆论文"每穷半夜"，又哪里是为"养亲"呢？

再说乾隆四十二年朱子颖已到扬州任两淮盐运使，当年秋天姚鼐即应朱子颖之邀，赴扬州梅花书院任主讲。直至乾隆四十三年秋，他都在远离桐城的扬州。后来又陆续到安庆敬敷书院、歙县紫阳书院、江宁钟山书院任教。他能到远离家乡的外地教书，为什么不能在外地做官而要"乞养归"呢？

最重要的事实是，姚鼐亲自道出了他有"两弟侍太恭人于家"，而根本不

---

① 姚鼐：《惜抱尺牍》卷1，《与人书》之二。

需要他回家养亲。在他辞官后的第三年即乾隆四十一年六月作的《亡弟君俞权厝铭（并序）》中，他写道："余二十二岁，授徒四方以为养；既孤，又仕京师，使两弟侍太恭人于家。久者十年，或四五年，弟兄不相见。"既然有"两弟侍太恭人于家"，即使在大弟君俞外出和逝世之后，还有小弟鼎在家，又哪里需要他特地辞官回家养亲呢？事实上他辞官后真正在桐城老家的日子，也少得屈指可数。

上述事实足以证明，"以养亲去"或"乞养归"，也只不过是他辞官的一个借口罢了。

三、对"会文正公薨"说的辨析

无论"乞病归"或"乞养归"，皆属姚鼐辞官的借口，对此前人也有察觉。因此又把他之所以"乞病归""乞养归"，说成是由于"会文正公薨，先生乃移疾归里"，"文正薨后，公即请假归里"。其理由是因文正对姚鼐"素加赏识，曰：'近日文人能知政体者，唯姬传一人而已'"[①]。姚鼐的侄孙及门人姚莹的《惜抱先生行状》也说："书（指"四库全书"）竣，当议迁官。文正公以御史荐，已记名矣，未授而公薨，先生乃决意去，遂乞养归里。"[②]李元度的《国朝先正事略·姚姬传先生事略》也说："书成，当议迁官。文正以御史荐，记名矣，会文正薨，先生乃乞养归。"如此说来，"会文正薨"乃是姚鼐之所以"乞病归"或"乞养归"的决定性的原因。事实是否如此呢？否。

首先，所谓"书成，当议迁官"，与事实相距甚远。四库全书是于清乾隆三十七年（1772）开馆纂修，经十年始成。而姚鼐入馆任纂修仅一年多即辞职

---

① 昭梿：《啸亭续录》卷3《姚姬传先生》；《啸亭杂录》卷9《姚姬传之正》。中华书局1980年版，第447、298页。

② 姚莹：《东溟文集》卷6，台湾文海出版社影印本。

了，此距"书成，当议迁官"还有七八年之遥，怎么可能提前这么多年已由"文正以御史荐，记名矣"呢？

其次，"文正薨"与姚鼐辞官，在时间上也相距较久。据《清史稿》卷302《刘统勋传》，刘统勋（1698—1773），字延洁，山东诸城人。雍正二年进士，选庶吉士，授编修，后直南书房、上书房，任协办大学士、东阁大学士，于乾隆三十八年（1773）闰三月充四库全书馆正总裁，十一月卒，谥文正，著有《刘文正公集》。也就是说，刘统勋的逝世，是早在姚鼐辞官之前将近一年，怎么能说是"会文正薨，先生乃乞养归"呢？"会"者，恰巧、适逢也。在相距将近一年之后发生的姚鼐辞官，怎么能说是"恰巧"或"适逢""文正薨"呢？这不是把两件不相干的事硬拉扯在一起，显得太牵强附会么？

再次，如果刘统勋对姚鼐确有知遇之恩，那么在姚鼐的诗文集中不会没有一点流露，然而我们从姚鼐诗文集中，却看不到一点他对刘统勋有感激之情，甚至也看不出他跟刘统勋有什么直接的交往。所看到的只有一处，为了颂扬严冬友而对刘统勋的话有赞赏之意。即在《严冬友墓志铭（并序）》中，他写道："辛卯恩科会试，刘文正公为考官，值军机事有当关白，君挝鼓入闱得见，既而出。同考官朱学士筼曰：'甚哉！冬友不自就试，而屑屑治吏事为？'文正曰：'士亦视有益于世否耳，即试成进士，何足贵！'"而在另外两处写到刘统勋时，却颇有微词，如在《朱竹君先生传》中，他写道："先生初为诸城刘文正公所知，以为疏俊奇士，及在安徽，会上下诏求遗书。先生奏言：'翰林院贮有《永乐大典》，内多有古书世未见者，请开局使寻阅。'且言搜辑之道甚备。时文正在军机处，顾不喜，谓'非政之要而徒为烦'，欲议寝之。而金坛于文襄公独善先生奏，与文正固争执，卒用先生说上之。四库全书馆，自是启矣。"可见纂修四库全书这件有重大意义的文化盛事，差点儿就断送在刘统勋的手里。在《赠程鱼门序》中，姚鼐又写道："往时大学士刘文正公，尝太息鱼门之才，而惜其为名士。夫鱼门行与学甚敦美，与名相副，名何足为鱼门病？"其对刘统勋不满之意，溢于言表。刘统勋在姚鼐的心目中既然是这样的人，他会对姚鼐"以御史荐"吗？姚鼐既肯定程鱼门甘愿做"群所进而独退"的名士，不满于刘统勋对名士的责难，他又怎么会因"未授而公薨""乃决意去"呢？难道他的辞官只因他未得到"御史"的官职么？

最后，在刘统勋逝世之后，朝中还有赏识他的人。例如，梁国治（1723—1786），字阶平，乾隆进士，曾任东阁大学士兼军机大臣。据姚莹的《惜抱先生行状》说，在姚鼐辞官之后，"梁阶平相国属所亲语先生曰：'若出，吾当特荐'"。而姚鼐却作《复张君书》"婉谢之"①。从他拒绝梁相国的举荐，亦可见他绝非因举荐他的"文正薨""乃决意去"。

上述事实足以证明，以"文正薨"为姚鼐辞官归里的真正原因，纯属主观臆测，是完全站不住脚的。

四、对"于文襄当国"说的辨析

姚鼐的弟子管同的话，亦可旁证刘文正以御史荐姚鼐，只是属于一种推测。管同在《公祭姚姬传先生文》中写道："当公年少筮仕，官至部郎。历资以进，当得御史。而道且大行，会有权要，欲荐公，令出我门下。公以故，毅然弃官以去。"②所谓"历资以进，当得御史"，这无疑是纯属推测之词。至于管同说的"会有权要，欲荐公，令出我门下。公以故，毅然弃官以去"，这倒是提出了姚鼐之所以弃官的一个新说法。这个"权要"是指谁呢？姚鼐弟子陈用光的《姚先生行状》说："当纂修四库书时，于文襄闻先生名，欲招致之门下，卒谢不往。"③姚莹的《惜抱先生行状》也说："时非翰林为纂修者八人，先

---

① 姚莹：《东溟文集》卷6，台湾文海出版社影印本。
② 管同：《因寄轩文初集》卷10，光绪己卯重刊本。
③ 陈用光：《太乙舟文集》卷3。

生及程鱼门、任幼植尤称善。金坛于文襄公雅重先生，欲一出其门，竟不往。"①毛岳生《姚先生墓志铭》则跟管同的说法相呼应，说："于文襄敏中当国，欲先生一出其门，不可，遽引疾去。"②如此说来，拒绝"权要"于文襄的"令出我门下"，是他"毅然弃官"或"引疾去"的内在原因。实际情况究竟如何呢？

于文襄，即于敏中（1714—1780），字叔子，号耐圃。江苏金坛人。卒谥文襄。《清史稿》卷319有他的传记。他是乾隆三年进士，授翰林院编修，历任军机大臣、户部尚书、文华殿大学士。《清史稿》本传说他"因任用日久，恩眷稍优。无识之徒，心存依附，敏中亦遂时相招引，潜受苞苴"。生前曾受诘责，死后数年，浙江巡抚王亶（dǎn）望以贪败，于敏中的问题也进一步败露，被乾隆斥为"不自检束，既向宦寺交接，复与外省官吏夤缘舞弊"，要以他"为大臣营私玷职者戒"，命将其撤出贤良祠，剥夺子孙所袭世职。看来他是个惯于拉帮结派、营私舞弊之徒。姚鼐在《朱竹君先生传》中对他也有所揭露："未几文正卒，文襄总裁馆事，尤重先生（指朱筠）。先生顾不造谒，又时以持馆中事与意迕，文襄大憾。一日见上，语及先生。上遽称许'朱筠学问文章殊过人'，文襄默不得发，先生以是获安。"请看，朱筠仅因为不去登门拜访他，时以馆中事跟他提出不同意见，他就想在皇上面前说朱筠的坏话。幸亏皇上对朱筠大加称许，才使他"默不得发"，使朱筠得以平安。跟这样的上司相处，该是多么危险啊！跟那些"无识之徒，心存依附"者相反，姚鼐拒不接受于文襄的"招引"，"遽引疾去"自在情理之中。不过，我看姚鼐的辞官也绝非仅因于文襄个人的原因。于文襄只是"欲荐公，令出我门下"，对他尚无加害之意。连于文襄欲加害的朱筠尚且可以采取对于文襄敬而远之的态度，继续他的仕宦生涯，姚鼐又何必"毅然弃官以去"呢？

---

①　姚莹：《东溟文集》卷6，台湾文海出版社影印本。
②　毛岳生：《休复居文集》卷5，嘉定黄氏道光刊本。

所以我认为，于文襄这样的人得势，这很可能是姚鼐对官场产生厌恶的一个重要的客观因素，却未必是他非"毅然弃官"不可的根本原因。

五、对"学术分歧"说的辨析

"以疾归""以养亲去"等等，"都没有说出问题的症结"。"学术上的与同僚不合是他引退的主要原因。"① 这是今人王镇远在《桐城派》一书中提出的见解。其根据，一是姚莹的《惜抱先生行状》说，当时四库馆内"纂修者竞尚新奇，厌薄宋元以来儒者，以为空疏，掊击讪笑之不遗余力，先生往复辨论，诸公虽无以难，而莫能助也。将归，大兴翁覃溪学士为叙送之，亦知先生不再出矣"。二是叶昌炽《缘督庐日记》卷 4 说："乾隆中开四库馆，姚惜抱鼐与校书之列，其拟进书题，以今《提要》勒之，十但采用二三。惜抱学术与文达《纪昀》不同，宜其枘凿也。"

我还可补充二条：一是姚鼐《惜抱尺牍》卷 3《与胡雒君》说："去秋始得《四库全书目》一部，阅之其持论大不公平。鼐在京时，尚未见纪晓岚猖獗若此之甚，今观此则略无忌惮矣，岂不为世道忧邪？鼐老矣，望海内诸贤尚能救其敝也。"二是毛岳生《休复居文集》卷 1《〈惜抱轩书录〉序》说："时纪文达为四库全书馆总纂官，先生与分纂。文达天资高，记通博，尤不喜宋儒。……纂修者益事繁杂，诋讪宋元来诸儒讲述，极库隘谬盭可尽废。先生颇与辨白，世虽异同，亦终无以屈先生。文达特时损益其所上序论，令与他篇体制类焉。先生以既见采用置弗编次，然其书实无害为私家著录也。"

王先生所引用的和我补充的上述资料，都只能说明姚鼐与四库馆同僚有学术分歧，却并未把这与姚鼐辞官相联系。我再要补充的下述两则资料，则直接

---

① 王镇远：《桐城派》，上海古籍出版社 1990 年版。

指出学术分歧是导致姚鼐辞官的一个原因。

马其昶《桐城耆旧传》卷 10《姚惜抱先生传》称："自乾隆中叶，海内魁儒风尚汉学，而河间纪文达公为书局总纂，尤喜隐讥宋儒义理之说……告归之年，甫逾强仕（意谓刚过四十岁，《礼记·曲礼上》：'四十曰强而仕。'）当时已负天下重名，使循资以进，固可回翔至卿贰（意谓本可从容升到侍郎的位置），而超然高举不俟终日者，徒以论学不能苟同也（意谓急急忙忙远走高飞的原因，是不愿随便附和别人的学术观点）。"①

《桐城续修县志》卷 15《人物志·儒林》则更明确地说："姚鼐充四库全书馆纂修官，以辨汉宋之学，与时不合，遂乞病归。"

我认为，以纪昀为总纂官的四库全书馆，被称为"汉学的大本营"，坚持宋学的姚鼐在其中任纂修官，受到"掊击讪笑"而辞职，自在情理之中；但若说这就是姚鼐辞官的"主要原因"，则未免以偏概全。如果"主要原因"只是学术观点的分歧，那么，他只要辞去四库馆职足矣，又何必对梁阶平的举荐也一概"婉拒之"呢，在姚鼐的《陕西道监察御史兴化任君墓志铭（并序）》中，还提到他与任大椿是四库馆内非翰林而为纂修官者八人中的两个，"当是时，《四库》书成，凡纂修者皆议叙，响之八人者，其六尽改为翰林矣。大臣又以鼐与君名列之亲奏而称其劳，请俟其补官更奏。君于是初服除，将入补官，亦以见邀，鼐以母老谢。君独往，然大臣竟不复议改官事"。此时已是"四库书成"，四库馆内同僚已经"改官"，也就是说与馆内同僚的学术分歧已成过眼烟云，他为什么又一次地"以母老谢"而拒绝"补官"呢？这一切显然说明"他引退的主要原因"，绝不仅是在学术上与馆内同僚不合的问题。

更何况他在辞官时，跟四库馆内同僚虽有学术分歧，但未必已到了为此而要愤然辞官的地步。在他辞官离京归里时作的《乙未（乾隆四十年）春出都留

① 马其昶：《桐城耆旧传》，黄山书社 1990 年版，第 362、363 页。

别同馆诸君》诗中写道：

> 同承天诏发遗编，对案常餐少府钱。
>
> 海内文章皆辐凑，坐中人物似珠联。
>
> 三春红药熏衣上，两度槐黄落砚前。
>
> 归向渔樵谈盛事，平生奉教得群贤。

可见他视馆内同僚为"珠联""群贤"，毫无反感、怨恨、势不两立之意。在归里之后，他还给馆内的友人写信说："曩以书局得与承教益，迄今追思，邈焉莫逮，其间存忘（亡）聚散之感多矣。先生以华国之才，任千秋之绝业，六七年内绩以有成，异世且欣慕之，况尝共几研者乎？书成必刻总目，不知今岁内便可刻成否？尚能以一本惠寄邪？鼐自归来……想与晓岚、鱼门诸先生谈宴极欢，时必念及愚鄙，然瞻近之期始终无日。"①纪昀的《纪文达公遗集》卷 11，还收录了一篇《题姚姬传书左墨溪事后》，说"余感墨溪能为人所不能为（指对继母尽孝），而姬传之文又足阐发其隐微，读之使孝弟之心油然而生，因题数语于后，以著墨溪非矫激，姬传非标榜焉"。从上述姚鼐对纪昀的思念之情和纪昀对姚鼐的赞赏之意来看，与四库馆同僚的学术分歧，似不足以使姚鼐非辞官不可，充其量这只是姚鼐离开四库馆的原因，而未必是他永远离开官场"引退"的主要原因。

六、"不堪世用"是姚鼐辞官的主要原因

那么，姚鼐辞官引退的主要原因究竟是什么呢？用他自己的话来说，是因"不堪世用"而"亟去"的。在他辞官归里后的当年七月，他邀年轻时的同乡

---

① 姚鼐：《惜抱尺牍》卷 1，《与人书》之二。

好友左一青、张应宿，一起游桐城北山的双溪，在他写的《游双溪记》中说：
"余以不肖，不堪世用，亟去，早匿于岩窔。"不肖，即不贤。不堪世用，即
不能为世所用。匿于岩窔，即隐居于山野。后来他在《陈约堂七十寿序》中又
说："余以无状，早放田野。"（P298）无状，即无善状，无成绩。所谓"不
肖""无状"，显然都只是自谦之词。问题在于，他这样一个在科举上已考中
进士，又属非翰林而被荐举为四库馆纂修官中仅有的八人之一，为什么却"不
堪世用"，而只能"早放田野"呢？

在客观上，他的"不堪世用"，是由于他不满于他所处的那个世间的统治
者"王霸杂用之"，是个专制暴虐"有甚于秦"的时代。他的政治理想，是要
实行儒家的仁政，如他在《漫咏》诗中所说的："得国容有之，天下必以仁。"
反对"秦法本商鞅，日以虏使民。竟能威四海，《诗》《书》厝为薪"。清王
朝尤其是他们所处的乾隆时期，也与此类似。仅据乾隆四十一年江西巡抚海成
奏称："应毁禁书，前后共有八千余部。"孟森的《心史丛刊》说："今检清
代禁书，不但明清之间著述，几遭尽毁，乃至宋以来，皆有指摘，史乘而外，
并及诗文。……始皇当日焚书之厄，决不至离奇若此！盖一面毁前人信史，一
面由己伪撰以补充之，直是于古所无之文字劫也。"①他指责后代的统治者"王
霸杂用之"，"焉知百世后，不有甚于秦？天道且日变，民生弥苦辛"。这实
际上指的就是清代的社会现实。他又接着写道："所以佛法来，贤知皆委身，
超然思世外，闻见同泯泯。"可见，"超然思世外"的辞官者，实非"不肖""无
状"，而是"贤知（智）"者出于无奈的选择。

由于清廷最高统治者不按"天道"办事，以致上行下效，"宜乎朝廷士，
进者多容容（指随众上下的庸俗之辈）。所以歌《五噫》，遨然逝梁鸿"。正
因为官场中多庸俗之辈，所以他在另一首律诗中说他"自从通籍十年后，意兴

---

① 转引自萧一山《清代通史》中卷，中华书局1986年版。

直与庸人侔"。这样的官场，既为庸人所充斥，就势必欺下媚上，日益腐朽。乾隆南巡，据《扬州行宫名胜全图》所标记，仅扬州行宫即建造宫殿楼廊共5154间，亭台196座。[①]"所以歌《五噫》，邈然逝梁鸿"，是说东汉梁鸿之所以作《五噫歌》而隐退，乃因他过洛阳时，登北邙山，看到宫殿的华丽，遂作诗："陟彼北邙兮，噫！宫阙崔巍兮，噫！民之劬劳兮，噫！辽辽未央兮，噫！"事为章帝所闻，鸿不自安，因改名换姓，避居齐鲁之间。姚鼐作此诗，显然有自喻之意，说明其辞官引退，跟东汉梁鸿的"歌《五噫》，邈然逝"有其相似之处，都是出于对当时专制腐朽统治的社会现实不满。

姚鼐清醒地看到，他所处的那个社会，根本不是什么"太平盛世"，而是"人间得失争蜗角，末俗荣华看苇鸠"。何谓"蜗角"？据《庄子·则阳》说："有国于蜗之左角者，曰触氏。有国于蜗之右角者，曰蛮氏。时相与争地，伏尸数万。"何谓"苇鸠"？据《荀子·劝学》称："南方有鸟焉，名曰蒙鸠，以羽为巢，而编之以发，系之苇苕，风至苕折，卵破子死。巢非不完也，所系者然也。"在他看来，封建官场就是如此腐朽、险恶，根本无法为之建功立业。所以，对于终生恋栈官场的挚友朱子颖，他讥之为"腐儒"，说："海内凡人功力建，腐儒端合任沉浮。"对于自己中年主动辞官，他不仅无怨无悔，还颇为得意地说："将老澹忘年，达生庶（幸也）无病。"以自己有通达的人生、健康的身体，而感到值得庆幸。在主观上，他的"不堪世用"，是由于他出生在他家的"树德堂"，从小就受到高尚品德的教育，要"累世仰承先祖之盛德"。因此，在他看来，做官应"不为慕利""不为贪荣"，而是要"度其志可行于时，其道可济于众"，否则就宁可"从容进退，庶免耻辱之大咎已尔"。从小即教他读书明理的伯父姚范，就是他的楷模。姚鼐说他的伯父姚范："仕为翰林数岁，不究其用而归，归著书亦未及竟而卒。此天下士所共为叹息也。"姚

---

① 徐世昌：《清盐法志》卷153。

鼐为"不堪世用"而归,这跟其伯父姚范"不究其用而归"岂不如出一辙?

不同的是,姚鼐更看重自己的个性自由、人格独立。例如,在乾隆二十八年考中进士时作的《送演纶归里》诗中,他宣称:"男儿非藤木,安得相附攀?"在《答王生》诗中,他又重申了:"士为千章林,毋为附施萝。"他这种坚持个性独立、不愿攀附权贵的性格,岂能受得了专制腐朽的封建官场的桎梏?恰如他在一首诗中所说的:"自我游人间,尝恐失情性。""况余本性杞柳直,戕贼弯回成栲栳。"戕贼,即伤害,残害。栲栳,用柳条编成的盛物器具。他不愿被上司当成柳条筐一样的驯服工具,听任其"戕贼"——扭曲自己的个性,扼杀自己的主见。他更不愿意随波逐流,跟那些肮脏的封建官僚同流合污。在他看来,"酒肉虽饫人,豪杰当怀羞"。"人生各有适,岂论荣与枯?""人存殁数十年间耳,遇不遇曷足论,士有所以自处其身者足矣。"因此,他不顾众人讥笑,毅然辞官离京,并作诗道:"十年省阁内,回首竟何成?……披我故时裘,浩歌出皇京。旁观拥千百,拍手笑狂生。"

正因为姚鼐的辞官是由于坚持自己的个性自由、人格独立,以致"不堪世用",所以他以"狂生""散人"自居。在《江行》诗中,他写道:"散人随意江南北,处处青山户牖同。"(P554)所谓"散人",即闲散不为世用之人。在《论书绝句》中,他又自称"本是欹嵚可笑人"。欹嵚,即指性格特异,不同于众,如《儒林外史》第一回称拒绝做官的王冕是"一个欹嵚磊落的人"。在《继室张宜人权厝铭(并序)》中,他自称:"余迂谬违俗,仕不进而家不赢,宜人不怨,顾以为宜。"可见他不是把他"仕不进"的原因,归结为"以疾归"或"以养亲去",而是归结为性格上的"余迂谬违俗",实则坚持与众不同的个性独立自由。他的这种思想性格,就决定了他必然与封建的官场格格不入。因此,他的辞官已早在他的同事的意料之中。在他写的《严冬友墓志铭(并序)》中,就写到"余在都时""时与相从"的严冬友:"尝语人曰:'异日先去官者,必姚君也。'后数年,余请告归过江宁,君见迎笑曰:'吾固料君之来也！’”严冬友料到姚鼐异日必先去官，这是发生在他正式提出辞官数年之前的事。这足以证明，他的思想性格与封建官场不合是他辞官的主要原因。至于后来人们所说他辞官的种种原因，显然在严冬友作出预料时皆未发生，根本不可能成为他作出预料的根据。

正因为姚鼐的辞官是由于厌恶客观环境的险恶和坚持自己个性的独立自由，所以他要辞官的想法，决非一时兴之所致，而是经过相当长时间的慎重考虑的。早在辞官前四年，他赴湖南任乡试副考官，途经河南获嘉县，渡过黄河，想到附近辉县有个祭祀嵇康、阮籍等竹林七贤的七贤祠，便作《获嘉渡河》诗道："想见幽人（幽居之人，即隐士）尚考槃（崇尚自得其乐），安得同归脱羁绊？"可见这时他对嵇康等竹林七贤自得其乐的生活满怀向往之情，而对官场束缚自己的个性自由，则已萌发必欲辞官摆脱羁绊之意。途经湖北江夏县时，他又在《寄仲郛应宿》诗中称："曰余性质讷，谐物无言词。游宦二十载，殊乏新相知。"回想青少年时期，与仲郛等同乡好友在一起的欢乐，他继续写道："欢乐去不复，青鬓将成丝。万事无不改，风景长如斯。拂衣便可去，潜霍吾前期。"潜霍，指潜山、霍山，皆在桐城附近。可见这时他已有拂衣而归的想法。在乾隆三十六年（1771）由礼部主事升任刑部郎中时，他作的《述怀》诗中写道："刑官岂易为，乃及末小子。顾念同形生，安可欲之死？苟足禁暴虐，用威非得已。所虑稍刻深，轻重有失理。文条岂无说，人情或不尔。不肖常浅识，仓卒署纸尾。恐非平生心，终坐再三起。长揖向上官，秋风归田里。"① 可见他身为刑官，面对封建统治者的严刑峻法，而产生置人生与死、情与法、刑与理的尖锐矛盾，已有向上官请辞"归田里"的打算。这些诗都是作于他到四库馆任职之前，足以有力地证明，与馆内同僚的学术分歧，或"会文正薨""于文襄当国"等，

---

① 刘季高标校：《惜抱轩诗文集》，上海古籍出版社 1992 年版，第 454 页。"秋风归田里"，其中"归"字原作"向"，此据姚永朴《惜抱轩诗集训纂》校改，见该书第 129 页，黄山书社 2001 年版。

至多只是促进姚鼐辞官的一个因素，而绝非他辞官的主要原因。

种种事实证明，姚鼐辞官的主要原因，是由于他厌恶封建官场的腐朽险恶和坚持自己的个性独立自由而"不堪世用"。其实质，虽不能说是跟当权的封建统治者完全决裂，那至少也是跟他们拉开了距离：他拒绝跟他们沆瀣一气，同流合污。因此，他的辞官被姚渭川称作"弃官"，被管同说成是"毅然弃官去"①。也就是说，他是在有所觉醒后，才在自己的人生道路上，作出了辞官从文的重大抉择的。其更深层的原因，还基于他那洁身自好、坚守自我的人生观，如他在晚年作的《感衰》诗中所表白的："第恐日失足，尽隳平生守。松桧晚弥荣，所以异蒲柳。修短未足论，请勿丧吾有。"他的为人要像"松柏之姿，经霜犹茂"，而绝不愿丧失自我，如同"蒲柳之质，望秋先零"。当时有个拒绝科举功名、只以作诗自娱的诗人李仙枝，以松、竹、梅、兰作《四友图》，并自撰题记云："松吾质、竹吾致、梅吾格、兰吾气；吾婆娑乎其间，弗差池于臭味。"姚鼐辞官后为此图题诗称："归休梅竹萧蔬里，风雪余将策杖从。"这与我国古代坚持个人操守的杰出文学家嵇康、陶渊明是一脉相承的。所以，姚鼐说："我爱嵇中散，读书想介狷。浊酒弹素琴，了毕平生愿。"姚鼐的门人梅曾亮也说："世徒以三釜（指官吏的俸禄）心乐，慎失曾子之养。而不知五斗腰折，难屈渊明之躬。此先生之出处，对古人而无愧者也。"②姚鼐的弃官从文，实则就是要走嵇康、陶渊明那样杰出文学家的人生道路。

七、澄清姚鼐辞官真相的重要意义

澄清姚鼐辞官的事实真相，绝非无足轻重的小事一桩，而是有着多方面的启人心智的重要意义。

---

① 梅曾亮：《姚姬传先生八十寿序》，《柏枧山文集、柏枧山房骈体文》，咸丰六年刊本。
② 管同：《公祭姚姬传先生文》。见《因寄轩文初集》卷10，光绪己卯重刊本。

首先，它足以说明姚鼐的辞官不是偶然的，而是标志着他对人生道路的重大抉择。从这个抉择中，人们不难发现并深切地感受到，姚鼐对当权的封建统治者是多么的厌恶和不满，对封建仕途是多么的失望和无奈，对追求自我个性的独立自由是多么的坚定和执着。尽管这种抉择并未摆脱"出则兼济天下，处则独善其身"的古人传统，但它毕竟反映了封建统治的众叛亲离和姚鼐自身的觉醒。

其次，由此可以清楚地看出，姚鼐中青年前后的思想，曾经发生过重大嬗变：由追求以仁政济民，变为幻想破灭；由热衷于科举功名、读书做官，直接依附于当权的统治者，变为毅然辞官从文，以教书、著文自食其力；由混迹于封建官场的庸人，变为要学嵇康那样坚持自我，甘于做洁身自好的"散人"。

再次，由此还足以启发我们思考：对姚鼐及其所代表的桐城文派是否应重新评价？既然姚鼐的思想发生过重大嬗变，而他作为桐城文派的集大成者，又主要是在他经过思想转变的中年辞官从文之后。也就是说，是在他对当权的封建统治者的腐朽和丑恶，有了一定的认识，在已经初步觉醒的思想基础上，才得以成就的。尽管从根本上来说仍未超出封建文人、封建文学的范畴，但像过去那样把他们与当权的统治者混为一谈，等量齐观，相提并论（如斥之为"是和统治者一鼻孔出气"）[①]，岂不过于主观武断、过于简单化了？澄清姚鼐辞官的事实真相，岂不如同为我们重新认识和评价桐城文派开启了一个新的亮点？

最后，在研究方法上，由此也可进一步启示我们，对姚鼐等清代作家的研究，必须把他放在那个实行文字狱的特定历史背景下，从作家的全人及其全部作品（而非片言只语）出发，区分其言不由衷所说的表象和内在的实质，从发展的而非静止的观点来揭示其思想的前后嬗变，以避免被其"乞病归"等表象

---

① 中国社会科学院文学研究所：《中国文学史》（三），人民文学出版社 1962 年版，第 1072 页。

所蒙蔽，才能得出合乎实际的科学结论。也就是说，不只要有怀疑和探索的精神，不为前人和时贤的成见所囿，更要有实证和理性的精神，使自己的新说有确凿可靠的根据。以此为契机，发扬求真务实的学风，也许可以促使我们对姚鼐乃至整个人文科学的研究登上一个新的台阶。

（原载《古籍研究》2007 年卷上）

姚鼐与戴震的关系辨析

姚鼐（1731—1815）与戴震（1724—1777）的关系，是个颇令人困惑的问题，如最近卞孝萱先生即提出："姚鼐早年愿拜戴震为师（见戴震《与姚孝廉姬传书》），晚年指责戴震'诋诎'程、朱……怎样理解姚鼐前后思想的变化？"[①] 权威的《中国文学史》指责姚鼐"是要维护程朱理学的反动思潮的统治地位"，"思想基本上是和统治者一鼻孔出气"的[②]，而戴震虽然被誉为反对程朱理学的进步思想家，但也有学者说"早期戴震是程朱理学的坚定信徒"，甚至断言整个"戴学是批判继承而发展了的程朱理学"[③]。由此可见，应该怎样看待和正确评价姚鼐与戴震的关系，不只关系到若干历史事实的考辨，关系到对姚鼐与戴震这两位重要历史人物的定性与定位，而且对于我们今人如何认识和把握评价古人问题的复杂性，也可从中吸取一些经验教训。

一、姚鼐与戴震"交相师"的情谊

姚鼐与戴震的关系，绝非今人想象中的前者代表"反动"与后者代表"进步"

---

① 卞孝萱：《清代文坛盟主桐城派·序》，杨怀志等主编《清代文坛盟主桐城派》，安徽人民出版社 2002 年版。

② 中国社会科学院文学研究所：《中国文学史》（三），人民文学出版社 1962 年版，第 1072 页。

③ 张岱年主编：《戴震全书》（一），杨应芹《序四》，黄山书社 1994 年版，第 21 页。

的敌对关系，而是"交相师"的关系。在乾隆二十年（1755），姚鼐24岁时，曾写信给当时33岁的戴震。虽然姚鼐当时已考中举人，而戴震仅是个秀才，但姚鼐则因戴震著《考工纪图》《尔雅文字考》《诗补传》等已显露其学术功底之深厚，而在信中提出欲拜戴震为师，尊称戴为"夫子"。"夫子"一词，本是《论语》中孔丘门徒对孔丘的尊称，后遂成为对老师的尊称。为此，戴震在《与姚孝廉姬传书》中说："至欲以仆为师，则别有说。非徒自顾不足为师，亦非谓所学如足下，断然以不敏谢也。古之所谓友，固分师之半。仆与足下无妨交相师，而参互以求十分之见，苟有过则相规，使道在人不在言，斯不失友之谓，固大善。昨辱简，自谦太过，称夫子，非所敢当之，谨奉缴。承示文论延陵季子处识数语，并《考工记图》呈上，乞教正也。"至于姚鼐在信中劝戴震对《考工记图》"不必汲汲成书"，戴震则谦称："仆于时若雷霆惊耳。自始知学，每憾昔人成书太早，多未定之说。今足下以是规教，退不敢忘，自贺得师。"①

戴震把他与姚鼐的关系，定位为"交相师"的朋友，这是否是他婉拒姚鼐拜师之求的托词呢？否。由段玉裁的《东原年谱》可以得到确证："（乾隆）三十一年丙戌，四十四岁。入都会试不第，居新安会馆。始，玉裁癸未请业于先生，既先生南归，玉裁以札问安，遂自称弟子。先生是年至京面辞之，复于札内辞之。又有一札云：'上年承赐札，弟收藏俟缴，至离舍时，匆匆检寻不出。在吾兄实出于好学之盛心，弟亦非谦退不敢也。古人所谓友，原有相师之义，我辈但还古之友道可耳，今将来札奉缴。'观于姬传及玉裁之事，可以见先生之用心矣。直至己丑相谒，先生乃勉从之。"②可见不愿以师自居，而坚持"古之友道""原有相师之义"，这乃是戴震一贯为人的优秀品格，绝非因姚鼐尊

①　张岱年主编：《戴震全书》（六），黄山书社1994年版，第372、373页。
②　张岱年主编：《戴震全书》（六），黄山书社1994年版，第676、677页。

崇程朱而拒绝其拜师之求。

姚鼐与戴震的"交相师",不是停留在口头的客套上,而是有种种切切实实的行动。例如,戴震作《考工记图》时,跟姚鼐在北京"同居四五月"。姚鼐盛赞该书"推考古制信多当",只是感到其"意谓有未尽者"。①所以他才劝戴"不必汲汲成书",而戴震的回信也自称:"日者,纪太史晓岚欲刻仆所为《考工记图》,是以向足下言欲改定。"②

在乾隆三十八年至三十九年(1773—1774),姚鼐与戴震又同时奉召入四库全书馆任纂修官,共事近两年。

姚鼐曾为戴震的著作补充例证。例如,戴震《与王内翰凤喈书》指出,《孔子闲居篇》中"横于天下"句郑注曰:"横,充也。""疏家不知其义出《尔雅》。《尧典》古本必有作'横被四表'者。横被,广被也。正如《记》所云:'横于天下''横乎四海'是也。"文末,戴震特加附记:"丁丑仲秋,钱太史晓微为余举一证曰:《后汉书》有'横被四表,昭假上下'语。检之《冯异传》,永初六年安帝诏也。姚孝廉姬传又为余举班孟坚《西都赋》'横被六合'。壬午孟冬,余族弟受堂举《汉书·王莽传》'昔唐尧横被四表',尤显确。"③

姚鼐还曾为戴震的著作作注解和评论。例如,《戴震全书》第二册的《〈深衣解〉说明》即指出:"《深衣解》稿本现藏北京图书馆。该稿本由他人代为抄写,戴震用朱笔改订。后来姚鼐对该稿本作有朱笔旁注及后评,标有'鼐按'字样。"④

戴震的著作最初曾在少数几个知交中传阅、抄录,姚鼐即为其中之一。例如,

① 姚鼐:《惜抱轩诗文集》,上海古籍出版社1992年版,第76页。以上凡引文后面有"P"页码者,皆出自该书,不另加注。

② 张岱年主编:《戴震全书》(六),黄山书社1994年版,第372页。

③ 张岱年主编:《戴震全书》(六),黄山书社1994年版,第278、279页。

④ 张岱年主编:《戴震全书》(二),黄山书社1994年版,第87页。

在戴震给段玉裁的信中即透露："弟校本数日前为姚六哥蕭取去，余俱奉上。"[①]
段玉裁的《东原年谱》于"（乾隆）三十九年甲午，五十二岁"条内也说："按
先生于《水经注》改正《经》《注》互淆者，使《经》必统《注》，《注》必
统于《经》，其功最巨，此乃先生积久顿悟所成，非他人能赞一辞也，顾更正
《经》《注》，定于乾隆乙酉，入都即以示纪文达、钱晓徵、姚姬传及玉裁不
过四五人。钱、姚皆录于读本，玉裁亦以明人黄省曾刊本，依仿以朱分勒，自
此传于四方矣。"[②]

姚蕭不但作文、写诗，而且少时也喜填词。现存的《惜抱轩文集·诗集》，
只在其《诗集后集》中附有八首词。为什么他的词作特别少呢？即由于听从了
戴震转达的王凤喈的劝告。对此，姚蕭在其《惜抱轩诗集后集》所附八首词的
末尾，有确凿的记载："词学以浙中为盛，余少时尝傚焉。一日，嘉定王凤喈
语休宁戴东原曰：'吾昔畏姬传，今不畏之矣。'东原曰：'何耶？'凤喈曰：
'彼好多能，见人一长，辄思并之。夫专力则精，杂学则粗，故不足畏也。'
东原以见告。余悚其言，多所舍弃，词其一也。既辍不为，旧稿人多持去，箧
中至无一阕。虬御甥今以此册相视，恍惚如隔世事。其词则丙戌、丁亥间作也，
今几四十年，聊题归之，并记太常所见讥者，真后生龟鉴也。嘉庆九年正月识。"
由此亦可见，戴震对姚蕭成长的关切之情。

戴震还把自己的同乡学人介绍给姚蕭，使之也成为姚蕭的友人。例如，《戴
震全书》第六册有《与方希原书》，姚蕭的《借抱轩文集》卷10有《方晞原传》，
内称："余始闻方晞原之名自戴东原。东原为言新安士三，曰：郑用牧、金蕊
中及晞原也。"并说："蕊中书来，使作晞原传，余以所知者述于篇。"金蕊
中与戴震皆是以治汉学著称的，但这毫不妨碍姚蕭晚年为金蕊中的《礼笺》作

① 张岱年主编：《戴震全书》（六），黄山书社1994年版，第535页。
② 张岱年主编：《戴震全书》（六），黄山书社1994年版，第691页。

《序》，赞扬"其于《礼经》，博稽而精思，慎求而能断。修撰所最奉者康成，然于郑义所未衷，纠举之至数四。夫其所服膺者，真见其善而后信也；其所疑者，必核之以尽其真也。岂非通人之用心、烈士之明志也哉"！

姚鼐与戴震之间不只有"交相师"的情谊，而且反映了他俩各自所代表的宋学与汉学两大学派之间"参互以求十分之见，苟有过则相规"的追求真理的精神。戴震告诫姚鼐："所谓十分之见，必征之古而靡不条贯，合诸道而不留余议，巨细毕究，本末兼察。"反对"依于传闻以拟其是，择于众说以裁其优，出于空言以定其论，据于孤证以信其通"①。姚鼐也确实接受了戴震的这个告诫。他力避"空言"，主张"所取之事，必存乎信实而已"，肯定"今夫博学强识而善言德行者，固文之贵也；寡闻而浅识者，固文之陋也"。针对"矜考据者，每窒于文词；美才藻者，或疏于稽古，士之病是久矣"，他主张"凡执其所能为，而呰其所不为者，皆陋也，必兼收之乃足为善"。并在给其门人陈硕士信中明确指出："以考证累其文，则是敝耳。以考证助文之境，正有佳处，夫何病哉！"②姚鼐对于"博学强识""稽古""考证"的肯定和吸纳，显属他与乾嘉考据学派创始人戴震"相师"的结果。

至于姚鼐所批评的"歙中学者言经，自江慎修、戴东原辈，大抵所论主考证事物训诂而已"，"于是专求古人名物、制度、训诂、书数，以博为量，以窥隙攻难为功，其甚者，欲尽舍程、朱而宗汉之士，枝之猎而去其根，细之搜而遗其钜，夫宁非蔽与"？他所说的"根"和"巨"，就是指义理。他赞赏"殷麟乃锐意深求义理，注《易》《中庸》各一编。盖殷麟于文及学，其立志皆甚高，远出今世"。对此，姚鼐在《复蒋松如书》中说："鼐往昔在都中，与戴东原辈往复，尝论此事。"后期戴震与姚鼐在是否"欲尽舍程、朱"的问题上

———————

① 张岱年主编：《戴震全书》（六），黄山书社1994年版，第372页。
② 姚鼐：《惜抱尺牍》卷7，小万柳堂重刊本。

虽有原则分歧，但姚鼐指责"去其根""遗其巨"，戴震还是在事实上予以接受并改正的。例如，戴震早期的著作，确属"大抵所论主考证事物训诂而已"，后期所作《原善》《孟子字义疏证》，不但侧重于阐述义理，而且其精神状态亦特别振奋。他坦言："作《原善》首篇成，乐不可言，吃饭亦别有甘味。"①又说："仆生平论述，最大者为《孟子字义疏证》一书，此正人心之要。今人无论正邪，尽以意见误名之曰理，而祸斯民，故《疏证》不得不作。"②他在临死前还说："生平读书，绝不复记，到此方知义理之学可以养心。"③戴震治学由专主考证到重视义理的转变，跟他对姚鼐对汉学家的批评有所吸纳，当不无关系。

由此可见，姚鼐与戴震的"交相师"，不只属于他俩的个人情谊，更重要的，它反映了宋学与汉学两大学派之间的互相吸纳与交融，反映了清代集大成的学术趋向；说明戴震提出的"交相师"是个开放式的、对于学术健康发展极具重大深远影响力的正确主张。

在戴震逝世之后，姚鼐指责其批判程朱是"诋讪父师"。那么，晚年的姚鼐与已故的戴震之间，是否已由"交相师"转变为相敌对的关系了呢？否。例如，在戴震逝世后，姚鼐作的《书考工记图后》，虽指出"戴君说《考工》""释车"之失，但他不只首先肯定其"推考古制信多当"，且于文末又强调"其大体善者多矣"，把自己的意见仅说成"东原时始属稿此书，余不及与尽论也。今疑义蓄余中，不及见东原而正之矣，是可惜也"。在姚鼐作的《汉庐江九江二郡沿革考》一文末尾，更深情地写道："曩者鼐在京师，与休宁戴东原言：'世之方志，言古城邑，苦不考求四面地形远近，堪容置否？是以所举多不实。欲以汉县与今地相较为表，而贯他沿革于其中，纵不能无失，犹差翔实，愈于俗之所为地理书也。'东原曰：'善。'今夏无事，遂取乡里所近汉

① 张岱年主编：《戴震全书》（六），黄山书社 1994 年版，第 674 页。
② 张岱年主编：《戴震全书》（六），黄山书社 1994 年版，第 534 页。
③ 张岱年主编：《戴震全书》（六），黄山书社 1994 年版，第 702 页。

二郡一国为《沿革考》一卷。多病废学，不能求博，东原既丧，无以闻之。设有如鼐此例，尽考汉之郡国，勒为一书，以裨学者，则将以俟夫世之君子也。"在姚鼐80岁时写的《程绵庄文集序》中，他还盛赞："近世如休宁戴东原，其才本超越乎流俗"，为"东原晚以修《四库书》得官禁林，其书亦皆刻行于世"，而深感其"幸"；对于"大抵有似东原""好非议程、朱"的程绵庄，为"其所撰著，仅有留本，不传于世，将忧泯没"，他还特地为其编印《程绵庄文集》，以弥补其生前所遭"不幸"。从姚鼐说的"不及见东原而正之矣，是可惜也"，"东原既丧，无以闻之"，岂不可见他对逝世后的戴震仍怀有崇敬之情么？从他对戴震与程绵庄的作品刻行与否，而深感其"幸或不幸"，岂不可见他尽管反对"好非议程、朱"，但并不因此而视之为敌么？

上述种种事实说明，姚鼐与戴震之间"交相师"的情谊，是一以贯，终生不渝的。有的学者之所以把他俩说成是反动与进步的关系，则是由于受极左思想模式的影响，把学术分歧无限上纲为政治问题所致。这是个值得人们永远记取的沉痛教训！

二、姚鼐与戴震有着共同的思想政治基础

姚鼐与戴震之所以不是反动与进步的敌对关系，不只在于他们有着"交相师"的私人情谊，更重要的是由于他们在思想观念上有许多相似相近之处，有着共同的思想政治基础。

（一）在对待清王朝和封建君主的政治态度上，他们都既肯定清王朝为"盛朝"，又主张要纠君之蔽。例如，戴震在《四川布政使司布政使李公墓志铭》中写道："盖公当盛朝，以实心为国家，矜恤人民，有所施设，咸得行其志。"[1]不只称颂清王朝为"盛朝"，且把那个封建统治的时代，美化成足以使"矜恤人民"的官吏"咸得行其志"的时代。戴震的学识颇受乾隆皇帝的赏识，如朝

---

① 张岱年主编：《戴震全书》（六），黄山书社1994年版，第430页。

廷开办四库全书馆,应召充纂修官者多为具有翰林头衔的进士,"非翰林而为纂修官者",仅八人。①而戴震当时既非翰林,又非进士,只因"皇上素知有戴震者,故以举人特召,旷典也"②。戴震校订的《水经注》,别《经》于《注》,正唐以来经、注混淆之失,因而获皇上"高庙褒奖领行","往皇帝御制诗冠于端首,盖先生之受主知深矣"。乙未"会试不第,奉命与乙未贡士一体殿试,赐同进士出身,授翰林院庶吉士"③。直至戴震"殁后十余年,高宗以震新校《水经注》问南书房诸臣曰:'戴震尚在否?'对曰:'已死。'上怃息久之"④。姚鼐虽然没有直接得到皇帝赏识的殊荣,但他对清王朝的拥护则比戴震有过之而无不及。在他的文集中曾先后五次称清王朝为"圣朝",二次称清代为"盛世"。但这并不能代表他们对清王朝统治态度的全部,如同马克思、恩格斯所说:"任何一个时代的统治思想都不过是统治阶级的思想。"⑤何况那是个盛行"文字狱",封建思想统治极其严酷的时代,包括戴震和姚鼐在内,谁也难免对统治者说些恭维话。因此,更重要的应看他们对封建君主的实际政治态度,是把皇帝当成神圣真理的化身,竭力维护封建君主的专制独裁统治,还是对君主之蔽有所揭露和谴责?

看来戴震和姚鼐的态度皆属后者。例如,戴震在《诗比义述序》中说:"人君可自谓无蔽,不省于亏失乎?曰,君象;月,臣象。日失其明甚于月,喻君之蔽亏甚于臣。"⑥姚鼐的《翰林论》也指出:"天子虽明圣,不谓无失;人臣虽非大贤,不谓当职而不陈君之失。"他不是宣扬对君主唯命是从式的愚忠,

① 姚鼐:《惜抱轩诗文集》,上海古籍出版社1992年版,第192页。
② 张岱年主编:《戴震全书》(六),黄山书社1994年版,第689页。
③ 张岱年主编:《戴震全书》(六),黄山书社1994年版,第690、691、693页。
④ 《清史稿·儒林传二·戴震传》,见张岱年主编《戴震全书》(七),黄山书社1994年版,第3页。
⑤ 马克思、恩格斯:《共产党宣言》,《马克思恩格斯全集》第四卷,人民出版社1958年版,第488页。
⑥ 张岱年主编:《戴震全书》(六),黄山书社1994年版,第380页。

而是强调以谏君之失为忠，说："翰林居天子左右为近臣，则谏其失也宜先于众人。见君之失而智不及辨与，则不明；智及辨之而讳言与，则不忠。""贤者视其君之资而矫正之，不肖者则顺其欲。顺其欲，则言虽正而实与邪妄者等尔。"他不只要求人臣要矫正君主之失，而且借古讽今地直接揭露和谴责："人主之求利者，固曷极哉！方秦始皇统一区夏，鞭笞夷蛮，雄略震乎当世；及其伺睨牧长寡妇之赀，奉匹夫匹妇而如恐失其意，促訾啜汁之行，士且羞之，矧天子之贵乎！"戴震指出"君之蔽亏甚于臣"，姚鼐则强调臣要以谏君之失为忠，揭露"人主之求利者，固曷极哉"！这两者岂不是彼此呼应，不谋而合的么？

（二）他们政治主张，皆要求实行爱民、济民的仁政。例如，戴震在《送巡抚毕公归西安序》中说："夫天以亿兆之民哀乐安危授之君，君以民之哀乐安危倚任大臣。国之本莫重于民，利民病民之本莫重于吏，有一念及其民，则民受一念之福。察吏者，恻隐之实之至于民者也。"①怎样才能"重于民"呢？他在《原善中》强调一个"仁"字，说："天地之德，可以一言尽也，仁而已矣。人之心，其亦可以一言尽也，仁而已矣。"②在《宁乡县志序》中，他更明言："民乐朝廷仁化。"③在《孟子字义疏证》中，他宣称："君不止于仁，则君道失。"④

同样，姚鼐也说："国家设官分职，各有典司，而惟守令最为亲民之吏。使亲民之吏，举得其人，则天下何患不治？使亲民之吏，一方失其人，则一方受其病，朝廷虽有良法善政，皆为虚文而已。"这跟戴震说的"利民病民之本莫重于吏"，岂不如异口同声么？姚鼐还强调："仕非苟焉而已，将度其志可行于时，其道可济于众。"他要求为官者，要"使斯民利无弗兴，害无弗去"，要有为"活民而得罪，吾所甘也"的献身精神。他揭露王亶望任浙江巡抚期间，

---

① 张岱年主编：《戴震全书》（六），黄山书社1994年版，第392页。
② 张岱年主编：《戴震全书》（六），黄山书社1994年版，第346页。
③ 张岱年主编：《戴震全书》（六），黄山书社1994年版，第510页。
④ 张岱年主编：《戴震全书》（六），黄山书社1994年版，第204页。

"吏以收粮毒民以媚上官者，习为恒矣"，王亶望本人也"卒以贪败"；赞扬广西巡抚谢启昆，"筑湘、灉之堤，以为民利，民呼曰：'谢公堤'"。他跟戴震同样关心人民疾苦，主张实行仁政，认为"仁及于民，法可远施"。"得国容有之，天下必以仁。"反对秦王朝的"日以虏使民"，并忧心忡忡、借古讽今地指出："焉知百世后，不有甚于秦？天道且日变，民生弥苦辛。"他还把"勤思国事，愍念民瘝"，视为诗人"德业之所以隆""诗所以美"的根本经验。这实际上是姚鼐对自己创作经验的总结，说明他并非"是和统治者一鼻孔出气"的御用文人，而是"愍念民瘝"的文学家；这也是他之所以能成为一代文学宗师的根本原因。

（三）他们皆极其看重封建伦理道德。例如，戴震的《原善》卷上宣称："善：曰仁，曰礼，曰义。斯三者，天下之大衡也。""至贵者仁，仁得，则父子亲；礼得，则亲疏上下之分尽；义得，则百事正。"① 他在《原善》卷下把具备仁、礼、义三者，看作做人的最高准则，说："君子独居思仁，公言言义，动止应礼。达礼，义无弗精也；精义，仁无弗止也；至仁尽伦，圣人也。"② 他认为："人之异于禽兽者，以有礼义也。专欲而不仁，无礼无义，则祸患危亡随之，身丧名辱，若影响然。为子以孝，为弟以悌，为臣以忠，为友以信，违之，悖也。为父以慈，为兄以爱，为君以仁，违之，亦悖也。"③ 不仅仁、礼、义、孝、悌、忠、信这一套封建伦理道德违反不得，就是连妻子在丈夫死后坚持守节，"或冻饿以死而不悔，或更数十年之艰辛极然后得安，或上受国恩光旌其间，或老死屋下，力不克扬请，终泯没莫之知"，戴震也是持肯定态度的，称之为"其节操比于丈夫"，"足入耳感心"。④

---

① 张岱年主编：《戴震全书》（六），黄山书社 1994 年版，第 7、8 页。
② 张岱年主编：《戴震全书》（六），黄山书社 1994 年版，第 24 页。
③ 张岱年主编：《戴震全书》（六），黄山书社 1994 年版，第 27 页。
④ 张岱年主编：《戴震全书》（六），黄山书社 1994 年版，第 440、441 页。

姚鼐也同样看重封建道德。他说："天地无终穷也，人生其间，视之犹须臾耳。虽国家存亡，终始数百年，其逾于须臾无几也。而道德仁义忠孝名节，凡人所以为人者，则贯天地而无终敝，故不得以彼暂夺此之常。"他肯定"宋时，儒者申明礼义之说，天下宗之"。颂扬程、朱"生平修己立德，又实足以践行其所言，而为后世之响慕"。向往"古帝王之时，民皆有淳德，圣人谓无以持之也，道以仁义，养以礼乐文章，使民始于忠信而成于礼"（P112）。赞赏"君为人孝弟慈仁""讲仁导义""人非善不交，物非义不取""以敦礼讲义为贵"。他对于"礼制之衰废久矣"看得颇为通达，说："先王之世既远，民俗异而国制屡更，尽用古法则不可；酌其所可行，通古人之意，期存人心之正，足以讲伦理、厚风俗而已。"而对于"义"，他却看得更重，说："君子之行不必同，大趣归于义而已。""性情嗜好不必同，而同乐为义。""君企古人，欲以义振。""君子期余，勉余为义。""至非义则坚不可犯。"这跟戴震说的"义得，则百事正"，可谓一脉相承。

（四）他们皆主张汉学与宋学以兼长为善。戴震说："古今学问之途，其大致有三：或事于理义，或事于制数（按：即考证），或事于文章。""圣人之道在六经。汉儒得其制数，失其义理；宋儒得其义理，失其制数"[1]而戴震则既兼具汉儒宋儒之得，又弥补了汉儒宋儒之失，如胡朴安《戴东原先生余集序》即指出："清儒治学者分为二派：一主诂训，一主义理，二派各不相下。不由诂训而发明之义理，固吾人所不取；然仅得诂训而止，又岂吾人治学之初旨乎？先生治学，尝能合诂训、义理而一之。""由声音以求文字，由文字以求诂训，由诂训以求典章制度，由典章制度以求义理，与专讲义理，蔑视诂训，所谓'宋学'者不同，与专讲诂训，蔑视义理，所谓'汉学'者亦不同。此先生之学所

---

[1]　张岱年主编：《戴震全书》（六），黄山书社 1994 年版，第 375 页。

以高于乾、嘉诸儒，而其治学方法则为乾、嘉诸儒所未能尽也。"①刘师培的《戴震传》也说："先生既殁，段玉裁汇其学行辑为《戴氏年谱》，谓先生合义理、考覈、文章为一事，浩气同盛于孟子，精义上驾乎郑、朱，修词俯视乎韩、欧，识者以为知言。"②

姚鼐是个文学家，他的治学道路虽不同于戴震以训诂、考证求义理，但在对汉儒、宋儒要求兼具其得而避其失上，却跟戴震的主张相同或相近。例如，在《述庵文钞序》中，他说："鼐尝谓学问之事有三端焉，曰：义理也，考证也，文章也。是三者，苟善用之，则皆足以相济；苟不善用之，则或至于相害。今夫博学强识而善言德行者，固文之贵也；寡闻而浅识者，固文之陋也。然而世有言义理之过者，其辞芜杂俚近，如语录而不文；为考证之过者，至繁碎缴绕，而语不可了当。以为文之至美，而反以为病者，何哉？其故由于自喜之太过，而智昧于所当择也。夫天之生才，虽美不能无偏，故以能兼长者为贵。"在《复秦小岘书》中，他又宣称："鼐尝谓天下学问之事，有义理、文章、考证三者之分，异趋而同为不可废。"他虽然尊崇程朱理学，却反对"守一家之偏，蔽而不通"。认为"当明时，经生惟闻宋儒之说，举汉、唐笺注屏弃不观，其病诚隘"（P92）。声言"苟欲达圣贤之意于后世，虽或舍程、朱可也"。"程、朱言或有失，吾岂必曲从之哉？程、朱亦岂不欲后人为论而正之哉？正之可也。"（P88、102）有人指责姚鼐独尊宋儒而薄汉儒，他则对其门人梅曾亮说："吾固不敢背宋儒，亦未尝薄汉儒，吾之经说如是而已。"③在《与吴子方孙斑》的信中，他又辩白："书内言鼐辟汉（按：指排斥汉学），此差失鼐意。鄙见恶近世言汉学者多浅狭，以道听途说为学，非学之正，故非之耳，而非有辟于汉也。夫言学，何时代之别？多闻，择善而从，此孔子法也。善，岂以时代定

① 张岱年主编：《戴震全书》（七），黄山书社1994年版，第172页。
② 张岱年主编：《戴震全书》（七），黄山书社1994年版，第86页。
③ 梅曾亮：《九经说书后》，《柏枧山房文集》卷5。

乎？博闻强识，而用心宽平，不自矜尚（按：不自我夸耀，争取人上），斯为善学。守一家之言则狭，专执己见则陋。鄙意弟若此（按：只如此）而已。"[①]可见姚鼐与戴震的学术思想，虽对宋学与汉学各有偏重之别，但他们皆反对"守一家之偏"，而主张"兼长"，共同具有"集大成"的清代时代特色。

上述事实进一步说明，姚鼐与戴震之所以成为"交相师"的友人，绝不是偶然的，而是有其相似、相近或大致相同的思想政治基础的。

三、姚鼐为什么早年愿拜戴震为师，晚年却对他横加指责？

姚鼐与戴震既是"交相师"的友人，又有大致相同的思想政治基础，那么，我们该怎样回答卞孝萱先生提出的问题："姚鼐早年愿拜戴震为师（见戴震《与姚孝廉姬传书》），晚年指责戴震'诋讪'程、朱，'是诋讪父师也'，'安得不为天之所恶'，故'身灭嗣绝，此始未可以为偶然也'（见姚鼐《再复简斋书》），怎样理解姚鼐前后思想的变化？"[②]

回答这个问题，我们不只要研究姚鼐，同时要研究戴震。据笔者的考察，这主要不是由于"姚鼐前后思想的变化"，而是因为戴震对程朱理学的态度前后发生了根本的转折。

从戴震早期的著作《经考》中，可见他对程朱理学是颇为尊崇的。例如，在卷5《春秋考》中，他颂扬程朱理学为"理明义精之学"[③]。在卷4《二程子更定大学》及《变乱大学》中，戴震除一再称颂程朱理学的"理精义明"之外，又竭力赞扬二程的《大学》改本，朱熹的《大学章句》和《大学格物补传》，

---

① 姚鼐：《惜抱尺牍》卷3。
② 卞孝萱：《清代文坛盟主桐城派·序》，杨怀志等主编《清代文坛盟主桐城派》，安徽人民出版社2002年版。
③ 张岱年主编：《戴震全书》（二），黄山书社1994年版，第189页。

认为这几本书"析理极精"①。在《经考附录》卷4《变乱大学》"按"语中，他指责董槐等人对程朱的批评，是"谬矣"，是"穿凿附会"，是"寻章摘句之儒，徒滋异说，以误后学，非吾所闻也"。②因此，《戴震全书》第二册《经考说明》的编者断言："《经考》集中反映了戴震早期的学术路向。即早期戴震是程朱理学的坚定信徒，是程朱唯心主义理一元论的信奉者。"③实为信然！

后来戴震在与其门人段玉裁的信中说："仆自十七岁时，有志闻道，谓非求之六经、孔、孟不得，非从事于字义、制度、名物，无由以通其语言。宋儒讥训诂之学，轻语言文字，是欲渡江河而弃舟楫，欲登高而无阶梯也。为之三十余年，灼然知古今治乱之源在是。"④可见戴震经过为学"三十余年"，才"灼然知古今治乱之源"，使其思想观点发生了根本的变化，即认识到程朱理学是祸国殃民之学。因而在他晚期的著作中，则对程朱理学进行了严厉的批判和否定。例如，他在《孟子字义疏证》卷上指出："宋儒出入于老、释，故杂乎老、释之言以为言。《诗》曰：'民之质矣，日用饮食。'《记》曰：'饮食男女，人之大欲存焉。'圣人治天下，体民之情，遂民之欲，而王道备。人知老、庄、释氏异于圣人，明其无欲之说，犹未之信也；于宋儒，则信以为同于圣人；……尊者以理责卑，长者以理责幼，贵者以理责贱，虽失，谓之顺；卑者、幼者、贱者以理争之，虽得，谓之逆。于是下之人不能以天下之同情、天下所同欲达之于上；上以理责其下，而在下之罪，人人不胜指数。人死于法，犹有怜之者；死于理，其谁怜之！"⑤戴震的《与某书》更进一步指出："汉儒训诂有师承，亦有时傅会；晋人傅会凿空益多；宋人则恃胸臆为断，故其袭取者多谬，而不谬者在其所弃。""圣人之道，使天下无不达之情，求遂其欲而天下治。后儒

① 张岱年主编：《戴震全书》（二），黄山书社1994年版，第365页。
② 张岱年主编：《戴震全书》（二），黄山书社1994年版，第547、548页。
③ 张岱年主编：《戴震全书》（二），黄山书社1994年版，第188、189页。
④ 张岱年主编：《戴震全书》（六），黄山书社1994年版，第541页。
⑤ 张岱年主编：《戴震全书》（六），黄山书社1994年版，第160、161页。

不知情之至于纤微无憾，是谓理。而其所谓理者，同于酷吏之所谓法。酷吏以法杀人，后儒以理杀人，浸浸乎舍法而论理。死矣！无可救矣！"①

对待程朱理学，由赞美其"析理极精"，到指责其违背"圣人之道"，"不知情之至于纤微无憾，是谓理"；由颂扬其"理精义明"，到痛斥其"以理杀人"；由指责批评程朱者是"谬矣"，到批判程朱本身是"袭取者多谬，而不谬者在其所弃"。这就是戴震由前期到后期在思想认识上的巨大转变和质的飞跃。

有的学者无视或低估戴震前后期的变化，否认其有质的转变和飞跃，说什么"戴学是批判继承而发展了的程朱理学"②。这种说法本身即缺乏科学性，更不符合事实。所谓"戴学"，它不仅有经学、哲学，还有文字学、训诂学、天文学、地理学、算学等多种学科，岂是"程朱理学"所能囊括？后期的戴震既然斥责程朱理学是"恃胸臆为断"，是"以理杀人"，这显然是对程朱理学从其主观唯心论的哲学基础，到"杀人"的根本性质和社会作用，作了全面的否定。说戴学是"继承而发展了的程朱理学"，岂不等于说戴震"继承而发展了"程朱"恃胸臆为断"的主观唯心论和"杀人"的理学么？这显得多么荒谬绝伦啊！

姚鼐对程朱理学确实一直持十分迷信和极其尊崇的态度。因此，他尽管青年时期欲拜戴震为师，后来跟戴震也一直有着"交相师"的情谊，但他绝不赞同后期戴震是"继承而发展了的程朱理学"。他对后期戴震的全面否定程朱理学，不但看成确凿无疑是"欲尽舍程、朱"，而且采取异常愤慨、坚决反对甚至人身攻击的态度。例如，他在《再复简斋书》中说：

> 儒者生程、朱之后，得程、朱而明孔、孟之旨，程、朱犹吾父师也。

---

① 张岱年主编：《戴震全书》（六），黄山书社 1994 年版，第 495、496 页。
② 张岱年主编：《戴震全书》（一），杨应芹《序四》，黄山书社 1994 年版，第 20 页。

然程、朱言或有失，吾岂必曲从之哉？程、朱亦岂不欲后人为论而正之哉？正之可也。正之而诋毁之，讪笑之，是诋讪父师也。且其人生平不能为程、朱之学，而其意乃欲与程、朱争名，安得不为天之所恶？故毛大可、李刚主、程绵庄、戴东原，率皆身灭嗣绝，此殆未可以为偶然也。

这里姚鼐不仅谴责戴震等人批判程、朱就是"诋讪父师"，而且诬蔑"其意乃欲与程、朱争名"，犯下了"为天之所恶"的大罪，以致遭到了"身灭嗣绝"的恶报。其字里行间，皆可见姚鼐对戴震等人"欲尽舍程、朱"的愤慨、不满和切齿诅咒之情。

其实，说戴震"诋讪父师""意乃欲与程、朱争名"，皆纯属诬蔑不实之词。在《戴震全书》中，不但找不到一句诋毁、讪笑之词，而且可见其先后三次表明："舍圣人立言之本指，而以己说为圣人所言，是诬圣也；借其语以饰吾之说，以求取信，是欺学者也。诬圣欺学者，程、朱之贤不为也。"① 戴震绝非好"争名"的小人，而是"务在闻道"的君子。用他自己的话来说：他"立身守二字曰不苟，待人守二字曰无憾。事事不苟，犹未能寡耻辱，念念求无憾，犹未能免怨尤。此数十年得于行事者。其得于学，不以人蔽己，不以己自蔽，不为一时之名，亦不期后世之名。有名之见其弊二：非掊击前人以自表襮，即依傍昔儒以附骥尾。二者不同，而鄙陋之心同，是以君子务在闻道也"。为此，他抱着"讲明正道""修词立诚以俟后学"的态度，"其或听或否，或传或坠，或尊信或非议，述古贤圣之道者所不计也"。② 可见所谓"诋讪父师"，实则反映了姚鼐不准批评父师，以维护师道尊严的封建传统观念。至于说戴震等人的"身

---

① 张岱年主编：《戴震全书》（六），黄山书社 1994 年版，第 40、86、178 页。
② 张岱年主编：《戴震全书》（六），黄山书社 1994 年版，第 373、374 页。

灭嗣绝"是获"天之所恶"的恶报,则更显而易见地证明姚鼐本人思想上的尊崇程、朱已到了迷信"天命"的愚昧地步!

在姚鼐看来,"博闻强识,以助宋君子之所遗则可也,以将跨越宋君子则不可也。鼐往昔在都中,与戴东原辈往复,尝论此事;作《送钱献之序》,发明此旨,非不自度其力小而孤,而义不可以默焉耳"。他反对"跨越宋君子",实即反对非议和否定程、朱。在他写的所有文章,包括以 80 岁高龄写的《程绵庄文集序》中,皆从未具体论证戴震对程朱理学的批评本身有何谬误,而只是一概"顾惜其好非议程、朱"。指责"其为论之僻,则过有甚于流俗者"。为什么"不可""超越宋君子"?为什么不能"非议程、朱"?就是因为姚鼐早已断定宋代程朱之学"上当于圣人之旨,下合乎天下之公心者,为大且多。使后贤果能笃信,遵而守之,为无病也"。正是由于他对程、朱的这种尊崇和迷信,才使他一听到对程、朱的"非议"就反感,就诬蔑非议者是意在与程、朱"争名",就咒骂人家是"诋讪父师",必得"身灭嗣绝"的恶报。这显然暴露了姚鼐本人在理论上的荒谬性和思想的保守性。

姚鼐之所以如此,还在于他体现了桐城派一贯尊崇程、朱的传统。桐城派的创始人方苞即已断言:"口非程、朱,难免鬼责。"[1] 他还说:"《记》曰:'人者,天地之心。'孔、孟以后,心与天地相似,而足称斯言者,舍程、朱而谁与?若毁其道,是谓戕天地之心。其为天之所不祐,决矣! 故自阳明以来,凡极诋朱子者,多绝世不祀。"[2] 姚鼐对戴震等人的诅咒,只不过继承了方苞的衣钵罢了。

四、姚鼐与后期戴震在学术上的主要分歧

姚鼐之所以对后期戴震进行人身攻击和诅咒,不只是由于他对程、朱的

---

[1] 《方苞集》卷 10,上海古籍出版社 1983 年版,第 249 页。

[2] 《方苞集》卷 6,上海古籍出版社 1983 年版,第 140 页。

尊崇和迷信，更重要的是由于他对后期戴震在如何评价程朱理学上存在着原则分歧。

其一，是对程朱理学的定性问题。戴震认为，程朱理学是"祸斯民"之学。他说："程、朱以理为'如有物焉，得于天而具于心'，启天下后世人人凭在己之意见而执之曰理，以祸斯民。更淆以无欲之说，于得理益远，于执其意见益坚，而祸斯民益烈。"①在戴震看来，其根源在于程、朱以老、庄、释的唯心主义思想，篡改了六经、孔、孟之意。他说："程子、朱子于老、庄、释氏既入其室，操其矛矣，然改变其言，以为六经、孔、孟如是。按诸荀子差近之，而非六经、孔、孟也。"②

而姚鼐则再三强调："程朱之所以可贵者，谓其言之精且大，而得圣人之意多也。""自秦、汉以来，诸儒说经者多矣，其合与离固非一途。逮宋程、朱出，实于古人精深之旨所得为多，而其审文辞往复之情，亦更为曲当，非如古儒者之拙滞而不协于情也。""其论说所阐发，上当于圣人之旨，下合乎天下之公心者，为大且多。"

程朱理学究竟是"非六经、孔、孟也"，还是"得圣人之意多也"？是"祸斯民"，还是"得天下之公心"？这是后期戴震与姚鼐的重大分歧。其实质是对程朱理学持批判、否定与主赞美、维护的对立。

其二，是关于"道"的阐释和理解问题。戴震认为，"道"即是"人伦日用"。他说："古圣贤之所谓道，人伦日用而已矣。于是而求其无失，则仁、义、礼之名因之而生。非仁、义、礼有加于道也。于人伦日用行之无失，如是之谓仁，如是之谓义，如是之谓礼而已矣。宋儒合仁、义、礼而统谓之理，视之'如有物焉，得于天而具于心'，因以此为'形而上'，为'冲漠无朕'；

---

① 张岱年主编：《戴震全书》（六），黄山书社1994年版，第362页。
② 张岱年主编：《戴震全书》（六），黄山书社1994年版，第192页。

以人伦日用为'形而下'，为'万象纷罗'。盖由老、庄、释氏之舍人伦日用而别有所谓道，遂转之以言夫理。在天地，则以阴阳不得谓之道，在人物，则以气禀不得谓之性，以人伦日用之事不得谓之道。六经、孔、孟之言，无与之合者也。"① 可见戴震主张，阴阳是天地自然之道，人伦日用是人类社会之道，而程朱的主张则是"得于天而具于心"。

姚鼐则一方面肯定"天地之道，阴阳刚柔而已"，痛斥社会的不公，责难人们所受的不幸遭遇是"命为之耶？抑古之道终不合于今乎"？另一方面，他虽不完全赞同程朱"由老、庄、释氏之舍人伦日用而别有所谓道"，说："夫存心慈仁而持躬戒敬者，寿之道也。"方正学反对明成祖篡夺皇位，以"忠义之士，抗死不顾"，"此贯天地不敝之道也"。又说："惟一以实心之道成之，则事虽未见，理则可明。大人君子之道，一于诚而已。"似有以人伦日用为道的意思。但他又认为："天下道一而已。……老子之初志，亦如孔子。""夫礼失求之野，亦不得谓道家所传，必非古圣之遗。"

由此可见，后期戴震对"道"的阐释，是符合唯物论的，而姚鼐对"道"的理解，则是时而唯物，时而唯心，显得有点调和折中。

其三，是关于"理"与"欲"的关系问题。程、朱主张"存天理，灭人欲"，把天理与人欲对立起来。而戴震则认为："物者，事也；语其事，不出乎日用饮食而已矣；舍是而言理，非古贤圣所谓理也。"② 他主张"体民之情，遂民之欲"，说："理也者，情之不爽失也；未有情不得而理得者也。"③ 他把人欲，"譬则水之流也；节而不过，则为依乎天理，为相生养之道，譬则水由地中行也；穷人欲而至于有悖逆诈伪之心，有淫泆作乱之事，譬则洪水横流，汎滥于中国也"。因此，他认为"欲之不可无节也，节而不过，则依乎天理；非以天理为

---

① 张岱年主编：《戴震全书》（六），黄山书社 1994 年版，第 202 页。
② 张岱年主编：《戴震全书》（六），黄山书社 1994 年版，第 153 页。
③ 张岱年主编：《戴震全书》（六），黄山书社 1994 年版，第 161、152 页。

正，人欲为邪也。天理者，节其欲而不穷人欲也。是故欲不可穷，非不可有；有而节之，使无过情，无不及情，可谓之非天理乎？"①他指出："古之言理也，就人之情欲求之，使之无疵之为理；今之言理也，离人之情欲求之，使之忍而不顾之为理。此理欲之辨，适以穷天下之人尽转移为欺伪之人，为祸何可胜言也哉！"②

姚鼐则从未对"理"的内涵作正面阐述，只是反对"必以为圣贤之言如是其当于理也，而不知言之不切者，皆不当于理者也"。强调"言何以有美恶？当乎理、切乎事者，言之美也"。把"理"与"事"相提并论，显然有别于程朱以理"得于天而具于心"的主观唯心论。至于对"情""欲"的态度，他一方面既肯定"圣人制礼"是为了"以达天道，顺人情"，赞赏诗人"放情山水"，要求大臣对国君不能顺其欲，"顺其欲，则言虽正而实与邪妄者等尔"；另一方面，他又赞赏"无欲""屏欲""舍欲"，强调"夫以无欲为心，以礼教为术，人胡弗宁？国奚不富？若乃怀贪欲以竞黔首，恨恨焉思所胜之，用刻剥聚敛，无益习俗之靡，使人徒自患其财，怀促促不终日之虑。户亡积贮，物力凋敝，大乱之故，由此始也"。他与"好浮屠道"的王禹卿，同"宿其家食旧堂内，共语穷日夜，教以屏欲澄心，返求本性。其言绝善"。他说他自己为实现以"君子之志"写"君子之文"，不惜"朝为而夕复，捐嗜舍欲，虽蒙流俗讪笑而不耻者"。

恩格斯说："自从各种社会阶级的对立发生以来，正是人的恶劣的情欲——贪欲和权势欲成了历史发展的杠杆。"③"卑贱的贪婪乃是文明从它的第一日起以至今日底动力；财富、财富、第三还是财富——不是社会的财富，

① 张岱年主编：《戴震全书》（六），黄山书社1994年版，第162页。
② 张岱年主编：《戴震全书》（六），黄山书社1994年版，第217页。
③ 恩格斯：《费尔巴哈与德国古典哲学的终结》，人民出版社1960年版，第27页。

而是这个渺小的各个个人底财富，乃是文明底唯一而具有决定性的目标。"①
戴震肯定正当的情欲，确实堪称"显露了初步的近代气息，具有一定的启蒙意
义"②。而姚鼐所赞赏的"无欲""屏欲""舍欲"，虽然是对统治者和士大
夫说的，意思实际上是指节欲而非禁欲，但这在理论上显得颇为混乱和荒谬。
他与戴震在这方面的分歧，既反映了陈腐落后的传统观念与先进启蒙思想的差
距，又说明了姚鼐在理论上的浅薄、思想上的混乱和表述上的自相矛盾。

其四，是对于老、庄、释氏的评价问题。戴震反对老、庄、释氏的"无欲
无为"说，认为其实质是"自私"。他说："人之患，有私有蔽；私出于情欲，
蔽出于心知。无私，仁也；不蔽，智也；非绝情欲以为仁，去心知以为智也。
是故圣贤之道，无私而非无欲；老、庄、释氏，无欲而非无私；彼以无欲成其
自私者也；此以无私通天下之情，遂天下之欲者也。""老、庄、释氏主于无
欲无为，故不言理；圣人务在有欲有为之咸得理。是故君子亦无私而已矣，不
贵无欲。"

而姚鼐则认为："天下道一而已，贤者识大，不贤者识小；贤者之性，又
有高明沈潜之分，行而各善其所乐；于是先王之道有异统，遂至相非而不容并
立于天下，夫恶知其始之一也。"他以"礼"为例，说老子如同孔子，也是要
"求先王制礼之本意"，只因"观末世为礼者循其迹而谬其意，苟其说而益其
烦，假其名而悖其实"，所以才"不胜悄忿而恶之"，"贬末世非礼之礼，其
辞偏激而不平"。在他看来，"《老子》书所云'绝圣弃智'，盖谓圣智仁义
之伪名，若臧武仲之为圣耳，非毁圣人也"。可见姚鼐是从揭露批判末世社会
现实的角度来肯定老、庄的。因此，他认为老子与孔子不是对立的关系，而是
师友的关系。他以"子曰：'述而不作，信而好古，窃比于我老彭。'老彭者，

---

① 恩格斯：《家庭、私有制和国家的起源》，人民出版社 1961 年版，第 170 页。
② 张岱年主编：《戴震全书》（一），张岱年《序一》，黄山书社 1994 年版，第 1 页。

老子也"，来说明"夫孔子于老子，不可谓非授业解惑者，以有师友之谊甚亲，故曰我老彭"。他认为庄子的言论"虽不中"，但应肯定他是出于"救世之心"。他说："周衰而庄周、列御寇之言兴。……若周、御寇所云'大人至德'者，圣人乃以为教之质也。去古既远，功利狙诈益用，二子始欲一返乎质，使人各全其真，其言虽不中，救世之心，可谓切矣！"至于释氏，他认为："若夫佛氏之学，诚与孔子异。然而吾谓其超然独觉于万物之表，豁然洞照于万事之中，要不失为己之意，此其所以足重，而远出乎俗学之上。儒者以形骸之见拒之，吾窃以谓不必，而况身尚未免溺于为人之中者乎？"

可见戴震与姚鼐在对待老、庄、释氏的评价上确有分歧，但这种分歧主要是由于各自立论的角度不同。戴震作为哲学家，他从理论上阐明无欲与无私的区别，反对"以无欲成其自私"，而主张"以无私通天下之情，遂天下之欲"，这无疑是正确的，有其进步意义的。但是否能因此而全盘否定老、庄、释氏学说有其某种合理性呢？对此，戴震并未加以全面论述。而姚鼐则侧重于从老、庄出现的时代背景及其学说对社会现实的批判意义上，指出他们是出现于周代衰落的"末世"，是看到"末世为礼者"的名实相悖，才"不胜悁忿而恶之"，"贬其末世非礼之礼，其辞偏激而不平"。在他看来，老子所说的"绝圣弃智"，只是"谓圣智仁义之伪名"；庄子说的"圣人不死，大盗不止"，只是"以是为自贵爱也"。这种说法是否符合老、庄原意，姑且别论，但他强调其对末世的揭露批判作用，强调要有摆脱对所谓"圣人"的迷信崇拜而有"自贵爱"的精神，这无疑地也是有其深刻的积极意义的。

五、姚鼐与戴震的分歧主要说明了什么

（一）上述分歧说明，后期戴震以唯物主义思想为锐利武器，对程朱理学进行了批判和否定，具有毋庸置疑的历史进步性和启蒙意义。而姚鼐的思想观

念，则显得比较保守、陈腐和落后。但是作为文学家，他还是正视社会现实，关心人民疾苦，愤恨统治者的贪暴，针砭时代弊病的。因此，在他的作品中，又有许多实际描写跟戴震所要求的"体民之情，遂民之欲"相通，而与程朱理学却相悖。例如，程朱理学的所谓"理"，是属于主观唯心主义的，用朱熹的话来说："心包万理，万理具于一心。"①由于其缺乏客观标准，听任主观意见，故戴震说："古贤人、圣人，以体民之情、遂民之欲为理，众人以己之意见不出于私为理，是以意见杂人，咸自信为理矣。"②而姚鼐所强调的"理"，却不同于程朱那种主观意见的"理"，而是有其客观根据的。例如，他说："天地之道，协合以为体，而时发奇出以为用者，理固然也。""天时不齐，或有旱竭，固其理也。"这"理"，显然是指客观自然规律。

至于人类的社会规律，姚鼐说："儒者或言文章吟咏，非女子所宜，余以为不然。……言而为天下善，于男子宜也，于女子亦宜也。太姒之所志，庄姜之所伤，共姜之所自誓，许穆夫人之所闵，卫女、宋襄公母之所思，于父母、于兄弟、于子，采于《风诗》，见录于孔氏，儒者莫敢议；独后世有为之者，则曰不宜，岂理也哉？"如此以"言而为天下善"，突破男尊女卑的封建传统观念为"理"，岂不具有进步意义？

他强调"虽有笃厚慈明之心，苟不世业而少习者，犹不能尽其曲折变移之理，审其几微而察其离合也"。如此以世世代代深入实践，求"尽其曲折变移之理"，岂不也具有进步意义么？

他断言："古人不能无待于今，今人亦不能无待于后世，此万世公理也。"如此看到客观事物是在不断发展的，强调必须以与时俱进为"万世公理"，岂不至今仍有其现实的积极意义么？

---

① 朱熹：《朱子语类》卷9，《朱子全书》（十四），上海古籍出版社、安徽教育出版社2002年版，第306页。

② 张岱年主编：《戴震全书》（六），黄山书社1994年版，第700页。

他公然宣称："苟且率意，以觊天之或与之，无是理也！""若夫感生之说，则纬书之妄，固不足述。猫虎之尸，亦说之者过耳，于理不应有也。"如此把主观唯心论排除在"理"之外，岂不也有进步意义么？

姚鼐关于"理"的上述种种理解，显然不能跟"祸斯民"的程朱理学混为一谈。因此，我们不能只看到他有尊崇程朱的言论的一面，而看不到他对"理"的实际理解，有其与戴震相通而与程朱相悖的一面。

（二）由此可见，姚鼐身为文学家而非经学家，他只是从社会现实出发观察和认识问题，虽然受统治思想和传统观念的影响，在理性上竭诚尊崇程朱，但在实际上，他从未深入研究因而并不真正懂得程朱理学。如同我们今天许多人竭诚拥护马克思主义，但真正实际懂得马克思主义的只有极少数。口头或文字上的竭诚拥护，与实际上的真正懂得并身体力行，毕竟是两码事。所以，那种仅从姚鼐文集中看到几句吹捧程朱的言论，而不从其全人和全部作品的实际出发，就断定他"是要维护程朱理学的反动思潮的统治地位"①，这未免太唐突了。

其实，关于姚鼐实际上不懂程朱理学的问题，前辈学者早已察觉。例如，章太炎即指出："桐城诸家，本未得程、朱要领，徒援引肤末，大言自壮。"②郭绍虞更明确地指出："桐城文人之于义理，也不是徒衍宋儒语录为能事；必须适于时，合于用，才尽文之功能。……是则他们之讲义理，显然又与宋明儒者不同。义理，由桐城之学来讲，也只是一种门面语。"③只看其"大言自壮"的"门面语"，不看其实质，即断言其为"反动思潮"，这种形而上学的批评，岂能经得起历史事实的检验？

因此，尽管姚鼐与后期戴震在对待程朱理学的评价和态度上存在原则分歧，但面对封建统治衰朽、资本主义经济萌芽的社会现实，在对待"理"的实际理

---

① 中国科学院文学研究所：《中国文学史》（三），人民文学出版社 1962 年版，第 1072 页。

② 《章太炎全集》（三），上海人民出版社 1984 年版，第 150 页。

③ 郭绍虞：《中国文学批评史》，上海古籍出版社 1979 年版，第 662 页。

解上，在对待宋学与汉学各有利弊亟需"兼长"上，他们毕竟又有着许多相似相通之处，有着始终一贯"交相师"的情谊。他们的分歧，归根结底是属于学术分歧。学术上的分歧，当然也有唯物与唯心、是与非、进步与保守之别，但绝不能把学术分歧无限上纲为政治问题，把它与政治上的敌我矛盾、进步与反动混为一谈。

（三）从姚鼐与后期戴震既有学术分歧，又有其相似相通之处，更可见我们评价姚鼐之类的文学家，跟评价戴震之类的思想家，绝不应简单地采用同一个方法和标准，而应根据他们两者所用的不同的思维方式和表达方式，才能作出实事求是的分析和评价。姚鼐作为集桐城派之大成的文学家，他擅长的不是像戴震那样详细占有考证资料，用逻辑思维作理论性论断，而是直面社会现实，用形象思维方式，具体形象地描写和反映实际生活中的人和事。由于受统治思想的影响，或因为作家世界观本身的局限，或为了避免"文字狱"，他难免要说些"大言自壮"的"门面语"。但是我们评价文学家及其作品，绝不能仅根据其抽象的说教，而必须从其作品所形象地描绘的实际出发。如同列宁评价列夫·托尔斯泰："一方面，是一个天才的艺术家，不仅创作了无与伦比的俄国生活的图画，而且创作了世界文学中第一流的作品；另一方面，是一个发狂地笃信基督的地主。""托尔斯泰的作品、观点、学说、学派中的矛盾的确是显著的"，但这并不妨碍列宁依然肯定："列夫·托尔斯泰是俄国革命的镜子"[①]。姚鼐的文学成就当然远远不及列夫·托尔斯泰，但列宁评价列夫·托尔斯泰的科学观点和方法，却是值得我们学习和仿效的，它同样也适用于姚鼐。既然列宁不因列夫·托尔斯泰"是一个发狂地笃信基督的地主"，而否定其在文学创作上的光辉成就和杰出地位，那么，人们又岂能因姚鼐说过尊崇程、朱的话，而否定他在清代作为一代文学宗师的成就和地位呢？

---

① 列宁：《列夫·托尔斯泰是俄国革命的镜子》，《列宁全集》第 15 卷，第 179 页。

因此，我们不仅不能把学术与政治混为一谈，也不应以作家的政治立场和理性说教，来代替对其作品思想和艺术价值的评价。尽管戴震作为具有进步倾向的思想家，值得充分肯定，跟戴震相比，姚鼐的思想观念在某些方面确实要显得保守和落后，但这并不排斥姚鼐的作品自有其相当高的认识和审美价值，不应因此而抹杀他作为一代文学宗师的历史地位。

（原载《桐城派研究》2004 年第 1 期）

姚鼐“老年惟耽爱释氏之学”之我见

姚鼐说：“儒者生程、朱之后，得程、朱而明孔、孟之旨，程、朱犹吾父师也。”谁要“诋毁之，讪笑之”，他认为就“是诋讪父师也”，要遭到“为天之所恶”，“率皆身灭嗣绝”的下场。[①]人们往往因此而断言姚鼐是程朱儒学的忠实信徒，忽视或讳言他由青壮年到老年思想上所经历的巨大变化：由独尊程朱儒学到信奉佛学——“老年惟耽爱释氏之学”[②]。揭示和论述在姚鼐研究和评价上的这个盲点和误区，对于我们全面认识姚鼐及其作品，显然是十分必要和颇有裨益的。

一、姚鼐老年耽爱佛学的证据

桐城派祖师方苞、刘大櫆皆坚守儒学，视佛学为异端。姚鼐在青壮年时期也是如此。当乾隆四十二年（1777 年），姚鼐 47 岁作《刘海峰先生八十寿序》时，还颇为扬扬得意地宣称：“夫释氏衰歇，则儒士兴，今殆其时矣！”可见此时姚鼐仍把儒学与佛学对立起来，视“释氏衰歇”为“儒士兴”的前提条件。然而进入老年，姚鼐对释氏之学的态度却发生了根本的变化。他明确宣告：“吾非山斗伦，不诋排释迦。”他对佛学何止不再诋毁和排斥，而且变为“笃信”

---

① 姚鼐：《惜抱轩诗文集》，上海古籍出版社 1992 年版，第 102 页。以下凡引文后面有“P”页码者，皆出自该书，不另加注。

② 姚鼐：《惜抱尺牍》卷 5，小万柳堂重刊本，1909 年。

和"耽爱"。在给朋友和学生的信中，他直言不讳地说："鼐以衰罢疲之余，笃信释氏。"①"老年惟耽爱释氏之学。今悉戒肉食矣，石士闻之，毋乃笑其过邪。然其间颇有见处，俟相见详告耳。"②"鼐在里略如故态，惟全戒肉食，真成一老头陀（苦行僧）矣。"③他不只自己"笃信"和"耽爱"佛学，而且还写信劝告他的四妹："万事休道休念，努力念佛可耳。"④他对佛经也下过一番钻研的功夫。他的《诗集》卷1，有《连日清斋写佛经偶作数句》。其弟子陈硕士曾写信问他《安般守意经》，他在前一封信中说："《安般守意经》，吾所未见。然佛经大抵相仿，能用功者，皆可入也。"⑤在后一封信中即告知："《安般守意经》，此是释氏入中国未久之书，其言质。其后，言转侈，安得谓华人增益之词哉！"⑥他还考证出《褚书阴符经》的所谓"褚书"是"伪作"，"假名臣以重其书"，指出"僧道谬妄无知，夫亦何怪，而自宋至今，书家无一人悟其诈，斯则异矣"。姚鼐写的诗中也常引用佛经中的语句，如在《赠释妙德尝作〈老子疏〉者》中写道："道场随里舍，法性寄诗篇。了悟无人相，何妨解又玄。"其中"无人相"，即出自《金刚经》："凡所有相，皆是虚妄；若见诸相非相，则见如来。"他对佛经已到了十分迷信的地步，如在给他外甥马鲁成的信中，竟说："汝母诵经念佛，颇得微效，能向人念经而止其疟。精神所至，理固有之，亦非怪事也。"在他63岁跟友人同游雨花台而作的一首和诗中写道："若对江关悲作赋，不如山石解谈禅。"所谓"石解谈禅"，据晋《莲社高贤传·道生法师》："师被摈南还，入虎丘山，聚石为徒，讲《涅槃经》，群石皆为点头。"如此把佛经神化成能"止疟"，能使"群石皆为点

---

① 姚鼐：《惜抱尺牍》卷7，《与陈硕士》，小万柳堂重刊本，1909年。
② 姚鼐：《惜抱尺牍》卷5，小万柳堂重刊本，1909年。
③ 姚鼐：《惜抱尺牍》卷3，小万柳堂重刊本，1909年。
④ 姚鼐：《惜抱尺牍》卷8，小万柳堂重刊本，1909年。
⑤ 姚鼐：《惜抱尺牍》卷7，小万柳堂重刊本，1909年。
⑥ 姚鼐：《惜抱尺牍》卷7，小万柳堂重刊本，1909年。

头", 这实在是太神奇了! 可见姚鼐对佛教的"耽爱"和"笃信", 有时已到了走火入魔的荒诞境地。这使他的精神状态陷入极端迷惘之中, 以致竟然感叹: "内观此心, 终无了当处, 真是枉活八十年也!"[①]

那么, 姚鼐"耽爱"和"笃信"佛学, 究竟始于何时呢? 在他写的信中并未写明年月, 因此确切时间难以断定。只是笔者在北师大图书馆看到"江宁刘文奎家镌"于嘉庆丙辰年的《惜抱轩全集》, 内有《老子章义自题三则》, 文末署"乾隆四十八年六月八日惜抱居士于敬敷书院识"。乾隆四十八年 (1783), 姚鼐为 53 岁。在此之前, 他只是自署"刑部郎中姚鼐""同里后学姚鼐", "桐城姚鼐", 从未见过他以"居士"自称。桐城市博物馆收藏姚鼐对联一副: "万类同春人己合, 太虚为室岁年长", 落款"惜抱居士鼐", 也是他晚年所书。古人对"居士"一词的用法, 虽有指隐居不仕的才德之士, 然而姚鼐是不愿做这种隐士的, 他曾明言"仆少无岩穴之操, 长而役于尘埃之内" (P86)。因此, 姚鼐所自称的"居士", 只能属专称在家奉佛的人, 如《维摩诘经》所称, 维摩诘居家学道, 号称维摩居士。因此, 笔者认为, 姚鼐的所谓"老年""耽爱"和"笃信"佛学, 这个"老年", 至少始于他 53 岁, 直到他 85 岁逝世, 长达 32 年以上。

二、姚鼐"笃信"佛学是由于受到王文治等人的影响

王文治 (1730—1802), 字禹卿, 号梦楼, 丹徒人。《清史稿》本传说, 他"与姚鼐交最深, 论最契"[②]。姚鼐在为王文治的《梦楼集》写的题诗中也称: "与君交久无如我, 并到头童白额髭。"王文治与姚鼐之所以"交最深", 是基于他俩年龄相近, 性格爱好相投, 经历相似, 同在北京参加科举会试, 又先

---

① 姚鼐:《惜抱尺牍》卷 6, 小万柳堂重刊本, 1909 年。
② 《清史稿》卷 530, 中华书局校点本, 1987 年。

后同样考中进士，步入仕途不久，又同样"厌吏事"，于青壮年即毅然从仕途退出。王文治"好浮屠道""持佛戒"，姚鼐"渡江宿其家食旧堂内，共语穷日夜，教以屏欲澄心，返求本性。其言绝善"。乾隆四十五年（1780），姚鼐在安庆敬敷书院教书，王文治乘船途经安庆，与姚鼐"快聚三日"，互相赋诗唱和。姚鼐痛吟"望道苦弗见，安敢轻万言"？王文治与他"谈空共证禅中地"[①]，使他不禁"多谢丈人意，求生固有门"。晚年的姚鼐几乎以王文治为他的精神依赖。王文治来与他"同处三日"，他便感到"此是今年一佳况也"[②]。王文治离去，他即"旋觉萧索不可耐"[③]。对"其学佛之精"，骇叹不已。

姚鼐还曾拜妙德和尚为师。他在《酬释妙德》诗中，盛赞"爱师秉直心，启予三昧门。师亦喜我意，不谓鄙且顽。相从宜不厌，勿论暑与寒。不待盛言说，目击道已存"。不过，王文治、妙德和尚等人尽管对姚鼐佛家思想有直接的影响，但这毕竟是属浅层的外因。其深层的内因，还须进一步弄清。

三、姚鼐耽爱佛学的深层原因

姚鼐耽爱佛学的深层原因，主要是由于封建统治的腐朽衰落，使他的儒家理想在现实生活中碰壁，作为正直的士人，他要洁身自好，不愿同流合污，而只有借助于佛学，使其对于仕途上的进退得失保持淡泊的心态，从而追求"有得差为快"的身心自由。不论姚鼐或王文治，他们本来都想实现儒家理想，在封建仕途上使"其志可行于时，其道可济于众"的。然而经过几年做官的切身体验，又使他们深深感到那个封建官场实在太腐朽险恶了！例如，姚鼐在给友人的信中所说的："近观世路风波尤恶，虽巧宦者或不免颠踬，而况吾曹

① 王文治：《精校王梦楼诗集》卷 17，上海千顷堂书局石印本。
② 姚鼐：《惜抱尺牍》卷 2，《与马雨耕》，小万柳堂重刊本，1909 年。
③ 姚鼐：《惜抱尺牍》卷 8，《与马鲁成甥》，小万柳堂重刊本。

邪！"①"迩者外吏之难为，日甚一日矣。惟不欲作好官，乃更以为易耳。"②"时事坏敝，作守者岂能为旋转乾坤之事，救其小半，即为贤将之功，然亦必大费精神矣。"③"即吉之后，里居自为上策。今之时事难于肩任，识必及之矣。第恐事势迫人，有不能不更婴簪组者耳。"④"闻吾兄弹冠复出之志，尚在进退之间。窃计近日宦途愈觉艰难，裹足杜门，未可谓非善策。但里居亦大不易，苟非痛自节省，痛改潭府积习，则其势不能久居，有迫之而出者矣。想吾兄亦必筹计及此，然毋乃有牵系俗情不能自克者乎？"⑤

王文治辞官后，以书法名冠于世。乾隆皇帝南巡，"至钱塘僧寺，见君书碑，大赏爱之。内廷臣有告君、招君出者，君亦不应"。连对皇帝的"赏爱"，都不屑一顾，可见他对封建官场厌恶到何等地步！唯有姚鼐是他的知音，特作诗《闻禹卿以书名上达，几更出山而竟止因寄》："王氏风流草隶兼，江东行乐且迟淹。解官誓苦归元早，合妓情多听不厌。家作道民输斗米，身惟服食乞戎盐。练裙团扇名皆贵，岂必凌高署殿檐！"封建官场既然如此腐朽险恶，那就只有令姚鼐、王文治等有识之士，主动辞官，退避三舍。姚鼐在辞官后，也曾坚决拒绝举荐，声称要"从容进退，庶免耻辱之大咎"。退出仕途，这不仅在生活上要"痛自节省，痛改潭府积习"，而且在那个盛行读书做官的时代，"群所进而独退，其退亦罪也"。这就必然在客观上要冒着担当种种"罪"名的巨大压力和风险，而亟需保持心态的平衡、恬静和淡泊。佛家思想则有助于给他们带来心灵的抚慰，如姚鼐在《印庚实传》中所说："当宁绍府君时，天台有僧曰宝林，宁绍贤之，常与接对。庚实在旁，亦喜闻其说而归心焉。嗣是庚实于进退得失之事，视之泊如。"所谓"泊如"，即淡泊无为、傲然独立、

① 姚鼐：《惜抱尺牍》卷2，《与鲁山木》，小万柳堂重刊本，1909年。
② 姚鼐：《惜抱尺牍》卷4，《与何季甄》，小万柳堂重刊本，1909年。
③ 姚鼐：《惜抱尺牍》卷4，《与周希甫》，小万柳堂重刊本，1909年。
④ 姚鼐：《惜抱尺牍》卷5，《与陈约堂》，小万柳堂重刊本，1909年。
⑤ 姚鼐：《惜抱尺牍》卷5，《与陈约堂》，小万柳堂重刊本，1909年。

恬淡自然、无动于衷的心理状态。姚鼐不只深切感受到佛学有给人以心理抚慰的功能，他甚至视之为"胜于服药"的"急救心火妙方"。在《与鲍双五》的信中，他即写道："独闻令郎之疾，令人耿耿。今获痊不？其症为痴邪狂邪？此各异治法。又其发止有时乎？抑镇常如一乎？若有明清了了时，劝之寻阅佛书，与佳僧谈论，胜于服药，此急救心火妙方也。盖世缘空，则心病必愈矣。"[①]所谓"盖世缘空"，即属于佛家的主要观念，认为世界一切现象皆是因缘所生，刹那生灭，假而不实，故谓之"空"。所以又称佛教为"空门"，"悟空"即进入涅槃之门，达到对"生死"诸苦及其根源"烦恼"皆彻底断灭的精神境界。这虽纯属主观唯心论，但在那个使人陷于痛苦深渊的封建没落社会，其对人的心灵确有一定的麻痹和抚慰作用，则是无庸讳言的。

姚鼐的归心佛教，还由于他为了摆脱独尊儒家的传统思想束缚，追求身心自由快乐的需要。例如，他跟王文治在辞官后，在《同游累日，复连舟上金山，信宿焦山僧院，作五言诗纪之》中说："举目孰不改，身存心可碎。那择儒与佛，有得差为快。"为了个人的"有得"和快乐，竟然连"儒与佛"都可不择，这在当时岂不也属于思想解放，而突出对个人自由快乐的热烈追求和空前张扬么？

可见，姚鼐作为一代文学宗师，他的耽爱佛学与一般的宗教家或佛教徒毕竟有所不同，而是有其现实需要和时代特色的。因此，我们有必要进一步探讨并认清姚鼐耽爱佛学的基本特征及其实质究竟何在。

四、姚鼐耽爱佛学的基本特征及其实质

立足于儒学，来吸纳佛学，是其基本特征之一。老年时期的姚鼐，对佛学和儒学皆有了进一步的了解。他说："若夫佛氏之学，诚与孔子异。然而吾谓

---

① 姚鼐：《惜抱尺牍》卷4，小万柳堂重刊本，1909年。

其超然独觉于万物之表，豁然洞照于万事之中，要不失为己之意。此其所以足重，而远出乎俗学之上。儒者以形骸之见拒之，吾窃以为不必，而况身尚未免溺于为人之中者乎！"人生的一切，究竟是"为人"还是"为己"？正是在这个问题上，姚鼐找到了佛学与儒学的契合点。他在《王禹卿七十寿序》中写道："孔子曰：'古之学者为己，今之学者为人。'今夫闻见精博至于郑康成，文章至于韩退之，辞赋至于相如，诗至于杜子美，作书至于王逸少，画至于摩诘，此古今所谓绝伦魁俊。而后无复逮者矣。假世有人焉，兼是数者而尽有之，此数千年未尝遇之事，而号魁俊之尤者矣。然而究其所事，要举谓之为人而已，以言为己犹未也。"上述所引"孔子曰"两句，出自《论语·宪问》。为己，指提高自己的学识和道德修养。为人，指装饰和表现自己，给别人看。姚鼐列举我国有史以来学术和文学艺术领域作出最高成就者，如经书注释家郑玄、散文家韩愈、韵文家司马相如、有"诗圣"之誉的诗人杜甫、号称"书圣"的书法家王羲之及文人画家的鼻祖王维，认为他们虽然才智非凡，成就卓著，成为各自领域顶尖级的大师，为后人所望尘莫及，难以超越。然而他们所从事的事业，皆谈不上是"为己"，只能"谓之为人而已"。在《与胡雒君》的信中，姚鼐又重申："学如康成，文如退之，诗如子美，只是为人之事，于吾何有哉？"[1]因此，他认为王文治在科举、诗歌创作和书法上的杰出成就，也都属于"其为人寄迹之事"，而只有他"学佛之精"，足以战胜"负痛欲死"的"背疽"，获得 70 高寿，才是"其为己之实"，值得赞颂，并由此而使人"将终醒而无醉云"。

可见姚鼐的耽爱佛学，主要强调"为己"，是跟程朱儒学要求加强自身的道德修养相一致的。因此，直到他晚年依然继续尊崇程朱，对儒家的"于义利必辨，于非道必不为"，信守不渝，被誉为"义所不可，则确乎不能易其所守"。

---

① 姚鼐：《惜抱尺牍》卷 3，小万柳堂重刊本，1909 年。

教书所得束修，"以资宗族知交之贫者，随手辄尽，毫发不为私蓄计"①。而对那些世俗"僧道谬妄无知""借释氏以掩其为邪者"，他则深恶痛绝。

佛家的出世思想与儒家的入世态度，毕竟是有矛盾的。因此，从老庄思想出发，来理解和吸纳佛家思想，又是其基本特征之二。例如，姚鼐在为王文治写的《墓志铭（并序）》中，写他临死前学佛教修禅者的坐法——"趺坐室中逝矣"，"妻女子孙来诀，不为动容；问身后事，不答"。作者对他这种佛家的态度，却不是用佛家思想来阐释，而是用老庄思想来说明："君殆庄生所谓游方之外与造物为人者耶！"所谓"游方之外"，即超脱于现实世界，即所谓"出世"。"与造物为人"，即跟创造万物的天地为一气。二语皆出自《庄子·大宗师》。为此姚鼐为王文治写的《墓志铭》曰："茫乎其来何从乎？芴乎其往何终乎？……翛乎寥乎，凭日月之光而游天地之鸿蒙乎！"意谓他的死是欲凭借日月的光芒而自由自在地游行在天地尚处于混沌状态的大自然之中。这显然已有别于消极虚无的佛家出世思想，而实则是厌恶腐朽的社会现实，向往回归自然的老庄思想，连"茫乎""芴乎"的词句，也是出自《庄子·至乐》："万物皆化，芒乎芴乎，而无从出乎，芴乎芒乎，而无有象乎。"芒芴，即恍惚，无容无为的景象。《老子》："无为之象，是谓恍惚。"老庄的无为思想，和佛家一切皆空的观念，虽有其相似相通之处，但又毕竟不同。佛家是虚无主义，消极地逃避现实，而老庄则是憎恶社会现实的污浊，要求回归自然，做超凡脱俗、独立自主、自由自在、无拘无束的人。姚鼐对佛家思想的理解和吸纳，实则是从老庄思想出发的，堪称外佛内庄，或表佛里庄。

总之，姚鼐的耽爱佛学，不论是立足于儒家思想，或者是从老庄思想出发，其实质皆反映了他不是以思想家见长，而只是个文学家以此充当门面语而已。对此，姚鼐有极其清醒的自我认识和自我定位。他在《与陈硕士》的信中即坦

---

① 陈用光：《姚先生行状》，《太乙舟文集》卷3。

陈："鼐于学儒、学佛，皆无所得。"①在他的《自嘲》诗中，他也自称："儒佛两家无著处，只将黄发迈时流。"（P601）这是不是出于姚鼐的自谦呢？不。章太炎也指出，姚鼐等桐城派的尊崇程朱理学，不过是"援引肤末，大言自壮"②而已。郭绍虞也认为："他们之讲义理，显然又与宋明儒者不同。义理，由桐城之学来讲，也只是一种门面语。"③姚鼐是个"深于古文，以诗为余技"④的文学家，他虽然对儒、佛、道家思想皆有所吸纳，但其主要目的不是要作这些思想家的传声筒，而是借以充当思想武器或精神支柱，为他的古文创作服务。如同我们不能把姚鼐说的"程朱犹吾父师"的话，过于认真看待，而指责他"是要维护程朱理学的反动思潮的统治地位"一样⑤，我们也不能把他说的"老年惟耽爱佛学"过于认真看待。即使在老年，他也不是"惟耽爱佛学"，更不是完全"笃信释氏"，如在《与马雨耕》的信中，他即明言："鼐已全戒食鱼肉，然此等亦只是滞名著相中事，若言了当大事，则全未全未也。淮树亦持戒素食，其所处境，较鼐为难。于淡薄而竟能勇断，岂非其天资大有胜人处邪。闻随园没后，间闻其在帷中叹咤。此翁在日，诋人言佛事。其神识固当，入此纠缠中，我辈所当鉴以自警也。"⑥这就再清楚不过地说明，无论是尊崇宋明儒学，或"耽爱佛学"，都是其"门面语"。我们必须不为这类"门面语"所惑，而应充分认识和理解其以反映现实生活和抒发人生感悟为天职的文学家的实质。

值得我们作进一步研究的是，姚鼐老年耽爱佛学，对其文学创作又究竟带来了哪些积极和消极的影响？

① 姚鼐：《惜抱尺牍》卷7，小万柳堂重刊本，1909年。
② 章炳麟：《章太炎全集·检论四》，上海人民出版社1985年版。
③ 郭绍虞：《中国文学批评史》，上海古籍出版社1979年版，第662页。
④ 王文治：《精校王梦楼诗集》卷首，上海千顷堂书局石印本。
⑤ 中国科学院文学研究所：《中国文学史》（三），人民文学出版社1962年版，第1072页。
⑥ 姚鼐：《惜抱尺牍》卷2，小万柳堂重刊本，1909年。

五、老年耽爱佛学对其文学创作的影响

姚鼐的耽爱佛学，并非遁入空门，而是把禅理用于他的文学创作，摆脱尘世的干扰，做老庄那种超凡脱俗、回归自然、独立自主的文学家。例如，他在《乙卯二月望夜，与胡豫生同住憨幢和尚慈济寺，观月有咏》诗中所说："文学俊才笔，禅悦亦所歆。余衰邈违世，慕道恐弗任。非徒遣烦虑，更当遗赏心。阇（dū，或shé）黎净业就，结习犹讴吟。共会忘言契，何嫌金玉音。"（P493）

首先，佛家的"禅悟"，有助于使姚鼐的文学创作既继承古人，又得以解放思想，大胆创新，如他在给其侄孙姚莹的信中即指出："凡诗文事，与禅家相似，须由悟入，非语言所能传。然既悟后，则返观昔人所论文章之事，极是明了也。欲悟亦无他法，熟读精思而已。"[①]所谓"禅悟"，即指以佛家清静敛心的修行方法，达到一旦把握真理而突然觉悟的境界。借用这种方法，来对古人的经典作品"熟读精思"，领悟其创作奥秘，这对继承优秀的文学遗产，显然是大有裨益的。在给他的学生陈硕士的信中，他更进一步地指出："文家之事，大似禅悟。观人评论、圈点，皆是借径，一旦豁然有得，呵佛骂祖无不可者。此中自有真实境地，必不疑于狂肆妄言未证为证者也。"[②]呵佛骂祖，本是我国佛教史上的一则佳话。它语出北宋道原著的佛教禅宗史书《景德传灯录·宣鉴禅师》："是子将来有把茅盖头，呵佛骂祖去在。"这段话表明，姚鼐之所以能成为一代文学宗师，绝不仅在于他善于继承我国的古文传统，更重要的还在于他十分重视创新。他认识到作文最重要的是追求"真实境地"，只要"豁然有得"于"真实境地"，即使"呵佛骂祖""狂肆妄言"，皆"无不可者"。他借用佛家的"禅悟"来比喻创作灵感，借用"呵佛骂祖"来说明突破前人成规的必要，借用"未证为证"来形容独创的艺术境界。如此把佛家的

---

①　姚鼐：《惜抱尺牍》卷8，小万柳堂重刊本，1909年。
②　姚鼐：《惜抱尺牍》卷5，小万柳堂重刊本，1909年。

禅悟用于文学创作，岂不有助于使他收到解放思想、大胆创新的功效么？

其次，他把文学创作比喻为佛家的"参禅"，以突破所谓"文章体则"的桎梏。例如，他在《与陈硕士》信中告诫："寄来文章体则，此是一鄙陋时文家所为。其论之谬处便大谬，不谬处亦肤浅不着痛痒（如云'以理为主'便是），必须超出此等见解者，便入内行。须知此如参禅，不能说破，安能以'体则'言哉！"① 考科举的时文，在内容上必须"以理为主"，在形式上必须采用"八股"体则，这是八股文之所以丧失其作为文学作品生命力的致命病根。桐城派倡导古文，就是要求打破封建科举所实行的时文的"文章体则"。姚鼐把这种古文创作说成"此如参禅"，所谓"参禅"，即参究禅宗修行之道，求得"明心见性"。姚鼐以这种佛教禅宗修持方法，来比喻文学创作绝不受任何"文章体则"的桎梏，而靠的是作家独到的创作灵感、崭新的艺术构思和个性化的艺术创造。桐城派古文之所以在整个清代居于统治地位，有着长达二百余年那样持久旺盛的生命力，这绝不是统治者和任何个人的主观意志所能决定的，它不能不归功于姚鼐等文学大师对文学创作的特性和规律有这般的正确认识和切实把握。

再次，他从达摩创造中国禅宗的佛教发展史实，获得启迪，强调语言翻新对于文学创作的重要意义。例如，他在《与陈硕士》的信中指出："所作《南池文集序》非不佳，亦非佳。其论学太涉门面气。凡言理不能改旧，而出语必要翻新。佛氏之教，六朝人所说皆陈陈耳，达摩一出，翻尽窠臼，然理岂有二哉？但更搬陈语，便了无意味。移此意以作文，便亦是妙文矣。"② 所谓"达摩一出，翻尽窠臼"，据《续高僧传》卷28、《景德传灯录》卷3载，达摩为南天竺僧人，他于南朝宋末航海到广州，又往北魏，入嵩山少林寺，"面壁而坐，终日默然"，

---

① 姚鼐：《惜抱尺牍》卷6，小万柳堂重刊本，1909年。
② 姚鼐：《惜抱尺牍》卷7，小万柳堂重刊本，1909年。

长达九年，终于创造出"理入""行入"等崭新的一套修行方法，因而他被尊称为"西天"（天竺）禅宗第 28 祖和"东土"（中国）禅宗初祖。姚鼐以达摩"翻尽窠臼"而获崇高成就之"理"，"移此意以作文"，说明如果达摩也像六朝僧人那样"更搬陈语，便了无意味"，不可能开创中国禅宗的新局面，由此强调"凡言理不能改旧，而出语必要翻新"。这不仅显得史实确凿，极具说服力，而且完全切合文学是语言艺术的特性，合乎文学创作要求"惟陈言之务去"①的客观法则。

从以上三点可以看出，姚鼐实则消解了佛家的虚无性和消极性，而使之转变为在文学创作上充分发挥作家的主观能动性和创造性。其中显然寄寓着姚鼐丰富的创作经验和可贵的理论主张，至今仍发人深省，足资借鉴。

当然，姚鼐对佛家谬误的消解，绝非是彻底的，也有受其消极影响的一面。这主要表现在他对佛家因果报应等宿命论，由抵制转为宣扬上。例如，在姚鼐早期的文章中，是不相信因果报应的。他曾愤愤不平地写道："天道佑善，劫不可论。既茕独余，又夺所亲。强盛先陨，弱宁久存。"而在他老年写的《赠朝议大夫户部郎中福建台湾县知县陶君墓志铭（并序）》中，则称陶绍景之所以生前有"年九十一"的高寿，乃由于"其德无矜，宜寿之增"。身后其孙陶涣悦任户部郎中，因而他也得以弛（yí 或 yì）"赠朝议大夫户部郎中"虚衔，这本属清朝的惯例如此，而姚鼐却把这写成是"载贻后祀，余庆其征"。在《知县衔管石碑场盐课大使事师君墓志铭（并序）》中，他写师君从小"读书不得入"，经过"求祷于神"，便"自是聪悟，文冠其侪，旋入县学"，又考"中云南乡试第二名"，当了乐亭县石碑场盐课大使。姚鼐把这说成是"其学天启"，仿佛这一切皆属天命所决定的。后来师君的儿子师范"亦中甲午科云南乡试第二名，今为安庆府望江知县有声矣"。姚鼐又说这是"天盖报君于其子也"。

---

① 韩愈：《答李翊书》，《昌黎先生集》卷 16。

在《复姚春木书》中，他更赤裸裸地宣扬天命观，说："夫生而富贵及死而声名，其得失大小，皆天所与也。纪载者，人名声所由得之所托也。故天欲其成乃成，天欲其传乃传，不然则废。足下姑亦为之，以听天意可耳。"把人的寿命、才学、富贵、声名、得失大小，皆说成是因果报应，是"天意"，把希望寄托在祭神或天意上，这种唯心主义观念显然是虚无的、消极的、有害的。它不仅误导读者，使其上当受骗，也贻害作者自己，使其晚年的创作对现实主义的轨道有所偏离。

综上所述，姚鼐老年"耽爱"和"笃信"佛学，是其亲笔所书，白纸黑字，不可不信，其消极影响更不容忽视。然而又不可全信，不应看得过重。对于我们今人来说，其消极影响的局限性和荒谬性是显而易见的，主要困难不在于把它批倒批臭，而在于透过时空的隔阂，认清姚鼐终究不是完全超脱尘世的佛教徒，而是密切关注社会现实的文学家，理解他所处的黑暗环境需要佛家思想的抚慰，他的古文创作新开拓也需要从佛家那儿获得启迪。只有这样，才有助于我们对姚鼐及其作品求得全面的认识和正确的评价，并从中获得应有的教益。

（原载《安徽大学学报》2004 年第 6 期）

论姚鼐爱民、济民和以民为本的思想

姚鼐作为清代桐城派古文的集大成者，在历史上曾有过"为天下之至美"的感召力和影响力[①]，以我们今天的眼光来看，他不只有受"封建正统观念"牢笼的局限，更有和当权的封建统治者相矛盾的一面。尽管他运用的思想武器主要还是传统的儒家仁政思想，但其文章的主要思想倾向，毕竟不是歌颂封建统治如何美好，而是揭露封建统治的社会现实多么险恶；其对待人民的态度，不是肆意丑化和奴役，而是竭力鼓吹爱民、为民，对人民的苦难深表同情，对人民的利益悉心维护。这一点是研究姚鼐生平思想所应特别予以重视的。

一、鼓吹"使斯民利无弗兴，害无弗去"

在封建社会，农业是主要产业，农民是"民"的主体，因此农田水利至关重要。姚鼐在为康茂园《河渠纪闻》写的"序"中，不只称赞"其读书博考，遇有言治水之事，皆取而纪载"，使此书于"天下治水之理，辞悉备焉"，更重要的是，他不是仅着眼于治水的方法，而是由此突出地宣扬作者的民本思想。他引用孟子说的话："禹之治水，行其所无事也。"究竟何谓"行其所无事"？焦循《孟子正义》的注解说："因水之性，因地之宜，引之就下，行其空虚无事之处。"说的就是纯属治水方法问题。而姚鼐的阐述则别开生面。他写道：

---

① 胡适：《胡适古典文学研究论集》，上海古籍出版社 1988 年版，第 234、235 页。

"夫'无事',非束手坐观及苟且因循、任其成败于天之为也;精思博访以求之,苦身劳力以营之,建作方术,或有改更故迹,而使水土各得其性之所安,使斯民利无弗兴,害无弗去,斯乃真行所无事矣。"并引用司马迁在《史记》卷2十九《河渠书》末的"太史公曰:'甚哉!水之为利害也'"从而得出结论:"夫水苟不能使之为利,则必使之为害矣。"① 这里,姚鼐显然不是见物不见人,而是反对"束手坐观及苟且因循"、无所作为的官老爷态度和官僚作风,强调治水者要有"精思博访以求之,苦身劳力以营之"的献身精神,要掌握"使水土各得其性之所安"的客观自然规律,要达到"使斯民利无弗兴,害无弗去"的目的。如此突出以民为本的思想,鼓吹为民兴利除害的献身精神,岂不是使之具有重大而普遍的教育意义,至今仍值得我们加以继承和发扬么?

如果说姚鼐的《〈河渠纪闻〉序》,还只是停留于提出为民兴利除害的思想要求的话,那么,他的《周梅圃君家传》则为我们塑造了一个以实际行动为民兴利除害的循吏形象——周梅圃:

> 以举人发甘肃,授陇西知县,调宁朔。其为人明晓事理,敢任烦剧(烦重的任务),耐勤苦。宁朔属宁夏府,并河(依傍黄河)有三渠:曰汉来、唐延、大清。皆引河水入渠,以灌民田。唐延渠行地多沙易漫,君治渠使狭而深,又颇改其水道,渠行得安,而渠有暗洞,以泄淫水(过分多的水)于河,故旱涝皆赖焉。唐延渠暗洞坏,宁夏县吏欲填暗洞,而引唐渠水尽入汉渠,以利宁夏民,而宁朔病矣。君力督工修复旧制,两县皆利。大清渠者,康熙年始设,长三十余里,久而首尾石门皆坏,民失其利。君修复之,皆用日少而成功远。君在

---

① 姚鼐:《惜抱轩诗文集》,上海古籍出版社1992年版。以下凡引文后有页码者,皆见于该书,不另加注。

宁夏多善政，而治水绩最巨，民以所建曰周公闸、周公桥云。

这段描写，看似纯属客观地写实，实则贯穿了作者爱民、济民的满腔热情，突出了周梅圃"为人明晓事理"的性格和为民兴利除害而不惜"敢任烦剧，耐勤苦"的献身精神。例如，写他治水，不只要"引河水入渠，以灌民田"，而且还要能"泄淫水于河"，使民由"旱涝皆赖焉"；对宁夏县吏只顾"利宁夏民"，而使"宁朔病矣"，他则"力督工修复旧制"，使"两县皆利"；对于"首尾石门皆坏"，使"民失其利"的水利工程，他不只要予以修复，而且要做到"皆用日少而成功远"，既节省人力财力，又使工程具有高质量，足以长远收益。作者未说老百姓对他如何爱戴和感激，只写出"民以所建曰周公闸、周公桥云"的事实，即使人足以想见，并留下了刻骨铭心的印象。这般以自己的精明和"勤苦"，竭力使人民长期得实惠的循吏形象，岂不是永远值得人民爱戴么？

爱民、济民和以民为本，是姚鼐许多作品共同的主旨。例如，《万松桥记》，本是写安徽黟县东南的叶村，一座十二丈长、一丈六尺宽的石桥建造经过，然而姚鼐不是一般地写景叙事，而是突出"其民皆依山谷为村舍。山谷之水，湍悍（水势急而凶猛）易盛衰，为行者患，故贵得石桥为固以济民"的思想，突出作者见原来的木桥被洪水冲毁之后，深感"被害者之远且巨，甚可伤痛"，与民忧戚相通的创作激情，突出主持建桥工作的叶君"诚笃而明智"的形象；"当昔蛟水之发，山阴一巨石于地，方三丈余。叶君视其质坚而理直，取为桥材"，"乃反因其陨石之力，因祸为福，转败为功"（P398、399）。可见其所谓"诚笃而明智"，实则就是不但具有一心诚挚的"济民"思想，且有使祸与福、败与功相转化的科学精神。这不也是至今仍值得我们学习、继承和发扬的么？

姚鼐即使为《医方捷诀》这样纯属医药技术的书籍作"序"，也念念不忘宣扬民本思想。他不是就医论医，而是把它提到"导天和，安民命，至治之隆有赖焉"的高度；不是把医药看成单纯的专业技术问题，而是"推原其故"，视为对客观自然规律的正确把握："必自君子躬能循天理之节（自然本性发展的客观规律），应六气之和（中医指自然界的风、寒、暑、湿、燥、火六种气候，若气候反常，即成为人体外感致病的因素），固筋骨之束，调血气之平，于是安乐寿考，永享天禄。然后推其意以为医药，以及庶民，此其意至精且厚"；也不是只偏重德或艺一个方面，而是要求既"有笃厚慈明之心"，又要"世业"而从小就"习"，掌握"其曲折变移"的精微之处。（P39）这些论述，已远远超越医药的范畴而具有普遍的教育意义。他所强调的"安民命"、泽"及庶民"等"至精且厚"之意，难道不是至今仍值得我们加以继承和发扬的么？

二、赞扬为"活民而得罪，吾所甘也"

姚鼐还为我们描写了一系列敢于跟"上官""大吏"作斗争，不惜个人遭"得罪""革职"，而竭力充当人民利益捍卫者的光辉形象。

例如，在《中议大夫两广盐运使司盐运使萧山陈公墓志铭（并序）》中，他突出地写了陈三辰在安徽亳州救灾中的表现："其年安徽大饥，上官令亳州设两粥厂以赈。"身为亳州知州，他不是盲目机械地执行"上官令"，而是从亳州饥民的实际需要出发，"自增三厂，分设境内。又收民弃男女者集于佛寺，令一老妪抚孩幼十，如此数十处"。并且还"身时周巡其间"，检查督促。不只其爱民的精神和对人民负责、深入实际的作风令人感佩，更可贵的是，当对上官负责与对下民负责发生矛盾，个人利益与百姓利益形成冲突时，他毫不犹豫地作出了正确的选择。这就是"计其费，上官发银，曾不及半"，他"移用以济之"。"人谓如此，终必以亏库银获罪矣。"他的回答则是："活民而得罪，吾所甘也！"这话不仅说得斩钉截铁，掷地有声，而且其一心为民，以致不惜自己"获罪"的精神气概，更令读者的心灵不禁为之震撼，为之升华！为此，作者在铭辞中赞扬他："仁及于民，法可远施。"意谓仁爱普及到民众，这个办法可长远施行。作者所描写和颂扬的陈三辰的这种精神气概，也确实具有普遍而深远的意义。

在《江苏布政使方公墓志铭（并序）》中，姚鼐为我们描写了一个"用心仁恕"，敢于"与上官争至忤"的方昂，说他"辛卯恩科成进士，授刑部主事。居刑部十余年，再擢至郎中。其执法平，用心仁恕，屡以此与上官争至忤，而公不变所守"。在《实心藏铭（并序）》中，姚鼐所写的汪志伊也跟方昂相类似，不同的只是汪志伊"平生惟矢心去妄而存实"，在他任山西灵石知县期间，"山西有孟本成者，为人诬以杀死张光裕，一省之官皆定为情实矣。公验其凶刀甚小，与伤痕不合，所序（叙）情节甚乖舛，执以为诬。钦差至，犹颇以翻众案为难也。公辨之，词证明而义坚正，本成卒得生，公名由是大起"。为一个被诬告的死刑犯得以平反活命，他竟如此坚持求实，而敢于跟"一省之官"直至朝廷的"钦差"大臣唱反调，这该是需要多么无私无畏和对人民负责的崇高精神啊！

在《顺天府南路同知张君墓志铭（并序）》中，姚鼐还为我们描写了一个不按"贵人势家""请托"行事，而不惜为百姓的安危献身的张曾份。写他"为吏勤明有断，所至民以便安"，而对于"贵人势家"，则严格"秉法，请托不得行，尤著强干名"。"京师达官知其才，将大起之。"面对这一难得的升官机遇，他竟毫不动心，依然把百姓的安危放在首位，"以淀水涨，亲往护文安堤，自夏迄秋，昼夜劳惫"。结果，"堤得固而君得疾"，"次年疾进"，"年四十五"即"卒于官"。作者如此把"贵人势家"和普通民众作了明确的区分，写他不是充当"贵人势家"的鹰犬，也不是为个人升官发财，只是一心为维护人民大众的利益而不辞辛劳，不惜献身，其精神实在令人深为感动，他的英年早逝，更令人万分惋惜。

姚鼐所描写的上述陈三辰、方昂、汪志伊、张曾份等人物，他们共同的特质是什么？是爱民、济民、以民为本的传统文化思想，是为捍卫人民利益而敢于斗争的英勇气概，是公而忘私、不惜自我牺牲的精神。有了这种思想、气概和精神，就是个高尚的人，有道德的人，脱离了低级趣味的人，有益于人民大众的人，有助于推动历史进步的人。因此，它已远远超越封建官吏的局限，而成为我们民族的脊梁、民族精神的载体，人们岂能把这种宝贵的民族传统和民族精神也当作封建糟粕而一概予以唾弃？

三、赞扬封建官吏中的爱民济民者是否就是美化和歌颂封建统治

上述姚鼐所描写的爱民、济民者，大多数皆见于他为封建官吏写的传记或墓志。因此，有人便指责这是为封建统治阶级涂脂抹粉，歌功颂德，树碑立传，必欲当作封建糟粕批倒批臭而后快。他们所持的理论武器，就是简单化的、粗暴的、机械的唯阶级成分论，认为清官比赃官更有欺骗性、更坏，凡是封建官吏，就只能臭骂，而不能有所赞扬和肯定。他们还停留于"五四"时期的水平，所"使用的方法，一般地还是资产阶级的方法，即形式主义的方法。……没有历史唯物主义的批判精神，所谓坏就是绝对的坏，一切皆坏；所谓好就是绝对的好，一切皆好"①。按照这个唯阶级成分论的标准和形式主义的方法，那么，在我们中华民族的历史上，又有哪个伟人在当时没有当过官吏，没有坏处呢？以清官著称同时又忠于封建统治的包公为什么被人民群众传颂千古呢？其实，在统治阶级中有好人，在被统治阶级中也有坏人；在好人身上未必一点坏都没有，在坏人身上未必一点好都没有。这无论在历史上或在现实生活中都是无可争辩的客观存在。我们主张阶级分析，但绝不是要搞机械的、形而上学的唯阶

---

① 毛泽东：《新民主主义论》，《毛泽东选集》第 3 卷，人民出版社 1960 年版，第 679 页。

级成分论。因此，对于封建官吏，我们也不能只看他们的阶级地位，更要看他们的实际表现，对于他们不是可不可以颂扬的问题，而是颂扬什么、如何颂扬的问题。如果颂扬他们对人民的剥削和压迫，把个别的清官好官写成是整个封建统治的代表，那当然是必须予以批判的。然而如果颂扬他们中个别真正爱民、济民、以民为本的清官好官，并且写他们最终遭到整个封建统治阶级的排挤和打击，这不但没有美化和歌颂整个封建统治，而且更有助于揭露封建统治的反动本质，有助于读者认清爱民、济民、以民为本只是我国传统文化中的一种理想，而在封建统治下的实际生活中是难以行得通的。姚鼐对爱民、济民、以民为本的颂扬，即具有这种揭露作用和认识价值。何以见得呢？

首先，作者不是孤立地颂扬封建官吏的仁政爱民，而是把清官与赃官作对比、衬托的描写，使读者足以看清在封建官吏中清官毕竟只是个别的，极其罕见的，而贪赃枉法的赃官则居绝大多数。例如，《张逸园家传》写张若瀛在甘肃张掖任知县：

> 在甘肃二年，尝为张掖复营兵所夺民渠水利。又以张掖黑河道屡迁，所过之田，为沙砾数百顷，而岁输（年年缴纳）粮草未除，力请于总督奏除之。时甘肃官相习伪为灾荒请赈（请拨救灾粮款），而实侵入（贪污）其财，自上吏皆以为当然，君独不肯为。其后为者皆败，于是世益推君。

是谁使驻张掖的营兵"夺民渠水利"的呢？是谁要农民为那些已变为"沙砾数百顷"、颗粒无收的荒漠之地，每年继续缴纳粮草的呢？不言而喻，必定是当地的官吏。张若瀛到任后，则恢复了"营兵所夺民渠水利"，并竭力请求省里的最高长官——总督，向皇上奏请免除农民缴纳的粮草。这是以张若瀛和他的前任作对比，接着又以甘肃官场谎报灾情，贪污救灾粮款"相习"成风，与张"君独不肯为"相衬托。经过这般对比、衬托,既使张若瀛为民兴利除害的形象显得更加难能可贵,又使当时甘肃整个封建官场的腐朽黑暗揭露得淋漓尽致——谎报灾情,冒领救灾粮款,已经骇人听闻,竟然又胆敢"实侵入其财",如此肆无忌惮地贪赃枉法,不但得不到应有的惩处,还"自上吏皆以为当然"!这把封建统治阶级丑恶、腐朽的本质,揭露得可谓灵魂通透,令人不禁瞠目结舌,震惊不已!

其次,作者还往往写出清官爱民的下场是必遭贪官的陷害。例如,前面提到的周梅圃,作者在《周梅圃君家传》的后半部分,即写他后来调任"为浙江粮储道":

> 当是时,王亶望为浙江巡抚。吏以收粮毒民以媚上官者,习为
> 恒矣;君素闻疾之。至浙,身自誓不取纤毫润,请于巡抚,约与之同
> 心。抚臣姑应曰:"善!"而厌君甚,无术以去之也。反奏誉君才优,
> 粮储常事易治,而其时海塘方急,请移使治海塘。于是调杭嘉湖海防
> 道。君改建海岸石塘,塘大治,被劳疾卒于任,而王亶望在官卒以贪
> 败。世言苟受君言,岂徒国利,亦其家之安也。君卒后,家贫甚,天
> 下称清吏者曰周梅圃云。

身为一省行政长官的王亶望,在他的领导下,竟然"吏以收粮毒民以媚上官者,习为恒矣"。可见当时的官场欺下媚上,荼毒人民,已经习以为常,积重难返。周梅圃想阻止这股腐败的浊流,与王亶望相约"同心",而身为一省之长的王亶望不但是个表面称"善"而内心"厌君甚"的两面派,更是个借刀杀人的阴谋家。他要排挤、陷害周梅圃,不是说他的坏活,而是"反奏誉君才优",推荐调他去"治海塘",使他"被劳疾卒于任"。这种揭露,显然不只是说明王亶望个人的阴险狠毒,更重要的是以王亶望为首的"吏以收粮毒民以

媚上官者"的整个封建官场,已使爱民的清官毫无容身之地。

最后,作者不只是把爱民之官遭陷害归咎于贪官,而且还曲折隐晦地把矛头指向皇帝和封建君主专制制度。例如,《博山知县武君墓表》中所写的那样因"杖提督差役",而使"民皆为快,而大吏大骇"的博山知县武亿,作者不只写明他当即受到革职处分,且指出:"其任博山县及去官,才七月,而多善政,民以其去流涕。君自是居贫,常于他县主书院,读经史,考证金石文,多精论明义,著书数百卷。今皇帝在藩邸,闻君名,及亲政,召君将用之,而君先卒矣。"这看似平淡的写实,实则寓意深邃,颇耐人寻味:分明是为制止"于民间凌虐为暴"而"杖提督差役",为什么却偏要诬"以妄杖平民劾革武君职"呢?这个使"民皆为快"的好官,为什么在生前遭诬陷革职,不能得到皇帝的及时平反和重用,而只有在他死后才"召君将用之"呢?

在《〈南园诗存〉序》中,姚鼐写与执掌朝政大权的奸臣和珅作斗争的侍御钱沣,遭到和珅的忌恨,和珅便"劳辱之","凡军机劳苦事,多以委君",使其"积劳感疾以殒"。等到嘉庆皇帝亲政,和珅被下狱赐死,"俾国得尽其才用,士得尽瞻君子之有为"之时,钱沣却"独不幸前丧,不与襃录(不得参与襃奖录用)"。为此,作者不禁连呼:"岂不哀哉?""悲夫!悲夫!"其可哀可悲之处,显然是指那个封建君主专制的时代,像钱沣那样爱民的官吏,终究因国不"得尽其才用",士不"得尽瞻君子之有为",而落得个被陷害致死的下场。

上述种种描写,皆在一定程度上已触及整个封建统治阶级腐朽没落的本质,岂有美化、歌颂封建统治之嫌?

四、"鼐江南庶民之一,实与亿兆同心"

姚鼐为什么具有强烈的民本思想,并在他的作品中竭力予以宣扬呢?这主要是由于：

首先，他不是置身于人民之外，更不是把自己放在人民之上，而是自觉地以"庶民之一"，充当人民的代言人。因此，他一再宣称："萧江南庶民之一"，"实与亿兆同心"。他不只自觉地把自己放在"民"的地位，来从事文学写作，而且还尽自己力所能及，以实际行动来维护人民的利益。例如，他在江宁教书，听说家乡桐城遭受旱灾，人民处于饥馑之中，即忧心忡忡地给安徽的地方官胡果泉写信，在肯定"本邑县令出令各大户急出财，以救饥谨，此诚是也"的同时，指出其"又出示征收下忙钱粮"，"二事并行，一何矛盾"！"诛求不得，必济以鞭刑，极敝之民，恐鞭刑亦不能充赋，则将奈何！今邑中人心既已忧惶，萧远闻之亦不能不为桑梓之虑。"为此，他不惜"妄为出位之言"，指出此事"关于一邑利害甚巨"，要求"酌所以处之"，"使闾阎得安"。① 如果不是把人民的疾苦当作自己的疾苦，谁会这样多管"闲事"呢？

其次，他的社会理想是实行儒家的仁政，如其《漫咏》诗所说的："天道且日变，民生弥苦辛。""得国容有之，天下必以仁。"因此，他做官不是为"贪荣""慕利"，而是如"古之君子"，以"亲民""济于众"为人生的理想和价值取向。在他看来，"国家设官分职，各有典司，而惟守令最为亲民之吏。使亲民之吏，举得其人，则天下何患不治？使亲民之吏，一方失其人，则一方受其病，朝廷虽有良法善政，皆为虚文而已"。"必使吏良而令行，民赖其利，将何术与？夫审民生纤悉，以达于谋国大体，儒者有用之学也。"可见他认为，为官最重要的就是要"亲民"，要洞悉"民生"，要"有用"，使"民"有"其利"可"赖"，否则就是"虚文"（空话）。

姚鼐所提倡和憧憬的这一套为官之道，在封建统治处于衰朽的时代，实际上是很难行得通的。它只不过是"古之君子"的儒家理想，一接触到封建统治

---

① 姚鼐：《惜抱先生尺牍补编》卷1，《与胡果泉》，见《惜抱轩遗书三种》，桐城徐氏集刊本。

的现实就不免碰壁。姚鼐本人为官的亲身经历，就遭受过这种惨痛的教训。其弟子吴德旋在《姚惜抱先生墓表》中记载他"官刑部时，广东巡抚某，拟一重辟（刑）案，不实，堂官与同列无异议。先生核其情，独争执平反之"①。可是这种跟巡抚、"堂官与同列"唱反调的事，只可偶尔为之，岂能经常如此？作者在《述怀》诗中，写到他的高祖姚文然任刑部尚书时，尝定《大清刑律》，以盗伐官柳未应刺字，炷香神前，长跪自罚，旋奏减轻，然后即联系自己任刑部郎中的感受，颇为困惑而痛苦地写道："刑官岂易为，乃及末小子。顾念同形生，安可欲之死？苟足禁暴虐，用威非得已。所虑稍刻深，轻重有失理。文条岂无说，人情或不尔。不肖常浅识，仓卒署纸尾。恐非平生心，终坐再三起。长揖向上官，秋风归田里。"②他不愿做违心的事情，而产生了辞官"归田里"的念头。

当他于 43 岁正式辞官归里后，"梁阶平相国属所亲语先生曰：'若出，吾当特荐。'先生婉谢之，《集》中所为《复张君书》也"③。他在《复张君书》中所述辞官的主要理由，就是认为那个时代使他不能像"古之君子"那样，做到"其志可行于时，其道可济于众。诚可矣，虽遑遑以求得之，而不为慕利；虽因人骤进，而不为贪荣。何则？所济者大也。至其次，则守官摅论，微补于国而道不章（彰明）。又其次，则从容进退，庶免耻辱之大咎已尔"。可见"古之君子"就是他的人生楷模；只是由于那个时代使他无法行"其志"，无法实现"济于众"的君子之"道"，他就只有从容退出官场，以"免耻辱之大咎"。

在那个封建统治日趋衰朽的时代，姚鼐抱定这种儒家的人生理想和价值取向，又岂能不对封建官场的现实大失所望呢？又岂肯跟那些腐朽肮脏的封建官僚共处呢？恰如作者的《方染露传》所写的方染露那样："议叙得四川清溪知

① 吴德旋：《初月楼文续钞》卷 8，花雨楼校本。
② 姚永朴训纂，宋效永校点，《惜抱轩诗集训纂》，黄山书社 2001 年版，第 129 页。
③ 姚莹：《惜抱先生行状》，《东溟文集》卷 6，台湾文海出版社影印本。

县。既至官，视其僚辈湤涩（污浊肮脏）之状，曰：'是岂士人所为耶？吾奈何与若辈共处！'"于是"即以病谒告，其莅官甫四十日而去归里"。方染露对官场污浊肮脏如此愤恨欲绝的思想感情，实则也是姚鼐自己心声的写照。恰如他在该文结尾所明言："余谓君行可纪，而亦以识吾悲。"

姚鼐的儒家人生理想和价值取向，虽然没有突破封建主义思想的范畴，具有明显的阶级局限性，但作者不是用它来美化和歌颂封建统治，而是用它来反衬和揭露封建统治的腐朽，这对于人们清醒地认识封建统治已经衰朽的现实，认清封建统治阶级极其丑恶的本质，显然还是有其一定的积极作用和历史进步性的，岂容一笔抹杀？

五、以民为本是我国传统的人文精神

姚鼐所宣扬的爱民、济民、以民为本的思想，不只是由于他个人坚持儒家思想，更重要的是由于"兼济天下"的社会责任感与忧国忧民的忧患意识，所积淀成的我们整个中华民族仁人志士一贯倡导的人文精神。

在民与神的关系上，我国不同于西方视上帝为人的创造者，而是视民为"神之主"，把"民"放在至高无上的地位。例如，《尚书·泰誓上》宣称："天矜于民，民之所欲天必从之。"《左传·桓公元年》记载季梁言："夫民，神之主也。是以圣王先成民而后致于神。"孔子说："务民之义，敬鬼神而远之，可谓知矣。"（《论语·雍也》）

在民与君主的关系上，我们也不同于西方视民为君主的奴仆，而是强调民贵君轻，以民心的向背为统治者的执政之基。儒家的祖师爷之一孟子说："民为贵，社稷次之，君为轻。"（《孟子·尽心》）"桀纣之失天下也，失其民也；失其民者，失其心也。得天下有道：得其民，斯得天下矣。得其民有道：得其心，斯得民矣。得其心有道：所欲，与之聚之；所恶，勿施尔也。"（《孟子·离娄》）法家管仲也强调："王者以百姓为天。百姓与之则安，辅之则强，非之则危，倍（背）之则亡。"（《韩诗外传》卷4）"政之所行，在顺民心；政之所废，在逆民心。"（《管子·牧民》）墨家墨子更明确地指出君主必须为民谋利，他说："民有三患：饥者不得食，寒者不得衣，劳者不得息。三者民之巨患也。"（《墨子·非乐上》）"昔者禹、汤、文、武方为政乎天下之时，曰：必使饥者得食，寒者得衣，劳者得息，乱者得治。"（《墨子·非命下》）早在《孔子家语·五仪》中，即指出："夫君者舟也，水所以载舟，亦所以覆舟也。"唐代之所以能成为我国封建社会的鼎盛时期，就跟唐太宗"懂得人君与民众相互间的关系"是分不开的。他由于认识到："水可以载船，也可以覆船，民众好比水，人君好比船"①，因而采取了轻徭薄赋、选用廉吏等有利于国计民生的政策，为唐代兴盛奠定了坚实的基础。

在民与官的关系上，我国不同于西方重在法治，而是强调人治，实行"亲亲而仁民"（《孟子·尽心》）的仁政。把爱亲之心推而广之："老吾老，以及人之老；幼吾幼，以及人之幼，天下可运乎掌。"（《墨子·公孙丑》）"驭民如父母之爱子，如兄之爱弟。见其饥寒，则为之忧，见其劳苦，则为之悲；赏罚如加于身，赋敛如取己物。此爱民之道也。"（《六韬·国务》）"乐民之乐者，民亦乐其乐，忧民之忧者，民亦忧其忧。"（《孟子·梁惠王》）宋代名臣范仲淹的"先天下之忧而忧，后天下之乐而乐"（《岳阳楼记》），成为千古传颂的佳话。

这一切显然皆说明，我们中华文化与西方文化有天壤之别。我国古代早就把"民"看作"神之主"，主张"民贵君轻"，以"百姓为天"，也就是说，一贯注重以民为本的人文精神，这是我们中华民族所特有的民族传统和极为宝贵的精神财富。姚鼐所宣扬的"使斯民利无弗兴，害无弗去"，"活民而得罪，

---

① 范文澜：《中国通史简编》修订本第三编第一册，人民出版社1965年版，第94页。

吾所甘也"，为官要做"亲民之吏"，要"济于众"，办案要"用心仁恕"，皆凸显了对这一传统人文精神的继承和发扬。它至今仍有不容忽视的重大现实意义。毛泽东所强调的全心全意为人民服务是中国共产党人的根本宗旨，邓小平所要求的一切以人民满意不满意、拥护不拥护、高兴不高兴为标准，江泽民所倡导的"三个代表"，其中最重要的就是要代表最广大人民的根本利益，不都是对我国以民为本这一传统的人文精神的总结和发展么？

六、姚鼐以民为本思想的时代特色

继承和发扬古代以民为本的优良传统和人文精神绝不应照搬照套，而应根据自己时代的需要，使之具有自己时代的特色。姚鼐的以民为本思想，虽然未能从总体上突破封建主义的思想范畴，但也不是只有对古代的传承，而是在某些方面也有所超越，有其鲜明的时代特色。这主要表现在：

首先，他对待"民"，不是强调其等级界限，而是赞美"无贵贱"的平等精神。

孟子所说的"民为贵"，据有的学者考定："这里所谓'民'，不是被奴役的奴隶，而是统治者氏族的成员——自由民。"[1] 孟子自己也说过："位卑而言高，罪也。"（《墨子·万章》）可见即使同样是"民"，尊卑贵贱的等级界限还是很严格的。所谓"贵贱有等，长幼有序，富贵轻重皆有称也"（《荀子·礼论》）。"天有十日，人有十等。下所以事上，上所以共神也。故王臣公，公臣大夫，大夫臣士，士臣皂，皂臣舆，舆臣隶，隶臣僚，僚臣仆，仆臣台。"（《左传·昭公七年》）直到明末清初，以进步思想家著称的王夫之（1619—1692），还把庶民诬蔑为禽兽。他说："庶民者，流俗也。流俗者，禽兽也。""人

---

① 杨荣国：《简明中国哲学史》，人民出版社 1975 年版，第 60 页。

之为禽兽，人得而诛之。庶民之为禽兽，不但不可胜诛，且无能知其为恶者。不但不知其为恶，且乐得而称之，相与崇尚而不敢逾越。学者但取十姓百家之言行而勘之，其异于禽兽者百不得一也。"（《读通鉴论》卷2十三《侯解》）跟姚鼐生于同时代的杰出进步思想家戴震，在要求"体民之情，遂民之欲"的同时，批评"尊者以理责卑，长者以理责幼，贵者以理责贱，虽失谓之顺。卑者、幼者、贱者以理争之，虽得谓之逆"（《孟子字义疏证·卷上》）。由此亦可见当时尊与卑、长与幼、贵与贱之间的界限，犹如不可逾越的鸿沟。

然而，姚鼐却以"实与亿兆同心"的"庶民之一"自居，一再竭力赞美"无贵贱"——平等待人的精神。例如，他在《江上攀辕图记》中，称赞江南总督孙仁和："遇平生故旧，无贵贱，辞色愉愉，执礼谦逊之甚，如布衣交。此惟与公接者知焉。"在为著名文学家段玉裁写的《墓志铭（并序）》中，又称赞"终身以训生徒为事"的其父段文："其遇人无贵贱长幼，率怡如也。"他不但如此一再以待人"无贵贱"来褒扬人，更以此身体力行，所以《清史稿·姚鼐传》也品评他"接人极和蔼，无贵贱，皆与尽欢"[1]。

在尊与卑之间，他与男尊女卑的封建传统观念也迥然有别。在《方染露传》中，他不但赞扬"君夫人张氏亦贤智有学"，而且把她与"尤工书"法的丈夫及姚鼐本人，作抑男扬女的对照描写："一日在余家共阅王氏《万岁通天帖》，疑草书数字不能释。君次日走告余曰：'昨暮，吾妻为释之矣！'举其字，果当也。"在《郑太孺人六十寿序》中，他公然反对"儒者或言文章吟咏，非女子所宜"，而主张"言而为天下善，于男子宜也，于女子亦宜也"。

如果没有一点民主、平等的新思想，他能如此无贵贱、尊卑之分么？

其次，他对"民"之中的"商"，不是死抱住"崇本抑末"的传统观念，而是持保护和赞扬商人的态度。对待士、农、工、商，我国的传统观念是以士

---

① 《清史稿》列传二百七十二，《文苑二》，中华书局1987年版。

农为本、工商为末，统治者一贯采取崇本抑末的政策。直到明末清初，随着资本主义经济的萌芽，是崇本抑末，还是把士农工商重新定位为"皆本"，遂成思想界竭力交锋的焦点之一。例如，王夫之仍对"商"持竭力贬抑的态度，他说："农人力而耕之，贾人诡而获之，以役农人而骄士大夫，坏风俗，伤贫弱，莫此甚焉。"从而主张"重其役"，以"抑末而崇本"（《读通鉴论》卷3）。而黄宗羲（1610—1695）则批判"世儒不察，以工商为末，妄议抑之。夫工固圣王之所欲来，商人使其愿出于途者，盖皆本也"（《明夷待访录·财计三》）。面对保守与进步这两种对立的思想，姚鼐是站在哪一边呢？在《印松亭家传》中，他以赞赏的口吻，写印松亭于"乾隆四十六年，命为浙江宁绍台兵备道。其在宁绍凡八年，尝修海宁石塘有功；榷海关尽去苛征，商民喜之。宁绍岁造战船，以樟木为材，君采购严禁吏蠹，毋扰于民，而公事修办"（P148）。为官不是以"苛征"抑商，而是"尽去苛政"，使"商民喜之"。显然，在姚鼐看来，为官理所当然地就应如此为商民着想，维护商民的利益。如果姚鼐死抱着"崇本抑末"的陈腐观念，而不是怀着与"商民"共"喜之"的心态，他岂能如此赞扬印松亭的政绩？

在姚鼐看来，商人绝非就是"诡而获之"，"坏风俗，伤贫弱"，而是不乏"明智绝人"，足以使"天下之治无可忧矣"的"善人"。他所写的《陈谨斋家传》中的陈谨斋，就是个"以行贾往来江上"的徽商。作者对他"或居吴，或居六合、江浦"，贩卖货物常获"大利"，不是斥之为见利忘义的"诡"——欺诈，而是盛赞他"所居货尝大利矣，而辄舍去之，既去而守其货者果失利，其明智绝人如此"；不是诋毁他"坏风俗，伤贫弱"，而是赞扬他"守其家法尤谨，故自号曰谨斋也"。"其自奉甚简陋，而济人则无所惜。人或欺诈之，夷然未尝较也。人或频以事求索之，辄应，未尝厌也。暇则以忠谨之道训其家人，而未尝言人之过。"有个算命的"术者"，说他寿"当五十三岁死矣"，结果他活到78岁才殁，"人谓其修善延也"。作者于文末深有感触地写道："夫

580

使乡里常多善人，则天下之治无可忧矣。"把一个商人的善行，提高到攸关"天下之治"的高度，结尾又连写两句："如谨斋者，曷可少哉！曷可少哉！"使人如闻作者急切呼唤之声，如感作者强烈期盼之情。如果姚鼐丝毫未受到资本主义萌芽的新思潮的影响，而仍旧死抱着抑商诋商的封建偏见，他能写出如此赞扬商人的作品来吗？

淡化封建等级界限，赋予民本思想的"民"，以"无贵贱"和重视维护商人利益的新素质，使之具有与资本主义萌芽相适应的某些初步民主主义的成分，这就是姚鼐以民为本思想的新的时代特色。

上述事实说明，姚鼐绝非只是枯燥单一的封建思想的传声筒，而是多种鲜活因素组合的时代的感官；他所宣扬的民本思想，既有对传统思想和人文精神的继承，其中也不乏民主、平等的新的思想因素。认清这一点，无论对于我们全面认识和正确评价姚鼐，不只看到其封建性、保守性的一面，也看到其民主性、进步性的一面，或对于我们批判地继承文化遗产，继续发扬以民为本的传统人文精神，都有其不容忽视、不可低估的积极意义。

（原载《古籍研究》2002 年第 4 期，《东南大学学报》2004 年第 4 期）

论姚鼐对封建官吏形象的描写

姚鼐所写的人物，大多属封建官吏。值得研究的是，他为那些封建官吏"树碑立传"，究竟是要美化和歌颂封建统治，还是要对封建统治的黑暗和腐朽进行揭露和针砭？是充当"御用文人"为维护封建统治效劳的"御用文学"，还是正视现实的作家所写的在文学史上具有某些突破、创新和积极意义的作品？这个问题，直接影响甚至决定着对姚鼐这位桐城派主要代表作家的定性与定位，有探讨的必要。

一、颂扬的是什么样的好官

姚鼐为之树碑立传的封建官吏，当然皆属他心目中的好官。这是些什么样的好官呢？作者描写其特征有下列五点：

一是为对人民负责，而深入最前沿，有不惜自我牺牲的精神。例如，在《蒋君墓碣》中，姚鼐写蒋知廉任山东临清州同知，"值水涝，君行视救溺者，中湿（即中了湿气病），未几卒，年四十，乾隆五十六年也"①。也就是说，他深入水灾现场视察，因此而得病，献出了自己年仅 40 的生命。类似的好官还有顺天府南路同知张曾份，"君以淀水涨，亲往护文安隄，自夏迄秋，

---

① 姚鼐：《惜抱轩诗文集》，上海古籍出版社 1992 年版。以下凡引文后有页码者，皆出自该书，不另加注。

昼夜劳瘁，堤得固而君得疾，次年疾进，以乾隆四十一年五月十五日卒于官，年四十五"。

二是为官尽职尽责，有求真务实的精神，有洞察真伪的睿智，有足够的办事能力。例如，陈三辰担任亳州知州，"亳，巨州也，讼者日进状数十。公得其状，即讯即判，逾月讼者稀，半年则鲜矣"。蒋知廉"署临清州同知，吏事甚办，辨获盗之不实者，执之力，卒获真盗，果如君言"。为官就应该有这种执政能力。

三是能从客观实际和大局出发，趋利避害，悉心为民造福。例如，在《周梅圃君家传》中，姚鼐写他在担任宁夏宁朔知县期间治水，不只能针对"唐延渠行地多沙易漫"的特点，"治渠使狭而深，又颇改其水道"，使"渠行得安"，足以"引河水入渠，灌民田"，而且还通过设暗洞，以"泄淫水（过分多的水）于河"，使民田"旱涝皆赖焉"；"唐延渠暗洞坏，宁夏县吏欲填暗洞，而引唐渠水尽入汉渠，以利宁夏民，而宁朔病矣。君力督工修复旧制，两县皆利"。作者未说老百姓对他如何爱戴和感激，只写出"民以所建曰周公闸、周公桥云"，即使人足以想见。

四是为使"奸蠹屏除"，而敢于跟坏人坏事作斗争，不怕得罪有权势者。例如，在《张逸园家传》中，姚鼐写张逸园身为官职卑微的热河巡检，竟敢于对在当地"横肆"的"留守内监为僧者"于文焕进行杖责，以致引起"热河内府总管怒，奏君擅杖近御，直隶总督亦劾君"。后来他担任顺天府南路同知，"有旗民张达祖"依仗其"居首辅傅忠勇公门下"的权势，竟然要将早已卖出的数百顷地，不顾地价已涨数倍，而要按原价重新赎回。他则不理会"傅忠勇颇使人示意"，不怕得罪贵为宰相的傅忠勇，毅然"告之以义，必不可，卒以田归民"。

五是为人清正廉洁，有高尚的道德品质。姚鼐主张"察才百端，首身洁正"。把清正廉洁的人品和素质，看作考察人才的首要标准。他颂扬担任翰林院侍读学士、安徽省提督学政的朱竹君"不为势趋，不为利眊"。担任陕西道监察御史的任大椿"固有特操，非义弗敢为，故自少至老，终于贫窭"。担任云南巡抚的谭尚忠，姚鼐赞"其在封疆为大吏，室中澹如寒士，遇属员甚有礼，蔼然亲也，犹不能少入之以财利。天下论吏清俭者，必举谭公为首。然公遇事奋发，则执谊不可回，其为安徽巡抚，以忤和珅故，降为福建按察使……故公虽和平廉洁，而非煦煦曲谨者也"。

上述五点，核心是体现了"民为邦本"的思想，用姚鼐的话来说"仁及于民，法可远施"，实则反映了我们中华民族的文化传统和民族精神。我们不能因为它体现在封建官吏身上，即予以一概抹杀，如同不能因为岳飞、包拯是封建官吏，即否定岳飞是民族英雄、包拯是人民爱戴的清官一样。相反，人们倒有理由责问：封建官吏尚且能做到上述五点，我们以为人民服务为根本宗旨的官员为什么不能做得更好？人们也许会质疑：把封建官吏写得这样好，是否真实呢？姚鼐答曰："吾言不欺。"退一步说，即使他对这些好官有溢美之嫌，好在他也把对这些好官的赞美，与对整个封建统治的歌功颂德作了必要的区隔。因为姚鼐同时写明，这些好官吏终究得不到整个封建统治阶级的支持与重用，他们或被革职，或遭降黜，或因"厌吏事"而主动辞官，或被贪官迫害致死。总之，姚鼐写出了好官在那个封建官场往往屡遭打击，没有容身之地。这就足以说明，这些好官之好，只是他们个人的行为，不但不足以代表整个封建统治阶级，相反，他们横遭打击的悲惨遭遇本身，恰恰是对封建统治腐朽黑暗的有力揭露和控诉。

更值得注意的是，姚鼐不是孤立地一味颂扬好官，而是由此通过对比、衬托，揭露和凸显出充斥于那封建官场的是大量的贪官、昏官和庸官。

二、凸显的贪官、昏官、庸官各有什么样的特征

姚鼐在颂扬好官的同时，又是怎样通过对比、衬托，来揭露和凸显贪官、昏官、庸官形象的呢？他所凸显的贪官、昏官、庸官又各有什么样的性格特征呢？

贪官：横行不法，阴险狡猾，面善心毒。

姚鼐以好官的敢于斗争而横遭迫害，来衬托和凸显贪官的横行不法，如在《博山知县武君墓表》中，姚鼐写道：

> 乾隆五十七年，当和珅秉政，兼步军统领，遣提督番役至山东，有所诇（xiòng）察。其役携徒众，持兵刃，于民间凌虐为暴，历数县，莫敢何问。至青州博山县，方饮博恣肆，知县武君闻，即捕之。至庭不跪，以牌示知县，曰："吾提督差也。"君诘曰："牌令汝合地方官捕盗，汝来三日，何不见吾？且牌止差二人，而率多徒何也？"即擒而杖之，民皆为快，而大吏大骇，即以杖提督差役参奏，副奏投和珅。而番役例不当出京城，和珅还其奏使易，于是以妄杖平民劾革武君职。博山民老弱谒大府留君者千数，卒不获，然和珅遂亦不使番役再出。当时苟无武君阻之，其役再历数府县，为害未知所极也。武君虽一令，而功固及天下矣。

和珅是清朝最大的贪官。他结党营私，专权纳贿，把持朝政达二十年，直至嘉庆四年，乾隆帝逝世，才被"赐自尽"，抄没家产仅黄金即三万二千余两，白银三百余万两①，传有"和珅跌倒，嘉庆吃饱"的民谣。姚鼐在这里通过颂

---

① 此据《清史稿》卷319《和珅传》。

扬武君敢于跟和珅的爪牙作斗争，实则对比、衬托和凸显了和珅的横行不法：分明"番役例不当出京城"，他竟公然违规派番役至山东，"于民间凌虐为暴"；武县令"擒而杖"的分明是"提督差役"，而和珅竟一手遮天，"还其奏使易，于是以妄杖平民劾革武君职"。竟如此目无王法，在给皇帝的奏章上颠倒黑白，给坚持正义的武县令妄加罪名。站在武县令一边的，是上"千数"的"博山民"，而站在和珅一边的，不只有他的爪牙——番役，有甘作他的帮凶的"大吏"，还有听任其蒙骗的皇帝。如此写出正义与邪恶、被压迫者与压迫者的斗争阵线分明，势不两立，这种对比衬托，又该是揭露得多么深刻，凸显得多么鲜明！武县令个人遭到了被革职的打击，但是他的斗争终究有"固及天下"之功，迫使和珅"遂亦不使番役再出"。作者正是通过颂扬武君敢于斗争的人民性和正义性，衬托和凸显出大贪官和珅横行不法的邪恶性和脆弱性。

以好官的清正廉洁、坚持斗争而被害丧命，来衬托和凸显贪官的阴险狡猾。如在《南园诗存序》中，姚鼐写侍御钱沣于乾隆四十七年上书弹劾山东巡抚国泰，高宗遂命大学士和珅、左都御史刘墉与钱沣一起赴山东查办。国泰是和珅的死党。和珅为拉拢钱沣，见他"在道衣敝"，"便持衣请君易"，遭到钱沣的拒绝。和珅见他不可以私情相求，就无法庇护国泰，使国泰终被逮捕伏法。然而和珅绝不就此善罢甘休，当后来钱沣被"擢至通政副使，督学湖南"时，尽管和珅"媒蘖其短，不得"，却仍"以湖北盐政有失，镌君级（降级）"。只因"高宗知君直，更擢为御史，使直军机处"。钱沣又"奏和珅及军机大臣常不在直之咎"，致使"和珅益嗛（更加恨）君，而高宗知君贤，不可潜（进谗言陷害），则凡军机劳苦事，多以委君。君家贫，衣裘薄，尝夜入暮出，积劳感疾以殒"。钱沣与和珅，两相对比、衬托，既凸显了钱沣清廉勤政、坚持斗争、不怕牺牲的精神，又使和珅的阴险狡猾（竟以冠冕堂皇的名义置钱沣于死地），凸显得令人震惊不已！

以好官的纯洁天真被害丧命，来衬托和凸显贪官的面善心毒。如在《周梅圃君家传》中，姚鼐写周梅圃奉命任浙江粮储道，"当是时，王亶望为浙江巡抚，吏以收粮毒民以媚上官者，习为恒矣。"因此，他"至浙，身自誓不取纤毫润，请于巡抚，约与之同心"。不料王亶望表面上"应曰：'善！'"而内心则"厌君甚"，决意要除掉周梅圃。他所采用的手段，不是凶相毕露，而是伪善地"反奏誉君才优，粮储常事易治，而其时海塘（阻挡海潮侵袭而修筑的堤岸）方急，请移使治海塘。于是调杭嘉湖海防道"。这样既可继续使"吏以收粮毒民以媚上官"，又促使周梅圃"改建海岸石塘，塘大治，被劳疾卒于任"。真可谓一箭双雕，何其毒也！作者正是通过写周梅圃的廉洁清纯可爱，才衬托和凸显出贪官面善心毒的可鄙可憎。

上述可见，姚鼐深刻地提示出贪官的本性是极其狡猾凶恶的；反贪斗争往往是要付出血的代价的。因为他们手中有权，不仅要以权谋私，贪污钱财，还要以权谋害人命，作垂死挣扎，人们切不可抱有幻想，掉以轻心。

昏官：刚愎自用，官僚主义，无视民瘼，惯于捕风捉影，制造冤案。

以好官的宁可辞职，不愿"厉民为媚"，来衬托和凸显昏官的刚愎自用，胡作非为。例如，在《淮南盐运通判张君墓志铭（并序）》中，姚鼐写江苏东台盐田已历"百年，田价增八九倍，而田数易主矣"，"且灶户贫，不能买田"，而"上官"竟然要他按原价"夺田与灶户"。其结果"必奸民诱使为名，而阴据之。是平民失业而奸民利也"。尽管张君已经将其实情和严重后果向"上官"讲得明明白白，但是"上官"依然"不听"。张君便说了句："厉民为媚可乎？"（P178）即辞官而去。正是如此对比、衬托，既颂扬了张君那宁愿辞官而不肯"厉民为媚"的高大形象，又凸显出那个"上官"是个多么不顾实情、不听忠告、刚愎自用的昏官！

以好官的深入群众，为民除害，来衬托和凸显昏官的官僚主义，无视民瘼。例如，在《奉政大夫顺天府南路同知归安沈君墓志铭（并序）》中，姚鼐写道："蒿城尝被灾，吏散赈不善，饥民怒噪，欲死其令。"这本属县令昏聩无能，危及灾民生计，引起众怒，咎由自取，而其上司"省中或议以兵往"，图谋武装镇压饥民。幸亏有沈锦这个好官，"君谓必不可，自请单骑往谕，散其众。入城摘令印，坐厅事决胥吏数人。定其赈事，一县遂以贴然"。两相对比、衬托，不只使沈锦那睿智果断、安民恤民的形象活现纸上，而且凸显了从县令到"省中"皆属不顾饥民死活的昏官，差一点使众多怒噪的饥民死于他们的暴力镇压。

以好官的蒙冤受屈，有志难伸，有才无用，来衬托和凸显对昏官捕风捉影，制造冤案的可悲和无奈。例如，曾任詹事府少詹事兼侍读学士的张曾敞，姚鼐说他"勇于知耻，怯于贿赂"。"疾士大夫骫骳随俗，节概不立，欲以身正之，见于辞色，众颇惮焉。"而结果却因他担任己丑科乡试同考官，"时武进刘文正公为考官，知君可信，君所荐卷，中者较他房多且再倍。君又以峣然独立，稍自喜也。于是榜发磨勘，有摘君所荐举人梁泉卷疵纇数十，当斥革。吏遂傅君法，革职提问"。尽管最后"会考验无纤毫私状，而梁泉故乡举第一，诏卒复梁泉举人"，而张曾敞却"虽释罪而竟废矣"。姚鼐称这是"交谗去官，大快群欺"。连"两刘相国宿知君贤，而不能为一言于上，而顾使疾君者得其快"。这里的"上"，显然是指皇上。可见昏官之所以能大行其道，乃因有皇帝作他们的后台。姚鼐只能为之叹息："天则使君仕不究其才，而志不信于世也，而何咎邪！"这就既衬托出了好官在那个时代无容身之地的可悲，又凸显出对昏官陷害无辜的无奈。

上述可见，姚鼐深刻地揭示出，昏官在那个时代绝不是个别的、孤立的，他们在封建官场上不只比比皆是，且居于掌实权的显赫地位。贪官终有败露之日，而昏官却难有倒台之时。

庸官：明哲保守，一味惰玩，不尽心尽责，喜好奉迎趋附。

以好官的敢于为民伸张正义，来衬托和凸显庸官的明哲保身。例如，姚鼐通过颂扬博山县令武君敢于对肆虐的和珅番役"擒而杖之"，"虽一令而功固及天下矣"，即衬托和凸显了当时明哲保身的庸官之多；和珅番役"于民间凌虐为暴，历数县，莫敢何问"；"其役再历数府县，为害未知所极也"。和珅之所以敢于违规遣番役出京城，显然是跟各府县的庸官"莫敢何问"分不开的。

以好官的深入实际，勤政为民，来衬托和凸显庸官的一味惰玩，不尽心尽责。例如，姚鼐在《浮梁知县黄君墓志铭（并序）》中，写浮梁知县黄绳先，对"讼二十年不决"的殴死人命案，一上任即"锐意治其冤，自往履殴所，于民宅后试掘，即得其弟尸，狱遂定"。由此作者指出："尝谓事纠乱者，非必难察，由吏不尽心，惰玩致也。"可见姚鼐是有意要通过颂扬黄绳先，来衬托和凸显出此案之所以长达二十年久拖不决，完全应归咎于庸官的"惰玩""不尽心"，不作为。而黄绳先由于尽心尽力，勤政为民，以致"其所去县，民必涕送之数十里，浮梁为之立碑。其后浮梁民有为后令屈抑者，走浙江（因他是浙江鄞县人）将诉于君，至则君已丧，乃悲痛而去"。两相对比、衬托，又更加凸显出：在封建官场上，像黄绳先那样的好官如凤毛麟角，难以寻觅，而玩忽职守，使百姓受"屈抑"有苦无处诉的庸官，则绵延不绝，始终在害人。

以好官的刚正不阿，来衬托和凸显庸官的喜奉迎趋附。例如，在《朱竹君先生传》中，姚鼐写安徽学正朱竹君上书，建议朝廷开放四库全书馆，得到于文襄的支持，后来"文襄总裁馆事，尤重先生"。按一般世俗之见，朱竹君应对于文襄百般奉迎，感激不尽。然而他不但连登门拜谒都不屑，还"又时以持馆中事与意迕"。于文襄便为此而感到"大憾"，"一日见皇上，语及先生"，便想乘机在皇帝面前说朱竹君的坏话，幸亏"上遽称许'朱筠学问文章殊过人'"，才使"文襄默不得发，先生以是获安"。（P141）两相对照，既衬托出朱竹君是个刚正不阿、超凡脱俗的"疏俊奇士"（P141），又揭露和凸显了于文襄这个喜好奉迎趋附的庸官，内心竟如此卑劣不堪！令人不禁预感到，这样的庸官终究势必给国家人民带来更大的危害。查阅《清史稿·于敏中传》，果不出所料，他虽卒"谥文襄"，"祀贤良祠"，但在他死后七年，即因"浙江巡抚王亶望以贪败，上追咎敏中"，"非于敏中为之主持……王亶望岂敢肆无忌惮？于敏中拥有厚资，必出王亶望等贿求酬谢"。为此皇上决定："于敏中撤出贤良祠，以昭儆戒。"①庸官的危害和本质，由此可见。

由于姚鼐既不是孤立地颂扬好官，又不是一味地揭露贪官、昏官、庸官，而是把两者放在彼此衬托、前后映照之中来描写，这就使两者起到了双向凸显、相映生辉、催人思考、发人深省的作用。对此，我们只要把他与他的前辈或同时代的作家作品作一比较，即不难看出其在文学史上的突破、创新及意义，又是多么的不同寻常。

三、在文学史上有哪些突破、创新和意义

其一，在墓志、碑传和序跋中对贪官、昏官、庸官指名道姓地作具体的揭露。在墓志、碑传、序跋的取材和写法上，我国传统的要求是墓志、碑传要"主于称颂功德"，序跋要"推论本原，广大其义"②，从不像姚鼐那样，在墓志、碑传和序跋中对贪官、昏官、庸官指名道姓地作具体的揭露。例如，姚鼐的《博山知县武君墓表》，只写他如何跟大贪官和珅作斗争这一件事。为此姚鼐明确地道出了他的取材原则："君行足称者犹多，而非关天下利害，兹不著。"也就是说，在姚鼐看来，一般为个人所"足称"的很多功德，皆不必予以描写，唯有攸"关天下利害"的人和事，才值得大写特写。因此，他写好官，总要把他们放在与贪官、昏官、庸官作斗争，两者互相衬托、映照之中来写，以体现其攸"关天下利害"的创作原则。姚鼐的《〈南园诗存〉序》，同样不按前人写序跋的惯例，评介作家作品的思想和艺术特色，而是只点出"侍御尝自号南

---

① 赵尔巽主编：《清史稿》，中华书局校点本 1977 年版，第 635—636 页。
② 姚鼐：《古文辞类纂序目》，见周中明选注《姚鼐文选》，苏州大学出版社 2001 年版，第 110、108 页。

园，故名之曰《南园诗存》"。随即全文皆描写"钱侍御沣"如何拒绝大贪官和珅的拉拢，如何遭和珅的打击、陷害，作者为钱沣不能"留其身以待公论大明之日，俾国得尽其才，士得尽瞻君子之有为也"，而大呼："悲夫！悲夫！"通篇名为其诗集作序，实则成了控诉和珅迫害国士的檄文。可见姚鼐为实现其攸"关天下利害"的创作原则，而不顾传统的文体限制，如此把揭露贪官、昏官、庸官置于其墓志、碑传和序跋的突出地位，这实在是姚鼐在我国文学史上的一大突破和创新。其意义在于：它由对封建统治的歌功颂德，变为揭露封建统治的种种弊病；由对好官个人的树碑立传，变为揭示攸"关天下利害"的重大社会问题——贪官、昏官、庸官已充斥于封建官场；由鼓吹和美化"康乾盛世"，变为及时而敏锐地揭示出其内里已陷入腐朽衰败的重重危机。

其二，在艺术表现上他打破我国传记文受唐传奇影响而或多或少带有的传奇气，而创新为极为真实质朴的纯粹写实。例如，袁枚的《于清端公传》，写清康熙间著名的清官于成龙如何捕盗，作者皆写得神乎其神，使于成龙仿佛真是如文中所说的"神人"[1]。姚鼐所追求的则不是这种传奇性，而是质朴的写实性和严格的真实性，如同样写捕盗，姚鼐的《张逸园家传》写张逸园任顺天府南路同知期间，"畿南多回民，久聚为窃盗，不可胜诘；君多布耳目，得其巨魁，或亲捕之，凡半年获盗百余。盗畏之甚，乃使一回民伪来首云：'有某人至其家，巨盗也。'及捕之至，即自首'某案已所为盗，有赃在京师礼拜寺'。君使兵役偕之至礼拜寺，则反与哄斗。至刑部讯，以某案事与此人无与，以君为诬良，议当革职。既而上见君名，疑部议不当，召君，令军机处复问，减君罪，发甘肃以知县用。是时上意颇向君，然卒降黜者，大臣固不助君也"。这里作者既赞扬了张逸园善捕盗，"凡半年获盗百余"，又一点也未把他神化；既写明他之所以善捕盗，是由于采用了"多布耳目"的办法，又写出了盗的狡

---

① 李梦生选注：《袁枚散文选集》，天津百花文艺出版社1994年版，第114页。

猾，以假自首不但使其上当受骗，而且还使他因此而遭受"诬良"罪，"议当革职"。即使皇上有"意颇向君"，也不能使他免遭"降黜"，因为"大臣固不助君也"。这种写法，不论是对张逸园个人，或者是对皇上等封建统治者，皆属严格的写实，显得极其真实可信，而毫无神化、美化之嫌。

其三，他在继承桐城派追求文笔简洁的同时，又赋予其内涵丰韵，创造了简洁与丰韵兼备的新境界。方苞、刘大櫆等桐城前辈，虽然早就以文章简洁著称，但一味地追求简洁，又不免有空疏乏味之弊，如刘大櫆的《马湘灵诗序》写道："湘灵被酒，意气勃然，因偏刺当时达官无所避。余惊怖其言。湘灵慷慨曰：'子以我为俗子乎？'余谢不敢。湘灵命酒连举十余觞，大醉欢呼，发上指冠，已复悲歌出涕。余见湘灵言之哀，亦泣涕纵横不自禁。"[1]至于他为什么要"偏刺当世达官"？他对"达官"讽刺的具体内容又是什么？"湘灵言之哀"又是怎么个哀法？为什么能使作者"亦泣涕纵横不自禁"？这一切作者皆未作具体描写，使我们读了虽足见其行文简洁之至，但终究难免有空疏乏味之感。而姚鼐的《〈南园诗存〉序》则与此迥然有别。他写道："当乾隆之末，和珅秉政，自张威福。朝士有耻趋其门下以希进用者，已可贵矣；若夫立论侃然，能讼言其失于奏章者，钱侍御一人而已。今上既收政柄，除慝扫奸，屡进畴昔不为利诱之士，而侍御独不幸前丧，不与褒录，岂不哀哉！"这里作者通过把"钱侍御一人"与满朝"朝士"、"和珅秉政"时与"今上既收政柄"后作对比，不只说明"钱侍御一人"之难能可贵，而且可见所有的"朝士"竟没有一个像钱侍御那样敢于跟和珅作斗争的，他们不是"趋其门"跟和珅同流合污的贪官，就是只求明哲保身的庸官。而结果是敢于跟和珅作斗争的钱"侍御独不幸前丧，不与褒录"，那些明哲保身的人却得到提拔重用。经过作者如此对比、衬托，显见那个朝廷是多么黑暗！那个社会是多么不公！使读者不禁跟作者同样发出

---

① 吴孟复标点：《刘大櫆集》，上海古籍出版社1990年版，第82、83页。

"岂不哀哉"的叹息。姚鼐的作品之所以令人感到既简洁之至，而又丰韵有味，即主要得力于这种对比、衬托。它如同诗歌押韵一样，形成一种前后映照，迭荡回环，言外有意，韵外有味，令人思绪萦回、咀嚼不尽的艺术效应。以致连批评桐城派"舍事实而就空文"的著名学者刘师培，也因"惟姬传（姚鼐的字）之丰韵"，而盛赞其文为"近今之绝作也"①。

其四，在艺术风格上，突破单纯阴柔之美，而造就成外柔内刚之美。由于清朝是个大兴文字狱的严酷专制时代，致使封建文人为"免世网罗缯缴之患"，皆或钻入故纸堆作烦琐考证，或"舍事实而就空文"，对诸如贪官、昏官、庸官充斥于封建官场所造成的种种丑恶现象，不敢作具体的描写和揭露。刘大櫆甚至在与诗人马湘灵两人私下饮酒交谈，听其"偏刺当时达官无所避"，尚且"惊怖其言"，至于形诸文字，则更要躲躲闪闪了，如他的《偃师知县卢君传》写道："君之未治偃师，初出为陕之陇西县。寇贼环境，民困于悉索。而君拊循（抚慰）之，如恐不至。然亦用是得过于上官。上官诬以罪，而君乃罢去。"②卢君身为陇西知县，抚慰民困，理应得到"上官"的赞许，为什么反而遭"上官诬以罪"，被罢官？如此倒行逆施的这个"上官"究竟是何许人？他为什么竟能如此横行霸道？作者对这种种尖锐的问题皆避而不写，硬是要把揭露批判的锋芒统统予以深藏或磨平。其艺术风格，自然也就如和风细雨、涓涓溪水一般，只有阴柔之美，而毫无阳刚之气。姚鼐的创作则不然。他说："鼐闻天地之道，阴阳刚柔而已。文者，天地之精英，而阴阳刚柔之发也。""阴阳刚柔，并行而不容偏废。"可见他自觉追求要使阴柔与阳刚兼备。他的作品既要避免文字狱的迫害，不采取剑拔弩张、锋芒毕露的笔法，又不像刘大櫆等前辈那样"惊怖其言"，不敢作具体的揭露。他是把对贪官、昏官、庸官的揭露，置于

---

① 郭绍虞主编：《中国历代文论选》下册，中华书局上海编辑所 1963 年版，第 184 页。
② 吴孟复标点：《刘大櫆集》，上海古籍出版社 1990 年版，第 167 页。

对好官颂扬的对比、衬托之中，并且不因其为好官作传记或墓志，而影响其着力对整个社会的揭露批判；不因其对个别好官的赞扬，而影响他对封建官场主流和本质的反映。例如，他的《安徽巡抚荆公墓志铭（并序）》，写荆公在湖南东安任知县，"郤盐商岁馈千金，则俗吏以为恒事固当受者也"。表彰荆公一人拒贿，却揭露所有"俗吏"把受贿当作做官"固当受"的"恒事"。这种揭露，该是多么尖锐深刻、刚强有力啊！它仿佛如雷霆万钧一样，振聋发聩，震撼人心！然而在写法上，却完全是平实叙述，娓娓道来。其所显示的艺术风格，是外柔内刚，如绵里藏针，既给封建统治者以见血的一针，又使其如哑巴吃黄连——有苦说不出。这种外柔内刚的艺术风格，实在是姚鼐用以对抗和适应大兴文字狱的专制时代的一大创造。它不只可以躲避文字狱的迫害，而且增强了作品本身的深邃性和厚重性。

其五，更加重要的是，姚鼐的前辈或同时代的作家描写和歌颂好官，往往旨在宣扬以皇帝为首的整个封建统治的美好，而姚鼐则旨在对皇帝为首的整个封建统治的合理性、永久性提出质疑。例如，桐城派开山祖师方苞的《礼部侍郎蔡公墓志铭》，在写了蔡公的种种政绩之后，得出结论说："以公之志在竭忠，天子知人善任，使得竟其志业。"[1]可见其颂扬蔡公的政绩，目的还是为了颂扬皇帝的"知人善任"，使其"志在竭忠""得竟其志业"。方苞笔下即使写好官受坏官的迫害，目的还是为了突出皇帝的圣明，如他在《少京兆余公墓志铭》中所说："圣天子在上，子何忧！"[2]不只方苞如此，即使被公认为进步思想家的戴震，他写好官也不忘颂圣，如他的《四川布政使司布政使李公墓志铭》，在赞颂"公明而有守，所到察民疾苦，先其急者除之"等善政之后，即把这一切归功于"盖公当盛朝，以实心为国家，矜恤人民，有所施设咸得行其志"[3]。

---

① 刘季高校点：《方苞集》，上海古籍出版社1983年版，第261页。
② 刘季高校点：《方苞集》，上海古籍出版社1983年版，第748页。
③ 张岱年主编：《戴震全书》（六），安徽黄山书社1995年版，第430页。

也就是说，正是由于他所处的清王朝是个"盛朝"，才使好官"矜恤人民"所有"施设""咸得行其志"，这样的"盛朝"岂不美妙之至，令人赞颂不绝么？作者通过歌颂好官，旨在歌颂清王朝，还不昭然若揭么？

在姚鼐的笔下虽然也有把清朝称为"盛朝"的，但他从来不把好官的"得行其志"归功于"天子知人善任"，或归功于所处的是"盛朝"。相反，他往往把好官与其上司乃至皇帝对立起来，把揭露批判的矛头或隐或显的指向整个封建统治及其最高代表皇帝。例如，在《中宪大夫保定清河道朱公墓表》中，他写朱担任河间县务关同知，"务关，治河官也。公治运河有绩，而上官恶之，以报水迟解其职"。后来他"摄臬司"，连乾隆皇帝都对其政绩"大称善"，结果"将大用之矣，而以审案稽迟去职"。其实，"公之四摄臬司也，为日浅甚，有盗案在保定府未定上"。于是，"上怒，自总督以下皆得过，方以法绳下，虽知公在职暂，不特宥也。久之，乃赐复原衔，既又令总督遇相当缺出题补。然公久劳于官致惫，自以老病乞归，不能仕矣。"可见由"上官"直到"皇上"，往往以自己的好恶和喜怒决定下属的命运，使好官不但得不到重用，还要遭受莫名的打击。姚鼐愤愤不平地称之为："才高不尽其能，名著不究其升，智可逮远而身失其凭。""身一见枉，终放废以至于老，此天下所共慨惜也！"他的《张逸园家传》所写的"有古人刚毅之风"的张逸园，也是因"敢为民直"而屡遭革职、降黜，直到晚年退休在家，仍然"自述生平为吏事，奋髯抵掌，气勃然。"姚鼐为之感叹："诚充其志，所就可量哉！""君能著于世矣，才节遇知天子，而仕抑屈于县令，惜哉！命为之耶？抑古之道终不合于今乎？"（P144）张逸园之所以为官而不能"充其志"，"遇知"其"才节"的天子，显然难辞其咎。更可贵的，作者不只是归咎于皇帝个人，而是提出了"古之道终不合于今"的质疑，在那个人皆赞颂"康乾盛世"的时代，他却公然揭示了封建之道的衰落，叫人不能不对其万世长存的合理性和永久性产生动摇和怀疑。在《顺天府南路同知张君墓志铭（并序）》中，姚鼐写了张曾份一家在官的不幸遭遇后，更是椎心泣血地毅然责问："天道何主？孰昌孰臕？孰抑孰阻？"这显然不只是对好官的不幸遭遇深表同情，更重要的是由此责难主宰"天道"的整个封建统治，已经丧失其合理性，毫无公正、公平、公道可言！

姚鼐的这种写法，使我们不禁联想到恩格斯说的："在我看来，如果一部具有社会主义倾向的小说，如果它真实地描写现实的关系，打破对于这些关系的性质的传统的幻想，粉碎资产阶级世界的乐观主义，引起对于现存秩序的永久性的怀疑，那末，纵然作者没有提供任何明确的解决，甚至没有明显地站在哪一边，这部小说也是完全完成了自己的使命的。"[1]姚鼐写的虽然不是"具有社会主义倾向的小说"，但是，它既然也在一定程度上可起到打破封建阶级的乐观主义和传统幻想，"引起对于现存秩序的永久性的怀疑"的作用，人们又何必予以一笔抹杀呢？

综上所述，姚鼐的基本思想虽然没有超出封建主义的范畴，但他的文章毕竟被推崇"为天下之至美"[2]，桐城派毕竟被他推上巅峰，而在历史上占据煊赫二百多年的杰出地位，这绝不是偶然的，而是由其文学成就自身的内在原因所决定的。强加在他头上的"御用文人""御用文学"等恶谥，难道还不应予以统统推倒吗？

（原载《东南大学学报》2006 年第 2 期）

---

① 《马克思恩格斯列宁斯大林论文艺》，人民文学出版社 1959 年版，第 25 页。
② 《胡适古典文学研究论集》，上海古籍出版社 1988 年版，第 235 页。

姚鼐的妇女观和他笔下的妇女形象

尽管姚鼐确实有不少尊崇程朱理学的言论，但我们评判一个作家，主要应根据他的作品而不是他对政治哲学观点的表白。最能说明其深受程朱理学影响的，莫过于他写"贞女""节妇"等女性形象的作品。因此，我们对姚鼐的妇女观及其笔下的妇女形象作一探讨，对于人们全面、正确地认识和评价姚鼐，当不无助益。

一、姚鼐不写歌颂烈女的文章

程朱理学宣扬妇女"饿死事小，失节事极大"[①]。清代进步思想家戴震则尖锐地指责："人死于法，犹有怜之者；死于理，其谁怜之！"[②]所谓"死于理"，即指死于程朱理学宣扬的封建伦理道德。"夫卒，慷慨殉其夫以死"[③]的烈妇，可谓是"死于理"的典型例证。其死，不但无谁"怜之"，反而被褒扬为"明大义"[④]的表现。妇女以残暴虐杀自己的生命，来博得"烈妇"的美名，这虽然古已有之，但它的盛行是在宋代程朱理学逐渐居于统治地位之后。据有人从

---

① 程颐：《遗书》卷22。
② 《戴震全书》第六册，黄山书社1995年版，第161页。
③ 《戴名世集》，中华书局1986年版，第218页。
④ 《戴名世集》，中华书局1986年版，第218页。

《古今图书集成》统计①，从东周到清初的烈妇人数如下表：

朝代	人数(人)
辽以前	95
宋代	122
金代	28
元代	383
明代	3688
清代	2841

明清两代的烈女人数为什么剧增呢？对此，方苞在《岩镇曹氏女妇贞烈传序》中有清晰的说明：

> 尝考正史及天下郡县志，妇人守节死义者，秦、周前可指计，自汉及唐，亦寥寥焉。北宋以降，则悉数之不可更仆矣。盖夫妇之义，至程子然后大明。前此以范文正公之贤，犹推国恩于朱氏，而程子则以娶其子妇者，为其孙之仇。其论娶失节之妇也，以为己亦失节，而"饿死事小，失节事大"之言，则村农市儿皆耳熟焉。自是以后，为男子者，率以妇人之失节为羞而憎且贱之，此妇人之所以自矜奋与！呜呼！自秦皇帝设禁令，历代守之，而所化尚希；程子一言，乃震动乎宇宙，而有关于百世以下之人纪若此。此孔、孟、程、朱立言之功，所以与天地参，而直承乎尧、舜、汤、文之统与！②

方苞对于"妇人守节死义"，不但不斥之为"以理杀人"，而且还赞赏"程子一言，乃震动乎宇宙"，肯定其为"孔、孟、程、朱立言之功"，其维护程

① 鲍家麟：《中国第一部妇女史》，台北《食货》（复刊）七卷 6 期。
② 《方苞集》，上海古籍出版社 1983 年版，第 105、106 页。

朱理学的封建立场，可谓昭然若揭。

值得注意的是，在姚鼐之前的桐城派大家，皆撰有赞赏和歌颂烈妇的文章。例如，戴名世撰有《周烈妇传》《朱烈女传》等 12 篇，方苞撰有《高烈妇传》《罗烈妇李氏墓表》等 5 篇，刘大櫆撰有《汪烈女传》1 篇，唯独姚鼐却未写过一篇歌颂烈妇的文章。

为什么姚鼐未效法其祖师也撰写歌颂烈妇的文章呢？应该看到，姚鼐作为文学家，其思想观念是重视客观实际的；他对程朱理学的尊崇，并非是无条件的、盲目的。所以，他曾明确地说过："苟欲达圣贤之意于后世，虽或舍程朱可也。""经之说有不得悉穷，古人不能无待于今，今人亦不能无待于后世，此万世公理也，吾何私于一人哉？"据段玉裁《答易田丈书》，戴震提出反对"以理杀人"的《孟子字义疏证》，作于"丙申冬后，丁酉春前"，即乾隆四十一年（1776）末至乾隆四十二年（1777）初，时姚鼐 46、47 岁。姚鼐早年曾写信给戴震，要求拜他为师。戴震回信表示："仆与足下无妨交相师，而参互以求十分之见。"[1] 后来姚鼐虽然批评戴震"其为论之僻""过有甚于流俗者"，但同时他毕竟又赞赏"其才本超越乎流俗"。因此，我认为姚鼐之所以不写烈妇传，很可能是他跟戴震"交相师"的结果。

虽然烈妇和节妇都同属于遵循封建伦理道德的范畴，但由歌颂烈妇到不歌颂烈妇，对这个变化绝不能等闲视之。因为女人是否应该做烈妇，这涉及人的生和死的问题。"在价值中，最首要最一般的价值是生命本身，因为失去生命就不能利用其余的一切价值。"[2] 生命是创造的源泉。人的生命之所以是无价之宝，就在于它能创造一切价值。当然我们主张人要活得有意义，提倡为国为民而不惜自我牺牲的精神，反对那种"好死不如赖活"的活命哲学。但是要女

---

① 《戴震全书》第六册，黄山书社 1995 年版，第 372 页。
② ［苏］图林加诺夫：《论生活和文化的价值》，三联书店 1964 年版，第 301 页。

性为履行儒家的道德原则而不惜虐杀自己的生命，那除了换得个"烈妇"的美名，实则是极其狠毒的"以理杀人"之外，又哪有一丝一毫的积极意义呢？它唯有愚昧昏聩之极，又哪有一丝一毫的"明大义"呢？

因此，跟桐城派的先驱者戴名世、方苞、刘大櫆相比，姚鼐不写歌颂烈妇的文章，应该说这是他在妇女观上有其开明和进步一面的突出表现。

二、姚鼐对"节女""孝妇"的歌颂有可取之处

然而，姚鼐的妇女观又确有其封建的保守的一面，只不过它并非纯属封建糟粕，其中也蕴藏有某些民主性和进步性的精华。他写的六篇标明"贞女""节妇"或"节孝"的文章，即有此特点：

既赞扬为已死未婚夫守节这种荒唐、残暴的封建贞节观念，又在所写贞女身上体现了舍己为人的可贵品格。例如，在《张贞女传》中，他竟批评明代归熙甫作《贞女论》，谓："'女在父母家，不应以身属人；所许嫁者亡而为终守，不合于义。'吾谓熙甫是言过矣！"赞扬张贞女在未婚夫死后终生不嫁："贞女自十九岁守节，至今五十四。"除张贞女外，同篇中还写了三个贞女："胡氏今年四十余，守节三十年矣"；周氏年 15 岁即为未婚夫守节，直至 93 岁逝世；方氏也是在未婚夫死后"守而不嫁至老"。明代的归熙甫既已反对女子为已死的未婚夫守节，为什么在经过了两百多年之后姚鼐还要如此赞扬贞女呢？对此，刘大櫆的《江贞女传》《吴贞女传》文末的"赞曰"说明，这是由于"俗与古异"[①]，"今之时与古之时异"[②]，也就是方苞所说的"程子一言，乃震动乎宇宙"，使"以妇人之失节为羞而憎且贱之"，成为"村农市儿皆耳熟"，流毒之深广，以致使"天性纯明"，尚在"幼稚之年"的少女，也要为已死的

---

① 《刘大櫆集》，上海古籍出版社 1990 年版，第 206 页。
② 《刘大櫆集》，上海古籍出版社 1990 年版，第 207 页。

未婚夫终生守节。由此可见，随着封建社会的衰落，封建礼教的统治越加狠毒之至、荒唐之极。方苞、刘大櫆、姚鼐为这些贞女作传，亦足以说明其妇女观的封建性和保守性。

不过，姚鼐所写的张贞女形象并非毫无可取之处。她在未婚夫叶孝思的"父母皆老病将死，独有孝思一子，又病瘵甚笃，欲迎张氏侍其父母疾"的情况下，"贞女曰：'既以身许人，奈何闻其危笃，安坐以待其死乎？'即布衣乘舆入叶氏，视其公、姑及夫疾，昼夜不息。一年而舅、姑及孝思皆死，仅有屋三间，张氏迎父、弟共处，以屋居父，而己所处几于不蔽风雨。时为父澣炊，为弟缝纫，昼夜营女工以为生"。尽管她为已死未婚夫终生守节，未免属于受封建礼教毒害的荒唐、愚昧的行为，然而她那种"昼夜不息"地"视其公、姑及夫疾"所体现的乐于助人的人道主义精神，她那种"以屋居父，而己所处几于不蔽风雨"所体现的舍己为人的精神，她那样"昼夜营女工以为生"所体现的我国劳动妇女自强自立、艰苦奋斗的精神，又确实有值得钦佩、令人感动之处，岂能一笔抹杀！

既赞美妇女的封建"节行"，又借此发泄对"士大夫之德日衰于古"的不满。例如，在《何孺人节孝诗跋后》中，写"凤阳何太孺人，少寡守节，育其遗孤，不幸孤子夭，自投于井，家人救出之，为立嗣，嗣子长而又死，卒抚孤孙"。终于使她的孙子当了武清县令，成为姚鼐的"同年友"，"京师士大夫以孺人节行尤异，多作歌诗以美之"。姚鼐为这些诗写"跋后"，说明他对这种"节行"也是赞美的。不同的只是他由此强调："孺人高行明节，可以张之以风乎天下之士君子。"他责问："是何士大夫之德日衰于古，而独女子之节有盛于周之末世也？"在《记萧山汪氏两节妇事》中，姚鼐又再次提出："女子尚能坚其持操、卓然自立，而顾谓天下之士，无独立不惧、守死服义其人者乎？"可见姚鼐盛赞守节，其妇女观固属封建性、落后性的表现，而他借此揭露封建社会居于统治地位的"士大夫之德日衰于古"，发泄作者对此的困惑和不满，这岂不又具有不容抹杀的积极意义么？

在"旌表贞节"的同时，又揭示出"节妇"之苦。例如，在《旌表贞节大姊六十寿序》中，姚鼐以极其同情的笔调，写其"大姊之遭最不幸，十六而嫁，能事公姑，以为有礼"，丈夫"以忧致疾，姊割臂求以疗之，竟不起，遗一孤女。姊年才二十，悲伤之甚，损其一目。自是上事姑，下抚弱女，闭门自守，不妄见一客，卒以夫弟子雍嗣，教之成立"。如此"年才二十"，就为死去的丈夫守节；"悲伤之甚"，竟哭瞎了一只眼睛；仅剩一只眼，还担负起"上事姑，下抚弱女"的重任。俗话说："寡妇门前是非多。"为了避免惹事生非，不得不"闭门自守，不妄见一客；"为了传宗接代，自己没有儿子，还要领丈夫弟弟的儿子为嗣子，教育抚养他长大成人，成家立业。这把封建社会所强加给一个女子的种种痛苦，写得该是多么令人同情啊！它除了"旌表贞节大姊"确属封建的妇女观之外，岂不在客观上也揭示了封建贞节观念所带给妇女的巨大痛苦么？

通过写节妇之苦，还反映了封建宗族内部斗争的残酷性。例如，《记萧山汪氏两节妇事》写道："萧山汪君辉祖之母曰王孺人，其生母曰徐孺人。汪君考为淇县尉。淇县君没，两孺人皆少，遗孤十一岁，而上有七十之姑，门无族戚之助。或谋杀其孤以夺其赀，忌两孺人，日欺凌困辱。两孺人不为动，卒奉姑保育孤子，教之成立，登第为闻人。"姚鼐此文即是应其子——已考中进士的汪辉祖之请而写的。文中所谓"或谋杀其孤以夺其赀，忌两孺人，日欺凌困辱"，这在客观上岂不是"撕下了罩在家庭关系上的温情脉脉的面纱，把这种关系变成了纯粹的金钱关系"，"淹没在利己主义的冰水之中"[①]，有助于人们认识封建宗法统治的狠毒和衰朽么？

姚鼐既然不歌颂烈女，为什么却又赞美贞女、节妇呢？这不仅是由于程朱

---

① 《马克思恩格斯选集》，人民出版社1995年版，第275页。

理学的影响，还有人类历史所长期形成的社会根源。与原始社会混沌的群婚相比，贞节本是女性维护自身人格尊严、保护自我的一种精神动力。只是由于封建的道德才使女性由寻求贞节的主体，变成贞节制裁的对象，变成压抑人的自然本性需求和扼杀正当婚姻生活的强制手段。不仅在东方是这样，在西方也如此。瓦西列夫的《情爱论》即指出，西方"中世纪的僧侣哲学加深了传统的男人对妇女的歧视，贞操被郑重其事地宣布为人类最高的美德"[1]。据美国约瑟夫·布雷多克的《婚床》记载，中世纪的西方妇女还被迫普遍使用"贞节带"，以"防止女子进行非法的性交"[2]，其余波一直持续到 20 世纪中叶。在中国，虽然"僧侣哲学"从未占居统治地位，也没有用"贞节带"的记载，但是儒家所主张的"从一而终"的贞节观，则同样从肉体到人格皆蹂躏着中国女性。早在《象传·恒卦》中即要求："妇人贞吉，从一而终也。"《礼记·郊特牲》更明确规定以"夫死不嫁"为"妇德"："信，事人也；信，妇德也。壹之与齐，终身不改，故夫死不嫁。"这就剥夺了女性在丈夫死后再婚的权利。在宋代以前，这种"从一而终"只是作为一种值得歌颂的高尚美德，尚未在民间形成普遍实行的习俗。自宋代程颐提出"饿死事小，失节事极大"，尤其是明清两代程朱理学成为官方哲学以后，"从一而终"才成为全社会普遍认可的习俗。其实，丈夫既然已经死亡，即标志着男女婚姻关系的终结。为什么男子可以再婚，女子必须守节而不能再嫁呢？强使活人为死人守节，这显然是对人的自然本性和正当婚姻生活的粗暴扼杀。然而，"无形的心理因素已使人们接受了那些包含着完全不必要的残酷性的制度"[3]。恰如马克思所说："中世纪是人类史上的动物时期，是人类动物学"，是"使人脱离自己的普遍本质，把人变成

① ［保］瓦西列夫：《情爱论》，三联书店 1984 年版，第 48 页。
② ［美］约瑟夫·布雷多克：《婚床》，三联书店 1986 年版，第 197、198 页。
③ ［英］罗素：《婚姻革命》，东方出版社 1988 年版，第 6 页。

直接受本身的规定性所摆布的动物"①。以致连戴震也著有《戴节妇家传》，盛赞："且至穷巷里曲之妇人女子，其节操比于丈夫。以余所闻睹，或冻饿以死而不悔，或更数十年之艰辛极然后得安，或上受国恩光旌其闾，或老死屋下，力不克扬请，终泯没莫之知。乡土相连接，古老遇，一言之，足入耳感心。"②以进步思想家著称的戴震尚且对节妇如此赞扬备致，跟戴震同时代的文学家姚鼐当然也未能免俗。

三、姚鼐对母亲形象的描写及其所反映的新思想、新观念

姚鼐笔下的女子，以母亲形象为最多。仅在题目上标明"孙母""伍母"等即有11篇，加上虽未在题目上标明"母"，但实际内容属写母亲的，总共达20篇。这些母亲形象的共同特征：

首先，她们都是在丈夫逝世后，坚持守节的节妇。姚鼐对她们的"节守而行义"，备加称颂。例如，在《伍母陈孺人六十寿序》中写道："当先君始没，杨孺人三十余，陈孺人二十余。国家之制：三十岁以下守节者得旌典，逾三十则否。光瑜将为母请旌，孺人闻之凄然曰：'吾与杨孺人共守数十年，目见女君之勤苦立义至矣！今者使国恩独加于吾，而杨孺人不与，则吾不忍也，必不可。'"姚鼐"闻而叹曰：'两孺人者之秉义，则皆美矣，而陈孺人让善之意，何其厚也！'《易》曰：'谦尊而光。'今世相矜以名，虽闺门之内，亦务为夸饰而寡情实。如陈孺人之辞名不欲居者，何可及哉"！在《马母左孺人八十寿序》中，姚鼐还把"孺人康强如昔，睹其子孙之贤，家祚方兴"说成"岂非天欲报其食苦立节之劳，而佑之于暮岁哉"？把她不愿为获得朝廷的旌表而少报年龄，说成"余以为如孺人者，天所贵也。岂系乎旌与否哉"！仿佛女子的

---

① 《马克思恩格斯全集》第1卷，人民出版社1956年版，第346页。
② 《戴震全书》第六册，黄山书社1995年版，第440、441页。

节行竟然有感动天地神明的功效，实则表现了姚鼐对封建贞节观念中毒之深，鼓吹之不遗余力。

其次，她们作为节妇，在守身、持家、教子的过程中皆历尽艰辛，起到了中流砥柱的作用。例如，在《婺源洪氏节母江孺人墓表》中，作者为我们描写了一个劳动妇女和徽商母亲的形象："江孺人，婺源（按：原属安徽徽州府，现划归江西省）江某之女，为洪永禧之妻。永禧家贫甚，勤耕薄田，未明而兴，逾昏而息，孺人欢然共其劳。有子三，一岁殒其二，永禧痛之甚，亦亡。孺人独抚六岁仲子立登，于田间殆无以为生矣，于是昼督佣客，夜执针黹，茹苦积瘁，以致子立登之长出贾，乃稍有赢。"试想如果没有孺人的"茹苦积瘁"，洪家能过上"稍有赢"的生活么？好在作者不以"出贾"——外出经商为可耻，更不以孺人为"目不知书"的劳动妇女为下贱，而是赞其正因为"出贾，乃稍有赢"，教训子孙"率如古贤母言"，"其贞哲天性然也"。在《罗太孺人墓表》中，作者写"攸县陈检讨梦元之母曰罗太孺人，初归于赠检讨讳伍南，家无尺地以资生，父母作苦，中年乃能买屋以居，教子读书为士。未几赠检讨君亡，太孺人抚其二子皆十岁余，能使无失业，相继为县诸生。既而长子梦鳌又亡，独与次子居。或颇侵侮之，太孺人禁毋论较，惟责为学益急，以至成进士，选庶吉士"。在丈夫死后，能把十岁余的孩子培养成考中进士，这真是谈何容易！难怪作者夸奖："至检讨再兴其家，而太孺人最有力焉。"上述种种突出母亲治家、教子所起到的"最有力"的作用，皆可见以男子为中心的封建统治已经腐朽，出现了阴盛阳衰的局面，更说明姚鼐的妇女观能突破男尊女卑传统观念的桎梏，而敢于如实描写。

再次，她们在持家、教子达到致富以后，不是穷奢极欲，而是乐善好施，济困扶危，表现出中华民族女性特别善良的高尚品格。如在《章母黄太恭人墓志铭有序》中，写章母黄太恭人自33岁守寡后，不仅"能昼夜勤苦操作"，承担起"上尽奉养""下抚教稚弱"的家庭重任，而且使其子章攀桂学业有成，当上了镇江、江宁府的知府，"皆迎太恭人于官舍"。生活富裕了，"太恭人被服自奉之具，不加于其素，而修治先庙墓，馈遗族党，济人乏匮，则每进而广焉。乾隆五十年，江淮大旱，民死亡相继。太恭人适在里，睹大哀之，尽分藏廪于族戚故旧，以书速子于浙江购山芋、玉米数千石，杂钱米济赈，所费万金。攀桂迎之官，不可，曰：'吾去，若饥者何？'于是攀桂亦遂请养归。"当太恭人于 81 岁逝世时，"卒而来哭者填户，曰：'微夫人，吾死久矣！'"可见民众对她的救命之恩，怀有多么浓烈的感激之情！她的这种乐善好施，以救济灾民为己任的精神，显然也是我们应加以继承和发扬的中华民族的传统美德！

尤其值得注意的是，姚鼐描写这些母亲形象，还表现出与封建传统观念不相容的一些新思想、新观念：

首先，他不是宣扬男尊女卑的旧观念，而是主张男女皆宜，唯贤者为尊，赞美"女若儿""一妇任二子"。我国早在《易传·系辞上》中即明言："天尊地卑，乾坤定矣。""乾道成男，坤道成女。"意即男尊女卑，如同"天尊地卑"一样天经地义，不可变更。程朱理学的开创者程颐更强调："男在女上，男动于外，女顺于内，人理之常，故为恒也。"[①] "臣居尊位，羿、莽是也，犹可言也。妇居尊位，女娲氏、武氏是也，非常之变，不可言也。"[②] 也就是说，妇女是绝对不可"居尊位"的，永远只能"男在女上"，绝无平等地位可言，否则就是破坏"人理之常"。然而姚鼐却要打破这种以男女为尊卑的传统观念，而主张"唯贤者为尊"的新的价值观。例如，在《旌表贞节大姊六十寿序》中，除了"旌表贞节"确属封建的妇女观之外，而其主旨却是要说明："贵贱盛衰不足论，惟贤者为尊，其于男女一也。"他以其大姊之贤，说明："吾族女实多贤，岂待其富贵而后重邪？""姊独于其间遭离荼苦，执德秉节数十年，其

---

①　《二程集》，中华书局 1981 年版，第 980 页。
②　《二程集》，中华书局 1981 年版，第 710 页。

亦可谓君子之女，无愧古之尹、吉，而其荣有逾六珈窜莋者已。"所谓"古之尹、吉"，系出自《诗经》中"彼君子女，谓之尹吉"。尹、吉，指周室婚姻之旧姓。"六珈窜莋"，本为古代贵妇人的饰品，此借喻贵妇人。也就是说，其大姊之贤不只超过一般的富贵之家，而且超过古代周室的贵族妇人。这种不论男女皆"唯贤者为尊"的新观念，岂不有着抬高妇女地位、突破男尊女卑传统观念的进步意义么？

又如，在《郑太孺人六十寿序》中，姚鼐写道："儒者或言文章吟咏，非女子所宜，余以为不然。……言而为天下善，于男子宜也，于女子亦宜也。"这种以"文章吟咏"男女皆宜的观念，显然是对男尊女卑的封建传统观念的挑战。与姚鼐同时代的著名史学家章学诚即对此进行攻击，他的《丁巳札记》写道："近有无耻妄人，以风流自命，蛊惑仕女。大率以优伶杂剧所演才子佳人惑人。大江以南，名门大家闺秀多为所诱，征刻诗稿，标榜声名，无复男女之嫌，殆忘其身之雌矣。此类闺娃，妇学不修，岂有真才可取？而为邪人播弄，漫成风俗，人心世道，大可忧也。"同样对待"文章吟咏"，姚鼐强调男女皆宜，章学诚则斥之为"无耻妄人""蛊惑仕女"，要严格"男女之嫌"。谁能否认这两者有开明与保守、进步与落后之别呢？

在男尊女卑的封建传统观念影响下，封建社会普遍存在着重男轻女的习俗。然而姚鼐笔下的母亲形象，作者却一再突出其"有父风"，不但"女若儿"，且能"女胜儿""一妇任二子"。例如，在《孙母许大恭人墓志铭（并序）》中，写许太恭人的父母只生了她一个女儿，没有儿子，女婿又早逝，只有一个外孙。其父"度两姓后皆无依，颇欲夺女志。太恭人以死誓，且曰：'女在，何不若儿耶'"？她不仅说说而已，且以实际行动担当起既为女又为儿的责任。"昼则纺织针黹以助食，夜则课子读。子有过必挞之，挞毕必大恸。"使儿子中"乾隆丙子科举人"，出任"句容教谕"，又使孙子考中一甲第二名进士，入翰林。"归葬其父宜兴，母亡又葬其母。及子孙既贵矣，命买田宜兴供许氏祀，而孙氏家祭后必祭许氏。"（P377、378）许太恭人可谓确实做到了"女若儿"。在《节孝陈夫人传》中，姚鼐又写陈夫人是"女胜儿"："陈夫人，雍正甲辰科进士、临海知县讳晷鉴之女。""始临海公生五女，夫人最长，季则姚鼐母也。临海尝夜教女读书，每太息言：'吾女何率胜儿！'夫人后亦自授行逊书。"使"行逊后终于诸生，其子具亲最有行谊"。"女胜儿"！这在男尊女卑的封建社会，该是个多么惊世骇俗的呐喊！在《章母黄太恭人墓志铭有序》中，姚鼐更赞美黄太恭人一妇承担起了两个男儿的重任。他写道："太恭人年三十三而寡，舅姑老且疾矣，而子甚幼。逾十余年，又丧夫之弟。太恭人能昼夜勤苦操作，以殖其产。又能上尽奉养，以及舅姑之终，下抚教稚弱，以至于壮，祀先人赒亲旧，应宾客皆尽恩谊，人谓章氏一妇任二子事也。"

如果姚鼐没有一点男女平等的新思想，他能如此强调"唯贤者为尊，其于男女一也""文章吟咏，于男子宜也，于女子亦宜也""女若儿"，甚至"女胜儿""一妇任二子事"么？尽管他远未达到从政治、经济上全面提倡男女平等的现代思想水平，但是他毕竟突破了男尊女卑、重男轻女的封建传统观念，有其一定的历史进步性，是毋庸置疑的。

其次，如孔子所说："唯女子与小人为难养也。"《论语·阳货》轻视女子，把女子与小人混为一谈，这是儒家的传统观念。然而，姚鼐却竭力赞美女子之贤堪称君子。例如，在《旌表贞节大姊六十寿序》中，称赞其大姊"女而有君子之德"。在《孙母张宜人八十寿序》中，称赞张宜人："天既俾其人为贤，必又与以耆耇之寿，然后后之人得承事闻见其嘉言懿行而效法之。"在《伍母陈孺人六十寿序》中，写其弟子"伍生光瑜从余道四年矣，时为余述其母氏之贤"。在《陈孺人权厝志》中，写"孺人适江宁胡君，名培。胡君居贫甚，孺人时以文字慰其意。既而胡君病没，遗三子二女，皆未婚嫁；孺人执女红为衣食，暇则教子女，与之论古今为学。又性解医术，里中妇女有疾，往往请为之方。孺人于富者鲜所求，于贫者或济之药，虽自处乏困不恤也。其子女卒皆成立婚嫁。幼子镐从姚鼐学，鼐见孺人诗曰《合箫楼稿》，叹谓今女子作诗者之冠，虽流俗浅人论诗者未必知也，而后世必有知之者已"。在铭词中，姚鼐赞曰："其身可亡名不毁，吾为命之女君子。"在《沈母王太恭人七十寿序》中，作者也盛赞"太恭人之贤"，说："鼐回思三十余年，日月迁流，境象屡变，独太恭人德福弥隆，殆《诗》所云'乐只君子，福履绥之'者与？"在《马母左孺人八十寿序》中，称赞左"孺人守身、持家、教子之谊，勤谨如礼，乡党以为贤也"（P302）。在《王母潘恭人墓志铭（并序）》中，写"恭人抚两嫠妇及季子、诸女，悲哀劳苦，整理其家，常如一日。自奉极薄，而与人惟恐不厚，年既老而早暮治事如少时，凡姻亲中外见之者，未有不叹其贤而愍其瘁也"。《庄子·德充符》说："久与贤人处则无过。"《礼记·曲礼上》说："博闻强识而让，敦善行而不怠，谓之君子。"孔子的弟子多达三千，而堪称"贤人"者仅72人。至于"君子"人格的高尚，则仅次于圣人。连孔子都说："圣人，吾不得而见之矣，得见君子者斯可矣。""文，莫吾犹人也。躬行君子，则吾未之有得。"《论语·述而》意谓书本上的学问，大约我同别人差不多。在实际行动上做一个君子，那我还没有成功。这虽然是出于孔子的谦虚，但由此亦可见姚鼐把女子写成贤如"君子"，这对儒家视女子为"小人"的传统观念是个多么大的超越！对女子是个多么崇高的赞美！

再次，"女子无才便是德"，也是中国广为流传的封建传统观念。然而，姚鼐不但从不宣扬这种封建观念，相反，他却竭力赞扬妇女的才学过人，尤其是对持家、教子起了决定性的作用。例如，在《郑太孺人六十寿序》中，他赞扬"侯官林君母氏郑太孺人，少善文辞"。在其丈夫死后，她"上事姑，下抚两幼子，辛苦劳瘁，以其学教二子，同一年得乡荐，季者成进士，为编修。余每与两林君言论，非世俗浅学也，而皆出于母氏"。《伍母马孺人六十寿序》中，他写道："余始来江宁，见富盛之族绚赫一时者多矣！至今才二十年，而盛族衰替十有六七。独孚尹一族多贤子，游吾门者冠履相接，其家风之美，传数十年而日起日增，斯母教之助为可贵也。"在《程朴亭家传》中，姚鼐对程父"为赠中宪大夫讳文达"，仅此一笔带过，而突出写其"母曰张太恭人。君幼，太恭人课之学最严，人称为贤母"。把儿子的学问说成"皆出于母氏"，把家族的兴盛和"家风之美"归功于"母教之助"，不是称颂父亲，而是赞扬"贤母"，这一切跟"女子无才便是德"的传统思想，岂不是背道而驰的么？

上述的新观念、新思想，虽然未完全摆脱封建主义的思想体系，但它毕竟对一些封建传统观念有所突破、有所超越，不只在当时的历史条件下有一定的进步意义，即使在今天也有其值得批判地继承的价值，岂能以其宣扬程朱理学而予以全盘否定？

四、在宣扬封建妇道的同时强调一个"情"字

姚鼐专写妇女的作品还有三篇：《钟孝女传》《吴孝女传题后》《继室张宜人权厝铭（并序）》。这些虽也有宣扬封建孝道、妇道的一面，但更重要的是强调一个"情"字。他说："至情所至，无择而为之，君子所许也。""出于情所不自胜""发于至善而不可抑遏，岂寻常义理辞说之所能易哉？"对于继室张宜人的逝世，他痛不欲生，在铭辞中发出了"生奚（何）欣？死奚怨"的人生感喟，令人不禁对那个封建社会的合理性，产生可悲可叹的质疑和困惑。

总之，通过对姚鼐所写妇女作品的剖析，我们可以清晰地看到，即使在这些最为深受程朱理学影响的作品中，也不只有宣扬封建的贞节观念，扼杀妇女再嫁再婚的正当情欲等封建、落后的一面，还有体现关心民瘼、舍己为人等中华民族传统美德，颂扬男女平等、赞美妇女才干等具有民主性、进步性的一面。那种只看到其一面，抹杀其另一面，就势必人为地加以扭曲，而失去其全人全文本来的真面目。

（原载《安徽大学学报》2003 年第 5 期）

论姚鼐散文的思想和艺术特色

——驳"不关心国计民生"说

"文章虽多，无一语涉及民间疾苦者。"这是"由当时文网峻密所致。不关心国计民生，一时学者大抵皆然，固不能对姚氏一人加以深责"[①]。这是新近出版的《惜抱轩诗文集·前言》对姚鼐及其作品的论断。

《前言》的这种论断，根本不符合姚鼐及其作品的实际，是强加在姚鼐及其作品头上的不实之词。因此，我们有加以辨正的必要。

一、"勤思国事，愍念民瘼"，"非关天下利害，兹不著"，是姚鼐的创作宗旨

姚鼐的作品证明，他既要竭力冲破当时极为严酷的文网——面对"翰墨祇作他人娱，露才往往伤其躯"[②]的文网统治，不能不千方百计"免世网罗缯缴之患"[③]，又公然要实现其"勤思国事，愍念民瘼"[④]，"非关天下利害，兹不著"[⑤]

---

① 姚鼐著、刘季高标校：《惜抱轩诗文集》，上海古籍出版社1992年版，该书《前言》为刘季高作，本文凡引《前言》均据此。

② 《惜抱轩诗文集》，上海古籍出版社1992年版，第477页。

③ 《惜抱轩诗文集》，上海古籍出版社1992年版，第112页。

④ 《惜抱轩诗文集》，上海古籍出版社1992年版，第118页。

⑤ 《惜抱轩诗文集》，上海古籍出版社1992年版，第332页。

的创作宗旨。在他看来，"审民生纤悉，以达于谋国大体，儒者有用之学也"①。因此，"勤思国事，愍念民瘼"，成了他衡量作家的"德业"之所以隆和作品之"所以美"的基本标准。例如，他在为诗人陈东浦写的七十寿序中，称其"勤思国事，愍念民瘼，未尝少自暇逸，欢愉之说，靡得进焉。鼐谓此先生德业之所以隆，亦先生诗所以美也"②。可见，"当时文网峻密"，并不足以使姚鼐和其他正直的文学家对国计民生采取漠不关心的态度，只不过迫使他们采取较为隐晦曲折的手法，来达到他们关心国计民生、关怀民间疾苦的目的罢了。

以国家、人民的利益为重，在字里行间充溢着作家对国计民生和民间疾苦的关切之情，这正是姚鼐散文最为可贵的一大特色。例如，他在《方母吴太夫人墓表》中，即为我们塑造了一个爱国之情重于母子之情的母亲形象。吴太夫人的儿子担任尚书官职，作品写道："尚书或被使命出，恋侍膝前，虽行万里碛外，太夫人必正色责其速行急国事，不得少忬；逮既出门而为涕泣焉。"③说明这位母亲不是不疼爱即将远行的儿子，而是强忍着浓烈的母子情，"必正色责其速行急国事"。作品以其前后的鲜明对比，既在读者面前活现出了一位爱国母亲的高大形象，又使我们不禁感受到作者那种"速行急国事"的身影。

就拿直接写民间疾苦来说吧。在他为陈三辰写的《墓志铭（并序）》中，他写乾隆四十九年，陈任亳州知州，"其年安徽大饥，上官令亳州设两粥厂以赈。公计一州两厂，何足赡饥者？自增三厂，分设境内。又收民弃男女者集于佛寺，令一老姬抚孩幼十，如此数十处，身时周巡其间。计其费，上官发银，曾不及半，移用以济之。人谓如此，终必以亏库银获罪矣。公曰：'活民而得罪，吾所甘也'"④。作者在这里所颂扬的，显然是为关心民间疾苦而甘愿自我牺牲的精神。

---

① 《惜抱轩诗文集》，上海古籍出版社 1992 年版，第 138 页。
② 《惜抱轩诗文集》，上海古籍出版社 1992 年版，第 118 页。
③ 《惜抱轩诗文集》，上海古籍出版社 1992 年版，第 334 页。
④ 《惜抱轩诗文集》，上海古籍出版社 1992 年版，第 388 页。

作品分明为我们描绘了"安徽大饥"的惨状：一州设粥厂，"何足赈饥者"？饥民被迫弃男女孩幼，一处十人，多达"数十处"，怎么能说这是"无一语涉及民间疾苦者"呢？

在《章母黄太恭人墓志铭有序》中，作者又写道："乾隆五十年，江、淮大旱，民死亡相继。太恭人适在里，睹大哀之，尽分藏廪于族戚故旧，以书速子于浙江购山芋、玉米数千石，杂钱来济赈，所费万金。"她的儿子章攀桂在苏松任监司，要接她到官舍去，她认为"不可，曰：'吾去，若饥者何？'于是攀桂亦遂请养归"①。这种对"江、淮大旱，民死亡相继"的描写，难道还不算"涉及民间疾苦"么？章母黄太恭人为救济灾民，而不惜"尽分藏廪"，不惜"费万金"去购救济粮，不愿跟儿子到官府去享福，她的儿子为成全母亲要救济灾民的心愿，也不惜辞官归家侍母。作者所颂扬的这种为国计民生和民间疾苦而不惜奉献一切的精神，事实上已经超越了他们母子个人的范畴，而足以代表我们整个中华民族崇尚"民惟邦本"②、"仁者爱人"③的民族精神。

此外，如他在《高淳邢君墓志铭》中，写邢复诚"为人朴诚慈和，与人无争，而好施予"④。在《周梅圃家传》中，他写其在宁夏担任知县期间，如何大兴水利，"引河水入渠，以灌民田"，使民"旱涝皆赖"。因其"治水绩最巨，民以所建曰周公闸、周公桥云"。⑤在《广西巡抚谢公墓志铭（并序）》中，他写谢启昆在担任广西巡抚期间，"内治吏民，外抚夷獠，筑湘、漓之堤，以为民利，民呼曰谢公堤"⑥。诸如此类，难道不都是关系国计民生和民间疾苦的描写么？

至于在姚鼐的书信中对国计民生和民间疾苦的关切之情，那就表现得更为

---

① 《惜抱轩诗文集》，上海古籍出版社1992年版，第199页。
② 见《尚书·夏·五子之歌》。
③ 《论语·颜渊》："樊迟问仁，子曰：'爱人。'"
④ 《惜抱轩诗文集》，上海古籍出版社1992年版，第211页。
⑤ 《惜抱轩诗文集》，上海古籍出版社1992年版，第316页。
⑥ 《惜抱轩诗文集》，上海古籍出版社1992年版，第337页。

炽热浓烈，感人至深了。例如，他在《与陈硕士》信中写道："今年江苏、安徽被灾甚重，而办殊无策，盖藩库既不充，不能官振，必求之于富家，而世之甘毁家纾难者，能有几人？其间官吏及民各有情弊千端万绪。又其甚至，乃有绝不报灾，不请放免征税，则其为害于生民，有不知所底者已，此其最可悲叹者也。""南中旱荒，当此财匮之时，尤难展布，而吏之才能，而实心忧民者，亦希见其人。群黎之瘁，弥可伤耳。""江南饥谨之后，民生殊不佳，不知今年天心转移何如也。"① 在《与胡果泉》信中，他说："江南今岁旱既太甚大，君子念切民饥而财用匮乏之时，又难于筹备，仰思忧瘁之衷，必有逾范公之于青州者已。兹有陈者，敝县之灾与安庆各县同也。闻本邑县令出令各大户急出财，以救饥馑，此诚是也，而侧闻其又出示征收下忙钱粮，二事并行，一何矛盾！此恐其所延幕宾不善之所为也。诛求不得，必济以鞭刑，极敝之民，恐鞭刑亦不能充赋，则将奈何？今邑中人心既已忧惶，鼐远闻之亦不能不为桑梓之虑。谨撰私议一首，上呈几下，愚贱于公事，素不敢干此，则所关于一邑利害甚钜，伏望垂览，酌所以处之，如使闾阎得安，则鼐妄为出位之言，而抑或小助涓埃于仁心仁闻之万一也。"② 姚鼐对民间疾苦的关心是这般殷切，而《前言》却说他"不关心国计民生"，岂不冤哉枉哉？

不满于风俗日颓的社会现实，揭露封建统治的腐朽黑暗，是姚鼐散文的又一特色，也是他关心国计民生的重要表现。例如，在《乾隆庚寅科湖南乡试策问五首》中，他指责当时的士子是"舍朴厚而乐轻侠，有士之名而实为士之蠹"③。在《复曹云路书》中，他斥责那些"衣冠之徒"，"数十年来，……风俗日颓，欣耻益非其所，而放僻靡不为"④。在《石屏罗君墓表》中，他又批判了士大

---

① 见《惜抱轩尺牍》卷7。
② 见《惜抱轩遗书三种》，光绪己卯春三月桐城徐氏集刊。
③ 《惜抱轩诗文集》，上海古籍出版社1992年版，第139页。
④ 《惜抱轩诗文集》，上海古籍出版社1992年版，第87页。

夫言行不一的恶俗。更为可耻可鄙的是为官肮脏不堪，以致使"为人清介严冷，不可近以不义"的方染露，在其赴四川清溪知县任四十日，即因"视其僚辈溇涩（意即污浊肮脏）之状，曰：'是岂士人所为耶！吾奈何与若辈共处？'"而辞官归里。姚鼐说："余居里中寡交游，惟君尝乐与相对。"①由此不难想见，当时官场上的那些僚辈究竟是什么货色，而作者和方染露"清介严冷"的思想性格又是多么挈合无间！

如果说《方染露传》对于那些溇涩之状的僚辈的揭露，还属于较低级的话，那么，他对上层封建官僚政治黑暗的揭露，则更属不同凡响。例如，他写鲁鸿"慕古人行迹，思效于实用"，任河南孟县知县，"禁无赖号为水官扰民者。其时上官亦多知君贤，然十年居河南，终不见拔"，使他不得不"厌吏事"，"离任遽返"。②对这样一位禁扰民的县官，连"上官亦多知君贤"，为什么却"终不见拔"呢？为什么要促使他"厌吏事"而"离任遽返"呢？

这类不能人尽其才、贤官遭艰的事例，在姚鼐的散文中可谓不胜枚举。例如，他写任大椿在乾隆庚辰年间"中己丑科二甲一名进士"，按例"二甲首当改庶吉士，人皆期君必馆选矣，然竟分礼部为仪制司主事"。后他被荐为四库全书馆纂修官，"是时非翰林而为纂修官者凡八人，鼐与君与焉。君既博学于闻见，其考订论说多精当，于纂修之事，尤为有功。其后鼐以病先归，君旋遭艰居里"③。为什么任大椿"当改庶吉士"却"竟分礼部为仪制司主事"？"尤为有功"却落得个"旋遭艰居里"的下场？这类描写，岂不使上层官场政治之黑暗昭然若揭么？

他甚至把揭露的矛头若隐若显地指向封建最高统治者乾隆皇帝。例如，他写孔子七十世孙孔信夫，"于诗文为之皆工善"，"名著海内久矣"。"君之

---

① 《惜抱轩诗文集》，上海古籍出版社1992年版，第326页。
② 《惜抱轩诗文集》，上海古籍出版社1992年版，第154页。
③ 《惜抱轩诗文集》，上海古籍出版社1992年版，第166页。

少也，值上（指乾隆皇帝）释奠阙里，尝充讲书官"，可是"及为举人"，却"累会试不第"。"又值上东巡，于中水行宫召使作书，及进，上称善。然竟不获仕，终於曲阜。"①孔信夫既然为诗文"皆工善"，为什么却"累试不第"呢？既然获皇上"称善"，为什么却又"竟不获仕"呢？这难道就是乾隆皇帝"圣明"的表现么？在《南国诗存序》中，他又写乾隆皇帝让"和珅秉政，自张威福"。御史钱沣跟和珅作斗争，遭到和珅的打击报复，"时和珅已大贵，媒蘖其短不得，乃以湖北盐政有失，镌君级。君旋遭艰归。"尽管"高宗知君直，更擢为御史，使直军机处"，但和珅"则凡军机劳苦事，多以委君"，使他终因"家贫，衣裘薄，尝夜入暮出，积劳成疾以殒"。等到"上既收政柄，除慝扫奸，屡进畴昔不为利诱之士"时，钱沣已"独不幸前丧"，只能落得个"不与褒录，岂不哀哉"！姚鼐对钱沣被和珅"劳辱"，"遭其困，顾不获迁延数寒暑"即殒，未能"留其身以待公论大明之日，俾国得尽其才用，士得尽瞻君子之有为"，而连呼"悲夫！悲夫"！不但"昔闻君丧，既作诗哭之"，而且在多年之后得其诗稿，又"复为序以发余痛"。②令人读后不禁要问：为什么乾隆皇帝要让大奸臣"和珅秉政"呢？当钱沣早已"奏和珅及军机大臣常不在直之咎"时，为什么乾隆皇帝依然听任其"自张威福"，而直到钱沣死后才"收政柄"呢？如果姚鼐果真是个"不关心国计民生"的文学家，他能甘冒"文网峻密"的极大风险，怀着那么浓烈的悲愤之情，隐隐约约地把揭露的矛头直指皇上么？

姚鼐在《博山知县武君墓表》中宣称："君行足称者犹多，而非关天下利益，兹不著。"③可见他是很自觉地以"关天下利害"作为他的选材标准和创作宗旨的。为此，该文只写了一件事："乾隆五十七年，当和珅秉政，兼步军

① 《惜抱轩诗文集》，上海古籍出版社1992年版，第192页。
② 《惜抱轩诗文集》，上海古籍出版社1992年版，第190页。
③ 《惜抱轩诗文集》，上海古籍出版社1992年版，第266页。

统领，遣提督番役至山东，有所调察。其后携徒众，持兵刃，于民间凌虐为暴，历数县，莫敢何问。至青州博山县，方饮博恣肆，知县武君闻，即捕之。至庭不跪，以牌示知县，曰：'吾提督差也。'君诘曰：'牌令汝合地方官捕盗，汝来三日，何不见吾？且牌止差二人，而率多徒何也？'即擒而杖之，民皆为快，而大吏大骇。"后武君虽因此而被革职，"然和珅遂亦不使番役再出。当时苟无武君阻之，其役再历数府县，为害未知所极也。武君虽一令而功固及天下矣"①。可见所谓"关天下利害"，即制止官吏"于民间凌虐为暴"，使"民皆为快"，直接有关民生疾苦的问题。

二、正确认识姚鼐的散文，须掌握其旁敲侧击、正反对比、意在言外、寓刚于柔等特殊的艺术手法

既然姚鼐散文并非与"国计民生""民间疾苦"无关，那么，《前言》作者为什么会得出那种结论呢？这除了由于认定桐城派是"亟力提倡封建正统观念""为封建统治服务"的主观成见之外，还跟人们对姚鼐散文所采用的特殊艺术手法缺乏了解有关。姚鼐生当"康乾盛世"——社会矛盾处于相对缓和的时期，面对"文网峻密"的统治，客观环境也不允许他对当时的社会现实采取剑拔弩张的态度，在作品中用赤裸裸的方式加以反映，而只能采用适合于他的时代和他个人的特殊的艺术手法。桐城派的重要特色之一，就在于它不是固步自封，而是能因时因人而变，如清代方宗诚的《桐城文录序》所指出的："我朝论文家者，多推望溪、海峰、惜抱三先生。而三先生实各极其能，不相沿袭。"②因此，我们掌握姚鼐散文的特殊艺术手法，无论对于认清姚鼐散文的思想和艺术特色，或正确认识和评价桐城派，皆不无助益。

---

① 《惜抱轩诗文集》，上海古籍出版社 1992 年版，第 322 页。
② 见方宗诚《柏堂集》次编卷 1。

旁敲侧击，指桑骂槐，寓浓郁于平淡，是其艺术手法和艺术特色之一。例如，他的《翰林论》，名为论述"翰林有制造文章之事而兼谏争"的职责，而实则在揭示"天子虽明圣，不谓无失"，"与其有失播诸天下而改之，不若传诸朝廷而改之之善也；传诸朝廷而改之，不若初见闻诸左右而改之之善也"。"明之翰林，皆知其职也，谏争之人接踵，谏争之辞运策而时书。今之人不以为其职也，或取其忠而议其言为出位。夫以尽职为出位，世孰肯为尽职者？余窃有惑焉，作《翰林论》。"①这里所谓的"今之人"，难道仅仅是指翰林或一般的人，而非指最高统治者天子么？对于身为天子侍从的翰林，除了天子本人，谁还有权"取其忠而议其言为出位"呢？"夫以尽职为出位，世孰肯为尽职者？"这无异于说，不是翰林不肯尽谏争的职责，而是天子"以尽职为出位"，迫使其不得不然。这种借论述翰林的职责，来斥责天子之失，正是采用了旁敲侧击、指桑骂槐的艺术手法。

又如，他的《李斯论》，名义上是论述他不同意苏轼谓"李斯以荀卿之学乱天下"，而实则在指责当时的那些"小人之仕也，无论所学识非也，即有学识甚当，见其君国行事，悖谬无义，疾首顣蹙于私家之居，而矜夸导誉于朝廷之上。知其不义而劝为之者，谓天下将谅我之无可奈何于吾君，而不吾罪也。知其将丧国家而为之者，谓当吾身容可以免也。且夫小人虽明知世之将乱，而终不以易目前之富贵，而以富贵之谋，贻天下之乱，固有终身安享荣乐，祸遗后人，而彼晏然无与者矣"②。李斯是被赵高杀害的，可见这种"终身安享荣乐，祸遗后人"者，绝非指李斯，而只能是指桑骂槐，借论李斯，来斥责当时那些"以富贵之谋，贻天下之乱"的"小人之仕"。恰如作者在该文结尾所明言的："吾谓人臣善探其君之隐，一以委曲变化从世好者，其为人尤可畏哉！尤可畏哉！"

①　《惜抱轩诗文集》，上海古籍出版社 1992 年版，第 4—5 页。
②　《惜抱轩诗文集》，上海古籍出版社 1992 年版，第 6 页。

这种旁敲侧击、指桑骂槐的艺术手法，都是在冷静说理与平淡论述之中，表达了作者关切国计民生的浓郁之情，因而又皆具有寓浓郁于平淡的艺术特色。如果不明了他的这种艺术手法和艺术特色，而只看到他是在论翰林、论李斯，那才会得出作者"不关心国计民生"的荒谬结论。

正反对比，发人深思，寓工巧于自然，是其艺术手法和艺术特色之二。例如，他在《袁随园君墓志铭（并序）》中称："君本以文章入翰林有声，而忽摈外；及为知县，著才矣，而仕卒不进。自陕归，年甫四十，遂绝意仕宦，尽其才以为文辞歌诗。"又写他担任溧水县令，被当地老百姓颂为"大好官"；在江宁任县令，其政绩被群众编为歌曲，刻行四方，而"君以为不足道，后绝不欲人述其吏治云"①。他为什么正当 40 岁壮年，即"绝意仕宦"呢？人家传颂他的政绩，他为什么却"绝不欲人述其吏治"呢？作者没有明说，读者也不需明说，仅从其"文章入翰林有声，而忽摈外；及为知县，著才矣，而仕卒不进"的正反对比之中，就很自然地使人不难想见，那个社会当权的统治者是多么不识贤、不重贤、不用贤，而袁枚对于他们又是多么鄙视和愤慨，以致连提都不屑一提。这种正反对比的艺术手法和寓工巧于自然的艺术特色，不仅同样达到了揭露时弊的目的，而且既可"免世网罗缯缴之患"，又显得更加生动别致，波澜起伏，发人深思，耐人寻味。

又如，在《赠陈伯思序》中，他写道："昌平陈君伯思，其行不羁，绝去矫饰，远荣利，安贫素，有君子之介。余谓如古真德而可进乎圣人之教者，伯思也。国家设百官，以治庶事；伯思处曹司，温温无所办，不为能吏。嗟夫！使今之在官者皆伯思若也，则治亦大矣！"②这段文字看上去如行云流水一样自然无饰，然而读来却如临深渊、如攀悬崖一样令人惊心动魄，心潮澎湃，不能不苦苦思

---

① 《惜抱轩诗文集》，上海古籍出版社 1992 年版，第 202—203 页。
② 《惜抱轩诗文集》，上海古籍出版社 1992 年版，第 113 页。

索：这样一位"有君子之介""可进乎圣人之教者"的陈伯思，身"处曹司"，为什么却"温温无所办，不为能吏"呢？是他有德无才，还是国家不让他施展自己的才能呢？如果是前者，作者就不必发出"嗟夫"的喟叹，从作者所说的"使今之在宦者皆伯思若也，则治亦大矣"则足可反证"今之在宦者"皆缺乏陈伯思那样的"君子之介"。然而作者却又并未如此明说，只是通过工巧的正反对比，来自然地发人深思，达到揭露时弊的目的。如果掌握了作者这种特殊的艺术手法和艺术特色，那就会对其所揭露的时弊留下刻骨铭心的印象，反之，则很容易如"囫囵吞枣——食而不知其味"，还振振有词地责怪作者"不关心国计民生"。

以实写虚，意在言外，寓丰满于简洁，是其艺术手法和艺术特色之三。例如，作者在辞官归里途中，登泰山游览，而写的《登泰山记》，从表面上看，它纯属写登泰山的经过及所见景色，向来以令人"服其状物之妙"①著称。然而，若联系该文的写作背景，即不难发现其言外之意，在寄寓着作者辞官之后的万千感慨，其中既有对摆脱官场羁绊回归大自然后的愉悦胸怀，又有以对大自然如诗如画一般美景的热烈赞赏，来反衬其对官场的忧愤和厌恶之情。这并不是笔者的主观臆测，而是有事实根据的。作者在与此同时写的《岁除日与子颖登日观观日出作歌》中，即明白无误地抒发了面对"海隅云光一线动，山如舞袖招箕风"的壮观景象，既有"使君长髯真虬龙，我亦鹤骨撑青穹"的欢悦感，又有"山海微茫一卷石，云烟变灭千朝昏"②的忧愤心。刘大櫆在《朱子颖诗序》中也说："乙未之春，姬传以壮年自刑部告归田里，道过泰安，与子颖同上泰山，登日观，慨然想见隐君子之高风，其幽怀远韵与子颖略相近云。"③这都证明《登泰山记》是寓有姚鼐的"隐君子之高风"和"幽怀远韵"的。

---

① 《惜抱轩诗文集》，上海古籍出版社 1992 年版，第 464 页。
② 黎庶昌：《续古文辞类纂》卷 25 对姚鼐《登泰山记》的评语。
③ 见《刘大櫆集》，第 64 页。

如果说《登泰山记》的言外之意，未免过于隐约幽晦的话，那么，与此相关的《朱二亭诗集序》，则写得较为显露。该文在称赞朱子颖、朱二亭二人"皆数十年诗人之英，一亡而不可再遇者也"的同时，又写道："嗟呼！余年二十，始见子颖。子颖承先世用武之余烈，尝思舍章句之业，奋迹戎马，建立功名，使后世知其豪俊，而其诗亦时及此旨。及暮年，乃仕为转运使，俯仰冠盖商贾之间，忽忽时有所不乐；而二亭以布衣放情山水，见俗人即避去，高吟自适，以至老死。子颖虽富贵，而志终不伸；二亭虽贫贱，而可谓自行其志，卒无余恨者也。"①朱子颖为什么"虽富贵，而志终不伸"？朱二亭为什么"虽贫贱，而可谓自行其志，卒无余恨"？显然是由于他俩的人生道路不同，前者热衷的是混迹于官场，"建立功名"，"俯仰冠盖商贾之间"，后者追求的是"放情山水"，做"高适自吟"的诗人。通过两者如实对比的简洁描写，即将作者的褒贬爱憎，及其对官场生活的极端厌恶，对个性自由、"放情山水"的热烈向往，种种深切的人生感喟，皆无不寄寓其间，使人感到其言外之意，实在咀嚼不尽，丰厚至极。

可见读惜抱之文，不能停留于字面，而往往要仔细体会其言外之意。停留于字面，则不免斥之为"空疏"②；一旦体会其言外之意，则必为其寓丰厚于简洁的艺术特色之高超，而不禁赞叹不已，甚至拍案叫绝。

寓阳刚于阴柔，着力刻画人物鄙视荣利、超凡脱俗的精神气质，是其艺术手法和艺术特色之四。例如，他在《赠程鱼门序》中称："鱼门处盛名之下，车马尘杂之间，其将释之遗形（意即绝弃名利得失之心而忘其身——引者注），超然万物之表，有若声寂灭，遗人而独立者也。"③姚鼐笔下所歌颂的，就是这种富有阳刚之气的"遗人而独立"的品格和精神。只不过他往往不是采用金

---

① 《惜抱轩诗文集》，上海古籍出版社 1992 年版，第 260 页。
② 王献永：《桐城文派》，中华书局 1992 年版，第 66 页。
③ 《惜抱轩诗文集》，上海古籍出版社 1992 年版，第 112 页。

刚怒目式的阳刚形态，而是不管处境多么艰难，遭遇多么不公，他依然心平气和地款款道出人物非凡的精神气质，寓阳刚于阴柔之中，如他在《郑大纯墓表》中，称其"为人介节而敦谊，勤学而远志"，"鄙夷凡近人，而追慕古人则忘寝食、弃人事，以求其文之用意"。他的处境可谓艰难至极："君初为诸生，家甚贫，借得人地才丈许，编茅以居，日奔走营米以奉父母，而妻子食薯蓣，君意顾充然。"而对于他人的困难，他却乐于相助。"邻有吴生者，亦介士，至死不能殓。君重其节，独往手殡之。将去，顾见吴生母老惫衣破，即解衣与母。母知君无余衣，弗忍受也。君置衣室中趋出。"就是这么一个柔情似水、充满慈悲心肠的人，一旦遇到不平之事，却又瞿然而起，显得刚烈无比，如当他赴京应试，途经苏州，听说"有闽某举人至此，发狂疾，忽詈大吏。吏系之，祸不测矣"。"君瞿然曰：'吾友也！'即谢同行者，步就其系所，为供医药，饭羹至便溺皆君掖之。适君所识贵人至苏州，求为之解，某始得释。君即护之南行，至乍浦，乃遇其家人，君与别去。于是君往来苏州月余，失会试期，不得与。"后又因其"文品太峻，终不可与庸愚争福"，而"再绌于有司"。遭遇这么大的挫折，他却绝不肯向黑暗势力低头，宁愿从此"遂不试，往主漳州云阳书院"，以教书为生。姚鼐赞赏他"学行皆卓然，虽生不遇，表其墓宜可以劝后人"①。可见作者是自觉地以突出人物的"卓然"之性，来表现其文章的阳刚之气的。

姚鼐主张"阴阳刚柔并行而不容偏废"。"文之雄伟而劲直者，必贵于温深而徐婉"之笔。"温深徐婉之才，不易得也。然其尤难得者，必在乎天下之雄才也。"②以"温深而徐婉"之笔，写出"雄伟而劲直"之文，这正是姚鼐散文的风格特色。如果说其表现在写人物方面，主要在于以"温深而徐婉"，

---

① 《惜抱轩诗文集》，上海古籍出版社 1992 年版，第 160—161 页。
② 《惜抱轩诗文集》，上海古籍出版社 1992 年版，第 48 页。

突出人物的"卓然"之性的话，那么，表现在写景方面，则是以写出景色的秀丽动人，来表现出作者的雄才和阳刚之气。例如，他的《游媚笔泉记》，写"大石出潭中"的形态是："若马浴起，振鬣宛首而顾其侣"；写人"援石而登"的惊险是："俯视溶云，鸟飞若坠"；写周围的环境是："日暮半阴，山风卒起，肃振岩壁榛莽，群泉砏石交鸣。"① 若非出于雄才之手，岂能写出如此秀丽动人之景？《前言》说姚鼐的"古文风格"，"偏于他自己所谓的阴柔那种类型。"愚以为这种论断，不只使其偏重于阳刚的风格论与其创作实践脱节，而且就其古文的风格特色来说，也是只知其表而不知其里。

三、基本的结论

事实证明，姚鼐并不是个"不关心国计民生"的文学家，他的文章更非"无一语涉及民间疾苦者"，问题只是在于《前言》作者并未根据姚鼐所处的时代特点和他那独特的艺术手法，来真正理解他的文章。笔者毫不怀疑《前言》作者的古文阅读能力和水平，也极其尊敬《前言》作者刘季高先生的学识。只是愚以为要真正理解古代作家和作品，绝不是仅靠有学问就行的，还必须具备其他许多条件，诸如论者的思想观念是否解放，立论的出发点是否唯实，方法是否科学，是否坚持了历史唯物主义和辩证唯物主义的观点，是否具有艺术的鉴赏能力，等等。

因此，本文的目的不只是要指出《惜抱轩诗文集·前言》的某些谬误，更重要的是要打破历来认为姚鼐和桐城派是"为封建统治服务"②、"是和统治者一鼻孔出气"③的传统观念，给姚鼐和桐城派以实事求是的公正评价。简言之，

---

① 《惜抱轩诗文集》，上海古籍出版社 1992 年版，第 220 页。
② 游国恩等主编：《中国文学史》第 4 册，人民文学出版社版，第 300 页。
③ 中国科学院文学研究所：《中国文学史》（三），人民文学出版社 1962 年版，第 1072 页。

笔者认为，我们不只要看到姚鼐和桐城派对封建统治阶级依附、效劳的一面，还应看到他们跟当时现实社会中统治阶级的种种腐朽表现有其不满、矛盾的一面，他们作为有着深远影响的文学家，绝不只是有作当权的统治阶级的传声筒的一面，还有充当时代的感官、社会现实和自然的镜子、群众的代言人的一面。如果其自身毫无存在的合理性，而仅靠依附放封建统治阶级，充当他们的帮凶和工具，又怎么可能成为我国历史上影响最大、生命力最长的一个文学流派呢？只强调其前一面而否认其后一面，这种观点看似很"左"，而实则过分夸大了封建统治阶级的作用，抹杀了文学本身的相对独立性及其所固有的特性。这种形而上学的主观武断的学风，是极左的流毒尚未肃清的表现。它对于我们正确地批判继承中华民族极其丰富复杂的文化遗产，十分有害，人们岂能置若罔闻，等闲视之？

1995 年 6 月作于姚鼐逝世 180 周年

（原载《安徽大学学报》1996 年第 1 期）

论姚鼐的求实精神和写实特色

有学者断言，"姚鼐散文的最大特点就是空"①。而我细读姚鼐文集，却发现有个亮点："实"；此字在全书出现多达52次以上。究竟是"空"还是"实"呢？由此引起了我探讨这个问题的兴趣。

一、求实，使姚鼐对儒、道、佛家思想皆能兼收并蓄

姚鼐极其尊崇程、朱，说："得程、朱而明孔、孟之旨，程、朱犹吾父师也②。有人即据此断言，他"是要维护程朱理学的反动思潮的统治地位"③。然而，我们必须看到，他不是一味地盲目尊崇程、朱，而是对尊崇程、朱的偏见有所突破，对儒、道、佛家思想皆有所吸纳。例如，他认为程、朱只是"得圣人之意多也"。只要发现其有不合圣人之意处，即可予以舍弃。用他的话来说："苟欲达圣贤之意于后世，虽或舍程、朱可也。程、朱言或有失，吾岂必曲从之哉？程、朱亦岂不欲后人为论而正之哉？正之可也。"他不是假设，而且肯定"朱子说诚亦有误者"。并具体指出墨子对晏子的谬责，"子长不能辨而载之《世家》，虽大儒如朱子，亦误信焉。是以晏子为世诟，而不知其固非实也。"

① 漆绪邦、王凯符：《桐城派文选·前言》，安徽人民出版社1984年版。
② 姚鼐：《惜抱轩诗文集》，上海古籍出版社1992年版，第102页。以下凡引文后有"P"页码者，皆出自该书，不另加注。
③ 中国科学院文学研究所：《中国文学史》（三），人民文学出版社1962年版，第1072页。

尤为可贵的是，他所尊崇的理学，并不是"必以为圣贤之言如是其当于理也，"而是认为"言之不切者，皆不当于理者也"。以是否切合实际，作为是否"当于理"的标准，这就大大缩小了程、朱理学对他的负面影响。

求实精神还使姚鼐颇能理解和吸纳老庄之学。他对老、庄作过深入的研究，著有《老子章义》《庄子章义》。对于如何理解《老子》一书，他说："余更求其实。"对于老子主张"绝圣弃智"，实行"无为而治"，他不是简单地斥之为虚无主义，而是认为这是由于老子"得先王制礼之本意，而观末世为礼者循其迹而谬其意，苟其说而益其烦，假其名而悖其实，则不胜悁忿而恶之"。因此他认为："老子之初志，亦如孔子，而用意之过，眩末世非礼之礼，其辞偏激而不平，……《老子》书所云'绝圣弃智'，盖谓圣智仁义之伪名，若减武仲之为圣耳，非毁圣人也。"这就使老子那看似虚无、消极的思想，被阐释为实质上是揭露封建统治者"假其名而悖其实"的思想武器，足以激起人们对封建统治的社会现实"不胜悁忿而恶之"的巨大效果。

对于佛学，他更反对"儒者以形骸之见拒之"，说："吾谓其超然独觉于万物之表，豁然洞照于万事之中，要不失为己之意，此其所以足重，而远出乎俗学之上。"他本人还宣称："老年惟耽爱释氏之学"[1]，"笃信释氏"[2]。公然以"居士"标榜自己是在家奉佛的佛教徒。

可见儒、道、佛三家皆对姚鼐的思想影响至深。例如，在姚鼐对一切古人都不是盲目信从，而是强调要"核实去伪，而不为古人所愚"。一旦经过他的"核实去伪"，就势必能在某种程度上扬弃其糟粕而吸取其精华，至少比不注重"核实去伪"的人要高明得多。

---

① 姚鼐：《惜抱尺牍》卷5，《与陈硕士》，小万柳堂据海源阁本重刊，1909年。
② 姚鼐：《惜抱尺牍》卷7，《与陈硕士》，小万柳堂据海源阁本重刊，1909年。

二、求实，使姚鼐具有与时俱进的思想

与时俱进，不只是当今的要求，也是我国自古以来的文化传统和历史经验。姚鼐在《惜抱轩文集》卷4《谢蕴山诗集序》中，即盛赞诗人谢蕴山："十余年来，先生之所造，与时俱进。"除了在此明确提出要"与时俱进"之外，在其他文章中他还提出"与年日新""与世转移"等类似的要求。

例如，他的《赠陈伯思序》说："德与年日新者，余所望于伯思也。"在《礼终集要序》中，他指出："先王之世既远，民俗异而国制屡更，尽用古法，则不可。"他认识到："风俗美恶，与世转移，由来久矣！"天地之运，久则必变。是故夏尚忠，商尚质，周尚文。"也就是说，"久则必变"，"与时俱进"，"与年日新"，"与世转移"，这都是"天地之运"——客观规律的必然要求。因此他要求人们想问题、办事情都必须适时，从当时的实际出发，如他在《贾生明申商论》中所指出的："冬必裘而夏必绤者，时也。齐甘苦酸辛咸而御之者，和也。诸葛武侯当先主之时，宽法孝直，救李邈、张裕，其用意一出于慈仁，乃以申、韩之书教后主，知其所不能也。且贾生、诸葛，皆所谓天下之才，识时务之要者矣！申、商明君臣之分，审名实，使吏奉法令而度数可循守；虽圣人作，岂能废其说哉！然使述此于景、武之时，则与处烈风而进曓者何以异。"这也就是说，与时俱进，如同冬天必须穿皮衣而夏天必须穿麻衣一样，是适应气候冷热的需要，否则，就像给处在烈风中的人送扇子一样愚不可及。即使对待儒家经典学说，他也认定："古人不能无待于今，今人亦不能无待于后世，此万世公理也。"

"为文章者，有所法而后能，有所变而后大。"强调"变"，这就是桐城派之所以能在中国文学史上成为历时最长、影响最大的文派的一条根本经验。所谓"变"，就是要不断适应时代变化的需要。如同五四新文化运动的旗手之一胡适所指出的："古文经过桐城派的廓清，变成通顺明白的文体。""曾国

藩说的'举天下之美，无以易乎桐城姚氏者也'，最可代表当时文人对这个有势力的文派的信仰。……姚鼐、曾国藩的古文差不多统一了十九世纪晚期的中国散文，散文体做到了明白通顺的一条路，它的应用能力当然比那骈俪文和那模仿殷盘周诰的假古文大多了。这也是一个转变时代的新需要。这是桐城古文得势的历史意义。"①姚鼐散文之所以能变得较为适应"一个转变时代的新需要"，不能不归功于他有与时俱进的求实思想。他说："夫文无所谓古今也，惟其当而已。""不知其所以当，而敝弃于时。"②可见他所谓的"当"，就是要得当于今，不为时代所抛弃。

三、求实，是姚鼐笔下褒扬从政为官者的准则

他在《河南孟县知县新城鲁君墓表》中，赞扬知县鲁鸿"慕古人行迹，思效于实用"。在《蒋君墓碣》中，称赞蒋知廉任山东临清州同知，"吏事甚办，辨获盗之不实者，执之力，卒获真盗，果如君言。"为官求实，不仅可以避免制造冤假错案，而且足以挽救无辜者的生命，如他在《实心藏铭（并序）》中，称赞其同乡好友汪志伊："平生惟矢心去妄而存实。""山西有孟本成者，为人诬以杀死张光裕，一省之官皆定为情实矣。公验其凶刀甚小，与伤痕不合，所序情节甚乖舛，执以为诬。钦差至，犹颇以翻众案为难也；公辨之，词证明而义坚正，本成卒得生，公名由是大起。"孟本成的"卒得生"，显然就是由于汪志伊坚持求实的结果。而姚鼐所赞扬的汪志伊的求实，不只要有"验其凶刀"等深入调查研究案情的作风，而且面对"一省之官皆定为情实矣"，要有勇于力排众议对百姓负责的精神，而对"钦差至，犹颇以翻众案为难也"，仍有不顾个人得失而"词证明而义坚正"地"辨之"的精神。可见这种求实精神，

---

① 胡适：《胡适古典文学研究论集》，上海古籍出版社1988年版，第234、235页。
② 周中明选注：《姚鼐文选·古文辞类纂序目》，苏州大学出版社2001年版，第103页。

实质上就是勇于对百姓负责的精神，不顾个人安危的献身精神，不计个人得失勇往直前的大无畏精神。

如果说孟本成被诬杀人案，还只是关系到孟本成一个人的生命，那么，姚鼐所写的治水救灾，官吏所察是否"得实"，则直接关系到广大人民的利益和生命。例如，作者接着所写汪志伊治水，"自昔江、汉泛溢，沉浸民田，或数十年，且数百里。公督湖广时，奏请建闸浚河，而建立堤工，亲往督视，用财实而工巩，至今为利"。身为湖广总督这样的高官，对于"建闸浚河"之类的水利工程，不是交给下级官吏或工程技术人员去办即了事，而是"亲往督视"，以确保工程质量，收到"用财实而工巩，至今为利"的良好效果。在《修职郎砀山县教谕瞿君墓表》中，他写瞿塘面对邓州水旱灾害，能"不避劳苦，所察得实"，这就使当地"民被灾多赖以存者"。

姚鼐还把求实上升到"道"的高度，如在《中宪大夫开归陈许兵备道加按察使衔彭公墓志铭（并序）》中，他写彭如干在担任开归陈许道期间，遇到黄河三次决口，其中尤以嘉庆八年"冬决衡家河，其患最巨，逾半年乃塞，天下所谓'衡工'也。公皆在工所，相视形势之便，筹思导塞之宜，指摩畚捅之事，不避风雨昏夜，故功每易成。卒以督办衡工引河，劳瘁致疾，犹勤不辍，以致于没。是为嘉庆八年十一月二十四日，享年七十"。皇帝因为他"深悉河务，实心任劳，力疾不移，致没工次"，而特地"加恩赏给按察使衔"。作者则在"铭词"中赞扬："其功在民，其道可循。"这里所说的"功"和"道"，显然就是指在为民谋利的前提下，他那为治水而"相视形势之便，筹思导塞之宜"的求实精神，以及为此而"劳瘁致疾，犹勤不辍"的献身精神；把这种精神上升到放之四海而皆"可循"的"道"的高度，显然就不再是局限于某个官吏个人的求实精神，而是对具有普遍意义的民族精神的张扬，是对实事求是这个客观规律必由之路的揭示。

四、求实、写实，是姚鼐所遵循的创作原则

其求实、写实的内涵，首先是指客观的真实。例如他赞赏《新修宿迁县志》："是书所取之事，必存乎信实而已。"指责"世之方志，言古城邑，若不考求四面地形远近，堪容置否？是以所举多不实"。又说："余尝病天下地志谬误，非特妄引古记，至纪今时山川道里远近方向，率与实舛，令人愤叹。设每邑有笃学好古能游览者，各考纪其地土之实迹，以参相校订，则天下地志，何往不善！"对于"不可得而知"者，他主张"不可知则阙，以为愈于诬托者之愚也。"

不只是"世之方志""天下地志"要合乎客观真实，文学作品也是如此。在姚鼐看来，"天地之道"，就是"文章之原"，就"皆可以为文章之美"。他断言："古今所贵乎有文章者，在乎当理切事，而不在乎华辞。"所谓"当理切事"，就是要符合客观实际，如他在《食旧堂集序》中，即赞赏其"欲尽取天下异境以成其文"。在为左仲郛作的《浮渡诗序》中，他赞赏的也是"凡山之奇势异态，水石摩荡，烟云林谷之相变灭，悉见于其诗，使余恍惚若有遇也"。姚鼐本人的创作，也十分重视其所写内容的真实性。如在《婺源洪氏节母江孺人墓表》文末，姚鼐明言："孺人之执节，可谓难矣！因书其实，俾钧刻诸墓上云。"在《光禄大夫刑部尚书赠太傅钱文端公墓志铭（并序）》文末，姚鼐也特地表明："刻示后来，吾言不欺。"在《翰林院庶吉士侍君权厝铭（并序）》中，他申明："鼐知君最久，故为铭。"在《汪玉飞墓志铭（并序）》文末，姚鼐说他之所以写此文，乃因"知其异于今世学者，惟余而已"。他之所以作《江苏布政使方公墓志铭（并序）》，是由于"居江宁时，亲见民之戴公甚也"。姚鼐还要求自己写的传记文，无愧于信史。在《周梅圃君家传》文末，他即明言："余嘉梅圃之治，为之传，取事简，以为后有良史，取吾文以登之列传，当无愧云。"

姚鼐求实、写实的另一内涵，是指作家主观性情的真实。例如，在《吴荀

叔杉亭集序》中，姚鼐批评"今之工诗者，如贵介达官相对，盛衣冠，谨趋步，信美矣，而寡情实"。赞扬"若荀叔之诗，则第如荀叔而已。荀叔闻是甚喜"。这里他所强调的"情实"，显然是指各个作家所独有的性情、才力和创作个性、风格的真实。姚鼐要求作家"不可伪饰"，要做到"读其诗者，如见其人"。他还要求作家"其人"，不应是通常的世俗之人，而是应做到："其所孜孜而为者，君子之事也；津津而言者，君子之言也。故其诗与文，无鋬（pán）帨（shuì）组绣之华，而有经理性情之实。"

值得注意的是，从姚鼐的文章来看，他还重视发挥作家的想象力和创造力，追求艺术的真实。如他的《游灵岩记》，写他游灵岩山，"登则周望万山，殊骛而诡趣，帷张而军行。"把他登上灵岩山所看到的四周的"万山"，想象成如万马飞驰奔腾，如帷幕张开，军队前进，仿佛涌动着历史上波澜壮阔的战争场面。客观自然界的万山，怎么可能是"殊骛而诡趣，帷张而军行"呢？显然这只能是经过作家想象和描绘的艺术的真实，尽管它是以客观的真实为基础的。

求实、写实，还使姚鼐对于文学的实际作用，有着充分的认识，如他指出："夫文学者，所以兴德义，明劝戒，柔驯风气，登长才杰，于为政之事，似赊而实切者也。"

五、姚鼐散文的写实特色

既然姚鼐是坚持求实、写实的，那么，为什么有的学者又会感到他的"散文的最大特点就是空"呢？这就牵涉到姚鼐散文的写实有其自身的特色，我们必须予以正确的认识和充分的理解。

首先，姚鼐所着力追求的是写人的精神气质，而对于人所做的具体事迹，则多属概括地一笔带过，很少作翔实的描述。例如，他的《赠中宪大夫湖广道兼掌河南道监察御史加二级孟公墓表》，全文未写一件具体事例，只是概括地写"公讳鸿品,字飞陆,其立身有行义,事亲尤孝谨,愉色婉容,能曲成亲心其考邑庠优生殁,亦君子也,母武孺人,皆乐公有养志。公外接人无城府,奖正疾邪,而能有容。其教子孙,必为正士。谓'士品立,则可富贵,亦可贫贱;士品一隳,富贵则骄溢,贫贱则卑污,均为可耻'"(P330、331),至于孟公如何"立身有行义"?如何"事亲尤孝谨"?如何"奖正疾邪,而能有容"?则皆未举例详述。但其人作为讲究"士品"的"正士""君子"的精神风貌,却依稀可见。从写事来说,它只是略写,显得似有点"空",然而它又绝不是空洞的说教,而是从其为人的方方面面,凸显出精神气质,因此从写人来看,它给人的感受却是实实在在的。文学作品的特质正是在于写人,即使写事,也应着眼于、服从于和服务于写人。忽视文学作品的特性,不从写人的角度出发,就难免会只看到姚鼐散文"空"的表象,而忽视甚至抹杀其着力于写人的写实特色。

其次,桐城派主张"文贵简",以"简为文章尽境"[1]。要求做到"所记之事,必与其人之规模相称"。"所载之事不杂"[2]。要使"千百世后,其事之表里可按,而如见其人"。所描写的人物,要足以使其"性资风采可想见矣"[3]。因此,姚鼐必须使他的写实服从于桐城派追求简洁的文风。他并不是一概不写具体事例,在《博山知县武君墓表》中对武君如何敢于跟大贪官大奸臣和珅作斗争,即作了很具体翔实的描写:"乾隆五十七年,当和珅秉政,兼步军统领,遣提督番役至山东,有所诇察。其役携徒众,持兵刃,于民间凌虐为暴,历数县,莫敢何问。至青州博山县,方饮博恣肆,知县武君闻,即捕之。至庭不跪,以牌示知县,曰:'吾提督差也。'君诘曰:'牌令汝合地方官捕盗,汝来三日何不见吾?且牌止差二人,而率多徒何也?'即擒而杖之,民皆为快,而大吏

---

① 刘大櫆:《论文偶记》,人民文学出版社 1959 年版。

② 方苞:《方苞集》,上海古籍出版社 1983 年版,第 853 页。

③ 方苞:《方苞集》,上海古籍出版社 1983 年版,第 62、63 页。

大骇，即以杖提督差役参奏，副奏投和珅。而番役例不当出京城，和珅还其奏使易，于是以妄杖平民劾革武君职。博山民老弱谒大府留君者千数，卒不获，然和珅遂亦不使番役再出。当时苟无武君阻之，其役再历数府县，为害未知所极也。武君虽一令，而功固及天下矣。"这段文字有叙述，有对话，有评论，不只把事情的前后经过写得翔实之极，而且把那勇于对人民负责、敢于跟权奸作斗争的武君形象，刻画得如跃眼前，同时对奸臣和珅那弄虚作假、妄加罪名而又色厉内荏的丑恶本质，也揭露得入木三分。谁能说它的"最大特点就是空"呢？只不过全文仅写此一事，其余皆为略写："其任博山县及去官才七月，而多善政，民以其去流涕。君自是居贫，常于他县主书院，读经史，考证金石文，多精论明义，著书数百卷。"至于他究竟还有哪些"善政"？"居贫"到何等地步？又有哪些"精论明义"？作者皆略而不写，只是于文末指出："君行足称者犹多，而非关天下利害，兹不著。"可见作者的选材，须以攸"关天下利害"为准则。追求简洁和选材严格，这绝不是姚鼐散文的"空"，而是它写实的又一重要特色。

再次，姚鼐散文的特点是以"丰韵"见长。对此，连指责桐城派为"舍事实而就空文"的近代著名学者刘师培，都赞赏地说："惟姬传之丰韵……则又近今之绝作也。"[①] 既属"丰韵"，为何仍被人指责为"空"呢？这是由于姚鼐作文所追求的"丰韵"意境，不易被读者一眼看穿，而是如他所指出的："人初视若无足赏，再三往复，则为之欣怃凄怆，不能自已。"例如，他的《李斯论》，主旨是要批驳"苏子瞻谓'李斯以荀卿之学乱天下'"。但他不是局限于就事论事，而是由指出李斯"非行其学也，趋时而已"，进而论述到"君子之仕"与"小人之仕"的区别，"有为善而受教于人者矣，未闻为恶而必受教于人者也"，文末归结为："夫世言法术之学，足亡人国，固也。吾谓人臣善

---

① 郭绍虞主编：《中国历代文论选》下册，上海中华书局 1963 年版，第 184 页。

探其君之隐，一以委曲变化以从世好者，其为人尤可畏哉！尤可畏哉！"这一切，显然不只是指李斯个人，更非空发议论，而是富有丰富、强烈的现实针对性，耐人对其韵味仔细咀嚼，品味再三。又如，他的《陈谨斋家传》，不只写陈谨斋"以行贾往来江上"，如何"明智绝人"，"所居货尝大利矣"，如何"其自奉甚简陋，而济人则无所惜"，而且于文末指出："谨斋生平皆庸行，无奇诡足骇人者；然至今人多称之者，以其诚也。夫使乡里常多善人，则天下之治无可忧矣。如谨斋者，曷可少哉！曷可少哉！"这就不只是表彰陈谨斋一个人的问题，而是攸关"天下之治"，具有极其普遍的意义。如果人们一读而过，囫囵吞枣，则难免感觉其"空"；若再三咀嚼，就会深感其内涵丰富，韵味悠长。

六、姚鼐坚持求实、写实的原因

首先，是由于他吸取了历史的教训，认识到空谈的危害和实质。例如，他在《赠钱献之序》中指出："盖魏、晋之间，空虚之谈兴，以清言为高，以章句为尘垢，放诞颓坏，迄亡天下。"可见姚鼐认识到，"空虚之谈兴"，有足以导致"亡天下"的恶果。他的这个认识，是跟明末清初进步思想家顾炎武的思想一脉相承的。顾炎武把明代的灭亡，即归咎于空谈孔、孟的学风。他说："刘石乱华，本于清谈之流祸，人人知之，孰知今日之清谈，有甚于前代者。昔之清谈老、庄，今之清谈孔、孟。"[①]"空虚之谈兴"，其实质必然是只求名而不求实，以致名实相悖，如姚鼐所痛斥的："假其名而悖其实。""有士之名而实为士之蠹。""今世相矜以名，虽闺门之内，亦务为夸饰而寡情实。"究竟是"相矜以名"，还是务必求实？在这两种风气的斗争中，姚鼐显然不但

---

① 顾炎武：《日知录》卷7，《夫子之言性与天道》，《日知录集释》，花山文艺出版社1990年版。

是属于后者,而且还以他那犀利的文笔,力求透过其"名"的表象而揭穿其祸国殃民的实质。这难道还不值得我们予以充分肯定么?

其次,是由于受到清代颜元(1635—1704)、阮元(1764—1849)等进步思想家求实思潮的影响。例如,颜元指出:"救蔽之道,在实学,不在空言。"①阮元强调:"凡事求是必以务实。"②不只是颜、阮等少数学者如此,而且形成"这个时代的学术主潮是:厌倦主观的冥想而倾向于客观的考察。无论何方面之学术,都有这样趋势"③。姚鼐的求实思想及其追求写实的文学创作,绝不是孤立的、偶然的,而是受到了这种进步思潮的积极影响,并与之遥相呼应的。

过去由于人们过分看重姚鼐尊崇程、朱义理的宋学,而把他视为主张考证求实的汉学家的对立面。其实,只要细读姚鼐的文集,即不难发现,姚鼐所反对的只是:"为考证之过者,至繁碎缴绕,而语不可了当。""于是专求古人名物、制度、训诂、书数,以博为量,以窥隙攻难为功。"至于对考证本身,他不但没有反对,而且还主张义理、文章应与考证"兼长""相济",盛赞"夫以考证断者,利以应敌,使护之者不能出一辞。""以考证助文之境,正有佳处,夫何病哉!"④他如此重视考证,可见他与汉学家的求实精神是完全一致的。

再次,求实、写实,也是姚鼐对方苞所开创的桐城文派优良传统的继承和发扬。例如,方苞的"义法"说,强调"言有物"⑤,就显然是针对"空疏不学""游谈无根"的恶劣学风和文风而发的。朱可亭即盛赞方苞"学皆济于实用"⑥。重视写实,是方苞开创的桐城文派的一大特色。他宣称:"吾平生非久故相亲

---

① 颜元:《存学编》卷3。
② 阮元:《揅经室四集》卷2,《宋砚铭》。
③ 梁启超:《饮冰室合集》专集之75,《中国近三百年学术史》,中华书局1989年版。
④ 姚鼐:《惜抱尺牍》卷6,《与陈硕士》,小万柳堂重刊本。
⑤ 方苞:《方苞集》,上海古籍出版社1983年版,第58页。
⑥ 方苞:《方苞集》,上海古籍出版社1983年版,第690页。

者，未尝假以文，惧吾言之不实也。"①"称人之善而过其实，则其文无以信今而传后。"②他应邀为人写《墓志铭》，不但坚持"非亲懿故旧"不写，而且对所写的内容，"则虽君父不敢有私焉"，否则，他宁愿累累因"不为铭而生怨嫌"，决不"设实背于所称"。③他的《左忠毅公逸事》文末，特地注明文中所写左公"狱中语"，是由其"亲得之于史公云。"④他的《狱中杂记》，则明言是"康熙五十一年三月，余在刑部狱"，⑤耳闻目睹的事实。姚鼐的求实、写实，是跟方苞所开创的桐城文派的传统一脉相承的，这也是桐城派的文章之所以获得"信今而传后"的生命力的一条重要的历史经验。

上述种种事实说明，认清姚鼐的求实精神和写实特色，不仅有助于人们纠正对姚鼐乃至整个桐城派的误解，而且由此可以进一步体会到，反对空谈，崇尚求实、写实，乃是我们中华民族的文化传统和民族精神，值得我们进一步发扬光大。

（原载《南京师范大学文学院学报》2005 年第 3 期）

---

① 方苞：《方苞集》，上海古籍出版社 1983 年版，第 201 页。
② 方苞：《方苞集》，上海古籍出版社 1983 年版，第 205 页。
③ 方苞：《方苞集》，上海古籍出版社 1983 年版，第 312 页。
④ 方苞：《方苞集》，上海古籍出版社 1983 年版，第 238 页。
⑤ 方苞：《方苞集》，上海古籍出版社 1983 年版，第 709 页。

论姚鼐的"以诗为文"

纵观我国诗文演进的历史，我们不难发现一个有趣的逆反现象：诗与文的双向互动。在唐代倡导古文运动的韩愈"以文为诗"，使其诗以散文化的语言风格，"驱驾气势，若掀雷挟电，撑抉于天地之间，物状奇怪，不得不鼓舞而徇其呼吸也。"（司空图《题柳柳州集后》）从而一扫"中唐以来柔弱浮荡的诗风"①，为中国诗歌的发展作出了历史性的新贡献；到了清代，以唐宋古文为文统的桐城派集大成者姚鼐，则强调"文者，艺也"，"诗文固是一理"，因而他"以诗为文"，更加自觉地把我国古代散文由说理或叙事的应用文演变为具有更高艺术性的艺术散文，为我国散文艺术的发展作出了别具划时代意义的重大贡献。

说姚鼐是"以诗为文"，这并非笔者的创见，而是吴孟复的《桐城派述论》首先提出来的。他说："以诗为文，在于神韵。姚之论文，曰：'神理气味，格律声色'，以神居首，重在韵味。"② 在此之前，方宗诚在《桐城文录序》中也说过："惜抱先生文，以神韵为宗，虽受文法于海峰、南青，而独有心得。"③斥责桐城派是"舍事实而就空文"的近代著名学者刘师培，也特别赞赏"惟姬

---

① 中国科学院文学研究所：《中国文学史》（二），人民文学出版社 1962 年版，第 433 页。

② 吴孟复：《桐城文派述论》，安徽教育出版社 1992 年版，第 36 页。

③ 郭绍虞主编：《中国历代文论选》下册，上海中华书局 1963 年版，第 122 页。

传之丰韵"，"则又近今之绝作也"①。只可惜对姚鼐究竟是怎样"以诗为文"的，皆语焉不详。仅仅指出其"以神居首，重在韵味"，或"以神韵为宗"，独具"丰韵"，这未免过于笼统、抽象，使人难以确切认知和具体把握。至于姚鼐究竟怎样"以诗为文"的？他为什么要"以诗为文"？他的"以诗为文"对中国的散文艺术有哪些重大发展？认识姚鼐的"以诗为文"又有什么意义？对于这些问题，则从无人涉及。因此，我们有必要就此作深入的研究和阐述。

一、姚鼐究竟是怎样"以诗为文"的

首先，吸取"诗重比兴"②的艺术手法，使本来惯于"正言直叙"的古文，更着力于运用"以物相比"等客观描绘，从而使之更具形象性和生动性，增强说服力和感染力。例如，姚鼐的《答翁学士书》，其主旨是不赞同翁方纲所教的"为文之法"，本属说理性的书信，然而作者却不是正面说理，而是用了类似诗歌比兴的手法，首先写道：

鼐闻今天下之善射者，其法曰："平肩臂，正胠，腰以上直，腰以下反句磬折，支左诎右。其释矢也，身如槁木。苟非是，不可以射。"师弟子相授受，皆若此而已。及至索伦蒙古人之射，倾首、欹肩、偻背，发则口目皆动。见者莫不笑之，然而索伦蒙古之射远贯深而命中，世之射者常不逮也。然则射非有定法亦明矣。③

作者以"今天下之善射者"与"索伦蒙古人之射"的形象描绘，两相比较，

---

① 郭绍虞主编：《中国历代文论选》下册，上海中华书局 1963 年版，第 184 页。
② 清·方东树：《昭昧詹言》，人民文学出版社 1984 年版，第 419 页。
③ 姚鼐：《惜抱轩诗文集》，上海古籍出版社 1992 年版，第 84 页。以下凡引文后用"P"页码者皆出自该书，不另加注。

不只说明"射非有定法",更重要的是以此为比喻,说明诗文创作"因乎意与气而时变者也,是安得有定法哉!"既然没有"定法",而"人情执其学所从入者为是,而以人之学皆非也;及易人而观之,则亦然。譬之知击棹者欲废车,知操缆者欲废舟,不知其不可也"。以行船的欲废车,驾车的欲废舟,来比喻和批驳作家以己之学为是,以人之学皆非,这该是多么形象生动贴切,说理透辟有力啊!

作者所采用的这种"今天下之善射者"与"索伦蒙古人之射","击棹者"与"操缆者"的形象化比喻手法,它既有"言在于此,而意寄于彼"的作用,仿佛就是在指责对方以"今天下之善射者"自居,强行"唯一人之法",如"击棹者欲废车""操缆者欲废舟"那样一叶障目,固执己见,显得荒唐、愚蠢、可笑之极!然而作者毕竟又没有如此直言,因而在表现形式上也就没有这样剑拔弩张、声色俱厉地痛加批判,而是只把这种批判寄寓于比喻性的描写之中,这就使其具有曲折性和委婉性,不但在表现形式上显得形象如绘,活泼生动,而且在思想内容上也显得委婉动听,容易为人所接受。

作者把尖锐的批判寄寓于上述比喻性描写之中,而在文末却直言:"见诸才贤之作不同,夫各有所善也","皆鼐所欲取其善以为师者。""使鼐舍其平生而唯一人之法,则鼐尚未知所适从。比承先生吐胸臆相教,而鼐深蓄所怀而不以陈,是欺也,窃所不敢,故卒布其愚,伏惟谅察!"这话说得该是多么谦卑、中听啊!可是如果没有上述比喻性的描写,那就不但使全文大为逊色,而且更有失作者要批驳"唯一人之法"的主旨。只有把文末的这段直言与前面的比喻性描写相映衬,才构成全文绵里藏针、寓刚于柔的风格特色,给人以玩味无穷、赞赏不绝的巨大艺术魅力。

其二，吸取"诗主含蓄""诗曲而隐"①的艺术手法，使本来惯于"显而直"②的古文，更着力于以"曲而隐"，追求"蕴藉深厚、余味曲包"的艺术境界，从而使之更具引人入胜、耐读耐嚼的艺术魅力。为此，作者的文章往往不空发议论，不直接揭露科举取士如何不公，封建官场如何黑暗，而是使其"曲而隐"在一些前后自相矛盾不合逻辑的语句之中，使其批判的锋芒含而不露，令读者思而得之。例如，他在《石屏罗君墓表》中，写罗会恩"有文学，数不第，退居修行于家"。科举考试就是考"文学"，只有"无文学，数不第"，才是合乎情理的必然结果。他既然"有文学"才能，如果偶尔一次、两次考不中还情有可原，为什么历经数次考试却总是考不中，而要遭到"数不第"，以致不得不"退居修行于家"呢？如此违理悖情，不合逻辑的下场，岂不是意味着科举制度的不公和腐败么？接着又写他在退居乡里期间，"里中事宜，谋于公所，君卓然建议，躬任其劳，必众利而后已。其身终于乡，而人信其才足以任世事也。"一个经过实证被众人信服"其才足以任世事"的人，为什么要被剥夺"任世事"的机会，而使他只能毕生"终于乡"呢？如此埋没人才的社会现实，岂不是太不合理、太黑暗了吗？然而这一切作者都没有明白地写出来，只是通过上述前后矛盾、含蓄不露、"曲而隐"的句法，给读者留下了想象的空间，使之足以引人思索，启人醒悟。

诸如此类"曲而隐"的笔法，在姚鼐的文集中可谓比比皆是，屡见不鲜，如他在《袁随园君墓志铭（并序）》中写袁枚："君本以文章入翰林有声，而忽摈外；及为知县著才矣，而仕卒不进。自陕归，年甫四十，遂绝意仕宦"。他的父亲"疑子年少无吏能"，特地从杭州来到他担任过知县的江苏溧水县，在群众中进行私访，"皆曰：'吾邑有少年袁知县，乃大好官也。'"他在江

---

① 明·许学夷：《诗源辩体》卷1，上海飏庐重印本，1922年。
② 明·许学夷：《诗源辩体》卷1，上海飏庐重印本，1922年。

宁任知县时因秉公办案，被群众"以所判事作歌曲，刻行四方。君以为不足道，后绝不欲人述其吏治云"。

在这两段不长的文字中，即留下很多令人想象的空间：他既然有入翰林的声望，为什么不让他"入翰林"，"而忽摈外"呢？既然他在知县任上表现得很有才干，为什么又得不到提拔重用呢？他刚到40岁，为什么正当壮年却要"绝意仕宦"呢？既然他当过知县的溧水县和江宁县的群众皆公认他的政绩卓著，甚至编成歌曲广为颂扬，他理应感到高兴和光荣，为什么却反而"以为不足道"，要人"绝不欲述其吏治"呢？这一切，作者皆未明写其原因，只是从写他"遂绝意仕宦"到"后绝不欲人述其吏治"，由这先后两个"绝"字，即可想见他对封建吏制的腐败黑暗、封建官场的可气可恼、可鄙可恨，已经达到多么不堪回首、不值一提、不屑一顾的地步！

这一切不明写所留下的空白，就是作者采用"诗曲而隐"的笔法，使之含蓄有味，给读者留下想象的空间。不识其妙处者，指责桐城派文章过于空疏，而懂得文学奥秘者则盛赞："凡诗文妙处，全在于空。譬如一室内，人之所游焉息焉者，皆空处也。若室而塞之，虽金玉满堂，而无安放此身处，又安见富贵之乐耶？钟不空则哑矣，耳不空则聋矣。"[①]语言艺术不同于造型艺术，它要有"空白"。司空图的《诗品》中讲："不著一字，尽得风流"，显然就是指的这种"空白"。它不只足以推动和诱发读者展开想象的翅膀，使之具有品味不尽的艺术魅力，而且有突出人物神韵的奇妙效果，如吴孟复所说："神韵者，只写一鳞一爪，而龙之夭矫自见，即以'不说尽'写'说不尽'，以'不说出'写'说不出'。"[②]（钱钟书《谈艺录》）前述所写袁枚的两个"绝"字，即可谓是突出其人神情风貌、精神气质的神来之笔，令人深思不已，品赏不绝，

① 清·袁枚：《随园诗话》，人民文学出版社1982年版，第461页。
② 吴孟复：《桐城文派述论》，安徽教育出版社1992年版，第111页。

不禁惊叹：真是神极妙绝了！

其三，吸取诗主"吟咏情性"的长处，使本来主"记述"的古文在字里行间皆流淌着浓郁的感情血液，不只能以理服人，而且能以情动人。为此，姚鼐的创作特别独钟于"情"，他要求："为诗文用思周密和易而当于情"，"天地万物之变，人世夷险曲直好恶之情态，工文章者，必抉摘发露至尽。"他赞赏钦君善的文章"自适己意，以得其性情所安，故曰畸文也"。要求做到使人"观其文，讽其音，则为文者之性情形状，举以殊焉"。

由于姚鼐不是像人们所说的："有所记述之谓文，吟咏情性之谓诗"[①]，把诗与文截然区隔开来，而是寓"吟咏情性"于"记述"之中。例如他在《食旧堂集序》中写道：

丹徒王禹卿先生，少则以诗称于丹徒；长入京师，则称于京师。负气好奇，欲尽取天下异境以成其文。乾隆二十一年，翰林侍读全魁使琉球，邀先生同渡海，即欣然往。故人相聚涕泣留，先生不听，入海覆其舟，幸得救不死，乃益自喜，曰："此天所以成吾诗也！"为之益多且奇，今集中名《海天游草》者是也。

这可谓是地道的"记述"文，但它给我们的感受却不是平淡无味，而是情浓意深。因为它用寥寥几笔，即把一个为体验生活而写诗，便无私无畏、勇往直前，不惜置自己的生命危险于不顾，意气风发、豪气冲天的诗人形象，刻画得栩栩如生，仿佛活跃于我们的眼前。使读者深感其字里行间无不充溢着作者对这位诗人的衷心敬佩、无比仰慕和热烈赞颂之情。或可断言，正是由于作者创作时的这种满腔激情，才得以如此成功地以记述的方式，刻画出诗人的冲天豪情；正是由于着力刻画出"情性"，才使作者笔下的文字仿佛有了生命，有了血肉，有了活力，足以给人以不可抗拒的感染和鼓舞。

---

① 金·元好问：《遗山先生文集》卷36，《杨叔能小亨集引》，四部丛书刊本。

姚鼐不只使叙事的记述文充溢着"情性"，而且使说理的议论文也活跃着"情性"的灵气，如他的《礼笺序》中写道：

> 有入江海之深广，欲穷探其藏，使后之人将无所复得者，非至愚之人，不为是心也。《六经》之书，其深广犹江海也。自汉以来，经贤士钜儒论其义者，为年千余，为人数十百。其卓然独著、为百世所宗仰者，则有之矣。然而后之人犹有能补其阙而纠其失焉，非其好与前贤异，经之说有不得悉穷，古人不能无待于今，今人亦不能无待于后世，此万世公理也。吾何私于一人哉？大丈夫宁犯天下之所不韪，而不为吾心之所不安。其治经也，亦若是而已矣。

这段文字是说《六经》如江海一样"不得悉穷"的道理，显属说理的议论文。然而它不是完全单纯地说理，而是以"江海"作形象化的比喻，这个比喻本身即表现出作者对《六经》的尊崇之情，那个"宁犯天下之所不韪"，而不"私于一人"，"不为吾心之所不安"，具"大丈夫"精神气概的"吾"的人物形象，更使"情性"鲜明突出，超凡脱俗，卓越警人。"吾何私于一人哉？"这既是对那些指责他独尊程朱理学的人的反驳，又寄寓着他那被人误解的委屈之情。读了这段文字，不仅使人感到描写生动、说理透辟，而且对作者那高瞻远瞩、博大宽广的大丈夫情怀，由不得不肃然起敬。这就是说，它不只晓之以理，而且能动之以情，使人读后不禁在感情上、精神上能得到鼓舞和升华。

其四，吸取"诗主风神"[1]，讲究语言精练，格律和谐，悦耳动听，具有音乐美、整齐美、对称美、回环美等创作经验，使姚鼐的古文不是仅满足于作"载道之器"，"辞达而已矣"（《论语·卫灵公》），而是认定："神、理、气、

---

① 明·胡应麟：《诗薮》外编卷1，中华书局1958年版。

味"，为"文之精也"，"格、律、声、色"，为"文之粗也"；进行创作，"必始而遇其粗，中而遇其精，终则御其精者而遗其粗者"，[①]使人读后不禁要"叹服其美"。可见他对创作散文，如同诗人创作诗歌那样，是极其重视语言的运用，并且十分自觉地以"美"作为古文创作的重要追求的。

对此，如果我们仅引用姚鼐文章中的只言片语加以分析，也许不足以令人信服。那就以他的《游媚笔泉记》全文为例证吧，好在此文不长，不妨先将全文迻录如下：

> 桐城之西北，连山殆数百里，及县治而迤平。其将平也，两崖忽合，屏蠡墉回，崭横若不可径。龙溪曲流，出乎其间。

> 以岁三月上旬，步循溪西入。积雨始霁，溪上大声漎然十余里，旁多奇石、蕙草、松、枞、槐、枫、栗、橡，时有鸣䴖。溪有深潭，大石出潭中，若马浴起，振鬛宛首而顾其侣。援石而登，俯视溶云，鸟飞若坠。复西循崖可二里，连石若重楼，翼乎临于溪右。或曰："宋李公麟之'垂云沜'也"；或曰："后人求公麟地不可识，被而名之。"石罅生大树，荫数十人。前出平土，可布席坐。南有泉，明何文端公摩崖书其上，曰"媚笔之泉"。泉漫石上为圆池，乃引坠溪内。

> 左丈学冲于池侧方平地为室，未就，邀客九人饮于是。日暮半阴，山风卒起，肃振岩壁，榛莽、群泉、砿石交鸣。游者悚焉，遂还。是日，姜坞先生与往，鼐从，使鼐为记。

此文第一段写媚笔泉的大环境，作者从"欲穷千里目，更上一层楼"的高端，鸟瞰"桐城之西北，连山殆数百里，及县治而迤平"，由远及近，由高到

---

① 姚鼐：《〈古文辞类纂〉序目》，见《古文词类纂》卷首，黄山书社1992年版。

低，显得视野开阔，气势磅礴。接着由低到高，写"其将平也，两崖忽合"。"两崖忽合"是个什么形状呢？读者难以想象，作者即化陌生为眼熟，巧妙地形容其为"屏蠹塘回，崭横若不可径"，即像屏障一样蠹立，城墙一样回曲，高峻地横亘着似不可通行。"龙溪曲流，出乎其间"，指附近龙眠山的溪水，曲折蜒蜒地流淌于其间。读后使我们不能不感到，这是个雄美奇妙、引人入胜、令人神往的游览胜境！

第二段写媚笔泉周围的小环境，从作者游览的时间、路线写起，将沿途所闻所见，一一如实记述。那是在三月上旬，连绵春雨刚刚停止的一天，他们沿着龙溪的西边进入，听到的是溪上轰轰的流水声响彻十余里之远，看到的是旁边多奇石、蕙草及各种树木，树上还时有杜鹃鸟在鸣叫。水流声与鸟鸣声交相呼应，既烘托出"空山不见人"的极静气氛，又创造出"鸟鸣山更幽"的诗情画意。"溪有深潭，大石出潭中。"这"大石"本是静止的、无生命的，然而作者却写那"大石出潭中，若马浴起，振鬣宛首而顾其侣"。那大石竟然像匹活马，沐浴起身，还振动马鬣回头看望它的伴侣呢。如此化静为动，化无情为有情，真可谓是神来之笔！接着写"援石而登，俯视溶云，鸟飞若坠"。从高处俯看鸟往下飞，以一个"坠"字形容其轻快而又惊险的情景，岂不精确而又传神之至？更为巧妙的是接着写"连石若重楼，翼乎临于溪右"。这一"翼"字，不只与前面所写"鸟飞若坠"相呼应，而且将重楼之形象、重楼之惊险、重楼之神情，统统写出，令人不能不为之触目惊心，留下惊喜异常、赞叹不已的深刻印象。为使这个自然景观更加出奇制胜，作者插入对人文景观的叙述：有人说这曾是北宋著名画家李公麟隐居龙眠山时名叫"垂云沜"的住址。也有人说这是后人寻找李公麟住处未果而牵强附会叫"垂云沜"的。插入这段既确有其人其事又带有传说成分的记述，则更使全文别开生面，成为一个凸显厚重历史和文化含量的亮点。然后再写那连石的缝隙里生长了一棵大树，其枝繁叶茂，竟然足以"荫数十人，前出平土"，还可安放座席。这时才点出："南有泉，明何文端公摩崖书其上，曰'媚笔之泉'。泉漫石上为圆池，乃引坠溪内。"何文端公，即桐城人何如宠，是明代万历年间的进士，曾任礼部尚书、武英殿大学士，崇祯四年（1631）乞归，死谥文端。他在山崖石壁上镂刻的泉名，显属文物古迹，弥足珍贵。其泉水被"引坠溪内"，则跟第一段结尾所写的"龙溪曲流"前呼后应，使文气一脉相承。

第三段写游后余兴。言明这是由于跟姚鼐家比邻而居的长辈左学冲晚年自号笔泉，并打算隐居而筑室于媚笔泉池旁，故"邀客九人饮于是"。这就由媚笔泉而写到要隐居其旁，自号"笔泉"之人，显得别有情趣。只因"日暮半阴，山风卒起……游者悚焉，遂还"。以山风的险恶，令游者恐惧而还，这既是对筑室隐居其旁的否定或质疑，又使全文落实到一个"游"字，显得顺理成章，神完气足。

综观全文，可见其字字句句全是写实，无一字封建说教，无一句空发议论。并且它又不是一般的写实，而是无论写景或写人，皆使其形象、声态、气势、神情俱现。既颇得作诗讲炼字、炼句、炼意之奥秘，又毫无人为摹仿或雕琢的痕迹。文字虽极其自然平淡，从中却活跃着化静为动、化无情为有情的神奇与惊喜。虽没有诗歌那样字句工整，音韵铿锵，但从其文笔的前呼后应，所写游者的视觉与听觉相交替，触发读者心情的雄奇与惊险相起伏，却可同样深切地感受到它那文字的有声有色和韵味的丰富浓郁。其情真，其言直，其力率，其述简，其味浓，堪称自然朴素之珍品。它足以给人无穷的美感享受，以至在此文写成四十多年之后，作者在《左笔泉先生时文序》中还津津乐道："先生邀编修府君及鼐游于泉上，鼐归为作记。先生大乐，而时诵之。"能够使人"大乐，而时诵之"，这就是姚鼐散文所特有的艺术魅力，所给人的强烈美感享受。它是由于姚鼐把散文当作与诗歌一样为"艺也"，而与一般应用文的写作迥然有别，创作时特别注重在语言文字上要"格、律、声、色"俱备，"神、理、气、味"活现的必然结果。

二、姚鼐为什么要"以诗为文"

既然上述种种事实，皆足以证明姚鼐的"以诗为文"是确凿无疑的，那么，姚鼐为什么要"以诗为文"呢？其成因有四：

一是因为姚鼐对"文"的定性与定位，在认识上对前人有重大的突破和超越。我国的传统观念，总是认为："文者，载道之器也。"（唐·李汉《昌黎先生集序》）。韩愈说："愈之志在大道。"（《韩愈文集》卷3《答陈生书》）柳宗元说："文者以明道。"（《柳宗元集》卷34，《答韦中立论师道书》）周敦颐更要求"文以载道"①程颐则认定"作文害道"②。明代宋濂则干脆主张"以道为文"，说："余之所谓文者，乃尧舜、文王、孔子之文，非流俗之文也。"③直到清初的魏禧，仍然坚持文为"载道之器"④。清初的汪琬始对此提出非议，他说："此言亦少夸矣"，"夫文之所以有寄托者，意为之也，其所以有力者，才与气举之也，与道果何与哉？"⑤比姚鼐年长16岁的袁枚，更直接揭穿"明道"的谎言，他说："三代后圣人不生，文之与道离也久矣。然文人学士必有所挟持以占地步，故一则曰明道，再则曰明道，直是文学家习气如此。而推究作者之心，都是道其所道，未必果文王、周公、孔子之道也。"⑥姚鼐则极其明确地断言："夫文技耳，非道也，然古人藉以达道。其后文至而渐与道远，虽韩退之、欧阳永叔，不免病此，况以下者乎！"他赞赏钦君善"足下之文，不通于俗，而亦不尽合于古；不求工于技，而亦不尽当于道；自适己意，以得其性情所安，故曰畸文也"。他自称"仆不能偶俗，略有类足下耳"。

---

① 郭绍虞主编：《中国历代文论选》中册，上海中华书局1962年版，第60页。
② 郭绍虞主编：《中国历代文论选》中册，上海中华书局1962年版，第61页。
③ 郭绍虞主编：《中国历代文论选》中册，上海中华书局1962年版，第229页。
④ 郭绍虞主编：《中国历代文论选》下册，上海中华书局1963年版，第45页。
⑤ 郭绍虞主编：《中国历代文论选》下册，上海中华书局1963年版，第55页。
⑥ 郭绍虞主编：《中国历代文论选》下册，上海中华书局1963年版，第148页。

可见他看到文学发展的客观规律是"文至而渐与道远"，"以道为文"把文与道混为一谈，绝对行不通，只有"自适己意"的独创，才能成就"畸文"，这是不以任何人的意志为转移的，连大文豪韩愈、欧阳修也不能例外。

因此，姚鼐把文学家之文定性、定位为"技也""艺也"。他说：

> 夫道有是非，而技有美恶。诗文，皆技也。技之精者必近道，故诗文美者，命意必善。
>
> 夫文者，艺也。道与艺合，天与人一，则为文之至。

如此说来，姚鼐也要求"道与艺合"，认为"技之精者必近道"。这跟他说的"夫文技耳，非道也"，"文至而渐与道远"，这两者是否相矛盾呢？笔者认为，这两者说的虽然同为一个"道"字，但其内涵却迥然有别。前者所说的"道"是指政治哲理上的"尧、舜、文王、周公、孔子之道"；后者所说的"道"，是客观实际及其发展规律之道，只不过他把"道德仁义忠孝名节"，也作为"贯天地不敝之道"。因此他所说的"道"既指客观规律，又包括封建道德。"道"与"艺"之所以能够统一，在他看来，乃因"吾尝以谓文章之原，本乎天地；天地之道，阴阳刚柔而已。苟有得乎阴阳刚柔之精，皆可以为文章之美"。

正因为他给"文"定性、定位为"技也""艺也"，而非"明道""载道之器"，所以他才能把文与吟咏情性的诗相提并论。所以韩愈等人可以"以文为诗"，姚鼐当然也可以"以诗为文"了。"以诗为文"，既是姚鼐对传统的"以道为文"的反拨，又是使古文家的文章成为具有独立地位和品格的艺术散文，从而告别我国向来文史哲不分家，应用文混同于文学散文的历史，使桐城派古文家"一异于性理家"，"二异于考据家"，"三异于政治家"，"四异于小说家"①的关键举措，是促使我国古代散文艺术发展的历史的必然要求。

二是因为姚鼐认识到"诗之与文，固是一理"，而对那种过于强调诗与文"迥不类"的传统偏见有重大的突破和超越。

诗与文属两种体裁，姚鼐当然也认识到两者的"取径则不同"。然而两者既然同属文学艺术创作，那么在艺术原理上就必然"固是一理"，应该可以互相借鉴、互相影响、互相吸收。可是我国的传统观念却过分强调"诗"与"文"的不同。例如，金代元好问的《杨叔能小亨集引》说："有所记述之谓文，吟咏情性之谓诗。"②仿佛文就是只能停留于记述，而不能"吟咏情性。"明代许学夷的《诗源辩体》说："诗与文章不同，文显而直，诗曲而隐"。并引赵凡夫云："诗主含蓄不露，言尽则文也，非诗也。"仿佛作文的艺术手法就只能"显而直"，只能"言尽"，而不需要"曲而隐"，不需要"含蓄不露"。这种种论断，显然既不合乎文学艺术原理，又有悖于文学创作的历史史实。明代胡应麟的《诗薮》还说："诗与文体迥不类：文尚典实，诗贵清空；诗主风神，文先理道。""典实"与"清空"，"理道"与"风神"，都只能是相对而言，只是在内容和风格上的各有侧重，别具特色。把两者说成"诗与文体迥不类"，显属夸大其词。

由于我国传统观念是强调诗与文的"不同""迥不类"，所以桐城派的创始人方苞也认为："古文之传，与诗赋异道。"③为了集中精力于古文，他还一再声称自己"绝意于诗"④，"绝意不为诗"⑤，如此把诗与文截然对立或分割开来，其实恰恰不利于方苞的古文创作达到更高的艺术水准。诚如姚鼐的弟子方东树《书望溪先生集后》所说："树读先生文，叹其说理之精，持论之笃，

---

① 清·姚永朴：《文学研究法》，黄山书社1989年版。
② 金·元好问：《遗山先生文集》卷36，四部丛刊本。
③ 清·方望溪：《方苞集》，上海古籍出版社1983年版，第164页。
④ 清·方望溪：《方苞集》，上海古籍出版社1983年版，第103页。
⑤ 清·方望溪：《方苞集》，上海古籍出版社1983年版，第610页。

沉然黯然纸上，如有不可夺之状，而特怪其文重滞不起，观之无飞动嫖姚跌宕之势，诵之无铿锵鼓舞抗队之声，即而求之，无元黄采色创造奇辞奥句，又好承用旧语。"①方东树所"特怪其文"的这些缺点，恰恰在于方苞因"绝意于诗"而未能使他的古文充分吸收我国诗歌艺术的长处。而方东树则继承其师姚鼐"诗之与文，固是一理"说，进一步阐述道："大约古文及书、画、诗，四者之理一也。其用法取境亦一。气骨间架体势之外，别有不可思议之妙。凡古人所为品藻此四者之语，可聚观而通证之也。"②

姚鼐的诗文"一理"说及方东树所进一步阐述的"其用法取境亦一"说，既是对诗文"不同""迥不类"等传统偏见的重大突破和超越，更为打通诗与文的界限，以诗为文，为使我国古代散文艺术充分吸取诗歌艺术的经验和长处，提供了有力的理论支撑。借用方东树的话来说，这确是"别有不可思议之妙"。

三是因为姚鼐正确总结和吸取我国文学发展的历史经验，以适应当时散文发展的需要。

在我国文学发展史上，诗与文本来就不是互相分割的。早在宋代蔡梦弼《草堂诗话》中即引用"《扪虱新话》云：韩以文为诗，杜以诗为文，世传以为戏。然文中要自有诗，诗中要自有文，亦相生法也。文中有诗，则句法精确；诗中有文，则词调流畅。谢玄晖曰：'好诗圆美流转如弹丸。'此所谓诗中有文也。唐子西曰：'古文虽不用偶俪，而散句之中，暗有声调，步骤驰骋，亦有节奏，此所谓文中有诗也，'"③可见"以诗为文"，绝非姚鼐的首创，而是早已有之，不过只是注重于"声调""节奏"而已。

清代韩菼《有怀堂集·松吟堂集序》也说："文章之道无有二也，盖诗与笔之分，自六朝始。古《诗三百篇》，章无择多少，句无论短长，道情而已，

---

① 清·方东树：《仪卫轩文集》卷 6，同治七年（1868）李鸿章等刻本。
② 清·方东树：《昭昧詹言》，人民文学出版社 1984 年版，第 30 页。
③ 宋·蔡梦弼：《草堂诗话》卷 1，《历代诗话续编》，无锡丁氏校印本。

岂有声律之限，是诗而笔也。古文皆足与诗相发明，且多韵语。《易》辞韵最古，《尚书》《禹谟》《益稷》间有韵，《五子之歌》《洪范》之敷言，皆韵。《左氏传》亦多入童谣与颂，与《易》繇辞，是笔而诗也。《离骚》为诗之变，何尝非古文。庄子之文最奇矣，中间语多可诗也。自沈约谱四声，别自专家。而任防以沈诗任笔之目，终身病之，欲为诗以倾沈而不能。尔后学者颇区为二门，失本趣矣。"①又《陈山堂文序》说："盖诗、古文无二道。《易》《书》多韵语，如箴如铭；诸子百家之文皆然。而《诗三百篇》亦如《春秋》之微而显、婉而辨也。《雅》《颂》中长篇铺陈，直如序如记。古人之于辞无不工，盖左右逢其原矣。后乃有各得其一体者，特局于才分之所至，而非道之有歧也。"②他指出我国本来"诗、古文无二道"，后"区为二门，失本趣矣"，这是可取的。只不过他仅从用辞有"韵语"的形式方面来肯定古文"足与诗相发明"，显然是过于狭隘了。

清代周亮工纂《尺牍新钞》二集邹祗谟《与陆荩思》说："作诗之法，情胜于理；作文之法，理胜于情。乃诗未尝不本理以纬夫情，文未尝不因情以宣乎理，情理并至，此盖诗与文所不能外也。"③"情理并至"，这显然就不限于"韵语"的形式，而是触及诗与文的思想内容了。

仅从有韵、无韵来区别诗与文，并从而把诗与文"判而二之"，这是导致"文章日衰"的一个重要原因。诚如桐城派的末代传人姚永朴所说："文之有韵无韵，皆顺乎自然，诗固有韵，而文亦未必不用韵。东汉以降，乃以无韵属

————————

① 转引自王水照、吴鸿春编选：《日本学者中国文章学论著选》，上海古籍出版社1994年版，第128页。

② 转引自王水照、吴鸿春编选：《日本学者中国文章学论著选》，上海古籍出版社1994年版，第129页。

③ 转引自北京大学哲学系美学教研室编：《中国美学史资料选编》下册，中华书局1980年版，第258页。

之文,有韵属之诗,判而二之,文章日衰,未始不因乎此。"①

　　姚鼐所处的乾嘉时期,"文章日衰"的情况更为严重,如刘师培所指出的:"近世以来,学派有二,一曰宋学,一曰汉学。治宋学者,从语录入门,治汉学者,从注疏入门。由是以语录为文,以注疏为文。及其编辑文集也,则义理考订之作,均列入集部之中,目之为文学者,互相因袭,以为能文如是,是亦已足,不复措意于文词,由是学日进而文日退。……是文学之衰,不仅衰于科举之业也,且由于实学之昌明,此文学均优之士所由不数觏也。"②为了挽救这种"文章日衰"的颓势,姚鼐倡导义理、考证、文章三者兼长相济的文学主张,反对"以语录为文",而要求以雅洁的语言反映客观实际的义理;反对"以注疏为文",而要求"以考证助文之境"③;其核心是"文章",是要使文章足以尽君子之志。为此,他认定诗文皆"技也","艺也","诗之与文,固是一理",从而"以诗为文",使我国清代散文出现由姚鼐创造的独具"丰韵"的卓越艺术成就。可见,姚鼐的"以诗为文",实属当时古文纠偏救弊之所必需,是使古文由"日衰"而得以兴盛的必然要求。

　　四是因为姚鼐具有很高的文学才能,对诗与文皆相当精通,在认定"诗之与文,固是一理"的同时,充分注意到诗与文的创作"取径则不同",从而使他的"以诗为文"得以避免"以文为诗"的弊病,做到恰到好处。

　　方苞开创桐城文派,成为一代文宗,这在清代早已是公认的历史事实。但他之所以"绝意于诗",正是由于才力不足而怕分散学古文的精力,也正因为他不懂得诗,所以他的古文显得过于板滞,缺乏灵气。所以清中叶著名诗人袁枚讥讽他是"一代正宗才力薄"④。而姚鼐的才力则胜过方苞,他不但对我国

　　① 清·姚永朴:《文学研究法》,黄山书社 1989 年版,第 61 页。
　　② 郭绍虞主编:《中国历代文论选》下册,上海中华书局 1963 年版,第 183 页。
　　③ 清·姚鼐:《姚惜抱先生尺牍》卷 5,《与陈硕士》,小万柳堂据海源阁本重刊本。
　　④ 清·袁枚:《随园诗话》,人民文学出版社 1982 年版。

古文作过系统、深入的研究，编有《古文辞类纂》74 卷，选取从战国到清代的古文 713 篇，作为他在书院教学四十年的教材，而且对我国古代诗歌也颇有研究，他编有《五七言今体诗钞》18 卷，不但选入了五言自初唐至晚唐、七言自初唐至南宋间所有诗人的今体诗代表作品，而且在"序目"中分别作了言简意赅的品评。他自己创作的有《惜抱轩诗集》10 卷 651 首，《诗集后集》《诗集外集》各一卷共 133 首，另有词 8 首。其中大部分为今体诗，古体诗约占三分之一。程秉钊《国朝名人集题词》盛赞："惜抱诗精深博大，足为正宗。"刘海峰虽也擅长写诗，但"姚公所诣过刘（海峰）甚远，故姚七言律诗，曾文正公定为国朝第一家，其七古，曾以为才气稍弱，然其雅洁奥衍，自是功深养到。"① 他的书法也很有名，包世臣《艺舟双楫·国朝书品》将姚鼐的行草书列入妙品，与刘墉抗衡。

由于姚鼐才华过人，诗文兼长，所以他既能"以文为诗"，而又足以避免像宋诗那样"其弊至以文为诗，流而为理学，流而为歌诀，流而为偈诵，诗之弊，又有不可胜言者矣"②。他更擅长"以诗为文"，不是以诗讲究平仄、押韵、限定字数等形式来强加于文，而是按照诗文各自不同的"取径"，从运用比兴手法，注重含蓄有味、增强情性元素、讲究用辞的神理气味格律声色等方面，来提高古文的艺术水准，从而使古文走出或"以道为文"，或"以语录为文"，或"以注疏为文"的困境，达到独创"举天下之美，无以易乎桐城姚氏者"③ 的崇高境界。

---

① 清·吴汝纶：《桐城吴先生尺牍》卷 2，《与萧敬甫》。
② 明·袁宏道：《袁中郎集》卷 1，《雪涛阁集序》，钟伯敬增订本。
③ 清·曾国藩：《曾文正公文集》卷 1，《欧阳生文集序》，四部丛刊本。

三、姚鼐"以诗为文"对我国散文艺术的贡献

姚鼐的散文为什么会被誉为独具"丰韵"的"近今之绝作"？为什么会成为"举天下之美，无以易乎桐城姚氏者"？我认为其主要原因，就在于他把诗文皆定性、定位为"艺也"，从而"以诗为文"，使我国的古代散文在艺术的质量和水准上，得到了显著的提高和重大的发展。其具体表现：

首先，由于姚鼐吸取了"诗重比兴"的形象化表现手法，从而使古文由"正言直叙"发展成别具诗情画意的新境界。例如，他的《赠钱献之序》，本属宋学与汉学之争的议论文，汉学家"专求古人名物、制度、训诂、书数，以博为量，以阙隙攻难为功"，这皆属为一般人所难以理解的很抽象、艰深的学术问题。然而作者把这一切比喻成"枝"与"根"，"细"与"钜"，写那些"欲尽舍程、朱而宗汉之士，枝之猎而去其根，细之蒐而遗其巨，夫宁非蔽与？"这就不仅使之形象生动，而且也显得更有说服力了。除非犯傻，谁会说专门去根取枝、舍大求小，不是"蔽"呢？尤为可喜可贵的是，作者于文末写道：

> 钱君将归江南而适岭表，行数千里，旁无朋友，独见高山、大川、乔木，闻鸟兽之异鸣，四顾天地之内，寥乎茫乎，于以俯思古圣人垂训教世，先其大者之意。其于余论，将益有合也哉？

如此"行数千里……寥乎茫乎"的大自然景色，该是多么形象生动优美，富有诗情画意啊！令人不禁为之胸怀开阔，心旷神怡！作者的目的是要对方赞同"余论"，然而他却不用正面论述的语言来表达，而用这种别具诗情画意的形象化的语言来感染和诱导，使之有别于一般的议论文，而别具艺术散文的特色，使人读来颇感轻松愉快，而毫无一般议论文那种枯燥乏味之感。

人物传记，通常都写成对传主经历和成就的介绍。然而姚鼐却往往通过形

象化的描绘，凸显人物独特的个性风采，别具引人入胜、发人深思、令人入迷的诗情画意。

例如，《道光续修桐城县志·人物志》写道：

> 李仙枝，字宝树。邑诸生，少负异才。诗近李长吉，为文亦傲岸，不蹈恒溪。其诗为同里刘大櫆、张辅赟、姚鼐、钱塘袁枚所激赏，自谓深得大櫆之学。著有《抱犊山人集》。①

这可谓是"正言直叙"的古文通常写法。

> 同样是写李仙枝的传记，姚鼐的写法则迥然不同：
>
> 李君仙枝，字宝树，游海峰之门，学其诗而似之。孤介自喜，为县诸生，早弃去科举学，在家为园池，植竹树自娱，稍稍积钱，即出游览山水，远绝城市，其性情真诗人矣。
>
> 乾隆五十八年，余在江宁。君忽至，问所自来，曰："偶思洞庭及钱塘西湖，因游月余，途间未尝与人谈话；今将归，过此来见君耳！"因邀余至其家。后余归里，以君居抱犊山，去城犹百里余，未及往也，而君旋卒。卒后君从子宗传述君意，欲余志其墓。余以君之可称述者如此，因许铭之。君祖熙载。父光璐，娶王氏。卒于嘉庆元年三月十一日，六十四岁。抱犊山人，其自号也。铭曰：
>
> 大江之北，浮渡之东，抱犊窿崇，是为诗人之幽宫。林高谷空，寥寥泠风，如或吟啸于其中。

---

① 《道光续修桐城县志》卷16，《人物志·文苑》。

全文不但介绍了传主的经历，更着力为我们刻画出了一个"其性情真诗人"的形象：他的个性是那样地"孤介自喜"——自喜于耿直为人，不随流俗。既然已经"为县诸生"——考上秀才，为什么又对科举功名利禄完全失望，自觉地予以抛弃了呢？在这由"为县诸生"到"早弃去科举学"之间，他对那个社会现实的认识，他个人的人生道路，该是经历了多么巨大的变化啊！其内涵该是多么丰富啊！如此巨大的变化，使他不只完全淡泊名利，而且为自己超脱于社会现实的耿直个性而感到"自喜"，这般坚持和张扬自己的个性自由，他该又是多么难能可贵啊！他抛弃科举之后，便"在家为园池，植竹树自娱，稍稍积钱，即出游览山水"，这该是一种多么自由自在、自得其乐、令人神往、富有诗情画意的生活啊！作者所描绘的这般美好的生活，不只是凸显了他的诗人性情，更是对他"早弃科举学"的一种充分肯定和热烈赞美。然后又通过写李仙枝与作者在江宁难得的一次见面与谈话，使两人的心心相印与互相仰慕之情，皆活现纸上。在铭词的结尾，把"林高谷空，寥寥泠风"，想象和比喻成诗人的吟诗声——"如或吟啸于其中"，这该是多么优美迷人的神奇境界啊！它使人仿佛感受到诗人的吟诗声仍旧时刻荡漾在大自然当中，诗人的形象将永远活在人们的心中。

由此可见，形象化的描绘，不只是个表现手法的问题，更重要的是作者要对所写对象有深刻的理解，有一股创作的激情，既坚持写实，又要有丰富的想象力，这样才能使形象化的描绘达到富有诗情画意的境界。

其次，由于姚鼐吸取了"诗曲而隐"的艺术手法，就使古文由"显而直"，发展成为"曲而隐"——含蓄有味，更加令人耐读耐嚼的新境界。例如，他在《陕西道监察御史兴化任君墓志铭（并序）》中写道：

> 君之少也，颖敏于学，为文章有盛名。又性和易谦逊，人无贵贱靡弗爱君。然君固有特操，非义弗敢为，故自少至老，终于贫窭。

乾隆庚辰恩科，君为举人，中己丑科二甲一名进士。故事，二甲首当改庶吉士，人皆期君必馆选矣，然竟分礼部为仪制司主事。……君贤者，居曹司固亦佳吏，居言官苟非日浅，亦必有所见，然终不若以其文学居翰林之为得人也，而惜乎其竟抑不得也。

　　我国诗话讲究"贵于意在言外，使人思而得之"（司马光《温公续诗话》）。这也正是姚鼐的古文所竭力追求的艺术境界，如他在此文中写任君"固有特操，非义弗敢为，故自少至老，终于贫窭"。这就令人不能不思索：为什么"非义弗敢为"就只能"终于贫窭"呢？难道在那个社会，道德操守特别好，就注定要落个"贫窭"的下场么？这岂不意味着那些富贵者皆是不讲道德操守，敢行非义之徒么？如此道德沦丧、非义之徒得势的社会现实，该是多么黑暗，令人胆战心惊、切齿愤慨啊！任君"为文章有盛名"，理应"以其文学居翰林之为得人也"，为什么当他考中"二甲一名进士"，"人皆期君必馆选矣，然竟分礼部为仪制司主事"呢？在那个社会，这样杰出的人才，一生的遭遇为什么令人"惜乎其竟抑不得也"呢？为什么不能人尽其才而要一再压"抑"他呢？又是谁在压"抑"他呢？所有这一切问题，作者皆是采取引而不发、不予道破的写法，促使读者自己去深思其言外之意。而读者一经深思和咀嚼，即会感到其味无穷，就不难发现作者揭露社会黑暗和不公的良苦用心。

　　由此可见，姚鼐散文的"曲而隐"，不只是个艺术手法问题，更重要的是反映了他对当时社会现实有清醒的认识。因此当《四库》书成，任君邀姚鼐一起去要求补官时，"鼐以母老谢，君独往，然大臣竟不复议改官事。"（P192）正是这种清醒的认识，才足以使其文让读者由任君一个人的遭遇，进而窥见了那整个封建社会的黑暗和不公。使其文不只是含蓄有味，有丰富而深刻的言外之意，更重要的还由于其文不是剑拔弩张、锋芒毕露，而是寓刚于柔、绵里藏针，有露和隐、直和曲、刚和柔等两个方面的彼此呼应，回环往复，相得益彰，从而显得尤其韵味深厚，令人咀嚼不尽，由不得不啧啧赞叹！

把我国古代散文推进到如诗一样特别含蓄有味的艺术境界，姚鼐在这方面不仅胜过前代许多古文家，而且也胜过桐城派的开创者方苞和阳湖派创始人恽子居。吴德旋的《初月楼古文绪论》即指出，姚文"拣择之功，虽上继望溪，而迂回荡漾，余味曲包，又望溪之所无也。叙事文，恽子居亦能简，然不如惜抱之韵矣"。

再次，由于姚鼐吸取了诗之"吟咏情性"的特长，就使古文由通常的叙事说理，发展到意深情浓、感人至深的新境界。例如，同样为方染露作传记，《道光续修桐城县志》卷16《人物志》写道：

> 方赐豪，字染露，号恬庵。六岁受书，即知刻励。稍长，益发愤精进。乾隆乙酉举人，以方略馆议叙，授四川清溪知县。恬淡无宦情，莅任四十日，即以病自劾。平居与人和易，人乐近之。若义不可，即威怵利诱，皆不为动，时论重之。著有《味佳居诗文钞》。弟德，字葵露，号心容，乾隆己酉举人，以咸安宫教习，任句容县教谕。字兼颜柳之胜，与兄赐豪齐名。

这篇传记虽然也叙述了方染露的生平经历和个性特征，但是，写得有点自相矛盾。例如，说他"恬淡无宦情"而辞官，既然如此，那么他又为什么考举人，走科举取士的道路，并以"方略馆议叙"呢？特别是由于未能生动地刻画出其人的"情性"，这就很难收到打动人心，使读者深受感染的艺术效果。

而姚鼐的《方染露传》就不同了，他写道：

> 方君染露，名赐豪。为人清介严冷，不可近以不义。少以能文称，为诸生。乾隆三十年，中江南乡试。屡不第，以誊录方略馆年满议叙，

得四川清溪知县。既至官，视其僚辈涴涩之状，曰："是岂士人所为耶？吾奈何与若辈共处！且吾母老不宜远宦。"即以病谒告。其莅官甫四十日而去归里。归则授徒以供养，日依母侧。执政有知之招使出者，终不往。如是十年，母以寿终。君悲伤得疾，次年卒，年五十有九，乾隆五十九年也。

君尤工书，里中少年多效其法。君夫人张氏亦贤智有学。余居里中寡交游，惟君尝乐与相对。一日在余家，共阅王氏《万岁通天帖》，疑草书数字，不能释。君次日走告余曰："昨暮，吾妻为释之矣！"举其字，果当也。然张夫人竟无子，侧室口氏生子元之，元之四岁而孤。

君既丧，余益老，里中旧相知皆尽。君弟德自京师书来，请为君传。余谓君行可纪，而亦以识吾悲，故书之如此。

两者相对照，后者之所以显得更生动感人，就在于它着力写出了方君"为人清介严冷，不可近以不义"的"情性"。突出他之所以辞官，不是由于他自己"恬淡无宦情"，而是因为他一见到官场"僚辈涴涩（污浊肮脏）之状"，就嫉恶如仇，说："是岂士人所为耶？吾奈何与若辈共处！况吾母老，不宜远宦。"这话说得是何等情真辞切、理当品贵、味永气蕴啊！他拒绝与贪腐的封建官僚和平共处，更不愿与他们同流合污，为此而不惜辞官回家侍奉老母，过教书授徒的清贫生活。他是如此是非分明，爱憎强烈，独具大丈夫"情性"，这该是令人感到多么可敬可亲啊！辞官后，他"日依母侧"，后又因母寿终而"悲伤得疾"，竟于"次年卒"。其对老母的孝心和亲情，可谓一片丹心，生死与共，令人动容。"君夫人张氏亦贤智有学"，两个工书能文的大丈夫"疑草书数字不能释"，而"昨暮，吾妻释之矣"，这不仅令文意婉曲多姿，情趣盎然，活泼可喜，而且可见已对男尊女卑的封建传统思想有所突破，显示出对其夫人也"贤智有学"的敬佩之情和夫妻切磋学问的新鲜生活气息。

作者说："余居里中寡交游，惟君尝与相对"，而在"君既丧"之后，即"里中旧相知皆尽"了。他写此传的目的，是因为"君行可纪，而亦以识（志）吾悲。"可见作者与他写的传主是心心相印，同命相怜的，可谓"心有灵犀一点通"。有如此独到的思想境界，又有如此深切的生活体验，这就是姚鼐能把古文推进到情深意浓、感人至深的新境界的一个重要原因。

其四，由于姚鼐吸取了作诗讲究韵律和炼字炼句的经验，就使古文由满足于"辞达而已矣"，发展成为注重"神、理、气、味、格、律、声、色"，追求语言艺术之至美的新境界。

文学是语言的艺术。汉语是形、音、意三者兼备的文字，它独有声、韵、调的体系。鲁迅说它"遂具三美：意美以感心一也；音美以感耳，二也；形美以感目，三也"[①]。文学语言应利用声调和韵律的作用，形成抑扬顿挫的节奏美。朱光潜说："我读音调铿锵、节奏流畅的文章，周身筋肉仿佛作同样有节奏的运动；紧张，或是舒缓，都产生出愉快的感觉。如果音调节奏上有毛病，我的周身筋肉都感觉局促不安，好像听厨子刮锅似的。"所以他强调："声音节奏对于文章是第一件要事。"[②]我国古代的诗歌，更是讲究炼字炼句，对声、韵、调有极其严格的规范，不容随意逾越。姚鼐精通文学创作和汉语的特性，他说："所以为文者八：曰神、理、气、味、格、律、声、色。"[③]"文章之精妙，不出字、句、声、色之间，舍此便无可窥寻矣。"[④]

姚鼐的散文也注重炼字炼句。例如，凡读过他的《方正学祠堂重修建记》，都不会忘记其中的两句："成祖天子之富贵，随乎飘风；正学一家之忠孝，光乎日月。"这两句不仅对仗工整，对比鲜明，而且以"随乎飘风"，使对明成

---

① 鲁迅：《汉文学史纲要》，《鲁迅全集》第 8 册，人民文学出版社 1957 年版，第 257 页。
② 朱光潜：《朱光潜美学文集》第二卷，上海文艺出版社 1982 年版，第 303 页。
③ 清·姚鼐：《〈古文辞类纂〉序目》，见《古文辞类纂》卷首，黄山书社 1992 年版。
④ 清·姚鼐：《姚惜抱先生尺牍》卷 8，《与石甫侄孙莹》，小万柳堂重刊海源阁本。

祖的贬低和鄙视，显得有气有味，神理俱备；以"光乎日月"，使对方正学的赞美和颂扬，显得有声有色，神清气足。

姚鼐散文的炼字炼句，主要不是表现在追求字句整齐划一、对仗押韵上，而是力求要具抑扬顿挫的节奏美。例如，他在《左仲郛浮渡诗序》中写道：

> 昔余尝与仲郛以事同舟，中夜乘流出濡须，下北江，过鸠兹，积虚浮素，云水郁蔼，中流有微风击于波上，其声浪浪，矶碕薄涌，大鱼皆砉然而跃。诸客皆歌呼，举酒更醉。余乃慨然曰："他日从容无事，当裹粮出游，北渡河；东上泰山，观乎沧海之外；循塞上而西，历恒山、太行、大岳、嵩、华，而临终南，以吊汉、唐之故墟；然后登岷、峨，揽西极，浮江而下，出三峡，济乎洞庭，窥乎庐、霍，循东海而归，吾志毕矣。"客有戏余者曰："君居里中，一出户辄有难色，尚安尽天下之奇乎？"余笑而不应。

这段文字以"出""下""过""渡""上""循""历""临""登""揽""浮""济""窥"等不同的动词，一口气接连写出了全国几乎所有的名山大川，显得跌宕起伏有致，英豪阔大无比，堪称得阳刚之气，获崇高之美。其写景用词也新鲜活泼，简洁生动，如"下北江，过鸠兹"时，江上积聚着似有似无的薄雾，飘浮着一片茫茫的白汽，仿佛使天空中的云和江面上的水连在一起，对于如此神奇的景色，作者用"积虚浮素，云水郁蔼"八个字即表露无遗。如果说"中流有微风击于波上，其声浪浪"，发出波浪撞击之声，这还属常见的话，那么接着写"矶碕薄涌，大鱼皆砉然而跃"，则仿佛石岸曲折是蓄意伸入汹涌的波涛之中，惊动大鱼皆发出"砉然"跳跃的奇观，此情此景真是太奇妙了！以致引起"诸客皆歌呼，举酒更醉"，使行文达到高潮。这场景又势所必然地引人游兴大发，促使"余乃慨然曰……"，"余"说得兴致勃勃，又正高潮迭起之际，而"客有戏余者曰"，则又使"余笑而不应"，给人留下余音袅袅不尽之感。如此抑扬顿挫的描写，亦如同波涛滚滚，波澜起伏，使人读来不禁也随之心潮澎湃，赏心悦目，称奇叫绝。

尽管姚鼐的散文竭力追求语言艺术的至美，但是他的语言风格却毫无华丽夸饰或矫揉造作之弊，而是如早春晨曦、晚秋山泉，显得极其自然、清新、质朴。恰如他自己所说："言而成节，合乎天地自然之节，则言贵矣。其贵也，有全乎天者焉，有因人而造乎天者焉。""天下所谓文者，皆人之言，书之纸上者尔。言何以有美恶，当乎理、切乎事者，言之美也。"

四、认识姚鼐"以诗为文"有哪些意义

至于研究和认识姚鼐"以诗为文"有哪些意义，笔者认为可归为四个"有助于"：

有助于我们消除对姚鼐散文的误解，认清其怨而不怒的思想特色和意在言外的艺术特色。过去由于对姚鼐"以诗为文"，注重含而不露、意在言外的艺术特色缺乏足够的认识，所以有的学者便断言："在桐城派的创始人中，散文的思想价值最差的要数姚鼐。""姚鼐散文的最大特点就是空。"[①] 有的学者甚至因姚鼐尊崇程朱理学而把他说成是维护清王朝统治的"御用文人"。笔者认为，这些皆属对姚鼐作品的误读和误解。其实，只要我们从姚鼐散文的思想和艺术特色出发，即不难发现其基本倾向，并非美化和颂扬当时的封建统治，他虽然确实尊崇程朱理学，但他不是要以此来美化和颂扬封建统治，而是以此揭露封建统治的道德沦丧、腐朽堕落，只不过他揭露的方式不是锋芒毕露，而是含蓄隽永，令人不是一看就明，怒火中烧，而是要思而得之，怨而不怒。例

---

① 漆绪邦、王凯符：《桐城派文选·前言》，安徽人民出版社 1984 年版。

如，本文前面列举的《石屏罗君墓表》《袁随园君墓志铭（并序）》等皆可证明。只要人们认清和掌握了姚鼐散文怨而不怒、含蓄不露的思想和艺术特点，那就不但不会责备其"思想价值最差""最大特点就是空"，而且会为其"言有尽而意无穷"的强大魅力所吸引和折服。

姚鼐散文的这个思想和艺术特色，除了受"以诗为文"的影响以外，还反映了它是受时代的制约，出于避免受清朝统治者实行严酷的文字狱迫害的需要。据邓之诚《中华二千年史》卷5附《清代文字狱简表》记载，清初至姚鼐所生活的乾隆朝，全国共有文字狱案例即多达82件。桐城派的先驱者戴名世，即因所著《南山集》"语多狂悖"而在康熙五十二年（1713）被处死刑。任何作家作品都不可能不受时代的制约。只有把他放在当时的历史条件下，我们才能更好地理解他的作品，而绝不能脱离他所处的时代予以苛求。

有助于我们正确认识和评价姚鼐在散文艺术上的特殊成就和独特地位。在姚鼐之前，人们往往忽视文学散文的独立地位，而是把它与哲学上的说理文、史学上的记事文混为一谈，统称之为"古文"。例如，方苞说："自魏、晋以后，藻绘之文兴。至唐韩氏起八代之衰，然后学者以先秦盛汉辨理论事，质而不芜者为古文。"[1]"三《传》《国语》《国策》《史记》为古文正宗"[2]，"《易》《诗》《书》《春秋》及四书，一字不可增减，文之极则也。"[3]"盖古文之传，与诗赋异道。魏、晋以后，奸金污邪之人而诗赋为众所称者有矣，以彼眈眈于声色之中，而曲得其情状，亦所谓诚而形者也。故言之工而为流俗所不弃。若古文则本经术而依于事物之理，非中有所得不可以为伪。故自刘歆承父之学，议礼稽经而外，未闻奸金污邪之人而古文为世所传述者。"[4]姚鼐则不是像方

---

① 清·方望溪：《方苞集》，上海古籍出版社1983年版，第612页。
② 清·方望溪：《方苞集》，上海古籍出版社1983年版，第613页。
③ 清·方望溪：《方苞集》，上海古籍出版社1983年版，第615页。
④ 清·方望溪：《方苞集》，上海古籍出版社1983年版，第164页。

苟这样要求文"本经术"以"辨理论事""议礼稽经"为"文之极则",而是自觉地把诗文当作皆"艺也""技也",要求为文与为诗一样,皆要"用思周密和易而当于情"。作为"艺术"的"文",要使读者"叹服其美",作家则"不以自喜之过而害其美"。所以在我国的古代散文中,可以说姚鼐的散文真正达到了"至美"的境界。通过以上对姚鼐"以诗为文"的论述,岂不有助于我们认清为什么曾国藩说"举天下之美,无以易乎桐城姚氏者也",如果说曾国藩的评价未免有桐城派的偏见,那么对桐城派持批判态度的近代著名学者刘师培又为什么也称赞姚鼐之文为"近今之绝作"呢?由此笔者坚信:在当时堪称"天下之至美",这就是姚鼐在散文艺术上的特殊成就;"近今之绝作",这就是姚鼐散文的独特历史地位。

有助于丰富我们对中国文学发展史的更加真实和全面的认识。现有的文学史专著,无论是综合性或分别诗歌、散文的专题史,只有提到韩愈"以文为诗"的,从未有提到姚鼐或其他任何人"以诗为文"的。文学史家往往只就诗论诗,就文论文,为文体所局限,未注意到或未充分认识和重视诗与文之间相互影响、相互促进的历史事实。其实,诗与文虽然文体有别,但两者的关系绝非互相孤立和隔绝的,而是互动、互促和互补的。对此当代的文学史家缺乏足够的认识,而在历史上已有少数人认识到,如近代方东树的《昭昧詹言》即指出:"观韩、欧、苏三家,章法剪裁,纯以古文之法行之,所以独步今古。"[①]"学欧公作诗,全在用古文章法。"[②]他甚至断言:"不解古文,不能作古诗。"[③]文与诗的相互影响,不只是有其积极的方面,也有其消极的方面,如明代屠隆《文论》指出:"宋人多好以诗议论,夫以诗议论,即奚不为文,而为诗哉?……宋人又好用故实,组织成诗,夫《三百篇》亦何故实之有?用故实组织成诗,即奚不

---

① 清·方东树:《昭昧詹言》,人民文学出版社 1984 年版,第 232 页。
② 清·方东树:《昭昧詹言》,人民文学出版社 1984 年版,第 275 页。
③ 清·方东树:《昭昧詹言》,人民文学出版社 1984 年版,第 283 页。

为文而为诗哉？"①无论是积极或消极的影响，这一切都是文学发展史上的宝贵经验和教训。笔者论姚鼐的"以诗为文"，正是希望引起对于诗与文相互影响这个历史事实的重视，以丰富我们对中国文学史的认识，更全面地认识中国文学发展的历史轨迹，从而为当代文学的发展提供丰富可靠的借鉴。

有助于我们更加全面地理解、认识和把握文学艺术发展的客观规律。姚鼐说："诗文，皆技也。""艺也。""诗之与文，固是一理。"方东树说："叙述情景，须得画意，为最上乘。"②"大约古文及书、画、诗，四者之理一也。"③既然是同为艺术，就必然有相通的共同规律。各门艺术之间的彼此渗透，就像人体里的多种机能、宇宙中的一切光线一样，是不容分割的。我们充分重视各门艺术各自的特性和自身的规律，当然是完全必要的，现在的问题是分工变成分家，对各门艺术之间的互相学习、互相借鉴、互相影响、互相渗透，取长补短，则有所忽视，至少是缺乏足够的重视，这是不符合科学发展观的，是对各门艺术的丰富、提高和发展极其不利的。我们论述姚鼐的"以诗为文"，旨在启发我们视野、开阔拓展胸襟，更加自觉地把握各门艺术之间的相生、相通性，在重视各门艺术的特性和自身发展规律的同时，也重视学习和吸取其他各门艺术的经验，以更加全面地从总体上认识和把握文学艺术发展的客观规律。

如果本文的论点大致可以成立，那么，我国所有各个门类的文学和艺术发展史，岂不皆需要从双向互动的视角作重新的审视和改写？我热烈呼唤能早日出现这样经过重新审视和改写过的文学和艺术发展史。其意义之重大而深远，不可低估！

（原载《安徽新华学院学报》2012年第4期，《桐城派研究》第16辑）

---

① 郭绍虞主编：《中国历代文论选》中册，上海中华书局1962年版，第385页。
② 清·方东树：《昭昧詹言》，人民文学出版社1984年版，第21页。
③ 清·方东树：《昭昧詹言》，人民文学出版社1984年版，第30页。

论姚鼐的语言艺术

为什么姚鼐的文章会被前人推崇为"举天下之美，无以易乎桐城姚氏者也？"①为什么连指责桐城派"舍事实而就空文"的近代著名学者刘师培，也盛赞"惟姬传之丰韵，……则又近今之绝作也？"②这其中的原因固然很多，但却不能不归功于姚鼐认识到："文章之精妙，不出字、句、声、色之间"，从而在语言艺术上取得卓越成就。语言艺术不难于简洁，而难于寓丰富于简洁，不难于有深意，而难于寓深意于言外，不难于工妙，而难于寓工妙于自然，不难于浓郁，而难于寓浓郁于平淡，不难于有节奏，而难于寓神气于音节。姚鼐散文语言艺术的卓越，就在于它对这些难点有重大突破，从而创造了新的鲜明特色。不信，请看笔者下面的举例论述。

一、寓丰富于简洁

由于世之不善于文者，或义失之赘，或辞失之芜，于是尚简洁之说兴盛。早在晋代陆机《文赋》即指出："要辞达而理举，故无取乎冗长。"③唐宋倡导古文运动的大师皆崇尚简洁，如柳宗元称赞"谷梁子、太史公甚峻洁"④，

---

① 曾国藩：《曾文正公文集》卷1，《〈欧阳生文集〉序》，四部丛刊本。
② 刘师培：《刘申叔先生遗书：左盦外集》卷13，《论近世文学之变迁》，宁武南氏校印本。
③ 见郭绍虞主编：《中国历代文论选》上册，中华书局上海编辑所1962年版，第138页。
④ 见郭绍虞主编：《中国历代文论选》上册，中华书局上海编辑所1962年版，第462页。

欧阳修推崇文章"简而有法"①。桐城文派更以提倡简洁著称。姚鼐说："大抵简峻之气，昌黎为最，更当于此著力。"②又说："作文须见古人简质、惜墨如金处。"③他在删削了陈硕士的文稿之后说："陈无己以曾子固删其文，得古文法，不知鼐差可比子固乎？花木之英，杂于芜草秽叶中，则其光不耀，夫文亦犹是耳。"④

不但中国作家注重行文的简洁，外国作家也强调："精确与简洁，这是散文的首要美质。"⑤

仅仅是删繁就简，不难，难的是不只要简洁，还要精确、形象、传神，有丰富而深长的意味，做到寓丰富于简洁。那么姚鼐的作品究竟是怎样做到寓丰富于简洁的呢？

首先，用字极其精确、形象、传神，内涵丰富，意味深长。

例1：卒而来哭者填户。⑥

例2：蠹民泣送者塞路。

例3：不为势趋，不为利眯。

例1是写章母黄太恭人因全力救助灾民，所以在她81岁逝世时，"来哭者填户"。这个"填"字，用得既极新鲜，又很形象地反映了那"来哭者"人数之众多，悲伤之情浓，仿佛把整个房屋都填满了。如果把它改成"来哭者众

① 见郭绍虞主编：《中国历代文论选》中册，中华书局上海编辑所1962年版，第33页。
② 姚鼐：《姚惜抱先生尺牍》卷6，《与陈硕士》，小万柳堂据海源阁本重刊本。
③ 姚鼐：《姚惜抱先生尺牍》卷6，《与陈硕士》，小万柳堂据海源阁本重刊本。
④ 姚鼐：《姚惜抱先生尺牍》卷6，《与陈硕士》，小万柳堂据海源阁本重刊本。
⑤ 普希金语，见段宝林编《西方古典作家论文艺创作》，沈阳春风文艺出版社1980年版，第269页。
⑥ 刘季高标校，姚鼐著：《惜抱轩诗文集》，上海古籍出版社1992年版，第199页。以下凡引文后有"P"页码者，均见于该书，不另加注。

多"，那就显得大为逊色了。如果把它改成"来哭者挤满了一屋子"，不只显得不够简洁，而且破坏了"来哭者"悲伤的氛围。可见这个"填"字用得既简洁传神，而又内涵丰富，实在妙极了！

例2是写沈锦在任顺天府南路同知期间，因蠡县"潴龙河涨，欲决堤矣，君尽力护之，身立风雨，堤竟以固。以艰去，蠡民泣送者塞路"。这个"塞"字，不只形象地刻画出"泣送者"的人数众多，而且蕴含蠡县人民对沈锦尽力护堤的那种衷心感激，听说他"以艰去"，即因亲人丧事辞官而去的那种依依不舍的惜别之情。如果把它改成"蠡民泣送者甚多"，那就既不及"塞路"二字形象如绘，令人如亲历其境，感同身受，又显得过于直白，毫无耐人寻味的魅力。

例3是出自《祭朱竹君学士文》中对朱竹君的赞语。"不为势趋，不为利眯"。这个"眯"字，活画出眼皮微微眯缝的神态，堪称"一个字不仅是符号，而且是形象的召唤者"[①]。何况这不是一般的形象，而是蕴含有重大的寓意，如《庄子·天运》所说："夫播糠眯目，则天地四方易位矣。"可见"不为利眯"，这该是多么高尚、多么宝贵的品格！朱竹君（1729—1781）名筠，字竹君，号筜河。乾隆十九年（1754）进士，授编修，任安徽、福建学政，诗文有《筜河集》。他以博闻宏览、奖掖后进著称，汪中、戴震、王念孙、章学诚、黄景仁等时贤皆出其门，或入其幕。姚鼐在祭文中自称"七年江滨，日思君面"。这不仅是出于个人的情深谊笃，而且是有感于"呜呼今日，士气之衰。天留一人，庶卒振之！"也就是说，姚鼐是把振兴"士气之衰"的希望寄托在"不为利眯"的朱竹君身上的。

由此可见，上述"填""塞""眯"三个字不只简洁之至，更重要的是它皆属寓丰富于简洁，别具新鲜活泼、绘形传神、言简意丰等特色。

姚鼐的寓丰富于简洁，绝不只表现在个别字句的选用上，更重要的是反映

---

① 泰纳语，见《文艺理论译丛》第1册，人民文学出版社1958年版，第71页。

在通篇文章的整体构思、选材和描写上。在清代桐城文派出现之前，人们往往把简与繁对立起来，如清代著名学者顾亭林说："辞主乎达，不论其繁与简也。繁简之论兴，而文亡矣。"[①]而姚鼐的寓丰富于简洁，则避免了简与繁的矛盾。因为姚鼐认为："理得而情当，千万言不可厌，犹之其寡矣。"他不是以字数的多少、描写的详略为繁简的标志，而是遵从其桐城文派祖师刘大櫆的教诲："凡文笔老则简，意真则简，辞切则简，理当则简，味淡则简，气蕴则简，品贵则简，神远而含藏不尽则简，故简为文章尽境。"[②]

为此，我们不妨举其《游双溪记》的全文为例证4：

乾隆四十年七月丁巳，余邀左世琅一青、张若兆应宿，同入北山，观乎双溪。一青之弟仲孚，与邀而疾作，不果来；一青又先返。余与应宿宿张太傅文端公墓舍，大雨溪涨，留之累日。盖龙溪水西北来，将入两崖之口，又受椒园之水，故其会曰双溪。松堤内绕，碧岩外交，势若重环。处于环中以四望，烟雨之所合散，树石之所拥露，其状万变。夜共一灯，凭几默听，众响皆入，人意萧然。

当文端遭遇仁皇帝，登为辅相，一旦退老，御书"双溪"以赐，归悬之于此楣，优游自适于此者数年乃薨，天下谓之盛事。而余以不肖[③]，不堪世用，亟去，早匿于岩窦，从故人于风雨之夕，远思文端之风，邈不可及。而又未知余今者之所自得，与昔文端之所娱乐于山水间者，其尚有同乎耶，其无有同乎耶？

双溪，在安徽省桐城县西北的龙眠山麓。此文是乾隆三十九年（1774）姚

---

① 顾亭林：《日知录集释》卷19，《文章繁简》，四部备要本。
② 刘大櫆：《论文偶记》之20，光绪戊子桐城大存堂书局本《刘海峰文集》卷首。
③ 刘季高标校本"余以不肖"作"余以不材"，此据桐城徐氏重校本校改。

萧辞官归里之后,游览清初大学士张英晚年退居和死后墓葬之地——双溪而作。篇幅简短,而内涵丰瞻,情韵悠长,堪称"简为文章尽境"的代表作之一。它融写景、吊古与抒发自己的感触于一体,写景如"松堤内绕,碧岩外交,势若重环。处于环中以四望,烟雨之所合散,树石之所拥露,其变万状"。以松密如堤,称之为"松堤"。以岩石上布满碧绿的青苔,称之为"碧岩"。多么简洁而新鲜!细雨如烟,在风中时合时散。簇拥密集之树,光秃显露之石,合称为"树石之所拥露"。这一切在风雨中"其状万变",显得千姿百态,胜似一幅优美的风景画,令人赞赏不已!接着写"夜共一灯,凭几默听,众响皆入,人意萧然",则不仅把读者仿佛带入了一个真实而又梦幻般的仙境,而且更使作者那孤寂凄凉又悠然自得的心情宛如活现。吊古是本文的重心所在,然而它前有"宿张太傅文端公墓舍"作铺垫,后有"御书'双溪'以赐"作呼应,因而使之完全跟"游双溪"形成不可分割的整体。张太傅文端公,即张英(1637—1708),字敦复,号乐圃,安徽桐城人。康熙六年(1667)进士,以编修充日讲起居注官,入直南书房,官至文华殿大学士兼礼部尚书。卒谥文端,雍正即位后赠太傅。此文写张英以其深得康熙的重用,"登为辅相",及退休后的"优游自适",来反衬作者的"不肖,不堪世用",只能"蚤匿于岩窔"。于今"从故人于风雨之夕",怎能不感慨丛生呢? 这里面该有多么丰富的内容可写啊!然而此文却只以"其尚有同乎耶,其无有同乎耶"的问句作结,不只使其辞官后的"自得"之情跃然纸上,而且以其无穷余味发人深省。

由此可见,此文写得是多么"意真""辞切""理当""品贵""味淡"而"气蕴","神远而含藏不尽",正因为作者如此从多方面以"简为文章尽境",所以他就使"简"与"繁"的矛盾迎刃而解,达到了寓丰富于简洁的至美境界。

二、寓深意于言外

如果说寓丰富于简洁主要是得益于桐城派祖师刘大櫆的教诲，那么，寓深意于言外，则更体现为姚鼐的独创了。我国"古人为诗，贵于意在言外，使人思而得之"。[①] 宋代著名诗人梅尧臣说："必能状难写之景，如在目前，含不尽之意，见于言外，然后为至矣。"他并举例说："若温庭筠'鸡声茅店月，人迹板桥霜'，贾岛'怪禽啼旷野，落日恐行人'，则道路辛苦，羁旅愁思，岂不见于言外乎？"[②] 明代袁中道也说："天下之文，莫妙于言有尽而意无穷。"[③] 寓深意于言外，使散文达到跟诗一样含蓄有味、咀嚼不尽的优美境界，这恰恰是姚鼐散文的语言艺术又一显著特色，不过它不同于诗歌的"状难写之景，如在目前"，而是从散文的特性出发，主要表现在句法的创新上：

（一）前后矛盾句法

例5：君本以文章入翰林有声，而忽摈外；及为知县，著才矣，而仁卒不进。

例6：君少孤，受学于淳安方先生楘如，工文章，中乾隆己卯科乡试，名著于远迩矣，而屡踬会闱，迨母丧终，君遂绝志求进。吏部符取为知县，亦不就，惟日与诸生讲诵文艺以为乐。

例7：石屏罗君讳会恩……有文学，数不第，退居修行于家。……其身终于乡，而人信其才足以任世事也。

例8：公治运河有绩，而上官恶之，以报水迟解其职。

---

① 司马光：《温公续诗话》，见清·何文焕辑《历代诗话》上册，中华书局1981年版，第277页。
② 转引自欧阳修：《六一诗话》，见清·何文焕辑《历代诗话》上册，中华书局1981年版，第267页。
③ 袁中道：《袁小修文集》卷2，《〈淡成集〉序》，中国文学珍本丛书本。

上述例5是写清代著名文学家袁枚（1716—1798）的。当他22岁考中进士后，人们皆认为凭他的才学应该入翰林院，可是结果他却被外放为县官。"本以文章入翰林有声，而忽摈外"，前后两句不是相矛盾么？当他先后在溧水、江宁两县担任知县，表现出卓越的才能，被群众公认为是"大好官"，"著才矣，而仕卒不进"，这前后两句不是又自相矛盾么？为什么会产生这种矛盾？这种矛盾究竟说明了什么？作者虽然没写，但是这种前后矛盾的句法却不能不引起读者的思索，由此使读者也不难想象到其言外之意：那个封建社会的吏治是多么黑暗和腐败，它既不能对袁枚量才录用，又不能使他人尽其才，而只能迫使他"年甫四十，遂绝意仕宦，尽其才以为文辞歌诗"。

例6、例7皆是写科举考试失意的。既然"工文章"，又已经"中乾隆己卯科乡试，名著于远迩矣"，为什么却"屡踬会闱"——屡次在举人会试的考场被绊倒（指落第）呢？石屏罗君既然"有文学"，为什么却"数不第"——数次皆考不取而不得不"退居修行于家"呢？"工文章"与"屡踬会闱"，"有文学"与"数不第"，这种前后矛盾的句法，显然有其言外之意：说明科举制度极其不公，尽管你是"工文章""有文学"的人才，也不免要横遭埋没。须知在那个以科举取士为文人唯一出路的封建时代，由热衷于科举取士到"绝志求进"，"退居修行于家"，他们的人生道路和思想性格，该是发生了多么巨大的变化！这里面该是有多么丰富的"言外之意"，令读者不得不深思猛醒啊！

例8是写朱澜在担任献县、河间县治河官时的遭遇。他既"治运河有绩"，理应得到褒奖或升迁，为什么反而"上官恶之，以报水迟解其职"呢？作者正是用这种前后矛盾的句法，促使读者不能不深思其言外之意：身为"上官"，怎么竟如此嫉贤妒能、颠倒是非、胡作非为呢？封建吏治怎么会容许这样的"上官"恣意倒行逆施呢？这该是令人多么触目惊心啊！然而这一切作者皆未明言直叙，仅是通过前后矛盾的句法，使人"思而得之"。如此"含不尽之意，见于言外"，岂不显得比明言直叙更具艺术魅力？

（二）反差衬托句法

例 9：临安府所属夷氓土司十，掌寨十五。旧土官谒知府，其仪严甚。知府坐堂上如神，阶下跪拜惶迫，不闻一言而出。君独接以和易，赐座与问，夷情具悉，土官感恩，奉命愈谨，而事大治。

例 10：藁（gǎo）城尝被灾，吏散赈不善，饥民怒噪，欲死其令。省中或议以兵往，君谓必不可，自请单骑往谕，散其众。入城摘令印，坐厅事决胥吏数人。定其赈事，一县遂以帖然。

例 11：自昔江、汉泛溢，沉浸民田，或数十年，且数百里。公督湖广时，奏请建闸浚河，而建立堤工，亲往督视，用财实而工巩，至今为利。

上述例 9 是出于为云南临安府知府江濬源所写的《墓志铭（并序）》，其主旨是要表彰江濬源为官的政绩。然而作者却以“旧土官谒知府，其仪严甚。知府坐堂上如神，阶下跪拜惶迫，不闻一言而出”，作为强烈的反差，来衬托“君独接以和易，赐座与问，夷情具悉，土官感恩，奉命愈谨，而事大治”。作者采用如此反差衬托句法，不仅更加凸显出江君为官的作风平易近人，洞悉下情，得到土官的拥戴，终于取得了“事大治”的卓越政绩，而且以一个“独”字揭示出像江君这样的好官吏是独一无二的，在他之前或之后的历任知府皆是坐堂上如凶神恶煞，除了令下属“跪拜惶迫”，自己作威作福之外，毫无政绩可言。这一反差衬托，使读者足以想象其言外之意：在那个封建社会中，该有多少这类令人可畏可憎的封建官僚！江君这样独一无二的好官既然已经逝世，靠那些只知作威作福的封建官僚岂能达到“事大治”？

例 10 是出于为顺天府南路同知沈锦写的《墓志铭（并序）》。它旨在表彰沈锦处理藁城赈灾得当，使“一县遂以帖然”。然而它却以“藁城尝被灾，吏散赈不善，饥民怒噪，欲死其令，省中或议以兵往"作反差衬托，除了更加凸显出沈君的干练以外，却使读者不禁想到其言外之意：从藁城吏到"省中"大官，是多么残暴无能，统治者与饥民的矛盾已达到"欲死其令"——你死我活的地步，这该是多么令人惊心动魄啊！

例11是出自为曾任湖广总督的汪志伊写的《实心藏铭（并序）》。其主旨是表彰他在任湖广总督时，兴修水利的政绩。然而作者却以"自昔江、汉泛溢，沉浸民田，或数十年，且数百里"，作反差衬托。使读者不能不想到其言外之意："沉浸民田"，时间长达"数十年"，面积广达"数百里"，水灾之害如此严重，当地官吏怎么就不闻不问，听其肆虐呢？其上级领导怎么也不管呢？这是个什么样的政府啊？它该造成多少农民家破人亡啊！

上述反差衬托句法的共同特征：皆属以揭露整个官场的腐朽和黑暗，来凸显和表彰已死或离职的个别好官吏；它不是通过颂扬个别好官来美化整个封建统治，而是以否定整个封建官场来凸显个别好官，使读者的眼光不是局限于个别好官，而是要由此进一步认清：腐朽和黑暗是封建官场的常态，而好官吏仅属于独有的个别的例外。这种言外之意，该是多么底蕴丰厚，令人深长玩味不已啊！

（三）彼此对比句法

例12：其后一青丞湖北县，以获盗功，升为令。入京师，过余旅舍，篝灯夜对太息，忆君与应宿，虽为诸生，而方艺花竹为园，遨游歌咏山水，邈然不可逮也。

例13：香亭太守与其兄简斋先生解官之后，皆买宅金陵而寓居焉，风流文采，互相辉映，固门内之盛也。简斋性好山水，年六七十，犹时出游，探极幽险，凡东南佳山水，天都、匡庐、天台、武夷，达于岭海无不至，而香亭日闭户，邀之暂出。辄有难色。其性与简斋异者若此。顾独好画，穷日夕执笔为之不倦。盖林麓烟云之趣，浩渺幽邃之观，水石竹木花叶鸟兽虫鱼之奇态，香亭自具于胸，而时接于几席之上，意其游亦未尝异于简斋耶？

例14：子颍承先世用武之余烈，尝思舍章句之业，奋迹戎马，建立功名，使后世知其豪俊，而其诗亦时及此旨。及暮年，乃仕为转运使，俯仰冠盖商贾之间，忽忽时有所不乐；而二亭以布衣放情山水，见俗人辄避去，高吟自适，以至老死。子颍虽富贵，而志终不伸；二亭虽贫贱，而可谓自行其志，卒无余恨者也。

上述例12是出自《左众郟权厝铭（并序）》。左众郟（1729 —1775），明末清初爱国政治家左光斗的四世孙，安徽桐城人。毕生喜作诗自娱。姚鼐与他及其兄一青、妻弟应宿，四人从小就是"年相若""志相善"的同里好友。此文即作于姚鼐辞官之后，四人"复聚于里中"的次年。它名为为左众郟作《权厝铭（并序）》，却以其兄一青与他及其妻之弟应宿作对比，说明一青在湖北虽由县丞而有功升为县令，他不但一点也不感到欣喜和高兴，相反，却忧心忡忡，羡慕众郟和应宿，虽然在科举上不得志，只考个秀才，不能做官，但他们因此而过着"方艺花竹为园，遨游歌咏山水"自由自在的生活，使他这个县令不禁深深地感叹远不可及。如此鲜明的对比，使读者不能不深思其言外之意：热衷于追求科举取士，即使如愿以偿，进入了封建官场，又有什么意思？哪有不做官，回归自然，过个性自由的生活来得自在、幸福呢！封建文人为什么会有这种想法呢？这里应该是反映了对封建统治的多么不满、哀怨、悲愤和失望的思想感情啊！

例13是出自《袁香亭画册记》。袁香亭是袁枚的堂弟，乾隆进士，曾任广东肇庆知府。他善画山水，工诗，著有《红豆村人诗稿》。作者为袁香亭的画册题画，却拉他的堂兄袁枚来作对比。以袁枚的"性好山水"旅游题诗，与袁香亭"独好画"山水，来说明两人既"风流文采，互相辉映"，又凸显其性格相"异者若此"。尤其值得注意的是，作者点明他们的个性和文采之所以得自由充分的挥洒，皆出于他们"解官之后"。其"言外之意"，封建官场已成为人们发挥个性、才能的羁绊；远离封建官场绝非坏事，而是可以找到充分发挥自己才智的更好机会，像袁香亭那样当画家，像袁枚那样当诗人，皆足以令人"为之不倦"。

例14是出自《朱二亭诗集序》。朱二亭，江都（今江苏扬州）人。诸生，为人放情山水，以吟咏自适，著有《二亭诗钞》。此文以朱二亭与朱子颍相对比，说明两人的诗歌创作和人生道路各有特色：朱子颍身处官场，"俯仰于冠盖商贾之间，忽忽时有所不乐；而二亭以布衣放情山水，见俗人辄避去，高吟自适，以至老死。子颍虽富贵，而志终不伸；二亭虽贫贱，而可谓自行其志，卒无余恨者也。"如此鲜明的对比，使读者不能不深思其言外之意：朱子颍身处"富贵"的地位，为什么却落得个"志终不伸""忽忽时有所不乐"的困境呢？为什么像朱二亭那样"放情山水"，才能"自行其志"，"卒无余恨"呢？造成这一切的社会环境为什么这样不合理呢？人生之路，人生的价值，究竟应该竭力追求什么？是物质上的"富贵"还是精神上的自由？或两者孰轻孰重？这些问题无不意味深长，给读者以想象和思考的极大空间。

上述种种追求言外之意的句法，恰如姚鼐的侄孙和学生姚莹所说："先生文不轻发议论，意思自然深远，实有此意，读者言外求之。"[①]当代作家叶圣陶也说："文艺作品往往不是倾筐倒箧地说的，说出来的只是一部分罢了，还有一部分所谓言外之意、弦外之音，没有说出来，必须驱遣我们的想象，才能够领会它。如果拘于有迹象的文字，而抛荒了言外之意、弦外之音，至多只能够鉴赏一半；有时连一半也鉴赏不到，因为没有说出来的一部分反而是极其重

① 姚莹：《识小录》卷5，《惜抱轩诗文》，合肥黄山书社1991年版，第137页。

要的一部分。"①

三、寓工妙于自然

追求"言外之意"，绝不是可以忽视"言内"的工妙，而是以"言内"的工妙为前提的。因此，我们有必要继续探讨姚鼐的文章是怎样做到"言内"工妙的。宋代叶梦得的《石林诗话》说："诗语固忌用巧太过，然缘情体物，自有天然工妙，虽巧而不见刻削之痕。"②可见我国古代诗歌早就创造了寓工妙于自然的艺术经验。姚鼐的散文创作，正是继承了这一优良传统。他说："文之至者，通于造化之自然。""文章之境，莫佳于平淡，措语遣意，有若自然生成者。"所谓"措语遣意"，就是要讲究语言运用的工巧奇妙，只不过这种工妙，要达到"有若自然生成者"，也就是要寓工妙于自然。

那么，姚鼐的散文又究竟是怎样做到寓工妙于自然的呢？

（一）化无形为有形，使之具形象的直观性和生动性

例15：如人入寒岩深谷，清泉白石，仰荫松桂之下，微风泠然而至，世之尘埃不可得而侵也。

例16：六经之书，其深广犹江海也。

例17：展而读之，若麒麟、凤凰之骤接于目，欣忭不能自己！

上述例15是对"左笔泉先生之文，沉思孤往，幽情远韵，澄澹沉寥"所作的具体形容。它不是以抽象的叙述，而是以形象的描绘，写出了他读左笔泉之文所获得的独特感受。那"寒岩深谷""清泉白石"，该是多么优美诱人的

---

① 叶圣陶：《文艺作品的鉴赏》，见《鉴赏文存》，人民文学出版社 1984 年版，第 11 页。
② 叶梦得：《石林诗话》卷中，见清·何文焕辑《历代诗话》上册，中华书局 1981 年版，第 431 页。

境界！"仰荫松桂之下，微风泠然而至"，又该使人感到多么惬意！"世之尘埃不可得而侵也"，则更是高尚而可贵之至！它把"沉思孤往、幽情远韵，澄澹沉寥"等抽象的叙述，顷刻转化为别具诗情画意的至美境界，使读者从生动的形象之中，既极其奇妙地获得了对左笔泉之文的深刻感受，又十分自然地得到了读姚鼐工妙之文备感心旷神怡的艺术享受。

例 16 所说的"六经"，指《诗》《书》《易》《礼》《乐》《春秋》六种儒家经典著作。"六经之书"其意义究竟如何，这是一言难尽，无法说清楚的理论问题。而作者以"其深广犹江海也"，即一语破的，使六经之义的不可穷尽，非常形象化地呈现在我们面前。而且作者由此很自然地说明："经之说有不得悉穷。""自汉以来，经贤士巨儒论其义者，为年千余，为人数十百。其卓然独著，为百世所宗仰者，则有之矣，然而后之人犹有能补其阙而纠其失焉。"（P60）可见作者所宣扬的不是对六经和"经贤士巨儒"的盲目尊崇，而是指出真理总具相对性，"后之人犹有补其阙而纠其失"的发展空间。这就在一定程度上有其鼓励人们独立思考和为"补其阙"而不懈追求真理的积极意义。

例 17 是在《复蒋松如书》中对其所寄大作数篇，"展而读之"所获得的感受。这本来也是一言难尽的，但是作者巧妙地以"若麒麟、凤凰之骤接于目"，即很形象又很自然地把作者对所寄大作读后的惊喜之情和崇高评价皆活现出来了。因为麒麟是古代传说中象征祥瑞的一种动物，其状如鹿，独角，全身生有麟甲。凤凰是古代传说中的鸟王，是不与燕雀为群的高贵的吉祥鸟，雄的叫凤，雌的叫凰，通称"凤"或"凤凰"。"若麒麟、凤凰之骤接于目"，这该是一种多么生动直观、令人心潮澎湃、惊喜不已的情景啊！

（二）化静为动，使之别具无比优美的意境和极其动人的艺术魅力

例 18：灵岩寺在柏中，积雪林下，初日澄彻，寒光动寺壁。

例 19：登则周望万山，殊骜而诡趣，帷张而军行。

例 20：今夫鸟鷇而食，成翼而飞，无所于劝。其天与之邪？虽

然，俟其时而后化。今禹卿之于尚书，其书殆已至乎？其尚有俟乎？

吾不知也。为之记，以待世有识者论定焉。

上述例 18 是出自《游灵岩记》。灵岩寺，是法空禅师于北魏正光年间（520—
525）始建于灵岩山下。寺中的四十罗汉像为宋代宣和年间（1119—1125）所塑。
皆属著名古迹。"寒光动寺壁"，"寒光"本是无形的，"寺壁"本是静止的，
加一"动"字，即化无形为有形，化静为动，使那风吹树枝摇动，寒光使摇动
树影照在寺壁上，即形成那生动活泼、优美胜于画的"寒光动寺壁"奇观景象，
不只给人以身临其境的真切感、形象感、生动感，而且由此产生一种强大的艺
术魅力，令人心驰神往，赞美不绝。

例 19 是写作者在登上灵岩山之后，"周望万山"所获得的感受。那四周
此起彼伏的崇山峻岭，无疑是静止的。然而作者巧妙地以"殊骜而脆趣，帷张
而军行"，把群山的气势写成如万马奔腾般奇形怪状，如帷幕张开、军队前进
般雄奇壮观。这看似作者的突发奇想，实则恰如下文所写五胡十六国战乱时期，
"当苻坚之世（十六国时期的前秦皇帝，338—385）竺僧朗在琨瑞大起殿舍，
楼阁甚壮"等历史人文景观相契合，显得十分自然贴切，仿佛把人们带入了那
战乱的年代，不只意境优美壮观如画，且有一股足以引人深思遐想的艺术魅力。

例 20 是出自作者为诗人、书法家王禹卿所作的《快雨堂记》。王禹卿以
明代著名书法家董其昌所写的"快雨堂"旧匾悬在自己的堂内，不分昼夜地练
习书法。姚鼐对其进行慰勉，不是空发议论，而是化静为动，把静止的书法作
品巧妙地比作"鸟鷇而食，成翼而飞，无所于劝"。即雏鸟待哺而食，翅膀长
成了自然会飞走，无需勉强。面对这种功到自成，自然腾飞的景象，谁能不为
之感到活泼生动、精彩迷人呢！

（三）化无情为有情，使之更加妙趣横生，令人玩味

例21：溪有深潭，大石出潭中，若马浴起，振鬣宛首而顾其侣。

例22：回视日观以西峰，或得日，或否，绛皓驳色，而皆若偻。

例23：（披雪瀑）水源出乎西山，东流两石壁之隘。隘中陷为石潭，大腹弇口若罂。瀑坠罂中，奋而再起，飞沫散雾，蛇折雷奔，乃至平地。其地南距县治七八里，西北距双溪亦七八里，中间一岭，而山林之幽邃，水石之峭厉，若故为诡愕以相变焉者，是吾邑之奇也。

上述例21，"大石出潭中"，这本是既无生命，更无情感的自然景象，然而作者从水中大石的形状，巧妙地把它想象成"若马浴起"，赋予它以马的形态和生命，接着又写它"振鬣宛首而顾其侣"，即振动马鬣而回头看它的伴侣，使之成了含情脉脉，令人为之流连忘返的奇妙景象。如此化无情为有情，就使本来死板单调的自然景象，被描绘得活泼生动、妙趣横生，显示出语言艺术所特有的魅力，给人以欣喜愉悦的艺术享受。

例22是《登泰山记》中所写在日观亭观日出的情景。"绛皓驳色"，是指阳光的红色与雪的白色交相错杂。日观亭以西的山峰，都比较低矮，然而作者不说它低矮，而说它"皆若偻"，即弯腰曲背，像背负厚厚的白雪，被压得不堪重负，一个个皆弯腰曲背的老汉。如此把"日观以西峰"拟人化的写法，不只使人顿感妙趣横生，而且令人玩味其中的深意，不免勾起对于那些被大雪压得弯腰曲背的老汉的深切同情。

例23，"隘"，指狭窄险要的山谷。"弇口"，指器具的小口。"罂"，指小口大腹的坛子。以"大腹弇口若罂"，形容瀑水在狭谷中冲击成的石潭，不只使其形状如绘，而且化陌生为眼熟能详，令人备感亲切可喜；接着以

"飞""散""折""奔"四个动词，与"沫""雾""蛇""雷"四个名词，分别组成"飞沫散雾，蛇折雷奔"两句，即把那"瀑坠罃中，奋而再起"的景象比喻得有形有态，有神有气，有声有势，用字既简练之极，所刻画出的境界却又绚丽多姿、新奇壮观。至于把"山林之幽邃，水石之硝厉"，说成"若故为诡愕以相变焉者"，意谓像是故意作出奇奇怪怪的姿态用以察看变化之道的。这就不只把无情之物想象成有情之物，而且简直把它说得神乎其神，令人不禁为之心驰神往，惊喜不已！

上述例证皆说明，姚鼐之所以能寓工妙于自然，是因为他作为"艺术家所见到的自然，不同于普通人眼中的自然，因为艺术家的感受，能在事物外表之下体会内在的真实"。"通过他的与内心相应的眼睛深深理解自然的内部"。①因此姚鼐所追求的"自然"，绝非排斥或轻视人工技巧，而是要以自然为基础为前提，既充分发挥艺术家的洞察力和想象力，使其妙笔生花，又使这种工妙显得恰如自然天成，毫无人工刻意做作的痕迹，从而创造和达到了寓工妙于自然的至美迷人的境界。

四、寓浓郁于平淡

姚鼐说："文章之境，莫佳于平淡。"可见他是以"平淡"为文章的至美境界。然而他所追求的"平淡"，绝非指平淡无味，而是指平淡自然的境界，是寓浓郁于平淡。因此，这种平淡之境，"使人初对，或淡然无足赏；再三往复，则为之欣忭恻怆，不能自已。此是诗家第一种怀抱，蓄无穷之义味者也。"（P294）如此说来，姚鼐的散文创作又究竟是怎样寓浓郁于平淡的呢？

首先，善用人物语言，使之看似平淡无味，实则旨味无穷。

---

① 罗丹：《罗丹艺术论》，人民美术出版社 1978 年版，第 19 页。

例24：当康熙末，方侍郎苞名大重于京师矣，见海峰，大奇之，语人曰："如苞何足言耶！吾同里刘大櫆，乃今世韩、欧才也。"自是天下皆闻刘海峰。

例25：君文章高厉越俗，其乡举为乾隆丙子科。同考知龙溪县阳湖吴某得君文大喜，以冠所得士。及君见吴君，吴君曰："吾不必见生，见生文，知生必奇士也。然已矣！生文品太峻，终不可与庸愚争福。"君自是三值会试，一以友故不及赴，再绌于有司。君意不自得，遂不试。

例26：其教子孙，必为正士。谓"士品立，则可富贵，亦可贫贱；士品一隳，富贵则骄溢，贫贱则卑污，均为可耻。"

上述例25是出自姚鼐的《刘海峰先生传》，文中引用方苞"语人曰"几句，看似平淡无奇，实则字字千钧。它把方苞的自谦、重才、识人和竭力提携同乡后辈的高尚品格和冲天豪情皆浓缩于中，刻画得可谓如跃眼前，令人不能不为之瞿然感奋，由衷钦佩！

《清史稿·刘大櫆传》没有引用方苞的原话，只写刘大櫆"始年二十余入京师，时方苞负海内重望，后生以文谒者不轻许与，独奇赏大櫆"[1]。这跟上述姚鼐所写的相比较，即不难看出，姚鼐通过人物语言寓浓郁于平淡的可贵；《清史稿》的纯用作者叙述，不但显得十分平淡无味，而且还歪曲了方苞的形象，方苞为什么对"后生以文谒者不轻许与，独奇赏大櫆"呢？这岂不意味着仿佛是说方苞对刘大櫆出于同乡私情么？

《道光桐城续修县志·刘大櫆传》则写刘与吴阁学士玉"偕游京师，一时

---

① 见《清史稿》卷485，《文苑一·刘大櫆传》。

贤士大夫咸惊异其文，同里方侍郎苞尝曰：'刘子今之韩愈也'"①。这虽然也引用了方苞赞赏刘大櫆为"今之韩愈"的话，但跟姚鼐所引用的方苞的话相比，则味同嚼蜡，黯然失色，完全失去了作为方苞的人物语言所特有的语气、口吻、神情、品位、气概等丰富的内涵和浓郁的情感。

可见用不用人物语言，怎样运用人物语言，这对能否寓浓郁于平淡，皆至关重要。

例25出自姚鼐的《郑大纯墓表》。郑大纯是个品学兼优、正直善良而又穷困潦倒的穷书生。从考官吴君的几句话中，不但对郑大纯的文品、人品皆作了确切的品评，而且由此还显示出吴君的目光敏锐，识见不凡，料事如神。他说"生文品太峻，终不可与庸愚争福"，结果即真不出他所料。他的话，不仅使郑大纯和吴君两个人的性格皆生动如画，而且深刻地揭示出那个时代科举制度的腐败：它只能成为庸愚之辈争福的场所，而使真正品学兼优的人才被剥夺入选的希望。如此人物语言看似平淡无奇，实则其内涵之丰富，感情之浓郁，表现力之强劲，该是多么令人再三品味，啧啧赞赏啊！

例26出自姚鼐为孟鸿品写的《墓表》。他一生没有做官，所得的官衔皆因其子孙做官而获赠封的。从文中所引他教子孙"必为正士"的话，既可见"其立身有行义"的君子品格，又可说明他对子孙不只要求极其严格，而且注重抓住"士品"这个要害问题，进行正反两个方面的说理，足以以理服人。为什么"士品立，则可富贵，亦可贫贱"？为什么"士品一隳，富贵则骄溢，贫贱则卑污，均为可耻"？这几句看似平淡的教子净言，实则浓缩了世世代代、千千万万人生的经验教训，其内涵该是多么丰富、浓郁而发人深省啊！

其次，善于描写人物，使之看似平淡无奇，实则贯注了作者的浓郁感情和深广意蕴。

---

① 见《道光桐城续修县志》卷15，《人物志·儒林》。

例27：宜人十七岁而归余，三十一岁而没。上事姑，中接娣姒，下抚诸子婢仆，无以异今时女子，而悖傲苟贱暴虐之事，所必无也。治家不能极于俭啬，而矜奢纵侈之事，所必不为也。尤喜称人之善，闻人不善，虽于余前亦绝不言。余迁谬违俗，仕不进而家不赢，宜人不怨，顾以为宜。然以余所遇不偶，独幸得宜人偕居室十五年，而今又死矣！……既没，所出子女各二，幼不甚知哀，而长女之恸不可闻。

例28：君数饮余于是（按：指张家的逸园），自述平生为吏事，奋髯抵掌，气勃然。诚充其志，所就可量哉！……君能著于世矣！才节遇知天子，而仕抑屈于县令，惜哉！命为之耶？抑古之道终不合于今乎？

例29：当乾隆之末，和珅秉政，自张威福。朝士有耻趋其门下以希进用者，已可贵矣；若夫立论侃然，能讼言其失于奏章者，钱侍御一人而已。今上既收政柄，除愿扫奸，屡进畴昔不为利诱之士，而侍御独不幸前丧，不与褒录，岂不哀哉！

上述例27出自《继室张宜人权厝铭（并序）》。"继室"，即续娶之妻。"宜人"，明清时依其夫或子的官品给予妇女的封号，五品封宜人。"权厝铭"，即墓志铭。"权厝"，或浅埋以待改葬，或停柩待葬。乾隆四十三年（1778），姚鼐携其继室张宜人任教于扬州梅花书院。张宜人因"多产气虚"而于闰二月末殒于扬州。作者的遣词造句颇费匠心，如称张宜人对待长辈、同辈和小辈，"无以异今时女子，而悖傲苟贱暴虐之事，所必无也。治家不能极于俭啬，而矜奢纵侈之事，所必不为也。"前后字句，既对仗工整，又不刻板划一而富有变化；热烈赞誉，而又不过分夸饰，把一个善于待人和治家的贤妇形象，描绘得既属普通的常人，又贤良得可亲可敬。"余迁谬违俗……独幸得宜人偕居室十五年，而今又死矣！"此数句用笔极平淡，却不只把妻子对丈夫的体贴之心，丈夫对妻子的感激之情，皆刻画得如浓墨重彩，动人心魄，而且从中寄寓了作者对世俗和仕途颇为愤懑不满之意。"既没，所出子女各二，幼不甚知哀"，一句即活画出因其幼小而不懂事，因其"不甚知哀"而令人感到更加悲哀；"长女之恸不可闻"，这"恸不可闻"四字，看似平淡得不能再平淡了，而其实则寄寓了其长女因母逝世而悲痛欲绝以致伤心恸哭而达到令人"不可闻"的地步，其所表现的母女情深该是何等浓烈啊！

例28出自《张逸园家传》。张逸园，名若瀛，字印沙，号逸园。出生于安徽桐城的世代官宦之家，与姚鼐有世代姻亲的关系。此文通过描写张逸园的政绩卓著，清正廉明，"才节遇知天子，而仕抑屈于县令"，未能人尽其才的不公平遭遇，表达了作者对其惋惜之情及对当时黑暗社会政治的失望和愤懑不满之意。晚年退休在家，他对姚鼐"自述生平吏事，奋髯抵掌，气勃然。"作者不是抽象地说他如何愤懑不满，而是形象地写他"奋髯抵掌，气勃然"，即翘着胡子，击着手掌，气愤填膺、慷慨激昂的样子。可见其愤愤不平之情，该是浓郁到何等程度！作者为此而感到"惜哉！命为之耶？抑古之道不合于今乎？"不是停留在对个人命运的惋惜上，而是由个人触及到对整个社会的封建之"道"提出质疑，其意蕴又该是多么深广，多么令人触目惊心，发人深思猛省啊！

例29出自《〈南园诗存〉序》。《南园诗存》作者钱沣（1740—1795），字东注，又字约甫，号南园。乾隆三十六年（1771）进士，选庶吉士，任翰林院编修、御史等职。和珅当政时，他上书摘其奸，以直言敢谏著称，被和珅"劳辱之"，使其"积劳成疾以殒"。姚鼐是钱沣的座师，但此文并不是写他们的师生之情，而是将他作为一个刚正不阿、敢于跟奸臣作斗争的御史加以颂扬，从中可见作者对和珅等奸臣当道、钱沣等贤才遭殃的不满和悲愤。作者不是孤立地写钱沣，而是把他跟和珅"自张威福"，朝士鲜有"耻趋其门"，作反差衬托，来凸显"能讼言其失于奏章者，钱待御一人而已。""今上既收政柄"，指嘉庆四年（1799，乾隆帝逝世，嘉庆帝亲政，宣布和珅二十条罪状，责其自杀，抄没家产，政权归嘉庆帝亲自执掌。这时虽然"除慝扫奸，屡进畴昔不为利诱之士"，即清除和珅的党羽，使以往不为和珅利诱之士得到晋升，而钱待御独不幸在这之前已去世，不在褒奖录用之列。前后对比的巨大反差，使人不能不跟作者一起发出"岂不哀哉"的强烈共鸣。通过平淡无奇的客观叙述，由写钱沣一人，却折射出整个封建官场，在字里行间充溢着作者满腔愤懑和悲哀之情。

如此种种，皆旨在寓浓郁于平淡，可见姚鼐的语言艺术功力之深，即使不足以令人叹为观止，也起码是非常值得赞美的。

五、寓神气于音节

在姚鼐看来，最为重要的是："意与气相御而为辞"，"文字者，犹人之言语也。有气以充之，则观其文也，虽百世而后，如立其人而与言于此；无气则积字焉而已。"这跟桐城文派的祖师刘大櫆所说的是一脉相承的："行文之道，神为主，气辅之。""神者气之主，气者神之用。""神气者，文之最精处也；音节者，文之稍粗处也；字句者，文之最粗处也。然论文而至于字句，则文之能事尽矣。盖音节者，神气之迹也；字句者，音节之矩也。神气不可见，于音节见之；音节无可准，以字句准之。"[①]姚鼐自己也说过："所以为文者八：曰神、理、气、味、格、律、声、色。神、理、气、味者，文之精也；格、律、声、色者，文之粗也。然苟舍其粗，则精者亦胡以寓焉？学者之于古人，必始

---

① 刘大櫆：《论文偶记》，见郭绍虞主编《中国历代文论选》下册，中华书局上海编辑社1963年版，第137、138页。

而遇其粗，中而遇其精，终则御其精者而遗其粗者。"[①]因此，我们这里有必要进一步探讨他的语言艺术究竟是怎样寓神气于音节的。

（一）以前后重复递进的字句，从而在音节上形成神浑气灏的回环美

　　例30：文之雄伟而劲直者，必贵于温深而徐婉；温深徐婉之才，不易得也。然其尤难得者，必在乎天下之雄才也。

　　例31：夫内充而后发者，其言理得而情当；理得而情当，千万言不可厌，犹之其寡矣。

　　例32：虽然，如君年富而质美，进修而日强，且志日慕乎道德之盛。夫道德之盛者，不傲世而立名，不离物而矜己，谦而光，偕乎俗而不流。

上述三个例证，有其共同的特点：（1）前后皆有重复的字句，如"温深而徐婉"与"温深徐婉"，"理得而情当"与"理得而情当"，"道德之盛"与"夫道德之盛"，这种重复就在音节上形成回环往复；（2）从句意上看，它不是重复，而是递进，是通过回环往复，更有力地表达深一层的语意；（3）因而，一经朗读，就会使人感受到神浑气灏的回环美。

（二）以一系列的整齐排比语句，从而在音节上形成神远气逸的整齐美

　　例33：夫器莫大于不矜，学莫善于自下，害莫深乎侮物，福莫盛乎与天下为亲。言忠信，行笃进，本也；博闻、明辨，末也。

---

① 姚鼐：《〈古文辞类纂〉序目》，见《古文辞类纂》卷首，黄山书社1992年版。

例 34：太姒之所志，庄姜之所伤，共姜之所自誓，许穆夫人之所闵，卫女、宋襄公母之所思，于父母、于兄弟、于子，采于《风》诗，见录于孔氏，儒者莫敢议；独后世有为之者，则曰不宜，岂理也哉？

例 35：今夫闻见精博至于郑康成，文章至于韩退之，辞赋至于相如，诗至于杜子美，作书至于王逸少，画至于摩诘，此古今所谓绝伦魁俊，而后无复逮者矣。……然而究其所事，要举谓之为人而已，以言为己犹未也。（P126）

这三个例证皆说明，作者以一系列的整齐排比语句，或从性质、范畴上，指明"器莫大于""学莫善于""害莫深乎""福莫盛乎"是什么，或列举周文王之妻太姒以及庄姜、共姜、许穆夫人、卫女、宋襄公母等众多古代妇女的诗被孔子采录于《诗经·国风》之中，以批驳妇女不宜作诗的非议，或列举"学博""文章""辞赋""诗""书""画"等六个领域成就"绝伦魁俊"的人才，他们从西汉的辞赋家司马相如（前 177—前 118）到唐代的古文家韩愈（768—824），时间跨度长达九百余年。这就使读者的视野和胸襟大为开阔，感到有股排山倒海、波涛汹涌般的气势，令读者尽情领略其神远气逸的整齐美。

（三）以前后工整对称的字句，从而在音节上形成神伟气高的对称美

例 36：今夫豫章松柏，托乎平地，枝柯上干青云；依于危碕，岸崩根拔而绝，土附之不足也。

例 37：人观其言动恭饰有礼，而知其学之邃；读其文冲夷和易而有体，亦知其必为君子也。

例 38：成祖天子之富贵，随乎飘风；正学一家之忠孝，光乎日月。（P235）

上述例36以豫章松柏之所以长得枝繁叶茂、高大参天，是因为它依托于平地，而依托于高峻曲折河岸者，则"岸崩根绝而拔"，因为"土附之不足也"。作者以"托乎平地"与"依于危碕"的对称描写，来劝告孔子六十七代孙孔拯约："以天下爱敬孔氏，而加以拯约之贤，未尝不益重也，慎其所以自附者而已。"显得形象鲜明，对比强烈，令人感受到神伟气高的对称美。

例37以"人观其言动恭饰有礼"与"读其文冲夷和易而有体"相对称，再三诵读，也会感受到其神伟气高的对称美。

例38出自《方正学祠重修建记》。方正学（1357—1402），名孝孺，"正学"为其书室名，以示辟异端为己任，故人称正学先生。曾任明惠帝侍讲学士。燕王朱棣以武力推翻惠帝，自称帝。方孝孺因拒绝为其起草称帝的诏书而被杀，并株连十族（九族再加上方的学生），死者达八百七十余人。方正学祠的重修建，即为纪念他的杀身成仁。作者在文中以鲜明对称的语言，说明明成祖物质上的富贵瞬息即逝，而方孝孺的忠孝名节等精神力量，则如同日月一样光辉永驻。这一对称描写，在那个旧时代实在具有动天地、泣鬼神的力量，把神伟气高的对称美发挥到了极致。

（四）以前后反差衬托的字句，从而在音节上形成神变气奇的抑扬美

例39：其自奉甚陋，或人所不堪，虽其家人皆窃笑之；然至族党有缓急，出千百金不惜也。

例40：余论说学问，必崇古法，盖世人所谓迂谬者；春池时独能信吾说而不疑，余固贤之，知其异矣。

例41：其于经也，辞义训诂之小者，未尝一一拘守程、朱，而大义必宗向，而信且好焉。因推明其旨，将以扶正道率后贤，是可谓君子之为学矣。

上述三个例证皆属采用先抑后扬的反衬句法，如以"其自奉甚陋"，甚至被人"窃笑"，这看是贬抑，而实则更强烈地衬托和颂扬了他对"族党有缓急"，"出千百金不惜"的高贵人品。"余论说学问必崇古法"，被世人贬抑为"迂谬"，则更强烈地衬托和颂扬了春池"独能信吾说而不疑"的难能可贵。姚鼐本意是要尊崇程朱，要求对程朱"大义必宗向"，并"信且好焉"，但他却把容许"辞义训诂之小者，未尝一一拘守程朱"放在前面，采用如此先抑后扬的写法，就显得颇为公允，更易于为人们所接受。同时，如此反差衬托、先抑后扬的语句，也自然在音节上使人深切地感受到其别具神变气奇的抑扬美。

总之，说到底就是利用语音的节奏，形成神活气充的音乐美。因为只有神活气充，才能使字字句句有打动人心的力量；只有体现音乐美，把握好艺术节奏的审美作用，才能使读者更好地领会文学作品中声情并茂的审美意蕴。所以刘大櫆说："文章最要节奏；譬之管弦繁奏中，必有希声窈渺处。"[①]当代美学家朱光潜也说："声音节奏对于文章是第一件要事。"[②]

六、姚鼐之所以能创造上述语言艺术特色的原因

姚鼐为什么能创造出上述语言艺术特色呢？笔者认为，其原因主要有四：

一是由于作者不是把文仅看作载道的工具，只要求"辞达而已矣"[③]，而是明确地认识到"文者，艺也"，自觉地把文学与历史记述、政论说理和一般的应用文区别开来，从语言艺术的角度来把握文学的特性，因此他说："文章

---

① 刘大櫆：《论文偶记》，见郭绍虞主编《中国历代文论选》下册，中华书局上海编辑所1963年版，第137页。

② 见《朱光潜美学文集》卷2，上海文艺出版社1982年版，第303页。

③ 见郭绍虞主编：《中国历代文论选》上册，中华书局上海编辑所1962年版，第1页。

之精妙，不出字、句、声、色之间，舍此便无可窥寻矣。"①本文前面所探讨的就是姚鼐如何在"字、句、声、色之间"下功夫，从而求得"文章之精妙"的。他显然不仅要求文通字顺的"辞达"，更重要的他是把语言作为艺术来作悉心的研究和不懈的追求。用他自己的话来说：他"坐守穷约，独仰慕古人之谊，而窃好其文辞"。"鼐之求此数十年矣，瞻于目，诵于口，而书于手，较其离合，而量剂其轻重多寡，朝为而夕复，捐嗜舍欲，虽蒙流俗讪笑而不耻。"我们要真正读懂读透姚鼐的作品，也必须有这般精神，下这番功夫。漫不经心地看看是不管用的，必须把它当作艺术品仔细玩味，认真思考，才能获悉其真谛。

二是由于作者虽然总的思想未能摆脱唯心主义的体系，但是他在思想方法上又确实具有不少朴素的辩证法。他说："天地之道，阴阳刚柔而已。苟有得乎阴阳刚柔之精，皆可以为文章之美。阴阳刚柔，并行而不容偏废。有其一端而绝亡其一，刚者至于偾强而拂戾，柔者至于颓废而阉幽，则必无与于文者矣。然古君子称为文章之至，虽兼具二者之用，亦不能无所偏优于其间。"（P48）本文所论述的他在语言艺术上寓丰富于简洁、寓深意于言外、寓工妙于自然、寓浓郁于平淡、寓神气于音节，跟他论述阴阳刚柔的辩证法思想是一脉相承的，他在丰富与简洁、深意与言外、工妙与自然、浓郁与平淡、神气与音节之间，如同他所说的阳刚与阴柔之间一样，皆要"兼具二者之用，亦不能无所偏优于其间"，而反对"有其一端而绝亡其一"。这种"兼具二者之用"的辩证思维，运用于他的语言艺术，就必然使之别具神韵，韵味丰厚，足以引起人们艺术感受的震撼与满足，心灵体验的超越与升华。

三是由于作者能够熟练地掌握和发挥汉字和汉语言的特长。汉字不同于拼音文字只有记音的符号，它是形、音、义三者兼备的方块字，除了能使人听到声音，懂得其意之外，还有生动的形象不可分离地融合在一起。恰如闻一多所

---

① 姚鼐：《姚惜抱先生尺牍》卷 8，《与石甫侄孙莹》，小万柳堂据海源阁本重刊本。

说："唯有象形的中国文字，可直接表现绘画之美，西方的文字变成声音，透过想象才能感到绘画之美。"①汉字的词性非常灵活，同一个字，往往既可当名词用，也可当动词、形容词用，如前文例23所写披雪瀑水如"蛇折雷奔"，这里的"蛇""雷"二字本属名词，可是却用作形容词，来形容瀑水曲折如蛇前行，如雷奔驰发出令人震撼的轰轰声。如此形、音、义兼备，内涵丰盈，功能多样，用字非常巧妙自然，极其简洁、生动的描写，这在世界上又有哪个拼音文字能够做得到呢？汉字不只与拼音文字同样有音符，而且汉字还独有声、韵、调体系。文学语言富有节奏的音乐美，离不开声律和韵律的作用。汉语既可利用不同声、调有规律的搭配，构成语言的抑扬顿挫之美，又可把韵母相同或相近的字安排在一定的位置上，使它们互相呼应，造成有规律的周期性重复，使语言富有节奏感和韵律美。当代作家汪曾祺说："中国语言有一个特点是有'四声'，'声之高下'不但造成一种音乐美，而且直接影响到意义。不但写诗，就是写散文，写小说，也要注意语调。语调的构成，和'四声'是很有关系的。"②汉字和汉语言的这些特长，可以说被姚鼐的散文语言艺术发挥得淋漓尽致，使之声情并茂，不只以情感人，以理服人，而且声声入耳动听，令人思绪升腾。

四是由于作者对现实有深刻细致的亲自观察和切身的生活体验。姚鼐是非常注重"亲览"的，如他在《宁国府重修北楼记》中所说的："今夫江以南列郡之名楼，镇江有北固，宁国有北楼；其山势皆自南入城，陂陀再耸，楼当城北而面南山，此图可传、言可著者也。而其各有独绝之异境，非亲览不知，图与言不能具也。"他不满足于有"图与言"的介绍，而要经过自己的"亲览"，认知其"独绝之异境"，还要下一番考证、研究的功夫，然后才好下笔。例如，他写《登泰山记》，在他"亲览"之后，还对泰山的地理位置与古长城的关系

---

① 闻一多：《〈女神〉之地方色彩》，《创造周刊》第5期，1922年2月号。
② 汪曾祺：《中国文学的语言问题》，见王一川《汉语形象美学引论》，广东人民出版社1999年版，第27页。

作了准确的考证和记述；《游灵岩记》则对苻坚之世，"竺僧朗居于琨瑞山，而时为人说其法于灵岩，故琨瑞之谷曰朗公谷，而灵岩有朗公石焉"，作了历史介绍。下笔必须经过"亲览"与研究，这是姚鼐的语言艺术之所以既新鲜活泼、生动有趣，又内涵博大精深、言有尽而意无穷的根本原因。

姚鼐的语言艺术当然也不是完美无瑕的，好用古语，故作艰深，即是其突出的缺陷之一。例如，在《左仲郭浮渡诗序》中写"江水既合彭蠡，过九江而下"。何谓"彭蠡"？原来这是鄱阳湖的古称，他把人人皆知的鄱阳湖，写成令人费解的"彭蠡"；又如，《陈东浦方伯七十寿序》，何谓"方伯"？本指一方之长，后用以称古代诸侯中的领袖，明清时用作对"布政使"官吏的称呼，因陈东浦曾任江苏布政使，故称其为"方伯"；再如，写陈东浦"今秋七月，先生七十初度"，何谓"初度"？原来是指"生日"，语出屈原《离骚》："皇览揆余初度兮，肇锡余以嘉名。"这些都不必要地增加了读者阅读时的困难。

至美的作品无不由卓越的语言艺术所造就，但仅靠在语言艺术上下功夫仍有"得此遗彼之病"，难以达到至美境界。好在姚鼐对此有清醒的认识，他曾对他的弟子陈用光叮嘱过："夫文章一事，而其所以为美之道非一端，命意、立格、行气、遣辞，理充于中，声振于外，数者一有不足，则文病矣。作者每意专于所求，而遗于所忽，故虽有志于学，而卒无以大过乎凡众。故必用功勤而用心精密，兼收古人之具美，融合于胸中，无所凝滞，则下笔时自无得此遗彼之病也。"①

（原载《东南大学学报》2011 年第 6 期）

---

① 姚鼐：《姚惜抱先生尺牍》卷 7，《与陈硕士》，小万柳堂据海源阁本重刊本。

论姚鼐其人其文的封建性和保守性

姚鼐毕竟是属于正统的封建文人，他的政治立场、学术观念、文学主张和整个思想体系，都不可避免地带有明显的封建性和保守性。笔者虽然肯定其作品在当时有一定的民主性和进步性，不赞成以跟封建统治者"一鼻孔出气"的"御用文人"对其作全盘否定，但是仍然认为有必要深刻揭示其基本立场和思想体系是属于封建主义的范畴，充分认识其封建性和保守性的实质。笔者的目的是力求实事求是地还其本来面目，使人们对他有个全面的认识，以利于从他的遗产中吸取于我们有益的经验教训。

那么，他的封建性和保守性，又具体表现在哪儿呢？

一、为血腥镇压造反者的封建官吏唱赞歌

在封建社会，敢于"犯上作乱"的造反者，是当时社会上的先进分子，是打击封建腐朽势力，推动历史前进的重要动力。不仅马克思主义者认为"造反有理"，即使在《水浒传》等明清小说中，作者也对敢于"犯上作乱"的造反者持同情和颂扬的态度，认为他们的造反是被"逼上梁山"，"官逼民反，民不得不反"。然而姚鼐却看不到这些造反者出现的历史必然性和进步性，而是只一味地对镇压造反者的封建官吏加以表彰和赞扬，如在《中议大夫两广盐运使司盐运使萧山陈公墓志铭（并序）》中，写陈三辰：

公少为萧山县学生，援例为安徽县丞，升凤阳县知县，以获邻州巨盗，升府同知，借补亳州知州。……乾隆四十九年，河南拓城民王立山为乱，距亳州百余里。公闻，即募乡勇。得千余人练习之。河南官兵为立山所败，公度立山必至，设伏路左右而自待于城外；立山入亳州境，见无备，易之，趋城，忽见兵，骇而战，伏起蹙之，众遂溃，生擒立山。……当公擒王立山时。大学士文勤公书麟，方为安徽巡抚，至亳巡其战处，太息曰：'君，将材也！'……而总督不喜公，奏擒立山事，不叙公绩。纯皇帝见奏，以理势忖度，知公之贤，即令引见，加直隶州。①

由此可见，这个陈三辰之所以由知县"升府同知，借补亳州知州"，就是因为他抓捕"邻州巨盗"有功。如果说这个"巨盗"未必是反封建的造反者的话，那么他接着所写的"河南柘城民王立山为乱"，则肯定是属反封建的群体性武装造反的首领，否则他不可能打败河南官兵，也无须陈三辰训练千余名乡勇来对付他，最后还得靠设伏兵突然袭击，才使"众遂溃，生擒立山"。作者不写"王立山为乱"的原因是出于官逼民反，不写他反抗封建腐朽统治的合理性和正当性，对他的反抗没有丝毫的同情，对他英勇打败河南官兵更无丝毫的赞扬，相反，作者称颂生擒和镇压王立山的封建官吏陈三辰为"将材"，为值得皇帝提拔重用的"贤人"。像这样的描写在姚鼐的文章中虽然实属罕见，但由此可充分证明，姚鼐的政治立场是站在封建统治者一边的，对反封建的造反者，不只冷酷无情，而且是赞成予以血腥镇压。这可谓是姚鼐具有封建性和反动性的大暴露。

---

① 姚鼐：《惜抱轩诗文集》，上海古籍出版社1992年版。以下凡引文后注页码者，皆出自该书，不另加注。

如果仅攻其这一点，姚鼐似是封建统治者的御用文人无疑了。好在对镇压造反者这方面的描写，在姚鼐的全部作品中不仅十分罕见，而且即使在此类文章中也有其民主性的一面，如他写陈三辰从亳州灾民的实际需要出发，不顾"上官令"，自增三粥厂以赈灾民，"人谓如此，终必以亏库银获罪矣，公曰：'活民而得罪，吾所甘也！'"作者如此歌颂为"活民"而不惜自身"得罪"的精神，岂不是他又具有民主性的表现么？因此，我们不能因为他有封建性而对其有民主性的一面也全盘否定，封建性的糟粕和民主性的精华往往交织在同一篇作品之中，只有既一分为二，批判和扬弃其封建性的糟粕，又继承和吸取其民主性的精华，才是科学的正确态度。

二、为封建最高统治者皇帝涂脂抹粉

乾隆三十三（1768）、三十五年（1770），姚鼐先后出任山东、湖南乡试副考官，为此他作了《山东乡试策问五首》《湖南乡试策问五首》，这本属向考生策问的题目，而姚鼐却借此颂扬"方今皇上又学日跻，继古道统，崇经术，奖德行，所以兴起教化，劝示儒林者至矣。"为此他要求"诸生承圣朝之泽，而追乡里之贤"。又赞美"我皇上圣学渊深，睿知首出，故《御定通鉴纲目》三编，及近奉《御批通鉴辑览》，所以予进退，莫不归于至当。譬之日月至明，幽隐必照，千载之远，不能欺也"。如此歌颂皇帝如"日月至明，幽隐必照"，岂不堪称开了当代个人崇拜，把领袖比成"红太阳"的先河？他看不到封建专制统治残酷剥削压迫人民的本质，而胡说什么"恭惟我皇上爱养黎庶，轸念如伤，重司牧之官，慎察吏之政，是以纲维建立于上，群生提福于下，治化之泽行，而贪暴之风寡矣"。仿佛封建统治者成了人民的大救星，这真是颠倒黑白的欺人之谈！

又颂扬"方今圣天子在上，至德至教，究广大而极精微，接羲、轩之统，探孔、颜之蕴，垂则士林，响风兴起"。"恭惟皇上万几之暇，披阅前史，抉千古之匿情，剖儒生之疑说，特著论辨，启牖群蒙。""我朝文治百有余年，风雅之林，炳焉极盛。皇上睿藻昭回，囿古今而罗万象。"此时虽处于清朝鼎盛时期，但封建统治的腐朽性也已日益严重。姚鼐为什么对后者视而不见，而只看到前者，并把一切功劳通通归结为"方今圣天子在上"呢？这就暴露了他美化和维护封建统治的阶级偏见。

乾隆皇帝下江南，本属劳民伤财之举，而姚鼐却作《圣驾南巡赋（并序）》，"以扬盛世辉光之万一"，吹捧乾隆帝"文武睿哲"，能"匹天运而日行，绍丕业而无逸。弯覆庶生，万方如一。方内人和，乃治远夷"。竟然足以使"云日辉和，风雨归善，于圣母锡福，于下土重光"。除了"神"以外，谁有本领使"风雨归善"呢？乾隆帝难道不是"人"而是"神"么？由此可见，姚鼐对封建最高统治者的吹捧和美化，已经到了多么不择手段、恣意神化的地步！

如果说上述皆属"官样文章"，难免有溢美、谄媚之词，那么在他为普通人写的传记文中，竟也插入对皇帝的歌颂，这就更能说明问题了。

例如，在《张逸园家传》中，姚鼐写张逸园在担任热河巡检期间，"留守内监为僧者曰于文焕，君一日行道，见其横肆，立呼至杖之。于是热河内府总管怒，奏君擅杖近御，直隶总督亦劾君。上闻之，顾喜君强毅，不之罪，而以劾君者为非。"张逸园对内监僧的"横肆"加以杖责本属正义之举，而热河内府总管及直隶总督却因他杖责的是皇帝身边的太监，而以"擅杖近御"的罪名弹劾他。如果不是皇上"闻之""不之罪"，那张逸园势必大难临头。作者由此既揭示了总管、总督的昏聩，更突出地歌颂了皇帝的圣明，使张逸园不但终免一劫，而且因此得到皇帝"喜君强毅"的赏识。其后张逸园任良乡知县、顺天府南路同知，又因捕盗反被盗诬陷，刑部"以君为诬良，议当革职。既而上见君名，疑部议不当，召君，令军机处覆问，减君罪，发甘肃以知县用。是时上意颇向君，然卒降黜者，大臣固不助君也"。可见此文虽揭露了封建官场的黑暗和腐朽，使张逸园这样刚毅正直的好官屡遭挫折，但是作者揭露、批判的予头仅限于包括大臣、总督在内的封建官吏，而对封建最高统治者皇帝则是持美化和颂扬的态度的，恰如作者在此文末尾所感叹的："君能著于世矣！才节遇知天子，而仕抑屈于县令，惜哉！命为之耶？抑古之道终不合于今乎？"这在揭露封建统治衰朽，发人深省的同时，又令人不禁为作者对天子的维护而颇感遗憾。

有些人和事本来是和清朝皇帝不相干的，但是姚鼐却硬要跟"颂圣"扯在一起。例如，他的《宋双忠祠碑文（并序）》，写的是北宋江都制置使季公和副都统姜公，两位为捍卫北宋政权、抵抗阿术为首的元蒙军入侵而牺牲的爱国烈士，故称"宋双忠祠"。此事发生在距清代三百余年之前，而且此祠在清代以前也早已建成，到了清代乾隆四十二年只不过由两淮盐运使朱子颖予以"饰而新之"罢了，它跟清朝皇帝实在是毫不相干。然而姚鼐却在此文中把它归功于"今天子褒礼忠节，虽亲与圣朝为敌难而殒者，皆隆崇谥号，俾吏秩祀"。其实清朝皇帝之所以对"亲与圣朝为敌难而殒者，皆隆崇谥号"，那显然是为了笼络人心，何况李、姜二公死于宋末元初，作者为什么却硬要借此颂扬"今天子褒礼忠节"，这只能说明他美化和颂扬"今天子"是多么用心良苦！

又如他作的《陶慕庭八十寿序》，本属为陶慕庭个人祝寿，而姚鼐却硬要把他与皇帝相联系，说："皇帝圣寿八旬矣，抚临勤治如一日，群汇欢欣，里闾歌舞；而先生亦于是年寿届八十，可谓盛世之闳材，景运之嘉瑞也。"（P296）这就不仅是为陶慕庭个人祝寿，更重要的是借此美化和歌颂皇帝治理下的"盛世"，不只使"群汇欢欣，里闾歌舞"，而且使"闳材"遇"景运"而获"嘉瑞"。因此，此文与其说是在祝陶慕庭八十寿，不如说是在为"皇帝圣寿"所创造的"盛世"，而竭尽涂脂抹粉之能事。

姚鼐如此处心积虑，想方设法地"颂圣"，实足以见其封建主义思想之自觉和顽固，但若因此而将他定性为"御用文人"，则言过其实。因为他毕竟与当权的统治者存在深刻的矛盾，中年主动辞官；其作品的主要倾向，不是美化封建统治，而是对社会现实有所不满和揭露；何况"颂圣"是封建文化的时代特色，连同情和歌颂武装起义英雄的《水浒传》尚且难免。

三、竭力鼓欢和褒扬忠孝节义等封建道德

首先，表现在理论上，他把忠孝节义等封建道德，提高到"贯天地不敝之道""贯天地而无终敝"，具有普世和永恒价值的高度。例如，他在《方正学祠重修建记》中，说方正学以"忠义之士，抗死不顾"反对明成祖自下逆上，篡夺皇位，以致"成杀身之仁"，"此贯天地不敝之道也。天道是非之理，间不与祸福相附"，"要之忠义之气，自合乎天地。""成祖天子之富贵，随乎飘风；正学一家之忠孝，光乎日月。此岂非人心之上通乎天地者哉！"正因为它"自合乎天地"，又"上通乎天地"，所以它具有普世的、永恒的价值，如天地一样无终穷。用姚鼐的话来说："天地无终穷也，人生其间，视之犹须臾耳。虽国家存亡，终始数百年，其逾于须臾无几也。而道德仁义忠孝名节，凡人所以为人者，则贯天地而无终敝，故不得以彼暂夺此之常。"

其实，这只是姚鼐为鼓吹和褒扬封建道德而杜撰的理论，它实质上是违背唯物辩证法的谎言。恰如恩格斯所说："当我们深思熟虑地考察自然、人类历史或我们自身的精神活动时，在我们面前首先呈现的是种种联系和交互作用的无限错综的图画，其中没有任何东西是不动的和不变的，万物皆动、皆变、皆生、皆灭。"[①]"所有已往的道德论，归根到底都是社会当时经济状况的产物。而因为直到现在社会是在阶级对立之中发展，所以道德总是阶级的道德。"[②]

---

① 恩格斯：《社会主义从空想到科学的发展》，人民出版社1961年版，第51页。
② 恩格斯：《反杜林论》，人民出版社1963年版，第96页。

列宁也指出："超人类社会的道德是没有的；这是一种欺骗。"①

为竭力鼓吹和褒扬封建道德，姚鼐在其作品中突出地描写了孝子、孝妇和节妇的形象。例如，在《萧孝子祠堂碑文（并序）》中写道："萧孝子讳日曠，江都人。其母朱氏病且殆，孝子刲（kuī）胁割肝，使妇虞氏和药进母，母愈而孝子死。""孝子既丧，虞氏谓母初愈，不当使闻悲恸，乃匿语姑曰：'日曠商出耳！'殡孝子他室，奠则麻衰绖（dié）而哭孝子，入则常服而奉进食药。孝养十余年，姑死。虞氏守节以终。虞氏诚贤妇，然亦孝子行足感动之，以成其德。"这种以割肝和药为母治病的"孝"，是纯属毫无科学根据的残忍、荒唐、愚昧的行为，结果导致"孝子死"，其妻"守节以终"的悲剧。它在实质上充分暴露了封建孝道的愚昧性和荒谬性，而在姚鼐为其写的铭词中，却认为这是"犹全九鼎，碎彼缶罂。何究何思？一决于诚"。要求"千世万世，徕读此铭"。

又如，姚鼐的《钟孝女传》写道："孝女钱塘钟晓斋女，三岁母徐氏没，父继娶陆氏，又三年丧父。及女年十四，陆氏得危疾，人谓必死，女祷天求活其母，刲（kuī）股和药饮之未愈，乃再刲，陆氏竟起。女后适邵志锟，志锟疾病，女亦割臂以愈之，年二十四卒。"尽管姚鼐强调："至情所至，无择而为之，君子所许也。且天道人事，捷于呼响，惟诚则达，于钟氏女何疑焉。"但人的情感不应失去理智。即使"至情所至"，也不能"无择而为之"，要讲科学，要珍惜生命。姚鼐鼓吹以"割股和药"这种愚昧有害的所谓"孝"行，造成"母愈而孝子死"或"年二十四卒"的惨剧，还美其名曰"君子所许"也，其实质，如同把谬误打扮成真理，不只纯属欺人之谈，而且害人不浅。

令人惊诧的是，尽管姚鼐也认识到"夫割股，非孝之正也"，但他还是要一再把这种封建孝道鼓吹得神乎其神。例如，他在《蒋君墓碣》中，写蒋知廉

---

① 列宁：《青年团的任务》，《列宁全集》第31卷，第259页。

跟从其父蒋士铨到京师，其父"大病"，蒋知廉为父"割臂和药，一进而愈"。在《臧和贵墓表》中，又写他"母疾，割股祷而母愈"。在《赠朝议大夫、户部郎中、福建台湾知县陶君墓志铭（并序）》中，又写陶"君之少也以孝闻，母疾，割肱以疗之而愈"。在姚鼐笔下，"割股以疗之"，不但成了尽"孝"最重要的途径，而且竟然能达到"一进而愈"的神奇效果。其实，任何事情都有偶然性，再说有些疾病依靠人体自身的抵抗力也可不治而愈，因此我们绝不能把偶然巧合之"愈"，一概归功于"割肱以疗之"的效果。姚鼐不是揭露这种封建孝道反科学的、残害生命的封建愚昧性和荒谬性，而是以假象代替真象，竭力加以鼓吹和褒扬，其欺骗性和危害性就更大了。

在对妇女守节的认识上，姚鼐甚至比明代作家归有光还要落后。归有光的《贞女论》认为："女在父母家，不应以身属人；所许嫁者亡而为终守，不合于义。"而姚鼐特作《张贞女传》，批评归有光"是言过矣！"表彰张贞女为其病故的未婚夫，"自十九岁守节，至今五十四"。其理由是"高贞女之节，悲伤其志，以谓靡病于古谊焉"。张贞女的未婚夫叶孝思"父母皆老病将死，独有孝思一子，又病瘵甚笃，欲迎张氏侍其父母疾"，贞女认为："既以身许人，奈何闻其危笃，安坐以待其死乎？"如果说为此她"即布衣乘舆入叶氏，视其公、姑及夫疾，昼夜不息"，尚合乎情理的话。问题在于"一年而舅、姑及孝思皆死"之后，张氏既未与叶孝思正式结婚，又有什么理由要为未婚夫终生守节呢？连明代的归有光都认识到"所许嫁者亡而为终守，不合于义"。姚鼐却还要鼓吹这种既摧残人性，又"不合于义"的"节"，这只能说明姚鼐的贞节观具有更强烈的封建保守性和落后性。

为了鼓吹和褒扬妇女守节，姚鼐甚至把节妇神圣化。例如，在《马母左孺人八十寿序》中写马母左孺人在"遗子仅六岁"时，即"守身持家、教子之谊，勤谨如礼"，"孺人康强如昔，睹其子孙之贤，家祚方兴，岂非天欲报其食苦立节之劳，而佑之于暮岁哉？"又说："余以为如孺人者，天所贵也。"好在作者之所以鼓吹和褒扬妇女守节，尚有其讽喻士大夫德行日衰的积极意义。又如，在《〈何孺人节孝诗〉跋后》，他即责问："女子皆知节行之美"，"是何士大夫之德日衰于古，而独女子之节有盛于周之末世也？"他认为："夫孺人高行明节，可以张之以风乎天下之士君子，而况其子孙也哉！"可见他鼓吹和褒扬女子贞节，虽属封建糟粕，但他要由此衬托和揭示"士大夫之德日衰于古"的积极意义，却不应全盘否定。只不过作者的这种揭露所采用的思想武器是封建的"节行之美"，未免具有强烈的封建性和鲜明的保守性、落后性。

四、误导人们寄希望于虚幻的封建迷信

散布封建迷信，看似为人民消灾，实则美化封建统治。例如，在《朝议大夫临安府知府江君墓志铭（并序）》中，姚鼐写临安知府江岷雨，"其在临安，沣（fēng）社江六蓬渡有蚂蝗之孽，时覆人舟；君为文祭神，其夜大风雷鸣，若有物陨堕，祟竟灭，人以配昌黎之告鳄云。""时覆人舟"的"蚂蝗之孽"，这是一种自然灾害，怎么可能通过"君为文祭神"使"祟竟灭"呢？若果真如此，人们就无须费千辛万苦跟自然灾害作斗争，只要请江岷雨这样的封建官吏来"为文祭神"就行了。这就不仅是散布封建迷信，而且是把封建官吏美化成为文足以通神，误导人们在迷信"神"的同时，更迷信封建官吏。可见散布封建迷信，实则是在政治上为维护封建统治服务的。

散布封建迷信，看似夸大"神"的作用，实则宣扬劳动者"姿鲁"，须经"心濯"才能学而优则仕。例如，在《知县衔管石碑场盐课大使事师君墓志铭（并序）》中，姚鼐写师问忠"君十四岁而孤，孑立无伯叔昆弟。贫以耕食，欲奋于学而姿鲁，读书不得入。君愈发愤，且求祷于神，一夕寐，若有人以刃剖胸，取其心濯之，寤悸犹若痛，然自是聪悟，文冠其侪，旋入县学。乾隆六年，中云南乡试第二名，试于礼部数不利，丙戌科试后，挑晋宁州训导。四岁，吏部取入都，

旋授为长芦乐亭县石碑场盐课大使。于是居乐亭二十年乃归，归居八年而卒，年八十有五"。"求祷于神"，竟能由"姿鲁"突然变得"聪悟"，由"读书不得入"变成"文冠其侪"，这说明封建迷信，该是多么神通广大啊！作者为什么要这样写呢？其目的就是要改变他的阶级地位，使他由"贫以耕食"的劳动者，变成"学而优则仕"的统治者。在姚鼐看来，"贫以耕食"的劳动者，"欲奋于学而姿鲁，读书不得入"，必须经过"神"的点化，"取其心濯之"，才能变得"聪悟"，进入"学而优则仕"的行列。这恰恰反映了作者的封建等级观念和阶级偏见。

散布封建迷信，看似宣扬江湖术士的"奇验"，实则贻误人生大好时光。例如，在《陈谨斋家传》中，姚鼐写陈谨斋"少时遇一术者为言：君某岁当少裕，某岁大裕，及他事成毁，后皆奇验。又言君当五十三岁死矣！故谨斋至五十即归卧陈村不出以待终，然寿七十八乃没，人谓其修善延也。"接着写"谨斋子四人：有灝、文龙、有洰，皆笃谨为善人，皆先之卒；惟幼子有涵送其终。"既然"修善"能使谨斋"延"长寿命长达25年，那么他的三个儿子同样"皆笃谨为善人"，为什么"皆先之卒"呢？这不是自相矛盾，显得文理不通么？白发人送黑发人，又该是何等的报应啊！如果不是术者说他"当五十三岁死"，他绝不会"至五十即归卧陈村不出以待终"。人生五十正当壮年，是他大有作为、大展雄图的大好时光，却被"术者"的谎言贻误了。可惜作者掩盖和扭曲了这个事实真相，而以偶然的"奇验"和虚幻的"修善延"寿自欺欺人。

散布封建迷信，看似把荒诞不经的事情说得神乎其神，实则其共同的特点总不外乎是宣扬封建统治者的"德政"，甚至直接把封建官吏加以神化。例如，在《重修镜主庙记》中，姚鼐写道："唐中叶桐城丞张公孚卿，有德政于兹邑，岁旱祷雨，水大至，溺焉。县人思而祀之于此，谓之镜主。自唐至今，庙或圮敝，民辄新之。岂非贤者之泽，垂留者远而爱慕者深哉！嘉庆十三年，岁大水。潜、霍山中蛟出，没田庐，杀民人，患甚剧，而桐城独免，民尤以为张侯之庇我也。其祠有损坏者，众出财修而新之。是年秋末，余自江宁归，往游龙眠，策杖渡溪水，至公祠下，瞻新宇之既成，同众仰戴公之无斁也！"这个镜主庙，就是把"桐城县丞张公孚卿"当作能保佑当地不受水旱灾害的神来供奉的；只因为他"有德政于兹邑"。可见它是为了吹嘘封建统治的"德政"，而利用民众的封建迷信观念，公然把封建官吏加以神化。

上述种种皆充分说明，散布封建迷信，尽管手法有别，但其实质归根结底是利用民众的愚昧无知，制造谎言，旨在为维护封建统治服务。

五、竭力反对汉学，鼓吹程朱理学

人类社会是不断向前发展的，学术思想也必然会随着社会的发展而发生深刻的变化，以戴震为代表的汉学家对程朱理学的批判，显然具有历史进步意义。然而姚鼐却竭力固守和鼓吹宋代的程、朱理学，对汉学的兴盛持否定和攻击的态度。如戴震指出："治经先考字义，次通文理。志存闻道，必空所依傍。汉儒训诂有师承，亦有时傅会。晋人傅会凿空益多。宋人则时恃胸臆为断，故其袭取者多谬，而不谬者在其所弃。"[1]而姚鼐却指责汉学家的"先考字义"为"搜求琐屑，征引猥杂"，认为程朱理学不是"多谬"，而是"实于古人精深之旨所得为多"，"其言之精且大而得圣人之意多也"。

戴震在治学方法上独辟蹊径，他说："非从事于字义、制度、名物，无由以通其语言。宋儒讥训诂之学，轻语言文字，是欲渡江河而弃舟楫，欲登高而无阶梯也。"[2]而姚鼐则指责汉学家"专求古人名物、制度、训诂、书数，以博为量，以阑隙攻难为功，其甚者，欲尽舍程、朱而宗汉之士。枝之猎而去其根，细之蒐而遗其钜，夫宁非蔽与"？

---

① 戴震：《与某书》，《戴震全书》（六），黄山书社1995年版，第495页。
② 戴震：《与段茂堂书》（第九札），《戴震全书》（六），黄山书社1995年版，第541页。

戴震主张"人生而后有欲,有情,有知。三者,血气心知之自然也"①。"天下必无舍生养之道而得存者,凡事为皆有于欲,无欲则无为矣;有欲而后有为,有为而归于至当不可易之谓理。无欲无为,又焉有理。"②"理者,存乎欲者也。"③而程朱理学则把"人欲"与"天理"对立起来,要求"存天理,去人欲",说什么"人欲云者,正天理之反耳"④。为此,戴震指出:"天理者,节其欲而不穷人欲也。是故欲不可穷,非不可有;有而节之,使无过情,无不及情,可谓之天理乎?"⑤"圣人治天下,体民之情,遂民之欲,而王道备。"⑥而姚鼐则跟宋儒一样主张"无欲",说:"夫以无欲为心,以礼教为术,人胡弗宁?国奚不富?若乃怀贪欲以竞黔首,恨恨焉思所胜之,用刻剥聚敛、无益习俗之靡,使人徒自患其财,怀促促不终日之虑。户亡积贮,物力凋敝,大乱之故,由此始也。"在这个问题上,戴震的观点显然是符合历史进步要求的,因为恰如恩格斯所说:"正是人的恶劣的情欲——贪欲和权势欲成了历史发展的杠杆。"⑦"卑贱的贪婪乃是文明从它的第一日起以至今日底动力;财富、财富、第三还是财富,——不是社会的财富,而是这个渺小的各个个人的财富,乃是文明底唯一而具有决定性的目标。"⑧

戴震尖锐地批判程朱理学是"以理杀人"。他说:"圣人之道,使天下无不达之情,求遂其欲而天下治。后儒不知情之至于纤微无憾,是谓理。而其所谓理者,同于酷吏之所谓法。酷吏以法杀人,后儒以理杀人,浸浸乎舍法而论

---

① 戴震:《孟子字义疏证》卷下,《戴震全书》(六),黄山书社 1995 年版,第 197 页。
② 戴震:《孟子字义疏证》卷下,《戴震全书》(六),黄山书社 1995 年版,第 216 页。
③ 戴震:《孟子字义疏证》卷下,《戴震全书》(六),黄山书社 1995 年版,第 159 页。
④ 朱熹:《答何叔京》,《朱子全书》(22),上海古籍出版社、安徽教育出版社 2001 年版,第 1842 页。
⑤ 戴震:《孟子字义疏证》卷上,《戴震全书》(六),黄山书社 1995 年版,第 162 页。
⑥ 戴震:《孟子字义疏证》卷上,《戴震全书》(六),黄山书社 1995 年版,第 161 页。
⑦ 恩格斯:《费尔巴哈与德国古典哲学的终结》,人民出版社 1960 年版,第 27 页。
⑧ 恩格斯:《家庭、私有制和国家的起源》,人民出版社 1961 年版,第 170 页。

理，死矣！更无可救矣！"① 又指出："后儒以理、欲相对，实杂老氏无欲之说，其视理、欲也，仅仅为邪、正之别。"② "今人无论正邪，尽以意见误名之曰理，而祸斯民，故《疏证》不得不作。"③ 戴震所批判的"后儒"和"今人"，即包括姚鼐在内。姚鼐曾明言："贤者视其君之资而矫正之，不肖者则顺其欲。顺其欲，则言虽正而实与邪妄者等尔。"姚鼐在为王禹卿作的《〈食旧堂集〉序》中说："先生好浮屠道，近所得日进，尝同宿使院，鼐又度江宿其家食旧堂内，共语穷日夜，教以屏欲澄心，返求本性，其言绝善。"可见佛道思想对姚鼐的影响之深。姚鼐著文赞扬那些"割股和药"以治母病，结果"母愈而孝子死"，以及为未婚夫守节终生的贞女，这一切的实质岂不就是在"以理杀人"么？

尽管当时有不少汉学家热衷于钻故纸堆、做烦琐考证，确有其弊病，但是从总体上看，戴震对程朱理学的批判，确实不愧为进步思潮。而姚鼐却站在维护程朱理学的立场上，对戴震等进步思想家恨之入骨，不惜利用封建迷信，诅咒他们"身灭嗣绝"是由于"为天之所恶"。说什么"程、朱犹吾父师也"，"正之而诋毁之，讪笑之，是诋讪父师也。且其人生平不能为程朱之行，而其意乃欲与程朱争名，安得不为天之所恶。故毛大可、李刚主、程绵庄、戴东原，率皆身灭嗣绝，此殆未可以为偶然也。"

尽管在这里我们不可能对宋学与汉学作出全面的评价，但是仅从上述姚鼐与戴震的歧见即不难看出，姚鼐的学术思想确实与当时进步的思潮相悖，具有浓烈的保守性和封建性；他跟戴震的勇于独立思考和开拓创新，敢于对传统的思想观念提出挑战、作出深刻批判的精神，实在大相径庭、迥然有别。当然姚鼐不是思想家、哲学家，他只是个文学家罢了，如章太炎所说："桐城诸家，

---

① 戴震：《与某书》，《戴震全书》（六），黄山书社 1995 年版，第 496 页。
② 戴震：《与段茂堂书》（第九札），《戴震全书》（六），黄山书社 1995 年版，第 541 页。
③ 戴震：《与段茂堂书》（第九札），《戴震全书》（六），黄山书社 1995 年版，第 543 页。

本未得程朱要领，徒援引肤末，大言自壮。"①如同不能要求梅花发出桂花的芳香，我们也不必以思想家、哲学家来苛求文学家。

六、"道与艺合"等自相矛盾的文学理论

姚鼐的文学理论主张，虽然摈弃了"文以载道"等我国传统的文学观念，但他所强调的"道与艺合"等文学理论主张，仍然带有封建性和保守性，使"道"与"艺"未免自相矛盾，难以调和。

例如，姚鼐在《〈敦拙堂诗集〉序》中说："夫文者，艺也。道与艺合，天与人一，则为文之至。"

在《〈荷塘诗集〉序》中则说："夫诗之至善者，文与质备，道与艺合，心手之运，贯彻万物，而尽得乎人心之所欲出。若是者，千载中数人而已。"这就是说，能够做到"文与质备，道与艺合"的诗人是极为罕见的，"千载中"仅有"数人而已"。

在《复钦君善书》中，他又说："夫文技耳，非道也。然古人藉以达道。其后文至而渐与道远，虽韩退之、欧阳永叔，不免病此，况以下者乎。"连韩愈、欧阳修这样彪炳千古的大文学家，都不免"文至而渐与道远"，那还有谁能做到"道与艺合"呢？姚鼐自己做到了么？他坦言："若余俯仰人间，慕道而未见。"他只是对"道"充满着仰慕之情，究竟"道"是什么样子，他连见都未见过，当然也就更谈不上做到"道与艺合"了。

问题在于何谓"道"？例如，姚鼐所说："天下道一而已。"后来"先王之道有异统，遂至相非而不容并立于天下"。可见"道"本身就是众说纷纭，难以界定的。

---

① 章太炎：《訄（qiú）书·清儒第十二》，转引自徐复《訄书详注》，上海古籍出版社2000年版，第151页。

姚鼐本人的说法也千变万化，莫衷一是。他一会儿以"道"指自然的客观规律，说："鼐闻天地之道，阴阳刚柔而已。文者，天地之精英，而阴阳刚柔之发也。"一会儿又以"道"指道家术士的唯心主义谬论，如他说："宋儒所得《河图》《洛书》，传自道家。夫礼失求之野，亦不得谓道家所传，必非古圣之遗。故如归熙甫辈，肆訾宋儒之非者，吾未敢以为然也。"《河图》《洛书》本属古代儒家关于《周易》《洪范》两书来源的传说，朱熹的《周易本义》根据宋代道士陈抟的《河洛真数》，以《易》之卦爻，配合人生年月日时八字，附会人事吉凶。这显属主观唯心论。

一会儿以"道"指孔孟的"圣人之道"乃至程朱理学之道，如他说："谓人为天地之心，五行之端，圣人制礼以达天道顺人情，其意善矣。然而遂以三代之治，为大道既隐之事也。""宋兴五代之末，天下俗败坏而道不明，洎仁宗之时，大贤乃出。"这个"大贤"即指倡导理学（又称"道学"）的程颐、程颢、朱熹。故他赞成"士舍宋儒程朱之所道以为学，举不足云学也"。一会儿又以归心万事皆空的佛教为"道"，如他在《印庚实传》中说："当宁绍府君时，天台有僧曰宝林，宁绍贤之，常与接对。庚实在旁，亦喜闻其说而归心焉。嗣是庚实于进退得失之事，视之泊如；然于义利必辨。于非道必不为，非借释氏以掩其为邪者也。"一会儿以"道"指通常的"道义"或"命意善"，如他说："明道义、维风俗以诏世者，君子之志；而辞足以尽其志者，君子之文也。达其辞则道以明，昧于文则志以晦。""夫道有是非，而技有美恶。诗文，皆技也。技之精者必近道，故诗文美者，命意必善。"一会儿又以"实心""诚"为"道"，如他说："前日之事可书，后日之业吾不能纪。然惟一以实心之道成之，则事虽未见，理则可明。大人君子之道，一于诚而已，以是作公藏铭可也。"

何况这些前后不一、互相矛盾的"道"，又是随着时代的发展而不断变化的。恰如姚鼐所说："夫道一而已，圣贤所举之目，何其参差也？""正学异端，悬于霄壤，而判于微茫，奚以析焉？""以今人之道度古人，古人文之传，特其幸耳。然则虽有如古人之文,其能不朽与不,未可知也,况鼐之不足比古人邪!"

面对如此错综复杂的"道",又如何能做到"道与艺合"呢?从韩愈、欧阳修到姚鼐创作的文学史实证明,"道与艺合"是很难行得通的;勉强要使艺与道合,那就难免使"艺"流于"道"的传声筒,或使"艺"打上封建之道的烙印,甚至沦为十足的封建糟粕,成为"内容愈反动的作品而又愈带艺术性,就愈能毒害人民,就愈应该排斥"①的作品。

我们不必列举姚鼐全部的文学理论主张逐一加以剖析,仅以"道与艺合"为例,即可见其虽比"文以载道"等传统文学观念有所进步,但是它不可避免地依然带有封建性和保守性,我们只有在严加批判的基础上才能予以借鉴或吸取。

七、宣扬"天数""天意""天命"的唯心史观

姚鼐之所以在以上各个方面存在着封建性和保守性,归根结底,是由于他的思想体系基本上是属于封建主义和唯心主义的,他相信并宣扬"天数""天意""天命"等唯心史观。

例如,他在《复姚春木书》中说:"足下所欲为记载之编,此一代史学也,所志甚大。昔退之少有成唐一经之志,及后身为史官,乃反不敢任其事,可谓惑矣。然鼐谓此亦有天数焉。夫生而富贵及死而声名,其得失大小,皆天所与也。纪载者,人名声所由得之所托也。故天欲其成乃成,天欲其传乃传,不然则废。足下姑亦为之,以听天意可耳。"可见他明白无误地要人"听天意",认为"生而富贵及死而声名,其得失大小",皆由"天数"所决定。如此说来,人还有什么必要充分发挥主观能动性呢?对社会上贫穷与富贵的严重对立与不

---

① 毛泽东:《在延安文艺座谈会上的讲话》,《毛泽东选集》合订本,人民出版社1964年版,第826页。

公，那还有什么必要进行抗争呢？可见这种一切皆"有天数""听天意"的唯心主义观念，不只使人成为消极的，无所作为、无能为力的，而且显然是要人们默默忍受社会的严重不公——阶级剥削与压迫的黑暗现实，以继续维护封建统治，使之达到长治久安的目的。

姚鼐还往往借助"天""天数"来使封建道德涂上神圣化的油彩，以从道德上达到加强封建思想统治的效果。例如，他在《陈约堂六十寿序》中说："甚矣！陈氏之多才也。盖天固相其家而兴之，而亦其累世仁德笃行之蓄，有以致之矣。""累世仁德"，竟可使陈氏多才，并兴其家，这该是多么神奇啊！又在《伍母马孺人六十寿序》中说：伍孚尹的祖母、母亲及嫂嫂皆"秉节守义"，以致江宁二十年来"盛族衰替，十有六七。独孚尹一族多贤子"，"斯若有天数焉"。问题在于"累世仁德"为什么能使"天""相其家而兴之"，为什么能使陈氏"多专才"？妇女守节为什么能使"一族多贤子"保持长盛不衰？把它归结为"天数"，显得毫无说服力，实则纯属欺人之谈！

姚鼐所说的"天"，有时即指号称"天子"的封建皇帝。例如，他在《邹母包太夫人家传》中说："今世女子守节，必其年未逮三十夫丧者，乃予之旌表，此朝制也。然世固有才逾三十，守节而行义尤可称者，皆君子所乐道也。若丹徒包夫人，自三十二岁守节至年八十二，以五世同堂之庆，蒙天书降匾于其家。自封太恭人晋三品，又加赠至二品夫人，虽其始未及旌，而终乃有逾于常旌之荣者，岂非天之所以褒行义哉？予嘉其事，因次述为传。"这里所说的"蒙天书降匾于其家"的"天"，即指该文后面所写的"嘉庆九年"，皇帝"御赐'昇平人瑞'之匾，加大缎二匹，天下以为盛事"。可见其歌颂和神化"天"，实即歌颂和神化封建最高统治者——"天子"（皇帝），其为维护封建统治效劳的实质，暴露无遗。

由于姚鼐笃信"天数"的唯心史观，以致使偏见甚于无知，有时不免造成颠倒黑白、扭曲史实的恶果。例如，他在《李斯论》中颇为感慨地说："嗟乎！

秦未亡而斯先被五刑、夷三族也，其天之诛恶人，亦有时而信也邪？"其实，李斯（？—208）是秦代著名政治家，他建议秦始皇对六国采取各个击破的政策，对秦始皇统一六国起了较大作用。秦统一六国后，他任丞相，反对分封制，主张焚《诗》《书》，禁私学，以加强专制主义中央集权的统治。他又以"小篆"为标准，整理文字，对我国文字的统一颇有贡献。秦始皇死后，他追随赵高，合谋伪造遗诏，迫令秦始皇长子扶苏自杀，立少子胡亥为皇帝，即秦二世。后为赵高所忌，被杀。可见李斯之所以"被五刑、夷三族"，其罪魁祸首是宦官赵高。赵高杀李斯后，自任中丞相，不久又杀秦二世，立子婴为秦王，旋为子婴所杀。赵高是个十足的野心家、阴谋家。姚鼐把赵高杀李斯，说成是"天之诛恶人"，这不是公然美化恶人么？可见唯心主义的"天数""天命"观，致使姚鼐滑到了多么是非混淆、黑白颠倒的地步！

与姚鼐同时代、年龄比姚鼐还要大十一岁的戴震，已经明确地反对唯心主义的天命观。他说："凡命之为言，如命之东则不得而西，皆有数以限之，非受命者所得逾。试以君命言之，有小贤而居上位，有大贤而居下位，各受君命以居其位，此命数之得称曰君命也。君告诫之，使恭其事，而夙夜兢惕，务尽职焉，此教命之得称曰君命也。命数之命，限于受命之初，而尊卑遂定。教命之命，其所得为视其所能，可以造乎其极。然尽职而已，则同属命之限之。命之尽职，不敢不尽职，如命之东，不敢不赴东。论气数，论理义，命皆为限制之名。"[1] 因此，"天命不外乎人心，天道不外乎人事，是故离人而言天不可也，是二书（指戴震的《原善》《孟子字义疏证》）之所极论也。"[2] 造成"小贤而居上位""大贤而居下位"不公平状况的，不是什么虚幻的"天命"，而是现实社会中昏庸的"君命"。把"君命"混同于"天命"，由此更凸显出姚

---

① 戴震：《答彭进士允初书》，《戴震全书》（六），黄山书社1995年版，第357页。

② 彭绍升：《与戴东原书》，《二林居集》卷3，见《戴震全书》（七），黄山书社1995年版，第134页。

鼐"天命"观的封建性和荒谬性；其根源，不只是受时代的局限，更重要的是受封建传统和阶级的局限。

八、封建性和保守性给姚鼐的文学创作所带来的危害

以上七个方面所阐述的姚鼐的封建性和保守性，无不使他的作品给读者带来了相当严重的危害和极其消极的影响。仅从文学创作的角度来看，他的封建性和保守性所带来的危害也是严重的，多方面的：

首先，严重地削弱和损害了其作品的思想性。例如，他的《严冬友墓志铭（并序）》中，写严冬友："乾隆二十七年，车驾南巡，君以生员献赋，召试赐举人、内阁中书。就职，旋入军机办事。君在军机凡七年，通古今，多智，又工于奏牍，诸诚刘文正公最奇其才。户部奏：'天下杂项钱粮，名目烦多，请去其名，而以其数并入地丁征收。'君曰：'今之杂项，古正供也，今法折征银。若去其名，他日吏忘之，谓"其物官所需，民当供"。且举再征之，是使民重困也。'文正曰：'善。'乃奏已之。……辛卯恩科会试，刘文正公为考官，值军机事有当关白，君挝鼓入闱得见，既而出。同考官朱学士筠曰：'甚哉！冬友不自就试，而屑屑治吏事为？'文正曰：'士亦视有益于世否耳！即试成进士，何足贵？'当是时，军机有数大案，赖君在直，任其劳，获成议，而云南粮道以分赔属员亏银不完，将死，去限期十日；君具牍入请文正奏宽之，乃生。"由此可见，严冬友是个多么对民负责、不计个人名利，勤勤恳恳、卓有成效地投入工作的"公务员"！却因"君治事众中独勤办，然以是颇见疾。其后连遭父母丧，服终遂请疾，不复入"。"治事众中独勤办"，理应树为标兵，成为学习的楷模，可是在那个黑暗的封建官场，他却遭到"颇见疾"的嫉妒和忌恨，以致迫使他不得不"遂请疾，不复入"。辞官后，他只能"还主庐阳书院"，以教书谋生，于乾隆五十二年八月57岁卒于合肥。他的早逝，当

因他仕途不得志而心情郁闷所致。这一切描写，本来对那个黑暗的封建社会是有一定的揭露和批判意义的。然而由于作者封建的唯心主义的天命观，却在文末"铭曰"："才非不见知，而其仕之登不究。得年非夭，而亦不为寿。天命若是，夫孰可多有？"把他一生所受到的不公平遭遇，皆归结为"天命若是"。这就不仅使其原有的揭露和批判的积极意义一笔勾销，而且给读者贯输了一切皆是"天命"注定，只能听天由命的消极、颓废的封建迷信思想，使人们对社会上的一切不公、不平、不合理的遭遇，都不必反抗，只能以"天命若是"而听之任之。这显然是为维护封建统治的长治久安服务，阻碍社会进步的。

其次，为"颂圣"而强使作品的情节自相矛盾，削弱了其合理性和感染力。例如，在他为御史钱沣所作的《〈南园诗存〉序》中，写"乾隆之末，和珅秉政，自张威福"。"君始以御史奏山东巡抚国泰秽乱，高宗命和珅偕君往治之。君在道衣敝，和珅持衣请君易，君卒辞。和珅知不可私干，故治狱无敢倾陂，得伸国法。其后君擢至通政副使，督学湖南；时和珅已大贵，媒糵其短不得，乃以湖北盐政有失，镌君级。君旋遭艰归，服终补部曹。高宗知君直，更擢为御史，使直军机处。君奏和珅及军机大臣常不在直之咎，有诏饬责，谓君言当。和珅益嗛君，而高宗知君贤，不可潜，则凡军机劳苦事，多以委君。君家贫，衣裘薄，尝夜入暮出，积劳感疾以殒。方今天子仁明，纲纪犹在，大臣虽有所怨恶，不能逐去，第劳辱之而已。而君遭其困，顾不获迁延数寒暑，留其身以待公论大明之日，俾国得尽其才用，士得尽瞻君子之有为也。悲夫！悲夫！"作者既要揭露"和珅策政，自张威福"，又要歌颂"天子仁明，纲纪犹在"，这就不能不陷于前后自相矛盾的境地：既然"天子仁明"，为什么又让和珅这样的大贪官、大奸臣把持朝政长达二十年呢？为什么听任钱沣那样的清官、忠臣被和珅蓄意"劳辱之"致死呢？为什么不能使钱沣那样的好官"俾国得尽其才用，士得尽瞻君子之有为"呢？这种种难以自圆其说的矛盾，不只使作者对"天子仁明"的赞誉成为欺人之谈，而且也削弱了钱沣跟和珅作斗争的事迹的合理性和感染力。因为他既然得到仁明的天子的赏识和支持，即理应处于有利的强势地位，为什么却仍然在跟和珅的斗争中落得个惨败而死于和珅之手呢？他既遭此惨败，这本身即说明其才能有限，又怎么能令人期望"俾国得尽其才用，士得尽瞻君子之有为"呢？

再次，以封建迷信代替想象虚构，从而削弱了作品的真实性。例如，在《副都统朱公墓志铭（并序）》中，作者写朱伦瀚于"雍正中，出为宁波、衢州知府，浙江粮储道布政副使"。"公在浙江时，世宗夜梦道士见而请曰：'吾天台山道士也，来就陛下乞所居地。'帝寤异之，使问于浙江，吏言：'天台故有桐柏观，今为人侵废，且为墓矣。'诏还为观，俾公董其事，公成观而民无疾焉。"文学创作可以想象，可以虚构，甚至可以夸张，可以写得很神奇，但不能粉饰现实，不能散布封建迷信，不能以谎言欺骗读者。俗话说："日有所思，夜有所梦。"梦是现实的反映或折射。雍正皇帝怎么会突然梦见浙江天台山道士呢？即使果真梦见，并且使问于浙江，为当地吏所查实，确如梦中道士所言，当地故有桐柏观为人侵废，使道士失其居所。经"诏还为观"之后，只是使道士居有其所，使信教的教徒有进行祭祀活动的场所，怎么可能只因道观建成"而民无疾焉"呢？若果真如此，就能使人民安康无疾，天下还需要医药干什么？这显然纯属谎言，毫无真实性可言！而失去了真实性，也就失去了文学的生命；也就是说这足以给其创作带来致命的危害。

总之，姚鼐的作品从思想内容到艺术形式，都还是属于封建传统文化的范畴，其对古代文化传统的继承有余，而变革和创新则极其有限。姚鼐受封建传统文化的影响实在太深了！恰如马克思所说的："一切已死的先辈们的传统，像梦魇一样纠缠着活人的头脑。"[①]我们对于传统应一分为二，好的于我们今天有益的应该继承，对其封建性、保守性的一面，不但不应继承，而且还要"实

---

① 马克思：《路易·波拿巴的雾月十八日》P1，人民出版社1962年版。

行最彻底的决裂"①。因此，文学的发展不只需要继承，更需要不断地变革和创新。而封建性和保守性，则成了姚鼐变革和创新的主要障碍。这是他给我们提供的极其重要的历史教训。

（原载《姚鼐研究》，安徽大学出版社，2013 年 5 月出版）

---

① 马克思、恩格斯：《共产党宣言》，人民出版社 1967 年版，第 42 页。

姚鼐评传
（公元 1732[①]—1815）

"姚惜抱禀其师传，覃心冥追，益以所自得，推究阃奥，开设户牖，天下翕然，号为正宗。承学之士，如蓬从风，如川赴壑，寻声企景，项领相望。百余年来，转相传述，遍于东南，由其道而名于文苑者，以数十计。呜呼，何其盛也！"[②] 这是王先谦写于光绪八年（1882）的《〈续古文辞类纂〉序》开头的话，那时距姚鼐逝世已经六十七年。姚鼐在清代文坛为什么会有如此重大而深远的影响呢？他的生平经历和历史功过究竟如何呢？请看本文的评述。

一、青少年时代：奋学好文，追求科举

> 走昔少年时，志尚在狂狷。
>
> 希阔古哲人，奋学乃所愿！[③]

这是姚鼐在《赠侍潞川》诗中的自述，大致可以概括他在青少年时代的人生祈向。

---

① 姚鼐生于雍正九年十二月二十日，按公历推算，雍正九年为 1731 年，而阴历十二月二十日，则应属 1732 年。后文岁数，则仍按国人惯用的阴历虚岁。

② 王先谦：《〈续古文辞类纂〉序》，光绪丁未年上海商务版。

③ 《惜抱轩诗文集》，上海古籍出版社 1992 年版，第 428 页。

姚鼐，字姬传，一字梦谷，其书斋名惜抱轩，故世称惜抱先生。清雍正九年十二月二十日，生于安徽桐城县南门树德堂宅——一个世代官宦的书香之家。

家庭环境使他从小即立志要读书做官，光耀门庭，以古代贤哲为楷模，"仰承先祖之盛德"。他曾盛赞他的祖先姚旭："为明云南布政司右参政"，"有政绩而贫。参政卒，子孙复修农田，三世皆有隐德"。姚之兰"为汀州府知府，加按察副使衔。所历海澄县，杭州、汀州二府，民皆为祠以祀。参政、副使仕绩，《明史》皆载入《循吏传》"。高祖姚文然"仕国朝康熙时，以刑部尚书终，谥曰端恪。至世宗时，追论先朝名臣，思其贤，诏特祠，春秋祀焉"。曾祖姚士基"以举人为罗田知县，罗田民以奉入名宦祠"。① 为此，他颇为自豪地说："吾族居桐城四百年，累世仰承先祖之盛德，率获为善之报，登仕籍致名称者亦多矣。"② 只是到他出生时，他的家庭已经衰落。祖父孔锳，二十六岁早卒。父淑，终生为一介布衣。面对这个现实，他说："仆家先世，常有交裾接迹仕于朝者；今者常参官中，乃无一人。仆虽愚，能不为门户计耶？"既要"为门户计"，在那时就只有走科举取士这一条路。然而，他又绝非为"慕利""贪荣"而做官的世俗之徒，他立志要做"古之君子，仕非苟焉而已，将度其志可行于时，其道可济于众"。否则他宁可辞官，"庶免耻辱之大咎"。③ 他的这种人生志向，显然跟他以"盛德"著称的家族传统，是一脉相承的。

由于家庭日趋衰落，生活相当贫困，使他从小即体验到生活的艰辛。在《亡弟君俞权厝铭（并序）》中，他说他弟兄"尝以一灯环坐三人而读书，其时家贫甚，中夜余叹以为聚读之乐不可得而长也，君俞闻而悲独甚"④。在为其四妹及妹夫作的《马仪颛夫妇双寿序》中，他说："当乾隆甲戌、乙亥间（1754—

① 《惜抱轩诗文集》，《姚氏长岭阡表》，上海古籍出版社1992年版，第328页。
② 《惜抱轩诗文集》，《汇香七叔父八十寿序》，上海古籍出版社1992年版，第120页。
③ 《惜抱轩诗文集》，《复张君书》，上海古籍出版社1992年版，第86页。
④ 《惜抱轩诗文集》，《亡弟君俞权厝铭（并序）》，上海古籍出版社1992年版，第182页。

1755），吾家贫最甚，日不能具两饭，晡辄食粥。"然而他们虽"处贫困"，却"皆能怡养性情，无纤毫尤怨"①。

他从小受到良好的文化教养。他的伯父姚范，进士及第后为翰林院编修，著有《援鹑堂文集·诗集》，学贯经史。姚范跟桐城派祖师之一的刘大櫆，又是过从甚密的挚友。因此，从姚鼐幼年始，姚范和刘大櫆便成为他最崇敬的老师。用他在《刘海峰先生八十寿序》中的话来说："鼐之幼也，尝侍先生，奇其状貌言笑，退辄仿效以为戏。及长，受经学于伯父编修君，学文于先生。"②

乾隆三年（1738），姚鼐8岁，其在城南树德堂的家宅售于张氏，移居北门口的初复堂。"时方侍庐先生馆于鼐家，每日暮，则笔泉先生步来，与先君、方先生谈说。鼐虽幼，心喜旁听其论。笔泉尤善于吟诵，取古人之文，抗声引唱，不待说而文之深意毕出。如是数年，鼐稍长，为文亦为先生所喜。"③ 左笔泉为姚鼐家的邻居，后因隐居于媚笔泉而自号笔泉。方侍庐为方东树曾祖方泽，字苧川，号侍庐。他"少有异才高识"，因"久屈场屋"，而终生以教书为业，作诗文自娱。姚鼐在《方侍庐先生墓志铭（并序）》中说："先生论学宗朱子，论文宗艾千子，恶世俗所奉讲章及乡会闱墨，禁其徒不得寓目。先生为文，高言洁韵，远出尘埃之外，场屋主文俗士不能鉴也。……如先生，乃真信道笃而知所守者也。"④ 身为启蒙塾师，方侍庐的论学祈向和人生道路，对姚鼐一生的影响，也至为显然。

姚鼐少时体弱多病，却有超然之志，嗜学的兴趣十分广泛。在《医方捷诀序》中，他自称："余少有羸疾，窃好医药养身之术，泛览方书。然以不遇硕师，古人言或互殊，博稽而鲜功，深思而不明，十余年无所得，乃复厌去。"⑤

————————

① 《惜抱轩诗文集》，上海古籍出版社1992年版，第299页。
② 《惜抱轩诗文集》，上海古籍出版社1992年版，第115页。
③ 《惜抱轩诗文集》，《左笔泉先生时文序》，上海古籍出版社1992年版，第58页。
④ 《惜抱轩诗文集》，上海古籍出版社1992年版，第207页。
⑤ 《惜抱轩诗文集》，上海古籍出版社1992年版，第39页。

由此他深深体会到，学业的长进，离不开"硕师"的指教。他嗜学的兴趣，不能不集中到人文方面。然而他绝不愿囿于人文的某一领域。据郑福照的《姚惜抱先生年谱》称，其伯父"编修君尝问其志，曰：义理、考证、文章，殆缺一不可"。看来他早就认识到，学问的整体性，要求人们必须广泛吸取，集其大成。

由于姚鼐幼年只顾闭门用功读书，所以他跟外界的接触很少。用他的话来说："乡之前辈，以文章称而年与鼐接者十余人，鼐自童幼，受书一室，足希出户，苟非尝至吾家者，率不得见。"①然而他这种自幼好学的品性，却更深得人们的器重。曾任淮南盐运通判的张廷璇，"教其子少毋与人接。鼐年十九时，君一日见之，归使若兆（其子名——引者注）独与之友。"②

为了光耀门庭，报效国家，青年姚鼐不得不跟当时许多人一样，走科举取士的道路。乾隆十五年（1750）秋，姚鼐20岁参加江南乡试，考中举人。同年冬，即偕张曾敞、侍潞川等同乡好友，"初入京师，寓居佛寺"③，准备参加乾隆十六年（1751）春的礼部会试。然而此次会试的结果，他却名落孙山。这是他生平第一次受到的严重打击。当时刘大櫆以经学应试在京师，他一生屡遭科举落第，深知其创巨痛深，所以特作《寄姚姬传》诗和《送姚姬传南归序》文，对其进行诚挚的安慰和热情的鼓励。诗中写道："我昔在故乡，初与君相识。君时甫冠带，已具垂天翼。……后来居上待子耳。"④序文赞扬："姚君姬传甫弱冠，而学已无所不窥，余甚畏之。……读其所为诗、赋、古文，殆压余辈而上之。姬传之显名当世，固可前知。"并以"第一流当为圣贤"，而非"射策甲科为显官"，"今天既赋姬传以不世之才，而姬传又深有志于古人之不朽；其射策甲科为显官不足为姬传道"⑤，鼓励他要立志做尧、舜那样的圣贤。

---

① 《惜抱轩诗文集》，《恬庵遗稿序》，上海古籍出版社1992年版，第55页。
② 《惜抱轩诗文集》，《淮南盐运通判张君墓志铭（并序）》，上海古籍出版社1992年版，第178页。
③ 《惜抱轩诗文集》，《祭侍潞川文》，上海古籍出版社1992年版，第245页。
④ 《刘大櫆集》卷13，上海古籍出版社1990年版，第444页。
⑤ 《刘大櫆集》卷4，上海古籍出版社1990年版，第136页。

这对首次遭受落第打击的姚鼐来说，犹如雪中送炭，使他备受鼓舞。后来姚鼐之所以主动辞去"显官"，专心致志于道德文章，跟刘大櫆的谆谆教诲和殷切期望，当不无影响。

是年正月，乾隆帝初次南巡。落第的姚鼐，不但没有因此而消沉，却反而更加意气风发，在途经枞阳射蛟台时，他一连写了五首《咏古》诗，其中之三写道：

鼓枻出大江，回首枞阳渡。

中有汉帝台，言是射蛟处。

日夕大风吹，青条变枯树。

上有黄鸟吟，下有寒兔顾。

忆昔翠华游，帆樯隔云雾。

中流造新歌，清音发众嫭。

巡游既已疲，神仙不可遇。

为念《祈招》诗，广心焉所务？①

这首诗借写汉武帝的巡游，来讽乾隆帝的南巡。这在那文网森严的时代，该是需要多么非凡的胆识啊！初出茅庐的姚鼐，能够写出这样的诗，足见他绝非懦弱的平庸之辈。恰如钱仲联先生等所指出的："由此，我们完全可以重新想象一下姚鼐当年的英姿气度。"②

给姚鼐第一次礼部会试落第以安慰的，还有左笔泉。他对姚鼐的"不第而返"，不但毫不鄙视，而且"招使课其诸子"③。这就既使其学有所用，又可

---

① 《惜抱轩诗文集》，上海古籍出版社1992年版，第409页。
② 钱仲联、马亚中：《姚鼐》，牟世金主编《中国古代文论家评传》，中州古籍出版社，第962页。
③ 《惜抱轩诗文集》，《左笔泉先生时文序》，上海古籍出版社1992年版，第58页。

帮助其解决家庭生活困难。

由于家贫，姚鼐说："余二十二岁，授徒四方以为养。"①在授徒时，他跟他的老师方侍庐一样，禁其徒取阅世俗讲章。因为在他看来，"明以来说《四书》者，乃猥为科举之学，此不足为书。故鼐自少不喜观世俗讲章，且禁学徒取阅，窃陋之也"②。可见他既要追求科举取士，又反对和鄙弃"科举之学"和"世俗讲章"，这种矛盾，应该说是他在礼部会议中屡遭落第的重要内因。

乾隆十七年（1752）秋，鼐22岁，第二次应礼部试，又落第。这次在京师，他结识了刘大櫆的弟子朱子颍，如刘大櫆的《朱子颍诗序》所述："子颍以七言诗一轴示予，予置之座侧。友人姚君姬传过予邸舍，一见而心折，以为己莫能也，遂往造其庐而定交焉。"③姚鼐就是这般虚心好学、谦恭待人，以致使朱子颍成为姚鼐此后人生道路上不可或缺的挚友。姚鼐辞官后，陪同他登泰山观日出的，是朱子颍；在扬州建梅花书院，请姚鼐携家室赴扬任书院主讲的，也是这个朱子颍；朱子颍的《海愚诗钞》，则由姚鼐为之作"序"④，朱子颍的父亲逝世，也请姚鼐为之写《墓志铭（并序）》⑤，在朱子颍逝世三十四年后，姚鼐以82岁高龄，还为之作《朱海愚运使家人图记》，"展对公像"，不禁"为之陨涕"⑥，可见两人感情之深挚。

乾隆十九年（1754）春，鼐24岁，第三次赴京参加礼部会试，又落第。他与友人一起在京师游览万寿寺等名胜，作诗道："风流诸客皆好文，当筵意气凌青云。""是时同辈八九人，鼐也年才逾二十。"⑦以"平生值数贤，骤

① 《惜抱轩诗文集》，《亡弟君俞权厝铭（并序）》，上海古籍出版社1992年版，第182页。
② 《惜抱轩诗文集》，《复曹云路书》，上海古籍出版社1992年版，第88页。
③ 《刘大櫆集》，上海古籍出版社1990年版，第63页。
④ 《惜抱轩诗文集》，《海愚诗钞序》，上海古籍出版社1992年版，第48页。
⑤ 《惜抱轩诗文集》，《副都统朱公墓志铭（并序）》，上海古籍出版社1992年版，第176页。
⑥ 《惜抱轩诗文集》，上海古籍出版社1992年版，第403页。
⑦ 《惜抱轩诗文集》，《万寿寺松树歌呈张祭酒裕莘》，上海古籍出版社1992年版，第448页。

见良已幸",而聊以自慰。

乾隆二十年（1755），鼐自去秋落第，今年仍留在京师，与王禹卿、朱竹君等交游。王禹卿跟他同为落第举人，他作《柬王禹卿病中》诗，不无牢骚地自称："生平素无谐俗韵，转喉枨触嫌讥讽。虽非鸫鼠隔云泥，忍为蛮触竞庸众。……从来烈士志济时，一割铅刀贵为用。不然脱屣去人间，肯伏光范称乡贡？君怀奇兴逸如鸿，我逢有道惭非凤。"① 朱竹君则于乾隆十九年已考中进士，授编修。他在《奉答朱竹君筠用前韵见赠》诗中，不仅牢骚满腹，且流露出退隐山林之意，如该诗的结尾写道："君方簪笔入承明，努力拾遗供侍从。予将散发入林深，好听砯訇泉石哄。"② 但此时其家庭生活甚为贫困，养家糊口的重担落在他的肩上，使他不可能退隐山林，只有一边教书，一边在科举上继续拼搏。

乾隆二十二年（1757）春，鼐27岁，第四次参加礼部会试，又落第。至次年，鼐仍留京师教书。山西霍州灵石人何季甄从受业。何季甄的年龄只比鼐小六岁，"而事吾恭甚，使背诵诸经，植立不移尺寸。其后学日进"。于"乾隆四十年成进士，改庶吉士。纂修《四库全书》，善于其职"。③ 乾隆二十三年（1758）秋，鼐游扬州，初识程晋芳。当后来程晋芳辞官归隐时，鼐作《赠程鱼门序》说："余初识鱼门于扬州人家坐上，白晳长身美髯，言论伟异，自是相爱敬。""余幼于鱼门十四岁。始相识，余年二十八。"④ 旋归里，由潜山、宿松、黄梅、九江至南昌，结识"以学行称于世，成进士后，不仕而修于家"⑤的陈凝斋，凝斋后令其孙陈用光为鼐弟子。

乾隆二十四年（1759），鼐作《漫咏》三首，诗中抒发了他的仁政理想，

① 《惜抱轩诗文集》，上海古籍出版社1992年版，第412、413页。
② 《惜抱轩诗文集》，上海古籍出版社1992年版，第414页。
③ 《惜抱轩诗文集》，《何季甄家传》，上海古籍出版社1992年版，第151页。
④ 《惜抱轩诗文集》，上海古籍出版社1992年版，第111、112页。
⑤ 《惜抱轩诗文集》，《建昌新城陈母杨太夫人墓志铭（并序）》，上海古籍出版社1992年版，第197页。

认为"得国容有之，天下必以仁"，并对秦王朝的专制统治，作了猛烈抨击：

> 秦法本商鞅，日以虏使民。
>
> 竟能威四海，《诗》《书》厝为薪。
>
> 发难以划除，藉始项与陈。

接着又对当时的社会现实不无影射地尖锐指出：

> 焉知百世后，不有甚于秦？
>
> 天道且日变，民生弥苦辛！

诗中还以司马迁等历代文人的不幸遭遇，语含讽刺地声称："宜乎朝廷士，进者多容容！"①他把那些为朝廷所选拔获得进身者，斥责为多随众附和的平庸之辈。由此可见，他已经醒悟到，他之所以屡试不第，就在于他的为人不适宜于朝廷的需要。

然而，他仍不死心。于乾隆二十五年（1760）春，鼐三十岁，第五次参加礼部会试，又落第。将归，应朱子颖之请，为其父作《副都统朱公墓志铭（并序）》。文中盛赞朱公"通知当时事变利病，慨然怀济人之志"。"立朝卓然，于众不诡随，盖有古人之风。"②这些赞语，实际上也反映了姚鼐本人的人生价值取向。回里后，次年即授经同里马长清家。③乾隆廿七年（1762），乾隆帝第三次南巡，姚鼐仍在马家教书，特作《圣驾南巡赋（并序）》，名为"扬盛世辉光之万一"，实则"欲以道乡里之民情，述睹见之所及"，指出"江、浙之俗，亦劳亦侈。地下以阻，包数千里。富以溢礼为华，秀以文辞为靡。列

① 《惜抱轩诗文集》，上海古籍出版社 1992 年版，第 419 页。

② 《惜抱轩诗文集》，《副都统朱公墓志铭（并序）》，上海古籍出版社 1992 年版，第 176、177 页。

③ 《惜抱轩诗文集》，《马母左孺人八十寿序》，上海古籍出版社 1992 年版，第 302 页。

厥土之最下，惟民力以营之"①。似含有要求珍惜民力，反对劳民伤财之意。不过由此亦可见，姚鼐对清王朝仍抱有幻想，寄于希望。这也是他不屈不挠，仍坚持要走科举取士道路的重要内因。

乾隆廿八年（1763）春，鼐第六次应礼部试，中式，殿试名列二甲，授庶吉士。鼐成进士后，于次年春，"从世父自天津归。"其时，左笔泉隐居于桐城媚笔泉，"邀编修府君及鼐游于泉上。鼐归为作记，先生大乐而时诵之。"这就是收于《惜抱轩文集》卷14的《游媚笔泉记》。文中写道：

> 以岁三月上旬，步循溪西入。积雨始霁，溪上大声漎然十余里，旁多奇石、蕙草、松、枞、槐、枫、栗、橡，时有鸣巂。溪有深潭，大石出潭中，若马浴起，振鬣宛首而顾其侣。援石而登，俯视溶云，鸟飞若坠。复西循崖可二里，连石若重楼，翼乎临于溪右……②

此文虽为鼐早年之作，但却足以表明作者写实的文学描写才能：他不是静止地写潭中石头，而是化静为动，把"大石出潭中"，想象和描绘成"若马浴起，振鬣宛首而顾其侣"；把"援石而登，俯视溶云"，想象和描绘成"鸟飞若坠"；把山崖上的"连石"，想象和描绘成"若重楼，翼乎临于溪右"。这就不仅大大增强了自然景色的生动性，且写出了游人热爱大自然、富有美好想象力的高雅情趣，形成独具神韵的迷人意境。这就难怪令人读了不禁要"时而诵之"，从中获得"大乐"的美感享受。

此年，他与姑妈的女儿、已故原配张宜人的堂妹续配成婚。冬季，即赴京至翰林院庶常馆任庶吉士。由此开始，他步入仕途生涯。

---

① 《惜抱轩诗文集》，上海古籍出版社1992年版，第239、242页。
② 《惜抱轩诗文集》，上海古籍出版社1992年版，第220页。

二、中年时代：愤而辞官，追求性情

> 十年省阁内，回首竟何成！……
>
> 披我故时裘，浩歌出皇京。
>
> 旁观拥千百，拍手笑狂生。[①]

姚鼐于乾隆三十九年（1774）辞官归里途中写的上述诗句，可谓是对他中年时代的恰当写照。

乾隆三十一年（1766)夏，鼐36岁，从翰林院庶常馆学习期满，"试职兵部"一年有余。他在《光禄少卿沈君墓志铭（并序）》中说："其时君（指光禄少卿沈华坪）与上元陈中丞步瀛先在兵部，三人相得甚欢，入治公事，出复谈宴，或抵夜而后散。"[②]他们究竟谈论些什么话题，虽难以详考，但《惜抱轩文集》中的《议兵》一文，当是他们议论的一个重要内容。鼐在此文中阐述了兵、民不应相兼的主张，反对用兵"使之不习战，而习于百役"，充当运粮，捕伺盗贼，取缔私贩、娼妓、赌博等政府部门管辖的事情，他愤慨地责问道："是直有司事耳，使兵足任之，而有司不能，何以为有司？况兵藉是名而恐猲取财，扰地方为害者，有之矣。"此文引用"管仲用齐"等历史事实，不只对社会必须人有分工、各司其责的客观法则，阐述得颇具说服力，且以当时使兵"习于百役"的实际问题，揭露有司的腐败无能，显得文笔犀利，气势逼人。它表明姚鼐初入仕途，即有欲效法"管子天下才也"的雄心壮志。[③]

乾隆三十二年（1767），鼐37岁，由兵部调任礼部仪制司主事。撰《四川川北道按察副使鹿公墓志铭（并序）》，为雍正八年（1730）罢官的鹿迈祖

---

① 《惜抱轩诗文集》，《阜城作》，上海古籍出版社1992年版，第463页。

② 《惜抱轩诗文集》，上海古籍出版社1992年版，第343—344页。

③ 《惜抱轩诗文集》，《议兵》，上海古籍出版社1992年版，第11页。

鸣不平，认为"公之在官，巖巖刚毅。公之在家，愉愉孝弟。归遭父丧，以毁受病。秉道终身，卒毙于正"。不只对鹿公的不幸遭遇深表同情，且流露出对"君子所予，小人所惮"的社会现实政治强烈不满之意。①

乾隆三十三年（1768）七月，鼐赴任山东乡试副考官，撰《乾隆戊子科山东乡试策问五首》，明确提出："审理论世，核实去伪，而不为古人所愚。""考稽川渎，讲求利病，几一得以佐当世之用，亦儒者事也。"针对乡试中式的举人，一般须任太守、县令等地方官，所以他又强调指出："惟守令最为亲民之吏。使亲民之吏，举得其人，则天下何患不治？使亲民之吏，一方失其人，则一方受其病，朝廷虽有良法善政，皆为虚文而已。"②在赴山东途经德州时，他作《德州浮桥》诗，对自己经过长达十二年、六次应礼部试，才博得一第，颇有贻误青春年华的迟暮之感："嗟我游中原，来往如飞鸿。弱冠一川水，屡照将成翁。"③因此，在他主持山东乡试时，尤为重视使人才及时脱颖而出。在他后来为孔信夫写的《墓志铭（并序）》中，还特地提起"乾隆三十三年，余主山东乡试，得君（指孔信夫）及君兄户部之子广森，时广森才十七岁"④。是年九月，由山东回京，升任礼部祠祭司员外郎。不久，同乡张廷璇逝世，鼐作《淮南盐运通判张君墓志铭（并序）》，盛赞张廷璇为捍卫灶户盐工的利益，拒绝"厉民为媚"，不惜愤而辞官。作者说他"仕于内外，皆不竟其志，年四十余即归。归而饮酒赋诗，接乡里，欢然无间"⑤。这种以在官场"不竟其志"，与离开官场即"欢然无间"的鲜明对照，显然寄寓着作者对仕宦的感受，透露出日后也要像张廷璇那样不惜辞官，"年四十余即归"的心声。

乾隆三十四年（1769），鼐39岁，虽然在礼部的官职已获升迁，但他的

① 《惜抱轩诗文集》，上海古籍出版社1992年版，第171、172页。
② 《惜抱轩诗文集》，上海古籍出版社1992年版，第131、133页。
③ 《惜抱轩诗文集》，上海古籍出版社1992年版，第433页。
④ 《惜抱轩诗文集》，《孔信夫墓志铭（并序）》，上海古籍出版社1992年版，第190页。
⑤ 《惜抱轩诗文集》，上海古籍出版社1992年版，第178页。

心情却毫无欢快之意。此年其在《送张楫亭少詹为晋阳书院山长……故用其韵》诗中写道："余才从俗客，署尾岂非懦。孤怀复送君，冷若冰中炭。"①楫亭，是曾敞的号，与鼐为同龄好友，21岁即中进士，曾任侍读、日讲起居注官、少詹事等皇帝亲近的重臣。鼐每次赴京会试，都住他家，来时他亲自为其安排床榻，去时则帮其打点行装。②后因他主持顺天乡试，"中者较他房多且再倍"，"有摘君所荐举人梁泉卷疵颣（lèi）数十，当斥革"，后"会考验无纤毫私状，而梁泉故乡举第一，诏卒复梁泉举人，君虽释罪而竟废矣"③。这就是张楫亭由朝廷重臣而归主晋阳书院的由来。他在仕途上的不幸遭遇，实即姚鼐的前车之鉴。姚鼐为送张楫亭赴晋阳书院而写的上述诗句，实则反映了他已预感到自己仕途前程不妙的心态。

乾隆三十五年（1770）二月，姚鼐为同在京师的安徽全椒县吴敬梓之子吴荀叔的《杉亭集》作序，序文称："余尝论：江、淮间山川雄异，宜有伟人用世者出于时。余之庸暗无状，固不足比侪类；荀叔负俊才，而亦常颓然有离世之志。然则所云伟人用世者，余与荀叔固皆非与？"④这看似否定句法，实则透露了作者明知不可却仍企盼着做"伟人用世者"的心态。是年，他充任湖南乡试副考官，撰《乾隆庚寅科湖南乡试策问五首》。他不是空谈修身养性、扼杀人欲的理学，而是强调"审民生纤悉，以达于谋国大体，儒者有用之学也"。斥责那些"居庠序而侵吏事，舍朴厚而乐轻侠"者，为"有士之名而实为士之蠹。"反对"文具无实"，要求"囿古今而罗万象"⑤，具有集大成的时代特色。他的这些选拔人才的主张，显然既目光远大，又切中时弊，在当时有其进

① 《惜抱轩诗文集》，上海古籍出版社1992年版，第436页。
② 《惜抱轩诗文集》，《祭张少詹曾敞文》，上海古籍出版社1992年版，第244页。
③ 《惜抱轩诗文集》，《原任少詹事张君权厝铭（并序）》，上海古籍出版社1992年版，第179页。
④ 《惜抱轩诗文集》，《吴荀叔〈杉亭集〉序》，上海古籍出版社1992年版，第45页。"伟人用世者"的"者"字原缺，此据《杉亭集》卷首原序文校补。
⑤ 《惜抱轩诗文集》，上海古籍出版社1992年版，第138、139、140页。

步意义。可惜他的这些进步主张，在当时却实现不了。因此，他在赴湘期间所作的诗，便充分反映了他的孤独、惆怅和失望的心情。例如，在《应山至孝感道中》，他写道："宜有奇才表荆楚，不然深谷逃麕麚（jiā）。惜哉我行不得遇，翩翩且逐投林鸦。"①在《寄仲孚应宿》诗中，他自称："曰余性质讷，谐物无言词。游宦二十载，殊乏新相知。"忆昔思今，他颇为伤感地继续写道："欢乐去不复，青鬒将成丝。万事无不改，风景长如斯。拂衣便可去，潜、霍吾前期。"②潜山、霍山，皆靠近作者家乡，此显然流露有欲辞官归里之意。游岳麓寺，他看到殿角两棵巨大的松树，数月前被风拔倒一棵，便顿生惆怅和人才失落之感，作诗道："殿角两鬣松，风雨失俦匹。惟有石间泉，澄泓总如一。前贤杳无见，来者怅难必。试将万古怀，移问金仙术。"③在《诣岳麓书院有述》诗中，他更不禁感慨"吾生志不就，斯世邈无群。回舻天地晚，空怅逝沄沄！"④胸怀壮志，而客观环境却又使他无能为力，只能虚度光阴，如同滔滔江水，听任其白白流失。这就是姚鼐此时孤独、惆怅和失望的根源。

乾隆三十六年（1771），鼐41岁。正月初八，姚范卒。鼐充恩科会试同考官。程晋芳、孔广森、钱沣、周岱兴、周书昌等名士，皆于是科考中进士。这跟鼐"阅卷颇具眼力"有关，"其总批钱沣卷曰：'胎息古文，步趋先正，语语具见本色，立心不苟。可知后场尤源源本本，博奥沉雄，益征积学功深。榜发，知为滇名士，愈信文章自有定价，无谓世无碧眼人，尽皆买椟还珠。'此评亦如王应麟之评文天祥，姚鼐自负碧眼人，宜哉！"⑤后来钱沣果以御史弹劾和珅而名闻天下，备受朝野称赞。

同年，鼐被擢为刑部广东司郎中。

---

① 《惜抱轩诗文集》，上海古籍出版社1992年版，第439页。
② 《惜抱轩诗文集》，上海古籍出版社1992年版，第439页。
③ 《惜抱轩诗文集》，上海古籍出版社1992年版，第441页。
④ 《惜抱轩诗文集》，上海古籍出版社1992年版，第442页。
⑤ 见《钱南园（沣）先生年谱》。

从乾隆三十二年到三十六年，姚鼐由试职兵部到任主事，由主事升为员外郎，再升为郎中，五年连升三职，可谓仕途一帆风顺，官职青云直上，理应备感春风得意。然而在他被提拔为刑部郎中之后的两年间，却成了他总共不到八年的仕宦生涯中最为痛苦的时期。这是由于那实行严刑峻法的乾隆时期的社会现实，与姚鼐主张实行仁政的理想，发生直接的尖锐冲撞。因此他在《述怀》诗中，满怀忧虑地写道：

> 刑官岂易为？乃及末小子。
> 顾念同形生，安可欲之死！
> 苟足禁暴虐，用威非得已。
> 所虑稍刻深，轻重有失理。
> 文条岂无说，人情或不尔。
> 不肖常浅识，仓卒署纸尾。
> 恐非平生心，终坐再三起。
> 长揖向上官，秋风向田里。①

这首诗不只表现了对于封建统治者施行严刑峻法的不满情绪，流露出他早已有退隐的念头，且以生与死、性与理、法与情的尖锐矛盾，既生动地刻画了诗人内心的痛苦，又深刻地揭示了当时所实行的严刑峻法本身的残暴性与不合理性。当然，姚鼐并非一概反对用法。他在《贾生明申商论》中明确指出："法制定则天下安，此皆申、商之长也。申、商之短，在于刻薄。"②可见他反对的不是"法制"，而是"刻薄"。因此他声言："贤者视其君之资而矫正之，

---

① 《惜抱轩诗文集》，上海古籍出版社1992年版，第454页。
② 《惜抱轩诗文集》，上海古籍出版社1992年版，第7、8页。

不肖者则顺其欲。顺其欲，则言虽正而实与邪妄者等尔。"①姚鼐当然要做矫"君之资"的"贤者"，而绝不做"顺其欲"的"不肖者"；其实质是公然指责朝廷，把自己凌驾于国君之上。这在那个动辄大兴文字狱的时代，该是需要多么大的勇气啊！从这些诗文中我们不难看出，姚鼐绝非蝇营狗苟的利禄之徒，更不是一味按当权者的意志行事的御用文人。他有自己的政治主张和人生理想，有自己的独立人格和从人性、人情出发的行为准则。只要摆脱既定的主观偏见，尊重历史事实，从其人生道路和诗文作品的实际出发，我们就会对一代文学宗师——姚鼐其人其文，获得新的认识，作出新的评价。

姚鼐不只在思想感情上不满于严刑峻法，而且在行动上也敢于反对那种滥用刑法草菅人命的行为。据其弟子吴德旋写的《姚姬传先生墓表》记载："先生外和内介，义所不可，确然不易其所守。官刑部时，广东巡抚某拟一重辟案，不实，堂官与同列无异议，先生核其情，独争执平反之。"②巡抚、堂官的官阶，均在郎中之上，姚鼐不顾自己职卑位贱，竟不惜跟自己的顶头上司与同僚坚持"异议"，"独争执平反之"。这件事足以证明姚鼐的品格是多么耿介正直！人们只要稍微联系对照一下现实生活中那些明知冤假错案也随声附和的人，就会对姚鼐这种勇于坚持正义的品格和精神，不能不肃然起敬。"先生外和内介"，这话说得何等好啊！它不只说明了姚鼐的个性特色，也反映了姚鼐诗文的风格特色。"外和"，这是由于那个文网统治极严的时代环境所决定的，人们岂能为其"外和"的表象所蔽，而抹杀或无视其"内介"——耿介正直的内在品格所蕴藉的奇光异彩？

姚鼐的耿介正直和独立卓行，还表现在他对诗文创作的看法上。当时主张"肌理说"的翁方纲，曾先当面继又写信给姚鼐，"勉以为文之法"。姚鼐在

---

① 《惜抱轩诗文集》，上海古籍出版社 1992 年版，第 8 页。
② 吴德旋：《初月楼文续钞》，花雨楼丛钞本卷 8。

《答翁学士书》中，则针锋相对地指出，诗文为"因乎意与气而时变者也，是安得有定法哉！""执其学所从入者为是，而以人之学皆非也"，是犹如"知击棹者欲废车，知操缏者欲废舟"。因此，他拒绝"舍其平生而唯一人之法"，强调诸贤才皆"各有所善"，"欲取其善以为师。"①姚鼐后来之所以能成为一代宗师，跟他这种公然拒绝"惟一人之法"，而具有博取众长、特立独行的精神，是分不开的。

姚鼐在刑部任职不到二年。乾隆三十八年（1773），诏开四库全书馆，选一时翰林宿学为纂修官。姚鼐虽非翰林，却被刘统勋、朱筠举荐为纂修官。时非翰林为纂修者仅八人，姚鼐属其中之一。可是，他在馆不到两年，于乾隆三十九年（1774）冬，正当他44岁壮年，又官运亨通之际，他却辞官归里。尽管当朝相国刘统勋、梁阶平先后要荐举他出任御史等要职，而他皆"婉拒之"②。

他为什么要辞官？

据姚莹的《惜抱先生行状》透露，当时四库馆内，"纂修者竞尚新奇，厌薄宋、元以来儒者，以为空疏，掊击讪笑之不遗余力，先生往复辨论，诸公虽无以难，而莫能助也。将归，大兴翁覃溪学士为叙送之，亦知先生不再出矣。"③叶昌炽的《缘督庐日记》卷4也称："乾隆中开四库馆，姚惜抱鼐与校书之列，其拟进书题，以今《提要》勒之，十但采用二三，惜抱学术与文达（纪昀）不同，宜其枘凿也。"纪昀是汉学家，以他为总纂修官的四库馆，成了汉学家的大本营。尊崇宋学的姚鼐在其中任纂修官，因受到"掊击讪笑"而辞官，自在情理之中。但是，若因此即断言："学术上的与同僚不合是他引退的主要原因。"④

① 《惜抱轩诗文集》，上海古籍出版社1992年版，第85页。
② 姚莹：《东溟文集》卷6，《惜抱先生行状》。
③ 见姚莹：《东溟文集》卷6。
④ 王镇远：《桐城派》，上海古籍出版社1990年版，第64页。

则未免以偏概全。如果"主要原因"只在学术观点分歧，他只要辞去四库馆职足矣，又何必对刘统勋、梁阶平的举荐也一概"婉拒之"呢？

更有甚者，不只认为姚鼐辞官是由于他坚持宋学、反对汉学，而且把姚鼐与汉学家的学术分歧，夸大和扭曲成政治上反动与进步的对立，斥责以姚鼐为主要代表的桐城派："究其根本，是要维护程朱理学的反动思潮的统治地位。"[①]对于这个问题，更有加以澄清的必要。

毋庸讳言，姚鼐对程朱为代表的宋学是十分尊崇的。他曾说："儒者生程、朱之后，得程、朱而明孔、孟之旨，程、朱犹吾父师也。"谁要是诋毁、讪笑程、朱，他就说："是诋讪父师也。"甚至把"毛大可、李刚主、程绵庄、戴东原，率皆身灭嗣绝"，诬蔑成是由于"其人生平不能为程、朱之行，而其意乃欲与程、朱争名"，"为天之所恶"的结果。[②]在他进入四库馆第二年写的《赠钱献之序》中，他就公开批评"宗汉之士"，"欲尽舍程、朱"，"专求古人名物、制度、训诂、书数，以博为量，以窥隙攻难为功"，是"枝之猎而去其根，细之蒐而遗其巨"，是"蔽"而不明。[③]但是，若把姚鼐的学术思想与程朱理学等同起来，置姚鼐与所有汉学家完全对立的地位，那就未免太简单化，而与姚鼐的生平思想实际相距太远了。

姚鼐对程朱之学虽然尊崇，但并不盲从。他说过："苟欲达圣贤之意于后世，虽或舍程、朱可也。"[④]"朱子说诚亦有误者。"[⑤]"程、朱言或有失，吾岂必曲从之哉？程、朱亦岂不欲后人为论而正之哉？正之可也。"[⑥]他反对封建统治者要求盲从和迷信程朱学说，把它作为科举取士的利禄之途。为此他指

---

① 中国社会科学院文学研究所：《中国文学史》，人民文学出版社1962年版，第1072页。

② 《惜抱轩诗文集》，《再复简斋书》，上海古籍出版社1992年版，第102页。

③ 《惜抱轩诗文集》，《再复简斋书》，上海古籍出版社1992年版，第111页。

④ 《惜抱轩诗文集》，《复曹云路书》，上海古籍出版社1992年版，第88页。

⑤ 《惜抱轩诗文集》，《复蒋松如书》，上海古籍出版社1992年版，第96页。

⑥ 《惜抱轩诗文集》，《再复简斋书》，上海古籍出版社1992年版，第102页。

责"元、明以来，皆以其学取士。利禄之途一开，为其学者以为进趋富贵而已，其言有失，犹奉而不敢稍违之，其得亦不知其所以为得也，斯固数百年以来学者之陋习也"①。对于宋学与汉学，他既批评宋学家"举汉、唐笺注屏弃不观，其病诚隘"，又指责汉学家"守一家之偏，蔽而不通"，而主张"于群儒异说，择善从之，而无所徇于一家"。②"为学不可执汉、宋疆域之见，但须择善而从"。③在文学创作上，他既反对宋学家以语录为文，指责"世有言义理之过者，其辞芜杂俚近，如语录而不文，"又批评汉学家"为考证之过者，至繁碎缴绕，而语不可了当。"④有个吴子方写信说鼐反对汉学，他回信说："此差失鼐意。鄙见恶近世言汉学者多浅狭，以道听途说为学，非学之正，故非之耳，而非有辟于汉也。夫言学何时代之别？多闻择善而从，此孔子法也。善，岂以时代定乎？！"⑤

姚鼐对戴震等汉学家虽有所不满甚至攻击，但也有崇敬与友爱的一面。他曾与戴震"同居四五月"⑥，郑重提出要拜戴震为师，震回信说："欲以仆为师，则别有说，非徒自顾不足为师，亦非谓所学如足下，断然以不敏谢也。古之所谓友，固分师之半，仆与足下无妨交相师，而参互以求十分之见。"⑦"交相师"，不只反映了戴震与姚鼐之间的私人友情，更重要的是，说明了他们皆认识到汉、宋两个学派之间需要"参互以求十分之见"；"参互"不是为了任何个人的目的，而是为了追求真理——"以求十分之见"。戴震要求"参互"，姚鼐主张"择善而从""兼长""兼收"，这既是他们对各自所尊崇的汉学、宋学的超

---

① 《惜抱轩诗文集》，《复蒋松如书》，上海古籍出版社1992年版，第95页。
② 《惜抱轩诗文集》，《复孔撝约论禘祭文》，上海古籍出版社1992年版，第92页、90页。
③ 《姚惜抱先生尺牍》卷7，《与陈硕士》，见小万柳堂据海源阁本重刊本。
④ 《惜抱轩诗文集》卷4，《述庵文钞序》，上海古籍出版社1992年版，第61页。
⑤ 《姚惜抱先生尺牍》卷3，《与吴子方孙垲》，小万柳堂据海源阁本重刊本。
⑥ 《惜抱轩诗文集》，《书考工记图后》，上海古籍出版社1992年版，第77页。
⑦ 《戴东原集》卷9，《与姚孝廉姬传书》。

越，是他们的学术思想不同凡俗，共同具有集大成的清代时代特色的表现，也是以姚鼐为主要代表的桐城派之所以能成为我国文学史上最大文派的一个重要内因。

既然如此，那么，姚鼐中年决意辞官引退的根本原因究竟何在呢？

笔者从其诗文作品分析，认为学术观点分歧，只是其辞去四库馆职的直接原因，而他之所以中年辞官引退，则有其更深层的根本原因。那主要是由于他：主张实行仁政，不满于清朝的暴虐统治"有甚于秦"①；深感官场中充满污浊和黑暗，如他在诗中所慨叹的："堂上有万里，薄帷能蔽日。亲者巧有余，疏者拙不足。"②使自己"自从通籍十年后，意兴直与庸人侔"③。不但无法实现"济于众"的理想，且难以"庶免耻辱之大咎"④；为避免"文字狱"的迫害，吸收"露才往往伤其躯"的教训，"曷不避世深山居？竟友麋鹿从樵渔"。⑤在他辞官前夕写的《赠程鱼门序》中，即盛赞程君的引退，为"超然万物之表，有若声华寂灭，遗人而独立者也"，而"终免世网罗缯缴之患也已"。⑥除了上述社会政治环境是其辞官的主要原因外，自认为其个性不适应于官场，而适合于从事"君子之文"的写作，也是一个重要原因。在他看来，"士为千章林，毋为附施萝。"⑦"但冀藏弱羽，奚必栖高枝？"⑧"人生各有适，岂论荣与枯？"⑨"作吏见不能，收身岂嫌早？""既乏经世略，披褐宜田庐。"⑩"鼐性鲁知暗，不识人情向背之变，时务进退之宜，与物乖忤，坐守穷约，独仰慕古人之谊，

①　《惜抱轩诗文集》，《漫咏》，上海古籍出版社1992年版，第419页。
②　《惜抱轩诗文集》，《杂诗》，上海古籍出版社1992年版，第468页。
③　《惜抱轩诗文集》，《于朱子颍……所作诗题赠一首》，上海古籍出版社1992年版，第463页。
④　《惜抱轩诗文集》，《复张君书》，上海古籍出版社1992年版，第86页。
⑤　《惜抱轩诗文集》，《王叔明山水卷》，上海古籍出版社1992年版，第477页。
⑥　《惜抱轩诗文集》，上海古籍出版社1992年版，第112页。
⑦　《惜抱轩诗文集》，《答王生》，上海古籍出版社1992年版，第481页。
⑧　《惜抱轩诗文集》，《杂诗》，上海古籍出版社1992年版，第468页。
⑨　《惜抱轩诗文集》，《湖上作》，上海古籍出版社1992年版，第470页。
⑩　《惜抱轩诗文集》，《寄苏园仲》、《城南修禊诗》，上海古籍出版社1992年版，第451、461页。

而窃好其文辞。"①因此，告别仕途，从事古文辞的教学、研究与写作，遂成为他终生最重要也是最后的抉择。

当许多封建文人，为博得一官半职，而不惜皓首穷经，甚至蝇营狗苟，出卖灵魂，无所不用其极之时，而姚鼐却在壮盛之年，青云直上之际，决意主动辞官，从这一鲜明的反差，即可见姚鼐其人岂不如同鹤立鸡群一般超凡脱俗、难能可贵么？

乾隆三十九年（1774）冬，姚鼐正式引退，时年44岁（虚龄）。在那个时代，引退也是需要极大勇气的。正如他在这一年作的《赠程鱼门序》中所说："夫士处世难矣！群所退而独进，其进，罪也；群所进而独退，其退，亦罪也。"②可是他却义无反顾、坚定不移地要在"群所进"时他"独退"，而不顾"旁观拥千百，拍手笑狂生"，颇有点英雄气概地"披我故时裘，浩歌出京城！"③当年冬十二月，他自京师乘风雪至山东泰安府太守朱子颍官署。除夕，与子颍同登泰山观日出，写下了脍炙人口、流传千古的美文——《登泰山记》。据此《记》载，当时泰山上的"雪与人膝齐"，"道中迷雾冰滑，磴几不可登"。④如果没有强健的身体，是不可能克服如此艰难险阻而登上泰山之巅的。这个行动本身，即无异于向世人宣告，他所谓的"以疾归"⑤，纯属托词。从表面上看，这篇游记纯属写登泰山的经过及所见景色，向来以令人"服其状物之妙"著称。⑥然而，联系该文的写作背景，细玩此文的意境，即不难发现，其在对景物绘声绘色的描写之中，实寄寓着作者在辞官之后的万千感慨。其中既有对摆脱官场羁绊，回归大自然之后的愉悦之情，又有以对大自然如诗如画一般美景的热烈

①　《惜抱轩诗文集》，《复汪进士辉祖书》，上海古籍出版社1992年版，第89页。
②　《惜抱轩诗文集》，《赠程鱼门序》，上海古籍出版社1992年版，第112页。
③　《惜抱轩诗文集》，《阜城作》，上海古籍出版社1992年版，第463页。
④　《惜抱轩诗文集》，《登泰山记》，上海古籍出版社1992年版，第221、220页。
⑤　《惜抱轩诗文集》，《复张君书》，上海古籍出版社1992年版，第86页。
⑥　黎庶昌：《续古文辞类纂》卷25，对《登泰山记》的评语。

赞赏，来反衬其对官场丑恶的愤绝和鄙弃。这绝非笔者的牵强附会、主观臆测，而是有刘大櫆的《朱子颖诗序》和作者的诗可作佐证。刘序明言："乙未之春，姬传以壮年自刑部告归田里，道过泰安，与子颖同上泰山，登日观，慨然想见隐君子之高风，其幽怀远韵与子颖略相近云。"①姚鼐在《岁除日与子颖登日观观日出作歌》中，也满怀豪情地歌唱："男儿自负乔岳身，胸有大海光明暾。即今同立岱宗顶，岂复犹如世上人！"②可见寓有"隐君子之高风"和"幽怀远韵"，才是《登泰山记》的真正内涵和底蕴。

至于写其"苍山负雪，明烛天南，望晚日照城郭，汶水、徂徕如画，而半山居雾若带然"。写凌晨登日观峰看到日初出的景象是："极天云一线异色，须臾成五彩，日下正赤如丹，下有红光动摇承之。或曰：'此东海也。'回视日观以西峰，或得日，或否，绛皓驳色，而皆若偻。"融热烈赞赏之情于客观的写实之中，近景与远景相辉映，静景与动景相交织，写得既朴实无华，简洁之至，又气象万千，变幻莫测，令人感到实在神奇、壮观、美妙极了！它充分表现了姚鼐作为文学家的创作才能，简直令人望尘莫及，叹为观止！例如，王先谦即惊赞曰："具此神力，方许作大文。世多有登岳，辄作游记自诧者，读此当为阁笔。"③

在登泰山之后，朱子颖作《登日观图》，姚鼐则在图上题诗，诗中宣称："前生定结名山诺，到死羞为封禅文。"④所谓"名山诺"，是出自司马迁的《史记·自序》，谓自成一家之言"藏之名山，副在京师，俟后世圣人君子"。后因称发誓要撰写传世之作为"名山诺"。所谓"封禅文"，是指在帝王祭天地时，为统治者祝福的文字。这两句诗，概括了姚鼐辞官从文后的人生志向。可

① 《刘大櫆集》卷 2，上海古籍出版社 1990 年版，第 64 页。
② 《惜抱轩诗文集》，上海古籍出版社 1992 年版，第 464 页。
③ 王先谦：《续古文辞类纂》卷 24，对《登泰山记》的评语。
④ 《惜抱轩诗文集》，《题子颖所作登日观图》，上海古籍出版社 1992 年版，第 550 页。

见姚鼐与清朝统治者不只有相依附的一面，更有相对独立的一面；那种把姚鼐及其作品说成是"御用文人""御用文学"，既有悖于姚鼐的初衷，更不符合其人生道路和诗文内容的实际。

姚鼐还与朱子颖约定同游泰山西北麓的灵岩山。在乾隆四十年（1775）正月初四由泰安赴灵岩时，"值子颖有公事，乃俾泰安人聂剑光偕余"①。聂君是《泰山道里记》的作者，他对泰山周围的山川位置、地理形势与历史掌故，作过翔实的考察。由他当导游，使姚鼐如鱼得水。在姚鼐的《游灵岩记》中写道："其状如垒石为城墉，高千余雉，周若环而缺其南面。南则重嶂蔽之，重溪络之。自岩至溪，地有尺寸平者，皆种柏，翳高塞深。灵岩寺在柏中，积雪林下，初日澄彻，寒光动寺壁。寺后凿岩为龛，以居佛像，度其高，当岩之十九，峭不可上，横出斜援乃登。登则周望万山，殊骛而诡趣，帷张而军行。岩尻有泉，皇帝来巡，名之曰'甘露之泉'。僧出器，酌以饮余。回视寺左右立石，多宋以来人刻字，有壖入壁内者，又有取石为砌者，砌上有字曰'政和'云。"②他不只把灵岩山的自然美景，写得生动活泼之至，如"殊骛而诡趣"，把山势形容为如各色骏马纵横奔驰；"帷张而军行"，形容山势如帷幕张开，军队前进；"初日澄彻，寒光动寺壁"，一个"动"字，便将初日中雪光浮动于壁的景象刻画殆尽，实为状难写之景如在目前。并且还熔自然美景与人文景观于一炉，所谓"寺"，即宋宣和年间所建的灵岩寺，寺左右既有当今皇帝来巡时所题名的"甘露之泉"，又有宋政和年间的立石刻字，使游记散文增添了深远的历史和厚重的文化味，令人咀嚼不尽。

在游过泰山和灵岩山之后，他并未立即归里，而是从泰安又回到北京，然后再离京南归，其诗集中有《乙未春出都留别同馆诸君》可证。在此诗中，他

① 《惜抱轩诗文集》，《游灵岩记》，上海古籍出版社1992年版，第222页。

② 《惜抱轩诗文集》，上海古籍出版社1992年版，第221、222页。

称赞四库馆："海内文章皆辐凑，坐中人物似珠联。"表示自己"归向渔樵谈盛事，平生奉教得群贤"。[1]他把四库馆的同事称作"珠联"璧合的"群贤"，这又一次证明，他与同僚虽有学术分歧，但这绝非导致他辞官引退的主要原因。

回到故里桐城后，同年七月十二日，他"邀左世琅—青、张若兆应宿同入北山，观乎双溪"。左世琅，字—青，其祖母为姚鼐的曾祖姑。张若兆，字应宿，为—青、仲孚的表弟，又是仲孚的妻弟。他们都是姚鼐自幼结交的同乡好友。双溪，是位于桐城市城区北面龙眠山中的一个景点，清初宰相张英晚年退居于此。在姚鼐写的《游双溪记》中，以张英"登为辅相，一旦退老"，"优游自适于此者数年乃薨"，与"余以不肖，不堪世用，亟去，早匿于岩穴，从故人于风雨之夕"，两相对照，不但又一次说明他的辞官，绝非个人的偶然的缘故，而是由于他"不堪世用"，且此引发出一个问题："又未知余今者之所自得，与昔文端（张英卒后的谥号）之所娱乐于山水间者，其尚有同乎耶，其无有同乎耶？"[2]这一问，既表明作者辞官后于山水间优游自得的豁达心态，又使全文显得发人深思，余味曲包。

"双溪归后十日，偕—青、仲孚、应宿，观披雪之瀑。"披雪瀑，在桐城市城区西北四公里的碧峰山下。姚鼐的《观披雪瀑记》，描写其"水源出乎西山，东流两石壁之隘，隘中陷为石潭，大腹弇口若罂，瀑坠罂中，奋而再起，飞沫散雾，蛇折雷奔，乃至平地"[3]。他把瀑水经狭谷冲击而成的石潭，比喻为"大腹弇口若罂"，不只文笔如绘，化陌生为眼熟能详，且为"瀑坠罂中，奋而再起"，提供了力学根据；其所造成的"飞沫散雾，蛇折雷奔"的奇妙景象，以"沫""雾""蛇""雷"四个名词，与"飞""散""折""奔"四个动词，交替搭配，不只惜墨如金，简洁生动，且写得有形有态，有神有气，有声有势，

---

① 《惜抱轩诗文集》，上海古籍出版社 1992 年版，第 551 页。

② 《惜抱轩诗文集》，《游双溪记》，上海古籍出版社 1992 年版，第 223、224 页。

③ 《惜抱轩诗文集》，《观披雪瀑记》，上海古籍出版社 1992 年版，第 224 页。

可谓绚烂多姿，新奇壮观，优美动人之极，读后使人仿佛身临其境，耳闻目睹，不禁击节赞赏之至！它再次表明，姚鼐驾驭语言文字的非凡能力；摆脱官场的羁绊，使他的文学创作才能，终于得到了施展和释放的机会。

次年正月底，姚鼐游览距桐城东九十里的浮山，撰有题为《正月晦日，期应宿同游浮山，余往遍历诸峰，而应宿不至，遂宿会胜岩，次日至华严寺，作诗归示应宿，兼寄朱竹君学士》的长诗，[①]惜未撰游记。

上述可见，姚鼐辞官后的一二年，可谓游兴大发，形成了他游记创作的一个高峰期。这个事实充分说明，他辞官后并未在家养病或养亲，而是忙于四处旅游和游记写作，可见那种说姚鼐辞官是"以疾归"[②]，或"以养亲去"[③]，"迄养归里"[④]，皆纯属掩人耳目的不实之词。

姚鼐辞官后之所以游兴大发，既是由于他摆脱了官场的羁绊，心情愉悦的需要，又是他被压抑已久，热爱大自然，向往回归大自然的自身性情所致。在早年作的《左仲郛浮渡诗序》中，他就说过："他日从容无事，当裹粮出游，北渡河；东上泰山，观乎沧海之外；循塞上而西，历恒山、太行、太岳、嵩、华，而临终南，以吊汉、唐之故墟；然后登崛、峨，揽西极，浮江而下，出三峡，济乎洞庭，窥乎庐、霍，循东海而归，吾志毕矣。"客有讥笑他说："君居里中，一出户辄有难色，尚安尽天下之奇乎？"他当面"笑而不应"，内心却想"设余一旦而获揽宇宙之大，快平生之志，以间执言者之口"。[⑤]他的游兴大发，恰恰是由于在辞官后有了实现"平生之志"的机会。他为什么如此热爱大自然，以游览山水之胜为"快平生之志"呢？这就启示我们，需要对姚鼐其人的性格特点作重新审视和评估，那种视之为"和统治者一鼻孔出气""替腐朽的统治

①　《惜抱轩诗文集》，上海古籍出版社1992年版，第466页。
②　《惜抱轩诗文集》，《随园雅集图后记》，上海古籍出版社1992年版，第225页。
③　翁方纲：《复初斋文集》卷12，《送姚姬传郎中归桐城序》。
④　姚莹：《东溟文集》卷6，《惜抱先生行状》。
⑤　《惜抱轩诗文集》，上海古籍出版社1992年版，第44、45页。

阶级帮忙"①的"御用文人"，或柔软得没有骨头的伪君子，是经不起事实检验的主观偏见；实际上，他是个有志"济于众"，"宁犯天下之所不韪，而不为吾心之所不安"的"大丈夫"，②是个"义所不可，则确乎不易其所守"的正人君子，③是个追求个人性情自由舒畅的诗人，用他的话来说："自我游人间，尝恐失情性。"④

更值得重视的是，姚鼐之所以热衷于游览山水，还在于他是个以"本乎天地"为"文章之原""文章之美"的文学家。⑤在他辞官后的第三年——乾隆四十二年（1777），他撰的《刘海峰先生八十寿序》中，不但巧妙地引用他人的话第一次正式打出了桐城派的旗号，且把它归功于桐城的"天下奇山水"。其原文这样写道：

> 曩者鼐在京师，歙程吏部、历城周编修语曰："为文章者，有所法而后能，有所变而后大。维盛清治迈逾前古千百，独士能为古文者未广。昔有方侍郎，今有刘先生，天下文章其出于桐城乎？"鼐曰："夫黄、舒之间，天下奇山水也。郁千余年，一方无数十人名于史传者。独浮屠之俊雄，自梁、陈以来，不出二三百里，肩背交而声相应和也。其徒遍天下，奉之为宗。岂山川奇杰之气有蕴而属之邪？夫释氏衰歇，则儒士兴，今殆其时矣！"既应二君，其后尝为乡人道焉。⑥

接着又写在童幼时即"尝侍先生"，辞官归里后，"犹得数见先生于枞阳。

---

① 中国社会科学院文学研究所：《中国文学史》，人民文学出版社 1962 年版，第 1072 页。
② 《惜抱轩文集》卷 4，《礼笺序》，上海古籍出版社 1992 年版，第 60 页。
③ 《清史稿·姚鼐传》。
④ 《惜抱轩诗文集》，《田居》，上海古籍出版社 1992 年版，第 472 页。
⑤ 《惜抱轩诗文集》，《海愚诗钞序》，上海古籍出版社 1992 年版，第 48 页。
⑥ 《惜抱轩诗文集》，《刘海峰先生八十寿序》，上海古籍出版社 1992 年版，第 114 页。

先生亦喜其来，足疾未平，扶曳出于论文，每穷半夜。"^①从这篇"寿序"的字里行间，人们不难看出，姚鼐欲借"山川奇杰之气有蕴而属之"，从大自然之中吸取文学创作的源泉和灵感，继方苞、刘大櫆之后，而使桐城文派得以发扬光大，享誉天下。这是姚鼐在走出仕途后，为自己的人生之旅所设计并自觉追求的宏伟目标。

但是，在那个时代，从事文学创作不可能成为谋生的手段，辞官归里后的姚鼐需要养家糊口，岂能坐吃山空？何况要使桐城派发扬光大，仅靠个人的力量也远远不够，还必须使"后进者闻而劝"^②。恰巧这时——乾隆四十一年（1776），朱子颖在扬州任两淮盐运使，他十分赞赏姚鼐的文学才能，早在姚鼐应试礼部，只不过是个落第的举人时，就请姚鼐为其父撰写《副都统朱公墓志铭（并序）》，如今姚鼐赋闲在家，不忍见其才学无从发挥，连生活也陷入困境，便特地在扬州兴建梅花书院，请姚鼐去担任书院主讲，并嘱其携家眷一起去。于是这年的秋季，姚鼐便携其家室启程赴扬州。途中作《江行》诗道："散人随意江南北，处处青山户牖同。"^③以不为世用的"散人"自居，与其说是愤懑不满的牢骚之意，不如说是深感自由自在，对于自己即将走上书院讲学生涯而充满豪迈自信之情。途中还巧遇刘大櫆弟子吴定（字殿麟）"亦有事赴扬州，附鼐舟，于是相从最久"。后来在姚鼐写的《吴殿麟传》中，曾记载此事，并称赞"其为人忠信质直，论诗文最严于法。鼐或为文辞示殿麟，殿麟所不可，必尽言之。鼐辄窜易或数四，犹以为不，必得当乃止"^④。这也说明姚鼐的文学创作成就，绝非偶然的一挥而就，而是由于他悉心向师友请教，再三再四下功夫加工修改，坚持"必得当"才罢休的勤学苦练的精神所致。

① 《惜抱轩诗文集》，《刘海峰先生八十寿序》，上海古籍出版社1992年版，第115页。
② 《惜抱轩诗文集》，上海古籍出版社1992年版，第115页。
③ 《惜抱轩诗文集》，上海古籍出版社1992年版，第554页。
④ 《惜抱轩诗文集》，上海古籍出版社1992年版，第309页。

三、后半生近四十年的书院生涯，奠定了其集桐城派之大成的历史地位

门户难留百年盛，文章要使千秋垂！ ①

在通过做官光耀门庭，实现"门户百年盛"的梦想被社会现实击得粉碎以后，姚鼐便决心投入古文创作，竭力追求"文章要使千秋垂"，这两句诗正写出了他辞官后的心声。

从乾隆四十二年（1777）姚鼐47岁起，到嘉庆二十年（1815），他85岁逝世，这近四十年间，他都是在书院的讲学生涯中度过的。其间，47—49岁，在扬州主讲梅花书院；50—57岁，在安庆主讲敬敷书院；58岁在徽州歙县主讲紫阳书院；60—70岁，在江宁主讲钟山书院；71—74岁，在安庆主讲敬敷书院；75—85岁，再赴江宁主讲钟山书院。这段漫长的书院生涯，姚鼐的生活虽然比较清贫、单调和平静，但是他获得了一个可以专心致志从事古文教学、研究和创作的安定环境，形成和充实了自己的文学理论，并且培养了梅曾亮、管同、方东树、姚莹、刘开等一大批彪炳文坛的弟子，使他的古文理论得到了广泛的传播，从而奠定了他为举世所公认的集桐城派之大成的历史地位。其主要成就和表现，有下列五个方面：

（一）编纂示人以为文之法的《古文辞类纂》

自担任扬州梅花书院主讲以后，姚鼐即义无反顾地走上了新的人生之路——全心全意从事古文的教学、研究和写作。乾隆四十二年（1777），他在四库馆的同事任大椿特地到扬州邀姚鼐入京，因为当时四库馆内非翰林为纂修者，八人中有六人已尽改为翰林，唯鼐乞病归，任大椿遭艰居里，大臣已列二人名于章奏，而称其劳，俟其补官更奏。姚鼐当时即以母老谢绝，大椿只得独

---

① 《惜抱轩诗文集》，《赠钱鲁思》，上海古籍出版社1992年版，第478页。

自赴京。不料大臣竟不复议改官事，任大椿只好"自循资迁员外郎、郎中，保御史"①。这既可见姚鼐对官场早已看透和鄙弃，更说明他对新选定的书院生涯，已经满怀憧憬，矢志不渝。

为了从事书院的教学，他迅即着手编选教材。于乾隆四十四年（1779）七月，他编选作为书院教材的《古文辞类纂》74卷告成，并撰写了《〈古文辞类纂〉序目》。此书选录自战国至清代古文辞赋代表作七百余篇。在长达近四十年间，他"凡语弟子，未尝不以此书；非有疾病，未尝不订此书"②。以致使此书有多种版本传世。

首先，是嘉庆末年姚鼐弟子康绍镛用李兆洛校本刻于广东，为74卷，内有评注和圈点，是姚氏中年的订本，世称"康本"。

其次，为道光五年（1825）吴启昌用梅曾亮、管同、刘钦校本刻于江宁，为75卷（把康本的第72卷分为两卷），没有圈点，篇目略有增删，世称"吴本"。据说此为姚鼐晚年定本，姚椿《书〈古文辞类纂〉后》称："尝请于先生，谓其中弃取有未尽人能解者，先生谓是固有意，其弃者大抵为有俗气，其取者则以广文之体格，使有所取法。"吴汝纶以为既为姚氏晚年定本，宜较康刻为精，而去其圈点，不断断于以字句章法示人，说明姚氏论文旨趣比中年更为精进。而王先谦的《重刊〈古文辞类纂〉跋》则认为："康刊出先生自定；吴刻乃门弟子辈以意更正，故不同如此。"

再次，为李承渊于光绪二十七年（1901）开刻的"求要堂"本，又称"李本"。此本系桐城萧穆得姚鼐晚年传幼子姚雉的圈点本，由姚雉传苏惇元，并参校康、吴二本，于光绪三十二年秋刻成。

此外，还有胡朴安、叶玉麟、王文濡、吴闿生等人的校评本。

---

① 《惜抱轩诗文集》，《陕西道监察御史兴化任君墓志铭（并序）》，上海古籍出版社1992年版，第192页。

② 《古文辞类纂》，康刻本序。

在新中国建立前二三百年间，此书刻印之频，流传之广，实为古籍中所罕见。旧时学文之人，几乎无不奉之为圭臬，无不读此书，无不受此书之益。吴汝纶提倡西学，说："此后必应改习西学，中学浩如烟海之书行当废去。"①"后日西学盛行，《六经》不必尽读。"②"而姚选古文，则万不能废，以此为学堂必用之书，当与六艺并传不朽也。"③"欲通中文，则姚氏此书固彻上彻下而不可不急讲者也。"④可见他要以姚选《古文辞类纂》取代所有古书，作为与西学并行的中学主要教材。

此书之所以有如此广泛、巨大的影响，主要在于它"搜之也博，择之也精，考之也明，论之也确。"⑤其"博"，上自《楚辞》《国策》《史记》《汉书》之文，下至归有光、方苞、刘大櫆之作，可谓应有尽有；它比方苞的《古文约选》，堂庑阔大，有调和秦汉与唐宋之争、辞赋与散体之别的趋向，独具博采众长、集其大成的特色；其"精"，则入选者词必通雅，句必合法，篇章有序，文笔高超；其"考"，指分类之善，此书分文体为十三类，每类必溯其源而竟其流，避免了《昭明文选》分类琐碎、立名失当之弊；其"论"，指评校之精，发前人所未发。诚如方东树所说："此编之纂，将以存斯文于不绝，绍先哲之坠绪"，足"以为古文传统在是也"。⑥

对于此书于唐宋八大家之后只收录归有光，清代只收录方苞、刘大櫆的文章，"以为古文传统在是也，而外人谤议不许，以为党同乡"⑦。连后来的曾国藩也指责"惜抱于刘才甫不无阿私"⑧。姚鼐"晚年嫌起争端，悔欲去之"，

---

① 吴汝纶：《答严几道书》，见《桐城吴先生尺牍》。
② 吴汝纶：《答姚慕庭书》，见《桐城吴先生尺牍》。
③ 吴汝纶：《答严几道书》，见《桐城吴先生尺牍》。
④ 吴汝纶：《与李赞臣书》，见《桐城吴先生尺牍》。
⑤ 《古文辞类纂》吴启昌序，见《桐城吴先生尺牍》。
⑥ 方东树：《答叶溥求论古文书》，《仪卫轩文集》卷7，同治刻本。
⑦ 方东树：《答叶溥求论古文书》，《仪卫轩文集》卷7，同治刻本。
⑧ 曾国藩：《复吴南屏》，《曾国藩全集》书札卷5，光绪二年传忠书局刻本。

之所以未去，乃由于其门人方东树"进曰：此只当论其统之真不真，不当问其党不党也。使二先生所传非真耶，虽党焉，不能信后世如真也；使所传真耶，今虽不党，后人其能祧诸？要之，后有韩退之、欧阳永叔者出，则必能辨其是非矣。……何可不自今定之也而疑之乎？"①这说明姚鼐及其弟子所追求的，是古文传统的"真"，而并非党派之私。

姚鼐撰于乾隆四十四年（1779）七月的《〈古文辞类纂〉序目》，是其论文章作法的要领。其中尤为值得重视的有两点：

首先，他指明"夫文无所谓古今也，惟其当而已"。这就打通了古与今的关系，既与秦汉派、唐宋派等复古派划清了界限，又有"于古虽远，而于今取法"，古为今用的意思。其所强调的"惟其当而已"，在他85岁写的《稼门集序》中，对这个"当"字有更为详尽的阐发："天下所谓文者，皆人之言书之纸上者尔。言何以有美恶？当乎理、切乎事者，言之美也。""徒为文而无当乎理与事者，是为不足观之文尔。""古今所贵乎有文章者，在乎当理切事，而不在乎华辞。"②这就又跟形式主义、唯美主义划清了界限，而把古文创作引上了健康发展的道路。

其次，他提出了以神、理、气、味、格、律、声、色论文的"八字诀"。他说："凡文之体类十三，而所以为文者八，曰：神、理、气、味、格、律、声、色。神、理、气、味者，文之精也；格、律、声、色者，文之粗也。然苟舍其粗，则精者亦胡以寓焉？学者之于古人，必始而遇其粗，中而遇其精，终则御其精者而遗其粗者。"

何谓"神、理、气、味、格、律、声、色"？姚鼐在《序目》中虽未作具体阐述，但如果结合他在其他文章中的论述，则可以帮助我们进一步理解其内涵，认清它确实是从古文创作诸要素的客观要求出发的，具有较强烈的客观性

---

① 方东树：《答叶溥求论古文书》，《仪卫轩文集》卷7，同治刻本。
② 《惜抱轩诗文集》，上海古籍出版社1992年版，第274页。

和现实主义的创作精神，可在很大程度上避免作家主观思想上的局限性。因为他所讲的——

"神"，不只指作家的主观精神，更是指文章对客观事物本身的描写，要达到传神入化的境界。如他称赞欧阳修的《岘山亭记》，把岘山亭描写得"神韵缥缈，如所谓吸风饮露，蝉蜕尘埃者，绝世之文也"①。肯定归有光把《畏垒亭记》写得"不衫不履，神韵绝高"②。

"理"，是指文理、脉理，即行文的客观真实性和内在逻辑性。例如，他说："当乎理、切乎事者，言之美也。"③他是把"当乎理"与"切乎事"相提并论的，可见他所要的不是脱离实际的空头大道理，而是要与实际事物相切合的"理"。

"气"，指文章的气势。他认为："文字者，犹人之言语也，有气以充之，则观其文也，虽百世而后，如立其人而与言于此；无气，则积字焉而已。"④他赞扬刘大櫆的《章大家行略》："真气淋漓，《史记》之文。"⑤可见他所说的"气"，是指文章所描写的活人之气，亦即"真气"。

"味"，是指文章的风味、韵味、含蓄有味。例如，他赞赏归有光的散文："能于不要紧之题，说不要紧之语，却自风韵疏淡，此乃是于太史公深有体会处。"⑥指出刘大櫆《樵髯传》："写出村野之态如在目前，而文之高清远韵自见于笔墨蹊径之外。"⑦

"格"，是指各种不同文体的体裁、格局。例如，他的《古文辞类纂》，把古文体裁分为论辩、序跋、奏议、书说、赠序、诏令、传状、碑志、杂记、

---

① 《古文辞类纂》卷 54 对该文的评语。
② 《古文辞类纂》卷 58 对该文的评语。
③ 《惜抱轩诗文集》，《稼门集序》，上海古籍出版社 1992 年版，第 273 页。
④ 《惜抱轩诗文集》，《答翁学士书》，上海古籍出版社 1992 年版，第 84 页。
⑤ 姚鼐：《古文辞类纂》卷 38 对该文的评语。
⑥ 《惜抱尺牍》卷 6，《与陈硕士》。
⑦ 姚鼐：《古文辞类纂》卷 38 对该文的评语。

箴铭、颂赞、辞赋、哀祭等共十三类，以向读者示范每类文体值得师法的"高格"。他说："余今编辞赋，一以汉《略》为法。古文不取六朝人，恶其靡也。独辞赋则晋宋人犹有古人韵格存焉。惟齐梁以下，则辞益徘而气益卑，故不录耳"[①]。

"律"，指行文结构的具体规律、法则。例如，他所说的："布置取舍，繁简廉肉不失法。"[②]他认为这种"法"并非僵死的，而是"文有一定之法，有无定之法。有定者所以为严整也，无定者所以为纵横变化也。二者相济而不相妨。故善用法者，非以窘吾才，乃所以达吾才也"[③]。

"声"，指文章音调的高低起伏、抑扬顿挫。音节的重要在于它是"神气之迹"，"神气不可见，于音节见之。""积字成句，积句成章，积章成篇，合而读之，音节见矣，歌而咏之，神气出矣。"[④]姚鼐的伯父姚范也说："朱子云韩昌黎、苏明允作文，敝一生之精力，皆从古人声响处学，此真知古文之深者。"[⑤]姚鼐承其家法，也曾明言："大抵学古文者，必要放声疾读又缓读，只久之自悟。若但能默看，即终身作外行也。""急读以求其体执，缓读以求其神味，得彼之长，悟吾之短，自有进也。""诗、古文各要从声音证入，不知声音总为门外汉耳。"[⑥]即要求写作时要根据语言信号系统，形成一种最恰当的"语感"，写出节奏和谐，音调优美，足以悦耳动听、感人肺腑的文章。

"色"，指文章的辞藻、文采。他认为："文章之精妙，不出字句声色之间。"[⑦]他所追求的文章色彩是平淡、自然，认为："文章之境，莫佳于平淡，

① 姚鼐：《〈古文辞类纂〉序目》。
② 《惜抱轩诗文集》，《复鲁絜非书》，上海古籍出版社1992年版，第94页。
③ 《惜抱尺牍》卷3，《与张阮林》。
④ 刘大櫆：《论文偶记》之13、14。
⑤ 姚范：《援鹑堂笔记》集部甲之四《杂论》。
⑥ 《惜抱尺牍》卷6、卷7，《与陈硕士》。
⑦ 《惜抱尺牍》卷8，《与石甫侄孙莹》。

措语遣意，有若自然生成者。"①

上述皆可见姚鼐的"八字诀"，都是从古文创作的客观规律出发的，是贯穿着现实主义的创作精神的。

同时，姚鼐还进一步指明了文章具体的篇章结构、句法、音节、辞采与抽象的精神、脉理、气势、韵味之间，为"粗"与"精"的辩证关系，即抽象的"神、理、气、味"，要通过具体的"格、律、声、色"来把握和体现，而在真正领悟和驾驭"神、理、气、味"之后，又能够摆脱"格、律、声、色"的束缚，创造出自己独特的风格，从而达到"御其精者而遗其粗者"的境界。这种论述，虽然是对刘大櫆所说的"神气者，文之最精处也；音节者，文之稍粗处也；字句者，文之最粗处也。然论文而至于字句，则文之能事尽矣。盖音节者，神气之节也；字句者，音节之矩也。神气不可见，于音节见之；音节无可准，以字句准之"的继承，②但它毕竟把学习古文创作的过程和规律，揭示得更加完备而清晰，使之既十分具体明确，切实可行，又可充分发挥作家自己的创造性，避免单纯形式主义的模拟，足以收到效法古人而能遗貌取神的效果。

（二）有"超卓之识"，以"丰韵"见长的古文创作

姚鼐在桐城派乃至整个文学史上的地位，首先是由他的古文创作所奠定的。他有《惜抱轩文集》16卷，《惜抱轩文集后集》10卷，共314篇。按文体，可分为议论、考证、序跋、书信、赠序、传记、墓志、祭文、游记等九类。绝大多数皆写作于他辞官之后，如同他的学生陈硕士所说："先生退居四十余年，学日以盛，望日以重，其初学者尚未知信从，及老而依慕之者弥众，咸以为词迈于望溪，而理深于海峰，盖天下之公言，非从游者阿好之私言也。"③历来人们皆公认姚鼐的古文创作，不但继承，且大大发展了方苞、刘大櫆的

---

① 《惜抱轩诗文集》，《与王铁夫书》，上海古籍出版社 1992 年版，第 289 页。
② 刘大櫆：《论文偶记》之 13。
③ 转引自《清儒学案》卷 88，《惜抱学案》。

古文成就，如咸丰八年（1858）方宗诚在《桐城文录·义例》中说："惜抱先生文，以神韵为宗，虽受文法于海峰、南青（鼐伯父姚范的字——引者注），而独有心得。吾师植之先生曰：'先生之文，纡徐卓荦，搏节隐括，托于笔墨者，净洁而精微。譬如道人德士，接对之久，使人自深。因望溪之义法，而不失之悫；取海峰之品藻，而不失之滑耀而淳。经术根柢不及望溪，才思奇纵不及海峰，而超卓之识，精诣之力，则又过之，盖深于文事者也。'"吴德旋的《初月楼古文绪论》则盛赞姚鼐的作品："拣择之功，虽上承望溪，而迂回荡漾，余味曲包，又望溪之所无也。叙事文，恽子居亦能简，然不如惜抱之韵矣。"甚至连对桐城派持严厉批评态度的近代著名学者刘师培，也肯定"惟姬传之丰韵，……则又近今之绝作也"①。总之，有"超卓之识"以"丰韵"见长，这既是姚鼐对方苞、刘大櫆的超越，也是他在我国文学发展史上最为突出的贡献。

姚鼐作品的"超卓之识"，主要表现在哪些方面呢？

首先，表现在他对当权的统治者有颇为清醒的认识。他所处的时代，向来被誉为"康乾盛世"。如果说姚鼐早年的作品中还有"以扬盛世辉光之万一"等歌功颂德的词语的话②，那么，在他中年以后的作品中，则往往是或隐或显地揭示这个"盛世"内里的斑斑劣迹。如他的《翰林论》，不是美化天子如何圣明，而是揭示"天子虽圣明，不谓无失"。他以"明之翰林，皆知其职也，谏争之人接踵，谏争之辞连筬而时书"，批评"今之人不以为其职也，或取其忠而议其言为出位。夫以尽职为出位，世孰肯为尽职者？"③这里所谓的"今之人"，难道仅仅是指一般的人而非指最高统治者天子么？对于身为天子侍从的翰林，除了天子本人，谁还有权"取其忠而议其言为出位"呢？"夫以尽职

① 《刘申叔先生遗书》卷13，《论近世文学之变迁》。
② 《惜抱轩诗文集》，《圣驾南巡赋（并序）》，上海古籍出版社1992年版，第238页。
③ 《惜抱轩诗文集》，上海古籍出版社1992年版，第5页。

为出位，世孰肯为尽职者？"这无异于说，不是翰林不肯尽谏争的职责，而是天子"以尽职为出位"，迫使其不得不然。"尽职"，这本是人皆尽知的值得肯定的表现，而当时最高统治者却"以尽职为出位"来责备其下属，这该是多么专制独裁、蛮不讲理啊！

在姚鼐73岁写的《南园诗存序》中，他更直接揭露乾隆听任大奸臣、大贪官"和珅秉政，自张威福"。御史钱沣跟和珅作斗争，却遭到和珅的打击报复，以致被迫害致死，等到"上既收政柄"，钱沣因"不幸前丧"而"不予褒录"。读后令人不禁要问：为什么乾隆要让"和珅秉政"呢？当钱沣早已"奏和珅及军机大臣常不在直之咎"时，为什么乾隆依然听任其"自张威福"，而直到钱沣死后才"收政柄"呢？对此，作者甚感不平，在文中连呼："悲夫！悲夫！"①这显然不只是为钱沣之死而悲伤，更重要的是为皇帝纵容奸臣、贪官肆虐而悲愤！

当许多士子为读书做官，而对统治者怀抱种种幻想的时候，姚鼐的不少文章皆揭示，由于统治阶级的昏庸、腐朽，真正的贤才已不可能得到应有的重用。例如，他在62岁时写的《河南孟县知县新城鲁君墓表》揭示，鲁君"慕古人行迹，思效于实用"，在知县任内，他"禁无赖号为水官扰民者，其时上官亦多知君贤，然十年居河南，终不见拔"，使他不得不"厌吏事"，"离任遽返"。②对于这样一个禁止"扰民"的县官，"上官亦多知君贤"，为什么却"终不见拔"呢？是什么在促使他"厌吏事"而"离任遽返"呢？这该是多么令人深思猛醒啊！又如，在他69岁时写的《袁随园君墓志铭（并序）》中，写袁枚"以文章入翰林有声"，却遭到"忽摈外"的下场，"及为知县，著才矣，而仕卒不进"，以致使他"年甫四十，遂绝意仕宦，尽其才以为文辞歌诗"。对于其

---

①　《惜抱轩诗文集》，上海古籍出版社1992年版，第266、267页。
②　《惜抱轩诗文集》，上海古籍出版社1992年版，第166页。

在任江宁县令期间，由于政绩卓著，被群众编为歌曲，刻行四方，广为传颂，而"君以为不足道，后绝不欲人述其吏治云"①。为什么他正当四十岁的壮年即"绝意仕进"呢？为什么他"后绝不欲人述其吏治"呢？这一切，作者皆未明说，读者也不需明说，仅通过他"入翰林""为知县"的身世遭遇对比，就不言而喻地使人强烈感受到，那个社会当权的封建统治者是多么的不识贤、不重贤、不用贤！而袁枚对于当权的统治者又是多么的鄙视和愤慨！在那种腐朽的封建统治下，政绩、吏治再好，又有何用？所以袁枚"后绝不欲人述其吏治"，在这句话里，该是寄寓着袁枚和作者多么浓烈的不满和愤慨之情啊！

其次，姚鼐作品的"超卓之识"，还在于他看到了"大吏"与人民处于对立的地位，不可与之"共处"。例如，姚鼐在52岁时写的《张逸园家传》中，揭露官场的污浊不堪，已到了令人发指的地步："时甘肃官相习伪为灾荒请赈，而实侵入其财，自上吏皆以为当然。"②这种以贪污救灾款"相习"，连"上吏皆以为当然"的官场，其穷凶极恶地剥削压迫人民的本质，岂不昭然若揭？在姚鼐65岁时写的《方染露传》中，他以极其赞赏的口吻，写方染露"为人清介严冷，不可近以不义"。当方君被委以四川清溪县知县后，"既至官，视其僚辈溓涩（意即污浊）之状，曰：'是岂士人所为耶？吾奈何与若辈共处！且吾母老，不宜远宦。'即以病谒告，其莅官甫四十日而去归里。""执政有知之招使出者，终不往。"这跟姚鼐辞官的情形，可谓相似之至。所以姚鼐接着写道："余居里中寡交游，惟君尝乐与相对。""君行可纪，而亦以识吾悲。"③这说明他俩的思想性格颇为相投，"识吾悲"三字，更进一步表明姚鼐跟方君的同命相怜和对黑暗现实的悲愤之情。

例如，姚鼐82岁时著的《中议大夫两广盐运使司盐运使陈公墓志铭（并序）》

① 《惜抱轩诗文集》，上海古籍出版社1992年版，第202、203页。
② 《惜抱轩诗文集》，上海古籍出版社1992年版，第144页。
③ 《惜抱轩诗文集》，上海古籍出版社1992年版，第154页。

中，写陈公在乾隆四十九年任亳州知州时，"其年安徽大饥，上官令亳州设两粥厂以赈。公计一州两厂，何足赡饥者？自赠三厂，分设境内。又收民弃男女者集于佛寺，令一老妪抚孩幼十，如此数十处，身时周巡其间。计其费，上官发银，曾不及半，移用以济之。人谓如此，终必以亏库银获罪矣。公曰：'活民而得罪，吾所甘也！'"①作者所颂扬的这种为关心民间疾苦而不怕得罪上官，甘愿自己"获罪"的自我牺牲精神，岂不恰恰证明了"上官"的不顾人民死活么？在姚鼐以83岁高龄撰写的《博山知县武君墓表》中，揭露独揽朝廷军政大权的和珅私自派遣提督番役至山东，"于民间凌虐为暴，历数县，莫敢何问"，而唯独博山知县武君却敢于"即擒而杖之"，使"民皆为快，而大吏大骇"。武君虽因此遭受革职处分，但已迫使"和珅遂亦不使番役再出。"作者由此盛赞："武君虽一令，而功固及天下矣！"②这种以"民皆为快"与"大吏大骇"相对立，为使"民皆为快"而不惜牺牲自己的乌纱帽，其认识和揭露，该是多么高超和深刻啊！

再次，姚鼐作品的"超卓之识"，还表现在他虽然十分推崇忠、孝、节、义等封建道德操守，但其目的不在于美化和歌颂封建统治，而在于揭露封建统治的衰朽。例如，在他51岁作的《复曹云路书》中，即对儒生的堕落、道德的沦丧深为不满地写道："鼐少时见乡前辈儒生，相见犹论学问，退习未尝不勤，非如今之相师为喻也。所谓'饱食终日，无所用心'者与！"他斥责那些"衣冠之徒"，"数十年来，……欣耻益非其所，而放僻靡不为"③。如果说这还是批评一般的儒生，那么，在他67岁写的《方正学祠重建记》中，则是把矛头直指最高统治者了。他写方孝孺为忠于明惠帝，而反对"篡取其位"的明成祖，这虽然是从封建正统观念出发的，但作品所宣扬的方孝孺"本儒者之

---

① 《惜抱轩诗文集》，上海古籍出版社1992年版，第388页。
② 《惜抱轩诗文集》，上海古籍出版社1992年版，第332页。
③ 《惜抱轩诗文集》，上海古籍出版社1992年版，第87页。

统，成杀身之仁"的精神，所揭示的"成祖天子之富贵随乎飘风，正学一家之忠孝光乎日月"①，这种褒方孝孺而贬明成祖的思想倾向，却不能不说是一种打破以成败论英雄的高见卓识。又如，作者的《钟孝女传》，歌颂为救活母命而不惜割股和药以治母病的孝行，割股和药，这无疑是属于违背科学常识的封建愚昧之举，然而姚鼐所看重的不只是孝行本身，更重要的他强调一个"情"字，指出"夫割股，非孝之正也。然至情所至，无择而为之，君子所许也"②。对于节妇，姚鼐也不是一味渲染她们如何守节，而是揭露那个社会对节妇"或谋杀其孤以夺其赀"，"日欺凌困辱"，并以"女子尚能坚其持操，卓然自立"，来衬托和谴责"天下之士，无独立不惧、守死服义其人者"③。这样的作品，难道能仅因其宣扬"孝女""节妇"，而连同其别具卓识和揭露批判意义也一概予以否定么？

最后，更值得肯定的是，姚鼐作品的"超卓之识"，还表现在其中不乏闪光的有进步意义的新思想。例如：封建传统观念认为："女子无才便是德。"而姚鼐在《郑太孺人六十寿序》中则指出："儒者或言文章吟咏非女子所宜，余以为不然。……言而为天下善，于男子宜也，于女子亦宜也。"④这岂不有点男女平等的新思想么？

门第等级观念，是维护封建统治的重要支柱，而姚鼐在《旌表贞节大姐六十寿序》中则宣称："贵贱盛衰不足论，唯贤者为尊，其于男女一也。"⑤这岂不是有点民主、平等的新思想么？

封建统治者提倡"忠臣不事二君"的愚忠，姚鼐在《宋双忠祠碑文（并序）》中赞扬的则是"死为社稷，生岂随君"，当国破主降之后，不是遵从已降君主

---

① 《惜抱轩诗文集》，上海古籍出版社 1992 年版，第 235 页。
② 《惜抱轩诗文集》，上海古籍出版社 1992 年版，第 150 页。
③ 《惜抱轩诗文集》，《记萧山汪氏两节妇事》，上海古籍出版社 1992 年版，第 217、218 页。
④ 《惜抱轩诗文集》，上海古籍出版社 1992 年版，第 121 页。
⑤ 《惜抱轩诗文集》，上海古籍出版社 1992 年版，第 122 页。

的诏令，而是坚持抵抗侵略，"效节于空位，致命不迁，卒成其义概。"①这种以效忠于国家、民族的爱国大义，来代替对君主个人的愚忠，岂不是对封建愚忠观念的突破，而体现了我们中华民族的爱国主义精神么？

封建传统观念强调"天不变道亦不变"，往往颂古非今，因循守旧，而姚鼐则强调"天地之运，久则必变"②，主张"总古今之说，择善用之"③，即使对于被奉为神圣经典的"《六经》之书"的释义，他也认定"后之人犹有能补其缺而纠其失焉，非其好与前贤异，经之说有不得悉穷，古人不能无待于今，今人亦不能无待于后世，此万世公理也"④。这不是很符合客观实际并有助于推动历史发展的观念么？

大量事实说明，那种把从事文学创作的姚鼐与清代当权的统治者相提并论，混为一谈，是有悖于客观实际的。姚鼐的许多文章虽然是从维护封建统治和封建道德的传统观念出发的，其思想体系无疑地是属于封建主义的范畴，确有封建性的糟粕，进行严格批判，是完全必要的，但是我们也应看到，其主要倾向，并不是美化和歌颂封建统治，而是揭露和批判那个社会统治者的暴虐、腐朽和道德沦丧，其中不乏民主性的精华。这在那个被普遍颂为"盛世"的历史条件下，显得尤为弥足珍贵，确具"超卓之识"，其积极、进步意义，不容一笔抹杀，而应给予充分肯定。

姚鼐的作品为什么会有上述"超卓之识"呢？这绝不是偶然的，而是由于：

第一，它是那个历史时代的必然反映。姚鼐所处的时代，已是乾隆后期和嘉庆早期，所谓"康乾盛世"，已江河日下，内里隐藏着的深刻危机已逐渐暴露，面临日益衰朽的态势。文学作为时代的晴雨表，不再歌颂这个"盛世"，

---

① 《惜抱轩诗文集》，上海古籍出版社 1992 年版，第 157、158 页。
② 《惜抱轩诗文集》，《赠钱献之序》，上海古籍出版社 1992 年版，第 111 页。
③ 《惜抱轩诗文集》，《左传补注序》，上海古籍出版社 1992 年版，第 35 页。
④ 《惜抱轩诗文集》，《礼笺序》，上海古籍出版社 1992 年版，第 60 页。

而是揭露其腐朽衰败，这正是文学担负起其所应担负的职责。

第二，是由于姚鼐能自觉地认识和把握，以"勤思国事，愍念民瘼"，作为作家"德业之所以隆"和作品之"所以美"的根本源泉。恰如他在 60 岁时为诗人陈东浦作的《七十寿序》中所指出的："勤思国事，愍念民瘼，未尝少自暇逸，欢愉之说，靡得进焉。鼐谓此先生德业之所以隆，亦先生诗所以美也。"① 这种对陈东浦其人其诗的评析，实则是姚鼐自身创作经验的总结。

第三，是由于他坚持以攸"关天下利害"为选材的基本标准。在他撰的《博山知县武君墓表》中，他即特地申明："君行足称者犹多，而非关天下利害，兹不著。"② 可见，攸"关天下利害"，才是他所坚持的选材标准。

第四，是由于姚鼐颇为自觉地要充当人民的代言人。他自称："鼐江南庶民之一，实与亿兆同心。"③ 他中年辞官之后的处境，也使他跟广大人民群众有着许多相似甚至共同的命运。在他 75 岁时，就曾深为感慨地说过："人生幸得可快之事何其少，而不幸可痛之事何其多也！"④ 因此，在他的作品中或多或少、或隐或显地反映出时代的呼唤和人民的心声，这不但有其封建统治衰朽的历史必然性，而且也完全符合姚鼐的主观愿望和自觉追求。

姚鼐的文章以"丰韵"见长，读者往往不易觉察其丰富的寓意，更难一眼看穿其深蕴的内涵，因此有识之士赞其"旨味无穷"⑤，"近今之绝作"⑥，而浅识者则斥之为"空疏"。其实，须知姚鼐生当"康乾盛世"末期，社会矛盾虽已相当显露，但毕竟还处于相对缓和的时期；面对文网严密的专制统治，客

---

① 《惜抱轩诗文集》，《陈东浦方伯七十寿序》，上海古籍出版社 1992 年版，第 118 页。

② 《惜抱轩诗文集》，上海古籍出版社 1992 年版，第 332 页。

③ 《惜抱轩诗文集》，《书制军六十寿序》，上海古籍出版社 1992 年版，第 116 页。

④ 《惜抱轩诗文集》，《顺天府南路同知张君墓志铭（并序）》，上海古籍出版社 1992 年版，第 370、371 页。

⑤ 姚莹：《识小录》卷 54，《惜抱轩诗文》，黄山书社 1991 年版，第 133 页。

⑥ 刘师培：《论近世文学之变迁》，《刘申叔先生遗书》卷 13。

观环境也不允许他对当时的社会现实采取锋芒毕露的态度，在作品中用赤裸裸的方式加以反映，而只能采用适合于他的时代的艺术手法和他个人的特殊的艺术风格。这就是造成其以"丰韵"见长的主客观原因。

那么，其以"丰韵"见长的具体表现又何在呢？

采用旁敲侧击、指桑骂槐的手法，在冷静而平淡的论述之中，表达作者不满和抨击封建统治的浓郁之情，具有寓浓郁于平淡的艺术特色。例如，他的《李斯论》，从表面上看，只是揭示李斯之所以乱天下，不在于用了荀卿之学，而在于他"逆探始皇、二世之心，非是不足以中侈君而张吾之宠"，是属于"小人之仕"，为了"趋时"，"虽明知世之将乱，而终不以易目前之富贵，而以富贵之谋，贻天下之乱"。最后作者明言："吾谓人臣善探其君之隐，一以委曲变化从世好者，其为人尤可畏哉！尤可畏哉！"①其实质，显然不只是针对历史上的李斯个人，更重要的是针对现实社会的"世好"。它无论对于"趋时"的"人臣"或喜欢"小人之仕"的"侈君"，皆有其深刻揭露和严厉警示的典型意义。如此借论李斯为名，来行指责"人臣"和"侈君"之实，岂不是采用了旁敲侧击、指桑骂槐的艺术手法，从而使作品具有寓浓郁于平淡、耐人寻味的丰韵特色么？

采用正反对比、意在言外的手法，在简洁而含蓄的叙述之中，既达到其揭露时弊、抨击现实的目的，又可避免"文字狱"的迫害，具有寓工巧于自然的艺术特色。例如，他的《孔信夫墓志铭（并序）》，以"君之少也，值上释奠阙里，尝充讲书官"，与"及为举人，累会试不第"，以"又值上东巡，于中水行宫召使作书，及进，上称善"，与"然竟不获仕，终于曲阜"，两相对比，以其逻辑发展上的前后矛盾，发人深省，但究竟要说明什么，作者并未明言，只是指出："虽其文采风流不可磨灭，而志意加郁乃更有甚于常人者，其可悲

---

① 《惜抱轩诗文集》，上海古籍出版社 1992 年版，第 5—7 页。

为何如也？""完则毁而刚则折也。"①文中的"上"指皇上，即乾隆皇帝到曲阜祭孔和东巡。孔信夫作为孔子的六十九世孙，虽然两次在乾隆面前表现出了他的才干，但他却始终未得到应有的重用，这难道就是统治者的所谓识才、重才、用才？然而全文无一字直接地揭露和谴责，仅通过正反对比、意在言外的自然叙述，即达到了其揭露和谴责的目的，不只使文章显得简洁别致，工巧自然，且令人感到其含蓄丰韵，咀嚼不尽。

采用以实写虚的手法，使读者不能停留于字面，而要仔细体会其所蕴含的深长意味，领略其寓神韵于写实的艺术特色。例如，朱子颖虽然是他的挚友和钦佩的诗人，他在《朱二亭诗集序》中，也称赞朱子颖、朱二亭"皆数十年诗人之英，一亡而不可再遇者也"，然而姚鼐接着却写道："嗟呼！余年二十，始见子颖。子颖承先世用武之余烈，尝思舍章句之业，奋迹戎马，建立功名，使后世知其豪俊，而其诗亦时及此旨。及暮年，乃仕为转运使，俯仰冠盖商贾之间，忽忽时有所不乐；而二亭以布衣放情山水，见俗人辄避去，高吟自适，以至老死。子颖虽富贵，而志终不伸；二亭虽贫贱，而可谓自行其志，卒无余恨者也。"②至于朱子颖为什么"虽富贵，而志终不伸"？朱二亭为什么"虽贫贱，而可谓自行其志，卒无余恨"？作者皆未明说，只是通过如实描写，即寓虚于实，使读者不难看出这是由于他俩的人生道路不同。前者热衷的是混迹于官场，"建立功名"；后者追求的是"放情山水"，做"高吟自适"的诗人。通过对两者的如实描写，不只使两人的神情如绘，而且将姚鼐的褒贬、爱憎，及其对官场的极端厌恶，对个性自由、"放情山水"的热烈向往，种种深切的人生感喟，皆无不寄寓其间。值得注意的是，作者对朱子颖个人毫无贬低之意，"子颖承先世用武之余烈，尝思舍章句之业，奋迹戎马，建立功名，使后世知其豪

---

① 《惜抱轩诗文集》，上海古籍出版社1992年版，第190、191页。
② 《惜抱轩诗文集》，上海古籍出版社1992年版，第260页。

俊"，这是无可厚非的，问题只在于客观环境不允许他实现"豪俊"的人生理想，而只能"俯仰冠盖商贾之间，忽忽时有所不乐"，由此可见，作者对他的可悲处境是深表同情的；在这种同情之中，显然又寄寓着他对官场黑暗的愤慨。这其间该是有着多么丰厚深长的韵味，发人深思猛醒啊！

采用平和的语言，重在写出人物非凡的精神气质，寓阳刚之气于阴柔的常态之中，亦即以"温深而徐婉"之笔，写出"雄伟而劲直"之文，这正是姚鼐之文的风格特色。例如，他在《郑大纯墓表》中，写郑大纯的处境可谓艰难至极："君初为诸生，家其贫，借得人地才丈许，编茅以居，日奔走营米以奉父母，而妻子食薯蓣。"面对此情，作者没有正面描写和赞美他如何不畏艰难，只是接着以"君意顾充然"一句，即把他那豁达非凡的气度，刻画得令人过目难忘。尤为感人的是，作者接着写他在自身极其困难的情况下，却非常乐于助人："邻有吴生者，亦介士，死至不能殓。君重其节，独往手殡之。将去，顾见吴生母老惫衣破，即解衣与母。母知君无余衣，弗忍受也。君置衣室中趋出。"[1]他的这一切行为，不仅柔情似水，充满慈悲心肠，而且表现出他那内在的侠义胸怀和刚烈气质。接着作者又写他路遇不平之事，即挺身而出，舍己救人，把人物的柔中见刚，刻画得更加鲜明突出。既有以阴柔感人至深的一面，又有以阳刚令人肃然起敬的一面，柔中见刚，刚中有柔，这也是姚鼐的文章给人以"丰韵"之感的一个重要方面。

事实证明，姚鼐的确把我国古代散文发挥到了颇为完美的佳境。诚如他的学生和侄孙姚莹所说，其"文品峻洁似柳子厚，笔势奇纵似太史公。若其神骨幽秀，气韵高绝处，如入千岩万壑中，泉石松风，令人泠然忘返，则又先生所自得也"[2]。只是由于他采用的写作手法和艺术风格别具特色，不是锋芒毕露，

---

[1] 《惜抱轩诗文集》，上海古籍出版社1992年版，第160页。
[2] 姚莹：《识小录》卷5，《惜抱轩诗文》，黄山书社1991年版，第133、134页。

慷慨陈词、滔滔不绝，而是"平平说来，断制处只一笔两笔，是非得失之理自了，而感慨咏叹，旨味无穷。此盖文章深老之境，非精于议论者不能，东坡所谓绚烂之极也。先生文不轻发议论，意思自然深远，实有此意，读者言外求之"①。停留于字面，则不免斥之为"空疏"；一旦体会其言外之意，则必为其寓丰韵于简洁的艺术特色之高超，而不禁赞叹不已，甚至拍案叫绝！

因此，以古文写作来实现其"文章要使千秋垂"的夙愿，成为姚鼐一生中最为辉煌的聚焦点，最为亮丽的闪光点，这是有目共睹，谁也抹杀不了的。

《惜抱轩文集》最初为十卷本，是由其江西门徒陈用光刻印于乾隆五十七年（1792），时鼐年 62 岁。乾隆六十年（1795），姚鼐于《复秦小岘书》中说："往时江西一门徒取鼐文刻板，鼐意乃不欲其传播，属勿更印，故今绝无此本子。"②现传《惜抱轩文集》十六卷本，是嘉庆五年（1800）由姚鼐在钟山书院的门人管同、梅曾亮等校刻，时鼐年 70 岁。《惜抱轩文集后集》十卷，是在姚鼐逝世后的次年，即嘉庆二十一年（1816），由其小儿子雉刻印。姚鼐的许多文学理论主张，也散见于这两部文集之中。

（三）具有集大成特色的文学理论主张

姚鼐的文学理论，就桐城派内而言，"其论文比方氏更精密，所以桐城文派至姚氏而始定"③。就整个中国文学来看，如果说"清代的文学批评，可以称为集大成的时代"④，那么，姚鼐的文学理论则堪称其中的杰出代表。除作于 49 岁的《〈古文辞类纂〉序目》外，其余皆作于五六十岁以后，既是他毕生的创作经验总结，更是他晚年的阅历和学识皆趋成熟的理论阐述。

1. 竭力求实，认为"文家之事"，只要"有真实境地"，"呵佛骂祖无不

---

① 姚莹：《识小录》卷 5，《惜抱轩诗文》，黄山书社 1991 年版，第 133、134 页。

② 《惜抱轩诗文集》，上海古籍出版社 1992 年版，第 105 页。

③ 郭绍虞：《中国文学批评史》，上海古籍出版社 1979 年版，第 649 页。

④ 郭绍虞：《中国文学批评史》，上海古籍出版社 1979 年版，第 7 页。

可者"。对于古人经典著作的解说，姚鼐不同于前人"莫敢易"，他公然反对"托于神仙之说"，或"喜言神怪"，而要"求其实"。例如，他在 53 岁时写的《老子章义序》中指出："《老子》书，六朝以前解者甚众，今并不见，独有所谓河上公《章句》者，盖本流俗人所为，托于神仙之说。其分章尤不当理，而唐、宋以来莫敢易，独刘知幾识其非耳。余更求其实，……"①后来他在《辨郑语》中又指责："周自子朝之乱，典籍散亡，后之君子，掇拾残阙，亦颇附会非实，喜言神怪。"②

对于天下地志"率与实舛"，他更是感到"令人愤叹"，主张"每邑有笃学好古能游览者，各考纪其地土之实迹，以参相校订"③。在他看来，"史之为道，莫贵乎信。""所取之事，必存乎信实。"④

对于诗文创作，他则要求"无鏧悦组绣之华，而有经理性情之实"⑤。甚至认为："文家之事，大似禅悟，……一旦豁然有得，呵佛骂祖无不可者，此中自有真实境地，必不疑于狂肆妄言，未证为证者也。"⑥

可见，求"实"，是他无论治学、修史或从事文学创作的一个重要原则。

求实的思想，成了他批判社会现实的思想武器。例如，他揭露"末世为礼者，循其迹而谬其意，苟其说而益其烦，假其名而悖其实"，令人"不胜悁忿而恶之"⑦。痛斥那些"居庠序而侵吏事"的无耻文人，是"舍朴厚而乐轻侠，有士之名而实为士之蠹。"⑧谴责"今世相矜以名，虽闺门之内，亦务为夸饰

①　《惜抱轩诗文集》，上海古籍出版社 1992 年版，第 30 页。
②　《惜抱轩诗文集》，上海古籍出版社 1992 年版，第 73 页。
③　《惜抱轩诗文集》，《泰山道里记序》，上海古籍出版社 1992 年版，第 253 页。
④　《惜抱轩诗文集》，《新修宿迁县志序》，上海古籍出版社 1992 年版，第 272、273 页。
⑤　《惜抱轩诗文集》，《稼门集序》，上海古籍出版社 1992 年版，第 274 页。
⑥　《惜抱尺牍》卷 5，《与陈硕士》。
⑦　《惜抱轩诗文集》，《老子章义序》，上海古籍出版社 1992 年版，第 29 页。
⑧　《惜抱轩诗文集》，《乾隆庚寅科湖南乡试策问五首》，上海古籍出版社 1992 年版，第 139 页。

而寡情实"①。这跟曹雪芹在《红楼梦》中谴责封建礼教为"假礼",斥责热衷于功名利禄的士子为"禄蠹",揭露居于闺房之中的女子,"也学的沽名钓誉,入了国贼禄蠹之流",两者的思想高度虽有悬殊,但在运用求实的思想武器对社会现实进行揭露、批判方面,却是不谋而合的。

姚鼐之所以坚持求实、写实的原则,一是由于他接受了清代学术思潮的积极影响,"厌倦主观的冥想而倾向于客观的考察",是"这个时代的学术主潮"。②例如,阮元所强调:"凡事求是必以实。"③二是由于他总结了文学发展的历史经验,尤其是吸取了明代的教训,对"空疏不学"这个"明代文人的通病"④作了反拨。三是由于他认识到:"文章之原,本乎天地。"⑤既然客观的自然环境和社会生活是文章源泉,那就当然要以求实、写实为写作的基本原则了。因此这实际上是对文学创作根本规律的深刻揭示。

2. 强调"为文章者,有所法而后能,有所变而后大"。这是乾隆四十二年（1777）,姚鼐 47 岁时作的《刘海峰先生八十寿序》中,所揭示的"天下文章,其在桐城"的根本原因。其意欲据此继方苞、刘大櫆之后,使桐城之文也像"浮屠之俊雄"那样,"肩背交而声相应和","其徒遍天下,奉之为宗。"⑥后来他果然如愿以偿。可别小看了姚鼐所强调的这个"变"字,它确实表现了桐城派处于上升时期的虎虎生气,勇于变革的创新精神,锐意进取的勃勃生机;它为桐城派的兴盛和持续发展,为古代散文艺术的百花齐放,为充分发挥作家的创造才能,皆注入了强大的生命力。

那么,"变"与"法"又有什么关系呢?

---

① 《惜抱轩诗文集》,《伍母陈孺人六十寿序》,上海古籍出版社 1992 年版,第 125 页。
② 梁启超:《中国近三百年学术史》。
③ 阮元:《揅经室四集》卷 2,《宋砚铭》。
④ 郭绍虞:《中国文学批评史》,上海古籍出版社 1929 年版,第 5 页。
⑤ 《惜抱轩诗文集》,上海古籍出版社 1992 年版,第 48 页。
⑥ 《惜抱轩诗文集》,上海古籍出版社 1992 年版,第 114 页。

首先，姚鼐强调"变"，而反对"有定法"。他说："意与气相御而为辞，然后有声音节奏高下抗坠之度，反复进退之态，采色之华。故声色之美，因乎意与气而时变者也，是安得有定法哉？！"①

然后，他又反对把"变"与"法"对立起来，而要使"变"建立在"深于其法"的基础之上。他写道："且古诗人，有兼《雅》《颂》，备正变，一人之作，屡出而愈美者，必儒者之盛也。野人女子，偶然而言中，虽见录于圣人，然使更益为之，则无可观而已。后世小才嵬士，天机间发，片言一章之工亦有之，而衰然成集，连牍殊体，累见诡出，闳丽谲变，则非巨才而深于其法者不能。"②

姚鼐之所以强调文学创作以变为大，以变为美，首先是由于他认识到，无论在自然界或人类社会，"变"，乃是客观的必然法则。用他的话来说："天地之运，久则必变。"③"日月迁流，境象屡变。"④"人事之变，倏忽万端。"⑤"寒暑阴霁，山林云物，其状万变。"⑥文学家的任务，既然要反映不断变化之中的客观世界，其作品本身的"采色之华""声色之美"，也就必须"因乎意与气而时变者也"。其次，还由于他看到，文学作品同时又是作家性情的反映，"观其文，讽其音，则为文者之性情形状，举以殊焉。"⑦"为文者之性情形状"既然千差万别，文章的风格特色必然也会有所变化；千篇一律，势必丧失其生命力，因而失去其存在的价值。

正因为姚鼐强调"变"，所以桐城派作家之间虽然有许多相近或相似之处，

① 《惜抱轩诗文集》，上海古籍出版社1992年版，第84、85页。
② 《惜抱轩诗文集》，《敦拙堂诗集序》，上海古籍出版社1992年版，第50页。
③ 《惜抱轩诗文集》，《赠钱献之序》，上海古籍出版社1992年版，第111页。
④ 《惜抱轩诗文集》，《沈母王太恭人七十寿序》，上海古籍出版社1992年版，第302页。
⑤ 《惜抱轩诗文集》，《马母左孺人八十寿序》，上海古籍出版社1992年版，第303页。
⑥ 《惜抱轩诗文集》，《岘亭记》，上海古籍出版社1992年版，第237页。
⑦ 《惜抱轩诗文集》，《复鲁絜非书》，上海古籍出版社1992年版，第94页。

但他们从不互相因袭雷同，而是各有自己的特色和创造。恰如方宗诚的《桐城文录序》所说："我朝论文家者，多推望溪、海峰、惜抱三先生，而三先生实各极其能，不相沿袭。"① 可见，一个"变"字，既揭示了文学发展的客观规律，又为充分调动和发挥作家的创新精神和创造才能，开拓了广阔的空间。

正因为姚鼐强调"变"，这就决定了他所倡导的桐城派，不是个封闭的、静止的、僵化的系统，而是个开放的、发展的、有生机的系统。它能随着社会的不断变化发展，而使自己的内容和形式作相应的调适和创新。桐城派之所以能在我国文学史上成为延续时间最长的文学流派，能够因时因人而不断地变化、发展，这是一条重要的历史经验。只不过它的"变"，只是局限在古文范畴内的"量"变，一旦社会的发展，需要以白话文取代文言文，以新文学取代旧文学的"质"变时，它就不能不成为被打倒的对象了。

3. 以"道与艺合，天与人一"，为"文之至"。道与艺、天与人的关系，这是个古老的话题，也是姚鼐思考最久的问题。早在乾隆三十七年（1772）前后，他在《答翁学士书》中即指出："夫道有是非，而技有美恶。诗文，皆技也。技之精者必近道，故诗文美者，命意必善。"② 在约作于乾隆五十五年（1790）的《复钦君善书》中，他又指出："夫文技耳，非道也，然古人藉以达道。其后文至而渐与道远，虽韩退之、欧阳永叔，不免病此，况以下者乎！"③

乾隆五十六年（1791），姚鼐 61 岁时写的《荷塘诗集序》，才明确要求"道与艺合"，他说："夫诗之至善者，文与质备，道与艺合，心手之运，贯彻万物，而尽得乎人心之所欲出。若是者，千载中数人而已。"④

乾隆五十八年（1793），姚鼐 63 岁时写的《敦拙堂诗集序》，则对此作

---

① 方宗诚：《柏堂集》次编卷 1。
② 《惜抱轩诗文集》，上海古籍出版社 1992 年版，第 84 页。
③ 《惜抱轩诗文集》，上海古籍出版社 1992 年版，第 291 页。
④ 《惜抱轩诗文集》，上海古籍出版社 1992 年版，第 51 页。

了更为全面的阐述："言而成节，合乎天地自然之节，则言贵矣。其贵也，有全乎天者焉，有因人而造乎天者焉。今夫《六经》之文，圣贤述作之文也。独至于《诗》，则成于田野闾阎，无足称述之人，而语言微妙，后世能文之士有莫能逮，非天为之乎？然是言《诗》之一端也。文王、周公之圣，《大、小雅》之贤，扬乎朝廷，达乎神鬼，反复乎训诫，光昭乎政事，道德修明，而学术该备，非如列国《风》诗采于里巷者可并论也。夫文者，艺也。道与艺合，天与人一，则为文之至。世之文士，固不敢于文王、周公比，然所求以几乎文之至者，则有道矣。苟且率意，以凯天之或与之，无是理也。"①

他的这个论断，其内涵和贡献何在呢？

其一，他不是把"道"与"文"对立起来，如程颐所说的"作文害道"②，朱熹所说的："若以文贯道，却是把本为末。"③也不是以"道"代"文"，把道与文混为一谈，如经学家钱大昕所主张的："夫道之显者谓之文，六经子史，皆至文也。"④而是把"文"归结为足以"近道""达道"、与道合的"技也""艺也"，即肯定其具有自身的独立品格和巨大价值。他不仅以文学家的眼光，与理学家、经学家针锋相对地捍卫了文学的独立地位，而且他跟方苞"以杂文学的见解论文，故专指散体古文"，也迥然有别，恰如郭绍虞所说："姚氏则以纯文学的见解论文，故其义可兼通于诗。"⑤

其二，他所说的"道"，并不限于孔孟之道或程朱理学，更重要的是指天下万物本身的客观规律。有的学者说："所谓'道与艺合'，就是指文人首先应重视道德的涵养，然后发之为诗文，自然诗文就能合乎道而达到高尚的境

---

① 《惜抱轩诗文集》，上海古籍出版社 1992 年版，第 49 页。
② 程颐：《河南程氏遗书》卷 18。
③ 《朱子语类》卷 139。
④ 钱大昕：《潜研堂文集》卷 26，《味经窝类稿序》。
⑤ 郭绍虞：《中国文学批评史》，上海古籍出版社 1979 年版，第 649 页。

界。"①这种把"道与艺合"的"道",说成"就是"指作家主观上的"道德的涵养",是跟姚鼐的原意相左的。姚鼐说:"吾尝以谓文章之原,本乎天地;天地之道,阴阳刚柔而已。苟有得乎阴阳刚柔之精,皆可以为文章之美。"②"言而成节,合乎天地自然之节,则言贵乎。"③可见他认识到,"文章之原""文章之美",皆要取决于它对客观自然规律的真实反映。这就接近于近代现实主义的创作原则,而能在一定程度上突破统治思想的牢笼,写出一些具有客观真实美感、流传百世的好作品。例如,至今仍被选入大中学语文教材的《登泰山记》、《袁随园君墓志铭(并序)》等,正是他这种正确文学主张所获得的成果。

其三,对于"道"与"艺"的关系,他的论述也颇为辩证。例如,他说:"夫文,技耳,非道也,然古人藉以达道。"④"诗文皆技也,技之精者,必近道,故诗文美者命意必善。"⑤这就既肯定了"道"对"艺"的主导作用,又突出了"艺"对"道"的相对独立性和积极作用。

其四,他既强调"文章之原"的客观性,又十分重视作家的主体性。认为作家的"言贵"固在"合乎天地自然之节",而"其贵也,有全乎天者焉,有因人而造乎天者焉"⑥。这就是说,除了语言本身要反映"天地自然之节"外,在作家主观上既要有先天的天赋,又要有后天的努力。所谓后天的努力,也不只限于对文法技巧的学习,更重要的还在于对客观事物和社会生活的深入观察与正确把握。因此他认为,要使得"文与质备,道与艺合",作家须"心手之运,贯彻万物,而尽得乎人心之所欲出"⑦。可见他所说的"道与艺合,天与人一",

---

① 王镇远:《姚鼐文选·前言》,黄山书社 1986 年版。
② 《惜抱轩诗文集》,《海愚诗钞序》,上海古籍出版社 1992 年版,第 48 页。
③ 《惜抱轩诗文集》,《敦拙堂诗集序》,上海古籍出版社 1992 年版,第 49 页。
④ 《惜抱轩诗文集》,《复钦君善书》,上海古籍出版社 1992 年版,第 291 页。
⑤ 《惜抱轩诗文集》,《答翁学士书》,上海古籍出版社 1992 年版,第 84 页。
⑥ 《惜抱轩诗文集》,《敦拙堂诗集序》,上海古籍出版社 1992 年版,第 49 页。
⑦ 《惜抱轩诗文集》,上海古籍出版社 1992 年版,第 51 页。

他所要发挥的作家的主体性，都是离不开以客观的社会生活为文学创作的源泉的。这就有利于他能在一定程度上摆脱理论的神秘性和创作的封建性，而具有相当的现实性和进步性。

4. 以反映"天地之道"为"阴阳刚柔"的风格美。乾隆五十五年（1790），姚鼐 60 岁时写的《复鲁絜非书》，首次对什么叫阳刚之美与阴柔之美，作了形象生动的阐述：

> 鼐闻天地之道，阴阳刚柔而已。文者，天地之精英，而阴阳刚柔之发也。惟圣人之言，统二气之会而弗偏，然而《易》《诗》《书》《论语》所载，亦间有可以刚柔分矣，值其时其人，告语之体，各有宜也。自诸子而降，其为文无弗有偏者。其得于阳与刚之美者，则其文如霆，如电，如长风之出谷，如崇山峻崖，如决大川，如奔骐骥；其光也，如杲日，如火，如金镠铁，其于人也，如凭高视远，如君而朝万众，如鼓万勇士而战之。其得于阴与柔之美者，则其文如升初日，如清风，如云，如霞，如烟，如幽林曲涧，如沦，如漾，如珠玉之辉，如鸿鹄之鸣而入廖廓；其于人也，漻乎其如叹，邈乎其如有思，暖乎其如喜，愀乎其如悲。观其文，讽其音，则为文者之性情形状，举以殊焉。且夫阴阳刚柔，其本二端，造物者糅，而气有多寡进绌，则品次亿万，以至于不可穷，万物生焉。故曰："一阴一阳之为道"。夫文之多变，亦若是已。糅而偏胜可也，偏胜之极，一有一绝无，与夫刚不足为刚，柔不足为柔者，皆不可以言文。[①]

乾隆五十九年（1794），姚鼐 64 岁时作的《海愚诗钞序》，在再次强调"文

---

① 《惜抱轩诗文集》，上海古籍出版社 1992 年版，第 93、94 页。

章之原"与"阴阳刚柔"皆出自"天地之道"的同时，又对阳刚与阴柔两者的关系，作了进一步的阐明：

> 吾尝以谓文章之原，本乎天地；天地之道，阴阳刚柔而已。苟有得乎阴阳刚柔之精，皆可以为文章之美。阴阳刚柔，并行而不容偏废。有其一端而绝亡其一，刚者至于偾强而拂戾，柔者至于颓废而阉幽，则必无与于文者矣。然古君子称为文章之至，虽兼具二者之用，亦不能无所偏优于其间，其故何哉？天地之道，协合以为体，而时发奇出以为用者，理固然也。其在天地之用也，尚阳而下阴，伸刚而绌柔，故人得之亦然。文之雄伟而劲直者，必贵乎温深而徐婉；温深徐婉之才，不易得也。然其尤难得者，必在乎天下之雄才也。①

关于阴阳刚柔的论述，在我国渊源久远。早在周宣王初年（前820年左右），虢文公已把阴阳作为宇宙的两种对立的基本特性和功能提出来（见《国语·周语》）。《老子》更以阴阳二气的交互推移，作为事物发展的基本规律，以刚强柔弱作为事物的两种基本属性。《周易》除指出："一阴一阳之谓道"（《系辞上》），"刚柔者，立本者也"（《系辞下》），以阴阳刚柔为事物发展的规律和基本属性外，还把阴阳与刚柔联系起来，说："阴阳合德而刚柔有体，以体天地之撰，以通神明之德。"（《系辞下》）"刚中而柔外，说以利贞。"（《兑卦》）这已指出它们之间的关系，既是对立的，又是辩证统一的。

南朝齐梁时代，则已把阴阳刚柔运用于说明作家的文学创作。例如，沈约在《宋书·谢灵运传论》中说："刚柔迭用，喜愠分情。"刘勰的《文心雕龙》说："才有庸俊，气有刚柔。"（《体性》）"文之任势，势有刚柔。""刚柔虽殊，

---

① 《惜抱轩诗文集》，《海愚诗钞序》，上海古籍出版社1992年版，第48页。

必随时而适用。"（《定势》）"刚柔以立本，变通以趋时。"（《熔裁》）

清初魏禧的《文叙》，更进一步指出了刚柔两种文学风格产生的原因和美感特色："阴阳互乘，有交错之义，故其遭也而文生焉，故曰风水相遭而成文。然其势有强弱，故其遭有轻重，而文有大小。洪波巨浪，山立而汹涌者，遭之重者也；沦涟漪潋，皱蹙而密理者，遭之轻者也。重者，人惊而快之，发豪士之气，有鞭笞四海之心。轻者，人乐而玩之，有遗世自得之慕。要为阴阳自然之动，天地之至文，不可偏废也。"[1]

所谓"鼐闻天地之道，阴阳刚柔而已"，显然是指他对前人这一系列论文的继承，而姚鼐在这方面的重大发展和卓越贡献则在于：

第一，他最早自觉而明确地提出了"文章之美"在"有得乎阴阳刚柔之精"，指出："自诸子而降，其为文无弗有偏者"，或"得于阳与刚之美"，或"得于阴与柔之美"。从阳刚与阴柔这两个方面，来概括文学作品不同的美学风格，这跟西方从古罗马的郎加纳斯，经过博克、康德、席勒、黑格尔，到车尔尼雪夫斯基的不断发展，把美区分为崇高与优美两大范畴，既有其相似、相通之处，又具有我们民族的审美特性和更为丰富的内涵，如它不是孤立地审美，而是把它视为"天地之道"的反映；不是只有阳刚与阴柔两大范畴，还有刚柔相济，刚中有柔，柔中有刚，等等变化无穷的不同形态。

第二，他把阳刚之美与阴柔之美的不同特色，作了极为生动形象的描绘。指出"其得于阳与刚之美者"，犹如雷霆万钧，风驰电掣，气吞山河般的雄壮和伟大。犹如杲日，烈火、纯金般的炽热和崇高，犹如高瞻远瞩，君临一切，万马奔腾，决胜千里般的果敢和刚强。"其得于阴与柔之美者"，犹如旭日初升，清风微拂，云霞烂熳，烟雾袅袅，微波荡漾般的温馨和徐婉，犹如珠玉辉映、鸿鹄齐鸣般的珍贵和高雅，有清浮、邈远的思絮和或喜或悲的缠绵之情。

---

[1] 《魏叔子文集》卷8。

他的描述，不仅把阳刚与阴柔两种美的属性区分得泾渭分明，而且使它们各自的风格和美感特色，显得绚丽多姿，生动易晓。

第三，他对阳刚与阴柔的关系，作了颇为辩证的阐述。即一方面肯定"阴阳刚柔，并行而不容偏废"。另一方面，又指出："二者之用，亦不能无所偏优于其间。"这就既把美学风格区分为阳刚与阴柔两大范畴，又为风格的多样化开辟了无比广阔的空间，使"文之多变"，如同自然界的万物那样，足以达到"品次亿万，以至于不可穷"的境界。

第四，他对风格与作者、题材、体裁之间的关系，也作了颇为全面的论述。他认为文章的风格特色，是作者个性和才能的体现："观其文，讽其音，则为文者之性情形状举以殊焉。"他说："惟圣人之言，统二气之会而弗偏"，能够刚柔并举；然而《易》《诗》《书》《论语》的风格，"亦间有可以刚柔分类"，即因为"值其时其人，告语之体，各有宜也。"[1]可见风格是由于不同时代、不同作者、不同题材和体裁而各具特色的。他一方面肯定"文之雄伟而劲直者，必贵于温深而徐婉：温深徐婉之才，不易得也。"另一方面又更赞赏雄才，认为："其尤难得者，必在乎天下之雄才也"；"卓然足称为雄才者，千余年中数人焉耳，甚矣其得之难也"。[2]他虽然也很重视作家后天的主观努力，认为"能取异己之长而时济之"，或"能避所短而不犯"，也可成欧阳修、曾巩那样卓越的文学家。但他有时又未免过分强调作家的天赋，把"至文"的创作神秘化，说："文之至者通乎神明，人力不及施也。"[3]其谬误，显而易见。

第五，他认为文章的风格之美，归根结底是"本乎天地"，得之于阴阳刚柔的"天地之道"。他所说的这个"道"，显然是指客观世界的自然规律；阴和阳是构成这种规律的两个基本的方面，阴阳相济，互动互补，对立统一，使

① 《惜抱轩诗文集》，《复鲁絜非书》，上海古籍出版社1992年版，第93、94页。
② 《惜抱轩诗文集》卷4，《海愚诗钞序》，上海古籍出版社1992年版，第48页。
③ 《惜抱轩诗文集》，上海古籍出版社1992年版，第94页。

客观世界生生不息，千变万化，永无穷尽。因此，他认为文学创作的最高境界是："道与艺合，天与人一。"也就是要求文学创作能正确地反映客观世界，作家的天赋才能与人为的主观努力相统一。这种看法，跟近代现实主义的文学创作原则，应该说基本上是不谋而合的。

5. 以义理、考证、文章"兼长"，"尽收具美"。

姚鼐首次提出这个见解，是在嘉庆元年（1796），他66岁时写的《复秦小岘书》中。他写道：

> 鼐尝谓天下学问之事，有义理、文章、考证三者之分，异趋而同为不可废。一途之中，岐分而为众家，遂至于百十家。同一家矣，而人之才性偏胜，所取之径域，又有能有不能焉。凡执其所能为，而呰其所不为者，皆陋也，必兼收之乃足为善。若如鼐之才，虽一家之长，犹未有足称，亦何以言其兼者？天下之大，要必有豪杰兴焉，尽收具美，能祛末士一偏之蔽，为群材大成之宗者。鼐夙以是望世之君子，今亦以是上陈之于阁下而已。①

到嘉庆四年（1799），69岁的姚鼐又在《述庵文钞序》中，说他之所以"叹服其美"，并"为天下明告之""其所以美"，即在于：

> 鼐尝论学问之事，有三端焉，曰：义理也，考证也，文章也。是三者，苟善用之，则皆足以相济；苟不善用之，则或至于相害。今夫博学强识而善言德行者，固文之贵也；寡闻而浅识者，固文之陋也。然而世有言义理之过者，其辞芜杂俚近，如语录而不文；为考证之过者，至

---

① 《惜抱轩诗文集》，上海古籍出版社1992年版，第104、105页。

繁碎缴绕，而语不可了当。以为文之至美，而反以为病者，何哉？其故由于自喜之太过，而智昧于所当择也。夫天之生才，虽美不能无偏，故以能兼长者为贵。而兼之中又有害焉，岂非能尽其天之所与之量，而不以才自蔽者之难得与？

青浦王兰泉先生，其才天与之，三者皆具之才也。先生为文，有唐、宋大家之高韵逸气，而议论考核，甚辨而不烦，极博而不芜，精到而意不至于竭尽。此善用其天与以能兼之才，而不以自喜之过而害其美者矣。①

到嘉庆十二年（1807），77岁的姚鼐在《尚书辨伪序》中又一次阐明：

学问之事有三：义理、考证、文章是也。夫以考证断者，利以应敌，使护之者不能出一辞。然使学者意会神得，觉犁然当乎人心者，反更在义理、文章之事也。昔阎百诗之斥伪《古文》，专在考证，其言良为明切；而长沙唐石岭先生，作《尚书辨伪》，其辨多以义理、文章断之。先生生远，不得见阎氏之书，而能自断于此，可谓真有识矣。②

姚鼐为什么要如此再三强调义理、考证、文章三者应"兼长""相济"呢？我们对这一主张究竟应作怎样的理解和评价呢？

20世纪60年代出版的权威的《中国文学史》认为："欲合'义理''考据''文章'为一，……是与清中叶的统治思想适应的，……是要使传统古文更有效地为封建统治服务。"③直至80年代的评论，仍然认为它"分明是适应

---

① 《惜抱轩诗文集》，上海古籍出版社1992年版，第61页。
② 《惜抱轩诗文集》，上海古籍出版社1992年版，第251页。
③ 游国恩等主编：《中国文学史》第4册，人民文学出版社1979年版，第300页。

清王朝的政治需要，为封建统治阶级的政治服务的东西"，是"反现实主义""非现实主义"①的。这些论断，难道切合姚鼐所说的实际，是有的放矢么？

只要我们仔细读一读上述所引姚鼐关于义理、考证、文章三者"兼收为善"、"兼长为贵"的论述，即不难发现，他之所以提出这一主张的理由在于：

第一，是鉴于作者的"寡闻浅识"，势必造成"文之陋"；

第二，是鉴于程朱等理学家过分地"言义理"，以致造成"其辞芜杂俚近，如语录而不文"；

第三，是鉴于汉学家过分强调考证，而造成"繁碎缴绕"，"语不可了当"等文之病；

第四，是鉴于人的天性才能容易"自喜之太过"，而"不能无偏"。

为了克服上述四种弊端，使文学创作达到"文之至美"的境界，这就是他之所以提出使义理、考证、文章三者"兼收""兼长"的主要理由和根据。这一切都是从文章写作如何做到"至美"的需要出发的，凭什么把它说成"是适应清王朝的政治需要"呢？

尽管文学不可能完全脱离政治，文学家也不可能不依附于他所生活的时代和统治阶级，但是无论文学或文学家又毕竟皆有其相对的独立性，把封建时代的文学和文学家，与封建政治、封建统治阶级等同起来，而看不到它们是属于"那些更高高凌驾于空中的思想部门"，"作为一个特殊的分工部门，都具有由它那些先驱者传授给它，而它便由此出发的一定思想资料作为前提"，②那就未免主观武断，太简单化了。

笔者认为，姚鼐的这一主张，与其说是"适应清王朝的政治需要"，不如说是反映了清朝整个时代思潮的需要。清朝既是我国封建社会面临衰落的最后

---

① 贾文昭：《评姚鼐〈述庵文钞序〉》，《江淮论坛》1986 年第 1 期。
② 恩格斯：《致康·施米特》，《马克思恩格斯文选》卷 2，第 495—496 页。

一个王朝，又是我国灿烂的古代文化发展到集其大成的巅峰时期。全面地总结、吸取历史与现实的经验教训，对各个学派和文学上的各种不同流派能够兼容并包，兼长相济，集其大成，正是这个时期时代思潮的基本特色。姚鼐之所以提出这一主张，并不是偶然的，而是反映了清代许多学者和文学家共同的思潮，如清初的进步思想家黄宗羲早就指出：

> 承学统者未有不善于文，彼文之行远者，未有不本于学明矣！
> 降而失传，言理学者惧辞工而胜理，则必直致近譬；言文章者则以修辞为务，则宁失诸理，而曰理学兴而文艺绝。呜呼，亦冤矣！①

这里黄宗羲对"惧辞工而胜理"的理学家和"以修辞为务，则宁失诸理"的文学家各执一端的偏向，皆提出了批评，而主张既要"善于文"，又要"本于学明"。它跟姚鼐要求"兼长"的主张，在原则上是一致的。

清初著名古文家汪琬，也反对"谈义理者，或涉于迂疏；谈经济者，或流于雄放。于是咸薄诗、古文、词为小技而不屑为，自汉以来，遂区儒林与艺苑为二。至《宋史》又别立道学之目，卒区之为三矣"。而主张"合道学、儒林为一"。②

比姚鼐年长十一岁的进步思想家戴震，也说："古今学问之途，其大致有三：或事于理义，或事于制数，或事于文章。"所谓"制数"，即指"考证"。只不过他认为："事于文章者，等而末者也"，而主张"以艺为末，以道为本"。"故文章有至有末至。至者，得于圣人之道则荣；未至者，不得于圣人之道则瘁。"对于"圣人之道在六经，汉儒得其制数，失其义理；宋儒得其义理，失

---

① 黄宗羲：《南雷文定·后集》卷1，《沈昭子耿岩草序》。
② 汪琬：《尧峰文钞》卷30，《拾瑶录序》。

其制数"。显然他也认为各有偏颇。"道"与"艺",在他看来虽有"本""末"之别,但他所强调的是:"循本末之说,有一末必有一本。譬诸草木,彼其所见之本,与其末同一株,而根枝殊尔。"①也就是说,"道"与"艺"(文)都是同一棵草木,只是有"根"与"枝"的悬殊罢了。这虽然表现了作为思想家的戴震重道轻文的偏见,但其要求义理、制数与文章兼长,道与艺相合的基本精神,与姚鼐的主张还是一致的。

比姚鼐小六岁的著名史学家章学诚,也一再强调:"义理不可空言也,博学以实之,文章以达之,三者合于一,庶几哉!"②"其稍通方者,则分考订、义理、文辞为三家,而谓各有其所长,不知此皆道中之一事耳。"③"道混沌而难分,故须义理以析之;道恍惚而难凭,故须名数以质之;道隐晦而难显,故须文辞以达之。三者不可有偏废也。义理必须探索,名数必须考订,文辞必须闲习,皆学也;皆求道之资,而非可执一端谓尽道也。"④其立足点虽在"求道",但强调"三者合于一""三者不可有偏废""各有其所长",则是非常确凿而明白无误的。

事实说明,姚鼐提出义理、考证、文章三者"兼收""兼长"的主张,不是孤立的、偶然的,而是跟思想家黄宗羲、戴震,文学家汪琬,史学家章学诚,对历史和现实的经验教训,共同的反思和总结,是清代具有广泛代表性的学术思潮,它反映了集大成的清代的时代特色。黄宗羲和戴震都是举世公认的进步思想家,他们和姚鼐在政治思想上虽然确有进步与保守之别。但是他们在主张义理、考证、文章三者应该合一而不应偏废这一点上却是共同的。区别只在于,姚鼐不是立足于哲学家、史学家的重道或"求道",而是着眼于文学家如何写

---

①　《东原文集》卷9,《与方希原书》。
②　章学诚:《章氏遗书》卷2,《文史通义·原道》。
③　章学诚:《章氏遗书》卷9,《与陈鉴亭论学》。
④　章学诚:《章氏遗书》卷29,《与朱少白论文》。

出"尽收具美"的"至文"，是针对当时文章写作上存在的种种偏向和弊端而提出的文学理论主张。例如，他所指出的："矜考据者每窒于文词，美才藻者或疏于稽古，士之病是久矣。"① "世之士能文章者，略于考证；讲经疏者，拙于为文。"② 这不仅是姚鼐个人的看法，同时代的性灵派文学家袁枚也指出："考据之学形而下，专引载籍，非博不详，非杂不备，辞达而已，无所为文，更无所为古也。"③ 与袁枚从性灵出发完全排斥考据不同，姚鼐则认为："以考证助文之境，正有佳处。"④ 可见姚鼐的这个主张是从"文"出发的，是对当时文学创作中的经验教训的总结。

就政治思想倾向来说，姚鼐固然远远不及黄宗羲、戴震来得进步，然而他作为文学家，就重视文、阐述文学创作的规律来看，姚鼐的主张则又显得更具科学性。政治思想和文学主张，这两者既有联系，又有区别。姚鼐在《方晞原传》中即称："其学宗婺源江慎修，其文宗桐城刘海峰也。"⑤ 而江慎修与戴震属同一学派，时称"江戴"，但这并不妨碍其门人方晞原同时又拜桐城派的刘海峰为师。黄宗羲、戴震的政治思想有进步性，不等于其文学主张就具有科学性。反之，姚鼐的政治思想具有保守性，也不等于连他的文学主张都成了"适应清王朝的政治需要，为封建统治阶级的政治服务的东西"。如同韩愈政治上很保守，其仍不失为卓越的文学家，而王安石当时在政治上是具有进步意义的改革家，在文章写作上却显得很平庸。可见那种把政治与文学混为一谈，以政治思想上的评价来代替文学上的评价，是经不起历史事实检验的简单化的主观武断。何况即使从政治思想上来评价，姚鼐也只是具有保守性，而未必谈得上"反动"。

---

① 《惜抱轩诗文集》，《谢蕴山诗集序》，上海古籍出版社 1992 年版，第 55 页。
② 《惜抱轩诗文集》，《谢蕴山诗集序》，上海古籍出版社 1992 年版，第 55 页。
③ 袁枚：《小仓山房文集》卷 30，《与程蕺园书》。
④ 《惜抱尺牍》卷 6，《与陈硕士》。
⑤ 《惜抱轩诗文集》卷 10，上海古籍出版社 1992 年版，第 145 页。

姚鼐的"三合一说显然是立足于书本的，应该说它是'反现实主义'才对"①么？其实，姚鼐不但一再指出："文章之原，本乎天地。"②"夫天地之间，莫非文也。故文之至者，通乎造化之自然。"③而且还在他提出义理、考证、文章三合一的《述庵文钞序》中，明言其作者王兰泉之所以成为"三者皆具之才"，是得力于他的实际生活经历："先生历官多从戎旅，驰驱梁、益，周览万里，助成国家定绝域之奇功。因取异见骇闻之事与境，以发其瑰伟之辞为古文，人所未有。"④

作为一个文学家，姚鼐所说的"义理"，并不是从程朱理学的概念出发的（尽管他主观上对程朱理学十分尊崇）。用他的话来说："彼以为使人诵其书，莫可指摘者，必以为圣贤之言如是其当于理也，而不知言之不切者，皆不当于理也。"⑤可见他是以言之是否切合客观实际，作为衡量"其当于理"与否的准绳的，否则即使"圣贤之言如是"，亦"皆不当于理也"。"作为观念形态的文艺作品，都是一定的社会生活在人类头脑中的反映的产物。"⑥如果仅"立足于书本"，是绝不可能成为真正的文学家的，更不用说成为姚鼐那样影响深远的文学大师了。

姚鼐所说的"考证"，也绝非仅根据书本。他反对"妄引古记"，要求考其"实迹"。⑦在他写的《登泰山记》中，开头一段所描写的泰山的地理位置："泰山之阳，汶水西流；其阴，济水东流。阳谷皆入汶，阴谷皆入济。当其南北分者，古长城也。最高日观峰，在长城南十五里。"⑧这向来被誉为融考证于辞章的典范，

---

① 贾文昭：《评姚鼐〈述庵文钞序〉》，《江淮论坛》1986 年第 1 期。
② 《惜抱轩诗文集》，《海愚诗钞序》，上海古籍出版社 1992 年版，第 48 页。
③ 《惜抱轩诗文集》，《答鲁宾之书》，上海古籍出版社 1992 年版，第 104 页。
④ 《惜抱轩诗文集》，上海古籍出版社 1992 年版，第 61 页。
⑤ 《惜抱轩诗文集》，《贾生明申商论》，上海古籍出版社 1992 年，第 8 页。
⑥ 毛泽东：《在延安文艺座谈会上的讲话》，《毛泽东论文学与艺术》第一版，第 64 页。
⑦ 《惜抱轩诗文集》，《泰山道里记序》，上海古籍出版社 1992 年版，第 253 页。
⑧ 《惜抱轩诗文集》，上海古籍出版社 1992 年版，第 220 页。

就是他通过实地考察，从而纠正了《水经注》中关于汶水记载的失实才写出来的，可谓做到了如实描写，精确无比，确凿无疑。这岂不完全符合近代现实主义的创作原则么？

至于"文章"本身，他更反对为文而文的形式主义或唯美主义。尤其是在他逝世那一年写的《稼门集序》，他径直把"天下所谓文者"，归结为"皆人之言书之纸上者尔"；把"言之美"的标准，归结为"在乎当理切事"，即要合乎客观规律，切合事物的实际；特别强调"古今所贵乎有文章者，在乎当理切事，而不在乎华辞"①。这跟近代现实主义的创作原则，可谓不谋而合，如出一辙。

因此，姚鼐所说的义理、考证、文章三者"兼收""兼长"，有着不容抹杀的积极作用和重大意义。

首先，它拨正了我国古文发展的航向。既扭转了理学家以语录为文，是道非文或重道轻文的偏向，又纠正了汉学家以注疏为文，热衷于烦琐考据的弊端，从而以兼取义理、考证、文章三者之长，把古文创作引导到了"有唐宋大家之高韵，而议论考核，甚辨而不烦，极博而不芜，精到而意不至于竭尽"②，那种既简练雅洁，又韵味无穷的"至美"境界。其对引导我国古文健康发展的巨大功绩和历史意义，不但在当时受到广泛的赞誉，即连五四时期提倡以白话文代替古文的胡适，也肯定桐城古文是"古文学之中""最正当最有用的文体"，"他们甘心做通顺清淡的文章，不妄想做假古董。""桐城派的影响，使古文做通顺了，为后来二三十年勉强应用的预备，这一点功劳是不可埋没的。"③

其次，他强调"天下学问之事，……异趋而同为不可废"，"必兼收之乃

---

① 《惜抱轩诗文集》，上海古籍出版社 1992 年版，第 273、274 页。
② 《惜抱轩诗文集》，上海古籍出版社 1992 年版，第 61 页。
③ 胡适：《五十年来中国之文学》，《胡适古典文学研究论集》，上海古籍出版社 1988 年版，第 95 页。

足为善"，^①这对于提高作家的修养，颇有积极意义。历史上成就卓著的文学家，无一不是既有高超的写作才能，更有广博的知识和深厚的学问，通晓事理——自然和社会的客观规律，作为文学创作的基础的。当代著名作家王蒙倡导要做"学者型"的作家，即跟姚鼐所主张的要三者"兼收""兼长"，是相一致的。

再次，纠正以政治批判代替学术评价对姚鼐"三合一"主张的曲解，恢复姚鼐这一文学主张的本来面目，其意义当不限于对姚鼐及整个桐城派的正确评论，同时还关系到我们对整个古典文学的研究，乃至对整个民族文化遗产的批判继承，必须坚持博取众长、实事求是的根本原则。

总之，姚鼐的文学理论主张，具有相当完整的体系性和周密的科学性，不只是对戴名世、方苞、刘大櫆等桐城派文论的继承与发展，也是对整个中国古代文论和文学创作经验的总结。其集中国古代文论之大成的特色，颇值得我们加以探索和借鉴。

（四）"熔铸唐宋"、追求"正雅"的诗歌理论和创作

在从事教学和古文创作与研究的同时，姚鼐还写诗、编诗选、研究诗歌理论，是个著名的诗人。他的《惜抱轩诗集》十卷，于嘉庆三年（1798）刻版行世，时年68岁。他说："诗道非一端，然要贵有才气。人年衰，则才气多随而减，故吾年七十以后，不复常作诗矣。""间有题赠酬答之作，往往手写付人，不自留稿。"其幼子"雉日侍案侧，见有所作，辄私录成编：至乙亥（即嘉庆二十年，1815年，鼐逝世前夕——引者注），先君乃见删去三分之二，盖其不欲多存如此"^②。这些诗，在鼐逝世后的次年，由其子雉编印成《惜抱轩诗集后集》，共一卷。内附有词七首，姚鼐于嘉庆九年（1804）正月"识"曰："词学以浙中为盛，余少时尝傚焉。一日嘉定王凤喈语休宁戴东原曰：'吾

---

① 《惜抱轩诗文集》，《复秦小岘书》，上海古籍出版社1992年版，第104、105页。
② 见于《惜抱轩诗文集》卷末姚雉的"识"，上海古籍出版社1992年版，第647页。

昔畏姬传，今不畏之矣。'东原曰：'何耶？'风喈曰：'彼好多能，见人一长，辄思并之。夫专力则精，杂学则粗，故不足畏也。'东原以见告。余悚其言，多所舍弃，词其一也。既辍不为，旧稿人多持去，箧中至无一阕。虬御甥今以此册相视，恍惚如隔世事。其词则丙戌、丁亥间作也，今几四十年，聊题归之，并记太常所见讥者，真后生龟鉴也。"①

姚鼐为什么舍弃词，而没有像方苞那样，为专精于文连诗也舍弃呢？这主要是由于他喜爱保持个人的自由性情而写诗，在他看来，"必由其人胸臆所蓄，行履所至，率然达之翰墨，扬其菁华，不可伪饰，故读其诗者如见其人。"②因此他十分赞赏诗人能"自行其志"③，直抒"其性情趋向"④。当然，这并不意味着他把写诗仅看作是为了抒发个人的性情；他是反对"自命为诗人"，或仅仅"志在为诗人而已"的。在乾隆五十六年（1791），他61岁作的《荷塘诗集序》中，曾明确指出："古之善为诗者，不自命为诗人者也。其胸中所蓄，高矣，广矣，远矣，而偶发之于诗，则诗与之为高、广且远焉，故曰善为诗也。曹子建、陶渊明、李太白、杜子美、韩退之、苏子瞻、黄鲁直之伦，忠义之气，高亮之节，道德之养，经济天下之才，舍而仅谓之一诗人耳，此数君子岂所甘哉？志在于为诗人而已，为之虽工，其诗则卑且小矣。余执此以衡古人之诗之高下，亦以论今天下之为诗者。"⑤乾隆五十七年（1792），他还抱病写了《与张荷塘论诗》诗，热情洋溢地鼓励他道："弦上矢难留，蓄愤终一吐。不期得吾心，君先树帜羽。将扫妄且庸，略示白与甫。病几偶对论，阳气上眉宇。东南百俊彦，解者未十五。寡和君勿嫌，终世一仰俯。有得昔几人，屈指君试数！"⑥

---

① 见于《惜抱轩诗文集》卷末，上海古籍出版社1992年版，第646—647页。
② 《惜抱轩诗文集》，《朱二亭诗集序》，上海古籍出版社1992年版，第260页。
③ 《惜抱轩诗文集》，《朱二亭诗集序》，上海古籍出版社1992年版，第260页。
④ 《惜抱轩诗文集》，《夏南芷编年诗序》，上海古籍出版社1992年版，第262页。
⑤ 《惜抱轩诗文集》，上海古籍出版社1992年版，第50页。
⑥ 《惜抱轩诗文集》，上海古籍出版社1992年版，第485页。

诗中所谓"将扫妄且庸",主要是指当时袁枚的性灵诗派。姚鼐与袁枚的私人关系虽然较好,但诗文旨趣却大异。他在《与鲍双五》的信中,曾指责袁枚的性灵派为"诗家之恶派"①。嘉庆二年(1797)袁枚逝世,在他作的《挽袁简斋》诗中,称袁"半世秦淮作水嬉,沙棠舟送玉箫迟。锦灯耽宴韩熙载,红粉惊狂杜牧之。点缀江山成绮丽,风流冠盖竞攀追。烟花六代销沉后,又到随园感旧时"②。明褒暗贬,责其人放荡风流,责其诗轻佻浮滑。

姚鼐论诗,主张"熔铸唐宋"的"正雅"。他在乾隆五十九年(1794)作的《谢蕴山诗集序》中,称赞其所以为"信哉!诗人之杰也",就在于"其诗风格清举,囊括唐、宋之菁,备有闳阔幽深之境"。③后在其《与鲍桂星》的信中,更直接明言:"熔铸唐、宋,则是仆平生论诗宗旨耳。"④嘉庆三年(1798),他选编的《五七言今体诗钞》十八卷告成,付梓金陵,自为序称其选诗的标准在"当于人心之公意",目的则是为了"存古人之正轨,以正雅祛邪。"所谓"正雅",就是要像李白、杜甫那样,关乎"家国""世道"之治理,个人性情之陶冶。所以他选李商隐的诗,不选体现其"绮才艳骨"之作,而大量选入了诸如《楚宫》《隋宫》《汉南书事》《曲江》之类讽谕帝王、忧心时政的作品。

姚鼐特别推崇宋代诗人黄庭坚,并特地编选了《山谷诗钞》。其原因就在于他认为山谷诗,"其兀傲磊落之气,足与古今作俗诗者澡濯胸胃,导启性灵。"⑤所谓"古今作俗诗者",即包括袁枚在内。对此,黄长森为《山谷诗钞》作的"序"中说得更为明确:"自先生(姚鼐)同时有倡为性灵之说者,取其流美轻佻,易悦庸耳俗目,赀郎走卒群起谈诗,自以为附庸风雅,其实觊觎奔走名公卿之门,以诗为刺耳。山谷质厚为本,实足为学者涤濯肺肠,四易面目。"

① 《惜抱尺牍》卷4,《与鲍双五》,小万柳堂据海源阁本重刊本。
② 《惜抱轩诗文集》,上海古籍出版社1992年版,第607页。
③ 《惜抱轩诗文集》,上海古籍出版社1992年版,第55页。
④ 《惜抱尺牍》卷4,《与鲍桂星》,小万柳堂据海源阁本重刊本。
⑤ 姚鼐:《五七言今体诗钞序目》,见周中明《姚鼐文选》,苏州大学出版社2001年版,第268页。

姚鼐"熔铸唐、宋",追求"正雅"的论诗宗旨,不只有其反对"流美轻佻"的具体针对性,且体现了清代集大成的时代要求。明七子恪守盛唐,排斥宋诗。清初许多著名诗人,如钱谦益、黄宗羲、吕留良、查慎行等,都已有兼采唐、宋的倾向,这对全面吸取我国的诗歌创作经验,打破明七子造成的单调局面,显然是有积极作用的。但是元明以来,黄山谷的诗很少受人重视。钱谦益虽主张兼取宋诗,但只以苏轼为主,而"酷不喜山谷"。吕留良、王士禛虽推重黄山谷,但由于吕氏受文字狱之劫,影响有限;王士禛仅着眼于古诗,而认为近体不可取,晚年复回归于唐贤之昧,故其主要影响,并不在提倡山谷。唯有姚鼐在《五七言今体诗钞》中,较多地选录了山谷的近体诗,又专门编了《山谷诗钞》,产生了较大的影响。

姚鼐自己写诗,并不斤斤学山谷,但他对山谷诗的推重和提倡,却对他的学生梅曾亮及嘉、道以后诗风的转换,同光体的形成,皆有直接的影响。例如,梅曾亮说:"是时文派多,独契桐城诗。"[①]曾国藩更推崇姚鼐的七律为"国朝第一家"[②]。张裕钊的《国朝三家诗钞》,在有清一代数十家中,独选施闰章五律、姚鼐七律、郑珍七古,认为能"卓然自立,不愧古人"。程秉钊的《国朝名人集题词》,也盛赞"惜抱诗精深博大,足为正宗"。范当世、沈曾植、张之洞等同光体诗人,也都对姚鼐的诗推崇备至。如同光体中浙派领袖沈曾植跋《惜抱轩诗集》说:"愚尝合先生诗与《荖石斋集》参互证成,私以为经纬唐、宋,调适苏、杜,正法眼藏,甚深妙谛。实参实悟,庶其在此。世方以桐城为诟病,盖闻而掩耳者皆是也。抱水翁(张之洞)不喜惜抱文,而服其诗,此深于诗理,甘苦亲喻者。"

不过,一般人只知姚鼐为桐城文派的集大成者,而对于他在诗歌方面的成

---

① 梅曾亮:《柏枧山房诗集》卷7,《书示张生端甫》。
② 转引自吴汝纶:《桐城吴先生尺牍》卷2,《与萧敬甫》。

就和影响，则往往被忽略了。这不只是由于他的文名太盛，以致连他的诗名也被淹没了，更重要的还在于他的诗作尽管颇有功底，但究其内容来看，毕竟多为自抒性情和赠答应酬之作，难以彪炳史册。

（五）实践与理论兼长的书法家

姚鼐是个学养深粹、多才多艺的人。近四十年的书院生涯，不仅使他在诗文上成就卓著，而且在书法的实践和理论上，皆使他达到了高深的造诣。

据毛岳生《跋姚先生惜抱与子寿书后》称鼐"少喜学董思翁书，盖尝有诗云：'太仆文章宗伯字，正如得髓自南宗。'其功力深可见。然脱去思翁柔靡习气，即率尔笔札，皆有儒者游艺气象。此又存乎学养之粹，非徒力追险绝，复归平正意也"①。吴德旋在《姚惜抱先生墓表》中，也盛赞其"书逼董玄宰，苍逸时欲过之"②。上述"董思翁""董玄宰"，皆指明代著名书画家董其昌，字玄宰，号思白，书法初学颜真卿，后改学虞世南，又觉唐书不如魏晋，转学钟繇、王羲之，自谓于率易中得秀色，对后世的书法影响很大。姚鼐的书法学思翁却能"脱去思翁柔靡习气"，变"秀色"为"苍逸"，可谓独树一帜。因此，包世臣在他的《艺舟双楫·国朝书品》中，除首先把邓石如的隶及篆书列入"神品"之外，其次列入"妙品"的，即为刘墉的小真书和姚鼐的行草书。③也就是说，在整个清代的书法家之中，姚鼐的成就仅在邓石如一人之下，而足与刘墉抗衡。

姚鼐对书法理论亦颇有研究。在他的《诗集》中，就有不少专论书法的诗，如《论墨绝句》九首，《论书绝句》五首，《题二王帖》四首，《题右军帖》一首。在他的《文集》中，也有一篇《快雨堂记》，是专为王文治得董其昌书

---

① 毛岳生：《休复居文集》卷 2，嘉定黄氏道光刊本。其中"诗云"二句，见于姚鼐的《论书绝句》，《惜抱轩诗文集》，第 564 页。
② 吴德旋：《初月楼文续钞》卷 8，"花雨楼丛钞"刻本。
③ 包世臣：《艺舟双楫》卷 12。

写的"快雨堂"旧匾而撰写的。在这篇《记》文中，姚鼐借用文治的话说："书之艺，自东晋王羲之至今，且千余载，其中可数者，或数十年一人，或数百年一人。自明董尚书其昌死，今无人焉；非无为书者，勤于力者不能知，精于知者不能至也。"他所说的"勤于力"，无疑是指书法实践，"精于知"，当然是指书法理论；所谓"今无人焉"，即指缺乏书法实践与理论二者兼长的人。或许因为姚鼐庶几乎可算一个，所以王文治特地请他为其专攻书法的快雨堂撰写《快雨堂记》。

姚鼐书法理论的精髓，在于一个"神"字。为此，他一要反对"形模似"，追求传"真脉"；主张"论书莫取形模似，教外传方作祖师"。"雄才或避古人锋，真脉相传便继踪。"二要破除"古今习气"，有自己的独创，做到"古今习气除教尽，别有神龙戏绛霄"。三要如"天随"一般自然，达到"笔端神动有天随，迅速淹留两未知"①。王文治论书法认为："心则通矣，入于手则窒；手则合矣，反于神则离。无所取于其前，无所识于其后，达之于不可达，无度而有度；天机阖辟，而吾不知其故。"②这未免有点过于神秘化，而姚鼐则鼓励他，只要勤于练习，功到自然成，如同待母哺食的雏鸟，"成翼而飞"。"俟其时而后化"，③一点勉强不得。可见姚鼐不是把"神"视为"不知其故"的"天机"，而是指在勤于实践的基础上，追求张扬个性，充分发挥个人的独创性。

姚鼐的著作，除前面提及的《古文辞类纂》74卷，《惜抱轩文集》16卷，《文后集》10卷，《惜抱轩诗集》10卷，《诗后集》1卷，《诗外集》1卷，《五七言今体诗钞》18卷外，还有《惜抱尺牍》8卷，《笔记》8卷，《法帖题跋》3卷，《九经说》17卷，《三传补注》3卷，以及《山谷诗钞》《明七子律诗选》《老子章义》《庄子章义》等。

---

① 上述诗句，皆出自《惜抱轩诗文集》，《论书绝句》，上海古籍出版社1992年版，第564页。
② 《惜抱轩诗文集》，《快雨堂记》，上海古籍出版社1992年版，第219页。
③ 《惜抱轩诗文集》，《快雨堂记》，上海古籍出版社1992年版，第219页。

综上所述，姚鼐的一生，是执着追求自己的人生理想的一生，是热衷于自己的个性自由而不惜甘于清贫的一生，是为继承、创造和发扬我国传统文化而辛勤奉献的一生。他除了近八年的仕宦之外，都是在清贫的读书、教书和著述生涯中度过的。嘉庆二十年（1815）九月十三日，他病逝于江宁钟山书院，享年85岁。直到他临死之前，他仍旧在教书、笔耕不辍；其文集中的《稼门集序》《实心藏铭（并序）》，即作于他逝世之年。这除了由于他生性好学不倦外，为生活所逼，也是个重要的原因。在他的书信中即一再提到："八十老翁辛苦执笔，以养一家之人，常苦不给，岂不可伤邪！""八十老翁岂宜常任此笔墨之劳？然家累未能自脱，其奈之何！"[①]"八十老翁当安坐享子孙奉养之时，而反寻钱以供子孙之用，能无为一笑乎？"[②]"今以八十之年不能急归，尚须作馆以自给，岂不可伤耶！"[③]"侄本意托居金陵，然非千金不能买宅，营之数年，卒不可得，而目昏体敝，日甚一日，明年84岁，安有仍做客之理？决计必归去也。"[④]然而直到85岁病逝，他终究既无钱实现买宅托居金陵的本意，又未能实现回归故里的心愿。其晚景之凄凉、悲惨，令人实在不禁为一代宗师在封建社会的遭遇而扼腕叹息不已！只是在他身后，却以其著述的思想、艺术成就和学术价值，受到广泛的推崇，产生了巨大的影响，使其在清代乃至整个中国文学史上居有不容忽视的地位。尽管人们对他的评价有诸多争议，但他那杰出的历史地位，毕竟已是任何人所抹杀不了的历史事实。随着时间的推移，人们对桐城派的偏见会越来越淡化，对姚鼐所创造的文化遗产，所提供的历史经验，也许会从中获得更多的借鉴、启迪和教益。

（原载《桐城派研究》2001—2002 年第 2—4 期）

---

① 《惜抱尺牍》卷8，《与石甫侄孙莹》。
② 《惜抱尺牍续编》卷2，《与马雨耕》。
③ 《惜抱尺牍续编》卷2，《与香楠叔》之一。
④ 《惜抱尺牍续编》卷2，《与香楠叔》之二。

附录一
书评和序言选辑

读《红楼梦的语言艺术》

吾三省

我也可算是一个《红楼梦》迷了，有关《红楼梦》研究的书籍，无论是专著，是论文集，还是辑刊，几乎是见到一本就买一本，当然不可能每一本都仔细读过，但是只要我稍有余暇，便会从书架上抽出几本来随意翻阅一通，可惜的是这些年来翻来翻去，我对买书的兴趣却越来越降低了。为什么？因为我觉得有些红学家的研究工作实在离题太远了，说句不客气的话，简直走的是旁门左道。

顾名思义，红学应该以《红楼梦》为研究对象，也就是说，它所研究的应该是这部文学作品的思想内容和艺术手段，这样做才能算是走正路。诚然，有些红学家从政治学、历史学、社会学的角度来研究《红楼梦》，并取得了一定的成绩，但那毕竟只是文学研究可以借助的一种外力，而不能用来代替文学研究本身。至于那些硬把《红楼梦》看成作者的自传，因而一头栽进烦琐考证之中的研究者，不惜花费大量精力，在曹雪芹死于壬午年还是癸未年、曹家的祖宗谱系如何、大观园在南京还是北京、某处发现的一幅曹雪芹画像是真是假，诸如此类的问题上，连篇累牍，争论不休，就更是把读者引向了迷魂阵里。无怪乎有人慨叹说，现今的"红学"，实际搞的是"红外线"，是"红水泛滥"，"红学"变成了"曹学"。

正是在这样的背景之下，我高举双手欢迎周中明的新著《红楼梦的语言艺术》，因为这本书的出版问世，犹如在闷热的天气里吹来一阵凉风，给人以一种清新舒畅的感觉。

语言是文学作品塑造人物形象、表达主题思想的基本工具。曹雪芹"披阅十载，增删五次"而形成的《红楼梦》，规模宏大，结构谨严，具有深刻的思想意义和卓越的艺术成就。特别是在语言艺术方面，《红楼梦》很好地继承了中国古典小说的优良传统，而又超过了在它以前的任何一部作品。对《红楼梦》语言艺术的成就进行科学的探讨和总结，以为有志于文学创作的人提供借鉴，同时也为广大读者增强欣赏能力提供具体帮助，无疑是一件极有意义的事，而这也就是《红楼梦的语言艺术》著者用意之所在。

比如说吧，在《红楼梦》中，占大量的是人物的语言，有许多篇幅几乎全是人物的对话，作者只用一些极简洁的描写或者叙述把这些对话连贯起来。有人计算过，《红楼梦》总共写了四百四十八人，这里面自然有许多人物是并不重要的，但仅就人们读后留有鲜明印象以至长久不能忘记的人物而论，至少也有几十个。特别是一些主要人物，各有各的个性，如贾宝玉的偏僻乖张，林黛玉的孤高郁悒，薛宝钗的冷酷虚伪，王熙凤的阴险狠毒……人们只要看到一段对话，不用看说话人的名字，就能知道这话是谁说的，因为《红楼梦》中的对话或长或短，或文或野，无不恰合某个人物的个性，"能使读者由说话看出人来"。《红楼梦的语言艺术》，收有谈人物语言性格化的长文，通过对一些典型例子的透彻分析，说明曹雪芹笔下人物语言无比的多样性和丰富性，呈现着变化万千的色彩。这本书共收专文十六篇，每篇都是独立的，但连贯起来却又自成体系。其议论范围，从《红楼梦》语言艺术的整体美、风格美、哲理美、寓意美到生动性、准确性，从简洁美、绘画美、境界美到艺术独创性，以及对俗语和比喻的运用等等，既可以作为文学语言手册来读，又可以作为《红楼梦》的辅导读物来读。

附带说一下：《红楼梦的语言艺术》这本书是由漓江出版社出版的，大三十二开本，三十万字。漓江出版社是设在南宁的一家地方出版社，近年来，不少地方出版社冲破樊笼，大展宏图，出了一些好书，得到读者的称赞，《红楼梦的语言艺术》也可算是其中的一本。

（原载刊物不详，此转载于吾三省著《文史丛话》，文汇出版社 2000 年 1 月出版。）

红学蓬勃有生机

——喜读周中明的两本红学著作

王利器

最近，我先后收到台湾贯雅文化事业有限公司发行人林惠珍女士寄来的两本书：《红楼梦的语言艺术》和《红楼梦——迷人的艺术世界》。作者都是安徽大学中文系教授周中明。繙阅一过之后，不禁喜形于色，仿佛看到了红学的勃勃生机。

红学一直是海内外学术界的一个热点，可是红学著作在国内却不大景气，很难出版，即使出版，印数也少得可怜，甚至还要由作者认购若干。周中明的《红楼梦的语言艺术》在大陆印了两次，印数达 24000 余册，在台湾也印过两次。美国汉学家、哈佛大学韩南教授把它列为博士研究生必读参考书。《红楼梦——迷人的艺术世界》除在台湾出版外，据悉安徽黄山书社即将予以出版。为什么这两本红学著作颇受海内外读者的欢迎呢？诚如作者在《台湾版自序》中所说的："《红楼梦》的读者数以亿万计，而红学的文章读的人却不多，其根本的原因，就在于红学研究脱离《红楼梦》的实际，脱离《红楼梦》的广大读者，即被纳入了经院的高墙之内。北京有位著名红学家甚至把对《红楼梦》作品本身的研究排斥在红学之外，令人不能不感到惊诧。愚以为所谓红学，就是关于《红楼梦》的创作和阅读的学问；有关作家、版本等问题的考证，当然是必要的，但是《红楼梦》首先是一部以语言艺术为特征的文学作品，必须从这个特性出发，通过研究，来帮助作家吸取《红楼梦》的创作经验，帮助读者正确认识和欣赏《红楼梦》。愚不赞成把《红楼梦》看作单纯消遣或谈情说爱的闲书，也不赞成把它看成政治历史教科书。《红楼梦》的创作虽然有作者曹雪芹的家庭生活基础，但是它已经经过了作者的艺术加工，成为'假语村言'。《红楼梦》既不同于现实世界，更有别于理想世界，它是个由作家创造的艺术世界。拙著就是本着这样的宗旨而写的。除了本书，敝人即将推出另一本书：《红楼梦——迷人的艺术世界》。目的都是要打破经院式的红学樊笼，开创一个新局面：把《红楼梦》作为一部艺术作品来研究，使红学成为广大作家、文学爱好者和《红楼梦》的广大读者所喜爱的一门学问。"

大西洋彼岸一位华裔美籍学者，耶鲁大学余英时教授曾经提出一个创见。他说：《红楼梦》里有两个世界，即现实世界和理想世界。[①]

美国威斯康星大学赵冈教授把余英时的这个创见赞誉为："是最近十几年来红学研究中最重要的、划时代的"大作，"为《红楼梦》研究开辟了一条崭新的途径，足可当得上 KuHn 所谓'典范'"。[②]周中明的《红楼梦——迷人的艺术世界》却对这个"典范"提出了挑战。他在该书《自序》里写道："我认为在《红楼梦》里只有一个世界，这就是艺术世界。它与'自传说'的区别，不在于现实世界之外，还多一个理想世界，而在于它是跟现实世界和理想世界皆有着本质区别的独特的艺术世界。《红楼梦》作为中国古代小说艺术的伟大杰作，它既不是现实世界的照相式的反映，也不是理想世界的乌托邦式的寄托，而是在作家对社会生活'亲睹亲闻'的基础上，熔铸着作家对人生的理想和追求、幻灭和悲哀，饱含着作家的血泪感情所进行的伟大的艺术创造，它是丰富多彩、光辉灿烂的中华民族文化的结晶，是由作家独创的迷人的艺术世界。在

---

① 余英时：《红楼梦的两个世界》，《香港大学学报》第 2 期，1974 年 6 月。
② 赵冈：《假作真时真亦假——红楼梦的两个世界》，香港《明报月刊》1976 年 6 月号。

这个艺术世界中，不仅有对丑恶现实的揭露和美好理想的寄托，重要的是它无论对于现实或理想，皆作了艺术的加工，赋予了它们以艺术的形式和生命，使它们成为一个有着不朽的强大的艺术魅力的迷人的艺术世界。因此，我认为，我们只有从艺术世界和现实世界、理想世界的本质区别上，才能真正认识和把握《红楼梦》这部伟大作品的真谛。"作者不仅提出了这个可贵的创见，而且身体力行，把《红楼梦》作为一个完整的艺术世界来研究，接连推出了这两本专著。他的艺术世界说，和我曾经说过的"大观园也不在南京，也不在北京，而是在《红楼梦》里"①的观点，不谋而合。我认为他的研究成果，确实是为红学研究开创了新局面，颇值得引起海内外学人的瞩目。

这两本著作为什么给人以生机勃勃之感呢？我认为就在于作者不仅把《红楼梦》作为一个完整的艺术世界来研究，而且还坚持了对立统一的辩证观点和方法。例如，历来关于贾宝玉形象的评价，有人把贾宝玉与曹雪芹混为一谈，有人则强调贾宝玉是个艺术典型，而完全排斥他有曹雪芹自传的成分；周中明则提出了"曹雪芹对于贾宝玉形象的塑造，为我们提供了以假求真、假与真对立统一的新鲜经验，阐述了'宝玉'是假，'顽石'是真"，"正面是假，反面是真"，"疯傻是假，异端是真"，"对黛玉疏是假，亲是真，对宝钗亲是假，疏是真"等一系列新颖有趣的创见。

对于"林黛玉之死为什么那样激动人心"，作者也提出了与某些红学家相左的创见。例如，有位红学家对续书以"掉包计"的情节导致黛玉之死，大为恼火，说这"是一个很庸俗、很浅薄的、毫无思想内涵可言的'移花接木''僵桃代李'的儿戏办法"②。周中明问道："既然是'儿戏办法'，为什么它还能够打动人心呢？"他指出："如果说掉包计'很庸俗、很浅薄'的话，那么，

---

① 王利器：《大观园在哪里》，《社会科学战线》1979 年第 1 期；《耐雪堂集》下编，第 320—328 页。

② 周汝昌：《红楼梦新证》1976 年修订本，第 905 页。

这种庸俗和浅薄恰恰是腐朽没落的封建统治阶级本质的一种反映。以庸俗、浅薄乃至荒唐的形式，来反映庄重、严肃、深刻的本质，所谓'满纸荒唐言，一把辛酸泪'，'甚荒唐，到头来都是为他人作嫁衣裳'，'女娲炼石已荒唐，又向荒唐演大荒'，'说到辛酸处，荒唐愈可悲'，这正是曹雪芹描写和揭露封建阶级腐朽没落本质所惯用的手法。所谓'金玉良缘'，它本身就是封建家长制造出来的，既很庸俗、浅薄，又很荒唐、愚昧的用以自欺欺人的神话。在贾府日趋衰落，后继无人，贾宝玉又为林妹妹病得发疯发呆的情况下，为了既给贾宝玉冲喜，借薛宝钗的'金锁压邪气'，来挽救这个封建大家庭的没落，又不致于酿成'一害三个人'，'竟是催命'的悲剧，由凤姐想出掉包计——名义上说是娶林妹妹，实际上是娶薛宝钗。这种掉包计，在现实生活中并不是完全不可能发生的。表面上看，它很荒唐，或者说很庸俗、很浅薄，但实际上它恰恰反映了封建家长的'病急乱投医'。为了挽救本阶级的没落，他们不管多么荒唐的丑事，多么卑鄙的阴谋诡计，都是能够干得出来的。黛玉之死，就是出自这班既庸俗、浅薄、荒唐、可笑、愚昧、无知，又凶狠、毒辣、阴险、暴虐、卑鄙、无耻，必然彻底腐朽没落的封建统治阶级之手。因此，续作者采用掉包计这个情节，不是使人感到'毫无思想内涵可言'，而是使读者更加强烈地感受到封建家长的丑恶面目之可憎可鄙，更加深切地同情黛玉之死实在可悲可怜。"这些分析都是很精辟的，有说服力的。

长期以来，我们都承认《红楼梦》是现实主义的作品，或者说它也有浪漫主义成分。而周中明却对"象征的艺术手法在《红楼梦》中起了什么作用"的问题，作了翔实的论述，读了令人耳目一新。

总之，这两本红学论著可谓新见迭出，异彩纷呈，大有剥蕉破竹之势。从中我们不难看出，作者不但是个扎扎实实做学问的人，而且已经有了出类拔萃的研究成果。对此我们应给予热情扶持，使其苗壮成长。相反，对于那种数典忘祖、崇洋媚外，热衷于玩弄几个早已过时的"新名词"的不良学风，我们则应坚决予以抵制。红学之所以成为一门"显学"，绝不是偶然的，这首先是由于《红楼梦》本身非同凡响，是我们中华民族文化的结晶。我们民族的传统文化尽管有不少不合时宜之处，必须根据今天时代的需要，吸取外来无害文化，加以改进和发展。但是这种改进和发展，绝不可能脱离我们自己民族文化的土壤，搞什么"全盘西化"。外国是有一些好东西比我们先进，我们必须虚心地老老实实地向人家学习，争取达到同样水平。但是我们也无须妄自菲薄，特别是对我国传统文化的研究，凡我炎黄子孙，责无旁贷，以弘扬我泱泱大国之风，今日其时也，我辈其人也。郭璞《赠温峤诗》写道："人亦有言，松竹有林；乃尔臭味，异苔同岑。"尔诵此诗，不能已于言，辄撰菱菱小言，以示"学术为天下公器"之一验。一九八九年十二月七日，一千万字富翁藏用氏识。

（原载北京《青少年读书指南》1990 年第 3 期）

《红楼梦——迷人的艺术世界》序

冯其庸

说《红楼梦》创造了一个迷人的艺术世界，我认为这句话十分正确，一点也不过分。

自从《红楼梦》在乾隆十九年前后以抄本的形式流传以来，到乾隆后期，抄本已风行于世。之后，也就随即有咏《红》、评《红》之作，层出不穷。议论《红楼梦》而几挥老拳者有之，谈《红楼梦》而幽闺自怜，感伤身世乃至以情死者有之，如果不是《红楼梦》以它强烈的艺术感染力深刻地打动了千千万万读者的心，那么，上面这种种异乎寻常的现象就不可能发生。

《红楼梦》确实以它震撼人心的思想力量和艺术力量，给社会以强烈的震动，给人们的心灵世界以强烈的震撼。

从宏观方面来看，《红楼梦》这个迷人的艺术世界，是清代前期（康熙、雍正、乾隆）社会历史生活、政治生活的一个真实的而又是艺术的反映。它是通过荣、宁二府的兴和衰，通过荣、宁二府一年四季的日常生活，通过荣、宁二府的几件重大事件（可卿之丧、元妃省亲、除夕祭祖等等），通过荣、宁二府家族之间的种种矛盾，通过青年一代对生活的不同理解和不同追求，通过宝、黛、钗、湘、玉之间的爱情和感情的纠葛，特别是通过从发生、发展、巩固到破灭四个阶段的宝、黛爱情悲剧等等的情节所表现出来的。

《红楼梦》通过以上一系列事件的展现，使你感到它的描写，事事迷人，处处迷人；使你感到曹雪芹笔端再现生活的巨大魅力，使你感到打开《红楼梦》，随时随处都可以呼吸到浓厚的生活气息，使你感到几乎分不清楚究竟是生活的迷人还是艺术的迷人。一句话：使你看到了活生生的清代前期的社会生活，从而真正展现了一个迷人的艺术世界。

《红楼梦》这个迷人的艺术世界，当然是由各部门的具体描写所构成的，犹之乎一座大观园，它是由许多具体的杰出的建筑群组成的，离开了怡红院、潇湘馆、蘅芜院、稻香村以及大观楼等等的具体建筑，也就不成其为大观园。

作为一部长篇小说，首先是要塑造一系列能永远活在读者心头的典型人物。典型，并不是阶级或阶层的平均数，典型必须是活生生的社会的人，也就是在恩格斯说的"这一个"。伟大的作家曹雪芹，在《红楼梦》里塑造了一系列栩栩如生的永远活在人们心头的典型人物。曹雪芹塑造小说人物的方法和他赋予形象的内涵，确实有独到之处，这就是本书著者周中明兄突出地指出的，曹雪芹所赋予他的人物的思想内涵，不即如《三国》《水浒》那样是忠、孝、节、义的道德概念，恰恰与此相反，曹雪芹所赋予他的正面人物的思想和理想，是一个"情"字。我认为周中明兄指出的这一重要特征，确是发人之所未发，是完全切中曹雪芹对他的理想人物塑造的独特之处的。

在小说主要人物和正面人物的塑造上的这种思想内涵的演变，正是从明中叶以来由李卓吾、汤显祖、冯梦龙等人所代表的反对封建传统思想，提倡人性，赞美自由恋爱式的爱情这种文艺思想的反映，也就是资本主义萌芽这种新的经济形态在意识形态领域里的反映。所以从社会发展和思想发展的角度来看，贾宝玉、林黛玉这两个为曹雪芹所倾心塑造、全力肯定的人物，确实具有了新人的意义。

曹雪芹在塑造这些典型形象和小说人物的时候，所用的手法也是有区别的。如同中国画里的人物画那样，有的是工笔重彩，有的是工、写结合，有的则是简笔勾勒。很明显，读者在读《红楼梦》的时候，会十分明显地感觉到，曹雪芹在写贾宝玉、林黛玉、薛宝钗、王熙凤等人的时候，与写其他一些人物是很有不同的，鲁迅曾经指出中国传统小说人物的一个重要创作方法就是画眼睛，所谓"传神阿堵"，这当然不错。但是发展到曹雪芹写贾宝玉、林黛玉、薛宝钗、王熙凤的时候，就已经不是单纯的片面的性格描写，如《三国》《水浒》那样，更不是简单的画眼睛了。不错，《红楼梦》里对王熙凤、林黛玉、贾宝玉和薛宝钗等，都有关于眼睛的特笔描写，如说王熙凤是"一双丹凤三角眼，两湾柳叶吊梢眉"，说林黛玉是"两湾似蹙非蹙罥烟眉，一双似泣非泣含情目"，说薛宝钗是"脸若银盆，眼如水杏"，说贾宝玉是："面如傅粉、唇若施脂，转盼多情，语言若笑，天然一段风韵，全在眉梢，平生万种情思，悉堆眼角"，等等等等。但是，凡读过《红楼梦》的人谁都清楚，对这四个人的描写，以上这种画眼睛的方法所起的作用，毕竟是有限的，读者对这四个人物形象的深刻印象，主要是通过作者对他们的十分精细的全部描写。当然在《红楼梦》里，也确有一批用工、写结合的方法来描写的人物。例如，尤三姐、薛蟠、柳湘莲、贾琏、贾瑞等等就是如此，对他们的描写既有工细的部分，也有大笔濡染的简笔勾勒的部分。此外，《红楼梦》里还有不少人物是用简笔勾勒的方法准确生动地勾划画出来的，虽只寥寥数笔，但同样收到了生动传神，使读者过目不忘的效果。例如，醉金刚倪二、贾芸的舅舅卜世仁和舅妈、老仆焦大、铁槛寺的老尼净虚、小尼姑智能、丫鬟小红、小丫头佳蕙、歌妓云儿、马道婆、赵姨娘、贾环等等，这些人物有的在书里只占极少的篇幅，有的甚至只出来过一次，但是读者却永远记住了他们。

以上三类人物，虽然在写法上有繁简粗细的区别，但他们有一个共同点，就是各具神韵。可以说《红楼梦》人物塑造上的最大的特色，就是每个人物都各具神韵，各有各的风格、气派和韵味，而且是味在酸咸之外，即各有各的个性特征，你不能简单地用性格分类法把他们归入某一类。读者可以试着掩卷闭目存想，自然就会感到林黛玉和薛宝钗是两种完全不同的风韵、气派；同样，你再想想王熙凤、史湘云、妙玉，就又各不相同，风韵别具。所以无怪乎与曹雪芹同时的宗室诗人永忠要题诗说："传神文笔足千秋，不是情人不泪流"了。说《红楼梦》的人物传神，正是抓住了《红楼梦》人物的最主要特征，不是说《三国》《水浒》的人物不传神，但那是粗线条的，《红楼梦》人物的传神，是细腻熨帖，深入骨髓的，因此这些人物，都各有各的个性，各有各的神韵和气派，绝对不能相混，既不能与《红楼梦》里的其他人物相混，也不能与历史上《三国》《水浒》或其他作品里的人物相混，红楼人物，就是别具一格的红楼人物！

当然，以上所说，只是问题的一面或主要的一面，从另一方面来说，她们毕竟还是有她们的共同点的。例如，她们同是青春少女，同是闺阁千金，同在一个封建大家庭里生活，因此有着同样的命运和前途，而且她们同是有较高的文化修养的，王熙凤虽不识字，但生活在这样一个有高度文化修养的封建家庭里，凭着她的聪明，又受到家庭的文化熏陶，因此也显得并不俗气和伧气，所以，以上这许多人（还有不少，不可能一一列出），虽然个性不同，却又能和谐地组合在一起。

当然，构成他们气派、神韵上的区别的，是他们的独特的个性和行动，如醉卧芍药裀这样的行动，就只能是史湘云而不能是林黛玉或薛宝钗，到栊翠庵去乞梅，就只能是贾宝玉，而决不能是另外一个人，栊翠庵品茗时把刘姥姥喝过的成窑茶杯掷掉不要的，也只能是妙玉，而惜花飘零，感伤身世，为之悲叹，为之收拾掩埋的也只能是林黛玉，如此等等。由此可见，人物的个性是靠人物的行动来表现的，没有了人物的独特行动，也就没有了人物独特的个性，同时也就没有了人物独特的风格和神韵。

塑造人物的另一个重要的因素，是人物的独特而富于个性化的语言。语言是塑造人物形象的一个特殊重要的手段，犹如在生活中听人说话，只要是自己熟悉的人，哪怕你不在场而是在别处，只要你一听他的说话，也就会立即知道这个人是谁。《红楼梦》里人物的语言都是高度个性化的语言，黛玉的语言尖而敏，但不刻，晴雯的语言尖而锐，但也还不能算刻，王熙凤的语言可以说是甜、酸、苦、辣俱全，而且尖而且刻。何处是刻？凤姐第二次诓贾瑞，叫贾瑞在空屋里等，贾瑞道果真？凤姐说："谁来哄你，你不信就别来！"贾瑞道："来，来，来！死也要来！"明明哄贾瑞，反说"谁来哄你"，明明要他来上当受死，偏说"你不信就别来"。大某山人在这句话旁批道："反拶一句尤毒"，"毒"者，刻之甚也。还有，王夫人查问她发放月钱的情况，显然是有人在王夫人面前告了她，她当着王夫人的面不敢表露什么不满，等王夫人走后，却恨恨地说："我从今以后倒要干几样刻毒事了！"切齿之声，令人如闻如见。

至于宝玉、秦钟抢着要喝智能手里的茶，"智能抿嘴笑道：'一碗茶也争，难道我手上有蜜！'"虽只一句话，把沉浸在初恋中的青年女尼的心态表露无遗！为了要给贾蓉捐一个前程，贾珍向大明宫掌宫内监戴权问："银子还是我到部去兑，还是送入内相府中？"戴权道："若到部兑，你又吃亏了。不如称准一千两银子送到我家就完了。"一句话，把戴权贪赃卖爵的勾当和贪婪的嘴脸和盘托出。《红楼梦》的人物语言是极富不性化、极为生动精彩的，这里不可能一一举例。总之，《红楼梦》就是藉着这样生动的个性化的语言来塑造典型人物的。《红楼梦》众多的典型人物和个性化的人物，形成了《红楼梦》的长长的人物画廊，也形成了《红楼梦》这个迷人的艺术世界里的这座形象艺术的宫殿，发出了迷人的光彩和魅力。

小说中的人物和情节，都是在具体的环境中进行的，没有适宜于人物活动的环境，人物就无法活动，故事情节和人物的内心世界也就无法开掘，所以小说中的典型人物必须给予典型的环境。从这一点来说，《红楼梦》的环境描写，也是提供了非凡的典范。曹雪芹所创造的荣、宁二府和大观园，为小说中的人物创造了最好的活动环境。可以毫不夸张地说，《红楼梦》的环境描写，即荣、宁二府和大观园，是这个迷人的艺术世界的重要的组成部分，也可以说，没有荣、宁二府和大观园，也就没有《红楼梦》，荣、宁二府和大观园，与《红楼梦》人物已经形成了不可分割的关系。

此外，除了这个大环境，《红楼梦》里每一个故事情节的发生和进行，也都是有它最适宜的环境的。例如，贾琏偷娶尤二姐，必须是在府外的小花枝巷，柳湘莲饱打薛蟠，必须是在城外的苇塘，王熙凤毒设相思局，只能是在荣国府里，林黛玉、薛宝钗、史湘云、贾宝玉等人的诗社，必须是在大观园内开设，而十二个女优习戏唱曲的地方，必须是在与大观园不即不离的梨香院，这样既别于园内的小姐丫鬟，也为后来的情节"牡丹亭艳曲惊芳心"创造了条件，而王熙凤的弄权，则必须是在铁槛寺内，因为不可能让老尼到荣国府去进行这项活动，至于妙玉这个特殊身份的人物的活动环境，既不能脱离大观园，更不能与宝、黛、钗、湘一样在园中占一处院落，于是只好为她另行建造一个栊翠庵，这样，既在园中，又与宝、黛、钗、湘有区别。所以，即使是在大观园里，其具体环境的使用和描写，也是随着人物和情节的需要而选取的。也由于此，大观园的环境描写，一直处在动态之中，而不是静止不变，加上四季的转换，各种节日的来临，大观园常常是万象更新，给读者以充分的新鲜感，这样也就使这个迷人的艺术世界更为迷人。

还必须指出，《红楼梦》的描写，其主流是现实主义的，但并不是任何情节的描写都是现实主义的，曹雪芹有时成功地运用浪漫主义的方法，有时也采用象征主义，这样，他所创造的这个迷人的艺术世界也就常有某种程度的浪漫色彩和神秘色彩。但是，这些方面，非但没有损害这个迷人的艺术世界，相反，倒是为这个迷人的艺术世界增添了色彩感和迷人感！

周中明兄对《红楼梦》的艺术，包括语言艺术、人物描写艺术、环境艺术和结构艺术等等，作了多年潜心的研究，写出了不少有分量的论文，最近他的论文要结集成书在台湾和大陆相继问世，这对红学界来说，是件大好事，他连连来信，要我为这本书写序。但我对《红楼梦》的艺术描写，或对《红楼梦》

这个迷人的艺术世界，并没有作认真的深入的研究，不得已，只好说一说我对《红楼梦》的艺术描写的粗浅理解，由于时间匆促，也由于我一直在旅途中，无法查书，只能凭自己的记忆，因此我无法将这些论点展开，只好先写一个大概，作为备忘。我的浅见究竟是否妥当，也只好一并请中明兄和读者们指教了。

一九八九年七月三十日夜二时，写于荆溪寒碧山庄

（原载《红楼梦学刊》1990 年第 1 辑）

小说本体研究的力作

——序周中明著《红楼梦的艺术创新》

李希凡

自《红楼梦》问世以来，就有了自成系统的论争不断的"红学"，而被一些红学家视为"永恒"不变的主题，如作者为谁、祖籍哪里、是否"自传"……也不断有"翻新"的考辨，自然这也是当今红学成为显学的原因之一。在一定时期，曾推动红学研究的发展。但又总使人觉得，这类争论如无新证和新意，长此下去，是否会使红学停滞在这"永恒"的怪圈里裹足不前，特别是有些争论往往远离曹雪芹与《红楼梦》的创作，就更使读者有本末倒置的遗憾了。

我想，近年来在全国中青年红学研讨会上，不时有人提出应加强小说本体的研究，该是反映了广大《红楼梦》爱好者的希望与期待的。这并非读者对红学的诸多问题怀有偏见，而是几十年来，特别是近几年的这类"争鸣"，实证不足，有始无终，又纠缠不清，冲淡了对小说的本体研究。当然，在这方面也存在着一种极偏执的理论，认为，《红楼梦》不是一般的小说，它是中国特殊文化传统的产物，即完全"写实"，而这所谓"写实"，又并非人们历来心目中的艺术反映生活的"写实"，而是作者身世经历的"纪实"。因而，搞不清曹雪芹的身世，就读不懂《红楼梦》，甚至认为《红楼梦》不是小说学研究的对象，小说学也不能解决"红学"的问题，这就关联到对文学的本质应如何认识和理解了！

《红楼梦》的思想艺术所取得的成就，在中国小说史和文艺史上，都是中华传统艺术的辉煌的集成与结晶。但《红楼梦》的创作，果真能"特殊"到外在于艺术规律么？"没有虚构就没有艺术"这句至理名言，就不适用于《红楼梦》？而且像《红楼梦》这样人物众多、内蕴丰富、关系复杂、线索错综，而又交织着千姿百态的世俗人情的描写，能是曹雪芹家世生活的"实录"么？真是这样，《红楼梦》还能算是一部伟大的文学作品么？它的百读不厌的迷人的艺术魅力，它的被人誉为种种艺术美的创造——诗意美、情节美、景物美、人物形态美、意境美，怎么可能都来自作家自己身世的精裁细剪的实录呢？这对曹雪芹的艺术天才是褒还是贬！

新时期以来的红学已对小说本体研究多所着力，甚至不少知名作家都积极参与了探讨，一个时期的《红楼梦学刊》还辟有专栏，邀请知名作家们写他们读《红楼梦》的感受、体会和一得之见，特别是创作艺术上的鉴赏与心得，他们的文章总是有自己的特点的。不过，从学术论著来说，更多地还是来自高校的老师们，我想，谁也不会比他们更了解小说本体研究对一般读者的重要性了。

周中明同志（安徽大学中文系教授），就是在这方面坚持不懈，做出突出成绩的一位。例如，他自己在《前言》中所说："《红楼梦》文本本身，无疑地应该成为'红学'研究的重心……我个人研究《红楼梦》的侧重点，却始终在其艺术成就和艺术特色。"如果我记得不错的话，中明同志的红学研究出自名师——北京大学中文系教授吴组缃先生。组缃先生的好几位高足，几十年来在红学研究中均各有不同的贡献。中明同志更专注于创作艺术的孜孜不倦的探索。80年代他送我的第一本书，就是《红楼梦的语言艺术》，而语言艺术又恰恰是《红楼梦》文学成就的突出特点。本书则名《红楼梦的艺术创新》。从"创新"角度来论述《红楼梦》创作艺术的成就，无疑又是把握住了小说本体研究中的"重心"。

讲到创新，人们经常引用鲁迅这样一段对《红楼梦》的"经典性"的评价：

至于说到《红楼梦》的价值，可是在中国底小说中是不可多得的。其要点在敢于如实描写，并无讳饰，和从前的小说叙好人完全是好，坏人完全是坏的，大不相同。所以其中所叙的人物，都是真的人物。总之自有《红楼梦》出来以后，传统的思想和写法都打破了。（《中国小说的历史的变迁》）

而曹雪芹自己也在《红楼梦》第一回，借"石头"之口，也有过一番"打破历来小说窠臼"的宣言：

历来野史，皆蹈一辙，莫若我这不借此套者，反倒新鲜别致，不过只取其事体情理罢了。

至若离合悲欢，兴衰际遇，则又追踪蹑迹，不敢稍加穿凿，徒为供人之耳目而反失其真传者。

鲁迅"经典"性的评价，是为当前多数红学家所赞同和继承的；作者的"宣言"更是开展《红楼梦》创作艺术研究的理论基础。

《红楼梦的艺术创新》正是从这"打破"的理论基础出发，细致入微地阐述了《红楼梦》的"前所未有"的艺术创新。阐述了这"打破"不只表现在对"历来野史""市井理治""佳人才子"等书，或涉于"淫滥的风月笔墨"的千部一腔的打破，而且对于中国小说史上前面出现的几部名作《三国》《水浒》《西游》《金瓶》，也都在立意、取材、人物描写、艺术结构上，有着"全面"意义上的创新。中明同志是在比较对照中揭示了它们的异同，并论述了《红楼梦》的创作艺术特色的，尽管对这几部文学杰作的评价会有不同的看法，但从真实描写社会人生，塑造"真的人物"，深化现实主义创作艺术等诸多方面，说《红楼梦》有了"全面"的创新，特别是从典型环境中的典型形象的创造中，高度评价《红楼梦》在中国小说史上超越前代的伟大成就与巅峰的地位，是只能着力于小说本体的研究，才能讲清楚的。

不过，艺术创造又是和作家思想的"创新"无法截然分开的。因为艺术上的创新，"写法"上的"打破"，同"传统思想"的"打破"是血肉一体的。或者可以说，艺术的创新，总是内蕴着作家反映时代要求的精神内涵。既然"《红楼梦》不限于只是反对和暴露了某些个别的封建制度，而是巨大到几乎批判了整个封建社会的上层建筑和整个统治阶级"（何其芳：《论〈红楼梦〉》）。那么，曹雪芹和《红楼梦》的这种伟大的批判精神，贾宝玉这种具有启蒙的、初步的民主、平等思想性格内涵的叛逆形象，又怎么可能只是尧舜、魏晋时代的许由、阮籍、嵇康、陶潜们"自古已有"的呢！

最近收到杜景华同志的赠书《红学风云》，其中有一节专题评论了1954年《〈红楼梦〉的历史背景讨论》，而且特别讲到"一些人从各个方面对'市民说'进行批驳，但终没有批倒"。《红学风云》是我目前所看到的总结"红学"发展史较为公允的论著（除赞扬胡绳先生的那一段，只引了他一面意见，而忽略了胡绳主编的《中国共产党七十年》对五四年那场批判运动总结的另一种观点），景华同志认为："关于《红楼梦》所反映的思想实质，按市民说是显得机械了些，然而，按'自古已有'说，也显得过于僵化。"他的结论是"其实应是上承晚明"——即李贽一派的思想。如果景华同志多看一些晚明思潮史的书，当可发现，所谓"晚明浪漫思潮"，就被确认为是"启蒙的人文思潮"，和资本主义萌芽的历史背景有密切的关系，无论是李贽和曹雪芹，都有禅学和老庄的影响，但只用禅和道，既解释不了"童心说"的思想实质，也解释不通曹雪芹人道主义的丰富内涵，否则，这岂不是另一种"自古已有"了么？

这似是离开我写这篇序言的题旨太远了。不，我这些题外话，恰恰是为了说明本书论述的艺术创新的"打破"，首先就着眼于"传统思想"的打破——"它不是以我国古典文学中传统的'廊庙文学''山林文学'的思想，而是以初步的民主主义思想对封建社会作了衰彻痛极的批判，宣判了中国封建社会必然走向灭亡的历史命运。"同时，也包括对前此出现的长篇小说杰作的不脱封建思想窠臼"进行比较"，阐明异同，划清界限。特别是本书把这"打破"与"创新"的研究，突出地归结于《红楼梦》的典型环境中的典型形象创造的时代精神的体现上——即塑造"强似前代所有书中之人"，"创造具有时代特色的新人"。中明同志认为："《红楼梦》的悲剧结构所以特别撼人心，不只是由于宝黛爱情婚姻本身，更重要的是在于由贾宝玉、林黛玉所代表的社会人生理想，遭到封建统治阶级的无情毁灭——这是整个封建制度、封建统治阶级已处于腐朽衰败的末世所必然造成的社会人生悲剧。"尽管曹雪芹和《红楼梦》"从思想体系到人物形象——仍然杂糅着不少封建主义的污垢，但就其总的倾向来说，却不能不承认它带有初步民主主义思想的新的素质；它对封建社会的批判，无论就其广度和深度来说，在我国古代文学史上都是无与伦比的。这不仅是由于曹雪芹个人的杰出天才，重要的还在于曹雪芹所生活的时代为他提供了这样的条件——在旧社会内部已经形成新社会的因素，旧思想的解体与旧生活条件的解体是同时进行的"。

总之，新的社会因素、新的思想素质，哪怕是不成熟的、初步的、萌芽状态的，但它终究是新生的，正是这种"新的素质"，使曹雪芹能洞察现实，深刻反映现实，打破传统思想和写法，进行全面的艺术创新。

我所以多摘引了几段本书的原文，意在说明，所谓的"市民说"（其实这是"自古已有"论者强加给"资本主义萌芽"说的，五四年问题的提出也并不这样"机械"），即使在今天还是"终没有批倒"，更非如杜景华同志所说："到目前为止已很少人再支持'新兴的市民'思想说。"从文艺史论方面来讲，明清文艺思潮的论著已有几部，80年代初，刘梦溪的一本畅销书《红楼梦新论》，就有《资本主义生产关系萌芽及其反映》的专题讨论，就是黑龙江教育出版社出版的这套《红楼梦》研究丛书，如前几年出版的张锦池的《红楼梦考论》和将要出版的丁维忠的《红楼梦：历史与美学的沉思》以及本书都是这些作者多年发表过的研究成果，也包括冯其庸同志的《论红楼梦思想》。其庸同志的这部新著尚未出版，但我从《红楼梦学刊》2002年第一辑发表的《论〈红楼梦〉的思想·自序》中看到了这样一段话："我是把《红楼梦》的思想，把作者曹雪芹放在当时社会历史条件下进行研究的，我研究了明后期至乾隆时期的社会状况，研究了这一历史大变革时期的社会政治、思想、经济、文化、习俗等等的情况，研究了这一时期的外部世界和沟通的情况，我更加认识到《红楼梦》的思想是反映资本主义萌芽的新的民主思想，曹雪芹是超前的思想家，他的思想上承明末李卓吾，清初的黄宗羲、顾炎武，与同时代的唐甄、戴震、吴敬梓、袁枚等人的思想是共通的，虽然他们未必有交往，但他们同是属于反封建的行列的，他们同时会感受到这时代先进的脉搏。"我以为，其庸同志叙述的研究过程足以全面地回答景华同志对所谓"机械的新兴市民思想"的批评了。据他告我，他认为，离开这样的历史背景和哲学思潮的特点，是讲不清曹雪芹和《红楼梦》的超前意识的。据我所知持这种观点的，还不只这几部著作，只不过，现在这些专著的论述较之五四年提出的"机械的市民说"，更为充分，更为深入，更具有雄辩的说服力而已。至于讲到曹雪芹喜欢不喜欢读黄宗羲等人的书，这正像当年"自古已有"论者说的工商业者决不会接受黄宗羲等人的观点一样，问题的提出，就已不是马克思主义历史逻辑的范畴了。自然，我无意要景华同志接受这种观点，只是希望他下断语时更开阔视野，多注意一下新的研究成果而已。

打破传统，并不等于否定传统。鲁迅虽然赞扬了《红楼梦》对传统思想和写法的打破，但也同样说过："新的阶级及其文化，并非突然从天而降，大抵发达于对于旧支配者及其文化的反抗中，以及发达于和旧者的对立之中，所以新文化仍然有所承传，于旧文化也仍然有所择取。"更何况我国有着几千年优秀文化传统，而《红楼梦》又是中华艺术伟大代表的杰作，果真它的创新完全背离民族的优秀传统,那它也就不可能二百多年来在中国民众中这样广泛流传、雅俗共赏了。本书虽然系统地论述了《红楼梦》对传统在"打破"、创新,但也同样系统地论述了《红楼梦》作为民族艺术代表在"打破"中的"承传",在"创新"中的选取。即使从"写实"这创新的艺术特征方面进行研究,中明同志也指出,《红楼梦》对中国的史传文学有所传承,对《金瓶梅》有所择取。

过去我们给予《红楼梦》的最高评价,就是赞誉它"达到了与外国 19 世纪资产阶级批判现实主义的相媲美的辉煌高度",至于它的美学风格,则又被定性为"感伤主义"。本书则强调指出:"曹雪芹的《红楼梦》既继承了我国小说在民间说话基础上发展起来的理想主义和英雄主义的传统,又直接吸取了《金瓶梅》所发展了的通过日常生活塑造普通人形象的现实主义精神和方法。"自然,《红楼梦》和它的主人公贾宝玉、林黛玉们是否"传承"了"民间说话中的英雄主义",这会是一个有争议的论题,但是,《红楼梦》在悲剧的控诉中燃烧着对崇高理想的追求,在美的创造中反映了时代精神的青春的觉醒,这倒的确是前此的一切文学作品与之无法相比的。

我是同意本书这样的意见的:文学史上任何伟大的作品,大都是现实主义和浪漫主义相结合的,只用现实主义方法,概括不了《红楼梦》的艺术创新。中华艺术不仅有独特的审美的追求,也有丰富的艺术手法的创造。本书辟有专章,特别探讨了象征的艺术手法,在《红楼梦》创作艺术中所起的巨大作用。这至少拓展了我对《红楼梦》艺术创新的视野,我们过去对于中国文艺的研究,太拘囿于舶来的"教条",舶来品的艺术范畴和概念。实际上中华文艺史的发展,有自己特殊的规律,有自己异常丰富的审美追求,它的内涵与形式以及多样的表现手法,是舶来品的艺术概念与范畴难以概括和解释清楚的。

《红楼梦》深刻地暴露和批判了封建制度及其上层建筑,达到了"批判现实主义的辉煌高度",这是文学史上公认的事实,但就是在这现实主义成就中,又何尝没有借助于象征艺术的烘托与渲染,如《好了歌》《好了歌注》,以及太虚幻境的册辞，也包括绛珠仙子与神瑛侍者三生石畔的自创"神话"，甚至大荒山上的那块"无材补天"的巨石，都蕴蓄着多少象征的意义，激发人的联想！

曹雪芹对小说的男女主人公，对大观园的美丽的少女（也包括年轻的女奴）们，写下了一曲曲热情的赞歌，歌颂她们的智慧、才能和人性美，更悲叹她们的不幸的命运。这是一幕幕社会人生的悲剧，作者当然有感伤，却决非感伤主义，而是使人于感伤中仍感受到理想的威力和美的魅力。例如，本书所分析的曹雪芹塑造他的主人公们，不只用了"写实"的艺术手法，而且用了"浪漫主义"，用了象征的艺术手段，这不但没有影响到小说的"真的人"的塑造，而且是更"增强了艺术形象的丰富性、生动性和感染力"，并"拓展了艺术境界的广延性和深邃性"。

《红楼梦》的象征艺术是多样化的，隐寓、谶语、伏笔、暗示，都与人物个性的创造相融合，并能形成相反相成或相得益彰的艺术氛围和艺术境界，沁人肺腑，引人入胜！包括《红楼梦》的真、假、梦、幻的所谓"提醒阅者眼目"的运用，都富有发人深思的象征意义。本书第二编，分析曹雪芹如何"以假求真"塑造贾宝玉的典型形象，就是一个很好的范例。

作为民族艺术精华的伟大杰作的《红楼梦》，不只继承发展了小说的创作艺术，也集纳、升华了中华民族艺术多样的特有的审美追求，本书第一编关于典型形象塑造论述中，就曾辟有专节阐述《红楼梦》"吸取诗词、绘画等艺术经验，赋予人物形象以诗情画意般的美感"。中华各门类艺术的发展虽千姿百态、丰富多样，却也有着"总体特征"的审美追求，如形神、情理、虚实、气韵、风骨、心源，也包括意境，这本是音乐、舞蹈、书法、绘画、诗歌所共有的审美经验的"积淀"，其内蕴虽混合着儒道佛哲学思想的渗透，却创造了中华艺术的特有的传统。可以毫不夸张地说，它们在《红楼梦》创作艺术中，不只得到了广泛的继承，而且达到了创新美的高境界。

"脂本"和"程本"的评价，历来虽有分歧，但"脂本"整体上高于"程本"，却是多数人的共识。不过，"红学"研究中，容易产生偏执的看法。爱则无微不善，恨则必置死地。对"程本"，也包括后几十回续书，就少有公正、科学的态度。我很赞成中明同志对"脂本"和"程本"的比较、研究和评价。因为二百多年来实际上广泛流传于民间，而为广大读者所接受，又产生了极大影响的，是"程本"；"脂本"即所谓《石头记》各版本的被发现，也不过是近百年的事。所以，不管"程本"的所谓"篡改"，还是它的所谓"狗尾续貂"，都是和前八十回作为一个整体在流传，它已是一种社会存在，即使是今天广泛印行的《红楼梦》各版本，也包括中国艺术研究院红楼梦研究所校订注释、人民文学出版社出版的权威读本，虽以"庚辰本"为底本（也吸收了其他"脂本"的优点长处），但仍然是百二十回，保留了续书，并署上曹雪芹、高鹗两位作者的名字。所以，"红学"研究如果对"程本"只采取骂倒的态度，是无法向广大读者交代，也是说服不了读者的。中明同志的这篇《〈红楼梦〉程本与脂本的大体比较》，是我所看到的最为严肃认真、比较研究的力作，从作者的思想立场、创作态度、艺术审美、语言文字，都做了细致的比较研究，作出了公正的评价。无论是思想倾向，还是创作艺术，续作当然都无法与原作在同一天平上作比较，但续作者与续书同曹雪芹原作，毕竟也有灵犀相通之处，至少那宝黛爱情的"小悲剧"，还是深入人心的，文学史上总是要有它一席之位的。

《红楼梦的艺术创新》，虽然集中、突出地论述了小说"写实"艺术的继承、打破与创新，但也兼及了艺术审美的诸多探索，是目前《红楼梦》小说本体研究中不可多得的一本好书。使我稍感不足的是，关于典型环境中的典型形象的研究，只选择了贾宝玉、王熙凤、薛宝钗、林黛玉四个人物进行分析，似是范例太少了。恩格斯在《给敏·考茨基》的信中曾说过：文学作品中的人物，应该"每个人都是典型，但同时又是一定的单个人，正如老黑格尔所说的，是一个'这个'"。在中国小说史也包括世界小说史上，能达到这样典型创造的高境界的，《红楼梦》应该是名列前茅，所谓曹雪芹笔下的人物，"如过江之鲫"，决非过誉。自然我也相信，《红楼梦的艺术创新》，并非中明同志"红学"论著的终结，而是应有续篇。从中华文化艺术美的创造来说，《红楼梦》永远是个无尽的宝藏，有待于卓识者不断发掘。

2002 年 4 月 15 日于北京

（原载拙著《红楼梦的艺术创新》卷首，黑龙江教育出版社 2002 年 9 月出版。）

游艺小品

——敬呈周中明先生

魏子云

　　企图入论于小说《金瓶梅》一书的写作艺术，虽在距今十五年前，即已有此动机，还为此做了准备工作，写成了一本逾三十万言的"札记"（台北巨流图书公司 1983 年 12 月出版），却至今未敢动笔。原因是我发现该书在写作过程上，存在了颇多不能统一的问题。不要说十卷本与二十卷本之间的问题，它们是父子关系还是兄弟关系？尚待厘清。就是《金瓶梅词话》本身上的千孔百创，也颇难寻出它致疮的本因，只能据以作推想而已。是以笔者继《金瓶梅的问世与演变》（台北时报文化公司 1981 年 8 月出版）之后，又写了《金版梅原貌探索》《金瓶梅的幽隐探照》（二书均台北学生书局出版：前写于 1985 年 8 月后写于 1988 年 10 月。）对于有关十卷本《金瓶梅词话》与二十卷本《批评绣像金瓶梅》两者间的关联，以及十卷本之传抄问题，都曾提出了关键上的微妙问题。随后又对沈德符说的"五十三至五十七"等五回是"陋儒补以入刻"的问题，又写了一本《金瓶梅第五十二回至五十八回之比勘与解说》（金瓶梅这五回），编入了《金瓶梅研究资料汇编下编》（台北天一出版社印行）。我想，凡是认真读了我这几本有关《金瓶梅》研究成果的人，都会对《金瓶梅》的写作艺术之入论，有所置疑的。何以？无法指出那些"千孔百创"的造成者是谁？（我也只是在理则上作了一些推想而已。参阅拙作《金瓶梅原貌探索》及《金瓶梅的幽隐探照》两书）。

昨在学生书局见到台湾版大陆周中明先生作《金瓶梅艺术论》一书，洋洋洒洒逾三十万言，都四百五十余页。马上开卖，未出书局即已选段阅读了近半。感受是犹如驻足于黄河壶口观黄河奔流之飞腾汹涌而下，又犹如凌空于蒙古草原观牧人驱牛羊归牧时的飞奔疾驰之势，不禁嗟然赞叹，连呼："才人之作也。"却也正由于周先生的才高而气势雄壮，在其论述"艺术"时，却又时时指摘前人论评的"是非"。且也不忘时时札记《金瓶梅词话》中的那些"千孔百创"。若去统计该论中的这一部分，几占全书文辞之半。因之影响了他求"是"辨"非"的才情发挥。却也影响了他艺术论的诗才与史笔。

笔者深感有幸，拙文曾被摘出一处，说："台湾学者魏子云一方面认为《金瓶梅》在时间上的错讹，造成'情节上的错误，是无话可以辩说'，另一方面却又认为：'都不是无意的错误'，而是在'隐指'明代万历年间的某些历史事实。"被指的论文是1980年4月号《中外文学》上的金瓶梅编年说，此文笔者并未选入文集，因为此文所论问题，已写入其他论文中，不必再印入文集。但在大陆，却有两家编选了进去，一是上海古籍出版社的《中国古代小说研究——台湾香港论文选辑》，一是江苏古籍出版社的《台湾金瓶梅研究论文选》（该集选印了笔者论文十二篇，占全书之半）。可以说笔者的这篇约万字篇幅的短文，在大陆的《金瓶梅》研究世界，并不陌生，有不少人引述到它。那么，只要翻出了我这篇短文一读，就可以印证了周先生的"引述"，未免出于断章取义。

按笔者指出的有关西门庆进京谢恩，到京与离京的日期，有明显错误。譬如，他离开清河赴京的日子，写明是十一月十二日，路上的行程通常是半个月，为了赶时间，可以早到三两天。西门庆在京住了六夜，方始离京返清河。可是西门庆离京返清河的日子，则写明十一月十一日。所以我说："显然的，这是情节上的错误，是无话可以辩说的。"遂又加以推想是"集体创作上的缺失，大家分回而写，各写各的部分，匆匆付梓，没有做最后的提纲总系，遂产生了这种重复上的交错。……"但这些推想，一想到天启元年的冬至是十一月初九，此一问题，就得另作推想。因而又写"可是，当我们得知天启元年的冬至日，是十一月初九。那么，此一问题，我们却不得不另作推想了"。遂在后一段说到，《金瓶梅》的作者之所以把西门庆离京的日子写作十一月十一日，应是有意的在"隐喻"天启元年。凑巧，西门庆进京谢恩的这一年冬至，已下诏明年为宣和元年，正好与明年的天启元年隐喻上。这么一来，"宣和"元年的"一年"也正好是"泰昌"元年的隐喻。实际上，光宗在位仅一月（八月一日至九月一日），事实上，泰昌元年无冬至，可以说，泰昌元年的冬至，事实上是天启登基后的第一个冬至。历史上的天启元年（1621），冬至是十一月初九日，我推想《金瓶梅》的作者（定稿《金瓶梅词话》第七十回、七十一回的作者），之所以把西门庆的离京日：不该写错却偏偏这样写，"那么，我们或可推想，此一前后参差的错误，似乎不是无意的吧？"我的话，前后层次分明，义理贯通。但一经周中明先生的断章取义，语义的出入可就悬殊了。

易云："修辞立其诚，不诚无物。"这句古语，说的正是治学者应遵守的理则。

（原载台湾《青年日报》1990 年 11 月 20 日）

中国小说的历史经验值得重视

——周中明《中国的小说艺术》序

王利器

中国小说在群众中影响之大，是举世罕见的。《水浒传》《红楼梦》等名著，尽管被历代封建统治阶级诬蔑为"海盗""海淫"之作，屡遭禁毁，但它们却始终禁不绝，毁不掉，而在群众中葆有永久的艺术生命，家喻户晓，妇孺皆知。直至今天，我们还没有哪一部小说在经久耐读、影响深远上能够胜过这些古典名著，或足以跟它们媲美的。这是我们民族文化的结晶和瑰宝，是值得我们引以为自豪和骄傲的。

由于中国长期受封建统治，小说是被排斥在文学正宗之外的，是所谓"街谈巷语，道听途说"的"小道"，"闾里小知者之所及"，"君子弗为也"。[①]因此，我国有丰富、完备的文论和诗话、词话，唯独对小说，除了有吉光片羽的叙跋和评点，却绝无系统的理论总结。魏晋南北朝时期，我国小说的发展已初具规模，出现了大量的"志怪"和"志人"小说，但齐梁时期的文学理论巨著《文心雕龙》，对各类文体的演变和发展，都列专篇作了论述，唯独把小说排斥在外，未列专篇，只在《谐隐》篇中提到一句："然文辞之有谐隐，譬九流之有小说。"意谓"谐隐"的文体"不雅"，其地位，类似于"九流"之外

---

① 班固：《汉书·艺文志》。

的"小说"。轻视和排斥小说，这在我国是个根深蒂固的传统观念。诚如鲁迅所慨叹的："小说和戏曲，中国向来是看作邪宗的。"① "在中国，小说不算文学，做小说的也决不能称为文学家。"② 我们可以为孔丘、庄周、屈原、杜甫、李白等诗文作家写出翔实的评传，而对罗贯中、施耐庵、曹雪芹等小说家，却连他们的生卒年都难以断定，其生平事迹更无从查考。在封建社会，中国小说和小说家地位之低下，令人感到实在是很悲惨的。

近代中国出现了资产阶级之后，梁启超等人虽然把小说推崇为"国民之魂"，抬高到吓人的地位，说："美、英、德、法、奥、意、日本各国政界之日进，则政治小说为功最高焉。"③ 断言："今日欲改良群治，必自小说界革命始，欲新民，必自新小说始。"④ 但他们的目的，不过是利用小说作为他们宣传改良主义政治的工具，而对小说艺术本身的规律，却从未作过认真的研究。五四运动以后，胡适对小说的研究，确是比较认真的。不过这种认真也只是局限于"小说考证"，仍然谈不上对我国小说艺术的民族传统和发展规律有全面的正确的认识。

因此，对中国小说艺术作出认真的全面的科学的研究，这个任务就不能不落到无产阶级取得革命胜利之后新老研究者的肩上，这是历史赋予我们的光荣使命。令人感到深为惋惜的是，在新中国创建之后的三十年间，由于众所周知的种种原因，会国各条战线的一切工作，皆被纳入了"以阶级斗争为纲"的政治轨道。我们对中国古典小说的研究也不例外，只注重于政治思想内容方面，而对艺术方面的研究则往往被忽视了。直至拨乱反正，批判和肃清极"左"的流毒之后，我们对中国小说的研究才纠正了这种重思想而轻艺术的偏向。我之

---

① 鲁迅：《且介亭杂文二集·徐懋庸作〈打杂集〉序》。
② 鲁迅：《南腔北调集·我怎么做起小说来》。
③ 梁启超：《译印政治小说序》。
④ 梁启超：《论小说与群治之关系》。

所以对周中明同志的《中国的小说艺术》感到特别可喜，正在于它是我国学术界纠正这种偏向之后，第一部专论中国小说艺术的著作。

从文艺界来说，现在世界上有两股潮流。一股是现代化的潮流，由于现代科学技术的发达，在一定程度上已改变了人类社会的生活方式和思维方式。这就要求小说艺术的表现手法，也相应地要更加灵活多样和丰富多彩。在中国来说，也就是要向西方学习，学习西方适应现代化要求的各种有益的艺术表现技巧。另一股是"寻根"的思潮。特别是在西方，由于资本主义腐朽制度的种种弊端和危机，有许多人热衷于探究如何"回归东方"，也就是回归传统的道路。我看我们可以把这两股潮流汇合起来。学习西方现代文艺技巧，博取众长，不是为了摈弃和取代我们的民族文化传统，而是为了使我们的民族文化传统得到丰富和发展，使之既适应社会主义现代化新时代的需要，又能为我们中华民族的广大群众所喜闻乐见。因此，我们在向西方学习的同时，研究和发扬中国小说的民族传统，是非常重要的，切不可忽视的。

我们中国小说究竟有哪些艺术经验和民族传统，过去由于历史的原因，我们缺乏深入的研究和认识。今天在党的"百花齐放""百家争鸣""创作自由"的正确方针指引下，我们不仅有这个需要，而且有这个条件来作深入的研究和探讨了。周中明的《中国的小说艺术》就是对此作出研究和探讨的重要成果之一。

周中明的这部著作，内容是相当丰富的，我在这里不可能也不必要一一加以介绍。我只想指出，它有三个特点：（一）耐人思索，富有学术性。作者以《三国演义》《水浒传》《西游记》《金瓶梅》《儒林外史》《红楼梦》六部古典小说名著为代表，对中国小说的题材加工、形象塑造、语言艺术和风格特色等方面，作了比较具体深入的探讨。既有微观的透彻、细致的分析，又有宏观的历史发展规律的揭示。虽然不能说他的每个论点都是正确无误的，但是他所得出的每个结论，却都是经过研究，有相当充足的材料为根据的。它至少可以给我们以有益的启迪，能够发人深思，推动我们对中国小说的艺术传统和历史规律，作出更深入的探讨，得出更科学的认识。（二）古为今用，富有实用性。这本书也可以说是我国古典小说的创作论，它是紧紧围绕着小说创作，尤其是人物形象塑造这个中心，来总结和阐述我国古典小说的艺术经验的。对于那些希望学习、研究中国小说的艺术经验，继承和发扬中国小说民族传统的作家、文学研究者和爱好者来说，这是一本很有实用、参考价值的书。（三）雅俗共赏，富有可读性。这本书虽然是学术论著，但它很少有学究气。不仅可供专业人员参考，也完全适合于广大读者提高对古典小说的阅读和欣赏水平。由于这本书毕竟是论文汇集，它对于中国小说艺术经验的探讨和阐述，在全面性和系统性方面，还是有欠缺的。我已老矣，只有寄希望于作者和其他的研究者为此作出更多更好的贡献了。

（原载《江淮论坛》1986 年第 6 期）

《桐城派研究》序

钱仲联

　　我国古代文学之有"派"名，奚昉乎？盖昉于宋朝之江西诗派。厥后，明代前后七子有派之实，而不自标派名。晚期公安、竟陵则称派。清代诗词俱有派，兼其称者为浙派。此外，词有常州派，诗有秀水派、"同光体"派，俱就韵文领域而言也。至于文，则莫盛于桐城派，衍生为阳湖派，扩大演变为湘乡派。迄五四新文学运动以前，桐城派古文，树旗旌于文坛，其势未少衰。严复以之译泰西学术论著，林纾以之译域外说部，"为霞尚满天"焉。

　　五四新文学运动之倡导者，大言"选学妖孽，桐城谬种"。此在当时，为语体新文学之"骅骝开道路"，不有扫荡廓清，安有创新，其势不得不尔也。今则新中国建立已久，势异时移，而论者又诬桐城派为"宣扬程朱理学反动思潮"，"清王朝文化政策之产物"，"为清王朝鼓吹休明之御用文学"等，斯可怪矣。夫程朱理学，为我国古代哲学发展之新阶段，儒学至此，穷则变，变则通，何谓反动；清统治者之文化政策，无非压制与愚化汉族文人，使驯伏于曼殊王朝之奴役而已，与产生桐城派古文何涉。桐城巨子方苞，与反清之戴名世，同乡同声气，戴案之祸，几致殃及；桐城派中坚巨匠姚鼐，与清王朝有离心倾向，仕京未久，及早抽身，都讲钟山，《惜抱轩诗集》中时寓贬斥时政，借呵责汉武以寓隐刺高宗南巡之笔，其文亦尔，偶存颂题以自掩其迹，决非御用文学，固不待智者而后知，其徒梅曾亮，且曾同情洪杨革命，为洪氏之三老也。凡彼论客所云，岂徒其言之偏而已，盖亦邻于左矣。至于桐城古文与八股时文混为一谈，更属文致罗织，余数年以前，早为文辨正之。桐城派古文，言之有物，言之有序，洁净扫浮词，措辞契合于语法，不论为文言古文或语体今文，俱可以借鉴者也。

周中明教授，于1992年以来，承担国家教委"八五"规划项目"清代学术思想与桐城派古文"之研讨任务，余曾读其《清代学术思想的变迁及其对桐城派古文的影响》[①]《关于桐城派及近百年来对它的评论》[②]诸文，尝一滴水，知大海味，服其持论精辟，史实可信，余心所欲言而不能言者，君用探而出之。皖省前开桐城派学术讨论会于桐城，邀余参与主持。读各家雄文，尚未见如周君论文之深邃者。余门人吴君孟复，桐城人，能为桐城之学之文，惜今已谢世，不获与余共读周君之书为恨事也。今周君为辽宁大学出版社"中国古代文学流派研究丛书"撰写三十余万言之《桐城派研究》一书，煌煌巨著，寿世可必。君不以余老病不堪，属一言弁首。合志同方，营道同术，何敢以荸陋辞。

一九九八年六月十五日九十一叟 钱仲联

序于苏州大学文学院

（原载《古籍研究》1998年第4期及拙著《桐城派研究》卷首）

---

① 见董乃斌等主编《中国古典文学学术史研究》，新疆人民出版社1997年11月出版。
② 见《文学评论》1997年第4期。

评周中明《桐城派研究》

刘相雨

如何正确评价桐城派？这是一个令人感到很棘手的问题。因为五四新文化运动要以白话文代替文言文，曾斥桐城派为"谬种"；建国以后对桐城派持贬斥否定态度的也一向占据上风，以致使桐城派一直"名声不好"；再加上桐城派绵延长达二百余年，既有理论，又有作品，涉及的作家众多，问题十分复杂，一时实在很难说清楚。近读辽宁大学出版社出版的周中明著《桐城派研究》，深感其本着"严格从历史事实出发，坚持实事求是的原则，摒弃任何主观成见"的宗旨，对桐城派研究中的诸多问题作了详尽、细腻的剖析，提出了令人耳目一新的观点和看法。

纵观全书，有以下几个特点颇值得注意：

一、该书对桐城派作了系统、深入的研究，评价颇为全面、公正，堪称是本世纪末在桐城派研究方面的最完整的总结。桐城派为什么会持续兴盛长达二百余年，成为我国文学史上历时最长、影响最大的文学流派？它的生命力之所以如此旺盛，必有其内在的合理性，然而从五四时期指桐城派为"谬种"以来，学术界对桐城派却基本上持"全盘否定"的评价。这些批评往往并未经过对桐城派的全景观照和缜密研究，常常仅从某一角度、某一成见出发，抓住一点，不及其余，虽然也有其言之成理的一面，但大多失之偏颇。自1933年姜书阁先生的《桐城文派述评》出版到80年代初期，近半个世纪的时间始终未有新的研究专著出现。80 年代以后，情况稍有改观，除了桐城派作家的作品集纷纷出版外，还先后出版了王镇远先生的《桐城派》、王献永先生的《桐城文派》、吴孟复先生的《桐城文派述论》、关爱和先生的《古典文学的终结——桐城派与五四新文学》等专著。在这几部专著中，前两书均为面向普通读者的小册子，论述未免过于简略，吴先生的著作则对桐城派的评价褒扬有余，批评不足。关先生著作的论述重点在于后期桐城派，而不是整个桐城派。周先生的专著则把桐城派放在当时整个社会历史和学术思潮之中，不仅详细评述了前期桐城派作家戴、方、刘、姚等人，而且评述了姚氏弟子在新的时代环境中各种观念的变化、发展；不仅论述了阳湖派、湘乡派与桐城派的继承与发展关系，而且论述了严复、林纾等桐城派作家的观点和主张；不仅指出了桐城派作家风格、理论方面的共同点，而且指出了他们之间的不同点。

周先生的专著共分十章。第一章绪论，是全书的总纲。在这一章里，作者不赞成把桐城派产生和兴盛的原因，简单地归结为"清王朝文化政策的产物"，而认为"桐城地方的自然和人文环境，是桐城作家群产生的土壤和种子，清朝的文化政策及政治上的大一统、经济上的大繁荣，为其营造了大气候、大环境"，而"清代学术的四大变迁，则为桐城派的兴盛注入了充足的阳光和雨露；就桐城派自身来说，它又是清代社会现实的客观要求和必然反映"。周先生着重指出，桐城派作家虽然有与清朝统治者相屈从、相依附的一面，但更有相区别、相矛盾的一面。在该书的第二章到第六章，周先生分别论述了桐城派的先驱者戴名世、创始者方苞、拓大者刘大櫆、集大成者姚鼐及其弟子的生平经历、政治学术思想、诗文创作和散文理论等等；第七、第八两章论述了桐城派的旁支阳湖派和以曾国藩为代表的湘乡派以及他们与桐城派的关系。第九章介绍了清末民初的桐城派作家严复、林纾等人。第二章到第九章的内容可以说是第一章观点的生动化、具体化和细密化，使第一章所提出的观点一一落到实处。周先生在第十章中总结了桐城派的历史地位和近百年来对它的评价，使人们对桐城派有一个整体上的观念和正确的认识。可以说，该书全面、深入、详细地勾勒出了整个桐城派的起源、发展、繁荣和衰微的历史轨迹，给予了客观、公正的评价，揭示和总结了其发展的历史经验和客观规律。

二、一切从翔实、确凿的材料出发，进行细腻独到、入情入理的分析，是本书的又一特点。该书并不致力于构建一个宏伟新异的理论框架以制造所谓的"轰动效应"，而是以平易质朴的语言来分析桐城派研究中存在的问题，以平等商讨的精神与不同的学术观点展开对话。例如，对于方苞的学术思想，社科院文学所编的《中国文学史》认为它"维护程朱理学的反动思潮的统治地位"；而吴孟复先生则认为"望溪之学，同于颜李"，对之称赞有加。周先生则在大量的第一手资料的基础上，经过去粗取精、去伪存真的仔细分析，指出"方苞的学术思想并不是与生俱有，一以贯之，顽固不变的，而是从青少年、中年到晚年，经历了一个变化、发展的过程"，认为方苞"对程朱颜李，皆有依违"。接着，周先生指出"清朝康、雍、乾三代趋于兼收并蓄的学术思潮，对方苞学术思想的复杂性及其演变，也有明显的影响"，并分析了方苞的思想与程朱理学的内在差异。

又如，对于姚莹的评价，周先生既不同意黄霖先生视姚莹为与龚自珍并列的人物，也不同意王献永先生仅把姚莹视为"政界人物"，而是在事实材料的基础上指出姚莹的思想中经世济民、救时实用等进步的方面是主要的，但也有复古、守旧等落后的一面。其他再如第二章对戴名世古文理论的评价，第四章对刘大櫆思想的评价，都具有这一特点。"不虚美，不隐恶"，这种实事求是的精神，是周先生对桐城派的评价颇为公正的根本原因。

另外，周先生的这种细腻的分析还表现在对许多文学概念、文学范畴的内涵和实质的考察和辨析。桐城派的各个作家在使用传统的文学概念、文学范畴时，或名同而实异，或名异而实同，很容易引起人们的误解，而周先生在著作中有重点地分析了这些概念的内涵和实质。例如，戴名世提倡"道、法、辞三者兼备"的古文理论，周先生指出：戴名世所提倡的"道"的内容主要是四书，尤其是程朱所阐明的四书，与清初的古文家汪琬相比，戴名世对"文""道"关系的认识是倒退的、落后的。但戴名世在具体运用"道"这一观念时，并不是完全用来宣扬封建道学，而常常用"道"这一落后的武器来揭露和批判当时的社会现实、反对科举时文，这又具有进步性和战斗性。阳湖派论文亦要求以文传道，这似乎与唐宋以来"文以载道"的观念没有什么差别，但周先生指出阳湖派的"道"的实质是要求文章切合于修身、齐家、治国、平天下的实用之道，而不同于桐城派偏爱程朱的道统、韩欧的文统。类似这样的例子还有很多，周先生皆一一搜罗之，爬剔之，解决了桐城派研究中许多模糊不清的概念、范畴问题。

三、该书开辟了桐城派研究的新视野和新领域。以前学术界在研究桐城派时，主要侧重于两方面，一是桐城派文学创作方面的得失，一是桐城派理论建构的成败，周先生在著作中则十分注意结合作家的政治学术思想来探讨这一问题，拓宽了桐城派研究的领域。这一领域的开拓，对于桐城派的研究具有特殊意义。桐城派的作家们大多不满足于仅仅成为一个文人，他们有理想、有抱负，想成为一名政治家，甚至要做既立言，又立德、立功的"圣贤"，以实现自己治国平天下的愿望，虽然他们在现实生活中大都仕途坎坷，不得不以教书为业，但这种理想和抱负却深深地影响了他们的文学创作，也给他们的文学理论打下了深深的烙印。周先生抓住了这一点，使他对诸多问题的分析都一语中的，如周先生指出，姚鼐"既尊崇程朱理学，又反对'守一家之偏'"；"打着程朱的旗号，其作品却有别于程朱"；"既不满汉学，又欲拜汉学家戴震为师"，从而断言其"义理、考据、文章""三结合"的文学主张是以"兼长为贵""兼收为善"的学术思想为基础的，表现了清代集我国封建文学之大成的时代特色。

周先生的这种结合社会政治和学术思潮的分析，并非仅限于某一个作家或某几个作家，而是把这种多学科交叉的全面研究贯穿于全书，这也是他对桐城派的评价较为公正、合理，更加令人信服的又一重要原因。

（原载《文学评论》2001 年第 4 期）

仰之弥高，钻之弥坚

——周中明教授的中国古代文学研究

刘相雨①

周中明教授，江苏扬中人，1956—1961 年在北京大学中文系读书，1961年到安徽大学中文系工作，曾任安徽大学中文系教授、硕士研究生导师、校学术委员会委员，1992 年起享受国务院颁发的政府特殊津贴，1995 年被国家教委、人事部评为"全国优秀教师"。自 2002 年起，担任安徽新华学院人文艺术学院中文系专聘教授。

20 世纪 80 年代以来，周中明教授在大陆和台湾先后出版《红楼梦的语言艺术》《金瓶梅艺术论》《红楼梦——迷人的艺术世界》等著作十余部，在《文学评论》《红楼梦学刊》《文史哲》《明清小说研究》《社会科学战线》《学术月刊》等重要学术刊物上发表论文百余篇，在国内外学术界有着十分重要的影响，他曾经担任中国红楼梦学会常务理事，《红楼梦学刊》编委，中国金瓶梅学会理事，《金瓶梅研究》编委，《水浒争鸣》编委，中国俗文学学会理事。周中明教授的中国古代文学研究，主要集中在以下方面：俗文学研究、中国古代小说研究和桐城派研究。

---

① 刘相雨，曲阜师范大学中文系教授，文学博士，硕士生导师。

一、周中明教授的俗文学研究

20 世纪 60 年代，周中明先生到山东大学中文系进修，主要跟随著名俗文学家关德栋教授学习。关德栋教授收藏有很多俗文学方面的珍贵资料，周中明先生与关德栋教授合作，先后整理、出版了《贾凫西木皮词校注》（齐鲁书社1982 年）、《子弟书丛钞》（上海古籍出版社 1984 年）等。

贾凫西别号"木皮散客"，明末清初山东曲阜人，他的《历代史略鼓词》是我们能够见到的最早的题名作"鼓词"的说唱文学传本，该作品从盘古开天辟地一直讲到明代末年，对历史和传说中的众多人物和事件进行了重新解读和评价，嬉笑怒骂，妙趣横生。《贾凫西木皮词校注》是以"卢氏慎始基斋精刻本"《木皮鼓词》（简称"卢氏本"）为底本，与作者搜集的其他九种版本互校，择善而从，"除了正俗字、古今字、同义字不作校记外，一般都作有详细的校记，读者从中可以参考和了解不同的《木皮词》版本流传过程中在内容、文字和结构等方面的变异情况"。除了校勘以外，他们还进行了标点和注释，标点"除顾到语意外，还注意到它的音节和格调。在结构上，层次、段落，都力求做到具体合理，明确清晰"，注释"除了注明方言土语、疑难词句和典故出处外，还特别注意到逐一查对有关的史实根据，提供参考资料，以使读者正确、全面、深入地理解作品的思想内容"（该书"前言"，第 21、25 页）。另外，在"前言"中，他们还用较大的篇幅，详细地论述了贾凫西"木皮散客鼓词"的思想内容、艺术特色以及它在中国文学史上的地位；在"附编"中，收录了关于贾凫西的各种传记、历代文人对其作品的评价以及贾凫西的诗集《澹园诗草》。该书不但有助于普通读者阅读、欣赏贾凫西的作品，而且为专业的研究人员提供了较为全面的参考资料。

子弟书是来源于满族民间的曲艺形式，清代乾隆至光绪年间，在北京及东北地区十分盛行。子弟书的作品虽然很多，但是由于绝大多数作品属于罕见的手抄本，一般的研究者很难见到。为了使人们对子弟书有一个较为全面的了解和认识，关德栋、周中明先生选编了《子第书丛钞》，该书"对所选作品的排列次序，则大体上先分有作者姓名的作品和无名氏作品为两编，然后每编尽可能再按故事题材、时代先后归类排列。对作品的内容，多数也作了简要说明，个别词语还作了必要的注释，以便参考"（该书"前言"，第15页）。该书的上编选了罗松窗、韩小窗、奕赓、文西园等作家的五十篇作品，下编选了无名氏的作品五十一篇。在"前言"中，他们对子弟书在思想、艺术方面的特点作了实事求是的分析和评价，该书获1984年山东省高校人文社会科学优秀成果二等奖。后来，周中明先生还对其中一些优秀的作品进行了深入研究，如他将韩小窗的子弟书《露泪缘》（十三回）与《红楼梦》的后四十回相比较，发现《露泪缘》对宝黛爱情悲剧的描写在许多方面都超过了《红楼梦》的后四十回。[①]

周中明教授还独自校注了明代著名杂剧家徐渭的代表作《四声猿》（上海古籍出版社1984年）。该书以明代万历戊子龙峰徐氏梓本为底本，与其他七种版本对勘，择善而从，并写出校记，可谓《四声猿》的会校本。特别是该书的"附录"，收录了作者传记、《四声猿》的故事渊源、《四声猿》序跋、名家评《四声猿》、关于《歌代啸》五部分，为人们全面了解和研究相关问题提供了充分、可靠的资料。该书出版后，获得学术界的好评，袁行霈主编的"面向21世纪课程教材"《中国文学史》（高等教育出版社1999年）就将该书列为"研修书目"。

此外，周中明教授还主编了《中国历代民歌鉴赏辞典》（广西教育出版社1993年），收录了上古至近代及少数民族各个时代的民歌，并对每首民歌进行了赏析。

[①] 周中明：《后四十回对宝黛爱情故事的不同描写说明了什么》，《红楼梦的艺术创新》，黑龙江教育出版社，第172—199页。

二、周中明教授的中国古代小说研究

中国古代小说研究是周中明先生研究工作的重点和核心。周先生的古代小说研究以《红楼梦》研究为出发点，不断地向外拓展，《金瓶梅》《儒林外史》《水浒传》《三国演义》等古典小说名著都进入了他的研究领域。

在《红楼梦》研究方面，周中明教授先后出版了《红楼梦的语言艺术》（漓江出版社 1982 年），《红楼梦——迷人的艺术世界》（台北贯雅文化事业有限公司 1989 年），《红楼梦的艺术创新》（黑龙江教育出版社 2002 年）等专著。

《红楼梦的语言艺术》是周中明教授的第一本红学专著，该书共包括十六篇文章，分别论述了《红楼梦》语言艺术的整体美、风格美、哲理美、寓意美、简洁美、绘画美、境界美以及语言的准确性、生动性等问题。该书以《红楼梦》的语言描写为切入点，以对《红楼梦》文本的反复阅读和细腻分析为基础，以《红楼梦》不同版本之间的文字差异为参照，较为全面地分析了《红楼梦》语言艺术的特点及其对小说中人物性格的凸显、人物形象的塑造、思想内容的表达等方面的作用。

该书不像一般的红学专著那样晦涩难懂，而是通俗平易，令人读而忘倦，周先生把深奥的艺术问题用十分简洁、通俗的语言表达出来，极大地满足了普通读者提高艺术欣赏水平的需求。同时，该书又有很强的学术性，对于专业的研究人员也具有较大的启发意义和重要的参考价值。例如，在论述《红楼梦》语言的准确性时，周先生就列举了甲戌本、戚序本和程高本三种不同的写法：

　　话犹未了，林黛玉已摇摇的走了进来。（甲戌本第八回）

　　话犹未了，林黛玉已走了进来。（戚序本第八回）

　　话犹未了，林黛玉已摇摇摆摆的走了进来。（程高本第八回）

三种写法的区别在于对黛玉走路姿态的描写，使用了不同的形容词：甲戌本用"摇摇"，程高本用"摇摇摆摆"，戚序本则没有使用任何形容词。周先生在仔细考察了三个版本之间的差别后，得出结论说：

> 　　我们从"摇摇"二字，仿佛看到了林黛玉那娇弱婀娜、身材苗
> 条的形象，看到了她那弱不禁风而又轻盈敏捷的神态，预感到她这一
> 不同寻常的到来，必有妙语惊人，使人不能不刮目相看。戚本则没有
> "摇摇的"三个字，使全句由形象的描绘，变成了平淡的叙述。如同
> 一杯美酒换成了一杯白开水，一点味道也没有了。程高本把"摇摇的"
> 改成"摇摇摆摆的"，使林黛玉猝然成了一个风骚浪荡的泼妇形象，
> 如此唐突潇湘，岂不令人咋舌！可见像戚本那样平淡的叙述，固然离
> 开了艺术语言必须富有形象性的特征；像程高本那样离开了人物性格
> 固有的神情，任意糟蹋形象，则更属恶劣；只有像曹雪芹的原稿那样
> 抓住人物形象的"这一个"，才能使用词的准确达到了足以绘形传神
> 的艺术境界。①

　　周先生通过一个具体、生动的例子，阐明了这样一个道理：在相同的语言
环境中，使用不同的词汇，会产生迥异的艺术效果。这种建立在版本学基础上
的艺术鉴赏和艺术分析，只有专业的研究者才能够做到。

　　又如，对于脂评本和程高本的优劣，学术界多对脂评本称赞有加，对程高
本批评较多。周中明先生则没有这种先入为主的偏见，他对不同的版本采取了
公正的、实事求是的评价态度。他在比较程甲本和庚辰本的第七十四回时，发
现程甲本在描写晴雯的态度时比庚辰本多了一段对话：

> 　　王善保家的也觉没趣儿，便紫涨了脸说道："姑娘，你别生气。

---

　　① 周中明：《红楼梦的语言艺术》，漓江出版社 1982 年版，第 169 页。

我们并非私自来的，原是奉太太的命来搜查。你们叫翻呢，我们就翻一翻；不叫翻，我们还许回太太去呢。那用急的这个样子！"晴雯听了这话，越发火上浇油，便指着他的脸说道："你说你是太太打发来的，我还是老太太打发来的呢。太太那边的人我也都见过，就只没看见你这么个有头有脸大管事的奶奶。"

周先生指出，程甲本增加的这段对话描写，不但增强了故事情节的合理性和人物性格的鲜明性，而且更加突出了晴雯的反抗性格。因此，程甲本在这里明显要好于脂评本。①

《红楼梦的语言艺术》被学者们称为"第一部研究《红楼梦》语言艺术的专著"②。它的出版，在学术史上有着十分重要的意义。20世纪80年代以前的红学研究，主要沿着两条线索发展：一条以研究曹雪芹及其家世以及《红楼梦》的版本、脂批等为主，即所谓的曹学、版本学和探佚学等；另一条从美学、社会学的角度出发，探讨《红楼梦》中的社会关系、阶级关系以及人物形象的社会属性和审美属性等。前者对于普通的读者来说，显得高深莫测，艰涩难懂；后者则由于时代的原因，往往带有庸俗社会学的色彩，过于强调故事内容和人物形象上的阶级色彩，也令普通读者感到不满意。《红楼梦的语言艺术》"拉近人们与《红楼梦》的距离"③，出版后深受读者欢迎，漓江出版社1986年、1992年两次重印该书。台北的木铎出版社1983年就盗印了该书，后来台北的贯雅文化事业有限公司和台北里仁书局又出版了繁体字本。美国哈佛大学著名教授韩南先生则将该书列为研究生的必读参考书。该书从初版到现在已经二十

---

① 周中明：《红楼梦的语言艺术》，漓江出版社1982年版，第122—124页。
② 吴玉霞：《20世纪〈红楼梦〉语言研究综述》，《河南教育学院学报》2004年第3期。
③ 周中明：《红学研究应拉近人们与〈红楼梦〉的距离——〈红楼梦的语言艺术〉修订版前言》，《河南教育学院学报》2005年第5期。

多年了，其内容并没有随着时代的变化而被人们淡忘，广西人民出版社 2007 年又出版了该书的修订本。

周中明先生在该书的基础上，将《红楼梦》的研究继续向纵深方向发展，他于 1989 年又出版了专著《红楼梦——迷人的艺术世界》（台北贯雅文化事业有限公司），于 2002 年出版了专著《红楼梦的艺术创新》（黑龙江教育出版社）。前者于 1992 年被评为安徽省哲学社会科学优秀成果一等奖，后者被著名红学家李希凡先生称为"目前《红楼梦》小说本体研究中不可多得的一本好书"①。

纵观周中明先生的红学研究，主要有以下三个特点：

（一）视角独特，立意新颖

周先生善于在人们司空见惯的地方，发现问题。阅读他的红学专著，我们不时可以得到一些耳目一新的见解。例如，许多学者都注意到了脂评称宝玉为"情不情"，称黛玉为"情情"，但是对于宝、黛之"情"的意义，学者们的分歧却很大。周先生将宝、黛之情，与《牡丹亭》中的柳、杜之情，《桃花扇》中的侯、李之情进行对比，指出宝、黛之情的时代意义，"明显地具有与封建主义思想体系相对立的新的民主主义的思想性质——尽管这种民主主义的思想还处于不成熟的、朦胧的萌芽状态，但以这种情为主要性格特征的贾宝玉、林黛玉形象，在我国文学史上毕竟具有新的、划时代的、独特的典型意义。"（《红楼梦的艺术创新》，第 37 页）又如，对于贾宝玉有没有"反君权思想"，学术界颇有争议。周先生在细读《红楼梦》的基础上，找出了一系列的证据，证明贾宝玉对君权是持肯定态度的。他认为："作者写他有君权父权思想，不但没有损害贾宝玉形象的光辉，相反却更增加了贾宝玉形象的悲剧性及其叛逆精

---

① 李希凡：《"传统的思想和写法都打破了"——序周中明〈红楼梦的艺术创新〉》，《红楼梦学刊》2002 年第 4 期。

神的难能可贵。"周先生同时指出，贾宝玉虽然没有"反君权思想"，但是作者"曹雪芹确实具有反君权思想，他跟他笔下的贾宝玉在对待君权的态度上显然是有区别的。这种区别，既反映了作家创造人物形象要符合真实性和典型性的需要，也说明那种把贾宝玉与曹雪芹混为一谈，是站不住脚的"（《红楼梦的艺术创新》，第387—388页）。周先生的这种分析，有理有据，给人一种豁然开朗的感觉。

（二）观点辩证，立论科学

在红学研究领域，经常有一些学者因为意见相左而"几挥老拳"。周先生的文章立意新颖，但是并非为了引起轰动效应而故意标新立异，他的文章大多观点辩证，立论科学。薛宝钗是《红楼梦》中一个性格复杂的人物，全面、恰当地评价她，是有一定难度的。周先生指出："薛宝钗在政治上是个竭力维护和挽救封建统治阶级的补天派的典型，在思想上是个封建主义的信徒。她所走的道路是封建主义的人生道路。在那个封建没落的时代，她站到了代表封建腐朽的思想和势力一边，不仅是丑恶的，而且是注定行不通的。"那么，宝钗是否就一无是处呢？不是的！周先生指出，薛宝钗的艺术形象是美的，她学识渊博、才能出众，又善于体贴人、关心人等。那么，薛宝钗形象的意义何在呢？周先生认为，她与宝、黛一样，也是一个悲剧性的人物，而不是一个"播乱"其间的小人。薛宝钗的悲剧，可以说"更深刻地反映那个时代的社会的、历史的悲剧。因为是时代塑造了她，又是时代毁灭了她；她以扼杀自己情欲的冷，适应那个时代的需要，可是那个时代却更加冷酷地使她的美貌、才华、爱情、婚姻和其他一切幸福归于毁灭"（《红楼梦的艺术创新》，第86页）。

（三）立足于小说文本，艺术感觉敏锐，具体分析鞭辟入里

周先生对《红楼梦》文本的阅读十分细致，艺术感觉敏锐。例如，宝玉曾经分别闻到过宝钗和黛玉身上的香味。对于宝钗身上的香味，宝玉说："我竟从来未闻见过这味儿。"（第8回）对于黛玉身上的香味，宝玉一闻就"醉魂

酥骨"（第 19 回）。一般读者很容易忽视这一细节。周先生注意到了这一细节，并认为宝玉的这种不同反应，说明了"宝玉与宝钗的格格不入，而与黛玉则气味相投，一拍即合"（《红楼梦的艺术创新》，第 211 页）。

周先生不但是研究《红楼梦》的著名专家，而且是研究《金瓶梅》的著名专家。他的专著《金瓶梅艺术论》1992 年 10 月由广西教育出版社出版，1996 年被评为安徽省哲学社会科学优秀成果二等奖。该书除引言外，共分为十六个部分，分别论述了《金瓶梅》的讽刺艺术、白描艺术、比喻艺术、人物对话艺术、结构艺术以及人物的心理描写、人物塑造艺术等诸多问题，其研究方式和研究角度与他的《红楼梦》研究有相似之处。在该书中，周先生的研究视野更为开阔，他把《金瓶梅》置于中国小说发展史的链条中来展开研究，不但论述了《金瓶梅》在题材来源、人物形象、叙事风格、艺术结构等方面对《三国演义》《水浒传》等小说的改造和发展，而且论述了它对后来的《红楼梦》《儒林外史》等小说的重要影响。当然，在谈到《金瓶梅》的艺术成就时，周先生也没有忘记指出其缺点和不足。例如，《金瓶梅》的讽刺艺术颇具特色，周先生分析了《金瓶梅》讽刺笔法的具体表现和艺术特色，也指出了其浅露、粗俗、低级趣味的方面。[1]

除了《红楼梦》和《金瓶梅》这两部大书以外，周中明先生对其他的古典小说也颇有研究。他的《中国的小说艺术》一书先后在台湾和大陆出版，颇受推崇[2]，1995 年被评为安徽省高校人文社会科学优秀成果一等奖。著名学者王利器先生在为该书所写的序言中，概括了这部书的三个特点：

一是耐人思索，富有学术性。作者以《三国演义》《水浒传》《西游记》《金瓶梅》《儒林外史》《红楼梦》六部古典小说名著为代表，对中国小说的题材

---

[1] 周中明：《金瓶梅艺术论》，广西教育出版社 1992 年版，第 99—122 页。

[2] 周中明：《中国的小说艺术》，广西教育出版社 1992 年版，第 11 页。

加工、形象塑造、语言艺术和风格特色等方面，作了比较具体深入的探讨。既有微观的透彻、细致的分析，又有宏观的历史发展规律的揭示。虽然不能说他的每个论点都是正确无误的，但是他所得出的每个结论，却都是经过研究，有相当充足的材料为根据的。它至少可以给我们以有益的启迪，能够发人深思，推动我们对中国小说的艺术传统和历史规律，作出更深入的探讨，得出更科学的认识。二是古为今用，富有实用性。这本书也可以说是我国古典小说的创作论。它是紧紧围绕着小说创作，尤其是人物形象塑造这个中心，来总结和阐述我国古典小说的艺术经验的。对于那些希望学习、研究中国小说的艺术经验，继承和发扬中国小说民族传统的作家、文学研究者和爱好者来说，这是一本很有实用、参考价值的书。三是雅俗共赏，富有可读性。这本书虽然是学术论著，但它很少有学究气。不仅可供专业人员参考，也完全适合于广大读者提高对古典小说的阅读和欣赏水平。

笔者认为，王利器先生的这段话，十分确切地概括了周中明教授此书的特点。

另外，周中明教授还独自校点了《聊斋志异精选》（黄山书社 1991 年），与朱彤教授合作校注了《西游记》（四川文艺出版社 1987 年，台北里仁出版社 1996 年 2 月改名《西游记校注》出版）等。

三、周中明教授的桐城派研究

20 世纪 90 年代以前，周中明先生一直从事中国古代小说研究。1992 年，周中明教授承担了国家教委"八五"规划项目"清代学术思想与桐城派古文"，从此开始了一个重要的学术转向，转向了一个他以前比较陌生的领域——桐城派研究。当时周先生已经 58 岁，在古代小说研究方面已经功成名就，在这个年龄，有些学者已经准备退休养老，安度晚年了。但是，周中明先生勇敢地承担了这一任务。面对一个崭新的领域，周先生毫不畏惧，一切从零开始。为了考证清楚桐城派研究领域诸多似是而非的问题，周先生决心从第一手的研究资料出发，他反复地、认真地逐一阅读桐城派作家戴名世、方苞、刘大櫆、姚鼐、曾国藩等人的作品集，摘抄了数十万字的文字卡片，并多方寻找桐城派作家的未刊稿、尺牍、传记等相关资料。为了查找到有价值的材料，几年来，周中明教授跑遍了安徽省的图书馆、博物馆等地方；为了考察桐城派产生的地理人文环境，周先生还亲自到安徽桐城去调研，与当地的作家、教师、文史馆、博物馆的研究人员进行交流；他还在桐城朋友的带领下，参观了桐城派作家的故居、墓地以及桐城派文人笔下反复描绘的浮山、媚笔泉等自然景观，追踪桐城派文人的流风余韵。

在全面、充分地掌握相关材料的基础上，周中明先生对桐城派研究领域的诸多问题进行了重新的思考，先后发表了几十篇关于桐城派研究的论文，得出了许多新的、令人信服的结论。

经过七年的不懈努力，周中明教授终于完成了三十二万字的专著《桐城派研究》，该书被收入钟林斌、李文禄主编的"中国古代文学流派研究丛书"，由辽宁大学出版社 1999 年 7 月出版。

周先生的专著共分十章。第一章绪论，是全书的总纲。在这一章里，作者不赞成把桐城派产生和兴盛的原因，简单地归结为"清王朝文化政策的产物"，而是全面地分析，认为"桐城地方的自然和人文环境，是桐城作家群产生的土壤和种子，清朝的文化政策及政治上的大一统、经济上的大繁荣，为其营造了大气候、大环境"，而"清代学术的四大变迁，则为桐城派的兴盛注入了充足的阳光和雨露；就桐城派自身来说，它又是清代社会现实的客观要求和必然反映"。周先生着重指出，桐城派作家虽然有与清朝统治者相屈从、相依附的一面，但更有相区别、相矛盾的一面。在该书的第二章到第六章，周先生分别详细地论述了桐城派的先驱者戴名世、创始者方苞、拓大者刘大櫆、集大成者姚鼐及其弟子的生平经历、政治学术思想、诗文创作和散文理论等；第七、第八两章论述了桐城派的旁支阳湖派和以曾国藩为代表的湘乡派以及他们与桐城派的关系。第九章介绍了清末民初的桐城派作家严复、林纾等人。第二章到第九章的内容可以说是第一章观点的生动化、具体化和细密化，使第一章所提出的观点一一落到实处。周先生在第十章中总结了桐城派的历史地位和近百年来对它的评价，使人们对桐城派有一个整体上的观念和正确的认识。可以说，该书全面、深入、详细地勾勒出了整个桐城派的起源、发展、繁荣和衰微的历史轨迹，给予了客观、公正的评价，揭示和总结了其发展的历史经验和客观规律。

该书出版后，在学术界引起了很大的反响，2001 年被评为安徽省哲学社会科学优秀成果三等奖。《文学评论》《安徽大学学报》等刊物先后发表书评，或称赞该书为 20 世纪末在"桐城派研究方面的最完整的总结"，"开辟了桐城派研究的新视野和新领域"等[①]，或认为该书"以新的视角对桐城派进行了全面审视，旗帜鲜明地提出了自己的见解，校正了在桐城派问题上的偏颇观念，澄清了本世纪以来桐城派研究中的诸多是非，从而在前人研究的基础上，为桐城派研究树立了一座新的里程碑"[②]。

2001 年 9 月，周中明选注、评点的《姚鼐文选》由苏州大学出版社出版，该书是钱仲联先生主编的"明清八家文选丛书"之一。在"前言"中，他对姚鼐的生平、思想、文学理论和散文的艺术特色作了较为详细的阐述，在"附录"中，又辑录了姚鼐的传记资料和评论资料，供学者参考。该书虽然是一本面向普通读者的书，但是先生做得一丝不苟，注释，评论都写得简练、精当。

周中明先生在北京大学读书时，受到著名学者吴组缃教授的指导。他曾在一篇文章中，谈到吴教授对他的影响，"我对《红楼梦》即有个由不太爱看到

---

① 刘相雨：《评周中明〈桐城派研究〉》，《文学评论》2001 年第 4 期。
② 徐成志：《一部重新审视桐城派的力作——评周中明的〈桐城派研究〉》，《安徽大学学报》2001 年第 4 期。

爱不释手、由看不大懂到有所领悟的过程。促使我完成这个转变的，是我最敬重的老师吴组缃教授。上个世纪 50 年代，我在北大中文系读书，吴先生给我们上'《红楼梦》研究'专题课，他讲得头头是道，细致入微，鞭辟入里，令我听得入迷"①，"我对《红楼梦》和整个中国小说研究的视角和方法，我教课的内容和风格，都跟吴先生对我的影响息息相关"②。吴组缃教授的这种研究方法，影响了后来的许多学者。③工作以后，周先生又跟随关德栋教授进修，打下了很好的文献学的基础。周中明先生能取得这样杰出的成就，除了他的聪明、勤奋以外，与吴组缃、关德栋两位教授的影响也是分不开的。

"老骥伏枥，志在千里。"近年来，周中明教授虽然年事已高，但是仍然笔耕不辍。对先生来说，读书、做学问已经不再是一种谋生的工具，而完全内化为他生命中不可或缺的一部分。

2007 年 6 月，在"第二届全国桐城派学术研讨会"期间，周中明先生在蒙蒙细雨中，兴致勃勃地登上了天柱山的最高峰，让许多年轻人都自叹不如。周先生能做到这些，完全是凭着一种毅力、一种不畏困难的精神，而这种精神也正是先生在学术研究中始终坚持的精神。

最后，我们衷心地祝周先生身体健康，生活幸福，为我们奉献出更多的学术精品！

（原载《新华人文论丛》第 1 辑，安徽人民出版社 2008 年 12 月出版。）

---

① 周中明：《红学研究应拉近人们与〈红楼梦〉的距离——〈红楼梦的语言艺术〉修订版前言》，河南教育学院学报 2005 年第 5 期。

② 周中明：《从山旮旯里走出来的巨人——沉痛悼念吴组缃老师》，《红楼梦学刊》1995 年第 2 期。

③ 石昌渝先生在谈到吴教授时，他说："吴先生读《红楼梦》极为精细，任何一点小地方都不放过，他的分析，都是依据文本，决不凭空议论。"见石昌渝、吴组缃先生的《〈红楼梦〉研究》，《红楼梦学刊》2008 年第 4 期。

附录二

关于周中明学术论著的评介文章

1. 舒汛：《红楼梦的语言艺术》，载于《红楼梦学刊》1983 年第 4 辑。

2. 吾三省：《读〈红楼梦的语言艺术〉》（1983 年 7 月），原载刊物不详，见于吾三省著《文史丛话》，文汇出版社 2000 年 1 月版。

3. 许有为：《发掘语言艺术的美——读周中明著〈红楼梦的语言艺术〉》，载于《安徽日报》1984 年 1 月 23 日。

4. 倪平：《安徽大学文科教师奋笔著书》，载于上海《文汇报》1986 年 11 月 21 日。

5. 王利器：《中国小说的历史经验值得重视——周中明〈中国小说艺术论丛〉序》，载于《江淮论坛》1986 年第 6 期。

6. 冯其庸：《〈红楼梦——迷人的艺术世界〉序》，见周中明著该书卷首，台北贯雅文化事业有限公司 1989 年 10 月出版。又载于《红楼梦学刊》1990 年第 1 辑。

7. 梦秋：《〈红楼梦——迷人的艺术世界〉》，载于《红楼梦学刊》1990 年第 2 辑。

8. 王正宗：《台湾首次出版大陆红学著作》，新华社 1990 年 6 月 20 日电讯，《解放日报》《浙江日报》《福建日报》第二十余家报纸于 1990 年 6 月 21 日刊载。

9. 王正宗：《访红学家周中明》，载于香港《大公报》1990 年 7 月 20 日。

10. 庆佑：《周中明对〈红楼梦〉"两个世界"说提出异议》，载于《文艺报》1990 年 6 月 16 日。

11. 王利器：《红学蓬勃有生机——喜读周中明的两本红学著作》，载于北京《青少年读书指南》1990年第3期，台北《木铎》杂志1990年秋季号。

12．李正西：《"红学"研究的新开拓——读周中明的两部"红学"专著》，载于《安徽日报》1990年10月24日。

13．刘蔚雯：《周中明红学专著在台出版》，载于《文化周报》1990年11月4日。

14．王谦元：《〈中国的小说艺术〉在台出版》，载于《安徽工人报》1990年11月30日。

15．魏子云：《游艺小品·金瓶梅艺术论——敬呈周中明先生》，载于台北《青年日报》1990年11月20日。

16．王正宗：《架起海峡两岸"红学"交流的桥梁——访大陆红学家周中明》，载于《人民日报》海外版1991年11月12日。

17．启贞：《台湾出版周中明四部专著》，载于《人民日报海外版》1991年2月26日。

18．启贞：《略谈周中明在台湾出版四部专著》，载于《明清小说研究》1991年第2辑。

19．杨俊：《台湾推出大陆四部学术专著》，载于上海《社会科学报》1991年6月6日。

20．李传玺：《要给人们留点什么——记著名红学家周中明先生》，载于安徽《老年报》1991年10月20日。

21．周钧韬：《金瓶梅研究的新开拓——评周中明著〈金瓶梅艺术论〉》，载于《社科信息》1992年第2期。

22．王正宗：《〈金瓶梅艺术论〉出版》，新华社1993年7月30日电讯，《新华每日电讯》等报刊于1993年7月4日刊登。

23．史辉：《周中明教授的两本红学著作》，载于《安徽广播电视报》1993年3月24日。

24. 《周中明两本红学著作获海内外好评》，载于《红楼》1993 年第 3 期。

25. 王庆慧、胡婷：《走进〈金瓶梅〉艺术迷宫——访金学家周中明教授》，载于《安徽青年报》1993 年 8 月 31 日。

26. 《〈中国的小说艺术〉出版》，载于《光明日报》1994 年 3 月 24 日。

27. 朱怀林：《情注古卷写华章——记安徽大学中文系教授周中明》，载于《扬中报》1995 年 5 月 6 日。

28. 孙悦萌、董晨鹏：《古井无波写文章——记古典文学研究家周中明》，载于《镇江广播电视报》1996 年 12 月 13 日。

29. 钱仲联：《〈桐城派研究〉序》，见周中明著该书卷首，辽宁大学出版社 1999 年 7 月出版。

30. 徐成志：《桐城派研究的新突破——评周中明的〈桐城派研究〉》，载于《安徽日报》1999 年 12 月 26 日。

31. 徐成志：《一部重新审视桐城派的力作——评周中明〈桐城派研究〉》，载于《安徽大学学报》2001 年第 4 期。

32. 戴月俊：《与桐城派大师的对话》，载于《文汇读书周报》1999 年 12 月 18 日。

33. 刘相雨：《评周中明〈桐城派研究〉》，载于《文学评论》2001 年第 4 期。

34. 李希凡：《小说本体研究的力作——序周中明著〈红楼梦的艺术创新〉》，见该书卷首，黑龙江教育出版社 2002 年 9 月出版。

35. 蔡德才：《淘尽尘沙始见金——访红学家周中明教授》，载于《星河之光》，方志出版社 2004 年 12 月出版。

附录三
周中明公开发表的作品

1955

《褪了色的人》（原题《褪色》），原载《新观察》，后被收入谢觉哉等著《小品文选集》，作家出版社 1955 年 7 月出版。

1963

《悲喜映照和其他——〈红楼梦〉艺术欣赏和学习札记》，原载《延河》1963 年 2 月，扬州师院于 1975 年 7 月编印的《红楼梦研究参考资料选编》（补辑）收入此文。

《谈〈红楼梦〉的语言美》，原载《安徽文学》1963 年 4 月号，刘梦溪编《红学三十年论文选编》（中）1984 年 8 月百花文艺出版社出版，山东人民出版社 1998 年 1 月出版的《名家解读〈红楼梦〉》（下）皆收入此文。

1974

《〈红楼梦〉——中国封建社会末期阶级斗争经验的结晶》，原载《安徽大学学报》1974 年第 1 期被西北大学中文系选编入《评红楼梦》第二辑，陕西人民出版社 1974 年 5 月出版。

1979

《"拆开这个鱼头"释》，载于《红楼梦学刊》1979 年第 2 辑。

1980

《艺术皇冠上的明珠——谈〈红楼梦〉中对俗语的运用》，载于《红楼梦学刊》1980年第1辑。

《情趣盎然——〈红楼梦〉语言艺术管窥》，载于《红楼梦学刊》1980年第3辑，被选入1980年全国红楼梦学术会议论文选《红楼梦新论》，由黑龙江人民出版社1982年2月出版。

《怎样才能使读者由说话看出人来——试论〈红楼梦〉人物语言的性格化》，载于中国社科院文学所主编的《红楼梦研究集刊》第3辑，上海古籍出版社1980年6月出版。

《〈红楼梦〉是怎样打破传统思想和写法的》，载于中国社科院文学所主编的《红楼梦研究集刊》第4辑，上海古籍出版社1980年9月出版。

《论子弟书》，载于山东《文史哲》1980年第2期，人民大学复印资料选入。

《试论"子弟书"中描写爱情婚姻题材的思想政治意义》，载于《中国满族文学史学术年会材料》1980年11月14日编印。

1981

《贾凫西木皮词简论》，载于《说唱艺术》1981年第1、2期合刊。

《"念在嘴里倒象有几千斤重的一个橄榄"——试论〈红楼梦〉语言的含蓄有味》，载于中国社科院文学所主编的《红楼梦研究集刊》第7辑，上海古籍出版社1981年10月出版。

《一部伟大的"以公心讽世之书"——〈儒林外史〉主题思想重探》，载于《江淮论坛》1981年第5期，《新华文摘》1981年12月号作了摘要介绍，人民大学复印资料选用。

1982

《贾凫西民族思想问题辨析》，载于山东《文史哲》1982年第3期。

《应该全面地认识吴敬梓的思想转变》，载于《安徽大学学报》1982年第4期，被选入《儒林外史研究论文集》，安徽人民出版社1982年9月出版。

《应该怎样看待孙悟空》，载于山东《文史哲》1982年第6期，被选入霍松林主编的《中国古典小说六大名著鉴赏辞典·孙悟空》，华岳文艺出版社1989年出版。

《自然奇警，生动传神——谈〈红楼梦〉中运用比喻的艺术》，载于《江淮论坛》1982年第5期。

《惜墨如金——论〈红楼梦〉语言的简洁美》，载于中国社科院文学所主编的《红楼梦研究集刊》第8辑，上海古籍出版社1982年出版。

《论红楼梦语言的绘画美》，载于《红楼梦学刊》1982年第2辑，被选入1982年全国红学研讨会论文选《红楼梦艺术论》，由齐鲁分社1983年出版。

《贾凫西木皮词校注》（与关德栋合作），山东齐鲁社1982年10月出版。

《红楼梦的语言艺术》（专著），广西漓江出版社1982年10月出版，1983年台北木铎出版社盗印为繁体字版，流传到国外，被美国哈佛大学韩南教授列为研究生必读参考书，台北贯雅、墨仁及大陆漓江、广西人民出版社多次重印。

1983

《徐渭〈四声猿〉浅谈》，载于中国艺术研究院戏曲研究所主编的《戏曲研究》第7辑。

徐渭，《载于〈中国大百科全书·戏曲曲艺卷〉》，中国大百科全书出版社1983年8月出版。

《试论〈红楼梦〉中的象征手法》，载于《红楼梦学刊》1983年第2辑。

《"只有一个词可以表现它"——论〈红楼梦〉语言的准确性》，载于中国社科院文学社主编的《红楼梦研究集刊》第11辑，上海古籍出版社1983年

12 月出版。

《〈红楼梦〉人物描写的对称美》，载于《北方论丛》1983 年第 3 期。

《必须肃清极"左"思潮的流毒——从对〈西游记〉的评论谈起》，载于
《艺谭》1983 年第 2 期。

《关于〈西游记〉的主题思想——与丁黎同志商榷》，载于上海《学术月
刊》1983 年第 2 期。

《真实和伟大相结合——谈〈水浒〉作者对原有题材的加工提炼》，载于
《水浒争鸣》第 2 辑，长江文艺出版社 1983 年 8 月出版。

1984

《四声猿 歌代啸（附）校注》，上海古籍出版社 1984 年 1 月出版，台湾
华正书局 1985 年 6 月、2003 年 9 月两次翻印，袁行儒等主编《中国文学史》
列为参考书之一。

《诗情画意——〈红楼梦〉语言艺术特色之一》，载于《文艺论丛》第 19 辑，
上海文艺出版 1984 年 1 月出版。

《曹雪芹在典型形象塑造上的新贡献》，载于北京《文学评论》1984 年
第 2 期，该刊《编后记》指出，该文"是作者多年研究《红楼梦》和其他古典
小说后撰写的，文章角度新颖，提出的问题颇有启发性"。

《〈西游记〉的思想政治倾向》，载于《安徽大学学报》1984 年第 4 期。

《〈西游记〉艺术特色三题》，载于《社会科学战线》1984 年第 4 期，
人民大学复印资料转载。

《说理生动，议论透辟——梁启超的〈论毅力〉赏析》，载于《名作欣赏》
1984 年第 4 期。

《"以公心讽世之书"——〈就儒林外史创作方法问题驳难〉读后》，载
于《光明日报·文学遗产》第 659 期，1984 年 10 月 30 日。

《〈大学语文〉讲稿选编》（马致远《天净沙·秋思》；睢景臣【般涉调·哨遍】高祖还乡；归有光 项脊轩志；汤显祖牡丹亭·游园；蒲松龄 聊斋志异·席方平），安大《大学语文》编辑部印于 1984 年 7 月。

《子弟书丛钞》（上下册，与关德栋合作），上海古籍出版社 1984 年 12 月出版。

1985

《以假求真——论贾宝玉形象的塑造》，载于《红楼梦学刊》1985 年第 1 辑。

《"齐天大圣"的由来和发展——孙悟空与白申公两个形象比较》，载于《艺谭》1985 年第 3 期。

《真切自然，情深意浓——〈霓裳续谱〉〈白雪遗音〉中的情歌赏析》，载于《名作欣赏》1985 年第 3 期。

《笑的艺术——〈儒林外史〉的显著特色》，载于《江淮论坛》1985 年第 5 期。

《关于〈试论红楼梦对"传统写法"的打破〉的商榷——致吴柏樵同志的一封信》，载于《红楼梦学刊》1985 年第 4 辑。

1986

《历史性的辉煌贡献——略论〈红梦梦〉对中国古典文学的继承和发展》，原载《古典文学论丛》第 5 辑，齐鲁书社 1986 年 6 月出版。

《略论子弟书对〈红楼梦〉的改编》，载于《通俗文学论丛》，北岳文艺出版社 1986 年 8 月出版。

《什么是子弟书》，载于《古典文学知识》1986 年第 3 期。

《凤姐的形象为什么这样生动活泼》，原载中国社科院文学所主编的《红楼梦研究集刊》第 13 辑，上海古籍出版社 1986 年 10 月出版。

《青胜于蓝——论〈红楼梦〉的语言艺术对〈金瓶梅〉的继承和发展》，原载《红楼梦学刊》1986 年第 4 辑。

1987

《说不尽的〈红楼梦〉》，载于《红楼梦学刊》1987年第3辑。

《论〈金瓶梅〉的语言艺术》，载于《文史哲》1987年第5期。

《清新、活泼、动人的清代俗曲——谈〈霓裳续谱〉〈白雪遗音〉》，原载《俗文学论》，黑龙江人民出版社1987年9月出版。

《论〈水浒传〉在典型形象塑造上的历史性突破》，原载《中国古典文学论丛》，人民文学出版社1987年9月出版。

《情节趋向淡化，人物要求强化——试论我国古典小说发展的历史轨迹之一》，原载《艺谭》1987年第3期。

《论吴承恩〈西游记〉对〈取经诗话〉的继承和发展》，原载《安徽大学学报》1987年第2期，被选入《20世纪〈西游记〉研究》，文化艺术出版社2008年10月出版。

《我和俗文学》，中国俗文学学会1987年编印。

《〈西游记〉新校注本》（与朱彤合作），四川文艺出版社1987年7月出版，台北里仁书局1996年2月翻印。

1988

《〈金瓶梅〉对中国小说语言艺术的发展》，原载《金瓶梅研究集》，齐鲁书社1988年1月出版。1998年1月山东人民出版社出版的《名家解读金瓶梅》，2007年11月北京团结出版社出版的《雪夜煮酒话金瓶梅》皆选入此文。

《由李逵形象塑造得到的启示——杂剧〈李逵负荆〉和〈水浒〉比较》，载于《南通师专学报》1998年第1期。

《化丑为美——论薛宝钗形象的塑造》，载于《红楼梦人物论》，贵州人民出版社1988年2月出版。

《关于〈再论红楼梦对"传统写法"的打破〉的商榷——答吴柏樵同志》，

载于《红楼梦学刊》1988 年第 3 辑。

1989

《论〈金瓶梅〉的近代现实主义特色》，载于《安徽大学学报》1989 年第 1 期。

《论〈金瓶梅〉中运用俗语的艺术》，载于《徐州师院学报》1989 年第 1 期。

《〈中国文学史〉第八编第三章〈红楼梦〉》，江西教育出版社 1989 年 3 月出版。见于该书 P1258—1281。

《中国文学史》第八编第十二章 清代民歌和说唱文学，江西教育出版社 1989 年 3 月出版。见于该书 P1414—1432。

《论〈红楼梦〉与〈金瓶梅〉是两种文化》，载于《红楼梦学刊》1989 年第 3 辑。

《〈金瓶梅〉艺术特色之谜》，载于《金瓶梅之谜》，书目文献出版社 1989 年 6 月出版。

《试论中国古典小说的民族特色》，载于《文学评论》丛刊第 31 辑，文化艺术出版社 1989 年 8 月出版。

《更新观念，独创奇格——论〈金瓶梅〉作者的艺术构思》，原载《金瓶梅学刊》试刊号，1989 年 6 月印。

《红楼梦：迷人的艺术世界》（专著），台北贯雅文化事业有限公司 1989 年 10 月出版，该书 1992 年被评为安徽省哲学社会科学优秀成果一等奖。

《从〈九溪十八涧〉看怎样写游记》，载《旅游文化报》1989 年第 2 期第 3 版。

1990

《中国的小说艺术》（专著），台北贯雅文化事业有限公司 1990 年 1 月出版，1994 年 1 月重印；广西教育出版社 1992 年 10 月出版。该书 1995 年被评为安徽省高校人文科学优秀成果一等奖。

《中国古代爱情诗赏析》（李渔：《断肠诗哭亡姬乔氏》；庄棫：《定风

波》；刘仲尹：《鹧鸪天》；清代民歌：《剪靛花·小金刀》《平岔·忒也不识顽》），载于《中国古代爱情诗歌鉴赏辞典》，黄山书社 1990 年 11 月出版。

《扬州〈红楼梦〉笔谈会发言》，载于《红楼梦学刊》1990 年第 3 辑。

《金瓶梅艺术论》（专著），台北贯雅文化事业有限公司 1990 年 8 月出版，广西教育出版社 1992 年 10 月出版，该书 1996 年被评为安徽省哲学社会科学优秀成果二等奖。

1991

《关于〈金瓶梅〉编年的"隐喻"问题——敬复魏子云先生》，载于《安徽大学学报》1991 年第 3 期。

《聊斋志异精选》（校点），黄山书社 1991 年 7 月出版。

《论〈金瓶梅〉的心理描写》，载于吉林大学中国文化研究所主编《金瓶梅艺术世界》，吉林大学出版社 1991 年 7 月出版。

《我与〈金瓶梅〉——周中明自述》，成都出版社 1991 年 7 月出版的《我与金瓶梅——海峡两岸学人自述》收入。

《俞樾的〈九溪十八涧〉赏析王夫之的〈小云山记〉赏析》，载于《中国游记鉴赏辞典》，青岛出版社 1991 年 11 月出版。

1992

《重评冯梦龙对〈三言〉的贡献》，载于《明清小说研究》1992 年第 2 期。

《〈水浒传〉高俅发迹等故事情节赏析共 20 篇》，载于《明清小说鉴赏辞典》，浙江古籍出版社 1992 年 9 月出版。

《〈晚清小说鉴赏辞典〉〈水浒传〉情节欣赏 20 篇》，浙江古籍出版社 1992 年 9 月出版。

1993

《论〈儒林外史〉的语言艺术》，载于《安徽大学学报》1993 年第 1 期。

《警世通言及其 20 篇拟话本评析》、《醒世恒言及其 26 篇拟话本评析》，载于《中国古代小说百科全书》，中国大百科全书出版社 1993 年 4 月出版。

主编《中国历代民歌鉴赏辞典》，并撰写：前言；明代民歌赏析 P431—706；清代民歌赏析 P711—1002，广西教育出版社 1993 年 6 月出版。

《〈红楼梦〉程本与脂本的大体比较》，载于《红楼梦学刊》1993 年第 2 辑。

《简明中国文学史》本人执笔章节：（《明代文学概说》《〈金瓶梅〉及其他人情小说》《明代散曲和民歌》《清代文学概说》《洪昇和〈长生殿〉》《孔尚任和〈桃花扇〉》《〈聊斋志异〉及其他文言小说》《〈儒林外史〉和其他讽刺小说》《〈红楼梦〉和其他世情小说》《清初至清中叶的民歌和说唱文学》《中国小说流变概述》），黄山书社 1993 年 12 月出版，2000 年 1 月再版。

1994

《评价〈金瓶梅〉应实事求是——答张兵先生》，载《金瓶梅研究》第 5 辑，辽沈书社 1994 年 4 月出版。

《试论曹雪芹的妇女观》（与文又波合作），载《红楼梦学刊》1994 年第 3 辑。

《应恢复戴名世桐城派鼻祖的地位》，原载《安徽大学学报》1994 年第 3 期，人民大学复印资料转载，《新华文摘》摘要介绍。

1995

《呼吁重新评价桐城派》，载《安徽史学》1995 年第 2 期。

《论姚鼐的政治思想——纪念姚鼐逝世 180 周年》，载《安徽史学》1995 年第 4 期。

《关于刘大櫆的哲学思想的思考》，原载《学术界》1995 年第 6 期，人民大学复印资料全文复印。

《从山旮旯里走出来的巨人——沉痛悼念吴组缃先生》，载《红楼梦学刊》1995 年第 2 辑。

《论〈红楼梦〉中写"石头"的哲理意蕴和艺术功能》，载《红楼梦学刊》1995 年第 3 辑。

1996

《姚鼐"不关心国计民生"吗——论姚鼐散文的思想和艺术特色》，载《安徽大学学报》1996 年第 1 期。

《姚莹论》，载《古籍研究》1996 年第 2 期。

《姚莹论》（续），载《古籍研究》1996 年第 3 期。

1997

《桐城派在清代长期兴盛的原因》，载中华书局《文史知识》1997 年第 11 期，《中华读书报》1998 年 5 月 20 日第 9 版作了摘要介绍。

《关于桐城派及近百年来对它的评论》，载中国社科院文学所主编的《文学评论》1997 年第 4 期。

《从刘大櫆、姚鼐看曹雪芹》，载 1997 年北京国际红楼梦学会专辑《红楼梦学刊》增刊。

《清代学术思想的变迁及其对桐城派古文的影响》，载《中国古典文学学术史研究》，新疆人民出版社 1997 年 10 月出版。

《论清朝的文化政策及对桐城派的评价问题》，载孙以昭主编《中国文化与古典文学》，安徽大学出版社 1997 年出版。

《桐城文派释谜》，载《哲学大视野》1997 年第 2 期。

1998

《方东树论》，载《古籍研究》1998 年第 2 期。

《论子弟书对〈三国演义〉的改编》，载天津《曲艺讲坛》第 4 期，1998 年 3 月出版。

《评〈金瓶梅〉"崇尚现世享乐"说》，原载《安徽大学学报》1998 年第 5 期，又载于《金瓶梅研究》第6辑，知识出版社1999年6月出版。

1999

《从中年辞官看姚鼐其人其文》，载中华书局《文史知识》1999年第10期。

《扣人心弦，发人深省——孙悟空"大闹天宫"赏析》，载《古典文学知识》1999年第4期。

《象征着民族之魂的元杂剧中的包拯形象》，原载《江淮论坛》1999年第5期，收入《包拯研究与传统文化——纪念包拯诞辰千年论文集》，安徽人民出版社2001年1月出版。

《桐城派研究》（专著），辽宁大学出版社1999年7月出版。该书为"中国古代文学流派研究丛书"之一。著名学者钱仲联为该书作序，指出其"持论精辟，史实可信"，"煌煌巨著，寿世可必"。

2000

《公元前国人的海洋意识——读〈庄子·秋水〉中的一则寓言》，载中华书局《文史知识》2000年第2期。

《公元四世纪国人对海洋意识的呼唤——对〈荀子〉中一则寓言的赏析》，载于《名作欣赏》2000年第1期。

《薛福成的变法改良思想值得重视》，载于《桐城派研究》2000年第1期。

《薛福成年谱》，载于《古籍研究》2000年第2期。

《〈西游记〉小说与话本果真"基本相同"吗》，载于《明清小说研究》2000年第3期。

《小说史话》（与吴家荣合作），中国大百科全书出版社2000年1月出版，社会科学文献出版社2012年1月重印。

2001

《姚鼐文选》（校注、评点），苏州大学出版社2001年9月出版。

《姚鼐散文简论》，载于《苏州大学学报》2001年第3期。

《姚鼐评传》，载于《桐城派研究》2001、2002年第2—4期。

《忧时济世，力倡改革——薛福成评传》，载于《桐城派名家评传》，安徽人民出版社2001年11月出版。

2002

《足以改写文学史的创举——读钱仲联主编"明清八大家文选丛书"》，载于《苏州大学学报》2002年第1期。

《论姚鼐爱民、济民和以民为本的思想》，原载《古籍研究》2002年第4期，又载《东南大学学报》2004年第4期。

《读寓言悟用人》，载《领导科学》2002年第3期。

《曹雪芹的自然观和〈红楼梦〉的自然美》，载于《红楼梦学刊》2002年第1辑。

《红楼梦的艺术创新》（专著），黑龙江教育出版社2002年9月出版，著名红学家李希凡在为该书作的题为《小说本体研究的力作》的序言中指出："是目前《红楼梦》小说本体研究中不可多得的一本好书。"

2003

《桐城派的"近代转换"——论近代桐城派"中兴"的原因及其历史经验》，载于《桐城派研究》2003年第1期。

《试论姚鼐对统治者的离心倾向和对自我的热烈追求》，原载《古籍研究》2003年第3期，又载于《东南大学学报》2005年第2期，人民大学复印资料《中国古代、近代文学研究》2005年第7期复印。

《读寓言悟廉洁自律》，载于《新疆党建》2003年第11期。

《对唐人小说中猿猴形象的袭取和超越——〈西游记〉中孙悟空形象塑造探源之一》，载于《西游记文化》2003年第3期，连云港市社科联主办。

《艺术创新，成就卓著——谈〈金瓶梅〉的艺术特色与艺术成就》，载于《古典文学知识》2003年第3期。

《岂因祸福避趋之——读林则徐的诗〈赴戍登程口占示家人〉》，载于《安徽日报》2003年5月16日。

《姚鼐追求自我的思想嬗变过程及其时代特色》，载于《安庆师院学报》2003年第5期。

《姚鼐的妇女观和他笔下的妇女形象》，载于《安徽大学学报》2003年第5期。

《寓言精华评析》，解放军出版社2003年1月出版，台北华正书局于2007年2月出版增订本并改书名为《寓言精品评析》。

2004

《姚鼐与戴震的关系辨析》，载于《桐城派研究》2004年第1期。

《集桐城派之大成的姚鼐世家》，载于《中华文化世家·江淮卷》，湖北教育出版社2004年5月出版。

《张华、郭璞评传》，载于《中国文言小说家评传》，中州古籍出版社2004年4月出版。

《开创〈红楼梦〉文本研究的新观念、新思路、新局面——祝贺〈红楼梦学刊〉创刊第100辑》，载于《红楼梦学刊》2004年第1辑。

《坚持马克思主义的指导地位——增强吴敬梓研究的科学性》，载于《南京师范大学文学院学报》2004年第2期。

《人格美：人生的最大追求——纪念吴敬梓逝世250周年》，载于《安徽日报》2004年7月16日《黄山》副刊。

《姚鼐关于散文平淡美的理论与实践》，载于《古籍研究》2004年卷下。

《姚鼐"老年惟耽爱释氏之学"之我见》，载于《安徽大学学报》2004

年第 6 期。

2005

《桐城文派集大成姚范——姚鼐，载于〈安徽名人世家〉》，安徽教育出版社 2005 年 1 月出版。

《论曹雪芹的近代意识——从与吴敬梓的比较谈起》，载于《红楼梦学刊》2005 年第 1 辑。

《论〈红楼梦〉的伟大价值》，载于《安徽新华学院学报》2005 年第 2、3 期合刊。

《论姚鼐的求实精神和写实特色》，载于《南京师范大学文学院学报》2005 年第 3 期。

《红学研究应拉近人们与〈红楼梦〉的距离——〈红楼梦的语言艺术〉修订版前言》，载于《河南教育学院学报》2005 年第 5 期。

2006

《论姚鼐对封建官吏形象的描写》，载于《东南大学学报》2006 年第 2 期，又载于《桐城派研究》第 9、10 期合刊。

2007

《姚鼐对人生道路的重大抉择——姚鼐中年主动辞官的原因辨析》，载于《古籍研究》2007 年卷上。

2008

《论姚鼐鲜为人知的一面——民主性和进步性》，载于《东南大学学报》2008 年第 4 期。

《关于 1996 年人文版〈红楼梦〉校勘问题的商榷》，载于《河南教育学院学报》2008 年第 2 期。

《我的人生之路》，载于安大校庆 80 周年，中文系编印的《我们的精神家园》，2008 年 9 月印。

《一想起北大，我就喜悲交加》，载于《我们的学友》，北京大学出版社2010年10月出版。

《姚鼐对君子人格理想的坚守和追求》，载于《东南大学学报》2010年第5期，又载于《桐城派研究》第12辑，新华出版社2010年10月出版。

2011

《论姚鼐的语言艺术》，载于《东南大学学报》2011年第6期。

2012

《论姚鼐的"以诗为文"》，载于《安徽新华学院学报》2012年第4期，又载于《桐城派研究》第16辑，哈工大出版社2014年8月出版。

2013

《姚鼐研究》（专著），安徽大学出版社2013年5月出版。

2015

《〈桐城派与五四新文学〉序》，载于张器友著《桐城派与五四新文学》，安徽大学出版社2015年1月出版。

图书在版编目（CIP）数据

桐城派研究　姚鼐研究／周中明著 .-- 北京：
北京联合出版公司 , 2019.2
　（周中明文集）
　ISBN 978-7-5596-2324-9

　Ⅰ . ①桐… Ⅱ . ①周… Ⅲ . ①桐城派—文学研究
Ⅳ . ① I207.62

中国版本图书馆 CIP 数据核字（2018）第 154201 号

桐城派研究　姚鼐研究
作　　者：周中明
总 发 行：北京华景时代文化传媒有限公司
责任编辑：宋延涛
封面设计：张　敏
版式设计：柳淑燕

北京联合出版公司出版
（北京市西城区德外大街 83 号楼 9 层　100088）
北京中科印刷有限公司印刷　　新华书店经销
字数 734 千字　　690 毫米 ×980 毫米　　1/16　　54 印张
2019 年 2 月第 1 版　　2019 年 2 月第 1 次印刷
ISBN 978-7-5596-2324-9
定价：698.00 元（全四册）
